Acharyya Verlag
für kritische Wissenschaft

Zu diesem Buch

Dokumentarische Erzählung einer Geschichte
aus einem bewegten Leben, die sich zwischen
1957 und 1987 in Deutschland und in Indien
ereignete. Eine in der Alltagssprache erzählte
Widerstandsgeschichte. Akteure sind Deutsche,
Inder und andere.

Die Geschichte ermöglicht Einblicke in die
Verhältnisse der deutschen und der indischen
Gesellschaft, in die moralische Befindlichkeit
der Elite, und in die Art und Weise des
Wissenschaftbetreibens und vieles mehr.
Aspekte, die in beiden Ländern noch nicht
thematisiert sind.

Der Autor Prodosh Aich ist geboren 1934 in Kalkutta. Schulbesuch und
Studium der Philosophie in Indien. Studium der Ethnologie, Philosophie und
Soziologie in Köln. Lehrte Soziologie in Köln, Jaipur und Oldenburg. Hat
neben Buchveröffentlichungen und Aufsätzen auch viele Rundfunkfeatures
und Dokumentarfilme gemacht.

Prodosh Aich

Preis des aufrechten Gangs

Lebenserinnerungen
eines Universitätslehrers
aus den Jahren 1957–1987

Oktober 2000
Acharyya Verlag, Oldenb
Ein Demand Verlag der B
© 2000 Prodosh Aich
Umschlaggestaltung: [FEINDESIGN] Oldenburg (in Oldenburg)
Herstellung: Books on Demand GmbH
Printed in Germany ISBN 3-935418-01-9

Inhaltsverzeichnis

Ein unerwarteter Anstoß

Vor kurzem begegne ich einem Kopten aus Ägypten, wie ich in Deutschland und auch Gesellschaftswissenschaftler. Er hat Lehrverbot in Deutschland, weil er als Nichtmuslim die arabisch erzählte Geschichte über Palästina für wahrheitsnäher hält als die zionistisch erzählte. Karam Khella heißt er. Ich finde ihn sympathisch. Wir tauschen Meinungen, Erfahrungen aus. Eher beiläufig erwähne ich, daß einem Verfasser nicht seine veröffentlichten Bücher wirkliche Erkenntnisse über die moralische Befindlichkeit, den Standort einer Gesellschaft bringen, sondern seine unterdrückten Bücher, die Art und Weise ihrer Unterdrückung, die Skrupellosigkeit der im öffentlichen Leben stehenden Akteure, ihre Verlogenheit, ihre doppelte Moral, der zunehmende Verfall der Werte bei ihnen. Ich habe, erzähle ich ihm, zwei solche Bücher. Und: Stelle dir vor, sage ich ihm, nicht nur der Inhalt der unterdrückten Manuskripte ist nach wie vor aktuell. Aktueller denn je ist das Drum und Dran der Geschichten, vor allem, wie sie unterdrückt wurden. Und die Verhältnisse haben sich wesentlich verschlechtert. Aber wen interessieren solche Geschichten?

Da fragt mich dieser „verrückte" Kopte aus Ägypten unvermittelt, ob ich wisse, wie viele Menschen in Deutschland leben, die keine Deutschen sind? *„Weißt du"*, setzt er nach, *„daß diese Menschen deutsch sprechen und deutsch lesen, wie du und ich? Diese Menschen haben einen Anspruch darauf, daß du diese Geschichten der Unterdrückung, die auch ein subtiler Ausdruck des Rassismus sind, erzählst. Die deutschsprachige Literatur, die deutsche Sprache kann, darf nicht den Deutschen allein überlassen bleiben. Und diese Menschen werden immer mehr. Sie haben einen Anspruch darauf, daß du Geschichten wie diese erzählst. Damit sie in diesem Land ihre Standorte bestimmen lernen."*

Ja, Karam Khella hat mich nachdenklich gemacht. Ich lebe in Deutschland länger als die meisten Deutschen. Aufgewachsen bin ich in einer anderen Kultur. Nichts war mir in Deutschland selbstverständlich und vertraut. Vom ersten Tag an hatte ich eine kulturelle Distanz zu den hiesigen Verhältnissen. Trotzdem, oder gerade deshalb, habe ich mich hier nicht wenig eingemischt. Jede mich unmittelbar betreffende Ungereimtheit hat mich zum Widerspruch provoziert, nach dem Motto: nicht mit mir. Ungereimtheiten, die die meisten Deutschen widerspruchslos schlucken oder aber nicht einmal wahrnehmen. Die unvermeidliche Folge dieser meiner Haltung sind große und kleine Konflikte gewesen. Nicht zwischenmenschliche Unstimmigkeiten. Nein. Konflikte mit Institutionen bzw. mit einzelnen Vertretern der Institutionen. Je höher ihre Stellung innerhalb der Hackordnung ist, um so weniger scheinen sie sich um die verfaßten Werte ihrer eigenen Institutionen zu scheren. Die Deutschen nehmen diesen Tatbestand ohne sichtbaren Widerspruch hin. Aus der Erfahrung des Alltags heraus: *„Die da oben sitzen eh am längeren Hebel."* Ich hatte keine Gelegenheit, solche Alltagserfahrungen zu verinnerlichen. Mein Erfahrungsschatz ist angefüllt mit

Konflikten. Mein Erfahrungsschatz ist ein anderer und reicherer. Und dokumentierbar.

Es ist unfaßbar, wozu viele Vertreter demokratisch verfaßter Institutionen fähig sind, zu welchen Tiefen sie sinken können, wenn sie in die Ecke geraten, wenn ihnen die Argumente ausgehen. Dann vergessen sie das öffentlich geraspelte Süßholz und die gedroschenen Phrasen. Soll ich diesen Erfahrungsreichtum mit ins Grab nehmen? Darf ich es? Ich habe in diesem Land 45 Jahre gelebt. Entsteht daraus die Verpflichtung, so frage ich mich, meinen Erfahrungsschatz zumindest als Baustein für die bitter notwendige Sozialgeschichte anzubieten?

Also blättere ich in den Unterlagen meiner ersten unterdrückten Forschungsarbeit, die einige Umzüge überstanden haben. Sie elektrisieren mich. Wie habe ich diese Geschichte so lange und so gründlich verdrängen können? Ja, dieser Karam Khella! Ich erkenne, daß die ganzen Geschichten eher noch aktueller geworden sind.

Ob auch der öffentlich häufig geleugnete Rassismus bei den vielen meiner Auseinandersetzungen und bei der Unterdrückung zweier meiner Bücher eine Rolle gespielt hat, ist zweitrangig. Klar, es fällt den Angehörigen der „blond-blauäugig-weiß-christlichen" Kultur (Erläuterungen dazu folgen im „Prolog") schwer, damit zu leben, daß auch andere denken können, daß andere Menschen Kulturen hervorgebracht haben, denen die kompromißlose Ausbeutung, die Unterdrückung, die Entwürdigung anderer und der Völkermord nicht eingefallen sind. Daß es Angehörige solcher Kulturen nun im Zentrum ihres Machtbereiches in vielen Bereichen ihnen gleich tun, sie auch überragen, ist schwer verdaulich. Mag alles sein. Aber fällt die Art und Weise der Unterdrückung der eigenen Leuten anders aus?

Also habe ich mich überzeugen lassen, die Geschichten meines ersten unterdrückten Buches zu erzählen. Sie spielen sich in und um Universitäten ab, sind diese doch wichtige Facetten der Sozialgeschichte schlechthin. Denn die Universität ist eine prägende gesellschaftliche Einrichtung. Überall.

Sozialgeschichten werden selten erzählt. Solche über Universitäten noch nie. Wer verfügt schon über das belegbare Wissen, um Geschichten aus Universitäten zu erzählen? Auch systematisches Sammeln von nicht mehr belegbaren kleineren Geschichten wären wichtig. Aber wer soll sie sammeln, wer soll sie aufschreiben? Ist es für die Karriere förderlich, solche Geschichten zu veröffentlichen?

Sozialgeschichten sind Geschichten über soziale Konflikte. Nun gibt es in allen Konflikten Sieger und Besiegte, Gewinner und Verlierer. Die Gewinner und Sieger ziehen es eher vor, über die wirklich angewandten Mittel zu schweigen. Was zählt, ist der Sieg. Sieger verdienen eben den Sieg. Heldenhaft, versteht sich. Und wer soll sich für die Geschichte des Verlierers interessieren? Deshalb werden so selten Sozialgeschichten geschrieben.

8

Eine kleine, kurzgefaßte, aber doch beispielhafte Episode soll verdeutlichen, was damit gemeint ist. Schauplatz ist die Universität Köln. Mitte der fünfziger Jahre. Noch gibt es keine Massenuniversitäten. Der Grad der Anonymität ist gering. Hans Albert ist noch nicht bekannt als ein hervorragender Sozialwissenschaftler. Er habilitiert sich gerade in der wirtschafts- und sozialwissenschaftlichen Fakultät. Seine Habilitation hängt an einem seidenen Faden. Nicht weil seine Arbeit dem wissenschaftlichen Anspruch nicht genügt hätte. Nein. Sein wissenschaftstheoretischer Teil ist zu gut, wie später der in der „Kölner Zeitschrift für Soziologie und Sozialpsychologie" ausdauernd geführte wissenschaftstheoretische Disput über den „Positivismus" mit Jürgen Habermas zeigen wird. Dieser methodologische Teil stellt die gängige gesellschaftswissenschaftliche Praxis in Frage, implizit auch jene bestallten Fakultätsmitglieder.

So ist halt die Wissenschaft in der Geschichte, auch wenn dies vielen etablierten Wissenschaftlern so häufig gegen den Strich geht. Die geltenden Erkenntnisse werden immer wieder auf den Prüfstand gebracht, neue Aspekte kommen hinzu, die Wissenschaft entwickelt sich, und das Wissen wächst. So sollte es sein. Aus der Natur der Sache heraus. So wäre es auch immer, wenn die Wissenschaftler nur Wissenschaftler wären. Aber sie sind auch Menschen und zuweilen allzu menschlich. Wie beispielsweise jene Mitglieder der wirtschafts- und sozialwissenschaftlichen Fakultät an der Universität Köln. Ordinarien. Mitte der fünfziger Jahre. Sie haben die Macht, die Habilitationsarbeit von Hans Albert abzulehnen, auf Änderungen zu bestehen, ihn zum Widerruf zu zwingen, unabhängig von der wissenschaftlichen Qualität. Und sie sind entschlossen, gegen Hans Albert ihre Macht zu mißbrauchen.

Fakultätsintern, vielleicht auch universitätsintern, wird über den Vorfall getuschelt. Wäre da nicht ein Fakultätsmitglied namens Gerhard Weisser gewesen, der von der Politik als Sozialpolitiker in die Wissenschaft gekommen war, hätte Hans Albert wahrscheinlich wider seines Gewissen große Zugeständnisse machen müssen. Er hätte keine andere Wahl gehabt, wollte er weiterhin im Wissenschaftsbetrieb arbeiten. Und: Er hat bis dahin kein anderes Handwerk als „Wissenschaft" gelernt. Auch Gerhard Weisser gelingt es nicht, die Arbeit ohne Zugeständnisse durchzubringen.

Nach der erfolgten Habilitation hätte Hans Albert diese eines Wissenschaftsbetriebs unwürdigen Vorfall öffentlich machen können. Nur, das wäre dann **auch** das Ende seiner wissenschaftlichen Karriere gewesen. Höchstwahrscheinlich. Später kann er die Geschichte auch nicht erzählen, weil „Wohlverhalten" für das Weiterkommen im Wissenschaftsbetrieb wichtig ist. Dieser Wirkzusammenhang stellt sicher, daß sich ähnliches in der Universität Köln und auch anderswo wiederholte.

Ich habe einfach Glück gehabt, daß ich ohne faule Kompromisse dem Universitätsbetrieb erhalten geblieben bin. Aber erzählt habe ich die Geschichten auch nicht. Noch nicht. Schon immer mal habe ich mir durch den Kopf gehen lassen, ob es nicht meine Verpflichtung wäre, die Geschichten zu erzählen. Aber dann holt einen der Alltag wieder ein. Und Entschuldigungen wie: „Sei doch froh und zufrieden, daß Du den Rücken nicht krumm machen mußtest, daß Du nicht ständig verlogen sein mußtest, daß Du Dich nicht auf die Couch oder aufs Krankenbett legen mußtest". Bis ich mit einer verrückt erscheinenden Frage von Karam Khella konfrontiert werde.

Auch eine Universität entwickelt sich nicht von selbst. Sie wird entwikkelt. Forscher, Lehrer, Studierende, Dienstleister aller Art und auf verschiedenen Ebenen entwickeln sie. Und jene einflußreichen Mitglieder der Gesellschaft, die die materielle Funktionsfähigkeit sicherstellen und aus dem Hintergrund die Drähte ziehen. Also fließen in die Universität vielfältige Interessen ein. Deshalb wird in den Universitäten nicht über alles geforscht, was gesellschaftlich notwendig wäre. Nein, geforscht wird nur in jenen Bereichen und über jene Themen, für die Forschungsmittel zur Verfügung gestellt werden. Steckenpferde einzelner Forscher sind selten, noch seltener sind zufällige Entdeckungen.

Die Lehre richtet sich folgerichtig nach den so gewonnenen Forschungsergebnissen. Selbstverständlich wird auch nicht alles gelehrt, werden auch nicht alle verfügbaren Forschungsergebnisse zur Lehre herangezogen. Nein. Gelehrt werden nur jene Aspekte, mit denen sich die Forscher und Lehrer gerade beschäftigen und die mit dem geringsten Aufwand in die Lehre einzubringen sind. Regelmäßige Wiederholungen sind die Regel. Lehre bringt keinen Ruhm, das tun nur veröffentlichungsfähige Forschungsergebnisse. Und ohne Ruhm keine Karriere. Ohne Karriere kein Reichtum. Und es gibt auch Forschungsergebnisse, die noch wertvoller sind, wenn sie nicht veröffentlicht werden, wenn sie unter Verschluß gehalten werden. Marktgesetze! Auch deshalb hat Forschung Vorrang. Und Forschung kostet Zeit. Viel Zeit.

Dieser Lauf der Dinge pflanzt sich fort. Studierende sind die schwächsten Akteure auf dieser Bühne, schwächer gar als die Dienstleister in den Universitäten. Ihr Anpassungsdruck ist groß. Nischen sind selten. Sie lernen mehr als sie fragen. Kritische Fragen sind weder bei den Lehrenden noch bei den Kommilitonen gern gesehen. Sie entsprängen Profilierungssüchten, heißt es. Sie seien zeittötend. Seltenst haben Studierende Gelegenheit, Einblicke in die Verteilung und Verflechtung der Macht innerhalb der Universität zu gewinnen, über die Handlungen der wirklichen Drahtzieher Bescheid zu wissen. Sie haben nicht einmal die faktische Möglichkeit, ihre Lehrer insoweit zu kennen, daß sie wissen, wie und warum ihre Lehrer zu ihren Forschungsschwerpunkten gekommen sind. Später, mit zunehmenden Alter, sind sie dann selbst in jenen leitenden gesellschaftlichen Funktionen tätig, über die sie sich in ihrer Lernzeit keine Einblicke, keine Durchblicke verschaffen konnten.

Ich weiß, daß es zu dem bisher Gesagten kaum Widerspruch geben wird. Auf dieser allgemeinen Ebene sind diese Worte selbstverständlich und deshalb hätte auf sie eigentlich auch verzichtet werden können. Aber nicht in meiner dokumentarischen Erzählung, wie ich meine. Sie benötigt einen gemeinsamen Merkposten, so etwas wie eine Meßlatte.

Ich bin geboren in Kalkutta, indischer Staatsangehöriger nach wie vor, auf Lebenszeit beamteter Hochschullehrer in Deutschland. Der *„Freiheit der Forschung und Lehre"* zum Trotz bin ich wiederholt von meinen wissenschaftlichen Schwerpunkten vertrieben worden. Das Wie und das Warum scheint System zu haben. In allen Universitäten geschieht ähnliches und gleiches. Aber das bleibt unerzählt.

Einige Zitate und Fakten mögen wie Wiederholungen erscheinen. Es sind eigentlich keine Wiederholungen, denn in dem jeweiligen Zusammenhang erhalten sie unterschiedliches Gewicht und unterschiedliche Tragweiten. Eine persönliche Erklärung noch. Ich danke allen, wirklich allen, die – wie in dieser Geschichte erzählt – uns, mich zu Erkenntnissen von unschätzbarem Wert geführt haben. Den Text dieser Erzählung haben Klaus Schleuter, angehender Sozialpädagoge, Rechtsanwalt Volker Felmy und meine Frau kritisch gelesen.

Prolog

August 1966. Gerade angekommen im „off-shore" von Bombay. Mit einem Frachter der damaligen deutschen Hansalinie. Köln, Rotterdam, Beirut, Port Said, Jidda, Aden. 30 Tage Seefahrt. Dazwischen zweimal festen Boden unter den Füßen. Jeweils für wenige Stunden. Wir sehen die Silhouette der westlichsten indischen Großstadt. Aber an Land gehen dürfen wir nicht – wir, meine Frau, deutsche Staatsangehörige und promovierte Ökonomin, und ich. Der einsetzende Monsun hat, wie alle Jahre wieder, zu einem Entladungsstau bei den Frachtschiffen geführt. Wartezeit von mindestens zwei Wochen. Und wir haben keine Zeit zum ungewissen Warten.

Ich habe eine einjährige Lehrverpflichtung übernommen an der Universität Rajasthan in der Hauptstadt Jaipur des Bundesstaates Rajasthan. Beurlaubter wissenschaftlicher Assistent im Institut für Soziologie an der Universität Köln. Das akademische Jahr hat schon am 7.Juli 1966 begonnen. Also drängen wir darauf, ausgeschifft zu werden. Auch die Reederei hat kein Interesse, uns für eine unbestimmte Zeit durchzufüttern, was nicht billig ist. Passagiere eines Frachtschiffes sind immer Erste-Klasse-Passagiere, mit allem Drum und Dran.

Wir haben Erfolg. Wir wissen nicht, wie die Reederei im durch und durch bürokratischen Indien es möglich machte, Passagiere aus einem Schiff an Land gehen zu lassen, das noch gar nicht richtig in Indien angekommen ist. Wie dem auch sei, wir sind froh, am nächsten Tag samt unseres Gepäcks mit einem Motorboot zur Zollabfertigungsstelle des Hafens gefahren zu werden. Der Warteraum des Zollamtes ist leer. Passagierschiffe meiden Indien während der Monsunzeit. Die Zollbeamten finden dennoch keine Zeit für unsere Abfertigung. Allesamt sitzen sie an ihren Schreibtischen und bearbeiten ihre Akten. Sie haben uns gesehen, und wir können sie sehen. Und, wie gesagt, wir sind in Eile!

Gut, daß wir zu zweit sind. Ich will die Zeit nutzen, Geld umtauschen, zum Bahnhof fahren und mich bemühen, die Eisenbahnfahrt nach Jaipur zu organisieren. Ich instruiere meine Frau, wenn es mit der Zollabfertigung so weit sei, jedes einzelne Gepäckstück zu öffnen und alle Gegenstände – und wir haben einige Gerätschaften für den einjährigen Lehr- und Forschungsaufenthalt mit –, die über das übliche Reisegepäck hinaus gehen, auf dem Abfertigungsbogen einzeln eintragen zu lassen. Eine eher intuitive Vorsichtsmaßnahme. Die Paßkontrolle ist besetzt. Nach dem Geldumtausch eile ich zum Hauptbahnhof. Es ist eine Reise von eineinhalb Tagen mit der Eisenbahn. Reservierung ist Pflicht, ganz gleich, in welcher Klasse man fährt. Die nächsten Tage sind restlos ausgebucht. So wird mir gesagt. Nichts zu machen. Zwar gibt es auch eine Luftverbindung zwischen Bombay und Jaipur, aber wie sollen wir die Flugkosten für das viele Gepäck bezahlen?

Niedergeschlagen berichte ich meiner Frau über diese mißliche Situation. Sie ist auch ziemlich betrübt und nachdenklich. Immerhin hat sie inzwischen die Abfertigung hinter sich gebracht, wenn auch nicht ohne Komplikationen. Die Zollbeamten sehen das Ansinnen meiner Frau nicht ein, sich in unnütze Arbeit zu stürzen. Unnütz, weil ich mich ja elf Jahre im Ausland aufgehalten hatte und daher eh berechtigt gewesen wäre, unseren gesamten Hausstand zollfrei mitzubringen. Es war gut, daß ich nicht dabei war. Mein eindringlicher Hinweis an meine Frau hatte gefruchtet. Ich weiß nicht wie – die westfälische Beharrlichkeit meiner Frau und vielleicht auch ihr sich aus der sichtbaren Hilflosigkeit entwickelnder Charme –, aber sie hatte die Zollbeamten überredet, die „unnütze Extraarbeit" auf sich zu nehmen, ohne dafür etwas auf die Hand überreicht zu bekommen. Meine Frau hatte kein Geld bei sich, und selbst wenn sie Geld gehabt hätte, hätte sie nicht gewußt, wie so etwas zu bewerkstelligen gewesen wäre.

Die Zollbeamten sind von Beruf aus neugierig. Sie fragen meine Frau aus. Nachdem sie so gut wie alles über unser bisheriges Leben wissen, wünschen sie ihr alles Gute. Durchaus zweideutig, ehrlich und ironisch zugleich. Der Leiter des Zollamtes macht eine Eintragung im Reisepaß meiner Frau, unterschreibt diese mit vollem Namen und bittet sie, nach ihm zu fragen, sollten wir unsere Rückreise von Bombay aus antreten. Es würde gern wissen wollen, wie unser Aufenthalt tatsächlich verlaufen ist. Der wohlwollend ironische Unterton kommt bei meiner Frau an. Ein Jahr in Indien, mit einem so „unindischen" indischen Mann!

Was tun, um schnellstmöglich Jaipur zu erreichen? Ich kenne Bombay nicht, ich war nie in Bombay, ich habe auch keine Verwandten oder Freunde hier, aber wir haben einige Adressen für Bombay mit. Eigentlich hat jeder Inder Adressen mit, wenn er in die Fremde reist. Also rufe ich jemanden an, dessen Anschrift meine Frau von ihrem Hindilehrer, auch ein Inder an der Universität Köln, erhalten hatte. Mr. Metha, ein Geschäftsmann aus dem benachbarten Bundesstaat Gujerat, aber seit langem in Bombay zu Hause. Er kommt auch relativ prompt, hilft uns, unsere Gepäckstücke zur Aufbewahrung zu bringen, und nimmt uns so selbstverständlich mit zu seiner Wohnung, als ob dies schon seit langem verabredet gewesen wäre. Uns tut das gut. Als er hört, daß wir dringend nach Jaipur müssen und für Tage keine Reservierung für eine Bahnfahrt möglich sei, lacht er. Wir können sein Lachen nicht deuten. Auch das belustigt ihn, aber dann beruhigt er uns. Wir sollten uns keine Sorge machen und uns beruhigen. Er will dafür sorgen, daß wir schnellstmöglich nach Jaipur kommen.

Die früheste Möglichkeit wäre ein Zug am nächsten Morgen, meint er. Wegen der langen Reise schlägt er die erste Klasse vor. Wir sollten uns ausruhen. Er will sich um die Fahrkarten kümmern. Tatsächlich bringt er zwei reservierte Fahrkarten für den nächsten Zug mit. Bevor wir unser Erstaunen in Worte fassen können, teilt er uns eher beiläufig mit, daß er pro Ticket 10 Rupien „extra" habe bezahlen müssen. Darüber wird nicht verhandelt. Wie hätte ich das wissen können, daß es ohne „extra" keine Fahrkarten gibt? Das hat man zu wissen. Mr. Metha verrät uns noch, daß in Indien jeder reibungslose Ablauf seinen festen Preis hat. Wir sollten dies beherzigen.

Diese kleinen Episoden hätten mich schon ernüchtern müssen, mir klar machen müssen, daß ich mein Land nicht kannte, nicht mehr kannte, vielleicht nie richtig gekannt habe. Nichts von alledem. Statt dessen verarbeite ich diese Kleinstepisoden europäisch intellektuell. Als moderner Sozialwissenschaftler identifiziere ich problemlos das Grundübel. Die Rückständigkeit Indiens ist verursacht durch die Traditionalität. Korruption ist nur ein wichtiger Teil davon. Selbstgefällig erkenne ich meine Verpflichtung, als modern ausgebildeter Wissenschaftler einen Beitrag für die Überwindung der Rückständigkeit meines Landes zu leisten. Ja, es stellt sich auch ein gewisser Stolz und eine innere Befriedigung bei mir ein, daß meine Sensibilität auch auf kleinste Hinweise reagiert. Ich weiß nun immer definitiver, daß ich eine wichtige Mission zu erfüllen habe. Zur Skepsis habe ich so keine Veranlassung. Denn zu dieser Gastprofessur wurde ich eingeladen. Gastprofessur im eigenen Land! Der Widerspruch fiel mir damals nicht auf. Wie sollte er auch? Was soll daran denn falsch sein?

Als es feststeht, daß ich nach elf ereignisreichen Lebensjahren in Deutschland nach Indien zurückkehre, wenn auch zunächst auf Zeit, ehrt mich Werner Höfer in seinem sonntäglichen „Internationalen Frühschoppen". Ein in Deutschland ausgebildeter Inder, ein in Deutschland bekannter indischer Wissenschaftler und Publizist geht in seine Heimat zurück. Das in Deutschland erworbene Wissen soll zum Fortschritt, zur Modernisierung seines Landes beitragen. Nach dieser öffentlichen Verabschiedung im deutschen Fernsehen interviewt mich Werner Höfer für seine wöchentliche Kolumne in der Wochenzeitung „Die Zeit." Peter Bender, damals in der WDR-Hauptabteilung Politik, regt an, daß ich Tagebuch führen sollte. Die Redaktionen „Morgen- und Mittagsmagazine" des WDR bitten mich, unmittelbar nach meiner Ankunft in Jaipur meine Telefonnummer nach Köln zu übermitteln, damit die Redaktion mich für die Magazinsendungen einplanen kann.

Vieles ist in den letzten Jahren geschehen, mich in einen Rauschzustand von Dauer zu versetzen. Ich habe es geschafft, es jenen gleich zu tun, deren Vorfahren vom 16. Jahrhundert an in die Welt hinausgegangen sind und sich diese untertan gemacht haben, jenen blonden, blauäugigen, weißen Christen, denen es gelang, ihrer Kultur weltweit Geltung zu verschaffen. Denen ebenbürtig geworden zu sein, dazu quasi im Zentrum der „blond-blauäugig-weiß-christlichen" Kultur, ohne blond-blauäugig-weiß-christlich zu sein, hat mich berauscht; wenn nicht berauscht, so doch blind, blauäugig und überheblich gemacht. Später werde ich einsehen, einsehen müssen, daß dies keine besondere Leistung gewesen ist. Unzählige vor mir haben diese Leistung vollbracht und werden sie nach mir vollbringen. Denn alle Eroberer haben in den eroberten Gebieten instinktiv das vorgefundene Erziehungssystem unterminiert, unterwandert und zerschlagen und das eigene eingeführt. Aber die Briten haben diese Politik in Indien mit Bedacht eingeführt. So formulierte der Liberale Thomas Babington Macaulay (1800 – 1859), der 34jährig als Berater zu einem Salär von 10.000 britischen Pfund dem „Supreme Council of India" diente, 1835 folgende bemerkenswerte Sätze zur Erziehungspolitik in Indien: *„Wir müssen im Augenblick alles tun, um eine Klasse zu formieren, die Vermittler werden könnte zwischen uns und den Millionen von Menschen, über die wir herrschen; eine Klasse von Personen, Inder in Blut und Farbe, aber englisch im Geschmack, in den Meinungen, in den Moralvorstellungen und im Intellekt."* Der unverheiratete Thomas Babington Macaulay wird 1857 zum 1. Baron von Rothley erhoben.

Es folgte ein neues Erziehungssystem. Indische Aristokraten wie der Bengale Raja Rammohon Roy unterstützten die Politik der systematischen Einführung der blond-blauäugig-weiß-christlichen Kultur in Indien. Wissenschaftler haben dieser Kultur viele Namen gegeben, je nach Opportunität: christlich, westlich, okzidental, europäisch, modern, demokratisch, industriell usw. und usw. All die Bezeichnungen verdecken die wesentlichen Merkmale, die diese Kultur konstruieren: blond-blauäugig-weiß-christlich. Deshalb ziehe ich es vor, diese weltweit dominierende Kultur beim Namen zu nennen, die ja auch meine Kultur geworden ist, auch wenn mir einige Merkmale fehlen. Dank Thomas Babington Macaulay, dem Lord Rothley. All dies werde ich später, viel später, begreifen. Ich war also einer von „Macaulays Klasse" und bin das vielleicht auch heute noch.

Aber damals, 1966, nicht nur bei unserer Ankunft in Bombay, habe ich jeden Hinweis, der mich hätte nachdenklich machen müssen, umgedeutet als einen Fingerzeig, als ein Zeichen auf jenen kolossalen Berg aus von mir zu erfüllenden Aufgaben, meinen missionarischen Aufträgen, Indien zur „Modernität" zu verhelfen. Vergessen, nein, verdrängt waren viele Ereignisse in den elf ereignisreichen Lebensjahren in Deutschland, die auch anders hätten gedeutet werden können, ja, vielleicht anders hätten gedeutet werden müssen.

*****

Frühmorgens im Mai 1955 komme ich in Hannover an. Über Colombo, Port Suez, Neapel, mit einem Passagierschiff in der billigsten Kabinenklasse. Aber im Gepäck habe ich ein teures Stück Papier: die Zulassung zum Studium des Bauingenieurwesens an der „Technischen Hochschule" in Hannover. Ein Wunschtraum indischer Eltern war in Erfüllung gegangen. Ja, richtig. Das Bauingenieurwesen! Nicht Sozialwissenschaften oder Publizistik.

Ein Taxi fährt mich mit meinen drei Gepäckstücken zum Immatrikulationsamt. Zwei Mark zeigt das Taxometer. Ich habe nur einen 50-Mark-Schein. Der Taxifahrer hat kein Kleingeld. Er schenkt mir die Fahrt und wünscht mir alles Gute. Am selben Tag der Zulassung werde ich beurlaubt für ein sechsmonatiges Praktikum, dessen erfolgreicher Abschluß Voraussetzung für den Beginn des eigentlichen Studiums ist. Ich bin der zweite Inder, der nach dem Zweiten Weltkrieg an der Technischen Hochschule in Hannover zugelassen wird. Das Immatrikulationsamt bringt mich in einem der wenigen Studentenheime unter. Es ist in Sichtweite des Hauptgebäudes der Hochschule. Der erste indische Student in Hannover lebt auch in diesem Heim. Auch er ist ein Kalkuttaner, ein Bengale also. Er ist kurz vor dem Abschluß seines Studiums. Er ist der Mittelpunkt bengalischer Praktikanten. In den ersten Tagen fühle ich mich wie zu Hause – bengalisches Essen kochen, indische Musik hören, sich in der Muttersprache verständigen in einer kalten, fremden Welt. Angenehme erste Tage!

Die Kriegsschäden in Hannover sind noch unübersehbar. Auch in der technischen Hochschule selbst. 85 % der Stadt Hannover wurden zum Trümmerhaufen gebombt, wird mir erzählt. 1955 wird überall gebaut. Frühmorgens beginnt die Arbeit, nicht wie in Indien am späten Vormittag. Ich bin beeindruckt. Auch das Praktikum wird vom Immatrikulationsamt vermittelt. An diversen Baustellen. Es wird sogar ein Stundenlohn von einer DM bezahlt. Nicht wenig für die damalige Zeit. Der Stundenlohn hat diese Geschichte, die ich erzähle, nicht nur mittelbar beeinflußt. Körperliche Arbeit war mir bis dahin fremd. Ich lerne, zu arbeiten. Auch nach dem erfolgreichen Abschluß des Praktikums habe ich auf dem Bau gearbeitet, um als angelernter Maurer in den Semesterferien Geld zu verdienen. Das Geld habe ich bitter gebraucht.

Mein Vater, ein Eisenbahner im höheren Dienst im noch ungeteilten Britisch-Indien, hatte bei der Teilung im Jahre 1947 dem Appell Mahatma Gandhis folgend als Nichtmuslim für Ost-Pakistan optiert. So wurde er automatisch Pakistani. Ich blieb zurück in Kalkutta, blieb Schüler in der „Hindu School" an der College Street, der damals besten Schule in Kalkutta, und erhielt automatisch die indische Staatsangehörigkeit. Nicht einmal zwei Minuten von der Schule entfernt, an der Kreuzung College Street und Harrison Road, ist die einzige „Boys Branch" der CVJM in Kalkutta. Kein Internat, sondern ein Wohnheim für Schüler. Ich hatte Glück und konnte dort leben. Seit dieser Zeit organisiere ich mein Leben selbst. Mit bescheidenen Mitteln. Mein Vater mußte seinen „ausländischen" Sohn monatlich mit Geld versorgen. Über den Schwarzmarkt. Pakistan gestattete eine geregelte Überweisung nach Indien nicht.

Und Überweisungen nach Deutschland wären allein wegen des Divisenmangels schwierig gewesen. Für das Studium des ausländischen Sohnes kamen sie überhaupt nicht in Frage. Also wird das Geldschicken nach Hannover kompliziert. Meine sieben Jahre ältere Schwester lebt, seit 1947 verheiratet, in Kalkutta. Sie erhält den monatlichen Wechsel, schwarz versteht sich, um ihn an mich weiterzuleiten. Sie zieht es aber vor, das Geld für sich zu behalten. So bleibt mein monatlicher Wechsel in Hannover aus. Ich nehme an, meine Eltern sind überfordert, das Geld zu überweisen.

Die Wechselkurse von Währungen aus der „Dritten Welt" waren auch damals nicht günstig. Und dann der Wechsel in zwei fremde Währungen! Statt bei meinen Eltern den monatlichen Wechsel anzumahnen, bemühe ich mich lieber, das nötige Geld selbst zu verdienen. Arbeitsmöglichkeiten für „Werkstudenten" gibt es genug. Im Semester als Gelegenheitstagelöhner – das Studentenwerk hat eine eigene Vermittlungsstelle –, in den Semesterferien als angelernter Maurer. Ich kann mich so, eher schlecht als recht, finanziell über Wasser halten. Zwölf Jahre später werde ich erfahren, daß meine Eltern tatsächlich regelmäßig das Geld an meine Schwester geschickt hatten, vier Jahre lang, wie verabredet.

Ein Mitbewohner im Studentenheim ist „Bursche" in einer nichtschlagenden Verbindung, dem Schwarzburg-Bund. Er führt mich dort als „Verkehrsgast" ein. Damit ich auch Anschluß zu den Deutschen bekomme. Verkehrsgast heißt, dabei sein zu dürfen, ohne Rechte. Aber auch ohne die „Lernzeiten" als „Fuchs". Ich fühle mich geehrt. Dort erfahre ich eindringlich, daß ich nicht nur „ich" bin, sondern auch ein „Inder", nein, zu allererst ein „Inder" bin. In der ersten Zeit meines Aufenthaltes in diesem Land ist mein „Inder-sein" immer wichtiger geworden, als mein „Ich-sein". Bei jeder Begegnung muß ich erzählen, erzählen und erzählen. Trotz mangelhafter Sprachkenntnisse. Zu meinem Bekanntenkreis in Kalkutta zählte auch Irmgard Bhaduri, Kalkuttanerin seit 1928 und deutsch-jüdischer Herkunft, mehr eine waschechte Berlinerin als eine Jüdin. In den zwanziger Jahren studierten viele Inder in Berlin, die nicht nach Großbritannien wollten. Anadi Bhaduri war einer davon. Irmgard und Anadi heirateten noch in Berlin und landeten in Kalkutta. So wurde Irmgard Bhaduri eine Kalkuttanerin, und ich wurde nicht nur mit dem Klang der deutschen Sprache vertraut. Hätte ich geahnt, welcher Druck zum Erzählen auf mich zu kommen würde, hätte ich die deutsche Sprache doch vor meiner Abreise etwas systematischer erlernt. Ich hätte Irmgard Bhaduri mehr in Anspruch nehmen können.

Ich sollte nicht über mich erzählen, sondern über Indien. Meine Kenntnisse über die indische Philosophie und über die indischen Epen Mahabharata und Ramayana sind mir dabei hilfreich. Diese Rolle eines „Verkehrsgastes" und die damit verbundenen Erfahrungen sind einer der Gründe, warum ich nach wenigen Tagen meinen Aufenthalt im Studentenheim beende.

Auch an den Baustellen muß ich viel erzählen. In den Pausen natürlich. Ich nehme immer das hilfreiche kleine Wörterbuch mit: Collins German Gem Dictionary. Ich habe das Wörterbuch heute noch, die erste Ausgabe von 1953, die ich vor meiner Abreise 1955 in Kalkutta kaufte. Während der Arbeit müssen die anderen erzählen, weil ich vieles zu Beginn nicht verstehe und ständig nachfragen muß. Mir wird klar, daß ich jede verfügbare Minute brauche, deutsch zu lernen. Also verzichte ich auf die häufigen bengalischen Essen im Studentenheim und die heimatlichen Klänge. Schon auf meiner ersten Baustelle sagt mir der Polier, ein möbliertes Zimmer mit

Frühstück in einem Arbeiterhaushalt würde mir während der Praktikantenzeit hilfreicher sein, als das Leben in einem Studentenheim. Und wesentlich preiswerter. So ist es auch gewesen.

Seit meinem achten Lebensjahr habe ich „Bridge" gespielt. Schon in den ersten Tagen in Hannover erkundige ich mich nach einem Bridge-Klub. Im Verkehrsverein der Stadt werde ich schließlich fündig. Ich werde im Bridge-Klub freundlich aufgenommen. Die Bridge-Spieler sind eine besondere Sorte von Menschen. Sie sind liberaler, offener, nicht so verbissen. Vom Bridge-Spiel selbst abgesehen. Beim Spiel sind sie mehr als verbissen. In diesem Klub in Hannover sind neben vielen reichbehangenen betagten Damen auch einige jüdische Rückkehrer. Einer von ihnen war nur wenige Monate vor mir nach Hannover gekommen. Norbert Manne. Zurück aus Montevideo. Mein erstes Turnier in Deutschland spielen wir zusammen und gewinnen. In Porta Westfalica. Wir werden Freunde und werden Freunde bleiben bis zu seinem Tod. Das Bridge-Spielen und die Bridge-Klubs spielen in dieser Sozialgeschichte eine nicht unwesentliche Rolle.

Nach dem Auszug aus dem Studentenheim bin ich ganz und gar der deutschen Umgebung ausgesetzt. Und es ist eine facettenreiche Umgebung. Ich lerne schnell die deutsche Sprache zu beherrschen. Nicht in der Grammatik, aber im Ausdruck, immer unmißverständlicher. Ich komme schnell zurecht. Konflikte, auch verursacht durch mein fremdländisches Aussehen, sind für mich selbstverständlich und nicht unerwartet. Sie hinterlassen auf mich keinen nachhaltigen Eindruck. Ich weiß mittlerweile, in welcher allgemeinen Wertschätzung „die Inder" schon immer in Deutschland gewesen sind. Diskriminiert werde ich nur in Situationen, in denen ich nicht als Inder erkannt werde. Und Alltagskonflikte gibt es halt überall. Später, viel später, werde ich begreifen, daß ich es als Inder in Deutschland viel einfacher gehabt habe als andere dunkelhäutige Ausländer. Viel später werde ich auch begreifen, daß meine schnelle und angenehme Anpassung an die deutschen Verhältnisse auch schnelle Entfremdung von der indischen Wirklichkeit, von der indischen Kultur bedeutet hat.

Ich gründe den Deutsch-Indischen Verein in Hannover und organisiere indische kulturelle Veranstaltungen. Die Doppeldeutigkeit solcher Übungen war mir schon damals nicht ganz fremd. Nach meiner Zeit in Hannover habe ich nicht nur nicht mehr indische Kultur vermarktet, ich bin auch nie wieder Mitglied eines Deutsch-Indischen Vereins – welcher Art auch immer – geworden.

Wie schon erwähnt, ein Ingenieurstudium ist der Wunschtraum indischer Eltern. Unabhängig von der tatsächlichen Neigung der Kinder. Und mit einem erfolgreich im Westen absolvierten Ingenieurstudium ist man schon oben. Die Familie auch. Dennoch beginne ich zu zweifeln, ob das Bauingenieurstudium für mich das Richtige ist. Im dritten Semester beginnt so richtig die darstellende Geometrie, das Bauzeichnungswesen und Baurechnungswesen. Diese finde ich erheblich uninteressanter als die leitende Organisation eines Deutsch-Indischen Vereins oder auch als das Erzählen vor diverser Öffentlichkeit oder das Bridge-Spielen. Also mache ich mir ernsthaft Gedanken darüber, ob ich mir ein Leben als Bauingenieur wirklich leisten sollte. Außerdem steigt auch der Bedarf an Arbeitszeit für das Studium.

Etwa zur gleichen Zeit lese ich einen ausführlichen Reisebericht über Südostasien von Carlo Schmid. Engagiert, voller Nachdenklichkeit und Sympathie. Spontan schreibe ich ihm, erkundige mich über eine Studienmöglichkeit bei ihm, erhalte von ihm den Rat, nicht bei ihm, sondern mich besser um einen Studienplatz in Bonn zu kümmern, wollte ich mich mehr für Staat und Gesellschaft als für das Ingenieurwesen interessieren, was ich dann auch getan habe. Ich lasse mich am 22. Mai 1957 in Bonn für Staatswissenschaft immatrikulieren. Der nicht erhaltene monatliche Wechsel macht mir diese Entscheidung leichter. Ich glaubte, später, nach meiner Rückkehr, würde ich keine Rechenschaft oder Rechtfertigung meines Sinneswandels schuldig sein.

Das erste Fachsemester in Bonn entspricht meiner Erwartung nicht, bis auf eine einzige Veranstaltung, „Internationale Wirtschaftsbeziehungen". Andere erschöpften sich in Statistik, Buchhaltung, Steuerlehre, Betriebswirtschaftslehre, das Rechnungswesen, Volkswirtschaftslehre, Kredittheorie, usw., usw. Die Stadt gefällt mir, überschaubar und wirtlich, alles nah beieinander. Gewohnt habe ich in einem kleinen Studentenheim, unweit vom Poppelsdorfer Schloß. Neben den Veranstaltungen verbringe ich noch viel Zeit in der Universität. Ich beobachte die politischen Aktivitäten der organisierten Studenten: des AStA, der politischen Gruppierungen, der Vereine der ausländischen Studierenden – die Inder haben auch einen eigenen Verein –, des WUS (World University Service) und des ISSF (Internationaler Studentenbund und Studenten Föderation). Ich bin auf der Suche nach einer politisierten studentischen Organisation, der ich mich aktiv anschließen will.

Einblicke in die studentischen Verbindungen in Hannover haben mir gereicht. Für diese Art von studentischer Aktivität habe ich mich nicht begeistern können. Nicht daß einzelne Füchse, Burschen und auch alte Herren nicht herzlich und nett gewesen wären. Die Werte und Normen der „Verbindungen" sind es, die mir nicht behagen. In Bonn sind die Korporationsstudenten auch noch demonstrativ aggressiv. Farben tragen sie auch im Alltag. Und nicht zu knapp. Bierzipfel genügen ihnen nicht. Und dann die Verbindungshäuser! Und die nächtliche Belästigungen der Nachbarschaft. Beinahe jede Nacht. Gesänge sollen das gewesen sein.

Ich entscheide mich relativ bald für den ISSF. Auch der WUS wäre von der personellen Zusammensetzung her durchaus interessant gewesen, aber ihre Aktivitäten erschöpfen sich in Feten, Tanznachmittagen und „Betreuungsmaßnahmen" eben für die „armen Ausländer". Er war eher ein GUS (German University Service) für ausländischen Studierende. Hilfe für ihre Anpassung. Durch hilflose deutsche Helfer. Nicht daß der ISSF völlig aus dem Rahmen fiel, nein, aber er bemühte sich redlich um die Internationalität und um Verständnis von Politik, vornehmlich von internationaler Politik. Im internationalen Studentenheim an der damaligen Koblenzer Straße ist ein kleines Büro für die Ortsgruppe. Der Bundesvorstand des ISSF sitzt auch im selben Haus und hat wesentlich mehr Räumlichkeiten. Der Veranstaltungsraum des Studentenheims wird mit anderen internationalen Gruppierungen geteilt.

Wirtschaftlich geht es mir in Bonn erheblich schlechter. Die Stadt Bonn war von Kriegsschäden verschont geblieben, also mußte nicht neu aufgebaut werden. Deshalb besteht für einen „angelernten Maurer", wie ich einer bin, keine Nachfrage. Aber mein Deutsch ist mittlerweile brauchbar. Durch die Vermittlung der „SPD-Baracke" erhalte ich während der ersten Semesterferien in Bonn eine Praktikantenstelle bei der Tageszeitung „Hannoversche Presse" in Hannover. Die SPD hatte damals eine ganze Reihe von Tageszeitungen. Auf dem Bau hätte ich sicherlich mehr verdienen können, aber eine Tageszeitung reizt mich mehr.

Ende des Semesters werde ich zum 1. Vorsitzenden der Bonner Gruppe des ISSF gewählt, meiner Ortsabwesenheit während der Semesterferien zum Trotz. Das politische Programm werde eh schon immer zum Semesterbeginn für ein Jahr gemacht. Außerdem würde einer der Stellvertreter in Bonn sein. Ich buche dieses Gewähltwerden durchaus als eine Auszeichnung. Später werde ich es anders bewerten lernen. In Bridge-Klub (in Bad Godesberg) bin ich auch noch, aber nicht so häufig wie in Hannover. Der Tag hat leider nur 24 Stunden!

Am 20. Juli 1957 kann ich noch gerade die Semestergebühren für das Sommersemester 1957 aufbringen. Meine Notgroschen, von Kalkutta mitgebrachte Reiseschecks über 500 englische Pfund, sind beinah verbraucht. Die Praktikantentätigkeit bei der Zeitung würde gerade ausreichend für meinen Aufenthalt in Hannover sein. Also bitte ich jenen stellvertretenden Vorsitzenden der Bonner ISSF-Gruppe, der ein Bonner war, für mich eine „Schlafstelle" mit Frühstück ab Oktober ausfindig zu machen. Billigst. Ich werde wenig Geld und viel Arbeit haben. Also brauchte ich kein gut möbliertes Zimmer. Das Praktikum bei der Zeitung ist für mich ein großer Gewinn in vielerlei Hinsicht. Das hat aber keinen direkten Bezug zu dieser Sozialgeschichte.

Ich kann in Bonn tatsächlich eine der billigsten möblierten Unterkünfte beziehen. Monatlich 30,- DM mit Frühstück. Nicht weit von der Universität, in der Weberstraße, Weberstraße 96. Am späten Vormittag klingele ich an der Tür. Eine ältere Dame mit offenem Gesicht begrüßt mich freundlich: *„Sie sind sicherlich Herr Aich. Herzlich willkommen!"* Ich war wirklich willkommen. Ich werde in das Wohnzimmer geführt. Es ist ein Altbau. Hohe Räume mit Stuckarbeiten, alte, nein, sehr altgewordene Seidentapeten, alte Biedermeiermöbel, ein Flügel im Raum. Auf dem Flügel sitzt eine große, fette braune Katze. Später werde ich wissen, daß diese Katze eigentlich ein kastrierter Kater namens Mutius ist. Der Katzengeruch im Zimmer kann nicht von ihm allein kommen. Mutius hat noch neun Hausgenossen. Meine Wirtin heißt Marga Lehner. Sie legt Wert darauf, als Fräulein Lehner angeredet zu werden. Und sie war, im wahrsten Sinne des Wortes, eine Wirtin. Neugierig, fürsorglich, und was nicht so häufig vorkommt, gutmütig. Ich habe bewußt auf Adjektive vor diesen Eigenschaften verzichtet. Jedes Adjektiv würde diese Eigenschaften von Fräulein Lehner unzulässig relativieren.

Sie bietet mir eine Tasse Tee an. Dann beschreibt sie das Zimmer. Es ist ein Zimmer, eigentlich ein Nebenzimmer eines großen Zimmers im ersten Stock. Zugang zum Nebenzimmer ist leider nur durch das große Zimmer möglich. Im großen Zimmer wohnt und arbeitet ein verhinderter Gymnasiallehrer, Otto Schuart, der von Nachhilfeunterricht lebt. Eigentlich sei es kein Zimmer, meint sie etwas verlegen, eher eine Schlafstelle. Es hat ein Fenster, ein Bett, einen kleinen Tisch und eine Waschgelegenheit für beide Zimmer. Kalt. Keine Heizung. Das große Zimmer hat einen Kohleofen. Der reicht für beide Räume. Sie zeigt mir das Zimmer während einer Pause des Nachhilfeunterrichts von Herrn Schuart.

Es ist ein Einfamilienhaus eines Akademikers im einst verträumten Bonn. Eine halb-hohe Treppe von der Straße zum Eingang. Lange breite Flure zum Treppenaufgang, und dann vorbei an der relativ breiten Treppe noch ein etwas schmalerer Flur bis hin zur Küche, die wenige Stufen niedriger lag. Zwei Türen rechts vom Flur. Zum Wohnzimmer und zum Eßzimmer. Eine großen Schiebetür dazwischen. Ein eher verwilderter Garten hinter dem Haus. Eine Treppe hinunter vom Kücheneingang zum Souterrain. Dienstmädchenzimmer, Bügelzimmer, Badezimmer, Toilette. Eine halbe Treppe aufwärts eine weitere Toilette. Keine weiteren Toiletten, keine Bäder im ganzen Haus. Noch eine halbe Treppe hinauf zu meiner Schlafstelle. Ein Telefon an der Wand, rechts neben dem Eingang, des großen Zimmers. Noch Kinderzimmer an der linken Seite. Der selbe Grundriß im zweiten Stock.

Nach dem Tod der verwitweten Mutter hat Fräulein Lehner kein ausreichendes geregeltes Einkommen mehr. Ihre einzige Schwester lebt nicht mehr. Außer Musizieren haben die beiden Kinder nichts Berufliches gelernt. Fräulein Lehner hat keinen ordentlichen Abschluß in Musik, wird noch eine Zeitlang in Schulen als Musiklehrerin gebraucht. Aber nicht als volle Kraft. Sie hätte es mir nicht übel genommen, wenn ich rückwärts wieder hinausgegangen wäre. Sie konnte noch nicht wissen, in welcher Not ich gewesen bin. Und ich war später dankbar, daß ich in solcher Not gewesen war, ansonsten hätte ich die Begegnung mit einem wertvollen Menschen verpaßt. Sie bleibt meine Wirtin bis ich 1958 heirate. Dann wird sie unsere Wirtin bis 1965. Als wir heiraten wird das große Zimmer mit dem Nebenzimmer im 2. Stockwerk frei. Wir dürfen dort einziehen. Beim Einzug schenkt sie uns eine Siamkatze. Die elfte im Haus. Bis 1973 werden wir mit

Fräulein Lehner befreundet bleiben. Sie wird einige Höhen und Tiefen unseres Lebens mitgehen.

Das Wintersemester 1957/1958, an der Bonner Universität hieß es „Winterhalbjahr", ist für mich arbeitsreich, hektisch, ereignisreich und für meine weitere Entwicklung entscheidend. Ich belege weniger und gänzlich andere Veranstaltungsthemen. Philosophie von Descartes bis Kant, die philosophischen Strömungen seit Hegel, das Naturrecht und Staatsreform. Bei den Professoren Scheuner und Schätzel „Verfassungsgeschichte der Neuzeit" und „Die wissenschaftlichen Grundlagen der Außenpolitik".

Im ISSF plane und gestalte ich das Jahresprogramm. Ich will etwas mehr machen als nur Mitgliedertreffen, gesellige Abende, Karneval-Ball und einige wenige Informationsveranstaltungen. Es ist eine bewegte Zeit in der internationalen Politik: die „Blockfreien" mit Nasser, Nehru, Sukarno und Tito; Dag Hammersköld als Generalsekretär der Vereinten Nationen; Kongo, Lumumba; Absturz von Dag Hammersköld bei einem Flug über dem Kongo, Ermordung von Lumumba, der merkwürdige Aufstieg von Feldwebel Mobuto; der Indochina- und später der Vietnamkrieg und natürlich der „Kalte Krieg" der beiden Machtblöcke. Also suche ich Referenten für regelmäßige öffentliche Veranstaltungen. Möglichst ohne Honorar, aber doch mit anschließendem informellen Zusammensein mit dem Referenten bei kleinem Umtrunk. Auch die Bonner Gruppe des ISSF hat ein kleines Budget.

ISSF, Internationaler Studentenbund – Studentenbewegung für übernationale Föderation e.V. ist die Jugendorganisation von „World Association of World Federalists" mit Sitz in Amsterdam und die Deutsche Sektion des „International Students' Movement for United Nations". Der ISSF hat ein illustres Ehrenpräsidium: Hermann J. Abs, Stefan Andres, Henry Brugmans, Wilhelm Grewe, Ulrich Haberland, Walter Hallstein, Eugen Kogon, Ernst Reuter, um nur einige Namen zu nennen. Auch die Bundesregierung unterstützt den ISSF mit Personal-, Sach- und Tagungsmitteln.

Bekanntlich stellen sich nicht nur Verteilungsprobleme ein, wenn es Geldmittel gibt. Verteilungsprobleme bringen Machtkämpfe und neue Hierarchien. Auch die Beschaffung von Mitteln hat ihre Tücken, die sich auf die innere Verfassung einer Organisation auswirken. Und wer beschafft, bestimmt auch. Zusammenhänge, die ich so noch nicht gekannt habe. Im Deutsch-Indischen Verein in Hannover war es schwierig, überhaupt einen Vorstand zusammenzubekommen. Nicht so im ISSF in Bonn. Im Vorstand zu sein heißt: Türen außerhalb der Universität zu öffnen, Kontakte zu knüpfen mit Ministerialbürokraten, Parteifunktionären, Journalisten, Diplomaten. Wichtig für die spätere Karriere. Bonn ist dafür ein wichtiger Platz. Einige der früheren Vorstandsmitglieder sind bereits in Amt und Würden. Sie stehen dem Vorstand mit Rat und Tat zur Seite, wie die „alten Herren" in den Studentenverbindungen, aber nur als graue Eminenzen ohne Verpflichtungen eines „alten Herren". Der Begriff „Seilschaften" ist noch nicht kreiert.

Bei der Programmgestaltung kommt es zu Differenzen und Konflikten. Nicht so sehr über den Inhalt. Denn die bisherige Arbeit beschränkte sich fast auf Organisation geselliger Begegnungen. Es ist der Kölner ISSF-Gruppe beispielsweise bekannt, daß die Bonner Gruppe eine leistungsfähige Musikanlage besitzt. Also werde ich samt der Anlage und Schallplatten nach Köln zum Nikolausabend eingeladen. Nein, der Konflikt entsteht nicht über politische Inhalte. Für die beiden Stellvertreter bin ich zu initiativ und zu aktiv. Ich bin drauf und dran, den älteren Mitgliedern die Schau zu stehlen. Erst jetzt erfahre ich, daß ich ein zufälliger Kandidat für den Vorsitz gewesen bin. Zwei konkurrierende Fraktionen sind fast gleich stark. Beide Fraktionen hofften auf ihr Geschick, um aus dem Hintergrund die Drähte zu ziehen. Ich ließ mich schon immer überzeugen, nicht aber steuern. Um mich zu überzeugen, daß sich der ISSF von den anderen politischen Gruppen an der Universität nicht unterscheiden müßte und sich deshalb nicht hauptsächlich internationalen Problemen zuwenden sollte, reichen die Argumente nicht. Auch der Hinweis, daß der ISSF in der Hauptsache auf die Zuschüsse der Bundesregierung angewiesen ist, überzeugt mich nicht. So kommt es, wie es kommen muß.

Gegen Ende des Semesters ist die satzungsgemäße Mitgliederversammlung fällig, aber ohne Wahlen. In dieser Mitgliederversammlung wird ein Dringlichkeitsantrag zu meiner Abwahl eingebracht. Der Antrag muß inhaltlich begründet werden. Die Diskussion über diesen Antrag beansprucht Stunden. Ohne Ergebnis, d. h. ohne Abstimmung. Die Mitgliederversammlung muß unterbrochen werden. Nun sind die grauen Eminenzen dran. In mehreren Gesprächen überzeugen sie mich, den Konflikt einvernehmlich beizulegen. Zwei Wochen später wird die Mitgliederversammlung fortgesetzt. Ich trete vom Vorsitz zurück. Dieser Rücktritt ist eine verschleierte Abwahl. Ich mache mir nichts vor. Ich falle, so scheint es mir, in ein tiefes Loch.

*****

Wie schon erwähnt hat der Bundesvorstand des ISSF sein Büro im selben Haus wie die Ortsgruppe. Der Eingang zum internationalen Studentenheim ist an der Seite. Gleich links, geht eine halbe Treppe hoch zu einem kleinen Raum, dem Büro der Bonner Gruppe des ISSF. Genau gegenüber dieser Treppe, also rechts vom Eingang auf der Straßenseite, ist das Büro des Bundesvorstandes. Ein neuer Vorstand war dort eingezogen. Der 1. Vorsitzende, Günter Krabbe, ein Berliner. Ein diplomierter Politologe vom Otto-Suhr-Institut. Und der 2. Vorsitzende, Rolf Frings, ein Mitglied der Kölner Gruppe, fortgeschrittener Student der Meteorologie, haben den Konflikt innerhalb der Bonner Gruppe hautnah miterlebt. Offensichtlich mit Sympathie für meine inhaltliche Position und auch für meine Person. Sie haben sich selbstverständlich nicht eingemischt. Nach dem „Rücktritt" bitten sie mich, beim Bundesvorstand als Referent mitzuarbeiten. Die Funktionsträger beim Bundesvorstand erhalten eine Aufwandsentschädigung. Ein

Referent ist im Budget nicht vorgesehen. Sie wollen die Mittel dafür sofort beantragen.

Ich hatte mich schon vor dem Eklat in der Bonner Gruppe des ISSF wieder um eine Praktikantenstelle bei einer Tageszeitung bemüht. Wieder hilft mir die „SPD-Baracke". Diesmal ist es die Lokalredaktion der „Neuen Ruhr Zeitung" in Köln, die aber im Rheinland die „Neue Rhein Zeitung" heißt. In Köln ist auch nur die Lokalredaktion. Diesmal darf ich auch schreiben. Ich hätte auch wieder nach Hannover gehen können. Aber die Reisekosten und Zimmermiete in Hannover hielten mich zurück. Mittlerweile ist mir die Schlafstelle in der Weberstraße lieb geworden. Im Haus komme ich bestens zurecht. Mit meinem Studium leider nicht so gut. Ich bin wieder mal im Zweifel, ob meine Wahl, Staatswissenschaft in Bonn zu studieren, die richtige Wahl gewesen ist. Am 4. März 1958 lasse ich mich exmatrikulieren. Ich kann meine Studiengebühren für das WS 1957/1958 nicht bezahlen. Damit ist das an sich intensiv studierte WS 1957/1958 aberkannt. Ich gerate, im wahrsten Sinne des Wortes, in eine tiefe Krise. All dies ist mir damals in Bombay, 1966, nicht präsent. Wäre die Erinnerungen an diese Zeit damals präsent gewesen, hätte ich mich möglicherweise weniger sendungsbewußt und weniger überheblich gefühlt.

*****

Warum bemühe ich mich trotz meiner finanziellen Nöte nicht um ein Stipendium, werde ich gefragt. Ich habe einfach nicht gewußt, daß es auch für ausländische Studierende Stipendien gibt. Ich habe auch nicht gewußt, daß es zum Erlaß von Studiengebühren die Einrichtung von „Fleißprüfungen" gibt. Zwei studierte Semester habe ich aus finanziellen Nöten streichen lassen müssen.

Mir wird die SPD-nahe Friedrich-Ebert-Stiftung genannt. Sie ist die erste politische Stiftung überhaupt im Nachkriegsdeutschland und will die demokratische Volkserziehung fördern. Ihr Sitz ist in Bonn in der damaligen Koblenzer Straße, einige Häuser von dem Internationalen Studentenheim in Richtung Regierungsviertel entfernt, also vom Sitz des ISSF. Ich gehe dort hin, hole mir die Bewerbungsunterlagen und bewerbe mich um ein Stipendium zur Förderung des hochbegabten Nachwuchses. Warum auch nicht? In dem Antrag versäume ich nicht, einen eventuellen Universitätswechsel nach Berlin anzukündigen.

Die Arbeit in der Redaktion in Köln läßt mir noch genug Zeit, regelmäßig im Büro des Bundesvorstandes zu sein. Es entwickelt sich so etwas wie eine Freundschaft mit den beiden Vorsitzenden. Rolf Frings, verheiratet, wohnt in Hermülheim bei Köln in einem Haus mit seinen Schwiegereltern. Sein Schwiegervater spielt gern Skat. Auch deshalb bin ich dort willkommen. Günter Krabbe ist allein in Bonn. Er geht nach getaner Arbeit gern in Kino-Spätvorstellungen. Wir gehen immer öfter zusammen.

In der Redaktion in Köln bleibe ich für drei Monate. Eine Verlängerung wäre möglich, aber ein Studium habe ich nicht abgeschrieben. Ich rechne auch mit der „Referentenstelle" beim Bundesvorstand. Und vage hoffe ich auf ein Stipendium von der Friedrich-Ebert-Stiftung. So habe ich im Augenblick keine konkrete Aufgabe mehr. Und ich besitze wenig Geld. Ich gehe spät ins Bett, stehe spät auf, meist nachmittags zum Frühstück. Immer wenn Fräulein Lehner im Haus ist, habe ich auch nachmittags heißen Tee zum Frühstücksbrötchen. Sonst gibt es halt kalten Tee. Nach dem Frühstück gehe ich zum ISSF. Dann ins Kino. Mit Günter Krabbe. Manchmal auch in zwei Vorstellungen. Kleiner Imbiß danach, dann zu Bett. Zu dieser Zeit gerate ich sogar mit der Mietzahlung in Rückstand. Peinlich. Und perspektivlos. Fräulein Lehner bleibt nach wie vor freundlich. Sie hat mehr Vertrauen in mich, als ich selbst.

Der Bundesvorstand des ISSF muß ein Mitglied für die Wahl im Vorstand des „Young World Federalists" in Amsterdam benennen. Ich werde benannt und gewählt. Dieser Posten ist zwar ohne eine Aufwandsentschädigung, aber er ermöglicht mir Reisen nach Amsterdam und kostenlose Teilnahmen an außeruniversitären internationalen Seminare. Jeder Reise- und Seminartag bringt mir finanzielle Erleichterung. Die Friedrich-Ebert-Stiftung hat meine Bewerbung bearbeitet und für September zwei Prüfer bestellt: Charlotte Lütkens in Bonn, Sozialwissenschaftlerin und Schriftführerin bei der Deutschen Gesellschaft für Soziologie, und Hermann Louis Brill in Wiesbaden, Juraprofessor und Staatssekretär in Hessen.

Im Sommer wird der Bundesvorstand des ISSF von der Unesco, Paris, gefragt, ob er sich zutraue, über die Betreuungssituation der ausländischen Studenten in den deutschen Universitäten einen Bericht zu schreiben. Es stünden dafür 5000,- US-$, also ca. 20000,- DM zur Verfügung. Ein europäischer Vergleich werde angestrebt, um Verbesserungen zur reibungsloseren Integration der ständig wachsenden Zahl der ausländischen Studierenden in Europa zu ermöglichen. Integration als Schlüssel für ein erfolgreiches Studium also. Der Bundesvorstand des ISSF traut sich dieses zu. So werde ich zum Unesco-Referenten des ISSF, noch ohne eine Aufwandsentschädigung.

Beide Prüfer der Friedrich-Ebert-Stiftung, Charlotte Lütkens und Hermann Louis Brill, beurteilen mich so gut, daß ich am 7.November 1958 in die „Hochbegabtenförderung der Stiftung" aufgenommen werde. Noch ohne ein monatliches Stipendium. Die Etatmittel der Stiftung sind für das laufende Haushaltsjahr erschöpft. Die individuelle Betreuung durch Vertrauensdozenten, die Freizeitbegegnungen in der Heimvolkshochschule in Bergneustadt und „Bücherpakete" gelten ab sofort. Die Stiftung ist großzügig, sie gewährt mir zwei Darlehen mit ordentlichen schriftlichen Verträgen, damit ich über die Runden komme. Zwischenzeitlich habe ich mich an der Universität Köln für das WS 1958/1959 immatrikulieren lassen. Einiges ist inzwischen geschehen.

Ab Herbst bekomme ich eine monatliche Aufwandsentschädigung von 150,- DM. Die beantragten Mittel sind bewilligt. Die 5000,- US-$ aus Paris sind zwar noch nicht da, aber ich beginne unverzüglich mit Erkundungen über Betreuungsmaßnahmen zunächst beim Auslandsamt an der Bonner Universität. Dann in Köln. Die Zeitungen berichten häufig über Diskriminierungen bei der Zimmersuche, in Gastwirtschaften, in Läden, in allen öffentlichen Orten. Das Problembewußtsein beschränkt sich auf Diskriminierung. Und Diskriminierungen seien nicht vorteilhaft für das Ansehen der deutschen Gesellschaft im Ausland. Dies ist auch die Zeit, in der die „Vorurteilsforschung" ihre Hochkonjunktur erfährt. Vorurteile entständen in der Hauptsache aus Unkenntnis, vor allem bei Personen mit schwachem Ego. Ergo: Die deutsche Bevölkerung sollte mehr Gelegenheit bekommen, die ausländischen Studierenden persönlich kennenzulernen.

Organisierte Begegnungen sind das Rezept. Und Hilfe in allen Lebenslagen: bei der Zimmersuche, beim Erlernen der Sprache, beim Studium „unter die Arme greifen". Betreuung ist das Zauberwort. Auch studentische Gruppierungen erhalten Mittel für Betreuungsarbeiten. Nur ein Erfolg stellt sich nicht ein. Trotz „Kontaktbörsen" verschiedener Art. Die Betreuer sehen oft immer die gleichen Gesichter. Die meisten ausländischen Studierenden nehmen die Angebote nicht an. Viele Veranstaltungen fallen aus. Auch im internationalen Studentenheim hat die Bonner ISSF-Gruppe nur bei Tanzveranstaltungen Erfolg. Nach einem Beschluß des Bundesvorstandes besuche ich Betreuungsveranstaltungen der anderen ISSF-Gruppen in der Republik, um diese miteinander vergleichen zu können.

Also schreibe ich sämtliche ISSF-Gruppen an und bitte sie um die Übermittlung der Termine von Veranstaltungen. Die Reaktion ist prompt. Ich reise ohne vorherige Terminvereinbarung. Es ist überall das gleiche trostlose Bild. „Kontaktbörsen" funktionieren nicht. Die Stammgäste sind relativ gut integriert. Die anderen, die die große Mehrheit bilden, lassen sich nicht anlocken. Wie soll man an sie herankommen?

Ich beginne systematisch Studien über soziale Vorurteile und über gesellschaftliche Benachteiligung zu lesen. Diese sozialpsychologischen, soziologischen und sozialphilosophischen Studien finde ich aufschlußreich. Die Schwägerin von Rolf Frings erzählt mir – ich spiele wiedermal Skat in Hermülheim mit ihrem Vater und ihrem Schwager – von interessanten soziologischen Vorlesungen. Als Nachfolger des eher philosophisch orientierten Leopold von Wiese war der mehr wirtschaftlich und ethnologisch orientierte René König Mitte der fünfziger Jahre zum Lehrstuhl für Soziologie berufen worden. Seine Vorlesungen sollen wegen seiner hervorragenden Rhetorik, seiner breiten Kenntnis über gesellschaftliche Entwicklung und deren Zusammenhänge sehr beliebt gewesen sein. Sie habe einige dieser Vorlesungen gehört, obwohl Soziologie nicht ihr Fach gewesen ist. Sie ist promovierte Volkswirtin der Kölner Universität und arbeitet in der volkswirtschaftlichen Abteilung der Deutschen Bank in Düsseldorf und wohnt in der Woche auch dort.

Also habe ich mich nach der Unterbrechung eines Semesters in Köln wieder immatrikulieren lassen. Aber nicht in der WiSo-, sondern in der philosophischen Fakultät. Soziologie war in den beiden Fakultäten eingebunden. Es ist ja auch für mich nur ein Risiko von 30,- DM als Immatrikulationsgebühr. Eigentlich gar kein Risiko, weil diese Gebühr die studentische Krankenversorgung sicherstellt. Fräulein Lehner hat die Miete nicht erhöht. Und monatlich 150,- DM war damals nicht wenig Geld. Und dann die vielen Lebenshaltungskosten senkenden „Dienstreisen" und Seminare.

Vom ersten Tag des Semesterbeginns in Köln macht mir das Studieren zum ersten Mal Spaß. Ich habe eine konkrete Aufgabe im ISSF: Vorschläge zur Verbesserung der Betreuungssituation der ausländischen Studierenden. Eigentlich eine soziologische und ethnologische Fragestellung, wie ich erkenne. Also besuche ich fleißig die Methodenseminare der Fächer Ethnologie, Soziologie, Philosophie und Geschichte. Und noch zwei Hauptseminare: „Geschichte der ethnologischen Theorienbildung", „Die Angestellten in Betrieb und Gesellschaft" und die Hauptvorlesung von René König: „Ursprung und Entwicklung von Familie, Wirtschaft, Recht und Staat".

Jeder Tag an der Kölner Universität läßt mich wachsen. Die 5000,- US-$ von der Unesco, Paris, sind angekommen, aber noch nicht angebrochen. Das Geld ausgeben nur für Beobachtung von „Kontaktbörsen" an verschiedenen Universitäten? Warum nicht eine Studie zur Überwindung von Vorurteilen? Ich will mir Zeit nehmen für eine solche Entscheidung, und der Bundesvorstand ist damit einverstanden.

Es ändert sich auch sonst einiges. Die Hauptvorlesung von René König ist in einem überfüllten großen Saal. Sie ist unterhaltend, witzig, anregend und informativ. Das erste Mal bin ich früh genug da und sitze in der vorderen Reihe. Mein Nachbar zu meiner Rechten interessiert sich für mich. Er spricht mich an. Er hat einen leichten bayerischen Akzent. Nach der Veranstaltung machen wir beim Kaffee „small talk". Er will freundlicherweise einen Platz frei halten, weil ich ja von Bonn anreise. Er hält sein Versprechen ein. Nach der Vorlesung will er mit König sprechen. Ich weiß nicht warum. Um ihn nicht aus den Augen zu verlieren, gehe ich hinter ihm her und warte, bis er mit dem Gespräch mit König fertig ist. Anschließend gehen wir zusammen in ein Café.

Er, Josef Gugler aus München, ist in der Endphase seiner Dissertation. Das Thema: die Französische Soziologie. Er war für mehrere Semester in Paris, spricht fließend französisch. Er ist nicht angeberisch und spricht leise. Als er hört, daß dies mein erstes Semester in Soziologie ist, nimmt sein Interesse an mir nicht ab. Wir verabreden uns wie das letzte Mal. Es bahnt sich eine Freundschaft an. Das übernächste Mal will er mich König vorstellen. Wieso? König habe ihm Vorwürfe gemacht, weil er mich nach der 2. Vorlesung hinten hatte warten lassen. Er hätte mich zumindest vorstellen sollen. König war selbst Immigrant. In Italien. Er weiß, was ein Auslandsaufenthalt ist. Ich bin befangen. Ich soll vorgestellt werden, nur weil ich ein

Ausländer bin. Ich lerne also König kennen. Aufgeschlossen und freundlich. Wenn ich Probleme hätte, sollte ich ihn im Institut aufsuchen. Das Ganze ist überhaupt nicht formell. Die Atmosphäre ist locker, und ich nehme sein Angebot ernst. Nur habe ich kein Problem. Noch nicht.

Die Skatwochenenden haben Folgen. Die Schwägerin von Rolf Frings ist häufig da. Wir lernen uns kennen, uns lieben und heiraten bereits im Dezember 1958. Für das Studium sollte ich mir mehr Zeit lassen und nicht so wie sie, rastlos durch das Studium hetzen. Als Arbeiterkind mußte sie das Studium selbst finanzieren, mußte immer gut sein. In der Mindestzeit hatte sie den Diplomvolkswirt und Dr. rer. pol. gemacht. Immer am Ende jedes Semesters "Fleißprüfungen" für den Erlaß der Studiengebühren gemacht. Ich sollte es besser haben. Dieser gutgemeinte Wunsch verursacht Unbehagen bei mir. Ich nehme mir vor, Skat, Bridge und Kino kurz zu halten und zum ersten Mal in Deutschland ernsthaft und fleißig mit dem Studium voran zu machen.

König hatte bei seiner Berufung auch die renommierte „Kölner Zeitschrift für Soziologie und Sozialpsychologie", das Sprachrohr der Deutschen Gesellschaft für Soziologie, aber herausgegeben im Auftrage des Forschungsinstituts für Sozial- und Verwaltungswissenschaften in Köln, geerbt. Er führte die „Empirische Sozialforschung" in Deutschland richtig ein. Früh hatte er dazu zwei Lehrbände herausgegeben. Er hält engen Kontakt zu den USA. Die „empirische Soziologie" hat dort seit Mitte der dreißiger Jahre Hochkonjunktur: die Immigration vieler Wissenschaftler des berühmten „Wiener Kreises" und anderer Wissenschaftler in die USA dank des „tausendjährigen Reichs" in Deutschland, die Kriegsforschung, das Anlegen der sogenannten „Human Area Files" durch die US-Regierung,

Köln ist also der Platz für empirische soziologische Arbeiten. Andere Institutionen nehmen das Institut für Soziologie für Beratungen und Dienstleistungen in Anspruch, vor allem für die Ausbildung der Interviewer für Befragungen. Die Soziologiestudenten in Köln bekommen viele Gelegenheiten für Forschungsjobs: interviewen, das Material aufbereiten, kodieren, rechnen, usw. Und diese Arbeiten wurden gut bezahlt. Ich beteilige mich an diesen Arbeiten von Beginn an.

Ich bin in Köln vollauf beschäftigt. Wochentags den ganzen Tag in Köln, abends regelmäßig im Büro des ISSF in Bonn, nachts in der Schlafstelle in der Weberstraße 96. An den Wochenenden in Düsseldorf. Meine Frau hat eine stressige Arbeit. Die volkswirtschaftliche Abteilung muß auch Reden für Vorstandsmitglieder schreiben. Kollegialität in der Abteilung gab es auch damals nicht. Sie sind Konkurrenten. Und meine Frau hat gerade ihre Promotion hinter sich. Sie will sich keine Blöße geben. Also arbeitet sie viel. Sie bringt regelmäßig Arbeit mit nach Hause. Auch an den Wochenenden. Sie tut dies aus freien Stücken, sagt sie.

Wir diskutieren über das Unesco-Projekt, wann immer die Zeit dafür da ist. Erwartet wird sicherlich – darüber sind wir uns einig – eine Bestandsaufnahme der vielfältigen Betreuungsmaßnahmen für die ausländischen Studierenden und auch eventuelle Verbesserungsvorschläge. Mir ist klar, daß es um die afrikanischen und asiatischen Studierenden und nicht um die ausländischen Studierenden im allgemeinen geht. Sie und ihre Schwierigkeiten sind im öffentlichen Gespräch. Sie fallen äußerlich auf. Sie werden diskriminiert. Vielfältig. Die Diskriminierung, Arten der Diskriminierung, deren Folgen – nicht nur für das Studium – sind das Problem und nicht die richtigen Betreuungsmaßnahmen. Ihre Lebenssituation in diesem Land müßte beschrieben werden. Wer sonst als die betroffenen Studierenden könnten uns genauer sagen, wie ihre Lebenssituation ausschaut, was sie dabei empfinden, welche Erwartungen sie haben.

Meine Überlegungen diskutiere ich auch im Vorstand des ISSF. Auch darüber, ob es nicht sinnvoller wäre, die 5000,- US-$ für die Beschreibung der Aufenthaltssituation der afrikanischen und asiatischen Studierenden zu verwenden, als für die Reise- und Spesenkosten des Unesco-Referenten, für Veranstaltungen mit kleinem Imbiß und Umtrunk einiger ISSF-Hochschulgruppen zu verplempern. Der Vorstand unterstützt mich. Also warum nicht eine fundierte Befragung dieser Studierenden?

Ich nehme das freundliche Angebot von René König in Anspruch. Ich berichte über das Anliegen von Unesco, über den Stand der Diskussion im ISSF und frage ohne Umschweife, ob er, ob sein Institut, unsere Befragung wissenschaftlich betreuen würde. Seine Antwort war ein unmißverständliches *„Nein"*. Noch bevor ich meine Enttäuschung überspielen kann, fügt er hinzu: *„Beratende Unterstützung ja, aber keine Betreuung. Nehmen Sie die Veranstaltungen und Beratungen in Anspruch. Entwerfen Sie ein Erhebungsinstrument. Das Institut kann und wird für Sie diese Arbeit nicht machen."* Beim Verabschieden bemerkt er, daß er das Gelingen einer solchen Arbeit begrüßen werde. Ich nehme die Herausforderung an. Dies ist der Stand im Januar 1959.

Das sozialwissenschaftliche Arbeiten lerne ich an diesem Unesco-Projekt, das sich schließlich zu einer wissenschaftlichen Untersuchung mausert. Das nichtuniversitäre Forschungsinstitut für sozialpolitische Fragen, das „Institut für Selbsthilfe und Sozialforschung e.V.", ist unweit der Gebäude der WiSo-Fakultät. Dort ist eine von IBM angeleitete Lochkartensortiermaschine der 2. Generation. Nur zum Sortieren und Auszählen. Diese Maschine reicht aus – wenn auch zeitaufwendig –, Tabellen in absoluten Zahlen zu erstellen. Dann die Prozente mit dem Rechenschieber. Diese einfache Aufbereitung des Materials reicht für die Berichte aus, die die Auftraggeber von diesem Institut erwarten. In diesem „Institut für Selbsthilfe und Sozialforschung" ist immer Bedarf an Hilfskräften, an Tagelöhner. Ich habe häufig in diesem Institut gearbeitet. Bald bin ich kein Tagelöhner mehr. Ich lerne schnell. Interviewen, Schlüssellisten erstellen, kodieren, lochen, sortieren, zählen, Tabellen schreiben, Prozente ausrechnen, also praktisch alle Arbeiten, die zwischen dem Abschluß der Feldarbeiten und dem Schreiben des Ergebnisberichts anfallen.

Der Direktor des Instituts, Otto Blume, ist ein vielbeschäftigter, aber doch noch umgänglicher Mensch. Er ist auch Habilitationskandidat bei jenem Gerhard Weisser, der Hans Albert aus der Habilitationsmisere geholfen hatte. Gerhard Weisser hat einen guten Ruf. Als Sozialdemokrat achtet und kooperiert er beispielsweise mit Oswald von Nell-Breuning, einem an der katholischen Morallehre orientierten Sozialpolitiker. Er ist auch der Vorsitzende der Friedrich-Ebert-Stiftung. Und Otto Blume ist der Vertrauensdozent für die Stipendiaten in Köln, also auch mein Vertrauensdozent.

Noch vor dem Ende des Wintersemesters 1958/1959 erkundigt sich Blume, ob ich an einer festen Stelle als wissenschaftlicher Mitarbeiter interessiert wäre. Nicht in seinem Institut, sondern als Mitarbeiter von Gerhard Weisser. Die ausschließliche Aufgabe wäre englischsprachige sozialpolitische Literatur zu „Entwicklungsländern" zu sichten, zu bibliographieren, zu lesen und darüber ausführliche Zusammenfassungen anzufertigen. Auf deutsch, versteht sich. Der Arbeitsplatz wird im vierten Stock in einem angemieteten Haus neben den Hauptgebäuden der Universität sein.

Im 2. Stock des gleichen Hauses ist das Institut für Soziologie und im Parterre ist das Seminar für Ethnologie. Weisser leitet neben seinem Seminar für Sozialpolitik noch die Institute: Institut für Genossenschaftswesen, Institut für Wohnungswirtschaft, Institut für Verwaltungswissenschaft, mit insgesamt ca. 18 wissenschaftlichen Mitarbeitern. König hat nur 2 Institute mit ca. 8 Mitarbeitern.

Meine Frau und ich diskutieren immer wieder, ob es für uns und auch für sie nicht sinnvoller wäre, sich um eine Stelle in Bonn zu bemühen, als sich in Düsseldorf für die Deutsche Bank abzurackern. Mit einem erfolgreichen Studiensemester, mit einigen Nebeneinkünften, mit dem bewilligten Stipendium und schließlich mit der Aussicht auf eine Stelle bei Weisser im Rücken überrede ich meine Frau bei der Deutschen Bank so rechtzeitig zu kündigen, daß sie bereits im Mai 1959 nach Bonn zieht. Ob diese Überredung für sie richtig und günstig gewesen ist, wird für immer ungeklärt bleiben. Unmittelbar nach dem Umzug hat sie eine Magenschleimhautentzündung. Die Ärztin von nebenan verordnet meiner Frau viel Ruhe, geriebene Äpfel und Erdbeeren mit Schlagsahne. Der Umzug meiner Frau nach Bonn wird für mein Studium und für die Gestaltung unseres späteren Lebens ausschlaggebend.

Unsere Heirat hat uns beiden nicht wenig Ärger eingebracht. Ich spreche nicht von alltäglicher Diskriminierung. Schlagartig verliert meine Frau alle ihre Bekannten und Freunde an der Kölner Universität. Wie konnte sie einen farbigen Ausländer heiraten? Sie bewirbt sich in den Ministerien, erhält aber keine Stelle, obwohl sie mit dem Thema „Die europäische Zusammenarbeit auf dem Gebiete der sozialen Sicherheit" ihren Doktorgrad mit „Sehr Gut" im Juli 1957 erworben hatte. Der Hauptreferent war der Verfasser des „kleinen Heyde", des Standardlehrbuchs in Sozialpolitik seinerzeit, Ludwig Heyde, nachdem der eigentliche Betreuer, der Versicherungswissenschaftler Walter Rohrbeck, verstorben war. Koreferent war der eigentliche Erfinder der sozialen Marktwirtschaft, Alfred Müller-Armack. Auch der Leiter der Abteilung der staatsbürgerlichen Abteilung der Friedrich-Ebert-Stiftung, Günter Grunwald, reagiert unfreundlich, als ich die Stiftung über unsere Heirat informiere. Ärger für mich auch an der Kölner Universität. Darüber später mehr.

Die Magenschleimhautentzündung meiner Frau klingt dank des Essens indischer Gewürze nach wenigen Monaten ab. Trotz ihres neuen Stresses in Bonn. Wirkliches Abschalten, sich erholen, kann sie möglicherweise im Bridge-Klub. Bevor sie nach Bonn umgezogen ist spielte ich nur ab und an bei kleinen Klubturnieren mit. Der Bonner Bridge-Klub ist was besonderes. Es ist eigentlich kein Klub, obwohl er als solcher beim Deutschen Bridge-Verband eingetragen ist. Der Bonner Klub ist praktisch eine Privatveranstaltung eines deutsch-englischen Ehepaares namens Clare in deren Privathaus. Mr. F. C. Clare, ein Corvettenkapitän der englischen Armee im ersten Weltkrieg, blieb in Deutschland hängen und lebte von seiner Pension. Zu der Zeit spielt Deutschland Skat. Clare spielt aber Bridge und findet zu Recht Bridge viel interessanter als Skat. Er bringt seiner Frau ebenso Bridge bei wie seinen Freunden. So entsteht der Bridge-Klub in Bonn noch vor dem Deutschen-Bridge-Verband. Ich hatte das Privileg, als sein Partner zu spielen.

Als meine Frau nach Bonn zog, lebte Herr Clare nicht mehr. Frau Clare übernahm das Vermächtnis, besaß alle Arbeitsunterlagen und unterrichtete weiter. Sie spielt selbst keine Turniere mehr, sie leitet Turniere: wöchentlich einmal in ihrem Privathaus, Hochkreutz 5, Bad Godesberg, ein monatliches Turnier jeweils in der „Lese" in Bonn und in der Stadthalle in Bad Godesberg und ein Jahresturnier in Bad Neuenahr. Sie sieht es gern, daß ich ihr bei der Ausrichtung und Ausrechnung der Monats- und Jahresturniere helfe. So ist auch meine Frau, quasi selbstverständlich, zum Bridge gekommen. Sie hat bei Frau Clare gelernt, zunächst mit anderen Anfängern die Wochenturniere gespielt, später mit mir alle Klubturniere. Wir sind auch deshalb ein gerngesehenes Paar im Klub, weil wir uns am Bridge-Tisch nicht zanken.

Die Bridge-Spieler sind merkwürdige Menschen. Bildungsprivilegiert, wohlhabend, freundlich, sonst mit guten Manieren, nicht aber am Bridge-Tisch. Am Bridge-Tisch sind sie unfair, unfreundlich, unehrlich, ja, ekelig. Nun, Bridge ist kein leichtes Spiel. Es erfordert Intelligenz, schnelle Intelligenz im Gegensatz zum Schach. Und im Bridge kann geblufft werden. Am Bridge-Tisch wird aus einer spielerisch intellektuellen Herausforderung doch eine Angelegenheit des persönliches Ansehens. Leider!

Bridge ist ein 52-Karten-Spiel. Am Tisch sind vier Spieler. Die sich gegenübersitzenden Spieler bilden jeweils ein Paar. Die Karten werden gemischt und ausgeteilt. Noch habe ich nie die selbe Verteilung von Karten in der Hand gehabt. Es ist also jedes Mal etwas anderes, obwohl jeweils nur 13 Karten zu halten sind und es letztlich jeweils nur um 13 Stiche geht. Gereizt wird um einen „Kontrakt", die Ankündigung, wieviel von den 13 Stichen eine Partnerschaft bei welcher Trumpffarbe machen will, ohne die übrigen 39 Karten zu kennen. Jede Partnerschaft ist bemüht, durch die Reizung die eigene Hand über spezifische „Kartensprachen" zu beschreiben, damit abgeschätzt werden kann, wieviel Stiche unter welcher Voraussetzung die 26 Karten einer Partnerschaft machen kann. Es ist keine leichte Aufgabe, und es gibt viele Möglichkeiten für Mißverständnisse und des Fehlermachens. Und im Turnier geht es um Punkte, wobei die selben Austeilungen an allen Tischen gespielt werden. Wenn eine Partnerschaft schlechter gespielt hat als die übrigen Paare, ist in der Regel der nichtdominante Partner schuld. Bei gemischten Partnerschaften ist natürlich der weibliche Partner und bei Ehepaaren die Frau schuld. Es ist unglaublich, aber wahr. Dies ist einer der Gründe, warum Ehepaare ungern Bridge-Turniere spielen. Der unerklärliche Ehrgeiz ist einer sonst harmonischen Partnerschaft nicht förderlich. Wir fielen also auf, weil wir uns nicht, wie zwischen bridge-spielenden Ehepaaren üblich, zankten, ganz gleich, wie das Ergebnis war. So waren wir im Klub sehr gern gelitten. Für uns war das Bridge-Spielen gute Erholung. Beim Gewinnen freuten wir uns, ohne Neid bei den anderen zu erwecken, und wir haben in Bonn häufig gewonnen. Auch in der stressigsten Zeit haben wir die Bridge-Turniere im Bonner Klub regelmäßig gespielt, nicht zuletzt auch, um Frau Clare bei der Ausrechnung behilflich zu sein.

1959 ist für mich ereignisreich. Die Methodenseminare des ersten Semesters in Köln lehren mich, daß ich mich intensiver mit den methodologischen Fragen befassen müßte, als dies in den „Seminaren" möglich ist, sollte aus dem „Unesco-Projekt" eine wissenschaftliche Untersuchung werden. In den Seminaren werden nicht eigene Untersuchungen herangezogen. Warum? Weil die Lehrenden selbst keine Untersuchungen durchgeführt hatten. Statt also in den Methodenseminaren zu sitzen, lese ich selbst, um ein optimales Untersuchungsinstrument zu konstruieren. Die intensiven Diskussionen mit meiner Frau sind dabei hilfreicher als Gespräche mit den Mitarbeitern von König. Ich habe 1959 überhaupt viel lesen müssen.

Der Anfrage von Otto Blume über eine Zusammenarbeit mit Weisser folgt dann eine Einladung Weissers. Er bestellt mich an einem Samstag nachmittag ins Hotel Dresen in Bad Godesberg. Unsere erste Begegnung. Ich habe nur Gutes über ihn gehört. Ich bin gespannt und natürlich aufgeregt. Das Gespräch ist eine Mischung aus Informationsübermittlung und Prüfung. Er fragt mich aus, ohne eine Atmosphäre einer Prüfung aufkommen zu lassen. Jetzt erst begreife ich, warum Weisser für das Gespräch ein

Hotel ausgewählt und mich nicht in sein Arbeitszimmer bestellt hat. Ich erfahre auch, daß er intensiv über die Grundprobleme der Wirtschaftsordnung in den „Entwicklungsländern" nachdenkt. Ja, damals hießen diese Länder schon so. Davor hießen sie „Unterentwickelte Länder". Er würde gern genau wissen wollen, wie der Diskussionsstand über dieses Problem im englischen Sprachraum ist. Er denkt auch über eventuelle Veröffentlichungen seiner Gedanken in diesem Bereich nach. Ich bestehe die Prüfung. Im Juli 1959 trete ich die Stelle an. Ich beginne also auch noch Sozioökonomie auf englisch zu lesen und fertige fleißig deutsche Zusammenfassungen an.

Meine Frau meint, daß es mit den Zusammenfassungen nicht getan wäre. Ich müßte eigentlich Aufsatzentwürfe vorlegen und sie nach der Besprechung mit Weisser dann auch ins Englische übersetzen, wenn ich die Stelle behalten wollte. Jeder deutsche Mitarbeiter würde das wissen. Ich bin zum „ghost writing" nicht bereit.

Weisser lädt regelmäßig seine Mitarbeiter zum „Jour fixe" ein. Die Ehefrauen der Mitarbeiter auch. Es ist eine nette und nützliche Einrichtung. Nach einem solchen Treffen fragt mich meine Frau auf dem Nachhauseweg, was denn zwischen Weisser und mir vorgefallen sei, daß Weisser sich veranlaßt gesehen hat, ihr zu sagen, daß ich ein wildes Fohlen sei, er aber mich schon noch zähmen würde.

Eigentlich war nichts Direktes vorgefallen. Aber möglicherweise mittelbar doch. Als Stipendiat ohne monatliches Stipendium der Friedrich-Ebert-Stiftung war ich zu einer Großveranstaltung in der Heimvolkshochschule in Bergneustadt eingeladen. Auch Politiker und Journalisten. Die Heimvolkshochschule in Bergneustadt liegt abgeschieden vom Ort. Abends sitzt man deshalb, nach getaner Arbeit in der hauseigenen Kellerbar. Diskutiert werden dabei meist andere aktuelle Fragen. Der Leiter der staatsbürgerlichen Erziehung der Stiftung, Günter Grunwald – ein Intimus des SPD-Schatzmeisters Alfred Nau, wie ich später leidvoll erfahren werde –, ist in der Kellerbar mitteilungsbedürftig. Er ist gerade aus Indien zurück. Dienstreise, versteht sich. Auch Dienstreiseeindrücke sind bekanntlich trügerisch. Das ist ja auch nicht weiter schlimm. Schon gar nicht in der Kellerbar einer Heimvolkshochschule. Aber Grunwald will seine Eindrücke von mir bestätigt haben. Ich bin genervt. Als er auch noch die herumkriechenden Schlangen zum Thema machte, die er während seines kurzen Aufenthaltes gesehen haben wollte, und ich noch die Gefährlichkeit der „frei umherlaufenden Schlangen" bestätigen sollte, rutscht mir heraus, daß er – was das Antreffen von Schlangen angeht – eigentlich mehr Glück gehabt hätte als ich in meinem 22jährigen Leben in Indien. Schallendes Gelächter in der Runde. Rotangelaufenes Gesicht bei Günter Grunwald. Das Thema ist beendet, aber ich habe mir einen dauerhaften Feind geschaffen. Und wie schon erwähnt, Gerhard Weisser ist Vorsitzender der Stiftung.

Es könnte auch das mehrtägige „Berlinseminar" Anlaß für die Bemerkung Weissers gewesen sein. Mittelbarer Anlaß, wie gesagt. Es war mein erstes Stipendiatenseminar. Es war grauenvoll. Kalter Krieg pur und plump. Jeder Stipendiat ist verpflichtet, einen Seminar- und Erfahrungsbericht an den Leiter der staatsbürgerlichen Erziehung zu schicken. Nach dem Seminar unterhalte ich mich, eher zufällig, über das primitive Niveau des Seminarprogramms mit Otto Blume, dem Vertrauensdozenten für die Stipendiaten in Köln. Blume möchte gern meinen Seminarbericht lesen, bevor ich ihn nach Bonn schicke. Er liest ihn und ermahnt mich, den Bericht nicht so abzuschicken, selbst wenn meine Kritik zutreffen sollte. Nun, ich würde die Kritik nicht so formuliert haben, wenn ich selbst nicht davon überzeugt gewesen wäre. Auch ich habe meine Vorstellung von demokratischer Erziehung und Meinungsfreiheit. Ich schicke den Bericht ohne „diplomatische" Korrekturen. Und wie gesagt, Gerhard Weisser ist Vorsitzender der Stiftung.

Ich bleibe Mitarbeiter von Weisser für 10 Monate. Dann läuft die Finanzierung der Stelle aus. Die Friedrich-Ebert-Stiftung hat angeblich dafür keine Mittel mehr zur Verfügung. Ich habe für Weisser nie schreiben müssen. Ich habe für ihn nie geschrieben. Er hat nie Kritik an meiner Arbeit geäußert. Nur das Verhältnis der Friedrich-Ebert-Stiftung zu mir ist vergiftet. Das ist sicherlich keine uninteressante, aber vielleicht an anderem Ort zu erzählende, Geschichte. Ich habe nicht häufig das monatliche Stipendiumsgeld in Anspruch nehmen müssen. Dennoch hat es regen Schriftverkehr gegeben. Zunächst mit Grünwald, später nur mit Nau, Weisser und Willi Eichier. Am 28. März 1961 wurde mein Stipendium wieder einmal storniert. Nicht endgültig. Endgültig eigentlich am 4. Mai 1961. Die Begründung von Nau bei der Stornierung: *„ich darf hierbei noch erwähnen, daß die Mitglieder des Prüfungsausschusses einstimmig die Ansicht vertreten haben, daß Sie bis zu diesem Zeitpunkt Ihre schon seit längerer Zeit in Arbeit befindliche Dissertation zum Abschluß gebracht haben können."* Dies ist bisher die allerletzte Äußerung seitens dieser Stiftung mir gegenüber gewesen. Ich stehe offensichtlich noch heute auf einer sicherlich **nicht** existenten „schwarze Liste" der Stiftung. Ich bin dennoch der Stiftung dankbar. Die Stiftung hat mir viel gegeben. Ohne die Stiftung würde ich wahrscheinlich Carlo Schmid, Fritz Erler, Heinz Kühn, Willy Eichler und Hans-Jürgen Wischnewski nicht gekannt haben.

1959 beginnt auch meine publizistische Laufbahn in der Monatsschrift „Geist und Tat". Herausgegeben von Willy Eichler. Thema: Sozialisten in Indien. 1959 beginnt auch meine Vortragstätigkeit. Das wichtigste Ereignis ist aber, daß der Fragebogen für die Untersuchung über die Situation der afrikanischen und asiatischen Studierenden in Deutschland nach Voruntersuchungen endgültig fertig ist. Daß meine Frau keine Arbeitsstelle in Bonn findet, kommt diesem Projekt zugute. Unbezahlte Mitarbeit, versteht sich. Sie ist mir eine unschätzbare Hilfe. Der Bundesvorstand des ISSF und die Unesco, Paris, ist mit dieser Entwicklung einverstanden. König billigt das

Projekt inhaltlich und bescheinigt, daß das Projekt unter seiner Aufsicht läuft. Doch ist das Projekt auch ein finanzielles Abenteuer. König hat sicherlich bei Zeiten geahnt, daß 5000,- US-$ nicht ausreichen würden, die Sachkosten für eine Untersuchung an den Universitäten in Berlin, Hamburg, Heidelberg, München und Tübingen mit Interviewerausbildung und Interviewhonoraren abzudecken. Aber er sagt nichts. Er schreibt aber die notwendigen Briefe an die entsprechenden Universitäten. Er will offensichtlich abwarten, wie die Feldarbeit tatsächlich an- und abläuft.

Wir wissen genau, daß es knapp werden würde, allein die Erhebung zum Abschluß zu bringen. An eine Aufwandsentschädigung unserer Arbeit war gar nicht zu denken. Im Februar 1960 haben wir 386 ordentlich ausgeführte Interviewbögen von einem Sample von 479 in unserer kleinen Bleibe in Bonn, Weberstraße 96. Studierende aus Ägypten, Indien, Indonesien, Jordanien, Ghana, Nigeria und Norwegen. Norwegen als eine Kontrollgruppe. Aber das Geld ist fast alle. Es reicht nur noch für die Lochkarten und für die Leihgebühr für einen mechanischen IBM-Handlocher aus der 1. Generation.

*****

Im 2. Semester in Köln habe ich die Zahl meiner Veranstaltungsbesuche radikal gekürzt, obwohl ich für das 1. Semester 100 % Gebührenerlaß bekommen habe. Fleißprüfung. Später habe ich keine Studiengebühren mehr entrichten müssen. Ich besuche nur die Hauptseminare und Hauptvorlesungen in Ethnologie, Philosophie und Soziologie. Die Veranstaltungen haben wenig gebracht und viel Zeit gekostet.

Noch bevor die Interviewbögen aus den einzelnen Universitätsorten zurück sind, habe ich König gefragt, ob er bereit wäre, einen Antrag für die notwendigen Mittel für die Auswertung der Untersuchung zu stellen. *„Nein"*, sagt König, *„den Antrag müssen Sie schon selbst formulieren und für den ISSF stellen. Wenn er begründet ist, werde ich ihn befürworten."* Ich stelle den Antrag für den ISSF an das Hochschulreferat des Auswärtigen Amtes und König befürwortet den Antrag am 19. Februar 1960: *„ich bin über die ganze Untersuchung, die von meinem Institut wissenschaftlich betreut wird, eingehendst informiert. (...) Gleichzeitig möchte ich darauf hinweisen, daß die Erfahrungen, die wir bisher mit Herrn Aich gemacht haben, ganz ungewöhnlich gut sind. Es handelt sich hier um einen sehr selbständigen, ungewöhnlich klugen und sehr liebenswürdigen jungen Mann, der für die ganze Untersuchung ein sehr persönliches Engagement mitbringt."*

Im März ist die Schlüsselliste und die Kodierung fertig. Es ist eine verrückte Zeit. Gleich nach dem Frühstück beginnen meine Frau und ich mit der Kodierung. Während meine Frau das Mittagessen bereitet, übertrage ich die Daten von Kodeblättern auf Lochkarten. Der Handlocher macht einen höllischen Krach. Unsere Wirtin, Fräulein Lehner, nimmt dieses Hämmern billigend in Kauf. Es müsse halt sein, meint sie. Nach dem Mittagessen wieder kodieren. Beim Kochen des Abendessens lochen.

Wieder kodieren, bis es endlich Zeit wird für die Spätvorstellung im Kino um 22.30 Uhr. Zum Entspannen. Fräulein Lehner geht immer mit. Ab dem zweiten Tag beginne ich mit dem Lochen, während meine Frau den Frühstückstisch deckt. Wir sind ein effizientes Team, mehr als nur die Addition zweier fleißiger Arbeitskräfte. Auch die späteren Arbeiten, vor allem die hier im Mittelpunkt stehende Geschichte, wäre ohne diese Team-Effizienz und ohne die gegenseitige Verläßlichkeit nicht entstanden.

Ende März ist die Randauszählung fertig. Erstellt mit der IBM-Sortiermaschine im „Institut für Selbsthilfe“. Ich lege sie König vor. König schickt eine ergänzende Stellungnahme an das Auswärtige Amt am 30. März 1960: *„hiermit möchte ich mir erlauben, zu dem Antrag um einen Zuschuß für eine Forschungsarbeit ... durch Herrn Prodosh Aich Stellung zu nehmen. Ich darf Sie daran erinnern, daß die Untersuchung unter unserer Überwachung läuft. Ich kenne Herrn Aich schon seit längerer Zeit, da er sehr intensiv bei uns mitgearbeitet hat. Jetzt, nachdem die ersten Ergebnisse seiner Erhebung eingegangen sind, kann ich beurteilen, daß ich mich in ihm nicht nur nicht getäuscht habe, sondern daß er sich auch als ein ganz ausgezeichneter Forschungsleiter bewiesen hat. Aus diesem Grunde möchte ich ganz persönlich den Antrag des Internationalen Studentenbundes befürworten. Gleichzeitig möchte ich bemerken, daß die ersten Ergebnisse bereits zeigen, wie interessant die vorliegende Untersuchung zu werden verspricht. Es wäre also äußerst unglücklich, wenn man sie auf dem Viertelswege liegen lassen wollte. Ich bin sicher, daß diese Studie für die Behörden von größter Wichtigkeit werden wird, wenn die Ergebnisse erst gesamthaft ausgewertet sein werden.“*

Die folgenden Monate sind finanziell äußerst hart. Meine Tätigkeit für Weisser ist beendet. Dafür erhalte ich mein Stipendium von 250,- DM, Honorare für Aufsätze, Vorträge und gelegentliche Arbeiten im Institut von Otto Blume. Meine Frau hat kein regelmäßiges Einkommen. Wir hoffen auf die Bewilligung des Antrags durch das Auswärtige Amt. Der ISSF ist damit einverstanden, daß die eventuellen Mittel dann von der Kölner Universität verwaltet werden würden und ich dann im Institut für Soziologie als Forschungsbeauftragter geführt werde. Die Art und Weise, wie mein Beschäftigungsverhältnis mit Weisser beendet wurde, hat bei König und seinen Mitarbeitern Sympathien für mich geweckt. Diese sind: der Privatdozent Peter Heintz, schweizer Nationalität, dessen Buch über „Soziale Vorurteile“ bei der Planung meiner Untersuchung hilfreich war, der seine Vorlesungen auf „lexikondeutsch“ – sehr exakte, aber schwer gängige Bandwurmsätze – hält; der wissenschatliche Assistent im Institut für Mittelstandsforschung, Hans-Jürgen Daheim; die beiden wissenschaftlichen Assistenten Fritz Sack und Franz-Josef Stendenbach, so etwas wie ein Geschäftsführer des Instituts, zwei Sekretärinnen und zwei wissenschaftliche Assistenten im „Seminar für Soziologie“, dessen Leiter wiederum König ist.

Eine Ausnahme ist da: Erwin K. Scheuch. Nicht daß er etwas Negatives öffentlich kundgetan hätte. Er gibt sich gleichgültig. Er sitzt an seiner

Habilitationsarbeit. Er läßt sich auch zu informellen Anlässen nicht sehen. Ich würde seiner Zurückhaltung keine besondere Bedeutung beigemessen haben, wenn meine Frau und Scheuch nicht Studienkollegen gewesen wären. Damals, aber auch zu meiner Zeit, war die Universität zu Köln klein. Die Angehörigen begegneten sich häufig. Auch damals wurde nicht wenig getratscht. Meine Frau war nicht nur wegen ihrer langen blonden Zöpfe auffällig. Sie hatte einen Professor geohrfeigt, weil der sie zum Beischlaf erpressen wollte. Sie war dem amtierenden Dekan glaubwürdiger als der betreffende Professor. Vollzogene Erpressungen waren den Universitätsangehörigen an der Kölner Universität nicht unbekannt. Aber einmalig war der Mißerfolg, eine universitätsöffentliche Ohrfeige, und dies noch in der Endphase ihrer Promotion. Daß just diese Frau in Universitätskreisen wieder auftaucht, ist vielen nicht recht. Sie war damals nach dem unüblichen Ereignis von ihren wissenschaftlichen Kollegen gemieden worden, von Unterstützung ganz zu schweigen. Scheuch hat meine Frau erkannt, auch ohne ihre Zöpfe.

Auch Scheuch war seinerzeit auffällig, weil er in Veranstaltungen zu spät herein hechelte mit einer stets übervollen Aktentasche, die eher auffiel als seine physische Erscheinung. Er fiel auch in Seminaren auf, weil er auf eine hektisch-ehrgeizige Art redete, eher in einem ihm eigenen Telegrammstil mit unvollständigen Sätzen, nervös augenzuckend, aber mit einer Gestik, die König so ähnelte, daß er den Beinamen „der kleine König" erhielt. Zu meiner Zeit fühlt sich „der kleine König" im Vergleich zu seinem Seminarassistentenkollegen Dietrich Rüschemeyer zurückgesetzt. König hat zu Rüschemeier ein entspanntes Verhältnis, zu Scheuch nicht.

Welche Gedanken Scheuch in der neuen Situation durch seinen Kopf geht, als er sieht, daß wir verheiratet sind oder daß ein farbiger Ausländer sich langsam im Institut etabliert, werde ich nie erfahren. Deshalb werde ich mich nur auf Fakten beschränken. Scheuch hat sich als „Fachmann" in Sachen empirischer Sozialforschung – wenn auch nur ein theoretischer Fachmann – leicht ausrechnen können, was meine Frau mir über ihn alles erzählt haben könnte. Fakt ist, daß Scheuch und ich nie einen privaten Kontakt gehabt haben.

Der Vorfall mit der Ohrfeige soll bei den Professoren ein Gesprächsthema an den „Herrentischen" gewesen sein. Ein Nachbeben davon erlebe ich auch. Gegen Ende des Jahres 1960 bestellt König mich zu einem Gespräch. Für längere Gespräche bestellt er gern Mitarbeiter an Samstagnachmittagen. An dem Tag haben wir auch eine andere Verabredung in Köln, daher ist meine Frau mit gefahren. Wir warten schon vor dem Institutsgebäude, als König ankommt. Ich stelle ihm natürlich meine Frau vor. Er ist verwirrt. Nach anmerkbarem Zögern fragt er meine Frau, ob sie in Köln studiert hätte und mit ihrem Mädchenname Knüwe hieße. Sie bejaht.

Wortlos schließt er die Haustür auf und geht die Treppen hoch zum zweiten Stock. Schweigend. Wir folgen ihm. Im Arbeitszimmer angelangt geht er zu seinem Sessel, setzt sich aber nicht, bittet uns mit einer Handbewegung, Platz zu nehmen. Immer noch stehend greift er zum Telefon. Er telefoniert mit seiner Frau fast eine halbe Stunde lang, über nichts oder Belanglosigkeiten. Dabei kommt er gerade von zu Haus. Ratlosigkeit und Verlegenheit stellen sich bei uns ein. Nach dem Telefongespräch stellt er keine Fragen, macht keine Anmerkungen. Nichts. Als König uns dann verabschiedet, weiß ich nicht, warum König mich bestellt hatte. Das Image von König, immer souverän und locker zu sein, bekommt einen ersten Kratzer. König kennt also den Vorfall. Auch er hatte seinerzeit nichts unternommen. Etwas ähnliches ist bei Gerhard Weisser nicht geschehen. Seiner Verhaltensweise hat mir nicht den leisesten Hinweis gegeben, ob auch Weisser von dieser Ohrfeige gewußt hat oder ob er meine Frau mit diesem Vorfall in Verbindung gebracht hatte.

Die berechneten Daten unserer Untersuchung sind vom Rechenzentrum der Universität zurück. Aufregende Zeit. Die Rechenblätter enthalten nur Zahlenkolonnen, - Reihen und Symbole. Keine Texte. Die Zahlen übertragen wir auf vorbereitete Tabellenblätter und beschriften sie. Dann geht das Nachdenken und das Schreiben los. Zu meinem Glück und sicherlich zum Unglück meiner Frau kann sie auf deutsch und englisch stenographieren, beherrscht auch das Zehnfingersystem für das Maschinenschreiben. Sie hatte die Handelsschule besucht, bevor sie Abitur machte. Großzügig bietet sie mir ihre Hilfe an. Aus diesem Hilfsangebot ist leider für spätere Arbeiten eine Selbstverständlichkeit geworden. Alles schriftliche von mir bis 1987 hat sie mindestens dreimal geschrieben. Das erste Mal in Kurzschrift. Wenn ich mir die Anzahl der angesammelten Aktenordner ansehe, wird mir nicht nur schlecht. Wir fragen uns auch, wie wir das alles wirklich geschafft haben?

Ab April 1960 ist der Tagesablauf durch die Auswertung der Untersuchung geprägt: aufstehen, gedankliches Sammeln, Frühstück, die Tabellenblätter sortieren, entlang einer Reihe von Tabellenblättern konzipieren, diktieren bis der Kopf leer ist. Meine Frau tippt. Ich erledige alles übrige. Dann meist in die Spätvorstellung mit Fräulein Lehner. Sie läßt uns bis abends in Ruhe, hilft uns, wo sie nur kann, und leidet mit uns den Streß durch.

Monat für Monat gehöre ich dem Institut ein Stückchen mehr. Ich bin jener Forschungsbeauftragte, der keinen Arbeitsplatz im Institut hat und auch kein Gehalt vom Institut bekommt. Jeder hofft, daß der Antrag beim Auswärtigen Amt durchkommt. Eine Planstelle als wissenschaftlicher Assistent ist solange nicht in Sicht, bis Scheuch nach seiner Habilitation eine andere Stelle bekommt. Nicht daß König mir eine explizite Hoffnung gemacht hätte. Nein. Dennoch wissen alle Mitarbeiter von König, daß die nächste Assistentenstelle für den neu entstehenden Schwerpunkt „Soziologie der unterentwickelten Gebiete" eingerichtet und durch mich besetzt werden würde.

Ich halte immer mehr Vorträge, und auch die Zahl der Aufsätze wächst. Die „Kölner Zeitschrift für Soziologie und Sozialpsychologie" berichtet auch über größere wissenschaftlichen Tagungen. Josef Gugler, jener freundliche Doktorand von König, der mich König vorstellte, und ich tauchen häufig zusammen im Institut auf. Irgendwann beginnt König, uns Max und Moritz zu nennen. Im Juni 1960 fragt er uns, ob wir an einem internationalen Seminar über „Leadership in the Nonwestern World" in Wageningen (Niederlande) teilnehmen und darüber einen Bericht schreiben wollen. Wir wollten. Die Reisekosten würden übernommen, ebenso die Spesen vom 28.Juni bis 1. Juli, ein kleines Honorar winkt uns auch noch. Und lernen könnten wir auch von den Soziologiepäpsten auf diesem Gebiet der „Unterentwicklung": W. F. Wertheim (Amsterdam), G. Balandier (Paris) M. Freedman (London).

Josef Gugler und ich haben eine etwas unterschiedliche Einschätzung über das Ergebnis und über den Nutzen des Seminars. Er ist nicht erbaut. Ich bin enttäuscht. Wir haben nichts Neues gelernt. Außer vielleicht, daß auch die Päpste nur mit Wasser kochen. Das können wir natürlich nicht schreiben. Und wie schreibt man einen Bericht zu zweit? Ich soll einen Entwurf machen. Josef Gugler ist erschrocken, als er meinen Entwurf liest. Alle drei Referenten sind Freunde von König. Lange Diskussion zwischen uns. Was stimmt im Entwurf nicht, frage ich ihn. Die Schärfe der Kritik wird etwas geglättet. Dann Audienz bei König. Josef Gugler berichtet, wie der gemeinsame Bericht zustande gekommen ist. König liest den Bericht sofort durch. Er ist einverstanden. Der Bericht erscheint unverändert in der „Kölner Zeitschrift für Soziologie und Sozialpsychologie" (12.Jahrgang, 1960, Heft 3). Gugler ist überrascht.

Im Spätsommer 1960 kann ich überblicken, daß die Auswertung der Untersuchung und der Bericht für die Unesco, Paris, spätestens bis zum nächsten Frühjahr fertig sein könnte. Muß ich den Bericht zeitlich mit meinen Studien- und Prüfungsinteressen koordinieren? Wie soll es weitergehen? Auch materiell? Fragen, die ich nicht verdrängen kann. Aber es sind auch Fragen, auf die keine Antworten zu finden sind. So komme ich auf einen platten, in der Sozialwissenschaft gängigen Einfall und schlage König vor, zunächst einen Bericht für die Unesco zu schreiben. Danach könnte ich das gesamte Material für meine Dissertation theoretisch aufarbeiten. Was auch immer man darunter verstehen mag. König ist einverstanden. Am 29. Oktober 1960 stelle ich beim Dekan der philosophischen Fakultät einen Antrag um die Zulassung zur Promotion. Nach der geltenden Prüfungsordnung wäre die Prüfung erst im neunten Fachsemester möglich. Also wird der Antrag auch mit diesem Hinweis auf die Prüfungsordnung abgewiesen.

Das Auswärtige Amt bewilligt tatsächlich den beantragten Betrag: 20 000,- DM für die Auswertung der Untersuchung. Im Dezember 1960. Die Ausgaben sollten noch im Haushaltsjahr 1960 abgerechnet werden. Wie? Aufgeregt fahre ich sofort zu König. Er ist hocherfreut über die Bewilligung und versteht meine Aufregung nicht. *„Jüngling"*, sagt er, *„alles, Sachkosten, was Sie bisher für die Untersuchung verausgabt haben und Honorare, die fällig geworden wären, wenn das Geld rechtzeitig gekommen wären, alles, belegen Sie mit entsprechendem Datum, und rechnen Sie die 20000,- DM noch im Dezember 1960 ab. Es ist Lauferei, aber tun Sie es."* Dann klärt er mich auf, wie das Ganze funktioniert.

Das Auswärtige Amt wird wissen, daß die Belege nicht echt sind. Wir wissen, daß das Auswärtige Amt wissen wird, daß wir wissen, daß das Auswärtige Amt weiß, daß die Belege nicht echt sind. Auch das Auswärtige Amt wird wissen, daß wir wissen, daß das Auswärtige Amt wissen wird, daß wir es wissen, daß das Auswärtige Amt es weiß, daß die Belege nicht echt sind. Nur darf keine Seite über dieses gegenseitige Wissen je reden. Es sind mühsame Tage, aber es funktioniert. Nein, ich dachte nicht an Korruption. Damals ganz gewiß nicht. Denn Korruption gab es und gibt es nur in den Bananenrepubliken!

Ab Dezember 1960 werde ich offiziell als „Forschungsbeauftragter" geführt. Aber ohne einen Arbeitsplatz im Institut. Schwerpunkt: „Unterentwickelte Gebiete". Die politische wie wissenschaftliche Diskussion hierüber beginnt anzulaufen. Es wird bekannt, daß ich in der Endphase der Auswertung einer größeren empirischen Untersuchung über die afrikanischen und asiatischen Studenten in Deutschland bin. Viele sind interessiert, noch vor der Veröffentlichung das Material einzusehen, um es für ihre eigene Arbeit verwerten zu können, wie beispielsweise Dieter Danckwort und Diether Breitenbach, beide damals bei der „Deutschen Stiftung für Entwicklungsländer" in der Villa Borsig, Berlin-Tegel. Eifer dieser Art ist Vorbote für die nahende Hochkonjunktur des Themas. Das Ansinnen, Einblicke in das Forschungsmaterial anderer schon vor der Veröffentlichung zu gewinnen, hat nichts mit „grabschen" zu tun. Es gibt eben smarte und weniger smarte Sozialwissenschaftler. Und nicht nur Sozialwissenschaftler.

Die „Deutsche Stiftung für Entwicklungsländer" wird 1960 gegründet. Sie ist eine hundertprozentige Tochter des Bundes. Sie soll eine Reihe von „wissenschaftlichen Arbeitstagungen" veranstalten. Zu der ersten – vom 2. bis 6. Januar 1961 – bin auch ich eingeladen. Ich soll auch über diese Tagung – geleitet wird sie von Arnold Bergsträßer – für die Kölner Zeitschrift berichten, zum ersten Mal allein, also nicht zusammen mit Josef Gugler. Teilnehmer dieser Tagung sind Wissenschaftler, die auf diesem Gebiet engagiert sind oder sich engagieren wollen.

Ich berichte nicht über jene 36 von 45 vorgesehenen „Kurzreferate" von jeweils ca. 15 Minuten. Warum? Weil es darüber nichts zu berichten gegen hat. Ich berichte fast ausschließlich (Kölner Zeitschrift, 13. Jahrgang, 1961, Heft 1) über ein nicht geplantes längeres Referat von Ernst Bösch, Sozialpsychologe an der Universität Saarbrücken, dem nach 3½ „Arbeitstagen" der Kragen geplatzt war. Es ist ein Levitenlesen. Auch über eine von den Stiftungsfunktionären abgewiegelte Resolution zur künftigen Gestaltung der Arbeit in der Stiftung. König bringt den Bericht in voller Länge, ohne diplomatische Glättungen.

Wenige Monate später kritisiere ich in einer Podiumsdiskussion die inhaltliche Arbeit und die materielle Ausstattung dieser Stiftung. Diese Veranstaltung findet in der Aula der Hamburger Universität statt. Es diskutieren: Fritz Baade (Prof. Dr. Dr. h.c., Mitglied des Bundestages (MdB) und Direktor des Forschungsinstituts für Wirtschaftsfragen der Entwicklungsländer), Viktor Kadalie, (ein promovierter Arzt aus Südafrika), Helmut Kalbitzer (MdB und Vizepräsident des Europaparlaments), Ludwig Rosenberg (stellvertretender Vorsitzender des DGB und Präsident des Wirtschafts- und Sozialausschusses der EWG) und ich. Der Kurator der Stiftung, F. G. Seib, fordert am 17. November 1961 König schriftlich auf, wegen meiner öffentlichen Kritik an der Stiftung in Hamburg mich nicht zu promovieren. Diese Deutsche Stiftung, heute die Deutsche Stiftung für internationale Entwicklung, handelt offener und ehrlicher als die Friedrich-Ebert-Stiftung. Ja, die deutschen Stiftungen!

Die ersten Monate des Jahres 1961 bin ich intensiv beschäftigt, den Bericht über die Situation der afrikanischen und asiatischen Studierenden abzuschließen. Ihre Anpassungsschwierigkeiten und ihre Entfremdung nach erfolgter Anpassung bilden den Schwerpunkt. Ich denke weiter über diesen Forschungsschwerpunkt nach. Auch eine Arbeitsbeschaffungsmaßnahme. Was sollte ein Forschungsbeauftragter tun, wenn es keinen konkreten Forschungsgegenstand gäbe?

So taucht auch die Frage auf, wie sich wohl der Studienaufenthalt mit allem Drum und Dran auf ihre „Politische Einstellung" auswirken. Beispiele wie Chau-En-Lai, ausgebildet in Moskau, später aber nicht nur der Politik der UdssR durchaus nicht grün, oder Gandhi, Nehru, Sukarno, alle ausgebildet im „Westen", und später dann Führer der Unabhängigkeitsbewegung und Initiatoren der blockfreien Bewegung, oder Ho Chi Minh, ausgebildet in Paris, der später den französischen Streitmächten die schmähliche Niederlage in Dien Bien Phu beibrachte, legen die Frage nach der politischen Einstellung nahe. W. F. Wertheim, Universität Amsterdam, einer der Päpste auf diesem Gebiet, veröffentlicht die Theorie, daß der antikoloniale Kampf erst nach der Verinnerlichung der westlichen Werte durch die städtischen Intellektuellen mit Erfolg geführt werden könne. Ein Erkenntnisziel – etwas überspitzt formuliert – könnte lauten: Soll der Westen das Auslandsstudium der afrikanischen und asiatischen Studierenden im Westen oder im Osten finanzieren, um den maximalen politischen Einfluß auf die entkolonisierten Länder zu gewinnen? Ich trage König meine Gedanken vor. Er beauftragt mich, den Projektantrag zu formulieren.

Klaus von Bismarck wird neuer Intendant des „Westdeutschen Rundfunks". Er ist auch der Vorsitzende der „Gesellschaft für Sozialen Fortschritt". Diese Gesellschaft hat eine Monatsschrift. Ich hatte Gelegenheiten, für diese Zeitschrift zu schreiben. So weiß ich, daß Klaus von

Bismarck an dem Problem ebenso interessiert ist wie auch an der wirksamen Vermittlung von Forschungsergebnissen durch die Medien. Und der WDR hat auch in beschränktem Umfang Forschungsmittel zu Programmzwecken zu vergeben. Nach einem ausführlichen Gespräch mit Klaus von Bismarck formuliere ich einen Antrag. Im Mai 1961 wird er gestellt. Vorausgegangen ist auch eine Zusage von „Free Europe Organizations and Publications" in Paris, eine solche Untersuchung mit etwa 5.000,- US-$ zu unterstützen. Diese Zusage wird durch eine Vereinigung der ungarischen Exilstudenten in Krefeld vermittelt. Auch die Carl-Duisberg-Gesellschaft, die die ausländischen Praktikanten in Deutschland betreut, interessiert sich dafür, obwohl sie für Studierende nicht zuständig ist. Einer der beiden Geschäftsführer der Carl-Duisberg-Gesellschaft ist Doktorand bei König, Winfried Böll. Er befaßt sich zunehmend mit einer noch zu formulierenden Politik der Bundesrepublik gegenüber den „unterentwickelten Ländern". Praktisch übt er drei Jobs aus: Studium, Carl-Duisberg-Gesellschaft (zuständig für Außenkontakte) und „Entwicklungspolitik", verbunden mit Herumreisen und Vorträgehalten. Unsere Wege haben sich oft gekreuzt. Das Studium als Job bleibt bei Winfried Böll auf der Strecke. Er macht später eine unkonventionelle Karriere: Er brachte es zum Ministerialrat im ersten „Entwicklungshilfeministerium" ohne einen akademischen Grad. Für mich sorgt er für eine Überraschung. Die Carl-Duisberg-Gesellschaft gewährt dem Institut für Soziologie an der Universität Köln ein Darlehen, weil das Genehmigungsverfahren beim WDR länger als erwartet andauert. Der WDR wird darüber informiert.

Der Bericht für die Unesco und für das Auswärtige Amt über die Situation der afrikanischen und asiatischen Studierenden wird umfangreich. 403 Seiten ohne den Anhang. Mir gelingt es nicht, ihn noch während des Sommersemesters 1961 vorzulegen. König ist seinem liebsten Steckenpferd gefolgt: „Summer school" in den USA. Er reist gern. Jedes Jahr macht er den befreundeten Kollegen bekannt, wie es mit seinem Arbeitsdruck ausschaut und wann er wieder einmal Lehrverpflichtungen übernehmen könnte.

Ich überreiche König den Bericht, als er gerade aus den USA zurückkommt. In der selben Woche, am Samstag nachmittag, ruft mich Fräulein Lehner zum Telefon, etwas erregt, weil König am Apparat ist. Sie weiß natürlich, daß König die „Arbeit" erhalten hatte. Ich melde mich. Unvermittelt fragt er mich, ob ich auch vor hätte, zu promovieren. Als ich ziemlich überrascht und mit einigem Zögern ein „Ja" herausbringe, fragt er mich, warum ich den ihm vorliegenden Bericht nicht als Promotionsarbeit einreiche. Er schlägt mir einen Besprechungstermin vor, als ich die mir fehlenden Semester erwähne.

In der darauf folgenden Besprechung geht es nur um die vorzeitige Zulassung zur Prüfung. Den Bericht findet er gut. Änderungs- oder Ergänzungsvorschläge macht er nicht. Ich sollte den Bericht so lange zurückhalten, bis ich zur Prüfung zugelassen werde. Er spricht mit dem Dekan am 27.

Oktober 1961. Am 29. Oktober stelle ich den förmlichen Antrag, um die Anerkennung der „Nicht-Fachsemester" zum zweiten Mal. Am 7.November teilt mir der Dekan der philosophischen Fakultät mit: *„auf Ihren Antrag vom 29. 10. d. J. hat die Philosophische Fakultät Ihnen die beiden an der Wirtschaftsfakultät der Universität Bonn verbrachten Semester auf die zur Promotion erforderlichen acht Fachsemester angerechnet."* Im Dezember 1961 mache ich meine abschließenden mündlichen Prüfungen.

Dies waren auch jene Monate, in denen ich das Befragungsinstrument für meine 2. Erhebung, also zur „Strukturierung der politischen Einstellung der afrikanischen und asiatischen Studierenden in den deutschsprachigen Ländern" in Voruntersuchungen überprüfe. Die Interviews sollten bis Februar 1962 abgeschlossen sein. Diese Arbeit nimmt mich so in Anspruch, daß ich keinen Prüfungsdruck verspürt habe. Die Prüfung lief nebenher wie meine Teilnahme an den Hauptseminaren.

Erst nach den Prüfungen erhalten der ISSF, die Unesco, Paris, und das Auswärtige Amt jeweils eine Kopie des Berichts. Der ISSF und die Unesco, Paris, sind mit dem Bericht zufrieden. Das Auswärtige Amt nicht. Die Befunde sind politisch nicht opportun. Die Auswahl der Studierenden, die Beschreibung der Schwierigkeiten, das Hervorheben des Dilemmas: Erfolgreiche Überwindung der Schwierigkeiten, also die Anpassung an die hiesigen Verhältnisse, bedeutet im gleichen Maße die Entfremdung von der heimatlichen Kultur. Also fragt das Auswärtige Amt bei König diplomatisch an, ob es nicht opportun wäre, den Bericht vorläufig nicht zu veröffentlichen. König weiß den Brief richtig zu deuten. Er weiß, wie er das „vorläufig" zu interpretieren hat. Er bestellt mich ins Institut. Er gibt mir das Schreiben zu lesen, ruft gleichzeitig eine seiner Sekretärinnen und diktiert das Antwortschreiben. Er will vom Auswärtigen Amt wissen, ob das Schreiben als Ankündigung einer Zensur zu deuten sei. Das Auswärtige Amt ist auf dem falschen Fuß erwischt. Natürlich will das Auswärtige Amt dieser Republik keine Zensur ausüben. Der Weg zur Veröffentlichung ist frei. Es wird aber leider ein Pyrrhussieg. Denn so etwas vergißt das Auswärtige Amt der Bundesrepublik Deutschland nicht, wie ich später erfahren werde.

Bei der 2. Untersuchung darf meine Frau mir offiziell als wissenschaftliche Mitarbeiterin im Institut helfen. Wir reisen zusammen zu den Universitäten, ziehen das Sample und bilden die Interviewer aus. Ihre Aufwandsentschädigungen und Reisekosten rechnet die Universitätsverwaltung getrennt ab. Bereits im Jahr 1967, im April wird König die Tatsache schriftlich leugnen, daß bei meiner 2. Untersuchung meine Frau mir offiziell als wissenschaftliche Mitarbeiterin des Instituts helfen durfte, obwohl viele Schriftstücke in den Akten des Instituts dieses belegen.

Insgesamt werden 709 Studierende an 8 verschiedenen Universitätsorten interviewt: Aachen, Berlin, Bonn, Göttingen, Köln, München, Wien und Zürich. Die Feldarbeit ist bis April 1962 abgeschlossen. Wieder das Erstellen der Schlüsselliste, Anmieten eines IBM-Handlochers, kodieren, ruhestörendes Lochen. Arbeitsplatz: Bonn, Weberstraße 96. Und fast immer zum Abschluß des langen Arbeitstages belohnen wir uns mit einer Kinospätvorstellung mit Fräulein Lehner.

Ich komme mit König überein, daß das Ergebnis der 2. Untersuchung zunächst nur vollständig aufbereitet, aber nicht schnellstmöglich veröffentlicht werden sollte. Denn zur sinnvollen Abrundung des Themas müßte logischerweise eine 3. Untersuchung durchgeführt werden zum Rückanpassungsprozeß nach dem Studium. Alle Aspekte des Auslandsstudiums sollen dann auch das Thema meiner Habilitation werden. Aber ich bin noch nicht an der Reihe. Im Institut gibt es eine inoffizielle Reihenfolge der Kandidaten. Vor mir sind Dietrich Rüschemeier, Hans-Jürgen Daheim und Franz-Josef Stendenbach dran. Rüschemeier geht in die USA, heiratet dort und will seiner jüdischen Frau ein Leben in Deutschland ersparen. Mit Hilfe von König und auf seine Empfehlung hin geht Stendenbach zur OECD nach Paris auf einen gutdotierten Posten. Nun ist Daheim noch vor mir dran. Er ist noch nicht so weit.

Also muß ich einen Forschungsplan über den Rückanpassungsprozeß entwerfen. Rückanpassung welcher Gruppe? Die geographische Bezüge „afrikanisch" und „asiatisch" wie in den ersten beiden Untersuchungen sind nicht haltbar. Die von uns befragten Studierenden sind nach der Rückkehr in ihre Heimatländern weit verstreut. Weder zeitlich noch finanziell wären sie erreichbar. Eine Fallstudie kommt auch nicht in Frage. Also nehme ich mir die Unesco-Statistik der Auslandsstudierenden vor. In Afrika sind kaum Rückkehrer aus der Bundesrepublik zu finden. Auch die asiatischen Länder weisen eine unterschiedliche Verteilung auf. Aus 5 Gründen fällt die Wahl auf Indien:

1. Die indische Bevölkerung machte 40 % der Menschen aus, die in den nichtkommunistischen unterentwickelten Ländern leben
2. Zwei britische Wissenschaftler, das Ehepaar Ussem und Ussem, hatten 1955 eine Pilotstudie „Western Educated Man in India" vorgelegt, worauf meine Untersuchung hätte sinnvoll aufbauen können;
3. Seit dem zweiten Weltkrieg kamen die meisten im Westen studierenden Ausländer aus Indien, dies bietet somit die Möglichkeit, ein sinnvolles Sample zu ziehen;
4. Rückkehrende indische Studierende verteilen sich auf die USA, England, die Bundesrepublik und in etwas geringerer Zahl auf die UdSSR. Dies würde die Möglichkeit erschließen, den Einfluß der verschiedenen Universitätssysteme zu untersuchen;
5. Die kulturelle Unterschiedlichkeit in Indien könnte eventuell die Möglichkeit einer Übertragung der Schlußfolgerungen dieser Untersuchung auf andere „unterentwickelte Gebiete" rechtfertigen.

Wäre auch die dritte Untersuchung so verlaufen wie meine ersten beiden, würde ich vieles nicht wissen. Wir würden nicht mit einem Frachtschiff in Bombay angekommen sein, sondern mit einem Flugzeug in Neu

Delhi. Bewilligte Forschungsaufträge sind termingebunden. Da bleibt keine Zeit für eine Reise mit einem Frachtschiff. Nach meiner ebenso reibungslos abgelaufenen Habilitation wäre ich ein Fachidiot in Fragen des „Auslandsstudiums", oder des „interkulturellen Lernens" geworden. Aber zurück zu der wirklichen Geschichte.

Winfried Böll von der Carl-Duisberg-Gesellschaft ist von der Konzeption der neuen Untersuchung angetan und denkt über eine Kontrollgruppe von „Praktikanten" nach. Inzwischen pendelt er zwischen Köln und Bonn. Er hält sich immer mehr in Bonn, im „Ministerium für wirtschaftliche Zusammenarbeit" auf. Zunächst als Berater, später als Planer und leitender Beamter. Böll meint noch im Herbst 1962, daß mein Antrag im neuen Ministerium, geleitet von Walter Scheel, ein Selbstgänger sein wird. Spätestens bis Ende Januar 1963 wird er bewilligt sein. Wir stellten den Antrag am 16. November 1962. Titel der Untersuchung: „Künftige Elite oder wurzellose Intellektuelle? Eine Untersuchung über die Auswirkung des Auslandsstudiums junger Inder auf den Modernisierungsprozeß ihres Landes nach ihrer Rückkehr."

Zwischenzeitlich ist die Veröffentlichung der ersten Untersuchung auch als meine Promotionsarbeit gesichert. Sie soll als Band 10 in der Reihe „Beiträge zur Soziologie und Sozialphilosophie" herausgegeben von Prof. Dr. René König im Verlag Kiepenheuer & Witsch in Köln erscheinen. In dieser Reihe ist die Habilitationsarbeit von Peter Heintz als Band 7 erschienen. Scheuch, Rüschemeier und Daheim haben vor mir promoviert. Ihre Promotionsarbeiten sind nicht in dieser Reihe, nicht als Buch publiziert. Der Verleger Dr. Witsch gratuliert mir in Gegenwart von König, weil ich als erster ein Autorenhonorar in dieser Reihe bekomme. Meine Promotionsarbeit erscheint im November 1962 unter dem Titel „Farbige unter Weißen" mit einem Vorwort des Herausgebers. Darin heißt es zu Beginn: *„Wenn etwas den Nutzen der empirischen Sozialforschung augenfällig demonstrieren kann, so ist es die vorliegende Untersuchung ... Dabei stellt sich ganz eindeutig heraus, daß die in der Öffentlichkeit sehr stark unterstrichenen Schwierigkeiten der Studenten aus Entwicklungsländern zum Teil eine ganz geringfügige Rolle spielen, evtl. sogar nur individuell bedingte Ausnahmen darstellen, so daß hinter diesen meist vorschnell verallgemeinerten Klischees eine Fülle von unerwarteten neuen Problemen sichtbar wird, die die Problematik des ‚Auslandsstudenten‘ deutlich sichtbar werden läßt. Damit ist ein sehr ernsthaftes Thema angeschnitten, zu dessen Behandlung der Verfasser weit mehr gibt als nur eine Vorbereitung."*

In wenigen Wochen ist die erste Auflage verkauft. Sie ist ein Medienereignis. Vom „Kölner Stadt-Anzeiger" bis zum „Spiegel". Vom Fernsehen zu Illustrierten. Auch im europäischen Ausland. Berichte, Interviews, Veranstaltungen. Edward A. Shils, einer der Soziologiepäpste, Wanderer zwischen den Universitäten in Cambridge und Chicago, fragt mich über den Verlag Kiepenheuer & Witsch an, ob ich bereit wäre einen Aufsatz von 10000 Worten für die Zeitschrift „Minerva" zum gleichen Thema wie im Buch zu schreiben. Honorarangebot: 200,- US-$.

Sauer ist nicht nur das Auswärtige Amt. Viele „farbige" Studierende sind erbost. Vor allem bei dem Befund, daß sie eigentlich ihr Land nicht repräsentierten, weil ihr sozialer Hintergrund sie als eine überprivilegierte kleine Minderheit ausweist. Die Emotionen reichen von Beschimpfungen bis zu anonymen Morddrohungen. Auch König wird nicht von Morddrohungen verschont. Die philosophische Fakultät organisiert eine öffentliche Veranstaltung. Es geht hoch her, leider nicht immer einer Veranstaltung der Universität würdig. Mit Medienpräsenz und Polizeischutz. Der Historiker Theodor Schieder wird Jahre später bei seinem Abschied in den Ruhestand vom „Kölner Stadtanzeiger" gefragt, was seine erfreulichste und schlimmste Erfahrung an der Kölner Universität gewesen sei. Seine schlimmste Erinnerung soll diese fast gewalttätige und emotionalisierte Veranstaltung unter Polizeischutz gewesen sein.

Dem Medienrummel folgen Einladungen zu Vorträgen, Rundfunksendungen, Rundfunk- und Fernsehdiskussionen und Aufsätze. König und ich treten meist gemeinsam auf: der Lehrer und sein – wie König es zu formulieren pflegt – „hochentwickelter unterentwickelter Schüler". So werde ich auf eine joviale Weise auch von König vermarktet. Er rechnet fest damit, daß der Antrag beim Bundesministerium für wirtschaftliche Zusammenarbeit (BMZ) bewilligt wird. Wie sehr er damit rechnet, belegt ein kurzes Schreiben, das er mir am 4. Januar 1963 geschrieben hat: *Mein lieber Herr Aich, anbei die Adresse von Mrs. Sabine Braun in Bombay, die früher als Fräulein Sabine Nipperdey bei uns studiert hat. Falls Sie Ihr Projekt in Indien verwirklichen können, wäre Frau Braun sehr daran interessiert, an Ihrem Projekt teilzunehmen. Sie hat bei uns eine vorzügliche Diplomarbeit geschrieben, so daß Sie in ihr eine wirkliche Hilfe hätten. Mit allen guten Wünschen und herzlichen Grüßen bin ich stets Ihr René König."*

Nipperdey ist der bekannte Arbeitsgerichtspräsident und Arbeitsrechtler an der Universität Köln. Nicht nur König und ich sind „ins Geschäft" gekommen, sondern auch einige andere bestallte Soziologen. Aber für mich sind die Honorare für die folgenden Monate das einzige Einkommen. Interviews im Fernsehen und der „Internationale Frühschoppen" machen mein Gesicht bekannt. So werde ich in einer Gaststätte der Heidelberger Innenstadt von dem damals jüngsten Soziologieprofessor aller Zeiten, Ralf Dahrendorf, beglückwünscht, durchaus neidvoll. „Farbige unter Weißen" widersprach seiner bekundeten Überzeugung, als er noch wissenschaftlicher Assistent in Saarbrücken war: *die Karrieren der Wissenschaftler werden mit dem Zentimetermaßstab bestimmt."* Wenige Wochen vorher, anläßlich seines Vortrags auf Einladung Königs in Köln, schenkte er mir kaum Beachtung, als König mich ihm vorstellte. Natürlich mit seinem „jovialen", latent rassistischen Spruch: unser *„hochentwickelter Unterentwickelter".*

Horst Krüger, Schriftsteller, leitet auch die Abteilung „Kulturelles Wort" beim Südwestfunk in Baden-Baden nimmt eine „Nachtprogrammdiskussion" über das Buch „Farbige unter Weißen" auf. Teilnehmer sind auch K. W. Bötticher, René König und Helga Pross. Thema: Fördern wir unsere farbigen Studenten richtig? Horst Krüger will vor der Aufnahme, nicht nur scherzhaft, von mir wissen, wie man sich fühlt, wenn man gerade *„einen Bestseller gelandet"* hat?

Winfried Böll, mit dem ich viele gemeinsame Veranstaltungen auch vor diesem Buch bestritten hatte, merkt an, ich hätte *„einen gefährlichen Grad an Bekanntheit"* erreicht. All dies hätte mich nachdenklich machen müssen. Aber keine Spur davon. Meiner finanziellen Unsicherheit zum Trotz. Dieser Rauschzustand hält an. Die Ernüchterung stellt sich nicht einmal zur Halbzeit meiner „Gastprofessur in meinem eigenen Land" ein, als die Untersuchung der „Indischen Universität" beginnt, Gestalt anzunehmen.

Die Kehrseite dieser Erfolgsmedaille, dieses Rausches, ist aufschlußreicher. Wäre der Forschungsantrag zum Rückanpassungsprozeß „Künftige Elite oder wurzellose Intellektuelle?" glatt durchgekommen, wie Winfried Böll mir noch vor „Farbige unter Weißen" als Vertreter des Ministeriums zugesichert hatte, würde es weder einen Aufenthalt in Jaipur noch eine Untersuchung „Die Indische Universität" gegeben haben. Ich würde gewissenhaft den Rückanpassungsprozeß beschreiben, eine Habilitationsarbeit über das Studium der „Farbigen unter Weißen" und deren Folgen für die „beiden Welten" geschrieben haben. Aber ich würde bestimmt nicht auf die Idee gekommen sein, mir die Frage zu stellen, wer die Ergebnisse meiner Untersuchungen mit Gewinn hätte verwerten können und wer die Verlierer gewesen sind. Ich wäre einem blond-blauäugig-weiß-christlichen Wissenschaftler gleich geworden, trotz meines nicht zu übersehenden fremdländischen Aussehens, und würde mich immer noch am Bauch gepinselt fühlen, wenn König und seinesgleichen mich als „hochentwickelten Unterentwickelten" präsentieren würden.

Ich habe die Wirklichkeit hinter dem Medienrummel nicht wahrnehmen können. Dieser hat der Regierung der Bundesrepublik nicht gepaßt. Sie hätte jede Studie finanziert, die sicherzustellen versucht hätte, daß ausgewählte Personen aus den „Entwicklungsländern" auf kostspieligen Studienplätzen nach ihrer Rückkehr in die Heimatländer Karriere machten und dennoch im Herzen blond-blauäugig-weiß-christliche Botschafter blieben. Den diplomatischen Wink mit diskretem Charme des Auswärtigen Amtes, ob mit einer Veröffentlichung des Unesco-Berichts nicht abgewartet werden sollte, habe ich nicht verstanden, trotz meiner Erfahrungen mit der Friedrich-Ebert-Stiftung oder mit der Deutschen Stiftung für Entwicklungsländer. Die BMZ war damals und ist heute noch lediglich eine Unterabteilung des Auswärtigen Amtes. Dort zählte nicht die thematische Sympathie eines sachkundigen Winfried Böll und auch nicht der Nutzen von Forschungsergebnissen für die praktische Arbeit einer Carl-Duisberg-Gesellschaft, sondern übergeordnete, öffentlich nicht zu Markte getragene Interessen.

Das „Abfeiern" von „Farbige unter Weißen" durch die Medien lockert nur zeitweilig unsere finanzielle Anspannung. Hans-Joachim Friedrich und Olrik Breckoff, damals Redaktionsmitglieder von „Report WDR" unter Franz Wördemann („Monitor WDR" gab es ncoh nicht), gehen mehrere Wochen schwanger damit, über „Farbige unter Weißen" einen ausführlichen Bericht zu machen. Sie begleiten mich zu Veranstaltungen, aber zum Schluß finden sie die Zusammenhänge für einen Magazinbericht doch zu verwickelt. Dennoch bedenken sie mich mit einem großzügigen „Informationshonorar". König muß mich noch am 22. März 1963 als Berater beim Kultusministerium von Nordrhein-Westfalen (NRW) andienen: *„... da Herr Dr. Aich über eine ungewöhnlich große Erfahrung verfügt, hat er doch nicht nur die erste, Ihnen bekannte Untersuchung über ‚Farbige unter Weißen' gemacht, sondern bereits eine zweite, die sich momentan noch im Auswertungsstadium befindet. Wir planen ferner noch eine dritte Studie, welche eine der Hauptthesen bestätigen soll, wonach die Heimkehrer in ihren Heimatländern große Anpassungsschwierigkeiten durchzumachen haben. Bevor die erwähnte Untersuchung anläuft, stehen Herrn Dr. Aich noch einige Monate zur Verfügung, während derer er Ihnen sehr gern zur Verfügung steht.*

Ich kann Herrn Dr. Aich restlos empfehlen. Er ist ein außerordentlich liebenswürdiger und sympathischer junger Mann, in jeder Hinsicht sehr zuverlässig, der sich bei allen meinen Mitarbeitern sehr beliebt gemacht hat." So werde ich für drei Monate Berater.

Am 6. Juni 1963 stellt König den folgenden Antrag, damit wir nicht am Hungertuch nagen müssen: *„hiermit möchte ich den Antrag stellen, daß die Unterstützung von Herrn Dr. Prodosh Aich aus den Mitteln des Kultusministeriums zur Förderung des Nachwuchses noch für die Monate Juli und August verlängert wird. Ab 01. 09. 1963 wird Herr Dr. Aich als planmäßiger Assistent des Forschungsinstitutes für Soziologie angestellt werden, wo ihm die Abteilung spezieller Probleme der Entwicktungsfragen übertragen werden soll."* Dem Antrag wird stattgegeben.

Am 23. August 1963 beantragt die Universität beim Herrn Kultusminister des Landes Nordrhein-Westfalen: *„Der Direktor des Forschungsinstituts für Soziologie der Universität zu Köln, Herr Professor Dr. König, bittet mit beiliegendem Antrag vom 26.07.1963, den indischen Staatsangehörigen Herrn Dr. phil. Prodosh Aich zum wissenschaftlichen Assistenten am vorgenannten Institut zu ernennen. ...*

Abgesehen davon, daß Herr Dr. Aich in verschiedenen Fachrichtungen studierte, hat er unter Anrechnung aller seiner Studienzeiten einschließlich der praktischen Fachausbildung als Förderungsstipendiat nur eine Gesamtstudien- und praktische Ausbildungszeit von 5 ½ Jahren aufzuweisen. Außerdem besitzt er nicht den für seine Ernennung zum wissenschaftlichen Assistenten vorgeschriebenen Grad eines Dr. rer. pol., sondern den eines Dr. phil. Die in § 2 Abs. 1 Nr. 2 u. 3 der Reichsassistentenordnung vom 1. 1. 1940 vorgeschriebenen

Voraussetzungen für die Ernennung zum wissenschaftlichen Assistenten sind daher nicht als erfüllt anzusehen.

Entsprechend dem Antrag von Herrn Professor Dr. König bitte ich gleichwohl, unter Befreiung von diesen Vorschriften die Zustimmung zur Ernennung von Herrn Dr. Aich zum wissenschaftlichen Assistenten zu erteilen. Außerdem bitte ich, da Herr Dr. Aich die indische Staatsangehörigkeit besitzt, zu der Ernennung gemäß § 6 Abs. 3 LBG die Zustimmung des Herrn Innenministers zu erwirken.

Ich darf als bekannt voraussetzen, daß sich Herr Dr. Aich durch seine Arbeit ‚Farbige unter Weißen‘ schon einen Namen gemacht hat. Die Ernennung zum wissenschaftlichen Assistenten kann daher unbedenklich befürwortet werden."

Auch diesem Antrag wird stattgegeben. Ich werde zum wissenschaftlichen Assistenten ernannt, verbeamtet, auf Widerruf. Weder im soziologischen Seminar noch im Forschungsinstitut für Soziologie wird ein Arbeitsplatz für mich bereitgestellt. Es gibt keine Räumlichkeiten. Mein Arbeitsplatz bleibt in der Weberstraße 96 in Bonn. Dieser bemerkenswerte Zustand wird von keiner Seite thematisiert. Fakt ist, daß für mich nie ein Arbeitsplatz in den Räumlichkeiten der Universität eingerichtet wurde.

Erwin K. Scheuch, noch habilitierter wissenschaftlicher Assistent im Seminar für Soziologie unter Direktor René König, erhält zur Überraschung vieler einen Ruf an die Harvard University, dem Mekka für deutsche Soziologen. Der Lehrstuhl von Samuel A. Stouffer, neben Paul Lazarsfeld der andere Papst der empirischen Sozialforschung, war nach seinem Tod im Jahre 1960 noch unbesetzt. Stouffer und Lazarsfeld waren erfahrene Sozialforscher und auch Kriegsforscher im Auftrag der USA-Regierung, und nicht fleißige „Sekundärauswerter" von empirischer Untersuchungen anderer wie Scheuch und König. Scheuch folgt dem Ruf, steigt raketenhaft in der Hochachtung von König, der es nur bis zu „Summer Schools" in den USA gebracht hatte. Andere im Institut grübeln darüber, ob Scheuch sich in Harvard halten wird. Nun, Scheuch hält sich nicht in Harvard und kommt zurück nach Köln mit einem Ruf zunächst als Kodirektor des Seminars für Soziologie. Ab sofort redet König Scheuch mit „Herr Kollege" an. Meine Hochachtung vor König erfährt ein weiteres Beben.

Das BMZ lehnt den Forschungsantrag nicht ab. Aber es bewilligt ihn auch nicht. Es läßt den Antrag einfach schmoren. Nach meiner Ernennung halte ich Seminare im Auftrage von König ab und arbeite intensiv an der Entwicklung des Untersuchungsinstruments für die Rückkehrerstudie. Daß das BMZ nicht entscheidet, führe ich auf die Aufbauphase des neuen Ministeriums zurück. Auch Böll, der sich immer mehr unerreichbar macht, bestärkt mich in dieser Annahme. Wie König diese Verzögerung deutet, sagt er mir nicht. Routinemäßig macht der Kanzler der Universität König am 23. August 1965 mit einer hektographierten Mitteilung darauf aufmerksam, daß meine Ernennung nicht automatisch um weitere zwei Jahre verlängert werden würde. Also beantragt König eine Verlängerung um weitere zwei

Jahre am 2. September 1965: *„Zur Begründung mache ich folgende Angaben. Herr Dr. Aich hat in meinem Auftrag bereits Semester-Lehrveranstaltungen, im Seminar übernommen und mit größtem Erfolg durchgeführt. Außerdem betreut er im Forschungsinstitut alle Angelegenheiten, die mit Entwicklungsproblematik zu tun haben und ist in diesem Zusammenhang mit der Abfassung einer größeren Arbeit beschäftigt. Ich bemerke noch, daß Herr Dr. Aich ein Habilitationskandidat ist und sich während der Zeit seiner Mitarbeit im Institut durch zahlreiche und viel beachtete Publikationen ausgezeichnet hat, so daß die Verlängerung seines Dienstverhältnisses voll und ganz gerechtfertigt ist."*

Das „Dienstverhältnis" wird verlängert. Routinemäßig. Das ausgefüllte Formularblatt vom 21. September 1965 erreicht die Universität schon am nächsten Tag. Zwischenzeitlich hat sich etwas ereignet. Vermittelt durch den Deutschen Akademischen Austauschdienst (DAAD) taucht im Juli 1965 T. K. N. Unnithan, indischer Soziologieprofessor an der Universität Rajasthan in Jaipur, im Institut in Köln auf und erzählt von Möglichkeiten über eine Zusammenarbeit zwischen den beiden Universitäten. Nun, „Zusammenarbeit" ist auch damals „in", denn Zusammenarbeit bringt für den stärkeren Teil in der Partnerschaft großen Einfluß. Solche Zusammenarbeit wird vom Auswärtigen Amt gern gesehen. Der DAAD ist eine Unterabteilung des Auswärtigen Amtes. Die Universitäten Köln und Bochum unterhielten zu der Zeit eine WiSo-Außenstelle an der Universität Kabul, natürlich mit dem Segen des Auswärtigen Amtes. Was die „Zusammenarbeit" dieser Art auch an Nutzen für den Steuerzahler erbracht haben mag, eröffneten sie doch ungeahnte Reisemöglichkeiten für viele. Reisen ohne Kosten, versteht sich.

König reicht den indischen Kollegen weiter an seinen neuen Kollegen Scheuch. Beide sind für eine Zusammenarbeit. Bonitätsfragen sind ein zu teurer Luxus, wenn gesicherte Reisen winken. Schließlich ist Indien märchenhaft exotisch. König erzählt Unnithan die Erfolgstory seines „hochentwickelten Unterentwickelten" und fragt an, ob nicht sinnvollerweise die Zusammenarbeit mit einer Einladung zu Gastvorlesungen an mich beginnen sollte. Unnithan ist begeistert. Ich werde ihm vorgestellt. Unnithan setzt seine Deutschlandsreise fort. Seine Reisekosten werden selbstverständlich auch von den deutschen Steuerzahlern übernommen. Denn er ist Gast des DAAD. Nach seiner Rückkehr bemüht sich Unnithan mit Erfolg um die anvisierte Einladung an mich. Aus dieser zufälligen (wirklich zufälligen?) Begebenheit entwickelt sich bis zum März 1966 der Plan meines Aufenthaltes in Indien beginnend vom Juli 1966. Geplante Abreise aus Köln Anfang Juni, dann per Frachtschiff von Rotterdam, auch wegen der Kosten. Wir sind keine Minibotschafter.

Dazwischen, genauer am 25. Januar 1966, schreibt König mir einen Brief. Er ist nicht nur unvermittelt, nein, er ist auch auf den ersten Blick irrational, weil er in keinem mir bekannten Zusammenhang steht. Was soll denn zwischen dem 2. September 1965 und dem 25. Januar 1966 vorgefallen sein? Hier ist der vollständige Text: „*Mein lieber Herr Aich, schon seit längerer Zeit wollte ich auf unsere Besprechung von neulich zurückkommen. Ich mußte es aus verschiedenen Gründen immer verschieben. Nachdem nun aber die Verlängerung Ihres Dienstverhältnisses mit dem Soziologischen Institut akut geworden ist, möchte ich noch einmal mit aller Deutlichkeit auf die besprochenen Fragen zurückkommen.*

Ich hatte von Ihnen erwartet, daß Sie im Laufe der letzten zwei Jahre Ihre Arbeit fertiggestellt hätten. Darum hatte ich Sie ja auch außer der Abhaltung von Übungen von der Arbeit im Institut völlig freigestellt. Nun teilen Sie mir mit, daß gar nichts geschehen ist. Ich finde das sehr enttäuschend und auch durch schwierige persönliche Verhältnisse nicht erklärlich. Ich kann auch die Weiterführung dieser Situation gegenüber der Universitätsverwaltung nicht mehr verantworten. Darum legte ich Ihnen neulich nahe, daß Sie nun möglichst umgehend irgendeine Arbeit fertigstellen, die mir zeigt, daß Sie in den letzten Jahren überhaupt irgendetwas getan haben. Ich gab Ihnen dafür zwei Monate Frist. Ich möchte in diesem Brief unterstreichen, daß ich diese Frist beim Wort zu nehmen bitte, d.h. mit anderen Worten, ich erwarte von Ihnen ein Manuskript spätestens bei meiner Rückkehr aus Afrika am 20. April dieses Jahres. Das ist aber auch der letzte Termin. Ich möchte Ihnen jetzt schon sagen, daß ich Ihr Arbeitsverhältnis werde eingehend überprüfen müssen, wenn Sie mich nochmals enttäuschen wie in der Vergangenheit. Ich bitte Sie, diesen Brief sehr ernst zu nehmen.

In der Hoffnung, bald von Ihnen etwas über Ihre Arbeit zu hören, bin ich mit den besten Grüßen stets Ihr Prof. Dr. René König."

Der Kulturschock?

Nach der Bahnreservierung gehe ich mit Mr. Metha zur Post und telegraphiere unsere Ankunftszeit in Jaipur. Mr. Metha will uns unbedingt zum Bahnhof begleiten. Wir werden es bald wissen und schätzen lernen, warum er so stur gewesen ist. Das Arrangement mit unserem vielen Gepäck, mit den hastigen Gepäckträgern und das in Marathi, hätte ich kaum fertiggebracht. Es ist nicht eine freundliche Geste. Es ist Fürsorge. Während wir ihn herzlich und dankbar verabschieden, kribbelt in mir die Sorge hoch, daß wir in Ahmedabad, der Hauptstadt des Bundesstaates Gujerat, umsteigen müssen. Die dortige Landessprache Gujerati verstehe ich auch nicht. Wie gesagt, ich bin Kalkuttaner. Kalkutta ist etwa 2000 km östlich von Bombay. In Westbengalen. Meine Muttersprache ist Bengali. Nun fahren wir von Bombay nach Nordosten. Fast eine gerade Linie von Bombay nach Delhi. Ahmedabad ist etwa in der Mitte. Aber das Umsteigen ist unausweichbar. Die Eisenbahn in Indien hat eine unterschiedliche Schienenbreite. Breite, mittlere und enge, mit ebenso unterschiedlichen Geschwindigkeiten und Leistungsfähigkeiten. Eine Hinterlassenschaft der Kolonialzeit.

Die indische Eisenbahn wird von den „Entwicklungssoziologen" viel besungen, als eines der positivsten Erbteile der Kolonialzeit. Über die unterschiedlichen Schienenbreiten erfährt man nichts. Eine Erwähnung würde ja auch nach einer Erklärung verlangen. Also bleibt sie unerwähnt. So bleibt die Kolonialgeschichte unvollständig. Eigentlich eine Geschichtsfälschung. Dabei ist eine Erklärung dafür einfach. In der Phase des Raubkolonialismus ist alles zu den Häfen geschleppt worden zum Abtransport. Zunächst mit den dort vorhandenen Transportmitteln. Die wachsenden Mengen an Raubgut und die Erschließung der Märkte in den Kolonien, also die „Umstrukturierung" der Handels- und Wirtschaftsverhältnisse, verlangte nach leistungsfähigeren Transportsystemen. Die Gütermenge bestimmte die Breite der Schienen. Denn die Eisenbahn wurde vom Ausbeutungsgewinn finanziert.

Wo es wenig wegzuschleppen gab, reichte schon eine enge Schienenbreite (narrow gauge) aus. Von Ahmedabad nach Jaipur ist eine mittlere Schienenbreite (meter gauge) von einem Meter Breite gelegt. Zu den Häfen hin wurde natürlich immer die breiteste Schienenbreite (broad gauge) genommen. Auch heute kann von der Schienenbreite abgelesen werden, welche Regionen Indiens stärker in die „Weltwirtschaftsordnung" eingebunden sind. Aber welcher „Entwicklungssoziologe" ist schon an dieser Beschreibung interessiert? Und wer will es wissen? Außerdem ist ein Langzeitgedächtnis in der blond-blauäugig-weiß-christlichen Kultur eh nicht gefragt. Keine Nachfrage, kein Angebot.

Aber „Entwicklungssoziologie" plagt mich im Augenblick wenig, sondern schlicht und einfach die Sorgen des Umsteigens. Der Zug rollt in Ahamedabad ein. Werde ich mit unserem vielen Gepäck problemlos umsteigen können? Meine Sorgen sind überflüssig, wie sich bald erweist. Der Zugführer kommt und organisiert das Umsteigen. Er war von Mr. Metha so instruiert worden. Der Zugführer sagt uns, was das Umsteigen kostet. Wir sitzen bequem im neuen Abteil und sind erleichtert. Ja, dieser Mr. Metha!

Wir nähern uns Jaipur. Der Übergang zur Wüste ist begleitet von immer geringerer Luftfeuchtigkeit. Auffällig sind auch die vielen bunten Vögel, Sittiche, Papageien, Pfauen. Der Wüstenstaat Rajasthan ist auch ein Vogelparadies. Jaipur ist die Hauptstadt des Bundesstaates Rajasthan. Rajasthan ist ein Zusammenschluß von „Princely States" der Rajputs, die sich bei der „indischen Unabhängigkeit" der neu gegründeten „Indischen Union" anschlossen. Später darüber mehr.

Am Nachmittag rollt der Zug in Jaipur ein. Ich öffne die Tür und schaue aus dem Abteil. Unnithan ist da – mit einem unerwartet großen Gefolge. Alle Mitglieder des „Department of Sociology" sind zum Empfang gekommen. Mit Girlanden für uns, wie es in Indien üblich ist. Meine Frau und ich sind gerührt. Wir werden noch auf dem Bahnsteig allen Einzelnen vorgestellt. Freundliche Gesichter. Alle heißen uns willkommen. Die Namen zu den Gesichtern können wir uns nicht so schnell merken. Aber das ist ja auch natürlich. Unnithan hat ein Auto für uns organisiert. Er bringt uns samt Gepäck vom Bahnhof zum Gästehaus der Universität.

An den großen Pfützen am Straßenrand merken wir, daß der nachmittagliche Monsunregen schon da gewesen ist. Es ist nicht mehr heiß. Die Luft ist nicht feucht. Die Sonne scheint wieder. Vor allem in Bombay war die Feuchtigkeit in der Luft so hoch, daß wir ständig schwitzten. Auch in den Morgenstunden, als wir in den Zug stiegen. Selbst im Winter soll die Luftfeuchtigkeit in Bombay hoch sein. Im Sommer erreicht sie häufig über 95 %.

Die kurze Fahrt erzählt uns augenscheinlich, warum Jaipur als rosa Stadt, als „Pink city" weltweit bekannt ist. Die Maharajas von Jaipur brachten das Kunststück fertig, sich den Rajputs unähnlich aus allen kriegerischen Auseinandersetzungen herauszuhalten. Als die Moguls fest im Sattel saßen und die Kriegsgefahren gebannt waren, ließ Jai Singh, der Maharaja von Jaipur vor 250 Jahren, diese Stadt auf ebener Erde unweit von seinem auf einem Berg gelegenem Palast Amber auf dem Reißbrett planen und bauen. Gerade breite Straßen, einheitlicher Baustil, quadratische Grundrisse, einheimische rosarote Natursteine als Baumaterial. Um die Stadt herum eine hohe Mauer. Vier riesige Eingänge, „Gates" genannt, in vier Himmelsrichtungen. Die Stadt ist natürlich in allen Richtungen gewachsen, also längst über die Stadtmauern hinaus. Der einheitliche Baustil ist aber geblieben. Trotz der Bonbonfarbe wirkt die Stadt nicht kitschig. Der Übergang vom goldgelben Sand zu dem etwas rötlicheren Naturstein, der mit unregelmäßigen Fugen in Häusermauern verarbeitet ist, und schließlich das Übermalen der Fugenflächen in Rosarot bilden eine einzigartig angenehme Einheit. Die Stadt Jaipur ist schön und seit je her eine Attraktion für Touristen.

Wir passieren stadtauswärts das südliche Gate. Außerhalb der Gates werden die Straßen noch breiter. Kreuzungen sind mit Rondells gesichert. Die hügelige Landschaft dieses Teils des Bundesstaates Rajasthan ist schon im südlichen Stadtteil sichtbar. Die Wüste auch. Die Stadt wächst nach Süden, indem immer mehr Wüste wohnbar gemacht wird. Unmittelbar vor dem Campus auf der linken Straßenseite auf einem kleinen Hügel sehen wir einen Palast, einer der Paläste der Maharani von Jaipur. „Motidungi" heißt er. Wie eine Bildpostkarte. Aber nicht mehr dauerhaft bewohnt.

Unterhalb dieses Hügels ist die Nordseite des Campus nur durch eine breite Straße nach Osten getrennt. Die Universität ist ein großzügig angelegter Campus, auch an der linken Seite einer der Hauptausfallstrassen nach Süden. Gegenüber dem Campus, getrennt durch diese Allee, ist ein neu entstandenes Wohngebiet, aber nicht so großzügig angelegt wie der Campus. Verständlich. Grundstücke gegenüber der Universität sind gefragt und deshalb auch teuer. Ähnlich wie die Stadt ist auch der Campus quadratisch angelegt und mit Gates versehen. Der Campus hat mehrere Gebäudekomplexe, weitläufig, getrennt nach Fakultäten. Im gleichen Stil wie die Paläste in der Stadt. Rechts von dem Hauptportal, am westlichen Rand des Campus, ist die Hauptverwaltung. Etwa 500 Meter weiter südwärts ist das „University Guest House". Gebaut im gleichen märchenhaften Stil, von der Straßenseite mit Mauern umgeben. Von dem Gate führt ein Weg durch eine Riesentür zur Empfangshalle. Sie ist wie in einem Hotel. Ein Durchgang zu der Innenseite. Die Innenseite stellt ein offenes „U" dar und ist umgeben von weitläufigem, gepflegten Rasen. Satt grün, umrandet mit goldgelbem Sand. Auf der linken Seite sind die einzigen Gästezimmer zur ebenen Erde. Auf der rechten Seite ist ein großer Saal, viel zu groß für eine „Dining Hall". Es ist eigentlich eine Vielzweckhalle für Feierlichkeiten. Sie fungiert auch als eine Bühne für Aufführungen aller Art. Neben dieser Halle befinden sich die Wirschaftsräume auf der andere Seite vom offenen „U". Im ersten Stock sind nur Gästezimmer. Großzügig ausgelegt.

Die Temperatur wird gegen Abend angenehmer. Die Dunkelheit bricht plötzlich ein. Ohne Dämmerung. Wie es in den Tropen und Subtropen üblich ist. Wir haben keine Zeit, viel auszupacken. Wir trinken Tee, ruhen etwas aus, machen uns anschließend frisch. Es ist „Dinner-Zeit". Der Eßsaal ist nicht ganz leer. Für uns war das Essen bereits bestellt. Europäische Küche, wie sie in Indien kultiviert wird. Nach dem Abendessen sitzen wir auf dem Rasen. Bequeme Rattansessel- und tische. Draußen ist es schon fast kühl. Eine leichte Brise. Nicht stark genug, um einem die Moskitos vom Leib zu halten. Wir bekommen noch Besuch. Mrs. Unnithan, eine Niederländerin, heißt uns willkommen und erzählt: Ja, die Moskitos! Sie verschwinden erst mit den Sandstürmen, die regelmäßig in den Monaten April bis Juni kommen. Aus dem Süden. Wie eine rote hohe Wand. Blitzschnell. Dann wird es kurze Zeit dunkel. Selbst fest geschlossene Fenster helfen da nicht. Nach dem Sturm muß die Wohnung ausgekehrt werden. Der feine Sand findet seinen Weg überallhin. Jaipuries, die es sich leisten können, machen eben Sommerurlaub.

Ich bin schon lange nicht mehr bei dem „small-talk". Mich beschäftigt anderes. Wie wird der Tag morgen sein? Mein erster Arbeitstag. Meine Frau hat keinen „Kulturschock" bekommen. Auch ich werde einen mächtigen Kulturschock erleiden, hieß es immer wieder im Institut in Köln. Bei meiner Entfremdung! Fehlanzeige, zumindest bislang. Tritt der Kulturschock auch dann auf, wenn der Vorgang bekannt ist und gar erwartet wird? Ist es nicht wie bei den sonstigen sozialwissenschaftlichen Prognosen? Diese treffen ja bekanntlich selten ein, weil die Menschen sich nach der Prognose angeblich anders verhalten würden, als wenn diese nicht gemacht worden wären. Na ja. Ich werde über meinen Kulturschock erst nachdenken, wenn meine Frau einen solchen erlebt hat.

*****

Heute bin ich erstaunt, daß ich einen ruhigen Schlaf in der ersten Nacht in Jaipur hatte. Nicht wegen des ständigen Geräusches des Ventilators in der stillen, wirklich stillen Nacht gelegentlich gestört durch das Summen von Moskitos. Sie sind zahlreich und bekanntlich beißen diese Viecher auch. Nicht die Störung der stillen Nacht, nein, ich meine etwas anderes.

Spätestens nach unserer Ankunft – ein Lebensabschnitt abgeschlossen und ein neuer noch nicht begonnen – hätte ich mir Zeit nehmen müssen, über vieles nachzudenken. Schon viel früher hätte ich mir Zeit zum Nachdenken nehmen müssen. Und auch wirklich nachdenken! Viele unübersehbare Ungereimtheiten habe ich nicht einmal wahrgenommen. Ich bin Sozialwissenschaftler, vertraut mit der Forschung über Vorurteile, vertraut mit Wahrnehmungstheorien, vertraut mit Logik und Widerspruch, dennoch erkenne ich nicht offensichtliche Widersprüche in meiner bisherigen Karriere. Ist es die den Sozialwissenschaftlern eigene Betriebsblindheit oder ist dies meine sehr spezifische Blindheit, verursacht durch den Rausch der ständigen Medienpräsenz in Deutschland nach „Farbige unter Weißen"?

Die Versuchung ist groß, mit dem heutigen Bewußtsein neunmalkluge Analysen jener Jahre der „Indischen Universität" zu machen und alle möglichen Erklärungen zu finden. Deshalb schränke ich mich zunächst ein auf die Beschreibung der Ungereimtheiten und auf Fragen, die daraus zwingend hätten entstehen müssen, aber nicht entstanden waren. So zum Beispiel: Josef Gugler, Deutscher, in der Endphase seiner Promotion im Fach Soziologie, will den Bericht über ein internationales soziologisches Seminar selbst nicht entwerfen, überläßt die Aufgabe einem, der Ausländer ist und erst im 2. Fachsemester Soziologie studiert. Er ist mit meinem Entwurf nicht einverstanden, macht aber keinen Gegenentwurf. Nun gut! Aber bei der Abgabe, wie schon berichtet, distanziert er sich von dem Bericht auf eine subtile Weise. König hatte keine Vorbehalte. Und wir gingen zur Tagesordnung über. Hätten wir nicht zumindest fragen müssen, welche Qualität der Studiengang Soziologie eigentlich hat, wenn es zwischen einem Studienbeginner und einem mit der Promotion das Studium abschließenden keinen Qualitätsunterschied gibt. Ich weiß nicht, ob Josef Gugler diese Frage gestellt hatte. Ich weiß, daß ich diese an sich naheliegende Frage nicht gestellt habe.

Wie berichtet, gelange ich nach Beteiligung an den Veranstaltungen über die Methodologie zu der Erkenntnis, ich müßte mir selbst jene Kenntnisse aneignen, die für das „Zusammenbasteln" des Erhebungsinstrumentes für das Unesco-Projekt erforderlich wären. Und ich tue dies mit Erfolg. Ich stelle aber nicht die Frage, welchen Wert universitäre methodologische Veranstaltungen haben, die weniger als ein Autodidakt zustande bringen.

Dezember 1960 steigt das Auswärtige Amt mit 20000,- DM in das laufende Unesco-Projekt ein. Das Auswärtige Amt erhält den „Unesco-Bericht" im Herbst 1961 und fragt bei König nach, ob von einer Veröffentlichung vorläufig abgesehen werden könnte. Bevor dieser Bericht veröffentlicht ist, finanziert der WDR, eine Körperschaft des öffentlichen Rechts, eine zweite Untersuchung über die selbe gesellschaftliche Gruppe mit Blick auf einen weiterführenden Aspekt. Die Carl-Duisberg-Gesellschaft, eine private Einrichtung für die Betreuung der ausländischen Praktikanten, auch angewiesen auf die Unterstützung der Bundesregierung, ermöglicht die Durchführung der Untersuchung mittels eines Überbrückungskredits an ein Universitätsinstitut, auch eine Körperschaft des öffentlichen Rechts, weil die Gremien des WDR nicht so schnell wie erwartet die Formalitäten erledigen.

Winfried Böll, einflußreicher Berater im BMZ, versichert noch im Oktober 1962, daß der Forschungsantrag über die „Rückanpassung" bis Ende Januar 1963 bewilligt sein würde, welches dann nach der Veröffentlichung von „Farbige unter Weißen" aber doch nicht bewilligt wird. Nicht 1963, nicht 1964, nicht 1965, nicht 1966. Der Antrag wird auch nicht abgelehnt. Und was tue ich? Ich befolge blind den blöden Rat von Max Weber, dem Oberguru aller Soziologen, und bohre an jenem dicken Brett, auf dem der Minister für wirtschaftliche Zusammenarbeit eine Entscheidung über den Antrag aussitzt. Mit Billigung von König. Auch er glaubt, wie seine wiederholten schriftlichen Äußerungen dies belegen, daß das Projekt über den „Rückanpassungsprozeß" tatsächlich verwirklicht werden würde und ich dann auch meine Habilitationsschrift darüber verfassen werde.

Ich registriere nicht die veränderte Haltung vieler vor und nach der Veröffentlichung von „Farbige unter Weißen". Auch dann nicht, als Winfried Böll mich durchaus wohlwollend darauf aufmerksam macht, daß ich durch „Farbige unter Weißen" einen gefährlichen Grad an Bekanntheit erreicht hätte. Was hatte mich so blind gemacht?

Wenn ich schon wegen der Verblendung nicht zu der Einsicht gekommen war, daß ich als Veranlasser dieser kritischen öffentlichen Diskussion keine öffentlichen Gelder für Forschung auf diesem Gebiet zu erwarten haben würde, hätte ich wenigstens vermuten können, daß die Hochkonjunktur des Themas „Entwicklungsländer" möglicherweise ausläuft bzw. die Politik keine weiteren Forschungen zu diesem Thema benötigt. Nein, ich habe alle diese Fragen nicht gestellt. Ich weiß nicht, ob König sich irgendwelche Fragen dieser Art gestellt hatte. Seine Aktivitäten deuten eher darauf hin, daß auch er die wirklichen Verhältnisse nicht überblickt.

Am 22. März 1963 empfiehlt mich König als Berater für das Kultusministerium des Landes Nordrhein-Westfalen und erwähnt: *„Wir planen ferner eine 3. Studie, welche eine der Hauptthesen bestätigen soll, wonach die Heimkehrer in ihren Heimatländern große Anpassungsschwierigkeiten durchzumachen haben. Bevor die erwähnte Untersuchung anläuft, stehen Herrn Dr. Aich noch einige Monate zur Verfügung, während derer er Ihnen sehr gern zur Verfügung steht."*

Am 7. Oktober 1963 werde ich zum wissenschaftlichen Assistenten an der Universität zu Köln ernannt. Mitte Juli 1965 schlägt Unnithan eine Zusammenarbeit zwischen der Universität Köln und Universität Rajasthan vor. Sie soll sich mit meinem Aufenthalt in Jaipur konkretisieren.

Am 2. September 1965 beantragt König die Verlängerung meines Vertrags. Begründung: *„Zur Begründung mache ich folgende Angaben Herr Dr. Aich hat in meinem Auftrag bereits Semester-Lehrveranstaltungen im Seminar übernommen und mit größtem Erfolg durchgeführt. Außerdem betreut er im Forschungsinstitut alle Angelegenheiten, die mit der Entwicklungsproblematik zu tun haben und ist in diesem Zusammenhang mit der Abfassung einer größeren Arbeit beschäftigt. Ich bemerke noch. daß Herr Dr. Aich ein Habilitationskandidat ist, und sich während der Zeit seiner Mitarbeit im Institut durch zahlreiche und viel beachtete Publikationen ausgezeichnet hat, so daß die Verlängerung seines Dienstverhältnisses voll und ganz gerechtfertigt ist."* Der Vertrag wird auf weitere 2 Jahre verlängert.

Aus heiteren Himmel – so schien es mir damals – schreibt mir König am 25. Januar 1966: *„Nachdem nun aber die Verlängerung Ihres Dienstvertrages mit dem Soziologischen Institut akut geworden ist, möchte ich noch einmal mit aller Deutlichkeit auf die besprochenen Fragen zurückkommen. Ich hatte von Ihnen erwartet, daß Sie im Laufe der letzten zwei Jahre Ihre Arbeit fertiggestellt hätten. ... Darum legte ich Ihnen neulich nahe, daß Sie nun möglichst umgehend irgendeine Arbeit fertigstellen, die mir zeigt, daß Sie in den letzten Jahren überhaupt etwas getan haben. ... ich erwarte von Ihnen ein Manuskript spätestens bei meiner Rückkehr aus Afrika am 20. April dieses Jahres. Das ist auch der letzte Termin. Ich möchte Ihnen jetzt schon sagen, daß ich Ihr Arbeitsverhältnis werde eingehend überprüfen müssen, wenn Sie mich nochmals enttäuschen wie in der Vergangenheit."*

Wieso hatte ich diesem so irrationalen Brief nicht schriftlich widersprochen, die unwahren Behauptungen zurückgewiesen? Wie konnte ich statt dessen binnen acht Wochen den Bericht über meine zweite Untersuchung über die politische Einstellung für die Veröffentlichung freigeben und damit einen wichtigen Bestandteil meiner geplanten Habilitationsschrift entwerten? Wie konnte ich dieses als eine Marotte von König abtun? Wie benebelt war mein Bewußtsein als Sozialwissenschaftler, daß ich keine Analyse über meine wirkliche Situation anstellte?

Ich nahm nicht wahr, was zwischenzeitlich geschehen war. Meine Medienpräsenz hielt an, die der anderen nicht. Ich schrieb nicht wenig in den Zeitschriften und auch für den Rundfunk. Die anderen Soziologen in Köln nicht. Scheuch hielt sich nicht an der Harvard Universität. Welche Trendmeldungen über die sogenannte Entwicklungssoziologie brachte der neue „Herr Kollege" von König mit nach Köln? Welche Einstellung hegte Scheuch gegenüber uns, nachdem er nun zu Amt und Macht gekommen war?

Statt nachzudenken hielt ich mich mit dem Erhebungsinstrument für die Untersuchung über die Rückanpassung beschäftigt, mit Vorbereitungen der Seminarveranstaltungen und später (seit Juli 1965) mit Vorbereitungen einer eventuellen Lehrtätigkeit an der Universität Rajasthan. Die offizielle Einladung der Universität Rajasthan vom 19. Februar 1966 erreicht das Institut am Ende des Monats. In der Einladung steht nicht einmal eine Andeutung von einer beginnenden Zusammenarbeit beider Universitäten. König weist mich an, an den Kanzler der Universität einen sofortigen Antrag auf Beurlaubung zu stellen. Dies geschieht am 10. März 1966. Auch König schreibt dem Kanzler am gleichen Tag: *„ich möchte Sie hiermit bitten, Herrn Dr. Aich vom 1. 7. 1966 bis zum 30. 6. 1967 unter Fortzahlung seiner Bezüge zu beurlauben. Er wird während dieser Zeit ein Forschungsprojekt in Indien durchfuhren. Dieses Forschungsprojekt ist nicht nur von Bedeutung für unser Institut, es ist auch wichtig für die Habilitationsschrift von Herrn Dr. Aich. Außerdem wird Herr Dr. Aich während seines Aufenthaltes in Indien Gelegenheit haben, 9 Monate Gastvorlesungen zu halten. ... Ich möchte noch bemerken, daß ich im Interesse meines Instituts großen Wert auf die Realisierung dieses Projekts lege. Es ist auch von öffentlichem Interesse, daß ein von uns ausgebildeter Angehöriger der Dritten Welt die Gelegenheit erhält, an einer indischen Universität zu lehren. Diese seltene Chance sollte unbedingt genutzt werden. Es ist daher ganz gerechtfertigt, Herrn Dr. Aich für den genannten Zeitraum zu beurlauben und ihm seine Dienstbezüge weiterzuzahlen."*

Zwischen dem 25. Januar 1966 und dem 10. März 1966 habe ich König nicht gesehen. Die Kopie seiner Befürwortung an den Kanzler stellt er mir zu. Beim Lesen fällt mir die naheliegende Frage nicht ein. Von welchem Forschungsvorhaben ist in dem Schreiben eigentlich die Rede und welcher Gegenstand soll *„von Bedeutung für unser Institut, es ist auch wichtig für die Habilitationsschrift von Herrn Dr. Aich."* sein? Mit welchen Mitteln sollte welches Forschungsvorhaben in Indien durchgeführt werden?

Noch am 10. März 1966 stellt König einen Antrag auf Sachbeihilfe in Höhe von 57263,- DM, nach dem ich in seinem Auftrag meinen ursprünglichen Antrag an das BMZ vom 16. November 1962 in Höhe von 94256,- DM verschlankt hatte. Als Anlage schickt er auch eine Veröffentlichungsliste von mir zu diesem Themenkomplex. Unter anderem heißt es in diesem Antrag: *„Die endgültige Antwort darauf, ob die Ausbildung im Ausland trotz der niedrigen*

Erfolgsquote nicht doch sinnvoller ist, kann nur durch eine Untersuchung gefunden werden, die nach der Rückkehr der Studenten ihre Rolle im sozialen Wandel durchleuchtet. Dies ist das Ziel der Untersuchung, die mein Institut nach Abschluß von zwei umfangreichen Untersuchungen im Gastland nun in Indien gewissermaßen als letztes Glied des Komplexes durchführen will. Mit der Erhebung der Daten in Indien werde ich meinen Assistenten, Dr. Prodosh Aich beauftragen, der schon die erwähnten zwei Untersuchungen meines Instituts geleitet hat. Er wird die Ergebnisse der Forschung in Indien in seiner Habilitationsschrift verwenden. ... Ich möchte Sie bitten, die Sachbeihilfe für das Forschungsvorhaben zu genehmigen, damit die geplante Untersuchung durchgeführt werden kann und einer meiner Schüler die Gelegenheit erhält, an einer indischen Universität Vorlesungen zu halten."

Nach Gesprächen mit dem anderen Geschäftsführer der Carl-Duisberg-Gesellschaft, Dr. H. Deimann – Winfried Böll ist in dieser Zeit kaum erreichbar – beantrage ich auch ein Ergänzungsprojekt über Praktikanten, die nach einer Ausbildung in Deutschland nach Indien zurückgekehrt sind, wiederum beim BMZ. Kostenpunkt: 19564, - DM. Nach telefonischer Übereinstimmung erläutert Deimann noch schriftlich das besondere Interesse seiner Gesellschaft dem Ministerium gegenüber: *„Unter Bezugnahme auf die Besprechungen und Ausarbeitungen zusammen mit Herrn Diether Breitenbach (früherer Mitarbeiter der Deutschen Stiftung für Entwicklungsländer) sind wir der Auffassung, daß das Forschungsvorhaben von Herrn Dr. Aich unter Umständen interessant sein könnte für die Problematik der Erfolgskontrolle im Bereich auch der Praktikanntenprogramme. Unabhängig von möglichen Einzelergebnissen scheint uns der Versuch von Herrn Dr. Aich, eine Definition des Begriffs ‚Erfolg‘ im Zusammenhang mit einer Berufsfortbildung im Ausland zu erarbeiten, sehr interessant zu sein. ... Sollte eine Förderung des Projektes in Aussicht genommen werden, so schlagen wir eine gemeinsame Planung zwischen Ihnen, Herrn Dr. Aich und uns vor. Gleichzeitig stellen wir anheim, Herrn Breitenbach hinzuzuziehen.*"

Die Mittel für mein Forschungsvorhaben waren nicht bewilligt vor unserer Abreise nach Indien, eben nach Jaipur in Rajasthan, wo ich die erste Nacht so friedlich hinter mich gebracht habe. Welche Qualität hatte meine Ausbildung in Köln, daß ich alle diese und noch andere Ungereimtheiten einfach nicht wahrgenommen habe? Wie konnte ich bereit gewesen sein, Dienstverpflichtungen in einer völlig obskuren Universität, in einer mir völlig fremden Gegend in Indien aufzunehmen? Ohne einen bewilligten Forschungsauftrag als Stütze? Ohne dienstliche Reisekosten? Daß ich nicht in der Lage gewesen bin, diese und ähnliche Fragen zu stellen, belegt meine Blindheit, aber stellt auch die Qualität einer Wissenschaftsdisziplin in Frage, die die gesellschaftliche Wirklichkeit wissenschaftlich beschreiben will.

Vieles läßt sich entschuldigen, vieles läßt sich plausibel erklären. Richtiger wird es dadurch nicht. Sicherlich läßt der Dauerstreß von lernen, arbeiten, Zukunft planen, über mehrere Jahre – es ist immerhin vom WS 1958/59 bis Juni 1966 –, und das ganz ohne Urlaubspause, wenig Möglichkeiten, über die abgelaufenen Monate und Jahre gründlich nachzudenken und daraus für die Zukunft zu lernen. Man läßt sich möglicherweise auch lange wie Strandgut treiben, bis Spitzen von Felsen oder Stromschnellen sichtbar werden. Möglicherweise.

Die Seereise beginnt in Rotterdam. Wir steigen nur mit leichtem Gepäck in den Zug in Köln. Alle Gepäckstücke, es sind 15 Koffer unterschiedlicher Größe, sind schon mit einer Spedition zur Reederei vorausgeschickt. Bis Rotterdam ist es ja eine kurze Reise. Dort angekommen nehmen wir ein Taxi zum Reedereiagenten. Wir dürfen sofort auf das Schiff, obwohl es erst am nächsten Tag auslaufen soll. Ohne einen Arzt auf dem Schiff dürfen die Frachtschiffe höchstens 12 Passagiere transportieren. Wir sind insgesamt 7 Personen. Die Kabinen sind wie die der ersten Klasse in den Passagierschiffen. 24 Stunden Service. Kein Kleiderzwang im Gegensatz zu den Passagierschiffen. Eigentlich ideale Voraussetzungen für ruhiges Nachdenken und für Erholung.

Voraussichtliche Reisezeit: ca. 4 Wochen. Die Reiseroute sieht das Anlaufen von Beirut und Aden vor. Später wird noch Jidda hinzukommen. Und dazwischen natürlich der obligatorische Aufenthalt vor Port Said am Suez Kanal. Bei einer so langen Seefahrt durchlebt man alle Rauhheiten der Meere. Bis Windstärke 11. Bewegliche Gegenstände in den Kabinen werden festgebunden. Die Tischplatten im Eßsaal werden entfernt, damit der darunterliegende wattierte Teil des Tisches durchnäßt werden kann. Sonst fliegen die Kaffeetasse oder der Suppenteller beim Wellengang über den Tisch. Zum Glück werden wir nicht seekrank.

In Beirut ist der Ladevorgang so kurz, daß der Frachter außerhalb des Hafens ankert, um die Hafengebühren zu sparen. Also können wir nicht an Land. Aber fliegende Händler kommen, einige dürfen sogar auf das Schiff. Nicht die Händler lenken uns ab, sondern der Blick auf die wunderschöne Silhouette des noch unzerstörten Beiruts, der Perle des Orients, durch die farbenprächtigen Daus, die in unterschiedlicher Entfernung ankerten oder die an unserem industriell gebauten Frachtschiff vorbei segeln.

Ablenkung haben wir erst in Port Said. Nicht durch die fliegenden Händler, obwohl diese um das Schiff herum reichlich touristische Andenken lautstark feil bieten. Nein. Die Ablenkung beginnt mit unserem Wunsch, an Land gehen zu wollen. Die zufällige Tischordnung hat uns den Kapitän und den ersten Offizier beschert. Beim Frühstück erwähnen wir, daß wir gern an Land gehen wollen. Wir werden ernstlich gewarnt. Port Said soll einer der berüchtigten Häfen sein, was Nepp, Raub etc. angeht. Sie würden nie in dem ägyptischen Häfen an Land gehen. Wir lassen uns nicht eingeschüchtern. Nach dem Frühstück steigen wir ins Motorboot der Hafenbehörde. Wir werden gebeten, noch im Hellen zurückzukommen, obwohl das Schiff erst am nächsten Morgen den Kanal passieren kann.

Außer uns beiden ist sonst keiner ins Motorboot gestiegen. Von dem Ankerplatz ist die Stadt so weit entfernt, daß unser Frachter nur langsam aus dem Blick verschwindet. In Augenblick kommen nur Schiffe aus Port Suez. Der Ausstieg aus dem Motorboot ist problemlos. Es ist nicht viel los am Vormittag. Wir laufen langsam in Richtung Stadt. Eigentlich wissen wir nicht, wohin wir gehen sollen. In einiger Entfernung sehen wir eine Moschee. Wir nehmen diese Richtung. In der Nähe der Moschee spricht uns einer an. Auf englisch. Ein älterer, freundlicher Herr. Er ist erfreut, nachdem wir uns alles erzählt haben, was in so einer Situation zu erzählen ist. Indien, das heißt Nehru, ein großes Land, meint der älterer, freundliche Herr. Ich habe nicht gewußt, in welcher Hochachtung Indien im muslimischen Ägypten trotz der Kriege zwischen Indien und Pakistan steht. Und deutschfreundlich waren die Ägypter schon immer. Er heißt uns willkommen und fragt uns, ob wir die Moschee von innen besichtigen wollen. Wir wollen.

Er verhält sich wie ein Fremdenführer. Innen ist die Moschee sehr weitläufig. Mit vielen unterteilten Räumlichkeiten. Eine große Halle und viele kleinere Hallen unterschiedlicher Größe. Die Fußböden der Hallen sind mit Teppich bedeckt, praktisch von Wand zu Wand. Nicht wie in Europa mit Teppichböden. Die Teppiche haben unterschiedliche Muster, unterschiedliche Farbtöne, auch unterschiedliche Größen. Aber zusammen wirken sie wie ein einziger Schmuck, wie ein Gemälde in einem riesigen, sonst schmucklosen Bauwerk. Wie nehmen uns Zeit. Draußen ist es schon heiß. Im Inneren der Moschee ist es angenehm kühl. Als wir schließlich aus der Moschee kommen, wollen wir uns von unserem ägyptischen „Fremdenführer" verabschieden. Er ist damit nicht einverstanden. Er will uns doch die Stadt noch zeigen. Wir stimmen zu. Wir spazieren gemächlich immer auf der Schattenseite der Straßen und besichtigen die wenigen Sehenswürdigkeiten. Am frühen Nachmittag haben wir Hunger, obwohl die Hitze bereits unappetitlich stark ist. Wir suchen so etwas wie ein Café auf und imbissen. Während dessen unterhalten wir uns, über nichts bestimmtes und fragen beiläufig, warum die Stadt so leer ist. Wir haben den Freitag erwischt. Als wir im Café bezahlen wollen, ist er uns fast böse. Wir sind heute seine Gäste. Er hätte sich so gefreut, mit uns durch die Stadt zu spazieren und daß wir keine Hetze hatten und überhaupt. Nichts zu machen. Er setzt seinen Willen durch. Er weiß und wir wissen, daß wir uns im Leben nie wieder begegnen werden. Was für eine Gastfreundschaft!

Es wird bald dunkel. Wir sind traurig, daß wir nichts von dem Warenangebot gesehen haben, weil der Bazar auch nachmittags nicht geöffnet wird. Als wir traurig erwähnen, daß wir nicht wissen, wann wir wieder ägyptischen Boden betreten werden, versteht er unser Bedrücktsein. Er meint, wenn es uns das Warenangebot im Bazar wirklich interessieren würde, könnte er das schon arrangieren. Aber wir würden dann nicht mehr im Hellen aufs Schiff gehen können, meint er. Na, wenn schon! Wir begleiten ihn genau so gemächlich wie vorher zu dem Einkaufsviertel. Ein Laden neben dem anderen. Leider sind alle zu. Mit Holzläden. Er bittet uns dort, etwas zu warten. Nach einiger Zeit kommt er in Begleitung eines jüngeren Mannes zurück. Dieser macht seinen Laden auf. Unser Begleiter versichert uns, daß wir nichts kaufen müßten. Einige Neugierige kommen auch dazu. Es hat sich herumgesprochen, daß unser Begleiter Gäste hat.

Das Angebot ist vielfältig: diverse Lederwaren, Schmiedearbeiten, auch in Gold und Silber, und Edelsteine. Wir dürfen alles genau betrachten. Der Händler ist freundlich und geduldig. Vieles hätten wir gern gekauft. Aber wir erkundigen uns nicht einmal nach den Preisen. Wir haben auch keinen Vergleich. Und Geld auch nicht, leider. Zum Schluß zeigt er uns Schmuck und Edelsteine, auch Alexandride. Wunderschöne Steine, die je nach Lichteinfall grün, blau und dunkellila durchschimmern. Meine Frau ist hingerissen. Sie betrachtet intensiv einen Stein. Der Ladeninhaber und unser Begleiter unterhalten sich. Am Ende der Unterhaltung sagt uns unser Begleiter, also drei englische Pfund müßte der Ladeninhaber für den Stein wirklich haben. Der Stein hat ca. 18 Karat. Es kommt uns fast wie ein Geschenk vor. Meine Frau trägt den Stein gefaßt in einem Ring heute noch am liebsten. Wir werden schließlich bis zum Motorboot begleitet. Was für ein schöner Tag in Port Said!

Dieses Erlebnis und die Warnungen auf dem Schiff beschäftigen uns lange und lenken uns mehr ab, als die Ein- und Ausfahrt in Jidda, gelotst von einem Araber in landeseigener Kleidung, oder die britischen Soldaten an jeder Straßenecke mit angezogenen Schnellfeuerwaffen in der zollfreien Hafenstadt Aden, das reiche Angebot an internationalen elektrotechnischen Konsumgütern oder die papierfressenden Ziegen auf den gepflasterten Straßen. Uns bleibt es ein Rätsel, wie die deutschen Seeleute auf dem Schiff zu dem negativen Urteil über die Ägypter gelangt waren und wo sie ihre Erfahrungen mit den Ägyptern gesammelt haben. Durch das Rotlichtviertel waren wir natürlich nicht spaziert und auch nicht in eine Bar eingekehrt. Aber gibt es diesbezüglich überhaupt Unterschiede zwischen den Städten oder den Ländern?

Ansonsten haben wir schlicht in den Tag hineingelebt, das heißt gefaulenzt ohne zu bedenken, daß selbst wenn alles gut geht, wir eine sehr ereignisreiche und hektische Zeit vor uns haben werden. Entwürfe von möglichen unterschiedlichen Szenarien hätten für uns durchaus hilfreich sein können. Fehlanzeige. Wir verließen uns einfach darauf, daß die Lehrveranstaltungen mir kein Problem bereiten dürften, und auf die Durchführung der geplanten Interviews der „Zurückgekommenen" sind wir ja bestens vorbereitet. Das Erhebungsinstrument stand schon. Umfangreiche Voruntersuchungen würden wahrscheinlich nicht nötig sein. Also wozu Szenarien entwerfen, schwarzmalen? Erholung hatten wir schließlich auch nötig. Im Nachhinein muß ich mir schwere Vorhaltungen machen, so arglos, so sorglos, so naiv, so vertrauensselig, so faul, so gedankenlos und so geschichtslos gewesen zu sein – insbesondere in jenen Tagen auf dem Schiff.

*****

Das Zimmer im Gästehaus der Universität in Jaipur ist von Sonnenschein überflutet als wir wach werden. Der Morgen ist kühl, obwohl die Sonne schon warm ist. Die Holzfensterläden im Speisesaal sind bereits beim Frühstück zugezogen, damit die Hitze nicht in den Saal eindringt. Die Abdunkelung ist das kleinere Übel. Wir nehmen uns Zeit, bevor der erste Arbeitstag für mich beginnt. Unnithan holt mich kurz nach 10.00 Uhr ab. Der Tag ist bereits heiß. Wir müssen etwa 10 Minuten laufen bis zu dem „Department". Unnithan empfiehlt mir, für den nächsten Tag einen Sonnenschirm zu besorgen, einen wie seinen. Trotz der geringen Luftfeuchtigkeit bin ich fast durchgeschwitzt. Unnithan nicht. Unter dem Schirm ist es kühler.

Es ist ein freistehendes Gebäude ohne Stockwerke mit hohen Räumen. In den Räumen ist es auch ohne die obligatorischen elektrischen Ventilatoren kühl. Vier Departments sind dort untergebracht. Ökonomie, Politik, Statistik und Soziologie. Das Gebäude ist von allen vier Seiten begehbar. Individuelle Arbeitsräume gibt es nur für die „Head of the Department". Die übrigen Kollegen teilen sich einen Raum jeweils in einem Department. Keine richtig eigenen Arbeitsplätze.

Die Veranstaltungen beginnen um 11.00 Uhr. Nach 18.00 Uhr ist dieser Teil des Campus leer. Nur die heißeste Tageszeit wird für die Veranstaltungen genutzt. Warum? Weil es schon fast immer so gewesen ist. Ich weiß dies auch aus meiner eigenen Schul- und Studienzeit. Auch eine koloniale Hinterlassenschaft. Unnithan und auch andere Kollegen, es sind im ganzen vier, haben meiner Bitte großzügig entsprochen, daß ich in den ersten Tagen auch ihre Veranstaltungen besuchen darf, immer wenn ich frei habe. Ich nehme die Gelegenheit schon am ersten Tag wahr.

Noch vor dem Abendessen besichtigen wir jene Unterkunft im sogenannten „Teachers' Hostel", die für uns reserviert worden war. Der Weg führt vom „Guest House" zur sogenannten „residential area" vom Südwestrand hin zum Südostrand des Campus. Zu Fuß ca. 15 Minuten. Es ist das einzige Gebäude im Campus mit mehreren Stockwerken. Es ist noch im Bau. Die für uns vorgesehene Unterkunft ist noch lange nicht bezugsfertig. Es sind zwei kleine Räume mit einer Kochnische und einem kleinen Badezimmer. Das Platzangebot reicht nicht einmal für unsere mitgeschleppten Koffer, von einem eigenen Arbeitsplatz ganz zu schweigen. Deshalb informiere ich Unnithan, daß wir wohl solange im Guest House bleiben müssen, bis wir in einer Wohnung oder in einem Haus untergebracht werden können. Selbst die Suites im Guest House sind geräumiger als die Unterkunft im Teachers' Hostel. Unnithan versteht uns und macht uns Hoffnung, daß wir in wenigen Wochen vielleicht sogar mit einem Haus auf dem Campus rechnen könnten.

Ich habe ausschließlich Postgraduierte zu unterrichten. 15 Wochenstunden. Ich werde mich also mit Studierenden befassen, die mindestens 14 (M. A. previous) bzw. 15 Ausbildungsjahre (M. A. final) hinter sich haben. Andere Kollegen müssen auch noch nichtgraduierte Studierende unterrichten, in den „Colleges" in der Stadt. Alle meine Veranstaltungen finden nur innerhalb des Campus statt. Eine gerade noch zu bewältigende Aufgabe, die uns noch Zeit lassen wird für unsere Forschungsvorbereitung, das heißt Anschriften der Rückkehrer sammeln, „Samples" ziehen, Termine machen, usw.

*****

Das indische Ausbildungssystem – ich vermeide den Ausdruck „Bildungssystem", denn die Vermittlung indischer Bildung findet nicht in den Institutionen des Ausbildungssystems statt – sieht „Primary Schools" als die breite unterste Stufe für vier Jahre vor. Nach dem geltenden Gesetz soll jedes Kind die Möglichkeit haben, diese Primarstufe zu durchlaufen. Je entfernter ein Ort von der Bundeshauptstadt, von den Landeshauptstädten, von den Städten ist, um so stärker bleibt die Wirklichkeit hinter diesem Ziel zurück. In der Regel sind die Schulen auf der Primarstufe öffentliche Einrichtungen. In der Regel sind diese auch schlechter eingerichtet als die wenigen Privatschulen. Kindergärten als Regeleinrichtung sind nicht vorgesehen. In den Städten gibt es private Kindergärten. Diese sind teuer.

Der Primarstufe folgt die „Secondary School" für weitere sechs bzw. sieben Jahre, mit Abschlüssen: „Matriculation" oder „Higher Secondary". „Higher Secondary" ist in Indien die Eingangsqualifikation für „Colleges", die zwischen der Schule und der Universität angesiedelt sind. Von „Matriculation" aufwärts werden die Prüfungen zentral abgehalten. Klausuren in verschiedenen Fächern. Nicht landeseinheitlich zentral, sondern universitätseinheitlich. Die gesamte Republik ist in „States", also Länder, und in die sogenannten „Union Territories", d.h. zentral regierte Gebiete, aufgeteilt. Indien ist ein föderaler Bundesstaat mit kultureller Autonomie. Die Universitäten sind flächendeckend.

Die Zugangsvoraussetzung für die Universität wird erworben mit der „Graduation", also als Graduierter. Ein Graduierter hat mindestens 14 Ausbildungsjahre hinter sich. Ein Graduierter wird auch „Bachelor" genannt. In den Universitäten erwirbt man in zwei Jahren den „Degree" eines „Post-Graduates", der auch der Grad eines „Masters" genannt wird, etwa vergleichbar mit der Magisterprüfung. Dieser Grad ist die Eingangsvoraussetzung für „Research Degrees". Das Niveau der Universitäten ist unterschiedlich, funktioniert aber nach dem selben Prinzip, also je entfernter von der Hauptstadt, um so niedriger ist das Niveau. Die Medizin- und Ingenieurausbildung sieht nach „Higher Secondary" sechs Jahre für den „Bachelor Degree" vor.

Die Fächer bilden die kleinste organisatorische Einheit. Jedes Fach hat mehrere Lehrende. „Professor", „Reader" und „Lecturer" ist die hierarchische Ordnung, die zusammen ein Department bilden. Die Spitze, der „Head of the Department", wird von der „Faculty" und „Syndicate" bestimmt, vergleichbar mit der Fakultät und dem Senat. Einige verwandte Fächer bilden eine Fakultät. Die Fakultäten sind unterteilt in „Science" und „Humanities", also Natur- und Geisteswissenschaften. Die Spitze der Fakultät, der „Dean", wird durch das „Syndicate" bestimmt. Die akademische Spitze innerhalb der Universität ist der „Vice Chancelor", der formal einem „Chancellor" unterstellt ist. Der Chancellor hat juristische Aufsicht und ist auch zuständig für die Repräsentation der Universität. Meist ist er der Gouverneur des Bundesstaates. Der Gouverneur eines Bundesstaates wird auf Vorschlag der Zentralregierung vom Staatspräsidenten ernannt. Das oberste Repräsentationsamt der Universitäten ist das Amt des „Visitors". Der Visitor ist meist der Staatspräsident der Republik. Die Universitäten sollen nach den Buchstaben der Statuten autonom sein.

*****

Die ersten Tage in Jaipur sind ausgefüllt mit unserer Orientierung innerhalb und außerhalb des Campus, mit Begegnungen mit den „Deans of the Faculty", mit dem Vice Chancellor und ähnlichem. Der Vice Chancellor heißt uns willkommen und sichert uns zu, daß wir bei der ersten sich bietenden Möglichkeit eine Wohnung oder ein Haus zugewiesen bekommen werden. Er, M. V. Mathur, ist seit dem 4. Januar 1966 im Amt. Als Universitätslehrer ohne einen Forschungsgrad, also ohne Promotion, war er „Head of the Department of Economics" in der Universität Rajasthan und als Mitglied der „Education Commission" der indischen Regierung wird Mathur zum Nachfolger von Dr. Mohan Sinha Metha ernannt.

Unnithan möchte uns auch dem ausgeschiedenen Vice Chancellor, Mohan Sinha Metha, vorstellen, weil Metha die Einladung an mich auf den Weg gebracht hatte, eine Prozedur, die in den Statuten der Universität nicht vorgesehen ist. Aber Metha sei eine sehr dynamische Persönlichkeit gewesen. Eigentlich habe die Universität – gegründet nach der Unabhängigkeit Indiens am 15. August 1947 – vor Methas Zeit fast nur auf dem Papier bestanden. Der Campus ist sein Werk. Alles, was wir heute sehen, ist während seiner 6jährigen Amtszeit entstanden. Metha hätte sich für mich eingesetzt in der Hoffnung, daß ich der Universität Rajasthan eventuell länger erhalten bleiben könnte.

Mohan Sinha Metha hatte vor seiner Ernennung zum Vice Chancellor der Universität wenig mit Universitäten zu tun. Er war nicht, wie sein Nachfolger Mathur, Universitätsprofessor, nein, er war Botschafter Indiens in den Niederlanden, ein Diplomat und promovierter Jurist (Ph. D., Bar-at-Law). Vor der Unabhängigkeit war Metha Minister in einem „Princely State".

Das weitaus größte Gebiet in Britisch-Indien vor 1947 wurde von der britischen Krone direkt verwaltet, durch einen Vizekönig. Daneben existierten die „Princely States", Fürsten- bzw. Königstümer, ca. 680 an der Zahl, die eine gewisse Autonomie genossen. Diese Fürsten bzw. Könige hatten für die britische Krone Verdienste erworben. Nicht immer waren sie Nachfahren tradierter Herrscherhäuser. Die Kolonialverwaltung pflegte auch besondere Verdienste durch solche Benennungen zu belohnen. Jenes Gesetz im britischen Parlament, das formal die Kolonisation Indiens beenden sollte, sah eine Teilung Britisch-Indiens in Indien und Pakistan ebenso vor wie die gleichzeitige Unabhängigkeit dieser „Princely States", obwohl die meisten von ihnen weder wirtschaftlich noch politisch lebensfähig gewesen wären. Das Gesetz sah deshalb auch vor, daß alle diese „Staaten" die Option hatten, sich Indien oder Pakistan anzuschließen. Das Gesetz legte keinerlei Kriterien für die Option fest. Allerdings hatte das Volk keine Option, sondern nur die Herrscher dieser Staaten.

Nach der Unabhängigkeit ging die Eingliederung nach den jeweils erfolgten Optionen der „Princely States" reibungslos vonstatten. Abgesehen von zwei „States". Der Nizam von Hydrabad, ein muslimischer Herrscher im Süden Indiens, wollte für das ferne muslimische Pakistan optieren. Indien widersetzte sich dieser Intention des Nizams, entmachtete ihn und gliederte den „Staat" in die „indische Union" ein. Der hinduistische Maharaja von Kaschmir optierte für Indien, obwohl die Mehrheit der Bevölkerung Muslime sind. Nach dem Text des Gesetzes war das in Ordnung. Aber nicht nach dem Gesetz der Macht. Pakistan mischte sich ein und besetzte einen Teil dieses „Staates" mit der Begründung, daß das Teilungsprinzip Britisch-Indiens die Religion gewesen sei. Deshalb dürfte der hinduistische Maharaja von Kaschmir die mehrheitlich muslimische Bevölkerung nicht zu Indien führen. Damit war jene Saat des britischen Gesetzes aufgegangen, die von vielen Briten so charakterisiert wurde: *Wir gehen, um zu bleiben."* Wegen Kaschmir haben diese beiden Nachfolgestaaten bereits drei Kriege geführt. Diese hörten jeweils dann auf, nachdem die meist importierten Waffensysteme auf beiden Seiten verbraucht waren. Kein schlechtes Geschäft für die waffenexportierenden Länder.

Der heutige Bundesstaat Rajasthan ist ein Zusammenschluß von zahlreichen „Princely States" der Rajputs, eines stolzen Kriegervolkes. Einem dieser Staaten im Nordwesten, Udaipur, nah an der pakistanischen Grenze, hatte Metha gedient. Nach der Unabhängigkeit betätigte sich Metha mit Erfolg als Politiker und ging dann zum diplomatischen Dienst. Bereits vor seiner Pensionierung als Botschafter in Den Haag hatte er die Ernennung zum Vice Chancellor der Universität Rajasthan in der Tasche. Im Januar 1960 trat er das Amt an. Für drei Jahre. Seine Amtszeit wurde für weitere drei Jahre, die maximale Zeit, verlängert. Er hatte sich für das Erziehungswesen in Rajasthan einen Namen gemacht.

Metha hat leichtes Fieber als wir ihn in Begleitung des Head of the Department der Zoologie und der beiden Unnithans besuchen. Metha begrüßt uns freundlich und führt eine Konversation, die nicht nur seine Bildung, sondern auch seine Souveränität in Erziehungsfragen zum Ausdruck bringt. Anders als bei seinem Nachfolger im Amt. Uns gefällt die devote Art der anderen beiden Herren nicht. Gerda Unnithan, wie schon erwähnt, eine Niederländerin und an der Universität zuständig für studentische Fragen, verhält sich nicht devot, sondern eher vertraut. So bewegte sie sich auch in der Wohnung von Metha. Abends besucht Gerda Unnithan meine Frau und lädt sie zu einem Spaziergang ein. Eher beiläufig erzählt sie meiner Frau, daß sie, meine Frau, auf dem Campus viel Gerede über sie, Gerda Unnithan, und Metha hören werde. Deshalb zieht sie es vor, meine Frau selbst zu informieren, daß Metha und sie miteinander ein vertrautes Verhältnis haben. Sie hat Metha bereits in den Niederlanden gekannt.

Unnithans laden uns zum „Dinner" ein. Sie bewohnen einen Bungalow auf dem Campus. Sie haben eine kleine, gerade schulpflichtig gewordene Tochter. Ein weiteres Ehepaar kommt zum „Dinner". Ein sehr junges Ehepaar aus Deutschland. Jansen heißen sie. Er unterrichtet Deutsch an der Universität. Von der Universität wird eine Wohnung auf dem Campus zur Verfügung gestellt. Sein Gehalt kommt ganz vom Deutschen Akademischen Austauschdienst (DAAD). Warum? Wie soll man sonst auswärtige Kulturpolitik zur Absicherung der wirtschaftlichen Interessen betreiben? Diese „Kulturbotschafter" kommen in Kreise hinein, die Botschaftsangehörigen oder Auslandskorrespondenten verschlossen sind. Schließlich: Information ist Macht. Und Machtabsicherung geht leider nicht zum Nulltarif. Nur die Steuerzahler dürfen den Zusammenhang nicht erkennen. Für sie heißt das Ganze „Entwicklungshilfe".

Frau Jansen hat keine offizielle Funktion. Ehepaar Jansen hat einen VW-Käfer als Ausstattung bekommen. Sie fährt den Wagen viel herum und macht sich nützlich für die Leute auf dem Campus, die wichtig sind. Gleich an diesem Abend übermitteln die Jansens uns eine Einladung von einem „Nawab", einem muslimischen „Prince", der großes Interesse für deutsch-indische Begegnungen hat und uns gern kennenlernen möchte. Was sollen wir gegen diese Einladung haben? Wir besuchen den Nawab. Sein Domizil ist ein ansehnlicher Palast. Wie alle die ehemaligen „Princes" besitzt auch er zwar keine Ländereien mehr, aber doch das Privileg einer konvertierbaren „Schatulle", die auch die zollfreie Einfuhr europäischer Spirituosen ermöglicht. Das Ehepaar Jansen partizipiert an diesem Privileg. An Whisky. Dies ist der Preis für die Begegnungen mit diesem Nawab, der ansonsten eher langweilig ist. Wir sind schockiert. Kulturschock? Nein. Wir sind nicht ein weiteres Mal seiner Einladung gefolgt.

Ein unerwarteter Vorgang, nicht die Pflichtbesuche, nicht die Lehrveranstaltungen, nimmt in den nächsten Tagen die meiste Zeit in Anspruch. Unnithan erzählt mir eine durchaus glaubhafte Geschichte. König habe in seiner Eigenschaft als „Chairman" der „World Sociologist Association" (WSA) Unnithan anläßlich seines Besuchs in Köln zum „World Sociology Congress" Anfang September 1966 im französischen Evian eingeladen. Unnithan solle dem Weltkongreß ein Arbeitspapier über die Soziologieausbildung in Indien präsentieren. König und Scheuch hätten ihm zunächst glaubhaft versichert, daß die WSA alle seine Kosten übernehmen wird. So hat er sich darauf verlassen, Dienstreiseurlaub beantragt und auch bekommen. Nun habe König ihn informiert, daß der WSA nicht die erwarteten Gelder erhalten hätte, und deshalb nicht in der Lage wäre, Unnithans

Reisekosten zu übernehmen. Sie übernehmen überhaupt keine Reisekosten der Referenten. Daraufhin habe Unnithan bei der Regierung just mit diesem Hinweis für sich die Reisekosten beantragt.

Nun soll bekannt geworden sein, daß der Head of the Department der Soziologie der Universität Agra, Saxena, bereits von der WSA sein Ticket erhalten hätte, obwohl er nicht als Referent eingeladen worden sei und kein Arbeitspapier vorlegen werde. Deshalb stünde Unnithan praktisch als Lügner und Betrüger da, weil er ja König und Scheuch geglaubt und vertraut und diesem Gremium gegenüber seinen Antrag nur mit dem Hinweis begründet hätte, daß die WSA keinem die Reise bezahlte.

Auf seine diversen Schreiben, auch eingeschriebene Schreiben, habe weder König noch Scheuch geantwortet. Er hätte am 12. Juli 1966 auch an mich geschrieben. Ich war aber schon unterwegs nach Indien. Ich sollte nun als einzig greifbarer „Vertreter der Kölner Universität", die peinliche Situation glattbügeln, indem ich den beiden Herren klarstellte, in welch unmögliche Lage Unnithan von ihnen gebracht worden sei.

Die Geschichte kommt mir glaubhaft vor, denn ich bin nicht unvertraut mit dem „Wissenschaftstourismus" auf Kosten des Steuerzahlers. Erst nach unserer Ankunft in Jaipur habe ich lediglich erfahren, daß der ranghöchste Kollege im Department nach Unnithan, Dr. Yogendra Singh, für Unnithan ein Arbeitspapier für den Weltkongreß verfaßt und deshalb von seinen Lehrveranstaltungen freigestellt worden ist. Ich gerate unter Druck. Wie soll eine künftige Zusammenarbeit der beiden Universitäten gedeihen, wenn Unnithan öffentlich so blamiert wird? Ich folge der Anregung Unnithans, schildere König die peinliche Situation und bitte ihn, dringendst die Flugkarte für Unnithan zu organisieren. Telefonisch erreiche ich König nicht, weil er wegen des Kongresses viel unterwegs ist. Unnithan hängt mir ständig in den Ohren. Fast jeden Tag muß ich die neuesten „Nachrichten", Briefe oder Telegramme auf Unnithans Kosten nach Köln senden. Schließlich kommt die Flugkarte doch.

Vor seiner Abreise bittet Unnithan mich, das Arbeitspapier zu redigieren. Ich kann seine Bitte nicht abschlagen. Wieder denke ich über das Vorgefallene nicht nach, weil ein Ereignis nach dem anderen mich überfällt bzw. mich beschäftigt hält. Vielleicht habe ich mich aber auch gern beschäftigt halten lassen. Heute weiß ich, daß das Sichselbsteinreden, keine-Zeit-zum-Nachdenken-haben schon System hat.

Die naheliegende Fragen stelle ich nicht. Wie zufällig ist es, daß einer in so einem Weltkongreß vertreten ist, und wo ist die Meßlatte für die Qualität der Arbeitspapiere oder der Referate? Oder kommt es nur darauf an, daß auch einige exotische Personen unterschiedlicher Herkunft daran teilnehmen? Welche konkrete Funktion haben Arbeitspapiere überhaupt? Wer hätte über das Soziologiestudium in Indien berichtet, um bei diesem komischen Vorfall mit den Reisekosten zu bleiben, wenn Unnithan nicht auf Kosten der deutschen Steuerzahler in Köln aufgetaucht wäre? Warum erging keine Einladung an eine der altehrwürdigen Universitäten wie die in Benares, Bombay, Delhi, Kalkutta oder Madras? Und wer ist dieser Saxena? Wieso wird Saxena nur als Teilnehmer eingeladen und werden seine sämtlichen Kosten übernommen? Läuft das alles wirklich zum Nulltarif? Diese oder viele Fragen wie diese hätte ich stellen können oder gar stellen müssen. In der Hektik nehme ich nicht einmal Anstoß daran, daß Unnithan's Papier nicht nur von einem „ghost writer" geschrieben wurde, sondern auch die Studierenden darunter haben leiden müssen. Heute glaube ich nicht mehr an Hektik.

*****

Das ständige Wohnen im Gästehaus ist beschwerlich. Auch wenn die Räumlichkeiten großzügig sind, leben wir doch aus dem Koffer. Leben aus dem Koffer bedeutet auch Einschränkung der Leistungsfähigkeit. Hinzu kommt noch der Servierrhythmus der Mahlzeiten und die Hygiene in der Küche. Wir trinken das abgekochte Wasser und essen nichts, was nicht heiß gekocht ist. Dennoch haben wir Durchfälle. Also bemühe ich mich, baldmöglichst eine Dienstwohnung zu bekommen, was mir von der Universitätsleitung zugesagt worden war, sobald eine Behausung frei ist!

Nach der Unabhängigkeit Indiens im Jahre 1947 sind Universitäten wie Pilze gewachsen. Universitäten mit unterschiedlicher Ausstattung, mit unterschiedlicher Zusammensetzung der Fächer, mit unterschiedlicher Qualität der Ausbildung. Statuten aller Universitäten schreiben vor, daß alle Stellen nationenweit ausgeschrieben und von einem „Selektion Board" – vergleichbar mit einer Berufungskommission deutscher Universitäten mit dem Unterschied, daß diese stets Gelehrte anderer Universitäten hinzuziehen müssen – ausgewählt werden müsten. Als Vorsorgemaßnahme gegen die Vetternwirtschaft. Nun, wo Vetternwirtschaft droht, entsteht auch Vetternwirtschaft. Den gesetzlichen Bestimmungen zum Trotz. So sind die Vorschriften der „Selection Boards" auch die „Handelsplätze" zum gegenseitigem Vorteil. Dies führt nicht zur Qualitätsverbesserung, dient aber zur Erhöhung der Einkünfte der agileren Universitätslehrer. Sie lassen sich berufen, haben aber die gesetzliche Möglichkeit, innerhalb eines Jahres in die alte Universität zurückzukommen. Mit höherem Gehalt, versteht sich. Und sie behalten ihre Dienstwohnung.

So war uns klar, daß wir bald eine Zuweisung bekommen werden. Also warten wir geduldig. Trotz unseres Lebens über die finanziellen Verhältnisse, trotz des Aus-dem-Koffer-lebens, trotz der Durchfälle, trotz der Reglementierungen möchten wir jenen fast dreimonatigen Aufenthalt im Gästehaus der Universität nicht missen. Wir begegnen Menschen, denen wir sonst nicht begegnet wären. Es ist ein schneller Durchgangsverkehr. Abends ankommen. Am übernächsten Morgen weiterreisen. Nach dem Frühstück. Wir begegnen ihnen beim Abendessen, später, wenn es kühl und dunkel wird, auf dem Rasen beim Kaffee oder bei einem kalten Getränk, am folgenden Tage jeweils bei und nach den Mahlzeiten. Die indischen Gäste sind meist Würdenträger, geladen zu irgendwelchen „Meetings". Im Speisesaal bestellen sie nichts selbst. Sie lassen bestellen. Durch den „PA", den persönlichen Assistenten.

Wenn die PAs noch nicht im Raum sind und der Kellner sich erkundigt – wie bei den ausländischen Gästen und auch wie bei uns –, ob Sie Tee oder Kaffee möchten, antworten sie nicht einmal. Der Kellner wartet verdutzt ab, und dann verschwindet er langsam. Zunächst wundert uns, daß der Kellner nicht lernt! Zunächst. Dann erfahren wir: Wenn der Kellner im Raum ist und nicht fragt, sind diese Würdenträger auch sauer. Dann interpretieren sie dies als Mißachtung. Also sehen wir das Ritual immer wieder. Bei der Nachbestellung könnte eigentlich auf die PAs verzichtet werden. Was sollen aber diese Würdenträger auch tun, wenn die PAs stets in Sichtweite auf Zeichen warten! Man kann ja auch den PAs nicht vor den Kopf stoßen oder ihr ehrfürchtiges Warten als überflüssiges Herumstehen hinstellen.

Die PAs sind richtig europäisch angezogen. Die Würdenträger ziehen sich auch europäisch an, wenn sie das Gästehaus verlassen. Aber nicht im Speisesaal. Beim Speisen sind sie leger angezogen. Häufig baumeln ihre Beine nicht vom Stuhl. Sie sitzen auf dem Stuhl im Schneidersitz. Was soll daran falsch sein? Die Frage stellen wir aber nicht. Denn meine Frau ist ja eine Deutsche. Und ich bin lange genug in Deutschland „zivilisiert" worden. Und dann die diversen Geräusche beim und nach dem Essen! All dies verpaßt meiner Frau doch einen leichten Kulturschock. Sie ist innerlich empört. Eigentlich ungerechter Weise. In Europa geschieht ähnliches auch. Nur etwas besser durchorganisiert, professionell eben!

Alle sind uns gegenüber höflich und auch aufgeschlossen. Manchmal geht es auch über die „small talks" hinaus. Sie hören sich geduldig unsere Meinungen und Kritiken an. Keine Diskussionen. Übereinstimmungen und unterschiedliche Einschätzungen. Es ist die Zeit, in der zwei bemerkenswerte Sachbücher in Indien viel diskutiert werden. V. S. Naipal, der „amerikanische" Schriftsteller indischer Herkunft, besucht zum ersten Mal das Land seiner Vorväter, voller Neugier, geweckt durch die Erzählungen seiner Großmutter. Er steht die Wirklichkeit nicht durch, er ist geschockt, flüchtet aus dem Land und schreibt das Buch „Area of Darkness". Der Titel ist auch Programm. Er findet überall nur „Traditionalität", das Gegenteil von Modernität. Was immer die „Modernität" auch sein mag. Die internationalen „Bildungsbürger" sind mit ihm der Überzeugung, daß alle „Entwicklungsländer" rückständig sind oder rückständig geblieben sind, aber Fortschritte erzielen müssen über Entwicklungen, vorwiegend über die wirtschaftlichen. Und diese Fortschritte wären eben der Übergang von Traditionalität zur Modernität, Übergang von einer niedrigeren Phase der Entwicklung zu einer höheren. Naipal hat dafür keine Anzeichen entdecken können, keine Ansätze gefunden. Er ist „zivilisiert" worden in der „amerikanischen" Gesellschaft. Der andere Autor, Nirad C. Chaudhuri, ist im Gegensatz zu Naipal in Indien aufgewachsen und ausgebildet, aber ein Bewunderer der britischen

Kultur. Er erhält – wenn auch ziemlich spät – ein ansehnliches Forschungs-stipendium aus Großbritannien und dort Zugang zu vielen exklusiven Archiven. Er reflektiert die Geschichte seines Landes, die koloniale Vergan-genheit und natürlich den gegenwärtigen Zustand seines Landes und verfaßt das Buch „Autobiography of An Unknown Indian". Auch er sieht Dunkles, nicht nur eine Region im Dunkeln, aber er flüchtet nicht. Wohin auch? Er beschreibt engagiert das Übel. Seine „halbgebildeten" Landsleute ruinierten das Land – Bürokraten, Politiker, Wissenschaftler, weil sie weder traditionell noch modern, sondern eigentlich „nichts" seien. Sie trügen unter der europäischen Hose doch noch das indische „Lendentuch".

Auf diese Art von Ungereimtheiten können wir uns in Diskussionen im Speisesaal einigen. Was sie über uns denken und was sie über uns später erzählen, haben wir nicht erfahren. Aber ich erzähle eine kurze Geschichte, eine beispielhafte wie ich meine, die unsere Einschätzung der dort erlebten Situation plastisch wiedergibt.

Wir sitzen bereits am Mittagstisch. Ein gutgekleideter Herr kommt herein, eben nicht leger gekleidet, ohne einen PA zwei Meter hinter sich, schaut im Saal herum, taxiert die Gäste, schreitet zu unserem Tisch und fragt formvollendet, ob er an unserem Tisch Platz nehmen darf. Natürlich darf er. Er stellt sich vor, wir uns auch. Eine normale Situation. Er ist Direktor eines Universitätsinstituts für „Business Management". Er ist verabredet mit dem Vice Chancellor der Universität Rajasthan, der, wie schon berichtet, ein Nationalökonom ist. Wir tauschen unsere Meinungen aus. Themen: Modernität, Fortschritt, wirtschaftliche Entwicklung, was sonst? Auch er hat Auslandserfahrung. Ein „moderner" Mensch also.

Nach dem Mittagessen trinken wir Kaffee. Plötzlich will er wissen, wie spät es schon ist. Auch er hat eine Armbanduhr. Ich sage ihm die Zeit nach meiner Uhr, wenige Minuten vor 14 Uhr. Er schaut nun auf seine Uhr. Seine Uhr geht genauso wie meine Uhr, zeigt dieselbe Uhrzeit. Er ist ernsthaft beunruhigt. Denn sein Termin ist um 14 Uhr. Der Vice Chancellor hat ihm versprochen, rechtzeitig einen Dienstwagen zu schicken. Der Wagen ist immer noch nicht da. Ich erkundige mich, ob der Termin in dem Büro des Vice Chancellors oder in seiner Residenz ist. Der Termin ist in der Resi-denz. Ich bedeute ihm, daß der Fußweg vom Gästehaus bis zu seiner Re-sidenz nur etwa eine Minute lang ist. Mit dem Wagen mindestens 10 Auto-minuten. Wir würden so lange in der Empfangshalle warten, falls der Wagen doch noch kommt. Wir können auch telefonieren und Bescheid sagen, daß er schon zu Fuß unterwegs ist. Nein, er ist nicht damit einverstanden. Er wartet, macht sich selbst verrückt, macht uns verrückt. Und wir sind auch blöd genug, uns nicht zu verabschieden. Der Wagen kommt etwa um 14.18 Uhr. Er geht hinauf zu seinem Zimmer und holt seine Aktenmappe. Geht dann gemächlich zum Dienstwagen. Er hatte seine ruhige Art wieder.

Eine völlig überflüssige Vereinbarung mit dem Dienstwagen? Heute bin ich nicht mehr so sicher. Der Nationalökonom macht den Vorschlag, um möglicherweise seinem Diskussionspartner symbolisch mitzuteilen, daß er in der Lage ist, seine Gesprächspartner mit seinem Dienstwagen abholen zu lassen. Wie viele sind in der Lage, dieses Privileg zu demonstrieren? Der Dienstwagen macht vier Fahrten von je 10 Autominuten. Der Betriebswirt ist geehrt. Er glaubt aber seine Wichtigkeit eventuell zu verspielen, wenn er den Fußweg von einer Minute nimmt und seine Aktentasche selbst trägt. Lieber regt er sich selbst und uns auf. Ein aufwendiger symbolischer Interaktionismus auf Kosten der Allgemeinheit.

Wie schon erwähnt, sind die Suiten im Gästehaus großzügig ausgelegt. Die Eingangstür führt zu einem Raum mit Sitzgelegenheiten. Eine Tür von diesem Raum führt zum Schlafzimmer und von dort eine Tür zum Badezimmer. Das Badezimmer hat nur eine Duschmöglichkeit und ein Klo mit Wasserspülung. Die Wasserspülung hat Tücken. Der Tank ist etwa in zwei Meter Höhe angebracht und mit einem Kettenzug versehen. Die Höhe stellt den nötigen Druck bei der Spülung sicher. Technisch eigentlich unproblematisch, solange sich kein Reibungsverschleiß bei der Kette eingestellt hat. Mit dem Verschleiß entsteht das Problem, daß nicht jeder Zug der Kette die Spülung in Gang setzen kann, sondern nur ein Zug in einem bestimmten Winkel. Da helfen weder häufige noch kräftige Züge. Eine verhängnisvolle Tücke. Außerdem gibt es keine indischen Städte mit 24stündiger Wasserversorgung. Deshalb haben alle städtischen Gebäude einen Tank auf dem Dach. Eine elektrische Pumpe sorgt dafür, daß das Wasser den Tank versorgt. Wenn das Wasser in diesen Tanks verbraucht ist, wird auch die Wasserspülung für das Klo nicht versorgt. Das ist die zweite Tücke. Auch die elektrische Versorgung ist nicht ohne Unterbrechung. „load shedding" heißt der unregelmäßig regelmäßige Stromausfall. Wenn der Strom tagsüber ausfällt, muß man schwitzen, weil die elektrischen Ventilatoren nicht mehr die Verdunstungskühle erzeugen können. In der Dunkelheit beim Stromausfall sind noch Kerzen nötig. Wenn aber der Strom just in den Zeiten ausfällt, in denen auch das Wasser fließt, dann bleibt der Tank halt unversorgt. Wir sind mittlerweile alte Hasen im Gästehaus. Wir kennen diese Tücken und sorgen schon vor.

Erstaunlich viele „abendländische" Besucher übernachten im Gästehaus. Viele besuchen die Universität zielbewußt. Sie bleiben etwas länger in Jaipur. Viele sind einfach Wissenschaftstouristen. Jaipur gehört zum attraktiven Touristendreieck zwischen Agra und Neu-Delhi. Delhi hat eine alte Universität, Jaipur und Agra sind später Universitätsstädte geworden. Auch die kurzweiligen Besucher aus den USA sind eigentlich insofern keine Touristen, weil ihre Reise- und Aufenthaltskosten von einer Stiftung 100 % abgedeckt werden. Diese Stiftung hat ihren Sitz in Neu-Delhi, heißt „Asia Foundation", ist aber doch eine reine US-Stiftung. Sie finanziert alle möglichen Veranstaltungen, großzügig, weil sie immense Einnahmen in nicht konvertierbaren Rupien hat. Wieso?

„Modernisierung" durch wirtschaftliche Entwicklung beschreitet manchmal seltsame Wege. Die US-Wirtschaftsexperten überzeugen oder überreden indische Wirtschaftsplaner, im fruchtbaren Weizenland Zuckerrohr anzubauen, weil die Zuckerausfuhr in die USA für Indien ungeahnte Möglichkeiten öffnen würde, wertvolle Devisen zu verdienen. Indien hat einen chronischen Divisenmangel und kann nicht die notwendigen Maschinen für die Modernisierung importieren. Die USA hat schon mehr als einen Boykott über den Zuckerimport von der Zuckerinsel Kuba verhängt. Die USA braucht Zucker und hat Weizen in Überfluß. Also könnte Indien den ungedeckten Weizenbedarf durch begünstigte Einfuhr aus den USA abdecken. Begünstigt insofern, daß Indien die Einfuhr mit nichtumtauschbaren indischen Rupien zahlen dürfte. Diese Vereinbarung ist als „PL 480" in die Geschichte eingegangen. Mit der Zuckerausfuhr hat Indien wenig Vergnügen. Denn die eingenommenen Devisen muß es für den Transport des importierten Weizen ausgeben, weil nach dieser Vereinbarung dieser Transport nur mit US-Frachtschiffen vonstatten gehen durfte. Die Transportkosten mußte Indien in harter Währung zahlen. Zu US-Tarifen, versteht sich. Die USA häufte indische Rupien an. Für die Verwertung dieser Rupien wurde die „Asia Foundation" gegründet. Diese reiche Stiftung investiert nun in alle möglichen Austausch- und Forschungsprogramme, die halt schlichte Politikfinanzierung, Meinungsmache und Spionageprojekte sind.

Also sind die Wissenschaftstouristen dem Gästehaus der Universität immer im voraus angekündigt. In der Regel kommen sie in der Dunkelheit an, damit sie von dem Tag was gehabt haben. Die Tische werden schon in aller Ruhe nachmittags gedeckt. Herrlich gekocht. Ein Gedeck mit mindestens 4 Gängen. Es ist auch ein Augenschmaus. Nach der Ankunft wird reichlich geduscht. Das Wasser fließt ja und der Tag war heiß. Dann stürzen sie sich mit einem riesigen Appetit auf das Lukullische. Der Reiz ist ins unermeßliche gesteigert, wenn das ganze im Kerzenschein vonstatten geht. Beim verführerischen Nachtisch ist ein Nachschlag selbstverständlich. Meine Frau und ich spekulieren darüber, um wieviel Uhr wohl heute „Akbars Rache" einsetzen wird. Der programmierte Durchfall zwischen 2 und 3 Stunden nach dem Gaumengenuß. Also in der Regel kurz vor Mitternacht. Meist begleitet von Stromausfall. Und wenn „Akbars Rache" einsetzt, bleibt kaum Zeit zum Kerzen anzünden. Die Wasserspülung tut es nicht. Die Stille der Nacht ist dahin. Geräusche von Metalketten, Fluchen aus allen Zimmern. Ein Höllenkonzert. Am nächsten Morgen, bleiche Gesichter und eine Handvoll Pillen zum Frühstück.

Alle sind im voraus gewarnt. Sie sind auch vorsichtig. Aber was können sie machen, wenn das abgekochte Wasser nicht lange genug gekocht hat? Wenn der Pudding mittags schon fertig ist? Die Eiscreme so verführerisch ist! Und der Tisch stundenlang gedeckt bleibt! Vielleicht ist es auch nicht „Akbars Rache". Vielleicht ist es die ausgleichende Gerechtigkeit! Wer will es so genau wissen?

Mit den Kurzbesuchern ist es schwierig, irgendein Problem zu diskutieren. Sie sind meist wie der Wirbelwind. Es gibt auch Besucher, die in regelmäßigen Abständen das Gästehaus beehren. Nur der Manager weiß das. Und auch solche Unglücksraben wie wir, die einen ungewollten längeren Aufenthalt im Gästehaus durchleben müssen. Ein Politikwissenschaftler taucht etwa nach drei Wochen wieder auf. Er reist intensiv durch Rajasthan. Was er genau macht, wissen wir nicht. Wir wissen nur, daß er sich seit einigen Monaten in Indien aufhält und viel herumreisen muß. Forschungsreisen, wie er gemeint hat. Er ist also wieder da zu einer Zeit, als meine Frau einen mittelprächtigen Kulturschock verpaßt bekommen hat. Noch bevor Unnithan zum Weltsoziologenkongreß fuhr, macht das ganze Soziologie-Department mit allen Studierenden einen Ausflug. Ausflug heißt auch viel laufen. Meine Frau hat Sandalen an. Die Straßen sind voller Sand, wie es in der Wüste so üblich ist. Es scheuert an der Fußsohle. Sie bekommt eine Blase, und die ist nicht zu klein. Am nächsten Vormittag entschließt sie sich, in der Ambulanz der neuen Universitätsklinik die Blase aufmachen zu lassen. Der diensthabende Arzt sieht die Blase an und beruhigt meine Frau. Eine Kleinigkeit.

Er nimmt ein Skalpell, hält es unter fließendes Leitungswasser und will die Blase aufschneiden. Meine Frau protestiert. Es hilft nicht. Die Blase ist schon auf. Die Schmerzen sind weg. Noch vor der Dunkelheit schmerzt ihr Fuß wieder und sie bekommt Fieber. Steigend. Der Manager informiert uns, daß es in der Stadt einen deutschen Arzt gibt. Ein Dr. R. E. Heilig, ein Frühimmigrant aus der Zeit des Dritten Reiches. Er ist als ein Herzspezialist und eine bekannte Persönlichkeit in der Stadt. Er ist gerade von dem „Governor of Rajasthan/Chancellor of the University" wegen seiner umfassenden Kenntnisse in Medizin zum Professor Emeritus ernannt worden. Der Manager des Gästehauses ruft ihn an. Dr. Heilig will aber vorher wissen, ob wir auch in der Lage sind, sein nicht so knappes Honorar zu zahlen. Wir sind schockiert. Wieder kein Kulturschock. Denn Dr. Heilig gehört trotz seiner jüdischer Konfession der blond-blauäugig-weiß-christlichen Kultur an, wie ich auch. Es ist halt empörter Schock.

Wir bitten den Manager, einen indischen Arzt zu rufen. Er ruft einen Dr. Baldwa an, der auch prompt kommt. Er lehrt auch in der medizinischen Hochschule. Er nimmt sich Zeit. Ich erzähle ihm die ganze Geschichte, während er die üblichen Routinemessungen macht. Das Fieber ist bereits so hoch, daß er zögert, ein fiebersenkendes Mittel zu verabreichen. Zunächst nur kalte Umschläge. Er ist für Warten. Er wartet auch. Der US-Poltikwissenschaftler hat von dem Vorfall gehört. Er klopft an die Tür, kommt herein und ist ebenfalls besorgt. Auch er wartet mit uns. Nach etwa zwei Stunden verabreicht Dr. Baldwa das erste Medikament, als die Temperatur nicht mehr steigt. Er verschreibt auch Medikamente. Der Manager schickt einen Bediensteten zur Apotheke. Dr. Baldwa will am nächsten Morgen wiederkommen.

Der Politikwissenschaftler bleibt noch anteilnehmend. Da ich weiterhin kalte Umschläge mache, finde ich es nicht unangenehm, daß jemand fast ununterbrochen über seine Erfahrungen in Indien erzählt. Vieles kann ich nachvollziehen, einige Einschätzungen teile ich auch. Ich bin ein guter Zuhörer. Auch wenn manchmal meine Aufmerksamkeit geteilt ist. Innerlich bin ich wütend über den Arzt von der Ambulanz und auch über Dr. Heilig. Das besorgte Gesicht von Dr. Baldwa hat mir Angst gemacht. Meine Frau ist immer noch apathisch. Plötzlich schrecke ich auf. Der Politikwissenschaftler bietet mir doch wirklich einen Forschungsjob an. Geld soll überhaupt kein Problem sein. Es gäbe zu wenige fähige Forscher in Rajasthan. Und Rajasthan ist ein so gut wie unerforschtes Gebiet. Was denkt die ländliche Bevölkerung? Welche Hoffnungen, welche Befürchtungen haben sie? An welchen Kommunikationsmitteln partizipieren sie? Wer sind die Meinungsmacher? Wie ist ihre Zukunftsplanung? Wie sieht es mit ihrer Vertrauensstruktur aus?

Ich bin erstaunt, was er alles über uns weiß: wer ich bin, daß ich mit der empirischen Sozialforschung vertraut bin, und daß meine Forschungsanträge in Deutschland noch nicht bewilligt sind. Und er ist direkt. Was ist, wenn ich über dieses unverhohlene Angebot zur Spionage reden würde? Rajasthan grenzt an Pakistan. Indien und Pakistan haben schon an dieser Grenze Krieg geführt. Und Geld soll dabei keine Rolle spielen? Ich hatte genug. Ich verabschiede ihn mit der beiläufigen Bemerkung, daß ich über das Gespräch nachdenken werde. In den nächsten Tagen begrüßen wir uns höflich. Ich sage ihm nichts. Auch er fragt nicht. Es gibt auch nichts zu fragen. Er kennt schon die Antwort. Übrigens sollte das Geld von der „Asia Foundation" kommen. Er ist ein angesehener Anwerbeagent dieser Stiftung. Deshalb reist er so viel. In viele Gebiete kommen auch die „Amerikaner" nicht rein. Also sind indische Forscher gefragt.

Eigentlich sind wir das Leben im Gästehaus ganz schön leid. Auch uns schont die „Rache Akbars" nicht. Und alles bleibt in der Schwebe. Ich schreibe fleißig nach Köln, aber die Kollegen sind beschäftigt mit dem Weltkongreß. Die an sich freundliche Aufnahme im Campus erhält den ersten Riß, als wir erfahren, daß die erste freiwerdende Wohnung bereits vergeben ist, und zwar an einen, der sich erst seit drei Tagen in Jaipur aufhält. Ich erinnere schriftlich den Vice Chancellor am 11. September und bitte ihn, sich an seine Wohnungszusage zu halten und die Verwaltung entsprechend anzuweisen. Dr. R. J. Chelliah, Mathurs Nachfolger im Department of Economics, will einem Ruf nach Hydrabad im Süden Indiens, folgen. Er will seinen Anspruch auf das Haus, das er bewohnt, aufrechterhalten und will erklärterweise, daß wir während seiner Abwesenheit das Haus samt Mobiliar bewohnen. Nach einigem Hin und Her erhalten wir dann am 20. September die beruhigende schriftliche Bestätigung, daß wir den Bungalow Nr. C - 2, zur Zeit bewohnt von Dr. Chelliah, bekommen werden, sobald er frei wird.

*****

Wie schon erwähnt, habe ich Veranstaltungen von 15 Stunden in der Woche. Es gibt keinen Seminarraum. Die Studierenden haben Anwesenheitspflicht in jeder angebotenen Veranstaltung. Bindestrich-Soziologien. Jede Veranstaltung beginnt mit der namentlichen Überprüfung der Anwesenheit, die auch in einem Heft registriert wird. Nach der Feststellung der Anwesenheit erwarten die Studierenden, daß Vorlesung gehalten wird. So geschieht es auch meist vorgelesen!

Es ist wie in der Schule, mit dem Unterschied, daß hier nichts abgefragt wird. Eine Einbahn-Kommunikation. Dabei ist der Teilnehmerkreis zahlenmäßig überschaubar. Eine Vorlesung dauert jeweils 45 Minuten. Die letzten 5–10 Minuten sind für Fragen. Die Studierenden, die fragen wollen, kommen nach vorn, stellen individuell die Fragen und erhalten auch individuell ihre Antworten mit entsprechend leiser Stimme. Dann gibt es eine kurze Pause. So läuft es jeden Tag von 10 bis 13 und 14 bis 17 Uhr. Diskussionen über den Stoff sind nicht vorgesehen. Deshalb bleibt es nicht aus, daß die Bezeichnung Vorlesung auch wörtlich genommen werden kann, begünstigt dadurch, daß das Department mit Büchern dünn bestückt ist. Wie stellen die Lehrenden fest, ob das Vorgetragene auch verstanden wird? Es gibt Klausuren. Natürlich bleibt nicht aus, daß für die Klausuren auch auswendig gelernt wird.

Der Bestand der Bücher zeigt, daß Soziologie in Jaipur nur amerikanische Soziologie bedeutet, mit einem größeren „time lag", also mit einer größeren zeitlichen Verzögerung als in Deutschland. Die ausländischen Bücher sind teuer, wesentlich teuerer als der Wechselkurs an sich bedingt. Die Mittel sind knapp. Empirische Untersuchungen sind gerade „in". Abweichendes Verhalten ist 1966 groß in Mode. Die Konzepte, die Begriffe, die Fragen werden aus den amerikanischen Arbeiten übernommen. Natürlich kommen auch Ergebnisse heraus. Ergebnisse kommen immer heraus. Aber wie relevant sind solche Ergebnisse, die über kopierte Erhebungsinstrumente der US-Untersuchungen erzielt werden?

Dann das Problem der Auswertung. In Jaipur wird Statistik für den Magisterstudiengang aus Textbüchern der 40er Jahre gelehrt. Und, wo sollen die Lehrenden dieser Universität für die Lehre lernen, wenn sie selbst keine Möglichkeit für eigene Forschungen oder reichlichen Zugang zu Forschungsberichten anderer Länder haben? Ich sehe immer wieder das Gefälle. Zweifelsohne wird die neuere Soziologie anglosächsisch dominiert. Die an Empirie orientierte deutsche Soziologie zeigt schon einen „time lag" von 10 bis 15 Jahren auf. Sicherlich bedingt auch durch die Sprachbarriere. Die Sprache ist in Indien kein Problem. Aber die Resourcen fehlen. „Man power" ebenso wie das konvertierbare Geld.

Ich bin gezwungen, immer genauer in die Verhältnisse dieser Universität und dieser Stadt hinein zu schauen, und mich ständig zu bemühen, das Beobachtete zu begreifen. Natürlich laufen die Prozesse der Wahrnehmung, der Beobachtung und Bewertung durch die Brille meiner Ausbildung.

Und diese Brille läßt nur einen Blickwinkel zu: den der modernen Soziologie. Wo ist jener Korridor zur Modernität für das traditionelle Indien? Welche gesellschaftlichen Einrichtungen sind tatsächlich auf der Suche nach dem Korridor? Wer sind die Hauptakteure und Träger, wer könnten Hauptakteure und Träger für den Modernisierungsprozeß denn sein? Welche Einrichtungen stehen der Modernisierung im Weg? Welche kulturellen Werte? Religion? Kastenwesen? Fehlende Mobilität, materiell wie psychisch? Bürokratie? Vetternwirtschaft? Korruption? Die Geographie? Eine Kombination von mehreren Faktoren? Welche Kombination?

Jeder Tag bringt neue Beobachtungen, neue Überlegungen, neue Perspektiven, neue Pläne. Forschungspläne am laufenden Band. Ich gehe immer noch davon aus, daß die Mittel für die beantragte Untersuchung bewilligt werden, daß wir viel werden herumreisen müssen und neben dem Material zum Rückanpassungsprozeß auch Materialien zur Beantwortung vieler, vieler anderer Fragen werden sammeln können. Ohne nennenswerte zusätzliche Kosten. Nur zusätzliches arbeiten und Selbstausbeutung wie bisher! Und wir, meine Frau und ich, sind ein Team, das erheblich mehr leisten kann als die bloße Addition zweier Kräfte. In dieser Phase des fiebrigen Suchens-und-Findens von zusätzlichen Forschungsvorhaben verdrängen wir die Widrigkeiten des Lebens in dem Gästehaus und sehen nur den Vorzug, in- und ausländische Gelehrte aus der nächsten Nähe zu beobachten und mit ihnen ausführlich vielfältige Probleme diskutieren zu können.

Eigentlich sind es eher Gespräche, keine Diskussionen. Es sind unsere bohrenden Fragen und so etwas wie heraussprudelnde Eindrücke der Gäste, die keine durchgeschleuste Wissenschaftstouristen der „Asia Foundation" sind. Wir gewinnen auch durch Fachdiskussionen mit den indischen Kollegen, durch die teilnehmenden Beobachtungen über den Unterschied von programmatischen Zielen und der tatsächlichen Praxis immer neue Eindrücke und Einblicke. Auf der Ebene der Beschreibung gibt es in diesem permanenten Gedankenaustausch keine Unterschiede. Auf der Ebene der Analyse bzw. der Erklärungsversuche beginnen die Unstimmigkeiten. Die indischen Gelehrten bieten Erklärungsversuche an, die sehr konkret, aber nicht ohne weiteres nach- und überprüfbar sind. Ich kann nicht leugnen, daß auch ich manche konkreten Hinweise der indischen Gelehrten als Ausweichmanöver ansehe, um Dinge nicht beim Namen nennen zu müssen, und diese eher als Rechtfertigung der bestehenden Erscheinungsformen in den Universitäten zu bewerten. Uns überrascht es nicht, daß wir auf allen Ebenen, also auf den Ebenen der Beschreibung, Analyse und Veränderungsstrategien, mit den anglosächsischen Gelehrten übereinstimmen. Wirklich überrascht sind wir aber, daß trotz der völligen Übereinstimmung in der Einschätzung der gegenwärtigen Situation vorort daraus gegensätzliche Handlungs- bzw. Verhaltensstrategien auf der persönlichen Ebene abgeleitet werden.

Beispiel: der Problembereich „Studentenunruhen". In der Begegnung mit den einzelnen Studierenden ist überhaupt kein Gewaltpotential feststellbar. In der Masse jedoch sind jedem Einzelnen dieser Studierenden alle Arten von Gewalt zuzutrauen. Aus unwesentlichen Anlässen entsteht kollektiver Unmut, der im Laufe weniger Stunden in Demonstrationen, Besetzungen der Universitätseinrichtungen und zum Durchprügeln der Universitätsautoritäten eskalieren kann. Es finden aber keine Diskussionen zwischen den Lehrenden und Studierenden statt. Übrigens auch nicht über Lehrinhalte oder über die Organisation der Lehrveranstaltungen. Die Folge ist zunächst ein Abwarten und Beobachten, wie weit der Unmut eskaliert. Bleibt es auf der Ebene von Demonstrationen und Parolen, gibt es keine Aktivitäten bei den Universitätsautoritäten. Werden Anzeichen von Besetzung und Prügelei registriert, werden die Universitätsoberen aktiv. Zunächst beraten sie miteinander. Soll die Polizei gerufen werden? Die Polizei darf den Campus nicht ohne eine Genehmigung betreten. Wenn die Polizei gerufen wird, versuchen die Universitätsoberen sich selbst schnellstmöglich zu verbarrikadieren. Die Polizei löst dann die Demonstration auf, wie auch immer. In der Regel gewaltsam.

Bis es zum nächsten Mal kommt. Lehrveranstaltungen fallen immer häufiger aus. Die Lehrenden diskutieren nicht einmal untereinander, was die Ursachen der Studentenunruhen sein könnten, sie tauschen nur Informationen aus, was alles geschehen ist und wer was abgekriegt hat. Und dieser Meinungsaustausch findet mit großem Lustgewinn statt. Die Ursache ist eh bekannt. Die politischen Parteien seien schuld. Sie bringen die Unruhe in den Campus hinein. Es sei eh ein nationales Phänomen. Außerdem solle sich die Jugend auch mal abreagieren können.

Den indischen Gelehrten im Gästehaus widerspreche ich. Ich berichte über mein erstes Erlebnis in Jaipur. Ich bin im Verwaltungsgebäude, als die erste Unruhe losgeht. Bevor ich die plötzliche Hektik der Verwaltungsbediensteten deuten kann, sind die wütenden Studierenden schon im Sitzungsraum. Die anderen Räume waren von innen verbarrikadiert. Fast gleichzeitig kommen die Polizisten mit Stöcken. Ich stehe erstarrt und befürchte das Schlimmste. Als die Prügelei dann mit Polizeigewalt beendet wird, kommen die anderen heraus. Auch ich bin erstaunt, daß ich von keiner Seite etwas abgekriegt habe. Beide Seite haben mich verschont. Wieso? Welch überflüssige Frage! Ich hätte nur Glück gehabt und sollte das Schicksal nicht herausfordern. Das ist auch das Ende der Erörterung.

Beispiel: Problembereich Kommunikation. Es finden keine Gespräche zwischen Lehrenden und Studierenden statt, von einer Diskussion über den Inhalt oder über die Art und Weise der Vorlesung ganz zu schweigen. Es gibt auch keinen Raum für eine Zweiwege-Kommunikation. Feiern oder Ausflüge wären die einzigen Möglichkeiten. Von keiner Seite kommt ein Anlauf. Also bleibt alles, wie es ist. Meist sind sie unter sich. Und unter sich sind sie durchaus kommunikativ.

Beispiel: der Problembereich Niveau der Ausbildung. Der Mangel an materiellen und personellen Ressourcen beeinträchtigt insbesondere die natur- und ingenieurwissenschaftlichen Fächer. Hierüber und über den internationalen Vergleich gibt es Übereinstimmung. Aber über daraus folgende Fragen gibt es weder eine Übereinstimmung, noch eine Diskussion. Wird beispielsweise ein optimaler Gebrauch von den konkret vorhandenen Ressourcen gemacht? Ließe sich beispielsweise das unübersehbare Gefälle zwischen dem Wissen der Lehrenden und der Hochschulabsolventen durch eine andere Organisation überwinden? Hängt dieses Gefälle tatsächlich nur mit den Ressourcen zusammen?

Überraschend sind auch die unterschiedlich in Betracht gezogenen individuellen Handlungsalternativen. Keiner der ausländischen Gelehrten im Gästehaus hat vor, mit seinem indischen „Counterpart" über konkrete Handlungsalternativen zu diskutieren. Das, was sie in Indien lernten, sei eine persönliche Angelegenheit. Diese Wahrnehmungen und Einschätzungen hätten mit ihrem konkreten Auftrag nichts zu tun. Der indische „Counterpart" würde auch ein Gespräch über solche konkreten Verhältnisse innerhalb der Universität als persönlichen Affront ansehen. Woher man das so genau wisse? Na, das kann man sich an fünf Fingern abzählen! Damit ist die Diskussion auch am Ende. Es ist deshalb so überraschend, weil diese Besucher als „Experten", als „Modernisierungsexperten", nach Indien geschickt worden sind.

Werden sie ihre Wahrnehmungen, die wir im Gästehaus der Universität Rajasthan in der abendlichen Kühle fernab von der Hektik des Berufes mit so viel Engagement bereden, in den offiziellen Bericht aufnehmen? Nachdenkliche Pause. Sind denn solche persönlichen Wahrnehmungen wissenschaftlich gesichert? Die Gegenfrage ist auch eine Antwort. Aber eine Anwort dieser Qualität unterbindet auch jede weitere Diskussion. Einige sind ehrlicher. Als Anekdoten möglicherweise. Im offiziellen Bericht würden sie nur zu Unstimmigkeiten auf beiden Seiten führen. Wem wird damit wirklich geholfen? Ein Naturwissenschaftler hat uns wiederholt über die Kluft zwischen der naturwissenschaftlichen Kompetenz seiner indischen Kollegen im Department und deren traditionellen Ansichten berichtet. Wir sind einig, daß es ohne die Überwindung dieser Kluft eine moderne Entwicklung nicht geben wird. Diesen Tatbestand mit den indischen Kollegen diskutieren? Er will nicht sofort antworten. Er nimmt sich eine Auszeit. Er ist schon seit einigen Wochen in Jaipur. Er wird auch einige andere Departments in anderen Teilen des Landes besuchen. Seine Frau und sein Sohn begleiten ihn.

Am nächsten Tag kommt er selbst auf das Thema zurück. Wir sind nicht über seine Antwort überrascht. Überrascht sind wir über seine Offenheit und Ehrlichkeit. Es sei eine sehr schöne Zeit, die die ganze Familie in Jaipur erlebt. Er möchte seine persönliche Frustration nicht außer Kontrolle geraten lassen, möchte nicht, daß seine Mission hier oder in den anderen

Universitätsorten in Indien gefährdet wird. Deshalb wird er mit seinen indischen Kollegen nicht diskutieren. Und später, in seinem offiziellen Bericht? Auch nicht. Er wird diese „Reisequelle" nicht gern durch seine eigenen Handlungen versiegen lassen. Ohne offizielle Einladungen können Forschungsreisen wie diese nicht stattfinden. Dies hat mit Skrupel, mit Moral oder mit Courage nichts zu tun. Nur mit nüchterner Kalkulation. Auch seine Kinder sehen es gern, wie die Bananen wachsen, oder Mangos oder Pfeffer. Privat könnte er ihnen eine Reise wie diese nicht bieten.

*****

Wie vereinbart, hatte ich den Redaktionen beider Magazinsendungen des WDR die Telefonnummer des Gästehauses durchgegeben. Vom WDR sind auch Anrufe gekommen. Die Verständigung war immer schlecht. Die Idee des Telefoninterviews mußten wir fallen lassen. Wir vereinbaren die einzig mögliche Organisation der Zusammenarbeit. Bei etwas längerfristig voraussehbaren Themen werden sie eine Funkleitung beim ARD-Studio in Neu-Delhi bestellen. Ich müßte dann von Jaipur nach Delhi reisen. Über Nacht per Bahn, das dauert ca. 8 Stunden.

Die Kommunikation mit dem Institut in Köln ist recht einseitig. Seit Mitte Juni sind wir weg aus Köln. Unmittelbar nach unserer Ankunft in Jaipur schreibe ich an die Kollegen im Institut und natürlich auch an König. Dann kam die Geschichte mit Unnithans Flugticket nach Evian. In meinem ersten ausführlichen Schreiben an König habe ich schon erwähnt: „Unnithan ist interessiert, mit uns zusammen eine Untersuchung über die Orientierung der indischen Bürokratie durchzuführen. Das erstaunlichste an der indischen Bürokratie ist, daß jeder einzelne das für seine Stellung richtige Verhalten herausgefunden hat und das Verhalten der anderen sehr genau antizipieren kann. Auf diese Weise kann jeder, ohne mit dem Gesetz in Konflikt zu kommen, wunderschön ineffektiv bleiben. Es ist nicht so, daß die Bürokraten hier nicht tüchtig wären. Nur daß sich ihre Tüchtigkeit in Verzögerung und Blockierung ausdrückt, die sich nur durch eine fast institutionalisierte Bestechung beheben läßt. Das hängt einmal damit zusammen, daß die Aspirationen der Beamten schneller gestiegen sind als die Gehälter anderer Gruppen. Ich war wirklich sehr erstaunt herauszufinden, daß hier jeder genau weiß, welche Leistung mit weichem Extra entlohnt werden muß. Über die Höhe wird nicht gehandelt, sie steht fest. Sie können uns sicherlich eine ganze Reihe Anregungen geben, wie wir die Untersuchung am besten anlegen können."

Was hier unausgesprochen im Mittelpunkt steht, ist die Rolle der Bürokratie in dem Modernisierungsprozeß. Die Soziologen in Indien sind gerade mit Diskussionen über den die Soziologie bestimmenden Begriff der 40er und 50er Jahre „Westernisierung" beschäftigt. Gesellschaftliche Veränderungen würden nur durch das Spannungsfeld zwischen „Westernisierung" vs. „Sanskritisierung" verständlich, praktisch die Vorläufer der Diskussion über das Spannungsfeld zwischen „Modernität" vs. „Traditionalität". Allerdings mit einem entscheidenden Unterschied. Die Richtung der früheren Diskussion war offen. Bei der späteren Diskussion ist Traditionalität als eine eindeutig frühere Phase der Entwicklung definiert, die dann zur Modernität übergeht. Zur gleichen Zeit wird auch die „Phasentheorie" der weltwirtschaftlichen Entwicklung in den USA von Walter Rostow kreiert. Sicherlich nicht zufällig, wie ich heute weiß.

Aber damals befasse ich mich intensiv mit der Frage, wie der soziologische Begriff der Modernität, wie er von Daniel Lerner und Talcott Parsons diskutiert wird, vor dem indischen Hintergrund operationalisiert, d.h. für eine sinnvolle Erhebung handhabbar gemacht werden kann. Folgerichtig beginne ich unterschiedliche Verhaltensweisen in gleichartigen Situationen zu identifizieren und diese im Spannungsfeld modern vs. traditionell zu bewerten. Dann versuche ich viele Verhaltenssituationen zu identifizieren, in denen unterschiedliche Verhaltensweisen in der definierten Bandbreite möglich sind.

Das erste Schreiben des Kölner Instituts trägt das Datum von 30. August 1966. Nachfolger Stendenbachs Dieter Fröhlich, früher in Afghanistan bei der Außenstelle der Universitäten Bochum und Köln an der Universität Kabul, schreibt: *„Am 28. Juli ging hier ein Schreiben* (der Deutschen Forschungsgemeinschaft) *ein, in dem uns mitgeteilt wurde, daß die Angelegenheit nun dem Hauptausschuß zur Entscheidung vorliegt, allerdings müsse über diesen Antrag mündlich verhandelt werden, und diese Sitzung findet erst am 7. Oktober statt. Das heißt also, daß noch alles in der Schwebe ist und Sie sich – wohl oder übel – noch gedulden müssen. Das Ministerium für wirtschaftliche Zusammenarbeit hat noch nichts von sich hören lassen. Wir werden in den nächsten Tagen dort anrufen, um zu erfahren, wie weit Ihr Antrag gediehen ist."*

Als Unnithan schließlich zum Soziologenkongreß gereist ist, kehrt für uns in Jaipur etwas Ruhe ein. Wir lernen den Campus, die Kollegen und die Stadt näher kennen. Unsere Gedanken kreisen um längerfristige Perspektiven. Am 21. September 1966 erst beantworte ich das Schreiben Fröhlichs: „Was meinen Antrag an die Forschungsgemeinschaft angeht, so finde ich es wirklich enttäuschend, daß sie jedesmal telefonisch etwas versprechen, was sie nicht halten. ... An das Ministerium für wirtschaftliche Zusammenarbeit habe ich vor einigen Tagen geschrieben. Noch besser wäre es, wenn Sie die Zeit fänden, Herrn Dr. Greif ab und zu anzurufen, damit das Interesse vom Institut aus gezeigt wird."

Und zu unserem neuen Umfeld schreibe ich: „Anlaß zur Kritik an den Verhältnissen hier gibt es natürlich in Fülle. Und ich weiß nicht, wenn ich für immer hierher gekommen wäre, ob ich nicht sehr frustriert wäre. Was mich wirklich erstaunt ist, daß die sogenannten gebildeten Menschen in ihrem Verhalten so irrational und traditionell sind. Man könnte fast von einer dualen Persönlichkeitsstruktur sprechen. Es ist nicht so sehr das fehlende Wissen, was im modernen Sektor alles verlangsamt, sondern die Attitüde der Personen, die ihr gesamtes Wissen nur darauf verwenden, sich vor jeglicher Verantwortung zu drücken. Wie sie das schaffen, muß man wirklich bewundern. Es gehört schon

Intelligenz dazu, nichts zu tun in einer Weise, die kein Vorgesetzter kritisieren kann. Wenn alles programmgemäß verläuft, werde ich eine Untersuchung über die hohen Funktionäre des modernen Sektors durchführen, mit dem Ziel herauszufinden, inwieweit diese Gruppe das angeeignete Wissen tatsächlich anwendet, inwieweit diese Gruppe eine wissenschaftliche Attitüde entwickelt hat bzw. wie groß die Diskrepanz zwischen Wissen und dessen Anwendung ist. Meine Hypothese ist, daß das schwerste Hindernis, das der Modernisierung entgegensteht, nicht im traditionellen Sektor liegt. Wenn der sogenannte moderne Sektor nicht modernisiert wird, wird die Entwicklung eher verlangsamt als beschleunigt."

Nach dem Soziologenkongreß, also etwa ab dem 15. September 1966, beginnen auch andere Kollegen zu schreiben, eher privat, weil es offiziell nichts Neues zu berichten gibt. König hat mir noch keine Zeile geschrieben. Vielleicht ist er sauer auf mich, daß ich ihn wegen Unnithan so bedrängt hatte. Unnithan bringt die Kunde mit, daß König im Oktober in Kabul nach den Rechten sehen muß und bei der Gelegenheit einen Abstecher in Jaipur machen wird.

Hansjürgen Daheim, mit der Habilitation vor mir an der Reihe, leitet die soziologische Abteilung des Mittelstandsinstituts. Es ist nicht in einem der Universitätsgebäude untergebracht, sondern in der Stadt in einer Etagenwohnung. Daheim ist der einzige Mitarbeiter von König, der seine Briefe an uns nicht im Institut diktiert, sondern wirklich privat schreibt. Einen unmittelbaren Arbeitszusammenhang mit ihm habe ich nicht. Und doch wird er nicht nur der fleißigste Briefeschreiber an uns werden. Seine Briefe sind anders. Am 18. September hat er geschrieben: *„Liebe Frau Aich, lieber Herr Aich, herzlichen Dank für Ihren ausführlichen Brief, nach dem wir uns fast ein Bild davon machen können, wie Sie in Jaipur leben. Wir hoffen vor allem, daß es Ihnen inzwischen gelungen ist, eine Wohnung zu finden, die nicht derart teuer ist. Sie schreiben, daß der ausgebildete Inder das größte Hindernis für die Modernisierung des Landes darstellt. Das sollte Sie aber doch nicht wundem: Mit dem typischen deutschen Akademiker ist es ja wohl kaum besser bestellt. Schlimm ist nur, daß man sich hier wie dort wenigstens bis zu einem gewissen Grade an diese Leute anpassen muß, weil die Außenseiterrolle auf längere Sicht nur schwer erträglich ist.*

Mich würde interessieren, was denn die Studenten mit ihren Statusansprüchen machen, die durchgefallen sind oder zwar ein Examen, aber keine Stelle haben.

Ich schreibe heute erst, weil uns Ihr Brief mitten in den Vorbereitungen für den Weltkongreß erreichte. Genau heute vor zwei Wochen habe ich Frau und Kinder zu den Schwiegereltern gebracht und bin mit Herrn Stöbe nach Evian gefahren. Der Kongreß wird am besten durch einen angeblichen Ausspruch einer hochgestellten Persönlichkeit der ISA charakterisiert. Er wäre eine Katastrophe geworden, wenn das Wetter nicht so gut gewesen wäre. Meine bleibenden Eindrücke werden wohl sein: Die Fahrten zum Montblanc und zu den Diablerets, die morgendlichen und abendlichen Aperitifs, eine zunächst uner-

freuliche Diskussion mit Leuten aus der DDR und aus der Kongreßarbeit eine nette Geschichte: Ein Russe benutzte das Badehandtuch mit eingewickelter Badehose seines (englischen) Vorredners, um die Tafel abzuputzen. Beim zweiten Mal resignierte der Engländer und meinte, er hätte zwar seinen Beitrag zum Kongreß schon geleistet, wolle aber noch einen Beitrag zur internationalen Kooperation leisten. Das Niveau der papers in den beiden Arbeitsgruppen, die ich besucht habe, war m. E. sehr niedrig. Bemerkenswert war, daß russisch praktisch dritte Kongreßsprache war und daß im Unterschied zu dem Kongreß in Stresa 1959 die Leute aus der Sowjetunion und der DDR sich um sachliche Beiträge ohne Propaganda bemühten.

Mit der Habilitation geht es nun auch voran: Wie mir König gestern mitteilte ist der Umlauf der Arbeit praktisch beendet und die Probevorlesung auf die erste Fakultätssitzung, Mitte November gelegt, die Bestimmung des Themas soll im Umlaufverfahren erfolgen. So stehen die Chancen, daß wir in den ersten Januartagen nach Berkeley gehen werden, eigentlich gut. ...

Im übrigen fand ich, als ich von Evian wiederkam, einen Brief des Hauptgeschäftsführers des Zentralverbandes des deutschen Handwerks vor. Ein Journalist hatte aus Sacks Arbeit für das Hamburger Abendblatt einen Knüller fabriziert und der zweitoberste alter deutschen Handwerker verlangte etwas beleidigt und erregt Auskunft. Ich hoffe, das sich kein größerer Briefwechsel daraus ergibt.

Für heute alles Gute und herzliche Grüße. Ihre Elisabeth + Hansjürgen Daheim"

Zufällig schreibt auch Fritz Sack zwei Tage später zum Kulturschock: „Ist Dir eigentlich gar nicht der lustige Widerspruch in der Schilderung über Eure ersten Eindrücke und Erlebnisse aufgefallen? Du schreibst zwar von dem ausgebliebenen berühmten Kulturschock, schreibst dann aber unmittelbar hinterher von der Magen und Darmverstimmung. Angesichts Deiner netten Ausführungen im Kölner Zeitschriftenartikel über Frustration, Aggression, Verschiebung, Sublimierung usw. sollte man eigentlich annehmen, daß Dir selbst die Beziehung zwischen dem Ausbleiben des Kulturschocks und dem Eintreten des Magen- und Darmschocks klar ist. Diese Geschichte hättest Du mal Frau Prof. Meistermann erzählen sollen. Du wärest bei Ihrer Reaktion sicher rot geworden."

Und über den Weltsoziologentag: „Wir sind seit wenigen Tagen aus Evian, dem großen Völkertreffen der Soziologen zurück. (Wie Du wahrscheinlich auch dort erfahren hast, ist die Sache mit Prof. Unnithan noch in Ordnung gegangen. Nach so viel Eilsendungen und Telegrammen hin und her konnte am Ende der Lohn auch nicht versagt werden.) Es gab dort ein großes Wiedersehen mit allen möglichen Leuten. Unter anderem waren Gugler, Rüschemeyer, Stendenbach, viele Bekannte für mich aus Amerika dort. Interessant war das mächtige Vordringen der osteuropäischen bzw. sozialistischen Soziologie auf dem Kongreß. Jedes Land von hinter dem Eisernen Vorhang rückte mit einer großen wohlausgerüsteten Kompanie an, und sie machten Trubel, wo sie nur konnten. Wissenschaftlich kann man von so einer Mammutveranstaltung kaum mehr ernsthaft profitieren, weil man die ganze Zeit mit sich ringen muß, wo man hingeht und

Vor der Abreise von Unnithan zum Weltkongreß hatte ich überhaupt keine Gelegenheit mich mit den Kollegen im Department zu unterhalten, außer mit Yogendra Singh, der das Papier für Unnithan entworfen und mit mir durchdiskutiert hatte. Auch ohne ein persönliches Gespräch hatten die übrigen drei meiner Bitte entsprochen, zu Beginn meiner Lehrtätigkeit ihre Veranstaltungen besuchen zu dürfen. Das war großzügig. Nun habe ich Zeit, das nachzuholen, was schon längst fällig gewesen ist. Trotz meiner Entschuldigung sind sie reserviert. Sie sagen mir offen, daß das Department mehrheitlich gegen die Einladung an mich war. Ich werde nun für ein ganzes Jahr eine höhere Stelle für einen von ihnen blockieren, nur weil Unnithan jemanden brauchte, der für ihn zu schreiben bereit ist. Der ehemalige Vice Chancellor Metha, hat wie immer dem Wunsch Unnithans, auch gegen alle Widerstände, entsprochen. Ohne Metha wäre Unnithan nicht der Head of the Department. Bei seiner eigenen Berufung hat Metha die Unnithans mit nach Jaipur gebracht. Beide sind nun in der Universität beschäftigt.

Auch in Indien gelte der in den USA für akademische Karriere kreierte Grundsatz „veröffentliche oder verrecke". Das Problem für Unnithan sei, daß er nicht schreiben kann. Deshalb organisiere er sich „Schreiber". Einer seiner Schreiber, Indra Dev, sei gerade in der Jodhpur University der Head of the Department geworden. Der andere, Yogendra Singh, gehe im Dezember für mehrere Monate an die McGill University. Nun werde ich wohl für ihn schreiben. Andere Kollegen würden für Unnithan nicht schreiben.

Ich bin geknickt, die Kollegen merken es, aber ich diskutiere nicht. Bei der nächst besten Gelegenheit frage ich Yogendra Singh, warum er sich dafür hergibt für Unnithan zu schreiben. Nun, Unnithan könne nur organisieren, aber nicht schreiben, sagt Singh. Dagegen fiele es ihm leicht zu schreiben, insbesondere wenn alle Vorbereitungen für das eigentliche Schreiben so vorbildlich organisiert werden, wie Unnithan dies tue. Schließlich werde auch er wie Indra Dev sehr bald von Jaipur weggehen. Das Schreiben für Unnithan sei ein kleineres Übel, als deswegen einen Dauerkonflikt mit Unnithan zu riskieren. So sei es auch mit Indra Dev gewesen.

All dies erzähle ich meiner Frau. Wir beraten und entscheiden uns für eine sanfte Ablehnung, sollten wir oder ich von Unnithan direkt angesprochen werden. Wir konzentrieren uns auf die Entwicklung eines hinreichend breit angelegten Instruments für die Messung vom Grad der Modernität im modernen Sektor und auf die Erprobung des Instruments bei unterschiedlichen Gruppierungen im modernen Sektor. Unnithan hat ja als gemeinsames Projekt eine Untersuchung über die Orientierung der indischen Bürokratie vorgeschlagen. Auch dafür werden wir ein solches Instrument gebrauchen können. Im Campus und in der Stadt sind genügend Möglichkeiten, um begleitende Voruntersuchungen durchzuführen. Dabei lernen wir die Studierenden und Lehrenden immer näher kennen. Viel näher als es nur über Beobachtungen und über zufällige Begegnungen möglich gewesen wäre. Je näher wir diesen beiden Gruppen kamen, um so mehr verfestigte sich unsere Idee, auf jeden Fall eine Befragung über deren Erwartungen, Wünsche, Einstellungen, Gedanken als mittelbare Träger der Modernisierung durchzuführen, zumal sie sehr wenig Finanzmittel beanspruchen würden. So sind wir dabei, dafür Erhebungsbögen fertigzustellen. Wir hatten dafür auch etwa vier Wochen Zeit, da Unnithan seine Teilnahme an dem Weltkongreß auch für weitere Reisen nutzen wollte.

Noch bevor Unnithan abreiste, organisierte er für Yogendra Singh einen Arbeitsplatz im Gästehaus der Universität. Er sollte in Abwesenheit von Unnithan die Auswertung einer Untersuchung über „Tradition of Non-violence in East and West" voranbringen. Ein Doktorand assistierte ihm dabei. Zwei Tage vor Unnithans Rückkehr, um den 25. September 1966 herum, bittet mich Singh, den Stand der Auswertung anzusehen. Er käme nicht weiter. Gut, daß wir mit unseren Fragebögen so gut wie fertig waren. Diese eher harmlose Bitte von Yogendra Singh leitet für uns, und sicherlich auch für ihn, eine unvorhergesehene Phase ein.

Der provisorische Arbeitsplatz ist ein geräumiger Raum. Auf der Wandseite eines großen Schreibtisches sind Bücher über „Non-violence" aufgereiht. Die übrige Fläche ist beansprucht von Ordnern, Fragebögen und Konzeptpapieren. Singh und der Doktorand wissen nicht, was sie mit den vielfältigen Antworten auf offene Fragen anfangen sollen. Der Fragebogen ist wie für demoskopische Erhebungen in den USA gestaltet. Aber Einschätzungen von „Non-violence", Einstellungen dazu, Erfahrungen darüber und Bewertungen von Erfahrungen sind komplexere Problemstellungen. Offene Fragen sind halt das Naheliegendste. Sie haben keine ordentliche Schlüsselliste, um aus den einzelnen Fragebögen zu einzelnen Fragen die Bandbreite der Antworten in ordentliche und überschaubare Strichlisten zusammenzutragen. Also bin ich für Stunden beschäftigt, ihnen zu erläutern und beispielhaft vorzuführen, wie sie neue zusammenfassende Klassifikationen und Kategorien bilden könnten, skalieren könnten, wie sie über Strichlisten Tabellen erstellen könnten usw. usw.

Unnithan ist zurück. Er vermittelt uns den Eindruck, daß er in Evian mit König und Scheuch über Forschungskooperationen beraten hat. Er will schnellstmöglich über Modalitäten für die Kooperation der beiden Universitäten verhandeln. Wie könnten die aussehen? Welche Themen? Wie soll die Arbeitsteilung sein? Wer sollen die Verfasser sein usw. usw. Er will „eine institutionelle Zusammenarbeit" auf der Grundlage von schriftlich fixierten Verträgen. Er will eine Diskussionsvorlage erarbeiten.

Schon am nächsten Tag fragt Unnithan meine Frau, ob sie bereit wäre, die Aufbereitung des Materials über das Projekt „Non-violence" zu leiten, vor allem aber die Verantwortung für die Erstellung von ordentlichen Tabellen zu übernehmen. Er würde relativ schnell die hierfür notwendigen finanziellen Mitteln herbeischaffen können. Meine Frau stimmt dem zu, auch angesichts unserer Lebenshaltungskosten im Gästehaus. Auch ich sehe keinen Grund, warum meine Frau diesem Vorschlag nicht zustimmen sollte, unabhängig von dem finanziellen Nutzen. Später wird sich herausstellen, daß dies eine unkluge Entscheidung gewesen ist.

Am nächsten Tag, 29. September 1966, organisiert Unnithan eine Diskussionsrunde über eine mögliche Zusammenarbeit zwischen den beiden Instituten. Unnithan bittet noch Singh an dieser Runde teilzunehmen, aber keinen anderen Kollegen im Department. Dieser Tatbestand hätte mich stutzig machen müssen, tut er aber nicht. Eine Vorlage von Unnithan liegt auch nicht vor. Er hätte keine Zeit gehabt, seine Gedanken zu Papier zu bringen. Ich schlage vier Diskussionspunkte vor: Auf welcher Ebene findet die Zusammenarbeit statt, wie soll die Arbeitsteilung zwischen den beiden Instituten aussehen, wie soll die Arbeitsteilung zwischen den beiden Instituten auf die personelle Ebene der Forscher übertragen werden und wie sollen die Modalitäten der Veröffentlichung sein. Singh und Unnithan stimmen ihnen zu. Wer soll protokollieren? Ein Protokoll wird wohl in dieser Phase nicht nötig sein, meint Unnithan. Ich bin immer noch nicht stutzig. Es wird kein Protokoll gemacht.

Eine Umsetzung von einigen allgemein anerkannten akademischen Normen stellt sich in der Diskussionsrunde als komplizierter heraus. Gewiß gibt es kodifizierte, allseitig akzeptierte akademische Normen nicht. Selbst wenn dennoch solche Übereinstimmungen bekundet werden, halten diese in der konkreten Praxis nicht immer. Schon beim ersten eher harmlosen Punkt wird die unterschiedliche Interessenlage deutlich. Unnithan will die Zusammenarbeit nur auf die Ebene der Direktoren der beiden Institute beschränken. Ich halte dagegen, vor allem mit zwei Argumenten. Auf der Ebene von Direktoren ist eine Vermischung von institutionellen und personellen Interessen schwierig auseinanderzuhalten. Und ohne Beteiligung der Gremien der Universität würde die Nutzung der universitären Einrichtungen nicht möglich sein. Unnithan akzeptiert schließlich die Institute als unterste Ebene und die Statuten der beiden Universitäten als verbindlichen Rahmen.

Was die Arbeits- und Kostenteilung angeht, einigen wir uns auf die Formel, daß die Feldarbeit, die Aufbereitung des Materials bis zu der Übertragung aller Daten auf die „Kodeblätter", in Jaipur durchgeführt werden sollen. Die Aufbereitung für die Rechenanlage und die Tabellen sollen in Köln gemacht werden.

Schwierigkeit entsteht über die personelle Beteiligung einzelner Mitglieder der Institute bei gemeinsamen Forschungsprojekten. Unnithan will in seinem Department die Zusammenarbeit nur auf zwei Personen beschränken, auf Yogendra Singh und auf sich selbst, und im Kölner Institut nur auf König und mich. Nach einer ähnlichen Diskussion wie bei dem ersten Punkt einigen wir uns darauf, daß beide Institute bestrebt sein werden, für eine optimale personelle Zusammensetzung zu sorgen. Naturgemäß werden diejenigen die Hauptakteure sein, die das Projekt initiieren und gestalten. Welche Personen dann sinnvollerweise noch daran mitarbeiten sollen, entscheiden die beiden Partnerinstitute eigenverantwortlich.

Wie soll das Recht der Veröffentlichungen aussehen? Unnithan will sich auf die Formel nicht einlassen: Wer das Projekt konzipiert, im Projekt arbeitet und Berichte schreibt, hat auch das Veröffentlichungsrecht als Autor. Unnithan will, daß die beiden Institutsdirektoren auf jeden Fall die Autorenschaft für sich in Anspruch nehmen, weil sie die Endfassung bei der Veröffentlichung nach außen verantworten werden. Dem stimme ich nicht zu. Zwei andere Bereiche sind auch strittig. Wer soll welchen Teil schreiben bzw. den Erstentwurf machen, wenn ein Projekt gemeinsam konzipiert und entwickelt worden ist, und was passiert, wenn ein Institut seiner vereinbarten Verpflichtung nicht nachkommt oder die Arbeit nicht termingemäß abliefert? Singh hält sich bei diesem Ringen zurück. Unnithan akzeptiert schließlich folgende Regelung unter der Prämisse, daß es eine alleinige Autorenschaft eines der beiden Institute geben darf und daß die Arbeitsteilung der Autoren von beiden Institutsdirektoren gebilligt werden: alle Personen, die einen Beitrag leisten, werden auch entsprechend gebührend erwähnt; es wird unterschieden zwischen Autoren, Herausgeber, redaktionellen Hilfestellungen, Mitarbeit bei der Operationalisierung des Projekts, verantwortlicher Leitung der Feldarbeit und der Aufbereitung des Materials; bei mehr als einem Autor soll die Gestaltung der Arbeitsteilung den Autoren überlassen bleiben; keiner Seite wird erlaubt, die Veröffentlichung der Arbeit ohne beiderseitig akzeptierbare Begründung zu verzögern oder gar zu verhindern.

Unnithan will die Konsenspunkte zusammenstellen und auch für weitere Beratungen ein Exemplar des Papiers König zusenden. Er schließt diese erste Sitzung mit der Feststellung, wir hätten heute etwas sehr Wichtiges vereinbart. Nein, die Sitzung ist nicht ganz beendet. Er erkundigt sich über meine unmittelbaren Forschungspläne. Ich erzähle ihm, daß die Mittel über den Rückanpassungsprozeß noch nicht bewilligt sind, daß wir die Erhebungsinstrumente zum Thema „Aspirationen, Einstellungen und Wertvorstellungen der Studierenden und der Hochschullehrer" an der Universität Rajasthan so gut wie fertig hätten und mit den organisatorischen Arbeiten beginnen wollen. Er zeigt sich an den Erhebungen in der Universität Rajasthan interessiert und schlägt mir einen Deal vor. Wir sollten die organisatorischen Arbeiten ihm überlassen und als Gegenleistung das Projekt von Singh und ihm über die „Gewaltlosigkeit" unterstützen. Im Augenblick sei Singh hauptsächlich mit dem Doktoranden K. L. Sharma befaßt. Wenn ich mich daran beteiligen würde, könnte er, Unnithan, seine Beteiligung auf eine Stunde täglich, nachmittags, für gemeinsame Diskussionen beschränken und die so freigeschaufelte Zeit der Organisation unserer Untersuchungen widmen. Arglos stimme ich diesem Vorschlag auch deshalb zu, weil er sich auch um die Kosten für die Feldarbeit kümmern wollte.

Ich hatte bereits einen Überblick über das Projekt „Gewaltlosigkeit" gewonnen. Meine Frau und ich beginnen schon am nächsten Tag, dem 30. September, intensiv daran zu arbeiten. Am 5. Oktober informiert Unnithan meine Frau, daß für ihre Mitarbeit im Projekt 1000,- Rs. bewilligt worden seien. Sie will eine schriftliche Vereinbarung. Unnithan meint, sie sollte dieses kleine Honorar nicht so offiziell nehmen. Sie möchte nur die Zusammenstellung der Tabellen überwachen und diese optimieren helfen. Meine Frau gibt sich damit zufrieden.

Die Redaktion des WDR-Mittagsmagazin benachrichtigt mich am 12. Oktober, daß für den 14. Oktober eine Studioleitung für ein Live-Gespräch bestellt worden ist. Unmittelbar danach bemühe ich mich, mit Unnithan Kontakt aufzunehmen, weil ich die Formalitäten für einen Kurzurlaub nicht kenne. Seit jenem Gespräch vom 29. September habe ich Unnithan nicht mehr gesehen, weil er sich an den vereinbarten täglichen gemeinsamen Diskussionen von einer Stunde nicht beteiligt hat. Das Treffen mit Unnithan ist unerfreulich, weil er auf meine Frage über den organisatorischen Stand unserer beiden Untersuchungen schlicht mitteilt, daß er noch nichts unternommen hat. Kein Wort einer Erklärung, keine Entschuldigung. Der Kurzurlaub wird problemlos genehmigt. Wir nehmen den Nachtzug am 13. Oktober und fahren für zwei Tage nach Delhi.

Wir kommen frühmorgens in Neu-Delhi an. Ein früherer „Research Scholar" von Unnithan, Ravi Kapoor, der jetzt in Delhi arbeitet, holt uns vom Bahnhof ab und bringt uns zum „Hotel Marina" in Caunaught Circus, ein relativ kleines, sauberes und preiswertes Hotel, daß uns das junge deutsche Ehepaar Jansen empfohlen hat. Das Hotel ist zentral gelegen, aber doch nicht so klein, wie wir von der Schilderung der Jansens angenommen hatten. Im Hotel sind gewiß über hundert Gäste. Ich bin der einzige Inder, der einzige nichteuropäische Gast im Hotel. Das bemerkenswerte im Hotel ist, daß überhaupt keine Unterhaltung im Speisesaal stattfindet, nicht einmal unter denen, die an einem Tisch sitzen. Meist sind es männliche Gäste. Auch unser Versuch beim Frühstück eine Konversation zu beginnen, scheitert kläglich. Später erfahren wir von der Hotelleitung, daß das Hotel fast immer durch Dauergäste aus der UdSSR ausgebucht ist. Es sind Experten, delegiert für bestimmte Projekte. Jeder einzelne ist auch deshalb wortkarg, weil er nicht weiß, in welcher Funktion seine Landsleute in Indien sind. Es soll unter ihnen auch Spitzel geben. So reduzieren diese Experten ihre sozialen Kontakte auf den Arbeitsplatz. Es soll auch nicht so sein, daß sie Probleme mit der Sprache hätten. Die meisten würden fließend „Hindi", die offizielle Landessprache Indiens, sprechen.

Wir sind zum ersten Mal in Delhi. Dennoch verzichten wir auf eine „sight seeing"-Tour. Wir besichtigen jedoch einige historische Sehenswürdigkeiten mit Ravi Kapoor. Es gibt ältere Städte in Indien. Delhi ist eine Gründung der islamischen Mogul-Herrscher, die sich seit dem 16. Jahrhundert im Norden Indiens fest etabliert hatten. Als die „East India Company", die die koloniale

Ausbeutung von der Hafenstadt Kalkutta aus im Osten Indiens verwaltete, den kolonialen Besitz offiziell der englischen Krone übergab, bauten die neuen Herrscher eine neue Verwaltungsstadt im Süden der Mogulstadt Delhi, Neu-Delhi. Die Auslegung der Flächen, die breiten Straßen, die riesigen Gebäudekomplexe für die Verwaltung, die im unabhängigen Indien als Ministerien dienen, die Paläste und Wohnquartiere der hohen Kolonialbeamten, die heute als Residenzen der „neuen indischen Herren" dienen, sollten die Überlegenheit der neuen kolonialen Herrscher augenfällig demonstrieren. Neu-Delhi hat aber so gut wie keine Sehenswürdigkeiten. So gut wie keine. Aber die Dinge, die sehenswert sind, stammen allesamt aus der Zeit vor der britischen Kolonialherrschaft. Neu Delhi ist eine sterile Stadt mit allen „modernen Anschlüssen", unwirtlich, aber attraktiv für die neureichen Inder. Nicht so Alt-Delhi. Alt-Delhi ist eine historisch gewachsene Stadt von etwa 600 Jahren, geprägt von der islamischen Kultur und Architektur. Die Bewohner von Neu-Delhi kennen Alt-Delhi kaum, abgesehen von ein paar touristischen Attraktionen und einigen Märkten.

Wir hatten uns auch bei der Deutschen Botschaft angemeldet. Am späten Vormittag rufen wir die Botschaft an und vereinbaren einen Termin für den späten Mittag oder für den frühen Nachmittag, wie man es nehmen will. Nicht in der Botschaft selbst, sondern in dem nobelsten Hotel in Neu-Delhi, „Hotel Ashoka". Gastgeber ist der Kulturattaché, Dr. Klaus J. Citron. Die Leiter der Außenstelle des DAAD und des „Max-Müller-Bhawans", so heißen die Goetheinstitute in Indien, sollen uns auch kennenlernen. Und natürlich Alfred Würfel, ein Faktotum in der Deutschen Botschaft, der schon immer in der Botschaft ist, und sich fast wie ein Inder in Indien heimisch fühlt. Wir werden als gernwillkommene, gute und werte Gäste behandelt und bewirtet. Die Rechnung ist weit höher als mein monatliches Einkommen in Jaipur. Trotz alledem fühlen wir uns wohl. Wir sollen wiederkommen, immer wenn wir in Delhi sind.

Die Sendung war eben, wie die Mittagsmagazine sind. Ohne besondere Vorkommnisse. Wir lernen Hans-Walter Berg kennen, den ARD-Korrespondenten, der einen Beinamen hatte: Maharaja von Whiskypur ob seines täglichen Whiskykonsums. Für uns war die Sendung eine willkommene Aufbesserung unserer ansonsten mageren Kasse. Die Redaktion will mich bald wieder haben. Im Zug, auch wenn er nach Jaipur rast, sind wir immer noch in Delhi. Als wir am 16. Oktober 1966, frühmorgens, unausgeschlafen und erschöpft in Jaipur aus dem Zug steigen, ist für uns die Welt noch in Ordnung. Und immer noch kein Kulturschock. Ich nehme mir vor, Fritz Sack bezüglich seiner Assoziation mit Frau Meisterman-Seeger anzufragen, ob unsere Magenverstimmungen, zweifelsohne verursacht durch die in Jaipur wohlbekannten „Soldaten Akbar's", doch auch von der Sublimierung unserer Frustrationen herrühren könnten.

Die „Indische Universität" nimmt Gestalt an

Jaipur holt uns gleich wieder ein. Yogendra Singh wartet mit seinem Assistenten auf uns. Die Auswertung des Projekts „Gewaltlosigkeit" geht nicht weiter. Unnithan hat sich nicht blicken lassen. Bis zum 22. Oktober 1966. Er hat nichts für die Organisation unserer Untersuchungen unternommen. Begründung: Die erzielten Übereinstimmungen von 29. September sind für ihn nicht mehr akzeptabel. Am 24. Oktober schlägt er neue Gespräche vor. In der gleichen Besetzung. Er kündigt auch eine Vorlage an. Wir ahnen nichts Gutes. Unser Beitrag zum Projekt „Gewaltlosigkeit" ist bereits geleistet. Und nun widerruft Unnithan die Vereinbarungen von 29. September.

Unnithan hat uns nicht direkt aufgefordert, für ihn zu schreiben. Langsam begreifen wir, daß wir eine taktische Niederlage erlitten haben. Wir stellen uns auf die neue Situation ein. Am 23. Oktober nehme ich mir Zeit für Briefe nach Köln. An Daheims schreiben wir einen längeren Brief. Darin auch: „Sie meinen, daß ich mich nach den Erfahrungen in Deutschland nicht darüber wundern sollte, daß die ausgebildeten Inder das größte Hindernis für die Modernisierung des Landes darstellen. Aber ich wundere mich doch. Sie machen sich keine Vorstellung, in welchem Umfang der sogenannte moderne Sektor tatsächlich traditionell ist. Vielleicht ist es nicht ganz richtig, diese Gruppe traditionell zu nennen, denn sie hat durch ihr Wissen viel größeres Geschick entwickelt, mit Wissen traditionell zu sein. Und da sie die ganze Verantwortung für die Modernisierung trägt, ist der Prozeß mehr als langsam. Das Studentenproblem interessiert mich auch. Ich habe bereits einen Fragebogen Aspiration, Einstellung und Wertorientierung entwickelt. Ich hoffe, nach meiner Rückkehr werde ich wenigstens einen Teil Ihrer Fragen beantworten können. Im Augenblick habe ich mit einem ganz anderen Problem zu tun, nämlich damit, wie ich es umgehen kann, ohne größere Komplikationen, daß meine Arbeit nicht unter dem Namen von Prof. Unnithan erscheint. Das ist in Indien die übliche Praxis. Wir haben verschiedentlich darüber diskutiert, wie wissenschaftliche Assistenten von manchen Professoren ausgenutzt werden. Die Situation ist hier um ein Vielfaches schlimmer.

Es ist wirklich sehr lustig, Ihren Bericht über den Kongreß zu lesen. Nun, alle diese Kongresse sind mehr oder weniger dasselbe. Interessant ist nur, daß Prof. Unnithan sehr begeistert berichtete, es war auch sein erster großer Kongreß."

An Fritz Sack schreibe ich auch mehr privates, aber an König schon mit der Skepsis, daß eine Forschungszusammenarbeit wohl nicht zustande kommen wird. Ich berichte ihm, daß die Operationalisierung Parsons' „pattern variables" die kritischen Proben bestanden hat, daß die beiden Erhebungen zum Thema Aspiration, Einstellung und Wertorientierung der postgraduierten Studierenden an der Universität Rajasthan und der College- und Universitätslehrer in Jaipur auch ohne Unterstützung Unnithans durchgeführt werden können, wenn eine der deutschen Vertretungen in Neu-Delhi die Herstellung der Fragebögen übernimmt und wenn das Institut für die übrigen Sachkosten 2000,- DM bereitstellt.

In der Verhandlungsrunde vom 24. Oktober legt Unnithan ein Papier (eine Seite) als Grundlage für die neue Diskussion vor. Enthalten darin sind vier Punkte. Der 1. Punkt beschreibt (die halbe Seite) seine Philosophie über eine Zusammenarbeit (ich will sie nicht kommentieren), der 2. Punkt behandelt die Perspektiven der Finanzierung, der 3. Punkt seine alte Position über die Autorenschaft der beiden Institutsdirektoren und im 4. Punkt legt er die Zusammenarbeit auf die bekannten vier Personen fest.

Ich beharre inhaltlich auf der Übereinkunft vom 29 September, signalisiere aber meine Bereitschaft, meine geplanten Untersuchungen in die „Vereinbarung" einzubringen. Als ich später das Protokoll von Unnithan lese, frage ich mich, ob ich in der selben Sitzung gewesen bin. Meine geplanten Untersuchungen sind als gemeinsam entwickelte Projekte vereinnahmt, die beiden Direktoren sind von jeglicher Arbeit befreit, Singh auch, weil er bis November 1967 in Kanada verweilen wird. Unnithan setzt noch eins drauf. Er will festschreiben, daß ich das bis zu den Tabellen aufbereitete Material als Kopie Singh und Unnithan zur Verfügung stelle. Damit sind die Gespräche gescheitert. Aber sie haben auch unseren Blick auf die „Indische Universität" geschärft.

Am 26.10. können wir den Bungalow von Dr. Chellia, C - 2, beziehen. Wir packen alles aus. Wir beginnen, selbst zu kochen. Schon sind die „Soldaten Akbars" machtlos. Unser Arbeitsvermögen steigt, obwohl wir auf Bedienstete für den Haushalt verzichtet haben. Chellia hat uns nur seine Eßtischstühle verkauft. Sonst ist das Haus leer. Wir kaufen mit wenig Geld zwei einfachste Betten, zwei Tische, ein paar Hocker und einige Bretter als Bücherablage, gestellt auf Ziegelsteine. Kochutensilien und Haushaltsgeräte haben wir mitgebracht. Es ist erstaunlich, mit wie wenig man auskommen kann.

Unnithan ist immer für eine Überraschung gut. Mit Begleitschreiben übersendet er am 31. Oktober die Entwürfe des Manuskripts „Gewaltlosigkeit" und bittet meine Frau um das Redigieren. Auf den Hinweis meiner Frau, daß sie nur für die Gestaltung der Tabellen zuständig gewesen ist, bittet Unnithan sie noch am 5. November, zumindest die Deutung der Tabellen zu überprüfen und mich zu bitten, das Manuskript zu redigieren. Ich soll ihm das Redigieren in Aussicht gestellt haben, falls ich Zeit frei hätte. Am 7. November teilt ihm meine Frau unmißverständlich mit, daß für eine Zusammenarbeit zwischen ihm und uns keine Grundlage mehr besteht. Wir glauben, daß dieses Schreiben ein Schlußstrich unter eine lehrreiche Episode sein würde.

Wir konzentrieren uns auf unsere Arbeit. Ich verweile im Department nur, um meine Veranstaltungen abzuhalten. Am 19. November schicke ich König einen ausführlichen Bericht über den Stand der Dinge: „Sehr geehrter Herr Professor, ich hoffe, alle meine Briefe aus Indien haben Sie erreicht. Ich weiß nicht, warum ich bisher von Ihnen nichts gehört habe. Es kann auch sein, daß Ihr Schreiben hier nicht angekommen ist. Es ist wirklich zu empfehlen, Briefe nach Indien per Einschreiben zu schicken.

Mittlerweile müßte eigentlich die Deutsche Forschungsgemeinschaft eine Entscheidung getroffen haben. Auch das Ministerium für wirtschaftliche Zusammenarbeit hatte versprochen, bis Oktober eine Entscheidung zu treffen, damit im Januar mit der Vorbereitung der Arbeit begonnen werden kann. Ich habe weder von der Forschungsgemeinschaft, dem Ministerium noch dem Institut diesbezüglich etwas gehört. Ich beginne, mich hier etwas verlassen zu fühlen, vor allem, weil ich langsam einsehe, daß ich ohne eine Unterstützung von irgendeiner Seite große Schwierigkeiten haben werde, das Geld für unsere Rückfahrt aufzubringen. Das ist in aller Kürze meine Situation. Ich erzähle Ihnen das, weil Sie mir vor meiner Abreise sagten, ich sollte Ihnen über alle Schwierigkeiten berichten, in die ich hier gerate.

Nun zu meiner Arbeit hier. Meine Vorstellungen über die Forschungsprojekte nehmen langsam konkrete Formen an. Wenn man keine 15 Stunden Vorlesung halten müßte, also tatsächlich ein Jahr Zeit hätte, könnte man mindestens 10 interessante und für die Praxis wichtige Forschungsprojekte durchführen. Ich habe mir vorgenommen, drei Forschungsprojekte auf jeden Fall durchzuführen, da ich wenig Hoffnung habe, daß die in Deutschland gestellten Anträge durchkommen. Prof. Unnithan hat endgültig erklärt, daß er keinerlei Unterstützung geben könne, da er mit seinen eigenen Arbeiten voll ausgelastet sei.

Die erste Untersuchung, für die ich den Pretest schon gemacht habe, befaßt sich mit den Aspirationen (akademischen, beruflichen, ehelichen, ökonomischen), Einstellungen (zu Kasten, Klassen, Berufen, Streiks, Auslandsstudium, Rückkehrern) und Wertvorstellungen (einschließlich pattern variables von Talcot Parsons und Empathie von Daniel Lerner) der Studenten aller Fakultäten im letzten Jahr ihrer Ausbildung.

Die zweite Untersuchung, für die ich den Pretest gerade mache, befaßt sich mit den Aspirationen, Einstellungen und Wertvorstellungen der Universitäts- und Collegelehrer aller Fakultäten. Sie werden ebenfalls an zwei Universitäten durchgeführt: University of Rajasthan und Benares Hindu University. In diesen beiden Untersuchungen werden viele Instrumente gleichbleiben, so daß sie auch miteinander vergleichbar werden.

Die dritte Untersuchung soll sich mit dem Problem der Modernisierung befassen. Ich habe den Eindruck, daß die Entwicklung in Indien nicht zuletzt deshalb stagniert, weil die Träger der Modernisierung trotz einer wissenschaftlichen Ausbildung einstellungsmäßig sehr traditionell sind, d.h. ihr Wissen in der täglichen Arbeit nicht anwenden. Dies hat zur Folge, daß in der Erziehung der jüngeren Generation genau die gleiche Einstellung weiter vermittelt wird. Mithin bleibt auch die Orientierung der jüngeren Generation so, daß die Modernisierung nicht weiterkommt. Ich habe bisher nicht feststellen können, abgesehen von der Arbeit von Lerner, daß Untersuchungen über Modernisierung auf der Ebene der Attitüde, bzw. auf der Ebene der Persönlichkeit, vorgenommen wurde. Die bisherigen Arbeiten über Modernisierung orientieren sich an wirtschaftlichen Zielen, und alle Attitüden, die für die Erreichung dieser Ziele günstig sind, werden als modern bezeichnet.

Auf diese Weise hat der Begriff der Modernität einen wirtschaftlichen Bias. Nur auf Grund dieses Bias wird der industrielle Sektor in Indien modern genannt, weil in absoluten Größen der Beitrag dieses Sektors zum wirtschaftlichen Wachstum größer ist als der Beitrag aus den anderen Sektoren. Und der Teil der Bevölkerung, der in diesem Sektor tätig ist, moderner als die anderen Teile der Bevölkerung definiert wird. Zwangsläufig kommt man dann zu Untersuchungen über den Modernisierungsprozeß, wie Lerner es gemacht hat, die Modernität einer Gesellschaft an Empathie, Ausbildung und Partizipation an Massenmedien der Bevölkerung zu messen. Diese Variablen zeigen zweifellos eine hohe Korrelation mit den Trägern des wirtschaftlichen Wachstums. Diese Definition hat aber auch zur Folge, daß alle Menschen in Europa oder in den USA modern sind, was natürlich nicht der Fall ist.

Ich versuche, den Begriff der Modernität von dem Ziel zu trennen, aber mit gesichertem Wissen in Beziehung zu setzen. Nach meiner Definition würde ein Individuum, das z.B. über l00 Einheiten Wissen verfügt und nur 50 Einheiten zur Anwendung bringt (= 50 %) weniger modern sein als ein Individuum, das über 20 Einheiten Wissen verfügt und 15 zur Anwendung bringt (= 75 %). Ich meine, die Ansammlung von Wissen allein reicht nicht. Das angesammelte Wissen kann unter Umständen nicht zur Änderung der Einstellung führen, wenn die Motivation fehlt. Es gibt sicherlich drei klar zu unterscheidende Phasen: die erste ist die Phase der Aneignung von Wissen, die 2. ist die Änderung der Einstellung entsprechend dem gesammelten Wissen und die 3. die tatsächliche Anwendung des Wissens, um das erklärte Ziel zu erreichen. Dieses Ziel kann unterschiedlich sein, aber wenn ein Individuum das Ziel auf eine rationale Weise auf dem kürzesten Weg unter Anwendung seiner wissenschaftlichen Kenntnisse zu erreichen versucht, so muß dieses Handeln als modern bezeichnet werden, moderner als jemand, der mit dem gleichen Wissen ein gleiches Ziel auf Umwegen zu erreichen versucht, da in diesem Fall nicht die effiziente Anwendung des Wissens zum Tragen kommt. Ich bin dabei, dies zu operationalisieren, was mir nicht einfach erscheint, aber auch nicht unerreichbar. Ich würde gern Ihre Meinung zu diesem Problem hören, bevor ich den Fragebogen hierzu endgültig abfasse.

Dann habe ich noch zwei weitere Probleme. 1. Da Unnithan mich nicht unterstützt, bin ich darauf angewiesen, mich als Angehöriger des Forschungsinstituts für Soziologie an der Universität Köln an die ‚Vice Chancellors‘ und ‚Heads of the Department‘ zu wenden, um ihre Erlaubnis für die Durchführung der Befragung zu erhalten. Ich habe früher nicht gewußt, wie hilfreich da Visitenkarten sein können. Um den einzelnen Personen schreiben zu können, brauchte ich etwa 100 Institutsbriefbögen mit Umschlägen. Ein Brief ohne entsprechenden Briefkopf wandert bei diesen Leuten sofort in den Papierkorb. Könnten Sie bitte veranlassen, daß mir die Bögen mit Umschlägen baldmöglichst zugesandt werden?

Mein 2. Problem ist finanzieller Art. Da ich Sampling und Interviews vermeiden möchte, habe ich für die erste Untersuchung die Klassenzimmerbefragung gewählt und für die zweite Untersuchung habe ich die Befragung aller Lehrer an den beiden Universitäten geplant. Die Fragebögen habe ich entsprechend entwickelt und gestaltet. Diese Vorgehensweise hat den Vorteil, daß ich bei den Studenten fast 100 % erreiche, abgesehen von denen, die an diesem Tag nicht anwesend sind, und bei den Lehrern kann ich mir einen relativ großen Ausfall leisten. Die Ausfallenden werde ich aufsuchen und feststellen, ob dem Ausfall irgendein System zugrunde liegt.

Der Nachteil ist der, daß ich eine ziemlich große Zahl von Fragebögen drucken lassen muß. Im ersten Fall um 2000 und im zweiten Fall zwischen 1200 und 1500. Für die dritte Untersuchung werde ich mich wohl oder übel auf Jaipur beschränken müssen. Aber ich werde mich bemühen, nicht die Interviewmethode anzuwenden, und ein Sample nach ‚Who is Who' ziehen und verschlüsselt numerierte Fragebögen verschicken. Falls sie nicht termingemäß zurückkommen, werde ich die einzelnen Personen aufsuchen. Es müssen also eine ganze Reihe von Fragebögen gedruckt werden. Und da meine finanzielle Lage schlecht ist, möchte ich Sie bitten zu eruieren, ob irgendeine Möglichkeit besteht, die Sachkosten kurzfristig zu decken. Ich bin sicher, wenn ich mit dem Material zurückkomme und wir zeitig einen Antrag an die Forschungsgemeinschaft stellen, daß wir dann ohne weiteres die Mittel bekommen können.

Es tut mir außerordentlich leid, daß ich Ihnen einen so langen Brief schreiben mußte. Was machen Ihre Pläne, nach Kabul zu kommen? Bitte, lassen Sie es mich zeitig wissen, damit ich Ihre Unterkunft im ‚University Guest House' sicherstellen kann.

Mit der Hoffnung, bald von Ihnen zu hören, verbleibe ich mit den besten Empfehlungen, auch von meiner Frau, Ihr ...“

Am gleichen Tag habe ich auch an Fritz Sack geschrieben und mich beklagt, daß ich zu wenig aus Köln höre, und von König noch gar nichts gehört habe. Das Schreiben von Dieter Fröhlich im Institut vom 24. Oktober ist schon mit schlechten Nachrichten unterwegs, bevor unsere beiden Schreiben dort ankommen. Von Fröhlich erfahre ich, daß das BMZ nach wie vor *„grundsätzlich sehr positiv"* meinem Forschungsprojekt gegenübersteht aber immer noch nicht entschieden hat. Und: *„Die vielleicht bitterste Mitteilung dieses Briefes: Ende Oktober teilte uns die Deutsche Forschungsgemeinschaft in drei dürren Zeilen mit, daß Ihr Antrag nach eingehender Prüfung durch die zuständigen Ausschüsse abgelehnt worden sei. Es tut mir leid, Ihnen dies mitteilen zu müssen.*

Diese Ablehnung hat unser soziales Gewissen in seinen tiefsten Schichten angesprochen, und ich hoffe, finanziell zumindest etwas für Sie tun zu können. ... Ich habe mit König vereinbart, daß wir Ihnen so schnell wie möglich 2000,- DM zur Deckung des dringendsten Sachbedarfs zukommen lassen, und zwar aus unserem Forschungsfonds für das Jahr 1967.“ Die Zusendung der Briefbögen mit Umschlägen kündigt er ebenfalls an.

Fröhlich muß mir schon am 2. Dezember wieder schreiben: *„Lieber Herr Aich, eine Hiobsbotschaft jagt die andere: am 29. 11. war ich im BMZ. Dort gab es eine Diskussion mit Herrn Dr. v. Schott, Herrn Dr. Greif, einer Sachbearbeiterin des Ministeriums, einem Vertreter der Carl-Duisberg-Gesellschaft und mir* *über Ihren Antrag ... Hauptargumente der Gegner dieses Projekts waren die kleine Zahl der zu befragenden Personen sowie die damit verbundenen hohen Kosten, die sich durch die Tatsache ergaben, daß diese Personen über ganz Indien verstreut leben. Es gelang mir, die Bedenken bezüglich der Zahl der Befragten zu zerstreuen mit dem Hinweis auf den sozialpsychologischen Charakter der Untersuchung. Dann jedoch brachte der Vertreter der Carl-Duisberg-Gesellschaft die entscheidende Information, nach der Ihr Projekt abgelehnt wurde, wenigstens für den jetzigen Zeitpunkt. Er berichtete, daß es sich bei dieser Gruppe von 25 Lehrern an polytechnischen Ausbildungsstätten um die erste Gruppe dieser Art in Deutschland handelte, deren Ausbildung nach seinen Aussagen in Deutschland ziemlich chaotisch verlaufen ist. ... Mein lieber Herr Aich, es tut mir außerordentlich leid, daß Ihre beiden Hauptprojekte an der Finanzierung gescheitert sind, wobei ich mir bewußt bin, daß auch Sie jetzt in finanzielle Schwierigkeiten geraten. ... Das einzige, was ich Ihnen im Augenblick versprechen kann, sind die bereits angekündigten 2000,- DM ... Effektvolle tröstende Worte fallen mir im Augenblick leider nicht ein. Ich kann nur hoffen, daß Sie in Ihrer bekannten Aktivität inzwischen weitere Geldquellen erschlossen haben bzw. erschließen werden."*

Am 13 Dezember schreibt auch Fritz Sack: *„damit Du das alte Jahr nicht mit der Klage abschließen kannst, ich würde mich nie aus Köln melden, möchte ich Dir doch vorher schnell einige Zeiten schreiben. Ich hoffe, daß Du inzwischen in den Besitz von Briefbögen und Umschlägen mit Institutskopf gelangt bist. Wir haben mehrere Sendungen davon auf den Weg gebracht ... Es ist ja bedauerlich und wirft wahrscheinlich Deine Pläne ziemlich um, daß Du eine derartig geringe Kooperationsbereitschaft in Deinem Department antriffst. Aber, wie fast überall, zeigt sich auch hier, daß die Lehrbuchwirklichkeit erheblich von der Feldwirklichkeit abweicht. ... Daheim hat habilitiert und hat damit seinen sozialen Aufstieg weiterhin fortgesetzt."*

Das war alles aus der Kölner Universität im Jahre 1966. Keine Zeile von König, nicht einmal zu meinem neu entwickelten Forschungsvorhaben. Auch wir haben keine Zeit über die neue Situation – auch in Köln – gründlich nachzudenken. Dafür sorgt Unnithan.

*****

Wir sind bei der endgültigen Fassung der beiden Fragebögen und ahnen nichts Böses, bis es eines Morgens, es muß gegen Ende November gewesen sein, bei uns klingelt. Ein lächelndes, freundliches Gesicht, eine Dame mit niederländischem Akzent, Frau Dr. C. Vreede-de-Stuers, Soziologin an der Universität Amsterdam. Sie würde mich aufgrund meiner Arbeit in Deutschland kennen, von „Farbige unter Weißen" und aufgrund eines Vortrags, den ich in einem internationalen Seminar in Den Haag gehalten habe. Sie ist Mitarbeiterin von W. F. Wertheim, Professor für Soziologie für Südostasien an der Universität Amsterdam, auch ein guter Freund von König. Sie freut sich, uns in Jaipur, so fern von Europa, persönlich kennenzulernen. Sie ist auch eine gute Freundin von Mrs. Unnithan. Also sind wir auch mit Referenzen überschüttet.

Sie ist nicht auf einen privaten Besuch in Jaipur. Sie hätte einige Nachforschungen zu einem Forschungsvorhaben durchzuführen. Natürlich sind wir erfreut, erfreut auch zu wissen, daß sie einige Tage in Jaipur bleiben wird. Wie klein doch die Welt ist. Vielleicht ist es auch der internationale Klüngel der Soziologen.

Unser Haus ist keine Minute vom Gästehaus entfernt. Frau Vreede wohnt im Gästehaus. Also besucht sie uns jeden Tag. Sie interessiert sich für unsere Forschungsideen. Sie erzählt gern und erzählt viel. Einmal erzählt sie uns, wie zielbewußt Gerda (Mrs. Unnithan) Karriere gemacht hat. Heute hat sie die Gehaltsstufe eines Professors, obwohl sie nicht über die mittlere Reife hinaus gekommen ist. Als kleine Sekretärin hätte sie bei der indischen Botschaft in Den Haag angefangen. Der Botschafter, Mohan Sinha Metha, der spätere Vice Chancellor, hat sie gemocht. Sie stieg bis zu seinem Vorzimmer auf. Es war Metha, der ihre Heirat mit Unnithan arrangierte, als er zum Vice Chancellor gewählt worden war. Auch in Jaipur hatte Frau Unnithan klein angefangen als Verwaltungsangestellte. Als der erste ausländische Student nach Jaipur kam, wurde sie Beraterin und Betreuerin ausländischer Studierender. Eine bemerkenswerte Karriere, wie der Weg dazu auch gewesen sein mag.

Ein anderes Mal erzählt sie über das „International Institute of Social Studies" in Den Haag. Das ist eine einmalige akademische Einrichtung in Holland, ein Auffangbecken für nicht so erfolgreiche Studierende aus Afrika und Asien im englischsprachigen Ausland. Diese bekommen eine zweite Chance zu einem akademischen Abschluß. Unterrichtssprache in diesem Institut in der niederländischen Hauptstadt ist ausnahmsweise Englisch. Die Studierenden dieses Instituts haben die Möglichkeit, in der Universität Amsterdam zu promovieren. So auch Unnithan. Wertheim hatte aber die Arbeit von Unnithan noch nicht ausreichend befunden und riet ihm deshalb, ein weiters Jahr Zeit zu nehmen, um die Arbeit zu verbessern. Unnithan gelingt es nicht, Wertheim umzustimmen, nicht einmal mit dem Versprechen, daß er niemals im akademischen, sondern im Politikbereich arbeiten werde. Amsterdam ist „out". Dann soll die Arbeit durch Methas Vermittlung bei einem unbekannten Soziologen in Utrecht untergebracht worden sein. Dieser unbekannte Soziologe soll bereits zweimal in Jaipur gewesen sein. Seine Bilder hängen nicht nur in dem Haus von Unnithan.

Wir gehen auch gemeinsam spazieren, immer wenn Zeit dazu ist. Wenn man den Campus von der Ostseite verläßt, ist man fast in der Wildnis. Nicht sehr dicht, aber doch unwegsam. Die Sträucher haben feste Dornen, wie es am Wüstenrand so üblich ist. Es ist hügelig und es gibt keine festen Wege. Also spaziert man sehr gemütlich. Zeit zum unterhalten. Bei einem solchem Spaziergang möchte sie beiläufig von uns wissen, warum wir für das „Gewaltlosigkeit-Projekt" kein Interesse gezeigt haben. Nichtsahnend erzählen wir über unseren Beitrag zu dem Projekt und alles was wir in diesem Zusammenhang noch erfahren haben. Am nächsten Tag kommt sie wieder auf das Thema zu sprechen, diesmal nicht so beiläufig. Sie hätte sich nach dem gestrigen Gespräch kaum beruhigen können und sie glaubte uns sagen zu müssen, was über uns im Campus von Unnithans verbreitet wird. Wir sind konsterniert und natürlich sauer.

Am 1. Dezember versuchen wir Frau Unnithan in ihrem Büro zu treffen. Sie ist nicht da. Wir hinterlassen ihr eine Notiz, in dem wir sie zu einer Tasse Kaffee nach dem „Dinner" einladen. Sie kommt. Wir erkundigen uns, ob es zutreffe, daß sie und ihr Mann wegen unserer mangelnden Kooperationsbereitschaft über uns enttäuscht seien, wie Frau Vreede uns berichtet hat. Sie bestätigt ohne Umschweife, daß es so ist und rät uns eher patronisierend, daß es für uns besser wäre, diese Angelegenheit mit ihrem Mann zu besprechen.

Erst jetzt realisierten wir, daß es Frau Vreede um mehr gegangen ist als nur um Tratsch. Ich schreibe am 3. Dezember einen Brief an Unnithan, nehme Bezug auf das Gespräch mit Frau Unnithan, zähle die belegbaren Fakten von 27. September bis 7. November über unseren Beitrag zu seinem Projekt auf und erwähne die Nichteinhaltung der vereinbarten Gegenleistungen seinerseits. Ich fordere ihn auf, bis zum 14. Dezember die Verleumdungen gegen uns zu widerrufen. Ich stelle eine Kopie des Schreibens Yogindra Singh zu. Zunächst sind die Unnithans sauer auf Frau Vreede. Bevor sie Jaipur nach getaner Arbeit verläßt, schreibt sie am 5. Dezember einen langen Brief an Frau Unnithan und stellt mir offiziell eine Kopie zu. Die persönliche Beziehung der beiden Niederländerinnen hat Risse bekommen. Aus diesem Brief ergibt sich folgende Chronologie:

Am 16. November redet Frau Unnithan relativ lange (*at some lenght*) über uns mit Frau Vreede und erhebt viele Klagen gegen uns (*made many complaints about them*). Nach reichlicher Überlegung fragt sie uns schließlich erst am 29. November aus welchen Gründen wir uns geweigert hätten, uns mit dem Projekt „Gewaltlosigkeit" zu befassen. Sie war gespannt, die Gründe unseres Desinteresses zu erfahren, erfährt stattdessen aber über die Menge von Arbeiten, die wir investiert hatten, wundert sich laut über die Klagen Frau Unnithans, bemerkt unsere Bestürzung (*noticed that they became very much upset*) und bittet uns, nichts zu unternehmen, bis sie sich vergewissert hat, daß sie sich nicht geirrt hat. Sie spricht ein zweites Mal über das Thema mit Frau Unnithan. Sie hatte sich nicht geirrt.

Trotz vieler Unannehmlichkeiten, auch für sie auf der persönlichen Ebene, hält sie es für richtig, daß wir die Angelegenheit nicht auf uns sitzen lassen (*I feel that Dr. and Mrs. Aich, to whom I am sending a copy of this letter in which they are being mentioned more than once, were right in not accepting that things were smothered.*)

Am 5. Dezember hat Frau Unnithan mir einen unflätigen Brief geschrieben. Am 6. Dezember schreibt mir Yogendra Singh einen Brief, in dem er unseren Beitrag zum Projekt über die „Gewaltlosigkeit" vorbehaltlos bestätigt, aber eine Reihe von Vorwürfen in Zusammenhang mit den Gesprächen über die Zusammenarbeit erhebt. Am 7. Dezember kommt Singh uns besuchen, bedauert weinend den Brief, den er unter Druck von Unnithan habe schreiben müssen. Die Einzelheiten will er von Kanada aus schreiben. Am Vorabend habe er seinem Bruder, Rajendra, auch einer der „Research Scholars" im Departement, gesagt,: *„Dr. Aich will never speak to me. I have written him a very bad letter.* (Dr. Aich wird nie wieder mit mir sprechen. Ich habe ihn einen sehr bösen Brief geschrieben.)". Am 7. Dezember kommt auch Rajendra Singh zu uns und meint, sein Bruder sei sehr unglücklich, daß in meinem Brief an Unnithan sein Bruder namentlich erwähnt worden ist. Am nächsten Tag kommt Yogindra Singh uns wieder besuchen, entschuldigt sich abermals und bittet mich, ihm einen ebenso üblen Brief zurückzuschreiben und danach in der Sache nichts weiter zu unternehmen. Ich mache ihm das Angebot, ihm das Originalschreiben zurückzugeben. Er meint, Unnithan würde seine Kopie als Pfand behalten und nie herausrücken. Dafür würde er Unnithan gut genug kennen.

Am 8. Dezember ist Unnithan an der Reihe. Er schreibt mir einen langen Brief, der eine Mischung aus Entschuldigung und verleumderischen Vorhaltungen ist. Es sei leider alles unglücklich gelaufen. Daß die Verhandlungen über eine Zusammenarbeit just in dem Augenblick gescheitert waren, nachdem unser Beitrag bis zu Ende geleitet war, hätte nichts mit Ausbeutung zu tun, es geschah eher zufällig (*It happend as a matter of coincidence*). Er hätte nie schlecht über uns gesprochen. Er gibt sein Ehrenwort, daß weder er noch seine Frau dies tun werden (*And I assure you and give you my word of honour that I or my wife shall not do so*). Statt auf all das einzugehen, skizziere ich Unnithan folgende Alternative und bitte ihn bis zum 21. Dezember zu entscheiden:

1. Sie sorgen freundlicherweise für den Widerruf der Briefe von Frau Unnithan, von Dr. Singh und ihren vom 8. Dezember und versichern uns, daß kein Gerede mehr sein wird.
2. Ich werde Rechtsbeistand in Anspruch nehmen und alle Schritte zu unserem Schutz unter Verwertung all unseres bisherigen Wissens und unserer Informationen unternehmen, um die Angelegenheit zu einem Ende zu bringen.

Bis zum 21. Dezember liegt keine Reaktion vor. Ich weiß, daß Singh am 25. Dezember nach Kanada abreist. Ich werde unruhig. Bevor ich am 23. Dezember zu meiner Vorlesung gehe, hinterlasse ich ein Schreiben im Sekretariat von Unnithan, in dem erläutert wird, zu welchen Schritten ich nun gezwungen werde, nachdem er sich nun für die zweite Möglichkeit entschieden hatte: das Veröffentlichen aller Fakten. Mitten in der Vorlesung bittet mich der Sekretär Unnithans, zu seinem Büro zu kommen. Ich sage ihm, daß ich erst nach Beendigung der Veranstaltung kommen kann. Der Sekretär kommt zurück und sagt mir, daß Singh und Unnithan solange auf mich im Büro warten werden.

Als ich das Büro betrete, werde ich von Unnithan mal mit Vorwürfen und mal mit Entschuldigungen überschüttet. Singh hält sich zurück. Er ist bereit, seinen Brief zu widerrufen. Unnithan auch. Frau Unnithan will ihren Brief nur widerrufen, wenn ich auch meinen Brief vom 3. Dezember widerrufe. Ich will gehen. Da bietet Unnithan mir an, ich soll seinem Sekretär den Inhalt der Erklärung diktieren, die die Angelegenheit beenden wird. Singh und er sind bereit, die Erklärung sofort und vorbehaltlos zu unterschreiben. In diesem Augenblick mache ich einen unverzeihlichen Fehler. Den Sekretär schicke ich zurück, weil ich Skrupel bekomme, Unnithans Sekretär eine solche Erklärung zu diktieren. Unnithan registriert meine Skrupel. Er bedankt sich, verspricht, daß Singh und er die erste Alternative als ihre Erklärung sofort diktieren werden, sobald ich gegangen bin, aber er möchte nur eine kleine Ergänzung. Sollte es doch noch im Campus Gerede geben, sollte ich ihm Gelegenheit geben, die Sache in Ordnung zu bringen, bevor ich etwas unternehme. Ich stimme dem zu. Es ist 14.00 Uhr.

Die unterschriebene Erklärung, die ich bei etwas weniger Skrupel hätte mitnehmen können, kommt nicht. Statt dessen kommt Prof. Ghosh vom „Department of Philosophy" um ca. 16.00 Uhr. Er ist von Unnithan um Vermittlung gebeten worden. Ich möchte doch meinen Brief vom 3. Dezember ebenfalls widerrufen. Eine Stunde später kommt der deutsche Lektor Jansen mit dem gleichen Vorschlag. Um 20.00 Uhr kommt Ghosh und um 22.00 Uhr kommt das Ehepaar Jansen mit dem gleichen Vorschlag. Also bleibt die versprochene Erklärung aus. Singh reist am 25. Dezember von Jaipur ab. Am gleichen Tag erhebt Unnithan schriftlich den Vorwurf, ich hätte eine einvernehmliche Beilegung platzen lassen, weil ich auch darauf bestanden haben soll, daß Frau Unnithan ihren Brief widerruft. Am 27. Dezember informiere ich den Vice Chancellor und bitte ihn um einen Termin. Bei dem Treffen am 30. Dezember übergebe ich dem Vice Chancellor ein Schriftstück mit einem Überblick der Chronologie. Ein Jahr, 1966, geht zu Ende. Mit zwei bemerkenswerten Schriftstücken: Dem Brief Königs vom 25. Januar und meiner Eingabe an den Vice Chancellor. Etwas weniger Skrupel würde mir viel Ärger erspart, aber auch viele Ein- und Durchblicke versperrt haben.

*****

Vom Kölner Institut sind wir wahrlich nicht verwöhnt worden. Über das Geschehen in Deutschland würden wir überhaupt nichts erfahren haben, wären da nicht mein alter Bridge-Freund Norbert Manne aus Hannover und die pakistanische Filmemacherin und Journalistin Roshan Dhunjiboy, die ich erst in der Runde des „Internationalen Frühschoppen" kennenlernte, rührig bemüht gewesen, uns regelmäßig mit Magazinen und Zeitschriften zu versorgen. Freunde schreiben uns häufiger als die Kollegen. Und natürlich unser Fräulein Lehner. Sie verwaltet auch unser Konto in Bonn. Auch wenn wir seit 1965 in Köln gewohnt haben, unser erster Wohnsitz in Deutschland ist nach wie vor Bonn, Weberstraße 96.

Roshan Dhunjiboy hat einen pakistanischen Paß. Ihre Eltern sind Parsees. Parsees sollen bei der Islamisierung Persiens nach Indien eingewandert sein. Sie wohnen massiert um Bombay herum, halten zusammen, sind meist Händler und Industrielle. Ihr Vater war ein hoher Offizier in der Armee Britisch-Indiens. Nach der Teilung Britisch-Indiens in Indien und Pakistan optiert ihr Vater für Pakistan. So hat sie einen pakistanischen Paß. Sie ist in einem Internat in Darjeeling im Nordosten Bengalens (heute Westbengalen), in den östlichen Ausläufern des Himalajas zur Schule gegangen. Sie studiert Theaterwissenschaften in den USA, heiratet einen holländischen Kameramann, macht Dokumentarfilme vorwiegend für deutsche Sender, trennt sich von ihrem holländischen Mann in aller Freundschaft und lebt nun mit einem in Dresden geborenen deutschen Kameramann, Reginald Beuthner, zusammen. Wir sind befreundet.

Sie leben in Düsseldorf. Wir in Bonn. Werner Höfer mag uns beide gern. Wir sind nicht nur häufig zusammen im Frühschoppen, er bittet uns auch zu dem Termin, als das Titelbild für den Umschlag zu dem Buch „Welt im Doppelspiegel, Tübingen 1966", von ihm herausgegeben, gemacht wird. Roshan und ich haben Autorenbeiträge in diesem Buch. Das Buch erreicht uns in Jaipur. Bücher dieser Art sind danach nicht mehr gemacht worden. Davor schon. Hermann Ziock, damals Pressechef im Bundesministerium für wirtschaftliche Zusammenarbeit, gibt 1965 ein Buch unter dem Titel „Sind die Deutschen wirklich so?" im Horst Erdmann Verlag heraus. Alle Autoren sind Ausländer. Ich durfte darin über „Erfahrungen eines Inders in der Bundesrepublik" unzensiert schreiben. Roshan und Reginald heiraten später. Meine Frau und ich sind beide Trauzeugen. Als sie beide ihren ersten Film als freie Produzenten machen, bringt unser Fräulein Lehner ihr Elternhaus, Bonn, Weberstraße 96, als Sicherheit für eine Bürgschaft ein.

Im Dezember kündigt uns Roshan Besuch aus Köln an: die Fernsehansagerin Gisela Claudius mit ihrem Mann indischer Herkunft. Sie bereisen Indien und wollen auf jeden Fall uns besuchen. Zwischen Weihnachten und Neujahr erleben wir einige ruhige Tage. Dieser Besuch macht uns erst bewußt, wie die Witterungslage sich verändert hat, die wir in der Hektik so nicht wahrgenommen haben.

Es ist Winter in Rajasthan. Als wir ankamen, war es tagsüber unerträglich heiß, wenn auch ohne nennenswerte Luftfeuchtigkeit, abends draußen auf der gut gewässerten Wiese erträglich kühl, aber nachts ging es nicht ohne Ventilator. Nun im Winter sind nachts dicke Wolldecken nötig. Die Temperatur sinkt auf unter zehn Grad. Der Wüstensand, der steinerne Boden, auch die Steinwände werden schon vor dem Sonnenuntergang kühl und kühler. Es gibt keine Heizmöglichkeiten. Unser Körper hat sich langsam daran gewöhnt. Aber unser Besuch, neu in Jaipur, erfriert beinahe. Sie kriegen ihre Füße nach dem Sonnenuntergang nicht mehr warm. Sie halten ihre Füße in einen Eimer mit warmen Wasser, bis sie ins Bett gehen. Vormittags ist es erst ab etwa 10.00 Uhr angenehm. Bis Mittag über 25

Grad. Die Sonne hat so viel Wärmekraft, daß innerhalb einer Stunde das Wasser im Eimer Badetemperatur erreicht. Ihr Leiden hat uns leid getan. Und wir realisieren, unter welchem Dampf wir in Jaipur leben.

Im neuen Jahr bekommen wir den Brief, den die Daheims noch am 28. Dezember 1966 geschrieben hatten. Darin lesen wir unter anderem: *„Am 14. November war der Probevortrag mit der Habilitation. 25 Minuten Vortrag und 25 Minuten Diskussion. Den Vortrag mußte ich ablesen, weil ich ihn falsch vorbereitet hatte (wie sich nachher zeigte) und ziemlich aufgeregt war. Das war, soweit ich weiß, der einzige Kritikpunkt der Fakultät.*

Dann ging es gleich am nächsten Sonntag mit den Antrittsbesuchen los. Am ersten Sonntag war meine Frau noch mit. Wessels trafen wir unglücklicherweise an, so daß wir mit einem Gegenbesuch rechnen mußten (der dann doch ausblieb). Die weiteren Besuche habe ich dann in der Sprechstunde erledigt. Bis Mitte Dezember war ich damit fast jeden Tag beschäftigt. ...

Für den 15. 12. war die Einführungsvorlesung angesetzt. Die Vorbereitung kostete etwas Zeit, weil mir König sagte, daß ich da ‚rhetorisch etwas mehr zeigen müsse‘. Dazu kam die Jagd nach den erforderlichen Utensilien: Talar, Frackhemd usw. Die Vorlesung war dann ein Erfolg. Einziger Kritikpunkt: Frackschleife saß schief. Über Weihnachten habe ich die Vorlesung zu einem Aufsatz für die Zeitschrift umgeschrieben. (...)

In der neuesten Nummer der Kölner Zeitschrift steht u.a. ein Artikel von Prof. Unnithan über the teaching of sociology in India. Er rundet gewissermaßen das Bild ab, das Sie gaben. Sie kennen den Bericht sicher. Hier dürften sich die Verhältnisse an den Hochschulen weiter verschlechtern. Was z.B. aus der Hochschulplanung in Nordrhein-Westfalen wird, weiß keiner. Es wird sogar von einer Berufungssperre geredet.

Das wird Sie noch interessieren: Die Wähler der NPD setzen sich zu einem hohen Prozentsatz aus unzufriedenen Abiturienten und Hochschulabsolventen zusammen. 20 % dieser Leute wählen sie gegen nur 8 % im Bevölkerungsdurchschnitt. Scheuch spricht von Statusinkongruenz als Ursache dieser Unzufriedenheit: hohe Ausbildung bei relativ geringem Einkommen und umgekehrt. Relative Deprivation ist also nicht mehr typisch für die Selbständigen.

Wir melden uns wieder aus Berkeley, sobald wir dort das Hotel mit einer Wohnung vertauscht haben. Für das neue Jahr wünschen wir Ihnen vor allem Gesundheit und Erfolg bei der Arbeit.“

*****

Die beiden Forschungsanträge in Deutschland sind endgültig abgelehnt. Unnithan hat seine Gegenleistung verweigert. Wir müssen deshalb von den drei geplanten Untersuchungen die letzte, die über die Modernisierung, fallen lassen. Diese Wegfall lenkt aber unseren Blick immer stärker weg von der Modernisierung und fixiert ihn hin zur Institution Universität. Wir wollen die Qualität der Universität durch ihre Produkte bestimmen. Wir befragen Studierende im letzten Halbjahr ihrer Ausbildung. Die Qualität der Ausbildung leiten wir aus ihren Äußerungen, Einstellungen und Lebenszielen ab.

Die Annahme ist, daß die Aspirationen und Einstellungen maßgeblich durch die Universität geprägt worden sind. Natürlich werden sie auch durch die Familie und Gesellschaft beeinflußt. Diese zentrale Rolle der Universität schließt ein, solche Einflüsse, sollten sie der Gesamtgesellschaft entgegenwirken, durch die Ausbildung zu beseitigen oder zumindest auf ein Minimum zu reduzieren. Die Universität muß die Absolventen – fachlich wie mental – so ausstatten, daß sie die gesellschaftlichen Probleme der Gegenwart bewältigen, künftige Entwicklungen einleiten und gestalten. Anders ausgedrückt, die Universität muß in der Lage sein, die Absolventen mit jenem Wissen auszustatten, zu jenen Einstellungen bzw. Verhaltensdispositionen zu führen, daß diese Absolventen sich das notwendige Wissen dafür aneignen und die Fähigkeit und die Bereitschaft entwickeln, das angeeignete Wissen in die Praxis umzusetzen.

Wir konzentrieren uns im neuen Jahr also auf die Durchführung der Befragungen der Studierenden und der Hochschullehrer. Die Operationalsierung der einzelnen Variablen, die Voruntersuchungen und die logische- und psychologische Struktur der beiden Fragebögen sind fertig. Wir haben uns für die standardisierte schriftliche Befragung entscheiden müssen: die Studierenden im letzten Semester ihrer Ausbildung im Vorlesungssaal und die Lehrenden durch die Zustellung über das Departement. Dieser erzwungene Weg hat Vor- und Nachteile. Die Feldarbeit verursacht keine weiteren Sachkosten. Ein umständliches „Sampling" entfällt. Die Gesamtheit wird befragt. Bei den Studierenden fallen jene aus, die zufällig am Tage der Befragung nicht anwesend sind. Der Zeitpunkt der Befragung der Studierenden soll nicht vorher angekündigt werden. So bliebe der Ausfall zufällig.

Das Fehlen von Doppelstunden an der Universität hat den Umfang des Instruments für die studentische Befragung begrenzt. Alle Fragen müßten im Durchschnitt in etwa 50 Minuten beantwortet werden könnten.

Die Lehrenden hätten die Möglichkeit, den gesamten Fragebogen durchzustudieren, auch mit Kollegen über die Fragen zu beraten und erst danach die Fragen zu beantworten. So könnten die Antworten unkontrollierbar beeinflußt werden. Dieser Beeinflussung wirken wir durch Hinweise und Appelle entgegen, wie sie im Interesse der Untersuchung mit dem Fragebogen umgehen sollten. Wir sehen keinen anderen Weg. Im Vorlesungssaal können wir den optimalen Umgang mündlich übermitteln und für die gesamte Dauer im Saal bleiben. Für die Gestaltung der logischen und psychologischen Struktur der Fragebögen sind all diese Umstände berücksichtigt. Wir sind auch mit dem Fragebogen für die Studierenden zufrieden, weil wir ansonsten von jedwedem Zwang frei gewesen sind. Keine Drittmittel (wer bezahlt bestimmt bekanntlich auch die Melodie), keine Rücksichten, keine Abwicklung von vorgefaßten Hypothesen, kein mitgebrachtes Erhebungsinstrument, keine Gefahr einer „sich selbst erfüllenden Prophezeiung".

Graphische Gestaltung und Druck soll für positive Stimmung sorgen. Nach intensiver Suche finden wir eine kleine preiswerte Einmanndruckerei. Der Drucker kann nicht englisch lesen oder schreiben. Er druckt sonst nur Visitenkarten. Das Korrekturlesen ist arbeitsintensiv. Das Druckergebnis ist aber erstaunlich gut. Das Deckblatt gestalten wir ansprechend und informativ. Der kleinere Fragebogen ist als Faksimile am Ende dieses Abschnitts angehängt.

Wir haben zusammenhängende, unmißverständlich formulierte Fragen zu weitreichenden und umfassenden konkreten Bereichen gestellt, die die Bildung von Skalen, also Meßlatten, ermöglichen. Die einzelnen Konzepte der Modernisierung Indiens als der definierte Bedarf der indischen Gesellschaft sind in Fragen aufgelöst.

Wir haben die Fragen mit einer optimalen Bandbreite und ohne eine mittlere Klassifikation der Antwortmöglichkeiten geschlossen. Nicht einfach mit der Möglichkeit *Ja, nein, weiß nicht, keine Angabe*. Fragen, die neben den konkreten Informationen auch zur Konstruktion von Meßlatten herangezogen werden sollen, vor allem die projektiven Fragen sind so geladen, daß sich die Antworten nicht auf eine Antwortkategorie häufen, sondern sich auf die vorgegebenen Kategorien annähernd gleichmäßig verteilen. Dies ist die Voraussetzung für eine sinnvolle Skalierung.

Ein Beispiel verdeutlicht, was gemeint ist. In der ersten Voruntersuchung lautete Frage Nr. 45k „Eine in früherer Zeit als Patriot anerkannte Person sollte nicht wegen Korruption kritisiert werden." Dies ist eine der drei Fragen zur Feststellung der Affektivität in der Verhaltensdisposition[1]. Die vorgegebenen Antwortmöglichkeiten sind: *starke Zustimmung, Zustimmung, Ablehnung, starke Ablehnung*. Die Antworten häuften auf *starke Ablehnung*. Dann ist „Korruption" relativiert worden durch das Quantifizieren „geringfügig". Die Antworten häuften auf *Ablehnung*. Dann ist der Ort der Kritik durch die Zufügung „öffentlich" differenziert worden. Die Antworten verteilten annähernd gleichmäßig. So ist die endgültige Formulierung dieser Frage: „Eine in früherer Zeit als Patriot anerkannte Person sollte nicht wegen geringfügiger Korruption öffentlich kritisiert werden."

In den Voruntersuchungen ist auch überprüft worden, ob nicht die vorgegebenen Klassifikationen und Kategorien im Fragebogen die Antworten beeinflussen. Sie beeinflussen. Die jeweils an erster Stelle stehende Klassifikation wurde häufiger genannt. Die Fragebogen wurden deshalb in zwei Gruppen gesplittet. In einer Gruppe begannen die Antwortmöglichkeiten beispielsweise mit *starke Zustimmung* und in der anderen mit *starke Ablehnung*.

Dies hat uns veranlaßt, in der Hauptuntersuchung in allen Fragen die vorgegebenen Antworten in zwei verschiedenen Reihenfolgen zu drucken. Es sind praktisch zwei Fragebögen, an den Farben weiß und hellgrün

---

[1] „pattern variables" nach Parsons wird in einem späteren Abschnitt gesondert diskutiert

erkennbar, hergestellt. Sie sind dann alternierend sortiert, damit bei der Herausgabe der Fragebogen „weiß" und „grün" zufällig verteilt wird.

Es hat jedoch Ausnahmen von diesem Phänomen gegeben. Ohne sie hätte behauptet werden können, daß durch dieses Splitting die Beeinflussungsmöglichkeit durch die vorgegebenen Kategorien neutralisiert worden sei. Die Frage 34a: „Angenommen, Sie könnten frei wählen. Welche der folgenden Möglichkeiten würden Sie vorziehen? Ihr Ehepartner sollte zugehören: ‚zur gleichen Kaste'; ‚zu einer höheren Kaste'; ‚zu einer niedrigeren Kaste'; ‚zu einer anderen Religion'; ‚andere Antwort'..." (entsprechender Platz für eine andere Antwort).

Im weißen Fragebogen beginnen die Kategorien mit: *zur gleichen Kaste*", im grünen Fragebogen mit: *zu einer anderen Religion*, Die Häufigkeit im weißen Fragebogen in der Kategorie „zur gleichen Kaste" beträgt 60 %, im grünen Fragebogen ist die Häufigkeit in der Kategorie *zur gleichen Kaste* 65 %. Hier hat also die Reihenfolge der vorgegebenen Kategorien einen in entgegengesetzter Richtung wirkenden Einfluß ausgeübt. Interessant ist auch das Ausweichen in die Kategorie „andere Antwort" mit den Inhalt „nicht signifikant". Im weißen Fragebogen taten das 28 %, im grünen 21 % der Befragten. Der Unterschiede sind statistisch signifikant.

Ein zweites Beispiel, Frage 49b. „Hier ist dieselbe Liste. Wer ist Ihrer persönlichen Meinung nach für die Gewaltanwendung während der Studentenstreiks am meisten verantwortlich? Bitte, stellen Sie eine Rangordnung von 1–7 wie in der vorhergehenden Frage auf." Durch die alphabetische Anordnung der Liste und ihrer Umkehrung befand sich die Kategorie *Studenten* jeweils in der Mitte. Dennoch ergibt sich in der Kategorie *Studenten* ein signifikanter Unterschied zwischen den weißen und den grünen Fragebogen.

Alles deutet daraufhin, daß eine veränderte Reihenfolge in den vorgegebenen Antwortmöglichkeiten die Antworten in beide Richtungen beeinflussen kann, und dies selbst in einer scheinbar neutralen Situation und auch bei identisch formulierten Fragen. Um wieviel größer muß die Beeinflussung erst sein, wenn die Fragen relativ unbekümmert formuliert und für die Befragung noch verschiedene Interviewer eingesetzt werden? Wir wissen, daß Befragungen **immer** Ergebnisse bringen. Nur wieviel sind solche Ergebnisse wert?

Fragen dieser Art haben wir früher nicht gestellt. Es gab keine Veranlassung. In der Not haben wir uns viel mehr Gedanken zum Erhebungsinstrument gemacht. Ja, machen müssen. Welche Lehren daraus zu ziehen sind? Wir haben keine Zeit, uns darüber Gedanken zu machen. Wir sind auf unser gelungenes Instrument stolz. Der Abdruck des studentischen Fragebogens folgt.

FORSCHUNGSINSTITUT FÜR SOZIOLOGIE DER UNIVERSITÄT KÖLN

DIREKTOR PROF. DR. RENÉ KÖNIG

"For practical reasons even more than for purely
intellectual ones, we need rigorously scientific
studies of human societies ... science is nothing
more nor less than getting at facts ... "
F.H. Giddings

In the willingness to contribute to the growth
of science, man manifests his modern attitude.

EDUCATION, SOCIAL CHANGE AND MODERNIZATION

A Sociological Study of

ASPIRATIONS, ATTITUDES AND VALUES OF INDIAN STUDENTS

QUESTIONNAIRE
1967

*ANSWERS TO THE QUESTIONS
WILL REMAIN ANONYMOUS!*

Responsible for the project: Dr. Prodosh Aich, Cologne, Zuelpicher Strasse 182, West Germany.
Address in India: Department of Sociology, University of Rajasthan, Jaipur.

IMPORTANT NOTES

1. If you are a foreign student, please mention your nationality on the *cover page*. Though it is a study on Indian students, your answers will help us to find out the impact of Indian educational institutions on persons coming from a different cultural background.

2. Please start *immediately* with your answering to the questions.

3. To most of the questions possible answers are given *to save your time*. These answers have been finalised after *careful pre-testing*. Kindly formulate your answers *in one of the given categories* and indicate them with either a *tick mark or a cross. Both signs together* should not be used.

4. Kindly do not forget *to attempt each question*. If you *accidentally forget one,* your answers to the other questions can not be considered. *And your answers are important!*

5. If you have *genuine difficulties* to answer to some of the questions, please make *appropriate remarks,* so that we shall know, why you could not answer.

6. To questions, where *ranking* is asked for, please indicate your *complete ranking*. Incomplete ranking would be *useless*.

WE THANK YOU IN ANTICIPATION FOR YOUR FULL CO-OPERATION!

Dr. Gisela Aich
Dr. Prodosh Aich

1.   Please mention your date of birth!

        .... year ....

2.   Are you male or female?
        male (   )
        female   (   )

3a.   Please mention your place of birth!

        ....

3b.   Is your place of birth a village, small town, big town or a city?

            village   (   )
            small town   (   )
            big town   (   )
            City   (   )

3c.   In which state is this place located?

        ....

3d.   What is the total population of this place?

        ....

4a.   In which place do your parents live now?

        ....

4b.   Is this place a village, small town, big town or a city?

            village   (   )
            small town   (   )
            big town   (   )
            City   (   )

4c.   In which state is this place located?

        ....

4d.   What is the total population of this place?

        ....

5a.   In which faculty do you study?

        ....

5b.   Which subject do you study?

        ....

6.   Please mention which of the following examinations you have passed; in which year, in which division and from which place.

	Year	Division	place
Matriculation			
Higher Secondary			
Intermediate			
1st Year TDC			
B.A./B.Sc./B.Com./ Rural Diploma			
M.A./M.Sc./M.Com.			

7a.   What was the division you obtained in last year's examination?

        ....

        ....

7b.   In which division do you expect to pass your final examination?

        ....

        ....

8.   Where do you stay at present?

            with parents (   )
            with relatives   (   )
            in hostel   (   )
            in private room   (   )

            other response ....

9. Please fill up the following table carefully; give particulars also of *expired persons!*

	occupation	educational qualification	monthly income	age	living/ expired
of paternal grandfather					
of maternal grandfather					
father					
mother					

of brothers	occupation	educational qualification	monthly income	age	living/ expired
1.					
2.					
3.					
4.					
5.					
6.					

of sisters	occupation	educational qualification	monthly income	age	living/ expired
1.					
2.					
3.					
4.					
5.					
6.					

10. In terms of *social prestige*: to which of the following classes does your *parental family belong?*

    upper upperclass ( )
    lower upperclass ( )
    upper middleclass ( )
    lower middleclass ( )
    upper lowerclass ( )
    lower lowerclass ( )

11. In terms of *property and income*: to which of the following classes does your paternal Family belong?

    upper upperclass ( )
    lower upperclass ( )
    upper middleclass ( )
    lower middleclass ( )
    upper lowerclass ( )
    lower lowerclass ( )

12. In terms of *social prestige*: to which of the following classes does/did the family of your grandfather belong?

    upper upperclass ( )
    lower upperclass   ( )
    upper middleclass   ( )
    lower middleclass ( )
    upper lowerclass   ( )
    lower lowerclass   ( )

13. In terms of *property and income:* to which of the following classes does/did the family of your grandfather belong?

    upper upperclass ( )
    lower upperclass   ( )
    upper middleclass   ( )
    lower middleclass ( )
    upper lowerclass   ( )
    lower lowerclass   ( )

14. Are you single, married, divorced or widow(er)?

    single ( )

    married   ( )

    divorced   ( )

    widow (er) ( )

    Where does your wife/husband live now?
    ....

    How many children do you have?
        none ( )
        1 child   ( )
        2-3 children   ( )
        4 or more children ( )
    What is/was the occupation of your father-in-law?

    ....

    What is/was his approximate monthly income?

    ....

15. From which of the following sources do you get financial support?

                                    monthly amount

parents ( )   ....
father-in-law ( )   ....
husband/wife   ( )   ....
brother/sister ( )   ....
other relatives   ( )   ....
scholarship ( )   ....
govt. loan   ( )   ....
self-earnings ( )   ....
family property   ( )   ....
other source   ....

total amount   ....

16. Following is a list of occupations which of them do you aspire for, after the completion of your studies?

    artist ( )
    assistant ( )
    business   ( )
    business executive ( )
    clerk ( )
    college teacher ( )
    doctor ( )
    engineer ( )
    entrepreneur ( )
    journalist   ( )
    lawyer ( )
    minister   ( )
    MLA ( )
    MLC   ( )
    MP ( )
    party leader ( )
    school teacher   ( )
    scientist ( )
    social welfare officer ( )
    social worker ( )
    state administrative service ( )
    union administrative service   ( )
    university teacher ( )
    writer ( )
    other response ....
    ....

17a. Assuming that you have a *free choice:* which of the following possibilities of living *would you like* to select?

    to live at your home place ( )
    to live in your own district   ( )
    to live within your own state   ( )
    to live at a place in another state( )

17b. Assuming that you have a *free choice:* which of the following possibilities of living *would you like* to select?

    to live in a village ( )
    to live in a small town ( )
    to live in a big town   ( )
    to live in a city ( )

17c. Assuming that you have a *free* choice: which of the following possibilities of living *would* you *like* to select?

    to settle down at one place   ( )
    to live in few different places   ( )
    to live in some different places ( )
    to live in many different places ( )

17d. Assuming that you have a *free choice*: which of the following, possibilities of living *would you like* to select?

    to live with the joint family ( )
    to live near to the joint family   ( )
    to live at some distance from the joint family ( )
    to live far away from the joint family ( )

17e. Assuming that you have a *free choice*: which of the following possibilities of living *would you like* to select?

    to live at a place where most of your friends are ( )
    to live at a place where many of your friends are ( )
    to live at a place where some of your friends are ( )
    to live at a place where very few of your friends are ( )

18a. Taking all factors of your present situation into consideration: to what degree do you expect that your *occupational aspirations* would be fulfilled: very high, high, low or very low?

    very high ( )
    high ( )
    low   ( )
    very low   ( )

18b. Taking all factors of your present situation into consideration: to what degree do you expect that *your financial aspirations* would be fulfilled: very high, high, low or very low?

    very high ( )
    high ( )
    low   ( )
    very low   ( )

19. What should be the minimum salary according to your aspiration, when you start your occupational career?

....

20. What is the minimum salary which you would accept, if your aspired salary is unattainable at the beginning?

....

21a. When all your occupational aspirations are fulfilled: to which of the following classes will you belong to in terms of *social prestige?*

    upper upperclass ( )
    lower upperclass   ( )
    upper middleclass   ( )
    lower middleclass ( )
    upper lowerclass   ( )
    lower lowerclass   ( )

21b. When all your occupational aspirations are fulfilled: to which of the following classes will you belong to in terms of *property and income?*

    upper upperclass ( )
    lower upperclass   ( )
    upper middleclass   ( )
    lower middleclass ( )
    upper lowerclass   ( )
    lower lowerclass   ( )

22. Do you aspire to continue your studies at a higher level ?

yes ( )
no ( )
Upto what level? ....

What is the probability that you will be able to continue at a higher level?

no probability ( )
under 25 % ( )
under 50 % ( )
under 75 % ( )
75 % and more ( )

23. Would you like to continue your studies at a foreign university?

yes ( )
no ( )

What is the probability according to your estimation that you will continue your studies at a foreign university?

no probability ( )
under 25 % ( )
under 50 % ( )
under 75 % ( )
75 % and more ( )

24. Do you believe that your occupational aspirations could be more readily fulfilled, if you had the chance of studying at a foreign university?

yes ( )
no ( )

Please give detailed reasons for Your above answer!

....
....
....
....
....
....
....

25. What is the amount which you have at your disposal for your monthly expenditure?

....

26. What is the degree of your satisfaction with your present financial situation?

very satisfied ( )
satisfied ( )
unsatisfied ( )
very unsatisfied ( )

27a. Following are some important factors which may be responsible both for high and low achievement in one's aspirations. Please indicate the *most important* factor according to your personal opinion!

1. financial support from parents ( )
2. financial support from relatives ( )
3. grace of God ( )
4. 'Karma' of this and past lives ( )
5. own initiative and industrious-
   ness( )
6. own merit and intelligence ( )
7. position of caste ( )
8. social and other supports from
   caste and community ( )

27b. And which of the following factors is the *least important* for achievement in one's aspirations?

1. financial support from parents ( )
2. financial support from relatives ( )
3. grace of God ( )
4. 'Karma' of this and past lives ( )
5. own initiative and industrious-
   ness( )
6. own merit and intelligence ( )
7. position of caste ( )
8. social and other supports from
   caste and community ( )

28a. Taking all factors of your present situation into consideration: do you believe that your future prospects would be different, if you had more *financial support* from your *parents?*

    much better ( )
    better ( )
    no difference ( )
    not significant ( )

28b. Taking again all factors into consideration: do you believe that your future prospects would be different, if you had more *financial support* from your *relatives?*

    much better ( )
    better ( )
    no difference ( )
    not significant ( )

28c. Taking again all factors into consideration: do you believe that your future prospects would be different, if you had more *grace of God?*

    much better ( )
    better ( )
    no difference ( )
    not significant ( )

28d. Taking again all factors into consideration: do you believe that your future prospects would be different, if your *'karma' of this and past lives* had been more favourable?

    much better ( )
    better ( )
    no difference ( )
    not significant ( )

28e. Taking again all factors into consideration: do you believe that your future prospects would be different, if you had invested more *initiative and hard work?*

    much better ( )
    better ( )
    no difference ( )
    not significant ( )

28f. Taking again all factors into consideration: do you believe that your future

prospects would be different, if you had more *Merit and intelligence?*

    much better ( )
    better ( )
    no difference ( )
    not significant ( )

28g. Taking again all factors into consideration: do you believe that your future prospects would be different, if you had more *social and other supports* from your caste and community?

    much better ( )
    better ( )
    no difference ( )
    not significant ( )

28h. Taking again all factors into consideration: do you believe that your future prospects would be different, if your *caste position* would have been higher?

    much better ( )
    better ( )
    no difference ( )
    not significant ( )

29a. To which religion do you belong?

....

29b. To which caste do you belong?

....

30. What will be the place of your caste on the following scale?

    upper uppercaste ( )
    lower uppercaste ( )
    upper middlecaste ( )
    lower middlecaste ( )
    upper lowercaste ( )
    lower lowercaste ( )

31. To what degree does your *parental Family* differ from the norms of your caste?

    does not differ at all ( )
    some minor differences ( )
    some important differences ( )
    very substantial differences ( )

32.   Please take *all the marriages* of your joint family members in *last 10 years* into consideration: kindly classify these marriages according to the following categories!

    1. no marriage in last 10 years (   )
    2. only within the caste (   )
    3. mostly within the caste   (   )
    4. within the caste and intercaste
       evenly distributed (   )
    5. mostly intercaste   (   )
    6. only intercaste   (   )
    7. without any considerations of
       caste   (   )

33.   Following are some factors which are important for the choice of spouse (husband/wife). Which of these factors should be, according to *your personal opinion*, the most important? Please-indicate this factor by putting 1. Between the brackets. Then indicate kindly the factor which should be the second most important, then the third most important and so on. Please continue like this and give your ranking from *1 to 6.*

    caste (   )
    class   (   )
    education   (   )
    love (   )
    personal achievements (   )
    physical charm (   )

34a. Assuming you have a free choice: which of the following possibilities would you prefer? The spouse should belong

    to the same caste (   )
    to a higher caste   (   )
    to a lower caste (   )
    to a different religion (   )
    other response ....
    ....
    ....

34b. Assuming you have a free choice: which of the following possibilities would you prefer? The spouse should belong

    to the upper upperclass (   )
    to the lower upperclass   (   )
    to the upper middleclass (   )
    to the lower middleclass   (   )
    other response ....
    ....
    ....

34c. Assuming you have a free choice: which of the following possibilities would you prefer? The spouse should be

    at least post-graduate (   )
    at least graduate (   )
    moderately educated (   )
    just literate (   )
    other response ....
    ....
    ....

34d. Assuming you have a free choice: Which of the following possibilities would you prefer? The spouse should possess

    many loveable qualities (   )
    good amount of loveable
    qualities (   )
    some loveable qualities (   )
    average loveable qualities   (   )
    other response ....
    ....
    ....

34e. Assuming you have a free choice: Which of the following possibilities would you prefer? The personal achievements of the spouse should be

    very high (   )
    fairly high   (   )
    moderately high   (   )
    just average (   )
    other response ....
    ....
    ....

34f. Assuming you have a free choice: which of the following possibilities would you prefer? The spouse should be

    extremely beautiful ( )

    fairly beautiful ( )

    average ( )

    below average ( )

    other response.............................
....
....

35. There are many students who study abroad and come back with a degree from a foreign university. Do you personally know somebody who has *gone* to a foreign university?

    yes ( )

    no   ( )

    How many ? ....

    Who are they ?..............................
....
....

36. Do you personally know somebody who has *come back* with a foreign degree?

    yes ( )

    no   ( )

    How many ?.....................................

    Who are they ?...............................
....
....

37. There are many factors which motivate persons to go abroad for studies. Here are some, which are important. Please go through the list carefully and then indicate the most important factor according to your *personal belief* and put 1. between the brackets. Then the next important factor and put 2. Please continue like this and give your personal ranking from *1* to *8*.

  1. to study subjects for which no facilities are there in India at present ( )

  2. because they do not get admission in the Indian universities due to their low marks and can afford to go abroad ( )

  3. because of the higher standard of foreign universities ( )

  4. because it is easier to pass examinations at a foreign university ( )

  5. because scholarships are awarded on account of merit ( )

  6. because of influential relatives or friends or teachers, who could push on for a scholarship ( )

  7. because foreign degrees are considered of higher quality by many persons, although they are not ( )

  8. only because they can financially afford it ( )

38. If you were to select one candidate out of two, one holding a foreign degree and the other an equivalent degree from an Indian university, whom would you be inclined to select?

    the foreign degree-holder ( )

    the Indian degree-holder ( )

    other responses ....
....
....
....
....
....

39. It is generally believed in our country that only *the most brilliant* students go out for study at a foreign university. To what degree do you agree to this general belief?

    strongly agree ( )

    agree ( )

    disagree ( )

    strongly disagree ( )

40. It is generally believed in our country that returnees from a foreign university are *much more efficient* than the equivalent Indian degree-holders. To what degree do you agree to this general belief?

    strongly agree ( )

    agree ( )

    disagree ( )

    strongly disagree ( )

41. It is generally believed in our country that returnees from a foreign university are *much more modern in attitudes* than the equivalent Indian degree-holders. To what degree do you agree to this general belief?

strongly agree ( )
agree ( )
disagree ( )
strongly disagree ( )

42. Following is a list of some occupations with *high social prestige*. Please indicate the occupation, according to your *personal belief, with the highest prestige* and put 1., then the *second highest* and put 2., then the *third highest* and put 3. Please complete your ranking from *1 to 10*.

artist, writer, poet ( )
business executive ( )
college teacher ( )
engineer ( )
govt. administrator ( )
journalist ( )
lawyer ( )
medical doctor ( )
political leader ( )
university teacher ( )

43. Following is the same list of occupations. Please indicate the occupation which carries, according to your *personal belief, the highest power* and put 1., then the *second highest* and put 2. and so on. Kindly complete your ranking from *1 to 10*.

artist, writer, poet ( )
business executive ( )
college teacher ( )
engineer ( )
govt. administrator ( )
journalist ( )
lawyer ( )
medical doctor ( )
political leader ( )
university teacher ( )

44. Following are some statements, to which one may agree or disagree. Please indicate your personal degree of agreement to each of the following statements.

45a. There would not be much harm to keep the relative caste positions in modern India as they are.

strongly agree ( )
agree ( )
disagree ( )
strongly disagree ( )

45b. A well educated person in responsible position should not appoint a lower-caste person as head of a group consisting mainly of higher-caste person.

strongly agree ( )
agree ( )
disagree ( )
strongly disagree ( )

45c. The most important thing in life should be, to have a traditionally rich family.

strongly agree ( )
agree ( )
disagree ( )
strongly disagree ( )

45d. Individual success should have no real worth, if the relatives are not benefited.

strongly agree ( )
agree ( )
disagree ( )
strongly disagree ( )

45e. One should act in the interest of the joint family, even at the cost of one's own occupational career.

strongly agree ( )
agree ( )
disagree ( )
strongly disagree ( )

45f. Even a brilliant individual career is not worth it, if it leads to loss of solidarity among one's community.

    strongly agree ( )
    agree ( )
    disagree ( )
    strongly disagree ( )

45g. Being in an influential position, one should not dismiss a good friend from service, although he deserves the dismissal according to the rules of the organisation.

    strongly agree ( )
    agree ( )
    disagree ( )
    strongly disagree ( )

45h. One should prefer a doctor of one's own community.

    strongly agree ( )
    agree ( )
    disagree ( )
    strongly disagree ( )

45i. If a recruitment officer of an enterprise recruits some of his friends, who have a little less qualification than required for the job, it is in fact not so harmful as generally assumed.

    strongly agree ( )
    agree ( )
    disagree ( )
    strongly disagree ( )

45j. There are certain cultural values which should never be given up, only to achieve economic growth.

    strongly agree ( )
    agree ( )
    disagree ( )
    strongly disagree ( )

45k. A recognised patriot of one time should not be criticised in public for minor corruption.

    strongly agree ( )
    agree ( )
    disagree ( )
    strongly disagree ( )

45l. Even the most beautiful statutes of colonial rulers should be removed after independence.

    strongly agree ( )
    agree ( )
    disagree ( )
    strongly disagree ( )

45m. One should not challenge the qualifications of a person for a responsible job, if he has really sacrificed a lot for the independence of our country.

    strongly agree ( )
    agree ( )
    disagree ( )
    strongly disagree ( )

45n. Being in the same position the elder person should not work as hard as the younger person.

    strongly agree ( )
    agree ( )
    disagree ( )
    strongly disagree ( )

45o. Good business partnership should only be based on intimate relationship between the families of the businessmen.

    strongly agree ( )
    agree ( )
    disagree ( )
    strongly disagree ( )

46a. Students' strikes in our country are very common. These strikes are indications for that something is wrong in the system. Almost all of us have been involved in strikes either in school, in college or in the university. How often did you have strikes upto *your Inter-mediate or 1st year TDC* education?

    only once ( )
    2–5 times ( )
    6–10 times ( )
    11 and more ( )
    other response ....
    ....

46b. How often did you join strikes in those days?

    only once ( )
    2–5 times ( )
    6–10 times ( )
    11 and more ( )
    other response ....
    ....

46c. Please indicate the degree of your participation at that time on the following scale!

    active leadership ( )
    very active participation ( )
    average participation ( )
    almost passive participation ( )

46d. Please indicate the degree of your involvement at that time on the following scale!

    very high ( )
    high ( )
    low ( )
    very low ( )

46e. What were the demands? ....
....
....
....
....
....

46f. Was it your conviction at that time that strike had been the only means to fight through the demands?

    yes ( )
    no ( )
    other response ....
    ....
    ....
    ....

46g. Had there been consultations between the students and teachers?

    yes ( )
    no ( )
    other response ....
    ....
    ....
    ....

46h. What had been the percentage of teachers which had supported your demands?

    none ( )
    under 25 % ( )
    under 50 % ( )
    under 75 % ( )
    more than 75 % ( )

46i. If you think back to those days and apply your present knowledge: what was the degree of justification for strike?

    very justified ( )
    justified ( )
    not justified ( )
    very unjustified ( )

47a. How often did you have strikes *after your Intermediate* or lst year TDC education?

    only once ( )
    2–5 times ( )
    6–10 times ( )
    11 and more ( )
    other response ....
    ....

47b. How often did you join strikes since your Intermediate or 1st year TDC?

only once ( )
2–5 times ( )
6–10 times ( )
11 and more ( )
other response ....
....

47c. Please indicate the degree of your participation at that time on the following scale!

active leadership ( )
very active participation ( )
average participation ( )
almost passive participation ( )

47d. Please indicate the degree of your involvement at that time on the following scale!

very high ( )
high ( )
low ( )
very low ( )

47e. What were the demands? ....
....
....
....
....

47f. Was it your conviction at that time that strike had been the only means to fight through the demands?

yes ( )
no ( )
other response ....
....
....

47g. Had there been consultations between the students and teachers?

yes ( )
no ( )
other response ....
....
....

47h. What was the percentage of teachers which had supported your demands?

none ( )
under 25 % ( )
under 50 % ( )
under 75 % ( )
more than 75 % ( )

47i. If you think back to those days and apply your present knowledge: what was the degree of justification for strike?

very justified ( )
justified ( )
not justified ( )
very unjustified ( )

48a. Taking all factors of our present educational situation into consideration: to what degree do you believe that students' strikes are unavoidable?

absolutely unavoidable ( )
to some extent unavoidable ( )
quite avoidable ( )
absolutely avoidable ( )
other responses ....
....
....
....
....

48b. To what degree do you believe that students' strikes are useful?

very useful ( )
partly useful ( )
to some extent useful ( )
not at all useful ( )
other response ....
....
....
....
....

49a. Following is a list of parties who may be responsible for students' strikes. According to *your personal opinion*: who of the following parties is most responsible? Please indicate your choice by putting 1., then the second most responsible and put 2. and so on. Please complete your ranking from *1 to 8.*

1. educational policy-makers of the government ( )
2. political parties ( )
3. professional agitators ( )
4. student leaders ( )
5. students ( )
6. teachers ( )
7. university administrations ( )
8. vice-chancellors ( )
   other response ....
   ....
   ....
   ....
   ....

49b. Following is the same list. Who is, according *to your personal* opinion, most responsible for *violence* during students' strikes? Please indicate your ranking from *1 to 7* as in the previous question!

1. educational policy-makers of the government ( )
2. political parties ( )
3. student leaders ( )
4. students ( )
5. teachers ( )
6. university administrations ( )
7. vice-chancellors ( )
   other response ....
   ....
   ....
   ....
   ....

50a. In our present situation: to what degree do you believe that *violence* during students' strikes is unavoidable?

   absolutely unavoidable ( )
   to some extent unavoidable ( )
   quite avoidable ( )
   absolutely avoidable ( )
   other response. ....
   ....
   ....
   ....

50b. To what degree do you believe that *violence* in students' strikes is necessary?

   absolutely necessary ( )
   partly necessary ( )
   to some extent necessary ( )
   not at all necessary ( )
   other response ....
   ....
   ....
   ....

50c. To what degree do you believe that *violence* in students' strikes is useful?

   very useful ( )
   partly useful ( )
   to some extent useful ( )
   not at all useful ( )
   other response ....
   ....
   ....
   ....

51a. To what degree do you believe that *violence* is unavoidable in *human society*?

   absolutely unavoidable ( )
   to some extent unavoidable ( )
   quite avoidable ( )
   absolutely avoidable ( )
   other response. ....
   ....
   ....
   ....

51b. To what degree do you believe that violence is necessary in human society?

 absolute necessary ( )
 partly necessary ( )
 to some extent necessary ( )
 not at all necessary ( )
 other response ....
 ....
 ....
 ....

51c. To what degree do you believe that *violence* is useful for *human societies*?

 very useful ( )
 partly useful ( )
 to some extent useful ( )
 not at all useful ( )
 other response ....
 ....
 ....
 ....
 ....

REMARKS : -

Printed by: Jaipur Printers, Jaipur

THANK YOU FOR YOUR KIND
COOPERATION.

Die verborgenen Gesichter einer Universität

Jene Freundin von Frau Unnithan und wissenschaftliche Mitarbeiterin von Wertheim aus Amsterdam, Frau Dr. Vreede, hatte uns wachgerüttelt. Alles was danach geschieht, ist so etwas wie ein Pingpong-spiel. Wir spielen den Ball zurück, nach Möglichkeit so, daß er nicht zurückkommt. Zum Nachdenken bleibt keine Zeit. Wir zehren aus Erfahrungsreflexen. Außerdem sind wir gewaltig unter Druck – psychisch wie materiell. Für die Durchführung der vor Ort entwickelten Forschungspläne aus eigegegener Tasche haben wir nicht genug Geld.

Außerdem müssen uns von dem täglichen Hickhack fernhalten. Deshalb habe ich mich am 27. Dezember 1966 an den Vice Chancellor gewendet. Der Konflikt soll auf der Ebene der Institutionen ausgetragen werden. Dadurch würde der Ballwechsel langsamer und die Vorgänge dokumentierbarer sein. Die so freigeschaufelte Zeit wollen wir für die Durchführung beider Erhebungen in Jaipur nutzen. Selbst bei dem Treffen mit dem Vice Chancellor am 30.Dezember ahne ich nicht, daß alles anders kommen wird als unsere Annahmen und Prognosen.

Das neue Jahr beginnt mit unerwarteten Überraschungen. Die Lehrveranstaltungen beginnen am 3. Januar 1967. Als ich mich dem Department nähere, sehe ich, daß alle Doktoranden sich vor dem Vorlesungsraum versammelt haben. Sie machen mir Platz, aber demonstrativ langsam, widerwillig und feindselig blickend. Sie murmeln deutlich wahrnehmbare unflätige Bemerkungen und kündigen Ärger an. Ich gehe schweigend an ihnen vorbei. Ich wundere mich, daß die selben Personen in Gruppen und einzeln bei uns privat erschienen sind, um über die Betreuungsmißstände im Departement zu klagen. Nun sind sie zum Anpöbeln da. Am 4. Januar bitte ich Unnithan schriftlich, dafür zu sorgen, daß die Anpöbelei abgestellt wird, weil diese Atmosphäre nicht im Interesse der Lehrveranstaltungen sein kann. Eine Kopie dieses Schreibens stelle ich dem Vice Chancellor Mathur zu und bitte ihn, mir einen Termin zu geben. Auch um über unsere beiden Forschungsprojekte, die ja für das Kölner Institut laufen, zu beraten.

Ich treffe Mathur am nächsten Tag. Ich informiere ihn über unsere Erhebungspläne und bitte ihn um die formale Unterstützung der Universitätsleitung bei der Durchführung. Er bittet mich am nächsten Vormittag, in seine Residenz zu kommen. Unnithan habe er auch gebeten Er werde sich um eine universitätsinterne Beilegung der Konflikte bemühen. Für das Treffen fixiere ich die Chronologie der Ereignisse. Ich übergebe beiden jeweils eine Kopie.

Ich bin überrascht, als Mathur gleich zu Beginn kundtut, daß dieses kein offizielles Treffen sei, er auch nicht als Vice Chancellor zu uns spricht, sondern als ein älterer Kollege. Er erörtert die Einzelheiten des Konflikts nicht.

Er bittet uns schlicht, die Streitigkeiten zu beenden und die ganze Vergangenheit, Vergangenheit sein zu lassen. Weder Unnithan noch ich stimmen diesem Vorschlag zu. Unnithan sagt auch unmißverständlich, daß die Einigungsformel vom 23. Dezember für ihn null und nichtig ist. Also insistiere ich darauf, daß Mathur sich nun inhaltlich mit meiner Eingabe beschäftigt.

Mathur überrascht mich ein zweites Mal. Er hätte von mir noch keine Eingabe über den Dienstweg (*through the proper channel*) bekommen. Ich beginne zu ahnen, welche tatkräftige Unterstützung ich vom Vice Chancellor Mathur zu erwarten habe, nämlich gar keine. Denn sonst hätte er mir schon am 30. Dezember gesagt, ich müßte den Dienstweg einhalten. Er will also die ganze Angelegenheit auf die Verzögerungsschiene leiten und darauf hoffen, daß meine Zeit in Jaipur bald abläuft.

Wieso soll für mich, so frage ich Mathur, der ich doch nur zu „Gastvorlesungen" für ein akademisches Jahr eingeladen worden bin, der normale Dienstweg gelten? Die Universität zahle mir eine monatliche Aufwandsentschädigung, werde ich belehrt. Die Mittel dafür werden von Haushaltsposten der nicht besetzten Planstellen gedeckt. Für ihn gelte nicht, unter welchen Voraussetzungen sein Vorgänger mich nach Jaipur eingeladen hätte, ihn interessiere im Augenblick auch nicht, ob ich über diesen unklaren Status aufgeklärt worden bin oder nicht, er könne die Angelegenheit nur so und nicht anders handhaben. Dies sei nun seine Auffassung. Es stünde mir natürlich frei, diese seine Auffassung gesetzlich überprüfen lassen.

Uns wird unsere hilflose Situation immer klarer. Was tun? Wir können uns nicht vorstellen, daß Unnithan und Mathur alle Heads of the Department im Campus, die Leiter der ingenieurwissenschaftlichen und medizinischen Hochschulen auf eine Einheitsfront gegen unsere Untersuchungen bringen können. Mit welcher Begründung? Wir können uns auch nicht vorstellen, daß Unnithan im Campus zum ersten Mal auffällig geworden ist, daß alle Heads of the Department Unnithans Verhalten gegenüber uns billigen würden, daß alle Heads of the Department miteinander grün wären und keine Rechnungen offen hätten. Wir rechnen uns also gute Chancen für die Durchführung der Erhebungen aus, wenn wir den arbeitsintensiveren Weg der dezentralen Genehmigung zu gehen bereit sind.

So entscheiden wir, uns nicht allein auf den „proper channel" einschränken zu lassen, alle Begegnungen, Besprechungen, Auseinandersetzungen schriftlich zu fixieren und mit allen uns verfügbaren und erschließbaren Mitteln die beiden Erhebungen im Feld durchzusetzen. So halten wir das bemerkenswerte Gespräch mit dem Vice Chancellor schriftlich fest, in dem ich ihm am gleichen Tag, also noch am 6. Januar geschrieben habe. Darin beschreibe ich den Verlauf des Gespräches, kündige meine Eingaben über den Dienstweg für den 9. Januar an und teile meine Einschätzung mit, daß wir wohl auch andere Institutionen um Hilfe bitten müßten.

Die Ereignisse jedoch stürzen auf uns ein. Sie erschließen uns aber auch immer facettenreichere Einblicke in die Universität und in die akademische Subkultur. Am späten Vormittag des 7. Januar besucht und informiert mich J. C. Sharma, einer der Doktoranden, daß zwei andere Doktoranden, Rajendra Singh (jener Bruder von Yogender Singh) und ein Mr. N. K. Mahla, auf der Straße auf mich warten würden, um mit mir zu sprechen. Ich sage Sharma, daß sie jederzeit willkommen sind, mich zu besuchen. Sharma geht zurück. Sie beraten kurz miteinander die Situation und schlendern langsam weg. Dieser J. C. Sharma hatte mich schon am 4. Januar gebeten, seinen Namen im Zusammenhang mit diesem Konflikt nicht zu nennen, auch wenn er mir gegenüber wiederholt freimütig den unhaltbaren Zutand beklagt habe und auch wenn er im Department Zeuge vieler unwürdigen Situationen gewesen sei.

Am 8. Januar, einem Sonntag, am späten Vormittag, stehen drei andere Doktoranden, Guruswami, Modi und Raj, auf der Straße vor der Toreinfahrt, rufen mich laut und wollen, daß ich auf die Straße komme. Ich fordere sie von der Veranda auf, hereinzukommen, wenn sie mit mir sprechen wollten. Nach einigen Beschimpfungen von draußen gehen sie wieder. Dies alles findet in der „residential area" für die Hochschullehrer statt. Unsere unmittelbaren Nachbarn kriegen alles mit. Wir wundern uns darüber, daß keiner der beiden Nachbarn herauskommt oder sich aber später erkundigt, was eigentlich los sei.

Am selben Tag macht mich Mathur in einem „vertraulichen" Brief darauf aufmerksam, daß ich ein auf Zeit bestelltes Mitglied des Lehrkörpers sei, mit allen Rechten, aber auch Pflichten. Sobald meine Eingaben (representations) auf dem Dienstweg eingehen, werden sie sorgfältig geprüft. Als Mitglied des Lehrkörpers werde von mir unbedingt erwartet, Eingaben nur an die Gremien der Universität zu richten und mich in dienstlichen Angelegenheiten an keine außeruniversitären Einrichtungen (outside agencies) zu wenden. Diese vorauseilende Abmahnung sollte uns einschüchtern. Wir sind auch eingeschüchtert. Als erste Reaktion. Dann fragen wir uns: warum diese Warnung? Warum wartet die Gegenseite nicht ab? Warum fürchtet die Gegenseite das Bekanntwerden der Geschehnisse, wenn sie es doch sind, die diese inszenieren? Aus diesem Schreiben lesen wir auch heraus, daß der Vice Chancellor nicht die einzige Instanz des „proper channels" ist. Also bringe ich am 9. Januar dem Vice Chancellor eine Vorauskopie meiner Eingabe selbst zur Hauptverwaltung und beschaffe mir alle veröffentlichten Unterlagen über die Satzung der Universität.

Am 9. Januar kommt Mr. N. K. Mahla mir auf dem Weg zum Department demonstrativ entgegen. Ich weiche ihm aus und gehe weiter. Er schreitet hinter mir her und droht, mich zusammenzuschlagen, wenn ich mich nicht entschuldige. Ich hätte ihn beleidigt, weil ich nicht auf die Straße herausgekommen war, um mit ihm zu sprechen. Später am Tag kommt Singh (der Bruder von Yogendra Singh) in den Aufenthaltsraum des Department, verlangt von mir eine Entschuldigung, weil ich Übles über ihn im Department verbreitet hätte, wie ihm Mr. Shinghi (einer der drei Lecturer im

Department) berichtet habe. Als ich nicht darauf reagiere, kündigt er an, daß er die Entschuldigung aus mir herausprügeln werde. Am frühen Nachmittag werde ich zum Head of the Department bestellt. Anwesend ist neben Unnithan auch Dr. Ahuja (Lecturer im Departement) und Rajendra Singh. Ich soll erklären, warum auf dem Deckblatt unserer Fragebögen die Namen von Unnithan und Singh fehlten. Außerdem soll ich erklären, wie ich dazu komme, mich an Dr. Ahuja ohne eine schriftliche Genehmigung des Head of the Department mit der Bitte zu wenden, mir eine seiner Vorlesungstunden für eine schriftliche Befragung zu überlassen. Ich entschuldige mich für meine Unkenntnis, daß ich für eine Anfrage dieser Art bei einem Kollegen im Department eine schriftliche Genehmigung des Heads benötige, und verlasse das Büro mit dem Hinweis, daß ein Fragebogen ein Forschungsinstrument sei. In meiner Eingabe vom 9. Januar an Mathur ist in 31 Punkten eine Chronologie enthalten, auch diese letzten Ereignisse. Am gleichen Tag habe ich auch im Namen des Kölner Instituts auf Institutsbogen den Antrag auf Genehmigung für die Durchführung der beiden Erhebungen im Campus gestellt.

Am 10. Januar habe ich meine erste Veranstaltung erst um 12.15 Uhr. Unser Haus wird von 10.00 Uhr an von „Unnithans Soldaten" belagert. Meine Frau will mich nicht allein gehen lassen. Sie begleitet mich zum Department. Zufällig kommt der Stellvertreter des „Registrars" (Kanzler) uns entgegen. Wir informieren ihn über die Belagerung und über die „anonymen" Anrufe mit Drohungen und Beschimpfungen.

Nach meiner Veranstaltung mache ich mich auf den Weg, fachfremde Kollegen im Campus aufzusuchen und für die Erhebung Termine zu vereinbaren. Mit Erfolg. Bis zum späten Nachmittag des 11. Januar haben wir mit allen bis auf zwei Departments Termine vereinbaren können. Aber der erste Rückschlag kommt bereits in den Morgenstunden des 12. Januar per Boten.

Prof. Tikkiwal , Department of Statistics, zieht die Zusage zurück, weil wir auch Fragen – beim Verabreden haben wir natürlich einen Fragebogen zur Information übergeben – zu „Studentenunruhen" gestellt hätten. Diese Problematik sei aber delikat (delicate matter). Er könne solche Informationen aus seinem Department ohne Genehmigung nicht zulassen. Er empfiehlt mir, zumindest ein Schreiben meines Head of the Department (your Head of the Department) zu besorgen.

Prof. Saraf, Department of Physics, ruft mich um 13.00 Uhr an. Er habe gerade ein Anruf vom Registrar (Kanzler) erhalten. Unnithan soll Widerspruch gegen unsere Untersuchung angemeldet haben. Bis zur Klärung sollten wir unsere Verabredung vertagen. Wir suchen den Registrar auf. Ja, Unnithan habe sich gegen die Erhebung ausgesprochen. Er weiß auch, daß der Vice Chancellor noch nicht entschieden hat. Wir möchten bis zu einer Entscheidung abwarten.

Am 13. Januar, um 9.00 Uhr ruft mich Prof. Daya Krishna, Department of Philosophy, an und schlägt vor, am 14. Januar um 12.30 Uhr in seiner Vorlesung die Befragung durchzuführen. Wir berichten ihm, daß der Registrar uns gebeten hat, bis zur Entscheidung des Vice Chancellor keine Befragung durchzuführen. Daya Krishna besteht auf diesen Termin. In seinem Department bestimme er. Wir nehmen diesen Termin wahr. Bis 12.00 Uhr des 16. Januar kommt es zu keinen besonderen Vorkommnissen, abgesehen von sichtbarer Belagerung und Beschimpfungen und Drohungen am Telefon. Den Stillstand im Campus haben wir genutzt, Termine in der technischen Hochschule zu machen.

Um 12.00 Uhr des 16. Januar übergibt mir ein Bote gegen Unterschrift eine vertrauliche Mitteilung von Unnithan, daß ich ab sofort bis zur weiteren Mitteilung keine Lehrveranstaltungen abhalten darf. Er befürchtet – so vermute ich –, ich könnte eine meiner Veranstaltungen für die Durchführung der studentischen Befragung nutzen.

Am 17. Januar bitten wir den Vice Chancellor formell auf Institutsbogen, um eine baldige Zulassung der beiden Erhebungen. Unnithan habe dem Vice Chancellor mitgeteilt, so der Vice Chancellor am Telefon, daß wir nicht befugt wären, im Namen des Kölner Instituts Forschungen durchzuführen. Wäre es so, würde König den Vice Chancellor entsprechend gebeten haben. Deshalb solle ich König bitten, sich mit einem entsprechenden Schreiben an die Universität Rajasthan zu wenden.

Also schreibe ich noch am 17. Januar gleich zwei Briefe an König. Einen auf englisch, damit ich eine Kopie dem Vice Chancellor zustellen kann, und einen auf deutsch. Den Inhalt dieses Briefes möchte ich im Wortlaut wiedergeben, weil das Original meine damalige Verfassung und Stimmung genau wiedergibt – die eines Missionars für die blond-blauäugig-weiß-christliche Kultur: „Sehr geehrter Herr Professor, wie recht hatten Sie mit Ihrer Annahme, daß ich mir nicht vorstellen könne, wie unterentwickelt Indien sei. Das unakademische Verhalten der großen Bosse an der Universität und das Fehlen jeglicher Courage hat meine Nerven ziemlich strapaziert. Die demokratische Fassade verdeckt ein feudalautokratisches System, das die Heads of the Department mit solcher Macht ausstattet, daß sie praktisch alles tun können, ohne dabei ein Risiko einzugehen. Dr. Unnithan, der unbedingt seinen Namen als Autor in unseren Untersuchungen haben wollte, ist nun wütend, daß wir ihm das nicht gestattet haben. Er versucht nun mit allen Mitteln, sehr gemeinen und sehr unakademischen Mitteln, die Untersuchungen zu stoppen. Und der Vice Chancellor ist machtlos. Ich weiß nicht, ob Ihr Schreiben an den Vice Chancellor tatsächlich helfen wird. Aber wir sollten nichts unversucht lassen. Wenn die Untersuchungen aus diesem Grund scheitern sollten, dann ist das auch ein Ergebnis, worüber ich schreiben sollte und will, denn nur durch die Unterminierung der auf Sand gebauten Reputation und durch die Bloßstellung der hiesigen Normen, die akademisch genannt werden, kann ein Wandel in dem System herbeigeführt werden. Mittlerweile habe ich eine interessante Akte, die veröffentlicht werden sollte. Ich hoffe, daß Sie trotz

Ihrer vielen Belastungen das Schreiben an den Vice Chancellor ohne Zeitverlust schicken werden. Mit den besten Wünschen und Empfehlungen, bin ich stets Ihr"

Zwischenzeitlich hat Prof. Verma, Department of Political Science, seine Genehmigung von der Zustimmung der Universitätsleitung abhängig gemacht, weil diese Erhebungen durch eine ausländische Institution durchgeführt würden. Mit dieser Mitteilung stelle ich dem Vice Chancellor eine Kopie meines Schreibens an König auf englisch zu. Unsere Bemühungen, die Befragungen außerhalb des Campus durchzuführen, stoßen im „Law College" (Ausbildungsstätte für Jurisprudenz) auf ein Hindernis. Der Leiter (Principal Prof. R. N. Varma) hat von dem Registrar erfahren, daß die Erhebungen vom Vice Chancellor noch nicht genehmigt worden sind. Außerdem habe er auch gehört (von wem, will er nicht sagen), daß in diesem Zusammenhang ein Disput über das „Copyright" liefe.

In meinem Schreiben vom 19. Januar leite ich diese Information an den Vice Chancellor Mathur weiter. Ich teile ihm auch mit, daß meine Frau und ich uns als Vertreter des Forschungsinstituts für Soziologie an der Universität Köln nicht durch irgendeine interne Bestimmung der Universität Rajasthan gebunden fühlen, die Auseinandersetzungen um unsere Forschungsprojekte an die Öffentlichkeit zu tragen.

Am 24. Januar erhalte ich eine ausführliche Antwort von Mathur in freundlicher Diktion, aber mit vielen Tücken. Er bestätigt meine Schreiben vom 17., vom 19. und die Kopie meines Schreibens an König. Er vermerkt, daß er sich freue, daß ich nunmehr über meine Forschungsprojekte an König geschrieben habe (*you have now written to Dr. König regarding your research project*). Die unüberlesbare Unterstellung ist, daß König mit diesem Schreiben zum ersten Mal über diese beiden Studien unterrichtet wird, sie also bisher keine Projekte des Kölner Instituts gewesen sind.

Mathur sichert zu, daß, wie üblich, die Universität auch mir die größtmögliche akademische Freiheit gewähren wird. Ich sei als Reader auf Zeit im Department eingestellt und arbeite immer noch in dieser Eigenschaft. Keine ausländische Universität hätte bisher beantragt, mich als deren Vertreter anzuerkennen. Sollte dies geschehen, würde sich Mathur damit befassen. Selbst wenn dies nicht geschehe, sei er gern bereit, sich mit jeder vertretbaren Bitte (*reasonable request*) von mir zu befassen.

Seine Schwierigkeit im Augenblick sei, daß mein Erhebungsbogen etwa die Gebiete abdecken (*cover more or less the same ground*), die bereits in einer früheren Untersuchung im Department of Sociology abgedeckt wurden. Er hätte den Eindruck, daß ich diese Untersuchung kennen würde. Er wäre mir sehr dankbar, wenn ich ihm eine Notiz darüber zukommen ließe, inwiefern unsere Untersuchungen der des Departments gleiche, ob unsere auf der früheren basiere oder eine Erweiterung der früheren sei. Ich könnte mich ja, wenn notwendig, mit Unnithan kurzschließen. Erst nach Erhalt meiner Notiz würde er weitere Maßnahmen (*take further action in this regard*) treffen.

Ein bewundernswerter Reichtum an Einfällen, um die Durchführung der Erhebungen zu vereiteln. Die Maßnahmen Unnithans sind dagegen harmlos. Er veranstaltet den täglichen Psychoterror. Die Doktoranden und die Forschungsassistenten, alle älter als 22 Jahre und alle mit einem abgeschlossenen Universitätsstudium, lassen sich anstiften, täglich unser Haus ab dem späten Vormittag zu belagern, wenn ich aus dem Haus gehe, mir in einer Entfernung von 2–3 Metern zu folgen, Drohungen und Beschimpfungen auszustoßen und abends am Telefon schlimmste Drohungen auszusprechen. Dabei verweilen sie in der Universität doch eigentlich, um Forschungsqualifikationen zu erwerben. Es ist schmerzlich zu registrieren, daß kein einziger im Campus bisher in meiner Gegenwart zu diesem Zirkus irgend etwas gesagt hat.

Spätestens ab dem 9. Januar weiß Mathur hierüber Bescheid. In seinem etwas ausführlicherem Schreiben vom 23. Januar geht er auf diesen täglichen Psychoterror ein. Auch sonst ist dieses Schreiben augenöffnend. Mathur erblickt wahrscheinlich andere Zusammenhänge. Seine Verwaltung muß ihn informiert haben, daß wir Materialien über diese Universität seit ihrer Gründung sammeln. Nach den Statuten der indischen Universitäten ist die Veröffentlichungspflicht unbegrenzt. Es gibt keinen sogenannten vertraulichen Teil in den Sitzungen der Gremien. Zur Verschleierung der Regelwidrigkeit stehen nur drei Instrumente zur Verfügung: die Informationen im Protokoll auf ein Minimum zu beschränken, die Drucklegung der Dokumentation so lange wie möglich hinauszuzögern und den Verteiler dieser Berichte zu minimieren. Wer soll sich schon für diese Dokumente interessieren, wenn sie mit Verspätung von Jahren vorgelegt werden und wenn eh daran nichts mehr zu rütteln ist? Nun erfährt Mathur, daß zwei Leute sich bemühen, diese Dokumente vollständig zu sammeln.

Mathur sieht über den Tellerrand Unnithans hinaus. Er ist Mitglied der „Education Commission". Sie arbeitet im Auftrag der Zentralregierung seit 1964 unter Beteiligung auch vieler ausländischer Gelehrter. Mathur weiß, daß der Bericht diese Tage veröffentlicht werden wird. Also wird die indische Universität einige Zeit in öffentlicher Diskussion bleiben. Den Ist-Zustand der indischen Universitäten kennt die Kommission ausschließlich von den bisherigen Veröffentlichungen der in- und ausländischen Gelehrten. Ihre empirische Grundlage ist mehr als mager. So haben die prominenten Vertreter aus den Universitäten wie Mathur ein großes Gewicht. Mathur erblickt in unserem Ansatz eine überzeugende empirische Beschreibung des Ist-Zutandes, wenn es uns gelänge, erfolgreich die Studierenden und die Lehrenden zu befragen und die Befragungen mit der faktischen Entwicklungsgeschichte der Universität zu verknüpfen. Auch wenn dies zunächst die Beschreibung einer indischen Universität ist. Also sucht Mathur nach einer Strategie, unsere Arbeiten elegant und effektiv zu Fall zu bringen.

Mathurs Schreiben von 23. Januar verlangt mehr Energie von uns als uns lieb ist. Am 24. Januar haben wir auch Post bekommen. Nicht aus Köln. König und die Kollegen lassen uns in der Wüste von Rajasthan wirklich schmoren. Nein, wir haben Post bekommen aus Amsterdam. Ein eingeschriebener Brief von Frau Dr. Vreede-de-Stuers. Das Schreiben ist an mich adressiert. Eine Kopie des Schreibens schickt sie an Frau Unnithan. Die umgekehrte Konstruktion diesmal. Sie reagiert auf ein Schreiben ihrer Freundin in Jaipur vom 10 Januar, also einen Tag nach meiner Eingabe auf den Dienstweg. Frau Unnithan bittet Frau Vreede darin, die unerträgliche Atmosphäre in Jaipur mit einem Schreiben an mich aufzuklären. Ich würde Unnithan mit angeblichen Informationen über seine akademische Karriere in Holland erpressen, die ich von Frau Vreede erhalten haben soll. Frau Unnithan will von Frau Vreede wissen, ob sie damit einverstanden sei, daß ich mit von Frau Vreede geschriebenen Briefen in Jaipur hausieren gehe.

Frau Vreede beginnt mit dem zweiten Punkt und meint, daß Frau Unnithan von Leuten falsch informiert worden sein muß, weil Frau Vreede mir bisher überhaupt keine Briefe geschrieben habe. Wie könnte ich also mit ihren Briefen hausieren gehen? Dieser Punkt allein zeige ihr aber auf, daß eine Kontroverse über eine Sache Formen angenommen hätte, mit Verleumdungen, Erpressungen usw., also mit Methoden, die, wie sie weiß, ich genauso verabscheuen würde wie sie (*„Methods, I know, you abhor as much as I do.“*).

Was Frau Vreede zum ersten Punkt schreibt, möchte ich doch lieber wörtlich übersetzen: *„Was den ersten Punkt über Ihre Drohung mit enthüllenden kompromittierenden Informationen von mir (‚revealing compromising informations received from me‘) angeht, kann ich kaum sehen, wie Sie mit dem Wissen von Fakten jemand drohen könnten, worüber es weder Geheimnisse noch Gründe für Gerede geben kann, nämlich folgendes: Dr. Unnithan wollte ursprünglich an der Universität Amsterdam graduieren; als die angesprochenen Professoren ihm rieten, ein weiteres Jahr für die Bereicherung der Promotionsarbeit zu verwenden, konnte Dr. Unnithan offensichtlich diesem Rat nicht folgen, fand eine andere Universität für die Arbeit, so wie sie war. Es gibt sonst nichts ungeregeltes in seiner akademischen Karriere in Holland.*

Dies war meine Erklärung, als Sie ihre Verwunderung über den engen Kontakt zwischen Dr. Unnithan und einem holländischen Soziologen zum Ausdruck brachten, dessen Arbeiten anderswo unbekannt sind, aber dessen Name im Department, wo Sie gegenwärtig arbeiten, von jedermann erwähnt (‚whose name was on everybody's lips in the Department‘) wird. (...)

Weil dieses Schreiben gleichzeitig meine Antwort an Mrs. Unnithan ist, stelle ich ihr eine Kopie als meine exklusive Antwort an sie zu, die von beiden von Ihnen als mein endgültiger Standpunkt betrachtet werden soll.

Vertrauend darauf, daß weder Frau Unnithan noch Sie meinen Namen beliebig gebrauchen werden, Ihnen mentalen Frieden und Gesundheit

*wünschend, die Sie für die Verwirklichung Ihrer interessanten Forschungspro-
jekte brauchen (‚and wishing you the peace of mind and the health necessary to
materialise you interesting research projects'), Ihre, (C. Vreede-de-Stuers)"*

Ich habe mit Frau Dr. Vreede nie korrespondiert. Vor unserem zufälligen
Treffen habe ich sie nicht gekannt, und sie war eine langjährige Freundin
von Frau Unnithan. Wir können ihr Verhalten nicht einschätzen. Es scheint,
sie hatte irgend eine Rechnung mit Unnithans offen. Der letzte Satz ihres
Schreibens deutet darauf hin, daß sie über die Realisierung unserer
Forschungsarbeiten Skepsis hegte. Ich weiß nicht, ob ihre Sorge so weit
ging, daß sie darüber je mit Wertheim gesprochen hätte und ob Wertheim
mit König über die Geschichte beraten hätte.

Aber das Schreiben von Frau Dr. Vreede beunruhigt uns doch. Nach der
Anordnung von Mathur soll für mich etwas gelten, was Frau Unnithan als
ständiges Mitglied der Universität nicht einhält, das Verbot, außenstehende
„Dritte" in diesem Konflikt einzuschalten. Außerdem liegen uns Informatio-
nen über Strafanzeigen gegen uns vor. Also setze ich Mathur am 24.
Januar in Kenntnis, daß

1. wenn die Universität eine Entscheidung über unsere Erhebungen um
   noch weitere zwei Wochen verzögert, sich die Angelegenheit von selbst
   negativ geregelt haben – akademische Freiheit hin, akademische
   Freiheit her;

2. Unnithan ohne Angabe von Gründen und ohne die Studierenden zu
   informieren, unterbunden hat, daß ich meine Lehrveranstaltungen
   abhalten kann;

3. Unnithan Doktoranden und Forschungsassistenten Papiere über den
   Konflikt gegen uns unterschreiben läßt, es uns aber untersagt ist, Dritte
   zu informieren;

4. Unnithans die Verleumdung auch im Ausland fortsetzen, wie das
   Schreiben von Frau Dr. Vreede belegt;

5. unsere Forschungsprojekte beim Geheimdienst als antinational angezeigt worden sind und daß der Geheimdienst Kopien des Fragebogens
   von der Druckerei bereits in Beschlag genommen hat;

6. wir auch bei der Zollbehörde angezeigt worden sind, mit der Anschuldigung, wir würden geschmuggelte Güter im Besitz halten.

Darüber hinaus halten wir in einem getrennten Schreiben am selben Tag
die beiden folgenden Sachverhalte fest. **Erstens**: König ist stets über die
Entwicklung im Department genauestens informiert gewesen. Weil es zu
Konflikten gekommen ist, hat er uns nachträglich Institutsbriefbögen
geschickt, damit wir die Durchführung der Befragungen im Namen des
Instituts organisieren können. Und **zweitens**: Wir haben von der Existenz
einer Untersuchung des Departments erst nach dem 24. Oktober Kenntnis
erhalten, als Unnithan anregte, diese seine ältere Untersuchung in unsere
neuen Untersuchungen mit einzubeziehen, was wir ablehnen mußten. Zu
diesem Zeitpunkt waren wir bereits mit Voruntersuchungen beschäftigt.

Außerdem gab es für die Ablehnung auch konzeptuelle Gründe: Unsere Untersuchungen sind von den neuesten soziologischen Theorien abgeleitet.

Während Mathur eine Entscheidung trickreich verzögert – er setzt nunmehr eine besondere Kommission für diese Angelegenheit ein –, verhandeln wir mit einzelnen Hochschullehrern über die Überlassung einer Vorlesungsstunde für die Befragung. Dank Unnithan, der mich de facto von meinen Dienstpflichten entbunden hat, habe ich mehr Zeit. Wir nutzen die Zeit nicht mit schlechtem Erfolg, was natürlich Mathur und Unnithan nicht verborgen bleibt. Sie sind wütend.

Am 25. Januar schließt Unnithan die Fragebögen unserer Voruntersuchungen in seinem Büro ein. Am 26. benachrichtige ich Mathur über diesen Vorfall und bitte ihn dafür zu sorgen, daß die ausgefüllten Fragebögen mir unverzüglich zurückgegeben werden. Am 27. wird mir ein „vertrauliches" Papier, das fünf Unterschriften trägt, offiziell zugestellt. Das Papier, adressiert an Unnithan, enthält zunächst einen ausführlichen Bericht von ca. 75 Zeilen, unterschrieben von dem Sekretär Unnithans, der die Vermutung äußert, ich hätte von einem früheren Fragebogen im Department für unsere Untersuchung Fragen abgeschrieben. Unnithan leitet das Papier zur Überprüfung dieser Vermutung an J. C. Sharma, „Research Assistent", weiter. Dies ist die zweite Unterschrift. Sharma erstattet Bericht. Einige Fragen seien abgeschrieben. Die Dritte Unterschrift. Unnithans Vermerk: Er ist zufrieden (*„I am satisfied that Dr. Aich has committed an offence under Indian Copyright Act. We shall report the matter to the Vice Chancellor and seek his permission to take legal action against Dr. Aich. In the meanwhile, the office may bring this to the notice of Dr. Aich"*). Vierte Unterschrift. Eine Kopie des ganzen wird mir zugestellt. Unterschrieben von dem Sekretär. Alle fünf Unterschriften tragen das Datum des 24. Januar.

Am 28. schicke ich Mathur eine Kopie dieses Papiers und teile ihm mit, daß alles erfunden ist. Bei der Gelegenheit erinnere ich ihn, daß die ausgefüllten Fragebögen meiner Voruntersuchungen immer noch nicht zurückgegeben sind. Am nächsten Tag teilt mir Mathur mit, daß er Unnithan gebeten hat, mir die Fragebögen zurückzugeben. In einem gesonderten Brief bittet er mich, ich solle dazu Stellung nehmen, inwiefern unsere Fragebögen über „Education, Social Change and Modernisation – A Sociological Study of, Aspirations, Attitudes and Values of Indian Students and Teachers" mit dem beigefügten, von der Studentin Kamla ausgefüllten Fragebogen über „A Sociological Study of Aspirational Level and Values of Youths" Ähnlichkeiten aufweise. Über die Zustellung des von der Studentin Kamla ausgefüllten Fragebogens, bin ich froh. Ab jetzt bin ich in der Lage, jedem sachkundigen Dritten die beiden Fragebögen für ihre eigene Beurteilung vorzulegen und nicht selbst Stellung nehmen zu müssen.

Am 30. Januar habe ich etwas mehr Luft. Ich schreibe zwei Briefe an Mathur. In dem kürzeren der beiden Briefe danke ich ihm dafür, daß auf seine Veranlassung hin die Fragebögen endlich mir zurückgegeben worden sind. In dem langen Brief hebe ich zunächst den Widerspruch hervor: Warum soll Unnithan, seine Untersuchung in unsere Untersuchungen mitintegrieren wollen, wie dies schriftlich belegt ist, wenn unsere von seiner Untersuchung abgeschrieben worden sein sollten? Dann mache ich ihn darauf aufmerksam, daß Unnithans Fragebogen 75 Fragen und 8 Tabellen und unser Fragebogen 149 Fragen und zwei Tabellen enthalten. Selbst in der „Office Note" wird festgestellt, daß 15 Fragen in Unnithans Fragebogen Ähnlichkeiten mit 25 Fragen in unserem hätten. Wie könnte dann unser Fragebogen von Unnithans abgeschrieben sein? Danach erwähne ich, daß unser Fragebogen mehr Ähnlichkeiten mit den Fragebögen hätte, die ich in Deutschland verwendet habe und weise schließlich darauf hin, daß alle Fragebögen einige statistische Grunddaten erheben, deren Erfragung naturgemäß nicht sehr unterschiedlich durchgeführt werden könne.

Konkret unterbreite ich Mathur noch zwei Vorschläge. Er könnte irgendeinen Sozialforscher bitten, jene in beiden Fragebogen erfaßten statistischen Variablen in Fragen zu operationalisieren. Das Resultat wird Mathur sicherlich überzeugen. Oder könnte er die beiden Fragebögen an die folgenden bekannten Soziologen für ihre Stellungnahme verschicken: Daniel Lerner (Harvard University), Erwin K. Scheuch (University of Cologne), Edward A. Shils (University of Chicago und Oxford), W. F. Wertheim (University of Amsterdam). Jede ihrer Entscheidung werde ich akzeptieren.

Am 30. Januar übersende ich **sämtliche** angelaufenen Schriftstücke mit dem folgenden Begleitbrief an König nach Köln: „Sehr geehrter Herr Professor, bitte entschuldigen Sie, daß ich Ihnen so viele Kopien von Briefen zusende. Aber ohne den Briefwechsel zu kennen, werden Sie sich kaum vorstellen können, in welchen Dschungel ich hier geraten bin. Wäre mir diese Geschichte nicht selbst passiert, ich hätte sie niemandem geglaubt. Ich hoffe nur, daß wir die Untersuchungen doch irgendwie durchziehen können. Sobald die abgeschlossen sind, werden wir diesen Ort fluchtartig verlassen. Das heißt nicht, daß ich nicht von einem anderen Ort aus etwas gegen die Schikanen Dr. Unnithans und gegen die Untätigkeit des Vice Chancellors etwas unternehmen werde. Auch deshalb werden wir Jaipur baldmöglichst verlassen, weil ständig anonyme Anrufe mit Drohungen kommen und man mir auch auf der Straße Gewalt androht. Dem Vice Chancellor ist das alles bekannt.

Meine Eltern habe ich immer noch nicht besuchen können, ich warte immer noch auf das Visum. Ich hoffe, wir können wenigstens einmal nach Ostpakistan fahren. Wenn dieser Besuch nicht zustande kommt, dann war es den ganzen Ärger und die finanzielle Belastung wirklich nicht wert. (...)

Den Fragebogen und mein Schreiben vom 17. Januar haben Sie sicherlich bekommen. Ich nehme an, Sie haben dem Vice Chancellor schon geschrieben. Da im Campus nicht alle von der Sorte Unnithans sind, ist es uns gelungen, mit Ausnahme von 6 Departments die Klassenzimmerbefragung durchzuführen. Falls der Vice Chancellor nicht endlich entscheidet, werde ich immer noch etwa 400 bis 450 ausgefüllte Fragebogen von dieser Universität haben. Ich habe an den Vice Chancellor der Universität Delhi geschrieben. Eine Antwort steht noch aus. Wäre es Ihnen möglich, auch an den Vice Chancellor der Universität Delhi, Prof. Ganguli, zu schreiben, damit ich die Untersuchung auch dort durchführen kann? Ich hatte auch an den Vice Chancellor der Banaras Hindu University, Dr. Triguna Sen, geschrieben und ebenfalls an Prof. Dr. S.K. Srivastava, Head of the Department of Sociology, Banaras Hindu University. Im Prinzip war man dort einverstanden, aber wegen der Entfernung ist die Durchführung nicht ohne Unterstützung des dortigen Departments möglich. Könnten Sie vielleicht auch an Prof. Srivastava schreiben, damit er gewisse Unterstützung gibt? Ich habe pro Untersuchung 2000 Fragebögen drucken lassen, die ich nicht gern leer zurückbringen möchte.

Ich hoffe sehr, Ihnen in meinem nächsten Brief etwas Erfreulicheres berichten zu können. Mit den besten Empfehlungen, Ihr"

Am Vormittag des 31. Januar. werde ich mit einem 65zeiligen Schreiben von Unnithan beehrt, das mit *„Dear Sir"* beginnt und mit *„Professor & Head of the Univ. Dept. of Sociology"* endet. Dazwischen sind alle denkbaren Anschuldigungen, unter anderem auch, daß ich als Angehöriger der Universität Rajasthan ohne Genehmigung mit einem ausländischen Institut kollaboriere. Ich soll mich nicht später als um 17.00 Uhr des 1. Februar dazu äußern, (*„but not later than 5.00 p.m. of the first day of February 1967"*).

Ich stelle Unnithan frei, alles zu unternehmen, was er will. Eine Kopie des Schreibens und meine Antwort dazu stelle ich Mathur zu. Bei der Gelegenheit erinnere ich Mathur auch daran, daß eine Entscheidung der Universitätsleitung über unsere beiden Untersuchungen immer noch aussteht und unterbreite als Entscheidungshilfe einen dritten konkreten Vorschlag. Mathur möge beide Fragebögen seinen beiden professoralen Kollegen Pande (Department of History) und Daya Krishna (Department of Philosophy) für deren Urteil vorlegen. Ich bitte ihn auch um die Erlaubnis, daß ich von der Studentin Kamla ausgefüllten Fragebogen in meine Akte legen darf.

In meiner Anhörung bei der von Mathur eingesetzten Kommission am Vormittag des 4. Februar erfahre ich, daß Unnithan viele Schriftstücke produziert und bei Mathur eingereicht hat, wovon ich keine Kenntnis habe. Auch die Kommission gewährt mir keinen Einblick. Sie will von mir wissen, welche Bewandtnis es hätte, daß ich auf den Fragebögen für die Voruntersuchungen das Copyright beansprucht hätte. Ich berichte, daß ich angesichts der Ausbeutungs- und Diebstahlspraxis in Unnithans Department meine mühsamen Operationalisierungen komplizierter soziologischer Konzepte schützen wollte. Ohne diese Benennung hätte ich die Unterlagen meiner Voruntersuchungen, die Unnithan sich angeeignet hatte, nicht zurückbekommen.

Die Kommission will von mir wissen, ob ich auf das Copyright verzichten könne. Unnithan hat der Kommission gegenüber die Befürchtung geäußert, durch die Benennung des Copyrights werde seinem Department verwehrt, später zum gleichen Thema Untersuchungen durchzuführen. Ich hebe hervor, daß unser Schutzbedürfnis bei der Voruntersuchung bereits zeitlich überholt ist, daß in den gedruckten Fragebögen eine solche Erwähnung nicht stattfindet und es ein Copyright über Forschungsthemen nicht gibt. Die Kommission nimmt meine Aussage zum Protokoll. Die Kommission will ebenfalls von mir wissen, ob ich nachweisen kann, daß wir als Beauftragte des Kölner Instituts diese Untersuchungen durchführen wollen. Ich wiederhole die bekannten Fakten und stelle die ausstehende Antwort von König in Aussicht.

Nach dieser Anhörung übersende ich ein Telegramm an König mit der Bitte, sofort Mathur telegraphisch um die Unterstützung unserer Erhebung zu bitten. Ein eingeschriebener Brief soll dem folgen. Die Zeit drängt. In zwei bis drei Wochen wird die Prüfungsphase anlaufen und keine Lehrveranstaltungen an der Universität Rajasthan in diesem akademischen Jahr mehr stattfinden.

Dem Vice Chancellor unterbreite ich einen weiteren praktischen Vorschlag am selben Tag. Nach der Durchführung der Befragung im Vorlesungssaal auf dem Campus kann er die Fragebogen solange in Verwahrung nehmen, bis König sich gemeldet hat. Wenn die Äußerungen Königs denen entsprechen, die ich angegeben habe, erhalte ich die ausgefüllten Fragebogen zurück. Ich fasse auch meine Anhörung bei der Kommission zusammen, weil sie selbst kein Protokoll erstellte, und bitte Mathur, mir alle Eingaben von Unnithan für meinen effektiven Schutz zur Verfügung zu stellen.

Noch am 04. Februar wende ich mich zum ersten Mal an die Vereinigung der Lehrkräfte RUTA (Rajasthan University Teachers' Association) und informiere sie über die Vorgänge. Der Vorstand ist über die Vorgänge empört, aber durchaus nicht verwundert. Der Vorstand ist eine wahre Fundgrube für erste Informationen über den Zustand dieser Universität und über die statutenwidrigen Machenschaften der Leitungsgremien. Wir vereinbaren weitere Gespräche zum Informationsaustausch. Der Vorstand verspricht, sich der Sache anzunehmen. Er wendet sich schon am 05. Februar an Mathur, teilt seine Einschätzung über die Vorgänge und beantragt die sofortige Zulassungen der Befragungen auf dem Campus.

*****

Eigentlich ist es beschämend, daß ich das Schreiben von Fritz Sack vom 13. Dezember erst am 9. Februar beantworte. Es zeigt, unter welcher Hochspannung wir die vergangenen Wochen in Jaipur durchlebten. Verzweifelt informiere ich ihn, daß auf meinen dringenden Brief an König vom 17. Januar mit der Bitte, er möge uns bei dem Vice Chancellor sofort legitimieren, noch nichts geschehen ist, auch nicht nach meiner Mahnung vom 30. Januar oder nach meinem Telegramm vom 4. Februar. Vielleicht hätte er eine vage Vorstellung den Unterlagen entnehmen können, die ich König am 30. zuschickte. Nach unserer Rückkehr, stelle ich in Aussicht, ihm Geschichten zu erzählen, die er mir wahrscheinlich nicht glauben würde, denn auch ich hätte sie niemandem geglaubt. Könnte es sein, frage ich ihn, daß Briefe an uns hier unterschlagen würden. Ich gebe ihm unsere Privatadresse, damit die Briefe nicht mehr an das Department adressiert werden.

Auch meine Frau richtet einige Zeilen an Fritz Sack, deren ungekürzte Wiedergabe besser den Umständen gerecht wird: *„Lieber Herr Sack, lassen Sie mich einige Zeilen anhängen. Khokon (mein Rufname) ist von den Zuständen in seinem Land mehr als enttäuscht. Und ich frage mich oft, ob wir hier im Campus zwischen Akademikern leben oder in einem Haufen Krimineller. Die meisten haben keinerlei Qualifikation, keine Prinzipien und keine Skrupel. Das System ist so, daß ein Head of the Department eine Menge Dreck am Stecken haben muß, sonst kann er es gar nicht werden. Unnithan hat in diesem ganzen akademischen Jahr 6 mal seine Vorlesung gehalten und da hat er noch abgelesen. Dieses System muß man völlig bloßlegen, wenn man etwas ändern will. Wir sind eifrig dabei, Material zu sammeln für ein Buch über das indische Erziehungssystem. Das ist der einzige Weg, diesen Leuten ihre Gemeinheiten mit Zinsen heimzuzahlen. Was unsere Projekte betrifft, so werden wir im Juli und August unser Glück noch an zwei anderen Universitäten versuchen. Hier in Jaipur könnte nur Prof. Königs Brief an den Vice Chancellor sie noch retten, damit wir die sieben ausstehenden von den 20 Departments auch noch kriegen, das sind die 7 Social Science Departments, von denen Unnithan Direktor ist. Wir erleben hier so komische Geschichten, daß man lachen könnte, wenn sie nicht so traurig wären. Ich glaube, Sie hatten in Amerika eine bessere Zeit. Mein einziger Trost ist, daß wir mit unbezahlbaren Erfahrungen nach Hause kommen und Khokon von jetzt ab mit der indischen Realität etwas vertrauter ist als er je war, wenn das Vertrautwerden auch ziemlich schmerzhaft für ihn war. Für mich ist diese Zeit weniger schwierig, weil ich nie ein romantisches Indienbild hatte."*
Das war am 9. Februar.

Dazwischen ist ein etwas tröstlicherer Brief vom 21. Februar aus Berkeley eingetroffen. Daheims sind dort schon in eine Wohnung gezogen. Aber sie schreiben darüber hinaus auch Interessantes: *„Heute ist ein Tag, der für Briefeschreiben besonders geeignet ist: Wir sitzen nicht nur noch immer im Hotel und die Arbeit hat nicht nur noch nicht richtig begonnen, sondern es regnet auch zum ersten Mal seit unserer Ankunft (genauer es gießt). Auch hat sich Ihr Brief vom 23.10. wieder eingefunden.*

Wir hoffen, daß es mit Ihrem Umzug damals geklappt hat und daß Sie sich heute kaum noch an die Zeit im Gästehaus erinnern. Habe ich Sie richtig verstanden: Sie müssen 15 Stunden in der Woche Vorlesungen und Übungen halten? Kommen Sie denn, wenn Sie die Stunden auch nur halbwegs vorbereiten, noch zu etwas anderem? Ich stelle es mir schrecklich vor, auch nur sechs Stunden zu haben. Wenn ich denn Wochenplan hier richtig gelesen habe, hat keiner der Professoren mehr als 4 Stunden.

Erscheint Ihre Arbeit nun unter Ihrem Namen? Wir sind halt von König in dieser Beziehung wohl ziemlich verwöhnt. Aber auch Schmölders läßt eine ganze Menge erscheinen, das die Assistenten geschrieben haben. Aber eine Schweinerei ist es trotzdem. ...

Heute morgen hatte ich die erste Unterredung mit Prof. Smelser, der mein ‚faculty sponsor‘ ist. Damit hat die Arbeit gewissermaßen offiziell begonnen. Morgen werde ich mal in die Bibliothek gehen und mich nach einschlägiger Literatur umsehen. Ich fürchte, daß diese Zeit bald vorbei ist, wenn die Korrekturen von Köln kommen.

Hier auf dem Campus ist allerhand los: Im Dezember gab es einen Studentenstreik, der jetzt ein gerichtliches Nachspiel hat. Die nicht mehr immatrikulierten Führer der Free Speech Movement müßten vor den Richter. Die Verwaltung scheint ‚durchgreifen‘ zu wollen. Die Bevölkerung scheint auf die Studenten nicht gut zu sprechen zu sein (Rote). Außerdem ist ein konservativer Gouverneur gewählt worden, der die Mittel für die Universität kürzen will. Gestern wurde der Universitätspräsident abgewählt, was als Geste gegenüber den neuen Machthabern verstanden wird. Gestern demonstrierten 3000 Studenten gegen Vietnam und gegen die Einführung eines Hörergeldes. Aber selbst nach dem Bericht der Studentenzeitung war das Ganze etwas seltsam. Im ganzen scheint die Zeit der Streiks aber wohl vorbei zu sein.

Die Erregung über Vietnam ist übrigens nicht auf die Studenten beschränkt. Im Radio war dieser Tage ein sehr scharfer Kommentar zu der Vernichtung eines Dorfes zu hören. Das Vorgehen wurde mit Lidice verglichen.“

*****

Die Zeit verrinnt für uns in Jaipur. Die Universitätsleitung entscheidet nicht. Am 10. Februar wende ich mich wieder an Mathur. Ich bitte ihn auch um Auskunft darüber, wieso seine Kommission sich nur mit den Klagen Unnithans gegen mich und nicht mit meinen Klagen gegen Unnithan befaßt hat und um Akteneinsicht. Kurz nachdem ich mein Schreiben an Mathur zustelle, erhalte ich den **allerersten** Brief von König. Er trägt das Datum von 31. Januar und enthält eine Kopie seines Schreibens an Mathur als Anlage. Bevor ich daran gehe, diesen Brief in Ruhe einzuschätzen, beeile ich mich, mich an Mathur zu wenden, nachdem die letzte vermeintliche Hürde beseitigt ist. Nun, Mathur antwortet nicht. Er beauftragt statt dessen am 10. Februar den Registrar, mir mitzuteilen, daß das Department meine Dienste nicht mehr benötige (*„I am directed by the Vice Chancellor to inform you that the Deparment of Sociology does not need your services any longer.“*) Ich solle sofort meine Dienstgeschäfte dem „Head“ übergeben und das Diensthaus räumen. Meine Entschädigungszahlungen bis zum 6. Juli werde von der Universität respektiert.

Diese fristlose Entbindung von meinen Verpflichtungen ohne Angabe von Gründen trifft mich unvermittelt. Damit ist die Unvollständigkeit der studentischen Befragung in Jaipur endgültig besiegelt. Die Studierenden der Zoologie und der 6 sozialwissenschaftlichen Fächer der Universität dürfen sich zu unseren Fragen nicht äußern. Mathur erreicht vorerst sein Ziel: Eine Beschreibung des Ist-Zustandes seiner Universität soll verhindert werden. Als das Schreiben von König doch zu zeitig eingetroffen ist, hat er einen Ausweg gesucht. Durch meine Entpflichtung gewinnt er Zeit. So bleibt die Befragung unvollständig. Auch unsere Vertreibung aus Jaipur ist auf den Weg gebracht. Mathur hat auch meine Gehälter gestoppt.

Ich nehme mir Zeit, das allererste Schreiben von König genau zu lesen. Aber hier ist zunächst der komplette Text des Schreibens: *„Köln, den 30. 1. 1967, besten Dank für Ihren Brief vom 17. 1., den ich, da eilig, sofort beantworte. Anbei finden Sie die Kopie des Briefes, den ich soeben an den Vice Chancellor, Mathur gerichtet habe, und hoffe, daß er die entsprechende Wirkung ausübt. Im übrigen würde ich empfehlen, sich besser mit Dr. Unnithan zu stellen. Ich finde es nur richtig, daß Sie ein acknowledgement seiner Hilfe geben, denn schließlich ist er ja Chairman des Departments, in dem Sie jetzt arbeiten, und es ist absolut üblich, diese Hilfe des Chairman anzuerkennen. Ich habe das Gefühl, daß Sie sich völlig überflüssigerweise in eine Situation manövriert haben, in der Sie nichts als Schwierigkeiten haben werden. Nur schnell diese paar Zeilen. Beide Briefe gehen eingeschrieben, damit sie auch ankommen. Mit allen guten Wünschen und den herzlichsten Grüßen, auch an Ihre Frau, bin ich stets Ihr Prof. Dr. René König."*

Ich kann beim besten Willen den Text nicht nachvollziehen. Wie kommt er dazu: *„Ich finde es nur richtig, daß Sie ein acknowledgement seiner Hilfe geben, denn schließlich ist er ja Chairman des Departments, in dem Sie jetzt arbeiten, und es ist absolut üblich, diese Hilfe des Chairman anzuerkennen."* Wenn er wirklich auf mein Schreiben vom 17. Januar antwortet, muß er doch gelesen haben: „Dr. Unnithan, der unbedingt **seinen Namen als Autor** in unseren Untersuchungen haben wollte, ist nun wütend, daß wir ihm das nicht gestattet haben. Er versucht nun mit allen Mitteln, sehr gemeinen und sehr unakademischen Mitteln, die Untersuchungen zu stoppen."

Dann schreibt er: *„Ich habe das Gefühl, daß Sie sich völlig überflüssigerweise in eine Situation manövriert haben, in der Sie nichts als Schwierigkeiten haben werden"*. Wie kommt er zu diesem Gefühl, wenn er tatsächlich meine bisherigen Mitteilungen, genau gelesen hat? Auch Fröhlich und Sack haben diese Mitteilungen gelesen. Deren Reaktionen, die ebenfalls hier dokumentiert sind, können wir nachvollziehen. Nicht aber dieses Schreiben Königs. Wenn er meine Berichte nicht gelesen hat, wie kommt er zu der bemerkenswerten Einschätzung, *„daß Sie sich völlig überflüssigerweise in eine Situation manövriert haben"*? Dieses Schreiben erinnert mich an sein unpassendes, komplett aus dem Rahmen fallendes Schreiben vom 25. Januar 1966. Damals hatte ich den Einfluß von Königs neuem „Herrn Kollegen", Scheuch, vermutet. Auf wessen Einfluß geht diese merkwürdige, eher diplomatische Redewendung *„völlig überflüssigerweise"* zurück?

Fritz Sack reagiert schnell am 17. Februar, als er unser Schreiben vom 9. Februar erhält: *„Lieber Khokon, ich habe gestern Deinen Brief erhalten und möchte Dir schnell in aller Eile nur drei Begleitzeilen zu den anliegenden Fotokopien senden. Professor König hat sofort geschrieben, als Du ihn darum batest. Als Dein Telegramm ankam, war der Brief schon mehrere Tage an Dich unterwegs und wir sahen uns nicht veranlaßt, darauf noch besonders zu reagieren. Das wäre ja wirklich eine unerhörte Schweinerei, wenn man Dir Post von*

Professor König unterschlagen hätte. Das ist ja wirklich schlimmer als der hinterste Winkel des Balkan im größten Durcheinander der K+K-Donaumonarchie. Ich schreibe bald mal mehr. Viele Grüße, auch von meiner Frau, an Euch beide, Dein Fritz." Im Gegensatz zu König schreibt er noch ganz normal.

Ich muß mir schmählich eingestehen, daß ich als promovierter Sozialwissenschaftler der Kölner Universität nichts gewußt habe, was „proper channel", der Dienstweg, wirklich bedeutet. Dies sagt sicherlich etwas aus über meine Blindheit, aber auch über die Qualität meiner Ausbildung als Sozialwissenschaftler. In Jaipur habe ich Gelegenheit, durch die Praxis meine mangelhafte Ausbildung zu vervollständigen. Ich kann gegen die Entbindung meiner Dienstpflichten nur durch „proper channel" etwas unternehmen. Ich blättere in den Statuten der Universität nach. Ich lerne: Widerspruch beim Vice Chancellor gegen die Verfügung vom Registrar, Appell an das Academic Syndicate, wenn dem Widerspruch vom Vice Chancellor nicht abgeholfen wird, Appell an den Chancellor wenn der Appell an Syndicate nicht gefruchtet hat, Appell an den Visitor, wenn der Chancellor dem Appell nicht statt gibt. Erst danach wird der Weg an das ordentliche Gericht frei. Von RUTA (Rajasthan University Teachers' Association) erfahre ich, daß der „proper channel" länger ist als die maximale Zeit, die mir zur Verfügung steht. Ich erfahre von einem Fall, der mir Anschauungsunterricht geben soll:

Mohan Sinha Metha als Vice Chancellor entläßt einen College-Principal (praktisch ein Rektor) wegen politischer Differenzen. Ohne Angabe von Gründen. Schon vor fünf Jahren. Der Entlassene legt Widerspruch beim Syndicate ein. Metha sorgt dafür, daß der Widerspruch nicht auf die Tagesordnung kommt. So ist sein Weg zum ordentlichen Gericht versperrt. Auch Mathur setzt ihn nicht auf die Tagesordnung. Im Augenblick sitzt sogar die Ehefrau des Entlassenen im Syndicate. Dennoch wird sein Widerspruch nicht auf die Tagesordnung gesetzt. RUTA rät mir, auf jeden Fall einen Rechtsanwalt zu nehmen und vielgleisig zu verfahren. Diesem Rat folge ich und verdränge vorläufig das verantwortungslose Schreiben Königs.

*****

Zwischen dem 11. und 28. Februar sehen wir uns vor vier verschiedene Aufgaben gestellt. Gegen die Entpflichtung auf allen Ebenen vorgehen, möglichst zeitgleich die Befragung der Lehrenden durchziehen, die Protokollsammlung (Minutes of the Universitity) vervollständigen und immer, wenn Zeit dazu ist, darin lesen und uns organisatorisch ausrüsten, unsere Befragungen an der Universität Delhi durchführen. Auch ohne daß König an die entsprechende Personen geschrieben hatte, wie ich ihn in meinem Schreiben vom 17. Januar dringend gebeten hatte, haben wir von der Universität Delhi die Nachricht, daß wir bis zum 15. März willkommen seien. Trotz unserer miserablen Finanzsituation entscheiden wir, uns wie so häufig in Köln selbst auszubeuten und uns die sich bietende Möglichkeit in Delhi nicht entgehen zu lassen. Denn ein unerwarteter Umstand ist eingetroffen.

Natürlich wissen unsere Freunde in Deutschland, daß es uns finanziell dreckig geht. Wegen der Vollbeschäftigung durch die Auseinandersetzung kann ich die Angebote des WDR nicht wahrnehmen. Die Quelle der zusätzlichen Einkünfte ist versiegt. In absehbarer Zeit sehe ich auch keine Möglichkeit, meine publizistische Tätigkeit aufnehmen zu können. In einem Schreiben im Februar teilen Roshan und Regie mit, daß wir im Notfall uns an „Micky" in Bangalore wenden könnten. Ob wir uns an Micky noch erinnern würden? Micky ist ein Colonel der indischen Army. Er ist auf Besuch in Europa. Wir wissen nicht mehr genau den Zusammenhang. Wir trafen ihn bei Roshan und Regie in Düsseldorf. Ein lustiger Mensch, aber englischer als die Engländer. Roshan glaubt, im Notfall würde Micky sicherlich kurzfristig einspringen. Also schreiben wir an Micky und erzählen, was uns so widerfährt. Er ist sofort hilfsbereit. Er will uns monatlich 1200,- Rs. überweisen. Er möchte gern das Geld von uns in Europa zurück haben, was de facto ein gesetzwidriger Devisentransfer wäre. Dies ist der einzige „Deal", den wir während unseres Aufenthaltes außerhalb der Legalität getätigt haben. Aber dieser Umstand erleichtert uns die Selbstausbeutung. Und wir fahren nach Delhi. Davor erledigen wir in Jaipur alles, was erledigt werden mußte.

Also lege ich Widerspruch gegen die Entpflichtung bei dem Registrar, bei dem Vice Chancellor und beim Academic Syndicate ein. Zeitgleich. Zwei einflußreiche Mitglieder des Syndicates, die Professoren Heilig (der bereits erwähnte deutsche Arzt) und Pande (Historiker), erhalten Vorauskopien. Ich mache Eingaben an RUTA und an den „Chancellor" der Universität, der auch der Gouverneur des Bundesstaates ist. Mein Rechtsanwalt will von dem Vice Chancellor die Gründe für meine Entpflichtung genannt wissen und setzt eine Frist von 24 Stunden (als Vorbereitung für eine einstweilige Verfügung gegen die Entpflichtung). Er entwirft auch eine ergänzende Begründung für meinen Widerspruch beim Syndicate.

Wir kämpfen nun um die Zulassung der Lehrendenbefragung durch die Universitätsleitung, was der Vice Chancellor uns übel nimmt und dazu führt, daß er seinen Registrar beauftragt, per Rundschreiben bekanntzumachen, daß wir für die Durchführung der Befragung nicht legitimiert sind. Unnithan startet eine Kampagne, daß die Befragung antinational sei. Leider kämpfen wir an dieser Front mit mäßigem Erfolg.

Erfolgreicher sind wir bei der Vervollständigung von Materialien über die Entscheidungen der Universitätsgremien. Bald stellen wir fest, daß nirgendwo sonst als in der Verwaltung und in der Bibliothek der Universität ein vollständiger Satz dieser „Minutes of the University of Rajasthan" zu finden ist. Es sind ca. 1½ Meter im Umfang. Fotokopieren ist nicht möglich. Wir schreiben das Jahr 1967. Also suchen wir frühere Mitglieder des Syndicates auf und erläutern ihnen unser Anliegen. Wir hoffen, daß eventuell in ihren Bücherregalen noch Exemplare aus ihrer Amtszeit stehen könnten. Systematisch. Einige sind bereits verstorben, einige haben nur eine unvollständige Sammlung, einige wollen sich davon nicht trennen, aber die meisten sind entgegenkommend. Selbst die Kinder der Verstorbenen. Und alle haben Geschichten zu erzählen. Geschichten, die uns Hinweise auf Fälle geben, die uns in den Auseinandersetzungen mit der Universität vor Ort nützlich sind. Kurz, es gelingt uns, eine vollständige Sammlung zusammenzustellen.

Von der Universität Delhi bekommen wir die Bestätigung, daß wir während unserer Feldarbeit in den preiswertesten Gästeräumen eines Studentenheimes untergebracht werden können. Wir packen den Rest der Fragebögen bereits gesplittet sortiert in einen Überseekoffer, lassen uns frühmorgens mit zwei Fahrradrikshas zum Busbahnhof fahren und warten, bis der nächste Bus nach Delhi fährt. Dies ist die billigste Transportmöglichkeit, auch wenn sie wegen der Hitze und wegen der Enge im Bus physisch sehr beschwerlich gewesen ist.

Jaipur ist auch anderswo, und Mathurs sind überall

Die 14tägige Feldarbeit in der Universität Delhi ist anstrengend, aber auch erfreulich. Die Studierenden sind erheblich aufgeweckter als jene in Jaipur. Es ist nicht nur der Hauptstadteffekt. Diese Universität ist eine der ersten britischen kolonialen Gründungen. Sie ist besser ausgestattet als die neuen. In allen Bereichen. Gelehrt wird auf englisch. Also bemühen sich die Besten des Landes, unabhängig von ihrer Muttersprache nach Delhi zu kommen – Studierende wie Lehrende. Das ganze Niveau ist einige Klassen höher. Nach dem Ausfüllen der Fragebögen im Vorlesungssaal gingen die Studierenden nicht einfach weg. Sie blieben, bis der letzte Fragebogen eingesammelt war, um über unsere Untersuchung, über den Fragebogen selbst und über die Verhältnisse in den deutschen Universitäten mit uns zu diskutieren. Sie nutzen die Gelegenheit weitlich.

Der Aufenthalt ist für uns auch deshalb angenehm, weil die meisten Heads of the Departments, Deans of the Faculties und der Vice Chancellor Bengalen sind und mich als Bengale aus zweifacher Diaspora – Deutschland und Jaipur – außerordentlich freundlich aufnehmen. In jeder Hinsicht sind sie uns behilflich. Es tut uns gut, daß fast einhellig die Verwunderung zum Ausdruck kommt, daß wir ausgerechnet die Universität Rajasthan ausgewählt hatten. Und dies bevor wir überhaupt ein Wort über unsere Erfahrungen auf dem Campus von Jaipur erwähnt haben. Es ist eine gewisse Genugtuung und Befriedigung zu wissen, daß unsere kritische Beurteilung der Verhältnisse in Jaipur nicht an unserer strengen Meßlatte gelegen hat.

In Delhi fehlt uns die Zeit, den direkten Zugang zu den einzelnen Universitätslehrern zu suchen. So wenden wir uns direkt an die Spitze der jeweiligen akademischen Institution mit der Bitte, die Befragung durchführen zu dürfen. Dabei stellt sich heraus, daß dieser Weg nicht der optimale ist. Mehrmals müssen wir uns zurecht vorgehalten lassen, daß die grundsätzliche Zustimmung der akademischen Spitze für ihn, den Lehrenden keine Bedeutung habe, daß in seinem Fach die Durchführung der Befragung nur von seiner Zustimmung allein abhängig sei. An sich eine verständliche und selbstbewußte Reaktion. Wir bitten wegen unser knappen Zeit um Entschuldigung. Bis auf eine Ausnahme haben wir Glück. Was eine zu knapp bemessene Zeit bewirken kann, zeigt der folgende Fall beispielhaft.

An dem „Indian Institute of Technology", New Delhi, einer technischen Hochschule auf nationaler Ebene im Gegensatz zu den technischen Hochschulen auf Landesebene, gibt es eine Abteilung für Sozialwissenschaften, die ein englischer Professor leitet. Wir wenden uns zunächst an diesen Professor, der nicht wenig Begeisterung für unsere Untersuchung zeigt und sich einen Lochkartensatz von den an seiner Institution befragten Studierenden für eine weitere Auswertung aushandelt. Nach dieser Vereinbarung meint der englische Professor, daß er doch eine prinzipielle Genehmigung des Direktors einholen müßte. Günstiger würde es aber sein, wenn nicht er, sondern wir uns selbst an den Direktor wenden würden. Der Direktor der IIT aber erklärt, daß er nicht selbst entscheiden will. Es habe vor einiger Zeit eine öffentliche Auseinandersetzung im Zusammenhang mit einer Befragung in seiner Institution gegeben. Deshalb würde er die Zulassung der Erhebung von der grundsätzlichen Befürwortung des indischen Erziehungsministeriums abhängig machen. Er versichert, daß er noch am selben Tag deswegen an das Erziehungsministerium schreiben werde. Er ist nicht bereit, telefonisch unsere Aussage zu überprüfen, daß das indische Erziehungsministerium dieser Erhebung gegenüber positiv eingestellt und uns bereits bei der Durchführung an der Universität Delhi behilflich gewesen sei.

Nicht nur wegen des Zeitdrucks wenden wir uns am selben Tag noch an den zuständigen Beamten im Ministerium. Dieser zuständige Beamte machte als erstes die erwähnenswerte Bemerkung, daß sich in Indien die englischen Professoren indischer als die indischen zu verhalten pflegten. Am nächsten Tag teilte uns der zuständige Beamte telefonisch mit, daß er ein Schreiben an den Rektor der IIT mit der Bitte um Unterstützung der Befragung gerichtet habe. Als wir uns am nächsten Tag an den Direktor wenden, teilt dieser uns mit, daß er dennoch die Durchführung nicht erlauben werde: Falls wir so forschungsbegeistert seien, sollen wir diese doch in Deutschland betreiben. Indien habe daran keinen Bedarf.

In Delhi können wir die Feldarbeit mit gutem Erfolg abschließen. Von dem Universitätsgästehaus lassen wir uns frühmorgens mit einem Taxi und dem schweren Überseekoffer voller Fragebögen zum Busbahnhof bringen. Mitte März in Delhi kündigt sich der heiße Tag schon frühmorgens an. Die bevorstehende beschwerliche Fahrt mit dem einfachen Bus macht uns nicht gerade fröhlich. Aber wir haben keine Alternative. Also fügen wir uns. Bereits beim Warten auf den Bus holt uns Jaipur wieder ein. Wir hatten zwar alles so auf den Weg gebracht, daß nichts hätte anbrennen können. Aber dennoch.

Frühnachmittags erreichen wir die Stadtgrenze von Jaipur. Der Bus darf nicht in die Stadt. In Jaipur hat es schwere Unruhen gegeben. Absolute Ausgangssperre ist die Folge. Der Bus läßt alle Passagiere aussteigen. Der Schaffner ist freundlich, holt unseren Überseekoffer vom Dach des Busses herunter, postiert den Koffer am Straßenrand, bittet meine Frau darauf Platz zu nehmen, bedauert seine Hilflosigkeit, gibt mir den Rat, langsam durch die Mitte der Straße stadteinwärts bis zum ersten Wachposten zu gehen und mich um eine Verbindung zum Polizeichef der Stadt zu bemühen. Nur der Polizeichef kann uns helfen. Die anderen Passagiere sind im Nu verschwunden. Der Schaffner und der Fahrer schließen alles im Bus ab, lassen den Bus dort stehen und gehen zum nächstgelegenen Dorf. Uns bleibt gar keine Alternative. Meine Frau traut sich, dort allein zu warten. Ich gehe also los in Richtung Stadt, ohne zu wissen, wo ein Wachposten sein könnte. So lange ich kann, blicke ich immer wieder zurück. Ein Bus und meine Frau sitzend auf einem hell glänzenden Überseekoffer aus Aluminium. Wirklich ein Bild. Im Hintergrund sind Silhouetten eines Slums.

Ich erreiche einen Wachposten nach einiger Zeit. Die Polizisten haben Verständnis für unsere Lage, können mir aber nur einen Passierschein bis zu dem Büro des Polizeichefs ausstellen, weil die Entscheidung und Organisierung eines Transports ihre Kompetenz und auch ihre Möglichkeiten überschreitet. Also einige Kilometer zu Fuß. Ich laufe so schnell wie ich eben kann. Schließlich fällt die Dunkelheit in diesem Breitengrad plötzlich ein und meine Frau sitzt allein auf dem Überseekoffer am Stadtrand. Und wirtlich ist die Stadt bisher für sie wirklich nicht gewesen. Der Polizeichef ist auf einer Patrouille, wird aber bald erwartet. Ich warte wie auf heißen Kohlen. Schließlich kommt er, hört mich freundlich an, macht mir Vorwürfe. Wir hätten in Delhi bleiben müssen. Die Ausgangssperre ist bereits am Vorabend bekanntgegeben worden. Er denkt einen kurzen Augenblick nach, erkundigt sich, ob der Überseekoffer in seinen kleinen Jeep passen würde. Natürlich. Ich zögere nicht, obwohl ich nicht abschätzen kann, ob der Koffer hinten so untergebracht werden kann, daß auch wir Platz haben werden.

Es ist noch hell als wir dort ankommen. Der Polizeichef bemerkt amüsiert, daß meine Frau doch nicht allein dort wartet. Einige Kinder sind auch da. Den Koffer können wir tatsächlich unterbringen, obwohl es dadurch sehr eng wird. Meine Frau erzählt uns, daß einige Frauen des Slums sie nach wenigen Minuten wahrgenommen haben. Sie haben dann einige Kinder zusammengerufen. Die Kinder hätten ihr Trinkwasser angeboten, was sie schweren Herzens ablehnen mußte. Sie hofft, die Kinder hätten sie verstanden, warum sie kein Wasser getrunken habe. Die Kinder hätten ihr auch angeboten, in einer der Hütten im Schatten zu warten. Es sei ihr schwer gefallen, auch diesen Vorschlag mit dem Hinweis auf den schweren Koffer abzulehnen. Also sind die Kinder zwischen dem Slum und dem Bus hin und her gependelt, und meine Frau war nie allein. Wenn der Polizeichef nicht so zuvorkommend gewesen wäre, hätten wir also im Slum übernachten können. Sie hat eine Art Gastfreundschaft und Anteilnahme bei diesen einfachen armen Menschen festgestellt, die im krassen Gegensatz zur Gleichgültigkeit der gebildeten und modernen Menschen des Campus steht.

Wir erreichen unser Haus als gerade die Dunkelheit einbricht. Es ist kein Stromausfall. Der Polizeichef lehnt unsere Einladung auf eine Tasse Tee ab. Er muß nach dem Rechten sehen. Wir lassen es langsam angehen. Kochen können wir nicht, weil wir keine Möglichkeit zum Einkaufen hatten. Wir haben aber Tee und Kekse. Zwei eingeschriebene Briefe vom Institut finden wir vor. Nachdem wir etwas zur Ruhe gekommen sind, öffnen wir den schwereren von beiden. König hat mir am 2. März einen Brief voller Widersprüche geschrieben, dessen Inhalt ich nicht erzählend wiedergeben kann (die Hervorhebungen sind von mir): *„EINSCHREIBEN, Dr. Prodosh Aich, University Campus, C – 2, University of Rajasthan, J a i p u r / INDIA, Köln, den 2. März 1967. Lieber Herr Aich, anbei finden Sie die Fotokopie eines*

Briefes, den ich soeben vom Vizekanzler der Universität Rajasthan erhalten habe. Wie Sie sehen, ist dieser Brief denkbar scharf und sein Inhalt wenig erfreulich. Das umso mehr, als Sie mich gebeten hatten, an Herrn Professor Mathur zu schreiben, weil Sie sich von ihm Hilfe erwarteten. Jetzt kommt genau das Gegenteil heraus, nämlich eine fristlose Entlassung zusätzlich mit einer Bitte an mich, Sie aus Indien zurückzurufen. Sie werden verstehen, daß das eine sehr ernste Lage ist und daß ich Sie postwendend um Aufklärung bitten muß (Ich hatte ihm am 30. Januar alle Schriftstücke geschickt!).

*Unsere Beziehungen zur Universität Rajasthan sind nicht nur mir wichtig, sondern auch **Herrn Kollegen Scheuch**, dem ich vorerst noch nichts über diese Sache mitgeteilt habe. Aber Sie werden verstehen, daß ich ihn sehr bald werde informieren müssen. Da ich selber im Herbst d. J. **eine Reise** nach Rajasthan plane, ist mir das Vorgefallene doppelt unangenehm.*

*In diesem Zusammenhang erhebt sich für mich jetzt die Frage, ob es für Sie überhaupt noch Sinn hat, in Indien zu bleiben. Nachdem Sie in dieser ersten Mission (Mission?) völlig Schiffbruch erlitten haben, sehe ich kaum eine Möglichkeit Ihres weiteren Verbleibens und Arbeitens, da natürlich die Universität Rajasthan das Vorgefallene **an die anderen Universitäten melden** (Welch interessante Projektion!) wird. Darum bitte ich als Zweitens um einen genauen Bericht, wie die Möglichkeiten der Arbeit für Sie jetzt noch sind. Wie Ihnen schon Herr Fröhlich geschrieben hat, ist es noch nicht klar, ob wir dazu einen finanziellen Zuschuß leisten können (die Haushaltsbeschränkungen sind in diesem Jahr sehr einschneidend). Aber auch davon abgesehen scheint es mir inopportun (inopportun?), nach dem Vorgefallenen noch weiterarbeiten zu wollen, da Ihnen praktisch die Universität von jetzt ab verschlossen ist. Auch aus diesem Grunde würde ich entsprechend eine **sofortige Rückkehr** für gegeben halten.*

Ich muß Sie auch noch auf ein Drittes aufmerksam machen, daß nämlich Ihr Vertrag im Herbst d. J. ausläuft. Die Verwaltung ist jetzt außerordentlich streng bei Verlängerung von Verträgen und verlangt eine verbindliche Aussage über den Zustand der Habilitationsschrift bei einem doktorierten Assistenten. Da ich weiß, daß bei Ihnen trotz vierjähriger Beschäftigung bei uns bis heute noch nichts Greifbares da ist, sehe ich keine Möglichkeit mehr, Ihren Vertrag zu verlängern (Wie kommt es zu diesem kurzem Gedächtnis? Was ist mit den diversen Anträgen, die er selbst noch am 10. März 1966 gestellt hatte?). Ich wollte Ihnen das so rechtzeitig wie möglich mitteilen. damit Sie entsprechend disponieren können .

*Schließlich möchte ich Sie noch darum bitten, **unter keinen Umständen mehr** im Namen unseres Institutes aufzutreten, bevor nicht die Angelegenheit in Rajasthan aufgeklärt worden ist. Ich schreibe noch heute an Herrn Professor Unnithan um zu hören, was er zu sagen hat. Ich erwarte aber gleichzeitig, wie eingangs bemerkt, einen eingehenden Bericht von Ihrer Seite, damit ich mir ein Bild machen kann.*

Es tut mir leid, alle diese Dinge schreiben zu müssen, aber Sie haben offensichtlich eine unglückselige Gabe, sich leicht mit den Leuten zu überwerfen. Wir haben ja mit Ihnen in Deutschland die gleichen Erfahrungen gemacht, so etwa in dem Verhältnis zur Friedrich-Ebert-Stiftung, zur Stiftung für Entwicklungsländer u.a. Es ist für ein Institut, das auf gute Beziehungen zu inneren und äußeren Instituten der gleichen Art angewiesen ist, äußerst unangenehm, wenn ein Mitarbeiter sich regelmäßig und immer wieder unter unklaren Verhältnissen mit den Leuten überwirft.

In der Erwartung Ihrer eingehenden und baldigen Äußerung zu allen obigen Fragen bin ich mit den besten Empfehlungen stets Ihr Prof. Dr. René König"

In der Anlage ist eine Kopie des Schreibens des Vice Chancellor Mathur vom 21. Februar, das König am 28. erreicht hat. Hier zunächst die wörtliche Übersetzung: *„Mein lieber* (My dear) *Dr. König, ich danke Ihnen für Ihr Schreiben vom 30. Januar, 1967.*

Wir sind Ihnen dankbar für Ihr freundliches Interesse (kind interest) *an unserer Universität und an unserem Department of Sociology. Wir sehen die Möglichkeit einer fruchtbaren Zusammenarbeit* (fruitful cooperation) *unserer beiden Institutionen über Forschungsprojekte etc. Ich bin jedoch sehr traurig, Sie zu informieren, wie die Dinge im Moment stehen, daß dies durch Dr. Prodosh Aich nicht zu verwirklichen ist. In den vergangenen Monaten war es ihm nicht möglich mit Dr. T. K. N. Unnithan, unserem Universitätsprofessor und Head of the Department of Sociology, sehr gut auszukommen* (to get on very well). *Nach Konsultationen mit meinen erfahrenen Kollegen der Universität sind wir zu der Einschätzung gelangt, daß die befristeten Dienste von Dr. Aich im Department of Sociology nicht mehr nötig sind. Der Registrar unserer Universität hat ihm deshalb am 10. Februar schriftlich mitgeteilt, daß seine Dienste nicht mehr nötig sind. Selbstverständlich wird unsere Universität seine Gehälter voll bezahlen. Bitte nehmen Sie zur Kenntnis, daß Dr. Aich aufgehört hat, ein befristetes Mitglied des Lehrkörpers im Department of Sociology zu sein. Sein weiterer Aufenthalt in Jaipur wird nicht im Interesse unserer beiden Universitäten sein. Deshalb möchte ich Sie bitten, ihn in Ihr Institut zurückzurufen, weil er in unserer Universität keine Arbeit mehr hat.*

Bitte erlauben Sie mir noch einmal unsere sehr hohe Achtung (our very high regard) *für Sie und für Ihre Universität zum Ausdruck zu bringen. Wir werden es als eine hohe Auszeichnung betrachten, wenn wir geeignete Gelegenheit bekämen, wenn Ihr Institut und unsere Universität sich in gegenseitigem Einverständnis und Zusammenarbeit die Hände reichen könnten.*

Mit vorzüglichster Hochachtung (with kindest regards) *Ihr M. V. Mathur"*

Dies ist das allererste Schreiben von Mathur an König. Was König an Unnithan und an Mathur geschrieben hat, wissen wir nicht. Was König nun an mich geschrieben hat, macht uns nachdenklich. Wir beginnen, die Situation neu zu bewerten. König und Mathur erscheinen uns immer deutlicher als vom gleichen Holz geschnitzt zu sein. Auch König reicht Mathur und den anderen die Hand, damit wir unsere Untersuchungen nicht durchführen können. Warum?

Mathurs Schreiben erinnert uns außerdem fatal an das bereits erwähnte Schreiben von F. G. Seib, dem Kurator der Deutschen Stiftung für Entwicklungsländer, in dem König aufgefordert wurde, mich nicht zu promovieren.

Damals machte König mir die Auflage, gegen die Stiftung gerichtliche Schritte einzuleiten. Seinerzeit „wurde" Seib gegangen. Sein Nachfolger, Gerd Brand, hatte mit mir einen außergerichtlichen Vergleich geschlossen und als Sühne mich nach Berlin zu einem abendlichen Festvortrag mit anschließendem Büfett eingeladen. Was ist zwischenzeitlich mit König geschehen?

Das zweite Schreiben ist von Dieter Fröhlich, geschrieben am 6.März: *„Lieber Herr Aich, mit Bestürzung habe ich von den neuesten Ereignissen in Jaipur erfahren. Was soll man dazu sagen? Lassen wir diese ganze Angelegenheit einstweilen und sprechen wir von freundlicheren Dingen.*

Heute habe ich Ihnen 1000,- DM auf Ihr Konto Nr. 062 2159 der Deutschen Bank in Bonn überweisen lassen. Die 2. Rate wird überwiesen, wenn Ihre Zukunft in Indien für Professor König etwas klarer geworden ist. Es tut mir leid, daß Sie so lange auf das Geld warten mußten, aber die Verfügungsgewalt über unseren Forschungsfonds für dieses Jahr ist mir erst per Telefonanruf mitgeteilt worden.

Unter dem Datum des 14. 2. 1967 teilte uns das Auswärtige Amt mit, daß es ein Schreiben an die Vermittlungsstelle für Deutsche Wissenschaftler im Ausland gesandt hat, in dem Ihre Ansprüche ausnahmsweise als richtig dargestellt werden und in dem die Vermittlungsstelle noch um Mitteilung des ‚Mittelbedarfs' gebeten wird, damit die Mittel aus der Position L 5 zur Verfügung gestellt werden können. Die Mittelzuweisung erfolgt dann mit einem gesonderten Bewilligungsschreiben.

Wir verfolgen gespannt die weitere Entwicklung Ihrer Angelegenheit in Indien. Ich hoffe sehr, daß sich für Sie dabei noch eine annehmbare Lösung ergibt.

In der Hoffnung, daß mein Schreiben ein kleiner Lichtblick war, verbleibe ich mit den besten Grüßen an Sie und Ihre Frau Ihr Dieter Fröhlich"

Dieter Fröhlich erwähnt die „Vermittlungsstelle für Deutsche Wissenschaftler im Ausland", eine Tochter des Auswärtigen Amtes, ohne den Zusammenhang zu kennen. Wäre ich im Besitz der deutschen Staatsangehörigkeit, hätte ich Anspruch auf eine Auslandszulage. Ich hatte dennoch am 14. Dezember 1966 einen Antrag auf diese Zulage gestellt. Die Vermittlungsstelle hat den Antrag an das Auswärtigen Amt weitergeleitet. Bereits am 22. Dezember bittet ein Dr. Dvorak vom Auswärtigen Amt – wie wir viel später erfahren werden – die Verwaltung der Kölner Universität zu sechs Fragen um Auskunft. Diese Fragen sollten meine Angaben im Antrag überprüfen. Am 24. Januar 1967 beantwortet der Kanzler der Universität die Fragen. Am 10. Februar schickt das Auswärtige Amt das folgende Schreiben an die Vermittlungsstelle für Deutsche Wissenschaftler im Ausland:

„Betr.: Förderung des indischen Soziologen Dr. Aich
Bezug: Antrag vom 14.12.1966 - Az.: Aich/Ve
Anlage: Ihre Akte Aich
Der beabsichtigten Förderung des Herrn Dr. Prodosh Aich, geboren am 1. 2. 1934 in Kalkutta, Inder, wohnhaft in Bonn, Weberstraße 96, an die University of

Rajasthan in Jaipur/Indien als Reader in Sociology im Rahmen der geltenden Richtlinien wird zugestimmt. Die Ausgleichszahlung ist befristet für die Dauer der Beurlaubung unter Weiterzahlung der Dienstbezüge durch die Universität Köln.

Herr Dr. Aich ist darauf hinzuweisen, daß auf die Gewährung einer Ausgleichzulage kein Rechtsanspruch besteht.

Es wird noch um Mitteilung gebeten hinsichtlich des Mittelbedarfs, damit die Mittel aus der Position L 5 zur Verfügung gestellt werden können. Die Mittelzuweisung erfolgt dann mit einem gesonderten Bewilligungsschreiben.

Gleichzeitig wird darauf hingewiesen, daß für eine weitere Förderung oder Vermittlung von Wissenschaftlern, die nicht die deutsche Staatsangehörigkeit besitzen, keine Haushaltsmittel mehr zur Verfügung stehen.

Im Auftrag, Dr. Dvorak, Referat IV 1 - 4 hat mitgezeichnet"

Diese Bewilligung kann die vor Ort entwickelten beiden Forschungsvorhaben mittelbar retten. Es werden aber viele Intrigen gesponnen, um die Bewilligung rückgängig zu machen. Und später wird auch Dieter Fröhlich mir vorwurfsvoll mitteilen, daß ich König dafür dankbar sein sollte, daß dieser für die Bewilligung heldenhaft gekämpft hätte. Es werden sich später noch andere „Väter" einfinden, denen ich für die Bewilligung dankbar sein sollte. Aber darüber mehr zu gegebener Zeit.

Mitte März 1967 sind wir also an einem Kreuzweg angelangt. Was tun? Wir bemühen uns, eine schnelle Bilanz unseres Aufenthaltes in Jaipur zu ziehen:

1. Ich hatte wöchentliche Lehrverpflichtung von 15 Stunden. Die habe ich bis zum 16. Januar ohne Kritik und Tadel erfüllt. 7 Wochen vor dem Ende des akademischen Jahres hat zunächst Unnithan mich entpflichtet. Dann die Verfügung des Registrars vom 10. Februar, daß meine Dienste im Department nicht mehr nötig sind.

2. Meine Hauptaufgabe ist jedoch meine Forschungstätigkeit. Forschungsschwerpunkt: Auslandsstudium als Instrument für globale Modernisierung. Als letztes Glied für meine Habilitation soll ich in Indien den Rückanpassungsprozeß untersuchen. Die Forschungsmittel dafür werden nicht bewilligt. Dazu hat König bisher geschwiegen. Nun sein eingeschriebener Brief!

3. Am 23. Oktober 1966 und am 19. November habe ich König ausführlich über meine vor Ort entwickelten 3 empirische Erhebungen zum Thema Ausbildung, sozialer Wandel und Modernisierung berichtet. König hat Fröhlich mitteilen lassen, daß das Institut dafür 2000,- DM bereitstellt.

4. Trotz des massiven Widerstandes von Unnithan und Mathur haben wir die Befragung der Studierenden in Jaipur bis auf 7 Fächer durchgeführt. 356 Studierende haben sich daran beteiligt. Dieser Widerstand hat uns nebenher eine „Fallstudie" über die Universität Rajasthan beschert. Aus den gesammelten Materialien können wir beispielsweise

entnehmen, daß es im ganzen Campus nur zwei Professoren gibt, deren Qualifikation den Statuten dieser Universität entspricht.

5. Die Befragung der Hochschullehrer in Jaipur ist bereits angelaufen. Die Fragebogen beginnen schon zurückzulaufen. Ich muß sie noch eintreiben.

6. In der Universität von Delhi haben wir beide Erhebungen mit gutem Erfolg durchgeführt.

7. Der Vice Chancellor Mathur hat mir durch zwei Professoren zu verstehen gegeben, daß ich das Gehalt bis zum 6. Juli bekommen werde, in dem Haus bis zum Abschluß der Feldarbeit bleiben kann, wenn ich ihm schriftlich versichere, daß ich die Fallstudie nicht veröffentlichen werde.

8. Der Lehrerverband RUTA hat gegen die Art, wie Mathur mit unseren Forschungsprojekten umgegangen ist, schriftlich protestiert. Angeführt von Prof. Daya Krishna, Head of the Department of Philosophy, wollen 60 Professoren von Mathur wissen, ob es stimme, daß unsere Projekte von ihm blockiert worden seien.

9. Wir haben uns nichts zuschulden kommen lassen. Im schlimmsten Fall könnte man uns undiplomatisches Verhalten vorhalten. Damit werden wir leben können.

10. Weglaufen bei Widerstand, Feigheit, sich dem Unrecht beugen sind nie unsere Stärke gewesen.

11. König verlangt nun von mir, daß wir unverrichteter Dingen aus Indien weglaufen und nach Deutschland kommen. Warum?

12. Für uns sehen wir keine Alternative zum aufrechten Widerstand. Von der Moral noch ganz abgesehen. Und wir müssen unser Forschungsmaterial vervollständigen. Die Fallstudie hat noch Lücken.

Ich nehme mir vor, König alle mir verfügbaren Informationen trotz der nicht unerheblichen Portokosten zuzustellen. Damit er später nicht sagen kann, er hätte Informationsdefizite gehabt. Neben den vielen Anlagen teile ich ihm am 15. März auch mit:

- die niederländische Anschrift von Frau Dr. Vreede-de-Stuers, der Mitarbeiterin seines Freundes Wertheim,

- daß mein Anwalt am morgigen Tag eine einstweilige Verfügung gegen die Universität beantragen wird,

- daß er innerhalb eines Jahres meine Habilitationsschrift zum Thema „Die Indische Universität" erwarten kann, wenn er mich nicht durch sein Verbot, nicht mehr im Namen des Instituts meine Forschungen weiterführen zu dürfen, behindert,

- daß er sich genauer daran erinnern möge, wie ich mich von 1958 bis Juni 1966, also bis zu unserer Abreise nach Jaipur, im Institut verhalten habe,

- daß er Scheuch über alle Einzelheiten informieren mag, wenn er meint, daß Scheuch die Interna des „Forschungsinstituts für Soziologie" etwas angingen.

Am nächsten Tag schreibe ich auch an Herrn Fröhlich: „Ihr Schreiben von 6. März war wirklich sehr erfreulich, da ich nun weiß, daß ich von der Vermittlungsstelle für deutsche Wissenschaftler im Ausland unterstützt werde. Das wird meine miserable finanzielle Lage erträglicher machen. Ich danke Ihnen auch sehr für die Überweisung der 1000,- DM für unsere Untersuchungen. Was ich aber in Ihrem Schreiben vermißt habe, ist nähere Auskunft über die Reaktion von König. Haben Sie das Schreiben von Prof. König gelesen? Er hat mir darin nicht nur angedroht, daß er mich nicht habilitieren kann, sondern auch, daß ich eine unglückselige Gabe habe, mich regelmäßig in unklare Verhältnisse zu begeben. Er erwähnt dabei als Beispiele die Friedrich-Ebert-Stiftung und die Deutsche Stiftung für Entwicklungsländer. Dabei dürfte er nicht vergessen haben, daß er selbst über das Verhalten dieser beiden Institutionen mehr empört war als wir und er mir die Auflage gemacht hatte, gegen die Deutsche Stiftung gerichtlich vorzugehen.

Am schlimmsten trifft mich sein Verbot, im Namen des Instituts aufzutreten. Mitten in die Durchführung der Forschungsprojekte kommt dieses Verbot, was es mir praktisch unmöglich macht, sie zu Ende zu führen, falls er nicht postwendend das Verbot wieder aufhebt. Die Entwicklung meiner Angelegenheit in Jaipur ist wesentlich weniger schlimm als König es interpretiert hat. Er hat das Schreiben des Vice Chancellors als meine fristlose Entlassung interpretiert, was den Tatsachen nicht entspricht. Ich wünschte, die Administration hätte mich fristlos entlassen, in dem Falle wären gerichtliche Schritte viel leichter. Stattdessen sagt die Administration, daß ich weder entlassen noch gekündigt bin, sondern daß meine Dienste nicht mehr benötigt werden und sie mein Gehalt bezahlen. Heute wollte mein Rechtsanwalt eine einstweilige Verfügung beantragen, aber der Anwalt der Universität hat mit ihm Kontakt aufgenommen und zeigt Interesse an einer außergerichtlichen Einigung. Der Antrag für die einstweilige Verfügung ist auf Montag, den 20. März verschoben worden. Ich kann mich gut gegen die hiesige Verwaltung wehren, aber schwerlich aus dieser Entfernung gegen die Schützenhilfe von Prof. König für diese Verwaltung. Der Vice Chancellor bemüht sich durch alle Arten von Schikanen uns aus Jaipur loszuwerden, bisher vergeblich. Nun versucht er es mit Hilfe von Prof. König, der prompt darauf reingefallen ist. Ich hoffe nur, daß sich der Schaden immer noch klären läßt, indem Prof. König den Vice Chancellor um Klärung der Punkte bittet, die ich ihm mitgeteilt habe. Ich hoffe nur, daß mein Schreiben an König, das ich gestern abgesandt habe, Prof. König Klarheit über die Situation hier gibt, damit er mir durch Unwissenheit nicht weiteren Schaden antut. Ich möchte Sie bitten, alles zu tun, um Prof. König von unüberlegten Handlungen abzuhalten. Wenn er irgendwelche Schritte gegen mich unternehmen will, dann soll er sich erst einmal über die Sachlage informieren und meine Rückkehr nach Köln abwarten. Bitte bemühen Sie sich, Königs Zustimmung für die Aufhebung des Verbots zu erreichen, sonst bringt er tatsächlich die Lehreruntersuchung zu Fall, was er sicherlich nicht beabsichtigen kann. Ich hoffe, bald von Ihnen zu hören. Bitte, grüßen Sie alle im Institut. Mit unseren besten Wünschen und Grüßen Ihr"

Mit gleicher Post schreibe ich auch an Fritz Sack. Wie das letzte Mal hängt meine Frau einige Zeilen an, die unsere Gemütslage authentisch wiedergibt: „Lieber Fritz, nicht unsere finanziellen Schwierigkeiten, nicht der 15wochenstündige Unterricht, nicht die beiden Forschungsprojekte und die case-study über diese Universität, die alles andere als das ist, haben mich umgeworfen, das hat erst der Angriff von einer Seite geschafft, von der ich es am wenigsten erwartet hatte, nämlich von König. Ich weiß nicht, ob Du die Kopie seines Schreibens gelesen hast. Ich habe es wirklich nicht für möglich gehalten, daß jemand, der König völlig unbekannt ist, mich bei König mit soviel Erfolg hätte anschwärzen können. Ist er so sehr enttäuscht über den Krach, für den ich nun wirklich nichts kann, weil seine Reisepläne dadurch durchkreuzt werden? Hat er wirklich übersehen, daß sein Brief hier unterschlagen wurde und daß auf seine Bitte hin keine Unterstützung für unsere Projekte gegeben wurde, obwohl diese Unterstützung und mein Krach mit Unnithan nichts miteinander zu tun haben. Ich weiß nicht, ob Du das Schreiben von dem hiesigen Vice Chancellor gelesen hast, falls nicht, dann lies es durch. Es gibt keinen Satz in diesem Brief, der präzise etwas mitteilt, und durch so einen vagen Wisch läßt sich König so aufregen! Er läßt ein Schreiben los, dessen Verkraften wirklich Nerven kostet, und unsere Nerven haben in Jaipur schon genug auszuhalten. Bitte sprich doch mit ihm und laß uns wissen, was der wirkliche Grund ist, denn so ein Schreiben allein kann doch nicht der Grund sein. Und in dem Brief von König sind auch Widersprüche, einmal schreibt er, daß er eine sofortige Rück-kehr für gegeben hält und gleich im nächsten Absatz schreibt er, daß er keine Möglichkeit sieht, den Vertrag mit der Universität zu verlängern. Wie kann er von mir erwarten, daß ich seinem Ratschlag folge, warum sollte ich nach Deutschland zurückkommen, wenn er mich nicht habilitieren will, was er ja versprochen hatte. Irgend etwas muß ihn sehr aufgeregt haben, daß er in dieser ersten Aufregung dieser Brief losgelassen hat. Ich hoffe, bald von Dir zu hören mit allen Einzelheiten. Herzliche Grüße von uns für Dich und Deine Frau"

„Lieber Herr Sack, lassen Sie mich wieder einige Zeilen anhängen. Wir sind gerade aus Delhi zurück, diese zwei Wochen waren die glücklichsten in Indien. Wir sind mit soviel Herzlichkeit und Hilfsbereitschaft behandelt worden, daß die große Anstrengung, in so kurzer Zeit in sämtlichen Departments zu interviewen und die Lehrerfragebogen zu verteilen, ein Kinderspiel war. In Delhi konnten sich die Professoren nicht genug darüber wundern, mit welcher Ahnungslosig-keit wir in Jaipur gelandet waren, denn diese Universität hier ist wenigstens in Indien bekannt für das, was sie ist, ein Verbrechen an den Studenten. Ich könnte mühelos 100 Seiten füllen mit dem, was hier die einzelnen Department-chefs auf dem Gewissen haben. Der Grund, warum wir die case-study machten ist der, daß uns niemand glauben wird, was hier los ist, ohne einschlägige Beweise. Ich brauche Ihnen sicherlich nicht zu sagen, daß uns Geld angeboten worden ist, wenn wir schweigen über das, was wir über diese Universität wissen. Was hätten Sie getan, wen Ihnen Ihr Chef sagen würde, machen Sie mich berühmt, das ist der einzige Grund, warum ich Sie hergeholt habe?"

Eine Antwort hat meine Frau auf diese Ihre Frage nie erhalten. Fritz Sack hat uns nicht mehr geschrieben. Fritz Sack hat sich leise aus unserem Leben verabschiedet. Schließlich geht Karriere vor Courage. Auch in den deutschen Universitäten. Wieso gibt es kein deutsches Wort für Courage?

*****

Im Campus sind wir fast total isoliert, nachdem es sich herumspricht, daß auch König mich aufgefordert hatte, Jaipur unverzüglich zu verlassen. Wie? Wir wissen es nicht. Der tägliche Psychoterror setzt sich fort. Er nimmt noch zu. Immer wenn wir tagsüber aus dem Haus gehen, werden wir von Unnithans Doktoranden verfolgt und beschimpft. Bis zum Rikshastand. Ca. 500 Meter. Auch mal angerempelt. Natürlich haben wir uns zu Beginn Sorgen gemacht. Wie weit werden sie gehen? Wir haben uns fest vorgenommen, davon nicht beeindruckt zu werden und gleichgültig zu sein. Denn bellende Hunde beißen nur, wenn die Angebellten ängstlich sind.

Hin und wieder erhalten wir auch Besuch. Von Kollegen anderer Fakultäten. Sie bedauern die Vorkommnisse, erzählen uns Geschichten aus der Universität. Über die Universität. Sie raten uns, Jaipur baldmöglichst zu verlassen. Diesen Leuten sei alles zuzutrauen. Aus welchen Gründen sie uns auch besuchen mögen, wir denken nicht viel darüber nach. Wir trinken Tee zusammen, beantworten ihre Fragen, bedanken uns für ihre Anteilnahme. Auch für ihre Ratschläge. Wir haben eh keine Alternative, als unsere Sache zunächst vor Gericht durchzufechten.

Nur einmal verletzen wir das Gebot der Höflichkeit. Als das deutsche Ehepaar Jansen, jener Deutschlektor und seine Frau, die sich dem Nawab für eingeführten Whisky verkaufen, uns in unserem Haus sagen: *„Mensch, hauen Sie doch ab, Sie bringen durch Ihr Verhalten Deutschland in Verruf und auch sich selbst in Gefahr"*, haben wir sie aus dem Haus gewiesen und uns ihren Besuch verbeten.

Einer der Besucher rät uns, mit einem bestimmten Journalisten Kontakt aufzunehmen. Dieser Journalist hätte mehrmals Kritisches über die Universität geschrieben. Er sei auch sonst einflußreich. Dem Ministerpräsidenten (Chief Minister) des Bundesstaates stünde er sehr nah. Also rufe ich diesen Journalisten an und vereinbare mit ihm einen Termin in seinem Büro. Ich nehme meine inzwischen ansehnlich gewachsene Akte mit. Er ist nicht da.

Er ist Korrespondent einer der sogenannten nationalen Zeitungen. Nationale Zeitungen sind überregionale Tageszeitungen in englischer Sprache mit Verbreitung in allen Bundesstaaten. Dieser Journalist ist Korrespondent des „Patriot", Erscheinungsort Neu-Delhi. „Patriot" ist die einzige nationale Zeitung, die nicht im Besitz von Großindustriellen ist. Sie ist erst 1962 gegründet worden. Einer der Initiatoren dieser Gründung war der damalige Prime Minister Indiens, Jawaharlal Nehru. Nehru war darüber erschüttert, daß während der kurzweiligen kriegerischen Auseinandersetzungen Indiens mit der Sozialistischen Republik China keine der nationalen Zeitungen in Indien über die indische Position ausführlich berichtete. Viele

Politiker der Kongreßpartei führten dies auf die Wirtschaftsinteressen der Großindustriellen zurück und forderten „unabhängige" nationale Zeitungen. Die „Patriot" ist die erste solcher Gründungen. Andere Gründungen sind nicht erfolgt. Und der Korrespondent dieser Zeitung in Jaipur ist dieser Journalist, der nicht da ist, als ich zu der vereinbarten Zeit ankomme. Sein Büro ist nicht besetzt. Es ist ein freistehendes Haus. Natürlich von einer viereckigen Mauer geschmückt. Vor dem Gebäude ist ein großer gepflegter Rasen. Er wohnt auch dort mit seiner Familie. Ich darf also im Büro auf ihn warten. Nach einer Stunde erkundige ich mich, ob er zurück erwartet wird. Fehlanzeige. Also fahre ich unverrichteter Dinge zurück.

Am Abend habe ich ihn wieder an der Strippe. Er entschuldigt sich sehr. Wir vereinbaren einen neuen Termin. Wieder die selbe Geschichte. Sie wiederholt sich noch einige Male. Ich bleibe dran. Was bleibt mir auch anderes übrig? Jedes Mal ist er äußerst nett am Telefon und entschuldigt sich. Schließlich hat er Erbarmen. Weil ich so oft vergeblich zu seiner Residenz gekommen bin, will er mich aufsuchen. Er schreibt meine Adresse auf, läßt mich beschreiben, wo das Haus ist, und verspricht pünktlich da zu sein. Wieder die selbe Geschichte, nur daß ich nicht in seinem Büro warte. Ich weiß nicht mehr, wie oft er den Termin nicht eingehalten hatte. Es ist beinahe eine meiner täglichen Routinen geworden. Immer wenn ich ihn am Telefon habe, vereinbaren wir einen Termin. Aber eines Nachmittags erscheint er tatsächlich.

Ich mache die Tür auf. „Rishi Kumar Mishra", stellt sich der Fremde vor. Mit einem entwaffnenden Lächeln begrüßt er mich und später meine Frau. Sein Lächeln wird breiter. Seine Augen funkeln ein bißchen. Er ist nur gekommen, sagt er, um den Inder in Augenschein zu nehmen, der nach 17 nicht eingehaltenen Verabredungen noch einen 18. Termin vereinbart und nicht begreifen will, daß er mit der Sache nichts zu tun haben wolle. Er ist etwa in unserem Alter, etwas rundlich, mit wachen Augen. Wäre es nicht einfacher gewesen, es mir rundweg zu sagen, entgegne ich. Nun, da er da ist, möchte er doch die Akte einsehen. Er liest lange. Er ist beeindruckt. Seine bisherigen Informationen aus verschiedenen Quellen entsprechen nicht der Aktenlage. Er ist auch betroffen. Er will detailliert wissen, wie unsere tägliche Lebenslage ist.

Wir berichten ihm über unsere Isolation, über die „bellenden Hunde" und auch darüber, daß wir nicht ganz sicher sind, ob unsere Einschätzung über die „bellenden Hunde" auch für Jaipur gilt. Denn unmittelbar nachdem feststand, daß ich neben anderen Aktivitäten auch eine einstweilige Verfügung beim Gericht beantrage, haben sie den Druck des Terrors etwas erhöht. Sie haben mich mit sanfter Gewalt zu der nächstliegenden Polizeistation geschleppt und mich angezeigt, weil ich sie angeblich bedroht hätte, Gebrauch von dem von meiner Frau aus Deutschland mitgebrachten deutschen Revolver zu machen. Der Polizeiinspektor sperrt mich ein, meine Frau darf gehen. Sie geht zu meinem Anwalt. Er kommt in wenigen Stunden. Ich darf wieder gehen. Später kommt heraus, daß der Polizeiinspektor eine kleine „Aufmerksamkeit" für diese Aktion erhalten hat. Ganz so harmlos war diese Episode nicht. Die Unnithans hätten mehr in die „Aufmerksamkeit" investieren können. Wir hätten dann sicherlich größere Unannehmlichkeiten gehabt. Das sind die Unwägbarkeiten des Lebens, die den Pechvogel oder das Glückskind ausmachen. Wir waren froh, daß diese Aktion in wenigen Stunden verpuffte. Aktionen dieser Art kann man auch in Indien nicht beliebig wiederholen.

Ganz ohne Nachwehen geht die Aktion doch nicht aus. Unmittelbar danach wird unser Haus von der Kriminalpolizei durchsucht. Gründlich. Eben nach dem „deutschen Revolver". Nicht auszudenken, was geschehen wäre, wenn die Kriminalpolizei einen Revolver mitgebracht hätte, um diesen dann in unserem Haus zu „finden". Es ist nur eine Frage des Geldes. Die Gegenseite war glücklicherweise knauserig. Vielleicht hatten sie auch keinen „deutschen Revolver" zur Hand. Wenige Tage später wird das Haus vom Zollamt durchsucht. Nach Schmuggelgütern. Anonyme Anzeigen lägen vor. Zum Glück war meine Frau in Bombay bei unserer Ankunft beharrlich, alle eventuell zollpflichtigen Gegenstände registrieren zu lassen. Die Zollfahnder finden keine Gegenstände, die nicht auf der Liste stehen. Es fehlen auch keine Gegenstände.

Noch eine Episode hat uns beunruhigt. Eines Morgens stehen alle unsere elektrischen Geräte unter Strom. Meine Frau bekommt nur einen leichten Stromschlag, weil sie im Haus, wie ich auch, Holzsandalen trägt. Ich alarmiere den Elektriker. Er ist erstaunt. Eine Ursache kann er nicht finden. Alle Anschlüsse im Haus sind in Ordnung. So etwas hätte er noch nicht erlebt. Erst spät nachmittags kommen erfahrenere Elektriker. Sie untersuchen alles im Haus. Alle Geräte sind immer noch unter Strom. Es muß etwas im Außenverteiler nicht in Ordnung sein. Sie untersuchen zunächst den nächstliegenden Außenmast unweit unseres Hauses. Kaputt ist nichts, aber der Verteiler am Außenmast manipuliert. Der Starkstroman-schluß ist mit dem 220-Volt-Anschluß vertauscht worden. Sie stellen die Anschlüsse wieder richtig. Unsere Haushaltsgeräte stehen nicht mehr unter Strom.

Wir erzählen auch, daß wir keine gelegentlichen Besuche mehr bekommen, weil auch König uns aufgefordert hat, Jaipur sofort zu verlassen.. Verständlich. Denn wir gelten als Verlierer. Wer sympathisiert schon mit Verlierern? Und noch öffentlich? Wir werden nicht in Jaipur bleiben. Die anderen aber müssen. Also werden wir gelegentlich in der Dunkelheit des Abends besucht. Wir rechnen diesen Kollegen hoch an, daß sie uns immerhin ihr Fernbleiben erläutert haben. Sie haben Familien, sie haben Kinder. Sie werden langandauernde Schikanen nicht durchstehen können.

Eine Ausnahme gibt es doch: Dr. Rajendra Prashad Sharma, ein senior Lecturer im Fach Hindi. Außer ihm versteht keiner in seiner Familie englisch. Und er hat eine große Familie: Neun Kinder. Die Sharmas sind konservativ, erzkonservativ. Soziologisch gehört die Familie zu den „traditionellen", also zu jenen, die sich dem Fortschritt Indiens entgegenstemmen sollen. Aber was ist Fortschritt? Und wer ist „modern"? Die Unnithans, die Mathurs, die Königs, die Scheuchs? Fragen, die ich früher nicht gestellt habe. Sharma hat über unsere Auseinandersetzungen mit Unnithan und mit der Universitätsleitung von der „Teachers' Association" (RUTA) gehört. Fortan besuchen er und seine Familie uns demonstrativ. Jeden Nachmittag. Sie sitzen auf der Wiese vor dem Haus. Für jedermann sichtbar. Sharma ist der Überzeugung, daß es einfach nicht geht, uns wegen irgendwelcher Auseinandersetzungen oder wegen Wertekonflikte wie Aussätzige zu behandeln. Er weiß, daß es zwischen seiner Familie und uns, zwischen ihm und mir viele Wertedifferenzen gibt. Aber das, was wir auf dem Campus erleben, läßt sich mit seiner Wertordnung nicht vereinbaren. Karriere hin, Karriere her. Rishi Kumar Mishra hört alles ohne Kommentar an. Beim Verabschieden sichert er uns zu, daß er bald wieder kommen wird.

Er kommt schon am nächsten Abend. Er kommt nicht allein. Er bringt einen Freund mit. Er stellt ihn uns als Radha Bhallavji vor. Das „ji" am Ende des Namens ist Bezeugung von Respekt. Richtig heißt er Radha Bhallav Agarwall und ist ein geachteter Anwalt, der Arbeiter und andere „Arme" ohne Honorar vor Gericht vertritt. Er ist Kommunist. Wenn prominenter Besuch in Jaipur angesagt wird, wird Radha Bhallavji im voraus in Gewahrsam genommen. Eine bemerkenswerte Persönlichkeit. Dieser Abend hat eigentlich eine Wende unserer Lage, ja, unseres Lebens eingeläutet, wie wir es später, viel später bemerken werden. Für den nächsten Abend lädt Mishra uns zuu sich nach Haus ein. Er hat fünf Kinder. Seine Frau stammt aus Bengalen. Er stammt aus dem Nord-westen des Britisch-Indiens, aus dem heutigen Nordwestpakistan. Er hat in Kalkutta studiert und spricht und liest fließend bengali. Wie schon erwähnt, Bengali ist meine Muttersprache. Wir sollten sie jeden Abend besuchen, meint seine Frau. Wir sind herzlichst dazu eingeladen. Ab dem nächsten Tag wird unser Haus nicht nur von Unnithans Leuten belagert. Andere fremde Gesichter fallen uns auf.

*****

Am 22. März kann ich König mitteilen, daß am 20. März das Gericht in Jaipur gegen die Universitätsleitung eine einstweilige Verfügung wegen des Schreibens des „Registrars" vom 10. Februar erlassen hat. Ich bitte ihn, nunmehr Mathur nach Belegen für seine Behauptungen gegen mich zu fragen. Ich informiere ihn darüber, daß die Befragung in der Benares Hindu University ausfällt, weil der dortige Soziologe auf Intervention von Unnithan seine frühere Zusage widerrufen hat. Auch der dortige Soziologe hat einen deutschen Intimus, wie Unnithans Jansen. Detlef Kantowski heißt er, wie wir viel später erfahren werden. Ich mache König darauf aufmerksam, daß ich wegen seines Verbotes, im Namen des Instituts zu handeln, die Lehrerfragebogen nicht einsammeln kann. Schließlich bedanke ich mich für die 1000,- DM von den versprochenen 2000,- DM.

*****

Neben Unnithan, Mathur und König sind es noch andere, die unsere Untersuchungen zu Fall bringen wollen. Finanziell wird uns zugesetzt. Das Kölner Institut hat die Hälfte der versprochenen 2000,- DM gezahlt. Die Universität Rajasthan bezahlt trotz fester Zusage mein Gehalt nicht. Nun will die „Vermittlungsstelle für Deutschen Wissenschaftler" die bereits bewilligte Beihilfe nicht zahlen. Der zuständige Beamte, Dr. Westerhoff, will von mir einen ausführlichen Bericht über meine angebliche Entlassung von der Universität Rajasthan haben. Postwendend, also schon am 27. März schreibe ich: „Sehr geehrter Herr Dr. Westerhoff, bitte nehmen Sie Bezug auf Ihr Schreiben vom 22. März 1967. Trotz der sehr unerfreulichen Sätze: *,Wie man uns inzwischen mitgeteilt hat, sind Sie von der Universität entlassen worden. Leider sagen Sie in Ihrem Schreiben nichts davon.'* habe ich volles Verständnis für Ihre Anfrage. Es wäre sehr nett von Ihnen, wenn Sie mir mitteilen würden, wer Ihnen diese den Tatsachen nicht entsprechende Mitteilung gemacht hat. Falls eine schriftliche Mitteilung diesbezüglich bei Ihnen vorliegt, wäre ich Ihnen außerordentlich dankbar, wenn Sie mir eine Fotokopie davon zusenden würden."

Dann folgt der gewünschte ausführliche Bericht. Eine Kopie stelle ich König zu und schreibe am selben Tag an Dieter Fröhlich: „Lieber Herr Fröhlich, Ihr Schreiben vom 6. März war nur ein kurzer Lichtblick, denn die Vermittlungsstelle hat mir am 22. März eine Mitteilung gemacht, die alles andere als erfreulich ist.

Ich weiß nicht, wem ich das zu verdanken habe, auch nicht, warum ich so vom Pech verfolgt bin, aber die harte Tatsache ist, daß uns die Vermittlungsstelle mitteilt, daß *,Wie man uns inzwischen mitgeteilt hat, sind Sie von der Universität entlassen worden. Leider sagen Sie in Ihrem Schreiben nichts davon.'* Und weiter, daß sie deshalb noch keine Zahlungen leisten können.

Auf Grund der sehr schlechten Erfahrungen hier, die mir nicht mehr zivilisiert vorkommen, von Recht ganz zu schweigen, hatte ich mir eingebildet, daß dies der indischen Unterentwicklung zu verdanken sei. Nach dem Schreiben von Prof. König vom 2. März und dem Schreiben der Vermittlungsstelle vom 22. März weiß ich wirklich nicht mehr, ob die Schlußfolgerung aus der indischen Situation tatsächlich stichhaltig ist. Bevor Prof. König von mir Erklärungen verlangt, leitet er sehr einschneidende Schritte gegen mich ein und hält mir die ganze Vergangenheit vor. Die Vermittlungsstelle macht keine Zahlungen, obwohl ich doch, auch wenn man das Schreiben des Vice Chancellors als Entlassung interpretiert, bis zum 10. Februar im Dienst war und man mir wenigstens bis zu diesem Zeitpunkt hätte die Unterstützung zahlen können. Beide Reaktionen sind einschneidend. Und sie lassen mir keine Chance, mich zu verteidigen. Ist es Prof. König klar, daß sein Verbot, nicht mehr im Namen des Instituts aufzutreten, mitten in meiner Feldarbeit, praktisch auch eine Entlassung bedeutet? Ich hoffe, daß Prof. König mittlerweile etwas klarer sieht und seine

Schritte gegen mich rückgängig macht. Ich hoffe auch, daß Herr Sack und Sie den nötigen Einfluß ausüben werden. Bitte schreiben Sie mir bald und so ausführlich wie möglich. Mit den besten Wünschen und Grüßen Ihr"

Meine Frau wendet sich am 31. März an den Botschafter Deutschlands, weil offensichtlich seine Behörden in der Auseinandersetzung für die Universität Rajasthan und gegen uns Partei ergriffen haben und so unsere Untersuchungen zu Fall bringen. Er, Freiherr von Mirbach, möge dafür sorgen, daß ein Beamter des Landes Nordrhein-Westfalen auf Beurlaubung nicht deshalb benachteiligt wird, weil er keine deutsche Staatsangehörigkeit besitzt, und mit ihm auch seine deutsche Frau.

Die Vermittlungsstelle für deutsche Wissenschaftler will das Antragsverfahren neu eröffnen. Sie schickt mir neue Antragsformulare, nicht aber eine Fotokopie jener angeblichen Mitteilung, die sie veranlaßte, die schon erfolgte Bewilligung des Auswärtigen Amtes rückgängig zu machen. Und sie übermittelt mir jetzt eine andere Version. Das Generalkonsulat (also doch nicht „man") in Bombay habe ihr mitgeteilt, *„daß die Universität von Rajasthan das Verhältnis mit Ihnen gelöst hat"*. Am 22. März schrieb sie: *„Wie man uns inzwischen mitgeteilt hat, sind Sie von der Universität entlassen worden. Leider sagen Sie in Ihrem Schreiben nichts davon."* Also beantrage ich am 10. April bei Herrn Dr. Kunisch, Generalkonsul Deutschlands in Bombay, daß mir postwendend Kopien sämtlicher Unterlagen über mich zur Verfügung gestellt werden und erklärt wird, warum das Generalkonsulat der Vermittlungsstelle eine den Tatsachen nicht entsprechende, Mitteilung gemacht hat.

Freiherr von Mirbach läßt sich Zeit. Wir haben wenig Zeit. Daher schreibt meine Frau: *„Sehr geehrter Herr Botschafter, darf ich auf mein Schreiben vom 31. März Bezug nehmen und Sie nochmals darum bitten, etwas zu unternehmen, damit wir nicht in noch größere Schwierigkeiten geraten.*

Ich möchte Ihnen mitteilen, daß die Universität von Rajasthan vor Gericht die Verzögerungstaktik anwendet, so daß der Termin der Hauptverhandlung vom 3. April auf den 8. April und schließlich auf den 13. April verschoben wurde. Nach Meinung unseres Rechtsanwaltes wird die Universität mit allen Mittel versuchen, die Verhandlung zu verzögern, mit dem Wissen, daß die Beurlaubung meines Mannes bald zu Ende geht und wir Jaipur verlassen müssen.

Deshalb ist es dringend geboten, daß von Ihrer Seite die Unterstützung kommt, die seitens der Botschaft mir als Bürgerin der Bundesrepublik und meinem Mann als Landesbeamten von Nordrhein-Westfalen gegeben werden kann.

Soeben erhält mein Mann von der Vermittlungsstelle die Nachricht, daß das Generalkonsulat in Bombay der Vermittlungsstelle mitgeteilt hat, daß die Universität von Rajasthan das Vertragsverhältnis mit meinem Mann gelöst habe. Interessant ist, daß die Vermittlungsstelle in ihrem Schreiben vom 22. März uns geschrieben hatte, ‚wie man uns inzwischen mitgeteilt hat, sind Sie von der Universität entlassen worden. Leider sagen Sie in Ihrem Schreiben nichts davon.' In der Anlage finden Sie eine Kopie eines Schreibens meines Mannes an den Generalkonsul in Bombay.

Die Universität von Rajasthan hat immer noch nicht die Gehälter bezahlt. Wegen dieser dringenden Lage bin ich gezwungen, Ihnen das obige zu schreiben."

Weil uns wirklich die Zeit wegläuft, fülle ich die Formulare tatsächlich aus, was sicherlich nicht angebracht war, und schreibe schon am 11. April dem Herrn Generalkonsul der BRD in Bombay: „Sehr geehrter Herr Dr. Kunisch, Sie haben sicherlich inzwischen mein Schreiben vom 10. April erhalten und bereits veranlaßt, mir die Fotokopien Ihrer schriftlichen Unterlagen zuzusenden, aufgrund dessen Ihr Konsulat die Schlußfolgerungen gezogen hatte, die es der Vermittlungsstelle mitgeteilt hat.

Da Ihr Konsulat in solcher Eile gehandelt hat, daß ich nicht gehört wurde, müssen die Ihnen vorliegenden Unterlagen sehr eindeutig sein. Ich erwarte nun, daß sich das Konsulat über die Sachlage informiert und die Angelegenheit bereinigt.

In der Anlage finden Sie zwei ausgefüllte Antragsformulare, und ich möchte Sie bitten zu veranlassen, daß diese Formulare möglichst bald weitergeleitet werden.

Falls Sie nicht wissen sollten, was an dieser Universität möglich ist, dann schicken Sie bitte einen verantwortlichen Beamten, der sich von der Sachlage überzeugt. Ich kann nur sagen, daß ich nicht erwartet hatte, daß eine deutsche Stelle Schützenhilfe leistet für eine Universität, die kaum eines der Merkmale einer Universität aufweist.

In Erwartung Ihrer baldigen Maßnahmen und mit vorzüglicher Hochachtung"

Herrn Dr. Westerhoff bitte ich am selben Tag, mir eine Fotokopie der Mitteilung des Generalkonsulats nachzusenden. Ich frage auch nach, warum die Vermittlungsstelle zunächst bis zur Auflösung des Vertragsverhältnises die Beihilfe nicht bezahlt hat.

Nun frage ich mich auch, wie die Vermittlungsstelle am 22. März auf die Idee kommen konnte, ich sei **entlassen** worden, wenn doch das Generalkonsulat in Bombay der Vermittlungsstelle eine Mitteilung über eine **Auflösung** des Vertragsverhältnisses gemacht hatte. Bislang hatte doch nur König das raffinierte Schreiben von Mathur als eine **„Entlassung"** gedeutet.

Für uns fällt fast eine Welt zusammen, als wir begreifen, daß König in diesem Spiel aktiv mit von der Partie ist, die Materialsammlung über die „Indische Universität" zu Fall zu bringen. Auch König hat ausgerechnet, daß das Spiel schon gewonnen ist, wenn wir aus finanziellen Gründen gezwungen wären, unverrichteter Dinge nach Deutschland zurückzukehren. Also frage ich am 11. April bei König an: „Sehr geehrter Herr Professor, ich nehme an, daß meine beiden Schreiben Sie erreicht haben. In der Anlage finden Sie ein Schreiben an die Vermittlungsstelle für deutsche Wissenschaftler im Ausland. Ich kann wirklich nicht raten, wer der Vermittlungsstelle die unrichtige Mitteilung gemacht hat, daß ich von der Universität von Rajasthan entlassen worden sei. Die ganze Angelegenheit nimmt Formen an, die ohne meine schriftlichen Belege nicht mehr zu glauben wären. Ich warte immer noch auf Ihre

Mitteilung, daß Sie das Verbot aufheben und mir nicht die Möglichkeit nehmen, die verteilten Fragebogen wieder einzusammeln. Mit den besten Empfehlungen stets Ihr"

Noch am 11. erreicht uns ein Telegramm aus Köln, das unsere Annahmen über einen verhängnisvollen deutsch-indischen Komplott bestätigt. Hier ist der Text: *„Please limit yourself strictly to research projects and avoid any troubles stop in particular drop immediately and definitely case study with which I strongly disagree stop detailed letter follows on monday - regards König"*

Das im Telegramm angekündigte Schreiben im Telegramm wird mit dem 10. April datiert, aber am 15. zur Post gegeben. Zeitgewinnen heißt die plumpe, aber doch wirksame Taktik. Und uns läuft die Zeit wirklich davon. Dieses Schreiben ist eines der amoralischsten und schamlosesten Schriftstücke, die uns je zu Gesicht gekommen sind. Und wenn ein deutscher Ordinarius Scham verliert, verliert er Gedächtnis, Geschichte, Skrupel und Verstand. Die Bilder von und um Hans Albert werden bei mir wach. König war damals schon Ordinarius in der selben Fakultät. Ich komme auf das Schreiben chronologisch zurück.

Zwei Tage später, am 13. erhält meine Frau Post von dem deutschen Botschafter D. Freiherr von Mirbach, die uns Bemerkenswertes offenbart. Die Deutsche Botschaft ist eine Anlaufstelle für Informationen von „informellen Mitarbeitern". Die Botschaft verwertet die Informationen nach Belieben und ohne sich über die Gültigkeit der Informationen vergewissert oder/und die davon betroffenen Personen davon ins Kenntnis zu setzen. Wir schreiben das Jahr 1967. In den neuenziger Jahren wird es bekannt, daß auch die „Stasi" nach der gleichen Methode gearbeitet haben soll. Hier ist der komplette Text (Die Hervorhebungen sind von mir.): *„Sehr geehrte Frau Dr. Aich, ich bestätige dankend Ihr Schreiben vom 31. März und bedauere, daß Sie in diese schwierige Situation geraten sind. Es ist für die Botschaft nicht leicht, sich ein objektives Bild über die entstandenen Mißhelligkeiten zu machen, da Ihre Darstellung der Tatsachen von derjenigen abweicht, welche **andere Angehörige** der Universität von Rajasthan meinen Mitarbeitern und **durchreisenden deutschen** (Wie Jansens und Kantowskis?) Wissenschaftlern gegenüber gegeben haben.*

Da Sie selbst bereits einen Rechtsanwalt haben und eine einstweilige Verfügung gegen die Universitätsverwaltung beantragt haben, kann die Botschaft vorerst nur die Entscheidung des Gerichts abwarten, da es ihr nicht zusteht, in ein schwebendes Verfahren einzugreifen.

*1. Ich habe jedoch meinen Mitarbeiter von der Kulturabteilung gebeten, an die University Grants Commission zu schreiben und um eine gerechte Untersuchung der Angelegenheit zu bitten, **auch** um die guten Beziehungen (guten Beziehungen?) zwischen der Universität Köln und der Universität Jaipur nicht zu gefährden.*

2. Die Vermittlungsstelle für deutsche Wissenschaftler im Ausland wird von dem zuständigen Generalkonsulat Bombay unterrichtet werden, sobald Ihr Gatte wieder seine Lehrtätigkeit an der Universität Jaipur aufnimmt. Die

Vermittlungsstelle unterliegt nicht der Weisungsbefugnis des Auswärtigen Amtes.

Im übrigen wäre ich Ihnen dankbar, wenn Sie Ihre Erklärung belegen (Interessant!) würden, daß Ihr Mann nach Entscheidung des Auswärtigen Amtes als deutscher Wissenschaftler im Ausland gefördert werden sollte. Eine solche Stellungnahme ist mir bisher nicht bekannt.

Die Botschaft könnte Ihnen, nach Abstimmung mit dem Generalkonsulat Bombay, als deutsche Staatsangehörige bei einer persönlichen Vorsprache im Rahmen des Konsulargesetzes ein Darlehen gewähren, um Ihre augenblickliche Notlage zu lindern. Auch eine darlehensweise Gewährung der Rückreisekosten für Sie wäre uns aufgrund des o .a. Gesetzes möglich.

Ich bedaure, Ihnen, sehr geehrte Frau Dr. Aich, keine bessere Auskunft geben zu können.

Wenn ich mir erlauben darf, Ihnen und Ihrem Gatten einen Rat zu geben, dann möchte ich Ihnen zureden, den entstandenen und wohl schwerlich überbrückbaren Spannungen in Jaipur aus dem Wege zu gehen und Ihre wissenschaftliche Karriere in Deutschland fortzusetzen."

Wir sind über den Inhalt, über die Diktion und über den Geist im Brief des deutschen Botschafters – gelinde ausgedrückt – nicht erbaut. Ich sehe mich veranlaßt, von dem Botschafter etwas Genaueres über „die informellen Mitarbeiter" und über deren Berichte wissen zu wollen. Also schreibe ich ihm am 14. April unter anderem: „Ich wäre Ihnen außerordentlich dankbar, wenn Sie mir die Fotokopien Ihrer Unterlagen zuschicken würden. Darf ich noch bemerken, daß keiner Ihrer Mitarbeiter und auch kein durchreisender deutscher Wissenschaftler mir in Jaipur begegnet ist, also Kenntnis von meinen Akten hat. Sie werden mir sicherlich darin zustimmen, daß es fairer gewesen wäre, auch mich nach den Tatsachen zu befragen, bevor man Ihnen Bericht erstattete. Oder lagen Ihren Mitarbeitern so eindeutige Belege vor, daß dies überflüssig erschien? Für den Fall werden Sie sicherlich mein Interesse an diesen Belegen verstehen. (...)

Ich erlaube mir, als Anlage sowohl eine Kopie von dem Schreiben der Vermittlungsstelle als auch eine Kopie eines Briefes vom Kölner Institut beizufügen, in denen die Erklärung meiner Frau belegt wird, daß mein Aufenthalt in Indien als deutscher Wissenschaftlers vom Auswärtigen Amt gefördert werden sollte. (...)

Sie schreiben meiner Frau, daß die Vermittlungsstelle von dem Generalkonsulat in Bombay unterrichtet werden wird, sobald ich meine Lehrtätigkeiten an der Universität von Rajasthan wieder aufnehme. Nun, technisch ist das nicht mehr möglich, da der Vorlesungsbetrieb bereits Mitte März endet. Nach den dann einsetzenden Prüfungen beginnen am 6. Mai die Sommerferien. Und mein Vertrag mit der Universität endet auch mit dem Ende der Sommerferien."

Auch meine Frau beantwortet das Schreiben am selben Tag. Ihre Diktion ist von der tiefen Immoralität im Schreiben des deutschen Botschafters geprägt. Vielleicht erinnerte sie sich auch an den Empfang im „Hotel Ashoka" durch die selben Mitarbeiter des Botschafters zu Beginn unseres Aufenthaltes. Möglicherweise waren die Ausgaben der erste Anwerbungsschritt zur Anfütterung als „informelle Mitarbeiter": *„Sehr geehrter Herr Botschafter, ich danke Ihnen sehr für Ihr Schreiben vom 7. April, das uns leider erst am 13. April erreichte.*

Das Ironische dieser Situation ist, daß mich das Abweichen von den akademischen Normen meiner eigenen Landsleute in Indien das normwidrige Verhalten indischer Akademiker zunehmend milder beurteilen läßt.

Nicht ohne Ironie ist auch die Tatsache, daß die Publikation meines Mannes geholfen hat, das an den Universitäten der westeuropäischen Länder bei der Vergabe von Degrees verbreitete Motto: ‚für unterentwickelte Länder gut genug‘ zu revidieren, daß mein Mann dann aber ausgerechnet es mit einem solchen Degree-Holder zutun hatte, dessen Dissertation von drei Universitäten abgelehnt und von der vierten unverändert akzeptiert wurde, obwohl die dritte Universität die Auflage gemacht hatte, zumindest noch ein Jahr intensive Arbeit darin zu investieren, um den Gehalt der Arbeit etwas zu bereichern (was in unseren Akten nachzulesen ist).

Ich schrieb Ihnen schon in meinem letzten Brief, daß die Universität von Rajasthan vor Gericht mit der Verzögerungstaktik operiert, mit dem Ergebnis, daß für heute der vierte Termin anberaumt wurde. Was sicherlich nicht das gute Gewissen dieser Universität manifestiert.

Da sich mein Mann bereits an Sie gewandt hat, möchte ich mich darauf beschränken, an Sie die Bitte zu richten, mir alle Formalitäten für die Vergabe eines Darlehns im Rahmen des Konsulargesetzes mitzuteilen. Ich nehme dankend Ihr Angebot eines solchen Darlehns an, um meine augenblickliche Notlage zu lindern.

Ich danke Ihnen auch sehr für Ihren sehr gut gemeinten Rat, den Schwierigkeiten hier durch unsere Abreise aus dem Wege zu gehen. Aber ich weiß nicht, ob es immer die richtige Lösung sein kann, den sicherlich sehr großen Schwierigkeiten aus dem Wege zu gehen, nur weil sie schwierig sind."

Nach diesem Schreiben ist auch dem Herrn Botschafter der Bundesrepublik Deutschland klar, daß wir unverrichteter Dinge das Feld nicht räumen werden. Und der Botschafter drückt seine Mißbilligung aus. Er beantwortet das Schreiben meiner Frau nicht mehr. Er läßt seinen Legationsrat den Vorgang bearbeiten. Schnell. Möglicherweise mit einem Vermerk: „kein Darlehen, abwimmeln". Denn der Legationsrat nimmt am 19. April die eindeutige Zusage eines Darlehns des Botschafters an meine Frau vom 7. April zurück: *„Betr.: Ihre Unterstützung aus öffentlichen Mitteln, Bezug: Ihr Schreiben vom 14. April 1967. Sehr geehrte Frau Dr. Aich, auf Ihr an Herrn Botschafter Baron D. von Mirbach gerichtetes Schreiben muß ich Ihnen zu den Formalitäten einer Darlehnsgewährung im Rahmen des Konsulargesetzes leider folgendes mitteilen: Die Gewährung eines Darlehens gemäß § 26 KG an nicht in Indien ansässige hilfsbedürftige Deutsche durch das Deutsche Generalkonsulat in Bombay oder die Botschaft ist nur* (Was schrieb sein Dienstvorgesetzter Herr Botschafter am 7. April: *„Die Botschaft könnte Ihnen, nach Abstimmung mit dem Generalkonsulat Bombay, als deutsche Staatsangehorige bei einer persönlichen Vorsprache im Rahmen des Konsulargesetzes ein Darlehen gewähren, um Ihre* *augenblickliche Notlage zu lindern.")* für die Rückkehrkosten in die Heimat möglich. Eine etwa geplante Fortsetzung des Auslandsaufenthalts kann aus Unterstützungsmitteln in diesem Falle leider nicht finanziert werden.

Bevor eine deutsche Auslandsvertretung als letzte Hilfsinstanz Ihnen die finanziellen Mittel zur Rückkehr nach Deutschland gegen Rückzahlungsverpflichtung zur Verfügung stellen kann, müssen alle anderen Hilfsmöglichkeiten (Ehemann, Angehörige, Arbeitgeber) restlos erschöpft sein.

Da Ihr Gatte nach Ihren Angaben (entzückend!) Landesbeamter von Nordrhein-Westfalen ist, würde ich Ihnen empfehlen, zunächst seine Anstellungsbehörde um ein Überbrückungsdarlehen zu bitten; auch die Botschaft wäre gehalten auf diesem Wege zu versuchen, eine finanzielle Unterstützung in die Wege zu leiten.

Ich bedaure, daß die vorstehend geschilderte Rechtslage eine weitergehende Unterstützung nicht zuläßt. Mit vorzüglicher Hochachtung, Im Auftrag Nöldeke, Legationsrat"

Das in seinem Telegramm angekündigte Schreiben von König vom 10. April erreicht mich am 21., weil es laut Poststempel in Köln erst am 15. April zur Post gegeben wird. Es hat fünf eng beschriebene Seiten. Selbst die einstweilige Verfügung gegen die Universität hat König nicht zum Nachdenken veranlaßt. Er erwähnt sie nicht einmal. Dafür aber: *„ich wundere mich, daß ich seit Ihrem Brief vom 22. 3. 1967 nichts mehr von Ihnen gehört habe, obwohl Professor Scheuch seit diesem Datum in Indien und insbesondere auch in Jaipur war, was Ihnen zweifellos nicht verborgen* (Genau darauf hatten König und Scheuch angelegt. Ich bekam keine Mitteilung über diese Reise. Und was hat Scheuch daran gehindert, vom Gästehaus der Universität den Minutenweg zu unserem Haus zu schreiten?) *geblieben ist. Ich habe mittlerweile eine Reihe von Akten erhalten, die ein Licht über Ihre Tätigkeit in Jaipur werfen, insbesondere auch Fotokopien Ihrer eigenen Briefe an verschiedene Persönlichkeiten. In diesem Zusammenhang habe ich Ihnen gestern telegraphiert: ‚Please limit yourself strictly to research projects and avoid any troubles stop in particular drop immediately and definitely case study with which I strongly disagree stop detailed letter follows on monday – regards König'*

Mit diesem Text wollte ich Stellung nehmen, sowohl zu Ihren Bemerkungen in Ihrem Schreiben an mich vom 15. 3., als auch zu Ihrem Brief vom 22. 3. 1967. Mit diesem Telegramm wollte ich Ihnen sagen, daß Sie sich zunächst strengstens an die Durchführung Ihrer Forschungsprojekte halten und alle anderen Dinge vermeiden sollten, die nicht unmittelbar damit zusammenhängen. Ferner meinte ich damit, daß Sie die von Ihnen begonnene ‚Fallstudie über die Universität Rajasthan' sofort und definitiv einstellen sollen, da diese nicht zu Ihren Aufträgen gehört. Darüber werde ich gleich noch mehr sagen. Dies ist zunächst der Inhalt meines Telegramms, nochmals auf deutsch erklärt. (...)

Allgemein möchte ich vorausbemerken, daß Sie als indischer Bürger selbstverständlich jedes Recht zur Kritik in Ihrem Lande haben, sofern Sie nur als indischer Bürger auftreten. Sie sind aber nicht nur indischer Bürger, sondern gleichzeitig deutscher Beamter auf Widerruf und Assistent unseres Institutes. Das ändert die Lage. Denn diese Situation macht Ihnen zur unbedingten Pflicht die Befolgung aller Regeln des Landes, insbesondere seiner Gesetze, die Beachtung äußersten Taktes in der Kritik und vor allem auch ein allgemeines Benehmen, das der Kritik möglichst wenig Ansatz gibt. ... Es gehört auch nicht zu Ihren Obliegenheiten, die Studenten gegen die Professoren aufzubringen (Ist dies geschehen?). Vielmehr wäre es Ihre Pflicht gewesen, strengstens in den gegebenen Rahmen einzupassen und einfach gute Vorlesungen zu halten, ohne irgendwelche kritischen Noten nach rechts und links zu verteilen.

(...) Was nun die Tatsachen betrifft, so will ich mich nur auf einige wenige beschränken. Sie sagen, Professor Unnithan habe Sie ausgebeutet. Sie vergessen leider zu erwähnen, daß Sie in Ihrem eigenen Fragebogen Gebrauch gemacht haben von dem geistigen Eigentum von Professor Unnithan, ohne ihn zu erwähnen. Eine ganze Reihe von Fragen in Ihrem Fragebogen stammen aus dem Fragebogen von Professor Unnithan ... so kann man nicht mehr von einer Benutzung von Materialien sondern nur noch von Diebstahl geistigen Eigentums (Weiß König noch, wovon er spricht?) sprechen. ... Im übrigen sehe ich auch zu meinem Erstaunen auf der 2. Seite Ihres Fragebogens den Namen Ihrer Frau, die nach meiner Erinnerung (Sie wird immer kürzer!) niemals etwas mit unserem Institut zu tun gehabt hat. Daß Sie ihren Namen auf das gleiche Blatt gesetzt haben, auf dem der Name unseres Instituts und mein eigener stehen, bedeutet eine grobe Irreführung der Leser dieses Fragebogens. (...)

Im übrigen fällt mir an allen Ihren Schreiben auf der zuhöchst arrogante, autoritäre, taktlose und unliebenswürdige Ton, der nicht gerade das ist, was im Orient üblich ist. (...)

Ich nehme meine Informationen ausschließlich aus den Fotokopien Ihrer Briefe und aus dem langen Bericht, den Sie mir selber als Beilage zu Ihrem Schreiben vom 17. 2. 1967 geschickt haben. Sie stellen darin Punkt für Punkt Ihre Auseinandersetzungen mit dem Department, mit der Verwaltung und mit dem Vizekanzler der Universität dar. Abgesehen davon, daß in Ihren Aufstellungen eindeutig falsche Behauptungen stehen wie z.B. unter a) 10., wo Sie behaupten, daß der Beitrag von Professor Unnithan zu Ihrem Fragebogen inexistent ist, obwohl Sie ein rundes Dutzend (Wirklich erstaunlich!) Fragen von ihm entlehnt haben, ersehe ich aus dieser Aufstellung, daß Sie sich mehrheitlich mit Dingen beschäftigt haben, die weder zu Ihrem Lehrauftrag an der Universität Rajasthan, noch zu Ihrem Forschungsauftrag (Welcher Forschungsauftrag?) gehörten. Die Folgen davon haben Sie sich selbst zuzuschreiben.

Was die Fortführung Ihrer Forschungsprojekte betrifft, so kann ich Sie ausschließlich dazu autorisieren, im Rahmen der Lehreruntersuchung im Namen des Instituts aufzutreten. Ich muß Sie aber bitten, wie in meinem Telegramm gesagt, daß Sie in diesem Falle alle Reibungen vermeiden. Sonst sehe ich mich gezwungen, Ihnen auch diese Erlaubnis mit sofortiger Wirkung wieder zu entziehen. Was die Universität Rajasthan betrifft, so werde ich gleichzeitig schreiben und um Aufklärung in einer letzten Angelegenheit bitten, von der ich von Ihnen erwarte, daß Sie mir unverzüglich nach Empfang dieses Briefes eine wahrheitsgemäße Antwort geben. Ich muß Sie darauf aufmerksam machen, daß ich mir bei einer falschen Information weitere disziplinarische Maßnahmen vorbehalte. Es dreht sich hierbei um die mehrfach bezeugte Behauptung, daß

Sie versucht hätten, teils Transistorgeräte, teils luxury-goods auf dem schwarzen Markt zu verbreiten, die Sie aus Deutschland oder anderswoher mitgebracht und illegal importiert hatten. Dies ist eine sehr ernste Anschuldigung. Ich finde auch davon nichts erwähnt in Ihrer Klage gegen die Universität Rajasthan, obwohl diese Beschuldigung äußerst schwerwiegend ist. Ich erwarte also von Ihnen unverzüglich eine eindeutige Antwort in dieser Angelegenheit.

Ich bemerke ausdrücklich, daß ich mich auf diese wenigen Dinge beschränke, die meines Erachtens ganz eindeutig sind. Dazu kommt noch die Verwendung von Briefpapier unseres Instituts für Privatangelegenheiten. Ich bitte Sie, das in Zukunft zu unterlassen. Assistenten eines Forschungsinstituts können nur i. A. schreiben und das ausschließlich in Angelegenheiten des Instituts.

Auch aus anderen Universitäten kommen schwere Klagen gegen Sie, z.B. von der Technischen Hochschule in Neu-Delhi (und aus welchen noch?). Auch dort sind Sie arrogant aufgetreten und haben sich sofort beim Kanzler beschwert (Frei erfunden!), nachdem ein von Ihnen eingereichter Fragebogen nicht sofort akzeptiert worden war. Nicht nur im Orient benötigt man einige Zeit, bis man die Dinge nachgeprüft hat. Völlig unpassend sind aber Ihre Bemerkungen gegenüber dem Kanzler, Sie würden in London (London?) intervenieren, daß die Mittel für die Technische Hochschule gestoppt würden, ganz abgesehen davon, daß Sie dazu gar nicht imstande sind. Im übrigen haben Sie sich dabei auf mich berufen, was mich dazu zwingt, auch an der Technischen Hochschule in Neu-Delhi in dieser ganzen Angelegenheit Klarheit zu schaffen. Die Technische Hochschule hat die Sache der Deutschen Botschaft zur Kenntnis gebracht, und das ist wohl die Ursache dafür gewesen, daß die Vermittlungsstelle für deutsche Wissenschaftler im Ausland Ihnen den Brief schrieb, in dem sie die Weiterverfolgung Ihrer Angelegenheit ablehnt. Ich muß gestehen, daß ich unter den gegebenen Umständen keine Möglichkeit sehe, gegen diesen Beschluß vorzugehen. Vor allem aber müssen Sie sich ein für alle Mal damit abfinden, daß Sie entlassen worden sind, und zwar auf die allerschärfste Art, die es überhaupt gibt: nämlich Entlassung unter Weiterzahlung der Bezüge, von denen ich allerdings annehme, daß sie jetzt auch nicht mehr gezahlt werden.

Mit diesen Dingen haben Sie sich selbstverständlich in ganz Indien unmöglich gemacht. Daß Sie überhaupt relativ glimpflich behandelt worden sind, geht ausschließlich auf die Verwendung meines Namens zurück. Das werde ich von jetzt ab untersagen müssen, zunächst in einem provisorischen Brief, den ich sofort schicken werde, und dann in einem endgültigen, den ich schicken werde, nachdem Sie mir zu den obigen Fragen geantwortet haben. Daß Sie sich alle Chancen in Indien verdorben haben, ist natürlich für Ihre Zukunft von größter Bedeutung, da ja Ihre eventuelle Habilitation in Köln (Entzückend!) ausschließlich im Hinblick auf eine Laufbahn in Indien besprochen worden war, wie Sie sich vielleicht erinnern. Im übrigen wiederhole ich, daß ich keine Möglichkeit mehr sehe, Ihren Vertrag nochmals zu verlängern, nachdem ich Ihnen vier Jahre Zeit gegeben habe für die Abfassung Ihrer Habilitationsschrift und Sie während dieser Zeit völlig freigesetzt habe von irgend welcher Tätigkeit im Institut. Sie haben in dieser Zeit ausschließlich einige kleine Übungen im Semi-

nar abgehalten, wie unsere anderen Herren das neben ihrer sonstigen Tätigkeit auch tun. Sie hatten also ein Maximum an Zeit zu Ihrer Verfügung. Ich habe das bewußt getan, um Ihnen eine baldige Habilitation zu ermöglichen, mußte dann allerdings bald einsehen, daß Sie sich nicht entsprechend entwickelt hatten, wie ich bereits in meinem Brief vom 25. 1.1966 Ihnen angedeutet habe. Ich hatte Ihnen damals bereits gesagt, daß ich die Weiterführung dieser Situation gegen-über der Universitätsverwaltung nicht mehr verantworten könne. Diese Stel-lungnahme hat sich noch verstärkt, nachdem sie nun mit Ihrem Lehrauftrag an der Universität Rajasthan völligen Schiffbruch erlitten haben; denn anders kann man wohl das Ergebnis Ihrer Tätigkeit nicht bezeichnen. Sie machen es sich nur allzu leicht, wenn Sie alle Schuld dafür bei den anderen suchen und immer nur von Diskriminierung reden. Sie sollten endlich einmal die Dinge realistisch betrachten und sich die Frage stellen, ob nicht auch einige Schuld bei Ihnen liegt.

Ich bedauere, Ihnen diesen Brief schreiben zu müssen, sehe aber nach allem Vorgefallenen und nach der eingehenden Lektüre der mir zur Verfügung stehenden Dokumente keine andere Möglichkeit. Ich erwarte jedoch Ihre umge-hende Rückäußerung mit der erbetenen Stellungnahme, insbesondere zu dem Punkt des illegalen Verkaufs bestimmter Produkte in Indien, wozu mir Stellung-nahmen von mehreren Ihrer Kollegen vorliegen.

Wenn ich Ihnen einen Rat geben könnte, so wäre es der, sofort zurückzu-kehren, nachdem die Beurlaubung von unserer Universität ihren Zweck verloren hat. Dieser Zweck lag ausschließlich (Ein sehr kurzes Gedächtnis!) in der Wahrnehmung des Lehrauftrages von seiten der Universität Rajasthan. Übrigens möchte ich Sie auch hier auf eine Unklarheit in Ihren Darstellungen aufmerksam machen. Die Universität Rajasthan hat Sie nicht ‚eingeladen‘, sondern Ihnen auf meinen Vorschlag hin mit Erteilung eines Lehrauftrages helfen wollen, damit Sie Ihre Angehörigen in Indien wiedersehen konnten. Die Angelegenheit ist zwischen mir und Professor Unnithan eingehend besprochen worden und Professor Unnithan hat alles dafür getan, um Ihnen zu helfen. In Erwartung Ihrer Rückantwort bin ich Ihr Prof. Dr. René König"

Die „*unklaren Verhältnisse*" beginnen sich aufzuklären

Es beginnt Sommer zu werden in Jaipur. Die morgendliche Kühle wird immer knapper. Anfang März ging die Temperatur nachts noch auf 15 Grad zurück. Und Mitte April sinkt sie nicht mehr unter 20 Grad. Die Sonne geht früh auf. Es wird immer schneller heiß am Tag. Ab nachmittags ist es unerträglich im Haus. Die Hitze hält noch am späten Abend an. Angenehmer ist es draußen im Schatten, auch ohne eine leichte Brise, was selten ist. Der Rasen braucht um diese Jahreszeit viel Wasser. Die nützliche Nebenwirkung ist eine Verdünstungskühle. Wie gesagt, in den Monaten Mai und Juni flüchten die begüterten Jaipuris in die Berge, wo es auch im Sommer immer angenehm kühl ist. So hielten es die Kolonialherren auch.

Vergleichsweise wenige haben uns auch gesagt, wer die Monate Mai und Juni in Jaipur aushält, bleibt das ganze Jahr gesund. Wir haben keine andere Wahl als gesund bleiben zu wollen. Diese klimatischen Veränderungen bestimmen auch den Tagesrhythmus. Wir erledigen die Schreibarbeiten bevor es heiß wird. Dies ist die einzige hekische Tätigkeit in dieser Zeit. Und sie muß im Haus erledigt werden. Das Geschriebene zur Post bringen ist unter einem Sonnenschirm erträglicher als zu Hause etwas zu lesen. Wir haben keine festen Termine mehr. Wir haben auch nichts zu tragen. Wir gehen langsamer, was eine erstaunliche Erleichterung ist. Unsere Zielorte sind weniger geworden. Die Post, der Markt, das Wohnhaus des Rechtsanwaltes, seine Kanzlei in der Nähe des Gerichtsviertels, das Gericht und das Haus von Rishi Kumar Mishra.

Unser Rechtsanwalt Kashiwal trägt Hosen nur bei wichtigen Gerichtsterminen. Die Gerichte und das Gesetzeswerk in Indien sind eine koloniale Hinterlassenschaft. Die Rituale der Gerichtsbarkeit auch. Kashiwal ist ein gläubiger Jain. Sein Wohnhaus ist etwa in Höhe der nordwestlichen Abgrenzung des Campus auf der gegenüberliegenden neu bebauten Seite, praktisch gegenüber Moti Dungi, dem nicht bewohnten Palast der Maharani von Jaipur. Von unserem Haus sind es etwa 20 Minuten bis zu ihm. Das Haus ist natürlich umgeben von einer Mauer. Innen ist ein großer Blumengarten. Kashiwal hat schon sein Puja (morgendliches Gebet) hinter sich. Er trägt sichtbar das angemalte Zeichen aus Sandelpaste auf seiner Stirn. Er oder seinesgleichen sind nicht gemeint, wenn Nirad C. Chaudhrui von unheilbringenden modernen Indern spricht, die unter ihrer Hose noch einen „Dhoti" tragen, mit zwei Seelen. Nein, unser Rechtsanwalt hat nur eine Seele, eine nicht „moderne", und er macht keinen Hehl daraus. Er kommt heraus mit einem Lächeln über das ganze Gesicht und einigen Blumen in der Hand, die er dann mit uns teilt. Dann fahren wir zusammen zum Gericht. Der Gerichtskomplex in Jaipur ist, wie könnte es anders sein, ein weitläufiges Areal mit vielen hohen Bäumen, die um diese Jahreszeit nicht nur bunt blühen, sondern auch den ganzen Tag Schatten spenden. In den Gerichtsräumen ist es unerträglich heiß, draußen unter den Bäumen wirklich angenehm. Die genaue Uhrzeit der Verhandlung wird nicht eingehalten. Also warten wir. Mal etwas spazierend, mal auf dem Rasen sitzend. Es sind Teeläden unter dem Baum, auch mit Imbiß. Den Imbiß können wir unbesorgt verzehren, denn alles was im heißen Fett gebacken ist, ist frei von Agenten von „Akbars Rache".

Die Anwälte der Universität erscheinen mit dicken Bücherbänden, finden immer einen Grund, die Verhandlungen vertagen zu lassen. Der Richter ist uns offensichtlich nicht ungewogen. Er setzt in immer kürzerer Frist Termine in der Hauptsache ein. Einige Male werden die Verhandlungen vom Vormittag auf den Nachmittag verlegt.

An einem Mittag hat unser Anwalt Zeit, sich etwas auszuruhen. Seine Kanzlei befindet unweit des Gerichts im Herzen der Stadt. Er lädt uns ein. Eine Seitengasse von einer der breiten, sehr geschäftigen Hauptstraße. Auf der Hauptstraße ist es heiß, von Staub, Dreck und Lautstärke ganz zu schweigen. Kaum fünfzig Meter in die Nebengasse hinein, reduziert sich nicht nur die Hitze. An der rechten Seite der Gasse ist eine einfache Eingangstür. Wir sind überrascht zu sehen, was sich hinter der unscheinbaren Tür verbirgt. Ein geräumiger viereckiger Hof umgeben von Räumen. Das Dach oben ist frei. Die geöffneten Fenster an allen Seiten sorgen für Durchzug. Es ist angenehm kühl. Vor Eintritt in die Kanzleiräume ziehen wir unsere Sandalen aus. Es ist ein großer möbelfreier Raum. Nicht ganz. Es gibt einige glasbedeckte Wandregale, darin die Anwaltsordner, aufeinander gestapelt, ordentlich. Eine riesige Matratze bedeckt den Fußboden. Weiße Laken darauf. Und eine Reihe länglichrunder Kissen. Wir lernen, es uns gemütlich zu machen. Man muß erlebt haben, was es bedeutet, nicht zu sitzen, nicht zu liegen, das Gesäß und die Beine in gestreckter Haltung auf der selben Höhe zu haben. Meine missionarische Vorstellung von Modernität, aufgesogen in Europa, bekommt Risse.

Ich weiß nicht mehr, wann Rishi Kumar Mishra uns das erste Mal besucht hat. Es gab keine Veranlassung, eine schriftliche Notiz anzufertigen. Es war auf jeden Fall nach Delhi und vor der einstweiligen Verfügung. Seit seinem ersten Erscheinen haben wir uns jeden Abend getroffen. Meist bei Mishras. Leider nicht häufig genug zusammen mit Radhabhallavji. Wir sitzen meist im Freien im Dunkeln. Über uns ein subtropischer Sternenhimmel. Ein funkelnder dunkler Himmel, wenn der Mond nicht scheint. Scheint der Mond, dann ziehen häufig weiße Wolken schnell dahin. Und wir sprechen nicht über die Universität, nicht über unsere Auseinandersetzungen, nicht über uns direkt. Sie erzählen uns Geschichten und Episoden aus alten Schriften. Die Geschichten sind nicht zufällig ausgewählt. Es sind Geschichten über den Widerstand im Alltag. Sie vermitteln uns die Botschaft: Viele machen das durch, was wir in Jaipur erleben. Wir sollen uns nicht kleinkriegen lassen, aber auch nicht lamentieren, denn es gibt Schlimmeres im Leben.

Vor Anbruch der Dunkelheit spazieren wir zum Rikschastand und fahren dann weiter mit einer Rikscha zum Viertel „C - Scheme". Zu Mishras. Wir hätten auch gemächlich zu Fuß gehen können. Etwa eine Stunde. Wir hatten ja keine Eile. Aber an dem Rikschastand vorbeigehen, ohne eine zu nehmen, ist eine zwiespältige Angelegenheit. Es ist uns schwer gefallen, auf die schmalen Waden des Rikschafahrers blicken zu müssen. Dann der Gedanke, wovon sollen sie leben, wenn potentielle Fahrgäste so dächten wie wir und zu Fuß gingen. Also sind wir selten zu Fuß gegangen. In der Regel ist es so, daß der Fahrpreis vorher vereinbart wird. Zur beiderseitigen Sicherheit. Bald ist diese Vereinbarung überflüssig. Wir kommen sehr spät zurück. Mal um 1.00 Uhr morgens, Mal auch 3.00 Uhr. Irgendein Rikschafahrer hat immer spät abends vor dem Haus von Mishra gehalten und geschlafen. Sie wußten, daß wir zum Campus zurückfahren werden.

Meist ist die ganze Familie draußen im Garten. Mishra hat sein Telexgerät, seine Schreibmaschine, praktisch sein Büro draußen. Es gibt feste Uhrzeiten mit freier Leitung nach Delhi. Jeden Abend schickt er was. Er läßt sich nicht ablenken. Er blickt nicht einmal zu uns hinüber, wenn wir kommen. Erst nach getaner Arbeit. Zu Beginn des Abends sind es die üblichen Unterhaltungen. Es sind auch andere Besucher dort. Alle Besucher lassen ihn in Ruhe, bis seine Tischlampe ausgeknipst wird. Oft haben wir Karten gespielt. Ein weitverbreitetes Spiel in Indien. „Twentynine". Es ist aber keine koloniale Hinterlassenschaft. Es ist nur ins Englische übersetzt. Es ist ein Spiel zwei gegen zwei, ein Spiel mit 32 Karten, also um einiges unkomplizierter als Bridge.

Zwischendurch haben die Kinder zu Abend gegessen und sich irgendwo im Garten oder auf der offenen Veranda auf eine Khatia (ein Bettgestell) zum Schlafen gelegt. Dann irgendwann haben auch wir zu Abend gegessen und anschließend weiter Karten gespielt oder uns unterhalten. Wenn Radhabhallavji nicht da war, hat auch Mishra Geschichten erzählt. Nicht nur aus den alten Schriften. Auch neuere Geschichten. Und wir haben viel über die Gegenwart diskutiert. Über die Verhältnisse im Land. Auf der Ebene der Beschreibung hatten wir Übereinstimmung. Nicht aber bei den Zusammenhängen, noch weniger bei der Bewertung. Wir haben viele unserer Meinungen und Überzeugungen mehr als einmal überdenken müssen. Er hat eine seltene Eigenart. Er geht nicht sofort auf eine Frage ein. Macht Pausen. Erzählt zwischendurch eine andere Geschichte. Es hat uns gehörig genervt, bis wir merken, daß dies ein anderer Stil der Kommunikation ist, nicht der Disputstil, nicht „Pingpong", nicht immer schnellerer Austausch von Meinungen, eher wie eine Collage, Zusammenhänge herstellend, mehr ganzheitlich.

Mishra ist in Rajasthan weitgereist, kennt diesen Bundesstaat in- und auswendig. Mit meinem Literaturwissen über Unterentwicklung ernte ich Widerspruch. Meist berechtigt. Einmal überrascht er mit der Behauptung, Indien hätte eigentlich kein Problem mit Hunger. Er fordert mich auf, mit ihm zu reisen, um eine einzige bäuerliche Familie zu identifizieren, die nicht sich und fünf andere nicht Lebensmittel produzierende Familien ernähren könnte. Es ist der „moderne Sektor“, der in Indien Hunger produziert. Ein anderes Mal überrascht er mich mit der Behauptung, Indien bräuchte keinen Import irgendwelcher Technologien. Technisches „know-how“ sei in Indien ausreichend vorhanden und werde häufig nicht gebraucht. Diskussionen mit ihm überzeugen mich immer mehr, daß meine Kenntnisse aus der Literatur viele Vorurteile und Ideologien beinhalten. Ich lerne vieles zu unterscheiden, mehr als meine bisherige Ausbildung und wissenschaftliche Tätigkeit mir abverlangt haben.

Meine Erwartung, daß dieser kluge Journalist meine Auseinandersetzungen mit den beiden Universitäten in die indische Öffentlichkeit tragen wird, hat er nicht erfüllt. Er hat sich nicht überreden lassen, auch nicht von seiner Frau, die als eine Bengalin in dieser Sache stets meine Sichtweise vertreten hat. Eines Abends bekommt Mishra einen Besuch, den ich noch nicht getroffen hatte. Ein A. P. Mishra. Als ich ihm vorgestellt werde, sagt er mir, er wisse alles über mich. Er hat sich mit mir beschäftigen müssen, weil Anzeigen gegen mich vorgelegen hätten, ich sei ein in Deutschland ausgebildeter Spion für Pakistan. Aber seine Untersuchungen hätten sehr schnell die Anzeigen als Universitätsintrigen entschlüsselt, angezettelt von Unnithan. Er hätte es deshalb für seine Pflicht gehalten, den Vice Chancellor Mathur hierauf aufmerksam zu machen, daß es seiner Universität schlecht anstehe, Staatsapparate zu mißbrauchen. Mathur soll ihm darauf geantwortet haben: *„Yes, it is bad and I know about it. But after Dr. Unnithan has done this, what can I do? (Ja, das ist nicht gut, ich weiß. Aber was kann ich machen, nachdem Dr. Unnithan es angerichtet hat)“*? A. P. Mishra habe dann angeordnet, unser Haus unter Beobachtung zu stellen, damit uns nichts Übles geschieht. Dieser A. P. Mishra ist ein mehr als guter Bekannter unseres Mishras. Meine 18. Verabredung hat sich also doch gelohnt. Später, sehr viel später, haben wir begriffen, daß Mishra es vorgezogen hatte, uns eher wirksam zu schützen, als uns mit einigen Artikeln in seiner Zeitung abzufeiern. Dazu gehörte auch, daß wir nach seinem ersten Besuch abends nie wieder allein gewesen sind. Die fremden Belagerer unseres Hauses waren also unsere Beschützer.

Als ich das Schreiben von König am 21. April lese, hat schon einiges an meiner Identität mit der blond-blauäugig-weiß-christlichen Kultur abzubröckeln begonnen. Der moderne Sektor ist auch in Indien geprägt durch die Ausbildungsinstitutionen, an deren Spitze die Universitäten stehen. Dieses Ausbildungssystem ist eine koloniale Hinterlassenschaft. Es gehört also zur blond-blauäugig-weiß-christlichen Kultur. Dennoch beginnen wir, jene tatsächlich vorhandene Bandbreite der produzierten Identität zu erkennen, die V. S. Naipal oder Nirad C. Chaudhuri uns in ihren kritischen Büchern nicht vermittelt haben.

So lese ich das Schreiben zunächst mit Kopfschütteln. Beim zweiten Lesen bin ich wütend, nicht wegen der Schamlosigkeit Königs, sondern weil ich so spät begreife, daß es zwischen Unnithans, Mathurs, Königs, Mirbachs, Kunischs und Scheuchs kaum Unterschiede gibt. Es ist nur eine Frage der Gelegenheiten, eine Frage der Opportunitäten, die scheinbare Unterschiede produzieren. Beim dritten Lesen stellt sich Ruhe ein, weil nun die Fronten geklärt sind und ich im Begriff bin, mich von dem ideologischen Ballast meiner Ausbildung als Soziologe zu befreien.

Am gleichen Tag beantworte ich den Brief von Daheims aus Berkeley, der schon seit drei Wochen eine Antwort verlangt: „wir haben uns sehr über Ihren Brief aus Amerika gefreut und Ihr Bericht über Ihre Erlebnisse bei der Habilitation hat uns viel Spaß gemacht. Bevor ich Ihnen die Gründe für unser langes Schweigen erkläre, möchten wir Ihnen herzlich gratulieren. Diese letzte Hürde ist nun auch glücklich überwunden. Konnten Sie sich in Ihrer neue Umgebung gut einleben? Wir wünschen Ihnen von Herzen angenehme Erlebnisse und keine von den Schwierigkeiten, die wir hier durchzustehen haben.

Es ist viel schlimmer gekommen, als wir antizipieren konnten. Was mit den Gemeinheiten eines unakademischen Professors begann, hat sich zu einer großen Affäre entwickelt. Wir diskutieren immer wieder, wie wir die ganze Geschichte hätten vermeiden können. Aber wir kommen immer wieder zu dem Ergebnis, daß wir dann alle Normen, die wir für gut halten, hätten über Bord werfen müssen. Die hiesige Universität hat geglaubt, mich des lieben Friedens wegen, so schnell wie möglich los werden zu müssen. Der Vice Chancellor hat Prof. König aufgefordert, mich nach Köln zurückzurufen. Die Reaktion Königs auf dieses Schreiben war wohl die größte Enttäuschung. Er hat mir, ohne sich über die Sachlage zu informieren, mitgeteilt, nicht mehr im Namen des Instituts aufzutreten, und das mitten in der Feldarbeit. Er hat mir auch angedroht, meinen Vertrag nicht zu verlängern und mich nicht zu habilitieren. Weiter hat er mir vorgehalten, daß ich eine unglückselige Gabe habe, mich mir Leuten zu überwerfen. Als Beispiele hat er die Friedrich-Ebert-Stiftung und die Deutsche Stiftung für Entwicklungsländer erwähnt. Ich glaube, Sie kennen die beiden Fälle gut. Weiter, daß es sich das Institut einfach nicht leisten könne, daß sich ein Mitarbeiter regelmäßig in unklare Verhältnisse begibt. Was sagen Sie dazu? Ich habe neben meinen beiden Untersuchungen über Studenten und Lehrer eine dritte durchgeführt, eine Fallstudie über diese Universität, hinsichtlich der akademischen Normen und der akademischen Freiheit. König ist darüber so aufgeregt daß er mir telegraphisch mitgeteilt hat, diese Untersuchung sofort und unwiderruflich fallenzulassen, weil er strikt dagegen ist. Wissen Sie, wie man eine komplette Materialsammlung wieder aus der Welt schafft? Ein kleiner Lichtblick, Prof. König hat das Verbot, im Namen des Instituts aufzutreten, auf meinen Hinweis hin, daß das eine Entlassung sei, in demselben Telegramm aufgehoben. Ich hatte alles erwartet, nur nicht die Schützenhilfe von Köln für diese Universität. Gegen die Mitteilung der Universität, meine Dienste würden nicht mehr benötigt, bin ich zum Gericht gegangen, das eine einstweilige Verfügung gegen die Universität erlassen hat. Die Hauptverhandlung ist nun fünfmal verschoben worden, der Universität fällt immer wieder ein legaler Grund dafür ein. Das sind in Kürze unsere Erfahrungen hier. Ich wünsche Ihnen, daß Sie nichts von alledem erleben.

Wir würden uns sehr freuen, wenn Sie uns bald einmal wieder ausführlich schreiben würden. Wie es Ihnen in Amerika gefällt und wie Sie die Lehre und Forschung von Soziologie dort beurteilen. Die amerikanischen Soziologen, die ich hier getroffen habe, haben mich sehr enttäuscht. Zum Teil kommen sie sogar mit fertigen Fragebogen und führen hier ihre Untersuchungen durch. Meine eigene Erfahrung ist, daß es selbst einem Inder nicht möglich wäre, einen Fragebogen im Ausland zu entwickeln, der hier angewandt werden könnte.

Wir hoffen, bald einmal wieder von Ihnen zu hören. Mit unseren besten Grüßen und Wünschen Ihre"

Am nächsten Tag beantworte ich auch das Schreiben Königs. Ausführlich. Elf Seiten. Engzeilig. Aber ohne Polemik und ohne Emotionen. Ich bitte ihn auch, mir alle von Scheuch „ausrecherchierten" Schriftstücke als Fotokopien zur Verfügung zu stellen, damit diese beim Gericht als Beweisstücke vorgelegt werden können und nicht ausschließlich für meine Entlassung in der Kölner Universität verwendet würden.

Natürlich erzähle ich meinem Rechtsanwalt über den Inhalt von Königs Brief. Er hört sich das Ganze ruhig an. Er ist nicht überrascht. Plötzlich begreife ich, was Lebenserfahrung bedeutet. Er will von mir wissen, ob ich glaube, daß König Kopien der Unterlagen schicken würde? Er weiß, daß dies nicht der Fall sein wird. Es ist seine Art mir mitzuteilen, daß uns diese Unterlagen im Verfahren gegen die Universität sehr helfen würden. Vielleicht ist dies auch seine Art mir den Hinweis zu geben, trotz alledem müßte alles getan werden, Kopien der Unterlagen zu bekommen, damit das verhängnisvolle Doppelspiel der Universität aufgedeckt werden kann. Daher schicke ich König am 25. April auch ein Telegramm mit der Bitte, unverzüglich die erbetenen Unterlagen zu schicken.

Auch der Generalkonsul Dr. Kunisch drückt seine Mißbilligung aus. Auch er läßt nunmehr seinen Konsul 1. Klasse, Dr. W. Fröwis, schreiben. Und der Konsul 1. Klasse geht **nicht** auf das Schreiben an Dr. Kunisch ein. Er erklärt nicht, warum die Zulage zunächst nicht bis zum 10. Februar bezahlt werden soll, warum jene angeblich mich belastenden Schriftstücke mir nicht zur Verfügung gestellt werden können, sondern bescheinigt mir am 26. April folgendes: *„Ich bestätige den Eingang Ihrer an Herrn Generalkonsul Dr. Kunisch gerichteten Schreiben vom 10. April und 11. April 1967.*

Nach einer dem Generalkonsulat zugegangenen, glaubwürdigen Mitteilung hat die Universität von Rajasthan das Beschäftigungsverhältnis mit Ihnen gekündigt. Da das Generalkonsulat in den letzten Monaten aufgrund Ihrer Lehrtätigkeit in Jaipur eine Beihilfe gegenüber der Vermittlungsstelle für deutsche Wissenschaftler im Ausland befürwortet hatte, war es verpflichtet, ihr diese Mitteilung zur Kenntnis zu bringen, unabhängig davon, daß Sie selbst der Vermittlungsstelle jede Veränderung Ihrer Tätigkeit pflichtgemäß anzeigen würden.

In Ihrem Schreiben vom 10. April 1967 erklären Sie, daß die vorerwähnte Nachricht nicht den Tatsachen entspreche. In Ihrem Antrag vom 11. April hingegen bemerken Sie selbst, daß die Verwaltung der Universität Ihnen am 10. Februar d. J. mitgeteilt habe, daß das Department of Sociology Ihre Dienste nicht mehr benötige. Sie erwähnen ferner, daß Sie beim Gericht Einspruch gegen diese Entscheidung erhoben haben. Daraus schließe ich, daß Sie Ihre Lehrtätigkeit an der University of Rajasthan zur Zeit nicht ausüben.

Das Generalkonsulat wird Ihren Antrag auf eine Ausgleichszulage an die Vermittlungsstelle für deutsche Wissenschaftler im Ausland weiterleiten, wenn Sie dies ausdrücklich wünschen. Zu einer Befürwortung sähe sich das General- konsulat allerdings im gegenwärtigen Zeitpunkt, d. h. solange nicht die Fortdauer Ihrer bisherigen Tätigkeit bei der Universität eindeutig geklärt ist, zu seinem Bedauern nicht in der Lage. Ich stelle Ihnen anheim, mich wissen zu lassen, ob und in welchem Umfang Sie noch an der Universität von Rajasthan lehren und forschen und hilfsweise zu erläutern, ob und inwieweit Sie außerhalb der Universität im Dienste der wissenschaftlichen und kulturellen Beziehungen zwischen Deutschland und Indien tätig sind (Wie die Jansens mit dem Nawab?).

Das Generalkonsulat ist gern bereit, im Rahmen seiner Möglichkeiten auf eine Klärung und Bereinigung der Angelegenheit hinzuwirken."

Es lohnt sich für untergebene Bürokraten, immer neue Nebengleise zu erfinden. Das geht auf die simple Erfahrung der willigen Helfer in der blond-blauäugig-weiß-christlichen Kultur zurück, es stets mit dem Stärkeren zu halten. Der Schwächere hat keinen langen Atem. Die Untaten bleiben verborgen. Selbst wenn sie herauskommen, passiert nichts. Denn eine Krähe hackt der anderen kein Auge aus. Für die deutschen Diplomaten steht schon fest, daß wir längst verloren haben, in jeder Hinsicht.

Also halte ich am 27. April dem Konsul 1. Klasse folgende Fakten entgegen. Ein ordentliches Gericht hat gegen die Universität just wegen des Schreibens vom 10. Februar eine einstweilige Verfügung erlassen. Die Verhandlungen in der Hauptsache werden von der Universität hinausgezö- gert. Das Gericht hat nun den siebten Termin festgesetzt. Zwischen den beiden Schreiben besteht kein Widerspruch. Der Konsul 1. Klasse möge bitte den kleinen Unterschied zur Kenntnis nehmen, daß das Department of Sociology nicht die Universität ist. Wenn der Konsul 1. Klasse wirklich beabsichtigt, auf *"eine Klärung und Bereinigung der Angelegenheit hinzuwir- ken"* möge er mir doch jene *"glaubwürdige Mitteilung"* als Kopie zur Verfü- gung stellen, zumal diese ja keine Geheimsache sein kann. Ich bitte ihn auch, seine Andeutungen meiner eventuellen Pflichtverletzung noch zu präzisieren.

An diesem 27. April läßt *"Herr Botschafter Freiherr von Mirbach"* mich von seinem Kulturattaché, Dr. Klaus J. Citron, unserem seinerzeitigen Gastge- ber im Hotel Ashoka, abfertigen. In der Angelegenheit *"Vermittlungsstelle"* soll ich *"alle weitere Korrespondenz"* mit dem *"Generalkonsulat führen. Die Botschaft hat bisher von der University Rajasthan keine Unterlagen über diese*

Angelegenheit erhalten. (O-Text D. Freiherr von Mirbach an meine Frau noch am 7. April:*„Es ist für die Botschaft nicht leicht, sich ein objektives Bild über die entstandenen Mißhelligkeiten zu machen, da Ihre Darstellung der Tatsachen von derjenigen abweicht, welche andere Angehörige der Universität von Rajasthan meinen Mitarbeitern und durchreisenden deutschen Wissenschaftlern gegenüber gegeben haben.*) *und beabsichtigt auch nicht, solche anzufordern. Ihnen steht es natürlich jederzeit frei, mich oder Herrn Würfel z. B. in der zweiten Maiwoche aufzusuchen.“*

Die Deutsche Botschaft besitzt offensichtlich keine vorzeigbaren Informationen, die es rechtfertigen würden, gegen uns zu handeln. Es konnten ja auch keine solchen Informationen vorliegen. Unsere tatsächlichen Erfahrungen in Jaipur sind außerdem durch schriftliche Dokumente belegt.

Die Deutsche Botschaft in Neu-Delhi scheint eher eine Gerüchteküche oder ein Pool für Tratschgeschichten zu sein. Ich schicke eine Kopie des Schreibens der Botschaft vom 27. April an König, damit er sich direkt an die Deutsche Botschaft wenden kann, um genaue Auskünfte zu seinem Vorwurf vom 10. April gegen mich einzuholen. Wir erinnern uns, er hielt mir vor: *„Auch aus anderen Universitäten kommen schwere Klagen gegen Sie, z.B. von der Technischen Hochschule in Neu-Delhi. Auch dort sind Sie arrogant aufgetreten und haben sich sofort beim Kanzler beschwert, nachdem ein von Ihnen eingereichter Fragebogen nicht sofort akzeptiert worden war. Nicht nur im Orient benötigt man einige Zeit, bis man die Dinge nachgeprüft hat. Völlig unpassend sind aber Ihre Bemerkungen gegenüber dem Kanzler, Sie würden in London intervenieren, daß die Mittel für die Technische Hochschule gestoppt würden, ganz abgesehen davon, daß Sie dazu gar nicht imstande sind. Im übrigen haben Sie sich dabei auf mich berufen, was mich dazu zwingt, auch an der Technischen Hochschule in Neu-Delhi in dieser ganzen Angelegenheit Klarheit zu schaffen. Die Technische Hochschule hat die Sache der Deutschen Botschaft zur Kenntnis gebracht, und das ist wohl die Ursache dafür gewesen, daß die Vermittlungsstelle für deutsche Wissenschaftler im Ausland Ihnen den Brief schrieb, in dem sie die Weiterverfolgung Ihrer Angelegenheit ablehnt.“*

Auch der Konsul 1. Klasse, Dr. W. Fröwis, läßt mich seine Mißbilligung spüren. Er läßt durch den Kulturreferenten des Generalkonsuls mitteilen, daß er mein Schreiben vom 24. April durch sein Schreiben vom 20. April *„bereits beantwortet hat“*. Am 1. Mai wird beim Gericht in der Hauptsache verhandelt. Am 3. Mai beantworte ich das Schreiben von Herrn Dr. Klaus J. Citron, Kulturattaché in der Botschaft der Bundesrepublik Deutschland. Es ist ein langes Schreiben, weil ich durch das Zitieren aus den Schreiben des Botschafters, D. Freiherr von Mirbach, des Generalkonsuls in Bombay, Dr. Kunisch, der Vermittlungsstelle für deutsche Wissenschaftler, Dr. Westerhoff, des Konsuls 1. Klasse, Dr. Fröwis, und Königs den Nachweis führen muß, daß es wohl nicht stimmen kann, daß die Botschaft keine Schriftstücke in meiner Angelegenheit erhalten hat. Ich beantrage abermals, mir die Akte zugänglich zu machen, damit eine umfassende gerichtliche Klärung möglich wird.

Am 4. Mai lese ich in einer überregionalen Tageszeitung, daß das Gericht zu meinem Gunsten entschieden hat. Am nächsten Tag erhalte ich den Beschluß. Am selben Tag übermittle ich Kopien des Beschlusses an König, an Dr. Westerhoff und an Dr. Kunisch mit einem Begleitschreiben, in dem ich die bei Ihnen vorliegenden schriftlichen Unterlagen anmahne. Hier die wörtlich Übersetzung des Beschlusses:

„Die Verfügung n/0 39-RI-2cpc wird wie folgt bestätigt (is made absolute)

1. *Der Status quo ante des Klägers bleibt erhalten.*
2. *Die Universität Rajasthan wird seine Gehälter nach Abzug von. 1832,83 Rs. für die Rechnungen des Gästehauses auf dem normalen Weg bis 6. Juli 1967 zahlen. Die fällig gewordenen Gehälter bis Ende April 67 werden dem Kläger binnen 7 Tagen nach Abzügen ausbezahlt.*
3. *Die Universitätsleitung wird den friedvollen Besitz und Genuß von Bunga-low Nu. C - 2 auf dem Campus durch den Kläger nicht stören (shall not disturb his peaceful possesion and enjoyment) und keine weiteren Versu-che unternehmen, die Licht- und Wasserversorgung bis 6. Juli zu unterbre-chen (no attempt would be made to disrupt the amenities of light and water). Vorausgesetzt, daß der Kläger die Miete und die Kosten für Elektri-zität und Wasser monatlich bezahlt.*

Der Beschluß gegen die Universität ist sofort rechtswirksam. Im Gericht öffentlich verkündet."

Dieser Beschluß sichert mein Gehalt und unseren Aufenthalt in Jaipur bis zum 6. Juli. Das Schreiben des „Registrars" vom 10. Februar ist vom Gericht weggefegt. Natürlich kann die Universität in die Berufung gehen. Nur bis das Berufungsgericht verhandelt, wird der 6. Juli längst vorbei sein. Deshalb machen wir uns keine Gedanken mehr über diese gerichtliche Auseinandersetzung. Wir haben andere Sorgen.

Wir sehen ein, daß eine gerichtliche Rehabilitierung ausgeschlossen ist. Die Universität Rajasthan hat eine Runde verloren. Aber sie hat mittlerweile mächtige Verbündete in den deutschen Vertretungen in Indien und in der Kölner Universität. Ich schließe nicht aus, daß der schamlose Brief Königs auch anderswo in Umlauf gebracht worden ist. König wird keinen Rückzie-her machen. Er wird mich weiter bekämpfen. Also schminke ich mir eine Vertragsverlängerung sowie die Habilitation in Köln ab. Was tun?

Ich soll, meint mein Rechtsanwalt, bei der Universitätsleitung schriftlich meine sofortige Dienstbereitschaft kund tun, obwohl keine Lehre mehr statt-findet. Ich folge seinem Rat. Besucher kommen wieder. Die Belagerungen haben aufgehört. Aber der Geheimdienst hält unser Haus unter Beobach-tung. Und abends sind wir bei Mishras. Nach dem Gerichtsbeschluß bekommen wir auch immer mehr ausgefüllte Lehrerfragebögen zurück. Die Protokolle der Gremien der Universität sind vervollständigt. Wir lagern sie nicht in unserem Haus. In der Hauptsache überlegen wir: Was tun?

Wir diskutieren natürlich auch mit Rajendra Prasad Sharma, dem aufrechten Konservativen Hochschullehrer für Hindi, mit Radhabhallavji, dem bemerkenswerten Rechtsanwalt, der trotz seiner Ausbildung als Jurist fernab von der blond-blauäugig-weiß-christlichen Kultur geblieben ist, und schließlich mit dem überaus beweglichen, nicht immer durchschaubaren Rishi Kumar Mishra. Es kristallisiert sich heraus, daß wir die Lehrerbefragung vollenden und die politische Rehabilitation anstreben wollen. Wenn beides gelingt, sind wir nach unserer Rückkehr in Deutschland gesichert. Die Phase des Nachdenkens und der Beratungen hält bis zum 12. Mai an. Dann kommt wieder Hektik auf. Daran ist sicherlich nicht das Schreiben Daheims schuld.

Schon am 3. Mai hat er mein Schreiben vom 21. April beantwortet. Ich habe keine Antwort darauf gewußt: *„herzlichen Dank für Ihren Brief. Als wir solange nichts von Ihnen hörten, dachten wir, daß Sie tief in der Arbeit an Ihrem Forschungsprojekt steckten, aber nicht, daß Sie durch eine derartige Affäre in Atem gehalten würden. Sehr schade, daß Ihnen der Indienaufenthalt, auf den Sie sich doch lange gefreut haben, so verdorben wird. Wir hoffen nur, daß Ihnen das Gericht recht gibt oder daß das gerichtliche Verfahren im Sand verläuft, so daß Sie nicht vorzeitig zurückkehren müssen.*

Von hier aus läßt sich kaum etwas zu Ihrer Situation sagen, vor allem nachdem der Konflikt offen ausgebrochen ist. Ich meine nur, daß Sie nicht notwendig alle Normen, die Sie sich bezüglich der Beziehungen in einer Universität zu eigen gemacht haben, hätten über Bord werfen müssen, wenn Sie so etwas wie ‚Tendenzverhalten' in einer Situation praktiziert hätten, die im übrigen nur sehr unangenehme Alternativen bot. Dieser Einwand ist rein akademisch, da ich Ihre Ausgangssituation kaum kenne. Aber vielleicht noch einige akademische oder theoretische Bemerkungen: Ich bin nicht sicher, ob Sie nicht auch in Deutschland Fakultäten finden würden, wo Kollegialität und akademische Freiheit nicht hoch im Kurs stehen. Auch hier in Berkeley zählt man Ihnen auf Befragen einige ‚Big Shots' auf, die das Department mehr oder weniger beherrschen. Vielleicht läßt sich Ihr Material einmal zu einer vergleichenden Untersuchung ausbauen (sofern Sie die Feindschaft der Betroffenen nicht kümmert).

Wenn Sie erlauben, möchte ich Ihnen einen Rat geben: Bitte arrangieren Sie sich mit König, wenn Sie weiterhin eine akademische Laufbahn in Deutschland oder anderswo anstreben.

Was uns hier betrifft, so haben wir, bislang jedenfalls, nur angenehme Erfahrungen gemacht, wenn sich auch einiges nicht so angelassen hat wie wir es uns gewünscht hätten. Wir haben mit Amerikanern privat weiterhin nur den üblichen Nachbarschaftskontakt. Privat sehen wir praktisch nur Deutsche oder ehemalige Deutsche. Im Department habe ich nur wenig ‚dienstliche' Kontakte, was nicht zuletzt mit der Thematik meines Projekts zusammenhängt. Im ganzen fühlen wir uns aber hier sehr wohl, wozu vor allem die herrlich gelegene Wohnung beiträgt. Das Wetter war hier im April so regnerisch und kalt wie noch nie. In der zweiten Monatshälfte sind wir dann auf eine Tour in die Wüste, zu den Navajos und dann an den Pazifik in Südkalifornien gegangen. Wir haben sehr viel gesehen und hoffen, daß das (aus zeitlichen und finanziellen Gründen) nicht unsere letzte Tour hier war.

Im übrigen werde ich durch meine Angelegenheiten in Deutschland ziemlich in Anspruch genommen: Vor allem die sogenannten Verhandlungen mit dem Münchner Kultusministerium wegen der Professur in Regensburg kosten mich eine Menge Schreiberei, dazu kommt die Abwicklung meiner Tätigkeit im Mittelstandsinstitut, die Anstellung bei der Kölner Universität, Korrekturlesen usw. Schließlich sollte ich auch die Anweisungen für den Rechner für die Intergenerationen-Mobilitätsstudie, die wir 1965 gemacht haben, schreiben.

Was Regensburg betrifft, so werde ich dort am 1. 10. anfangen. Das bedeutet vor allem, daß wir Ende September schon nach Deutschland zurück müssen. Regensburg kann ganz interessant werden, obwohl der Soziologielehrstuhl mit Historikern und Politologen in einer Sektion der Philosophischen Fakultät zusammen ist: Man will dort eine Menge Ideen zur Universitätsreform zu verwirklichen suchen. Andererseits könnte es auch Ärger geben: Trotz der Reformabsichten scheinen dort eine Reihe konservativ eingestellter Professoren angestellt worden zu sein; in der Sektion, zu der der Soziologie-Lehrstuhl gehört, etwa Herr von Pölnitz, der abgesetzte Rektor.

Wir verfolgen im TV die zunehmend bitterer werdende Vietnam-Diskussion. Das vielleicht deshalb, weil jetzt eine enge Verbindung zwischen Civil Rights Movement und Gegnerschaft gegen den Krieg hergestellt wurde: ‚Keine Freiheit ohne Frieden!‘ Bei den gemäßigteren Kriegsgegnern ist ein Element der Hoffnungslosigkeit unverkennbar. Es scheint, daß niemand weiß, wie es auf längere Sicht weitergehen soll. Auf unserer Tour wurde ich von der Eigentümerin eines Motels nach den ersten drei Sätzen auf Vietnam angesprochen: Ein Sohn war schon Soldat, ein anderer sollte gerade eingezogen werden, der Freund der Tochter war in Vietnam.

Dazu die Bewegung der Neger hier. Wir haben neulich eine TV-Sendung über Ghettoschulen in New York gesehen. Gestern erzählte uns eine Deutsche, die hier Aushilfslehrerin in der Primary School ist und vor einigen Tagen an eine Schule im Hafengebiet von Oakland geschickt wurde, etwas Ähnliches. Niemand gibt eine Prognose, was passieren wird, wenn es in diesem Sommer sehr heiß wird. Der Kontrast zwischen Privilegierten und Unterprivilegierten ist für uns, die wir aus dem Ruhrgebiet auch Armutgegenden kennen, unerwartet groß. Was uns außerdem wundert, ist das gute Gewissen, das viele der Privilegierten allem Anschein nach haben.

Lassen Sie bei Gelegenheit wieder einmal etwas von Ihnen hören. Bis dahin wünschen wir Ihnen alles Gute und grüßen recht herzlich, Ihre Elisabeth & Hansjürgen Daheim"

Für das Gelingen unserer Forschungen sind im Augenblick nur die deutschen Vertretungen wichtig. Deshalb erinnere ich Dr. Westerhoff, Vermittlungsstelle, daß die Beantwortung meiner Schreiben von 11. April, 4. und 5. Mai ebenso ausstehen wie die Zusendungen von Kopien der Schriftstücke, die der Vermittlungsstelle von dritter Seite eingegangen sind. Dr. Citron, Deutsche Botschaft, läßt sich mit der Beantwortung meines Schreibens vom 3. Mai Zeit. Abgesehen von unserem Zeitdruck möge er noch bedenken, daß die ganze Angelegenheit durch Verzögerung unerfreulicher werden wird. Ich bitte ihn auch, die künftige Korrespondenz aus verständlichen

Gründen auf englisch zu führen. Ich wende mich auch an Dr. Kunisch, Generalkonsul in Bombay, der auf mein Schreiben von 27. April noch nicht reagiert hat.

Die Rücklaufquote der Lehreruntersuchung ist auch in Jaipur nicht zufriedenstellend. Wegen der Sommerferien können wir den Fragebogen nicht nachgehen. Anderseits hat sich jeder persönliche Besuch bei den Hochschullehrern positiv ausgewirkt. Daraus folgt, daß wir länger als bis zum 6. Juli in Indien bleiben müßten, um diese Forschungsarbeit zufriedenstellend zu Ende zu führen. Also beantrage ich eine Verlängerung meiner Beurlaubung beim Kanzler der Universität Köln am 13. Mai. Eine Vorauskopie des Antrags übersende ich auch dem Kultusminister des Landes Nordrhein-Westfalen: „ich nehme Bezug auf Ihre Mitteilung vom 8. Juni 1966. Der Herr Kultusminister des Landes Nordrhein-Westfalen hatte mich mit Erlaß vom 1. 6. 1966 für die Zeit vom 1. 7. 1966 bis zum 30. 6. 1967 unter Weiterzahlung eines Teils meiner Dienstbezüge für einen Forschungs- und Lehraufenthalt beurlaubt. Mein Lehrauftrag ist beendet. Aber die Feldarbeit meiner Forschungsprojekte ist noch im vollen Gange. Es wird unmöglich sein, die gesamte Arbeit innerhalb meiner Beurlaubungszeit abzuschließen. Ich werde noch mindestens 3 bis 4 Monate benötigen, um die Feldarbeit abzuschließen. Deshalb möchte ich den dringenden Antrag um Verlängerung meiner Beurlaubung um weitere 4 Monate stellen.

Meine beiden Forschungsprojekte ‚Aspirations, Attitudes and Values' indischer Studenten und indischer Lehrer sind von mir hier in Indien entwickelt worden. Ich führe sie ohne Unterstützung von irgendeiner Seite durch. Unser Institut hat mir 2000,- DM zur Deckung der Kosten der Feldarbeit zugesagt und 1000,- DM sind mir bereits überwiesen worden. Meine große Lehrbelastung und der Zeitplan des indischen akademischen Jahres machten es unmöglich, die Feldarbeit innerhalb meiner Beurlaubungszeit zu Ende zu führen. Ohne eine Verlängerung meiner Beurlaubung würden die Projekte nun ins Wasser fallen. Es wäre außerordentlich bedauerlich, wenn ich diese Projekte aus Zeitmangel nicht zu Ende bringen könnte. Wegen der Dringlichkeit und der Zeitnot bitte ich Sie um eine baldige Entscheidung."

Ich übersende eine Kopie des Antrages und auch Kopien meiner Schreiben von 24. April, 2., 3., und 5. Mai, falls er diese, aus welchen Gründen auch immer, nicht bekommen haben sollte, und eine Kopie des Ergebnisberichtes der Zollbehörde nach unserer Hausdurchsuchung mit der gleichen Post an König. Leider stellt der Geheimdienst keine solche Bescheinigung aus. Aber auch ein Soziologieprofessor dürfte begreifen, daß wenn an den anonymen Anzeigen etwas dran wäre, wir nicht Widerstand hätten leisten können. Besonders nicht „im Orient", wie der Orientkenner König nachvollziehen können müßte. Leider ist auch dieser Brief lang. Zwei Seiten. Engzeilig. Unter anderem schreibe ich: „Nachdem mir die Deutsche Botschaft mitgeteilt hat, daß sie keine schriftlichen Unterlagen gegen mich hat, und da das Generalkonsulat in Bombay nur von einer ‚glaubwürdigen Mitteilung' spricht und mir trotz meines mehrmaligen Bittens keine Kopie davon zugesandt hat, nehme ich an, daß auch das Generalkonsulat in Bombay über keine schriftlichen Unterlagen verfügt. Daraus folgere ich, daß die Aktenstücke, die Ihnen vorliegen, Ihnen entweder von der Universität von Rajasthan direkt oder durch Herrn Prof. Scheuch übermittelt worden sind. Gestern sagte mir Herr Prof. R. P. Sharma von dieser Universität, der Registrar habe ihm gesagt, daß die Universität Ihnen keine Unterlagen zugesandt habe, aber Herr Professor Scheuch habe solches Material gesammelt. Das schließt natürlich nicht aus, daß nicht andere Angehörige dieser Universität Ihnen das Material zugesandt haben können. Es ist nichts gegen das Sammeln und Übermitteln von gegen mich gerichtetem Material einzuwenden, nur dann, wenn es selektiert ist und auf falschen Aussagen beruht. Und wenn mir dadurch nichtwiedergutzumachender Schaden entsteht, muß ich mich dagegen wehren.

Ich weiß nicht, ob man der Aussage des Registrars Glauben schenken kann. Aber falls seine Aussage den Tatsachen entspricht, dann ist das wirklich Anlaß zur großen Befremdung. Herr Prof. Scheuch besuchte Indien und auch Jaipur, ohne daß ich von irgendeiner Stelle darüber benachrichtigt wurde. Er sammelte Material, ohne sich für mein Material zu interessieren und ohne mich zu fragen, was ich zu dieser Angelegenheit zu sagen habe."

Am 9. Mai ist wieder Post vom Forschungsinstitut für Soziologie der Universität Köln unterwegs. Nicht von König, nicht von Fritz Sack, sondern von Dieter Fröhlich. Sein Brief verdeutlicht, daß alle Mitglieder des Instituts Zugang zu meiner Akte haben. Alle außer mir. *„Lieber Herr Aich, nach den vielen Darstellungen und Gegendarstellungen, die inzwischen in unserem Institut eingegangen sind, wagt man kaum noch, Stellung zu beziehen. Ich bin froh, in diesem Geschäft nicht unmittelbar Beteiligter zu sein und möchte mich aus dieser Angelegenheit soweit wie möglich ausklammern.*

Deshalb sofort zu Ihrer Frage in Ihrem letzten Brief an Professor König, wie es um die zweite Rate von 1000,- DM steht. Selbstverständlich können Sie den zweiten Betrag erhalten, jedoch ist es notwendig, daß wir darüber Belege bekommen, und zwar in der Form, daß zuerst die ersten 1000,- DM per Beleg abgerechnet werden müssen und für die zweiten 1000,- DM die Belege in Köln vorliegen müssen, bevor wir die Überweisung vornehmen."

Das Schreiben der deutschen Botschaft, geschrieben am 10. Mai, belegt, daß sie mit mir mit gezinkten Karten spielt. Nicht nur das. Auch die Sprache wird anders. Die an sich verlogene Sprache der Diplomaten wird ja als eine höfliche gepriesen. Aber, deutsche Diplomaten können auch anders, wie dieses Schreiben des Herrn Kulturattaché Dr. Citron belegt. Denn er schreibt einem, der seiner Einschätzung nach schon verloren hat: *„Ich danke Ihnen für Ihre Schreiben vom 3. Mai und vom 12. Mai 1967.*

Ich habe meinem Brief vom 27. April 1967 wenig hinzuzufügen. Die Botschaft hat keine Unterlagen von der Universität von Rajasthan angefordert und beabsichtigt auch nicht, solche anzufordern. Zu Punkt 3. Ihres Schreibens vom 3. Mai möchte ich nur bemerken, daß die Universität Rajasthan die Botschaft nicht über die Angelegenheit unterrichtet hat.

Im übrigen schließe ich mich der Stellungnahme von Professor Dr. René König an, welcher, wie Sie selbst schreiben, Ihnen empfohlen hat, als deutscher Beamter auf Widerruf dem Gastland gegenüber Zurückhaltung zu üben."

Der letzte Absatz hat mich stutzig gemacht. Warum oder in welchem Zusammenhang soll ich Herrn Dr. Citron über die *„Stellungnahme von Professor Dr. René König"* geschrieben haben. Ich blättere in meinen Akten nach. In keinem meiner Schreiben an die Botschaft oder an den Generalkonsulat ist davon die Rede. Dann lese ich in jenem schamlosen Schreiben Königs, das er mit dem 10. April datiert hatte: *„Ich möchte nur das Grundsätzliche herausheben, um meine Stellung klar zu machen. Allgemein möchte ich vorausbemerken, daß Sie als indischer Bürger selbstverständlich jedes Recht zur Kritik in Ihrem Lande haben, sofern Sie nur als indischer Bürger auftreten. Sie sind aber nicht nur indischer Bürger, sondern gleichzeitig deutscher Beamter auf Widerruf und Assistent unseres Institutes. Das ändert die Lage. Denn diese Situation macht Ihnen zur unbedingten Pflicht die Befolgung aller Regeln des Landes, insbesondere seiner Gesetze, die Beobachtung äußersten Taktes in der Kritik und vor allem auch ein allgemeines Benehmen, das der Kritik möglichst wenig Ansatz gibt."*

Es ist müßig, die Frage zu erörtern, warum König sein sicherlich nicht vorzeigbares Schreiben in der Gegend verteilt. Aber wie ist es zu bewerten, daß die diplomatische Vertretung der Bundesrepublik eine solche Zusendung einer Kopie einer Stellungnahme nicht mißbilligt, sie sich zu eigen macht und nicht zögert, daraus zu zitieren. Ich bin dafür diesem geschulten deutschen Diplomaten dankbar. Sonst würde ich nicht wissen können, wozu deutsche diplomatische Vertretungen tatsächlich fähig sind. Die deutsche Botschaft ist sauer auf mich. Sie läßt mich durch Herrn Dr. Citron eher primitiv abfertigen: *„Zu Punkt 3. Ihres Schreibens vom 3. Mai möchte ich nur bemerken, daß die Universität Rajasthan die Botschaft nicht über die Angelegenheit unterrichtet hat."*

Hier ist der Punkt 3. meines Schreiben: „Herr Prof. König teilt mir in einem Schreiben vom 10. April mit: *,Die Technische Hochschule hat die Sache der Deutschen Botschaft zur Kenntnis gebracht, und das ist wohl die Ursache dafür gewesen, daß die Vermittlungsstelle für deutsche Wissenschaftler im Ausland Ihnen den Brief schrieb, in dem sie die Weiterverfolgung Ihrer Angelegenheit ablehnt.'* Es ist mir nicht bekannt, wie Herr Prof. König zu dieser Information kommt. Aber ich habe keinen Grund zur Annahme, daß er auf Tratsch reagiert hat. Deshalb möchte ich Sie bitten, mir alle gegen mich vorliegenden schriftlichen Unterlagen zugänglich zu machen. Sie werden sicherlich Verständnis dafür haben, daß ich diese Sache nicht auf sich beruhen lassen werde."

Und hier ist noch einmal der O-Text des deutschen Diplomaten: *„Die Botschaft hat keine Unterlagen von der Universität von Rajasthan angefordert und beabsichtigt auch nicht, solche anzufordern. Zu Punkt 3. Ihres Schreibens vom 3. Mai möchte ich nur bemerken, daß die Universität Rajasthan die Botschaft nicht über die Angelegenheit unterrichtet hat."*

Ich beantworte dieses Schreiben postwendend. Auf englisch. Ich weise kurz darauf hin, daß ich mir nicht vorstellen kann, daß die Botschaft nichts hinzuzufügen hat (nothing to add), weil bisher kein einziger der offenkundigen Widersprüche aufgeklärt worden ist. Am 17. Mai gibt der Generalkonsul Dr. R. Kunisch einen eingeschriebenen Brief für mich zur Post. Meiner Bitte folgend auf englisch. Nach dem Gerichtsbeschluß sind meine Aktien bei ihm gestiegen. Ein zweisätziger Brief. Bestätigung der Eingänge meiner Briefe von 5. und 12. Mai. Beide Briefe seien an die Botschaft mit der Bitte weitergeleitet, die Botschaft möge sich von nun an um meine Angelegenheit kümmern.

Zu meiner Überraschung nutzt die Universität Rajasthan die Berufungsfrist nicht voll aus. Sie hat schon Berufung eingelegt. Wir wähnen nichts Gutes. Denn wir wissen aus der wissenschaftlichen Literatur, was mit Geld in den „Bananen-Republiken" alles käuflich sein soll. Und Indien soll ja so gut wie eine „Bananen-Republik" sein. Bereits am 22. Mai wird mündlich verhandelt. Ein energischer Richter, der „District Judge". Er hat sich gut vorbereitet. Er will keine Hängepartie. Er zwingt beide Parteien zu einem gerichtlichen Vergleich. Fest entschlossen trägt er einen Text vor, der *„eine Erklärung des Klägers"* werden soll. Sie enthält 5 Punkte. Der Richter will zunächst die Zustimmung der Universität einholen. Der Anwalt der Universität beantragt eine kurze Unterbrechung. Er muß mit dem Vice Chancellor beraten. Mein Rechtsanwalt sieht meine Verunsicherung. Er versucht mich zu beruhigen. Die Universität will vergleichen. Ich stimme meinem Anwalt folgend zögerlich zu. Der Richter registriert mein Zögern. Er sagt aber nichts. Hier ist die Erklärung in deutscher Übersetzung:

„22/5/1967 Dr. Prodosh Aich - Kläger - Erwiderer

Ich habe gegen die Universität Rajasthan geklagt. In dieser Klage sind die Parteien zu dem folgenden Vergleich gekommen:

1. *Ich werde meine Gehälter nach üblichen Abzügen bis zum 6. Juli erhalten.*

2. *Ich darf das Diensthaus Nr. C - 2 im Universitäts Campus bis zum 6. Juli bewohnen. Wenn ich es an dem Tag nicht räume, hat die Universitätsleitung das Recht, mich rauszuwerfen.*

3. *Ich habe nichts mit der Universität Rajasthan zu tun, und ich werde sie nicht für irgendeinen Zweck benutzen.*

4. *Ich werde meine Gehälter bis zum 6. Juli 1967 ohne irgendeinen Makel erhalten (with no stigma whatsoever against me).*

5. *Ich werde meine Klage zurückziehen, wenn diese Bedingungen durch die Universität eingehalten werden."*

Später, aber immer noch in Gegenwart der Universitätsanwälte, sagt mir der Richter, ich hätte im günstigsten Fall in etwa 5 Jahren vor dem obersten Gerichten Indiens das Resultat erreichen können, was heute mit diesem Vergleich erreicht worden ist. Ich muß wieder einmal meine von der blond-blauäugig-weiß-christlichen Kultur geprägten Vorurteile revidieren. Richter in den „Bananen-Republiken" sind möglicherweise seltener bestechlich und haben mehr Einfühlungsvermögen und Einblicke in die Verhältnisse, als ihre Integration in die von den Fremden eingeführte blond-blauäugig-weiß-christliche Kultur vermuten läßt. Mir sind bislang viele Richter in Europa begegnet, aber noch keine wie jene in Jaipur: der Amtsrichter Shyam Sundar, und Landgerichtsrichter G. M. Metha. Diese beiden Richter haben mir, aus welchen Gründen auch immer, eine Rehabilitierung erster Klasse beschert. Sicherlich nicht aus Versehen.

Schon am 23. Mai bitte ich also den Botschafter der Bundesrepublik, den Schaden zu begrenzen. Die Botschaft hat jedoch schon am 22. Mai Dr. Citron schreiben lassen, weil ja das Generalkonsulat ohne Begründung meine Angelegenheit der Botschaft übertragen hatte. Die Botschaft hat noch keine Kenntnis von dem gerichtlichen Vergleich und bezieht sich auf die 1. Instanz. Hier ist der Text: *„Das Generalkonsulat Bombay hat nunmehr die Botschaft gebeten, in Zukunft die Korrespondenz in Ihren Angelegenheiten zu übernehmen. Ich habe mit Interesse von dem für Sie so positiven Ausgang des Rechtsstreits Kenntnis genommen und werde nunmehr Ihren ebenfalls von Bombay übersandten Antrag auf Zahlung der Ausgleichszulage an die Vermittlungsstelle für deutsche Wissenschaftler im Ausland weiterleiten. Da die Vermittlungsstelle wahrscheinlich eine beglaubigte Kopie des Urteils erbitten wird, wäre ich Ihnen dankbar, wenn Sie mir eine solche übersenden würden. Diese könnte entweder vom Gericht oder von dem Notary Public Indersen Israin, Nawab Houses, Tripura Bazar, beglaubigt werden. Mit vorzüglicher Hochachtung, (Dr. K.J. Citron) Kulturreferent"*

Ich übermittle am 24. Mai den gerichtlichen Vergleich an die Vermittlungsstelle. Am nächsten Tag erreicht mich ein Schreiben Königs. Es widert mich heute an, es zu kommentieren. Deshalb folgt danach meine Antwort vom 27. Mai in vollem Wortlaut, die unsere mentale Lage von damals widerspiegelt. Erst König: *„hiermit bestätige ich den Eingang Ihrer letzten Mitteilungen, zu denen ich jedoch nicht mehr Stellung nehmen kann, da ich momentan durch den Semesteranfang und dringliche Terminarbeiten zu sehr belastet bin. Darum möchte ich die Situation heute nur noch in wenigen Sätzen zusammenfassen, damit Sie meinen Standpunkt genau kennen.*

1. *Unter Bezugnahme auf unsere mündliche Unterhaltung vom Dezember 1965 und mein Schreiben vom 25. 1. 1966 erkläre ich Ihnen hiermit, daß eine Verlängerung Ihres Vertrages als Assistent beim Forschungsinstitut für Soziologie über den 30. 9. 1967 hinaus nicht möglich ist. Über die Stelle ist bereits weiter befunden worden.*

2. *Eine Verlängerung Ihres Urlaubs ist ebenfalls unmöglich, da Urlaube von mehr als einem Jahr grundsätzlich nicht gegeben werden. Sie wußten das im Moment Ihrer Abreise.*

3. *Wir vermissen noch die Belege für die ersten Ihnen bereits überwiesenen 1000,- DM als Unkostendeckung für Ihre Untersuchung. Wir bitten gleichzeitig um beglaubigte Übersetzungen, falls die Rechnungen in einer anderen als der englischen Sprache ausgestellt worden sind, und um*

Angabe des Umrechnungskurses zur DM. Erst nach Eingang dieser schon vor längerer Zeit von Ihnen erbetenen Belege und nach gleichzeitigem Eingang der Belege für die Verwendung der zweiten 1000,- DM kann die nächste Überweisung erfolgen.

4. *Aufgrund besonderer Veranlassung möchte ich Sie bitten, keinerlei Briefe, die in irgendeiner Weise über rein wissenschaftliche Mitteilungen hinausgehen, auf dem Briefpapier des Instituts zu schreiben. Ich verstehe darunter insbesondere Briefe, die irgendwelche Beschwerden, Kritiken oder persönliche Angriffe enthalten.*

5. *Im übrigen teile ich Ihnen mit, daß ich nach wie vor bereit bin, Sie zu habilitieren, sowie Sie eine Habilitationsschrift einreichen, die den üblichen Anforderungen entspricht.*

Was Ihren Aufenthalt in Indien betrifft, so würde ich Ihnen empfehlen, schnellstmöglich nach Europa zurückzukehren, nachdem der Zweck Ihrer Beurlaubung vollständig dahingefallen ist. Ich muß Sie auch darauf hinweisen, daß es nicht angeht, wenn Sie Journalisten veranlassen, sich über die Universität von Rajasthan zu äußern. Ich habe Ihnen seinerzeit ausdrücklich untersagt, Ihre sogenannte Fallstudie über die Universität Rajasthan weiter fortzusetzen. Ich muß Ihnen auch hiermit in aller Form untersagen, irgendwelche weiteren Angriffe gegen diese Universität und ihr Personal, gleich welcher Art, zu richten, solange Sie noch Assistent unseres Instituts sind. Was Sie danach tun, ist mir völlig gleichgültig und Ihre eigene Angelegenheit. Im Moment habe ich dafür zu sorgen, daß Sie nicht noch mehr Unruhe schaffen. Ich möchte auch bemerken, daß ich Ihnen in aller Form untersage, Briefe von mir, ganz gleich an wen sie gerichtet sind, zu vervielfältigen und zu verteilen, wie Sie das mit meinem Brief an den Vizekanzler getan haben."

„Sehr geehrter Herr Professor, ich bestätige hiermit dankend den Eingang Ihres Schreibens vom 17. Mai, zu dessen Inhalt ich folgendes bemerken darf:

In Punkt 1. Ihres Schreibens nehmen Sie Bezug auf die zwischen Ihnen und mir geführte Unterhaltung im Dezember 1965 und auf Ihr Schreiben vom 25. Januar 1966. Der Inhalt der Unterredung war folgender: Sie machten mir Vorwürfe, daß ich den Bericht meiner zweiten Untersuchung über die politische Einstellung der farbigen Studenten in deutschsprachigen Ländern noch nicht veröffentlicht hätte. Ich erlaubte mir, darauf hinzuweisen, daß der Hauptteil dieses Materials für meine Habilitationsschrift bestimmt sei, für deren Abrundung eine weitere Untersuchung unbedingt erforderlich sei, nämlich über den Rückanpassungsprozeß. Ich hatte mir damals auch erlaubt, daran zu erinnern, welche Bemühungen ich unternommen hatte, um Mittel für eine solche Untersuchung zu bekommen. Sie werden sich sicherlich noch an die Anträge erinnern, die in diesem Zusammenhang gestellt wurden. Diese Unterhaltung von Dezember 1965 konnte von mir nicht so aufgefaßt werden, wie Sie sie schließlich in Januar 1966 zusammenfaßten. Sie schrieben mir nämlich am 25. Januar 1966, Sie seien mit meiner Leistung nicht zufrieden und könnten daher die Verlängerung meines Vertrages nicht verantworten. Wenige Tage danach sprach ich mit Ihnen über dieses Schreiben. Diese Unterredung erwähnen Sie in Ihrem Brief vom 17. Mai 67 nicht. Sie gaben mir darin Zeit bis zum 28. Februar 66, den

Bericht meiner Untersuchung als Aufsatz in der Kölner Zeitschrift zu veröffentlichen. Das war, wie Sie zugeben müssen, eine ungewöhnlich kurze Frist für die Abfassung eines empirischen Berichts. Ich gab Ihnen den Aufsatz vor Ablauf dieser Frist. Sie akzeptierten ihn ohne Kommentar und ließen ihn in der Kölner Zeitschrift erscheinen. Sie haben über diese Angelegenheit nie wieder mit mir gesprochen, weshalb ich annahm, daß Sie sich von der Grundlosigkeit Ihrer Vorwürfe überzeugt hätten. Jeder, der Erfahrungen mit empirischen Berichten hat, wird wissen, daß ein solcher Bericht in 4 Wochen nicht zu schreiben ist, wenn nicht das ganze Material bereits verschlüsselt, aufbereitet, berechnet und für den Bericht vorbereitet ist. Alle diese Arbeiten, einschließlich des Lochens der Hollerithkarten, habe ich ohne jegliche Unterstützung des Instituts in meiner eigenen Wohnung durchgeführt, da ich im Institut keinen Arbeitsraum zur Verfügung hatte.

Im März 1966 begannen dann die Vorbereitungen für meine Indienreise. Ich hatte durch das Institut zwei Anträge zur Beschaffung von Mitteln für meine Forschungsvorhaben gestellt, an die Deutsche Forschungsgemeinschaft und an das Ministerium für wirtschaftliche Zusammenarbeit, die beide nicht genehmigt wurden. Es war deshalb gut, meine jetzigen Forschungsprojekte in Angriff genommen zu haben, ohne diese dann negativen Bescheide erst abzuwarten. Ich möchte mir erlauben zu bemerken, daß ich bei der Durchführung dieser Projekte auf indischer Seite Schwierigkeiten zu überwinden hatte, von deutscher Seite dafür keinerlei Unterstützung erhielt, abgesehen von Ihrer Zusage, zur Deckung der Unkosten, 2000,- DM, beizutragen. Unter Berücksichtigung von all diesem erhebe ich in aller Form Einspruch gegen Ihre Begründung und gegen Ihre Kündigung zum 30. 9. 67.

Am 5. Mai 1967 habe ich Ihnen die Anordnung des Munsif Court an die Universität von Rajasthan geschickt. Gegen diese Anordnung hat die Universität Einspruch beim obersten Gericht Jaipurs erhoben. In der Verhandlung vor diesem Gericht sah die Sache für die Universität so schlecht aus, daß die Universitätsanwälte bereit waren, meine Bedingungen zu akzeptieren. Dieses Gerichtsdokument füge ich als Anlage bei. Ich habe diesen Kompromiß geschlossen, weil es mir darauf ankam, das Schreiben der Universität vom 10. Februar als gesetzwidrig erklären zu lassen, was dieses Dokument implizit tut. Der Richter sagte mir später in Gegenwart der Universitätsanwälte, daß ich mit diesem Kompromiß praktisch das erreichte hätte, was ich in etwa 5 Jahren vor den obersten Gerichten Indiens hätte erreichen können

Mit meinem letzten Schreiben hatte ich Ihnen auch eine Anordnung des Zoll zugeschickt. Auch diese Angelegenheit klärt sich, wie Sie aus einem weiteren, beigefügten Schreiben des Zolls ersehen können.

Leider kann ich Ihnen kein Dokument des CIB (Central Intelligence Bureau) beifügen, da es bei dieser Behörde nicht üblich ist, Clearing Certificates auszustellen. Ich hatte Gelegenheit, den obersten Beamten dieser Behörde kennenzulernen, Mr. A. P. Mishra. Er sagte mir, Verschiedene Quellen der Universität von Rajasthan hatten ihm berichtet, ich sei ein Spion. Aufgrund seiner Untersuchungen sei er zu der Überzeugung gekommen, daß Dr. Unnithan hinter diesen Anschuldigungen Regie führte. Er habe es deshalb für seine Pflicht gehalten, den Vice Chancellor, Prof. M.V. Mathur, aufzusuchen, um ihn darauf Aufmerksam zu machen, daß es einer Universität nicht anstehe, Staatsapparate zu mißbrauchen. Der Vice Chancellor habe ihm darauf geantwortet: *‚Yes, it is very bad and I know about it. But after Dr. Unnithan has done this, what can I do‘.*"

Die Vorwürfe, die gegen mich an dieser Universität erhoben worden sind, sind inzwischen von den indischen Behörden und indischen Gerichten 100 %ig zu meinen Gunsten entkräftet worden. Das, was Sie durch Herrn Prof. Scheuch und von anderen an Informationen und Papieren erhalten haben, basiert demzufolge auf üblem Tratsch und falschen Aussagen. Ich möchte annehmen, daß, wenn Sie diese Angelegenheit nochmals leidenschaftslos und objektiv beurteilen, Sie auch zu dem Schluß kommen, zu dem die indischen Behörden und Gerichte gekommen sind. Diese ganzen Geschichten sind gegen mich erfunden worden mit dem Ziel, meine Integrität so zu beeinträchtigen, daß meine wissenschaftliche Arbeit, die Sie als sogenannte case-study bezeichnen, an Glaubwürdigkeit verlieren würde.

Zum Schluß nur noch eine Richtigstellung zu Punkt 3 Ihres Schreibens. Ich bin von Herrn Fröhlich in einem Schreiben vom 9. Mai, das mich am 17. Mai erreichte, zum erstenmal aufgefordert worden, Belege nicht nur für die ersten 1000,- DM, sondern auch für die zugesagten zweiten 1000,- DM zu schicken. Ich werde diese Belege, soweit ich unter den indischen Bedingungen in der Lage war, solche zu bekommen, umgehend zusenden. Mit den besten Empfehlungen"

Eine „*orientalische*" Überraschung in einem undurchsichtigen Stellvertreterkrieg

Die aktuellen Fronten sind geklärt. Aber nachvollziehen können wir deren Entstehung nicht. Wie kommen die Fronten König, Scheuch, die diplomatische Vertretungen Deutschlands in Indien und die Vermittlungsstelle für deutschen Wissenschaftler zustande? Daß Unnithan es gelingt, Mathur und seine Universität einzubinden, können wir nachvollziehen. Aber wie kann er eine ihm fast fremde deutsche Universität für seine Interessen einspannen? Und diverse deutsche Behörden? Das Wie und Warum begreifen wir nicht.

Die naheliegende Deutung, eine persönliche Zwistigkeit sei unglücklich eskaliert, greift nicht. Zugegeben, wir sind streitbare Personen, weil uns der aufrechte Gang wichtiger ist als Geld und Karriere. Dann gibt es halt Streit, wie bei der Deutschen Stiftung für Entwicklungsländer, oder wir werden schlicht ignoriert, wie es beispielsweise die Friedrich-Ebert-Stiftung mit mir gemacht hat oder wie Gerhard Weisser, der meinen Vertrag auslaufen ließ, weil angeblich kein Geld mehr vorhanden war. Es kann sich mal in den Mitteln vergriffen werden, aber sind auch die eingesetzte Waffen seitens der deutschen Front noch sittlich?

Meine Lehrveranstaltungen können die Ursache nicht gewesen sein. Lehrveranstaltungen verursachen keine „Revolutionen". Soziologielehrveranstaltungen schon gar nicht. Es hat keine Kritik vorort gegeben. Von keiner Seite. Selbst in dem schmierigen Schreiben des Vice Chancellors vom 21. Februar 1967 an König fehlt es an der leisesten Andeutung. Aber König hat in seinem verlogenen Brief vom 10. April meine Lehrveranstaltungen in Jaipur kommentiert. Vorausgegangen war der **geheim**gehaltene Besuch seines Kollegen Scheuch in Jaipur. Wir erinnern uns: *„Allgemein möchte ich vorausbemerken, daß Sie als indischer Bürger selbstverständlich jedes Recht zur Kritik in Ihrem Lande haben, sofern Sie nur als indischer Bürger auftreten. Sie sind aber nicht nur indischer Bürger, sondern gleichzeitig deutscher Beamter auf Widerruf und Assistent unseres Institutes. Das ändert die Lage. Denn diese Situation macht Ihnen zur unbedingten Pflicht die Befolgung aller Regeln des Landes, insbesondere seiner Gesetze, die Beobachtung äußersten Taktes in der Kritik und vor allem auch ein allgemeines Benehmen, das der Kritik möglichst wenig Ansatz gibt. ... Es gehört auch nicht zu Ihren Obliegenheiten, die Studenten gegen die Professoren aufzubringen (Ist dies geschehen?). Vielmehr wäre es Ihre Pflicht gewesen, sich strengstens in den gegebenen Rahmen einzupassen und einfach gute Vorlesungen zu halten, ohne irgendwelche kritischen Noten nach rechts und links zu verteilen. ..."*

Selbst wenn dieses Kritik zutreffend gewesen wäre, würde dies alles immer noch nichts erklären. Die Ursache muß also der Gegenstand unserer Forschungsvorhaben sein. Er ist aus der Not geboren. Ersatzmaterial für die ursprünglich konzipierte Habilitationsschrift. Wenn alles so gelaufen wäre, wie es programmiert war – Bewilligung der gestellten Forschungsanträge über Rückanpassung der im Ausland Ausgebildeten Inder, Organisationsarbeiten während meiner Lehrtätigkeit in Jaipur und die Durchführung der Erhebungen in den veranstaltungsfreien Monaten –, würden unsere Beobachtungen und Erfahrungen in der „Indischen Universität" also, nicht mehr geworden sein als das Sammeln von Anekdoten.

Aus dieser Not werden aber die Verhältnisse **innerhalb** einer Universität zum Gegenstand der Forschung. Universität ist stets der **Ort** der Forschung gewesen und nicht ein **Objekt** der Forschung. Dabei treffen wir offensichtlich einen empfindlichen Nerv vieler, die verantwortlich Universitäten gestalten. Deshalb sind wahrscheinlich die Reaktionen darauf so heftig. Zunächst kommt das unsittliche Angebot von Vice Chancellor Mathur: Keine Fallstudie über die Universität Rajasthan, dann volle Unterstützung für unsere beiden Befragungen. Das Angebot von Mathur können wir noch nachvollziehen. Nicht aber das Telegramm von König. Ihm fällt nicht ein, seinen geplanten Besuch voranzutreiben, mir den Besuch von Scheuch anzukündigen. Nichts dergleichen. Aber nach der Rückkehr von Scheuch hat er es eilig. Ein Telegramm sogar! *„in particular drop immediately and definitely case study with which I strongly disagree"* aus welchen Gründen? König hat es nie begründet. Also werden wir gejagt. Aber die Jäger übersehen, die systematisch getriebene Jagt treibt uns auch immer zu Einsichten und Erkenntnissen, die uns bislang verborgen geblieben waren. Denn eine Befragung der Hochschullehrer und Studierenden im letzen Halbjahr ihrer Ausbildung beschreibt auch die „Indische Universität". Oder rechnen sie damit, daß der Entzug meiner monatlichen Aufwandsentschädigung in Jaipur, der Beihilfe der Vermittlungsstelle für deutsche Wissenschaftler und der Sachmittel des Instituts die Befragungen eh zu Fall bringen werden? Denn Personen wie „Micky" aus Bangalore oder die Kräfte des Widerstandes sind diesen Jägern fremd.

Uns bleibt wenig Zeit, darüber viel nachzudenken. Die Front an der Universität Rajasthan ist nach meiner gerichtlichen Rehabilitierung bis auf kleinere Störfeuer und die Lieferung von „Schmutz und Schund" an die deutschen Verbündeten verstummt. Der „Krieg" wird aber von den Deutschen um so heftiger geführt. Wer führt wessen Krieg? Wessen Krieg wurde an der Jaipurfront tatsächlich geführt?

Uns bleibt nicht einmal Zeit für Strategieplanung. Wir reagieren nur auf Angriffe. Wir finden häufig nicht die optimale Verteidigung. Ende Mai bündeln wir unsere Energie, um meinen Antrag auf die Verlängerung meiner Beurlaubung von der Universität Köln durchzubringen. König hat in seinem Schreiben vom 17. Mai eine Verlängerung definitiv abgeschmettert: *„Eine Verlängerung Ihres Urlaubs ist ebenfalls unmöglich, da Urlaube von mehr als einem Jahr grundsätzlich nicht gegeben werden. Sie wußten das im Moment Ihrer Abreise."*

Ich habe das nicht gewußt. Es hat auch keine Veranlassung gegeben, mir darüber den Kopf zu zerbrechen. Fest steht für uns, daß König gegen den Antrag sein wird. Uns fällt nur die Möglichkeit ein, daß ich den Rektor der Universität Köln, meinen Dienstvorgesetzten, über den Hintergrund meines Antrags informiere, damit er nicht den einseitigen Informationen der anderen Seite aufsitzen muß. Ich stelle Kopien dieses Schreibens dem Kultusminister, dem Innenminister und dem Ministerpräsidenten des Landes Nordrhein-Westfalen zu. Denn ich bin auch ein Beamter des Landes Nordrhein-Westfalen. Wir schreiben heute den 25. Mai 1967.

Am 28. Mai gebe ich eine Pressekonferenz. In der schriftlichen Presseerklärung berichte ich, daß hinter den prachtvollen Fassaden der Universität von Jaipur nichts Akademisches gilt und sich ein Sumpf von Nepotismus und Korruption befindet. Das Verfahren bei der Berufung von 90 % der Professoren entsprach nicht der eigenen Grundordnung. Nicht weniger als 60 % der Lehrenden besitzen nicht einmal die formale Mindestqualifikation. Mindestens ein Bewerber wurde abgewiesen, weil er **überqualifiziert** gewesen sein soll. Der Direktor der Abteilung Studienberatung (Student Advisary Bureau) besitzt nicht einmal eine Hochschulreife. Unzählige Entscheidungen der Universitätsleitung wurden von ordentlichen Gerichten aufgehoben. Die Universität hat bisher nur **einen** Fall vor dem Gericht gewonnen und dies bemerkenswerter Weise gegen einen Studenten.

Über die Vorgänge in der Universität Rajasthan informiere ich am 30. Mai die Professoren Triguna Sen, der frühere Vice Chancellor der Benares Hindu University und nunmehr den Bundesminister für Erziehung, und D. S. Kothari, „Chairman" der „University Grants Commission", jener Einrichtung, die für die Verteilung der Mittel der Zentralregierung für die universitäre Lehre und Forschung zuständig ist. Beide bitte ich auch um einen Termin. Wir hoffen auf einen Zuschuß für die Feldarbeit in Kalkutta und Jadavpur. Wegen meiner Eltern werden wir auf jeden Fall nach Kalkutta fahren. Jadavpur ist die zweite Universität in Kalkutta. Wir haben schon Kassensturz gemacht. Uns fehlen ca. 2500,- Rs, wenn wir eine Strandung in Indien nicht riskieren wollen.

Für sein Schreiben vom 22. Mai bedanke ich mich bei Herrn Dr. Citron am gleichen Tag. Die Botschaft hatte sich bemüht, nunmehr meinen Antrag an die Vermittlungsstelle weiterzuleiten. Ich bitte ihn, alles zu tun, damit die Zahlung der Beihilfe nicht noch länger verzögert wird. Am 31. Mai schreibe ich an Dieter Fröhlich. Darin kommt meine gesamte Bitterkeit zum Ausdruck. Es muß auch einmal sein: „ich danke Ihnen für Ihr Schreiben vom 9. Mai, in dem Sie mir mitteilen, daß 1. die DM 1000 bereits von hier aus abgerechnet werden müssen und 2. die Belege für die zweiten DM 1000 Ihnen vorliegen müssen, bevor Sie die Überweisung veranlassen können. Ihrem Wunsch gemäß finden Sie in der Anlage eine Sachkostenaufstellung (sie enthält keineswegs alle Ausgaben, die wir für diese Projekte hatten). Nicht für jeden Posten kann ich Ihnen Belege schicken, da unter den Umständen hier das

Sammeln von Belegen unmöglich ist. Bitte legen Sie diese beigefügte Aufstellung Herrn Prof. König vor. Falls diese Aufstellung Herrn Prof. König nicht genügt, dann teilen Sie ihm bitte mit, daß ich die erhaltenen DM 1000 dem Institut unverzüglich zurückerstatten werde und die Projekte allein in unseren Namen weiterführen werde. Bitte teilen Sie Herrn Prof. König dann auch meinen verbindlichsten Dank dafür mit, daß wir die Projekte im Namen des Instituts beginnen konnten, was aber, wie die spätere Entwicklung zeigte, wohl auf einem Mißverständnis beruhte. Es tut mir leid, Ihnen diesen unangenehmen Auftrag gehen zu müssen.

Nun noch ein paar inoffizielle Zeilen. Ich bin Ihnen dankbar für Ihre neutrale Haltung. Ich weiß zwar nicht genau, was im Institut vorgeht, aber ich habe den Eindruck, daß sich Herr Prof. Scheuch dort sehr stark gemacht hat. Vielleicht wissen Sie noch nicht, daß ich meine Interessen vor den indischen Gerichten mit Erfolg verteidigen konnte, das den Rechtsstreit abschließende Gerichtsdokument bescheinigt, daß ich ohne Makel aus dieser Geschichte herausgekommen bin. Die Presse hat den Fall aufgegriffen und es ist sehr wahrscheinlich, daß nicht nur in der State Assembly, sondern auch im Parlament in Delhi Fragen zu diesem Fall gestellt werden. Da ich nicht die Absicht habe, irgendeine in der Bundesrepublik gegen mich gemachte Anschuldigung auf sich beruhen zu lassen, wird wohl auch dort kein Weg am Gericht vorbei führen. Ein kleiner Trost, daß die Verhältnisse in den deutschen Gerichten um einiges besser sind als in den indischen Gerichten.

Ich würde mich freuen, bald von Ihnen zu hören. Mit den besten Grüßen und Wünschen, auch von meiner Frau"

Dieser vorletzte Satz im Schreiben an Fröhlich über die deutschen Gerichte zeigt uns heute noch mehr, wie blauäugig ich noch Ende Mai 1967 gewesen bin. Die Erfahrungen mit dem Amtsrichter Shyam Sundar und dem Landgerichtsrichter G. M. Metha hatten mich doch nicht von den durch die blond-blauäugig-weiß-christliche Kultur geprägten Vorurteilen frei machen können. Es ist nicht auszudenken, was mit uns in Deutschland gemacht worden wäre, hätten diese beiden Richter mir nicht in allerkürzester Zeit eine Rehabilitierung erster Klasse in Indien ermöglicht.

Am 1. Juni empfängt uns der Gouverneur des Bundesstaates Rajasthan. Er ist auch der Chancellor der Universität. Ich überreiche ihm ein Memorandum über unsere Erfahrungen in und über den Zustand seiner Universität. Jede Minute Freizeit nutzen wir zur Lektüre der Protokolle. Die Presseerklärung vom 28. Mai hatte zwei Seiten. Dieses Memorandum hat bereits drei enggeschriebene Seiten. Wenige Tage nach diesem Empfang bitte ich den Chancellor (eigentlich beantrage ich) zu prüfen, ob er dafür sorgen kann, daß seine Universität meinen Vertrag um drei Monate verlängert und mir die Möglichkeit gibt, die Feldarbeit in Jaipur zu vervollständigen, und zweitens, daß ich den Abschlußbericht der durch „anonyme" Anzeigen veranlaßten Untersuchungen des C.I.B. für die Verwendung in Deutschland bekomme.

Nachdem die Presse über die Universität berichtet hat, informieren wir auch die politischen Fraktionen im Landtag und den Erziehungsminister des

Landes. Einige Abgeordnete wollten mit uns vor der Haushaltsdebatte des Erziehungsministeriums am 17. Juni sprechen. Wir bemühen uns auch um Anfragen im Zentralparlament in Neu-Delhi. Als letzen Schritt schreibe ich auch an den Visitor der Universität, also an den Staatspräsidenten der Republik Indien, mit der Bitte um eine Audienz. Ich wollte ihn, ausführlich mit dem Ziel informieren, daß er gegebenenfalls als „Visitor" von seinem verbrieften Recht Gebrauch macht, eine Untersuchungskommission einzusetzen. Dies war am 6. Juni. Nur noch bis zum 6. Juli können wir in Jaipur bleiben.

Wir sind genervt, weil sich die deutsche Vertretung in Indien immer etwas Lästiges einfallen läßt. Am 6. Juni muß ich ihr mitteilen, daß wegen der Gerichtsferien vor Mitte Juli eine beglaubigte Abschrift des Gerichtsdokuments nicht zu beschaffen ist. Als eine Zwischenlösung biete ich eine eidesstattliche Versicherung an: „Ich versichere hiermit, daß sowohl die dem Generalkonsulat, Bombay, zugesandte Abschrift der Anordnung des Gerichts vom 1. Mai als auch die Abschrift des Gerichtsdokuments, das ich meinem Schreiben an den Herrn Botschafter vom 23. Mai beifügte, den exakten Wortlaut des Originals wiedergeben."

Am 8. Juni 1967 will die deutsche Botschaft eine Erklärung über den Punkt 3 der Vergleichsniederschrift vom 22. Mai haben. Also gebe ich ihr diese am 13. Juni in zugegebener Maßen unfreundlicher Diktion und will wissen, „ob mein Antrag an die Vermittlungsstelle mit einem solchen Vermerk weitergeleitet worden ist, der den status quo ante vom 16. Februar herstellt." und „ob meine eidesstattliche Versicherung vom 6. Juni, daß die Ihnen vorliegenden Abschriften sowohl des Dokuments vom 1.Mai und des vom 22. Mai den exakten Wortlaut entsprechen, Ihnen nicht glaubwürdig erscheint." Und dann die unfreundliche Erklärung: „Es scheint Ihrer Aufmerksamkeit entgangen zu sein, daß die Bedingungen von mir gestellt wurden, daß Punkt 3 zwischen Punkt 2 und Punkt 4 steht, daß Punkt 3 nur die Bedeutung haben kann, daß ich nach dem 6. Juli 1967 (an dem mein Vertrag ausläuft) keine weiteren Ansprüche an die Universität von Rajastban stellen werde, denn entsprechend der Vereinbarung bin ich Mitglied dieser Universität bis zum Ablauf meines Vertrages am 6. Juli, was wohl auch meine physische Anwesenheit im Campus bis zu diesem Zeitpunkt zeigt."

Ebenfalls am 13. Juni bitte ich den Botschafter, „daß die Widerrufung der vom Generalkonsulat in Bombay an die Vermittlungsstelle gemachten Mitteilung nicht weiter verzögert wird und in einer Form geschieht, die den *status quo ante* vom 16. Februar herstellt." und um Auskunft zum folgenden Tatbestand: „Aus Köln erfahre ich nämlich, die Deutsche Botschaft in New Delhi habe sich über mich beschwert. Sie werden mein Interesse daran verstehen zu wissen, bei welchen Stellen in der Bundesrepublik sich die Deutsche Botschaft oder das Generalkonsulat in Bombay beschwert hat und welcher Art diese Beschwerden über mich wohl sind."

Am 11. Juni habe ich verzweifelt den Kanzler der Universität Köln an meinen Verlängerungsantrag erinnert und die folgenden Informationen übermittelt: „bitte gestatten Sie mir, auf meinen Antrag vom 13. Mai Bezug zu nehmen. Ihre Entscheidung zu diesem Antrag müßte ich vor dem 30.6.1967 wissen, um meinen Aufenthalt in Indien entsprechend planen zu können. Ich wäre Ihnen deshalb außerordentlich dankbar, wenn Sie mir Ihre Entscheidung so bald wie möglich mitteilen würden.

Darf ich noch einmal erwähnen, daß ich die beiden Forschungsprojekte ohne Verlängerung meiner Beurlaubung nicht zu Ende führen kann. Mithin würde die gesamte bisherige Arbeit an diesen Projekten sinnlos werden. In diesem Zusammenhang möchte ich Ihnen auch mitteilen, daß im Gegensatz zu der Beurteilung meiner Forschungsmöglichkeiten in Indien durch Herrn Prof. König und Herrn Prof. Scheuch, die der Meinung sind, daß solche Forschungsmöglichkeiten für mich nicht mehr bestehen, das indische Erziehungsministerium an meinen Arbeiten großes Interesse zeigt. Das Ministry of Education in New Delhi hat mir seine volle Unterstützung für meine Feldarbeit an der Universität von Jadavpur in Westbengalen zugesagt. Bei der Durchführung der Feldarbeit an der Universität von New Delhi hat mir das indische Erziehungsministerium ebenfalls alle Unterstützung gegeben.

Bitte gestatten Sie mir, Ihnen auch noch zu sagen, daß ich mir alle Mühe gegeben habe, Herrn Prof. König objektiv über die Tatsachen zu informieren. Aber aus mir unbekannten Gründen weigern sich Herr Prof. König und Herr Prof. Scheuch, von den Fakten Kenntnis zu nehmen. Ich erwähne dies, weil diese Tatsachen für die Genehmigung der beantragten Verlängerung meiner Beurlaubung von Bedeutung sind.

Ich hoffe, es ist mir gelungen, Ihnen die Dringlichkeit meines Antrages und die Bedeutung der Forschungsprojekte deutlich zu machen. Deshalb meine dringende Bitte an Sie, meine Beurlaubung um 4 Monate zu verlängern (in denen an Ihrer Universität Semesterferien sind).

Ich erlaube mir, eine Kopie dieses Schreibens an den Herrn Kultusminister und an den Herrn Rektor zu senden."

Ich werde erst viel später wissen, daß bevor mein Schreiben den Kanzler der Universität Köln erreicht, er schon ein anderes Schreiben gelesen hat. König hat ihm am 14. Juni geschrieben: *„nachdem ich in einem Schreiben gleichen Datums die Verlängerung des Urlaubs von Herrn Dr. Aich bis zum 30. September 1967 befürwortet habe, möchte ich hiermit den Widerruf des Beamtenverhältnisses für den 30. September 1967 beantragen. Zur Begründung mache ich folgende Angaben:*

Ich habe Herrn Dr. Aich mündlich schon im Dezember 1965 darauf aufmerksam gemacht, daß ich mit seinen Leistungen nicht zufrieden (Seit wann?) *war. Obwohl ich ihn zur beschleunigten Abschließung seiner Habilitationsschrift von Institutsarbeiten völlig freigestellt hatte, war er mit seinen Vorbereitungen keinen Schritt vorangekommen* (Liest der Kanzler die Befürwortung Königs vom 10. März 1966 für meine Beurlaubung auch?). *Ich habe ihn dann bereits im Januar 1966 gewarnt, daß ich unter diesen Umständen eine Verlängerung seines Vertrages gegenüber unserer Verwaltung nicht mehr verantworten könne. Ich habe ihn dann weiter unterstützt, in Indien eine Lehrtätigkeit an der Universität Rajasthan und gleichzeitig gewisse* (Ein erstaunlich kurzes

Gedächtnis!) *Forschungen durchzuführen. Dabei stellte sich heraus, daß er sehr schnell in schwere Spannungen mit dem Leiter der soziologischen Abteilung der Universität Rajasthan geriet, so daß diese Universität seine Vorlesungstätigkeit sistierte (Beide Dokumente der indischen Gerichte liegen König vor!). Damit war eine Hälfte seines Auftrages hinfällig geworden.*

Darüber hinaus ließ sich Herr Dr. Aich auch in unübersichtlichen Streitereien mit allen möglichen Stellen ein, was auch zur Kenntnis der deutschen Botschaft in New Delhi gelangte, so daß es höchst fragwürdig ist, ob er jemals imstande sein wird, seine Forschungen durchzuführen.

Ich stimme trotzdem der Verlängerung seines Urlaubs bis zum 30. 9. 1967 zu, in Abweichung von einer früher gegenüber Dr. Aich gemachten Aussage, damit er nicht in seiner Art nachher behauptet, ich hätte seine Forschungstätigkeit sabotiert. Ich bin aber aufgrund der gemachten Erfahrung dagegen, seinen Vertrag als Assistenten zu verlängern, und bitte ich Sie, ihm offiziell und in der üblichen Form von diesem Bescheid Kenntnis zu geben, wobei ich empfehle, möglich wenig zur Begründung zu sagen, um ihm keine neuerliche Handhabe gegen uns zu geben, denn er ist momentan in einem solchen Zustand, daß er für rationale Argumente nicht mehr zugänglich ist.

Ferner bitte ich um Information, ob die entsprechende Mitteilung heraus ist, da ich die Anstellung eines neuen Assistenten für den 1. Oktober vorgesehen habe, der die bisherigen Verwaltungsassistenten völlig entlasten soll, damit diese ihren wissenschaftlichen Arbeiten nachgehen können.

Mit meinem verbindlichen Dank für Ihre freundliche Hilfe und den besten Empfehlungen bin ich stets Ihr Prof. Dr. René König"

*****

Wir warten auf Antworten. Alle wissen, daß mein Vertrag mit der Universität Rajasthan am 6. Juli ausläuft, daß wir uns im gerichtlichen Vergleich verpflichtet haben, das Diensthaus am selben Tag zu räumen und danach keine feste Postanschrift mehr haben.

In der Etatdebatte vom Erziehungsministerium in Jaipur vom 17. Juni gibt der Minister dem Parlament die Zusage, daß er persönlich die Fälle der Unregelmäßigkeiten untersuchen wird, die öffentlich geworden sind. Am 19. Juni erreicht uns ein Telegramm. Absender: Jagannath Sahai, Private Secretary to the President of India. *„PRESIDENT WILL BE PLEASED TO RECEIVE YOU THURSDAY TWENTYSECOND JUNE EIGHTEEN HUNDRED FIVE HOURS KINDLY CONFIRM"*

Was für eine Überraschung! Postwendend bestätigen wir den Termin. Dann begeben wir uns an die Arbeit. Wir geben uns alle Mühe, eine erste vorzeigbare Auswertung über den Zustand in der Universität Rajasthan zu machen. Eine Audienz bei dem Indischen Staatspräsidenten Dr. Zakir Husain, dem das Erziehungswesen nicht fremd ist, der auch das Amt des Visitors der Universität Rajasthan inne hat, wäre vertan, wenn wir ihm bei der Gelegenheit kein Memorandum überreichen könnten, das als eine Grundlage für eine Untersuchungskommission taugt.

Viele wichtige Amtsinhaber, die in dieser Auseinandersetzung hätten eingreifen können, haben wir informiert und um einen Termin gebeten. So auch Prof. Triguna Sen, „Union Minister of Education", und Prof. D. S. Kothari, den „Chairman, University Grants Kommission", beide am 30. Mai. Auch der deutsche Botschafter war für uns unerreichbar. Wir haben uns schließlich erst am 6. Juni an den Indischen Staatspräsident gewandt, und er will uns schon am 22. Juni empfangen. Wir ahnen, daß dies wahrscheinlich die letzte Chance eines überzeugenden Durchbruchs in Indien ist.

Der Präsident kommt uns einige Schritte entgegen, als wir in einen großen Raum hineingeführt werden, der offensichtlich nicht sein Arbeitszimmer ist. Er strahlt Wärme aus, als er uns begrüßt. Er bittet uns, ihm gegenüber Platz zu nehmen. Tee und Süßigkeiten werden serviert. Alles ist etwas informell. Wir wissen nicht, wann und wie wir zum Thema kommen sollten. Er will von uns wissen, wer wir sind und was uns sonst widerfahren ist. Dann bedauert er, daß es uns in Jaipur so schlecht gegangen ist. Bevor wir uns dazu äußern, nehme ich die Gelegenheit wahr, zu erklären, daß unser Hauptanliegen nicht eine Wiedergutmachung ist, sondern ein Sondieren darüber, ob er als Visitor der Universität Rajasthan von seinem konstitutionellen Recht auf eine Intervention Gebrauch machen kann. Während dieser Erklärung überreiche ich ihm auch das für ihn bestimmte Memorandum.

Er wirft einen nicht flüchtigen Blick darauf, blättert ohne Eile bis zur letzten Seite, schaut zu uns auf und sagt, wenn wir Wert darauf legen, wird er das Memorandum gleich lesen. Aber wäre es nicht zu schade um die Zeit? Wir könnten gewiß sein, daß er das Memorandum lesen wird. Zwischenzeitlich hat er seine Rechtsberater befragt, die das Interventionsrecht eher für allgemeine Mißstände für gegeben halten.

Dann erzählt er uns, wie seine Studienzeit in Berlin gewesen ist. In den zwanziger Jahren studierten viele politisierte junge Inder in Deutschland, die auf keinen Fall nach England wollten. Er unterhält sich mit uns auf deutsch. Unsere Erlebnisse in Jaipur will er nicht relativieren, als er mit großem Bedauern feststellt, daß die Lage an vielen Universitäten vieles zu Wünschen übrig läßt. Über unsere Erlebnisse in Jaipur hat er uns nichts erzählen lassen, aber vielmehr über unsere Untersuchungen. Unsere Zeit ist längst abgelaufen. Seine Mitarbeiter machen ihn diskret darauf aufmerksam. Er verabschiedet uns und gibt uns auf dem Weg eine Hoffnung mit: *„Sie werden von mir noch hören."* Aber was werden wir hören, nachdem der indische Staatspräsident, der Visitor der Universität Rajasthan das folgende Memorandum gelesen haben wird? Hier ist die wörtliche Übersetzung des Memorandums über die Universität Rajasthan, überreicht an den indischen Staatspräsidenten am 22. Juni 1967:

Memorandum

Bitte gestatten Sie mir, Ihre Aufmerksamkeit auf die folgenden Tatbestände zu lenken. Als Visitor sind Sie die höchste Autorität dieser Universität. Sie können nach Ihrem Ermessen zu jeder Zeit, zu jeder Angelegenheit, durch Personen Ihrer Wahl eine Untersuchung einleiten.

Zunächst erlauben Sie mir bitte einige Vorbemerkungen. Ich bin nach einem 12jährigen Aufenthalt in Westdeutschland als „Reader" in Soziologie an die Universität Rajasthan zurückgekehrt, zunächst für ein akademisches Jahr. Für diese Zeit bin ich von der Universität zu Köln beurlaubt, an der ich seit 1958 Forschungsbeauftragter und seit 1963 auch Lehrender bin.

Unter der gegebenen Situation an der Universität Rajasthan wird kein ordentliches Mitglied Ihnen ein ähnliches Memorandum überreichen, entweder, weil es bereits ein Teil des verflochtenen Interesses geworden ist, das den miserablen Zustand dieser Universität mitverantwortet und den *status quo* aufrechterhält, oder weil er befürchten muß, von diesem verflochtenen Teil von Interessen ruiniert zu werden. Zahlreiche Lehrende müssen sich in dieses System der Ungerechtigkeit fügen. Sie finden kein akademisches Gehör. Sie wagen nicht, sich an ordentliche Gerichte zu wenden. Sie haben zu viele Beispiele von Racheakten durch die Universitätsleitung gesehen. Außerdem reichen ihre finanziellen Mittel für eine gerichtliche Auseinandersetzung nicht aus. Die Universität hingegen verfügt über unbegrenzte Mittel. Trotzdem hat die Universität bisher nur einen einzigen von unzähligen Prozessen gewinnen können. Gegen einen Studierenden.

Ich meine, daß es meine Pflicht ist, Sie über einige sehr unschöne Fakten in Kenntnis zu setzen – Fakten, die durch die Dokumente der Universität selbst belegt sind. Ich hebe den letzten Teil des Satzes besonders hervor, weil sich die Universitätsleitung alle Mühe gegeben hat, meine Glaubwürdigkeit durch Verleumdungen zu unterminieren. Auch Ihnen gegenüber wird sie diesen Trick versuchen. Deshalb möchte ich meine privaten Klagen gegen die Universität nicht vermischt sehen mit dem unwürdigen Zustand in der Universität, der in keiner Hinsicht diskutabel ist.

Ich weiß, daß einige Mißstände in dieser Universität von der allgemeinen Situation in unserem Land und von der Ausbildungsmisere im besonderen abhängen. Deshalb werde ich mich nur auf solche Mißstände konzentrieren, die nicht auf übergeordnete Ursachen zurückgeführt werden können.

Schließlich darf ich auch erwähnen, daß meine privaten Klagen nur in einer Hinsicht eng mit meinen Klagen als Wissenschaftler in Beziehung stehen. Die Handlungsweise der Universität hat meine wissenschaftliche Neugier zu einer systematischen Untersuchung dieser indischen Universität geweckt. Ich habe umfassendes Material hierüber sammeln können. Ich weiß, daß die indischen Universitäten mich wegen der Veröffentlichung des Berichts für alle Zeiten aussperren können, weil die mächtigen Cliquen ihre Interessen mit den Interessen der Universität gern gleichsetzen. Ich möchte eher ausgesperrt als intellektuell unredlich sein. Diese Vorbemerkungen hielt ich für notwendig, damit die Fakten in diesem Memorandum in die richtige Perspektive gestellt sind:

1. Die Autonomie der Universität Rajasthan hat bisher nur als ein Freibrief gewirkt für Nepotismus, zur Korruption, Verfolgung unschuldiger Personen, Rachsucht, Verletzung des Rajasthan-University-Gesetzes und sogar zur Verletzung unserer Verfassung durch die Universitätsleitung. Unter dem

Deckmantel der Autonomie ist diese Universität ein „Staat" der Ungerechtigkeit im Staat geworden.

2. Das Syndicate, der Vice Chancellor und die Verwaltung haben durch regelwidrige und ungesetzliche Methoden Personen (Lehrende und Nichtlehrende) akademisch wie menschlich minderer Qualität um sich gesammelt, die böse Cliquen ins Leben gerufen haben. Diese Cliquen halten sich beschäftigt, mittels sogenannter Universitätspolitik nur ihre eigenen Positionen zu konsolidieren. Sie vernachlässigen skrupellos ihre akademischen Pflichten. Diese Universität ist keine Alma mater des Wissens, sondern eine Brutstätte der Korruption.

3. Studierende sind am schlimmsten betroffen. Die Lehrenden haben für sie keine Zeit. Lehre ist zum sinnlosen Ritual geworden. Je höher sie in der Hierarchie stehen, um so häufiger lassen sie ihre Veranstaltungen ausfallen. Die jüngeren Lehrenden lernen systematisch, immer mehr Zeit zu investieren, durch Schmeicheleien die Gunst der Verwaltungsangestellten zu sichern und durch gefällige Dienstleistungen die Heads of the Department und den Vice Chancellor für eine Beförderung günstig zu stimmen. Die Studierenden sind Zeugen dieses Wettkampfes der Schmeicheleien. Die Lehrenden bilden sich nicht fort. Akademische Leistungen zählen in dieser Universität nicht. Das Niveau des Unterrichtes sinkt beschleunigt. Sollten die Studierenden einmal mit der Forderung streiken, nur von solchen Lehrenden unterrichtet zu werden, die jene Mindestqualifikationen ausweisen wie sie in den Statuten der Universität festgeschrieben sind, würde das ganze Gebäude zusammenstürzen.

4. Keiner der Rektoren der vier universitätkonstituierenden Colleges erfüllt die vorgeschriebene Mindestqualifikationen. 90 % der Berufungen von Professoren sind regelwidrig und ungesetzlich vorgenommen und daher heute noch vor Gericht anfechtbar. Nicht weniger als 60 % aller Lehrenden sind unqualifiziert. Merkmale der Rekrutierung von Lehrenden sind Kaste, Verwandtschaft, Religionszugehörigkeit, Cliquenzugehörigkeit, Freundschaft und nicht jene universellen Kriterien wie akademische Leistung, Effizienz, Meriten und wissen-schaftliche Publikationen.

5. Nach der Novellierung des Gesetzes im Jahre 1962 besitzt der Vice Chancellor diktatorische Macht. Diese Novellierung sollte die Universität retten, nachdem das Gericht den letzten Vice Chancellor (Dr. Mohan Sinha Metha) selbst als ungesetzlich erklärt hatte. Der letzte Vice Chancellor hat seine Macht reichlich mißbraucht und der jetzige Vice Chancellor ist in die Fußstapfen des früheren getreten, nachdem er lange Jahre Anschauungsunterricht von Letzterem gehabt hat. Es gibt offensichtlich eine hohe Korrelation zwischen mangelnder Qualifikation und Machtmißbrauch.

6. Der Vice Chancellor und die Heads of the Department sind durch Erlässe befugt worden, Junior Lecuerer einzustellen (eine Hintertür für die Vertrauten und Günstlinge), Lektoren zu Senior Lecurer und Junior Lecurer zu Lecurer zu befördern. All dies ist statutenwidrig (Vgl. Abschnitt 20 des Rajasthanuniversitätsgesetz). Diese Praxis der Einstellung verletzt

auch den Gleichheitsgrundsatz unserer Verfassung. Noch ist kein einziger Junior Lecturer eingestellt worden, der sich aus einem nicht an dieser Universität angegliederten College beworben hatte. Der Grund ist offensichtlich. Solche Kandidaten hätten durchaus höhere Qualifikationen aufweisen können, sie hatten aber keine Möglichkeit, den Heads of the Department oder dem Vice Chancellor durch Gefälligkeiten und durch kleine Dienstleistungen zu schmeicheln. Die Heads of the Department haben keine Kritik zu befürchten, weil sie befugt sind, in der Magisterprüfung 230, in den Vorprüfungen 140 von 400 Punkten zu vergeben. Ohne ihre Empfehlung kann kein Lektor zum Senior Lecturer befördert werden. Er sitzt auch in den Berufungskommissionen für Readers und Professoren.

7. An dieser Universität sind die Modalitäten der Zusammensetzung vom Syndicate so gestaltet, daß zwei von 15 Mitgliedern es beherrschen, nicht *qua* Qualifikation, sondern *qua* Amt. Dies sind der Vice Chancellor und der Director of College Education. Die übrigen Mitglieder bemühen sich eher diesen beiden zu gefallen, als ihre Kontrollfunktion auszuüben. So ist es absolut folgerichtig, daß viele regelwidrige Anordnungen des Vice Chancellors vom Syndicate regelwidrig bestätigt worden sind. Häufig ist der Vice Chancellor auch regelwidrig ermächtigt worden.

8. Andere Kontrolleinrichtungen können aus einem schlichten technischen Grund nicht funktionieren. Sie verfügen nicht über Informationen. Die vorgeschriebene Veröffentlichung der Protokolle wird nicht zeitig vorgelegt. Der zuletzt veröffentlichte Band der Protokolle ist aus dem Zeitraum Januar bis Juni 1965. Die Protokolle der letzten zwei Jahre sind noch nicht veröffentlicht worden, obwohl die Universität über eine eigene Druckerei verfügt. Sie werden absichtlich zurückgehalten. Es gibt genug Anhaltspunkte anzunehmen, daß die Protokolle der letzten zwei Jahre mehr Unregelmäßigkeiten offenlegen werden als im letzten veröffentlichten Band. Dieses Versäumnis hat zur Folge, daß Änderungen oder Ergänzungen der Statuten, der Regeln und/oder Verfügungen keine legale Geltung haben, wenn sie nicht veröffentlicht sind. Das letzte Handbuch der Universität ist 1965 veröffentlicht worden. Es ist zu befürchten, daß nach vielen veränderten Statuten, Regeln und Verfügungen gehandelt wird, die keinem Gericht standhalten werden.

Es folgen nun einige konkrete Fälle, die die vorausgegangenen Feststellungen konkretisieren. Diese sind keine besonders ausgesuchten Fälle, abgesehen von meinem eigenen Fall. Ich möchte auch erwähnen, daß eine systematische Auswertung der von mir gesammelten Dokumente der Universität viel mehr Unregelmäßigkeiten offenlegen wird:

I. Praktisch bin ich aus der Universität herrausgetrieben worden. Das Syndicate, der Vice Chancellor, die Verwaltung und der Head of the Department haben sich gegen mich verschworen, um meinen Vertrag mit der Universität vorzeitig zu beenden. Die Universität hat mich und meine Frau durch falsche Anschuldigungen bei der Polizei, bei den Zollbehörden und beim Geheimdienst gequält. Die gründlichen Untersuchungen der entsprechenden staatlichen Einrichtungen haben dies später festgestellt. Die Gerichte in Jaipur haben die Universität gezwungen, ihren Vertrag mit mir zu erfüllen. So kann ich bis zum 6. Juli vertragsgemäß in dem Diensthaus wohnen. Danach muß ich nach Deutschland zurückfahren. Unsere beiden Forschungsprojekte über indische Erziehungsfragen mit dem Ziel Fakten von Ideologien zu unterscheiden – eine Voraussetzung für Lösungen unserer Erziehungsprobleme –, wurden in der Phase der Feldarbeit sabotiert. Ich darf jedoch erwähnen, daß das Erziehungsministerium durch seine Empfehlung die Feldarbeit in Delhi unterstützt hat. Nichtsdestoweniger hat der Vice Chancellor dieser Universität durch sein Schreiben vom 21. Februar die Universität Köln aufgefordert, mich nach Deutschland zurückzurufen (vgl. mein Schreiben vom 6. Juni 1967 an dem Präsidenten der indischen Republik).

II.   Die Mindestqualifikation für den Direktor eines an der Universität angegliederten Colleges ist identisch mit der eines Readers, was also einen Forschungsgrad oder wissenschaftliche Publikationen vom hohen Niveau und Erfahrungen von Forschungsbetreuung voraussetzt. Mr. P. L. Sundaram, Direktor des Maharajas College, hat keinen Forschungsgrad, hat keine Wissenschaftliche Veröffentlichung, keinerlei Erfahrungen in der Forschungsbetreuung, genoß aber die Gunst des letzten Vice Chancellors und ist ein Freund des gegenwärtigen Director of College Education. Mr. Sundaram wurde nicht von einer Berufungskommission ausgewählt. Aus den Protokollen geht nicht klar hervor, ob andere Formalitäten eingehalten wurden. Klar wird nur, daß der letzte Vice Chancellor ihn auf jeden Fall einstellen wollte. Mr. Sundaram war seinerzeit als Rektor des Barielly College, Barielly, suspendiert. (vgl. Sec. 20, p. 40, and p. 243, University Handbook, Part II, 1965; Minutes: vol. XXXV, Res. No. 24 dated July 22, 1964, and Appendix X, p. 36; vol. XXXI, Res. No. 40 dated December 6, 1962, 534).

III.   Mr. S. S. Saxena, Direktor des Rajasthan College, erfüllt ebenfalls nicht die Mindestqualifikation eines Readers. Auch seine Berufung ist ungesetzlich (vgl. Minutes: vol. XXXV, Res. No. 35 dated July 22,1964, p.19; Res. No. 20 dated September 26, 1964, p.177; Appendix VII, p. 222).

IV.   Mrs. S. Bharatia, Direktorin des Maharani's College, erfüllt ebenfalls nicht die Mindestqualifikation. Ihre Berufung als Reader in Philosophy erfolgte nicht auf Empfehlung einer ordentlich konstituierten Berufungskommission und ist somit gesetzwidrig. Gegenwärtig genießt sie, wie andere Direktoren auch, den Status einer Professorin. Ihr Fall verletzt auch das Gleichheitsgebot unserer Verfassung. Unter gleichen Bedingungen wurde seinerzeit der Rektor des Commerce College nicht als Direktor berufen (vlg. Minutes: vol. XXXI, Res. No. 25 dated September 25, 1962, p. 167; Appendix IX, p. 199; Res. No. 1 dated

October 6, 1962, p. 267; Res. No. 40 dated December 13, 1962, p. 534; Appendix V, p. 585).

V. Dr. O. P. Mathur, Direktor des Commerce College, erfüllt die Mindestqualifikation auf dem Papier, jedoch wurde die Berufung auf der Grundlage einer umstrittenen Erklärung von Mr. Mathur selbst vorgenommen. Es läuft ein Gerichtsverfahren gegen ihn. Er soll eine falsche Erklärung in seiner Bewerbung gemacht haben. Die Klage hebt hervor, daß er eigentlich ein Lecturer in Allahabad gewesen sein soll, obwohl er als ein Professor aus Chandigar seine Bewerbung abgegeben hatte. In Wirklichkeit hatte er eine adhoc-Professur in Chandigar für drei Monate erhalten. Nach Ablauf dieser Zeit mußte er zurück zu seiner alten Anstellung. Die Ausschreibung für diesen Posten erfolgte leider nach seiner Rückversetzung in Allahabad. Deshalb die Klage. Es soll noch hervorgehoben werden, daß Dr. O. P. Mathur nie vor einer Berufungskommission dieser Universität erschienen ist und auch, daß seine psychische Disposition nicht ganz normal zu sein scheint (vrg. Minutes: vol. XXXIII, Res. No.19 dated July 3, 1963, p. 14; Appendix III, p. 44; Suit No. 55/56 in the Court of Senior Civil Judge, Jaipur).

VI. Dr. B. L. Saraf, Head of the Department of Physics, besitzt die Mindestqualifikation für eine Professur, hatte aber keine Lehrerfahrungen. Ein Jahr vor seiner Ernennung als Professor wurde seine Bewerbung als Reader an dieser Universität abgelehnt. Ein Jahr später wurde er Kandidat zur Professur, obwohl er nicht vor der Berufungskommission erschien. Dr. Saraf gehört zur selben Kaste wie der letzte Vice Chancellor, Dr. Metha. Hinweise zu den folgenden Punkten sind in keinem der veröffentlichten Bände der Dokumente der Universität zu finden: **a.** welche Berufungskommission die Qualifikationen von Dr. Saraf geprüft hat; **b.** welche Berufungskommission die Einstellung empfohlen hat; **c.** wer bzw. welche Behörde seine Einstellung verfügt hat; **d.** ob er für ein Jahr auf Probe oder von Beginn an fest eingestellt wurde (vgl. Minutes: vol. XXXVI, Res. No. 9 dated January 17, 1965, p. 312; Res. No. 25 dated April 24, 1965, p. 408; vol. XXXV, Res. No. 23 dated July 22, 1964, p. 12;Appendix IV, 28; Sec. 22 (g), Sec. 20 (1) and (2), Handbook).

VII. Mr. M. M. Bhalla, Head of the Department of English, besitzt keinen Forschungsgrad. Seine Einstellung ist geheimnisvoll. Normalerweise würde sie in den Protokollen überhaupt nicht zu finden sein. Sie ist weder im Inhaltsverzeichnis noch im Indexregister zu finden. Am 14. Mai 1965 fand eine Notsitzung des „Syndicate" statt, in der die Einstellung von Mr. Bhalla beschlossen wurde. Protokolle der Berufungskommission fehlen, obwohl sich auf sie berufen wird. Selbst in dem revidierten Band, vol. XXXVI, fehlen die Protokolle. Kommentar überflüssig (vgl. Minutes: vol. XXXVI, Res. No. 1 dated May 14, 1965, p. 586).

VIII. Dr. T. K. N. Unnithan, Head of the Department of Sociology, wurde gesetzeswidrig eingestellt. Die Stelle wurde nicht ausgeschrieben; die Berufungskommission wurde nicht nach den Regeln zusammengesetzt; er war der einzige Kandidat, obwohl er die Mindestqualifikation nicht besaß, aber seine Frau, Mrs. Unnithan, eine Niederländerin, hatte ein Verhältnis mit dem letzten Vice Chancellor. Der jetzige Vice Chancellor und der Director of College Education waren bei seiner Einstellung beteiligt (vgl. Minutes: vol. XXXI, Res. No. 25 dated September 25, 1962, p. 169; Appendix XIII, p. 206; vol. XXXV, Res. No. 34 dated July 22, 1964, p. 19; Appendix XIV, p. 45).

IX. Mrs. G. J. Unnithan, Direktor Student Advisory Bureau, besitzt nicht einmal ein Hochschulreifezeugnis. Die Universitätsleitung hält sie aber für gut genug, um unsere postgraduierten Studenten zu beraten. Schließlich ist sie eine Niederländerin. Sie benötigt nicht einmal die Hochschulreife. Sie wurde von dem letzten Vice Chancellor bei der Ausübung seiner Sondervollmachten in der höchsten Gehaltsstufe der Universität eingestellt. Unmittelbar nach ihrer Einstellung bekam sie Urlaub, der dann später verrechnet werden sollte (vgl. Minutes: vol. XXXIV, Res. No. 18 dated December 7, 1961, p. 259; Appendix VII, p. 280; vol. XXXI, Res. No. 56 (XV) dated August 26, 1962, p. 52).

X. Dr. I. C. Saxena, Reader in Law, Dean of the Faculty, Mitglied des Syndicate wurde zum Reader befördert, obwohl dafür keine Planstelle vorhanden war (vgl. Minutes: vol. XXX, Res. No. 27 dated February 27, 1962, p. 457).

XI. Dr. G. S. Bhalla, Reader in Economics (nun beurlaubt in Canada), wurde durch eine Verfügung des Vice Chancellors zum Reader befördert. Der Vice Chancellor war dazu nicht befugt. Später wurde er von einer Berufungskommission empfohlen (vgl. Minutes: vol. XXXIV, Res. No. 42 dated February 25, 1964, p. 818; vol. XXXV, Res. No. 23 (4) dated July 22, 1964, p.12; Appendix Vi, p. 31).

XII. Dr. Kashi Prashad, Reader in Englisch, wurde von einer Berufungskommission ausgewählt, der unter anderem der letzte Vice Chancellor, der jetzige Vice Chancellor, der jetzige Director of College Education und der jetzige Head of the Department angehört haben. Im Protokoll ist zu lesen: *„Von den Bewerbern war Dr. Givind Narain Sharma intellektuell wie von akademischen Leistungen der beste. Die Kommission empfahl ihn jedoch aus dem guten Grund nicht, weil seine Fähigkeiten in einem Science College vergeudet werden würden."* Kommentar überflüssig (vgl. Minutes: vol. XXXIV, Res. No. 28 dated February 25, 1964, p. 812; Appendix XVI, p. 885).

XIII. Miss Shirley Jothmalini, Lecturer in Philosophy, ein Günstling des letzten Vice Chancellors, wurde durch dessen Verfügung vom 4. Januar 1965 von Junior Lecturer zum Lecturer befördert. Solche Beförderung ist gesetzeswidrig und der Vice Chancellor ist dazu nicht befugt (vgl. Minutes: vol. XXXVI, Res. No. 17dated 17th January 1965, p. 317).

XIV. Miss Manju Gupta, Lecturer in Englisch, ein weiterer Günstling des letzten Vice Chancellors, wurde eingestellt, obwohl sie in ihrer M.A. die Note second Division erreichte und damit nie hätte eingestellt werden dürfen. Aber sie war bereits ein Jahr zuvor befristet eingestellt worden. Später wurde diese Tatsache als eine spezifische Qualifikation bewertet. Als interessant ist festzuhalten, daß auch dieser Kommission der vorangegangene Vice Chancellor, der jetzige Vice Chancellor, der jetzige Director of College Education und der jetzige Head of the Department of English angehörten. Es gab nur ein weiteres Mitglied in dieser Kommission, das auch der anderen erwähnten Kommission angehört hatte (vgl. Minutes: vol. XXXVI, Appendix VII, p. 869).

XV.   Mr. N. K. Mahla, Junior Lecturer in Soziologie, ein Günstling des Head of the Department und des jetzigen Vice Chancellor, wurde von einer Kommission, die 3 Lecturer auszuwählen hatte, abgelehnt. Er arbeitet weiterhin als „Junior Lecturer" und wird sicherlich von der nächsten Kommission ausgewählt.

XVI.   Miss H. L. Prabhu, Reader in Englisch, hat keine Forschungserfahrung, aber ist ein Günstling vom Director of College Education. Sie erschien nicht vor der Kommission, wurde dennoch ausgewählt (vgl. Minutes: vol. XXXI, Res. No. 25 dated September 25, 1962, p. 167; Appendix XII, p. 205).

XVII.   Miss K. K. Tarwey, Reader in Hindi, Principal (Rektor) des Kanodia Girl's College, wurde als die geeignetste Kandidatin eingestuft, obwohl sie nicht die erforderlichen Qualifikationen besaß. Sie ist ein weiterer Günstling des Director of College Education. Im Protokoll ist zu lesen: *„Die Kommission, insbesondere die Experten meinen (felt), daß Miss K. K. Tarwey vom Rajasthan Education Service zwar nicht alle Qualifikationen – wie öffentlich ausgeschrieben –, für einen Reader, besitzt, aber doch die geeignetste Kandidatin für die Stelle ist, wenn man ihre Fähigkeiten und Erfahrungen als eine Lehrerin in „Maharanis College* (wie konnten die Experten dies wissen?) *in Betracht zieht."* (vgl. Minutes: vol. XXXI, Res. No. 37 dated August 26, 1962, p. 37; Appendix IX, p. 76; Appendix I, p. 176; vol. XXXIII, Res. No. 2 dated July 3, 1963, p. 2).

XVIII.   Mr. L. R. Shah, Administrative Secretary, war Principal (Rektor) des Government College in Tonk in Vertretung. Dort war er in Schwierigkeiten. Er wurde der Unterschlagung bezichtigt. Vor einer Klärung der Beschuldigungen holte ihn der letzte Vice Chancellor als Deputy Registrar (Stellvertretender Kanzler) mit einem Anfangsgehalt von 560,- Rs. in der Gehaltstufe 500–30–800. Der Vice Chancellor hatte die Einstellung verfügt und das Syndicate hatte sie bestätigt. Der Vice Chancellor war dazu nicht befugt, und das Syndicate hätte etwas Gesetzwidriges nicht bestätigen dürfen, auch wenn dies die gängige Praxis ist. Mr. Shah wurde nicht einmal pro forma von einer Kommission bestätigt. Es war nicht notwendig, weil er der Kaste des Vice Chancellors angehörte. Als Gegenleistung hat Mr. Shah viele fragwürdige Handlungen des Vice Chancellors gedeckt. Am 16. Januar 1965 wird Mr. Shah als Administrative Secretary mit dem Gehalt 740,- Rs. in der Gehaltsstufe 550–30–700–40–900 eingestellt. In dem noch nicht veröffentlichten Protokoll wird eine Kommission erwähnt. Dinge wurden so gemanagt, daß Mr. Shah 1966 ein Colombo-Plan-Stipendium für Kanada erhielt, um Erfahrungen im Bereich der Erwachsenenbildung zu erhalten. Davor war er jedoch am 9. Oktober 1965 bereits zum Additional Direktor der Erwachsenenbildung ernannt, ein Posten, den es gar nicht gab. Im Augenblick wird sogar ein neues Department geplant: Department of Continuing Education. Mr. Shah ist der designierte Direktor, in der Gehaltsstufe eines Professors. Die Anschuldigungen der Unterschlagung von 1964 sind nach wie vor nicht aufgeklärt und nun ist er designierter Direkor mit einem Professorengehalt. All dies ist an dieser Universität möglich (vgl. Minutes: vol. XXXVI, Res. No. 17 (xi) dated January 17, 1965, p. 317; vol. XXXV, Res. No. 37 dated February 25, 1964, 816: Res. No. 31 dated July 17, 1965 (noch nicht veröffentlicht); Res. No.6 dated October 9, 1965 (noch nicht veröffentlicht).

XIX. An dieser Universität gibt es kein Verständnis von und für Forschungen. Dies ist nicht zufällig. Auch wenn einige der Lehrenden einen Forschungsgrad besitzen, haben die meisten keine richtige Ausbildung in Forschungstechniken und in der Methodologie der wissenschaftlichen Forschung. Es ist wichtig zu erwähnen – nur als ein Beispiel zur Illustration –, daß das Syndicate drei Personen für die Teilnahme zu der Versammlung des „Research Boards" delegiert hatte. Diese Versammlung sollte Vorschläge zur Verbesserung des Forschungsniveaus erarbeiten. Diese Personen waren: Dr. R. M. Kasliwal (ein Arzt), Dr. R. M. Heilig (auch ein Arzt) und Mr. V. V. John, Director of College Education. Alle drei ohne jegliche Forschungserfahrung. Wenn diese Personen Vorschläge zur Erhöhung des Standards der Forschung gemacht haben sollten, müßte das Ergebnis zumindest zweifelhaft sein (vgl. Minutes: vol. XXXVI, Res. No. 5 dated January 17, 1965, p. 311).

Es soll hervorgehoben werden, daß diese Beispiele beliebig aus unzählig vielen anderen zitiert worden sind. Überflüssig ist der Hinweis, daß die Zahl solcher Beispiele sehr hochschnellen wird, wenn eine Untersuchung der Originalakten vorgenommen werden würde.

Es steht außer Zweifel, daß in diesem Zustand in keinem Bereich der Universität eine Verbesserung möglich ist. Tatsächlich führt dieser Zustand zum weiteren Verfall der Alma mater einschließlich der moralischen Werte. Die Funktion einer Universität ist die Vermittlung von Wissen, angeeignet durch wissenschaftliche Neugier und durch wissenschaftliche Strenge, durch offenen Geist und durch akademische Freiheit, an die nachkommenden Generationen. Universitäten sollen ein Ort des Lernens und der Forschung sein. Es scheint, daß die meisten Lehrenden an der Universität Rajasthan hierfür kein Verständnis zu haben scheinen; je höher ihr Status in der Hierarchie, um so weniger Verständnis.

Um den gegenwärtigen Zustand dieser Universität zu verbessern, ist es notwendig:

- der Universitätsleitung aufzugeben, alle Dokumente ohne zeitlichen Verzug zu veröffentlichen,
- der Universitätsleitung aufzugeben, alle Dokumentenbände zum Kauf freizugeben, damit alle interessierten Bürger die Aktivitäten in der Universität kontrollieren können,
- der Universitätsleitung aufzugeben, alle unregelmäßigen und ungesetzlichen Handlungen ohne Zeitverzug zu revidieren,
- eine Untersuchung aller Aktivitäten seit der Gründung anzuordnen, damit die Rechte des Visitors mehr instrumental werden als nur als Zierde da zu sein, und
- auf der Grundlage des Untersuchungsberichtes, verbindliche Vorschläge für die Verbesserung zu unterbreiten, wenn notwendig, gar zum Novellieren des Rajasthan University Act, um den angesammelten Dreck aus dem Campus der Rosa Stadt von Jaipur herauszuschaufeln.

In diesem Zusammenhang darf ich erwähnen, daß ich auch Gelegenheit hatte, den neuen Chancellor der Universität zu besuchen. Es war mir gestattet, auch ihm ein Memorandum zu überreichen. Der neue Chancellor zeigte sich sehr interessiert, die wirklichen Zustände der Universität unter die Lupe zu nehmen. Ich darf auch erwähnen, daß der neue Chancellor bisher der einzige dieser Universität gewesen ist, der mich mit Sympathie angehört hat.

*****

Der Juni in Delhi ist unsagbar heiß. Die Luftfeuchtigkeit ist unerträglich hoch. Als wir in den Präsidentenpalast hineingingen, war es angenehm. Aber jetzt, als wir aus dem klimatisierten Empfangsraum herauskommen, berührt uns die schwüle Hitze wie ein Schlag. Ein Mitarbeiter des Präsidenten will wissen, wo wir in Delhi wohnen und ab wann wir wieder in Jaipur sein werden. Wir wohnen in einem einfachen Hotel in Alt-Delhi. Wir werden wahrscheinlich zwei Tage in Delhi bleiben. Der Mitarbeiter verabschiedet uns freundlich und wünscht uns alles Gute.

Die Audienz beim Staatspräsidenten hat unsere Absicht verstärkt, beide Erhebungen auch in den Universitäten Kalkutta und Jadavpur durchzuführen. Auch wenn die Kölner Universität meine Beurlaubung nicht verlängert. Letztlich – so glauben wir – wird die Qualität des mitgebrachten Forschungsmaterials entscheiden, wie meine wissenschaftliche Zukunft in Deutschland aussehen wird, und nicht ein eventuelles Disziplinarverfahren.

Meine Aufenthaltsgenehmigung in Bonn, die ich jedes Jahr verlängern lassen muß, läuft diese Tage aus. Ich bin im Ausländeramt Bonn stets korrekt und freundlich behandelt worden. Schon seit 1957. Ich möchte den Antrag auf Verlängerung meiner Aufenthaltserlaubnis bei der Botschaft in Neu-Delhi stellen. Dr. Citron von der Kultur Abteilung empfängt uns. *„Hut ab"*, sagt er bei der Begrüßung, *„Hut ab, daß Sie das alles in Jaipur durchgestanden haben"*. Später werden wir wissen, daß er schon in das Komplott vollkommen verstrickt gewesen ist, meine Rückkehr nach Deutschland mit allen Mitteln zu vereiteln. Warum also die verlogene Geste?

Ich will den Antrag auf die Verlängerung meiner Aufenthaltsgenehmigung stellen. Er begleitet uns zu dem dafür zuständigen Konsularbeamten. Wir sollen später wieder zu ihm kommen. Als er gegangen ist, erkundige ich mich, ob ich einen formlosen Antrag stellen muß? Da verplappert sich der Beamte, daß mein Antrag eh wenig Sinn machen würde, da ich nach dem 30. September 1967 in Deutschland keinen Arbeitgeber mehr haben werde. Dies sei der Botschaft von einem Kölner Professor mitgeteilt worden.

Mit dem Hinweis, daß mein Arbeitgeber kein Kölner Professor sei, bestehe ich darauf, daß mein Antrag unverzüglich an die Ausländerbehörde der Stadt Bonn weitergeleitet wird. Der Beamte sichert mir zu, daß der Antrag unverzüglich weitergeleitet werden wird. Wir gehen wieder hinauf zu Dr. Citron. Er ist ganz der Diplomat. Er fragt, wie es uns geht, welche Pläne wir in Delhi hätten und welche Pläne überhaupt. Auch wir sind höflich, machen Konversation, bleiben unverbindlich und fragen beiläufig, ob er mit König in Verbindung steht. Er hätte König natürlich über unseren Erfolg bei den indischen Gerichten informiert. Nun, er wäre kein Diplomat, wenn er uns reinen Wein eingeschenkt haben würde. Später, viel später, beim Verwaltungsgerichtsprozeß werden wir wissen, daß König schon die Botschaft eindringlich gebeten hatte, alles zu tun, meine Rückkehr zu verhindern.

In Jaipur warten auf uns zwei überraschende Nachrichten. Am 12. Juni hat Dieter Fröhlich geschrieben: *„Herr Prof. König bat mich, Ihnen mitzuteilen, daß er in Verhandlungen mit dem Auswärtigen Amt und der Vermittlungsstelle für deutsche Wissenschaftler im Ausland erreicht hat, daß Ihnen eine einmalige Beihilfe bis zum Zeitpunkt Ihres Ausscheidens aus der Universität Jaipur gezahlt wird.“* Und: Der Legationsrat Nöldeke der deutschen Botschaft belehrt mich unter Benennung der § 437 ZPO und § 438 Abs. 2 ZPO, daß meine eidesstattliche Versicherung über das Gerichtsdokument nicht ausreicht. *„Falls Sie auf eine Legalisation des Urteils Wert legen, kann die Botschaft entweder das Original des Urteils legalisieren oder aber eine beglaubigte Abschrift des Urteils.“*

Dem Herrn Legationsrat Nöldeke muß ich mitteilen, daß ich seine Belehrung insofern nicht nachvollziehen kann, weil ich ja nie einen Antrag auf Legalisation gestellt habe. Und Dieter Fröhlich bitte ich am 25. Juni: „Bitte teilen Sie in meinem Auftrag Herrn Prof. König mit, daß ich niemanden, auch nicht Herrn Prof. König, gebeten habe, für mich bei irgendeiner Stelle etwas zu erreichen. Und eine einmalige Beihilfe würde ich ablehnen, ganz gleich von welcher Stelle sie käme. Im übrigen bin ich längst im Besitz einer Mitteilung der Vermittlungsstelle, die die Zahlung der Beihilfe vom 7. Juli 1966 bis zum 6. Juli 1967 zusagt.“

Es hat den Anschein, als ob alle Aktivitäten an der deutschen Front in dieser Phase von der Botschaft in Neu-Delhi koordiniert würden. Sie besitzt eine umfangreiche Akte über mich. Ich wende mich letztmalig an den Botschafter von Mirbach und fasse alle widersprüchlichen Äußerungen der deutschen Auslandsvertretungen zusammen, weil ich Kopien dieses Schreibens an den Rektor der Universität Köln, an den Kultusminister und an den Ministerpräsidenten des Landes Nordrhein-Westfalen mit entsprechenden Begleitschreiben zustellen will. Ich informiere ihn auch über Folgendes:

1. Nach der Audienz beim Indischen Staatspräsidenten habe ich versucht, den deutschen Botschafter zu treffen. Er war in der Botschaft anwesend. Ein solches Treffen mit dem Botschafter sei ohne eine entsprechende Empfehlung der Kulturabteilung nicht möglich, so sein Sekretariat. Diese Empfehlung lag nicht vor.

2. Ich beanstande das Verhalten des Konsularbeamten, der mir wegen einer Mitteilung eines Kölner Professors, daß ich ab dem 1. Oktober keinen Arbeitgeber mehr haben werde, die Antragsformulare nicht herausrücken wollte. Ich bitte den Botschafter, mir diese Mitteilung zugänglich zu machen.

3. Ein indischer Journalist, der über meinen Fall gründlich recherchiert, zeigt mir einen Brief von Scheuch. Darin gibt Scheuch diesem Journalisten den Rat, bevor er schreibt, sollte er bei der deutschen Botschaft in Delhi über deren Erfahrungen mit mir nachfragen. Ich bitte den Botschafter, mich mit dem Inhalt der Mitteilungen an Scheuch durch die Botschaft vertraut zu machen.

Am 27. Juni erhalte ich eine erfreuliche Nachricht. Der Kultusminister hat dem Kanzler vorab fernmündlich mitgeteilt, *„daß mit einer Verlängerung der Beurlaubung unter den bisherigen Bedingungen bis zum 30. 9. 1967 gerechnet werden kann."*

Wir sind vollauf beschäftigt, unser Zelte in Jaipur abzubrechen. Haushaltsauflösung, Reisevorbereitungen nach Kalkutta, Aufteilung der Gegenstände, die wir nach Deutschland zurückbringen, aber in Kalkutta nicht brauchen, alle Anschlüsse abmelden und das Haus übergeben usw. In Ungeduld erinnere ich den Gouverneur des Staates Rajasthan an meine noch nicht beantworteten Schreiben, berichte über die Audienz beim Staatspräsidenten, über meine eventuelle Entlassung von der Universität Köln, über meine Genugtuung, daß durch unsere Standfestigkeit doch einiges in Bewegung geraten ist und letztlich über unsere Trauer, daß dennoch, quasi als Preis für die Genugtuung, meine noch junge akademische Karriere zu Ende zu gehen droht.

Am 29. Juni bedanke ich mich bei dem Staatspräsidenten auch in Namen meiner Frau für den freundlichen Empfang. Bei dieser Gelegenheit erbitte ich mir seine Erlaubnis, jenen nicht ausdiskutierten Faden, nämlich die Einschätzung seiner Rechtsberater, daß der Visitor nicht in die Autonomie im Einzelfall eingreifen soll, aufnehmen zu dürfen. Nach unserer Rückkehr aus Delhi habe ich mich bemüht, mich über die rechtspolitische Lage kundig zu machen, so gut wie es eben in der kurzen Zeit möglich war.

Die indische Universität ist autonom. Die Autonomie ist durch die Verfassung garantiert und durch die Ländergesetzgebungen geregelt. Die Rechte und Pflichten des Chancellors und des Visitors ebenfalls. Die Grundphilosophie ist, daß im Normalfall die Autonomie trotz innerer Konflikte funktionieren soll. Wenn sie doch einmal aus dem Lot zu geraten droht, sollen die Beteiligten wissen, daß sie mit ihrem Versagen Interventionen von Außen provozieren. Diese Androhung sollte ausreichen, die Autonomie funktionsfähig zu halten. Die Interventionsmöglichkeiten des Visitors sind die Weitestengehensten. Nach dem Abschnitt 8 des Rajasthanuniversitätsgesetzes besitzt der Visitor ein Interventionsrecht zu jeder Zeit, zu jeder Angelegenheit und ohne jede Begründung.

Der Gesetzgeber geht also davon aus, daß kein Visitor von seinem Recht leichtfertig Gebrauch machen wird. Sollte ein Visitor zu häufig von diesem Recht Gebrauch machen, könnte sich der Landesgesetzgeber veranlaßt sehen, die Einrichtung des Visitors wieder abzuschaffen. Dies wäre ein hoher Prestigeverlust für das hohe Amt des Staatspräsidenten und auch ein großer Verlust für die Universität. Folgerichtig meinen die Berater des Staatspräsidenten, im Einzelfall dürfe der Visitor von seinem uneingeschränkten Recht keinen Gebrauch machen.

Die Kehrseite dieser Überlegungen der Präsidentenberater ist, daß sie grundsätzlich davon ausgehen, daß durch die Beteiligung aller die Autonomie prinzipiell und in der Praxis tatsächlich funktioniert. Diese Überlegungen sehen eine Entwicklung der Autonomie zur „Autokratie" bzw. zur Cliquenherrschaft nicht vor. Auch eine Bandbreite der „Normalität" wird im Gesetz nicht beschrieben. Sie bleibt eine Ermessensfrage. Das dritte und wichtigste Problem bleibt nämlich das Fehlen einer Prozeßbeschreibung, wie und wann es einen Kollaps der Normalität konstatiert und wann eine Intervention durch den Visitor als notwendig erachtet werden soll. Anders ausgedrückt, wieviele Einzelfälle wie der unserige sind notwendig, bis der Visitor nach seinem Ermessen das Versagen der Autonomie feststellt und interveniert? Wo soll der Einzelwiderstand herkommen, wenn damit gerechnet werden muß, das es keinem dabei besser gehen wird als uns. Welche Botschaft soll unser Fall hinaussenden: Widerstand ist „Selbstmord" oder Widerstand lohnt sich? Die Berater des Präsidenten müßten auch diese Kehrseite mitbedenken. Und wie die Autonomie in der Universität Rajasthan tatsächlich funktioniert hat, haben wir ja im Memorandum als Teilergebnisse unserer Forschung dokumentiert.

Mehr können wir von Jaipur aus nicht tun. Die letzten Tage werden wieder hektisch. Alles so auflösen, daß wir bis zum letzten Tag meines Vertrags, bis zum 6. Juli, im Haus noch erreichbar sind. Alle Haushaltsgegenstände veräußern wir. Nun ist es gewiß, daß wir aus Eigenmitteln die Erhebungen in zwei anderen Universitäten nicht werden weiterführen können. Und nichts Neues aus Delhi. Eine Reise für wenige Tage nach Kalkutta ist noch drin.

Diese Reise ist auch ein Muß. Vielleicht gibt es in Kalkutta eine Möglichkeit, kurzfristig ein Visum für Ostpakistan zu bekommen und meine Eltern nach 11 Jahren wiedersehen zu können. Die Konsularbeamten in Kalkutta sind ja auch Bengalen. Mein jüngerer Bruder, 17 Jahre alt, lebt dort in dem gleichen Internat wie ich seinerzeit auch. Ab 2. Juli haben wir diese Anlaufanschrift allen Stellen bekannt gegeben.

Die Eisenbahnfahrt nach Kalkutta geht via Delhi. Dort wollen wir die Fahrt unterbrechen. Wir packen alle leeren Fragebögen in unser ansonsten leichtes Gepäck mit ein, getragen von der Hoffnung, daß sich in Delhi doch noch etwas bewegen wird. Das übrige Gepäck nimmt Dr. R. P. Sharma in Verwahrung, jener konservative Hochschullehrer, der uns jeden Nachmittag mit seiner Familie besucht hat. Am 6. Juli verlassen wir Jaipur tatsächlich mit heiler Haut, was viele nicht für möglich gehalten hatten.

Während der Bahnfahrt spielen wir alle Möglichkeiten für Delhi durch. Der preiswerteste Aufenthalt in Delhi wäre im Bahnhof selbst. In allen Knotenpunkten der indischen Eisenbahn gibt es die sogenannten „Retiring rooms" für Durchreisende als „stop over" bis zu drei Tage. Der erste Rückschlag ist da. Alle Räume sind besetzt. Der freundliche Bahnbeamte gibt uns aber den Hinweis, daß es genau gegenüber vom Bahnhof im kleinen und sauberen „Hotel Regal" wegen der Bahngeräusche auch preiswerte Zimmer gibt. Wir haben Glück. Also mieten wir uns im Hotel Regal ein. Das Hotel gilt als ein sicherer Platz und liegt auch zentral.

Die erste Anlaufstelle für uns ist die „University Grants Commission". Ich werde noch am 7. Juli von K. L. Joshi empfangen. Er ist der Geschäftsführer. Wir wollen wissen, ob die UGC in Kenntnis aller Geschehnisse in Jaipur eine kurzfristige Möglichkeit sieht, mit ca. 3000,- Rs. unsere Feldarbeit in Kalkutta und Jadavpur zu unterstützen, sei es auch in Form eines Stipendiums. Es wird ein langes Gespräch. Ich gewinne nicht den Eindruck, daß Joshi ungern mit uns das Gespräch führt. Ich erfahre, daß es auch bei der UGC eine Akte über mich gibt. Aber eine Akteneinsicht gewährt mir Joshi ebensowenig wie die anderen Stellen auch.

Ich erfahre auch, daß er trotz der vielen negativen Berichte über mich davon überzeugt ist, daß ich einen starken vertretbaren Fall habe. Trotzdem sieht er nach der Gesetzeslage keine Möglichkeit, mir eine Sachbeihilfe oder ein Stipendium ohne die Zustimmung der Universität Rajasthan zu gewähren. Er sieht nicht einmal die Möglichkeit eines Kaufs des Datensatzes unserer Erhebungen, den ich ihm als letzte Möglichkeit anbiete. Aber er wimmelt mich auch nicht ab. Er organisiert für mich einen Termin für den 11. Juli mit dem „Chairman" der UGC, Prof. Dr. D. S. Kothari. Also arbeite ich wieder einmal ein ausführliches Papier aus, um meine Position schriftlich für das Treffen mit Kothari zu fixieren und es ihm zu übergeben.

Bei dem Treffen mit Kothari spüre ich, daß sich etwas geändert hat, atmosphärisch wie inhaltlich. Im Gegensatz zu Joshi interessiert sich Kothari mehr für die Grundlagen unserer Befragungen. Er empfiehlt mir, auf jeden Fall Kontakt mit dem Bundesminister für Erziehung aufzunehmen. Der Erziehungsminister hätte so etwas wie einen Krisenfond. Beim Verabschieden verrät er mir noch, daß er meine Forderung nach einer Unterstützung mehr als gerechtfertigt (very reasonable) findet. Und dann: Er sei über meine ruhige Art der Argumentation angenehm überrascht, wo er doch einen rauhen und zornigen jungen Mann erwartet hatte. Nun war ich sicher, daß sich das Blatt zugunsten unserer Befragungen gewendet hatte. Wir verlängern unser Aufenthalt in Delhi.

Zwei Tage später werden wir vom Unterstaatssekretär im Bundesministerium für Erziehung, G. P. Pandey, empfangen. Auch er findet unser Anliegen legitim und unsere Forderung nach Sachbeihilfe angemessen. Er bedauert unsere Erlebnisse in Jaipur. Er erkundigt sich, ob bzw. für wann wir für Kalkutta gebucht sind. Wir haben Bahnreservierung für 8.00 Uhr morgens am 21. Juli. Er will alles daran setzen, daß wir die eventuell zu bewilligende Summe noch in Delhi ausgehändigt bekommen. Unweigerlich fällt uns der Spruch von König ein: *„Nicht nur im Orient braucht man einige Zeit ..."* Aber wieviel ist *„einige Zeit "*?

Der Rest ist die Kunst der beschwerdefreien Aktenführung in den Behörden. Am Abend des 16. Juli erhalten wir die telefonische Nachricht von Dr. Nagappa im Erzieungsministerium, daß wir eine kurze Beschreibung unserer Forschungsvorhaben einreichen sollen. Wir tun dies am nächsten Tag. Am Abend des 20. Juli ruft uns Dr. Nagappa an und informiert uns, daß unser Antrag für eine Beurteilung bei der UGC liegt und noch nicht zurück ist. Um 21.00 Uhr läute ich beim Geschäftsführer der UGC an. Joshi versichert mir, daß die UGC nach einer intensiven Diskussion zwischen ihm und Kothari bereits eine Unterstützung eindringlich befürwortet hat. Am nächsten Morgen müssen wir den Zug nach Kalkutta nehmen. Wir tun es mit gutem Gefühl. Reisezeit: 25 Stunden.

Kalkutta hat im Prinzip fünf Eingänge, praktisch aber nur drei. Der Hafen im Stadtteil Khidirpur, einst angelegt von den Vorboten der Kolonisatoren, von der „East India Company", dient heute nur noch dem Gütertransport. Das wenig ausgebaute Straßennetz wird fast ausschließlich von Lastwagen genutzt. Ein dreiteiliger Hauptbahnhof verbindet die Stadt mit dem nördlichen, östlichen und südlichen Hinterland. Die Verbindung zum Westen ist am Westufer des Ganges, Bahnhof Howrah und der Flughafen.

Der Flughafen Dum Dum im Norden der Stadt war einst der meistbeschäftigte Flughafen in Britisch-Indien. Heute ist er das Eingangstor in die Stadt für Wohlhabende und für Touristen. Das Ziel der Touristen ist das Zentrum der Stadt, wo auch die teuren Hotels sind. Der Weg dorthin, meist im Taxi, führt durch verslumte Gebiete und Straßen. Der erste Schock stellt sich bei dieser Fahrt schon ein. Der zweite Schock kommt unweigerlich, wenn sie später aus dem klimatisierten Hotel ein paar Schritte zu Fuß machen. Nein, nicht wegen der Schwüle. Das Zentrum ist großzügig angelegt. Viel Freiräume. Aber das Zentrum ist auch der Verkehrsknotenpunkt.

Von den frühen Morgenstunden bis zu den Abendstunden bleibt es packend voll mit Fußgängern aller Art. Enge Körperkontake sind unvermeidlich. Und dann die vielen penetranten Bettler. Sie lassen von einem nicht ab. Sie haben gelernt. Nur die beharrliche Belästigung führt zum Erfolg. Den dritten und für die meisten Touristen letzten Schock bringt der chaotische Verkehr. Langsam, laut und unbequem. Die Taxis sind überaltet. Durchschnittsgeschwindigkeit 20 bis 25 km pro Stunde. Die meisten fremden Touristen verlassen die Stadt fluchtartig. So ist und bleibt Kalkutta als einzige Metropole der Welt weitgehend geheimnisvoll. Nur das äußere Erscheinungsbild der Stadt prägt auch den Eindruck. Und das äußere Erscheinungsbild der Stadt ist wirklich zum Weglaufen.

Kalkutta ist eine vergleichsweise junge Großstadt. Eine Gründung der „East India Company". Dennoch ist Kalkutta die indischste Großstadt in Indien. Dies ist die Rache der Bengalen an der blond-blauäugig-weiß-christlichen Kultur. Die meisten Bengalen kennen diese fremde Kultur, aber **leben** doch in ihrer bengalischen Kultur. Auch die „modern" ausgebildeten Bengalen. Sie ziehen sich bengalisch an, gehen im bengalischen Gang, reden bengalisch, essen bengalisch, leben bengalisch. Man traut ihnen kaum zu, daß sie sich in der blond-blauäugig-weiß-christlichen Kultur gut auskennen. Aber sie leben diese Kultur weit weniger als ihre Landsleute westlich von Benares. In den Städten westlich von Benares ist nicht nur das äußere Erscheinungsbild „moderner". Sie sind auch unindischer.

Alle Großstädte haben Slums. Aber Kalkutta hat kein Slum. Ganz Kalkutta ist ein einziges Slum. Es hat sich so ergeben. Für „moderne" Menschen ist Kalkutta unwirtlich, obwohl diese Stadt alle „modernen" Einrichtungen vor allen anderen indischen Großstädten schon beherbergt hat. Von kolonialen Einrichtungen für Ausbildung bis hin zum leistungsfähigen Hafen, von Straßenbahn bis zum dichten Netz der Eisenbahn, von kolonialen Verwaltungen bis zu Verarbeitungsindustrien, von Flughafen bis zu Untergrundbahn. Bengalen hatten sich – wie wir später sehen werden – stark für die Einführung des kolonialen Erziehungssystems eingesetzt. Aber sie waren es, die den Kampf gegen die Kolonisatoren begannen. So heftig, daß deren Hauptverwaltung von Kalkutta nach Delhi verlegt wurde.

Ja, für „moderne" Menschen ist das äußere Erscheinungsbild von Kalkutta wirklich unwirtlich. Wenn sie die Stadt nicht fluchtartig verlassen, länger bleiben, die Kalkuttaner kennenlernen, dann entdecken sie die Reize Kalkuttas. Kalkutta ist aufregend. Nicht nur kulturell. Keine andere indische Stadt beherbergt so viele Schriftsteller, Dichter, Theatergruppen und Künstler. Die Menschen sind warmherzig. Die Stadt ist aber auch stets explosiv. Die Gewalt liegt in der Luft. Soziale und politische Unruhen sind alltäglich. Sie brechen unvermittelt aus und ebenso unvermittelt ebben sie wieder ab.

Wir kommen in Howrah an. Vor 12 Jahren bin ich hier von Freunden und Verwandten verabschiedet worden. Im Verlaufe der Jahre waren die

Verbindungen zu ihnen eingeschlafen. Sie wissen nicht, daß wir angekommen sind. Ausgestattet mit einer Hoteladresse aus einer der „nationalen" Zeitungen in Neu-Delhi. Angekommen in der Stadt, in der ich geboren und aufgewachsen bin.

Noch bevor wir aus dem Zug aussteigen, wird mir bewußt, daß wir zur denkbar ungünstigsten Jahreszeit in Kalkutta ankommen sind. Es ist die Monsunzeit. Jeden Tag regnet es. Heftig. Manchmal auch zweimal am Tag. Ein bis zwei Stunden. Dann wieder Sonnenschein. Die Sonne ist heiß. Die unmittelbare Verdunstung ist beinahe so sichtbar wie in einer Waschküche. Mit einem Unterschied. Die Waschküche wird nach dem Waschen wieder trocken. Kalkutta in der Monsunzeit ist nie trocken. Die Luftfeuchtigkeit bleibt beständig über 90 %. Alles was rosten kann, rostet auch. Selbst in der strahlendsten Mittagssonne wird die Wäsche nicht trocken, weil die Sonne doch nicht so heiß wird wie ein Bügeleisen.

Monsun in Kalkutta bietet ein weiteres Schauspiel. Nach jedem heftigen Regen sind die meisten Stadtteile überschwemmt. Der gesamte Verkehr bricht zusammen. Für Stunden. Das Wasser reicht bis zur Taille. Kalkutta ist, wie schon erwähnt, eine Gründung der East India Company, der Wegbereiter der britischen Kolonisation in Indien. Anteilseigner der „Company" waren mächtige Kaufleute und der britische Adel bis hin zur Krone. Hochaufgerüstet segelten die Schiffe dieser „Handelsgesellschaft" heraus, mit jungen wilden Glücksrittern im Schafspelz als Kaufleute, aber beutemachendwollend wie Wölfe. Angekommen in der Bucht von Bengalen, an der Mündung des Ganges, segelten sie hoch in das Marschland, um einen geeigneten Platz als Stützpunkt zu finden. Dieser Platz war Kalkutta.

Nach dem Raub begann die systematische koloniale Ausbeutung. So wuchs Kalkutta zu einer ansehnlichen Stadt, ausgehend vom Hafen und vom „Fort" zu einer Verwaltungsstadt. Die Architektur der Stadt ist London zum Verwechseln ähnlich. Ausgelegt war die Stadt für etwa hunderttausend Einwohner. Vor allem ihre Kanalisation. Die Straßen sind breit angelegt. Zweimal am Tag wurden die Straßen sauber gewaschen. Durchgespült. Zwar mit dem trüben, lehmhaltigen Wasser aus dem Ganges, aber immerhin. Kalkutta war eine der saubersten Städte der Welt. Bis 1947. Zwar war die Stadt im Verlaufe der 200jährigen Kolonisation zum einzigen Zentrum des riesigen ostindischen Hinterlandes gewachsen, aber zusammengebrochen war sie nicht. Eben bis 1947.

Nach dem zweiten Weltkrieg setzten sich die kühlen Rechner in den Metropolen der Kolonialländer durch. Wozu noch eine koloniale Verwaltung in den Kolonien, wenn es doch anders geht? Stellt nicht die in der kolonialen Epoche errichtete Handels- und Wirtschaftsstruktur auch ohne eine koloniale Verwaltung vorort die „Warenaustauschgewinne" sicher? Mit steigender Tendenz und für lange Zeit? Sie konnten sichergestellt werden. „Entlassung" der Kolonien in die „nationale" Unabhängigkeit, hieß diese Politik. Dieser Sprachgebrauch ist bis heute geblieben. Es fällt uns, den

Angehörigen der blond-blauäugig-weiß-christlichen Kultur, kaum noch auf, wie entlarvend dieser Sprachgebrauch doch eigentlich ist! Daß es auch Kämpfe und Bewegungen zur Unabhängigkeit gegeben hat, ist bekannt. Weniger bekannt ist, daß diese Bewegungen den Einsichten der kühlen Rechner in den Metropolen entgegenkamen und ihnen dazu verhalfen, einen Schleier über die kalte Kosten-Nutzen-Analyse auszubreiten. Die Kosten der kolonialen Verwaltung wurde von 7–9 % des Bruttosozialprodukts fast gegen null gefahren. Dank der Erziehungspolitik, die Thomas Babington Macaulay, schon 1835 so eindeutig formuliert hatte: *„Wir müssen im Augenblick alles tun, um eine Klasse zu formieren, die Vermittler werden könnte zwischen uns und den Millionen von Menschen über die wir herrschen, eine Klasse von Personen, Inder im Blut und Farbe, aber englisch im Geschmack, in den Meinungen, in den Moralvorstellungen und im Intellekt".*

Nach einem Gesetz im britischen Parlament wurde 1947 die Verwaltungshoheit in Indien dieser Klasse übergeben, aber nachdem Britisch-Indien geteilt worden war. In Indien und Pakistan. In diesem Teilungsprozeß hat Kalkutta eine besondere Rolle gespielt. Fast auf den Tag genau ein Jahr vor der Machtübergabe, am 16. August 1946, rief die Muslimliga zur Untermauerung ihrer Forderung nach Teilung zu einem „Direct Action Day" auf. Frühmorgens begannen die Muslime dieser Stadt wahllos die Hindus abzuschlachten, gut mit Waffen ausgerüstet. Ab Nachmittag des 17. August schlugen die Hindus zurück. Auch sie begannen, die Muslime abzuschlachten. Ebenfalls gut mit Waffen ausgerüstet. Wo die Waffen herkamen? Wer will es denn wissen? Wer hat noch die Zeit, die Frage zu stellen, geschweige denn sie zu untersuchen?

Das gegenseitige Abschlachten breitete sich aus. Von Kalkutta in die benachbarten Städte und Dörfer, in ganz Bengalen und dann in ganz Nordindien. Wie ein Lauffeuer. Dieser Tatbestand führte noch zu einer zusätzlichen Teilung zweier regionaler Gebiete, die einst sprachlich wie wirtschaftlich eine Einheit waren. Im westlichen Teil des Landes die Region Punjab, im Osten Bengalen. Die Folge dieser Teilung waren Flüchtlingsströme. Aus Ostbengalen, das wirtschaftlich bedeutende Hinterland Kalkuttas und als Produzent von Jute und Reis, wurde Ostpakistan, seit 1971 Bangladesch (Das Land der Bengalen). Die Hindu-Flüchtlinge aus Ostpakistan setzten sich in Kalkutta fest. Die Stadt brach zusammen. Schon 1955, als ich Kalkutta verließ. Heute kennt keiner die tatsächliche Einwohnerzahl Kalkuttas so genau. Schätzungsweise um 12 Millionen Menschen. Tagsüber um ca. 4 Millionen mehr. Die Pendler.

Der Bahnsteig, die Bahnhofshallen, die Vorhallen sind so voll, daß normale Gehschritte nicht möglich sind. Ich notiere die Nummer der Gepäckträger, weil sie trotz des Gepäcks schneller einen Weg durch die Menschenmenge finden als wir. Wir werden geschoben und geschubst, nicht absichtlich. Es ist einfach unvermeidbar. Es ist, als ob ein in sich beweglicher Körper sich nach vorne bewegt. Und der Körperkontakt in der schwülen Hitze. Hier wird meine Frau sicherlich den ersten Schock erleben, befürchte ich. Bis wir den Taxistand am Bahnhof erreichen haben wir wenig Zeit, auf etwas anderes zu achten als auf die Gepäckträger, die wir nur wegen unserer Koffer, getragen auf Ihrem Kopf, verfolgen können. Aber draußen angelangt merke ich, daß ich die Stadt nicht wiedererkenne. Der an sich breit und weit angelegte Vorplatz ist verschwunden. Am Rande aller Fußwege sind Läden entstanden, in notdürftig eingerichteten Hütten. Eine Folge des Mangels an geregelter Arbeit in einer überfüllten Stadt.

Uns gelingt es mit Mühe unser Gepäck in ein Taxi zu stauen. Dem Taxifahrer gebe ich die Adresse. Waverley Hotel, Kyd Street. Ich weiß nicht mehr, wo genau Kyd Street liegt. Es ist auch nicht so wichtig. Viel wichtiger ist es, daß in diesem Augenblick kein Monsunregen einsetzt und, daß meine Frau immer noch keinen Schock gekriegt hat. Ich weiß nicht, was geworden wäre, wenn das Regenwasser auf der Fahrt zum Hotel den Motor des Taxis abgewürgt hätte. Das hieße nämlich warten im Taxi für ein bis zwei Stunden. Denn das Wasser kann nicht durch die unzureichende Kanalisation abfließen. Hinzu kommt noch das Verschwinden von Sickerflächen rings um die Stadt, um der stets steigenden Bevölkerung Bleibeplatz zu bieten.

Im Hotel werden wir freundlich aufgenommen. Das Hotel ist einfach, preiswert, sauber und zentral gelegen. Vollpension mit europäischer Küche, bzw. das was „Anglo Indians" unter europäischer Küche verstehen. Anglo Indians sind jene Mischlinge, die sich mit den Kolonisatoren identifizierten und deren kulturellen Habitus nachgeahmt haben. Hotel Waverley ist eine Wartestation für jenen Teil dieser Minderheit, der die Erlaubnis zur Auswanderung bzw. Einwanderung nach England bereits in der Tasche hat und auf ein Schiff warten.

Nachdem wir uns am späten Vormittag in dem an sich geräumigen Zimmer mit einer bedeckten Veranda eingerichtet haben, will meine Frau wissen, wie ich wohl meine Verwandten und vor allem die Freunde nach 12 Jahren finden werde. Ich beruhige Sie. Wir werden sie ohne große Mühe finden. Früh am Nachmittag fahren wir zu meinem Bruder, zum Internat auch meiner Schulzeit. Das Internat ist an der Kreuzung der früheren Harrison Road und College Street. Der Leiter des Internats erkennt mich noch. Mein Bruder liefert mir die Adressen jener Verwandten, die ich besuchen wollte.

Die College Street in Kalkutta ist etwas ganz besonderes. Sie beherbergt die beiden besten Schulen in Kalkutta, „Hare School" und „Hindu School". Sie beherbergt auch das Presidency College, das beste College im Bundesstaat Westbengalen. Diese drei Institutionen sind von einander nur Blickweiten entfernt. Sie haben gemeinsame Sport- und Spielplätze. Das riesige Gebäude der „Hindu School" hat noch eine Besonderheit. In dem mittleren Teil des Gebäudes, gegenüber dem Haupteingang ist das „Sanskrit College". Die College Street beherbergt auch noch die Verwaltung und die Sitzungssäle der Universität Kalkutta. Einige Schritte weiter in Richtung Süden zum Zentrum ist das „Medical College" mit den dazugehörigen Kliniken. Alles in ca. 3 quadratkilometer Raum. Auch die Randgebiete dieses „Bildungszentrums" beherbergen andere Colleges und Schulen.

Berühmt ist die College Street vor allem wegen der unzähligen Buchläden, Klein- und Kleinstverlage und wegen der besonderen intellektuellen und kulturellen Atmosphäre. Wenn ein Buch – alt oder neu – nicht in der College Street aufzutreiben ist, wird es nirgendwo in Indien aufzutreiben sein. Auch die Kleinstbuchhändler sind Bücherkataloge auf zwei Beinen. In ihren kleinen Läden sind nicht viele Bücher vorrätig. Aber sie wissen, wie ein Buch am schnellsten herbeizuschaffen ist. Ihre charmante und eifrige Art verführt einen auch dazu, die Wartezeit in Kauf zu nehmen.

Am späten Nachmittag gehen wir dann suchend in eine Nebengasse hinein und finden jene Freunde wieder, die 1955 geplant hatten, aus ihrem kleinen Buchladen einen Verlag zu machen. Wie wir aufgenommen werden überrascht meine Frau. Sie begrüßen sie so, als wenn sie für sie keine fremde Person und ich nie von Kalkutta weggewesen wäre. Ich werde auf einmal 12 Jahre zurückversetzt. Nichts ist mir fremd. Als ob die Zeit in Kalkutta stillgestanden hätte. Die selbe Herzlichkeit, die selbe Neugierde, die selbe Aufgeschlossenheit. Sie wollen nicht wissen, warum unser Kontakt im Verlauf der 12 Jahre eingeschlafen ist. Das ist offensichtlich nur mein schlechtes Gewissen. Sie wissen, daß der Kontakt nicht eingeschlafen ist. Wäre ich sonst schon am Tag unserer Ankunft in Kalkutta bereits bei ihnen? Und meine Frau kann doch keine fremde Person sein, wenn sie meine Frau ist!

Eine weitere Gegebenheit ist meiner Frau dauerhaft in Erinnerung geblieben, die mir nie als eine Gegebenheit aufgefallen wäre. Sie ist fasziniert, daß in diesem dichten Gebiet in und um College Street nachmittags jemand mit ein paar großen Ziegen vorbeikommt und fragt, ob jemand für den nachmittäglichen Tee Milch braucht. Bei Bedarf wird an Ort und Stelle gemolken. Eigentlich eine alltägliche Angelegenheit in Kalkutta. Meine Frau wird später immer wieder diese Geschichte erzählen.

Nach der Schließung des Verlagsladens spazieren wir zu meiner Stammteestube, „Favourite Cabin", in der Mirzapur Street. An einem Tag habe ich fast alle meine Freunde wiedergefunden. Noch am Morgen hatte ich nur die Anschrift des Waverley Hotel. Als die Freunde erfahren, daß wir uns in Kyd Street in einem Hotel einquartiert haben, schmunzeln sie. Ich sei doch lange von Kalkutta weggewesen, bemerken sie. Sonst würde ich gewußt haben, daß die Kyd Street nicht den besten Ruf hat und sie nachts nicht als sicher gilt. Am Abend sehen wir uns die Kyd Street genauer an.

Diese Gegend gehörte nicht zu meinem früheren Wirkungsgebiet in Kalkutta. Kyd Street ist eine ca. 800 Meter lange Verbindungsstraße zwischen dem Anglo-Indian-Viertel und der Chowrangee Road, der Prachtstraße von Zentralkalkutta. Weverley Hotel ist fast am Ende des Anglo-

Indian-Viertel. Dem Hotel gegenüber sind zwei Bordelle. Nachts gibt es auch einen Straßenstrich. Eher einen Zuhälterstrich. Alleinspazierenden Männern werden anglo-indische Frauen angeboten. Nicht aggressiv, eher diskret beim Vorbeigehen. Etwa in der Mitte der Straße ist aber auch das Abgeordneten Hostel des Bundesstaates Westbengalen. Die Straße wird hier auch wesentlich breiter. Auf der gegenüberliegenden Seite sind Häuser mit Büroräumen. Am anderen Ende, also zur Chowrangee Road hin, einige Schritte rechts, ist auch das große Museum von Kalkutta.

An diesem Tag hat es keinen heftigen Regen gegeben. Von der herzlichen Aufnahme durch meine Freunde ist meine Frau beeindruckt. Von Kulturschock ist keine Rede. Alles hätte ja auch schlechter aussehen können.

Wir sind fast jeden späteren Abend spazierengegangen zur Chowrangee Road. Auf den breiten Fußgängerwegen sind fliegende Buchläden, meist für Taschenbücher und Magazine. Meine Frau hat es nie verstanden, wie meine Freunde das Gebiet in und um Kyd Street als unsicher charakterisieren konnten. Kyd Street gehört auch nicht zum Wirkungskreis meiner Freunde. Ihr Wissen kommt vom Hörensagen. Wir haben uns nie unsicher gefühlt. Wir sind auch nie belästigt worden.

Unser Besuch beim pakistanischen Konsulat ist trostlos. Meine Annahme, daß bengalische Konsularbeamte von Pakistan mehr menschliches Verständnis haben würden als jene in Delhi, erweist sich als trügerisch. Ich erhalte auch in Kalkutta kein Visum für Ostpakistan. Auch meine Eltern bekommen kein Visum, um nach Kalkutta zu kommen. Wir sind ratlos. Wir haben keine Hoffnung, daß wir meine Eltern überhaupt werden sehen können.

Am 26. Juli erreicht uns ein Telegramm: *„RUPEES TWO THOUSAND SANCTIONED FOR RESEARCH PROJECTS (.) LETTER FOLLOWS (.) = EDUCIND ="*

Wir stürzen wieder in die Arbeit. Die Jadavpuruniversität ist in einem Campus untergebracht, etwa 15 km vom Zentrum der Stadt entfernt. Die Kalkuttauniversität ist in der ganzen Stadt verstreut. Unser zentraler Standort in Waverlay Hotel erweist sich als äußerst vorteilhaft.

Und wie mahlen die Mühlen des „Okzidents"?

In den beiden Universitäten in Westbengalen läuft unsere Feldarbeit problemlos an. Die Unterstützung unserer Forschungsvorhaben durch die Zentralregierung, auch wenn dies finanziell nur eine symbolische ist, ist eine Rehabilitierung der Extraklasse. Am 27. Juli berichte ich dem Rektor der Universität Köln: „bitte gestatten Sie mir, Bezug zu nehmen auf mein Schreiben von 25. Juni und Ihnen über die Weiterentwicklung meiner Tätigkeit in Indien zu berichten. Der indische Staatspräsident hat sich persönlich für die Weiterführung der beiden Forschungsprojekte eingesetzt. Der indische Erziehungsminister, Dr. Triguna Sen, hat mir als demonstrative Geste eine finanzielle Hilfe für die Feldarbeit in Kalkutta und Jadavpur in Höhe von 2 000,- Rs. zur Verfügung gestellt. Diese Entscheidung ist deshalb von besonderer Bedeutung, weil ihr eine Intervention des Vice Chancellors der Universität von Rajasthan vorausgegangen war, der sein unakademisches Verhalten mit Hilfe eines Briefes von Herrn Prof. Scheuch zu rechtfertigen versuchte.

Ich habe mit Dank zur Kenntnis genommen, daß meine Beurlaubung bis zum 30. September verlängert werden wird. Diese Zeit ist für die Feldarbeit an zwei Universitäten zwar sehr knapp, aber ich werde alles in meinen Kräften stehende tun, um in dieser Zeit die Arbeiten abzuschließen. Das scheint mir auch deshalb möglich zu sein, weil man an der Universität von Jadavpur, wo ich gegenwärtig arbeite, sehr kooperativ ist.

Mir ist nicht klar, ob ein Zusammenhang besteht zwischen der Verlängerung meiner Beurlaubung bis zum 30. September und der Kündigung meines Dienstverhältnisses durch Herrn Prof. König zum gleichen Zeitpunkt. Ich halte es deswegen für angebracht, folgende Tatsachen zu erwähnen:

1. Auf ein Schreiben des Vice Chancellors der Universität von Rajasthan hin, dessen Inhalt nicht den Tatsachen entsprach (und das im indischen Erziehungsministerium in New Delhi als, 'very bad taste' kommentiert wurde), hat mir Herr Prof. König unter anderem folgendes mitgeteilt:

- daß ich völligen Schiffbruch in meiner ersten Mission erlitten hätte,
- daß er keine Möglichkeit mehr für mein Verbleiben und Arbeiten in Indien sähe,
- daß er meinen am 30. September auslaufenden Vertrag an der Universität Köln nicht verlängern würde,
- daß ich unter keinen Umständen mehr im Namen des Instituts auftreten dürfe (mitten in der Feldarbeit in Jaipur und Delhi),
- daß ich offensichtlich eine unglückselige Gabe habe, mich leicht mit Leuten zu überwerfen (Beispiele: Friedrich-Ebert-Stiftung und Deutsche Stiftung für Entwicklungsländer),
- daß ein Mitarbeiter, der sich regelmäßig und immer wieder unter unklaren Verhältnissen mit den Leuten überwerfe, nicht tragbar sei.

2. Ich hatte mir redliche Mühe gegeben, sobald ich hinter die sehr schöne Fassade der Universität von Rajasthan gesehen hatte, Herrn Prof. König auf die sich anbahnenden Schwierigkeiten aufmerksam zu machen, denn

ich konnte mich nicht korrumpieren lassen, der von meinem Aufenthalt erhofften guten Beziehungen zu dieser Universität wegen. Auch nach dem oben erwähnten Schreiben vom 2. März habe ich Herrn Prof. König ausführlich über die Sachlage und über die Weiterentwicklung berichtet. Nichtsdestoweniger, am 10. April habe ich einen Brief von Herrn Prof. König erhalten, der nicht weniger als 20 sehr schwerwiegende Vorwürfe enthält. Dieser Brief wurde verursacht durch die Aktivitäten von Herrn Prof. Scheuch an der Universität von Rajasthan und nach seiner Rückkehr an die Universität von Köln. Diesem Schreiben vom 10. April vorausgegangen war ein Telegramm von Herrn Prof. König mit der strikten Aufforderung, meine Studie über den Zustand der Universität von Rajasthan sofort und endgültig einzustellen. Das Material für diese Untersuchung war zu diesem Zeitpunkt schon komplett, worüber ich heute sehr froh bin, denn die University Grants Commission - die Organisation, die die Bundesmittel an die Landes- und Bundesuniversitäten verteilt - hat mich sehr ermuntert, das gesammelte Material auszuwerten und ohne Rücksicht auf irgendeine Seite bald zu publizieren.

3. In seinem Schreiben vom 10. April hat mich Herr Prof. König wiederum darauf aufmerksam gemacht, daß ich mich in ganz Indien unmöglich gemacht hätte und deshalb meine Habilitation in Köln in Frage gestellt sei. Außerdem hätte ich während meiner Tätigkeit als wissenschaftlicher Assistent nicht genug getan. Mein Vertrag werde auf keinen Fall verlängert. Ich habe auf dieses Schreiben mit einer 11seitigen Darstellung geantwortet und darauf von Herrn Prof. König am 17. Mai die Mitteilung erhalten, daß es ihm wegen dringlicher Terminarbeiten und wegen des Semesteranfangs nicht möglich sei, darauf einzugehen, über meine Stelle sei vom 1. Oktober an bereits weiterbefunden.

4. Leider sind mir die entsprechenden Rechtsbestimmungen nicht geläufig. Aber ich kann mir kaum vorstellen, daß es in Deutschland nicht anders ist als in vielen Ländern, wo die einstellende Autorität auch die entlassende Autorität ist. Da ich bisher, wie ich bereits in meinem Schreiben vom 25. Juni erwähnte, eine solche Mitteilung weder von Ihnen, noch von dem Herrn Kanzler, noch von dem Herrn Kultusminister, dessen Sondergenehmigung für meine Einstellung notwendig war, erhalten habe, befinde ich mich in einer sehr unklaren Situation. Durch dieses Schreiben möchte ich deshalb versuchen, eine Klärung dieser Angelegenheit bereits vor meiner Rückkehr herbeizuführen.

5. Zusammenfassend möchte ich nochmals erwähnen, daß nicht einer der Vorwürfe, die gegen mich erhoben worden sind – von der Universität von Rajasthan und von den Herren Professoren König und Scheuch – den Tatsachen entspricht, was von den indischen Gerichten und den höchsten Autoritäten des indischen Staates etabliert worden ist. Wenn keine gegen mich gerichtete böse Absicht bei den Herren Professoren König und Scheuch vorgelegen haben sollte, dann können die von ihnen geschriebenen Briefe und eingeleiteten Maßnahmen nur dadurch zu erklären sein, daß sie nicht fähig waren zu begreifen, daß es in einer sich

sehr schnell wandelnden Gesellschaft möglich ist, daß wichtige Ämter mit Personen besetzt sind, die dafür weder die fachlichen noch die menschlichen Qualifikationen besitzen. Daß solche Personen nicht selten Vice Chancellor und Professor sind, ist einer der Gründe für die gegenwärtige Misere im indischen Erziehungswesen.

Diesen Personen ist jedes Mittel recht, um eine Bloßstellung ihrer Person und ihrer Taten zuverhindern. Das Verbreiten von Lügen über andere ist für ihre Existenz notwendig.

Nur kann diese Erklärung nicht für Herrn Prof. Scheuch zutreffen, der meine diesbezügliche Anfrage bisher nicht beantwortet hat und außerdem die Gelegenheit hatte, die Situation an Ort und Stelle zu beobachten.

Ich erlaube mir, eine Kopie dieses Schreibens an den Herrn Ministerpräsidenten, den Herrn Kultusminister und an Herrn Prof. König zu senden. Ich wäre Ihnen außerordentlich dankbar, wenn Sie mich baldmöglichst wissen lassen könnten, wie es nun um mein Dienstverhältnis bestellt ist."

Ich kann nicht wissen, wann der Rektor der Universität Köln, Prof. Dr. W. Scheid, dieses Schreiben gelesen hat, ich weiß nur, daß sein Schreiben an mich, adressiert nach Jaipur, seit dem 3. Juli unterwegs ist. Es erreicht mich auf mancherlei Umwegen schließlich doch noch am 5. August in Kalkutta: *„Es ist nicht beabsichtigt, Sie über den 30. 9. 1967 hinaus als wissenschaftlichen Assistenten zu beschäftigen.*

Ich entlasse Sie daher gemäß § 35 Abs. 1 des Beamtengesetzes für das Land Nordrhein-Westfalen durch Widerruf des Beamtenverhältnisses aus Ihrer Stellung als wissenschaftlicher Assistent am Forschungsinstitut für Soziologie mit Ablauf des 30. 9. 1967.

Über die Höhe des Ihnen zustehenden Übergangsgeldes und die Durchführung der Nachversicherung erhalten Sie vom Herrn Kanzler der Universität noch besondere Nachricht.

Für die der Universität im Forschungsinstitut für Soziologie geleisteten Dienste spreche ich Ihnen den Dank der Universität aus.

Mit freundlichem Gruß, Ihr sehr ergebener, (Prof. Dr. W. Scheid)"

Botschafter D. Frhr. von Mirbach hat mir ebenfalls geschrieben am 11. Juli ebenfalls nach Jaipur: *„Hiermit bestätige ich den Empfang Ihres Schreibens vom 25. Juni. Nach eingehender Prüfung kann ich keine Notwendigkeit erkennen, hierauf näher einzugehen, da die Angelegenheit, soweit sie die Botschaft betrifft, abgeschlossen ist."*

Nicht ganz, wie wir später erfahren werden. Die deutsche Botschaft wird sich noch intensiver mit mir befassen, als mir lieb ist. Auch die Vermittlungsstelle für deutsche Wissenschaftler hat mir geschrieben, tatsächlich an meine Anschrift in Kalkutta: *„nach den bestehenden Richtlinien kann Ihnen für Ihre wissenschaftliche Tätigkeit in Indien keine Ausgleichszulage gezahlt werden, da Sie nicht mehr an einer Hochschule angestellt sind.*

Eine Förderung wäre nur möglich, wenn das Auswärtige Amt eine Sondergenehmigung erteilt. Wir haben deshalb Ihren Antrag vom 27. Juli 1967 dem Auswärtigen Amt zugeleitet."

Das Forschungsinstitut für Soziologie schreibt mir noch am 24. Juli nach Jaipur. Dieter Fröhlich, der sich als einziger im Institut - andere Kollegen haben mir schon längst nicht mehr geschrieben - lange von einer Parteinahme zurückgehalten hatte, schreibt mir etwas sehr eindeutiges und endgültiges: *„Über Ihren Brief war ich ziemlich ungehalten, und ich bin der Meinung, daß Sie sich mit dieser Art zu schreiben keine Freunde erwerben. Was die 2000,- DM betrifft, so müssen Sie wissen, daß alle staatlichen Gelder nach den Richtlinien der Landes- und Bundesrechnungshöfe abgerechnet werden, also auch für Sie keine Ausnahmen gemacht werden können.* (Dieter Fröhlich hatte offensichtlich keine Gelegenheit gehabt, von König so aufgeklärt zu werden. Wir erinnern uns: Das Auswärtige Amt bewilligte 20000,-- DM für die Auswertung meiner ersten Untersuchung im Dezember 1960. Die Ausgaben sollten noch im selben Haushaltsjahr abgerechnet werden. Aufgeregt fuhr ich sofort nach Köln zu König. Er klärte mich auf, wie Belege produziert werden können: Das Auswärtige Amt wird wissen, daß die Belege nicht echt sind. Wir wissen, daß das Auswärtige Amt wissen wird, daß wir wissen, daß das Auswärtige Amt weiß, das die Belege nicht echt sind. Auch das Auswärtige Amt wird wissen, daß wir wissen, daß das Auswärtige Amt wissen wird, daß wir es wissen, daß das Auswärtige Amt es weiß, das die Belege nicht echt sind. Nur darf keine Seite über dieses gegenseitiges Wissen je reden. Es waren einige mühsame Tage, aber es funktionierte. Keine Stelle machte ein Problem daraus.)

Ich bin auch der Meinung, daß Ihr Verhalten gegenüber Herrn Professor König nicht korrekt ist, besonders was die Frage der Beihilfe bei der Vermittlungsstelle für deutsche Wissenschaftler im Ausland betrifft. Trotz aller Differenzen zwischen Ihnen beiden hat Professor König die Frage Ihrer finanziellen Situation davon völlig abgelöst gesehen, was man ihm zweifellos sehr hoch anrechnen sollte. Ich darf Ihnen mitteilen, daß Sie die Beihilfe der Vermittlungsstelle n u r durch die Hilfe von Professor König erhalten haben, denn nach den bei der Vermittlungsstelle von anderen Seiten vorliegenden Informationen war man nicht bereit, Sie finanziell zu unterstützen. Wenn Sie im Besitz einer Mitteilung von der Vermittlungsstelle sind, die die Zahlung der Beihilfe von Juli 1966 bis Juli 1967 zusagt, dann haben Sie das nur Professor König zu verdanken. Der Begriff der einmaligen Beihilfe ist insofern ein Mißverständnis, da sich dieses ‚einmalig‘ auf dieses eine Jahr bezieht, und damit kein Präzedenzfall geschaffen werden soll (was übrigens eine stereotype Formel der Vermittlungsstelle ist).

Lieber Herr Aich, ich glaube schon, daß Sie augenblicklich nicht die beste aller Methoden verfolgen, um Ihre Ziele zu erreichen. Vielleicht sollten Sie in bestimmten Fragen etwas stärker differenzieren und zumindest einen konzilianteren Ton anwenden.“

Alle diese Hiobsbotschaften erreichen uns im Waverleyhotel in Kalkutta am 5. August. Nun beginne ich zu ahnen, daß uns alles andere als ein Happy End in Köln erwartet. Mitten in der Feldarbeit müssen wir also wieder einen Schreibtag einlegen. Dem Rektor schreibe ich: „Ich nehme zur

Kenntnis, daß ich mit Wirkung vom 30. September 1967 von der Universität Köln entlassen werde. Ich protestiere hiermit in aller Form gegen diese Entscheidung.

Es dürfte in einer Universitätskarriere ziemlich einmalig sein, daß jemand innerhalb von 6 Monaten von zwei Universitäten auf die gleiche Weise entlassen wird, nämlich ohne Angabe von Gründen. Darf ich mir deshalb erlauben, Sie zu bitten, mir die Gründe für meine Entlassung von der Universität Köln mitzuteilen. Das müßte möglich sein in dem an Universitäten üblichen rationalen System, das keine Willkürakte zuläßt."

Am 5. August kannte ich noch nicht den Begriff „Widerspruch", deshalb hatte ich protestiert. Aber ich habe diesen Begriff später zu Genüge lernen müssen. An den Kanzler der Universität Köln muß ich auch schreiben, weil: "Leider kann ich das in Ihrem Schreiben erwähnte Erklärungsformular nicht ausfüllen, da es Ihrem Brief nicht beilag. Ich möchte Sie deshalb bitten, mir dieses Formular noch zuzusenden."

Diese „Königsche Orientalisierung" der blond-blauäugig-weiß-christlichen Kultur bereits in 1967 möchte ich nicht weiter kommentieren. Dem Kultusminister – in Nordrhein-Westfalen regieren nunmehr die Sozialdemokraten mit Heinz Kühn an der Spitze als Ministerpräsidenten – berichte ich über meine Entlassung und: „Im Nachtrag zu meinen Mitteilungen vom 13. Mai, 25. Mai, 11. Juni, 25. Juni und 27. Juli erlaube ich mir, Ihnen Kopien meiner heutigen Schreiben an den Herrn Rektor der Universität Köln und an den Herrn Kanzler, sowie die Abschrift eines Schreibens Herrn Prof. Königs vom 10. März 1966 an den Herrn Kanzler der Universität Köln zur Unterstützung meines Antrages auf Beurlaubung beizufügen.

Dieses Schreiben Herrn Prof. Königs vom 10. März 1966 macht deutlich, daß vor meiner Abreise nach Indien nicht die Absicht bestand, mich während meiner Beurlaubung zu entlassen. Gehe ich mit meiner Annahme fehl, daß meine Entlassung vom Landesdienst mit Zustimmung des Kultusministeriums geschehen ist? Falls dies der Fall sein solle, darf ich Sie bitten, mir freundlicherweise den Entlassungsgrund mitzuteilen?"

Hoffnungsvoll schreibe ich auch dem Ministerpräsidenten des Landes, dem ich während seiner Abgeordnetenzeit in Bonn nicht wenige Male begegnet bin: „Sehr geehrter Herr Ministerpräsident, ich bedanke mich sehr für Ihre Mitteilung vom 14. Juli 1967, die mich erst heute in Kalkutta erreicht hat, da ich Jaipur bereits am 6. Juli nach Ablauf meines einjährigen Vertrages verlassen habe. Ich danke Ihnen auch sehr dafür, daß Sie meine Schreiben nebst Anlagen dem Herrn Kultusminister des Landes mit der Bitte um Prüfung weitergegeben haben.

Ich würde, wie Sie vorgeschlagen haben, weitere Nachricht vom Kultusministerium abwarten, wenn ich nicht heute ein Schreiben des Herrn Rektors der Kölner Universität vom 3. Juli erhalten hätte, der darin meine Entlassung zum 30. 9. ausspricht. Es ist sehr befremdend, daß mir auch die Kölner Universität, genau wie die Universität von Rajasthan, keinen Grund für meine Entlassung angibt. Ich habe deshalb heute sowohl den Herrn Kultusminister als auch den

Herrn Rektor der Kölner Universität gebeten, mir freundlicherweise den Entlassungsgrund anzugeben. Meine Entlassung durch die Universität Rajasthan konnte mit Hilfe des Gerichts, wie ich Ihnen mit Ihrer freundlichen Erlaubnis bereits mitgeteilt hatte, rückgängig gemacht werden."

Natürlich habe ich auch Dieter Fröhlich geschrieben, aber erst am 7. August: „ich habe Ihr Schreiben vom 24. Juli, das noch nach Jaipur adressiert war, doch noch am 5. August in Kalkutta erhalten. Ich habe Ihre ungebetenen Ratschläge gelesen, kann sie aber nicht beherzigen. Ich nehme Ihnen Ihre Ratschläge nicht übel, ich habe im Gegenteil volles Verständnis dafür, denn ich erinnere mich sehr gut, daß ich früher auch dazu neigte, solche Ratschläge zu geben.

Sie mögen durchaus recht damit haben, daß meine Art zu schreiben mir keine Freunde gewinnt. Aber leider habe ich aus Erfahrungen gelernt, zwischen Freund und Freund zu unterscheiden, so daß ich es heute für richtiger halte, ‚Freunde‘ gar nicht zu haben.

Ich nehme zur Kenntnis, daß die Verwaltung Punkt 1 bis 7 meiner Abrechnung akzeptiert hat. Nur verstehe ich nicht, mit welcher Begründung Punkt 8 abgelehnt wurde. Nach welchem Satz auch immer Tagegeld berechnet wird, Tagegeld müßte wohl bezahlt werden, wenn der Aufenthalt in Delhi für die Erhebung der Daten außer Zweifel steht, was ja von der Verwaltung durch Anerkennung von Punkt 7 bestätigt wird. Für eine Erklärung hierüber wäre ich Ihnen dankbar. Ich nehme an, daß Sie wissen, daß ich immer noch an den beiden Untersuchungen arbeite und täglich zwischen den etlichen Colleges der Universität Kalkutta und der Universität Jadavpur im äußersten Süden der Stadt, die Gott sei Dank dieses Collegesystem nicht hat, pendele. Wenn das Institut noch zu seiner Zusage von 2000,- DM als Beihilfe für diese Untersuchungen steht, dann besteht wohl kein rationaler Grund, nur 312,30 DM auf mein Konto zu überweisen. Das Institut kann natürlich, wie ich bereits vorgeschlagen hatte, diese Zusage widerrufen, und ich werde dann die gesamte Summe zurückzahlen.

Ich möchte keinen Kommentar darüber abgeben, daß Sie ziemlich ungehalten über mich waren, aber doch darüber, daß auch die Richtlinien der Landes- und Bundesrechnungshöfe die Tatsache anerkennen, daß das Sammeln von Belegen unter Umständen unmöglich sein kann und deshalb unabhängig von den tatsächlichen Ausgaben Tagegeld vorsehen. Von dieser Perspektive aus gesehen hatte ich für meinen Fall keine Ausnahmeregelung verlangt, sondern nur auf die Umstände hingewiesen, die Sammeln von Belegen unmöglich machen. Schließlich hat die Verwaltung ja auch meine eidesstattliche Versicherung akzeptiert.

Sie waren auch freundlich genug mir den Rat zu geben, etwas stärker zu differenzieren. Sie haben nur übersehen, daß mich gerade meine stärkere Differenzierung zwingt, gegen die Schritte Herrn Prof. Königs vorzugehen, der mein Lehrer war und der mir nicht selten den Rücken gestärkt hat. Aber trotz allem möchte ich ihm nicht das Recht zugestehen, mir ein anderes mal Unrecht zu tun. Erlauben Sie mir, auf die Ausgleichsbeihilfe nicht weiter einzugehen. Ihr auf Herrn Prof. König bezogenes nur hat bereits die Deutsche Botschaft in Delhi für sich in Anspruch genommen.

Wir bedanken uns sehr für das Tipp-Ex. Und ich möchte Ihnen nochmals sagen, daß ich Ihnen Ihren Brief nicht übelnehme, schließlich kenne ich auch das deutsche Hochschulsystem."

In der Regel findet in den indischen Medien die Bundesrepublik nicht statt. Aber große Ereignisse wie die Bildung der großen Koalition zwischen den Unionsparteien und der SPD werden doch mit kurzer Meldung gewürdigt. So erfahren wir, daß Willy Brandt der Bundesaußenminister geworden ist. Wir schöpfen Hoffnung, daß allein seine Ernennung auf die Politik der Auslandsvertretungen Einfluß haben wird. Also informiere ich den neuen deutschen Außenminister am 10. August, auf welche Weise seine Auslandsvertretung die Verteidigung meiner Rechte durch die Verhinderung meines Wiedereintritts unmöglich machen will. Ich schreibe ihm unter anderen: „Diese während meiner Beurlaubung ausgesprochene Entlassung, die ich, wenn nicht als widerrechtlich, so doch ungerecht empfinde, ist nicht der Grund meines persönlichen Schreibens an Sie.

Der Konsularbeamte der Deutschen Botschaft in Neu-Delhi hatte bereits am 22. Juni Bedenken, mir ein Antragsformular für die Verlängerung meiner Aufenthaltsgenehmigung in der Bundesrepublik auszuhändigen, da bei der Botschaft ein Schreiben eines Kölner Professors – entweder von Herrn Prof. König oder von Herrn Prof. Scheuch, beides Soziologen an der Universität Köln – eingegangen war mit dem Inhalt, daß mein Vertrag an der Universität Köln über den 30. September 67 hinaus nicht verlängert werden würde. Bei allem guten Willen kann ich dieses Schreiben an die Deutsche Botschaft nur so interpretieren, daß dieser Professor sich bemüht hat, meinen Wiedereintritt in die Bundesrepublik zu verhindern, damit ich keinen Gebrauch machen kann von meinem fundamentalen Recht der Verteidigung meiner Interessen, evtl. auch auf dem Rechtsweg.

Ich möchte Sie nicht Ihrer wertvollen Zeit dadurch berauben, in dem ich Ihnen die Einzelheiten meiner Auseinandersetzung mit der Universität Köln darlege. Ich darf nur erwähnen, daß meine Entlassung so unhaltbar ist, daß jedes Gericht dies ohne Zögern *prima facie case* anerkennend wird. Aber wenn mir durch die Nichterteilung eines Visums die Möglichkeit zur Wahrnehmung meiner Interessen in der Bundesrepublik genommen werden sollte, darin wird dieses Vorgehen sicherlich kein gutes Licht auf die Bundesrepublik werfen."

Aus Jaipur erhalten wir die Nachricht, daß zum 20jährigen Jubiläum der Gründung der Universität Rajasthan im Herbst 1967 die beiden deutschen Professoren König und Scheuch zu Festvorträgen geladen sind. Diese Nachricht macht mich wütend. Ich nehme mir am 15. August Zeit, eine ausführliche Eingabe an alle wichtigen Stellen in Indien mit der Anfrage zu machen, ob nicht meine Entlassung von der Universität Köln und die Einladung der beiden Kölner Professoren den Tatbestand einer subtilen Art von Bestechung erfüllt. Die beiden Professoren werden ausgeladen. Diese Genugtuung habe ich teuer erkauft. Aber darüber später mehr.

Schon wieder ist ein Schreiben des Rektors der Kölner Universität an mich seit dem 3. August 1967 unterwegs, das mir durch die Auslandsvertretung der Bundesrepublik in Kalkutta, also durch eine Filiale des Botschafters D. Frhr. von Mirbach, am 15. August ausgehändigt wird: *„Mit Schreiben vom 3. Juli 1967, von dem ich eine Fotokopie beifüge, habe ich Sie auf Antrag des Direktors des Forschungsinstituts für Soziologie, Herrn Professor Dr. König, aus dem Widerrufsbeamtenverhältnis als wissenschaftlicher Assistent entlassen. Wie ich Ihrem Schreiben vom 27.Juli 1967 entnehme, haben Sie bis zu diesem Datum meine Entlassungsverfügung anscheinend (?) nicht erhalten. Da mir Ihr Schreiben keinen Anlaß gibt, von der Entlassung abzusehen, bestätige ich meine in Kopie beigefügte Entlassungsverfügung hiermit ausdrücklich. Auch wenn Ihnen diese Entlassungsverfügung nicht zugegangen sein sollte (!), so müssen Sie doch gemäß § 2 Abs. 1 des Verwaltungszustellungsgesetzes für das Land Nordrhein-Westfalen die Verfügung gegen sich gelten lassen, weil die Adresse in Jaipur zum Zeitpunkt der Entlassungsverfügung als diejenige bekannt war, unter der Sie zu erreichen sind.* (Der Rektor der Kölner Universität geht hier mit Fakten nicht korrekt um. In meinem Schreiben vom 25. Mai an ihn und am 11. Juni an seinen Kanzler - eine Kopie wurde dem Rektor zugestellt -, hatte ich mitgeteilt, daß ich ab dem 6.Juli nicht mehr in Jaipur zu erreichen sein würde.) *Damit ist Ihr Beamtenverhältnis mit Ablauf des 30. September 1967 beendet. Soeben erhalte ich vom Kultusminister die Mitteilung, daß er mit der Verlängerung Ihrer Beurlaubung bis zum 30. September 1967 einverstanden ist. Mit freundlichem Gruß, Ihr sehr ergebener, Prof. Dr. W. Scheid."*

Der Verteiler dieses Schreibens ist selbstredenden:

- *Exemplar: Mit Luftpost ab 3. 8. 67,*
- *Exemplar: Luftpost eingeschrieben ab 3. 8. 67,*
- *Exemplar: durch den Kurierdienst des Auswärtigen Amtes mit Schreiben an den Leiter der Kulturabteilung ab 3. 8. 67 per Einschreiben durch Eilboten*
- *Exemplar: dem Direktor des Forschungsinstituts für Soziologie, Herrn Professor Dr. König ab 3. 8. 67 mit der Bitte um Kenntnisnahme*
- *Exemplar: Z. d. PA"*

Eine erste Erklärung dieses bemerkenswerten Aufwandes liefert das Begleitschreiben der Universität zu Köln an das Auswärtigen Amt vom gleichen Datum: *„Betr.: Zustellung einer Entlassungsverfügung an Herrn Dr. Prodosh A i c h, wissenschaftlicher Assistent an der Universität zu Köln. Ich bitte darum, das anliegende Schreiben an Herrn Dr. Prodosh Aich durch Vermittlung des zuständigen deutschen Konsulats zustellen zu lassen. Die Adresse von Herrn Dr. Prodosh Aich lautet nach meiner Information gegenwärtig: <u>Kalkutta, Hotel Waverley, 11, Kyd Street.</u> Ich bitte, das Schreiben auf dem kürzesten Wege durch den Kurierdienst befördern zu lassen und wäre dankbar, wenn es Herrn Dr. Aich aus Gründen der Fristwahrung (!) spätestens am 18. August 1967 zugestellt werden könnte.*

Sollte sich herausstellen, daß Herr Dr. Aich unter der angegebenen Adresse nicht zu erreichen ist, so würde Ich es begrüßen, wenn das Konsulat Ermittlungen anstellen könnte, um die tatsächliche Adresse von Herrn Dr. Aich festzustellen; das beiliegende Schreiben wäre dann unter dieser tatsächlichen Adresse zuzustellen.

Eine Durchschrift dieses Schreibens füge Ich zur Geschäftserleichterung bei."

Das Begleitschreiben stellt klar, daß das Widerrufen ein Verwaltungsakt ist. Jeder Verwaltungsakt in Deutschland muß inhaltlich begründet werden. Am 17. August schreibe ich also dem Rektor der Universität Köln: „Im deutschen Generalkonsulat in Kalkutta, das ich auf telefonische Bitte hin aufsuchte, wurden mir am 15. 8. 67 die beiden Schreiben ausgehändigt, deren Empfang ich Ihnen bereits mit meinen Schreiben vom 5. und 7. 8. schriftlich bestätigt hatte. Sowohl in meinem Schreiben vom 5. als auch in meinem Schreiben vom 7. 8. hatte ich darum gebeten, die Gründe für meine Entlassung zu erfahren. Im Konsulat wurde ich darüber belehrt, daß ich die Universität Köln auch um eine Rechtsmittelbelehrung hätte bitten müssen, da mein Entlassungsschreiben die für solche Verwaltungsakte übliche Rechtsmittelbelehrung nicht enthält. Ich tue das hiermit.

In der Annahme, daß eine Institution keine Vorurteile hat und sich um fair play bemüht, möchte ich Sie zugleich bitten, mit dieser Rechtsmittelbelehrung bis Mitte Oktober zu warten, da ich sie in der Bundesrepublik zugestellt erhalten möchte. Nach Auskunft des Konsulats habe ich nach dieser Rechtsmittelbelehrung einen Monat Zeit, meine Schritte vor dem Verwaltungsgericht vorzubereiten. Das Konsulat konnte mir keine verbindlichen Rechtsauskünfte geben, weshalb ich Sie auch bitten möchte, mir mitteilen zu lassen, ob die gegebene Auskunft zutrifft oder nicht.

Falls Sie mir aus irgendeinem Grund meine Bitte, mir die Rechtsauskunft Mitte Oktober in der Bundesrepublik zuzustellen, nicht erfüllen können, wäre ich für eine umgehende (registrierte) Nachricht darüber sehr dankbar, weil ich in diesem Fall meine Forschungsarbeiten sofort abbrechen und nach Deutschland zurückkommen würde. Dadurch würde zwar die für diese Forschungsprojekte bisher geleistete Arbeit sinnlos, ebenso wie die dafür verbrauchten öffentlichen Gelder aus der Bundesrepublik und die der indischen Regierung, aber schließlich werden diese Projekte sowieso sinnlos werden, wenn es mir nicht gelingen sollte, meine Existenz zu verteidigen.

Ich wäre Ihnen für eine umgehende Nachricht sehr dankbar."

Nach der scheinbar endgültigen Entscheidung der Kölner Universität kann ich mich nur noch an die Landesregierung halten. Zunächst an den Kultusminister am 17. August: „Unter Bezugnahme auf mein Schreiben vom 5. August erlaube ich mir, Ihnen die Kopie meines Schreibens vom 17. 8. an den Herrn Rektor der Universität Köln zu übermitteln. Ich halte das deshalb für notwendig, weil ich durch die Kölner Universität vom Landesdienst entlassen worden bin. Wenn ich vor dem Verwaltungsgericht gegen diese Entlassung klage, dann wird nicht Herr Prof. König der Angeklagte sein, auf dessen Antrag hin meine Entlassung ausgesprochen wurde, auch nicht der Herr Rektor, der die Entlassung aussprach, sondern das Land Nordrhein-Westfalen.

Ich finde es sehr merkwürdig, daß eine Universität des Landes Nordrhein-Westfalen eine Entlassung ohne Angabe von Gründen ausspricht und damit den Eindruck erweckt, als ob ohne Vorlage von Gründen lediglich gemäß eines Paragraphen gehandelt wurde.

Aus meinen früheren Mitteilungen ist Ihnen bekannt, daß Herr Prof. König mir nicht nur meine Entlassung unter Angabe von Gründen, die völlig unhaltbar sind, angedroht hatte, sondern auch Vorwürfe gegen mich erhoben hatte, die ich nach meiner Rückkehr in die Bundesrepublik von einem Rechtsberater darauf prüfen lassen werde, ob sie den Tatbestand der Verleumdung erfüllen.

Ich möchte auch Sie bitten, mir die Rechtsmittelbelehrung nach meiner Rückkehr in die Bundesrepublik erteilen zu lassen, vorausgesetzt, die Auskunft des hiesigen Generalkonsulats trifft zu, daß ich danach einen Monat Zeit habe, mich an das Verwaltungsgericht zu wenden.

Ich wäre Ihnen für eine baldige Nachricht darüber dankbar, wie Sie mit meinem Fall weiter zu handeln gedenken."

Als dieses Schreiben gerade unterwegs ist, erhalte ich ein Schreiben des Kultusministers: *„Ich bestätige den Eingang Ihres Schreibens vom 5. 8. 1967. In Bezug auf Ihre Frage nach Gründen für den Widerruf Ihres Beamtenverhältnisses als wissenschaftlicher Assistent muß ich mich auf den Hinweis beschränken, daß es den Universitäten in Nordrhein-Westfalen aufgrund des ihnen eingeräumten Selbstverwaltungsrechts im akademischen Bereich allein obliegt, über die Einstellung oder Entlassung von wissenschaftlichen Assistenten zu befinden. Die Universität Köln hat demzufolge auch zu Recht davon abgesehen, mich bei ihrer Entscheidung über die Beendigung Ihres Beamtenverhältnisses zum Land Nordrhein-Westfalen zu beteiligen."*

Also bin ich wieder einmal zu meinen Ungunsten mit dem *„Selbstverwaltungsrecht im akademischen Bereich"* konfrontiert. Ich werde in Köln offensichtlich noch einmal Jaipur erleben. Am 20. August schreibe ich dem Kultusminister: „ich bedanke mich sehr für Ihr Schreiben vom 16. August 1967. Ich bin erleichtert, daß das Kultusministerium an meiner Entlassung nicht beteiligt war. Bedeutet dies auch, daß entgegen der Rechtsauskunft des deutschen Generalkonsulats in Kalkutta sich eine gerichtliche Klage nicht gegen das Land Nordrhein-Westfalen richten würde? Falls dies zu bejahen ist, möchte ich Sie bitten, meine diesbezügliche Feststellung vom 17. August als hinfällig zu betrachten.

Ich hatte mir erlaubt, Sie laufend über die Vorgänge hier und über meine Auseinandersetzung mit Herrn Prof. König zu informieren. Ich hatte das in der Annahme getan, daß trotz der Selbstverwaltung der Universität das Kultusministerium bzw. die Landesregierung die höchste Autorität für das Erziehungswesen sei. Falls ich aus Unkenntnis einen Formfehler begangen haben sollte, bitte ich Sie, dies zu entschuldigen.

Ich möchte jedoch die Frage an Sie richten, ob die Möglichkeit vorgesehen ist, gegen die Entscheidung der Universität Köln an eine höhere Instanz zu appellieren. Ich könnte mir vorstellen, daß die Selbstverwaltung der Universitäten nicht errichtet wurde, um als Deckmantel für Willkür- oder Unrechtsakte zu dienen, mithin die Korrektur solcher Akte in den Zuständigkeitsbereich des

Kultusministeriums fallen könnte. Da ich keinen Versuch unterlassen möchte, diese Auseinandersetzung außergerichtlich zu regeln – gerichtliche Auseinandersetzungen innerhalb einer akademischen Gemeinde halte ich für unwürdig –, möchte ich Sie bitten, mir zu sagen, an welche Stelle ich mich wenden kann, damit mein Fall geprüft und gerecht entschieden wird.

Es tut mir außerordentlich leid, Sie mit dieser Angelegenheit in Anspruch nehmen zu müssen."

Am selben Tag habe ich auch an die Vermittlungsstelle für deutsche Wissenschaftler geschrieben: „ich danke Ihnen sehr für Ihre Mitteilung vom 15. August 1967. In der Anlage finden Sie für Ihre freundliche Information zwei Kopien von Schreiben des indischen Erziehungsministeriums.

Der indische Erziehungsminister hat mir 2000,- Rs. zur Verfügung gestellt, damit ich in den Monaten Juli, August und September die Feldarbeit an den Universitäten Jadavpur und Kalkutta durchführen kann. Diese Summe ist mir ohne irgendeinen Abzug übermittelt worden, und ich habe sie anhand der mir entstehenden Kosten für die Feldarbeit abzurechnen. Ein Gehalt erhalte ich in diesen drei Monaten nicht. Aber der indische Erziehungsminister wollte nicht, daß wegen der niedrigen Sachkosten diese Projekte ins Wasser fallen. Falls Sie weitere Auskünfte benötigen, so lassen Sie es mich bitte wissen.

Es war mir bisher zeitlich nicht möglich, den Tätigkeitsbericht für das Auswärtige Amt abzufassen. Wir sind jeden Tag von morgens bis abends in den beiden Universitäten beschäftigt und das wird auch bis zum Ende der Feldarbeit so bleiben. Dennoch werde ich mich bemühen, den Tätigkeitsbericht in der nächsten Woche abschicken zu können.

In der Erwartung einer baldigen Nachricht von Ihnen, verbleibe ich mit den besten Empfehlungen"

Nachdem vorauszusehen ist, daß wir auf jeden Fall die Feldarbeit im September werden abschließen können, kümmern wir uns um die Reservierung der Rückreise. Nur ein Frachtschiff kommt für uns in Frage. Wir haben insgesamt 17 Stück Gepäck und wenig Geld. Wir haben keine Wahl. Die allererste Möglichkeit ist ein holländischer Frachter. Von Bombay nach Rotterdam, Abfahrt zweite Oktoberwoche. Um das Kap, denn der Suez Kanal ist nach dem „Sechstagekrieg" geschlossen. Das bedeutet eine wesentlich längere Reise. Also bitte ich den Rektor der Universität Köln und den Kultusminister am 2. September, mit der von mir gewünschten Rechtsmittelbelehrung bis Mitte November zu warten. Mein Schreiben an den Kultusminister enthält zusätzlich die Wiederholung meiner Bitte, mir die Möglichkeiten einer außergerichtlichen Regelung mitzuteilen. Einen Tag zuvor, also am 1. September habe ich bereits einen ausführlichen Tätigkeitsbericht an das Auswärtige Amt, übermittelt durch die Vermittlungsstelle für deutsche Wissenschaftler im Ausland, zur Post gebracht. Damit ist jegliche Korrespondenz mit den deutschen Stellen erledigt, die wir aus Kalkutta zu erledigen haben.

*****

Während der Feldarbeit in Kalkutta haben wir die Freunde und Verwandten sehen können. Nicht jedoch meine Eltern. Eines Abends finden wir eine kurze Notiz im Hotel vor: Meine Eltern sollen gerade in Kalkutta angekommen sein. Sie würden auf uns bei einem meiner Großonkel warten. Das Abgespanntsein durch die Feldarbeit und durch die Monsunhitze von Kalkutta im August ist wie weggeflogen. Wir machen uns nicht einmal etwas frisch. Aufgeregt fahren wir sofort hin.

Meine Eltern lebten in Mymenshing in Ostpakistan. Von dort waren sie mit dem Bus an die östliche Landesgrenze gefahren. Nur mit einer Einkaufstasche. Sie hatten die vielkolportierte grüne Grenze zum ostindischen Bundesstaat Tripura, ein ehemaliger Fürstenstaat, tatsächlich gefunden. Und von dort sind sie wieder mit einem Bus zum dortigen Flughafen Shilchar gefahren. Meine Mutter gibt einen vollständigen Bericht in einem Ton, als ob diese abenteuerliche Reise die selbstverständlichste Sache der Welt gewesen wäre. Dabei ist meine Mutter zum ersten Mal geflogen. Sie ist auch wegen der Rückreise nicht bange. Denn die mühsame Suche nach dem Grenzübergang wird ihnen ja erspart bleiben. Jetzt kennen sie die Schleichwege im Grenzgebiet. Mir läuft ein kalter Schauer über den Rücken. Was für eine Welt! Nach zwei Tagen treten sie die Rückreise an, damit ihre Abwesenheit in Mymenshing bei Nachbarn und Behörden nicht auffällt. Es dauert noch drei Tage bis wir die beruhigende Nachricht ihrer Ankunft erhalten.

Es sind zwei intensiv gelebte Tage. Für meine Frau sind dies die ersten erlebten Tage in der engsten Familie. Sie wird von meinen Eltern nicht herzlich aufgenommen. Nein. Sie wird so selbstverständlich und so natürlich behandelt, als ob sie keine fremde Schwiegertochter, keine Schwiegertochter, sondern einfach eine von uns wäre. Meine Mutter spricht kein englisch. Und meine Frau spricht kein Bengali. Aber sie können sich irgendwie verständlich machen. Die große Anspannung bei unseren Verwandten – wie wird die erste Begegnung sein – war in dem Augenblick völlig verflogen, als meine Mutter von meiner Frau nach kurzer Zeit wissen wollte, warum sie nicht rauche. Sie hätte von den Verwandten gehört, daß sie eine starke Raucherin sei. In Bengalen, nein, in ganz Indien, wird das Rauchen vor „Respektpersonen", also vor älteren Personen, unterlassen. Vor allem in den bürgerlichen Familien. Zunächst tun die jüngeren so, als ob sie nur heimlich rauchen würden. Natürlich ist diese Heimlichkeit nur kurzweilig. Dennoch verschwinden die Jüngeren, immer wenn sie rauchen wollen. Und Frauen in Bengalen rauchen nicht.

Wir haben uns nicht an diesen Brauch gehalten. Also gab es genug Gespräche darüber, wie wohl meine Mutter damit fertig werden würde, daß ihre Schwiegertochter raucht. So war auch meine Frau nicht ganz unbefangen. Deshalb war die so selbstverständlich gestellte Frage meiner Mutter, warum meine Frau nicht rauche, wie ein Befreiungsschlag für alle. Und niemand hatte mit dieser Frage gerechnet.

Also doch noch zum Schluß im großen und ganzen ein „Happy End" unseres Indienaufenthaltes? Leider nicht ganz. Nicht einmal Ruhe an dem indischen Frontabschnitt. Nicht ganz. Die Universität Rajasthan hält meine Verdienstbescheinigung für das Finanzamt zurück und ich werde wegen des Verdachtes der Steuerhinterziehung angezeigt. Anonym, versteht sich. Die Anzeige erledigt sich zwar später, aber uns kostet dies nicht wenig Zeit.

An beiden Universitäten haben wir die Befragung mit Erfolg durchführen können. Damit ist unsere Materialsammlung trotz aller Widerstände abgeschlossen. Wir können immer noch nicht genau abschätzen, aus welchen Gründen eine Untersuchung über die „Indische Universität" so vehement verhindert werden sollte. Aber wir haben wenig Zeit, viel darüber nachzudenken. Fast intuitiv kaufen wir alle in Indien veröffentlichten Bücher über die Universitäten und über das Erziehungssystem auf. Trotz unserer finanziellen Enge. Wer weiß, ob diese Bücher auch in Europa vertrieben werden.

Die bisher beschriebenen Geschehnisse über die „Indische Universität" erzählen eher eine unmittelbare als mittelbare Geschichte und Geschichten der Universität. Über das Verhältnis der Universitätslehrer und -verwalter zu den Studierenden ist nur Mittelbares erzählt. Dies ist auch nicht das Thema in den beiden Befragungen. Aber unsere Erfahrungen bei den Befragungen geben doch einige Hinweise.

Wie schon erwähnt, die Befragung der Studierenden setzte voraus, daß uns ein Universitätslehrer eines jeden Faches eine Veranstaltungsstunde für die Erhebung überließ. An der University of Rajasthan mußte ich mich ob der widrigen Umstände an die einzelnen, mir bekannten Lehrenden wenden. Dabei stellte sich heraus – und dies beleuchtet auch teilweise die Verhältnisse der Universität – daß die einzelnen Lehrenden nicht souverän genug waren, nach Kenntnis des Forschungsgegenstandes und nach eigenem Urteil über die Überlassung einer Veranstaltungsstunde selbst zu entscheiden. Es hatte lange Diskussionen auf zwei Ebenen gegeben.

Zunächst wurde nach dem Sinn, Zweck und Brauchbarkeit dieser Technik gefragt. Aber das Interesse ging über diese Informationen hinaus bis zur fachlichen Einmischung. Fachfremde Kollegen wollten selbstverständlich die Brauchbarkeit und die Effizienz der sozialwissenschaftlichen Forschungstechniken abschließend beurteilen. Unser Eindruck ist, daß diese Einmischung und eigene Forschungstätigkeit in einem Zusammenhang stehen. Die Zweifel waren am stärksten bei denen, die selbst keine Forschungen betrieben und am geringsten bei denen, die selbst forschten. Dies mag auch ein eher universelles Verhaltensmuster sein als typisch indisch.

Die zweite Ebene der Diskussion bestand in der Voraussage über die Disposition der Studierenden. Immer wieder erklärten uns die Hochschullehrer, die Studierenden würden nicht bereit sein, eine Stunde des Unterrichts ausfallen zu lassen; sie würden vor allem nicht bereit sein, einen Fragebogen auszufüllen, weil dies ihnen eine fachfremde und zusätzliche

Arbeit abverlangen würde. Diese Hochschullehrer waren davon überzeugt, die Einstellung ihrer Studierenden genau zu kennen. Durch unsere Bereitschaft, auch bei der Ablehnung durch einen kleinen Teil der Studierenden auf die Befragung zu verzichten, durften wir die Probe aufs Exempel machen.

Tatsache ist, daß keine einzige Klasse die Befragung ablehnte. Dies ist zumindest ein Indiz dafür, daß ein großer Teil der indischen Universitätslehrenden wenig über die Dispositionen ihrer Studierenden Bescheid wissen. Dieses abwiegelnde Argument tauchte auch an den Universitäten Kalkutta, Delhi und Jadavpur auf. Bemerkenswert ist, daß ein Teil der Studierenden nach dem vollständigen Ausfüllen des Fragebogens auch Bemerkungen und Kommentare auf die Rückseite des Fragebogens schrieb. Dieser freie Platz auf der Rückseite war ursprünglich nicht eingeplant, hatte sich vielmehr aus der Drucktechnik ergeben. Es war eine Verlegenheitslösung, diesen Platz für evtl. Bemerkungen vorzusehen. Und diese Verlegenheit, wie schon oft in der Geschichte der wissenschaftlichen Forschung, hat doch zu einem interessanten Ergebnis geführt.

Von 1430 befragten Studierenden machten 418 zusätzliche Bemerkungen, was voraussetzte, daß sie vorzeitig mit dem Ausfüllen des Fragebogens fertig waren und ihnen für diese Bemerkungen Zeit verblieben war. Sie hoben die Notwendigkeit dieser Art von Forschungen hervor, kritisierten uns wegen des Fehlens bestimmter Fragenkomplexe und wegen bestimmter Fragen. Negative Einzelkritik deutet auf ihr Engagement und auf ihre grundsätzliche Zustimmung zu Untersuchungen dieser Art hin. Die Bemerkungen geben uns zusätzliche Informationen und führen uns zu Erkenntnissen, die nicht eingeplant waren.

Darüber hinaus gab es verschiedene Male eine anschließende Diskussion mit uns, besonders dann, wenn die Befragung in der letzten Stunde des Unterrichtstages stattfand. An den drei Universitäten Kalkutta, Delhi und Jadavpur fehlte uns aus Zeitgründen der direkte Zugang zu den einzelnen Universitätslehrern. So wandten wir uns direkt an die akademische Spitze. Mehrmals haben wir uns herbe Kritik anhören müssen. Berechtigterweise.

*****

Unsere Reisepläne richten sich nach dem Termin der Schiffahrt. Zuvor müssen wir uns in Delhi um meine Aufenthaltserlaubnis bzw. um ein Visum kümmern und aus Jaipur unsere Gepäckstücke von Dr. Sharma abholen. Also wieder die gleiche Route wie bei unserer Ankunft in Kalkutta. Wie so oft, waren wir früher mit unserer Feldarbeit fertig. Alle Reservierungen stehen. Die Abrechnung mit dem Erziehungsministerium in Delhi ist problemlos erledigt. Wir glauben, daß das Schlimmste bereits hinter uns liegt. Mit dem reichen Forschungsmaterial können wir zufrieden sein.

Uns bleiben tatsächlich etwa 10 Tage freie Zeit. Unglaublich. Freunde und Verwandte raten uns, mehr meiner Frau zu Liebe, diese Zeit doch für kleinere Reisen zu nutzen. Meine Frau hat ja wirklich von Indien nicht viel gesehen. Dafür durfte sie viel arbeiten, sich viel ärgern und sicherlich auch viel wundern. Sie ist auch richtig abgemagert. Als wir in Jaipur ankamen, wog sie um 60 Kilo herum. In Kalkutta wiegt sie nur noch 48 Kilo.

Also machen wir wieder einmal Kassensturz. Wenn wir reisen, kommen nur die Fahrtkosten als zusätzliche Kosten. Also geben wir unser Hotelzimmer auf, hinterlassen die Anschrift unseres Reiseagenten, lagern unser Gepäck bei Freunden und entscheiden uns für zwei Reisen. Wir besuchen zunächst Puri. Puri befindet sich im südlicheren Bundesstaat von Westbengalen, Orissa. Der gesamte östliche Teil von Orissa ist an der Bucht von Bengalen gelegen. Puri liegt am Meer und ist vor allem ein Wallfahrtsort. Einer der prominentesten. Der Jagannath Tempel. Die Eisenbahnstrecke führt über Bhubaneswar, die letzte größere Stadt vor Puri und auch die Hauptstadt dieses Bundesstaates.

Außerdem liegt die Stadt unweit von Konarak, wo sich die weltbekannte „schwarze Pagode" befindet, einer der vier Sonnentempel in Indien. Also unterbrechen wir unsere Reise nach Puri in Bhubaneswar und quartieren uns im preiswerten „Retiring Room" im Hauptbahnhof ein. Unsere Rechnung geht tatsächlich auf. Für die Unterkunft zahlen wir weniger als für das Hotel in Kalkutta.

Bhubaneswar ist bekannt für seine unzähligen, wirklich unzähligen Tempel, von denen einer sehenswürdiger ist als der andere. Alle sind sie im gleichen Stil gebaut. Aber gebaut zu unterschiedlichen Zeiten von Baumeistern unterschiedlicher Qualität und auch von unterschiedlicher Größe. Ein Tempel überragt alle, der Lingarajatempel. Das Wahrzeichen Bhubaneswars. Von weiten sichtbar. Fremde dürfen nicht hinein. Der Zutritt ist nur den Gläubigen gestattet. Wie die Wächter unterscheiden? Ich weiß es nicht. Meine Frau darf nicht hinein. Also verzichte ich auch darauf, hineinzugehen. Es gibt einen Ansichtsturm. Wir begnügen uns mit dem Blick von draußen.

Sehenswürdig sind die Tempel von draußen allemal. Wir schauen uns einige wenige Tempel an. Die Fassaden sind voller wunderschöner Skulpturen. Ein ganzer Tag ist vorbei. Unsere verfügbare Zeit ist viel zu knapp. Unweit von Bhubaneswar, ca. 5 Kilometer entfernt sind Udayagiri und Khandagiri auch aus einer Entfernung von einem Kilometer noch unscheinbare Hügel. Sie sind aber voller Höhlen, die auf verschiedenen Höhen von Menschenhand herausgehauen wurden mit wunderschönen Statuen und Reliefen auf Wänden und Pfeilern. Sie werden auf das 2. Jahrhundert vor der gegenwärtigen Zeitrechnung datiert, allesamt älter als die Tempel. Orissa ist eine geschichtsträchtige Ecke, aber immer noch wenig erforscht.

Am nächsten Tag fahren wir nach Konarak, ca. 65 Kilometer von Bhubaneswar. Wir müssen am gleichen Tag wieder zurück. Dort gibt es keine Übernachtungsmöglichkeit. Konarak ist nichts anderes als ein im

Verfallen begriffener Tempel, aber was für einer. Eigentlich ist er kein Tempel, sondern ein riesiger Wagen des „Sonnengottes" auf 24 entsprechend großen Rädern von einem Durchmesser von fast 3 Metern. Der höchste Punkt des Wagens dürfte ca. 70 Meter hoch sein. Natürlich gibt es viele Spekulationen darüber, von wem und wann dieser atypische Tempel so weit ab von Besiedlungen erbaut wurde. Was uns beeindruckt, ist die in Stein gehauene Beschreibung des Alltags mit Menschen, Pflanzen und Tieren, Arbeit, Unterhaltung und Sexualität, die in Form von Statuen und in Form von Reliefen die Wände des Tempels zieren. Es ist überhaupt keine freie Fläche zu entdecken. Selbst die Speichen der Räder sind voller Beschreibungen. Und dies gilt bis zum höchsten Punkt des Tempels, rundum. In mehreren Etagen. Alle Proportionen stimmen. Er ist vielleicht die größte Ausstellung von einzelnen Kunstwerken. Zusammen bilden sie aber ein einziges Mammutkunstwerk: Ein Wagen wird vom „Sonnengott" gefahren und gezogen von sieben Pferden. International bekannt geworden ist der Tempel wegen der lüsternen erotischen Darstellungen von Paaren und Gruppen. Angeschaut und bewundert werden sie von allen, von allen Altersklassen, von der gesamten Familie und in aller Öffentlichkeit.

Puri fällt weitlich von Konarak ab, was den Augenschmaus angeht. Es ist sehr gedrängt, sehr dreckig und sehr laut. Alles dreht sich um den Jagannathtempel mit seiner beeindruckenden weißen Kuppel. Jagannath heißt „der Herr des Universums". In einem quadratischen Areal mit einer Seitenlänge von ca. 200 Meter, ummauert in einer Höhe von ca. 6 Metern, ist der Tempel einer der vier bedeutendsten Wallfahrtsorte in Indien. Es sind fast ausschließlich Gläubige, die dorthin pilgern. Sie werden von mehr als 6000 Priestern und über 15000 anderen Bediensteten des Tempels geleitet, herumgeführt und verwaltet. Geld spielt dabei eine große Rolle. Nach Kasten wird nicht unterschieden. Aber Fremde haben keinen Zutritt. Wie die Fremdheit festgestellt wird? Wir wissen es nicht. Vielleicht wissen es die Fremden selbst. Sie können, wenn sie wollen, teilhaben an dem Treiben im Areal, als Beobachter natürlich. Gegenüber dem Haupteingang befindet sich eine Bibliothek. Von ihrem Dach hat man einen guten Überblick. Natürlich ist dann eine Spende fällig. Auch Theodor Heuss, der ein leidenschaftlicher Zeichner war, hatte einst hier seinen Beobachtungsposten eingenommen. Abseits von diesem Trubel im Osten der Stadt ist einer der schönsten und saubersten Strände Indiens. Es waren zu viele Eindrücke in zu kurzer Zeit.

Am Vorabend unserer zweiten Reise, sie sollte uns nach Darjeeling im Norden Westbengalens am Fuße des Himalajas führen, sitzen wir in einem chinesischen Restaurant in Kalkutta. Auf der Speisekarte stehen gebratene Langustenschwänze. Sehr preiswert. Scherzend schlage ich meiner Frau vor, sich daran sattzuessen. Wer weiß, wann wir wieder eine solche Gelegenheit haben werden. Wir essen gebratene Langustenschwänze. Satt. Als der Zug sich am frühen Nachmittag noch auf der Ebene Siliguri –

die Eisenbahnendstation mit den breiten Schienen – nähert, fühlt sich meine Frau unwohl. In Siliguri steigen wir in einen Zug um, der als „toy train" weltbekannt ist. Die Schienen sind sehr eng. Entsprechend sind die Abteile klein. Die Geschwindigkeit des Zuges erlaubt den Wagemutigen häufig das Ein- und Aussteigen.

Die britischen Kolonisatoren flüchteten in den Monsunmonaten aus Kalkutta in die Berge, aber natürlich nur jene, die sich diesen Luxus auch leisten konnten. Irgendwann haben sie dann Darjeeling entdeckt. Auf der südlichen Seite könnte man theoretisch aus einer Höhe von über 2100 Metern noch Siliguri in der Ebene sehen. Und auf der nördlichen Seite ist ein Blick auf die höchsten Berge des Himalayas möglich, wenn die Wolken es zulassen. Die schmalen zickzack-Gleise für die „toy train" sind praktisch auf den uralten Pfad gelegt. Der Zug erreicht eine Geschwindigkeit von kaum mehr als 20 km/h. Es ist aber eine wunderschöne Fahrt. Von fast sieben Stunden. Mit einem Bus kann man ca. drei Stunden sparen.

Im Hotel angekommen, müssen wir einen Arzt rufen. Meine Frau hat Fieber und ihr ganzer Körper juckt. Der Arzt untersucht sie, schaut sich genau ihre Arme an und fragt, ob sie Langusten verzehrt hätte. Leider bekommen die meisten blonden Personen diese Allergie. Bis sie ganz weg ist, wird es schon zwei, drei Tage dauern. Wir sind traurig. Viel länger können wir in dieser kleinen schmucken Stadt auch nicht bleiben und wer weiß, wann wir wieder nach Darjeeling kommen können. Am 2.Oktober sind wir für Delhi gebucht. Auf der Rückfahrt nach Kalkutta meint meine Frau, ein pensioniertes Leben in Darjeeling könnte sie sich schon vorstellen.

In der Deutschen Botschaft in New Delhi werden wir wieder wachgerüttelt. Am 4. Oktober telefoniere ich um 9.00 Uhr mit der Konsularabteilung wegen meines Aufenthaltes in Deutschland. Der Konsularbeamte gibt mir einen Termin für 13.00 Uhr. Als wir dort ankommen sagt der zuständige Beamte, meine Akte sei leider nicht zu finden. Und ohne Akte läuft nichts. Sollen wir bis zum Büroschluß warten? Er hat Zweifel, daß die Akte noch auftaucht. Wir sind für den Abend für Jaipur gebucht. Wir verlassen die Botschaft mit komischen Gefühlen. Hoffen unsere Widersacher wirklich, so könnte man sich dieses Problems entledigen? Auf diesem kalten bürokratischen Weg?

Jaipur im Oktober ist angenehm kühl. Die Luftfeuchtigkeit ist gering. Wir fühlen uns zunächst wohl. Aber in wenigen Stunden wird uns bewußt, daß dies auch die Zeit zum Abschiednehmen ist. Von wirklichen Freunden. Und von einer Stadt, in der wir gelitten, aber auch so viel gelernt haben. Unseren Widersachern sind wir nicht begegnet. Der Zug nach Ahmedabad startet in den Morgenstunden. Das ganze Gepäck, 17 Stücke, darunter zwei große Überseekoffer, haben wir schon in der Aufbewahrung. Wir haben uns natürlich wieder im „Retiring Room" einquartiert. Wir haben die Freunde gebeten, nicht zum Bahnhof zu kommen. Wir sind früh aufgestanden, haben in Ruhe gefrühstückt und warten dann auf den Zug auf dem Bahnsteig mit Gepäck und Gepäckträger. Wir haben ein Abteil mit zwei Liegeplätzen reserviert, ein sogenanntes Coupé.

Der Zug rollt langsam ein. Einer der Gepäckträger findet das reservierte Abteil. Aber das ist bereits besetzt. Zwei junge Soldaten sind es. Wir rufen den Zugführer. Er will nichts unternehmen. Was tun? Es gibt ja keine freien Plätze. Der Zug will ohne uns starten. Meine Frau ist wütend. Sie steigt in das nächstgelegene Abteil. Ich setze mich immer noch mit dem Zugführer auseinander. Der Zug beginnt zu rollen. Meine Frau zieht die Notbremse. Die jungen Soldaten wollen das Abteil nicht räumen. Sie hätten einen wichtigen Transport. Es ist die Aufgabe des Zugführers, das Abteil durch die Bahnpolizei räumen zu lassen. Er tut es nicht. Der Zug rollt wieder an. Notbremse wie gehabt. Mittlerweile sind nicht nur andere Fahrgäste neugierig geworden. Großes Palaver. Was tun?

Ich habe nicht gezählt, wie oft meine Frau die Notbremse gezogen hat. Es ist wie ein absurdes Theater, daß der Zug immer wieder angerollt ist, bevor eine Lösung gefunden ist. Wir müssen nach Bombay. Alle Abteile sind reserviert. Keiner kann oder will die Soldaten bewegen, unser reserviertes Abteil zu räumen. Eine echte Pattsituation. Die Auflösung bringt ein Fahrgast. Er hat für sich ein größeres Abteil reserviert. Er ist hautkrank. Wenn wir wollten, könnten wir in seinem Abteil mit unserem ganzen Gepäck einsteigen. Wir nehmen das Angebot dankbar an. Der Zug kann endlich starten, mit erheblicher Verspätung.

Unser Gastgeber ist ein reicher Kaufmann. Freundlich und aufgeschlossen. Eigentlich wollte er allein reisen. Wegen seiner Hautkrankheit. Auch wenn seine Krankheit nicht ansteckend ist, aber die Leute denken halt, es sei so. Ein Coupé war nicht mehr verfügbar, deshalb hat er dieses größere Abteil reservieren müssen. Nun freut er sich, daß er im Abteil nicht mehr allein ist. Das sagt er uns, um unsere Befangenheit aufzulockern. Vielleicht. Natürlich will er wissen, was im Bahnhof Jaipur los gewesen ist. Auch er hat kein Verständnis für das unmögliche Verhalten des Zugführers.

Am nächsten Halt lasse ich mir von dem Bahnhofsvorsteher das Beschwerdebuch aushändigen. Ich bringe das Buch ins Abteil und schreibe eine Beschwerde gegen den Zugführer. Beim nächsten Stop gebe ich das Buch zurück. Dieser Bahnhofsvorsteher zeigt die Beschwerde dem Zugführer. Dieser ist nach der Lektüre der Beschwerde aufgescheucht. Er steigt in unser Abteil ein, entschuldigt sich und bittet mich, die Beschwerde zurückzunehmen. Ich bleibe hart. Der Zugführer versucht meine Frau zu beeinflussen. Zwischendurch fragt unserer „Gastgeber", wieviel der Zugführer von den beiden Soldaten gekriegt hat. Wie auf dem falschen Fuß erwischt, schweigt der Zugführer sich aus. Weil er von den Soldaten Geld für die Erlaubnis, das Coupé besetzen zu dürfen, genommen hatte, konnte er sie nicht veranlassen, das Coupé zu räumen.

Er hält sich weiterhin an meine Frau. Seine Bettelei und sein Versprechen, daß er in Ahmedabad alles wieder gut machen werde, hat mich schon fast erweicht. Er will persönlich dafür sorgen und so lange bei uns bleiben, bis wir mit unserem ganzen Gepäck in unserem reservierten Abteil Platz genommen haben. Dann setzt er seine stärkste Waffe ein. Er beginnt über sich und sein nicht so angenehmes Leben bei der Eisenbahn zu erzählen. Er sei einer der Parsen, wie die pakistanische Journalistin Roshan Dhunjibhoy auch, also Abkömmling jener Perser, die bei der Islamisierung Persiens nach Indien geflüchtet waren. Also sei er doch genauso ein Arier wie meine Frau. Müssen die Arier sich nicht gegenseitig stützen? Wir sind wirklich platt. Langsam bekomme ich das Gefühl, daß er ernstliche Schwierigkeiten wegen der Beschwerde erwartet. Mittlerweile sind wir auch schon mehr als 150 km weiter von Jaipur weg. Wir lassen uns erweichen.

Es ist schon sehr später Abend, als der Zug in Ahamedabad ankommt. Wir hatten den Zugführer schon vergessen. Aber er kommt mit schnellen Schritten. Er organisiert alles vorbildlich, bleibt bei uns bis der Zug abfährt und wünscht uns alles Gute, obwohl ich doch kein Arier bin. Am Nachmittag kommen wir in Bombay an, nehmen sofort Kontakt mit dem Schiffsagenten auf und wollen eingeschifft werden. Leider müssen wir damit möglicherweise noch eine Woche warten, so die Auskunft des Agenten. Und wir haben kein Geld für einen Aufenthalt in Bombay.

Aber wie gesagt, Inder reisen nicht ohne Adressen. Irmgard Bhaduri, jene Berliner Jüdin in Kalkutta, die mitverantwortlich gewesen ist, daß ich nach Deutschland gekommen war, hatte uns ihre Freundin Mani Ben, eine bekannte Gewerkschaftsführerin, ans Herz gelegt. Wir sollten sie auch ohne einen Notfall besuchen. Und nun sind wir in Not. Wir rufen sie an. Wir dürfen sie sofort aufsuchen. Sie ist freundlich, aber auch resolut. Irmgard Bhaduri hat sie nicht angerufen und unseren Besuch angekündigt. Also bewirtet sie uns mit Tee und entschuldigt sich für einen Moment. Sie ruft vom Nebenzimmer Irmgard Bhaduri in Kalkutta an. Danach ist sie noch herzlicher als sie schon gewesen ist. Sie empfiehlt uns eine einfache, preiswerte und sichere Pension und rät uns, das meiste Gepäck im Hauptbahnhof in Verwahrung zu geben. Sie leiht uns 500,- Rs. und bittet uns, später, nachdem im Bahnhof alles erledigt ist und wir uns in der Pension einquartiert haben, wieder zu ihr zu kommen.

Als wir dann am frühen Abend zurückkommen, stellt sie uns einer freundlichen Dame vor. Sie ist eine Bengalin in Bombay. Sie will uns in ihre Obhut nehmen, auch weil das wichtigste und größte bengalische Fest, die „Durga Puja", dieser Tage beginnen wird. Das Fest dauert fünf Tage. Diese von Mani Ben für unsere Betreuung ausgesuchte, nicht wenig begüterte, bengalische Gemeinde holt uns nicht nur aus unserem Gestrandetsein heraus. Mani Ben hat es nicht versäumt, ihr gegenüber zu erwähnen, daß wir alle unsere entbehrlichen Gegenstände veräußern müßten, um aus unserer Not herauszukommen. Mitglieder dieser Gemeinde helfen uns, alle entbehrlichen Gegenstände außer einem Fotoapparat zu veräußern. Wir können so unsere Pensionsrechnung bezahlen und auch die 500,- Rs. an

Mani Ben zurückzahlen. Aber wir bleiben für alle Zeiten in ihrer und ihrer Freunde Schuld. Wir haben einige wunderschöne Tage in Bombay verlebt.

Selbst die unerfreulichen Botschaften von der deutschen Front haben uns diese Tage nicht trüben können. Am 9. Oktober haben wir Post von dem Schiffsagenten Volkert (India), Ballard Estate, 19, Graham Road, abgeholt. Warum uns das Schreiben des Ministerpräsidenten des Landes, das das Datum vom 21. August trägt, nicht bereits in Kalkutta erreicht hat, können wir nicht ergründen. Darin lesen wir: *„Sehr geehrter Herr Dr. Aich! Ich bestätige den Eingang Ihrer Schreiben vom 27. Juli und 5. August 1967. Aus Ihren Darlegungen ersehe ich, daß Sie sich an den Herrn Kultusminister des Landes Nordrhein-Westfalen gewandt haben, um sowohl über den Grund Ihrer Entlassung als auch über die bestehenden außergerichtlichen Möglichkeiten, die Sie gegen die Entlassung geltend machen können, unterrichtet zu werden. Aus diesem Grunde nehme ich davon Abstand, den Herrn Kultusminister zum gegenwärtigen Zeitpunkt nochmals auf Ihre Angelegenheit hinzuweisen, weil die Bearbeitung durch das zuständige Ministerium damit veranlaßt ist. Ich darf Sie daher nochmals bitten, weitere Nachricht von dort abzuwarten. Mit vorzüglicher Hochachtung, Im Auftrag, Schlagheck“*

Keine Dienstbezeichnung, keine Hinweise darauf, auf welcher Ebene die Angelegenheit bearbeitet wird. Auffällig ist die gute, gewichtige Qualität des Briefpapiers. Auch das Schreiben des Kultusministers des Landes Nordrhein-Westfalen vom 30. August hat uns nicht in Kalkutta erreicht: *„Sehr geehrter Herr Dr. Aich! Ich bestätige den Eingang Ihres Schreibens vom 20. 8. 1967. Ihre Frage, welche Maßnahmen Sie gegen den Bescheid über Ihre Entlassung aus dem Beamtenverhältnis als Wissenschaftlicher Assistent ergreifen können, wird Ihnen die Universität zu Köln wohl inzwischen aufgrund Ihres Schreibens vom 17.8. 1967 an den Rektor beantwortet haben. Ich sehe deshalb davon ab, mich hierzu zu äußern, zumal es sich um eine Angelegenheit handelt, für die die Universität in erster Linie zuständig ist. Mit besten Empfehlungen Im Auftrage: Dr. Küchenhoff“*

Dr. Küchenhoff steht offensichtlich der *„Abt. IV - Berufsbildende Schulen, Ingenieurschulen, Werkkunstschulen, techn.-naturwiss. höhere Fachschulen“* und *„Abt. V - Kirchen, allgem. Kulturpflege, Erwachsenenbildung“* vor, wie jeder dem Briefbogen entnehmen kann. Warum? Wie soll ich es wissen? Ich nehme nur verwundert zur Kenntnis, daß dieses Schreiben nicht von der Abteilung Hochschule gekommen ist. Aber das Schreiben aus dem Auswärtigen Amt vom 1. September, und nicht vom Bundesminister des Auswärtigen, setzt dem Ganzen moralisch die Krone auf: *„Sehr geehrter Herr Dr. Aich! Auf Ihr an den Herrn Bundesminister des Auswärtigen gerichtetes Schreiben vom 10. August 1967, das hier am 21. August eingegangen und mir zur Beantwortung zugeleitet worden ist, darf ich Ihnen folgendes mitteilen:*

Wie Sie sicher wissen werden, sind indische Staatsangehörige zur Einreise in die Bundesrepublik Deutschland, wenn sie sich hier nicht länger als drei Monate aufhalten und keine Erwerbstätigkeit ausüben wollen, vom Sichtvermerkszwang befreit; während sie eine Aufenthaltserlaubnis in der Form des

Sichtvermerks benötigen, wenn sie sich länger als drei Monate in der Bundes-republik Deutschland aufhalten oder hier erwerbstätig werden wollen. Zuständig für die Entgegennahme des Antrags und Erteilung einer Aufenthaltserlaubnis in der Form des Sichtvermerks ist die deutsche Auslandsvertretung, wo der indische Staatsangehörige wohnhaft ist; in Ihrem Falle dürfte es das Deutsche Generalkonsulat in Kalkutta („ILACO House", 5th Floor, 1/3 Brabourne Road) sein (Wieso? Ich bin doch bis 30. September 1967 als Einwohner in Bonn gemeldet!).*

Für die Erteilung der Aufenthaltserlaubnis in der Form des Sichtvermerks ist die vorherige Zustimmung der für den vorgesehenen Aufenthaltsort zuständigen Ausländerbehörde – in Ihrem Falle also wohl die Ausländerbehörde Köln – erforderlich (Genaues Lesen scheint nicht die Stärke des deutschen Auswärtigen Amtes zu sein!). *Die deutsche Auslandsvertretung und die Ausländerbehörde haben im Rahmen ihres Ermessens die relevanten Gesichtspunkte für die Erteilung der beantragten Aufenthaltserlaubnis in der Form des Sichtvermerks zu überprüfen: dabei könnte auch die Frage der Verlängerung Ihres Vertrages mit der Universität Köln eine Rolle spielen. Einen Rechtsanspruch auf eine Aufenthaltserlaubnis in der Form des Sichtvermerks haben ausländische Staatsangehörige nicht. Auch bedarf die Ablehnung eines Antrages keiner Begründung.*

Aus Ihrem Schreiben ist nicht eindeutig ersichtlich, ob Sie bereits einen Antrag auf Erteilung einer Aufenthaltserlaubnis in der Form des Sichtvermerks gestellt haben; sollte dies nicht der Fall sein, so möchte ich Ihnen raten, einen solchen Antrag bei der zuständigen deutschen Auslandsvertretung (vermutlich das Deutsche Generalkonsulat in Kalkutta) zu stellen.

Auch geht aus Ihrem Schreiben nicht hervor, ob Sie noch im Besitz einer gültigen Aufenthaltserlaubnis für die Bundesrepublik Deutschland sind; da Sie einen Vertrag mit der Universität Köln bis zum 30. September 1967 haben, besitzen Sie möglicherweise noch eine bis zu diesem Zeitpunkt gültige Aufenthaltserlaubnis. Eine verbindliche Auskunft hierzu kann Ihnen das Auswärtige Amt allerdings nicht geben, weil ihm Ihr Reisepaß nicht vorliegt, worin die Aufenthaltserlaubnis eingetragen ist. Es darf Ihnen daher empfohlen werden, sich wegen dieser Frage mit dem Deutschen Generalkonsulat in Kalkutta oder mit der Deutschen Botschaft in Neu-Delhi in Verbindung zu setzen. Beiden Vertretungen geht eine Ablichtung Ihres Schreibens vom 10. August und Durchdruck dieses Antwortschreibens zu. Im Auftrag, gez. Dr. Dreher, Beglaubigt"

Aber wir bekommen auch eine erfreuliche Nachricht. Es hat noch etliche Korrespondenz mit der Vermittlungsstelle für deutsche Wissenschaftler im Ausland gegeben. Schließlich lesen wir auch am 9. Oktober das folgende Schreiben der Vermittlungsstelle, geschrieben am 4. September: *„Das Auswärtige Amt hat uns die Ermächtigung erteilt, die Ausgleichszulage an Sie bis zum 30. September 1967 weiterzugewähren. Einen Auszahlungsbescheid fügen wir bei. Da Sie am 30. September als Beamter aus den Diensten des Landes Nordrhein-Wastfalen ausscheiden, müssen wir mit dem Ablauf dieses*

Tages die Ausgleichszulage unwiderruflich einstellen. Das Auswärtige Amt hat uns gebeten, Sie auf diesen Termin hinzuweisen."

Wir können auf alle diese Schreiben nicht mehr reagieren. Es gibt ja kaum etwas, worauf eine Reaktion aus Indien noch notwendig gewesen wäre. Wir warten sehnsüchtig, daß wir die Rückreise antreten können, obwohl wir uns in Bombay sehr gut aufgenommen fühlten. Am 14. Oktober abends erhalten wir bei unserer Rückkehr in die Pension zwei Nachrichten. Die eine: Am nächsten Vormittag dürfen wir endlich auf das Schiff, die „MS Balong", und die zweite: bei dem Generalkonsulat läge für mich ein wichtiger Brief vor. Wegen der Einschiffung mit unserem vielen Gepäck, das im Hauptbahnhof in der Aufbewahrung war, finden wir keine Zeit, vom Generalkonsulat „den wichtigen Brief" abzuholen. Später werden wir erfahren, daß dieser wichtige Brief eigentlich der durch den diplomatischen Kurierdienst zugestellte Widerspruchsbescheid der Kölner Universität gewesen ist. Dieser Bescheid enthielt die Rechtsmittelbelehrung, daß er binnen 30 Tagen beim Verwaltungsgericht in Köln angefochten werden kann. Auch die deutsche Front läßt also nichts unversucht. Der Widerspruchsbescheid wird schließlich am 15. Dezember1967 meinem Rechtsanwalt Dr. Johlen in Köln ausgehändigt, weil am 18. Oktober das Generalkonsulat der Bundesrepublik Deutschland in Bombay dem Rektor der Universität Köln geschrieben hatte:

„Betr.: Zustellung eines Widerspruchsbescheids an den indischen
  Staatsangehörigen Dr. Prodosh A i c h
Anl. : 1 verschlossener Umschlag
Der dem Generalkonsulat Kalkutta übersandte Widerspruchsbescheid wurde zuständigkeitshalber an das hiesige Generalkonsulat weitergeleitet.
  Nach Auskunft eines hiesigen Reisebüros hat Herr Dr. Aich jedoch Indien vor einigen Tagen auf dem Schiffswege in Richtung Europa verlassen.
  Der Bescheid wird daher als Anlage zurückgesandt.."

Der Rektor der Universität Köln, Prof. Dr. W. Scheid, hat grundsätzlich so gehandelt, wie der Vice Chancellor der Universität Rajasthan, Prof. M. V. Mathur. Auch er hängt sich ohne Not weit aus dem Fenster, nimmt Partei für König, verliert jeden Skrupel und tut alles, mich von Deutschland fernzuhalten. Eigentlich hätte er mir die versäumte Rechtsmittelbelehrung zu seiner ersten Verfügung nachsenden müssen. Statt dessen wollte er mir seine Verfügung vom 7. September noch in Indien zustellen: *„Sehr geehrter Herr Dr. Aich! Mit Ihrem Schreiben vom 5. 8. 1967 protestieren Sie In aller Form gegen meine Entlassungsverfügung vom 3. 7. 1967. Ich weise Ihren Widerspruch zurück mit folgender*

Begründung:

Die Hauptaufgabe eines wissenschaftlichen Assistenten ist, den ihm vorgesetzten Institutsdirektor In Forschung und Lehre zu unterstützen (§ 1 der Assistentenordnung vom 14. 2. 1966, veröffentlicht im Gesetz- und Verordnungsblatt für das Land Nordrhein-Westfalen 1966, Seite 68). Diese Unterstützung ist nur möglich, wenn der Assistent mit den Intentionen des Ihn vorgesetzten Institutsdirektors im wesentlichen übereinstimmt. Da diese Übereinstimmung zwischen dem Direktor des Forschungsinstituts, Herrn Professor Dr. König und Ihnen nicht mehr gegeben ist, ist Ihre Entlassung gerechtfertigt.

Rechtsmittelbelehrung:

Gegen diesen Bescheid können Sie innerhalb eines Monats nach Zustellung Klage erheben. Die Klage ist bei dem Verwaltungsgericht in Köln, Blumenthalstrasse 33, schriftlich einzureichen oder zur Niederschrift des Urkundenbeamten der Geschäftsstelle zu erklären. Wenn Sie die Klage schriftlich einreichen, so ist dafür Ihre persönliche Anwesenheit in Deutschland nicht erforderlich, und Sie brauchen Ihre Arbeiten nicht vorzeitig abzubrechen. In diesem Fall sollen der Klage zwei Abschriften beigefügt werden."

Dieser Rektor müßte, als er die Verfügung unterschrieb, von der Überzeugung getragen worden sein, daß damit der Wiedereintritt des „indischen Staatsangehörigen Dr. Prodosh Aich" in die Bundesrepublik endgültig vereitelt ist. Ja, nach den heutigen Verhältnissen wären es auch so gewesen. Aber damals gab es diese 90 Tage Regelung für Touristen, was der Rektor der ehrwürdigen Kölner Universität wohl nicht wußte. Das sind die kleinen Unwägbarkeiten des Lebens, die Widerstandsgeschichten schlechthin möglich machen.

Es ist gut, daß wir all dies erst in Deutschland erfahren und nicht kurz vor der Zollabfertigung in Bombay. Bei der Abfertigung beim Zoll erkundigt sich meine Frau nach dem Zollbeamten, der vor 15 Monaten bei unserer Ankunft in Indien bei der Zollabfertigung seinen Namen in ihren Reisepaß aufgeschrieben hatte. Er hatte keinen Dienst an diesem Tag.

Begrüßt werden wir auf der „MS Balong" im Gegensatz zum deutschen Schiff auf der Hinfahrt von dem holländischen Kapitän mit einem Willkommens-Drink und von dem Schiffsagenten in Bombay, der uns auch ein Schreiben der Deutschen Botschaft in Neu-Delhi übergibt. Es trägt das Datum vom 6. Oktober:

„Betr.: Aufenthaltserlaubnis, Bezug: Ihr Antrag vom 13. 7. 1967

Sehr geehrter Herr Dr. Aich, der Botschaft liegt ein Schreiben der Stadt Bonn vor, wonach Sie im Besitz einer bis zum 30. 09. 1967 gültigen Aufenthaltserlaubnis zur Arbeitsaufnahme sind. Ihrem Antrag auf Zusicherung der Aufenthaltserlaubnis zur Arbeitsaufnahme bei der Universität Köln hat die Stadt Bonn, der das Ersuchen der Botschaft vom 17. 07. 1967 auf Grund der Tatsache, daß Sie noch für Bonn, Weberstr. 96, gemeldet sind, übergeben worden war, nicht entsprochen. Die Botschaft bedauert, Ihnen keinen günstigeren Bescheid erteilen zu können. Mit vorzüglicher Hochachtung, Im Auftrag, (Müller), Konsularsekretär 1. Klasse"

Zeit zum Auftanken, Zeit zum Nachdenken

Unsere Kabine auf der „MS Balong" ist in der Deckmitte. Die Schaukelei auf hoher See wird etwas weniger sein. Sie ist geräumig, aber ohne einen Aufenthaltsraum. Unser Kabinengepäck enthält das Notwendigste. Wir können aber jederzeit an unser restliches Gepäck. Wir richten uns in der Kabine ein. Wir fühlen uns schon wohl. Durch die Fenster haben wir freien Blick in die Fahrtrichtung. Der gemeinsame Aufenthaltssalon wäre auch für 12 Passagiere großzügig ausgelegt und eingerichtet. Wir sind aber nur sechs Passagiere. Und ein Steward. Er ist zuvorkommend, wie man es von der Bedienung in einem guten Restaurant erwarten würde. Die Bar ist zwischen dem Aufenthaltsraum und dem Eßsalon. Sie wird von den Offizieren betrieben und von dem Dritten Ingenieur verwaltet, der auch ein Freizeitkünstler ist. Metallobjekte. Einige Stücke sind in der Bar ausgestellt. Der Eßsalon ist gleich daneben. Von beiden Salons haben wir freien Blick auf die Rückseite des Schiffes und jeweils einen seitlichen Blick auf das Meer. Liegestühle ringsum.

Wir werden in dieser ruhigen, behaglichen und beinahe luxuriösen Umgebung ca. sechs Wochen leben. Reiseroute ist: Bombay–Colombo–Rotterdam. Rund um das Kap. Der Suez-Kanal ist nach dem „Sechstagekrieg" geschlossen. Der erste Stopp nach Colombo ist auf der Höhe von Johannesburg: zum Auftanken, Post aufgeben und empfangen und natürlich Proviant aufnehmen. Nicht im Hafen versteht sich. Die Hafengebühren sind hoch. Erst am Abend des ersten Tages an Bord begreifen wir, daß die Turbulenzen in Indien tatsächlich hinter uns liegen, obwohl wir faktisch das Land noch gar nicht verlassen haben. Und wir sind tatsächlich trotz alledem heil herausgekommen. Auch ohne gesundheitliche Beeinträchtigungen. Daß meine Frau so viel abgenommen hat, daß sie eine beträchtliche Menge Flüssigkeit in den Kuhlen ihrer Schlüsselbeine hätte transportieren können ist ja keine Krankheit. Im nachhinein bin ich beschämt, daß ich überhaupt nicht abgenommen habe.

Die Ruhe haben wir offensichtlich auch gebraucht. Wir erkundigen uns nicht einmal, wann wir von Bombay ablegen. Wozu auch? Auf dem Schiff haben wir auch kein Tagebuch geführt. Wir wissen heute nicht mehr, ob wir am nächsten oder am übernächsten Abend abgelegt haben. Was in Erinnerung geblieben ist, ist die Einladung des Kapitäns, beim Ablegen auf die „Brücke" zu kommen und das gesamte Manöver mitzuerleben, bis der Lotse das Schiff verläßt. Eine wohltuende freundliche Geste!

Der Kapitän hat sich während der ganzen Zeit des Manövers mit den Passagieren so unterhalten, als ob ihn die ganze Sache überhaupt nichts anginge. Die Arbeit wurde von dem 2. Offizier erledigt. Später werden wir erfahren, daß dieses Verhalten des Kapitäns durchaus nicht typisch ist. Aber dieser Kapitän soll dafür bekannt sein, nicht nur in seiner Reederei in Holland. Er hält sich meist im Hintergrund. Der Funkoffizier wird uns später sagen, daß den Kapitän die täglichen Berichte über die Wetterlage nicht interessieren. Er kennt die Winde und Strömungen. Er nutzt diese so geschickt aus, daß er nicht nur Brennstoff einspart, sonder auch Zeit. Er kommt nie zu spät an.

Aber hin und wieder erscheint der Kapitän im Funkraum und will etwas bestimmtes wissen, dann weiß nicht nur der Funkoffizier, daß eine rauhe See zu erwarten ist. Dieses „Hin und wieder" läßt nicht lange auf sich warten. Wir sind noch weit entfernt von Colombo. Die Windstärke nimmt langsam aber stetig zu. Als wir uns Colombo nähern, entscheidet der Kapitän, außerhalb des Hafens vor Anker zu gehen. In der Nacht erwischt uns Windstärke 12. Wir überstehen die Nacht. Und wir werden nicht seekrank. Der Taifun oder der Zyklon, oder was immer der Name gewesen sein mag, hat im Hafen großen Schaden angerichtet, hören wir später. Der Kapitän beginnt uns zu interessieren.

Vor dem Ablegen von Bombay hatten wir den Kapitän nur bei den beiden Hauptmahlzeiten gesehen. Auf dem deutschen Schiff hatten nur der Kapitän und der 1. Offizier ihre Mahlzeiten mit den Passagieren eingenommen. Auf diesem holländischen Schiff nehmen alle Offiziere ihre Mahlzeiten mit den Passagieren ein. Mehr als übliche Tischgespräche waren es vor dem Ablegen nicht. Sie hatten andere Sorgen. Aber nach dem Ablegen hatte nicht nur der Kapitän mehr Zeit für Gespräche. Er verhielt sich wie ein vorbildlicher Gastgeber. Schon am ersten Abend hatte sich herausgestellt, daß eines der beiden britischen Ehepaare gern Bridge spielt. Auch der Kapitän spielt gern Bridge. Beim Bridge-Spiel und auch sonst, wenn er im Aufenthaltssalon ist, bewirtet er uns mit Getränken und verwöhnt uns mit leckeren Snacks und Zwischenmahlzeiten. Lächelnd erwähnt er, daß er ganz viele Froschschenkel und Langusten in Bombay günstig eingekauft hat.

Das Be- und Entladen in Colombo dauerte drei Tage. Damals gab es noch keinen durchgehenden Containerverkehr. Die Aufenthalte in den Häfen waren attraktiver. Und Colombo ist eine schöne Stadt. Es gibt auch Ausflugsmöglichkeiten. Diese drei Tage in Colombo wären für uns wunderschön geworden, wenn, ja, wenn wir nicht finanziell so absolut blank gewesen wären. Noch bevor wir von Bombay ablegten, konnten wir per Funk die Nachricht an unsere Bank in Bonn über die Reederei übermitteln, daß sie unverzüglich bei der Reederei in Holland zu unseren Gunsten 1000,- DM hinterlegt. Bis die Reederei die Überweisung erhält und den Kapitän benachrichtigt, haben wir also kein Geld. Auf dem Schiff kann alles aufgeschrieben werden. Unsere Besichtigungen beschränkt sich so ausschließlich auf die Wegstrecke des Kapitäns, der uns freundlicherweise immer mitnimmt.

Die Wege, die der Kapitän macht, sind nicht uninteressant. Ab und zu natürlich auch zu dem Agenten, aber meist auf der Suche nach einem Papagei, nach Edelholz und/oder nach Schmucksachen für seine Frau.

Nun, die Suche nach einem Papagei ist ja im wahrsten Sinne selbstredend. Er kauft schließlich keinen. Wir haben aber einen Teil der Stadt gesehen, den wir sonst nie gesehen hätten. Und andere Menschen auch. Diese waren nicht auf Touristen eingestellt. So ist es auch bei der Suche nach Edelholz.

Er braucht nur wenige Stücke. Eine wirklich kleine Menge. Und er hat ganz klare Vorstellungen von den Stücken. Es ist wirklich eine Suche. Irgendwann siegt die Neugier über die Diskretion. Was will er mit dem Holz machen, frage ich. Er braucht die Holzstücke zur Restaurierung von alten Möbelstücken. Später werden wir erfahren, daß er auf jeder Fahrt ein oder zwei kaputte Möbelstücke mitnimmt und diese auch fertig restauriert hat, wenn er in Rotterdam von Bord geht. Es ist sein Hobby. Jedes Frachtschiff verfügt über eine Werkstatt für Holzarbeiten, die auch für Schreinerarbeiten tauglich ist. Aber nicht jedes Frachtschiff hat einen Kapitän, der es vorzieht, seine Offiziere weitestgehend in Ruhe zu lassen und in seiner freien Zeit mit Holz zu arbeiten. Und wenn er in der Werkstatt ist, erwartet die Mannschaft keine rauhe See.

Er kauft natürlich nicht in jedem Hafen Schmuck für seine Frau. Aber in Colombo ist es anders. Es gibt herrliche Edelsteine: vielfältig, viele sind bereits verarbeitet, und wenn nicht, lassen die Händler sie in Stunden verarbeiten. Die Preise sind moderat. Wir verfügen noch nicht über Geld. Auch der Kapitän verfügt nicht über viel Geld. Dennoch bietet er uns an, mit einer kleinen Summe aushelfen zu wollen. Wir haben so doch einige kleine Steine gekauft. Dieser Teil von Colombo hat uns überhaupt nicht gefallen. Alles ist auf Touristen abgestellt, aber wirklich alles.

Als wir Colombo wieder verlassen hat sich die See beruhigt. Auf offener See sind nur kleine weiße Kämme zu sehen. Weit und breit sonst nichts als Wasser. Viel Zeit zum Arbeiten und Nachdenken. Ich beginne, über die Autonomie der Universitäten zu schreiben. Immer nach dem Frühstück auf dem offenen Deck. Es gelingt mir nicht, mich lange zu konzentrieren. Die Ruhe, die Helligkeit, die Wellen, der volle Bauch und das leichte Schaukeln schläfern mich ein. Wir haben noch nie im Leben soviel geschlafen wie bei dieser Fahrt. Würde es den anderen beiden Ehepaaren nicht auch so gehen, würden wir das alles möglicherweise auf die hinter uns liegende Hektik in Indien zurückgeführt haben. Einige Tage später, in der Nähe des Äquators als die ersten Albatrosse auftauchen, wird es ganz aus sein mit arbeiten. Es ist offensichtlich faszinierender und erholsamer, diese großen Vögel beobachtend zu begleiten, als zu arbeiten.

Ich komme mit dem Schreiben nicht voran. Aber die fällige Korrespondenz muß erledigt werden. Unsere Schreibmaschine besitzen wir nicht mehr. Der Kapitän leiht uns gern seine Schreibmaschine aus, aber gibt uns mit verschmitzten Augen den Rat, die Maschine nicht zu sehr zu überlasten. Noch vor dem Ablegen von Bombay erhalten wir aus einem Schreiben von Rishi Kumar Mishra, jenem Journalisten, der in Jaipur unser Schutzengel gewesen ist und in der Sache noch weiter recherchiert, Nachricht, daß Scheuch ihm empfohlen hat, sich Kopien jener Dokumente von der Universitätsleitung in Jaipur geben zu lassen, die sich auch in seinem Besitz befänden. Diese Nachricht ist der erste konkrete Nachweis, daß die Universitätsleitung „Dokumente" über mich gestreut hat, auch bis nach Köln. Welche Dokumente? Was für welche sollten das denn sein, die wir nicht kennen sollten? Und alles was wir kennen, haben wir unverzüglich an das Institut für Soziologie weitergeleitet. Über die Emsigkeit von Scheuch wird später mehr zu erzählen sein.

Am 18. Oktober bringe ich diesen Tatbestand dem Chancellor der Universität, dem Gouverneur des Bundesstaates Rajasthan. zur Kenntnis. Natürlich nehme ich Bezug auf andere von ihm noch nicht erledigte Angelegenheiten und frage nach, wie er als die Aufsichtsinstitution die Tatsache beurteilt, daß offensichtlich angefertigte Dokumente gegen einen indischen Wissenschafter von seiner Universität an einen deutschen Hochschullehrer ausgehändigt werden, um diese gegen mich in Deutschland zu verwenden. Ich hebe hervor, daß seine Beurteilung für mich in doppelter Hinsicht von Bedeutung ist: für die zu veröffentlichende Dokumentation über die Rajasthan University und für die offensichtlich fällig gewordene gerichtliche Klage gegen meine Entlassung von der Universität Köln auf der Grundlage eben dieser dubiosen „Dokumente". Ich erwähne auch, daß ich mir die Freiheit nehme, Kopien dieses Schreibens dem Visitor zu seiner Information ebenso zur Verfügung zu stellen, wie auch dem Bundesminister für Erziehung und dem „Chairman" der „University Grants Commission".

Erst in der ersten Woche des November kann die Post vom Bord gehen. Also überlasten wir die Schreibmaschine des Kapitäns nicht. Wie gesagt, das luxuriöse Verwöhnen auf der „MS Balong", das fast gleichbleibende einlullende Geräusch der Fahrt, der Ozean mit dem immer beweglichen Wellengang, die Albatrosse und das Fehlen jeder Hektik tun ein übriges für meine Untätigkeit. Es hat so viel Beruhigendes, auf das Wasser zu starren, hin und wieder auch Delphine zu sichten und sie zu beobachten, zu erwarten, daß doch noch ein Schiff vorbei fährt, den Blick vom Wasser zu heben, um dem fast schwerelosen Gleiten der Albatrosse zuzuschauen. Albatrosse sehen aus wie Riesenmöwen. Sie haben eine Flügelspannweite von mehr als 1½ Metern. Am Äquator tauchen sie aus dem nichts auf. Eines morgens sehen wir einen, bald sind es mehrere. Wir haben nie einen von ihnen sich auf dem Schiff ausruhen sehen. Tagsüber begleiten sie das Schiff, nein, nicht begleiten, sie eskortieren es eher. Veränderungen ihrer Flughöhen, ihrer Flugrichtungen, ihrer Fluggeschwindigkeit geschehen antriebslos. Weder in den Flügeln noch im Körper geschieht etwas Wahrnehmbares. Gewiß sind sie auf Futtersuche. Wir sehen aber keinen von ihnen im Sturzflug. Sie haben keine Hektik. Was sie in der Dunkelheit machen, wissen wir nicht. Wir fragen auch keinen. Wir wollen nicht den Zauber dieser zauberhaften Vögel durch vogelkundliches Wissen zerstören.

Einen Sonnenaufgang haben wir nicht beobachten können. Abends haben wir lange Bridge gespielt. Dabei auch etwas getrunken. Meist Longdrinks. Aber Sonnenuntergänge sehen wir jeden Tag. Je näher wir zum Äquator kommen, desto kürzer werden sie. Die Sonne plumpst beinahe in den Ozean. Wahrscheinlich haben wir nichts dadurch versäumt, daß wir erst kurz vor dem Frühstück aufgestanden sind.

Eines Abends, als wir nach dem Bridge in die Kabine kommen, werfe ich einen Blick durch das Fenster. Es sind nur Sekunden vergangen, bis das Telefon klingelt. Der Offizier in der Brücke bittet uns höflich, die Gardinen des Fensters zu schließen. Ich tue es. Kurz darauf ruft uns der Kapitän an und bittet uns auf die Brücke. Es ist stockdunkel. Schauen Sie hinaus, sagt er, ist es nicht wunderbar, wie weit man sehen kann! Man sieht erstaunlich weit detailliert. Man sieht wesentlich weiter, bis hin zum Horizont. Man sieht den Wellengang. Deutlich. Wir schauen immer noch erstaunt hinaus, als wir plötzlich geblendet werden. Wir sehen nichts mehr. Der Kapitän hat die schwere dunkle Gardine des Radarraumes nur einen Spalt geöffnet. Dieser Lichteinfall in die Brücke hat uns so gut wie blind gemacht. Natürlich nur für kurze Zeit. Aber auch nach diesem Schrecken sehen wir nicht mehr weit. Auch ohne Erklärungen begreifen wir, warum der Steward beim Einbruch der Dunkelheit die schweren Gardinen in den Kabinen so perfekt zuzieht. Ja, dieser holländische Kapitän hätte auch eine gute Figur als Pädagoge abgegeben. Wir sind nach dieser Lektion oft nachts auf der Brücke gewesen. Man sieht jede Kleinigkeit, Gegenstände, die für das Radar zu klein sind.

Die Sonnenuntergänge werden wieder länger und attraktiver. Mir wird langsam bewußt, daß wir uns dem Kap nähern. Kap ist die erste Möglichkeit, Post auf den Weg zu bringen. Der 4. November ist für uns wieder ein Schreibtag. Wir haben auch jeden Grund, uns Gedanken zu machen, was sein wird, wenn wir in die Bundesrepublik einreisen. Wir haben keine Wohnung. Ich habe weder ein Visum noch eine Aufenthaltserlaubnis. Und dann das Schreiben der deutschen Botschaft, das uns nach unserer Einschiffung in Bombay ausgehändigt worden ist. Mit der Botschaft, daß die Ausländerbehörde in Bonn meinen Antrag auf Aufenthaltserlaubnis abschlägig beschieden hat, ist das Signal auf Sturm gestellt. Eine vorläufige Bleibe in Düsseldorf, bis wir eine Wohnung gefunden haben, haben uns Roschan Dhunjibhoy und Reginald Beuthner angeboten. Roschan ist jene pakistanische Journalistin, die ich beim „Internationalen Frühschoppen" kennenlernte und Regi ist ihr Lebensgefährte. Sie sind zur Zeit in Nordafrika für Dreharbeiten. Ihren Wohnungsschlüssel haben sie für uns beim Hauswirt hinterlegt. Aber dürfen wir überhaupt eine Wohnung mieten? Für wie lange?

Also wende ich mich an Willy Brandt und nicht an das Auswärtige Amt und hoffe, daß er auf Grund seiner Biographie auch als Außenminister der Bundesrepublik noch Willy Brandt geblieben ist: „Sehr geehrter Herr Brandt, ich darf Bezug nehmen auf mein an Sie persönlich adressiertes Schreiben vom

10. 8. 67 und auf das Schreiben des Auswärtigen Amtes, Aktenzeichen V 3 - 88-2989, vom 1. 9. 67. In dem erwähnten Schreiben des Auswärtigen Amtes ist mir die formaljuristische Lage eingehend erläutert worden. Die formaljuristische Lage war mir nicht bekannt. Ich meine, jedes Amt könnte sich der Verantwortung entziehen, wollte es, ohne von den Elementen einer außergewöhnlichen Situation Kenntnis zu nehmen, nur auf die formaljuristische Lage hinweisen, was ich von einem von Ihnen geführten Amt am wenigsten erwarten kann. Ich hatte mir erlaubt, mein Schreiben vom 10. 8. an Sie persönlich zu adressieren, da die Umstände tatsächlich außergewöhnlich sind und meines Erachtens eine Lösung schwerlich auf dem üblichen Amtsweg gefunden werden kann.

Wie ich bereits in meinem Schreiben vom 10. 8. erwähnte, hat ein Kölner Professor versucht, die Deutsche Botschaft in Neu-Delhi durch eine bereits im Juni 67 gemachte Mitteilung gegen mich zu beeinflussen, daß mein Vertrag mit der Kölner Universität nicht verlängert werden würde. Daß ich entlassen worden sei, wurde mir aber erst in einem Schreiben vom 3. Juli mitgeteilt, das mich am 3. 7. erreichte.

Ich hatte eine Aufenthaltserlaubnis für die Bundesrepublik bis zum 30. 9. 67. Im Juli hatte ich einen Antrag auf ein Einreisevisum bei der Deutschen Botschaft in New Delhi gestellt. Am 4. 10. telefonierte ich um 9.00 Uhr morgens mit der Konsularabteilung der Deutschen Botschaft. Der Konsularbeamte riet mir, kurz vor 1.00 Uhr in sein Büro zu kommen. Bei meinem Besuch sagte mir der zuständige Konsularbeamte, Herr Müller, meine Akte sei leider nicht zu finden. Ihm war bekannt, daß ich aus Reisetermingründen am gleichen Tag von Delhi weiterreisen mußte. Ich hinterließ die Adresse meines Schiffsagenten, der mir am 15. 10. ein Schreiben der Deutschen Botschaft übergab mit dem Inhalt, mein Antrag sei abgelehnt worden. Zu keiner Zeit ist mir von einer deutschen Auslandsvertretung in Indien mitgeteilt worden, daß ihr eine Durchschrift des erwähnten Schreibens des Auswärtigen Amtes vom 1. 9. an mich zugekommen ist.

Es ist außer Zweifel, daß die Absichten und die Handlungsweise des erwähnten Kölner Professors und der Universitätsverwaltung nicht einwandfrei sind. Da ich Rechtsmittel gegen meine Entlassung in Anspruch nehmen werde, ist nicht entschieden, ob ich im Universitätsdienst bleiben werde oder nicht. Wenn mir nun unter dem Vorwand, ich sei nicht mehr an der Kölner Universität tätig, ein Einreisevisum verweigert wird, mir also praktisch mein Recht genommen wird, mich an ein Gericht in der Bundesrepublik zu wenden, dann möchte ich gern wissen, ob dies nicht eine Einmischung in eine Rechtsauseinandersetzung darstellt. Ferner möchte ich die Frage stellen, wie es zu vereinbaren ist, daß mich das Auswärtige Amt für meine Lehr- und Forschungstätigkeit in Indien durch die Vermittlungsstelle für deutsche Wissenschaftler im Ausland unterstützen ließ, dann aber durch die Verweigerung eines Einreisevisums meinen Aufenthalt in der Bundesrepublik verhindert und damit auch die Auswertung der Forschungsarbeiten unmöglich macht. Letztlich möchte ich fragen, ob das Auswärtige Amt endgültig entschieden hat, sich auf die formaljuristische Position zurückzuziehen und sich so von der ganzen Angelegenheit fernzuhalten. Ich nehme an, daß das Auswärtige Amt über die Sachlage orientiert ist durch meinen Tätigkeitsbericht, übermittelt durch die Vermittlungsstelle vom 1. 9. 67.

Am letzten Tag vor meiner Abreise von Indien hatte sich das Generalkonsulat in Bombay bemüht, mir durch die Hotelverwaltung mitteilen zu lassen, daß ein wichtiger Brief aus Deutschland für mich vorläge. Durch Terminschwierigkeiten war ich nicht mehr in der Lage, den Brief in Empfang zu nehmen. Falls dies ein Schreiben Ihres Amtes gewesen sein sollte, so möchte ich bitten, mir dieses Schreiben nach meiner Ankunft, Anfang Dezember, in Bonn, Weberstr. 96, zustellen zu lassen.

Ich bedauere es sehr, daß ich Ihre Zeit wieder in Anspruch nehmen mußte."

Ich kann zwei Adressen angeben. Bis 24.November eine in Genua, weil die Reederei eine neue Beladung in Genua angeordnet hat, und den Hauptsitz der Reederei in Holland bis 30. November. Natürlich wende ich mich an den Kultusminister des Landes Nordrhein-Westfalen auch am selben Tag: „ich darf Bezug nehmen auf Ihr Schreiben vom 30. 8. das mir am 9. 10. durch meinen Schiffsagenten in Bombay übermittelt wurde. Eine Rechtsmittelbelehrung von der Universität Köln habe ich noch nicht erhalten, wohl deshalb nicht, weil ich in einem Schreiben vom 2. September den Herrn Rektor der Universität gebeten hatte, mit der Rechtsmittelbelehrung bis Mitte November zu warten, wovon ich Sie auch am gleichen Tag unterrichtet hatte.

Darf ich nochmals die Frage an Sie richten, mir freundlicherweise mitzuteilen, auf welchem Weg ich die Angelegenheit an Sie herantragen kann, damit Sie in dieser Sache tätig werden können. Nach meiner Einschätzung wird sich die Universität Köln auf den Standpunkt stellen, genau wie die Universität von Rajasthan, daß meine Entlassung keine Strafmaßnahme gegen mich beinhalte. Die Universität von Rajasthan konnte das indische Gericht davon nicht überzeugen. Darf ich mir erlauben, Sie darum zu bitten, mir mitzuteilen, ob auch Sie, sehr geehrter Herr Kultusminister, der Meinung sind, daß meine Entlassung keine Strafmaßnahme gegen mich darstellt.

Ich darf Ihnen noch mitteilen, daß die Feldarbeit an meinen beiden Forschungsprojekten erfolgreich beendet werden konnte, was natürlich ohne die Verlängerung meiner Beurlaubung nicht möglich gewesen wäre. Ich muß aber leider hinzufügen, daß durch meine Entlassung und durch die auf so interessante Weise versuchte Beendigung meiner akademischen Karriere die Auswertung meiner Forschungsarbeiten in Frage gestellt ist. Nun habe ich mit der Auswertung meiner dritten Forschungsarbeit beginnen können, ‚Anatomie einer indischen Universität, eine Studie über die Universität von Rajasthan', die auch einige interessante Kapitel über die Universität Köln enthalten wird.

Ich bedauere es sehr, Sie mit meinen Schreiben erneut belästigt zu haben."

Unsere Hoffnung ist noch immer, daß unser Forschungsmaterial und die Rehabilitierung erster Klasse in Indien eine außergerichtliche Lösung möglich machen wird. Dennoch sorgen wir vor, und ich wende ich mich an Herrn Dr. Adolf Arndt, Mitglied der SPD-Bundestagsfraktion: „bitte gestatten Sie mir, mich in einer Angelegenheit an Sie zu wenden, die trotz ihres individuellen Charakters von allgemeiner Bedeutung sein dürfte. Ich habe während meines Aufenthaltes in der Bundesrepublik von 1955 bis 1966 Ihr Interesse an der Wahrung der Rechte von Individuen gegen willkürliche Verwaltungsakte verfolgt, und das ermutigt mich, meinen Fall an Sie heranzutragen und Sie um Rechtsberatung zu bitten. Ich wäre Ihnen außerordentlich dankbar, wenn Sie mir Ihre Hilfe nicht versagen würden.

Ich werde spätestens Anfang Dezember mit allen Dokumenten in der Bundesrepublik zurück sein und mich sofort bemühen, mit Ihnen Kontakt aufzunehmen. In der Zwischenzeit erlaube ich mir, Ihnen einige Dokumente zuzusenden, die Ihnen einen Einblick in die Umstände meines Falles geben.

Darf ich Sie auch bitten, die Möglichkeit einer einstweiligen Verfügung gegen die Verweigerung eines Einreisevisums bzw. einer Aufenthaltserlaubnis zu prüfen. Da ich unter den jetzigen Bedingungen 90 Tage nach Eintritt in die Bundesrepublik diese wieder verlassen muß, werde ich praktisch daran gehindert, in der Bundesrepublik wirksam Rechtsmittel gegen einen dortigen Verwaltungsakt einzulegen."

Natürlich schreiben wir an so viele Freunde und Bekannte wie eben möglich bis zur Abholung der Post, um unsere Ankunft in der Bundesrepublik bekannt zu geben. An einem unvergeßlich schönen Nachmittag geht die „MS Balong" außerhalb der Hoheitsgrenze von Südafrika vor Anker. Die Silhouette der Küste ist gefärbt in Rosa. Die Wolkenbildung ist einmalig schön. Wir freuen uns, daß wir unsere Kamera haben retten können. Noch vor Eintritt der Dunkelheit ist das Schiff wieder reisefertig. Die übliche Ruhe kehrt wieder ein. Und die Ablenkung durch die vielen Gespräche in den beiden Salons auch.

Natürlich wollen wir von dem Kapitän wissen, wie die Verspätung durch diesen Abstecher nach Genua den Kunden in Rotterdam erklärt werden wird. Welche Verspätung, fragt er zurück. Wir werden trotzdem eher früher als später in Rotterdam ankommen, meint er. Er merkt aber gleichzeitig, daß seine Äußerung bei uns Unverständnis ausgelöst hat. Also erzählt er uns die ganze Geschichte. Auf der Fahrt von Australien nach Bombay war die Antriebsschraube gebrochen, eigentlich ein seltenes Ereignis. Sie ist riesengroß, gehört somit nicht zum Ersatzteillager. Natürlich hat der Kapitän sofort nach Rotterdam funken lassen. Nach hektischer Recherche findet die Zentrale heraus, daß in ca. zehn Tagen eine Ersatzschraube die „MS Balong" erreichen würde.

Der erste Schiffsingenieur ist ein wirklicher Ingenieur. Der macht sich Gedanken. Er läßt die gebrochene Schraube an Bord hieven und sieht, daß eins der vier Blätter von der Schraube gebrochen ist. Er konstruiert eine Schraube aus den restlichen drei heilen Blättern. Dafür braucht er keine zehn Tage. Das Schiff kann wieder fahren. Die Zentrale ist natürlich begeistert und beglückwünscht die Mannschaft. Außer Spesen durch die vielen Funk- und Telefongespräche ist nichts gewesen. Aber der Kapitän hat ein Problem hinzubekommen. Zu seinen Kenntnissen über die Winde und über die Strömungen, die jedes Schiff unter seiner Führung schneller macht als die übrigen in der Reederei, macht das außerplanmäßige

Reparaturwerk des ersten Ingenieurs das Schiff noch ca. zwei Knoten schneller. Wenn das Material durchhält, wird ein Patent wohl fällig sein. Wir würden das Ganze wirklich als eine gut erzählte Seemannsgeschichte abgetan haben, wenn von der Zentrale nicht die Anweisung kommen würde, die „MS Balong" könnte eigentlich eine Frachtladung von Marseilles nach Genua bringen, statt viel zu früh in Genua vor Anker zu gehen und unnötige Hafengebühren zu zahlen.

Ein anderes Mal erzählt er die Geschichte zweier pensionierter holländischer Lehrerinnen, die sich als Dauerpassagiere bei der Reederei eingemietet hatten. Die meisten der Frachtschiffe mit Passagierkabinen sind nicht vollständig ausgebucht. Also macht die Reederei ein besonderes Angebot an die beiden Damen für mehrfache Reisen um die Welt. Diese lösen ihren Haushalt auf und ziehen in Schiffskabinen um. Sie kommen nicht nach Rotterdam zurück. Sie werden quasi wie Frachtgut von einem Schiff zum anderen umquartiert, damit sie immer unterwegs sind. Der Kapitän erzählt uns diese Geschichte nicht, weil diese beiden Damen besser gerechnet hatten als die Reederei. Zuhause auf dem Festland würden sie nicht nur wesentlich höhere Lebenshaltungskosten haben als auf dem Schiff, sie würden sich weder einen Steward, noch so gute Verpflegung leisten können. Der Kapitän erzählt uns diese Geschichte, weil die beiden Frauen mittlerweile über die Reiserouten der Reederei so gut Bescheid wissen, daß sie bei der kleinsten Abweichung von der Routine unzählige Fragen stellen würden. Ihr Unterhaltungsbedarf steigt ständig. Und die Reisen sind für die Mannschaft doch mittlerweile zumeist nur Routine.

Er erzählt uns nicht nur Geschichten, er kann auch ausfragen. Er weiß bereits viel über uns. Eines Tages gibt er uns ein Buch und bittet uns, ein Urteil über die Qualität des Buches abzugeben. Es ist ein Sachbuch über Drogen, Drogenkonsum, Drogenabhängigkeit und Drogentherapie. Nun, wir sind nicht vom Fach. Wir finden das Buch informativ und verständlich geschrieben. Wieso interessiert er sich für Drogen und für alles, was damit zusammenhängt, fragen wir ihn. Er überlegt eine gewisse Zeit und dann erzählt er die Geschichte seines ältesten Sohnes.

Er hat acht Kinder. Der älteste Sohn ist schon verheiratet, hat einen ordentlichen Beruf. Plötzlich erfährt der Kapitän, daß dieser Sohn drogensüchtig geworden ist. Er begreift die Welt nicht mehr. Er weiß auch nicht, was er dem Sohn sagen soll. Wird er ihm überhaupt zuhören? Und wie könnte überhaupt ein Gespräch gestaltet werden? Vorhaltungen zu machen oder ins Gewissen zu reden, würde wohl nichts bringen. Selbstkritisch hat er festgestellt, daß er so gut wie nichts über die Zusammenhänge weiß. Also nimmt er sich vor, sich kundig zu machen. In den Begegnungen mit dem Sohn läßt er das Drogenproblem außen vor. Das erste Gespräch darüber findet nach langen acht Monaten statt. Einfühlsam, ohne jeglichen Anflug von Bedauern oder Vorwurf. Er will mit dem Sohn nicht über Entzugsmöglichkeiten diskutieren. Er sagt ihm nur, daß er so gut wie nichts über Drogen gewußt hat, daß er während der Seefahrten viele Bücher darüber liest. Sein Sohn hat ihm nichts erzählt, aber ihn auch nicht abgelehnt. Er hofft, daß er sich soviel Wissen über die Zusammenhänge aneignet, daß er ihm helfen kann, sollte der Sohn irgendwann mit ihm etwas besprechen wollen. Soviel Geduld müßte er mindestens üben. Wirklich ein bemerkenswerter Kapitän.

Als wir Gibraltar passieren, erscheinen die Offiziere im Speisesalon im blauen Anzug. In Marseilles ist der Aufenthalt kurz. Nicht einmal 24 Stunden. Wir haben Gelegenheit eines Spazierganges und Zeit für eine Fischsuppe. In Marseilles haben wir keine Post erwartet. In Genua schon. Wir bekommen auch Post. Nur von Dr. Adolf Arndt. Immerhin. *„Ihr Schreiben vom 4. November ging mir zu. Außer ausnahmsweise in Verfassungsangelegenheiten übe ich jedoch den Anwaltsberuf nicht aus, da mir meine anderen Verpflichtungen dazu keine Zeit lassen, und ich unterhalte deshalb auch kein Büro. Ich bin daher außerstande, Ihre anwaltliche Vertretung zu übernehmen, sondern muß Ihnen empfehlen, sich möglichst an einen in Köln tätigen Rechtsanwalt zu wenden."*

In Genua haben wir mehr als zwei Tage Zeit, uns die Stadt anzuschauen, ziel- und planlos zwar, aber es ist ein anderes Gefühl, nach so langer Zeit wieder längere Zeit festen Boden unter den Füßen zu haben. Genau nach 43 Tagen, einen Tag später als vorgesehen, gehen wir in Rotterdam am 28. 11. von Bord. Der Abschied ist uns nicht leicht gefallen. Meiner Frau hat diese Seereise gutgetan. Sie hat ihr altes Gewicht wieder. Bis auf das Reisegepäck geben wir alles als Bahnfracht nach Düsseldorf auf und nehmen selbst den nächstmöglichen Zug. Wie verabredet steigen wir in der Wohnung von Roschan und Regi ab, Düsseldorf, Bachstraße 48. Wir finden dort die Nachricht vor, daß sie auf jeden Fall vor Weihnachten zurück sein werden und daß wir uns bis dahin in ihrer Wohnung wie zu Hause fühlen sollen.

Wir kennen die Wohnung von früher her und vor allem kennen wir uns in der Küche aus. Roschan kocht gern und am liebsten in Gesellschaft. Immer wenn wir da waren, haben wir die ersten Stunden in der Küche verbracht. Wir melden uns als erstes bei Fräulein Lehner zurück. Sie ist erleichtert, daß wir heil und guten Mutes sind. Post für uns ist bei Ihr nicht eingegangen. Wir kaufen einige Lebensmittel ein, packen das Reisegepäck aus und schreiben den ersten Brief am selben Abend. An den Rektor der Universität Köln: „Sehr geehrter Herr Rektor, unter Bezugnahme auf meine früheren Schreiben möchte ich Ihnen hiermit meine Ankunft in der Bundesrepublik mitteilen, damit etwaiger Schriftverkehr in Sachen meiner Entlassung, die ich nicht für gerechtfertigt halte, wieder aufgenommen werden kann."

Unsere großen Gepäckstücke sind noch unterwegs. Aber sie werden uns sicher erreichen. Wir haben in Indien nichts verloren, nicht einmal den häßlichen Regenschirm, den wir bei einem Bridge-Turnier in Bad Godesberg gewonnen haben. Also wird auch das gesamte Forschungsmaterial schon nicht verloren gehen. Schon gar nicht in den Niederlanden. Das Forschungsmaterial. Unser ganzes Kapital. So hoffen wir. Wir sind nach wie vor davon überzeugt, daß der Kampf um meine Rehabilitierung hier leichter sein wird, weil ja die Bundesrepublik Deutschland ein demokratischerer, ein zivilisierterer und ein gerechterer Staat sein soll als Indien. Es würde für uns nur darauf ankommen, so glauben wir, den Nachweis vorzulegen, daß jene in Indien erhobenen Vorwürfe gegen mich gegenstandslos sind. König oder Scheuch mögen ihre Sonderinteressen an dieser obskuren Universität Rajasthan entwickelt haben, aber nicht auch andere Soziologieprofessoren oder die Kultusbürokratie oder die deutschen Gerichte. So stürzen wir uns nicht sofort auf die Arbeit, sondern planen zunächst die Schritte ein, die uns arbeitsfähig machen werden. Also eine Wohnung, ein gebrauchter Wagen, ein Anwalt, die Aufenthaltserlaubnis, eine Arbeitsstelle und die Möglichkeit, das Forschungsmaterial baldmöglichst auszuwerten. Weiter planen wir nicht, weiter können wir auch nicht planen.

Ein Alptraum in Köln

Wir suchen zunächst nach einer preiswerten Wohnung in Köln oder in Bonn, nach einem gebrauchten Wagen und nach einem Rechtsanwalt für das Verwaltungsgericht in Köln. Die Aufenthaltserlaubnis hat noch Zeit. Unser erster Weg führt selbstverständlich nach Bonn, Weberstraße 96, zu Fräulein Lehner. Es ist fast so, wie ein nach Hause kommen. Wir erzählen ihr von den letzten Wochen, und Tagen von unseren Abenteuern in Indien, von der Ruhe auf dem Schiff, von dem bewundernswerten Kapitän des holländischen Frachtschiffes, und natürlich reden wir über unsere nächsten Schritte. Wie einst 1957 macht sie mir, uns Mut. Wir werden schon auf die Füße fallen.

Wir unterbrechen unsere Fahrt in Köln und besuchen unseren Tabakhändler, die Familie Alois und Luzi Koster. Ich kenne sie schon seit Beginn meiner Kölner Zeit. Ihr Geschäft ist führend in Köln ganz in der Nähe des WDR. Man trifft dort nicht nur WDR-Leute. Es ist wie eine kleine Nachrichtenbörse. Und wir haben keine Eile. Wir werden von vielen beraten. Eine Wohnung in Köln wird sicherlich leichter zu finden sein als in Bonn. Preiswerter auch. Wir bekommen einige Hinweise auf Anwälte. Die Sache mit dem Gebrauchtwagen erledigt sich schnell, dank der Nachrichtenbörse,. Am nächsten Tag haben wir einen VW-Käfer gekauft, von einem Bekannten von Bekannten von Bekannten.

Einer der WDR–Redakteure fragt mich beiläufig, ob ich schon weiß, daß die Kölner Universität gegen mich ein Hausverbot erlassen hat. Als aus Indien die Nachricht gekommen war, daß wir auf dem Seeweg nach Deutschland unterwegs waren, haben König und Scheuch das Hausverbot veranlaßt. Woher sollte ich das wissen? Warum Hausverbot? Wie soll ich das wissen? Wir sind erschüttert! Was für eine Primitivität! Die Universität Rajasthan in Jaipur war nicht so weit gegangen. Sie hatte nur meine Dienste nicht mehr haben wollen.

Nach zwei Tagen ist unser Gepäck am Hauptbahnhof Düsseldorf angekommen. Wir haben die zweite Runde des Kampfes gewonnen Die Feldarbeiten der vor Ort entwickelten Untersuchungen sollten verhindert werden. Sie wurden zu Ende geführt. Das Material sollte Deutschland nicht erreichen. Es erreicht diese demokratische Republik, dank jener 90tägigen Touristenregelung. Wir sind im Augenblick froh, daß das Material nun in Düsseldorf angekommen ist.

Roschan und Regie kommen aus Tunesien am Heilig Abend zurück. Davor haben wir unsere Schularbeiten fleißig erledigt. Im neuen Jahr werden wir eine Wohnung in Köln beziehen können. Fräulein Lehner will es möglich machen, daß unser erster Wohnsitz nach wie vor Bonn, Weberstraße 96, bleibt. Einen Rechtsanwalt haben wir auch. Die Klage beim Verwaltungsgericht ist auf den Weg. Dem Kultusminister haben wir geschrieben. Ich habe alle namhaften Soziologieprofessoren kurz über mein Dilemma unterrichtet und um Hilfe gebeten. Alle meine publizistischen Verbindungen auch. An Werner Höfer und an Hans-Jürgen Wischnewski etwas ausführlicher. Höfer hat viele Verbindungen und Wischnewski ist Bundesminister für wirtschaftliche Zusammenarbeit. Kurz, zwischen Weihnachten und unserm Umzug nach Köln haben wir keine unerledigte Arbeit. Wir verbringen einige ruhige und glückliche Tage in Düsseldorf, auch wenn sich für das Jahr 1968 ein rauher Sturm angekündigt hat. Es ist schön, wieder mit Freunden wie Roschan Dhunjibhoy und Reginald Beuthner zusammen zu sein. Ein bißchen Wehmut, ein bißchen Sentimentalität und ein bißchen Trost tun uns gut.

Ursprünglich wollten wir nur die Klage auf den Weg bringen und in den Dezembertagen alle verfügbaren Informationen auswerten und im Gegensatz zu Indien eine Strategie zu entwickeln und dann zu handeln. Wir hatten leider die Rechnung ohne die entschlossene deutsche Front gemacht. Die Besuche bei unserem Tabakhändler, das Verhalten des von mir bestellten Rechtsanwaltes in Köln, die Aussicht einer sich zeitlich in die Länge ziehenden unerbittlichen Auseinandersetzung, die Ängste und Besorgnis jener, die es eigentlich noch wohl mit uns meinen, zwingen uns, eine Menge Aktivitäten zu entwickeln. Es beginnt mit einem Antwortschreiben. Eine Antwort auf unseren Appell an Willy Brandt, den wir noch an Bord des Schiffes verfaßt hatten. Sie ist nicht von Willy Brandt, auch nicht von dem Bundesminister des Auswärtigen, sondern vom Auswärtigen Amt. Wieder von dem uns bereits bekannten Herrn Dr. Dreher, offensichtlich ein Jurist. Das Schreiben ist mit dem 29. Oktober datiert und nach Bonn, Weberstraße 96, adressiert: *„In Beantwortung Ihres Schreibens vom 4. November 1967 an den Herrn Bundesminister des Auswärtigen, mit dem Sie sich über die Versagung einer von Ihnen beantragten Aufenthaltserlaubnis in der Form des Sichtvermerks durch das Deutsche Generalkonsulat in Kalkutta beklagen (Habe ich das?), möchte ich auf mein Schreiben vom 1. September 1967 verweisen, in dem ich Sie darauf aufmerksam gemacht hatte, daß das Generalkonsulat Kalkutta Ihnen die Aufenthaltserlaubnis nur mit Zustimmung der Ausländerbehörde Köln (Köln?) erteilen könne. Offenbar (offenbar?) hat die Ausländerbehörde Köln es abgelehnt, ihre Zustimmung zur Erteilung der Aufenthaltserlaubnis in der Form des Sichtvermerks zu geben.*

Die Versagung der von Ihnen vermutlich zur Fortsetzung Ihrer Tätigkeit bei der Universität Köln beantragten Aufenthaltserlaubnis besagt aber nicht, daß Ihnen die Möglichkeit genommen wird, in das Bundesgebiet einzureisen. Solange Sie nicht die Absicht haben, in der Bundesrepublik Deutschland erwerbstätig zu werden, können Sie sich als indischer Staatsangehöriger - wie Sie wissen - für einen Zeitraum von drei Monaten im Bundesgebiet aufhalten, ohne einer Aufenthaltserlaubnis zu bedürfen (Wirklich erstaunlich!). Sollten Sie allerdings erneut in der Bundesrepublik Deutschland erwerbstätig werden wollen, müßten Sie nochmals ausreisen, um vom Ausland aus die für erwerbs-

tätige Ausländer erforderliche Aufenthaltserlaubnis in der Form des Sichtvermerks bei einer deutschen Auslandsvertretung zu beantragen.
Mit vorzüglicher Hochachtung, Im Auftrag, gez. Dr. Dreher, Beglaubigt"

Aber warum diese harte Frontlinie? Wogegen? Spielt meine Rehabilitierung erster Klasse in Indien keine Rolle? Was haben wir bzw. habe ich denn verbrochen? Wir haben keine Antworten auf diese Fragen. Wir müssen zur Kenntnis nehmen, daß das Auswärtige Amt der Deutschen das Auswärtige Amt der Deutschen bleibt, auch mit Willy Brandt an der Spitze. Und wir sind weit weniger als ein David gegen diesen deutschen Goliath. Aber wir haben an unserer Widerstandskraft nichts eingebüßt. Und ich bin immer noch blauäugig genug zu glauben, daß die stets lautstark gepredigten Werte der blond-blauäugig-weiß-christlichen Kultur in Wirklichkeit letztlich gelten würden. Deshalb glaube ich, unzählige Trumpfkarten in den Händen zu haben.

Die Auseinandersetzung beginnt also schon im Dezember. Ich beginne unverzüglich Unterstützung zu mobilisieren. In Düsseldorf nehme ich Verbindung mit dem Landesausschuß der SPD und mit den Gewerkschaften auf. Alle halten die Geschichten für unglaublich. Ich versorge sie mit schriftlichen Belegen. Sie sagen mir Hilfe zu. Sie geben mir auch Ratschläge darüber, wie ich den Widerstand mobilisieren soll. Zunächst habe ich am 10. Dezember in einem langen Schreiben an den Kultusminister des Landes Nordrhein-Westfalen die wesentlichen Punkte des Geschehenen nochmals zusammengefaßt, folgende neue Informationen übermittelt und dann gebeten, mir einen Gesprächstermin zu geben: „Durch meine Entlassung sehe ich mich nicht in der Lage, mein gesammeltes Material auszuwerten. Diese Materialsammlung war nur dadurch möglich, daß ich vom Landesdienst unter Weiterzahlung eines Teils meiner Dienstbezüge beurlaubt worden war, durch die Beihilfe der Vermittlungsstelle für deutsche Wissenschaftler im Ausland und durch die finanzielle Unterstützung des Indischen Erziehungsministers.

Durch meine Entlassung ist mir jede soziale Sicherheit genommen worden, auch die Sicherheit im Krankheitsfalle.

Es bleibt ein Makel an mir haften, an dem ich völlig schuldlos bin. Besonders deshalb, weil Herr Prof. Scheuch in einem Schreiben an einen indischen Journalisten meine Entlassung als einen Gnadenakt hinstellt, denn nach seiner Meinung habe ich ,*ein halbes Dutzend schwerwiegender Dienstpflichtverletzungen*' begangen. Eine Kopie dieses Schreibens muß Ihnen vorliegen, denn das Original enthält den Vermerk über die Zusendung einer Kopie an Sie.

Ich meine, ich habe den moralischen Anspruch zu erfahren, warum ich entlassen worden bin und zu wissen, worin dieses halbe Dutzend schwerwiegender Dienstpflichtverletzungen, die ich begangen haben soll, wohl bestehen. Ich meine, ich habe auch den moralischen Anspruch auf ein Disziplinarverfahren, das mir zwar von Herrn Prof. König angedroht, von mir gefordert, aber nie eingeleitet wurde. Ich meine, ich habe auch einen rechtlichen Anspruch, den offiziellen Grund für meine Entlassung zu erfahren, da der § 35, Abs. 1, des

Beamtengesetzes für das Land Nordrhein-Westfalen niemandem das Recht zur Willkür gibt.

Ich ersuche Sie, sehr geehrter Herr Minister, um eine mündliche Besprechung der ganzen Angelegenheit, damit durch eine sachliche Aussprache die Sache aus der Welt geschafft werden kann. Mein Interesse kann nicht darin bestehen, in langwierige gerichtliche oder sonstige Auseinandersetzungen verwickelt zu werden. Ich brauche meine Zeit und meine Energie für meine Forschungsarbeiten.

Für eine baldige Anberaumung des Termins wäre ich Ihren besonders dankbar, da ich im Augenblick ohne jedes Einkommen bin."

Ich habe RA Dr. Heribert Johlen II, den meistempfohlenen, mit der Führung der Klage beauftragt. Am 5. Dezember teilt er mit, daß er am Vortag seine Bestellung gegenüber der Universität angezeigt hätte. Das Schreiben endet mit dem Satz: *„Auf unsere Gebühren erbitten wir höflich einen Vorschuß von 100,- DM."* Diese ersten Kostprobe anwaltlicher Kultur in dieser Republik hat mir nicht wenig Kopfschmerz bereitet. Aber sein Schreiben vom 18. Dezember hat mir beinahe den Atem genommen. Hier ist es: *„Sehr geehrter Herr Dr. Aich! Auf Wunsch (?!) von Herrn Prof. König hatte ich mit diesem und Herrn Regierungsrat Dr. Kneser am vergangenen Freitag eine eingehende Unterredung.*

Zu Beginn dieser Unterredung überreichte mir Herr Dr. Kneser zunächst den in einer Ablichtung beigefügten Widerspruchsbescheid vom 7. 9. 1967. Dieser Widerspruchsbescheid hat Sie offensichtlich nicht erreicht. Es ist nun folgendes in formeller Hinsicht zu beachten:

An sich wird ein Widerspruchsbescheid nur dann wirksam, wenn er den Empfänger tatsächlich erreicht. Für Beamte gilt allerdings etwas anderes. Nach § 2 des Verwaltungszustellungsgesetzes für das Land Nordrhein-Westfalen muß ein Beamter Zustellungen unter der Anschrift, die er seinem Dienstvorgesetzten angezeigt hat, gegen sich gelten lassen. Hat der Beamte unter der angezeigten Anschrift keine Wohnung, so steht der Versuch einer Zustellung der Zustellung gleich.

Wenn Sie also der Universität, was ich nicht beurteilen kann, die Anschrift in Kalkutta als Adresse angegeben haben, so ist der Widerspruchsbescheid wirksam zugestellt und die Klagefrist versäumt.

Gegen die Versäumung der Klagefrist kann Wiedereinsetzung in den vorigen Stand gewährt werden. Dies ist dann möglich, wenn der Versäumende ohne Verschulden verhindert war, die gesetzliche Frist einzuhalten. Der Antrag auf Wiedereinsetzung in den vorigen Stand ist zusammen mit der versäumten Rechtshandlung, also hier der Klage, innerhalb von 14 Tagen nach Behebung des Hindernisses einzureichen. Da mir der Widerspruchsbescheid am 15. 12. 1967 zugegangen ist, habe ich als Klagefrist nunmehr den 29. 12. 1967 notiert.

Zur Sache selbst erklärte Herr Prof. König, daß der Grund für den Widerruf Ihres Beamtenverhältnisses nicht so sehr die Vorgänge in Indien gewesen seien, als vielmehr die Zerstörung des Vertrauensverhältnisses zwischen ihm und Ihnen. Er sei der Auffassung, daß Sie weder bei ihm noch bei Herrn Prof. Dr. Scheuch zu einer Habilitation kommen könnten. Aus diesem Grunde sei eine Fortsetzung des Assistentenverhältnisses nicht gerechtfertigt. Bereits mit einem Schreiben vom 25. 1. 1966 habe er Sie aufgefordert, nunmehr endlich Ihre Arbeit fertigzustellen.

Diese Aufforderung sei erfolglos gewesen. Darüber hinaus wirft Herr Prof. König Ihnen vor, daß Sie ihn und Herrn Prof. Dr. Scheuch in einem Schreiben vom 15. 8. 1967 an den Gouverneur von Rajasthan der Bestechlichkeit beschuldigt hätten. Ferner hätten Sie auf Briefbögen des Forschungsinstitutes an den stellvertretenden Rektor der Universität von Rajasthan gesandt, mit deren Inhalt er sich keineswegs einverstanden erklären könne.

Ich habe die von Herrn Prof. König erhobenen Vorwürfe entweder in allgemeiner Form zurückgewiesen oder erklärt, dazu zunächst nichts sagen zu können. Ich habe immer wieder darauf hingewiesen, daß ich den Widerruf des Beamtenverhältnisses nach wie vor deshalb für rechtswidrig hielte, weil er mir auf Mißverständnissen zu beruhen schiene und aus diesem Grunde wohl eine persönliche Aussprache zwischen Ihnen und Herrn Prof. König erforderlich sei. Zu einer solchen Aussprache ist jedoch Herr Prof. König nicht bereit.

Die Aussichten einer Klage sind nicht sicher zu beurteilen. Das Beamtenverhältnis des Assistenten ist ein Beamtenverhältnis besonderer Art, das auf dem besonderen Vertrauen zwischen dem vorgesetzten Institutsdirektor und dem Assistenten beruht. Außerdem ist sein Hauptzweck nach der Assistentenordnung die Habilitation. Trägt nun der Institutsdirektor vor, daß dieses Ziel nicht erreichbar sei und außerdem das Vertrauensverhältnis zerstört sei, so mußte schon das Gegenteil klar erreichbar sein, um eine Klage erfolgreich durchfahren zu können.

Teilen Sie mir nunmehr umgehend mit, ob trotz der unsicheren Erfolgsaussichten Klage erhoben werden soll. Ohne ausdrückliche Anweisung werde ich dies nicht tun. Zu einem weiteren persönlichen Gespräch stehe ich nach vorheriger telefonischer Terminabsprache gerne zur Verfügung.“

Wessen Rechtsanwalt ist eigentlich dieser Dr. Heribert Johlen II? Mein indischer Rechtsanwalt würde niemals ein solches Gespräch ohne meine Billigung geführt haben. Das Gespräch fand nicht in der Kanzlei meines deutschen Rechtsanwaltes statt. Und warum trägt er mir seitenlang den „kalten Kaffee“ von König vor? Hat er ein schlechtes Gewissen? Welche Funktion sollte das Gespräch überhaupt haben? Hatte er sich selbst gefragt, warum König mit ihm, dem Anwalt seines Widersachers, ein Gespräch hätte führen sollen oder wollen, wenn König keinen Vergleichsvorschlag zu unterbreiten gehabt hat? Sind wir schon, so fragen wir uns, in den Fängen des berüchtigten „kölschen Klüngels“? Wird dieser Kölner Anwalt womöglich unsere Interessen verraten?

Wir können all diese Fragen klären. Wegen der kurzen Frist sehe ich keine Alternative zu diesem RA Dr. Johlen II. Also bitte ich ihn postwendend, in der Klage mit Nachdruck meine Sichtweise und meine Interessen zu vertreten und in Zukunft ohne meine ausdrückliche Zustimmung keine Gespräche mit Dritten zu führen. Am 20. Dezember schreibe ich an Hans-Jürgen Wischnewski. „bitte nehmen Sie es mir nicht

übel, daß ich nicht an das Ministerium, sondern an Ihre private Adresse
schreibe. Ich möchte klar zum Ausdruck bringen, daß ich dieses Privileg nicht
aus der früheren Bekanntschaft und Zusammenarbeit ableite. Vielmehr bin ich
geleitet von der sachlichen Erwägung, Sie direkt und persönlich zu erreichen.

Während meines 15monatigen Aufenthaltes in Indien hatte ich Gelegenheit,
durch viele Umstände mehr zu untersuchen und zu analysieren, als es einem
Forscher normalerweise in dieser kurzen Zeit möglich ist. Sie wissen, daß ich
nie Angst hatte auszusprechen, was ich dachte. Diese Eigenschaft hat mir in
Indien viele Auseinandersetzungen eingebracht, die zu Einblicken und Erkenntnissen führten, zu denen man auf dem normalen Weg nicht kommt. Ich bin
überzeugt, daß ich vieles zu sagen hätte, wofür Gelegenheit gegeben worden
sollte.

Deshalb möchte ich Sie bitten zu prüfen, ob Sie mir in nächster Zeit einen
Termin für eine Aussprache geben könnten. Zu dieser Bitte bin ich ermuntert
worden durch den SPD-Landesvorstand in Düsseldorf sowie von den verantwortlichen Bildungsreferenten der Gewerkschaften.

In der Erwartung, bald von Ihnen zu hören, verbleibe ich"

Werner Höfer hatte ich meinen Tätigkeitsbericht in Indien an das
Auswärtige Amt durch die Vermittlungsstelle für deutschen Wissenschaftler
bereits vom Schiff übermittelt. Am 20. Dezember schreibe ich ihm: „Lieber
Herr Höfer, ich wünsche Ihnen, daß Sie zumindest in den kommenden Feierta-
gen etwas Erholung von Ihrer großen Arbeitsbelastung finden. Meinem Tätigkeitsbericht haben Sie sicherlich entnommen, daß ich in Indien eine ganze
Menge von Dingen studieren konnte, die normalerweise hinter der Maske des
Formalen verborgen bleiben. Ich möchte meine Einblicke und Erkenntnisse
publizistisch auswerten. Ausdrücklich betonen möchte ich, daß sie mit meiner
Auseinandersetzung mit den beiden Universitäten unmittelbar nichts zu tun
haben. Da ich im Augenblick nicht nur arbeitslos, sondern auch ohne Einkommen bin, wurde ich gern mit Ihrer Unterstützung in der Vermittlung von Publika-
tionsträgern rechnen dürfen, die an der Information über ungeschminkte Tatsachen interessiert sind, denn das Fundament jeder Politik sollten ja die Fakten
sein. Ich wäre Ihnen äußerst dankbar, wenn Sie mir dazu Ratschläge geben
oder vermittelnd auftreten könnten. In der Erwartung, bald von Ihnen zu hören,
verbleibe ich, mit freundlichen Grüßen"

RA Johlen reicht die Klage am 27. Dezember ein. Mit einem kurzen
Begleitschreiben stellt er mir die Klageschrift zu. Die letzten beiden Sätze
im Begleitschreiben sind: *„Auf meine Gebühren im Klageverfahren erbitte ich
höflichst einen Vorschuß von 300,- DM. Ich gehe dabei von einem Streitwert
von 5.000,-- DM aus, den das Gericht mit Sicherheit nicht unterschreiten wird."*
Am 28. Dezember legt die 3. Kammer des Verwaltungsgericht zu Köln den
vorläufigen Streitwert auf 3000,- DM und nicht auf 5000,- DM fest. Der
verlangte Vorschuß von meinem eigenen Rechtsanwalt ist damit überhöht.
Und er weiß, daß ich im Augenblick kein Einkommen habe.

Das oben erwähnte von Scheuch verfaßte Schreiben an den indischen
Journalisten hatte ich, wie schon erwähnt, unmittelbar vor dem Ablegen von

Bombay von unserem Schiffsagenten ausgehändigt bekommen. Es ist ein beispielhaftes Dokument. Verfaßt von Scheuch am 19. September 1967, von einem, wie auch immer im Amt und Würden gekommenen, deutschen Soziologieprofessor, dem im Umgang mit Fakten und Wahrheit, wie ich meine, wenig Skrupel und Scham anzumerken ist. Ich habe keinen Grund anzunehmen, daß Scheuch ein atypischer Sozialwissenschaftler in der blond-blauäugig-weiß-christlichen Kultur ist. Was in diesem Schreiben an verleumderischer Energie von Scheuch offenbart wird, läßt die Unnithans oder die Mathurs wie Waisenkinder aussehen. Und wir haben uns über die Verhältnisse in Indien aufgeregt! Nicht nur meine Frau, auch ich glaubte, dank meiner Verinnerlichung der Werte der blond-blauäugig-weiß-christlichen Kultur, daß so etwas in Deutschland nicht passieren könnte wie in Jaipur. Und doch erfahren wir Schlimmeres.

Das Dokument ist auf englisch. Glücklicherweise muß ich es nicht selbst wörtlich übersetzen. Eine Übersetzung liegt vor, offensichtlich auf Veranlassung von Scheuch. Sie ist nicht unproblematisch. Aber, ich lasse sie so, wie sie ist. Auch in dieser Übersetzung – wie ich meine – bleibt der Brief ein Zeitdokument des alltäglichen Faschismus und Rassismus. Dieser Brief ist weitlich unter Politikern, Publizisten und Wissenschaftlern gestreut worden, ohne daß dieser von jemandem beanstandet worden ist. Hier die Übersetzung im Original:

„Übersetzung – Brief von Professor Scheuch vom 29. 9. 1967 an Herrn Mishra, Korrespondent, <u>Patriot</u>, Neu-Delhi 1. Betr.: Fall Dr. Prodosh Aich

Unser Kultusministerium hat Ihre Briefe vom 15. Mai und vom 16. Juni 1967 an mich weitergeleitet. Der Inhalt dieser Briefe ist ein solches Gewebe von Verzerrungen und Unwahrheiten, daß eine Darstellung des sehr einfachen Verlaufs der Ereignisse der Diskussion jedes einzelnen Punktes vorausgehen sollte. Es sollte dann auch für Sie offensichtlich sein, daß Ihre anschuldigenden Behauptungen und Unterstellungen meist auf Mutmaßungen beruhen.

1. Die Tatsachen des Falles

Während des Sommers 1966 (Im Sommer 1966 war ich schon in Jaipur!) *stattete uns Dr. Unnithan von der Universität Rajasthan einen Besuch ab, um eine engere Zusammenarbeit zwischen seiner Universität und der unseren in die Wege zu leiten* (In wessen Auftrag?). *Herr Prof. René König und ich begannen uns für die Aufnahme gemeinsamer Forschungsarbeiten zu interessieren* (Ohne eine Bonitätsprüfung?). *Ein Mittel zur Vertiefung der Kontakte könnten persönliche Besuche von uns* (König und Scheuch) *nach Jaipur darstellen* (Reiselust auf Kosten des Steuerzahlers!). *Während des Weltkongresses für Soziologie in Evian Anfang September 1966 wurde vereinbart, daß ich die Gelegenheit der Teilnahme an einer Konferenz im India International Centre* (Im Spätsommer 1966 ist diese Einrichtung als vom CIA finanziert enttarnt) *im Oktober 1966* (zu dem mich der International Social Science Council in Paris als Experten einlud) *dazu benutzen sollte, auch Jaipur zu besuchen* (In wessen Auftrag? Warum gerade diese obskure Universität von 72 anderen indischen Universitäten? Auch die Universität Rajasthan ist im Spätsommer 1966 als einer der CIA-Stützpunkte in Indien enttarnt.). *Zum Zeitpunkt dieser neuerlichen* (neuerlichen?) *Einladung war Dr. Aich soeben erst in Jaipur eingetroffen, so daß von irgendwelchen Unstimmigkeiten keine Rede sein konnte. Die geplante Reise nach Jaipur wurde sodann auf März 1967 verschoben, weil auf Ersuchen der organisierenden Stellen in Indien der Kongreß im India International Centre für das Frühjahr 1967 neu angesetzt wurde. Meine Mittel für die Indienreise waren für die Konferenz im India International Centre bestimmt* (Seine Reisekosten werden vom DAAD, einer hundertprozentigen Tochter des Auswärtigen Amtes, bezahlt. König wird später als Zeuge vor dem Verwaltungsgericht in Köln behaupten, daß die Unesco in Paris diese Reisekosten bezahlt hätte.), *so daß das Datum meines Besuches in Jaipur von den Planungen des Center (in Neu-Delhi) abhing* (CIA gesteuert?).

Kurz vor meiner Abreise nach Indien erhielt mein Kollege René König einen Brief aus Jaipur des Inhalts, daß Dr. Aich entlassen (entlassen?) *worden sei. Dr. König bat mich, meinen Abstecher nach Jaipur dazu zu benutzen, herauszufinden, was geschehen sei, und ihm schnellstens Bericht zu erstatten, nur weil wir befreundet* (!) *sind, erklärte ich mich hierzu bereit. Ich darf betonen, daß ich zu jener Zeit in keiner Weise irgendein positives oder negatives Interesse an Dr. Aich hatte. Ich kannte ihn nur so gut, wie ich etwa 400 bis 500 andere Soziologen in verschiedenen Ländern kenne* (So wird die Vergangenheit bewältigt!). *Natürlich wußte ich, daß er an René Königs Institut* (In welchem Institut war Scheuch wissenschaftlicher Assistent?) *angestellt war, jedoch schenkte ich ihm keine große Aufmerksamkeit: Von 1959 bis 1964* (Laut Vorlesungsverzeichnisse hat er bis 1963 regelmäßig Seminare im Auftrage von König abgehalten.) *war ich die meiste Zeit in den USA, und so weit mir erinnerlich ist, habe ich seit meiner Rückkehr nach Deutschland nie ein Privatgespräch mit Dr. Aich geführt. Bis zu meiner Reise nach Jaipur wußte ich lediglich, daß es einen Assistenten Prodosh Aich gab, von dem Dr. König erwartete, daß er irgendwann in Indien Karriere machen oder – falls das nicht gelingen sollte – irgendeine mittlere Laufbahn in Deutschland einschlagen würde. Es kann vor meiner Reise nach Jaipur von einem Vorurteil meinerseits gegen Dr. Aich keine Rede sein - ich war einfach uninteressiert.*

Mein Besuch in Jaipur war lange vor meiner Ankunft in der soziologischen Abteilung angekündigt worden. Es gab zahlreiche Aushänge an den Anschlagbrettern. Es war auch bekannt, daß ich im Gästehaus der Universität wohnen würde. Außerdem hatte Dr. König mir mitgeteilt, daß er Dr. Aich von meinem Kommen in Kenntnis gesetzt hatte (ob er dies auch wirklich tat oder nicht, müssen Sie bei ihm durch Rückfrage feststellen; jedenfalls ist es das, was mir gesagt wurde). *In Anbetracht dieser Umstände war ich etwas überrascht, daß Dr. Aich sich nicht die Mühe machte, sich mit mir in Verbindung zu setzen. Seine Adresse in Indien war mir nicht bekannt* (Oh, wie hilflos!); *und da ich ihn nicht gut kannte und er ja auch nicht mein Assistent war, bin ich der Ansicht, daß es schon aus Gründen akademischer Höflichkeit an ihm gewesen wäre, mich aufzusuchen, als ich für ihn erreichbar war. Übrigens haben mich in Jaipur andere deutsche Soziologen (deutsche Soziologen in Jaipur?) von sich aus kontaktiert und mir ihre Eindrücke der dortigen Verhältnisse geschildert.*

Von Neu-Delhi aus informierte ich René König über die Sammlung von Unterlagen, die mir von Beamten der Universität Jaipur ausgehändigt worden waren. Ich teilte René König mit, daß ich es nicht für erforderlich hielt, ein Urteil über die Sachverhalte der Kontroverse zu fällen – mit der Ausnahme, daß offensichtlich die Anwesenheit von Dr. Aich in Jaipur ihre Nützlichkeit verloren hatte (Nicht O-Diktion Mathur?) Ich empfahl Herrn König, Dr. Aich zu bitten, nach Köln zurückzukehren (was übrigens nicht zu Ihrer Behauptung paßt, ich habe nach Gründen für die Entlassung von Dr. Aich gesucht). Es ist wahr, daß aufgrund der Dokumente schon allein der Vorwurf des Plagiats, der gegen Prodosh Aich erhoben wurde, unter normalen Umständen genügt haben würde, eine akademische Karriere zu zerstören (Auch wenn der Vorwurf falsch ist?). Hätte ich René König geraten, Dr. Aich's Fall als eine offizielle Angelegenheit zu behandeln, so könnten die uns vorgelegten Dokumente genügt haben (tatsächlich?), Aichs Karriere in der gesamten sozialwissenschaftlichen Welt (Welt?) zu beenden. Ich regte vielmehr an, wir sollten Dr. Aichs Verhalten auf die freundlichst mögliche Art interpretieren, nämlich als Folge eines starken Kulturschocks bei seiner Rückkehr nach Indien; solche Reaktionen sind unglücklicherweise recht häufig. Daher mein Vorschlag, die ganze unangenehme (Für wen?) Angelegenheit als Privatsache zu behandeln, die nicht zum Gegenstand offizieller Nachforschungen gemacht werden sollte.

Sie sehen hoffentlich ein, daß dies nicht nur Freundlichkeit unsererseits ist, sondern ein extremes Entgegenkommen. Wenn wir uns an den Buchstaben der Vorschriften halten wollten, so hätten wir beide – König und ich – die verschiedenen gegen Dr. Aich vorgebrachten Anschuldigungen als gravierend genug behandeln müssen, um ein Disziplinarverfahren einzuleiten.

Das Ergebnis hätte die Entfernung (So?) von Dr. Aich aus dem Dienst mit Verlust der erworbenen Rechte sein können und zumindest ein schwerwiegender Vermerk in seinen Personalakten sowie Schädigung seines Rufs bei den Behörden hier. (Vorwurf von etwa einem halben Dutzend (Warum konkretisiert er sie nicht?) schwerer Dienstverletzungen). Unsere Bemühungen um Verzicht auf ein offizielles Verfahren war genau genommen eine Verletzung der Vorschriften (Interessant!) unsererseits. Von Seiten Professor Königs ging die Freundlichkeit besonders weit, weil er ja die unmittelbare offizielle Verantwortung für Aichs Führung trug und insbesondere, weil Prodosh Aich weiterhin Herrn Königs offizielles Universitätsbriefpapier auf unangemessene Weise benutzte (?).

Später hörte ich von René König, daß Dr. Aich meine (!) Anregung, auf seinen Posten in Deutschland zurückzukehren, nicht befolgte. Ich erhielt zwei Briefe von Aich, die zu beantworten ich keinen Grund sah: Kopien waren an René König gegangen, und er war im Besitz aller Fakten. Die Briefe von Prodosh Aich waren frech, und ich war für mein Empfinden nicht berechtigt, dem Assistenten eines Kollegen eine Rüge zu erteilen. Außerdem würde es den Papierwust eines Falles, der keiner war, nur vergrößert haben.

Während des Sommers 1967 erhielten wir zusätzliche Informationen aus Indien. Von besonderer Bedeutung war ein offizieller Besuch eines Vertreters des Indian Institute of Technology (Technische Hochschule) in Neu-Delhi (Köln hat keine technologische Fächer!). Hier wurde ein offensichtlich paralleles Verhalten zu dem in der Fehde von Prodosh Aich mit der Universität Rajasthan berichtet. Irgendwann wurde über einen Forschungsantrag von Dr. Aich nicht mit der gleichen Geschwindigkeit entschieden, wie es hier hätte geschehen können. Worauf Dr. Aich nach der Darstellung des Vertreters von New Delhi die Beamten dieser Hochschule des Vorurteils gegen ihn beschuldigte und verlangte, daß gegen die Beamten offizielle Schritte eingeleitet werden sollten. Wir hatten ferner Nachrichten vom DAAD (Der DAAD wird dieser Behauptung der Kölner Staatsanwaltschaft gegenüber widersprechen!), daß es im Zusammenhang mit Herrn Aich Probleme gegeben hatte.

All dies bestätigte unsere frühere (?) Diagnose, daß Dr. Aich in viele Streitigkeiten geriet, diese durch schwerwiegende Anschuldigungen eskalierte und nur noch wenig Aussicht hatte, in Indien die Karriere zu machen, auf die Professor König gehofft hatte.

Jedoch wurden die Empfehlungen, nach Deutschland zurückzukehren, nicht befolgt; weder erhielt René König einen detaillierten Bericht, noch wurde das offizielle Briefpapier zurückgegeben. Statt dessen gab es nun von Ihrer Seite eine Beschwerde gegen mich bei offiziellen Stellen hier in Deutschland. Von jetzt an konnte es für uns keinen anderen Weg geben, als den Fall Prodosh Aich als eine offizielle Angelegenheit zu behandeln.

Inzwischen ist die Eskalation des Falles eine weitere Stufe fortgeschritten. Kürzlich schrieb Dr. Aich an den WDR und fragte nach Beschäftigungsmöglichkeiten. In diesem Brief beschuldigte er René König und mich, wir seien durch Einladungen nach Jaipur bestochen worden, gegen Aich vorzugehen. Man kann daran zweifeln, ob eine Einladung an die Universität Rajasthan eine Bestechung zu sein vermag; Dr. Aich selbst dürfte kaum so denken, und ich persönlich mag die Tropen nicht (sie bekommen meiner Gesundheit nicht). Was jedoch die Beschuldigung von Dr. Aich von Leichtfertigkeit zur vorsätzlichen Lüge werden läßt, ist die Tatsache, daß er ganz genau weiß, daß unsere (d.h. Königs und meine) Einladung nach Jaipur in keinem Zusammenhang (Nein?) mit seinen dortigen Schwierigkeiten stand.

Glücklicherweise ist der ganze Fall ganz unkompliziert: Ich kam in einer anderen Angelegenheit nach Indien; ich empfing eine Sammlung von Dokumenten und gab diese weiter; schließlich schrieb ich einen Brief an meinen Kollegen, in dem ich empfahl, Dr. Aich wieder in seinem Büro (Büro?) in Köln zu beschäftigen. Das war das Ausmaß meiner Verwicklung in diesen Fall, und das ist alles, was aus den Dokumenten hervorgeht.

2. Ihre Behauptungen

Inzwischen haben Sie es unternommen, verschiedene Beschuldigungen bezüglich meines Verhaltens auszusprechen und über meine Motive zu spekulieren. Einige von diesen darf ich wie folgt kommentieren:

1. *In Ihrem Brief vom 18. Mai 1967 an unseren Kultusminister (von Nordrhein Westfalen; der Übersetzer) beschuldigen Sie mich, ich sei nach Jaipur gekommen, um Material gegen Dr. Aich zu sammeln. In meiner Antwort an Sie (1) vom 1. Juni teilte ich Ihnen die Geschichte meiner Reise nach Jaipur mit. Die Einladung dorthin und die Festsetzung des Zeitpunktes hatten offensichtlich nichts zu tun mit den Schwierigkeiten, die Dr. Aich mit der Universität Rajasthan hatte. Während die Umstände meiner Reise nach Jaipur sonnenklar sind, fragen Sie dennoch in Ihrem Brief vom 16. Juni auf S. 5 erneut, ob ich gekommen sei, um Dr. Aich zu schaden. Jetzt kann es keine Entschuldigung mehr für Ihr Verhalten geben.*

2. *In Ihrem Brief vom 16. Juni spekulieren Sie wieder, ob ich Rassenvorurteile habe, die mich dazu motivieren, Dr. Aich zu schaden. Während ich aus der Vergangenheit weiß (Er kennt mich doch?), daß Dr. Aich es fertigbringt, Rassenvorurteile wahrzunehmen, wenn ihm etwas nicht paßt, finde ich in Ihrem ganzen Brief keine andere Basis für Ihre Spekulation als die Tatsache, daß ich keine aktiven Schritte unternahm, um während meines Aufenthaltes in Jaipur Dr. Aich zu treffen. Sie mögen mit dem deutschen Universitätssystem nicht vertraut sein und deshalb nicht wissen, daß ich absolut keine Autorität über den Assistenten eines anderen Professors habe (und eben dies war Dr. Aich hier). Somit ist es ein etwas delikates Problem, in einem Fall wegen schlechter Führung des Assistenten eines anderen Professors zu intervenieren. Selbst wenn man dies (d. h. Unkenntnis über Beziehung Assistent – Professor; der Übersetzer) berücksichtigt, ist Ihre Spekulation, daß Rassenvorurteile die Basis dafür waren, daß ich Dr. Aich nicht ausfindig machte, Revolverjournalismus. (Übrigens vermute ich, daß Dr. Aich in Indien Beschwerde führen muß, er sei das Opfer von Kastenvorurteilen, wenn er seinem üblichen Reaktionsmuster folgt). Vorurteil kann angesichts der vielen Konzessionen, die wir im Falle Dr. Aich gemacht haben, kaum vermutet werden. Einen deutschen Staatsbürger hätten wir wahrscheinlich nicht mit solcher Nachgiebigkeit, die zu Gunsten von Dr. Aich einer Verletzung der Aufsichtspflichten durch uns nahekam, behandelt.*

3. *Ich darf Ihnen auch versichern, daß Ihre Spekulation, Rassenvorurteile nähmen in Westdeutschland zu, unbegründet ist. Alle mir bekannten Untersuchungen zeigen über einen Zeitraum von vielen Jahren hinweg eine kontinuierliche – obgleich nur geringe – Abnahme solcher Vorurteile. Unter allen farbigen Völkern waren hier die Inder noch am wenigsten das Objekt solcher Vorurteile. Es gibt auch absolut keinen Beweis für einen zunehmenden Druck gegen die Beschuldigung von Indern an deutschen Universitäten (siehe Ihren Brief vom 18. Mai 1967. S. 2 Nr.3). In Wirklichkeit werden wir hier in Deutschland angeklagt, zur intellektuellen Verarmung Indiens beizutragen („brain drain"), indem wir indische Akademiker weiterbeschäftigen, statt sie zur Rückkehr in ihre Heimat zu zwingen.*

4. *Sie klagen die Botschaft der Bundesrepublik Deutschland an, sich nicht so für Dr. Aich einzusetzen, wie sie dies für einen deutschen Staatsbürger getan hätte (Brief vom 18. Mai). Dr. Aich ist nun einmal kein deutscher*

Staatsbürger, sondern ein indischer Bürger, der in der Bundesrepublik beschäftigt ist. Ungeachtet dieses Verweises nehme ich jedoch an, daß die deutsche Botschaft unmittelbar Ihre Vorwürfe widerlegen wird. Jedoch muß ich in diesem Zusammenhang die im späteren Brief (18. Juni) aufgestellte Behauptung zurückweisen, die Botschaft habe sich bemüht, ihre ‚Ungerechtigkeiten' gegenüber Dr. Aich wieder gutzumachen. Falls Sie mit dieser Bemerkung die Auszahlung von speziellen Mitteln des deutschen Außenministeriums an Dr. Aich meinen sollten: Dies geschah aufgrund eines besonderen Antrags von Prof. König in der Absicht, Dr. Aich zu helfen. Es ist nicht eben fair, dieses extreme Entgegenkommen von Dr. König, der für diese besonderen Mittel viele Briefe schreiben mußte, in ein Eingeständnis von Schuld umzudeuten. Ich nehme an, daß sich René König hierzu äußern könnte.

5. *Es ist einfach falsch zu sagen, daß die Universität Rajasthan gezwungen war, zu Vermeidung einer Prozeßniederlage den von Dr. Aich gesetzten Bedingungen für einen Vergleich zuzustimmen (Ihr Brief vom 18. Juni). Nach den Prozeßunterlagen ist dies nicht der Fall. Und dies muß Ihnen bekannt sein. Ich nehme an, daß sich die Universität Rajasthan hierzu äußern könnte.*

6. *Sie erwähnen Gespräche mit mehreren Universitätsbeamten zur Prüfung Ihrer Aussagen. Entweder geschah dies nicht auf angemessene Weise, da Sie sonst nicht diese Geschichten über mein Verhalten oder meine Motive fabrizieren könnten, oder Sie lügen.*

7. *Die Beendigung des Vertrages von Dr. Aich mit der Universität zu Köln wäre auch normaler Weise erfolgt. Dr. Aich hatte einen Zwei-Jahres-Vertrag als Assistent, der einmal ohne besondere Gründe verlängert werden kann (Der Gesetzestext widerlegt diese Behauptung!) und mit besonderer Begründung ein zweites Mal. Bereits vor den Schwierigkeiten von Dr. Aich in Jaipur unterrichtete René König den Dr. Aich, daß sein Vertrag hier im September 1967 enden müßte.*

8. *Ihre ganze Art der Darstellung des Falles erinnert mich an das, was ich als Journalist in meinen früheren Tagen als „Revolverjournalismus" („yellow journalism") zu bezeichnen lernte: Da gibt es Schwierigkeiten zwischen einem Universitätsangestellten und seiner Fakultät („department"); das kommt dauernd vor; man stellte diese Schwierigkeiten als Folge von Rassen- oder Kastenvorurteilen dar, und man hat eine Zeitungsgeschichte („story"). Sie haben keine Zeitungsgeschichte – Sie erfinden nur eine.*

Ihr sehr ergebener Erwin K. Scheuch, Professor für Soziologie

CC.: Kultusministerium; Deutsche Botschaft, New Delhi; Rektor der Universität zu Köln; Prof. René König; Chefredakteur, The Patriot

PS. Dies ist absolut der letzte Brief, den ich an Sie in dieser Angelegenheit schreibe. Irgendwelche zukünftige Korrespondenz wird entweder durch meinen Rechtsanwalt beantwortet oder durch Behörden hier oder in Indien."

Die indischen Frontsoldaten erweisen dem deutschen Frontkämpfern noch einen letzten „Liebesdienst", der Scheuch am 9. Oktober zu der folgenden Anzeige veranlaßt hat:

„An den Kultusminister des Landes Nordrhein-Westfalen durch die Hand des Herrn Rektors

Betr.: Beleidigung eines Beamten

Sehr geehrter Herr Minister, als Anlage übermittle ich Ihnen einen Brief, den ein früherer Assistent der Universität zu Köln, der Inder Dr. Prodosh Aich, an den Gouverneur des indischen Bundesstaates Rajasthan richtete. In diesem Brief wird die formelle Beschuldigung der Beamtenbestechung erhoben.

Der ‚Fall Aich‘ ist von mir in einen Brief an die Zeitung ‚Patriot‘ vom 29. 9. 1967 dargestellt worden. Der Brief befindet sich bei den Akten Ihrer Abteilung I B 4 43-40/1.

Aus Indien höre ich (höre ich?), daß Herr Aich nach Deutschland zurückzukehren beabsichtigt. Sollte dies geschehen, so bitte ich um Anklage. Die Anschuldigung der Beamtenbestechung bezieht sich auf eine Tätigkeit, die ich im Dienste des Landes ausübte.

Mit verbindlicher Empfehlung, Prof. Dr. Erwin K. Scheuch

Anlage

PS: Mein gleichfalls beschuldigter Kollege René König – der frühere Arbeitgeber (Arbeitgeber?) von Dr. Aich - befindet sich gegenwärtig in Kabul. Er ist von dem Vorfall noch nicht unterrichtet.“

Der Rektor der Universität macht folgenden Vermerk am 17. Oktober auf dieser Anzeige: *„Gesehen und weitergereicht“.* Was aus dieser Anzeige und Anklage geworden ist? Später mehr.

Uns will nicht einleuchten, daß eine brisante politische Angelegenheit so bürokratisch unter dem Teppich gekehrt werden soll und es gegen Willkür und Machtmißbrauch keine Mittel in dieser Republik geben sollte. Es gibt noch eine besondere Veranlassung, wieder an Willy Brandt zu schreiben. Er soll wissen, wenn er es noch nicht weiß, wozu sein Ministerium fähig ist. Zwischenzeitlich bin ich zum Ausländeramt der Stadt Bonn gefahren. Ich stelle den Antrag auf Aufenthaltserlaubnis und bekomme sie problemlos an Ort und Stelle.

Ich bemühe mich, meine innere Erregung unter Kontrolle zu halten und frage den Beamten beiläufig, was seinerzeit der Grund gewesen sei, meinen Antrag auf Aufenthaltserlaubnis aus Neu-Delhi abzulehnen. Der Beamte schaut mich verwundert an und fragt mich, was ich eigentlich sagen will. Die Ausländerbehörde Bonn hatte meinem Antrag zugestimmt und diese Zustimmung postwendend an die Deutsche Botschaft übermittelt. Er zeigt mir den Vorgang in der Akte. Er fügt noch hinzu, daß die Ausländerbehörde später über die Mitteilung der Meldestelle sehr verwundert war, daß sowohl meine Frau, wie auch ich, abgemeldet wurden.

Im Klartext heiß diese Abmeldung, daß wir danach nicht mehr Einwohner dieses Landes waren, praktisch als verschollen gegolten haben. Fräulein Lehner muß meine Frau als Bürgerin dieser Republik neu melden. Wer diese Abmeldung besorgte, kann ich nicht feststellen, aber die Mitteilung der Meldestelle an die Ausländerbehörde zeigt mir der rechtschaffene Beamte. Eine Art kalte Wut steigt mir vom Bauch in dem Kopf, als mir das

Schreiben der deutschen Botschaft einfällt, das der Schiffsagent uns noch nach unserer Einschiffung ausgehändigt hatte: *„Betr.: Aufenthaltserlaubnis, Bezug: Ihr Antrag vom 13. 7. 1967. Sehr geehrter Herr Dr. Aich, der Botschaft liegt ein Schreiben der Stadt Bonn vor, wonach Sie im Besitz einer bis zum 30. 9. 1967 gültigen Aufenthaltserlaubnis zur Arbeitsaufnahme sind. Ihrem Antrag auf Zusicherung der Aufenthaltserlaubnis zur Arbeitsaufnahme bei der Universität Köln hat die Stadt Bonn, der das Ersuchen der Botschaft vom 17. 7. 1967 auf Grund der Tatsache, daß Sie noch für Bonn, Weberstr. 96, gemeldet sind, übergeben worden war, nicht entsprochen. Die Botschaft bedauert, Ihnen keinen günstigeren Bescheid erteilen zu können. Mit vorzüglicher Hochachtung, Im Auftrag, (Müller), Konsularsekretär 1. Klasse"*

Also schreibe ich am 12. Dezember an Herrn Willy Brandt, Bundesminister des Auswärtigen, Auswärtiges Amt, Bonn: „Sehr geehrter Herr Brandt, ich darf Bezug nehmen auf meine an Sie persönlich gerichteten Schreiben vom 10. August und 4. Oktober und auf die Antwortschreiben Ihres Ministeriums, unterzeichnet von Herrn Dr. Dreher, vom 1. September und 29. Oktober 1967.

Ich darf etwas richtigstellen. Nicht das Deutsche Generalkonsulat in Kalkutta hat mir den Sichtvermerk versagt, sondern die Deutsche Botschaft in Neu-Delhi. In den Schreiben Ihres Ministeriums vom 1. September wurde mir mitgeteilt, daß Fotokopien meines am 10. August an Sie gerichteten Schreibens sowie das Schreiben Ihres Ministeriums vom 1. September an mich sowohl an die Deutsche Botschaft als auch an das Deutsche Generalkonsulat in Kalkutta gesandt worden seien. Ich erwähnte in meinem Schreiben vom 4. November lediglich, daß keine dieser Dienststellen dies mir gegenüber auch nur erwähnt hat. Am 4. Oktober 1967 konnte der Konsularbeamte der Deutschen Botschaft meine Akte um 1.00 Uhr mittags nicht ausfindig machen, obwohl ich meinen Besuch um 9.00 Uhr morgens telefonisch angekündigt hatte.

Ich möchte Ihnen sehr dafür danken, daß Sie mich auf die technische Möglichkeit hingewiesen haben, daß ich nach 90 Tagen Aufenthalt in der Bundesrepublik durch meine Ausreise wieder die Berechtigung zum Eintritt habe, ohne daß es dazu einer Aufenthaltsgenehmigung bedürfe.

Ihr Ministerium sprach die Vermutung aus: *,Offenbar hat die Ausländerbehörde Köln es abgelehnt, ihre Zustimmung zur Erteilung der Aufenthaltserlaubnis in der Form des Sichtvermerks zu geben.'* Seit 1957 wohne ich in Bonn, Weberstr.96, was auch in dem von mir der Deutschen Botschaft ausgefüllten Antrag vermerkt war. Ich kann wirklich nicht verstehen, warum die Ausländerbehörde Bonn ihre Zustimmung zu meinem Aufenthalt nicht hätte geben sollen.

Auf Anraten meines Anwaltes habe ich an die Ausländerbehörde Bonn einen Antrag auf Aufenthaltsgenehmigung gestellt, dem auch sofort entsprochen wurde. Da eine frühere Ablehnung und jetzige Erteilung schwer zu vereinbaren wären, darf ich Sie bitten, freundlicherweise durch Ihr Amt nachprüfen zu lassen, ob die Ausländerbehörde in Bonn überhaupt jemals abgelehnt hatte. Für eine diesbezügliche Mitteilung wäre ich Ihnen außerordentlich dankbar.

Ich bitte sehr um Entschuldigung dafür, daß ich Sie mit dieser Angelegenheit belästigen muß."

Willy Brandt antwortet nicht. Auch nicht das Auswärtige Amt. Nach vier Wochen, am 16. Januar 1968, wende ich mich wieder an Willy Brandt: „ich darf wiederum Bezug nehmen auf meine an Sie persönlich gerichteten Schreiben vom 10. August, 4. November, 12. Dezember und auf die Antwortschreiben Ihres Ministeriums, unterzeichnet von Herrn Dr. Dreher, vom 1. September und 29. November 1967.

Darf ich meine Bitte vom 12. Dezember 1967 wiederholen, freundlicherweise durch Ihr Amt nachprüfen zu lassen, ob die Ausländerbehörde in Bonn meine Aufenthaltserlaubnis jemals abgelehnt hat.

Es würde mich sehr interessieren zu wissen, wie das Auswärtige Amt, das für meine Lehr- und Forschungstätigkeit in Indien durch die Vermittlungsstelle für deutsche Wissenschaftler im Ausland eine Beihilfe zahlte, darüber denkt, daß es nunmehr kein Interesse dafür zeigt, daß diese Forschungsarbeiten auch ausgewertet werden können. Für eine baldige Mitteilung wäre ich Ihnen außerordentlich dankbar."

Wieder bleibt eine Antwort aus. Am 09. Februar schreibe ich wieder an Willy Brandt, aber z. Hd. von Brandts persönlichem Referenten. Der „Persönliche Referent" ist angesiedelt zwischen Willy Brandt und dem Vorzimmer des Bundesminister des Auswärtigen. Persönliche Referenten sind politische Beamte. Und persönliche Referenten der Minister sind auch deren verlängertes Ohr und Schatten: „bitte gestatten Sie mir, Bezug zu nehmen auf meine an Sie persönlich gerichteten Schreiben vom 10. August, 4. November, 12. Dezember 1967, 16. Januar 1968 und auf die Antwortschreiben Ihres Ministeriums, unterzeichnet von Herrn Dr. Dreher, vom 1. September und 29. November 1967. Da bisher keine der Sachfragen geklärt worden ist, habe ich die Vermutung, daß keines meiner Schreiben Sie erreicht hat. Deshalb erlaube ich mir, dieses Schreiben an Ihren persönlichen Referenten zu adressieren und darf das Aktenzeichen meines Falles im Auswärtigen Amt angeben: V 3 - 88 - 4298.

Die ganze Angelegenheit ist sehr merkwürdig und wie mir scheint, durch eine mündliche Besprechung am besten zu klären. Darf ich mir deshalb erlauben, Sie um einen Besprechungstermin zu bitten."

Endlich veranlaßt Willy Brandt seine Ministerialbürokratie zu einer längst fälligen Stellungnahme. Die politische und moralische Verantwortung für diese Stellungnahme trägt Willy Brandt, denn sein persönlicher Referent hat nicht ohne Rücksprache mit Willy Brandt die Zielrichtung der Stellungnahme verfügt. Schamloser hätte sie nicht ausfallen können. Sie trägt das Datum von 15. Februar: *„Sehr geehrter Herr Dr. Aich, auf Ihr Schreiben vom 16. Januar 1968 kann ich Ihnen mitteilen, daß eine Prüfung der Angelegenheit ergeben hat, daß Ihnen die Deutsche Botschaft in New Delhi aufgrund eines Mißverständnisses die Aufenthaltserlaubnis in der Form eines Sichtvermerks versagt hat. Das Ausländeramt in Bonn hat die Erteilung der Aufenthaltserlaubnis niemals abgelehnt. Mit vorzüglicher Hochachtung, Im Auftrag, gez. Dr. von Hassell, Beglaubigt"*

*****

Wie kann Willy Brandt ein so schamloses Schreiben, aus dem auswärtigen Amt herausgehen lassen? Außerdem glaube ich in der Vorgehensweise ein zermürbendes System zu erkennen: „Strategie 1": Zunächst gar nicht reagieren. „Strategie 2": Wenn einer hartnäckig ist, eine nichtssagende, eine verwirrende oder eine verharmlosende Antwort geben. Wir werden immer mehr solche strategischen Schritte kennenlernen. Nicht nur vom Auswärtigen Amt. Sondern durchgehend. Auch bei nichtbehördlichen Einrichtungen.

Mir ist nie die Idee gekommen, einen meiner früheren Kollegen anzurufen. Wen auch? Und warum auch? Wir schreiben das Jahr 1968. Bewegte Zeiten. Auch in Köln. Nach dem Vorbild von Berlin ist auch in Köln ein „Republikanischer Club" entstanden. Viele Universitätskollegen sind Mitglieder im Club. Vor allem Soziologen. Kaum zu glauben, daß so viele Universitätskollegen Mitglied in diesem Club sind. Dann lese ich das folgende Zeitdokument:

„Zur Geschichte des Clubs

These 1: Der Club wurde zu einem Zeitpunkt gegründet, als die große Koalition endgültig den Verfall der parlamentarischen Demokratie signalisierte. Gesellschaftskritik wurde nicht mehr vorgetragen, Opposition nicht mehr geleistet.

These 2: Der Club verstand sich von Anbeginn als Bestandteil der von Berlin ausgehenden Protestbewegung. Die ersten Gespräche in Juli 1967, die schließlich zur Gründung des Clubs führten, standen unter dem Eindruck der Ermordung Benno Ohnesorge.

These 3: Der Club entstand in der Absicht, nach dem Berliner Beispiel einen Treffpunkt für Radikaldemokraten und Sozialisten zu schaffen, um damit gemeinsame gesellschaftskritische und gesellschaftsverändernde Arbeit zu ermöglichen.

These 4: Der Club hat bereits bei seiner Gründung eine inhaltliche Verbindlichkeit für seine Mitglieder formuliert: Aufdeckung autoritärer Strukturen, Abbau von Herrschaft in der Gesellschaft.

These 5: Dieser antiautoritäre Ansatz ist in zwei Gründungspapieren dokumentiert:

Christian Schmidt-Häuer (Redakteur beim „Kölner Stadt-Anzeiger") / *Karl Otto Hondrich* (Habilitant bei René König) *nach der ersten Gruppendiskussion (5. Juli 1967) über die ‚inhaltlichen Ziele':*

1.	*Defensiv: Radikaldemokratische Verteidigung der Bürgerrechte und der im Grundgesetz garantierten Form politischer Teilnahme.*
2.	*Offensiv: Erweiterung der Möglichkeiten zur Ausübung der Bürgerrechte, die zur politischen Teilnahme vieler führen sollen.*
3.	*Aufdeckung und Abbau autoritärer Strukturen in den verschiedenen Bereichen der Gesellschaft, sozialprogrammatische Reflexion und Initiative.*

Karl Otto Hondrich anläßlich der Eröffnung des Clubs am 2. März 1968:

1. *Das Schicksal der Gesellschaft darf nicht unkontrollierten Kräften überlassen bleiben, sondern muß vorausgedacht, bewußt gemacht und geplant werden.*
2. *Die Gesellschaft, die wir anstreben, soll <u>weniger</u> Freiheit einräumen, sich auf Kosten anderer zu bereichern und andere zu beherrschen. Sie soll <u>mehr</u> Freiheit bieten, sich zu bilden und sich individuell abweichend zu entfalten.*
3. *Die Konzentration privaten Kapitals führt zu Bereicherung und Herrschaft für die einen, die wenigen, zu Unsicherheit und Abhängigkeit für die anderen, die vielen. Deshalb halten wir es für falsch, daß die wesentlichen Entscheidungen über das, was eine Gesellschaft bieten soll, mit dem Gewinnstreben privater Kapitalbesitzer gekoppelt sind.*
4. *Das Kollektiveigentum an Produktionsmitteln soll eine Voraussetzung für Freiheit von Herrschaft und Freiheit zu individueller Entfaltung sein. Wenn trotzdem in sozialistischen Ländern diese Freiheiten nicht gefördert werden, wendet sich unsere Kritik auch gegen diese sozialistischen Länder.*
5. *Jedes Volk soll den Weg seiner Entwicklung selber finden und die Wege anderer Völker respektieren. Revolution ist ein respektabler Weg der Entwicklung. Wir wenden uns gegen Versuche der Großmächte, kleinen Völkern Ihren Willen aufzuzwingen, wie es vor 12 Jahren in Ungarn geschah und heute in anderen Dimensionen in Vietnam blutig praktiziert wird.*
6. *In erster Linie geht es darum, in der eigenen Gesellschaft offene und verschleierte Herrschaft, die Menschen in Abhängigkeit und Unkenntnis hält, abzubauen. Dazu brauchen wir Freiheit der Kritik und Freiheit der Opposition – ohne physische Gewaltanwendung von oben. Diese Grundrechte dürfen nicht geschmälert werden. Das Grundgesetz ist Basis, Rahmen und Instrument unserer Bestrebungen nach einer fortschrittlichen Gesellschaft.*

<u>These 6:</u> Dieser theoretische Ansatz wurde in der Praxis belegt – neben der kontinuierlichen Arbeit in den Arbeitskreisen – an folgenden beispielhaften Aktionen:

   a. Koreaner-Affäre
   b. Springerkampagne Essen-Köln
   c. Antinotstandskampf (Agitation, Unterstützung der IG-Druck)
   d. Solidaritätsdemonstration 21. August
   e. X-SCREEN Affäre
   f. 1. Mai-Kundgebung 69

<u>These 7:</u> Der Verfall der liberalen Öffentlichkeit und die staatlichen Disziplinierungsmaßnahmen haben die Funktion der vom Club betriebenen Gegenaufklärung verändert. Gegenaufklärung hört auf, sich als vorparlamentarisch im Sinne der Eingabe an die Herrschenden zu verstehen. Sie richtet sich nurmehr an die Beherrschten, ihre Interessen selbst wahrzunehmen. Damit präzisiert sich das Selbstverständnis des Clubs

Zur politischen Grundsatzdiskussion

These 1: Die Menschen machen ihre Geschichte selbst. Exemplarisch wird diese Erkenntnis vermittelt durch die gegenwärtigen emanzipatorischen Bewegungen in der Dritten Welt, durch die Revolution, wie sie sich in Kuba verwirklichte und zur Zeit in Vietnam vollzieht. Orientierung an diesem Befreiungskampf bedeutet praktische Solidarität auf internationaler Ebene.

These 2: Dies ist kein Eskapismus: denn für uns steckt darin eine Handlungsanweisung, unsere Verhältnisse nach unseren Bedürfnissen menschenwürdig zu gestalten. Indem wir uns selbst befreien, unterbinden wir die Ausbeutung durch die Metropolen und schaffen damit die Voraussetzung für die Befreiung der Dritten Welt.

These 3: Dieser Ansatz verhindert einerseits die Integration der neuen Oppositionsbewegung in die westlichen neokapitalistischen Industriegesellschaften, andererseits die Identifikation mit dem bürokratischen Staatssozialismus unter der Führung der Sowjetunion.

These 4: Die gesellschaftlichen Verhältnisse in den westlichen Metropolen kennzeichnen sich vorwiegend durch zunehmende Machtzusammenballung in den Händen weniger, umfassende Manipulation der Massen gemäß den zweckrationalen Interessen des Kapitals, den Abbau von Strukturen und Institutionen, die potentiell Träger oppositioneller Kräfte sind. Mit anderen Worten: die Gesellschaft wird einem Formierungs- und Faschisierungsprozeß unterworfen.

These 5: Da es zumindest zweifelhaft, wenn nicht unmöglich ist, daß die westlichen Industriegesellschaften unter Beibehaltung bestehender Eigentumsverhältnisse sich demokratisieren können, stellt sich die Frage, auf welche Weise und von wem die systemüberwindende Reform betrieben werden kann. Rudi Dutschkes ‚langer Marsch durch die Institutionen‘ und Jürgen Habermas’ ‚massenhafte Aufklärung‘ zielen darauf ab, den Menschen Einsicht in ihre wahren Bedürfnisse, das Bewußtsein der Machbarkeit der Verhältnisse zu vermitteln und sie damit zur Selbsttätigkeit und Selbstorganisation zu bewegen.

These 6: Der französische Mai hat bewiesen, daß durch die Initial- und Lehrstückfunktion des von den Studenten ausgehenden Widerstandes massenhafte Aufklärung nicht nur über die wahren Interessen, sondern vor allem ihre praktische Wahrnehmung möglich ist. Daß die Revolte eine Revolte blieb, hat zweierlei Gründe: 1. die systemstabilisiernde Politik der traditionellen Arbeiterparteien, allen voran KPF und CGT, 2. Das Versäumnis, den Generalstreik in einem aktiven Generalstreik einmünden zu lassen, in dem die Produzenten begonnen hätten, ihre eigene Bedürfnisse zu produzieren.

These 7: Massenhafte Aufklärung, die Selbsttätigkeit und Selbstorganisation bewirken will, kann nicht kurzfristig geschehen. Dies hat der Kampf gegen die Notstandsgesetze gezeigt. Das französische Beispiel vor Augen, glaubte die Linke, über Einzelaktionen in der Universität und spontane Warnstreiks in den Betrieben möglicherweise einen generellen Streik herbeiführen zu können. Dabei wurde übersehen, welche Folgen der Faschismus und zwanzig Jahre Entmündigungsdemokratie für die Arbeiterbewegung hatten. Die kritische Linke hat daraus gelernt, daß die gesellschaftsverändernde Arbeit langfristig angelegt *sein muß. Sie muß in erster Linie bei den bewußtseinsprägenden, gesellschaft-lichen Zentren Schule, Universität, Betrieb, Bundeswehr ansetzen.*

<u>*These 8:*</u> *Die Herrschenden können ihre Interessen reibungslos nur mit einer Bevölkerung verfolgen, die sich widerstandslos verwalten und manipulieren läßt. Der Widerstand beginnt bereits dort, wo die gesellschaftliche Wirklichkeit an Ihrem eigenen Versprechen gemessen und die Einlösung dieses Versprechens gefordert wird. ‚Man muß diese versteinerten Verhältnisse dadurch zum Tanzen zwingen, daß man ihnen ihre eigene Melodie vorsingt!'*

<u>*These 9:*</u> *Politische Bedeutung kommt dem Widerstand erst dann zu, wenn er geplant und organisiert wird, sich Analyse der Gesellschaft und gesell-schaftsverändernder Wille in einer verbindlichen Theorie niederschlägt, diese Theorie sich in der Praxis erprobt und überprüft. Das bedeutet, daß die Ungleichzeitigkeit in Theorie und Praxis aufgehoben und im gesellschaftsverän-dernden Prozeß die zukünftige Ordnung mitreflektiert und zumindest ansatz-weise vorweggenommen werden muß.*

<u>*These 10:*</u> *Wo immer in der Gesellschaft Widerstand mit der Konsequenz praktischer Solidarität geleistet wird, hat der lange Marsch begonnen.*

Zur inneren Struktur des Clubs

<u>*These 1:*</u> *Der Vorstand tagt öffentlich. Damit sollte von Anbeginn die Herausbildung eines Politbüros oder einer nur schwer kontrollierbaren bürokra-tischverselbständigten ‚inneren Gruppe' verhindert werden. Albert Graff nannte die gleichberechtigte Beteiligung der Clubmitglieder an den öffentlichen Vorstandssitzungen – Anwesenheitsdemokratie. Dieses Prinzip setzt voraus, daß Abstimmungen nicht stattfinden. An ihre Stelle tritt die generelle inhaltliche, politische Debatte, die gemeinsame Willensbildung durch Argumentation.*

<u>*These 2:*</u> *Die Arbeitskreise des Clubs sind politisch und organisatorisch autonom. Sie arbeiten, ohne sich politischen Zensurbefugnissen einer ihnen übergeordneten Instanz unterwerfen zu müssen. Ihre Autonomie schließt die Bereitschaft ein, sich der inhaltlichen Diskussion über die Ziele und Methoden ihrer Arbeit in Club zu stellen.*

<u>*These 3:*</u> *Die Arbeitskreise, die sich bisher fast ausschließlich auf praktische oder aufklärerische Arbeit nach außen beschränkten, sind durch kleine Arbeits-kollektive zu ergänzen, die den Charakter von Seminargruppen haben. Sie sollen der Bewußtseinsbildung im Innern dienen."*

Wie kommen König und Scheuch mit diesen gewiß nicht USA-freundlichen Thesen klar? Sie sollen vom Beginn an dabei gewesen sein. Sich republikanisch zu geben scheint kein Problem zu sein. Sich republika-nisch zu verhalten am Arbeitsplatz und im Leben ist eine völlig andere Sache. Aber wer deckt das auf? Wer stellt die Öffentlichkeit her? Trotz vieler Zeitungsberichte hat sich bisher kein Republikaner bei mir gemeldet, um genau zu erfahren, was tatsächlich geschehen war.

Wir sind nach Köln umgezogen. Wir haben so gut wie keine Möbel. Wir beginnen fast so wie im Bungalow C - 2 auf dem Campus in Jaipur, mit dem kleinen Unterschied, daß die Kölner Zwei-Zimmer-Wohnung eben kein geräumiger Bungalow ist. Auch die billigsten Möbel sind hier teuer genug.

Kein Vergleich mit dem Markt in Jaipur, wo wir uns mit wenig Geld das Notwendigste besorgen konnten. Dann erfahren wir von einem Händler, dessen Geschäft die Haushaltsauflösung gewesen ist. In Köln heißen solche Händler Altrüscher. Dort herrschen fast Verhältnisse wie in Jaipur. Wir beginnen, uns das Notwendigste zu kaufen. Darüber später mehr.

Am 10. Dezember hatte ich den Kultusminister um einen Termin gebeten. Er reagiert nicht darauf. Er hat noch überhaupt nicht reagiert. „Strategie 1." Zwischenzeitlich war ich gezwungen, Klage zu erheben. Und ich lernte etwas Bemerkenswertes. Ich kann die eigentlichen Übeltäter vor dem Gericht nicht belangen. Klagen kann ich nur gegen das Land, vertreten durch das Kultusministerium, vertreten durch die Universität. Die Übeltäter auf allen Ebenen verwandeln sich zu Zeugen vor dem Gericht. Es mag merkwürdig erscheinen, aber es ist so. Diese gesetzliche Bestimmung ist faktisch ein Freibrief zur Despotie für Professoren an deutschen Hochschulen. So kann König unbestraft meinem Rechtsanwalt Dr. Johlen im Voraus kundtun, daß Scheuch und er mich nicht habilitieren werden. Unabhängig von der Qualität der Habilitationsschrift. Und genau die Kenntnis hierüber hatte Hans-Jürgen Daheim veranlaßt – gerade an der Universität Regensburg als ordentlicher Professor berufen – mir am 3. Mai 1967 von Berkeley aus zu schreiben: *„Wenn Sie erlauben, möchte ich Ihnen ein Rat geben: Bitte arrangieren Sie sich mit König, wenn Sie weiterhin eine akademische Laufbahn in Deutschland oder anderswo anstreben."*

Diese Despotie deutscher Soziologieprofessoren kennzeichnet die dritte Etappe. Sie ist am 15. Dezember 1967 von König eingeläutet. Er gibt sich alle Mühe, meinen Rechtsanwalt zum Mandatsverrat anzustiften. Das Ziel: **Aich darf das aus Indien mitgebrachte Material nicht auswerten**. Warum eigentlich nicht? Was steckt in den Materialien? Wovor haben die bestallten Soziologieprofessoren Angst? Die Ängste Unnithans und Mathurs konnten wir noch nachvollziehen, aber wovor haben Scheuchs und Königs Angst? Und warum zeigen andere Ordinarien so wenig Courage?

Die Antworten sind sicherlich in den Materialien selbst verborgen. Bislang haben wir das Material nicht sinnvoll sichten können. Zunächst müssen wir unseren Lebensunterhalt sichern. Wir haben keine Rücklagen. Das Minimum ist ein Forschungsstipendium oder eine wissenschaftliche Stelle. Ohne Unterstützung von „Professoren" läuft nichts. Deshalb hatte ich mich mit gleichlautendem Schreiben an die bekannten Soziologie-Lehrstuhlinhaber gewandt: Sie möchten das Forschungsmaterial sichten. Wenn sie das Material gut finden, möchten sie sich dann bemühen, die materielle Grundlage für die Auswertung trotz des Konfliktes mit der Universität Köln sicherzustellen. Ich hatte sie nur gebeten, den Konflikt und die Forschungsarbeiten auseinander zu halten.

Um nicht am Hungertuch nagen zu müssen, bemühe ich mich, meine frühere publizistische Tätigkeit anzukurbeln. Der WDR begegnet mir äußerst reserviert. Zunächst auch Werner Höfer. Dort hat sich die Nachricht ausgebreitet, Aich sei in Indien kriminell geworden, Aich habe im Universitätsgästehaus in Jaipur nicht einmal seine Joghurt- und Milchrechnungen bezahlen wollen, bis er deswegen beim Gericht verklagt worden sei, Aich habe Luxusgüter eingeschmuggelt und teuer verkaufen wollen, Aich habe sogar von einem fremden Fragebogen ein Dutzend Fragen einfach abgeschrieben und so geistigen Diebstahl begangen.

Die WDR-Redakteure in Köln müssen Rücksicht nehmen. König und Scheuch sind nicht wenigen Redakteuren persönlich bekannt. König und Johannes Rau, Fraktionsvorsitzender der SPD im Düsseldorfer Landtag, haben zusammen eine wöchentliche Klönrunde. Soziologen wie Königs und Scheuchs sind voller Phantasien. Sie setzen Geschichten in Umlauf. Meine Klage beim Verwaltungsgericht kann all dies nicht neutralisieren. Einige hören mich an. Einige sichten sogar die schriftlichen Belege für meine Version. Sie bekommen ihre Zweifel über den Wahrheitsgehalt der in Umlauf gesetzten Geschichten. Aber noch fehlt es ihnen an Courage zu recherchieren, Stellung zu beziehen. Was ist, wenn die Klage abgewiesen wird? Also erst einmal abwarten, ist die Devise für die meisten Redakteure. Natürlich sind sie Mitglieder im republikanischen Club. Werner Höfer beginnt sich bald anders zu verhalten. Er ist **nicht** Mitglied im republikanischen Club.

Dr. Hans-Götz Oxenius ist Mitglied im republikanischen Club. Er ist ein bekannter Funkredakteur in der Kulturabteilung. Er pflegt enge Kontakte zu den Soziologen in Köln und ist verbunden mit König. Ich kenne ihn auch. Er macht sich Gedanken über meine akademische Zukunft. Warum, so fragt er, sollte ich nicht meine wissenschaftliche Karriere in den USA fortsetzen, statt mich langjährig mit deutschen Gerichten herumzuschlagen? Und er könnte sich auch vorstellen, wenn ich diese Geschichten nicht weiter an die große Glocke hänge, daß sogar König und Scheuch mich dabei tatkräftig unterstützen würden. Auf meine Nachfrage bestätigt er, daß anläßlich eines Treffs die beiden Professoren von sich aus von dieser Möglichkeit gesprochen haben. Ich sage Oxenius zu, daß ich mir diese Perspektive durch den Kopf gehen lassen werde.

Ich schreibe all jene Institutionen an, die mich je zu einem Vortrag eingeladen haben. Ich berichte ihnen kurz über meine erweiterten Arbeitsschwerpunkte und über meine neuen Erkenntnisse. Die „SPD-Baracke" in Bonn, der Landesausschuß der SPD in Düsseldorf und die gewerkschaftliche Einrichtung „Arbeit und Leben" in Düsseldorf wollen behilflich sein, mich zu Veranstaltungen als Referent zu vermitteln. „Arbeit und Leben" vermittelt mir sogar Soziologieunterricht an den Schwesternschulen in einigen Krankenhäusern Nordrhein-Westfalens. Walter Fabian und Kurt Seinsch signalisieren mir, daß ich für die „Gewerkschaftliche Monatshefte" bzw. für die „Deutsche Gesellschaft für die Vereinten Nationen" ein willkommener Autor bin. Die Sozialistische Bildungsgemeinschaft in Düsseldorf, eine SPD-Tochter, lädt mich zu Vorträgen ein und vermittelt mich zu anderen Ortsgruppen. So sagen wir uns selbst mutmachend: So lange ich nicht als ungelernter Maurer auf dem Bau arbeiten muß, geht es uns, unter den gegebenen Umständen, eigentlich nicht schlecht.

Nach dem Umzug nach Köln haben wir beschlossen, keine Möbel zu kaufen außer ein paar Stühlen. Den Rest wollen wir selbst basteln. Es ist nicht nur preiswert, es ist auch eine beruhigende Tätigkeit, Holz zu bearbeiten. In Köln gibt es zwei, drei Geschäfte für den Einkauf von Material und natürlich die „Altrüscher". Als erstes Stück ist ein Tisch dran. Diesen habe ich mehrmals bauen müssen, bis die nicht sehr kleine Platte die notwendige Stabilität auf den vier Füßen bekommt. Die Verkäufer in den Geschäften geben gern Ratschläge. Sie sind auch wohltuend freundlich. Schließlich haben wir einen großen, stabilen Mehrzwecktisch auf einem Metalrahmen mit Verschränkungen. Für Betten haben Tischlerplatten, Schaumgummiauflagen und anschraubbare Metalfüße gereicht. Natürlich nicht ohne mit Kaltleim geklebte Holzverstärkungen und ohne sechs Füße. Der Stabilität wegen. Die Sideboards und Schränke haben mich lange Monate beschäftigt gehalten. Aber es hat funktioniert.

Also bleiben wir ausschließlich mit vielfältigen nichtwissenschaftlichen Aktivitäten beschäftigt. Einkaufen, Essenkochen, Möbelbauen, Nachdenken, Briefeschreiben und Schreiben für eine kleine indische Wochenzeitung, die „Parliamentary Times", eine unbezahlte Korrespondententätigkeit. Diese Wochenzeitung erscheint nur in Neu-Delhi. Sie behandelt in der Hauptsache komplexe politische und wirtschaftliche Zusammenhänge. Zielgruppen sind Parlamentäre und politische Funktionäre. Ich soll in regelmäßiger Folge über Vorgänge aus Europa berichten, die für diese indische Zielgruppe von Interesse sein könnten.

Aber meine Hauptbeschäftigung bleibt vorläufig das Briefeschreiben. Ja, beharrliches Briefeschreiben, vor allem, nachdem wir die „Strategie 1" und „Strategie 2" begriffen haben. Andere Pfeile habe ich nicht im Köcher. Wir schreiben alle an, denen die ganze Geschichte von ihrer gesellschaftlichen Stellung, Funktion und von ihrem eigenen Anspruch her nicht gleichgültig sein dürfte. Meine Strategie ist eine schlichte. Kein Berufener soll später sagen können, er habe nichts gewußt. Ich schreibe auch an die drei Säulenheiligen der damaligen sogenannten „vierten Gewalt": „Die Zeit", der „Stern" und „Der Spiegel". Natürlich auch dem Chefredakteur des liberalen „Kölner Stadt-Anzeiger", Dr. Joachim Besser. Er kannte mich persönlich von früher. Er ist auch Mitglied im republikanischen Club. Und Werner Höfer weist die Redaktion von „Monitor" auf meinen Fall hin.

Ich versuche die ganze Geschichte so publik zu machen, daß es Druck auf die Akteure der deutschen Front ausübt. Dann aber die Möglichkeit einer regelmäßigen schreibenden Mitarbeit zu erschließen. Schließlich wird man nicht satt davon, daß die „vierte Gewalt" einen abfeiert. Möglicherweise ist es ein Fehler gewesen, die beiden Ziele in einem Schritt zu verfolgen. Im Nachhinein. Vielleicht. Wie es auch sei, es ist halt so geschehen. Und das Ergebnis ist – wie ich meine – bemerkenswert aufschlußreich.

Die Redaktion der „Die Zeit. Das deutsche Weltblatt" wird geleitet von Marion Gräfin Dönhoff, einer allseitig geachteten liberalen Publizistin und auch eine Teilnehmerin des „Internationalen Frühschoppen". Wir hatten dort einen gemeinsamen Auftritt. An sie wende ich mich am 8. Januar 1968. Eine Reaktion bleibt aus. „Strategie 1". Nach fast sechs Wochen, am 19. Februar, erinnere ich Gräfin Dönhoff: „ich nehme Bezug auf mein Schreiben vom 8. Januar. Ich kann mir gut vorstellen, daß Sie nicht recht wissen, was Sie mit meinem Schreiben und den beigefügten Anlagen anfangen sollen.

Darf ich zur Vereinfachung folgende konkreten Vorschläge unterbreiten. Da meine Auseinandersetzung mit der Universität Köln nicht als ein Einzelfall abgetan werden kann, sondern mit der Struktur der deutschen Hochschulen und dem vielfachen Machtmißbrauch der deutschen Professoren zusammenhängt, möchte ich vorschlagen, daß Sie oder ein anderes Mitglied der Redaktion mit mir einen Termin ausmacht, damit ich Gelegenheit erhalte, einmal die dokumentarischen Belege über die Auseinandersetzung vorzulegen.

Mein zweiter Vorschlag wäre, mir zumindest die Gelegenheit zu geben, über Indien, speziell über das indische Erziehungssystem in der ZEIT zu schreiben. Ich bin davon überzeugt, daß ich zu diesem Komplex durch meine Untersuchungen und Recherchen über eine Menge aus dem üblichen Rahmen fallende Informationen verfüge. Natürlich werde ich dabei nicht auf meine Auseinandersetzung mit der Universität Köln eingehen.

In der Hoffnung, bald von Ihnen zu hören, verbleibe ich"

Das Erinnerungsschreiben wird schnell beantwortet. Schon am 27. Februar schreibt Marion Gräfin Dönhoff: *es tut mir leid, daß ich so lange mit der Beantwortung Ihrer Anfrage gezögert habe. Ich hatte Ihren ersten Brief mitsamt dem Manuskript (Manuskript?) einem Kollegen zur Prüfung übergeben, und wie es nun einmal in so einer Redaktion mit viel Papier ist ‚Aus den Augen, aus dem Sinn.'*

Nun kam Ihr Brief vom 19. und ich habe mich gleich nach meiner gestrigen Rückkehr von einer Reise an die Lektüre gemacht.

Ich bedauere außerordentlich die vielen Unbilden, die Ihnen zugefügt worden sind, und gern würde ich versuchen, Ihnen zu helfen. Aber ich muß Ihnen sagen, daß es uns nicht möglich ist, Ihren Fall aufzugreifen. Er liegt so außerhalb unserer normalen Tätigkeit, einfach deshalb, weil wir niemand zur Verfügung haben, der solche Fälle recherchiert; denn es genügt ja nicht, daß wir Ihre Version abdrucken, sondern es müßte ja jemand den Fall eingehend studieren und auch mit den Professoren reden. Und die Möglichkeit haben wir bei der dünnen Besetzung unserer Redaktion leider nicht.

Ich bedauere dies sehr und bin mit bestem Gruß und allen guten Wünschen Ihre Marion Dönhoff"

Die guten Wünsche habe ich gebraucht. Ein freundlicher, ja, fast ein mitfühlender Brief. So scheint es. Ich kann nicht umhin, auch das in diesem Brief zu lesen, was nicht geschrieben steht. Nämlich: *Sie haben recht. Ich bin eine Indienkennerin. Aber gerade deshalb werden Sie in meinem Blatt keinen Platz zur Verfügung gestellt bekommen, über Indien auf eine Weise zu schreiben, die von unserem üblichen Indienbild abweicht. Schon gar nicht über das Erziehungssystem, das auch wir mitgestaltet haben und immer noch mitgestalten. Sie hätten längst begreifen müssen, daß Sie sich in ein „Nichtthema" verrannt haben. Ich bedauere außerordentlich, daß Sie so wirklichkeitsfremd sind. Insofern haben Sie die vielen Unbilden, die Ihnen zugefügt worden sind, sich selbst zuzuschreiben. Eine materielle Hilfe für Ihre Auseinandersetzung in Form von Honorar für Manuskripte können Sie von uns nicht erwarten.*

So frage ich mich, was Marion Gräfin Dönhoff davon abhält, mir reinen Wein einzuschenken. Merkt sie nicht, was sie statt dessen schreibt? *„Er liegt so außerhalb unserer normalen Tätigkeit ..."* Worin besteht dann die normale Tätigkeit der Redaktion der Wochenzeitung, „Die Zeit. Das deutsche Weltblatt", wenn überhaupt keine Kapazität für Recherchen vorhanden ist? Das kann sie doch nicht ernsthaft gemeint haben, daß die normale Tätigkeit ihrer Redaktion darin besteht, nur solche Artikel zu veröffentlichen, die keine umfangreichen Recherchen verlangen. Nein, das kann sie wirklich nicht gemeint haben. Dafür ist sie zu klug. Die Vermutung liegt nahe, daß sie irgend etwas Abwimmelndes schreiben muß. So hat sie dies geschrieben und hofft vielleicht, daß diese geschriebene Verlogenheit nie öffentlich bekannt wird. Dies ist die „Strategie 3", um Unangenehmes scheinbar beschwerdefrei los zu werden. Auch diese Strategie wird uns an der deutschen Front noch öfter begegnen.

Der „Stern" ist zwar von seinem Anspruch ein Magazin, gilt aber als eine Illustrierte, jedoch als eine politisch wache und eine mit kritischer Distanz zur von den christlichen Unionsparteiten geprägten Nachkriegsentwicklung in Deutschland. Ich schreibe ebenfalls am 8. Januar an den Chefredakteur Henri Nannen, der ebenso ein Gast Werner Höfers im „Internationalen Frühschoppen" ist wie Marion Gräfin Dönhoff auch: „vor etwa drei Jahren zeigte Ihre Bonner Redaktion Interesse an meiner Arbeit über die ausländischen Studenten. Damals wurde auch eine Begegnung mit Ihnen erwogen, kam aber aus irgendeinem Grund nicht zustande. Da Sie mich sehr wahrscheinlich nicht kennen werden, darf ich mich kurz vorstellen: Ich bin indischer Staatsangehöriger, seit 1955 in der Bundesrepublik, Autor des vieldiskutierten Buches ‚Farbige unter Weißen', häufiger Teilnehmer am ‚Internationalen Frühschoppen'.

Ich bin gerade von einem 15monatigen Lehr- und Forschungsaufenthalt in Indien, wozu ich von der Kölner Universität beurlaubt worden war, zurückgekommen. Ich erlaube mir, Ihnen zwei Anlagen beizufügen, die Ihnen einen Einblick geben in meine Erfahrungen und Beobachtungen. Auf Grund dieser Ereignisse war es mir möglich, weit hinter die Kulissen zu schauen. Ich glaube, über Indien etwas berichten zu können, worüber weder hier noch anderswo je etwas zu lesen war. Ich möchte Sie deshalb bitten zu prüfen, ob in Ihrem Magazin Interesse hierfür besteht.

Außerdem verfüge ich über Dokumente, die zwei ‚liberalen Professoren' der Kölner Universität alles andere als liberales Verhalten bescheinigen. Ich darf noch erwähnen, daß ich auch Belege dafür besitze, daß die Deutsche Botschaft in Delhi nicht zögerte, Unwahres schriftlich von sich zu geben.

Für eine baldige Antwort mit eventuellen Terminvorschlägen wäre ich Ihnen außerordentlich dankbar, da ich im Augenblick wegen meines Prozesses gegen das Establishment einer deutschen Universität ohne Einkommen bin."

Fünf Wochen vergehen. Möglicherweise hat Henri Nannen damit gerechnet, daß die verstrichene Zeit eine Antwort erübrigen wird. „Strategie 1" also. Möglicherweise erhält er solche Schreiben wie das meinige so häufig, daß er diese ohne Umschweife in den Papierkorb wandern läßt. Nun hat mich jener indische Journalist in Jaipur, Rishi Kumar Mishra, der erst die 18. Verabredung einhielt, gelehrt, beharrlich zu sein. Also erinnere ich Henri Nannen am 16. Februar: „ich darf Bezug nehmen auf mein Schreiben vom 8. Januar, dem ich zwei Anlagen beifügte. Da ich eine Bestätigung des Eingangs nicht erhalten habe, weiß ich nicht, ob Sie mein Schreiben erhalten oder aber entschieden haben, sich nicht mit der Angelegenheit zu beschäftigen. Es würde mich interessieren zu erfahren, wie der „Stern" sich zu einem solchen Vorfall verhält."

Nachdem die „Strategie 1" gescheitert ist, läßt Henri Nannen durch Herbert Ludz, ein Redaktionsmitglied, postwendend mich wissen: *„haben Sie vielen Dank für Ihr Schreiben vom 5. Januar dieses Jahres. Ihren Bericht an das Auswärtige Amt haben wir mit Interesse gelesen. Für den STERN sehen wir aber zur Zeit keine Möglichkeit, Ihr Thema bei uns zu veröffentlichen."*

Kurz, bündig und elegant. Beinahe eindeutig ist das Signal: *Ihr Thema ist kein Thema.* Beim zweiten Lesen fallen mir vier kurze Worte auf, die mich zum Nachdenken veranlassen: *„zur Zeit".* Und was heißt *„sehen wir"?* Warum steht nicht ehrlicherweise dieser Satz ohne diese vier Worte, obwohl er doch so gemeint ist? Wieso ich das annehme? Der „Stern" vergißt nicht, gleichzeitig ein eindeutiges Signal zu verschicken, *nicht nur zur Zeit*, sondern überhaupt. Ihre Geschichte ist kein „Stern"-thema. Das eindeutige Signal ist: Der „Stern" schickt mir meinen Tätigkeitsbericht an das auswärtige Amt als Anlage zurück, statt ihn ins Archiv zu nehmen. Und es fehlt auch der kleinste Hinweis, wie bei Marion Gräfin Dönhoff, daß ich als freier Mitarbeiter in Frage komme. Was geht es Dönhoffs und Nannens auch an, wenn einer an der Aufklärungsfront verhungert?

Am gleichen Tag, also am 8. Januar, habe ich mich auch an Rudolf Augstein, Herausgeber von „Der Spiegel" und auch ein Teilnehmer des „Internationalen Frühschoppen", gewandt: „ich bitte, mir mein ungewöhnliches Vorgehen zu verzeihen. Aber mir scheint dies der kürzeste Weg zu sein, Sie zu erreichen. Ich darf mich kurz vorstellen: Ich bin indischer Staatsangehöriger, seit 1955 in der Bundesrepublik, Autor des vieldiskutierten Buches ‚Farbige unter Weißen', worüber auch im ‚Spiegel' ein Bericht erschien; häufiger Teilnehmer im ‚Internationalen Frühschoppen'.

Ich bin gerade von einem 15monatigen Lehr- und Forschungsaufenthalt in meiner Heimat, wozu ich von der Kölner Universität beurlaubt worden war, zurückgekommen. Ich habe das indische Erziehungssystem, das Funktionieren des wirtschaftlichen und politischen Lebens eingehend studiert. Meine Erfahrungen und Beobachtungen waren von einer Art, wie sie weder hier noch anderswo je in der Presse zu lesen waren. Ich habe eine Menge Material mitgebracht, das ich Ihrem Nachrichtenmagazin anbieten möchte.

Ich erlaube mir, zwei Anlagen beizufügen, die Ihnen zeigen werden, wie ungewöhnlich meine Erfahrungen waren. Sie sehen aus diesen Papieren auch, daß ich im Augenblick nicht nur arbeitslos, sondern auch ohne Einkommen bin. Ich möchte Sie deshalb bitten, zweierlei zu prüfen: 1. ob die Möglichkeit einer zeitweiligen Mitarbeit in Ihrer Zeitschrift gegeben ist und 2. ob Interesse vorliegt an meinem Material über das skandalöse Verhalten der Kölner Universität. Alle in den beiden beigefügten Papieren gemachten Aussagen lassen sich dokumentarisch belegen.

Für eine baldige Antwort mit eventuellen Terminvorschlägen für eine Besprechung wäre ich Ihnen sehr dankbar."

Mit dem „Spiegel" wird sich ein umfangreicher Meinungsaustausch entwickeln mit vielen Facetten, der sich über mehrere Monate erstreckt. Dieser wird sinnvollerweise chronologisch in die anderen Geschehnisse eingebettet, genau so, wie er auf uns niedergeprasselt ist. Ebenso die Reaktion der „Monitor"-Redaktion des WDR-Fernsehens. Am 16. Januar erinnere ich den Kultusminister Nordrhein-Westfalens an mein noch nicht beantwortetes Schreiben: „Sehr geehrter Herr Kultusminister, darf ich Bezug nehmen auf mein Schreiben vom 10. Dezember 1967 und Sie nochmals darum bitten, mir einen Termin für eine Besprechung zu geben. Darf ich auch wiederholen, daß ich ohne Einkommen bin und mich deshalb jede Verzögerung in größere Schwierigkeiten bringt. Für eine baldige Nachricht wäre ich Ihnen außerordentlich dankbar."

Der Kölner Rechtsanwalt John van Nes Ziegler, der mich 1960 gegen die Deutsche Stiftung für Entwicklungsländer vertreten hatte, ist jetzt Präsident des Landtages von Nordrhein-Westfalen. Ich bemühe mich um einen Termin mit der Überlegung, daß der Landtag eigentlich souverän sein muß, in dieser Sache eine politische Entscheidung zu treffen, wenn er die Verfassung ernst nimmt. Denn in Artikel 20, Abs. 2 GG heißt es ja: *Alle Staatsgewalt geht vom Volke aus. Sie wird vom Volke in Wahlen und Abstimmungen und durch besondere Organe der Gesetzgebung, der vollziehenden Gewalt und der Rechtsprechung ausgeübt".* Der Landtag ist die Versammlung der Gesetzgeber, und Nes Ziegler ist Vorsitzender dieser Versammlung. Was liegt also näher, als ihn über die mißliche Situation zu informieren, daß ich bisher von *der vollziehenden Gewalt* nur hin und her geschoben worden bin. Die Landesregierung will abwarten bis das Kultusministerium entschieden hat, das Kultusministerium will nicht in die Autonomie der Universität eingreifen und verweist mich auf die Entscheidung des Rektors der Universität Köln, der Rektor hält sich heraus mit dem Hinweis, daß er dem Institutsdirektor folgen muß, wenn der Institutsdirektor keine Voraussetzung mehr für eine vertrauensvolle Zusammenarbeit mit seinem Assistenten sieht. Und der Institutsdirektor ist nicht nur ein Despot, er lügt auch maßlos, wie wir gleich sehen werden, assistiert von seinem einstigen Assistenten und nun zum Kollegen aufgestiegenen Scheuch, der dies in seinem Schreiben an den indischen Journalisten selbst belegt hat. Also schreibe ich an Nes Ziegler auch am 16. Januar und bitte ihn um einen Termin.

Unerwartet schnell ist eine Antwort des „Spiegels" gekommen. Augstein läßt durch den Leiter der Auslandsredaktion bereits am 19. Januar eher eine gespielte Ratlosigkeit vorspiegeln: *„Herr Augstein dankt Ihnen sehr für Ihren Brief. Sicherlich haben Sie recht, von der Universität bzw. der Landesregierung Auskünfte über die Gründe Ihrer Entlassung zu verlangen. Wir aber sehen nicht recht, was wir für Sie tun könnten, da es sich ja wohl um einen Einzelfall ohne generelle Bedeutung handelt. Wir wissen auch nicht, welche Art Mitarbeit beim SPIEGEL wir Ihnen anbieten könnten. Mit freundlichen Grüßen, DER SPIEGEL, Auslandsredaktion (Dr. Dieter Wild)"*

Wir sind nicht nur über diese Reaktion des „Spiegels" überrascht. Zu meiner großen Überraschung bekomme ich Post von dem persönlichen Referenten des Kultusministers des Landes Dr. Fernau, am 22.Januar: *„Sehr geehrter Herr Dr. Aich! Im Auftrage von Kultusminister Holthoff bestätige ich den Eingang Ihres Schreibens vom 16. 1. 1968. Leider kann der Brief vom 10. 12. 1967 im Kultusministerium nicht ausfindig gemacht werden. Ich wäre Ihnen daher dankbar, wenn Sie mir kurz angeben würden, in welcher Angelegenheit Sie Herrn Minister sprechen wollen. Mit freundlicher Begrüßung, Dr. Fernau"*

Offensichtlich ein Betriebsunfall innerhalb der Kultusbürokratie. Das Erinnerungsschreiben hat den persönlichen Referenten des Ministers erreicht. Bekanntlich haben Betriebsunfälle auch Aspekte der Aufklärung. Der Minister, der die politische Verantwortung tragen muß, hat anscheinend bislang nichts über die Untaten von beiden Professoren an der Kölner Universität gehört, obwohl er ja der Dienstvorgesetzter dieser Professoren ist. Und ich bin durch den Satz schockiert: *„Leider kann der Brief vom 10. 12. 1967 im Kultusministerium nicht ausfindig gemacht werden."* Wir schöpfen dennoch etwas Hoffnung und reagieren hierauf noch am 25. Januar: „Sehr geehrter Herr Dr. Fernau, ich danke Ihnen für Ihr Schreiben vom 22. Januar 1968. Eine Kopie meines am 10. 12. an den Herrn Kultusminister gerichteten Schreibens füge ich als Anlage bei. Mir scheint, keines meiner Schreiben hat bisher den Herrn Kultusminister erreicht. Ich darf deshalb das Aktenzeichen des Vorganges im Kultusministerium mitteilen: I B 4 43-40/1.

Um die vorgeschriebene Frist nicht zu versäumen, war ich zwar gezwungen, Klage gegen das Land Nordrhein-Westfalen vor dem Verwaltungsgericht zu erheben, würde aber, bevor es zur Verhandlung kommt, die Gewißheit haben wollen, daß dieser Fall dem Herrn Kultusminister zumindest bekannt ist. Dies war der Grund, warum ich mich mit meinem Schreiben vom 10.12.67 um einen Termin bemühte.

Für eine baldige Nachricht wäre ich Ihnen außerordentlich dankbar."

Hans-Götz Oxenius, jener bereits erwähnte Redakteur des WDR-Rundfunk muß König und Scheuch berichtet haben, daß ich mir den

„interessanten" Vorschlag durch den Kopf gehen lassen wollte. Der ironische Unterton war Hans-Georg Oxenius entgangen. Denn König unterbreitet diesen Vorschlag auch meinem Rechtsanwalt. Als mein Rechtsanwalt mir die Perspektive anpreist, mit Empfehlungen von König und Scheuch in den USA zu gehen, platzt mir der Kragen. Wieder einmal stelle ich meine verinnerlichten Werte der blond-blauäugig-weiß-christlichen Kultur auf den Prüfstand. Ich bin auch wütend über mich selbst. Wieso hatte ich die alltägliche Verlogenheit in Deutschland nicht wahrgenommen? Was war mit mir los? Was ist mit mir los?

Statt darüber zu lamentieren, wie blind ich doch gewesen bin, entschließen wir uns zum Widerstand. Wir müssen uns nicht abwimmeln lassen. Von keiner Stelle. Wir haben nicht viele Pfeile im Köcher. Aber wir können schreiben. Wir können alles daransetzen, die Zusammenhänge so hoch wie möglich an die große Glocke zu hängen. Zunächst stelle ich einen Strafantrag gegen Scheuch. Die Boulevardzeitung Kölns, der „Express", bringt die Nachricht auf der letzten Seite ihrer Wochenendausgabe vom 27./28. Januar 1968 groß heraus, natürlich mit Bild und mit zwei seitenfüllenden Schlagzeilen:

Entlassener Assistent fühlt sich verleumdet und beleidigt
Strafantrag gegen Professor

exp K ö l n - Dr. Prodosh Aich (34), den Millionen Fernsehzuschauer kennen, dessen Doktorarbeit „Farbige unter Weißen" weithin Aufsehen erregt hat, stellte Strafantrag wegen Beleidigung und Verleumdung gegen den Kölner Prof. Dr. Erwin Scheuch.

Der junge Wissenschaftler aus Indien, verheiratet mit einer deutschen Frau, ist zum 30. September 1967, während eines Aufenthaltes in Indien, vom Rektor der Kölner Universität aus seinem Amt als wissenschaftlicher Assistent am Forschungsinstitut für Soziologie „gefeuert" worden.

Der Direktor des Instituts, Prof. René König, hatte zuvor noch die Reise seines Assistenten nach Indien unterstützt, weil Dr. Aich Material für seine Habilitationsarbeit sammeln wollte.

Aus Köln erreichte Ihn wie ein Blitzschlag die „Widerrufsverfügung des Beamtenverhältnisses". Gründe wurden zunächst nicht genannt.

Nachdem Äußerungen durchsickerten, die Prof. Scheuch gemacht haben soll, reichte Dr. Aich jetzt Strafantrag wegen Beleidigung und Verleumdung ein.

Dem jungen Wissenschaftler, früher häufiger Gast in Höfers Frühschoppen, ist vorerst die wissenschaftliche Laufbahn verbaut. Beim Verwaltungsgericht läuft seine Klage, durch die er die Gründe der Entlassung erfahren will.

Auch Nicht-Boulevardzeitungen in Köln und anderswo berichten über diese Anzeige. So beispielsweise der „Kölner Stadt-Anzeiger", ebenfalls am Wochenende des 27./28. Januar, 1968. Damit sind einige der wesentlichen Facetten der Geschichte an die große Glocke gehängt. Auch wenn die Klänge der Glocken von unterschiedlicher Qualität sind:

Exassistent zeigt einen Professor an
Schon vorher Verwaltungsklage gegen Universität
Von unserem Redakteur Klaus Zöller

Dr. Prodosh Aich, gebürtiger Inder, der in Deutschland eine vielversprechende wissenschaftliche Karriere begann, beschäftigt nunmehr zwei Kölner Gerichte. Nachdem er – wie berichtet – beim Verwaltungsgericht Klage gegen seine Entlassung als Assistent der Universität Köln eingereicht hat, stellte er am 25. Januar einen Strafantrag gegen Professor Dr. Erwin Scheuch wegen Beleidigung und Verleumdung.

Dr. Aich war von der Kölner Universität beurlaubt worden, um an der indischen Universität Jaipur Gastvorlesungen zu halten und zugleich Forschungsarbeiten zur Vorbereitung seiner Habilitationsschrift vorzunehmen. Er hatte dort Differenzen mit den Autoritäten der Universität.

Ein Rechtsstreit wurde zu Dr. Aichs Gunsten entschieden. Trotzdem war seine Forschungsarbeit in Jaipur behindert. Er konnte sie nach weiteren mißlichen Erfahrungen doch noch fortsetzen.

Die Kölner Universität war mit Dr. Aichs Taktieren nicht einverstanden. Es kam zwischen Aich in Indien und Professor René König in Köln, seinem Institutsdirektor, ebenfalls zu Differenzen. Sie führten dazu, daß dem Assistenten Dr. Aich gekündigt wurde. Dagegen hat er eine Verwaltungsklage erhoben.

Zusätzlich stellte er einen Strafantrag gegen Professor Dr. Erwin Scheuch. Scheuch hatte während Aichs Anwesenheit Indien besucht und war dabei über Einzelheiten des Streits informiert und mit Unterlagen versorgt worden. Zu einem Zusammentreffen zwischen Scheuch und Aich war es nicht gekommen.

Aich wirft dem Professor nun in seinem an den Leitenden Oberstaatsanwalt beim Landgericht Köln gerichteten Strafantrag vor, ihn beleidigt und verleumdet zu haben. Das sei vor allem in einem Schreiben an einen indischen Journalisten geschehen. Darin habe sich Professor Scheuch unbewiesene Behauptungen, zum Beispiel des geistigen Diebstahls, zu eigen gemacht.

Nachdem die Geschichte an der großen Glocke hängt, konzentriert sich die Gegenseite phantasiereich darauf, mit abenteuerlichsten Geschichtchen die Redaktionen und Korrespondenten zu verunsichern und einzuschüchtern. Die übrigen Republikaner in Köln oder anderswo überhören das Glockengeläut oder bleiben nach wie vor auf Tauchstation. Kein einziger Republikaner hat von mir Genaueres wissen wollen. Kein einziger Republikaner hat sich erkundigt, wovon wir leben und leben wollen. Außer Werner Höfer. Aber er ist ja auch kein Republikaner gewesen.

Die von König und Scheuch erzählten Geschichtchen erreichen auch Politiker wie John van Nes Ziegler, mein einstiger Rechtsanwalt, der am 29. Januar seine Antwort auf meine Bitte um einen Gesprächstermin zu Papier bringt. Sie verdeutlicht mir zweierlei: Viele Geschichten um meine Person sind zumindest in Nordrhein-Westfalen in verschiedenen Versionen in Umlauf. Und alle wollen lieber auf Tauchstation bleiben. Etwa nach der Devise: alles hören, alles sehen, aber keinen Standpunkt beziehen. Nur übersehen sie, daß sie dabei schon zumindest einen Standpunkt beziehen, nämlich den des Opportunisten. Hier ist der Standpunkt von Nes Ziegler: *„Sehr geehrter Herr Dr. Aich! Ihren Brief vom 16. Januar 1968 habe ich empfangen. Wie Sie sicher wissen, werden Assistentenverträge an der Universität immer nur für eine bestimmte* (welche?) *Frist abgeschlossen. Ich habe gehört* (Von wem? Und was ist, wenn das Gehörte nicht stimmt?), *daß Ihr Vertrag bei Professor König nach Ablauf der Vertragsfrist nicht wieder erneuert wurde. Es handelt sich also nicht, wie Sie schreiben, um eine Entlassung von der Universität Köln. Im übrigen besteht von meiner Seite aus keinerlei Möglichkeit, auf Herrn Professor Dr. König dahingehend Einfluß zu nehmen, daß er den Arbeitsvertrag mit Ihnen erneuert. Irgendeine Möglichkeit, in dieser Hinsicht über das Kultusministerium wirksam* (Wer sonst, wenn nicht der Gesetzgeber?) *zu werden, besteht ebenfalls nicht, da Assistentenverträge stets zwischen dem Assistenten und dem Institutsdirektor* (Falsch! Stets zwischen dem Rektor und dem Assistenten. In meinem Fall mußte der Kultusminister zustimmen!) *abgeschlossen werden. Angesichts dieser Sachlage glaube ich nicht, daß eine Besprechung zwischen Ihnen und mir sinnvoll ist.“*

Ein klägliches Zeugnis, das ein prominenter Rechtsanwalt aus der Domstadt sich selbst ausstellt. Aber wer wird es wissen? Auch das kläglichste Zeugnis ist nicht kläglich, wenn es unter dem Teppich bleibt. „Strategie 3“. Nes Ziegler weiß, daß die Wahrscheinlichkeit, daß ein Dritter dieses jämmerliche Zeugnis zu Gesicht bekommt, verschwindend gering ist. Also kann man die Sau raus lassen und mir zwischen den Zeilen mitteilen: *Entweder sind sie ein Lügner oder zu blöd, Tatsachen zu beschreiben.*

Wir haben vieles in Briefen zu lesen bekommen, das so in der Öffentlichkeit nie geäußert werden würde. Am 30. Januar schreibe ich Herrn Dr. Dieter Wild, Auslandsredaktion der „Spiegel“: „ich muß gestehen, daß mich Ihr Schreiben vom 19. Januar ziemlich enttäuscht hat. Ihrem Einwand, daß es sich hier um einen Einzelfall handele, kann ich beim besten Willen nicht zustimmen. Es müßte Ihnen nicht unbekannt sein, daß viele Habilitationskandidaten wegen persönlicher Differenzen mit dem Institutsdirektor ihre wissenschaftliche Karriere aufgeben müssen. Das machten auch die Loccumer Assistentengespräche deutlich, über die der Kölner Stadt-Anzeiger am 25. Januar 1968 berichtete. Die Lage der Assistenten ist so schlecht, daß keiner es wagt, vor Gericht zu gehen, wenn er das Wohlwollen seines Professors verloren hat und deshalb entlassen wird. Mein Anwalt konnte nicht einen einzigen Präzedenzfall in der Rechtsprechung finden.

Es dürfte dem „Spiegel“ bekannt sein, daß die Herren Professoren König und Scheuch mit Erfolg das Image verkauft haben, die liberalen Wortführer an der Universität Köln zu sein. Beide sitzen auch im Republikanischen Club in Köln. Die Art und Weise aber, wie meine Entlassung zustande kam und die von anderen Kollegen vorher, beweist genau das Gegenteil von liberaler Haltung. Auch deshalb scheint mir die ganze Angelegenheit von allgemeinem Interesse zu sein.

Der Einwand, daß es sich um einen Einzelfall handele, dem keine generelle Bedeutung zukäme, wurde auch von dem indischen Staatspräsidenten gemacht. Er ließ sich dann aber von dem Gegenteil überzeugen, da es nicht notwendig ist, solche Einzelfälle erst einmal kumulieren zu lassen, um nach Erreichen einer bestimmten Quantität ihnen generelle Bedeutung beizumessen. Sie werden mir sicherlich zustimmen, wenn ich sage, daß ein allgemeiner Unrechtszustand nur aus einer Summe von Einzelunrechten besteht. Und schließlich, wer soll entscheiden, welche Quantität von genereller Bedeutung ist. Ich möchte Sie daher bitten, die Anlagen nochmals aufmerksam zu lesen und zu prüfen, ob mir der „Spiegel" nicht zumindest die publizistische Hilfe geben kann, die verhindern könnte, daß andere wissenschaftliche Assistenten in die selbe Misere durch die Willkür der fast allmächtigen deutschen Professoren geraten.

Ich habe vor dem Verwaltungsgericht Köln Klage gegen das Land Nordrhein-Westfalen, vertreten durch die Universität Köln, gegen die Verfügung meiner Entlassung eingereicht. Am 26. 1. 1968 habe ich bei der Staatsanwaltschaft Köln gegen Herrn Prof. Scheuch Strafantrag wegen Beleidigung und Verleumdung gestellt.

Diese beiden Vorkommnisse veranlaßten den Kölner Stadt-Anzeiger und den Kölner Express bereits zu einer Berichterstattung. Wenn Sie nicht selbst die Zeit erübrigen können, um die Akten zu studieren, aber zumindest einen Kollegen in Bonn oder Düsseldorf damit beauftragen würden, würde dieser sicherlich zu derselben Meinung wie die Kölner Tageszeitungen kommen, nämlich, daß die ganze Angelegenheit ein handfester Skandal ist, der ein bezeichnendes Licht auf das Universitätssystem der Bundesrepublik wirft.

Welches die Art meiner Mitarbeit beim „Spiegel" sein könnte, so habe ich darüber eine sehr konkrete Vorstellung. Meine Studie über das indische Erziehungssystem, insbesondere über die Rolle und das Verhalten der ausländischen Experten, die alles tun, dieses verrottete System zu konsolidieren, müßte für den „Spiegel" eigentlich interessant sein. Ich war Journalist und auch während meiner wissenschaftlichen Tätigkeit nebenberuflich als Journalist tätig. Eine Mitarbeit beim „Spiegel" könnte also nur im Schreiben bestehen.

Ich wäre Ihnen außerordentlich dankbar, wenn Sie über die ganze Angelegenheit nochmals reflektieren und mir Ihre Entscheidung mitteilen würden."

Dr. Fernau, der persönliche Referent des Kultusministers Holthoff (SPD), hat mir am 2. Februar geschrieben. Aus diesem Schreiben kann ich entnehmen, daß mein Fall beim Minister eine neues Aktenzeichen bekommen hat. MV - 383/68. Ansonsten eher etwas Entmutigendes: *„Sehr geehrter Herr Dr. Aich! Besten Dank für Ihr Schreiben vom 25. 1. 1968. Ich habe im Auftrag von Herrn Kultusminister Holthoff die Abschrift Ihres Schreibens vom 10. 12. 1967 der zuständigen Abteilung unseres Hauses mit der Bitte um wohlwollende Prüfung zugeleitet. Solange diese Prüfung noch nicht abgeschlossen ist, halte ich ein persönliches Gespräch zwischen Ihnen und Herrn Minister für unzweckmäßig. Sie dürfen versichert sein, daß unser Haus objektiv und gerecht entscheiden wird. Ich darf Sie daher bitten, weiteren Bescheid abzuwarten. Mit freundlicher Begrüßung, Dr. Fernau."*

Die ganze Angelegenheit wird also auf die lange Bank geschoben. Es fällt uns auf, daß keiner der demokratisch legitimierten Amtsträger, die die politische Verantwortung für die Machenschaften der Bürokratie tragen müßten – und einigen bin ich persönlich bekannt –, für mich zu einem Gespräch von Angesicht zu Angesicht erreichbar ist. Anders als in Indien. Aber Indien ist halt Orient. Und im Orient gilt noch nicht das Spiel, das Demokratie heißt, in dem *„alle Staatsgewalt vom Volke"* ausgehen soll.

Am 4. Februar bemühe ich mich, die falschen Informationen beim Landtagspräsidenten, bei John van Nes Ziegler, durch schriftliche Belege zu berichtigen. Es ist falsch, daß mein Zeitvertrag nicht mehr verlängert worden ist. Richtig ist, daß ich ohne Angabe von Gründen entlassen worden bin. Falsch ist sein Eindruck, ich erwartete von ihm eine Einflußnahme Königs zu meinen Gunsten. Richtig ist, daß ich von ihm zunächst eine politische Beurteilung des Ganzen erwarte.

Am 5. Februar schreibt meine Frau an Irmgard Bhaduri, an jene Jüdin in Kalkutta, von der ich einige Male erzählt habe. Ich zitiere einen Teil aus diesem Schreiben. Diese Zeilen beschreiben ungeschönt, in welcher Verfassung wir dabei sind, den Alptraum von Köln zu verarbeiten: *„Am 29. 11.waren wir dann endlich in Rotterdam. Unser Gepäck ist heil und vollständig mit nach Düsseldorf gekommen, wo wir 4 Wochen lang in der Wohnung von Roshan, unserer Bekannten aus Pakistan (aber in Kalkutta aufgewachsen) waren. Sie selbst war in dieser Zeit mit ihrem Mann zu Filmaufnahmen in Tunesien. Sie kamen Heilig Abend zurück. Inzwischen hatten wir uns eine Wohnung in Köln gesucht, einen Wagen gekauft und einen Rechtsanwalt gefunden, der Khokons Klage vor dem Verwaltungsgericht einreichte. Machen Sie (die Macht der Gewohnheit), also mach Dir keine Sorgen deshalb, ich bin ganz sicher, daß wir den Prozeß gewinnen werden. Inzwischen haben wir noch einen Strafantrag gegen einen Kölner Professor eingereicht. In Jaipur erhielt ein uns bekannter Journalist Stunden vor unserer Abfahrt einen Brief von diesem Professor, der vor Lügen über Khokon strotzt. Khokons früherer Chef an der Kölner Universität hat unseren Rechtsanwalt gebeten, Khokon zu überreden, doch nach Amerika zu gehen. Er würde ihm dort eine gute Stellung besorgen. Inzwischen glaube ich, daß es hier gar nicht viel besser ist als in Indien. Die Koalitionsregierung zwischen den beiden großen Parteien hat das politische Klima merklich schlechter werden lassen. Das Abbröckeln der Konjunktur hat die Menschen unsicher und feiger werden lassen. Wir versuchen, die Ohren steif zu halten und diese gar nicht schöne, einkommenslose Zeit zu überstehen."*

Schon am 6. Februar 1968 schlägt der Sozialdemokrat John van Nes Ziegler alle Türen zu. Er will keine Initiative ergreifen oder keine Verpflichtung übernehmen, weil die Sache ihn ja auch nichts angeht. Außerdem hat er weder Zeit noch Lust, sich in dieser Sache eine politische Meinung zu bilden. Diese Arbeit würde in keiner Weise für seine politische Karriere von Nutzen sein. „Strategie 4". Also schreibt er in einer eher unsozialdemokratischen Diktion, in der er sich nie in der Öffentlichkeit äußern würde. Briefe dieser Art sehen seltenst das Licht der Öffentlichkeit. Leider! Hier ist der Wortlaut: *„Haben Sie schönen Dank für Ihr Schreiben vom 4. Februar 1968.*

Auch nach weiteren Ausführungen der mit Ihrer Entlassung zusammenhängenden Vorgänge halte ich ein Gespräch zwischen uns nicht für notwendig. Es ist mir als Außenstehender sehr schwer möglich, mir über die mit Ihrer Person zusammenhängenden Vorfälle ein richtiges Bild zu machen. Da ich aber ohnehin keine Möglichkeit sehe, Ihnen zu helfen, glaube ich nicht, daß eine Unterhaltung zwischen uns von Nutzen sein könnte."

Auf eine Antwort des „Spiegels" muß ich auch nicht lange warten. Das folgende Schreiben trägt das Datum vom 9. Februar 1968: *„ich habe Ihre Darstellung noch einmal gelesen, bedaure aber, daß ich den Fall immer noch als singulär ansehen muß. Ich bezweifle gar nicht den Wert Ihrer Studien über das indische Erziehungssystem an, nur: Der SPIEGEL kann darüber vielleicht einmal in zwei Jahren berichten. Sie können uns gern einen ausführlichen Artikel liefern. Mit freundlichen Grüßen, DER SPIEGEL, Auslandsredaktion (Dr. Dieter Wild)"*

Wir werden andauernd mit Schriftstücken dieser Art konfrontiert. Die Botschaften sind eindeutig: Lassen Sie mich in Ruhe. Verlangen Sie bitte nicht, daß ich zu Ihrer Angelegenheit Stellung beziehen soll. Außerdem und überhaupt, *„ich habe Ihre Darstellung noch einmal gelesen, bedaure aber, daß ich den Fall immer noch als singulär ansehen muß."* *„Es ist mir als Außenstehender sehr schwer möglich, mir über die mit Ihrer Person zusammenhängenden Vorfälle ein richtiges Bild zu machen."* Ich habe wichtigere Sachen zu erledigen, als *„mir über die mit Ihrer Person zusammenhängenden Vorfälle ein richtiges Bild zu machen."* „Strategie 5." Keiner von denen da unten wird die Möglichkeit haben, je wirkliche Rechenschaft denen da oben abzuverlangen. Die meisten der Briefe, die ich in dieser Sache bekomme, tragen zwischen den Zeilen die Botschaft: Lassen Sie mich doch endlich in Ruhe. Sie haben aber nicht die Courage, diese einzeilige unmißverständliche Botschaft zu übermitteln. Warum, fragen wir uns, suchen sie faule Ausflüchte und verstricken sich selbst in Widersprüche? Warum?

Es hat eine Ausnahme gegeben. Der Chefredakteur des „Kölner Stadt-Anzeigers", Dr. Joachim Besser, ist nicht verlogen. Er will diese Geschichte in seiner Zeitung deshalb nicht weiter publik machen, weil er mit den beiden Kölner Soziologen schon lange gedeihlich zusammenarbeitet. Diese Zusammenarbeit ist ihm mehr Wert als meine Indien- und sonstige Geschichten. Als er mir dies geschrieben hat, sitzt er noch – aber nicht mehr lange – im Kölner Republikanischen Club zusammen mit den beiden Kölner Soziologen.

Mit welchen dreisten Mitteln König seinem einstigen Assistenten und jetzigen Kollegen Scheuch Konkurrenz macht, werde ich erst viel später erfahren. Der neue Rektor der Kölner Universität hat König aufgefordert, ihm in einer schriftlichen Stellungnahme meine Entlassung zu erklären. Diese Stellungnahme stellt Baron Münchhausen in den Schatten, was den Inhalt angeht. Und was die Ehrenhaftigkeit angeht, nun, keine von

Münchhausens Geschichten schneiden anderen die Ehre ab. König tischt am 1. Februar dem Rektor seiner Universität folgende Geschichte auf:

„Sr. Magnifizenz

Herrn Prof. Dr. Karl-Gustav Fellerer Im Hause

<u>Betr. :</u> Nichtverlängerung des Vertrages Dr. Aich

Magnifizenz, sehr verehrter, lieber Herr Fellerer,

hiermit möchte ich mir erlauben, Ihnen eine kurze Zusammenfassung der Vorgänge zu geben, die dazu geführt haben, daß der Vertrag von Herrn Dr. Aich nicht verlängert worden ist. Ich entwickle die komplizierte Begründung in einigen Punkten, die zeigen, daß meine Skepsis gegenüber seiner Entwicklungsfähigkeit schon sehr lange dauert. (Natürlich wird sich auch der neue Rektor nicht der Mühe unterziehen, in meiner Personalakte zu blättern! Er wird König blind glauben, und so seine eigene Akte beschwerdefrei halten.)

1. *Bereits im Dezember 1965 hatte ich eine Diskussion mit Herrn Dr. Aich im Institut, in deren Verlauf ich ihm sagen mußte, daß seine Leistungen den Erwartungen in keiner Weise entsprachen. Ich hatte Ihn als Assistent eingestellt, um ihm zur Habilitation zu verhelfen, die er, wie er mir sagte, gern in Deutschland abgeschlossen hätte, um danach nach Indien zurückzukehren. Er war während der Zeit seiner Mitarbeit im Institut ausschließlich beschäftigt mit der Abhaltung einer Übung im Seminar über Entwicklungsfragen und mit der Abfassung seiner Habilitationsarbeit. Im Dezember 1965 erfuhr ich jedoch von Ihm, daß seine Habilitationsschrift noch In keiner Weise gefördert sei. Ich machte ihn damals bereits darauf aufmerksam, daß ich unter diesen Umständen eine Verlängerung seines Vertrages der Verwaltung gegenüber nicht mehr befürworten könne. Ich hatte jedoch das Gefühl, daß er meine Bemerkung gar nicht ernst genommen hatte, so daß ich ihm im Januar 1966 schrieb und die Unterhaltung nochmals zusammenfaßte. Gleichzeitig machte ich ihm zur Auflage, eine Abhandlung wenigstens über ein Thema abzuschließen, das mit dieser Arbeit zusammenhing. Diese Abhandlung lieferte er, sie war aber durchaus durchschnittlich und nicht überragend. Ich habe sie trotzdem gebracht, um ihm weiterzuhelfen.*

2. *Herr Dr. Aich bat mich dann immer wieder, etwas für ihn zu tun, daß er nach Indien zurückkehren könne, um an Ort und Stelle zu arbeiten. Als nun im Frühjahr* (Nach Scheuch: Sommer!) *1966 mein* (!) *indischer Kollege, Herr Professor Dr. Unnithan* (Er war nachweislich im Sommer 1965 in Deutschland und nicht 1966.) *von der University of Rajasthan, mich in Köln besuchte, fragte ich ihn, ob er mir in dieser Richtung helfen könne durch Bereitstellung einer Gastprofessur für Herrn Dr. Aich. Professor Unnithan sagte mir das zu und hat sein Versprechen gehalten, wie die Folge zeigen wird. Ich erwähne das darum, um zu zeigen, wie völlig ungerechtfertigt die spätere Haltung vorn Herrn Dr. Aich gegenüber Herrn Prof. Unnithan war: in Wahrheit verdankte er ihm die Gastprofessur in Indien, und das war ihm bekannt.*

3. *Als Dr. Aich im Sommer 1966 nach Indien reiste mit einem festen Forschungsauftrag von seiten unseres Instituts* (Welchen?), *ließ sich auch anfänglich alles gut an. Erst gegen Ende des Jahren begannen sich offen-*

sichtlich die Verhältnisse zu trüben, bis schließlich Anfang 1967 ein offener Konflikt ausbrach. Dr. Aich teilte mir damals mit, daß er dabei sei, eine Einzelfallstudie über die Universität von Rajasthan anzufertigen mit der Absicht, die Korruption an dieser Universität zu zeigen, insbesondere die von Prof. Unnithan. Ich antwortete ihm sofort telegraphisch, indem ich ihm mitteilte, er möge das sofort unterlassen und sich striktestens auf die Durchführung seines Forschungsaufträgen beschränken. In einem folgenden Schreiben machte ich ihn auch darauf aufmerksam, daß ihm als indischem Bürger selbstverständlich jede Kritik an indischen Zuständen freistünde, daß er aber jetzt Mitglied eines deutschen Instituts sei und sich daher so zu benehmen habe, daß keinerlei Spannungen provoziert würden. Das befolgte er nicht nur nicht, sondern fing von diesem Augenblick an, die Dinge immer mehr auf die Spitze zu treiben.

4. *Daraufhin stoppte die Universitätsleitung seine Vorlesungen, ließ ihm aber seine Bezüge. Diese wurden ihm erst gesperrt, nachdem er sich weiterer schwerster Verdächtigungen gegen alle möglichen Personen schuldig gemacht hatte. Ich bemerke übrigens, daß er bei diesen Dingen auch, wie ich belegen kann, das Briefpapier unseres Instituts benutzte, obwohl ich ihm das in dem obenerwähnten Schreiben untersagt hatte. Er verteilte ferner die Reproduktion eines Briefes von mir auf dem Campus, wobei mein Brief nur die Kopie eines Schreibens an den Präsidenten der Universität war, in dem ich ihn um seine Hilfe bat. Ich wies darin u. a. darauf hin, daß ich auch Prof. Unnithan seinerzeit geholfen hätte, am Weltkongreß für Soziologie in Evian teilzunehmen, und daß ich jetzt auf Gegenseitigkeit erwarte, daß man Herrn Dr. Aich helfe. Ich nahm damals immer noch an, daß er bona fide sei. Da Dr. Aich nun die Kopie dieses Schreibens vervielfältigte und auf dem Campus verteilte, zeigt wohl deutlich, daß er zu diesem Moment nicht mehr bona fide war, sondern mit allen Mitteln kämpfte.*

5. *Ich teilte Ihm daraufhin mit, daß ich angesichts der Entwicklung der Verhältnisse keine Möglichkeit sähe, seinen Vertrag über den Monat September hinaus zu verlängern, da sein Verhalten zu schwersten Bedenken Anlaß gebe. Ich hörte von dem Moment ab nichts mehr, er schrieb nur noch grobe Briefe an andere Mitarbeiter des Instituts und auch an meinen Kollegen, Prof. Scheuch, den ich gebeten hatte, bei Gelegenheit eines Besuches an der Universität von Rajasthan mir Unterlagen zu besorgen, damit ich beurteilen könne, was dort wirklich geschehen sei. Herr Dr. Aich behauptete, nicht erfahren zu haben, daß Prof. Scheuch an dieser Universität war, auf deren Gelände er wohnte, obwohl überall der Vortrag (Vortrag?) von Prof. Scheuch mit Plakaten angekündigt war. Ich kann nicht beurteilen, wie das zu erklären ist, ich finde es aber äußerst seltsam. Er schrieb dann sofort an Prof. Scheuch und drohte mit einem Prozeß, weil er, wie er behauptete, nach Rajasthan gekommen sei, um Material gegen ihn, Dr. Aich, zu sammeln. Prof. Scheuch ließ diese Briefe unbeantwortet. Es folgten später noch zwei weitere Schreiben der gleichen Art.* (O-Version Scheuch: ‚Während des Weltkongresses für Soziologie in Evian Anfang September 1966 wurde vereinbart, daß ich die Gelegenheit der

Teilnahme an einer Konferenz im India International Centre im Oktober 1966, zu dem mich der International Social Science Council in Paris als Experten einlud, dazu benutzen sollte, auch Jaipur zu besuchen.')

6. *Später beschuldigte dann Dr. Aich Herrn Professor Scheuch und mich selber der passiven Bestechung, in dem er in einem offenen Brief an den Gouverneur der Provinz Rajasthan vom 15. 8. 1967 schrieb, die Universität habe Herrn Prof. Scheuch und mich mit einem Vortrag bestochen, und wir hätten darauf hin Herrn Dr. Aich entlassen. Mein Kollege, Prof. Scheuch, hat seinerzeit sofort an das Kultusministerium geschrieben und gebeten, der Sache nachzugehen. Ich selber war damals auf einer Dienstreise in Afghanistan abwesend, so daß ich erst nach meiner Rückkehr von diesen Dingen erfuhr. Ich schrieb dann meinerseits an das Kultusministerium und bat um Schutz gegen diese Anklagen. Ich blieb bis heute ohne Antwort auf mein Schreiben, genauso Herr Prof. Scheuch.*

7. *Wenn Sie den umfangreichen Aktenstoß sehen, der sich mittlerweile in dieser Angelegenheit angesammelt hat, werden Sie ohne weiteres verstehen, daß es Dr. Aich völlig unmöglich gewesen ist, irgend etwas an seiner Forschung zu tun, da er die ganze Zeit mit Prozessen und ähnlichen Auseinandersetzungen verschwendet hat. Ich bedauere diese Entwicklung außerordentlich, aber ich bin der Meinung, daß eine Verlängerung seines Mitarbeiterverhältnisses unter gar keinen Umständen mehr verantwortet werden könnte.*

8. *Im übrigen hat mittlerweile Herr Dr. Aich angefangen, seine Beschuldigungen im Kölner Stadt-Anzeiger und im Express vom 27. 1. 68 fortzusetzen.*

Zu weiteren Auskünften stehe Ich jederzeit gern zur Verfügung. In der Hoffnung, Ihnen damit dienlich gewesen zu sein, bin ich mit den besten Empfehlungen stets Ihr Prof. Dr. René König"

Über die Befindlichkeit der deutschen Elite und von ihrer Moral

Ich hatte schon immer einige gute Drähte zur „SPD-Baracke". Selbst der Reinfall 1964 hat dem keinen Abbruch getan. Klaus Schütz ist Wahlkampfmanager von Willy Brandt als dieser der Kanzlerkandidat der SPD ist. Wir – Sack, Scheuch, Stendenbach und ich, als empirisch orientierte Soziologen – bieten uns als Politikberater im Team von Willy Brandt an. Klaus Schütz ist erstaunt: *„Es kann doch nicht wahr sein, daß in Ihrem Team auch Scheuch aufgeführt wird. Wissen Sie denn nicht, daß Scheuch sich unlängst bei der CDU angedient hat?"* Ganz schön blamabel! Uns hat Scheuch dieses kleine Faktum verschwiegen. Das war vor seiner Zeit an der Harvard University. Er wollte schon immer in die Politik. Für welche Partei auch immer.

So treffe ich in der „SPD–Baracke" einige auf der mittleren Ebene. Ich nehme immer meine Akten mit. Bei Bedarf sind die Dokumente parat. Auch sie finden es nicht in Ordnung, wie die deutschen Seite mit mir umgegangen ist. Aber sie verfügen nicht über jene Macht, die notwendig ist, um mit Nachdruck klarzustellen, daß persönliche Konflikte und Forschungsarbeiten zwei Paar Stiefel sein müßten. Deshalb bemühe ich mich nachhaltig, eine Durchbruchstelle zu finden. Ich setze meine Hoffnung auf Willy Brandt, nicht nur wegen seiner eigenen Biographie und wegen seines wiederholt öffentlich kundgetanen Geschichtsbewußtseins, sondern auch wegen seiner politischen Verantwortung als Außenminister, daß er den von der Auslandsvertretung in Indien verursachten Schaden – wie auch immer – wiedergutmachen kann. Ich setze meine Hoffnung auch auf die Landesregierung Nordrhein-Westfalens, geführt von Heinz Kühn, der mich persönlich kennt, auf Hans-Jürgen Wischnewski, nun Bundesminister für wirtschaftliche Zusammenarbeit, mit dem ich unzählige öffentliche Veranstaltungen bestritten habe, auf einen noch zu findenden bestallten Soziologen, der die Courage hat und die Möglichkeiten besitzt, persönliche Streitigkeiten und wissenschaftliche Forschung zu unterscheiden und dementsprechend auch handelt. Und – last not least – müssen wir dafür sorgen, daß die großen Glocken nicht aufhören zu läuten.

Wie schon erwähnt, hatte ich den deutschen Soziologieprofessoren angeboten: „(...) Ich erwarte nicht von Ihnen, mir in jedem Fall die Möglichkeit zur Auswertung meiner Projekte zu geben. Ich möchte Sie nur darum bitten, anhand der Akte selbst zu prüfen, ob ich an dem Zerwürfnis mit Herrn Prof. König schuldlos bin, dann möchte ich Sie bitten, mir die Gelegenheit zu geben, meine Arbeiten auszuwerten und meine wissenschaftliche Karriere fortzusetzen." Alle haben geantwortet. Keiner hat sich bereitgefunden, das Material zu prüfen.

Aber keiner reagiert so „elegant" wie Ralf Dahrendorf. Er ist bereits auf dem Sprungbrett zur Politik. Er übt sich in Diplomatie. Ich hatte alle zwischen dem 4. und 6. Dezember 1967 angeschrieben. Ralf Dahrendorf antwortete bereits am 11. Dezember: *„Wenn Sie eine wissenschaftliche Arbeit* *zur Habilitation vorlegen wollen, dann ist mir das auch dann selbstverständlich willkommen, wenn Ihr Zerwürfnis mit Herrn König Gründe haben sollte, die gegen Sie sprechen."* Ich kann ihm nicht die mangelnde Phantasie unterstellen, daß er sich nicht ausmalen kann, daß eine wissenschaftliche Arbeit nicht aus dem „Nichts" kommt. Wie soll denn diese *„wissenschaftliche Arbeit zur Habilitation"* ohne Forschungsmittel- und Stipendium angefertigt werden? Er kennt sich bestens in der deutschen Hochschullandschaft aus. Es ist halt seine Art, mir die Botschaft zu übermitteln, eine wirkliche Unterstützung sollte ich von ihm nicht erwarten.

Ich habe natürlich auch an Hans Albert geschrieben. Er ist nun ein Lehrstuhlinhaber der Soziologie an der neu gegründeten Universität Mannheim. Seine Anwort vom 8. Dezember offenbart seine ehrliche Hilflosigkeit. Aber auch den Karriereweg des Hochschullehrers über die Habilitation: *„Soeben erhielt ich Ihr Schreiben vom 6. 12., in dem Sie mir Ihre Situation schildern. In der Tat, ich kenne die Risiken der Habilitation an deutschen Universitäten. Bin seinerzeit in Köln fast gescheitert. Ich weiß, wie unangenehm es ist, vom persönlichen Wohlwollen von Ordinarien abhängig zu sein. Aber leider ist im Moment hier in Mannheim nicht viel zu machen. Ich habe zur Zeit Schwierigkeiten, die Herren, die an meinem Lehrstuhl arbeiten, vernünftig unterzubringen. Der Ruf nach Konstanz, den ich vor kurzem abgelehnt habe, hat mir – wegen der schwierigen Finanzlage des Landes – keine wesentliche Verbesserung der Lehrstuhlsituation gebracht. Auch sonst ist im Bereich der Sozialwissenschaften hier die Lage ähnlich. Unsere Möglichkeiten sind zur Zeit sehr beschränkt.*

Vielleicht wäre es gut, wenn Sie sich an Herrn Professor Behrendt in Berlin wenden würden, der ja ein Institut für Entwicklungsforschung hat, an dem Ihre Projekte ausgezeichnet placiert wären. Ich könnte mir denken, daß Herr Behrendt nicht nur die Möglichkeit hat, Sie unterzubringen, sondern darüber hinaus auch ein spezifisches Interesse an den von ihnen erarbeiteten Resultaten hat. Das wäre die eine Möglichkeit. Die andere, die mir plausibel erscheinen würde, ist die, Professor Schelsky um Hilfe anzugehen, der erstens großes Interesse an Universitätsfragen hat, zweitens auch über großen Einfluß verfügt und daher gute Leute unterbringen kann und drittens wohl auch geneigt sein könnte, dafür zu sorgen, daß ihm ein Mann wie Sie, d.h. mit Ihren Forschungserfahrungen und Kenntnissen, zur Seite steht. Die Tatsache, daß Sie sich mit Herrn König überworfen haben, wird ihm sicherlich nichts ausmachen, im Gegenteil! Ob es bei Professor Peter Heintz, der an einer Schweizer Universität einen Lehrstuhl hat und der, wie Sie wissen, ebenfalls großes Interesse an entwicklungssoziologischen Problemen hat, eine Möglichkeit gibt, ist mir nicht bekannt. Aber ich könnte mir denken, daß sich auch da etwas machen ließe.

Es tut mir sehr leid, Ihnen keine bessere Auskunft geben zu können. Jedenfalls wünsche ich Ihnen viel Erfolg in Ihren weiteren Bemühungen, Ihr Ziel doch noch zu erreichen. Mit vorzüglicher Hochachtung, Ihr Hans Albert"

Seine Offenheit veranlaßt mich, ihm schon am 16. Dezember in der Erwartung zu schreiben, daß diese Geschichte ihm möglicherweise mehr als ein Schreiben wert sein könnte, seines *„Mit vorzüglicher Hochachtung"* *zum Trotz:* „ich danke Ihnen sehr für Ihr Schreiben vom 8. 12. Ihrem Ratschlag folgend habe ich an die drei von Ihnen genannten Herren geschrieben. Es ist sehr schade, daß in Ihrem Institut keine Möglichkeit besteht, denn ich weiß von vielen Seiten, daß dort ein sehr liberales Klima herrscht.

Da meine Entlassung sowohl meinem Anwalt wie auch mir als eine Willkür-handlung erscheint, habe ich durch einen Widerspruch eine gerichtliche Auseinandersetzung eingeleitet. Danach erzählte mir ein Journalist, der die Herren an der Kölner Universität kennt, einschließlich Herrn Prof. König und Herrn Prof. Scheuch, daß man sich dort stark fühlt, einem Prozeß zu begegnen, gleichzeitig bat man aber diesen Journalist, mir den Vorschlag zu übermitteln, nach den USA zu gehen, wofür ich mit der wirksamen Hilfe sowohl von Herrn Prof. König als auch Herrn Prof. Scheuch rechnen könne. Nur sehe ich mich außerstande, von diesen Herren ein solches Angebot je anzunehmen. Die Universität hat ihren Widerspruchsbescheid immer noch nicht geschickt, wodurch sich die gerichtliche Auseinandersetzung verzögert. Erst nach diesem Widerspruchsbescheid kann ich entscheiden, auf welcher Ebene ich gegen die liberale Maske dieser Herren vorgehen muß.

Ich wäre Ihnen dankbar, wenn Sie mir durch für diese Auseinandersetzung nützliche Ratschläge helfen könnten. Ich danke Ihnen nochmals für Ihre prompte und wohlwollende Antwort.“

Prof. Dr. Dr. Otto Schiller, Südasien-Institut der Universität Heidelberg, den ich von einigen Fachtagungen persönlich kenne, teilt mir am 2. Januar 1968 mit: *„Sehr geehrter Herr Dr. Aich! Ich erhielt Ihr Schreiben vom 6. Dezember, fühle mich aber für seine Beantwortung nicht recht zuständig, da ich schon seit geraumer Zeit nicht mehr geschäftsführender Direktor des Südasien-Instituts bin. Diese Funktion wird gegenwärtig im Turnus von Professor Dr. Jusatz wahrgenommen. Ich habe Ihr Schreiben zur Stellungnahme an das Direktorium des Südasien-Instituts weitergeleitet, zumal ich selbst in den nächsten Tagen für den Rest des Semesters zu Gastvorlesungen nach Indien reise. Mit freundlichen Grüßen Ihr sehr ergebener Schiller.“* Nun, Otto Schiller ist ein guter Freund von König, wie König es so zu sagen pflegte. Prof. Dr. Jusatz, den ich nicht kenne, wird entgegen der Ankündigung von Otto Schiller keine Stellungnahme abgeben.

Mit Prof. Dr. Helmut Schelsky ist König nicht nur nicht befreundet, sondern, um es gelinde auszudrücken, sich überhaupt nicht grün. Es ist ein offenes Geheimnis, worauf auch Hans Albert angespielt hat. Auch Schelskys Reaktion vom 11. Januar ist nicht weniger brüsk als jene von Otto Schiller: *„Sehr geehrter Herr Doktor, Ihr Brief bringt mich, wie Sie sich vorstellen können, in einige Verlegenheit. Zerwürfnisse zwischen einem Kollegen und seinen Mitarbeitern zu beurteilen, sind, wie Sie selbst wissen werden, das undankbarste Objekt einer Betätigung. Da ich außerdem der sachlichen Thematik Ihrer Arbeit außerordentlich fern stehe und die mit einer solchen Bitte verbundenen Ziele der Weiterarbeit bei mir schon von der Sache her nicht in Frage kämen, bitte ich Sie sehr um Verständnis, daß ich nicht auf Ihre Bitte eingehen kann. Die Sozialforschungsstelle hat sich in der Frage der Soziologie*

*der Entwicklungsländer doch sehr dezidiert dem Schwerpunkt der Lateinameri-
kaforschungen zugewandt; es entspricht nicht den Entwicklungsvorstellungen
dieses Gebietes bei uns, daß wir Arbeiten über die indische Gesellschaft
aufnehmen. In diesem Zusammenhang kann ich Ihnen nur den Hinweis geben,
daß Sie meines Erachtens mit Ihrer Bitte an einer Stelle wie z. B. dem Institut für
Asienforschung an der Universität Heidelberg sicherlich mehr Interesse für Ihre
Arbeiten finden würden. Ich bitte Sie sehr herzlich um Verständnis für meine
Reaktion und bin mit besten Grüßen Ihr Helmut Schelsky"*

Peter Heintz hat in Köln bei König habilitiert. Er ist Schweizer. Er hat mir
ebenfalls kurz und relativ abschließend am 3. Januar geschrieben, aber
doch nicht nur im Ton anders als Schelsky oder Schiller: *„Das Zürcher
Forschungsinstitut verfügt ausschließlich über Mittel zur Durchführung eines
vom Institut selbst entwickelten Forschungsprogrammes über die Mobilität von
Gesellschaften im internationalen System. Aus diesem Grunde sehe ich keine
Möglichkeit, Ihrem Projekt finanziell beizustehen. Das heißt natürlich nicht, daß
Ihr Projekt mich auf Grund des behandelten Themas nicht interessiert. Meine
eigenen Forschungen konzentrieren sich ja nach wie vor auf dem Gebiete der
Entwicklungssoziologie im weitesten Sinne. Ich habe auch den Eindruck, daß
die Bedeutung von entwicklungssoziologischen Untersuchungen immer mehr
anerkannt wird. Ich bin deshalb auch gerne bereit, Ihr Projekt näher zu
studieren, falls Sie meine Empfehlung benötigen würden, um zusätzliche
finanzielle Mittel z.B. bei einer Stiftung zu erhalten. Ich nehme an, daß es in
Deutschland irgendwelche Stipendien zur Förderung von Habilitanten gibt. Mit
den besten Wünschen zum neuen Jahr verbleibe ich mit freundlichen Grüßen
Ihr Peter Heintz"*

Trotzdem habe ich Heintz am 22. Januar ausführlich über die Projekte
informiert und erwähnt, daß ein Habilitationsstipendium in Deutschland mit
der Habilitationsabsicht eines Ordinarius gekoppelt ist. Eine Antwort auf
dieses Schreiben ist ausgeblieben. Richard F. Behrendt ist auch ein
Schweizer, aber lehrt und forscht in Berlin. Auch sein Schreiben vom 27.
Dezember strahlt nicht jene Kälte der meisten deutschen Soziologieprofessoren aus: *„Nehmen Sie besten Dank für Ihren Brief, der mich erst jetzt
erreichte, weil Sie ihn irrtümlicherweise an das Institut für Entwicklungspolitik
richteten. Ich habe dort vorübergehend nebenamtlich mitgearbeitet und habe
jetzt keine Beziehungen dorthin mehr. Meine vollamtliche Beschäftigung ist hier
am Soziologischen Institut der Freien Universität Berlin.*

*Natürlich erinnere ich mich sehr gut an Sie und Ihre Veröffentlichungen. Ich
fürchte jedoch, daß ich nicht in der Lage bin, Ihnen direkt zu helfen. Die Akte
über Ihren Konflikt mit Herrn Professor König, auf die Sie sich beziehen, lag
Ihrem Brief nicht bei, so daß ich mir kein Urteil darüber bilden kann. Ganz
abgesehen davon, verfüge ich jedoch nicht über Mittel, die für Ihr Arbeitsgebiet
zur Verfügung gestellt werden könnten, so interessant Ihr Forschungsprojekt
auch zweifellos ist.*

*Unter diesen Umständen möchte ich Ihnen raten, sich an die verschiedenen,
Ihnen ja bekannten Stiftungen zu wenden, die sich für Entwicklungsländer
interessieren. Es wäre auch, vielleicht der Mühe wert, mit Herrn Dr. Danckwortt*

bei der Deutschen Stiftung für Entwicklungsländer und Herrn Dr. Brand vom Deutschen Institut für Entwicklungspolitik in Berlin Kontakt aufzunehmen.

Im übrigen wurde es mich natürlich immer freuen von Ihnen zu hören. Mit allen guten Wünschen und freundlichen Grüßen, Ihr Richard F. Behrendt"

Behrendt macht noch einen handschriftlichen PS-Eintrag. Ich soll mich an Herrn Prof. Helmut Becker, Direktor des Instituts für Bildungsforschung, Max-Planck-Gesellschaft, in Berlin wenden. Ich soll mich auch auf ihn berufen, was ich dann auch am 20. Januar gemacht habe: „ich danke Ihnen sehr für Ihr Schreiben vom 27. Dezember 1967 und bedauere, mein Schreiben an Sie nicht richtig adressiert zu haben.

Ich hatte mich an Sie gewandt, da ich wußte, daß Sie sich sehr für die Problematik der Entwicklungssoziologie interessieren. Natürlich ist es für Sie unmöglich, sich über den Konflikt zwischen Herrn Prof. König und mir ein Bild zu machen, ohne die Akten zu sehen. Ich erlaube mir, Ihnen zwei Anlagen beizufügen, die in aller Kürze das Wesentliche wiedergeben. Erwähnen möchte ich, daß jeder Satz darin durch Dokumente belegbar ist.

Ihrem Vorschlag folgend und mich auf Sie berufend, schreibe ich an Herrn Prof. Becker und Herrn Dr. Gerd Brand. Das möchte ich schon deshalb tun, weil ich meine, daß im Jahr der deutschen Hochschulreform ein so interessanter Fall wie der meine zumindest den deutschen Sozialwissenschaftlern bekannt sein sollte.

Mit vielem Dank für Ihr freundlichen Interesse an meinen Arbeiten bin ich"

Als Anlage schicke ich ihm die Kopien meiner Schreiben an die Herren Becker und Brand. Dann geschieht etwas, was Widerstandsgeschichten noch möglich macht: die Unwägbarkeiten des Lebens. Etwas Überraschendes und gänzlich Unkalkulierbares. Nachdem wir in Köln alles notwendige erledigt haben – es ist Mitte Januar –, melden wir uns bei Frau Else Clare, der Leiterin des Bridge-Klubs, zurück. Sie hätte uns so vermißt, meint sie. Selbst in schwierigsten Lebenssituationen brauche man Ablenkung und Erholung, meint Frau Clare. Und Bridge sei dazu bestens geeignet. Sie würde uns zum nächsten Turnier fest vornotieren und davon ausgehen, daß ich auch das Turnier dann für sie ausrechne. Wir sagen auch deshalb zu, weil die Turniertermine auch regelmäßige Besuche bei Fräulein Lehner sicherstellen, ohne bei jedem Besuch von ihr den diskreten Hinweis zu bekommen, daß wir uns nicht unnötiger Ausgaben unterziehen sollten. Auf dem Rückweg von Frau Clare besuchen wir Fräulein Lehner und erzählen ihr, wie gut uns der herzliche Empfang getan hat. Auch sie meint, daß uns das wöchentliche Bridge-Spielen gut tun wird.

Bridge ist ein Spiel, das schnelles Denken erfordert. Und die Bridge-Spieler sind ehrgeizig. Sie sind nicht allein damit zufrieden, gegenüber ihren Gegnern die Oberhand gewinnen zu können, sie wollen auch herausfinden, ob sie mit der selben Austeilung der Karten ein besseres Ergebnis als andere Spieler erzielen können. Aus dieser Überlegung sind Bridge-Turniere mit verschieden Modellen entstanden. Alle diese Modelle zielen darauf, das „Kartenglück" bei der Austeilung zu eliminieren. Allen Modellen ist die Philosophie gemeinsam: Die selbe Kartenausteilung soll möglichst von allen Paaren gespielt und die Ergebnisse auf einem begleitenden Laufzettel notiert werden. Der Vergleich der einzelnen Resultate einer bestimmten Austeilung offenbart dann, welches Paar das beste Ergebnis, das zweitbeste Ergebnis usw. erzielen konnte. An einem Halbtagsturnier werden maximal 44 Austeilungen gespielt. Die Resultate werden in Punkte übersetzt. Alle Punkte werden zusammengetragen. Ich habe schon immer gern Turniere ausgerechnet. Es ist interessanter, ein Turnier mit auszurechnen, als nur darauf zu warten, daß das Ergebnis vorliegt. Außerdem: Je mehr freiwillige Helfer da sind, um so schneller ist ein Turnier ausgerechnet.

Wir werden im Klub von allen freundlich aufgenommen. Alle wollen uns vermißt haben. Das tut uns wirklich gut. Wir sind im Spiel etwas aus der Übung. Dennoch hat das Turnier uns mehr als Spaß gemacht. Für einige Stunden hatten wir keine Zeit, uns mit unserem Alltagsärger zu plagen. Natürlich haben alle gefragt, wie es in Indien gewesen ist. Aber es sind auch Fragen aus Höflichkeit, die ebenso unverbindlich beantwortet werden. Aber während ich mit der Ausrechnung des Turniers beschäftigt bin, muß meine Frau auf Fragen hin etwas ausführlicher erzählt haben, was uns alles während dieser Zeit widerfahren ist. Denn beim nächsten Turnier kommt eine Spielerin, Frau Dr. Sigrid Welzel, eine Medizinerin, noch vor Beginn des Turniers auf uns zu und erzählt uns, daß sie Ihrem Mann unsere Geschichte erzählt habe. Genau so, wie meine Frau sie ihr letzte Woche erzählt habe. Ihr Mann könne sich nicht vorstellen, daß die Geschichten wahr wären. Sie will nun von uns wissen, ob die Geschichten auch irgendwie belegbar seien. Sie strahlt über das ganze Gesicht, als wir ihr versichern, daß die Geschichten unzweideutig aktenkundig sind. Wir messen natürlich dieser Unterhaltung keine besondere Bedeutung zu. Es sind halt Unterhaltungen im Bridge-Klub.

Eine Woche später nach dem Turnier und der Preisverteilung kommt Sigrid Welzel auf uns. Sie wisse nicht, sagt sie, ob wir wissen, daß Ihr Mann Juraprofessor an der Bonner Universität ist. Ein Strafrechtler. Er glaube immer noch nicht, daß unsere Geschichten wahr seien, aber um seine Frau zu beruhigen, hätte er mit einem Kollegen an der Kölner Universität, Professor Kegel, über unsere Geschichte gesprochen. Prof. Kegel kenne sich besser im Verwaltungsrecht aus und würde gern einmal unsere Akten einsehen, wenn wir damit einverstanden wären. Sigrid Welzel gibt uns die Telefonnummer von Kegel. Am nächsten Tag verabrede ich mich mit Kegel, um ihm die gesamten Akten zu bringen.

Schon am 25. Januar hat Behrendt mir geschrieben. Wieder etwas Tröstliches: *„Nehmen Sie besten Dank für Ihren Brief vom 20. d. M. mit seinen Beilagen, die ich sorgfältig gelesen habe. Ich bedaure aufrichtig all die Schwierigkeiten, denen Sie ausgesetzt gewesen sind und mit denen Sie sich noch herumschlagen müssen. Ich wünschte, daß ich Ihnen wirksam helfen könnte. Ich nehme an, daß Sie die Unterlagen auch an Herrn Professor Helmut Becker* *in Berlin gesandt haben. Anderenfalls teilen Sie es mir bitte mit, damit ich sie an ihn weitergeben kann.*

Ich nehme an, daß Sie bereits mit dem Institut für Südasienstudien an der Universität Heidelberg in Verbindung stehen. Fachlich würde dieses ja an sich für Ihr Projekt durchaus in Frage kommen. Eine andere Möglichkeit würde grundsätzlich bei der UNESCO liegen. In dieser Hinsicht und überhaupt in Bezug auf internationale Organisationen weiß Herr Professor Becker am besten Bescheid.

Bitte melden Sie sich wieder bei mir, wenn Sie meinen, daß ich Ihnen irgendwie konkret helfen kann. Mit allen guten Wünschen und freundlichen Grüßen Ihr Richard F. Behrendt"

Ich habe am 12. Februar auch an den Präsidenten der Westdeutschen Rektorenkonferenz, Schweizer Sozialwissenschaftler Prof. Dr. Walter Rüegg, geschrieben. Es soll später nicht heißen, ich hätte nicht alles versucht und nicht alle informiert und um Hilfe gebeten. Wichtige Stelleninhaber informieren sich nicht immer durch die Presse. Sie erwarten Informationen aus der ersten Hand. Nach einer kurzen Vorstellung schreibe ich: „Die Affäre, die ich hier an Sie herantrage, klingt unglaublich, weshalb ich erwähne, daß sich jeder Satz durch Dokumente belegen läßt. Um Sie anhand der Dokumente von der Richtigkeit meiner Darstellung zu überzeugen, möchte ich Sie hiermit ersuchen, mir einen Termin für eine Besprechung zu gewähren. Ich bin überzeugt, daß Sie nicht wie viele andere, die sich in der Öffentlichkeit für eine Hochschulreform aussprechen, die Beschäftigung mit einem konkreten, für das gegenwärtige deutsche Hochschulsystem symptomatischen Fall, der nur von der Struktur her zu verstehen ist, mit dem Hinweis ablehnen werden, daß es sich hier um einen Einzelfall handele und keine Möglichkeit bestehe, sich mit dem Fall zu beschäftigen. Ich meine dagegen, daß schon der Glaubwürdigkeit aller Beteuerungen zur Hochschulreform wegen kein verantwortlicher Erziehungspolitiker umhin kommen könne, sich mit meinem Fall zu beschäftigen.

Damit Sie sich in etwa ein Bild davon machen können, was alles geschehen ist, möchte ich Sie stichwortartig mit den Fakten vertraut machen. (...)

Während ich meine Klage vorbereitete, ließen mir die Herren Professoren König und Scheuch durch Journalisten, Herr Prof. König dann auch durch meinen Anwalt selbst, den Vorschlag unterbreiten, meine Karriere in Amerika fortzusetzen, wozu sie ihren Einfluß in Amerika nützlich machen würden.

Ich habe den Herrn Kultusminister laufend über die Sachlage informiert, jedoch ohne jeden Erfolg. Daß meine wissenschaftliche Karriere damit vorläufig beendet ist, ist sicherlich ein großer Schaden für mich persönlich. Das ist aber nicht der wichtigste Aspekt. Ich bemühe mich, eine Grundsatzentscheidung darüber herbeizuführen, ob das persönliche Wohlwollen eines Institutsdirektors bzw. eines Ordinarius maßgebend für die Beendigung oder Fortführung einer wissenschaftlichen Karriere sein darf. Darf ich bei dieser Gelegenheit noch sagen, daß die Einladungen ausländischer Universitäten, speziell der aus den unterentwickelten Gebieten, an die deutschen Professoren nicht immer akademische Ziele verfolgen. Nachdem mich die Kölner Universität entlassen hatte, hatte die Universität von Rajasthan die Absicht, die Herren Professoren König und Scheuch als Festredner zur Feier des 20jährigen Bestehens der Universität einzuladen. Dieser Plan wurde höheren Autoritäten in Indien vorzeitig bekannt und konnte nicht realisiert werden. Schließlich möchte ich gern wissen, wie das Angebot der beiden Kölner Soziologen, mir bei der Fortsetzung meiner Karriere in Amerika behilflich zu sein, aus berufenem Mund charakterisiert wird. Ich meine, jemand der seit 1959 der deutschen Akademikergemeinde angehört hat, hat einen moralischen Anspruch darauf zu erfahren, wie die Deutsche Rektorenkonferenz über das Vorgefallene denkt."

Wenige Tage später hole ich die Akten von Kegel wieder. Er rät mir, die Verwaltungsklage gegen die Universität auf jeden Fall zu führen. Er beurteilt die Chancen gut. Im übrigen ist er empört über die ganze Geschichte. Gibt es denn keinen Soziologieprofessor, der einen Antrag an die Deutsche Forschungsgemeinschaft für die Auswertung des mitgebrachten Forschungsmaterials stellt, fragt er. Sonst würde ich die lange Durststrecke des Verwaltungsprozesses nicht durchstehen können. Als Senatsmitglied der Forschungsgemeinschaft will er seinen Einfluß für die Bewilligung des Antrags geltend machen. Er will auch mit seinem Kollegen Welzel beraten.

Die Einschätzung Kegels über die Erfolgsaussichten des Verwaltungsverfahrens muntert uns auf. Denn er ist in dieser Sache eine neutrale Instanz. Zu Hause erlebe ich eine weitere unerwartete Aufmunterung. Ein Brief von Behrendt liegt vor. Am 14. Februar schreibt er mir: *„Ich erhalte von Professor Helmut Becker soeben den Durchschlag seines Briefes an Sie von gestern. Ich bin etwas bedrückt von seinem nicht sehr positiven Inhalt und davon, daß auch ich Ihnen nicht direkt helfen kann. Mir ist eben noch die Möglichkeit eingefallen, daß Sie an Professor Dr. Heinz Dietrich Ortlieb, Direktor des Hamburgischen Welt-Wirtschafts-Archiv, 2 Hamburg 36, Karl-Muck-Platz 1, schreiben. Sie können sich dabei auf mich berufen. Er ist ein guter Freund von mir. Es wäre immerhin denkbar, daß er in seiner großen Organisation eine Möglichkeit fände, Sie unterzubringen und Ihnen damit auch Gelegenheit zur Vollendung Ihrer Arbeit zu bieten. Er ist zudem Ordinarius an der Universität Hamburg, allerdings für Volkswirtschaftslehre. Mit allen guten Wünschen und freundlichen Grüßen Ihr Richard F. Behrendt"*

Den Rat von Kegel noch frisch in Erinnerung, denke ich, am ehesten könnte ich Behrendt anfragen, ob er für mich bei der Deutschen Forschungsgemeinschaft einen Antrag stellen kann und will. Das Schreiben vom 14. Februar ist ein klarer Hinweis dafür, daß seine Anteilnahme an meiner Geschichte nicht eine bloße Pflichterfüllung ist. So schreibe ich ihm sofort: „ich bin Ihnen außerordentlich dankbar für alle Ihre Mühe, mir zu helfen. Dies ermutigt mich auch, Sie um etwas Konkretes zu bitten.

Herr Prof. Dr. Kegel von der juristischen Fakultät der Universität Köln hat freundlicherweise alle meine Dokumente durchgearbeitet und mir den Rat gegeben, die von mir angestrengte Verwaltungsklage gegen meine Entlassung auf jeden Fall durchzuführen, da ich nach seiner Meinung diese Klage 1. gar nicht verlieren könne und 2. diese Klage die erste überhaupt sein würde und durch die Rechtsentscheidung in meinem Fall die Rechtslage der Assistenten grundsätzlich geklärt werden würde. Herr Prof. Kegel hat mich auch darauf aufmerksam gemacht, daß die Universität Köln aus Prestigegründen durch sämtliche Instanzen gehen würde, ich mich deshalb auf eine lange Wartezeit vorbereiten müsse. Als Überbrückung für die finanzielle Durststrecke riet mir Herr Prof. Kegel, mich um ein Habilitationsstipendium bei der Deutschen Forschungsgemeinschaft zu bemühen. Er versicherte mir, daß er als Senatsmitglied der Deutschen Forschungsgemeinschaft seinen Einfluß geltend machen würde, falls ein Professor der Soziologie einen solchen Antrag an die Forschungsgemeinschaft richten würde.

Daher meine Bitte an Sie zu prüfen, ob es Ihnen möglich ist, einen solchen Antrag an die Deutsche Forschungsgemeinschaft zu meinen Gunsten zu stellen. Selbstverständlich bin ich jeder Zeit bereit, mit meinen Forschungsunterlagen nach Berlin zu kommen, damit Sie ein klares Bild über meine Arbeit erhalten.

Falls Sie meinen, daß sich diese Möglichkeit nicht realisieren läßt, würde ich Ihrem Rat folgend an Herrn Prof. Ortlieb schreiben. Ich hoffe, mein Schreiben erreicht Sie noch vor den Semesterferien."

Am gleichen Tag meinten wir auch, daß ein zweiter Anlauf bei Hans Albert eigentlich nicht schaden könnte. Am 15. Februar schreibe ich ihm also: „ich nehme Bezug auf mein Schreiben vom 16. und Ihr Schreiben vom 8. Dezember. Ihrem Rat folgend hatte ich an die drei Herren Professoren geschrieben, deren Namen Sie mir nannten, leider ohne viel Erfolg. Herr Prof. Schelsky reagierte negativ, Herr Prof. Heintz und Herr Prof. Behrendt sahen wenig Möglichkeit, mir zu helfen, obwohl beide relativ wohlwollend antworteten.

Inzwischen habe ich bei dem Verwaltungsgericht meine Klage eingereicht und einen Strafantrag gegen Herrn Prof. Scheuch wegen Beleidigung und Verleumdung bei der Staatsanwaltschaft gestellt. Der Kölner Rechtswissenschaftler Herr Prof. Kegel, den Sie sicherlich dem Namen nach kennen, hat sich die Mühe gemacht, meine fünf umfangreichen Aktenstücke durchzuarbeiten und mir versichert, daß ich diese Verwaltungsklage auf keinen Fall verlieren könne. Er machte mich allerdings auch darauf aufmerksam, daß ich mich auf eine lange Zeit der Auseinandersetzung vorbereiten müsse, da die Universität aus Prestigegründen durch alle Instanzen gehen werde. Natürlich hat mir die Beurteilung durch Herrn Prof. Kegel viel Mut gemacht, nur löst sie nicht mein unmittelbares Problem.

Herr Prof. Kegel sah als einzigen Weg, die finanzielle Durststrecke bis zur Entscheidung zu überbrücken darin, daß ein Soziologieprofessor einen Antrag für ein Habilitationsstipendium an die Deutsche Forschungsgemeinschaft stellt. Herr Prof. Kegel sagte mir, daß er als Senatsmitglied der Deutschen Forschungsgemeinschaft seinen Einfluß für die Bewilligung einen solchen Stipendiums geltend machen wird. Deshalb meine konkrete Anfrage an Sie, ob Sie bereit sind, einen solchen Antrag für mich zu stellen, damit ich meine drei Untersuchungen auswerten kann. Falls Sie eine Chance für die Realisierung dieses Vorschlages sehen, bin ich gern bereit, mit meinen Unterlagen zu Ihnen zu kommen.

Mit der Erwartung Ihrer baldigen Rückäußerung und mit meinem besten Dank im voraus, verbleibe ich"

Behrendts Antwort vom 17. Februar offenbart mir, warum es in der Universitätslandschaft so wenige mit einem aufrechten Gang gibt. Die Verhältnisse zwingen den akademischen Nachwuchs in den Universitäten zum absoluten Gehorsam wie in der katholischen Kirche. Unvornehm ausgedrückt: Ein promovierter Assistent muß sein Rückrat dem habilitierenden Ordinarius auf einem noch selbstgekauften silbernen Tablett glaubhaft darbringen, damit eine Lehrbefugnis erworben werden kann. Denn wenn der Ordinarius es nicht will, läuft so gut wie nichts. Mir fällt wieder einmal der gutgemeinte Rat von Hans-Jürgen Daheim ein, sich mit König zu arrangieren, wenn ich eine wissenschaftliche Karriere in Deutschland oder sonstwo anstrebe. Hier ist das freimütige Schreiben Behrendts: *„Besten Dank für Ihren Brief vom 15. 2., mit dem Durchschlag Ihres Briefen an Professor Becker. So gern ich Ihnen helfen möchte, so sehe ich jedoch keine Möglichkeit, einen Antrag für ein Habilitationsstipendium bei der Deutschen Forschungsgemeinschaft zu stellen. Dies würde doch sicher voraussetzen, daß ich die Möglichkeit einer Habilitation hier an der Freien Universität Berlin sähe und die moralische Verantwortung für das Gelingen Ihres Habilitationsverfahren hier übernehmen könnte. Sie kennen ja sicher das Deutsche Universitätswesen gut genug, um selbst die Schwierigkeiten eines solchen Unterfangens beurteilen zu können. Sie werden verstehen, daß ich in erster Linie meinen jetzigen Mitarbeitern gegenüber Verpflichtungen in Bezug auf künftige Habilitationen habe und daß die Habilitation eines Kandidaten – auch wenn er sachlich noch so qualifiziert ist –, der bisher mit dieser Universität in keiner Weise verbunden gewesen ist, auch bei der Fakultät auf Schwierigkeiten stoßen würde. Ich rate Ihnen deshalb, sich so bald wie möglich an Professor Ortlieb zu wenden und – falls Sie das noch nicht getan haben – auch mit dem Heidelberger Südostasien-Institut in Verbindung zu treten. Soviel ich weiß, ist die Soziologie dort noch nicht ausreichend vertreten. Mit allen guten Wünschen und Grüßen Ihr Richard F. Behrendt*

Auch Hans Albert beantwortet mein Schreiben prompt am 20. Februar, und wieder habe ich den gleichen Eindruck: die Hilflosigkeit und die Ausweglosigkeit durch die Verhältnisse: *„Sie haben durchaus recht, wenn Sie von der Annahme ausgehen, daß in Ihrem Falle ein Habilitationsstipendium der passende Ausweg aus dem Dilemma ist. Nur muß der Ordinarius, der den betreffenden Antrag unterstützt, in der Lage sein, Ihre Habilitation an der Fakultät, der er angehört, in die Wege zu leiten und Ihre Untersuchungen bis zu einem gewissen Grade zu betreuen. Nach der Art dieser Untersuchungen käme dafür in erster Linie – oder besser: eigentlich nur – ein Mann in Betracht, der selbst schon empirische Untersuchungen durchgeführt oder betreut hat, was in meinem Falle nicht zutrifft. Nun pflegen wir hier in Mannheim allerdings keineswegs die anderswo übliche Bindung an einem Ordinarius überzubetonen, sondern wir treten in solchen Fragen – Habilitationen usw. – mehr als Gruppe in Erscheinung. So habe ich zum Beispiel vor kurzem die Betreuung eines Assistenten von Herrn Irle übernommen, der eine Habilitationsschrift über Indukti-*

onslogik angefertigt hatte, weil mir das Thema mehr lag als den anderen. In Ihrem Falle käme für die Begutachtung am besten Herr Irle oder Herr Lepsius in Betracht, weil sich die beiden Herren in den von Ihnen behandelten Fragen besser auskennen. Herr Lepsius befindet sich allerdings zur Zeit in den USA. Er kommt wohl ungefähr zu Ende April zurück. Nun weiß ich natürlich nicht, inwieweit einer der Herren Ihre Arbeiten kennt bzw. bereit ist und in der Lage ist, sich damit zu befassen und einen entsprechenden Antrag zu stellen. Es liegt, wie Sie sich denken können, hier eine ähnliche Situation vor wie an den andern Hochschulen in der einen Hinsicht: Es sind schon eine ganze Reihe von Herren mit der Anfertigung von Habilitationsschriften beschäftigt, auch Stipendien wurden schon vergeben – andere Habilitanden sitzen auf Assistentenstellen usw. Ich selbst habe auch gerade jemandem ein Hab.-Stipendium verschafft und betreue als zweiter Mann drei weitere! Darin lägen also hier die Schwierigkeiten! Kennen Sie Herrn Irle oder Herrn Lepsius? Sie wissen, daß der den Antrag unterstützende Ordinarius eine Erklärung darüber abgeben muß, daß er Sie habilitieren wird. Mit vorzüglicher Hochachtung"

Aus welchen Gründen auch immer hatte ich nie einen Zugang zu den Unionsparteien. Ich war einige Male Gast bei der Jungen Union in Rheinland-Pfalz, ein paar Mal in Brauweiler, als Jürgen Rüttgers dort die Jugendarbeit machte, ein paar Mal im Kloster Walberberg und einmal in der Akademie Eichholz. Wie gesagt, zur SPD hatte ich immer gute Drähte. Hans-Eberhard Dingels, Referent in der Abteilung Internationale Beziehungen beim Vorstand der SPD, gibt mir den Rat, das Schreiben an Willy Brandt über Klaus Soenksen zuzustellen. Ich sollte in dem Begleitbrief an Soenksen auch seinen Namen erwähnen. So schreibe ich am 19. Februar: „seit einigen Monaten führe ich eine Korrespondenz mit dem Herrn Bundesminister des Auswärtigen. Leider habe ich den Eindruck gewonnen, daß keines meiner Schreiben je den Herrn Bundesminister erreicht hat. Ich schicke deshalb dieses Schreiben an Sie. Ihren Namen habe ich von Herrn Dingels erfahren.

Ich wäre Ihnen außerordentlich dankbar, wenn Sie in dieser Angelegenheit einen Besprechungstermin mit dem Herrn Bundesminister vereinbaren könnten."

Und hier ist das Schreiben, das Willy Brandt, Bundesaußenminister der Bundesrepublik Deutschland in der großen Koalition, endlich persönlich erreichen sollte: „bitte gestatten Sie mir, wiederum Bezug zu nehmen auf meine an Sie persönlich gerichteten Schreiben vom 10. August, 4. November, 12. Dezember 1967, 16. Januar 1968, 9. Februar und auf die Antwortschreiben Ihres Ministeriums, unterzeichnet von Herrn Dr. Dreher, von 1. September, 29. November 1967, 9. Januar 1968, sowie auf das von Herrn Dr. von Hassell unterzeichnete Schreiben vom 15. Februar.

Dem letztgenannten Schreiben vom 15. Februar entnehme ich mit Befriedigung ,Das Ausländeramt in Bonn hat die Erteilung der Aufenthaltserlaubnis niemals abgelehnt'. Dies war auch das Ergebnis meiner persönlichen Recherchen. Leider sehe ich mich außerstande, Ihre Erklärung zu akzeptieren, ,daß Ihnen die deutsche Botschaft in New Delhi aufgrund eines Mißverständnisses die Aufenthaltserlaubnis in der Form eines Sichtvermerks versagt hat'. Wenn nämlich alles, was die Deutsche Botschaft in New Delhi und das Deutsche Generalkonsulat in Bombay gegen mich unternommen haben, auf Mißverständnissen beruht haben sollte, dann mußte bei dieser Häufung von Mißverständnissen tatsächlich die Fähigkeit der dortigen Beamten in Frage gestellt werden, was bei der bekannt gründlichen Ausbildung deutscher Diplomaten wohl unzulässig wäre. Das ist der Grund, warum ich in der Art und Weise, wie diese beiden Auslandsvertretungen handelten, ein System vermute.

Darf ich einige der ‚Mißverständnisse' anführen:

1. Obschon die Vermittlungsstelle für deutsche Wissenschaftler im Ausland mir bereits am 16. Februar 1967 mitgeteilt hatte, daß das Auswärtige Amt meinem Antrag auf Zahlung einer Beihilfe zugestimmt hatte, erhielt ich die erste Zahlung erst im Juni 1967 nach meinem gewonnenen Prozeß gegen die Universität von Rajasthan, da das Deutsche Generalkonsulat in Bombay ohne Verifizierung einer ‚sehr vertrauenswürdigen Quelle' Glauben geschenkt hatte.

2. Die Schreiben des Herrn Botschafters in New Delhi widersprachen inhaltlich den Schreiben der dem Herrn Botschafter untergeordneten Mitarbeiter.

3. An meinem letzten Aufenthaltstag in Delhi bat ich um 9.00 Uhr morgens um einen Termin wegen meines Visums. Mir wurde 12.45 Uhr als Termin genannt. Als ich zu diesem Termin erschien, erklärte mir der Konsularbeamte, daß meine Akte verlegt und nicht auffindbar sei.

4. Ich bat um eine schriftliche Bestätigung meiner Vorsprache, deren Nachsendung nach Bombay mir zugesagt wurde. Dieses Schreiben der Deutschen Botschaft sagt explizit, daß das Ausländeramt in Bonn meinem Antrag auf Aufenthaltserlaubnis nicht zugestimmt habe.

Durch ‚Mißverständnis' kann auch nicht entschuldigt werden, daß Angehörige der Deutschen Botschaft dem Indienkorrespondenten des WDR, Herrn Klaus Stiebler, erfundene Geschichten über mich erzählt haben, so z.B., daß ich unverschämte Briefe an den Herrn Botschafter geschrieben hätte mit dem Inhalt, mir eine gute Stellung in Indien zu besorgen, wozu er verpflichtet sei, weil ich in Deutschland studiert hätte. Weiter berichtete mir ein indisches Parlamentsmitglied über Informationen, die er über mich von Angehörigen der Deutschen Botschaft erhalten hatte. Sie entsprachen, milde ausgedrückt, nicht den Tatsachen.

Ich würde die Formulierung ‚Mißverständnis' noch gelten lassen, wenn diese Summe an Mißverständnissen nicht so schwerwiegende Folgen für meine akademische Karriere gehabt hätte. Wie Sie, sehr geehrter Herr Bundesminister, aus meinen früheren Schreiben und aus dem durch die Vermittlungsstelle für deutsche Wissenschaftler im Ausland überreichten Tätigkeitsbericht wissen, hat es mir die Beihilfe und der Zuschuß des indischen Erziehungsministeriums möglich gemacht, meine drei Forschungsprojekte zu Ende zu führen. Das Ergebnis der vielen ‚Mißverständnisse' ist es, daß ich diese drei Forschungsprojekte nun nicht auswerten kann.

Deshalb meine Bitte in meinem Schreiben vom 9. Februar, mir eine Gelegenheit zu einer mündlichen Besprechung zu geben, in der ich meine dokumentarischen Belege vorlegen kann. Meine eigene Auswertung dieser Dokumente deutet auf den Versuch eines Rufmordes von gewisser Seite hin. Dies sollte in keinem demokratischen Rechtsstaat gebilligt oder durch ‚Mißverständnisse' verniedlicht werden.

In der Erwartung einer baldigen Rückantwort verbleibe ich"

Am 23. Februar wird mir eine Stellungnahme aus Düsseldorf zu der bisherigen Entwicklung zugeschickt, auch wenn sie das Datum vom 19. Februar trägt. Nicht vom Kultusminister des Landes Nordrhein-Westfalen, wie zu erwarten gewesen wäre. Wir haben die Ankündigung des persönlichen Referenten des Ministers nicht vergessen: *„Ich habe im Auftrag von Herrn Kultusminister Holthoff die Abschrift Ihres Schreibens vom 10. 12. 1967 der zuständigen Abteilung unseres Hauses mit der Bitte um wohlwollende Prüfung zugeleitet. Solange diese Prüfung noch nicht abgeschlossen ist, halte ich ein persönliches Gespräch zwischen Ihnen und Herrn Minister für unzweckmäßig."*

Die Stellungnahme kommt von einem Bürokraten. Damit versucht die Bürokratie jene Betriebspanne wieder auszubügeln, die den persönlichen Referenten des Ministers auf die Bühne gebracht hatte und damit auch den Minister selbst. Hier ist sie: *„Betr.: Ihre Entlassung aus dem Beamtenverhältnis als Wissenschaftlicher Assistent. Bezug: Ihre Eingabe vom 10. 12. 1967. Unter Bezugnahme auf Ihren Schriftwechsel mit dem Persönlichen Referenten des Herrn Ministers erlaube ich mir, Ihnen auf Ihre Eingabe vom 10. 12. 1967 folgendes mitzuteilen:*

Ihren Ausführungen habe ich entnommen, daß Ihr Anliegen allein die Frage betrifft, ob die Entlassung aus dem Beamtenverhältnis als Wissenschaftlicher Assistent rechtmäßig gewesen ist. Unter diesen Umständen rege ich an, eine persönliche Besprechung im Kultusministerium jedenfalls zunächst zurückzustellen. Wie ich Ihnen bereits in meinem Schreiben vom 30. 8. 1967 kurz mitgeteilt habe, ist nämlich die Universität in erster Linie zuständig. Die Einstellung und Entlassung von Wissenschaftlichen Assistenten ist dem Rektor der Universität übertragen.

Zumal Sie inzwischen, wie mir von der Universität zu Köln mitgeteilt wurde, gegen die Entscheidung des Rektors sowohl Widerspruch als auch Klage erhoben haben, dürfte es sich empfehlen, daß die von Ihnen erstrebte Klärung der Angelegenheit zwischen Ihnen und dem Rektor der Universität zu Köln herbeigeführt wird."

Ob dieses Schreiben die Zustimmung des Ministers findet?. Wie auch immer. Uns ist klar, daß die Kultusbürokratie nichts unternehmen wird. Sie interessiert es nicht einmal, was aus ihrer eigenen Investierung in den wissenschaftlichen Nachwuchs wird. Die Landesregierung, vertreten durch den Kultusminister, nicht die Universität Köln, hatte mich unter Fortzahlung von 4/5 meines monatlichen Bezuges beurlaubt. Der Kultusminister hatte auch die Beurlaubung in Indien verlängert, damit ich die Feldarbeit zu Ende führen konnte. Auch das Bundesministerium des Auswärtigen hatte durch die Vermittlungsstelle für deutsche Wissenschaftler meine Forschungsprojekte finanziell unterstützt. Nun ist das Material da. Und keiner will sich Gedanken darüber machen, wie das Material ausgewertet werden soll. Warum das komplette Fehlen von Interesse? Darf das Material gar nicht ausgewertet werden? Aber warum denn nicht?

Das trostlose Schreiben der Kultusbürokratie veranlaßt mich am 28. Februar, mich wieder direkt an den Herrn Kultusminister Holthoff zu wenden. Über seinen persönlichen Referenten natürlich: „Ich bedaure außerordentlich, daß ich mich wieder einmal an Sie wenden muß. Veranlaßt bin ich dazu durch die Art und Weise, wie die Hochschulabteilung Ihres Hauses mit meinem Fall verfahren ist und immer noch verfährt. Bitte nehmen Sie es mir nicht übel, aber ich kann diese Art von Vorgehen Ihrer Hochschulabteilung nur noch als lautlose Tyrannei bezeichnen. Sie hatten mir durch Herrn Dr. Fernau mitteilen lassen, daß die zuständige Abteilung Ihres Hauses beauftragt worden sei, eine wohlwollende Prüfung meines Falles durchzuführen. Solange diese Prüfung noch nicht abgeschlossen worden sei, hielten Sie eine mündliche Besprechung für unzweckmäßig. Nun erhielt ich ein Schreiben Ihres Hauses vom 19. Februar (Poststempel 23. 2.), unterschrieben von Herrn Vogtmann, in dem mir mitgeteilt wird, eine persönliche Besprechung nicht nur mit Ihnen, sondern auch mit einem evtl. Beauftragten solange zurückzustellen, bis das Verwaltungsgericht in Köln eine Entscheidung getroffen habe, d.h. bis frühestens in einem Jahr.

Herr Vogtmann führt auch an, daß er meinem Schreiben an Sie vom 10. Dezember 67 entnommen habe, daß es mein Bestreben sei, von Ihnen geklärt zu wissen, ob meine Entlassung als einen wissenschaftlichen Assistenten aus dem Beamtenverhältnis rechtmäßig gewesen sei. Ich habe daraufhin mein Schreiben noch einmal aufmerksam gelesen und festgestellt, daß ich im vorletzten Absatz klar gesagt habe, daß ich einen moralischen Anspruch habe zu erfahren, wie die Dienstaufsichtsbehörde der Universität Köln diesen Fall beurteilt. Schließlich habe ich auch klar zum Ausdruck gebracht, daß es als Wissenschaftler mein Bestreben nicht sein kann, in langwierige gerichtliche Auseinandersetzungen verwickelt zu werden. Mein Interesse ist es, meine wissenschaftliche Tätigkeit so schnell wie möglich wieder voll aufnehmen zu dürfen. Diese schlichte Tatsache scheinen die Beamten Ihrer Hochschulabteilung trotz meiner eindeutigen Formulierung übersehen zu haben. Herr Vogtmann empfiehlt mir, eine Klärung der Angelegenheit mit dem Rektor der Universität Köln herbeizuführen. Ich habe unmittelbar nach meiner Ankunft an die Universität Köln geschrieben. Auf mein Schreiben vom 28. November 1967 habe ich von dem Herrn Rektor der Universität Köln keine Antwort erhalten.

Nach Erhalt der von Herrn Dr. Fernau in Ihrem Auftrag gemachten Mitteilung, hatte ich Herrn Dr. Fernau bereits am 9. Februar darauf hingewiesen, daß die zuständige Abteilung Ihres Hauses durch meine Berichte aus Indien in Detail über die Angelegenheit informiert worden ist. Nach dem Schreiben von Herrn Vogtmann vom 19. 2. nehme ich an, daß diese Prüfung nun abgeschlossen ist und der Weg für eine persönliche Besprechung frei ist.

Um dieses Gespräch zu erleichtern, darf ich Bezug nehmen auf meine Mitteilungen vom 13. Mai, 25. Mai, 11. Juni, 25. Juni, 27. Juli 5. August, 17.

August, 20. August, 4. November und 10. Dezember 1967. Ich gehe von der Annahme aus, daß mein Schreiben vom 10. Dezember in Ihrem Ministerium rechtzeitig eingegangen war. Am 27. Dezember habe ich, um die gesetzliche Klagefrist nicht zu versäumen, Klage erhoben. Obschon ich der Überzeugung bin, daß akademische Angelegenheiten nicht erst durch gerichtliche Auseinandersetzungen erledigt werden sollten, blieb mir keine Alternative. Um so größer ist mein Erstaunen, daß mir von Ihrem Haus der Ratschlag gegeben wird, bis zur Entscheidung des Gerichts von einer persönlichen Besprechung abzusehen.

Mag sein, daß Verwaltungsbeamte ein anderes Zeitgefühl haben und es für sie schwierig ist, sich vorzustellen, was der Verlust von einem oder mehreren Jahren für einen Wissenschaftler bedeuten kann. Sicherlich hat sich aber noch nie jemand Gedanken darüber gemacht, daß ich ohne irgendein Verschulden seit Monaten ohne Einkommen bin.

Ich bin mehrfach von Ihrem Haus darauf aufmerksam gemacht worden, daß die ganze Angelegenheit aufgrund der Universitätsautonomie zwischen der Universität Köln und mir geregelt werden müßte. Ich möchte Ihnen deshalb eine Kostprobe davon geben, wie die Universität Köln unter dem Deckmantel der Autonomie ihre akademischen Angelegenheiten regelt. Nach Erhalt meines Entlassungsschreibens am 5. August 1967 hatte ich die Universität Köln am selben Tag und danach noch wiederholt gebeten, mir den Widerspruchsbescheid entweder umgehend oder aber erst nach meiner Rückkehr in die Bundesrepublik zuzustellen, damit ich die gesetzliche Klagefrist von 30 Tagen nach Erhalt des Widerspruchsbescheids nicht versäumen müsse. Ich unterrichtete die Universität Köln darüber, daß weder die deutschen Auslandsvertretungen noch sonstwer über das Verwaltungsrecht des Landes Nordrhein-Westfalen in Indien Auskunft geben könne und weiter, daß ich mit dem Abschluß meiner Forschungsprojekte an vier sehr weit voneinander entfernten Universitäten beschäftigt sei. Ich erhielt nie eine Antwort, obwohl ich für die Nachsendung meiner Post durch meinen Reiseagenten gesorgt hatte. Am Vorabend meiner 43tägigen Abreise nach Deutschland meldete sich das Deutsche Generalkonsulat in Bombay bei dem Manager meines Hotels mit der Nachricht, daß ein an mich adressierter Brief im Konsulat für mich liege. Erst am 15. Dezember 1967 erfuhr mein Rechtsanwalt, daß dieser Brief der Widerspruchsbescheid der Universität Köln gewesen war. Mir blieben danach nur noch 14 Tage, um die Klage gegen das Land Nordrhein-Westfalen, vertreten durch die Universität Köln, einzureichen. Nach etwa 6wöchiger Verzögerung hat der Kanzler der Universität Köln, im Auftrag des Herrn Rektors, dem Verwaltungsgericht mitgeteilt, meine Klage als unzulässig abzuweisen, da ich aufgrund des § 2, Abs. 1, des Verwaltungszustellungsgesetzes für das Land Nordrhein-Westfalen den Versuch der Zustellung des Widerspruchsbescheids gegen mich gelten lassen müsse. Die Klagefrist sei deshalb verstrichen. Ich weiß nicht, wie man in Ihrem Haus dieses Vorgehen der Universität Köln beurteilt, ich halte es für eine Erziehungsinstitution für würdelos. Ich habe meine Akten einem Professor der Universität Köln vorgelegt. Nach Meinung dieses juristischen Sachkenners kann dieser Paragraph ganz gewiß nicht auf eine Hoteladresse im fernen Indien angewandt werden.

Ich möchte nicht versäumen zu erwähnen, daß mir die Herren Professoren König und Scheuch durch Dritte das Angebot unterbreitet haben, daß sie sich für mich in Amerika einsetzen würden, falls ich mich hier konziliant verhalten würde. Herr Prof. König scheut sich nicht, Journalisten völlig frei erfundene, mich verleumdende Dinge zu erzählen. Und er scheut sich auch nicht, Journalisten dadurch einzuschüchtern, daß er droht, im Falle einer Veröffentlichung meines Falles in einem Massenkommunikationsmittel Strafantrag gegen mich zu stellen, was meine Ausweisung aus der Bundesrepublik zur Folge haben würde.

Einer Intervention Prof. Königs bei der Deutschen Botschaft im Juni 1967 ist es zu verdanken, daß mir die Deutsche Botschaft in Neu-Delhi die Verlängerung meiner Aufenthaltserlaubnis in Form eines Sichtvermerks mit der Begründung versagte, die Ausländerbehörde in Bonn habe meiner Aufenthaltserlaubnis nicht zugestimmt. Ich bat das Auswärtige Amt um Prüfung der Angelegenheit und erhielt die Mitteilung, die Ausländerbehörde in Bonn habe niemals abgelehnt. Die Versagung der Aufenthaltsverlängerung durch die Deutsche Botschaft in Neu-Delhi beruhe auf einem Mißverständnis. Ich darf mein Antwortschreiben an das Auswärtige Amt vom 19. 2. zu Ihrer freundlichen Information beifügen.

Aus all diesem mögen Sie ersehen, daß mir großes Unrecht angetan wurde. Meines Erachtens ist es nun notwendig geworden, durch ein persönliches Gespräch die Angelegenheit zu bereinigen. Sollten Sie jedoch zu der Überzeugung gelangen, daß mir kein Unrecht geschehen ist, dann würde sich ein persönliches Gespräch erübrigen. Nur müßte ich Sie dann bitten, mir eine diesbezügliche schriftliche Mitteilung zu machen.

Bitte erlauben Sie mir, eine Kopie diesen Schreibens auch an Herrn Vogtmann zu senden, da sein Name und der der Hochschulabteilung in diesem Schreiben wiederholt genannt worden sind."

Meine Hoffnung auf Willy Brandt, auf Heinz Kühn, auf Hans-Jürgen Wischnewski, auf einen noch zu findenden bestallten Soziologen ist bislang nicht erfüllt. Es gelingt mir leidlich gut, die Geschichten an die großen Glocken zu hängen. Werner Höfers anfängliches Zögern kann ich ausräumen. Er empfiehlt „Monitor", meine Akten einzusehen. Das läuten der Glocken hilft mir nur unmittelbar. Dies schafft nur Druck auf alle Beteiligten. Wie sehr, zeigt die folgende kleine Episode.

Die Mainzer Studentenzeitung „Nobis", hergestellt in Handarbeit, bringt Scheuch schon auf die Palme. Zwei aufgeweckte Soziologiestudenten an der Universität Köln, die dank König und Scheuch vom Soziologiestudium die Nase voll haben, aber als Team beim WDR-Funk durch gute Berichte aufgefallen sind, recherchieren über meine Geschichte und schreiben in der „Nobis" in April 1968, Nr. 148, einen – wie ich meine – besseren Bericht als viele Zeitungen. Henrik M. Broder und Hans-Jürgen Haug heißen diese beiden Studenten. Sie haben es nicht riskiert, unter ihren eigenen Namen zu schreiben. Sie werden gewußt haben, warum sie unter dem Pseudonym „Friedrich Hansen" geschrieben haben. Scheuch verlangt eine lange, wütende Gegendarstellung, obwohl er nur zweimal in diesem Bericht erwähnt wird. Sie wird zwar gebracht, schafft aber genug Ärger. Mir kommt es darauf an, daß diese Geschichte nicht von vielen Presseorganen nahezu gleichzeitig abgefeiert wird und somit recht bald wieder „vom Tisch" ist.

Die SPD-Oberen bleiben für mich unerreichbar. Ich kann nur bis zu der Ebene der Bundestagsabgeordneten Termine vereinbaren. Jeder Nichtjournalist ist bei einem Gespräch von Angesicht zu Angesicht betroffen, weil ich jede Nachfrage mit Schriftstücken beantworten kann. Sie bemühen sich um eine akzeptable Lösung, aber sie haben keine Macht. Und jene, die Macht haben, sind für mich unerreichbar geworden. Selbst Wischnewski reagiert nicht. Ich nehme mir vor, anläßlich des SPD-Parteitages in Nürnberg vom 17. bis 21. März einige SPD-Oberen zu treffen. Ich werde eh für die „Parliamentary Times", die kleine Wochenzeitung aus Delhi, über die Feier zum 100jährigen Bestehen der SPD berichten. Ich habe mich als Korrespondent angemeldet. Die Presseeinladung ist schon da.

Erst am 29. Februar kann ich den Gedankenaustausch mit dem „Spiegel" wieder aufnehmen. Nachdem Herr Dr. Dieter Wild mich so billig abgewiegelt hatte, sehe ich keine andere Möglichkeit, als mich wieder an den Herausgeber Rudolf Augstein zu wenden: „Sie werden sich sicherlich noch daran erinnern, daß ich mich am 8. Januar mit einem sehr ungewöhnlichen Fall an Sie wandte. Sie ließen mir damals von Herrn Dr. Wild mitteilen, daß der SPIEGEL nicht recht einsehen könne, was er in diesem Fall tun könne, da es sich *um einen Einzelfall ohne generelle Bedeutung*' handele. Am 30. 1. versuchte ich Herrn Dr. Wild davon zu überzeugen, daß es sich zwar um einen persönlichen Fall handele, der aber nicht ohne generelle Bedeutung sei, da sich in einem solchen Fall das System manifestiere. Leider konnte ich Herrn Dr. Wild nicht überzeugen, wohl deshalb nicht, weil es ohne Einsicht in die gesamten Akten äußerst schwierig ist, ein klares Bild über den Fall zu gewinnen, und wohl auch deshalb nicht, weil dieser Fall mich selber betrifft und ich damit an den SPIEGEL herantrete.

Da der SPIEGEL für sich in Anspruch nimmt, die einzige Opposition in der Bundesrepublik zu sein und gegen Ungerechtigkeiten durch die Publikation kämpft, und Sie selbst als ein Liberaler gelten, war ich davon überzeugt, daß die Ablehnung nur auf einem Mißverständnis beruhen konnte. Wie sonst ist zu erklären, daß, obwohl eine deutsche Auslandsvertretung, der Deutsche Akademische Austauschdienst, zwei deutsche Ordinarien der Universität Köln und die Hochschulabteilung des Kultusministeriums Nordrhein-Westfalen dabei sind, einen wissenschaftlichen Assistenten zu ruinieren, wobei sie zu Mitteln greifen, die in keinem Rechtsstaat zulässig sind, und wofür ich dokumentarische Belege besitze, der SPIEGEL dennoch diesem Fall keine generelle Bedeutung beimißt. Das ist der Grund, warum ich mich trotz der Absage aus Hamburg an die Redaktion des SPIEGELS in Düsseldorf wandte, wo ich einen Redakteur dafür interessieren konnte, die gesamten Unterlagen durchzuarbeiten. Nach dem vorläufigen Abschluß seiner Recherchen hatte ich Gelegenheit zu erfahren, daß ein Exposé nach Hamburg geschickt worden ist, um die Zustimmung der Hamburger Redaktion zu erhalten. Ich hatte den Eindruck, daß die Redaktion in

Düsseldorf eingesehen hatte, daß der Fall für den SPIEGEL interessant genug war. Wie ich auch erfahren konnte, sind die Recherchen bereits gestorben, denn der zuständige Redakteur hat die Rücksendung der Unterlagen angekündigt.

Ich weiß, daß ich nicht mehr tun kann, um den SPIEGEL für einen Fall zu interessieren, in dem ein Einzelner sich gegen mächtige Institutionen wehren muß, wobei das Bloßlegen der Fakten durch die Publikation im SPIEGEL die Beteiligten unter den Druck der öffentlichen Meinung bringen würde und somit helfen könnte, der Ungerechtigkeit ein Ende zu bereiten. Dennoch möchte ich, um die Reaktion des SPIEGELS besser verstehen zu können, folgende Fragen an Sie richten:

Rührt die Ablehnung der Hamburger Redaktion daher, daß die Herren Professoren König und Scheuch bisher beim SPIEGEL eine gute Presse hatten, sie es mit Hilfe des SPIEGELS verstanden haben, sich das Image von Liberalen zu verschaffen? Oder rührt sie daher, daß sich die Herren Professoren König und Scheuch an die Hamburger Redaktion wandten mit dem Ziel, die Düsseldorfer Recherchen zu stoppen, was diese beiden Herren mit Erfolg beim Kölner Stadt-Anzeiger tun konnten? Oder aber wehrt sich Ihre Redaktion dagegen, einem Assistenten, der nicht einmal Deutscher ist, gegen zwei deutsche Ordinarien zu helfen?

Ich wäre Ihnen sehr dankbar, wenn Sie mir auf diese Fragen eine Antwort geben würden, da ich ohne eine Stellungnahme von Ihnen gezwungen wäre, über den SPIEGEL zu spekulieren."

Lothar Thiemann vom nordrhein-westfälischen SPD-Landesausschuß will einige Details über mein Forschungsmaterial haben. Er informiert mich über angebliche Gespräche zwischen dem Kultusministerium und der Universität über einen Vergleich statt eines langjährigen Verwaltungsgerichtsprozesses. Am 03. März überreiche ich ihm eine detaillierte Beschreibung meines Forschungsmaterials. Auch er wird beim Parteitag in Nürnberg anwesend sein.

Auf eine Antwort des „Spiegel" muß ich nicht lange warten. Sie kommt nicht von Rudolf Augstein selbst. Aber der Briefbogen fühlt sich schwerer an, kommt also auf jeden Fall von einer höheren Etage als die Dr. Dieter Wilds. Hier ist sie: *„Herr Augstein kommt erst im April wieder. Um Ihren Brief derweil nicht liegen zu lassen, möchte ich Ihnen schreiben, daß keinesfalls Interventionen, welcher Art auch immer, dazu führen könnten, daß eine Veröffentlichung über irgendeinen Fall unterbleibt. Ich muß deswegen davon ausgehen, daß die Ablehnung der Redaktion, Ihren Fall publik zu machen, sachlich richtig war. Vielleicht überschätzen Sie auch ein wenig den Erfolg: Auch die Veröffentlichung eines erlittenen Unrechts ändert meist wenig, ändert fast immer nichts.*

Mit freundlichem Gruß Walter Busse, Hamburg, den 8. März 1968"

Walter Busse schließt aus, daß *„Interventionen, welcher Art auch immer"* die Zentralredaktion den Vorschlag der Düsseldorfer Redaktion hat ablehnen lassen. Zu dem Hinweis auf die „Haussoziologen" des „Spiegel", König und Scheuch, schweigt er sich aus. Auch sein Hinweis, *„daß die Ablehnung der Redaktion, Ihren Fall publik zu machen, sachlich richtig war"* ist wenig überzeugend. Am 15. März halte ich Walter Busse folgendes entgegen: „ich danke Ihnen sehr für Ihr Schreiben vom 8. März. Ich bin beruhigt zu hören, daß Interventionen den SPIEGEL nicht veranlassen können, von der Veröffentlichung irgendeines Falles abzusehen. Es beruhigt mich auch zu wissen, daß Sie davon ausgehen, daß die Ablehnung der Redaktion, meinen Fall publik zu machen, sachlich begründet war. Da sachliche Begründungen nie endgültig sind und bei Auftauchen neuer Aspekte erneute Überprüfung zulassen, möchte ich folgendes ergänzen.

In meinem Schreiben an Herrn Augstein muß ich mich ziemlich ungeschickt ausgedrückt haben. Es geht mir nicht allein darum, meinen Fall publik zu machen, schon gar nicht erwarte ich davon eine Rückgängigmachung des erlittenen Unrechts. Ich bin völlig Ihrer Meinung, eine Veröffentlichung ändert meinen Fall nicht. Wäre ich schließlich nur an meinem eigenen Vorteil interessiert, dann hätte ich das Angebot der beiden Professoren König und Scheuch, mich in Deutschland konziliant zu verhalten und mit ihren Empfehlungen meine wissenschaftliche Karriere in Amerika fortzusetzen, angenommen. Ich habe dieses Angebot abgelehnt, da es, im rechten Licht betrachtet, eine Bestechung darstellt. Durch eine Veröffentlichung meines Falles wollte ich vor allem erreichen, daß es in Zukunft schwerer sein wird, daß sich solche Fälle wiederholen. Sie wissen vielleicht, daß an den deutschen Universitäten sehr häufig Habilitationsskandidaten ihre wissenschaftliche Karriere von heute auf morgen aufgeben. Dennoch liegt bei den deutschen Gerichten bis heute kein Präzedenzfall vor, wo ein Assistent eine Universität wegen willkürlicher Entlassung verklagt. Sowohl mein Anwalt als auch Herr Prof. Kegel von der juristischen Fakultät der Universität Köln beurteilen meinen Fall sehr optimistisch, so daß damit gerechnet werden kann, daß die Entscheidung des Gerichtes das Recht wiederherstellt.

Den Sinn einer Veröffentlichung im SPIEGEL sehe ich darin, daß die Herren Professoren König und Scheuch als das dargestellt werden, was sie sind. Das würde es ihnen in Zukunft schwerer machen, ein liberales Image zu verkaufen.

Die Hamburger Redaktion hatte nicht die Möglichkeit, die Recherchen zu führen. Ich bin überzeugt, daß auch die Hamburger Redaktion zu einer anderen Entscheidung kommen würde, wenn sie die gesamten Unterlagen kennen würde und weitere Recherchen angestellt hätte, wie das bei der Düsseldorfer Redaktion der Fall war.

Ich wäre Ihnen außerordentlich dankbar, wenn Sie eine erneute sachliche Prüfung durch die Hamburger Redaktion veranlassen könnten."

Beim SPD-Parteitag in Nürnberg treffe ich einige der SPD-Oberen. Ich habe natürlich meine Akten nicht mitgenommen. Auf dem Parteitag ist keine Zeit für ein Aktenstudium. Leichte Verlegenheit bei Hans-Jürgen Wischnewski. Ich möchte ihn doch im Ministerium besuchen. Heinz Kühn vermittelt mir den Eindruck, daß er nichts von den Zusammenhängen kennt. Er will unmittelbar nach seiner Rückkehr von Fritz Holthoff, dem Kultusminister, einen Bericht über meine Angelegenheit anfordern. Willy Brandt bleibt unerreichbar. Frank Sommer, Sprecher des Vorstandes, will durch die Vereinbarung eines Termins mit dem persönlichen Referenten des Außenministers helfen.

Zu meiner Überraschung meldet sich der Republikanische Club in Köln bei mir. Seit dem 2. März hat er ein Klublokal in der Innenstadt, Am Römerturm 17. Sie laden mich als Referenten zum Thema Entwicklungspolitik ein. Das Vorstandsmitglied Carola Möller, eine Soziologin, registriert mein Zögern am Telefon. Sie schlägt mir vor, nach meinem Vortrag und anschließender Diskussion mit dem Vorstand ein ausführliches Gespräch zu führen. Ich kann die Einladung nicht ablehnen.

Ich erzähle Herrn Höfer über meine Eindrücke vom SPD-Parteitag und erwähne auch Wischnewskis beiläufiges Angebot, ihn im Ministerium zu besuchen. Das ist doch was, meint er. Er nimmt das Telefon, läutet an und bekommt ohne Probleme den Minister an die Strippe und vereinbart einen Termin für mich. Ich bekomme zwar ein blödes Gefühl, aber akzeptiere den Termin für den 27. März, wissend, daß der Termin wahrscheinlich nicht zustandegekommen wäre, wenn ich mich selbst darum bemüht hätte. Ich gebe mir einen Ruck. Für Empfindlichkeit ist nicht die Zeit.

Wir wissen nicht, wie das Gespräch zwischen Kegel und Welzel verlaufen ist. Wir wissen nur von Sigrid Welzel, daß ihr Mann nicht nur empört ist darüber, daß in seinem Land, in Deutschland, an einer deutschen Universität das alles möglich ist, was wir im Augenblick durchleben. Er ist auch über die Qualität seines eigenen Realitätsbewußtseins wütend. Nachdem er die Zusammenhänge über uns erfahren hat, will er nicht so einfach hinnehmen, daß es in seinem Land mit uns so weitergehen soll. Das ist die eigentliche Überraschung. Nicht nur für uns. Sicherlich auch für die „Frontliner" in Deutschland. Überraschungen dieser Art machen Widerstand reizvoll. Welzel will alles unternehmen, damit das Forschungsmaterial ausgewertet werden kann. Es ist ihm nicht wichtig zu wissen und/oder zu beurteilen, was der inhaltliche Gegenstand meiner Forschung ist, wichtig für ihn ist, daß es einfach nicht geht, daß das Forschungsmaterial nicht ausgewertet werden kann, nur weil ein Ordinarius und ein wissenschaftlicher Assistent in einen Streit geraten sind.

Nun ist es Zeit für mich, beschämt zu sein ob meiner eigenen Vorurteile, angesichts dieses rechtschaffenen Standpunktes eines Juraprofessors. Jurisprudenz habe ich immer als eine herrschaftstützende reaktionäre Angelegenheit betrachtet. Sie ist es wohl auch. Und die Juraprofessoren habe ich immer für Erzkonservative gehalten. Sie sind es wohl auch in ihrer Mehrzahl. Hans Welzel ist sicherlich ein konservativer Mensch. Ich kann ihn mir im Republikanischen Club nicht vorstellen. Sigrid Welzel auch nicht. Die Soziologen wollen als fortschrittliche Kräfte in einer Gesellschaft gelten. Sie gelten auch als solche. Aber kein Soziologieprofessor hat bislang den Anstand gehabt, zu denken und zu sagen, es geht einfach nicht, was mit uns gemacht wird. Und einige von ihnen kennen mich persönlich. Welzel kennt mich nur über die Erzählungen seiner Frau. Und sie kennt uns auch nur vom Bridge-Spielen. Wieder werden wir an Jaipur erinnert. Jener Hochschullehrer für Hindi, Dr. Rajendra Prashad Sharma, der uns auf dem Campus demonstrativ jeden Nachmittag mit seiner Familie besuchte, als wir total isoliert wurden, hatte den selben moralischen Standpunkt: *Was auch vorgefallen sein mag, es geht nicht, was mit uns gemacht wird.*

Hans Welzel findet heraus, daß die Alexander von Humboldt-Stiftung in Bonn für ein Habilitationsstipendium in Frage kommt. Er führt Vorgespräche mit dem Generalsekretär der Stiftung, Dr. Heinrich Pfeiffer, den er wohl auch persönlich kennt. Hans Welzel ist ein geachteter Rechtsphilosoph und Strafrechtler. All das erfahre ich jetzt, obwohl wir schon seit Jahren Sigrid Welzel kennen. Aber eben nur am Bridge-Tisch. Und Hans Welzel sind wir nie begegnet. Sigrid Welzel richtet mir aus, daß ich mich bei der Alexander von Humboldt-Stiftung für ein Hablitationsstipendium bewerben soll. Ich soll mit dem Generalsekretär Kontakt aufnehmen. Wir sehen einen Lichtschimmer in dem langen dunklen Tunnel.

Dem Ratschlag von Hans Welzel bin ich gefolgt. Ich habe den Generalsekretär der Humbolt-Stiftung, angerufen. Er hat meinen Anruf erwartet und bittet mich in sein Büro. Er weiß über die Zusammenhänge Bescheid. Er meint, es muß doch möglich sein, in Deutschland einen Soziologieprofessor zu finden, der für mich den Antrag an die Stiftung stellt. Der Rest wäre eine Formsache. Er schlägt als eine Alternative zu einem Soziologieprofessor vor, daß ich mich auch an das „Deutsche Institut für Pädagogische Forschung, Frankfurt am Main" wende. Direktor des Instituts ist Professor Dr. Walter Schulze. Also wende ich mich wieder an Albert am 12. März und an Behrendt am 13. März mit dem folgenden gleich lautenden Brief: „darf ich mich nochmals mit meiner leidigen Angelegenheit an Sie wenden. Es scheint, daß ich endlich einen gangbaren Weg für die Weiterarbeit an meinen Projekten gefunden habe.

Herr Prof. Kegel, Internationales Privatrecht an der Universität Köln, und Herr Prof. Welzel, Rechtsphilosophie an der Universität Bonn, bemühen sich freundlicherweise, mir aus meinen Schwierigkeiten herauszuhelfen. Aufgrund der Studien meiner Akten sind sie zu der Ansicht gelangt, daß das, was geschehen ist, nicht hätte geschehen dürfen. Herr Prof. Welzel hat in einer Besprechung mit der Alexander von Humboldt-Stiftung die Möglichkeit ventiliert, daß ich von dieser Stiftung ein Habilitationsstipendium erhalte. Herr Dr. Pfeiffer von der Alexander von Humboldt- Stiftung beurteilt die Chancen dafür sehr optimistisch, allerdings muß die Formalität eines Gutachtens erfüllt sein. Dieses Gutachten eines Soziologen sollte eine Beurteilung meiner früheren Arbeiten und meiner in Indien durchgeführten Materialsammlung sein, d.h. etwas über die Aussichten für eine gute Habilitationsschrift aussagen.

Ich wäre Ihnen für eine Prüfung und Beurteilung meiner Arbeiten sehr dankbar. Ich möchte ausdrücklich betonen, daß daraus für Sie keinerlei Verpflichtungen entstehen, weder die Verpflichtung, mich zu habilitieren, noch die Verpflichtung, die Arbeit zu betreuen. Auch bedarf es keinerlei Stellungnahme zu meinem Konflikt mit der Universität Köln, der ja vom Verwaltungsgericht entschieden werden wird. Da meine finanzielle Lage immer kritischer wird, wäre ich Ihnen für eine baldige Mitteilung sehr verbunden. Es tut mir aufrichtig leid, daß ich Ihnen mit meiner Bitte soviel Mühe und Zeitverlust zumuten muß.

Als Anlage darf ich den Bericht über meine zweite empirische Untersuchung beifügen, sowie die für die Studenten- und Lehreruntersuchung benutzten Fragebogen. Details über diese beiden Untersuchungen finden Sie auf einem gesonderten Blatt."

Und dann am 15. März wende ich mich an das „Deutsche Institut für Internationale Pädagogische Forschung" in Frankfurt: „Sehr geehrter Herr Prof. Schultze, während meines 15-monatigen Aufenthaltes in Indien habe ich das vollständige Material für drei Forschungsvorhaben gesammelt und bemühe mich nun, ein Habilitationsstipendium entweder von der Deutschen Forschungsgemeinschaft oder von der Alexander von Humboldt-Stiftung zu erhalten. In der Anlage füge ich Details über die Projekte bei.

Anläßlich einer Besprechung mit der Alexander von Humboldt-Stiftung riet mir Herr Dr. Pfeiffer, mich an Sie zu wenden. Von ihm erhielt ich auch Ihre Anschrift.

Darf ich Sie bitten zu prüfen, ob die Projekte für Ihr Institut von Interesse sind und ob Sie evtl. bereit sind, einen Antrag an die Deutsche Forschungsgemeinschaft oder an die Alexander von Humboldt-Stiftung zu stellen. Ich benötige etwa 2 Jahre für die Auswertung der Projekte. Neben dem Stipendium wäre noch eine Sachbeihilfe notwendig, denn das ganze Material muß kodiert, auf Lochkarten übertragen und in einem Rechenzentrum ausgerechnet werden.

Aus diesem Antrag würde nicht die Verpflichtung entstehen, mich zu habilitieren, nur die Verpflichtung, die Arbeit zu begutachten und zu betreuen. Ich möchte erwähnen, daß die Betreuung kaum mit Arbeitsbelastung verbunden sein wird, da ich mich durchaus in der Lage fühle, die von mir geplanten, entwickelten und in der Feldarbeit abgeschlossenen Projekte ohne Hilfe auszuwerten. Ich habe bereits zwei völlig selbständig entwickelte empirische Arbeiten abgeschlossen. Die erste Arbeit wurde unter dem Titel ‚Farbige unter Weißen‘ bei Kiepenheuer & Witsch veröffentlicht, die zweite ‚Untersuchung über die sozialen Determinanten der politischen Einstellung der afrikanischen und asiatischen Studenten in den deutschsprachigen Ländern‘ in der ‚Kölner Zeitschrift für Soziologie und Sozialpsychologie‘. Ich darf einen Sonderdruck beifügen. Sollten irgendwelche Rückfragen notwendig sein, so stehe ich dafür jederzeit zur Verfügung. Sie können aber auch bei Herrn Dr. Pfeiffer Erkundigungen einziehen. Für eine baldige Rückäußerung wäre ich Ihnen außerordentlich dankbar, da ich im Augenblick ohne Einkommen und auf ein Stipendium dringend angewiesen bin."

Am 19. März hat die Redaktion von „Monitor" die ihr überlassenen Akten per Post zurückgeschickt, die ich ihr auf Bitte von Werner Höfer am 14. März übergeben hatte. Höfer hatte mit Claus-Hinrich Casdorf, dem Leiter der Redaktion, gesprochen. Casdorf war für mich nicht erreichbar. Natürlich kommt die Akte nicht ohne ein Begleitschreiben zurück, das in seinem Strickmuster mich nicht nur an Marion Gräfin Dönhoff erinnert: *„Die uns* *freundlicherweise überlassenen Unterlagen im Zusammenhang mit Ihrer Entlassung durch die Universität Köln habe ich inzwischen mit großem Interesse gelesen. Zu meinem großen Bedauern sehe ich jedoch keine Möglichkeit der Realisation. Folgende Gründe, die auch im Mittelpunkt einer ausführlichen Diskussion innerhalb unseres Redaktionskreises standen, sind ausschlaggebend für diese unsere Entscheidung:*

1. *Die Sachzusammenhänge – Ergebnis von Verwicklungen über viele Jahre hinaus – sind so kompliziert, daß sie unseren Zuschauern in der uns zur Verfügung stehenden Sendezeit nicht verständlich genug gemacht werden können.*
2. *Eine Simplifizierung auf ein unserer Sendereihe entsprechend erforderliches Mindestmaß erscheint uns darüber hinaus gerade bei Ihrem Fall gefährlich, da dies einer allzu vereinfachten Situationsschilderung gleichkäme und keiner umfassenden und objektiven Berichterstattung entspräche.*
3. *Insbesondere nach dem Studium der Institutsunterlagen glaube ich im Gegensatz zu Ihnen, daß Prof. König in einigen Punkten – besonders was wissenschaftliche Fragen betrifft – in der Lage sein wird, den Nachweis der Richtigkeit seiner Aussagen zu führen, dem wir nichts wesentliches entgegenzusetzen hätten.*

Wie ich bereits betonte, habe ich Ihr Thema innerhalb unserer Redaktion zur Diskussion gestellt und im wesentlichen dieselben Stellungnahmen erfahren, so daß ich Ihnen leider keinen anderen Bescheid übermitteln kann. Für Ihre Bemühungen sage ich Ihnen jedoch recht herzlichen Dank.

Mit freundlichen Grüßen Erich Potthast"

Auf die „Monitor"-Redaktion komme ich noch zurück. Am 19. März habe ich ein Schreiben von Hans Albert bekommen, das das Datum des 18. März trägt. Ich habe schon beim Lesen ein ungutes Gefühl. Einerseits bin ich dankbar, daß Albert sich redlich bemüht, anderseits bin ich überrascht über die fehlende Sensibilität und über die Ängste, die nicht nur zwischen den Zeilen zu lesen sind. Wenn von jedem Dipl.-Kandidaten für Sozialwissenschaften verlangt wird, daß er in Statistik und Empirie fit sein muß, wieso traut sich ein Soziologieordinarius wie Hans Albert nicht, selbst den Antrag an die Humboldt-Stiftung zu stellen? Warum läuft er hinter seinem Kollegen Irle her, der sich erst im Mai mit der Angelegenheit befassen will? Weiß er nicht oder kann er sich nicht vorstellen, was es bedeutet, ohne Einkommen zu sein? Hier ist der Text seines Schreibens: *„Besten dank für Ihren Brief und die Arbeiten, die Sie mir übersandt haben. Sie erinnern sich sicher daran, daß ich Ihnen sagte, ich käme für ein Gutachten über empirische Untersuchungen dieser Art kaum in Betracht, weil ich solche Untersuchungen selbst bisher noch nicht durchgeführt habe. Inzwischen habe ich aber mit Herrn Irle gesprochen, der insofern eine Möglichkeit sieht, Ihnen zu helfen, als er u. U. bereit wäre, sich für ein Forschungsstipendium der Humboldt-Stiftung zu Ihren Gunsten gutachterlich zu äußern. Wie sie berichteten, geht es Ihnen ja im wesentlichen zunächst darum, Ihre begonnenen Forschungen in Indien fortzuführen, d. h.: eine finanzielle Grundlage zu erhalten, die das ermöglicht. Vermutlich kann man* *zu diesem Zweck von der Humboldt-Stiftung ein Stipendium erhalten. Falls das gelingen sollte, wäre Ihnen sicher fürs erste geholfen. Daß Herr Irle, der Sie und Ihre Arbeiten bisher noch nicht kennt, nicht ohne weiteres bereit wäre sich für ein Habilitationsstipendium gutachtlich zu äußern, werden Sie sicher verstehen. Allerdings könnte Herr Irle frühestens gegen Anfang Mai in der genannten Richtung tätig werden. Können Sie einen Antrag an die Stiftung richten, so daß sich die Stiftung auf dieser Grundlage an Herrn Irle mit der Bitte um ein Gutachten wendet?*

Das wäre, wie ich glaube, die besten Lösung, die sich hier erzielen läßt. Herr Irle wäre ein kompetenter Gutachter, gegen den man keine Einwendungen machen könnte. Ich habe auch den Eindruck gewonnen, daß er Ihr Forschungsvorhaben schon in Hinblick auf die gewählte Thematik durchaus positiv würdigen könnte. Mit freundlichen Grüßen Ihr Hans Albert"

Ich bin auch überrascht, daß Hans Albert dieses Schreiben „Mit freundlichen Grüßen, Ihr" schließt. Zufällig hat mir auch Richard Behrendt am 18. März geschrieben: *„Soeben erhalte ich Ihren Brief vom 13. März mit den Anlagen. Ich bin gerade im Begriff, für etwa 10 Tage zu verreisen. Ich hinterlasse jedoch das Material einem meiner Mitarbeiter, Herrn Volker Lühr, der aufgrund der Materialien und Ihrer Dissertation das von Ihnen gewünschte Gutachten vorbereiten wird.*

Sogleich nach meiner Rückkehr, gegen Ende der nächsten Woche, werde ich dieses abschicken. Bitte benachrichtigen Sie Herrn Lühr inzwischen, an welche Adresse es gesandt werden soll. Ich hoffe sehr, daß sich diese Lösung als möglich erweist.

Mit allen guten Wünschen und Grüßen Ihr Richard F. Behrendt"

Beide Schreiben lege ich dem Generalsekretär der Stiftung vor und berate die Situation mit ihm. „Pro-forma-Betreuung" ist das Schlüsselwort, das als Ergebnis herauskommt. Ich sehe mich veranlaßt, Hans Albert am 25. März doch folgendes zu schreiben: „vielen Dank für all die Mühe die Sie sich gemacht haben, um mir zu helfen. Natürlich verstehe ich sehr gut, daß Herr Prof. Irle nicht ohne weiteres für mich einen Antrag für ein Habilitationsstipendium an die Deutsche Forschungsgemeinschaft stellen kann.

Ein Ausweg wäre vielleicht, daß ich Herrn Prof. Irle meine bisherigen Veröffentlichungen und mein Forschungsmaterial vorlege, damit er entscheiden kann, ob er die Verantwortung für einen solchen Antrag übernehmen kann. Was die Alexander von Humboldt-Stiftung angeht, so ist es ihr nicht möglich, Herrn Prof. Irle zur Erstellung eines Gutachtens aufzufordern. Die Stiftung kann das Stipendium nur vergeben, wenn Herr Prof. Irle die Betreuung meiner Arbeit pro forma übernimmt. Ich bitte, das Wort pro forma nicht falsch zu verstehen. Ich meine damit, daß durch diese Betreuung keine Arbeitsbelastung entstehen würde. Falls Sie und Herr Prof. Irle es für notwendig halten, so bin ich jederzeit gern bereit, nach Heidelberg zu kommen, um die Angelegenheit an Ort und Stelle zu besprechen."

Und auch an Richard Behrendt habe ich am selben Tag, also am 25. März, geschrieben: „durch meine Teilnahme am Parteitag der Sozialdemokratischen Partei in Nürnberg war es mir nicht möglich, Ihr freundliches Schreiben früher zu beantworten. Ich bin Ihnen außerordentlich dankbar dafür, daß Sie mir durch die Erstellung des Gutachtens helfen wollen. Das Gutachten sollte an Herrn Dr. Pfeiffer, Alexander von Humboldt-Stiftung, 532 Bad Godesberg, Schillerstraße 12, geschickt werden. Wie mir Herr Dr. Pfeiffer sagte, ist es auch notwendig, daß Sie pro forma die Betreuung der Arbeit übernehmen. Ich kann Ihnen aber im voraus versichern, daß dies keine Arbeitsbelastung für Sie bedeuten wird. Es wäre nur notwendig, daß Sie die endgültige Fassung einmal durchlesen. Ich fühle mich durchaus in der Lage, die von mir geplante, entwickelte und in der Feldarbeit durchgeführte Arbeit auch auszuwerten.

Da ich mich mit meiner Antwort verspätet habe und Sie inzwischen zurück sein werden, richte ich dieses Schreiben an Sie und nicht an Ihren Mitarbeiter, Herrn Lühr."

Am 26. März informiere ich Lothar Thiemann vom Landesausschuß der SPD in Düsseldorf, den ich in Nürnberg beim Parteitag irgendwie verpaßt hatte, über meine Gespräche mit Kühn und Wischnewski. Lothar Thiemann hat mich auch mit dem Vorsitzenden des Kulturausschußes im Landtag des Landes Nordrhein-Westfalen, H. G. Toetemeyer, in Verbindung gebracht, nachdem der SPD-Fraktionsvorsitzende Johannes Rau eindeutig abgewunken hatte. Wie schon erwähnt, palavert Johannes Rau regelmäßig mit René König im WDR-Rundfunk. Von H. G. Toetemeyer erfahre ich, daß auf Hinweise des Staatssekretärs im Kultusministerium, Prof. Hermann Lübbe, der in Hochschulfragen der gewichtigere Staatssekretär im Kultusministerium ist, in der Universität Köln ernsthafte Überlegungen eines außergerichtlichen Vergleiches angestellt werden sollen. Gleichzeitig erfahre ich von Alexander von Cube, Redakteur beim WDR-Fernsehen, daß sich Hans Anger, Kölner Professor für Sozialpsychologie, in den letzten vierzehn Tagen wiederholt mit König und Scheuch über meine Angelegenheit unterhalten haben soll. Auch über einen eventuellen Vergleich in der Sache. Angers Eindruck soll sein, daß König und Scheuch nur daran interessiert wären, die Angelegenheit zu verzögern und so viel Zeit wie möglich zu gewinnen. Es wird also immer noch die Strategie angewandt: Die Angelegenheit erledigt sich von selbst, wenn einer lange genug am Hungertuch hängen muß. Ich bitte Lothar Thiemann, wenn möglich, Prof. Lübbe hierüber zu berichten.

Beim Bundesvorstand der SPD bemühen sich Frank Sommer, Sprecher des Vorstandes, und Hans-Eberhard Dingels, Abteilung Internationale Beziehungen, meine Angelegenheit im Auswärtigen Amt von der bürokratischen auf die politische Schiene zu bringen. Frank Sommer will für mich einen Termin mit dem persönlichen Referenten des Außenministers vereinbaren.

Am 27. März werde ich von Herrn Minister Wischnewski empfangen. Das Gespräch ist formeller als in Nürnberg. Er nimmt sich die Zeit, meine Beschreibung des aus Indien mitgebrachten Forschungsmaterials anzuhören. Auch meine direkte Frage, ob sein Ministerium mir behilflich sein könnte, die Kosten für die Auswertung zu übernehmen, nimmt er zu Kenntnis. Er sagt mir zu, in seinem Ministerium prüfen zu lassen, ob eine Möglichkeit besteht. Mehr ist nicht drin.

Ich weiß nicht, ob Frank Sommer schon mit dem persönlichen Referenten des Außenministers hat sprechen können, aber was dieser mir am 29. März 1968 geschrieben hat, wird ihn sicherlich deprimieren. Die Diktion Soenksens und der Inhalt dieses Schreibens sind ohne Moral: *„Zu meinem Bedauern kann Ihnen Herr Minister Brandt keinen Besprechungstermin gewähren.*

In Beantwortung Ihrer an den Herrn Bundesminister und an mich gerichteten Schreiben vom 19. Februar möchte ich Ihnen mitteilen, daß die Versagung der von Ihnen beantragten Aufenthaltserlaubnis in der Form des Sichtvermerks durch die Deutsche Botschaft in New Delhi auf ein Mißverständnis hinsichtlich der Auslegung zweier verwandter Rechtsbegriffe, die jedoch unterschiedliche Rechtswirkungen haben, zurückzuführen ist.

Die Botschaft hat aus der Ablehnung der Ausländerbehörde Bonn (Der persönliche Referent Willy Brandts wärmt die alten Lügenklamotten wieder auf!), Ihnen die ‚Aufenthaltsberechtigung‘ zu erteilen, geschlossen, daß sie Ihnen keine ‚Aufenthaltserlaubnis‘ erteilen dürfe. Die Aufenthaltsberechtigung ist ein Rechtsinstitut, das im Ausland kaum praktiziert wird und den deutschen Auslandsvertretungen daher von ihrer täglichen Arbeit her nicht bekannt ist.

Ich bedaure, daß hier ein Mißverständnis entstanden ist, möchte Sie aber bitten, hinter der rechtlich nicht zutreffenden Begründung der Versagung der Aufenthaltserlaubnis durch die Botschaft New Delhi kein ‚System‘ zu vermuten.

Die Gründe, die zur Verzögerung der Auszahlung Ihrer Ausgleichszulage durch die Vermittlungsstelle für deutsche Wissenschaftler im Ausland geführt haben, sind Ihnen aus Ihrer Korrespondenz mit der Vermittlungsstelle in der fraglichen Zeit sicherlich bekannt. Es muß in Abrede gestellt werden, daß Mitarbeiter der Deutschen Botschaft New Delhi oder des Deutschen Generalkonsulats in Bombay auf die Entscheidungen der Vermittlungsstelle einen ungünstigen Einfluß ausgeübt hätten. Im Gegenteil, gerade durch Veranlassung des Auswärtigen Amts erfolgte durch die Vermittlungsstelle eine großzügige Förderung im Ausland.“

Natürlich hat Soenksen die Akte vor sich liegen. Natürlich hat er das Schreiben des Konsularsekretärs 1. Klasse Müller gelesen. *„Betr.: Aufenthaltserlaubnis, Bezug: Ihr Antrag vom 13. 7. 1967. Sehr geehrter Herr Dr. Aich, der Botschaft liegt ein Schreiben der Stadt Bonn vor, wonach Sie im Besitz einer bis zum 30. 9. 1967 gültigen Aufenthaltserlaubnis zur Arbeitsaufnahme sind. Ihrem Antrag auf Zusicherung der Aufenthaltserlaubnis zur Arbeitsaufnahme bei der Universität Köln hat die Stadt Bonn, der das Ersuchen der Botschaft vom 17. 7. 1967 auf Grund der Tatsache, daß Sie noch für Bonn, Weberstr. 96, gemeldet sind, übergeben worden war, nicht entsprochen. Die Botschaft bedauert, Ihnen keinen günstigeren Bescheid erteilen zu können.“*

Auch das Schreiben Dr. Drehers im Auswärtigen Amt liegt Soenksen vor: *„In Beantwortung Ihres Schreibens vom 4. November 1967 an den Herrn*

Bundesminister des Auswärtigen, mit dem Sie sich über die Versagung einer von Ihnen beantragten Aufenthaltserlaubnis in der Form des Sichtvermerks durch das Deutsche Generalkonsulat in Kalkutta beklagen, möchte ich auf mein Schreiben vom 1. September 1967 verweisen, in dem ich Sie darauf aufmerksam gemacht hatte, daß das Generalkonsulat Kalkutta Ihnen die Aufenthaltserlaubnis nur mit Zustimmung der Ausländerbehörde Köln erteilen könne. Offenbar hat die Ausländerbehörde Köln es abgelehnt, ihre Zustimmung zur Erteilung der Aufenthaltserlaubnis in der Form des Sichtvermerks zu geben."

Und das Schreiben Dr. von Hassells mußte Soenksen selbst im Sinne Willy Brandts schreiben lassen: *„Sehr geehrter Herr Dr. Aich, auf Ihr Schreiben vom 16. Januar 1968 kann ich Ihnen mitteilen, daß eine Prüfung der Angelegenheit ergeben hat, daß Ihnen die Deutsche Botschaft in Neu-Delhi aufgrund eines Mißverständnisses die Aufenthaltserlaubnis in der Form eines Sichtvermerks versagt hat. Das Ausländeramt in Bonn hat die Erteilung der Aufenthaltserlaubnis niemals abgelehnt.*"

Was veranlaßt Willy Brandt dazu, durch seinen persönlichen Referenten einen solchen Brief schreiben zu lassen? Ich lasse diese Frage einfach so stehen. Ich bin überzeugt davon, daß dies nicht aus Versehen geschehen ist. Und ich meine auch, daß ein solches Schreiben einer demokratischen Kultur nicht würdig ist. Von einer sozialdemokratischen Kultur ganz zu schweigen.

*****

Ich habe meinen Vortrag im Republikanischen Klub gehalten. Es war eine entspannte Atmosphäre. Kritische Diskussion. Rundum angenehm. Das einzig bekannte Gesicht war das von Bodo Morawe, Redakteur des WDR, zuständig für Politik. Schon aus der Zeit Peter Benders, der jetzt in Berlin ist. Nach der Veranstaltung ein informelles Gespräch mit den Vorstandsmitgliedern. Als Einwohner von Köln gehörte ich eigentlich zum Republikanischen Club, meinen sie. Bodo Morawe lädt mich zur nächsten Sitzung des Vorstandes ein, der immer öffentlich tagt. Ich komme pünktlich an. Aber die Vorstandssitzung beginnt nicht pünktlich.

Einer ist emsig beschäftigt, einen riesigen Haufen von hektographiertem Papier zu sortieren. Jeden Ankommenden bittet er, ihm zu helfen. Also auch mich, obwohl wir nicht einmal miteinander bekannt sind. Beim Sortieren erfahre ich, daß ich dabei bin, die Habilitationsschrift von Karl Otto Hondrich, der im Vorstand sitzt, zu sortieren. Er habilitiert in Soziologie in Köln. Natürlich hätte er viele Geschichten über mich gehört. Bei ihm ist hängen geblieben, daß ich in Indien kriminell geworden bin. Er ist etwas verlegen, daß just ich nun dabei bin, mit anderen zusammen seine Habilitationsschrift zu sortieren. Zu einem ernsten Gespräch mit ihm kommt es nicht. Sein Kopf ist voll mit seiner eigenen Habilitation. Es ist nie zu einem Gespräch zwischen Karl Otto Hondrich und mir gekommen. Auch eine Facette republikanischer Moral, nicht nur im Jahre 1968.

Die Vorstandssitzung beginnt spät, aber die Diskussion ist offen und anregend. Nach der Sitzung an der Theke kommt Bodo Morawe auf mich zu, plaudert mit mir eine ganze Zeit, fragt mich schließlich, ob er mich bitten durfe, einen 15minütigen Beitrag in seiner Sendereihe zu schreiben, ohne daß er mir garantieren kann, daß der Beitrag auch gesendet würde. Er möchte die Probe aufs Exempel machen, ob die Befürchtungen vieler Redakteure stimmten, daß es wegen einer Zusammenarbeit mit mir im Haus Schwierigkeiten geben würde. Seine Offenheit beeindruckt mich. Auch eine Facette republikanischer Moral. Ich sage ihm zu. Der Beitrag wird gesendet. Nichts geschieht im Funkhaus. Ich darf wieder für den WDR unverkrampft schreiben.

Der „Spiegel" antwortet wieder einmal prompt. Wieder ein anderer. Das Gewicht des Briefbogens signalisiert mir, daß die Antwort immerhin aus der gleichen Etage kommt: *„Herr Busse ist zur Zeit nicht in Hamburg, und ich fürchte, daß sich an der Ablehnung der Redaktion nichts ändern läßt. Mit freundlichen Grüßen, Dr. Helmut Gumnior Hamburg, den 29. März 1968"*

Zum „Spiegel" komme ich gleich zurück. Inzwischen habe ich Post vom „Deutschesn Institut für Pädagogische Forschung". Erfreuliches. Prof. Dr. Eugen Lemberg hat mir am 30. März geschrieben: *„Herr Kollege Schultze hat mir Ihren Brief vom 15. März 68 übergeben. Leider kann ich ihn erst jetzt beantworten, da ich wegen Krankheit einige Zeit nicht im Institut war.*

Ihr Projekt interessiert mich durchaus und ich hätte nichts gegen eine Zusammenarbeit in der von Ihnen vorgeschlagenen Art. Auf ähnliche Weise, nämlich mit Hilfe der Humboldt-Stiftung, haben wir mit Herrn Dr. Ji Hyun Wang aus Seoul ein Buch über das Südkoreanische Schulwesen vorbereitet, das eben erschienen ist. Ihre Hypothese scheint mir interessant und hat viel für sich. Ich sehe im Augenblick nur nicht, wie man sie beweisen kann. Aber darüber haben Sie gewiß bestimmte Vorstellungen.

Was Ihre Habilitationsabsicht anlangt, wissen Sie wohl, daß unser Institut als ein reines Forschungsinstitut keine Möglichkeit einer Habilitation bietet. Sie müßten also Verbindung mit einem Kollegen aufnehmen, der Sie habilitieren kann.

Wenn Sie die Zusammenarbeit mit uns trotzdem für nützlich halten, so bin ich gern bereit, die Einzelheiten mit Ihnen zu besprechen. Eine Gelegenheit dazu bietet sich wahrscheinlich beim Soziologentag in Frankfurt (8.–10. April), an dem Sie vielleicht teilnehmen werden. Ich werde z. T. auch dabei sein und bin jedenfalls über das Institut (Tel. 77 10 47) zu erfragen. Vielleicht ist es aber noch besser, wenn Sie mich zu einem Gespräch in meiner Wohnung Wiesbaden, Dambachtal 28, aufsuchen. Das könnte schon früher erfolgen. Da ich aber nicht immer zu Hause bin und für einige Tage verreise, ist es am besten, Sie rufen mich zur Vereinbarung eines Termins in Wiesbaden an (Tel. 2 95 78), am sichersten abends ab 20 Uhr. Mit freundlichen Grüßen Ihr"

Es kommt zu einem schnellen Termin. Ich war für einige Stunden in Wiesbaden. Das Gespräch verläuft angenehm. Es wird ein langes, angenehmes Gespräch um die sogenannte Entwicklungssoziologie herum. Bei der Verabschiedung sagt er mir, daß er statt eines Gutachtens schlicht einen Stipendiumsantrag bei der Humboldt-Stiftung für die Auswertung unseres Forschungsmaterials im „Deutschen Institut für Internationale Pädagogische Forschung" stellen will. Etwas hoffnungsvoll fahre ich nach Köln zurück. Wieder ein kleiner Lichtblick!

Am 4. April schreibe ich ein drittes Mal an Augstein: „am 29. 2. 68 adressierte ich einen Brief an Sie persönlich mit dem Ziel, Klärung darüber herbeizuführen, ob sachfremde Gesichtspunkte bei der Entscheidung, einen Fall nicht zu veröffentlichen, eine Rolle gespielt haben. Leider waren Sie zu dieser Zeit nicht in Hamburg. Herr Busse antwortete mir, daß für die Ablehnung durch die Redaktion sachliche Gründe maßgebend gewesen sein. Herr Busse hat mich auch mit Recht darauf aufmerksam gemacht, daß durch eine Veröffentlichung nichts an dem erlittenen Unrecht geändert werde. Ich habe Herrn Busse am 15. März geschrieben, daß ich seine Ansicht zwar teile, aber doch auf dem Standpunkt stehe, daß eine Veröffentlichung zumindest die Funktion haben könne, eine Wiederholung, wenn nicht unmöglich, so doch schwieriger zu machen. Auf dieses Schreiben antwortete mir Herr Dr. Helmut Gumnior am 29. März. Er teilte mir mit, daß Herr Busse sich zur Zeit nicht in Hamburg befinde und er fürchte, daß sich an der Ablehnung der Redaktion nichts ändern lasse.

Ich kann aber immer noch nicht glauben, daß eine Entscheidung der Redaktion so absolut ist, daß sie angesichts neuer Tatsachen nicht überprüft werden könnte. Ich möchte Sie deshalb bitten, die Ihrer Redaktion über meinen Fall vorliegenden Unterlagen einmal anzusehen, und mir dann zu sagen, daß auch Sie die Veröffentlichung meines Falles im SPIEGEL für unwichtig halten. Ich bitte Sie um Entschuldigung dafür, daß ich so hartnäckig versuche, von Ihnen persönlich diese Entscheidung zu hören. Ich tue das, weil ich meine, daß an einem solchen Fall die tatsächliche Glaubwürdigkeit eines engagierten politischen Nachrichtenmagazins prüfbar ist.

In der Erwartung, von Ihnen persönlich eine Entscheidung zu erhalten, verbleibe ich"

Am selben Tag, also am 4. April, schreibe ich auch an den Kultusminister – natürlich über den politischen Kanal Dr. Fernau: „Ich darf Bezug nehmen auf mein Schreiben vom 28. Februar. Leider ist dieses Schreiben ohne Antwort geblieben. Auch eine von mir erbetene Bestätigung des Empfangs hat mich nicht erreicht.

Durch eine solche Verzögerung wird meine Situation sicherlich nicht besser, die Angelegenheit auch nicht weniger kompliziert. Ich möchte Sie deshalb nochmals bitten, im Interesse des Landes und im Interesse der Universität Köln in meiner Angelegenheit tätig zu werden. Ein solches Tätigwerden würde sich erübrigen, wenn Sie auf meinen bereits in meinem Schreiben vom 28. Februar gemachten Vorschlag eingehen könnten und mir schriftlich bestätigen würden, daß mir kein Unrecht geschehen ist und der Herr Kultusminister sich deshalb außerstande sieht, in meiner Angelegenheit tätig zu werden.

Für eine baldige Antwort wäre ich Ihnen außerordentlich dankbar."

An der Front der Humboldt-Stiftung tut sich etwas, ausnahmsweise etwas nicht Unerfreuliches. Richard F. Behrendt, zusammen mit Hans-

Joachim Lieber, Direktor des Soziologischen Institut der Freien Universität Berlin, hat am 28. März für die Stiftung das folgende Gutachten verfaßt:

G u t a c h t e n

Herr Dr. Prodosh Aich ist mir aufgrund persönlicher Gespräche und aufgrund seiner wissenschaftlichen Arbeiten auf dem Gebiet der Soziologie bekannt. Nach meinem stets aufs neue bestätigten Eindruck ist Herr Dr. Aich ein qualifizierter, sachkundig und objektiv urteilender Wissenschaftler; als Soziologe ist er mit den modernen Theorien und Theoriebildungen sowie mit dem gegenwärtig erreichten Stand der empirischen Forschung in überdurchschnittlichem Maß vertraut. Es erscheint aus diesem Grunde und auch im allgemeinen Interesse der Wissenschaft geboten, daß Herr Dr. Aich bei der Festsetzung und Vertiefung seiner Forschungsarbeit wirksam und nachhaltig gefördert wird. Dies gilt insbesondere für die von Herrn Dr. Aich bereits begonnene und weithin gediehene Arbeit an seiner Habilitationsschrift, die er auf Zusage von Herrn Professor Dr. René König in Köln bereits vor geraumer Zeit in Angriff genommen hat.

Aufgrund der Unterlagen (insbesondere der Fragebogen) einschließlich ausführlicher Erläuterungen, die mir Herr Dr. Aich über diese Arbeit zur Verfügung gestellt hat, bin ich überzeugt, daß die von ihm in großen Teilen bereits durchgeführte Untersuchung über Bildung, sozialen Wandel und Entwicklung unter indischen Studenten und Lehrern nicht nur nach einem einheitlichen Modellansatz konzipiert und sorgfältig aufgebaut ist, sondern darüber hinaus ein Problem zu lösen versucht, das für die Soziologie – und speziell für die Entwicklungssoziologie – von erheblicher Bedeutung ist. Die Fragestellung von Herrn Dr. Aich, inwieweit die Vermittlung von spezialisierenden fachlichem Wissen und Können, etwa bei Studenten und Lehrern, auch zur Annahme dynamischer Einstellungen und Verhaltensweisen führe – eine Fragestellung, die bislang allgemein akzeptierte Hypothesen in Zweifel zieht –, ist in der Tat neuartig und von legitimem wissenschaftlichen Interesse.

Zudem liegt nach Mitteilung von Dr. Aich das empirische Material bereits vor. Ich meine daher, daß die Habilitationsarbeit von Herrn Dr. Aich, damit sie erfolgreich abgeschlossen werden kann, jede mögliche Unterstützung erfahren sollte. Herr Dr. Aich bringt im übrigen alle sachlichen Voraussetzungen mit, die das gute Gelingen seines Vorhabens erfordert."

Dieses Gutachten hat Richard Behrendt mit einem Begleitbrief vom 1. April an Heinrich Pfeiffer geschickt: *„Auf Veranlassung von Herrn Dr. Prodosh Aich sende ich Ihnen beiliegend ein Gutachten über ihn, mit dem ich die Finanzierung der Beendigung seiner Arbeit über ‚Bildung, sozialen Wandel und Entwicklung unter indischen Studenten und Lehrern' befürworte.*

Wie Sie sicher bereits wissen, war diese Arbeit als Habilitationsschrift bei Herrn Professor König in Köln geplant. Ich möchte bemerken, daß ich nicht weiß, wo sich Herr Dr. Aich nunmehr zu habilitieren beabsichtigt, und daß ich in dieser Hinsicht leider keine Verantwortung übernehmen kann.

Ich bin jedoch bereit, die Arbeit von Herrn Dr. Aich nach Beendigung zu lesen und ihm meine Meinung bzw. eventuelle Vorschläge für Änderungen bekanntzugeben, im Rahmen meiner zeitlichen Möglichkeiten.

Ich hoffe, daß sich auf dieser Grundlage die Finanzierung der Fertigstellung der Arbeit ermöglichen lassen wird und möchte der Alexander von Humboldt-Stiftung auch meinerseits für ihre Bereitschaft danken."

Am 8. April schreibe ich an die „Monitor"-Redaktion. Hätte sie nur die ersten beiden Sätze geschrieben: *„Die uns freundlicherweise überlassenen Unterlagen im Zusammenhang mit Ihrer Entlassung durch die Universität Köln habe ich inzwischen mit großem Interesse gelesen. Zu meinem großen Bedauern sehe ich jedoch keine Möglichkeit der Realisation"*, hätte ich die Ablehnung ohne weiteres akzeptiert. Aber sie schreibt mehr und verwickelt sich in Widersprüche. Ich möchte darüber nicht spekulieren, warum sie, und nicht nur sie, mehr schreibt. Dies überlasse ich den Psychoanalytikern. Aber dieses „mehr" bringt Aufklärung: „ich danke Ihren für Ihr Schreiben vom 19. März 68. Selbstverständlich respektiere ich die Entscheidung Ihrer Redaktion, nur ist mir die Begründung der Ablehnung nicht ganz klar.

1. Es ist nicht richtig, daß die Verwicklungen viele Jahre zurückliegen. Sie sind ziemlich genau ein Jahr alt, denn Sie begannen im März 1967.

2. Ich verstehe nicht, was Sie damit meinen, wenn Sie schreiben, daß in wissenschaftlichen Fragen Herr Prof. König in der Lage sein wird, den Nachweis der Richtigkeit seiner Aussagen zu führen. Es wäre sehr freundlich von Ihnen, wenn Sie mir sagen würden, welche wissenschaftlichen Fragen Sie gemeint haben.

Ich kenne Ihre große Arbeitsbelastung, hoffe aber trotzdem, daß Sie in der Lage sein werden, mir eine klärende Antwort auf meine Fragen zu geben."

„Monitor" ist eine rasend schnelle Truppe. Schon am 10. April ist ihre Reaktion auf mein Schreiben unterwegs: *„Vielen Dank für Ihren Brief vom 8. 4. 68. Leider kann ich mit dieser meiner Antwort auf Einzelheiten Ihres Falles nicht mehr eingehen* (kann er doch, wie wir gleich lesen können!)*, da mir Ihre Unterlagen nicht mehr zur Verfügung stehen.*

Zu Ihrer ersten Frage ist zu sagen, daß zwar die Verwicklungen erst vor einem Jahr begannen, Ihre Tätigkeit in der Kölner Universität – die ja die Verwicklungen einleitete (welche Akte hat er denn gelesen?) *– aber bereits länger zurückliegt. Bei einer Darstellung Ihres Falles hätte man darauf nicht verzichten können.*

Zum wissenschaftlichen Aspekt und im Zusammenhang mit den Äußerungen von Prof. René König ist festzustellen, daß wir als Journalisten nicht in der Lage sind, einer wissenschaftlichen Äußerung von Prof. König entgegenzutreten. Ich meine also, daß wir nicht das Gegenteil beweisen können, wenn Prof. König als Leiter des Instituts für Soziologie an der Universität Köln Ihre wissenschaftliche Qualifikation anzweifelt."

Natürlich hat Erich Potthast bei diesem Schreiben sein erstes nicht nachgelesen. Braucht er auch nicht. Wenn er Sorge hätte, daß seine angebliche Recherche von wem auch immer überprüft werden würde, wäre er sorgfältiger. Was schrieb er noch am 19. März?

1. Die Sachzusammenhänge – Ergebnis von Verwicklungen über viele Jahre hinaus – sind so kompliziert, daß sie unseren Zuschauern in der uns zur

Verfügung stehenden Sendezeit nicht verständlich genug gemacht werden können.

2. *Eine Simplifizierung auf ein unserer Sendereihe entsprechend erforderliches Mindestmaß erscheint uns darüber hinaus gerade bei Ihrem Fall gefährlich, da dies einer allzu vereinfachten Situationsschilderung gleichkäme und keiner umfassenden und objektiven Berichterstattung entspräche.*

3. *Insbesondere nach dem Studium der Institutsunterlagen glaube ich im Gegensatz zu Ihnen, daß Prof. König in einigen Punkten – besonders was wissenschaftliche Fragen betrifft – in der Lage sein wird, den Nachweis der Richtigkeit seiner Aussagen zu führen, dem wir nichts wesentliches entgegenzusetzen hätten.*

In diesem ersten Schreiben hat er schlicht den Eindruck schinden wollen, als ob er sorgfältig die Akte studiert hätte. Das hatte er nicht. Er hatte auch nicht damit gerechnet, daß noch irgendwelche Nachfragen kommen könnten. Das gleiche Muster werden wir später auch beim „Spiegel" feststellen können. Im zweiten Schreiben ist er ungehalten. Am 17. April hake ich nach: „haben Sie vielen Dank für Ihr Schreiben vom 10. 4. und auch dafür, daß Sie trotz Ihrer großen Arbeitsbelastung so prompt geantwortet haben. Ich möchte nun nicht darüber mit Ihnen streiten, ob die Verwicklungen tatsächlich nur 1 Jahr oder älter sind. Nur habe ich den Verdacht, daß Sie auf diese Idee möglicherweise von der anderen Seite gebracht worden sind. Vielleicht haben Sie infolge Ihrer großen Arbeitslast das erste Schreiben in der Universitätsakte übersehen, worin Herr Prof. König dem Kanzler der Universität meine Beurlaubung im Interesse des Instituts unter Fortzahlung der vollen Bezüge empfiehlt. Das war im März 1966. In diesem Zusammenhang ist auch die Korrespondenz zwischen dem Institut und mir bis März 1967 interessant, sie ist nämlich völlig normal und ohne irgendwelche Spannung. Aber das nur nebenbei.

Was Sie in Ihrem 3. Absatz schreiben, deutet darauf hin, daß Herr Prof. König Ihnen gegenüber tatsächlich meine wissenschaftliche Qualifikation angezweifelt hat. Ich habe volles Verständnis dafür, daß Sie als Journalist nicht ohne weiteres in der Lage sind, einer solchen Behauptung entgegenzutreten oder sie zu entkräften. Hierzu habe ich nun zwei Fragen. Ich verspreche Ihnen, daß nach Beantwortung dieser beiden Fragen der Schriftverkehr zwischen Ihnen und mir zu Ende ist.

1. Würden Sie mir bitte mitteilen, wann und in welcher Form Herr Prof. König Ihnen gegenüber meine wissenschaftliche Qualifikation angezweifelt hat?

2. Falls ich Ihnen über meine wissenschaftliche Qualifikation Gutachten von deutschen, international anerkannten Wissenschaftlern beibringe, würde „Monitor" dann meinen Fall wieder aufgreifen?"

Eugen Lemberg gibt am 17. April ein Einschreiben zur Post. *„Sehr geehrter Herr Dr. Aich! Den besprochenen Antrag an die Humboldt-Stiftung habe ich eben gestellt. Ich hoffe, daß er günstig erledigt wird, so daß wir die geplante Zusammenarbeit aufnehmen können. Wegen der Osterferien war es leider nicht möglich, die Sache hier im Kollegenkreis zu besprechen, um auch*

*die Verfügbarkeit von Forschungsmitteln aus unserem Institut zu klären. Das
wird aber demnächst erfolgen.*

*Ihr Buch, das ich theoretisch ja schon kannte, habe ich mit großem Interesse
eingehend gelesen. Der Hinweis darauf wird wohl ein Argument für die
Humboldt-Stiftung bilden. Ich schicke es Ihnen in der Anlage zurück. Mit
freundlichen Grüßen Ihr"*

Schon am 22. April hat Eugen Lemberg mir wieder geschrieben. Mit
einer anderen Anrede: *„Lieber Herr Dr. Aich! Ihr Forschungsvorhaben habe ich
im Kollegenkreis zur Sprache gebracht. Ich möchte Sie fragen, ob es Ihnen
möglich ist, am Montag, dem 27. Mai, nachmittags in Frankfurt zu sein und im
Kreise der Mitarbeiter des Instituts über Ihr Vorhaben zu berichten und es zur
Diskussion zu stellen. Wir haben darüber ja in Wiesbaden schon gesprochen
und können die Einzelheiten noch einmal klären. Ich bitte jetzt nur um die
Mitteilung, ob Ihnen der Termin paßt. Für ein solches Referat würde ein Honorar
vom DM 200,- und eine Vergütung Ihrer Fahrtkosten gewährt. Mit freundlichen
Grüßen Ihr"*

Postwendend bestätige ich den Termin. Kurz darauf im Bridge-Klub
kommt Sigrid Welzel auf uns zu, gratuliert uns und bringt die Erleichterung
und Genugtuung auch ihres Mannes zum Ausdruck. Der Generalsekretär
der Alexander von Humboldt Stiftung hat Hans Welzel informiert, daß alle
notwendigen Unterlagen überzeugend seien. Einer Bewilligung des
Habilitationsstipendiums stünde nichts im Wege. Endlich sind wir – wie es
scheint – im helleren Bereich des dunklen Tunnels angekommen.

Da die schnelle Truppe von „Monitor" nicht reagiert, schiebe ich eine
Erinnerung am 30. April nach, damit die Redaktion nicht glaubt, die Angelegenheit regele sich von selbst: „ich darf Bezug nehmen auf mein Schreiben
vom 17. April und mir erlauben, Sie nochmals darum zu bitten, auf meine beiden
Fragen einzugehen." Ich muß sie wieder am 19. Mai erinnern: „bitte nehmen
Sie Bezug auf meine Schreiben vom 17. und 30. April. Leider habe ich bisher
keine Antwort von Ihnen erhalten. Meine Annahme, daß Sie in Urlaub sind,
scheint aufgrund der letzten „Monitorsendung" nicht zuzutreffen. Deshalb bin ich
etwas erstaunt, daß Sie entgegen Ihrer bisherigen Praxis meine Anfrage nicht
beantwortet haben. Darf ich Sie nochmals bitten, nicht zuletzt mit Rücksicht auf
die Neutralität Ihrer Redaktion, meine Fragen zu beantworten. Zumindest wäre
ich für eine Mitteilung darüber dankbar, daß, falls dies der Fall sein sollte, Sie
nicht die Absicht haben, meine Fragen nicht zu beantworten."

Die schnelle Truppe ist wieder präsent. Sie ist auch sauer. Am 20. Mai
schreibt Erich Potthast: *„Leider komme ich erst heute dazu, Ihr Schreiben vom
17. 4. 68 – dem Sie am 30.4. eine Mahnung folgen ließen – zu beantworten.
Eilige Filmproduktionen verhinderten eine frühere Beantwortung.*

*Unsere redaktionelle Entscheidung, Ihren Fall in unserer Sendereihe nicht
zu publizieren, basierte lediglich auf den Ergebnissen, die ich bei der Durchsicht
Ihrer Unterlagen, die uns von Ihnen kurzzeitig überlassen worden waren,
gewonnen hatte. Im Zusammenhang mit der Frage, wann Ihre Verwicklungen
mit der Universität Köln und Prof. René König begannen, ist Ihre Vermutung*

falsch, ich sei ,auf diese Idee möglicherweise von der anderen Seite gebracht worden'. Ein Gespräch zwischen Prof. König oder anderen Herren der Universität Köln mit mir hat es nicht gegeben (Mag schon sein, daß kein „Gespräch" stattgefunden hat. Aber wie war es mit den gesteckten Unterlagen? Unter Punkt 3. Im ersten Brief war zu lesen: „Insbesondere nach dem Studium der Institutsunterlagen glaube ich im Gegensatz zu Ihnen, daß Prof. König in einigen Punkten – besonders was wissenschaftliche Fragen betrifft – in der Lage sein wird, den Nachweis der Richtigkeit seiner Aussagen zu fuhren, dem wir nichts wesentliches entgegenzusetzen hätten.")

Ich möchte im Zusammenhang mit der in Ihrem Schreiben vom 17. 4. 68 angeführten wissenschaftlichen Qualifikation noch darauf hinweisen, daß gerade diese Frage von Ihnen selbst während unseres persönlichen Gespräches (Ein persönliches Gespräch hat nie stattgefunden. Es gab weder eine Veranlassung noch eine Gelegenheit dazu. Die Korrespondenz belegt ebenfalls, daß es zu keinem Gespräch gekommen ist.) *auch angeschnitten worden war. Sie hatten u. a. damals selbst betont, Herr König habe diese Frage Ihnen gegenüber aufgeworfen.*

Zu Ihrer zweiten Frage: Die Realisierung eines Filmes über Ihren Streit mit der Universität Köln scheint uns auch dann nicht gegeben, wenn Sie Gutachten von Wissenschaftlern beibringen. Für eine Fernsehsendereihe wie „Monitor" mit verhältnismäßig kurzen Beiträgen ist es unmöglich, u. a. in einen Streit um wissenschaftliche Qualifikationen einzugreifen."

Es ist schon bemerkenswert, wie ein Redakteur einer Magazinsendung, die kritisch sein will, eine willkürliche Entlassung zu einem *„Streit um wissenschaftliche Qualifikationen"* umstilisiert. Es ist sicherlich auch eine Frage der Moral. Joachim Besser, der Chefredakteur vom „Kölner Stadt-Anzeiger", hatte mir – wie schon berichtet – bei seiner Ablehnung klaren Wein eingeschenkt, nämlich daß er seine langjährige Zusammenarbeit mit König nicht aufs Spiel setzen wollte. Damit kann ich umgehen. Nicht aber mit verlogenen Begründungen, die dann aus der Natur der Sache heraus auch widerspruchsvoll sind. Und wenn man nachhakt, flippen solche Personen aus. Dabei war etwas ganz Simples geschehen. Der Fernsehdirektor des dritten WDR-Programms, Werner Höfer, ruft den Leiter von „Monitor", Claus-Hinrich Casdorf, an und bittet ihn, meinen Fall anzusehen.

Casdorf ist mir nicht grün, seit ich ihm auf einer Party freimütig meine Meinung über seine Art von Politikerinterviews gesagt hatte. Ich rufe Casdorf an. Er ist für mich nicht erreichbar, läßt mir aber durch Erich Pothast mitteilen, daß ich meine Akte der Redaktion für eine Prüfung überlassen soll. Ich nehme an, daß Casdorf längst entschieden hatte, mich abzuwimmeln. Der arme Erich Pothast! Es wäre ja auch alles gut gegangen, wenn ich nicht nachhaken würde. Das Nachrichtenmagazin „Der Spiegel" läßt sich ebenfalls wie Erich Potthast erwischen, wie wir noch sehen werden. Es fallen zu viele Entscheidungen aus Gründen, die nicht bekannt werden sollen. Dann beginnt die Akrobatik der Lügen.

Endlich bekomme ich Post vom Kultusministerium des Landes. Nicht vom Kultusminister Holthoff, sondern von seinem Staatssekretär Herzberg. Mit dem alten Aktenzeichen, d.h. bürokratische Schiene. Das Schreiben wird am 10. April zur Post gegeben: *„Betr.: Ihre Entlassung aus dem Beamtenverhältnis als Wissenschaftlicher Assistent, Bezug: Ihre Eingabe vom 28. 2. 1968.Auf Ihre Eingabe vom 28. 2. 1968 bitte ich Sie erneut um Verständnis dafür, daß ich aus grundsätzlichen Erwägungen dem für die beamtenrechtlichen Entscheidungen in Bezug auf Wissenschaftliche Assistenten zuständigen Rektor nicht vorgreifen (!) möchte. Es ist nämlich untunlich, daß der Kultusminister nachgeordneten Dienststellen übertragene Aufgaben im Einzelfall wieder an sich zieht. Entgegen Ihrer Annahme wurde ein solches Vorgehen auch keineswegs zu einer Beschleunigung (Zu was dann?) der Angelegenheit führen, zumal nach Ihrem bisherigen Vorbringen kaum damit zu rechnen ist, daß es wieder zu einer fruchtbaren Zusammenarbeit zwischen Ihnen und den Direktoren des Seminars für Soziologie kommen würde. Die Prüfung der Frage, ob trotzdem Ihr Beamtenverhältnis fortbestehen sollte, kann nur aufgrund der örtlichen Verhältnisse, in die der Rektor Einblick hat, erfolgen.*

Ich wäre Ihnen daher sehr dankbar, wenn eine Klärung der Angelegenheit zunächst zwischen Ihnen und dem Rektor der Universität herbeigeführt würde. Der Rektor der Universität zu Köln erhält eine Durchschrift dieses Schreibens.

Mit verbindlicher Empfehlung, In Vertretung, Herzberg"

Zum ersten Mal schickt das Kultusministerium eine Kopie an den Rektor der Universität Köln. Warum? Ich weiß es nicht. Ich nehme an, daß die Angelegenheit wieder auf die politische Schiene kommen wird, sobald Heinz Kühn seine Zusage vom Nürnberger SPD-Parteitag in die Tat umgesetzt hat, nämlich eine Anfrage an Fritz Holthoff. Am 17. April schreibe ich an den Kultusminister: „ich bestätigte dankend das Schreiben Ihres Herrn Staatssekretärs Herzberg, das, wie ich annehme, in Ihrem Auftrag geschrieben wurde. In diesem Schreiben wird mir geraten, eine Klärung meines Falles mit dem Herrn Rektor der Universität Köln anzustreben. In früheren und auch in diesem letzten Schreiben Ihres Hauses wurde übersehen, daß ich mich erst an Sie und an das Verwaltungsgericht wandte, als die Möglichkeit, eine Klärung mit der Universität Köln herbeizuführen, nicht mehr gegeben war.

Natürlich habe ich Verständnis dafür, daß Sie der Universität übertragene Aufgaben nicht wieder an sich ziehen möchten. In einem normalen Fall ist ein solches Verhalten sicherlich angebracht. Was aber, wenn Universitätsstellen in der Erfüllung ihrer Aufgaben versagen? Ich weiß nicht, wie Sie weiter vermeiden wollen, in meinem Fall einzugreifen. Es sei denn, Sie sind der Meinung, die Universitätsstellen hätten in meinem Fall richtig und im Sinne der ihnen übertragenen Aufgaben gehandelt.

Ich möchte mein Ersuchen um einen Besprechungstermin wiederholen. Der Schriftverkehr mit Ihrem Hause ist sehr zeittötend, denn das gestern eingegangene Schreiben von Herrn Staatssekretär Herzberg ist eine Antwort auf mein Schreiben vom 28. Februar. Darf ich noch erwähnen, daß ich mir nach Ansicht von zwei Rechtsgelehrten an deutschen Universitäten keine Sorge über die

Entscheidung des Verwaltungsgericht zu machen brauche, wohl aber mache ich mir Sorge über den mit einer gerichtlichen Auseinandersetzung verbundenen Zeitverlust. Mein sehr aktuelles Forschungsmaterial, das ich mit finanzieller Unterstützung des indischen Erziehungsministeriums in Neu-Delhi sammeln konnte, wird darüber alt und meine finanzielle Situation erlaubt es mir nicht, mit der Auswertung zu beginnen. Meine Untersuchungen sind die ersten dieser Art in Indien. Der indische Staatspräsident, das indische Erziehungsministerium, die University Grants Commission waren mir bei meinen Forschungen behilflich und erwarten nun mit Recht, daß ihnen die Ergebnisse meiner Arbeiten bald zur Verfügung stehen.

In Erwartung einer baldigen Rückäußerung verbleibe ich"

Am gleichen Tag habe ich auch an Herrn Heinz Kühn, Ministerpräsident des Landes Nordrhein-Westfalen geschrieben, in der Hoffnung, daß dieses Schreiben nicht auf der bürokratischen Schiene landet: „ich möchte mich nochmals herzlich dafür bedanken, daß Sie trotz Ihrer vielen Belastungen während des Parteitages in Nürnberg Zeit für mich erübrigt haben.

Bei unserer Besprechung in Nürnberg erwähnte ich mein Schreiben an den Herrn Kultusminister Holthoff vom 28. Februar 68. Gestern erhielt ich nun eine Antwort auf dieses Schreiben. Herr Staatssekretär Herzberg teilt mir darin mit, daß das Kultusministerium nicht eingreifen möchte und mir geraten wird, mit dem Herrn Rektor der Universität Köln eine Einigung anzustreben. Wie in diesem und in früheren Schreiben des Kultusministeriums übersieht man dort, daß die Möglichkeit einer Einigung mit dem Herrn Rektor nie bestanden hat und ich mich gerade deshalb an den Herrn Kultusminister sowie an das Verwaltungsgericht in Köln wenden mußte. Im Kultusministerium scheint man der Meinung zu sein, daß ein solcher Fall nur vom Gericht entschieden werden sollte. Wie ich Ihnen schon in Nürnberg sagte, brauche ich mir keine Sorge über die Entscheidung des Verwaltungsgerichts zu machen, wohl aber über den mit einer gerichtlichen Auseinandersetzung verbundenen Zeitverlust. Mein sehr aktuelles Forschungsmaterial wird darüber alt und meine finanzielle Situation erlaubt mir nicht, mit der Arbeit zu beginnen.

Mit diesem Schreiben wollte ich Sie nur über den neuesten Stand der Dinge informieren. Ich bedaure es sehr, nochmals Ihre wertvolle Zeit in Anspruch nehmen zu müssen."

Am 17. April 1968 schreibt mir auch der „Spiegel", leider nichts Neues: *„inzwischen bin ich wieder da, und inzwischen ist der Herausgeber wieder fort. Mir bleibt nur zu sagen, daß ich durchaus Ihr ausgeprägtes Interesse an Ihrem Fall verstehe. Sie werden sicherlich aber auch nicht übersehen wollen, daß es sich dabei um ein generelles Phänomen handelt, um eine Sache also, der, ohne Übertreibung zu sagen, die Redaktionsbüros mehr als hundertfach ausgesetzt sind. Hier kann wirklich nur strikte Selektion helfen.*

Für den Fall, daß – wie Sie schreiben – ‚neue Tatsachen' zu erkennen sind, sollten Sie sich vielleicht doch noch einmal an die Redaktionsmitglieder wenden, mit denen Sie bisher in Kontakt waren? Mit freundlichem Gruß Walter Busse."

Es hat schon einige Tage gedauert, bis ich auf das unsagbar amoralische Schreiben des persönlichen Referenten von Bundesaußenminister

Willy Brandt einigermaßen zivil Bezug nehmen kann. Am 18. April wende ich mich an Hans- Eberhard Dingels, weil er von der „SPD-Baracke" die Kontakte zum Auswärtigen Amt in der Hauptsache pflegt: „Lieber Herr Dingels, da ich bisher nichts von Ihnen gehört habe, nehme ich an, daß Sie von Herrn Soenksen noch keinen Terminvorschlag für eine Besprechung erhalten haben. Ich habe Verständnis dafür, daß Herr Soenksen ein sehr beschäftigter Mann ist. Aber Sie und Herr Soenksen werden sicherlich auch Verständnis dafür haben, daß ich in meiner Situation drängen muß, denn schließlich bin ich durch das Zutun der Außenstelle des Auswärtigen Amtes in Indien seit Oktober 1967 ohne Stellung und habe dazu noch die Last eines gerichtlichen Verfahrens zu tragen.

Sie kennen mich gut genug, um mein Verhältnis zur Sozialdemokratischen Partei beurteilen zu können. Da beide beteiligten Ministerien, das Auswärtige Amt und das Kultusministerium in Düsseldorf, von SPD-Politikern geführt werden, bemühe ich mich zunächst einmal, durch die Kanäle der Partei eine befriedigende Regelung herbeizuführen. Leider bisher ohne Erfolg. Ich meine, es sollte nicht übersehen werden, daß Rücksichtnahme und Loyalität stets gegenseitig bestehen müssen. Um den Schriftverkehr nicht noch komplizierter und umfangreicher zu machen, habe ich davon abgesehen, Herrn Soenksen auf sein völlig unzureichendes und sachlich ausweichendes Schreiben zu antworten. Darf ich Sie bitten, Herrn Soenksen darauf aufmerksam zu machen, daß ich am Ende meiner Geduld angelangt bin und, falls nicht sehr bald eine sachliche Regelung gefunden wird, ich gezwungen sein werde, andere Wege zu versuchen. Was ich erreichen möchte ist, daß entweder der Parlamentarische Staatssekretär oder der persönliche Referent des Herrn Außenministers sich den gesamten Schriftverkehr ansieht, damit eine sachliche Atmosphäre für Verhandlungen geschaffen werden kann.

Ich weiß, daß Sie alles tun werden, damit die ganze Angelegenheit bald geregelt werden kann. In der Erwartung einer baldigen Antwort verbleibe ich mit den besten Wünschen und Grüßen Ihr"

Am 18. April wende ich mich auch an den Minister für wirtschaftliche Zusammenarbeit. Schließlich verantwortet sein Ministerium, daß ich unerwünschtes Forschungsmaterial nach Deutschland gebracht habe. Hätte das Ministerium die Forschungsanträge zum „Rückanpassungsprozeß" seinerzeit genehmigt, würde ich keine Zeit gefunden haben, die Universität, namentlich die „Indische Universität", zum Gegenstand meiner Forschung zu machen. Also erkundige ich mich, wie wohl die Prüfung im Ministerium im Auftrage des Ministers Hans-Jürgen Wischnewski ausgefallen ist: „ich nehme Bezug auf unser Gespräch in Ihrem Amtszimmer am 27. März. In der Anlage übermittle ich Ihnen einen Rundfunkvortrag über Entwicklungspolitik und meinen Bericht über den SPD-Parteitag für die Parliamentary Times. Darf ich Sie bitten, mir das Exemplar der Parliamentary Times freundlicherweise zurückzusenden.

Ich wäre Ihnen außerordentlich dankbar, wenn Sie mich das Ergebnis der Prüfung in Ihrem Haus über die Möglichkeit der Unterstützung zumindest eines meiner drei Forschungsprojekte wissen ließen."

Am 18. April habe ich auch meinen Antrag auf Gewährung eines Forschungsstipendiums nebst 11 Anlagen formell an die Humboldt-Stiftung eingereicht. In dem Begleitschreiben erwähne ich unter anderem auch: „Herr Prof. Behrendt, Berlin, hat mir freundlicherweise mitgeteilt, daß er sein Gutachten über meine Arbeiten bereits an die Alexander von Humboldt-Stiftung weitergeleitet hat. Ich hatte ein längeres Gespräch mit Herrn Prof. Lemberg vom Deutschen Institut für Internationale Pädagogische Forschung. Herr Prof. Lemberg zeigte großes Interesse an meinen Arbeiten und würde es begrüßen, wenn alle drei Projekte im Rahmen seines Instituts ausgewertet werden würden. Da ich nicht weiß, ob die Alexander von Humboldt-Stiftung auch die für die Auswertung benötigten Sachbeihilfen zur Verfügung stellen kann, habe ich mit Herrn Prof. Lemberg die Möglichkeit erörtert, daß, falls ich ein Forschungsstipendium von der Alexander von Humboldt-Stiftung erhalte, Herr Prof. Lemberg einen Antrag auf Sachbeihilfe an die Deutsche Forschungsgemeinschaft stellt und ich alle drei Arbeiten in sein Institut einbringe. Herr Prof. Lemberg beabsichtigt auch, noch in diesem Monat ein Gutachten über meine Arbeit an Ihre Stiftung zu senden."

Der einzige Sozialwissenschaftler an der Universität Köln, der sich in diese Auseinandersetzung ohne totale Parteinahme für König und Scheuch eingemischt hat, ist, wie schon erwähnt, Hans Anger, Professor im Institut für Sozialpsychologie. Wir kannten uns. Nach einigen Gesprächen mit König und Scheuch bittet er mich zu einem Gespräch. Es ist ein langes Gespräch. Die Atmosphäre ist entspannt. Aber inhaltlich nichts Neues. Ich nehme mir Zeit, den Inhalt mit meiner Frau durchzudiskutieren. Am 22. April kann ich endlich Hans Anger schreiben: „sicherlich haben Sie sich darüber gewundert, daß ich nach der mündlichen Besprechung nichts mehr von mir hören ließ. Sie waren damals so freundlich, mir das Angebot zu machen, sich für meine Habilitation bei einem Kollegen an einer anderen Universität einzusetzen, falls Ihre Prüfung meines in Indien gesammelten Forschungsmaterials positiv ausfiele. Nach reichlicher Überlegung möchte ich Ihnen heute mitteilen, daß ich Ihr Angebot ablehnen muß.

Ich möchte Ihnen die Gründe für meine Entscheidung nicht vorenthalten. Ich bin der Meinung, daß ein deutscher Ordinarius zu einer Sache, die er ungerecht findet, auch gegenüber seinen Kollegen Stellung nehmen muß und einem Konflikt nicht ausweichen sollte, weil der Umgang mit den Kollegen ohne Konflikte angenehmer ist. Ich weiß, daß in der gegenwärtigen Situation an den deutschen Hochschulen sachliche Gründe gegen ein solches Vorgehen sprechen. Weshalb Sie auch mit Recht erwähnten, daß, selbst wenn Sie sich bei der Fakultät für mich einsetzen würden, meine Habilitation doch unmöglich gemacht werden würde.

Dieser Zustand ist untragbar. Ich möchte dieses System nicht noch dadurch stärken, daß ich selbst den in diesem System üblichen Ausweichweg gehe. Ich ziehe vor, eine Entscheidung auf dem Gerichtswege herbeizuführen.

Ich möchte Ihnen nochmals sehr herzlich dafür danken, daß Sie sich für meinen Fall überhaupt interessiert und soviel Zeit für eine Besprechung erübrigt haben. In der Hoffnung, für meine Einstellung bei Ihnen Verständnis zu finden, verbleibe ich"

Der Bundesminister für wirtschaftliche Zusammenarbeit läßt am 25. April durch einen alten Bekannten im Ministerium, der die von uns gestellten Forschungsaufträge von unserer Abreise nach Indien „bearbeitete", mitteilen: *„Sehr geehrter Herr Dr. A i c h, im Namen des Herrn Ministers, der inzwischen nach Afrika abgereist ist, möchte ich Ihre Anfrage sofort beantworten. In diesem Haushaltsjahr sind alle Mittel für Forschung bereits verplant. Darüber hinaus läuft beim Institut für Internationale Technische und Wirtschaftliche Zusammenarbeit, Aachen, eine projektgebundene Untersuchung in Madras über alle Fragen, die mit diesem Projekt zusammenhängen. Wie Sie wissen, kann ich bei der Beschränktheit der Mittel nur solche Aufträge erteilen, die in unmittelbarem Zusammenhang mit unseren praktischen Projekten stehen. Ich kann noch nicht ganz übersehen, ob im nächsten Jahr auf den von Ihnen vorgeschlagenen Gebieten Untersuchungen erforderlich sind. Ich werde gerne zur gegebener Zeit darauf zurückkommen. Im Haushaltsjahr 1968 kann ich leider keinen neues Forschungsvorhaben mehr in Angriff nehmen. Für heute verbleibe ich, mit freundlichen Grüßen Im Auftrag, Dr. v. Schott"*

Nun, das Ministerium für wirtschaftliche Zusammenarbeit ist eine Filiale des Auswärtigen Amtes, also üben sich die leitenden Beamten auch hier in Diplomatie. Und ein Diplomat darf angeblich nie *„nein"* sagen. Statt dessen sollen sie üben, *„vielleicht"* zu sagen. *„Ich kann **noch nicht ganz** übersehen, ob im nächsten Jahr auf den von **Ihnen vorgeschlagenen Gebieten** Untersuchungen **erforderlich** sind. Ich werde gerne zur gegebener Zeit darauf zurückkommen."* Wem hilft diese Verlogenheit? Warum verlernen leitende Beamte und Politiker, reinen Wein einzuschenken? Oder machen nur solche Karriere, die dies nie gelernt haben? Dies tun nicht nur leitende Beamte oder prominente Politiker, prominente Publizisten wie Rudolf Augstein tun dies auch.

Der Herausgeber des „Spiegel" will auf keinen Fall über König und Scheuch etwas Negatives in seinem Magazin erscheinen lassen. Es mag auch die „Schere im Kopf" seiner leitenden Mitarbeiter sein. Aber solche „Scheren im Kopf" fallen nicht vom Himmel. Walter Busses burschikoses Schreiben nehmen ich zum Anlaß, am 5. Mai ihm Klartext zu schreiben: „ich danke Ihnen für Ihr Schreiben vom 17. April. Wie ich von der Düsseldorfer Redaktion höre, ist Herr Korfmacher, der damals die Recherchen in meinem Fall führte, nicht mehr in der Redaktion tätig. Herr Rau sagte mir, daß er damals für die Publizierung der Zusammenhänge um meine Entlassung von der Universität Köln plädiert habe, von der Redaktion Hamburg jedoch negativ entschieden wurde. Er könne nun nicht von sich aus den Fall wieder aufgreifen, dazu müsse er von der Redaktion Hamburg erst aufgefordert werden. Damit bin ich nun wieder bei Ihnen.

Darf ich, um das zeitraubende Briefeschreiben zu beenden, folgenden Vorschlag machen:

1.   Sie machen mir einen Terminvorschlag, damit ich meinen Fall der Redaktion Hamburg persönlich vortrage, oder
2.   Sie bitten die Düsseldorfer Redaktion um erneute Stellungnahme.

Ich darf nochmals die Punkte erwähnen, die über meine Person hinaus von allgemeiner Bedeutung sind:

Ich bin der erste wissenschaftliche Assistent einer deutschen Universität, der sich wegen seiner Entlassung ohne Angabe von Gründen an des Verwaltungsgericht gewandt hat. Es wird also eine Grundsatzentscheidung fallen. Nicht nur deswegen scheinen mir die Einzelheiten meines Falles von allgemeinem Interesse zu sein, sondern auch, weil das Fehlen von Präzedenzfällen ein absonderliches Licht auf das deutsche Hochschulsystem wirft und auf den bundesrepublikanischen Rechtsstaat. Kein Assistent hat es bisher gewagt, sich an das Gericht zu wenden, da selbst ein gewonnener Prozeß die weitere Zukunft ruiniert. Die deutschen Ordinarien wissen Mittel und Wege, alle sonstigen Arbeitsmöglichkeiten zu sabotieren.

An der Diskussion um die deutsche Hochschulreform beteiligen sich einige Professoren aus reinem Opportunismus. Die um ihr liberales Image besorgten Professoren König und Scheuch haben in meinem Fall das genaue Gegenteil davon manifestiert. Alle wirklich liberal denkenden Menschen sollten daran interessiert sein, vor den kommenden Auseinandersetzungen die wahren von den falschen Liberalen zu trennen.

Mein Fall demonstriert augenfällig, zu welchen Mitteln die falschen Liberalen greifen, wenn jemand ihren Interessen im Wege steht. Sie scheuen dann nicht vor übelster Verleumdung und kaltblütigem Rufmord zurück. Mich hat dies veranlaßt, Strafanträge gegen Prof. Scheuch und den Deutschen Akademischen Austauschdienst zu stellen. Gegen Prof. König bereite ich im Augenblick einen weiteren Strafantrag vor.

Es wird allgemein unterstellt, daß die hiesige Gesellschaft leistungsoriertiert sei. Ich habe Zweifel daran, denn es ist mir nicht gelungen, andere davon zu überzeugen, daß zwischen meiner Auseinandersetzung mit den beiden Kölner Professoren und meinen Forschungsarbeiten unterschieden werden müsse. Ich habe in Indien das vollständige Material für drei empirische Forschungen gesammelt, was ich nun nicht auswerten kann bis das Gericht entschieden hat.

Selbst deutsche Auslandsvertretungen können von deutschen Ordinarien dahingehend beeinflußt werden, daß sie sich unkorrekt, ja, sogar gesetzwidrig verhalten. Deckt man dies auf, was mir gelungen ist, dann bemüht sich das Auswärtige Amt, ein solches Verhalten als ‚Mißverständnis zu verniedlichen.

In die Enge getrieben, scheuen sich die sogenannten liberalen Professoren auch nicht, Angebote zu unterbreiten, die beim besten Willen nichts anders als Bestechung interpretiert werden können.

Mein Fall zeigt auch, daß deutsche Ordinarien die Verwirklichung ihrer Reisepläne wesentlich höher schätzen als einen langjährigen Mitarbeiter. Sie wissen wahrscheinlich, daß ein deutscher Professor seine Auslandsreise nur vom Staat bezahlt erhält, wenn eine Einladung von einer ausländischen Universität vorliegt. Das ist auch in Indien so. Diese Regelung hat ein System der gegenseitigen Einladung möglich gemacht. Als ich Prof. König eingehend über den Zustand der Universität von Rajasthan informierte, ignorierte er diese Informationen nicht nur, er verbot mir telegraphisch solche Informationen überhaupt zu sammeln. Als ich allen Korrumpierungsversuchen der Universität von Rajasthan widerstand, knüpfte man an die Einladung von Prof. König die Bedingung, mich aus Indien zurückzurufen oder zu entlassen. Er zog die Entlassung vor. Auch die publizierte Debatte des Landtages von Rajasthan über die Zustände an der Universität und die Aktivitäten des CIA im Campus konnten Prof. Königs Interesse an der Zusammenarbeit mit der Universität Rajasthan nicht mindern. In Indien gibt es 72 Universitäten.

Eine funktionierende demokratische Gesellschaft sollte in der Lage sein, Außenseiter nicht nur mit Haltung zu dulden, sondern auch zu respektieren. Wie die beiden Kölner Professoren mit Hilfe der Universitätsverwaltung, des Kultusministeriums, des Deutschen Akademischen Austauschdienstes und des Auswärtigen Amtes mit mir verfahren sind, zeigt eindeutig, daß Außenseiter im deutschen Hochschulwesen nicht geduldet werden. Wenn die sachlichen Argumente ausgehen, dann zerstört man eben die wirtschaftliche Existenz des Gegners.

Zum Schluß möchte ich noch auf die von Ihnen in Ihrem Schreiben vom 17. April aufgestellte Behauptung eingehen, daß ich nicht übersehen sollte, daß es sich in meinem Fall *‚um ein generelles Phänomen handelt, um eine Sache also, der, ohne Übertreibung zu sagen, die Redaktionsbüros mehr als hundertfach ausgesetzt sind‘*. Ich möchte Ihnen dazu sagen, daß, falls Sie mir einen zweiten Fall dieser Art sowohl hinsichtlich des Umfangs der beteiligten etablierten Institutionen als auch hinsichtlich der Mittel und Wege, die sich diese Institutionen bedienten, präsentieren können, ich sofort meinen Anspruch auf Veröffentlichung im SPIEGEL zurückziehen werde.

Ich darf noch darauf hinweisen daß zu Anfang meiner Korrespondenz mit dem SPIEGEL mir Herr Dr. Wild mitteilte, daß es sich in meinem Fall wohl um einen Einzelfall handele, dem keine generelle Bedeutung beigemessen werden könne. Also das genaue Gegenteil Ihrer Behauptung.

Ich leite meinen Anspruch auf Veröffentlichung im SPIEGEL daraus ab, daß der SPIEGEL nach seiner Selbstdarstellung antiautoritär und liberal ist. Der SPIEGEL müßte deshalb schon seiner Glaubwürdigkeit wegen seinen Beitrag in der antiautoritären Auseinandersetzung leisten. Sie werden sicherlich nicht übersehen wollen, daß ich einige Gelegenheiten hatte, faule Kompromisse einzugehen. Das letzte Angebot eines Kölner Sozialpsychologen, Prof. Dr. Hans Anger, mich bei einem befreundeten Kollegen an einer anderen Universität unterzubringen, habe ich mit der Begründung abgelehnt, daß ein solcher Weg genau das ist, wogegen ich kämpfe, nämlich, daß das System einen Druck von außen dadurch neutralisiert, daß dieser Druck auf einen im System vorgesehenen, nicht ganz legalen Weg, weitergegeben wird. Ich hoffe, Sie haben Verständnis für meine Auffassung, daß ein deutscher Ordinarius,

Verfasser von einschlägiger Literatur über die deutsche Hochschulreform, sich für eine gerechte Sache auch dann einsetzen sollte, wenn Spannungen mit Kollegen innerhalb der Fakultät damit verbunden sein könnten.

Anfang Juni wird wahrscheinlich die erste Verhandlung in meinem Prozeß gegen die Universität Köln anberaumt werden.

Es tut mir außerordentlich leid, Ihnen immer wieder nicht besonders freundliche Briefe schreiben zu müssen. Falls Sie wirklich zu der Schlußfolgerung kommen sollten, daß mein Fall nicht ‚SPIEGEL-reif‘ sei, können Sie ja von meinem Angebot an Herrn Augstein vom 8. April Gebrauch machen.“

In der „SPD-Baracke“ habe ich einen neuen Verbündeten, Dr. Josef Benziger, Referent für Hochschulfragen beim Parteivorstand. Er ist zwar von Hans Eberhard Dingels informiert worden, möchte aber doch die Akten selbst einsehen. Ich bringe ihm die selben Akten, wie der Redaktion von „Monitior“ auch. Josef Benziger schickt mir die Akten per Einschreiben am 8. Mai mit dem folgenden Begleitschreiben zurück: *„Lieber Prodosh Aich, mit wachsender Erbitterung habe ich die beiden mir von Ihnen zur Verfügung gestellten Akten durchgelesen und mich immer wieder über Ihre Geduld gewundert. Umso skandalöser empfinde ich es, daß sich die Gemeinheiten, die man sich Ihnen gegenüber erlaubt hat, einer rechtlichen Würdigung weitgehend entziehen. Trotzdem habe ich an Heinz Kühn und Fritz Holthoff im vereinbarten Sinne geschrieben und hoffe sehr, daß man sich in Düsseldorf zu einer Lösung bereitfinden wird, die zwar alles andere als gerecht, aber vielleicht annehmbar ist.*

In Trier hatte ich das Vergnügen, Prof. König persönlich kennenzulernen; über Ihren Fall wurde nicht gesprochen.

Sobald ich etwas erfahre, teile ich es Ihnen mit. Inzwischen verbleibe ich mit herzlichen Grüßen und besten Wünschen Ihr Dr. Josef Benzinger“

Josef Benziger bekommt eine telefonische Nachricht, daß das Kultusministerium sich bemüht, eine annehmbare Lösung in der ganzen Geschichte zu finden. Ich habe auch versucht mit dem Staatssekretär Lübbe einen Termin zu vereinbaren. Leider vergeblich. Ich wollte es nicht bei dem „diplomatischen“ Schreiben aus dem Bundesministerium für wirtschaftliche Zusammenarbeit bewenden lassen. So wende ich mich wieder an Herrn Bundesminister Hans-Jürgen Wischnewski am 19. Mai: „Herr Dr. von Schott hat mir in Ihrem Namen am 25. April mitgeteilt, daß im laufenden Haushaltsjahr Ihrem Ministerium Forschungsmittel nicht mehr zur Verfügung stehen. Wie Herr Dr. von Schott mir weiter mitteilt, ist auch ungewiß, ob meine Forschungsprojekte im nächsten Haushaltsjahr von Ihrem Ministerium unterstützt werden können, da noch nicht feststehe, ob das Ministerium 'Forschungsarbeiten, wie ich sie durchgeführt habe, im nächsten Jahr für erforderlich ansehen werde.' Es scheint also eine finanzielle Unterstützung meiner Forschungsarbeiten, wofür die Feldarbeit ja schon durchgeführt wurde, seitens Ihres Ministeriums nicht möglich.

Ich weiß natürlich nicht, ob durch diese Absage von Herrn Dr. von Schott bereits alle Möglichkeiten Ihrerseits erschöpft sind. Sie erinnern sich sicherlich, daß ich in diese Situation schuldlos und durch die Intrigen von Angehörigen der Kölner Universität und der deutschen Auslandsvertretungen in Indien geraten bin. Ich wäre Ihnen sehr dankbar, wenn Sie mir kurz mitteilen würden, ob Sie noch eine weitere Möglichkeit sehen, damit ich meine nächsten Schritte besser planen kann.

Darf ich Sie noch bitten, mir das Belegexemplar der Parliamentary Times zurückschicken zu lassen? Ich möchte mich demnächst mit der Bitte an Sie wenden, mir für die Parliarnentary Times ein Interview in Fragen der Entwicklungspolitik zu gewähren."

Bislang hat auch Heinz Kühn, der Ministerpräsident, nichts von sich hören lassen. Als dann der erste Termin beim Verwaltungsgericht feststeht, schreibe ich an ihn am 20. Mai: „bezugnehmend auf mein Schreiben vom 17. April möchte ich Sie darüber informieren, daß die mündliche Verhandlung über meine Klage gegen das Land Nordrhein-Westfalen, vertreten durch die Universität Köln, für den 5. Juni anberaumt ist. In meinem Schreiben vom 17. April hatte ich Sie über die Einstellung des Kultusministeriums, wie es in dem Schreiben von Herrn Staatssekretär Herzberg zum Ausdruck kommt, informiert. Sie wissen, daß ich der Gerichtsverhandlung ohne Sorge und mit Zuversicht entgegensehe. Auf der anderen Seite möchte ich mich von der Universität Köln, die ja aufgrund ihrer finanziellen Lage alle Instanzen in Anspruch nehmen kann, nicht in eine Situation manövrieren lassen, in der mein sehr aktuelles Forschungsmaterial über das indische Erziehungswesen älter und älter und damit schließlich wertlos wird. Wenn die gerichtlichen Verhandlungen begonnen haben, halte ich eine außergerichtliche Regelung nicht mehr für sinnvoll. In Nürnberg hatte ich den Eindruck gewonnen, daß Sie Verständnis für meine Beurteilung der Situation hatten. Falls Sie immer noch der Überzeugung sind, daß eine außergerichtliche Regelung vorzuziehen wäre, so müßte dies allerdings vor dem 5. Juni geschehen.

Ich bin ziemlich sicher, daß alle Schreiben, die ich von Indien und von Köln aus an Sie richtete, Sie nicht erreicht haben. Bitte verzeihen sie mir deshalb den ungewöhnlichen Weg, dieses Schreiben an Ihre Privatadresse zu richten. Ich bitte auch um Entschuldigung dafür, daß ich Ihre Zeit mit dieser Sache in Anspruch nehmen muß."

Hans-Eberhard Dingels vom SPD-Parteivorstand berichtet mir am 20. Mai etwas Positives, nämlich: *„Lieber Herr Dr. Aich, ich bin sehr froh, Ihnen mitteilen zu können, daß wir in Ihrer Angelegenheit wahrscheinlich einen Schritt weiter gekommen sind. Ich hatte Gelegenheit, meinem Kollegen, Herrn VRL I Hans Bock, Leiter des Parlaments- und Kabinettsreferates im Auswärtigen Amt, Ihre Angelegenheit vorzutragen. Er bittet Sie, sich rasch mit ihm wegen eines Termins für eine mündliche Unterredung in Verbindung zu setzen. Mit freundlichen Grüßen Ihr Hans-Eberhard Dingels"*

Es wird viel über meine Geschichte getratscht. Werner Höfer ist sauer auf mich. Als einziger im WDR hatte er nie den Kontakt mit mir unterbrochen. Er hat mich immer angehört und immer unterstützt, nicht nur durch seine Einladung zum „Internationalen Frühschoppen". Er ist sauer auf mich, weil Hans Anger Alexander von Cube erzählt haben soll, daß ich von Werner Höfer enttäuscht sei, weil er mich nicht genug unterstütze. Werner Höfer fragt mich am Telefon, was ich wohl damit gemeint habe. Ich frage ihn zurück, wem sollte es schaden, wenn diese ihm zugetragene Information den Tatsachen entsprechen würde, Werner Höfer oder Prodosh Aich? Als wie dumm will er mich denn einschätzen? Und ob er nicht die uralte Strategie des Zwietrachtsäens kennen würde? Ein kurzes Lachen am anderen Ende. Damit ist die Geschichte aus der Welt. Nicht ganz. Sie kommt noch einmal in meinem Schreiben vom 21. Mai an Werner Höfer hoch: „da Sie so freundlich waren, zu meinem Gunsten an Herrn Bundesminister Wischnewski zu schreiben, halte ich es für meine Pflicht, Ihnen mitzuteilen, daß das Ministerium für wirtschaftliche Zusammenarbeit keine Möglichkeit sieht, weder in diesem noch im kommenden Jahr die Auswertung meiner Forschungsprojekte zu unterstützen.

Eine in den letzten Monaten gemachte Feststellung beschäftigt mich sehr. Sie wissen, ich rede wie ich denke und handele wie ich rede. Je mehr ich mit Menschen in Kontakt komme, bei denen eine Diskrepanz zwischen Denken, Reden und Handeln besteht, um so häufiger gerate ich in Konflikt. Seltsamerweise bin ich vor meiner Abreise nach Indien, und ich war doch immerhin 12 Jahre in der Bundesrepublik, viel weniger in solche Situationen geraten. Das Wort Zivilcourage scheint in Deutschland doch ein rechtes Fremdwort zu sein, vielleicht mit Ausnahme der studentischen Gruppe. Ohne diese praktische Erfahrungen hätte ich es mir nicht vorstellen können, daß jemand, der der Öffentlichkeit nicht ganz unbekannt war, ohne etwas verbrochen zu haben in so große Schwierigkeiten geraten kann.

Darf ich noch erwähnen, daß ich etwas enttäuscht war über den Sturm im Wasserglas, der dadurch ausgelöst wurde, daß Herr von Cube eine Bemerkung von Herrn Prof. Anger offensichtlich mißverstanden hatte. Ich war nicht enttäuscht über das Mißverständnis, das immer mal entstehen kann, sondern darüber, daß Sie es überhaupt für möglich hielten, daß dies den Tatsachen entsprechen könnte."

Am 21. Mai habe ich wieder aus Frankfurt Post bekommen. Angenehme! *„Lieber Herr Dr. Aich! In der Anlage schicke ich Ihnen die im Hause hier verteilte Einladung zu Ihrem Referat. Es wäre gut, wenn Sie etwas früher kämen, damit ich Sie mit dem gegenwärtigen Direktor unseres Instituts, Herrn Prof. Schultze, bekanntmachen kann."* Hier ist die Anlage:

Professor Dr. Walter Schultze, Frankfurt/Main 17. Mai 1968, <u>An alle Abteilungen</u>

Nächster „Wissenschaftlicher Tee"

Montag, 27. Mai 1968, 15. 00 Uhr, Raum 105

Thema: Dr. Prodosh A i c h, Indien, spricht über ein Forschungsprojekt über das indische Hochschulwesen.

Gez. Schulze

<u>Abteilung:</u>   Prof. Dr. Bartenwerfer   Prof. Dr. Ruppert

Prof. Dr. Heckel   Prof. Dr. Schultze
Prof. Hylla   Prof. Dr. Süllwold
Prof. Dr. Lemberg   Dr. von Recum
Bibliothek: Zum Anschlag für die zeitweiligen Mitarbeiter

Am 28. Mai informiere ich Heinrich Pfeiffer von der Humboldt-Stiftung: „gestern hatte ich Gelegenheit, den Direktoren und Mitarbeitern des Deutschen Instituts für Internationale Pädagogische Forschung meine drei Forschungsvorhaben zu erläutern. Alle drei Projekte sind mit großem Interesse aufgenommen worden. Herr Prof. Schultze und Herr Prof. Lemberg sagten mir, daß nun nur noch die Entscheidung der Alexander von Humboldt-Stiftung abgewartet werden müsse. Falls mein Antrag auf ein Stipendium bewilligt wird, ist man in dem obigen Institut daran interessiert, meine Arbeiten zu betreuen und mir Gelegenheit zu geben, die dortige Rechenanlage zu benutzen.

Herr Prof. Lemberg sagte mir, daß er an die Alexander von Humboldt-Stiftung geschrieben habe mit der Bitte um Auskunft darüber, ob auch die notwendigen Sachbeihilfen von der Stiftung zu erhalten seien oder nicht. Er warte noch auf Antwort. Wir sind so verblieben, daß nach der Entscheidung über mein Stipendium die Frage der Sachbeihilfe geregelt werden soll.

Ich hatte auch eine Besprechung mit dem Vortragenden Legationsrat I. Klasse, Herrn Hans Bock, Leiter des Parlaments- und Kabinettsreferats im Auswärtigen Amt. Im Auswärtigen Amt ist man ebenfalls zu der Einsicht gekommen, daß mir Unrecht getan worden ist. Man ist nun bereit, Schritte zu meiner Rehabilitierung einzuleiten. Da dies auf bürokratischem Weg geschehen muß, kann nach Meinung von Herrn Bock bis zur Erreichung des endgültigen Ziels viel Zeit verstreichen, weshalb auch er an der materiellen Sicherung meiner Weiterarbeit an den Forschungsprojekten besonders interessiert ist.

Der erste mündliche Termin in der Verwaltungssache gegen die Universität Köln ist am 5. Juni. Ich werde Ihnen über das Ergebnis dieser Verhandlung berichten. Falls Sie noch irgendwelche Auskünfte von mir brauchen, so stehe ich gern zur Verfügung.“

Hans-Eberhard Dingels folgend nehme ich telefonisch Verbindung mit dem Vortragenden Legationsrat 1. Klasse Hans Bock auf. Wir vereinbaren einen Termin im Auswärtigen Amt. Auch er kommt zu der Einschätzung, daß meine Angelegenheit auch im Auswärtigen Amt „unglücklicher“ nicht hätte verlaufen können. Hans Bock will zunächst die Auswertung meiner Forschungsprojekte sicherstellen und dann meine Rehabilitierung in Angriff nehmen. Er hat umfangreiche Dienstgeschäfte. Er beauftragt seinen Kollegen, Herrn Legationsrat Nagel, sich um die finanzielle Grundlage für die Auswertung zu bemühen. Ich berichte Hans Bock über meinen Antrag bei der Humboldt-Stiftung. Er ist erleichtert. Dann sei ja die Auswertung so gut wie gesichert, denn der Bundesaußenminister sitzt im Vorstand der Stiftung und wird auch im Auswahlausschuß vertreten sein. Nachdem Sigrid Welzel uns informiert hat, daß alle Hürden bereits mit Erfolg genommen waren, berichte ich darüber Herrn Legationsrat Nagel. Hans Bock ist leider nicht erreichbar. Herr Nagel will unverzüglich auch das Interesse des Auswärtigen Amtes bei der Humboldt-Stiftung kundtun.

Die Hoffnung, die ich auf Günter Wallraff gesetzt hatte, erfüllt sich nicht. Er ist nicht mehr ein Reporter beim „Pardon", der das Markenzeichen hatte: „Wallraff war hier". Industrie- und andere Reportagen. Er ist freischaffender ständiger Mitarbeiter bei „Konkret". Er will über meine Geschichte einen Artikel für „Konkret" schreiben. Ich habe kein großes Interesse daran, daß er schnell etwas schreibt und daß er überhaupt für „Konkret" etwas schreibt. Ich möchte, daß er zunächst umfassend recherchiert.

Eine Zeitlang sehen wir uns fast täglich, in Köln-Ehrenfeld, in seinem geerbten Haus. Im Erdgeschoß ist ein Klaviergeschäft. Die Mieteinnahme durch dieses Geschäft ist zu dieser Zeit die soziale Sicherheit Günter Wallraffs, seiner Frau und der Säuglingstochter. Im ersten Stock ist sein Arbeitsbereich. Von dem größeren Zimmer geht es zu einem großem Balkon auf der Gartenseite. Auf dem Balkon steht eine Tischtennisplatte. Immer wenn ich ankomme, will er mit mir Tischtennis spielen. Er hat eine sehr eigenwillige Spielweise. Steht in keinem Lehrbuch. Unangenehm verschnörkelt. Deshalb findet er kaum Gegner. Außerdem, wer hat schon wie ich soviel Tagesfreizeit? Er ist sehr viel zu Haus. 1968 ist auch für ihn kein gutes wirtschaftliches Jahr. Also will er lieber mit mir Tischtennis spielen, als sich mit meiner Geschichte beschäftigen. Seine verschnörkelte Spielweise ist gegen mich effektiv. Meist gewinnt er. Er gewinnt gern. Manchmal zählt er auch falsch. Nicht absichtlich. Merkwürdig ist, daß er sich seltenst zu meinem Gunsten verzählt. Nachdem wir beide erschöpft sind, stellt er mir fast die gleiche Fragen zu den Ereignissen. Er kommt mit dem Aktenstudium nicht klar.

Er fragt mich aus. Er will alles von mir erzählt haben. Manchmal habe ich den Eindruck, daß Aktenstudium nicht sein Ding ist. Er liest auch nicht in meinen Akten. Seine Stärke ist beobachten, Gespräche führen, Fallen stellen, den Spürhund machen. Genau dies will ich ja auch. Er soll, und darum bitte ich ihn immer wieder, die vielzähligen Akteure einzeln aufsuchen, sie interviewen, versuchen herauszufinden, wer sich mit wem kurzschließt, wer welche Interessen verfolgt, also all das, was seine Stärke ist. Ob dabei eine brauchbare Geschichte heraus kommt, ist mir nebensächlich. Seine Recherchen würden Druck erzeugen, nicht sein Artikel in „Konkret". Aber wir kommen in der Zielsetzung miteinander nicht klar. Also spielen wir wieder Tischtennis. Wir wissen beide, daß dieses Ritual irgendwann ein Ende haben wird. Er wird schon über diese Geschichte einen Artikel schreiben. Auch wird unsere Wirtschafts- und Arbeitssituation nicht immer so bleiben wie in diesen Monaten. Also nutzen wir die Zeit zum Diskutieren und Tischtennisspielen.

Eines Tages fragt er mich, ob ich Urs Jaeggi kennen würde. Ich kenne ihn nicht. Er ist ein Schweizer Soziologe, der an die neu gegründete Ruhr-Universität in Bochum berufen worden ist. Sein Schwerpunkt ist das Verhältnis Arbeit und Kapital. Er fragt mich, ob ich Lust und Interesse hätte, Urs Jaeggi kennenzulernen. Welche Frage? Also fahren wir nach Bochum. Ein sympathischer Mensch, dieser Urs Jaeggi. Mit großer Hoffnung ist er nach Bochum gekommen, ins Industrierevier, ins Zentrum der Auseinandersetzungen zwischen Arbeit und Kapital. Aber die konkrete Wirklichkeit für ihn ist wie die eines Fisches auf dem Trockenen. Innerhalb der Universität ist er nicht mehr als ein linkes Aushängeschild. Und außerhalb der Universität ist er enttäuscht über die relative Gleichgültigkeit der Gewerkschaftler im Revier, mit Wissenschaftlern zusammenzuarbeiten. Irgendwann hat ihm Günter Wallraff seine Version der Geschichte erzählt, was ich so alles erfahren habe. Urs Jaeggi bringt mir viel Sympathie entgegen und bietet mir an, ihn jederzeit zu besuchen. Und wenn ich trotz seiner Ohnmacht glaubte, er könnte für mich etwas tun, sollte ich nicht zögern, mich an ihn zu wenden.

Im Republikanischen Club machen mich einige auf einen Artikel in der Samstagsausgabe der „Kölnischen Rundschau" vom 25. Mai, dem konservativen „counterpart" des „Kölner Stadt-Anzeigers", aufmerksam. Ich lese ihn mit Genugtuung. Hier ist er:

Soziologen erwägen Auswanderung

Zwei Kölner Professoren klagen über „systematische Bespitzelung"

VON BERND NOFF

Köln. Eine Atmosphäre tiefen Mißtrauens zwischen Lehrern und Schülern ist in das Seminar für Soziologie der Universität Köln eingezogen. Seminardirektor Professor Dr. René König: „Es besteht keinerlei Zweifel darüber, daß ich von einer Reihe von linksorientierten Studenten systematisch bespitzelt werde. Auch Professor Dr. Erwin K. Scheuch hat ‚Informationen', daß Unterlagen über mich gesammelt werden."

Bernd Peterson (25), Kölner Vorsitzer des Allgemeinen Studentenausschusses, Mitglied des Sozialistischen Deutschen Studentenbundes und Soziologiestudent, war gerüchteweise mit der Spitzeltätigkeit in Verbindung gebracht worden. Entrüstet erklärte er: „Das ist Unsinn, weder habe ich irgendwelche Spitzeldienste geleistet noch von derartigen Tätigkeiten gewußt." Betont distanzierte sich Peterson „von jeder Form einer Bespitzelung. So etwas ist im Zusammenhang mit den beiden Soziologieprofessoren höchst unseriös."

Welche Formen die Bespitzelung mitunter annahm, zeigte sich jüngst: Scheuch wurde hier in Flugblättern und persönlichen Gesprächen von linksorientierten Studenten vorgeworfen, als „Knecht" für die Bundeswehr gegen spektakulär hohe Honorare zu arbeiten; angeblich sollte Scheuch in Euskirchen erforschen, wie die Stimmung innerhalb der Bevölkerung gegenüber der Bundeswehr sei und wie die Bürger „bundeswehrfreundlich" gestimmt werden könnten.

Wie Recherchen ergaben, sind diese Behauptungen falsch. Weder hat Scheuch derartige Arbeiten ausgeführt noch über ihre Ausführung verhandelt.

Lediglich ist von einer Bundeswehrstelle geprüft worden, ob eine ähnliche Untersuchung durchgeführt werden sollte. (Vgl. ® vom 16. 1. 1968.)

Mehrere Studentenvertreter deuteten der ® gegenüber an, es existiere eine „Ermittlungsakte" über die beiden Kölner Professoren.

Sowohl der 62jährige René König als auch der 39 Jahre alte Erwin Scheuch ließen während der letzten Tage mehrmals die Möglichkeit durchblicken, aus Verärgerung Köln zu verlassen. König auf Anfrage: „Ich kann mir denken, daß der Zeitpunkt einer fast unerträglichen Situation kommt. Weder für den jungen Kollegen Scheuch noch für mich dürfte es irgendeine Schwierigkeit bedeuten, im Ausland neue Aufgaben zu erhalten."

Sowohl König als auch Scheuch haben während der letzten Jahre mehrfach in Amerika Vorlesungen gehalten. In mehreren renommierten Hochschulen in den USA wurde jüngst von kompetenter Seite der Wunsch geäußert, die beiden Kölner Soziologen sollten führende Stellungen in der amerikanischen Forschung übernehmen. König und Scheuch gelten als die bedeutendsten Vertreter der empirischen Soziologie in Deutschland. Sie sind Verfasser der wichtigsten Standardwerke.

René König hat 1935 Berlin verlassen und ist vor dem Nazi-Terror nach Zürich geflohen: „Wissen Sie, damals bin ich schon reichlich zu spät aus Deutschland weggegangen. Ich will den Fehler nicht wiederholen und möchte Herrn Scheuch davon dringend abraten, gleichfalls diesen Fehler zu begehen."

Peterson bestätigt, daß es innerhalb der Studentenschaft eine Gruppe gibt, „die den Herren König und Scheuch sehr skeptisch gegenübersteht". Begründung: „Beide Professoren lehren eine empirische Soziologie. Sie werten also meßbare, ablesbare Fakten wissenschaftlich aus."

Die Studentenkritiker bemängeln die damit gegebene Beschränkung auf „klare Fakten" und sehen darin die drohende Möglichkeit gegeben, „daß sich eine schlechte Ideologie der zunächst ideologiefreien Soziologie bemächtigt."

Die Kritiker empfehlen dem gegenüber die „dialektische Soziologie der Frankfurter Schule". Dort wird von den Soziologen Wert darauf gelegt, daß die Soziologie nicht nur wertfreie einzelne Fakten untersucht, sondern sogleich auch in einem großen Werte- und Faktensystem ein- und unterordnet. Peterson: „Nur so ist ein Schutz gegen das Eindringen einer üblen Ideologie, etwa einer faschistischen, gegeben."

Beide Kölner Soziologieprofessoren können allerdings von keiner Seite einer Sympathie gegenüber Rechtstendenzen oder gar gegenüber dem Faschismus bezichtigt werden. Sie halten lediglich ein übergeordnetes System für wissenschaftlich nicht zulässig, da es bislang in seiner wissenschaftlichen Berechtigung nicht nachgewiesen ist.

Sowohl Scheuch als auch König stehen den politischen Zielen des linksorientierten Republikanischen Clubs nahe. Im Zusammenhang mit den Spitzeltätigkeiten hat sich das Verhältnis allerdings abgekühlt.

Über die Mitgliedschaft der Professoren König und Scheuch erklärt Peterson: „Professor König ist unter spektakulären Umständen aus dem Republikanischen Club ausgetreten. Scheuch scheint nach meinen Informationen noch nominelles Mitglied zu sein.

Zur Zeit hält sich Professor Scheuch in Rom auf."

*****

Ich bekomme von keiner Institution Post. Der Gerichtstermin naht. Die Hoffnung auf eine außergerichtliche Regelung verflüchtigt sich. Am 28. Mai schreibe ich an Josef Benziger, Referent für Hochschulfragen beim Parteivorstand der SPD, der sich der Mühe unterzogen hatte, meine Akten wirklich durchzuarbeiten: „leider muß Ich Ihnen mitteilen, daß ich bis heute weder ein Schreiben des Kultusministeriums erhalten habe, noch haben meine Bemühungen um einen Termin mit Herrn Staatssekretär Lübbe Erfolg gehabt. Es scheint, eine außergerichtliche Regelung ist nunmehr ausgeschlossen, denn der Termin ist am 5. Juni und dazwischen liegen die Pfingstfeiertage.

Was Herr Dr. Fernau Ihnen mitgeteilt hat, hat sich nun doch als ein Vertrösten erwiesen. Wie ich Ihnen schon bei unserem letzten Telefongespräch sagte, habe ich von Herrn Dr. Fernau auch ein solches Schreiben erhalten mit dem Inhalt, daß die Hochschulabteilung beauftragt sei, eine wohlwollende Prüfung meines Falles durchzuführen. Kurz darauf schrieb mir dann die Hochschulabteilung, ich möchte doch die Entscheidung des Gerichtes abwarten. Genau dieses Verhalten ist verantwortlich dafür, daß den Etablierten des Systems immer weniger geglaubt wird, die ganz systematisch ihr Kapital an Glaubwürdigkeit vergeuden.

Auf jeden Fall bedanke ich mich sehr für Ihre Bemühungen und verbleibe mit freundlichen Grüßen, Ihr"

Am selben Tag, also am 28. Mai, wende ich mich auch an Herrn Walter Busse vom „Spiegel": „bitte haben Sie Verständnis dafür, daß ich mich auf mein Schreiben vom 5. Mai 1968 berufe und Sie dränge, zu meinen Ausführungen Stellung zu nehmen. Darf ich hoffen, daß mein heutiges Schreiben nicht den alten Reigen wieder beginnen läßt, nämlich, daß Herr Dr. Gumnior einen einzeiligen Brief schreibt, worauf ich an Herrn Augstein schreibe, um von Ihnen eine Antwort zu erhalten."

Hier ist eine andere Facette des „Spiegels", die in der Öffentlichkeit nie bekannt wird. „Der Spiegel", das liberalste Gewissen der Westdeutschen schlechthin, bringt einen Artikel unter dem Titel "Soziologen" in Nr. 22. In diesem Artikel holt Scheuch nach, was sein „Über-Ich" und sein akademischer Lehrer König in der konservativen „Kölnische Rundschau" vom 25. Mai vorgemacht hat. Was sagte König noch? *Es besteht keinerlei Zweifel darüber, daß ich von einer Reihe von linksorientierten Studenten systematisch bespitzelt werde. Auch Professor Dr. Erwin K. Scheuch hat 'Informationen', daß Unterlagen über mich gesammelt werden."* Auch Scheuch sinniert im „Spiegel" über 68er „Linke", die mehrheitlich „Soziologen" gewesen sein sollen, über die Psyche der Studierenden des Faches Soziologie. Und Scheuch legt nach. Studierende, die Unterlagen über das Tun von Professoren wie König und Scheuch sammeln, hätten eine gestörte Persönlichkeit, suchten ihr Heil im Soziologiestudium und beim Versagen zettelten sie so etwas wie „Studentenbewegung" an.

Und der „Spiegel" hat diese Wahrnehmung von Scheuch gedruckt und verbreitet. Nichts dagegen einzuwenden, denn der „Spiegel" hat eine besondere Leserbrief-Kultur entwickelt, die später in Versenkung geraten ist. Alle Meinungsartikel werden ausführlich diskutiert, angeblich ohne Zensur. Die ersten Seiten sind für diese Aussprache reserviert. Das besondere Kennzeichen dieser Aussprache ist: kurz, bündig, ohne diplomatischen Schnörkel, zuweilen auch polemisch-ironisch. Viele lesen zuerst die Leserbriefe, bevor sie sich den aktuellen Teilen zuwenden. Also habe ich einen kurzen, polemischen Leserbrief – die vom „Spiegel" entwickelte „Leserbrief-Kultur läßt keinen Raum für fundierte Argumentation – mit viel Wut im Bauch geschrieben, weil mir die Veröffentlichung von Wahrnehmungen des „Haussoziologen des Spiegels" nicht nur als harmloser Ausrutscher erscheint:

„Hört, hört, was der Empiriker und Haussoziologe des SPIEGELS, Scheuch, zu sagen hat! ‚Junge Menschen mit Persönlichkeitsschwierigkeiten studieren Soziologie.' Scheuch muß es ja wissen! Kölner Studenten der frühen fünfziger Jahre erinnern sich an einen Sprößling kleinbürgerlicher Herkunft, der mit vollbepackter Aktentasche und beladen mit Komplexen von Seminar zu Seminar zog, bis er schließlich bei dem sich weltmännisch gebärdenden Soziologieprofessor König Halt fand. Scheuch bemühte sich so sehr, Königs Gehabe und Gestik zu imitieren, daß er den Namen ‚der kleine König' erhielt. Königs rhetorische Künste konnte er allerdings nie erreichen, sein nervöses Augenzucken ließ nur Sätze im Telegrammstil zu. Während seiner Assistentenzeit erteilte ihm dann sein Vatersymbol König sogar Hausverbot. Scheuchs Kollegen aus dieser Zeit erinnern sich noch genau an den ständig augenzwinkernden und wie ein getretener Hund lamentierenden ‚kleinen König'. Scheuchs Aussage über die Soziologiestudenten scheint deshalb eher Projektion als Ergebnis empirischer Forschung zu sein. Schließlich kommen Psychoanalytiker wie Prof. Mitscherlich, die ja vom Fach her kompetenter für eine Aussage über die Störung der Persönlichkeitsbildung sind, zu der entgegengesetzten Feststellung, nämlich, daß die revolutionären Studenten die intelligentesten der Bundesrepublik sind."

Und siehe da, der „Spiegel" läßt einen an biographischen Daten orientierten Leserbriefbeitrag gegen Kritiker *„der linksorientierten Studenten"* wie Scheuch nicht zu, wohl aber an Biographie orientierte Kritik jener, deren Biographie unter Ausschluß der Öffentlichkeit gehalten werden. Es kommt offenbar dem „Spiegel" nicht darauf an, wer eine These verfaßt hat, sondern nur auf die „Verkäuflichkeit" des Inhalts der These. Also läßt Augstein, der auch äußerlich Scheuch ähnelt, die öffentliche Bekanntmachung einiger Biodaten seines Haussoziologen Scheuch nicht zu. *„Eine Zensur findet nicht statt."* Dieser Verfassungsgrundsatz läßt sich halt verschieden interpretieren.

Am 5. Juni findet der Gerichtstermin statt. Das Verwaltungsgericht Köln folgt der Ansicht der Kölner Universität nicht, daß die Klage wegen des Fristversäumnisses abzuweisen wäre. Selbst die konservative „Kölnische

Rundschau am Sonntag" berichtet in ihrer Ausgabe vom 9. Juni 1968 über die Verhandlungen beim Gericht:

Ein Abgrund von Korruption an der Universität von Jaipur
Indischer Assistent wurde von der Kölner Uni entlassen
VON RUDOLF SPIEGEL

Köln. Als Dr. Prodosh Aich (34) im Jahre 1962 seine Dissertation mit dem Titel „Farbige unter Weißen" in Buchform vorlegte, wurde der Inder mit einem Schlag zu einem der prominentesten ausländischen Studierenden in der Bundesrepublik. Heute bemüht er die Gerichte: im Herbst 1967 hat ihn die Universität Köln aus einer Assistentenstelle fristlos entlassen.

In der vergangenen Woche hatte sich die dritte Kammer des Verwaltungsgerichts Köln mit der Sache Aich gegen das Land Nordrhein-Westfalen/Universität Köln zu befassen. Die Frage indessen, ob wissenschaftliche Assistenten auch ohne Angabe von Sachgründen entlassen werden können, wird vermutlich nicht geklärt werden: der Vertreter der Universität und Aichs Anwalt erklärten sich bereit, auf einen Vergleich hinzuwirken.

Die Vorgeschichte des „Falles Aich", die sich in den Schilderungen des Inders fast wie ein Kriminalroman und in der Darstellung der Professoren René König und Erwin K. Scheuch wie der unnütze Alleinritt eines Michael Kohlhaas ausnimmt, kam bei der mündlichen Verhandlung nur spurenhaft zur Sprache. Das Gericht wird, sofern es zum Vergleich kommt, auf einen komplizierten Sachverhalt nicht näher einzugehen brauchen, zu dessen Klärung es unter Umständen einen Lokaltermin in der indischen Stadt Jaipur abhalten müßte: denn dort ist die Staatsuniversität von Rajasthan, an der Prodosh Aich von Sommer 1966 bis Sommer 1967 eine Gastprofessur innehatte.

Zu dieser Zeit war Aich Assistent im Institut seines Doktorvaters, des Kölner Soziologen Professor René König, und arbeitete an einer Habilitationsschrift, die sich mit der Rolle der Universitätserziehung im Modernisierungsprozeß unterentwickelter Länder befaßt. Es geht dabei speziell um die Rolle der im Ausland ausgebildeten akademischen „Rückwanderer".

Kaum hatte Aich in Indien seine Gastvorlesungen begonnen – außerdem wollte er Material sammeln, um seine Habilitationsschrift zu vollenden –, als zwischen ihm und Professor König, der Universität Köln und anderen Stellen ein Briefkrieg ausbrach, der heute ganze Aktenordner füllt. Als Prodosh Aich seinem Professor mitteilte, er habe zusätzlich eine Einzelfallstudie über die Verhältnisse an der Universität von Rajasthan begonnen, teilte König ihm mit: „Sofort abbrechen!"

Aich war – seiner Schilderung zufolge – in Jaipur auf einen Abgrund von Korruption, Stipendienhandel, Schwindel bei Berufungen und Vetternwirtschaft gestoßen. Und in diesem Sumpf sollte auch der Mann stecken, dem der junge indische Wissenschaftler laut Professor König seine Berufung nach Jaipur verdankte: der Soziologe Professor Unnithan.

Aichs Forschungsarbeiten in dieser Richtung müssen mit der Zeit den Charakter einer Detektivarbeit angenommen haben. Aufgebrachte Sektenmitglieder, die ihren Clan um fette Universitätspfründe gefährdet sahen, hätten sogar versucht, ihn und seine Frau Gisela umzubringen.

Professor König im fernen Köln („Herr Aich hatte nicht den Auftrag, die indische Universität zu reformieren") gelangte jedoch auf Grund der Berichte seines Assistenten zu dem Eindruck, dieser schädige in Indien das Ansehen der deutschen Universität. Er bat seinen Kollegen Erwin K. Scheuch, anläßlich einer Reise nach Neu-Delhi in Jaipur nach dem Rechten zu sehen. Scheuch besucht Jaipur; ein Treffen zwischen ihm und Aich fand indessen nicht statt.

Noch in Indien erreichte Aich die Mitteilung, daß er zum 30. September 1967, dem Termin, an dem sein seit 1963 bestehender Vertrag als Beamter auf Widerruf auslief, entlassen sei. Aich legte – brieflich – Widerspruch ein. Der negative Widerspruchsbescheid aus Köln erreichte Indien erst, als sich Aich schon zur Heimreise per Schiff rund um das Kap der Guten Hoffnung angeschickt hatte.

Nach seiner Rückkehr saß Aich auf einem Stoß von Forschungsunterlagen und hatte keine Anstellung mehr, die ihm eine Fortsetzung seiner Arbeit ermöglicht hätte. Er reichte Klage ein und begründete sie damit, die Universität Köln hätte ihn unter Angabe von Sachgründen entlassen müssen. Sein Anwalt erklärte vor Gericht, wenn Aich entlassen worden sei, weil zwischen dem Institutsdirektor König und ihm „keine Übereinstimmung" mehr bestanden habe, so spreche dagegen, daß Aich damals gerade mitten in einer geförderten Forschungsarbeit gesteckt habe.

Wissenschaftliche Assistenten werden, einer gängigen Redensart zufolge entlassen, „wenn ihr Gesicht dem Professor nicht mehr paßt". Eine salopp formulierte Erkenntnis, der die Landesassistentenordnung nur insofern entgegenstellt, als nach zweijähriger Assitententätigkeit ein Widerruf erfolgen k a n n. Das Gericht entzog sich der Mühe, die Notwendigkeit von sachlichen Gründen zu bejahen oder zu verneinen: jedenfalls sei schwer feststellbar, ob Aichs Entlassung ein Willkürakt oder überhaupt ein Ermessensfehlgebrauch gewesen sei.

Aichs Rechtsanwalt wies darauf hin, daß sein Mandant durch eine fristlose Entlassung „gebrandmarkt" sei und er an keiner deutschen Universität jemals mehr Assistent mit Habilitationsabsichten werden könne, und appellierte an eine „Fürsorgepflicht" der Universität für ein „besonderes Verhältnis", wie es das des Assistenten und der Alma Mater darstelle.

Das Gericht empfahl wärmstens den Vergleich, auf daß Aich „weder ideelle noch materielle" Nachteile habe: die Universität solle ihre Trennung von Aich „nicht als fristlos, sondern im gegenseitigen Einvernehmen" erfolgt darstellen. Außerdem solle sie sich über das NRW-Kultusministerium für ein Forschungsstipendium bei der Deutschen Forschungsgemeinschaft oder für eine andere Assistentenstelle für den Inder einsetzen.

Aich glaubt Anhaltspunkte dafür zu haben, daß Düsseldorf ihm weiterhelfen wolle. Ein für die Beteiligten sicher unerfreuliches Kapitel wäre damit aus der Welt geschafft.

Der Inder hatte nach dem Vergleichsvorschlag vor Gericht nur noch eine Sorge: „... daß nicht weiter Gerüchte über meine Qualifikation verbreitet werden."

Ich enthalte mich einer Kommentierung oder einer Ergänzung der Sachverhalte. Am 9. Juni muß ich Stellung nehmen zu einem Schreiben, das der Generalsekretär der Humboldt-Stiftung, zwar am 31. Mai geschrieben, mich aber nach der Gerichtsverhandlung erreicht: *„vielen Dank für Ihren Brief vom 28. Mai 1968. Herr Professor Lemberg hat uns in der Tat bereits geschrieben. Aber wahrscheinlich wird es nicht möglich sein, Ihnen zugleich mit einem Stipendium eine Sachbeihilfe in der von Ihnen genannten Höhe von 12000,- bis 15000,- DM zur Verfügung zu stellen. Doch ist das eine Sache, über die der Auswahlausschuß entscheiden muß, und ich hoffe, daß im Falle einer Stipendienverleihung zunächst ein Teilbetrag übernommen werden kann.*

Nun allerdings zur Entscheidung über Ihren Antrag selbst. Ihre Unterlagen sind vollständig. Auch Ihre Veröffentlichungen haben wir erhalten. Aber im Augenblick scheint mir der Zeitpunkt für eine Vorlage nicht günstig. Es dürfte besser sein zunächst abzuwarten, was aus Ihrer Verhandlung in Köln wird. Bitte unterrichten Sie uns anschließend.“

Der zweite Absatz des Schreibens macht mich stutzig. Ich schreibe am 9. Juni an Heinrich Pfeiffer: „Ihr Schreiben vom 31. Mai, das mich erst am 7. Juni erreichte, hat mich um eine Hoffnung ärmer gemacht. Nach der Besprechung mit Ihnen hatte ich den Eindruck gewonnen, daß die Alexander von Humboldt-Stiftung im Gegensatz zu anderen Institutionen bereit sein würde, zwei Dinge, die an sich nichts miteinander zu tun haben zu trennen, nämlich meine Forschungsarbeiten und meine Auseinandersetzung mit der Kölner Universität. Es würde eine besondere Härte für mich sein, wenn die Alexander von Humboldt-Stiftung erst einmal die Entscheidung des Gerichtes abwarten wollte, bevor sie über das Stipendium entscheidet. In der Verhandlung am 5. Juni sagte mir der Richter, daß die Gerichtsentscheidung, auch wenn ich in dieser Instanz gewinnen würde, kaum vor Ablauf von 5 Jahren rechtskräftig sein würde, da die Universität alle Instanzen in Anspruch nehmen könne. Ich möchte Sie deshalb bitten, noch einmal zu überprüfen, ob es vor der Entscheidung über das Stipendium notwendig ist, das Ergebnis meiner gerichtlichen Auseinandersetzung mit der Universität abzuwarten.“

Am 12. Juni wende ich mich an Herrn Prof. Dr. Lübbe, Staatssekretär im Kultusministerium des Landes Nordrhein-Westfalen, der auch vom Landesausschuß der SPD und von der „SPD-Baracke“ in Bonn über meinen Fall informiert worden ist: „bitte erlauben Sie mir, dieses Schreiben nicht so sehr an den Staatssekretär für Hochschulfragen im Kultusministerium, sondern an den Sozialdemokraten und akademischen Lehrer zu richten. Ich weiß, diese Rollendifferenzierung ist etwas künstlich, aber doch nicht irreal. Schließlich wird das Kultusministerium von einem Sozialdemokraten geleitet.

Sie wissen sicherlich aus den Akten, daß ich seit mehr als 8 Monaten ohne Gehalt bin, und Sie können aufgrund Ihrer Universitätserfahrung sicherlich beurteilen, was das für jemanden bedeutet, der wissenschaftlicher Assistent war. Als Sozialdemokrat kann ich ein System nicht mehr verstehen, das einen Beamten schuldlos an den Rand seiner Existenz bringt und alle Fürsorgepflicht außer Acht läßt. Es liegt nun einzig allein bei Ihnen, diesen Zustand zu beenden.

Vor einigen Monaten hat die Verwaltung der Universität Ihnen zu verstehen gegeben, daß sie sich mit mir arrangieren wolle. Sie hatten deshalb von einer Intervention abgesehen. Bereits damals hatte ich Zweifel, ob die Universität Sie über ihre wahre Intention informiert hätte. Spätestens seit der Verhandlung vor dem Verwaltungsgericht am 5. Juni weiß ich, daß mein Zweifel berechtigt war. Wie sonst ist zu erklären, daß der Bevollmächtigte der Universität vor Gericht mit allen Mitteln versuchte, die Klage vom Gericht abgewiesen zu erhalten, da ich angeblich die gesetzliche Klagefrist versäumt hätte. Als das Gericht die Argumente der Universität zurückwies und anschließend zur Sache verhandeln wollte, stellte sich heraus, daß der Bevollmächtigte darauf gar nicht vorbereitet war. Die Universität hatte also fest damit gerechnet, daß das Gericht die Klage zurückweisen würde.

Um meine Forschungsarbeiten durch einen langwierigen Prozeß nicht weiter hinauszuzögern, sah sich das Gericht veranlaßt, einen Vergleich anzuregen. Ich erklärte mich durch meinen Prozeßbevollmächtigten grundsätzlich zu einem Vergleich bereit, wenn mir dadurch weder materielle noch ideelle Schäden entstehen würden. Sie werden sicherlich mit mir einer Meinung sein, wenn ich feststelle, daß diese Vergleichsbereitschaft eine große Kompromißbereitschaft meinerseits darstellt, denn schließlich ist die ganze Situation durch das Verhalten von Herrn Prof. König und Herrn Prof. Scheuch geschaffen worden, deren Verhalten nach meiner festen Überzeugung den Beamteneid aufs schwerste verletzt. Ich bin auch nach wie vor der Meinung, daß ich zumindest einen Anspruch auf ein selbstbeantragtes Disziplinarverfahren haben müßte.

Im Gerichtsprotokoll wurde die Richtung des Vergleichs festgehalten. Der Bevollmächtigte der Universität erklärte vor Gericht, daß ein Vergleich, der mir weder materiellen noch ideellen Schaden zufüge, nur in Zusammenarbeit mit dem Kultusministerium möglich sei. Das Gericht räumte für solche Verhandlungen eine Frist von drei Monaten ein.

Vielleicht können Sie sich vorstellen, wie unendlich lang drei Monate nach acht Monaten ohne Einkommen sind. Ich hatte mich deshalb an Herrn Prof. Kegel von der juristischen Fakultät der Universität Köln gewandt, der meine Akten studierte und meine Prozeßaussichten äußerst positiv beurteilte. Herr Prof. Kegel hatte freundlicherweise am 10. Juni ein Gespräch mit dem in der Universität zuständigen Sachbearbeiter. Herr Prof. Kegel teilte mir später mit, daß sich die Universität unverständlicherweise gute Aussichten in dem Prozeß ausgerechnet habe und es deshalb vorziehe, ein unannehmbares Vergleichsangebot zu unterbreiten. Darin drückt sich wieder die Absicht der Universität aus, die gerichtliche Auseinandersetzung so zu verzögern, daß sie sich durch meinen Ruin von selbst erledigt. Ich meine, daß es nun wirklich höchste Zeit wäre für eine energische Intervention seitens des Kultusministeriums.

Ich bemühe mich seit langem, von Ihnen einen Besprechungstermin zu erhalten. Leider ohne Erfolg. Ich möchte Sie jetzt sehr dringend darum bitten, mir entweder einen baldigen Termin zu nennen, oder aber mir mitzuteilen, daß das Kultusministerium an einer befriedigenden außergerichtlichen Einigung kein Interesse hat, damit ich mich auf einen langen Prozeß wirkungsvoll einrichten kann, das heißt, meine akademische Karriere endgültig aufgebe. Bisher habe ich mich durch freiberufliche journalistische Tätigkeit über Wasser halten können, was aber auf lange Sicht nicht möglich ist. Die Aufgabe meiner akademischen Laufbahn würde nicht nur bedeuten, daß ich wertvolle Jahre nutzlos investiert hätte, sondern das würde meine drei sehr aktuellen Forschungsprojekte, die zum Teil direkt und indirekt aus öffentlichen Mitteln finanziert wurden, zu Makulatur machen. Das würde aber auch bedeuten, daß ein von Sozialdemokraten geführtes Kultusministerium Unrecht duldet, was die Glaubwürdigkeit der sozialdemokratischen Kulturpolitik zwangsläufig erschüttern müßte. Das würde aber auch eine indirekte Unterstützung der Universität von Rajasthan sein, die diese Bezeichnung nicht verdient, denn sie ist ein einziges Verbrechen an den Studenten.

Darf ich noch sagen, daß die Bürokratie im unterentwickelten Indien wesentlich humaner ist als in der Bundesrepublik. In Indien konnte ich innerhalb von zwei Monaten von zwei Instanzen Recht erhalten. In den folgenden beiden Monaten wurde ich von verschiedenen Ministerien und auch vom indischen Staatspräsidenten empfangen, auf dessen Intervention hin ich rehabilitiert wurde. Alle diese Termine wurden auf normalem bürokratischen Weg vereinbart. Seit dem 10. Dezember 1967 bemühe ich mich, einen Besprechungstermin im Kultusministerium zu erhalten, sowohl auf bürokratischem als auch auf politischem Weg: ohne Erfolg.

Ich möchte Sie nochmals darum bitten, dieses Schreiben nicht als höchster Beamter für Hochschulfragen im Kultusministerium zu sehen, sondern als Sozialdemokrat und akademischer Lehrer. Für eine baldige Mitteilung wäre ich Ihnen deshalb besonders dankbar, weil ich dann evtl. dem Gericht vor Ablauf der Frist vom Scheitern der Vergleichsverhandlungen Mitteilung machen könnte und die Verhandlung zur Sache wieder beginnen würde.“

Eine Mitarbeiterin von Heinrich Pfeiffer, Frau Dr. Barbara Goth, teilt mir am 21. Juni mit: *„Herr Dr. Pfeiffer kommt erst Anfang nächster Woche von einer Rumänien-Reise zurück. Ich glaube aber, in seinem Sinne zu handeln, wenn ich Ihnen jetzt schreibe, daß wir versuchen wollen, Ihren Antrag in die nächste Auswahlsitzung mit einzubeziehen, die im Laufe des Juni stattfinden wird. Es wäre ja wirklich einigermaßen absurd, die Entscheidung 5 Jahre hinauszuschieben, und damit wäre Ihnen ja auch kaum gedient. Im Anschluß an die Sitzung werden wir Sie so schnell wie möglich von dem Ergebnis benachrichtigen.“*

Auch meine Eingaben an den Präsidenten der Westdeutschen Rektorenkonferenz, sind bislang unbeantwortet geblieben. Auch er wendet die „Strategie 1“ an. Vielleicht erledigt sich das Problem im Laufe der Zeit von selbst. Am 24. Juni erinnere ich ihn schon zum zweiten Mal: „ich möchte Bezug nehmen auf meine Schreiben vom 12. Februar und vom 15. März 1968. Leider habe ich auf diese Schreiben weder in der Sache noch überhaupt eine Mitteilung erhalten, auch nicht darüber, daß Sie nicht bereit sind, auf die Sache einzugehen.

Inzwischen besitze ich eine stattliche Sammlung von Reaktionen von Professoren und Erziehungspolitikern, deren in der Öffentlichkeit gemachte Äußerungen sehr fortschrittlich klingen, leider aber nicht mit dem tatsächlichen

Verhalten übereinstimmen. Da Sie bald aus Ihrem Amt ausscheiden werden, möchte ich Sie nochmals bitten, die Möglichkeit zu prüfen, so oder so auf die Angelegenheit einzugehen."

Der Bundesminister für wirtschaftliche Zusammenarbeit, Hans-Jürgen Wischnewski, läßt mir zunächst durch seinen persönlichen Referenten mitteilen: *„im Auftrag von Herrn Bundesminister Wischnewski sende ich Ihnen ein Exemplar der ‚Parliamentary Times' zurück, das Sie Herrn Bundesminister Wischnewski zur Kenntnisnahme überlassen hatten, Mit freundlichen Grüßen, Dr. Preuss"* Und dann übermittelt der Minister selbst die endgültige Ablehnung einer Unterstützung durch sein Ministerium am 1. Juli mit der Begründung: *„ich habe Ihr freundliches Schreiben vom 19. 5. dankend erhalten. Leider sind die meinem Hause zur Verfügung stehenden Haushaltsmittel für Forschungsaufgaben langfristig verplant, so daß Ihrem Antrag nicht entsprochen werden konnte. Sollte sich in absehbarer Zeit eine Änderung ergeben, werden Sie Nachricht erhalten. Die Belegexemplare der Parliamentary Times sind Ihnen bereits zugeschickt worden. Wegen eines eventuellen Interviews wollen Sie sich bitte zu gegebener Zeit mit dem Pressereferat meines Hauses in Verbindung setzen. Für Ihre weiteren Planungen wünsche ich Ihnen viel Erfolg. Mit freundlichen Grüßen Ihr Hans-Jürgen Wischnewski"*

Dieses Schreiben hat er selbst unterschrieben. Glaubt er wirklich, daß ich nicht weiß, daß jeder Bundesminister über einen Sonderfond verfügt für unvorhergesehene Vorhaben? Warum kann er mir nicht reinen Wein einschenken, daß eine Auswertung des von uns mitgebrachten Forschungsmaterials für ihn und für die Bundesregierung unerwünscht ist? Warum diese Verlogenheit?

Die ersten Julitage sind überhaupt sehr lehrreich für uns. Während wir diesen Brief von Hans-Jürgen Wischnewski lesen, diktiert Dr. Heinrich Pfeiffer, das folgende Schreiben: *„Sehr geehrter Herr Dr. Aich, leider haben Sie mehrmals vergeblich versucht, mich telefonisch zu erreichen. Nun konnte ich Ihnen in dem heutigen Telefongespräch sagen, daß ich nach meiner Rumänienreise noch mehrere Tage außerhalb des Büros an Sitzungen teilnehmen mußte.*

Am 26. Juni hat sich die Stiftung sehr eingehend in einer Sitzung mit Ihrem Antrag beschäftigt. Das Ergebnis ist leider negativ, und, wie ich Ihnen gesagt habe, vor allem deshalb, weil man davon ausgehen muß, daß ein Wissenschaftler, der 12 Jahre in Deutschland ist, eine hinreichende Ausbildung hat, um dann seine Arbeiten in Selbständigkeit durchzuführen.

Ich bedaure sehr, Ihnen keine günstigere Nachricht zukommen lassen zu können und reiche Ihnen diejenigen Unterlagen zurück, die nicht vertraulichen Inhalts sind."

Nun, am Telefon hat er mir ausführlich eine andere Geschichte erzählt. Über die überraschend feindselige Agitation gegen meine Bewerbung im Kuratorium der Stiftung von zwei Seiten: von Scheuch und vom Vertreter des Bundesaußenministers. Er, Pfeiffer, sei davon überzeugt gewesen, ob der exzellenten Erfüllung aller Voraussetzungen, daß die Bewilligung trotz des Zerwürfnisses mit der Universität Köln nur noch eine Routinesache sein würde. Für Scheuch im Kuratorium der Stiftung sei es eine Prestigeangelegenheit gewesen. Leider hat das Kuratorium mehrheitlich gegen mich entschieden. Es täte ihm alles sehr leid.

Bei dem Telefongespräch hat er keinen Hehl aus seiner persönlichen Empörung gemacht. Und dann diktiert er das armselige Schreiben! Erst nach dem Telefongespräch muß es ihm in den Sinn gekommen sein, daß er mehr Interna ausgeplaudert hat, als es ihm möglicherweise gut tun würde. Was ist, wenn ich Hans Welzel über den Inhalt des Telefongespräches berichten würde? Oder anderen? Er sorgt vor. Er schreibt drei unzusammenhängende Absätze. Der erste Absatz macht überhaupt keinen Sinn. Im zweiten Absatz übermittelt er mir eine Entscheidung mit einer Begründung, aber die Begründung ist keine. Was heißt denn *„weil man davon ausgehen muß, daß ein Wissenschaftler, der 12 Jahre in Deutschland ist, eine hinreichende Ausbildung hat, um dann seine Arbeiten in Selbständigkeit durchzuführen“*? Als freischaffender Wissenschaftler? Und wenn das so wäre, warum so viel Mühe und Vergeudung der teueren Arbeitskraft des Generalsekretariats? Und was heißt *„vor allem deshalb“*? Er vergißt sogar, das Entscheidungsgremium zu benennen. Anlaß zum Nachdenken über die „Kultur“, die solche Mentalität produziert.

Wie gesagt, er sorgt vor, um sich für alle Fälle beschwerdefrei zu halten. Dabei ist es überhaupt nicht seine Aufgabe gewesen, einem Bewerber die Entscheidung der Stiftung zu übermitteln. Zuständig dafür ist der Präsident der Stiftung, damals der renommierte gelehrte Professor Werner Heisenberg. Er schreibt auch einen ordentlichen Ablehnungsbescheid, wie es sich in der blond-blauäugig-weiß-christlichen Kultur schickt, auch am 2. Juli 1968: *„Sehr geehrter Herr Dr. Aich! Der Auswahlausschuß der Alexander von Humboldt-Stiftung hat sich sehr eingehend mit Ihrem Stipendiengesuch befaßt. Ein Stipendium konnte Ihnen dennoch nicht zugesprochen werden.*

Ich bedauere sehr, Ihnen eine solch negative Entscheidung mitteilen zu müssen, und darf Ihnen versichern, daß die Stiftung Ihre wissenschaftliche Arbeit zu würdigen wußte. Die Zahl der verfügbaren Stipendien ist jedoch im Vergleich zu den Bewerbungen, die jährlich eingehen, so gering, daß jeweils nur ein kleiner Teil der Kandidaten berücksichtigt werden kann.

Ihre Bewerbungsunterlagen reichen wir Ihnen zurück, soweit sie nicht vertraulichen Inhalts sind. Mit besten Empfehlungen Professor W. Heisenberg“

Die Stiftung wußte meine wissenschaftliche Arbeit zu würdigen! Bemerkenswert. Wieder holt uns Jaipur ein. Wir waren in Jaipur entsetzt, daß ein Bewerber vom Berufungsausschuß mit der Begründung abgelehnt wurde, daß seine hervorragende Qualifikationen in Jaipur vergeudet werden würde.

Als der erste Schock überwunden ist, rufe ich Herrn Legationsrat Nagel an. Bevor ich ihm die Hiobsbotschaft übermitteln kann, berichtet er über seine Aktivitäten und informiert mich, daß die Entscheidung über meinen Antrag bei der Humboldt-Stiftung erst im September ansteht. Ich übermittle ihm die Botschaft, die mir übermittelt worden ist. Er will es nicht glauben. Er will sich erkundigen und mich dann zurückrufen. Das tut er auch. Am 4. Juli macht er mir die Mitteilung, daß der Generalsekretär der Humboldt-Stiftung den Vortragenden Legationsrat 1. Klasse Hans Bock falsch informiert hatte. So ist es nun einmal. Scheuch ist Kuratoriumsmitglied. Und der Vertreter des Bundesaußenministers Willy Brandt im Vorstand hatte Weisung erhalten, wovon der Vortragende Legationsrat 1. Klasse Hans Bock keine Kenntnis haben konnte.

Allmählich beginne ich zu begreifen, daß die kalte Ablehnung durch Hans-Jürgen Wischnewski nicht gegen meine Person gerichtet war. Ganz oben im Auswärtigen Amt wird alles unternommen, damit unser mitgebrachtes Forschungsmaterial Makulatur wird. Königs und Scheuchs sind dabei nur willige Helfer. Es wäre ja auch alles geräuschlos abgelaufen, wenn es nicht zufällig jene 90tägige Touristenregelung gegeben hätte. Selbst das Geräusch des unwillkommenen Läutens würde locker weggesteckt, wenn es nicht zu der unvorhersehbaren Einmischung durch Hans Welzel gekommen wäre. Sie würden mir die Schuld zuweisen, und diese würde auch dank des stets gegenwärtigen latenten Rassismus der blondblauäugig-weiß-christlichen Kultur willig geglaubt. Was wir aber immer noch nicht erkennen ist, auf welchen empfindlichen Nerv unsere Forschungsthemen treffen, daß eine flächendeckende Verhinderung mobilisiert wird. Bei dem nächsten Bridge-Turnier im Klub erzählen wir Sigrid Welzel, mit welcher Begründung die Humboldt-Stiftung mir das Stipendium verweigert hat und bedanken uns für ihre Mühe und die ihres Mannes. Wie soll sie uns trösten? Auch sie weiß, daß für uns alle Felle wegschwimmen. Das mühsam erhobene Forschungsmaterial wird doch zur Makulatur.

Eine Reaktion des „Spiegels" auf meine Erwiderung an Walter Busse vom 5. Mai trotz einer Erinnerung liegt noch nicht vor. Wie gehabt wende ich mich wieder an den Herausgeber des „Spiegel", Rudolf Augstein, am 4. Juli: „inzwischen besitze ich eine ziemlich umfangreiche Akte mit meiner Korrespondenz mit dem SPIEGEL. Interessanterweise befindet sich darunter kein einziger Brief von Ihnen. Schreibe ich nämlich an Sie mit dem ganz bestimmten Ziel, eine Stellungnahme von Ihnen als Herausgeber des SPIEGELS zu erhalten, dann antwortet mir entweder Herr Dr. Wild oder Herr Busse oder Herr Dr. Gumnior. Da Sie nicht nur als ein liberaler Wortführer gelten, sondern auch selbst liberal sein wollen, verstehe ich beim besten Willen die Organisation Ihres Hauses nicht, in der es praktisch unmöglich ist, genau wie in einer Staatsbürokratie, in einer wichtigen Sache bis zu Ihnen vorzudringen. Am meisten bin ich darüber erstaunt, daß, obschon ich vom SPIEGEL nicht verlangt habe, in der Sache auf jeden Fall etwas zu unternehmen, sondern nur, mir den Grund der Ablehnung mitzuteilen, ich auf diese Frage bisher keine präzise Antwort erhalten konnte.

Wenn man Sie im Fernsehen hört und dann die Struktur Ihres Hauses kennt, die Sie ja wohl geschaffen haben, dann kommen einem doch Zweifel, ob das, was Sie sagen, auch so gemeint ist.

Sie mögen meinen Brief für aggressiv halten, aber ich bin sicher, daß ein normaler Mensch angesichts einer solchen Akte kaum anders reagieren kann. Auch in Ihrem Hause muß eine solche Akte existieren. Vielleicht finden Sie doch einmal Gelegenheit, die einzelnen Schriftstücke durchzulesen."

Heinz Kühn, der mir in Nürnberg als sozialdemokratischer Politiker mit Sympathie zuhörte und für meine Position Verständnis zeigte, läßt mir als Ministerpräsident des Landes Nordrhein-Westfalen durch seinen Staatssekretär am 10. Juli folgendes schreiben: *„Sehr geehrter Herr Dr. Aich! Auf Ihr Schreiben vom 20. Mai 1968 kann ich leider erst jetzt zurückkommen, weil es versehentlich unbearbeitet in einen anderen Vorgang geraten war. Ihren Ausführungen zufolge dürfte die Angelegenheit, die in den Zuständigkeitsbereich des Herrn Kultusministers fällt, inzwischen Gegenstand eines gerichtlichen Verfahrens sein. Da es mir einmal wegen der verfassungsmäßig garantierten Unabhängigkeit der Richter verwehrt ist, in schwebende oder abgeschlossene Gerichtsverfahren einzugreifen, zum anderen die Minister nach der Landesverfassung ihren Geschäftsbereich selbständig und unter eigener Verantwortung leiten, bedauere ich, in der Sache nicht tätig werden zu können. Ich habe jedoch den Kultusminister von Ihrer Zuschrift in Kenntnis gesetzt. Mit vorzüglicher Hochachtung, im Auftrag, Dr. Vienken"*

Erst nach diesem Schreiben wird uns klar, was die Stunde geschlagen hat. Dennoch ist unser Widerstand nicht gebrochen. Das Auswärtige Amt hat uns übel mitgespielt. Also nehmen wir den Faden dort wieder auf. Am 19. Juli wende ich mich wieder an den persönlichen Schatten des Sozialdemokraten Willy Brandt im Auswärtigen Amt: „Herrn Klaus Soenksen, Persönlicher Referent des Ministers, Bundesministerium für Auswärtiges, 53 Bonn, Koblenzer Straße 99–103. Sehr geehrter Herr Soenksen, ich nehme Bezug auf Ihr Schreiben vom 29. März 1968 und ersuche hiermit erneut um einen Besprechungstermin mit dem Herrn Bundesaußenminister.

Sie mögen etwas verwundert darüber sein, daß ich erst heute zu Ihrem Schreiben vom 29. März Stellung nehme. In der Zwischenzeit hat durch die Bemühungen von Herrn Dingels eine Besprechung mit Herrn V.L.R.I Hans Bock vom Parlamentsreferat stattgefunden. Herr Bock war der Meinung, daß die Vorkommnisse sehr ‚unglücklich‘ für mich verlaufen seien, weshalb er sich darum bemühen wolle, zunächst einmal die Auswertung meiner Forschungsprojekte zu ermöglichen und dann meine Rehabilitierung herbeizuführen. Aufgrund seiner Dienstgeschäfte hatte Herr Bock Herrn Legationsrat Nagel beauftragt, sich um eine finanzielle Grundlage für die Auswertung meiner Forschungsprojekte zu bemühen. Ich informierte Herrn Nagel bei einer Besprechung darüber, daß ich einen Antrag an die Alexander von Humboldt-Stiftung gestellt hätte. Herr Nagel erklärte sich bereit, das Interesse des Auswärtigen Amtes bei der Alexander von Humboldt-Stiftung bekanntzumachen, deren Vorstandsmitglied der Herr Bundesaußenminister ist. Am Mittwoch, dem 3. Juli, telefonierte ich mit Herrn Nagel, der mir mitteilte, daß die Entscheidung über meinen Antrag von Ende Juni auf September verlegt worden sei. So wurde Herr Nagel von der Alexander von Humboldt-Stiftung informiert. Ich mußte daraufhin Herrn Nagel sagen, daß ich bereits eine Benachrichtigung von der Alexander von Humboldt-Stiftung erhalten hätte, mit dem Inhalt, daß mein Antrag abgelehnt worden sei mit der Begründung, ich sei aufgrund meiner Qualifikation auf ein Stipendium nicht angewiesen. Herr Nagel hielt das, was ich sagte, für ganz unmöglich und wollte bei der Alexander von Humboldt-Stiftung nachfragen. Am Donnerstag, dem 4. Juli, bestätigte mir dann Herr Nagel, daß er von der Alexander von Humboldt-Stiftung falsch informiert worden sei. Damit war die Möglichkeit, die Herr Bock angeregt hatte, erschöpft.

Mein Abwarten bis zur Wiederaufnahme meines Schriftverkehrs mit Ihnen dürfte Ihnen deutlich machen, daß ich nicht auf jeden Fall den Herrn Bundesaußenminister mit meinen Angelegenheiten belästigen wollte. Aber mir scheint immer mehr, daß sie auf unterer Ebene nicht geklärt werden können. Deshalb nehme ich erst jetzt zu dem Inhalt Ihres Schreibens Stellung.

Es scheint übersehen worden zu sein, daß ich von Indien aus ja <u>nicht zum ersten Mal</u> einen Antrag auf Aufenthaltserlaubnis stellte, sondern lediglich die alljährlich fällig werdende Verlängerung beantragte, die Frage einer Aufenthaltsberechtigung tauchte also gar nicht auf.

In meiner Akte befindet sich ein Schreiben des Auswärtigen Amtes vom 15. Februar 1968, in dem mir mitgeteilt wird, das *‚Ausländeramt in Bonn hat die Erteilung der Aufenthaltserlaubnis niemals abgelehnt.‘* In meiner Akte befindet sich aber auch ein Schreiben der Deutschen Botschaft in Neu-Delhi vom 6. Oktober 1967, worin es heißt, *‚Der Botschaft liegt ein Schreiben der Stadt Bonn vor, wonach Sie im Besitz einer bis zum 30. 9. gültigen Aufenthaltserlaubnis sind. Ihrem Antrag auf Zusicherung der Aufenthaltserlaubnis zur Arbeitsaufnahme bei der Universität Köln hat die Stadt Bonn, der das Ersuchen der Botschaft vom 17. 7. 67 aufgrund der Tatsache, daß Sie noch für Bonn, Weberstraße 96, gemeldet sind, übergeben worden war, nicht entsprochen.‘* Sie sehen aus der Formulierung, daß das Rechtsinstitut Aufenthaltsberechtigung gar nicht auftaucht, und zweitens hatte ich gar nicht um die Zusicherung der Aufenthaltserlaubnis zur Arbeitsaufnahme ersucht, sondern um eine Verlängerung, da ich im Landesdienst von Nordrhein-Westfalen stand. Es kann sich also nie um ein Mißverständnis in der Auslegung zweier verwandter Rechtsbegriffe handeln, sondern um einen sehr systematischen Schritt, mir durch eine falsche Information meinen Aufenthalt in der Bundesrepublik schwierig zu machen. Dieser Schritt ist nur einer unter vielen, die mich alle in der Auffassung bekräftigen, nicht nur an ein System zu glauben, sondern von einem System überzeugt zu sein.

Es ist richtig, daß ich den Antrag an die Vermittlungsstelle über das Deutsche Generalkonsulat in Bombay gestellt hatte. Das Generalkonsulat teilte mir mit, daß der Antrag mit einer Befürwortung weitergereicht worden sei. Am 16. Februar 1967 erhielt ich von der Vermittlungsstelle auch die Nachricht, daß das Auswärtige Amt der Förderung zugestimmt habe. Inzwischen hatte die Auseinandersetzung mit der Universität Rajasthan begonnen. Die Universität Rajasthan teilte mir mit, meine Dienste würden nicht mehr benötigt, mein Gehalt würde weitergezahlt. Am 22. März schrieb mir die Vermittlungsstelle, *wie man uns inzwischen mitgeteilt hat, sind Sie von der Universität entlassen worden'*. Auf meine Anfrage hin erhielt ich die Antwort, daß diese Information der Vermittlungsstelle vom Generalkonsulat in Bombay gegeben worden sei. Merkwürdig nur, daß mich das Generalkonsulat früher über die Weiterleitung meines Antrages unterrichtet hatte, nicht aber über die Weiterleitung der Information, ich sei entlassen worden, was den Tatsachen nicht entsprach. Meine wiederholte Aufforderung an das Generalkonsulat, die Sachlage zu prüfen und die falsche Information zu widerrufen wurde nicht beachtet. Erst als das Gericht in Jaipur in zwei Instanzen die Universität Rajasthan im Unrecht befand, durfte ich einen neuen Antrag stellen, woraufhin mir die Beihilfe im Juni 1967 rückwirkend gezahlt wurde. Halten Sie dies auch für ein Mißverständnis?

Aus meiner Akte geht weiter hervor, daß mir die Deutsche Botschaft in Neu-Delhi auf keine Frage eine präzise Antwort gab, wohl aber mir durch die verschiedensten Angehörigen widersprüchliche Mitteilungen machte. Wollen Sie das auch als Mißverständnis verharmlosen?

Wie Sie aus meinem Brief an den Herrn Bundesaußenminister vom 29. 2. wissen, war meine Akte In der Deutschen Botschaft in Neu Delhi während eines ganzen Arbeitstages nicht auffindbar, obwohl ich meinen Besuch um 9.00 Uhr morgens angekündigt hatte. Halten Sie das in einer deutschen Behörde für möglich?

Durch *Mißverständnis'* kann auch nicht entschuldigt werden, daß Angehörige der Deutschen Botschaft dem Indienkorrespondenten des WDR, Herrn Klaus Stiebler, erfundene Geschichten über mich erzählt haben, so z.B., daß ich unverschämte Briefe an den Herrn Botschafter geschrieben hätte mit dem Inhalt, mir eine gute Stellung in Indien zu besorgen, wozu er verpflichtet sei, weil ich in Deutschland studiert hätte. Weiter berichtete mir ein indisches Parlamentsmitglied über Informationen, die er über mich von Angehörigen der Deutschen Botschaft erhalten hatte. Sie entsprachen, milde ausgedrückt, nicht den Tatsachen!

Es gibt nicht viele Menschen, die nachempfinden können, wie demjenigen zumute ist, der durch den Mißbrauch der an die Inhaber sicherer Posten delegierten Macht systematisch zum Opfer eines Rufmordes gemacht wird. Der Herr Bundesaußenminister müßte dafür Verständnis haben. Falls der Herr Außenminister nach Kenntnisnahme sämtlicher Vorgänge zu der Schlußfolgerung gelangen sollte, die Beamten seiner Außenstelle in Neu-Delhi hätten korrekt gehandelt, dann bitte ich um eine entsprechende Mitteilung des Herrn Bundesaußenministers.

Mit Rücksicht darauf, daß ich nun seit 10 Monaten ohne Stellung bin, und was schlimmer ist, mein sehr aktuelles Forschungsmaterial immer älter wird, möchte ich Sie um eine baldige Rückäußerung bitten."

Ebenfalls am 19. Juli habe ich auch nach Frankfurt geschrieben. An Eugen Lemberg: „ich möchte mich nochmals sehr herzlich für die freundliche Aufnahme in Ihrem Institut bedanken. Leider wird es zu einer Zusammenarbeit nicht kommen können. Die Alexander von Humboldt-Stiftung hat nämlich meinen Antrag auf ein Stipendium mit der Begründung abgelehnt, ich sei zu qualifiziert, um noch auf ein Stipendium angewiesen zu sein. Für mich bedeutet das, daß ich keine Möglichkeit mehr sehe, die Auswertung meiner Forschungsprojekte in Angriff zu nehmen. Sie werden verstehen, daß es mir sehr schwer fällt, mein Material zu Makulatur werden zu lassen. Falls sich in Ihrem Institut eine Gelegenheit ergeben sollte, meine Forschungsprojekte und mich zu übernehmen, wäre ich Ihnen für eine Mitteilung sehr dankbar. Mit herzlichem Dank für all Ihre Bemühungen"

Aber das Leben ist voller Überraschungen. Es tut sich wieder etwas unvorhersehbares und außerplanmäßiges. Sigrid Welzel erzählt uns im Bridge-Klub, wie wütend ihr Mann geworden war, als sie ihm über die Entscheidung der Humboldt-Stiftung und deren Begründung berichtet hatte. Das Außerplanmäßige ist, daß Hans Welzel es nicht bei seiner Wut bewenden lassen will. Er ist moralisch empört. Er schielt nicht auf seine Karriere, schon gar nicht auf eine politische Karriere. Aber er ist sich seines Einflusses bewußt. Er nimmt Verbindung mit der landeseigenen Heinrich-Hertz-Stiftung auf und verhandelt über ein Habilitationsstipendium für mich. Ich weiß nicht, auf welcher Ebene. Die Stiftung ist für die Förderung naturwissenschaftlicher Forschungen eingerichtet. Aber warum nicht einmal auch ein sozialwissenschaftliches Projekt? Ausnahmsweise, versteht sich.

Hans Welzel weiß, daß kein deutscher Soziologieordinarius bereit gewesen ist, das aus Indien mitgebrachte Forschungsmaterial auch nur unverbindlich zu sichten. An der Bonner Universität ist Soziologie nicht vertreten. Er entschließt sich, den Forschungsantrag selbst zu verantworten. Er kennt mich persönlich immer noch nicht. Die Geschichte mit der Humboldt-Stiftung kann nicht alles gewesen sein, was ihn so wild gestimmt hatte. Er unterschreibt die von mir verfaßte Projektbeschreibung und stellt den Antrag an die Heinrich-Hertz-Stiftung als Direktor des Rechtsphilosophischen Seminars der Universität Bonn auf ein Hablitationsstipendium für eine soziologische Forschungsarbeit.

Endlich entschließt sich die Westdeutsche Rektorenkonferenz ihre Stellungnahme zu Papier zu bringen. Sie trägt das Datum vom 31. Juli: *„WESTDEUTSCHE REKTOREN-KONFERNZ, – Generalsekretär –, Bad Godesberg. Ich beziehe mich auf Ihre Schreiben vom 12. Februar, 15. März und 24. Juni 1968, die in verschiedener Hinsicht mehrfach Gegenstand der Beratungen innerhalb der Westdeutschen Rektorenkonferenz gewesen sind. Ich bitte Sie um Ihr Verständnis dafür, daß die Westdeutsche Rektorenkonferenz aufgrund ihrer Struktur keinerlei Aufsichtsrecht oder Eingriffsmöglichkeiten in die Verhältnisse einzelner Universitäten hat. Man mag das begrüßen oder bedauern; es ist nun einmal der konstitutionelle Sachverhalt. Die Westdeutsche Rektorenkonferenz muß sich darauf beschränken, Probleme im Grundsätzlichen zu klären. Ich füge Ihnen hier die Godesberger Rektorenerklärung zur Hochschulreform, die Assistentenerklärung und die Erklärung zur qualitativen Repräsentation bei, in denen – abstrakt gesehen - Neuordnungen des Verhältnisses der universitären Personengruppen zu einander vorgeschlagen werden. Herr Präsident Ruegg, der sich leider wegen seiner angegriffenen Gesundheit in den*

Urlaub begeben mußte, hat mich gebeten, Ihnen dieses zu schreiben. Mit den besten Empfehlungen, Ihr sehr ergebener, Dr. J. Fischer"

Noch ein verlogenes Schreiben. Es schreibt sich so leicht, daß meine Schreiben in *„verschiedener Hinsicht mehrfach Gegenstand der Beratungen innerhalb der Westdeutschen Rektorenkonferenz gewesen sind"*, wenn die Anstandsregeln es nicht vorschreiben, die entsprechende Protokolle bzw. die Beratungsnotizen in der Anlage beizufügen. Und will dieser Generalsekretär im Auftrage des Präsidenten der Westdeutschen Rektorenkonferenz mir und uns wirklich einreden, daß diese Institution die Auswertung unseres Forschungsmaterials nicht sicherstellen kann, wenn sie es wollte?

Vom „Spiegel' ist nun eine prompte Antwort gekommen, natürlich nicht von Rudolf Augstein: *„Hamburg, den 31. Juli 1968. Sehr geehrter Herr Aich, dagegen ist nun leider schwer etwas zu machen, daß Herr Augstein zuweilen unterwegs ist und daß auch ich es bin. Daß die Post während dieser Zeit nicht unerledigt bleiben soll, Sie also einen Brief mit neuer Unterschrift bekommen – ist es wirklich ein Grund zur Klage?*

Herr Harenberg, der in unserem Hause für alle Hochschulprobleme zuständig ist, wird sich Ihrer Unterlagen annehmen und noch einmal nachsehen, was der SPIEGEL in dieser Sache tun kann. Mit freundlichem Gruß, Walter Busse"

Am 5. August schreibt mir der angekündigte Hochschulexperte beim „Spiegel", Werner Harenberg: *„Herr Busse gab mir die Korrespondenz, die Sie mit ihm und Herrn Dr. Gumnior geführt haben. Ich bin gern bereit, den von Ihnen geschilderten Fall zu prüfen. Ich möchte Sie aber bitten, mir die Unterlagen zu übersenden. Falls eine Veröffentlichung möglich ist, könnten wir dann ein Gespräch verabreden. Bis zum 2. September bin ich in Urlaub."*

Am 13. August wende ich mich an den neuen Präsidenten der Westdeutschen Rektorenkonferenz, Hans Rumpf, der Nachfolger des Schweizer Soziologen Walter Ruegg: „am 12. Februar 1968 habe ich Ihren Vorgänger im Amt, Herrn Prof. Dr. Walter Rüegg, mit einigen Einzelheiten eines Falles vertraut gemacht, der meiner Meinung nach auch die Westdeutsche Rektorenkonferenz interessieren müßte, da dieser Fall unmittelbar mit der Situation an den deutscher Hochschulen zusammenhängt und die Westdeutsche Rektorenkonferenz sich mit der Reform der Hochschulen beschäftigt. Herr Prof. Rüegg hat mir schließlich am 31. Juli durch Herrn Dr. Fischer mitteilen lassen, daß sich die Westdeutsche Rektorenkonferenz darauf beschränken müsse, Probleme im Grundsätzlichen zu klären.

Mit dieser Stellungnahme kann ich mich schwer zufrieden geben, weshalb ich mich heute an Sie wende. Ich verstehe zwar, daß die Westdeutsche Rektorenkonferenz weder ein Aufsichtsrecht noch eine Eingriffsmöglichkeit besitzt, meine aber, daß abgesehen von dieser konstitutionellen Unmöglichkeit die Konferenz doch über eine ganze Skala von möglichen Sanktionen verfügt, so z.B. könnte die Glaubwürdigkeit der Bekenntnisse eines Rektors zu Reformen an den Hochschulen in Frage gestellt werden, wenn derselbe Rektor durch seine Unterschrift willkürliche und andere zweifelhafte Aktionen einzelner Professoren seiner Universität unterstützt hat. Ich verstehe nicht, wie die Westdeutsche Rektorenkonferenz Probleme im Grundsätzlichen lösen will, wenn sie sich verschließt, konkrete Situationen, die ja nur in Einzelfällen manifestiert werden, zur Kenntnis zu nehmen.

Ich verstehe weiter nicht, wie die Westdeutsche Rektorenkonferenz meine Schreiben von 12. 2., 15. 3. und 24. 6. zum Gegenstand von Beratungen innerhalb der Konferenz machen konnte, ohne die Dokumente einzusehen, die ich ihr angeboten hatte.

Ich weiß wirklich nicht, wie die Westdeutsche Rektorenkonferenz ihre moralische Glaubwürdigkeit aufrechterhalten will, wenn sie zwar weiß, daß jungen Wissenschaftlern die Karriere durch fast kriminelle Akte seitens der Professoren ruiniert wird, sie aber dennoch nichts dagegen unternimmt.

Ich wäre Ihnen außerordentlich dankbar, wenn es Ihnen möglich sein würde, zu meinen Äußerungen eine Stellungnahme abzugeben. Eine Kopie meines Schreibens an Herrn Prof. Ruegg darf ich beifügen."

Nun, Hans Rumpf wird nicht seinen Generalsekretär beauftragen, mir eine Stellungnahme der Westdeutschen Rektorenkonferenz zukommen zu lassen. Hans Rumpf wird überhaupt nicht reagieren. Später wird er zum Bundesbildungsminister berufen, nachdem der jetzige Außenminister Willy Brandt der Bundeskanzler dieser Republik geworden sein wird.

Werner Harenberg vom „Spiegel" sollte am 2. September vom Urlaub zurück sein. Also bringe ich am 31. August die Akte mit einem kurzen Begleitschreiben zur Post. Bereits am 3. September wird die Akte aus Hamburg wieder zurückgesandt nach dem gleichen Muster wie bei der Redaktion „Monitor" des WDR-Fernsehen. Der Begleitbrief ärgert mich. Unterschrieben ist er nicht von Herrn Harenberg: *„nach eingehender Durchsicht Ihrer Akten kann ich durchaus begreifen, daß Sie als Ausländer unzufrieden mit der deutschen Justiz und mit dem quasi vogelfreien Status der wissenschaftlichen Assistenten sind. Nur – was Ihnen geschehen ist, liegt keineswegs so weit außerhalb des Alltäglichen; daß ein Bericht darüber gerechtfertigt wäre. Die Reaktion des mit derartigen Vorkommnissen vertrauten deutschen Lesers wäre ein ‚na und?'.*

Aus diesen Gründen fürchte ich, daß wir Ihnen kaum helfen können. Ihre Unterlagen sende ich Ihnen wunschgemäß wieder zurück. Mit freundlichen Grüßen D E R S P I E G E L, Deutschlandredaktion, Jörgen Pötschke"

Am 10 September antworte ich Jörgen Pötschke und schreibe auch wieder an Walter Busse, damit bald diese leidige Korrespondenz – die nicht wenig aufschlußreich wäre, wenn es eine Gelegenheit geben würde, diese zu veröffentlichen – zu einem sinnvollen Abschluß kommt. Zunächst an Jörgen Pötschke: „es fällt mir nicht leicht, Ihnen diesen Brief zu schreiben. Bitte, betrachten Sie seinen Inhalt nicht als verletzende Kritik, sondern als die sachliche Feststellung eines journalistischen Kollegen.

Es ist viel leichter *‚nach eingehender Durchsicht'* zu schreiben als eine eingehende Durchsicht tatsächlich ist. Ich verstehe zwar, daß Sie vielleicht nicht die Zeit haben, eine so umfangreiche Akte durchzuarbeiten, aber dann kann man das ja ruhig schreiben. Leider ist es in diesem Fall ohne eine wirklich eingehende Durchsicht nicht möglich, die Angelegenheit in ihrer ganzen Tragweite zu begreifen. Daß Sie auch nicht annähernd begriffen haben, um was es hier geht, beweisen Ihre Zeilen. Darf ich deshalb folgendes richtigstellen.

1. Die Tatsache, daß ich Ausländer bin, ist in diesem Zusammenhang völlig unerheblich.
2. Ich bin gar nicht unzufrieden mit der deutschen Justiz, schon gar nicht bei Inbetrachtnahme, daß ich Ausländer bin.
3. Ich erwarte vom SPIEGEL keinerlei Hilfe, was Sie eigentlich aus meinen Schreiben an Herrn Busse wissen müßten.
4. Vom SPIEGEL erwarte ich den Beweis seiner Glaubwürdigkeit, fürchte allerdings, daß er den Beweis dafür schuldig bleiben wird.

Was tut das einzige deutsche Nachrichtenmagazin, um zu verhindern, daß sich solche Fälle wiederholen, daß zwei sogenannte liberale Professoren in ihren Willkürtaten fortfahren können. Sagt der SPIEGEL auch nur ,na und?'.

Da ich mich wieder einmal an Herrn Busse wenden werde, erlaube ich mir, eine Kopie dieses Schreibens an Herrn Busse beizufügen."

Und an Walter Busse: „meine Hartnäckigkeit wundert Sie nun sicherlich schon nicht mehr. Sie hatten Herrn Harenberg gebeten, meine Akte durchzusehen. Herr Harenberg bat mich, die Akte nach Hamburg zu schicken, damit er sie nach seiner Rückkehr aus dem Urlaub am 2. September durchsehen könne. Ich schickte die Akte so ab, daß sie am 2. September in Hamburg eintraf. Am 3. September schickte Herr Pötschke vom Deutschlandreferat, also nicht von der Redaktion ,Kulturpolitik', die Akte wieder zurück. Es ist ganz unmöglich, diese Akte in so kurzer Zeit durchzulesen. Ein Redaktionsmitglied Ihrer Düsseldorfer Stelle brauchte dafür 3 bis 4 Tage, als die Akte noch nicht so umfangreich war. Vielleicht erinnern Sie sich auch, daß es damals die Deutschlandredaktion war, die den Düsseldorfer Vorschlag ablehnte.

Um diese leidige Korrespondenz zu beenden, möchte ich folgende Vorschläge unterbreiten.

1. Die Redaktion des SPIEGEL entschließt sich, mir klipp und klar mitzuteilen (wie es der Chefredakteur des ,Kölner Stadt-Anzeigers' getan hat), daß die Ereignisse dieses Falles deshalb nicht interessieren, weil man jahrelang mit den beiden betroffenen Professoren gut zusammengearbeitet habe und diese Zusammenarbeit durch die Veröffentlichung des Falles gestört werde.
2. Da man im SPIEGEL nach ,eingehender Durchsicht' der Akte zu der Überzeugung gelangt ist, daß mein Fall ein alltäglicher ist, müßte der SPIEGEL doch schon einmal über einen ähnlichen Fall berichtet haben, als diese Fälle noch nicht alltäglich waren. Vielleicht bemühen Sie einmal Ihren Leiter des Archivs.
3. Die Redaktion in Hamburg bittet die Düsseldorfer Redaktion ernsthaft, die Akte noch einmal durchzuarbeiten. Es sei denn, Sie haben keinerlei Interesse daran, den mit Hilfe der ,liberalen Presse' als liberal bekanntgewordenen Professoren das Handwerk zu legen. Darf ich noch erwähnen, daß, nachdem ich mich an das Gericht gewandt habe, mein persönlicher Fall vor Gericht ausgefochten wird. Dabei kann mir auch ein SPIEGEL nicht

behilflich sein. Was ich gern erreicht sehen möchte ist, daß der SPIEGEL seine Glaubwürdigkeit beweist."

Der Vorsitzende der Sozialdemokratischen Partei Deutschland hat auf mein Schreiben vom 19. Juli nicht reagiert. Wie soll er auch reagieren, nachdem er seinen Vertreter im Vorstand der Humboldt-Stiftung angewiesen hatte, ein Habilitationsstipendium für mich zu verhindern. Dennoch erinnere ich Willy Brandt am 27. September, daß seine Antwort immer noch aussteht. Am gleichen Tag schreibe ich auch an seinen politischen Schatten im Auswärtigen Amt, Klaus Soensken: „Ich darf Bezug nehmen auf mein Schreiben vom 19. Juli und auf das Schreiben Herrn Dr. Schillings vom Ministerbüro vom 25. Juli. Herr Dr. Schilling teilte mir darin mit, daß Sie Mitte August wieder in Ihrem Büro sein und sich dann mit meinem Schreiben vom 19. Juli befassen werden. Als ich dieses Schreiben abfaßte, war meine Angelegenheit seit 10 Monaten unerledigt, inzwischen sind 12 Monate verstrichen. Die Hoffnung, daß die Zeit meine Angelegenheit erledigen wird, trifft nicht zu, sie ist im Gegenteil immer komplizierter geworden. Darf ich Sie deshalb nochmals bitten, in der Sache irgendeine Entscheidung herbeizuführen. Ich sehe nur eine Alternative, nämlich, Sie entscheiden entweder, daß das Verhalten der Deutschen Botschaft in Delhi und des Generalkonsulats in Bombay einwandfrei war, oder Sie entscheiden, daß es das nicht war. Dann müßten Sie allerdings auch versuchen, den mir entstandenen Schaden zu reparieren."

Am 27. September hat mir auch der „Spiegel" geschrieben, nicht der burschikose Walter Busse, sondern ein durchaus verärgerter Werner Harenberg: *„erlauben Sie mir bitte, anstelle von Herrn Pötschke, Ihren Brief vom 10. 9. zu beantworten. Ich möchte mich auf drei Punkte beschränken.*
1. *Sie halten es für unmöglich, die Akte ‚in so kurzer Zeit' durchzulesen. Nachdem wir mehrfach zu recht von Einsendern getadelt worden sind, weil wir erst nach ungebührlich langer Zeit ihre Briefe beantwortet haben, haben wir uns zu schneller Erledigung aller Eingänge entschlossen. Ich bin der Meinung, daß ein Arbeitstag eines SPIEGEL-Redakteurs ausreicht, um eine Akte zu prüfen und über Veröffentlichung oder Nichtveröffentlichung zu entscheiden.*
2. *Ihre Vermutung, daß Ihr Fall von der Redaktion Kulturpolitik in das Deutschlandreferat abgeschoben worden sei, trifft nicht zu, Herr Pötschke arbeitet in meinem Ressort, sein Brief trägt allerdings noch die alte Unterschriftsformel.*
3. *Daß Ihr Fall keineswegs weit außerhalb des Alltäglichen liegt, wie Herr Pötschke Ihnen geschrieben hat, können wir behaupten, ohne daß wir – wie Sie es verlangen – einen Bericht über einen ähnlichen Fall nachweisen. Wenn Sie beispielsweise unsere Titelgeschichte über die deutschen Professoren (Heft 8/1968) lesen, so werden Sie uns bestätigen müssen, daß wir die Stellung des deutschen Professors und seine ‚Allmacht' auch und vor allem über Assistenten wohl deutlich genug beschrieben haben."*

Der „Spiegel" hat Macht. Werner Harenberg partizipiert an dieser Macht. Wie alle Personen mit einem schwachen „Ich", stellt er unzutreffende

Behauptungen auf, auch Behauptungen, die neben der Sache liegen – „Strategie 2". Werner Harenberg müßte eigentlich wissen, daß es bei seiner wütenden Reaktion nicht bleiben wird, daß er etwas zurückbekommen und wieder einen Wutanfall haben wird. Aber er weiß auch, daß die Befreiungsschläge auch ihren Reiz haben und daß er auch bei dem verwerflichsten Befreiungsschlag keinerlei Risiko eingeht. Und er hat die Genugtuung, gestützt auf die Macht des „Spiegels", sich selbst und dem Gegenüber nicht zugeben zu müssen, daß er dabei ertappt worden ist, als er unreinen Wein als reinen Wein einschenken wollte – „Strategie 3".

Leider habe ich zwischenzeitlich auch traurige Post bekommen. Von Hans-Eberhad Dingels, jenem aufrechten Referenten beim Parteivorstand, der für internationale Beziehungen zuständig ist. Am 1. Oktober schreibt mir: *„Lieber Herr Dr. Aich, ich habe mich in der Zwischenzeit noch einmal mit Ihrer Angelegenheit befaßt. Doch muß ich Ihnen offen gestehen, daß ich auf allen Wegen, die ich versucht habe zu beschreiten, keinerlei Erfolge aufzuweisen habe und ich glaube auch nicht, daß der Vorsitzende der SPD Herr Brandt in Ihrer Angelegenheit von sich aus noch einmal tätig werden kann. Es tut mir leid, Ihnen diese Nachricht zukommen zu lassen, aber ich war der Meinung, daß eine offene Information nützlicher sein würde, auch für Sie, als ein längeres Hinhalten. Ich hoffe sehr, daß es Ihnen vielleicht in der Zwischenzeit gelungen ist, auf Ihrem Wege die Angelegenheit etwas in einem für Sie positiven Sinne voranzutreiben. Für heute bin ich mit freundlichen Grüßen Hans-Eberhard Dingels."*

Am 7. Oktober schreibe ich dem „Spiegel" den vorläufig letzten Brief – so glaube ich – und versuche einen etwas friedlicheren Ton anzuschlagen, damit die Härte an der Sache durch den Ton nicht noch emotionalisiert wird: „ich danke Ihnen für Ihr freundliches Schreiben vom 27. September. Falls ich in meinem Schreiben einem SPIEGEL-Redakteur etwas unterstellt haben sollte, was nicht den Tatsachen entspricht – wie Sie in Ihren drei Punkten ausführen – so tut mir das aufrichtig leid. Ich gebe sogar zu, daß der Stil meiner Briefe vielleicht nicht den in Deutschland üblichen entspricht und sich die Empfänger leicht in die Verteidigung gedrängt fühlen könnten. Darf ich versuchen, Ihnen in aller Kürze den Inhalt meiner Korrespondenz mit dem SPIEGEL zu schildern, und Sie bitten, daraus Ihre Schlüsse zu ziehen. Vielleicht sagen Sie mir dann, ob ich ganz so Unrecht habe wie Sie meinen.

1. Am 19. Januar schreibt mir Herr Dr.Wildt: ‚Wir aber sehen nicht recht, was wir für Sie tun können, da es sich ja wohl um einen **Einzelfall** ohne generelle Bedeutung handelt.' Am 19. Februar bestätigt Herr Dr. Wildt diese seine Meinung nochmals. Ich habe daraufhin die ganze Geschichte Ihrer Düsseldorfer Redaktion angetragen. Nachdem einer Ihrer Düsseldorfer Redakteure die ganze Akte gelesen hatte, interviewte er Prof. König. König riet diesem Redakteur, seine Recherchen einzustellen, denn er und Prof. Scheuch verfügten über zu gute Beziehungen zum SPIEGEL in Hamburg, als das je etwas von dorther an die Öffentlichkeit kommen könnte.

2. Sollte wider Erwarten, so König, die Geschichte doch an die Öffentlichkeit kommen, so würde König einen Strafantrag gegen mich stellen, und seine Beziehungen reichten völlig aus, mich ausweisen zu lassen. Diese Aussagen von König sind die nackte Wahrheit. Sie werden mich sicherlich nicht fragen wollen, woher ich das als langjähriger Angehöriger seines Institute weiß.

3. Die Düsseldorfer Redaktion schickte ein 2½seitiges Exposé nach Hamburg, von wo nach einiger Verspätung von der Deutschlandredaktion die lakonische Frage kam, warum diese Geschichte wohl im SPIEGEL stehen solle.

4. Am 17. April teilte mir Herr Busse mit, ‚Sie werden sicherlich auch nicht übersehen wollen, daß es sich dabei um ein generelles Phänomen handelt, um eine Sache also, die ohne eine Übertreibung zu sagen, die Redaktionsbüros mehr als hundertfach ausgesetzt sind.‘ Was also für Herrn Dr. Wildt ein Einzelfall war, ist für Herrn Busse ein generelles Phänomen.

5. Am 3. September schreibt Herr Pötschke, daß ich als Ausländer mit der deutschen Justiz unzufrieden sei. Diese Formulierung machte mich stutzig, weil die Akte dafür keine Anhaltspunkte liefert. Und das veranlaßte mich, Herrn Pötschke zu schreiben, er habe die Akte nicht aufmerksam genug gelesen, womit ich nichts über das Arbeitspensum eines SPIEGEL-Redakteurs aussagen wollte. Aber ich bin nun wirklich weder mit der deutschen Justiz unzufrieden, noch beanspruche ich eine Sonderbehandlung als Ausländer, was aus meiner Akte klar hervorgeht.

6. Am 27. September sagen Sie mir, daß Sie behaupten können, ‚ohne daß wir – wie Sie verlangen – einen Bericht über einen ähnlichen Fall nachzuweisen‘, mein Fall keineswegs <u>weit</u> außerhalb des Alltäglichen liege. Natürlich kann ich nichts von Ihnen verlangen, nur hat das Bild, das ich vom SPIEGEL hatte, mich zu gewissen Erwartungen verleitet. Sie schreiben ‚keineswegs weit‘, worauf zu fragen wäre, wie weit für den SPIEGEL weit ist. Meinen Sie wirklich, daß es genügt, ganz allgemein von der ‚Allmacht der deutschen Professoren‘ zu sprechen? Meinen Sie wirklich, daß die deutschen Professoren allein deswegen schon ihre Allmacht ein bißchen weniger geliebt und genutzt hätten? Und in meinem Fall war es nicht nur Machtmißbrauch. König und Scheuch nutzten ihre Beziehungen und konnten selbst die Deutsche Botschaft in Delhi veranlassen, sich unterhalb der Legalität zu begeben. Eine Tatsache, die mir das Auswärtige Amt bestätigte, aber gleichzeitig als bedauerliches Mißverständnis abtat. Als mir dann doch die Wiedereinreise in die Bundesrepublik gelang, sahen König und Scheuch ihre Rettung in einer Rufmordkampagne. Sie scheuten sich auch nicht vor Delikten, die strafrechtlich verfolgt werden können. Diese Vorkommnisse kann man schwerlich mit dem Hinweis auf die Allmacht der deutschen Professoren abtun.

Nun, König ist alt. Aber bei Scheuch werden Sie sicherlich noch viel Gelegenheit haben, darüber nachzudenken, ob Sie gut daran tun, ihn aus irgendeinem Grund zu decken. Sie würden erstaunliche Entdeckungen machen, wenn Sie über den gegenwärtigen Zustand in seinem Institut recherchieren würden.

Vielleicht sind Sie freundlich genug, mir mitzuteilen, wie Sie sich in meiner Situation verhalten hätten. Darf ich Ihnen nochmals versichern, daß ich nicht die Absicht hatte, nicht den Tatsachen entsprechende Behauptungen über einen Spiegel-Redakteur aufzustellen."

Am 7. Oktober habe ich auch an Hans-Eberhard Dingels geschrieben. Ich weiß nicht, ob ich einigermaßen den richtigen Ton getroffen habe: „Lieber Herr Dingels, ich danke Ihnen für Ihr Schreiben vom 1. Oktober, von dem ich annehme, daß es auch mein an den Vorsitzenden Ihrer Partei gerichteten Schreiben beantwortet. Ich stimme völlig Ihrer Meinung zu, daß eine offene Information besser ist als Hinhalten.

Auch ich bedauere, daß Sie in meiner Angelegenheit nichts erreichen konnten. Um auf das Prinzip der offenen Information zurückzukommen, darf ich folgende Anfrage an Sie richten. Konnte die SPD in meiner Angelegenheit nicht tätig werden, weil sie glaubt, daß diese Angelegenheit sie nichts angeht, oder konnte sie nicht tätig werden, weil sie der Meinung ist, daß alle Vorkommnisse völlig in Ordnung waren und ein Tätigwerden eine unerlaubte Einmischung sein würde? Ich bin sicher, Sie haben Verständnis für meine Frage und werden mir eine offene Antwort geben.

Es wird Sie sicherlich nicht überraschen zu hören, daß alle meine Bemühungen der letzten 12 Monate ergebnislos geblieben sind."

Was Werner Harenberg in seinem Schreiben am 11. Oktober tatsächlich zum Ausdruck bringt, macht mich fassungslos. Ja, mit der Spiegel-Macht im Rücken braucht er – anders kann ich es nicht erklären – darüber nicht nachzudenken, was er so von sich gibt: *„nachdem wir wohl alle unsere Argumente ausgetauscht haben, möchte ich Ihnen vorschlagen, unsere Korrespondenz einstweilen zu beenden. Darüber zu diskutieren, ‚wie weit für den SPIEGEL weit ist‘, halte ich nicht für unbedingt notwendig. Was König gesagt hat oder gesagt haben soll, erfahre ich erst aus Ihrem Brief vom 7. Oktober; Sie sehen daraus, daß es für meine Beurteilung des Falles keine Bedeutung gehabt haben kann. Wenn König und Scheuch Delikte begangen haben, die – wie Sie schreiben – ‚strafrechtlich verfolgt werden können‘, so vermag ich nicht einsehen, warum Sie sich nicht mit den zuständigen Stellen in Verbindung gesetzt haben. Mit freundlichen Grüßen DER SPIEGEL, Erziehung und Kirche, Werner Harenberg"*

Mein vermeintlicher letzter Brief an den „Spiegel" ist doch nicht der letzte geworden. Der Schriftwechsel dieser Art hat viele Ähnlichkeiten mit einem Schachspiel. Hat man sein Gegenüber einmal bei einer Schwäche erwischt, dann folgen weitere Schwächen. Walter Busses Schwäche war, daß er nicht fähig gewesen ist, mir reinen Wein einzuschenken wie der Chefredakteur des „Kölner Stadt-Anzeiger". Statt dessen überläßt er diese Aufgabe jemandem, der ein noch schwächeres „Ich" besitzt. Werner Harenberg verwickelt sich in Widersprüche, weil meine Hartnäckigkeit ihm fremd gewesen ist. Er hätte eigentlich mein Schreiben gar nicht beantworten müssen. Aber er ist halt ein Spiegel-Redakteur. Er bringt dann selbst den Nachweis, daß weder er noch sein Kollege Jörgen Pötschke die Akten durchgearbeitet haben. In seiner blinden Wut läßt sich Werner Harenberg zu dem Satz verleiten: *„Wenn König und Scheuch Delikte begangen haben, die – wie Sie schreiben – ‚strafrechtlich verfolgt werden können‘, so vermag ich nicht einzusehen, warum Sie sich nicht mit den zuständigen Stellen in Verbindung gesetzt haben“.*

Also schreibe ich am 14. Oktober dem „Spiegel“: „ich danke Ihnen für Ihr Schreiben vom 11. Oktober und möchte Sie um Verständnis dafür bitten, daß ich Ihren gut gemeinten Ratschlag, meine Korrespondenz mit dem SPIEGEL einstweilen zu beenden, nicht befolgen kann. Und ich meine, Sie können von einem journalistischen Kollegen auch kaum verlangen, daß er seine Recherchen über die Arbeitsweise des angeblich rechtschaffenen SPIEGELS, des deutschen Nachrichtenmagazins, in einer so interessanten Phase abbricht.

Ich sehe allerdings eine Möglichkeit, die Korrespondenz mit dem SPIEGEL zu beenden. Sie wäre gegeben, wenn der SPIEGEL präzise sachliche Fragen präzise und sachlich beantworten würde. Falls dies dem SPIEGEL nicht möglich sein sollte, so kann er mir dies 1. schreiben oder aber 2. meine Schreiben gar nicht beantworten, wodurch auch klargestellt sein würde, daß dem SPIEGEL die Argumente ausgegangen sind.

Falls Sie oder Ihr Kollege meine Akte tatsächlich eingehend durchgelesen hätten, dann hätten Sie auch feststellen müssen, daß ich die erwähnten Delikte strafrechtlich verfolge und die Staatsanwaltschaft bemüht habe. Wie schon gesagt, es schreibt sich halt doch sehr leicht, *‚nach eingehender Durchsicht‘.*

Bitte gestatten Sie mir noch, darauf hinzuweisen, daß ich über diese Delikte dann schrieb, als Sie den SPIEGEL-Bericht über die Allmacht der deutschen Professoren als Beweis für die schon erfolgte Berichterstattung in Anspruch nehmen wollten.

Ich bin nach wie vor der Meinung, daß es möglich sein müßte, unterschiedliche Ansichten und Einstellungen sachlich in schriftlicher Form zu diskutieren. Ich würde mich deshalb freuen, wenn Sie auf meine Fragen eingehen könnten, die ich in meinem letzten Schreiben an Sie gerichtet hatte.“

Ich bin am Ende mit meinem Latein. Es ist mir in Deutschland nicht gelungen, was mir in Indien gelungen war. Eine schnelle Rehabilitierung. Und ich hatte mir eingebildet, ich würde dieses Land so gut kennen. In Indien habe ich Dinge gesehen, Dinge kritisiert, die ich nunmehr in Deutschland in schlimmeren Ausprägungen vorfinde. Wieso war ich so einäugig? Ist es die Ausbildung in Köln, ist es die Soziologieausbildung, ist es die kulturelle Verklonung durch das Erziehungssystem der blond-blauäugig-weiß-christlichen Kultur, dessen Ableger in Indien ich nicht untersuchen sollte und deren Untersuchungsdaten ich nun nicht auswerten kann, oder ist die Einäugigkeit das Resultat von allem zusammen? Ich muß mich wohl nach einem anderen Beruf umsehen.

Selbst wenn eine gerichtliche Entscheidung zu meinem Gunsten ausfallen würde, würde sie erst in etwa fünf Jahren möglich sein. Die deutschen Richter sind nicht so einfühlsam wie die indischen Richter es gewesen sind. Die indischen Richter zweier Gerichtszüge haben nicht nur durchschaut, was gespielt wurde, sie hatten ihre Möglichkeiten ausgeschöpft, um das zu verhindern, was in der Gerichtsbarkeit für die schwächere Partei fast immer stattfindet: „Justice delayed, justice denied." Übersetzt würde es heißen: Verzögerte Gerechtigkeit ist verweigerte Gerechtigkeit. Die indischen Richter hatten nicht nur ihre Möglichkeiten ausgeschöpft, sie hatten das Verfahren innerhalb von wenigen Wochen zum Abschluß gebracht.

Möglicherweise haben auch die Richter des Verwaltungsgerichtes in Köln durchschaut, was gespielt wird. Sie haben die Klage nicht wegen einer angeblichen Fristversäumnis abgewiesen. Aber sie sind nicht so einfühlsam wie die indischen Richter. Sie setzen die Universität nicht unter Druck und drängen nicht auf einen gerichtlichen Vergleich. Weil ich ein farbiger Ausländer bin? Ich schließe die Möglichkeit nicht aus. Aber ich unterschätze auch nicht die sogenannte „Professionalität" der deutschen Richter. Professionalität ist für mich nur eine Verschleierung von Entmenschlichung: teilnahmslos, mitleidslos, computerhaft und beschwerdefrei funktionierend. Angewendet auf die deutschen Richter im Allgemeinen würde das für mich nichts anderes bedeuten als furchterregende Paragraphenhengste der jeweils geltenden Gesetze. Teilnahmslos, mitleidslos, beschwerdefrei haltende Urteilssprüche. Sie haben einen Vergleich nur empfohlen. Der Rest ist die Sache der Parteien. Vor dem Gesetz sollen ja die Parteien gleich sein. Deshalb darf ich die Kosten des Verfahrens selbst tragen.

Und die Kosten der Gegenseite trägt der Steuerzahler. Denn die eigentlichen Übeltäter, die beiden deutschen Ordinarien, sind nicht verklagbar, sondern nur die demokratisch gewählte Landesregierung. Sie schützt stets die vorgesetzten Beamten vor Klagen der schwächeren Beamten. Sie hält ihre schützende Hand über die Willkür der Vorgesetzten. So ist die Gesetzeslage im Namen des Volkes. Eben! *Alle Staatsgewalt geht vom Volk aus."*

Natürlich ist es zu keiner Vergleichsverhandlung gekommen. Es gab für mich kein Verhandlungsgegenüber. Nicht das beklagte Land, nicht sein Vertreter, die Kölner Universität. Es wird abgewartet, bis mir die Puste ausgeht. Und langsam geht sie mir aus. Am 11. Juni hatte das Verwaltungsgericht in Köln verkündet: *„Der Vorsitzende schloß die Verhandlung und gab bekannt: Die Sache wird auf zunächst 3 Monate vertagt."* Nun, nach Ablauf dieser 3 Monate wird nicht automatisch die Verhandlung wieder fortgesetzt. Das wäre ja nicht „professionell". Mein Rechtsanwalt darf am 11. September um die Anberaumung eines Termins bitten. Was er auch nur in meinem Auftrage getan hat. Und das Gericht ist auch anderweitig beschäftigt. Es kann erst für den 18. November einen Termin anberaumen. Es läuft alles nach der geplanten Strategie: Aussitzen, Zeit schinden, vielleicht erledigt sich das Problem von selbst.

Kleine Unwägbarkeiten des Lebens

Unser Köcher ist Ende Oktober 1968 leer. Wir sind alle erdenklichen, möglichen Wege gegangen. Und wir hatten nicht wenige Möglichkeiten. Das Ergebnis ist gleich Null. Die dritte Runde der Schlacht auf dem Boden der „ersten Welt" ist für uns verloren gegangen. In einer Welt, die als „modern" gilt, in der das gesellschaftliche Leben durch **rationale** und nicht durch **emotionale** Kriterien bestimmt wird. Kriterien, die von Werten und Normen abgeleitet sind, die universell als fortschrittlich gelten sollen. Werte und Normen, die in der Verfassung dieses Staates verankert sind. Der geordnete Gang des Alltags soll von diesen universellen Werten und Normen bestimmt sein. Denn Deutschland ist modern.

Nicht so wie in der „zweiten Welt", die durch die Produktivkraftentwicklung zwar in ihrem äußeren Erscheinungsbild der ersten Welt immer ähnlicher wird. Der Alltag dort soll von „Unfreiheit", „Willkür" und „Irrationalität" geprägt sein. Und in der „dritten Welt"? Sie sei verhaftet in den längst überholten Traditionen, in der nichts Rationales gelte. Der Alltag dort sei von einer „Normlosigkeit", von Korruption, von Vetternwirtschaft und von unberechenbarerer Gewalt geprägt. Die „Bananen-Republiken", also. Indien gilt als ein „Dritte-Welt-Land". Ein Land, das von Soziologen wie König als „Orient" und von Soziologen wie Scheuch als „Tropen" tituliert wird. Andere haben das Gebiet etwas präziser beschrieben. Die „dritte-Welt" rangiert in der Werteskala „primitiv – zivilisiert" im Bereich „primitiv", die „erste Welt" im Bereich „zivilisiert". Zivilisierter ist demnach also jene „Welt", die am stärksten die Natur, die anderen „Welten" und Menschen im allgemeinen ausgebeutet hat und weiterhin ausbeutet. Sich dieses „Know-how" des Ausbeutens anzueignen, soll der Prozeß von „Fortschritt" sein. Wer das Maximum in diesem Wertesystem erreicht hat, gilt auch als dem Gipfel der „Modernität" angenähert.

Fast am Ende einer Schlacht zwischen David und Goliath lassen wir uns all unsere Erlebnisse durch den Kopf gehen. Was haben wir in Indien, einem relativ primitiven „Dritte-Welt-Land" und in der Bundesrepublik Deutschland, dem zivilisierten „Erste-Welt-Land", erfahren? Ich werde als wissenschaftlicher Assistent des Landes Nordrhein-Westfalen unter Fortzahlung der Bezüge vom Dienst beurlaubt. Den Antrag stellt der Direktor des Instituts, weil: *„Dieses Forschungsprojekt ist nicht nur von Bedeutung für unser Institut, es ist auch wichtig für die Habilitationsschrift von Herrn Dr. Aich. Außerdem wird Herr Dr. Aich während seines Aufenthaltes in Indien Gelegenheit haben, 9 Monate Gastvorlesungen zu halten. ... Es ist auch von öffentlichem Interesse, daß ein von uns ausgebildeter Angehöriger der Dritten Welt die Gelegenheit erhält, an einer indischen Universität zu lehren. Diese seltene Chance sollte unbedingt genutzt werden."*

Diese Koppelung zweier Tätigkeiten, Forscher und „Missionar", war von der Sache her nicht zwingend. Aber diese Koppelung war gewollt. Und ich fand nichts dabei. Nein. Ich nahm diese Koppelung willig hin. Die Tätigkeit als Missionar zwingt mich, meinen Dienst an der Universität Rajasthan anzutreten, bevor die finanziellen Mittel für meine Tätigkeit als Forscher bewilligt sind. Ohne diese „Ineffizienz" in der „ersten Welt" würden wir zu dieser Sozialgeschichte gar nicht gekommen sein. Wir würden mit meinen beiden Tätigkeiten – als Forscher und als Missionar – vollauf beschäftigt gewesen sein, im Dienst für das Institut an der Universität Köln und für das öffentliche Interesse in der Bundesrepublik Deutschland.

Die finanziellen Mittel wurden nicht rechtzeitig bewilligt. Sie wurden überhaupt nicht bewilligt. Am 24. Oktober 1966 muß uns Königs Verwaltungshand im Institut, Dieter Fröhlich, schreiben: *„Die vielleicht bitterste Mitteilung dieses Briefes: Ende Oktober teilte uns die Deutsche Forschungsgemeinschaft in drei dürren Zeilen mit, daß Ihr Antrag nach eingehender Prüfung durch die zuständigen Ausschüsse abgelehnt worden sei. Es tut mir leid, Ihnen dies mitteilen zu müssen. Diese Ablehnung hat unser soziales Gewissen in seinen tiefsten Schichten angesprochen, und ich hoffe, finanziell zumindest etwas für Sie tun zu können. ... Ich habe mit König vereinbart, daß wir Ihnen so schnell wie möglich 2000,- DM zur Deckung des dringendsten Sachbedarfs zukommen lassen, und zwar aus unserem Forschungsfonds für das Jahr 1967."*

Und am 2. Dezember muß Fröhlich noch schreiben: *„Lieber Herr Aich, eine Hiobsbotschaft jagt die andere: am 29.11. war ich im BMZ. Dort gab es eine Diskussion mit Herrn Dr. v. Schott, Herrn Dr. Greif, einer Sachbearbeiterin des Ministeriums, einem Vertreter der Carl-Duisberg-Gesellschaft und mir über Ihren Antrag ... Hauptargumente der Gegner dieses Projekts waren die kleine Zahl der zu befragenden Personen sowie die damit verbundenen hohen Kosten, die sich durch die Tatsache ergaben, daß diese Personen über ganz Indien verstreut leben. Es gelang mir, die Bedenken bezüglich der Zahl der Befragten zu zerstreuen mit dem Hinweis auf den sozialpsychologischen Charakter der Untersuchung. Dann jedoch brachte der Vertreter der Carl-Duisberg-Gesellschaft die entscheidende Information, nach der Ihr Projekt abgelehnt wurde, wenigstens für den jetzigen Zeitpunkt. Er berichtete, daß es sich bei dieser Gruppe von 25 Lehrern an polytechnischen Ausbildungsstätten um die erste Gruppe dieser Art in Deutschland handelte, deren Ausbildung nach seinen Aussagen in Deutschland ziemlich chaotisch verlaufen ist."*

Eigentlich hätte König unverzüglich meinen Dienstvorgesetzten, den Rektor der Universität, und das Ministerium benachrichtigen müssen, daß der Anlaß für meine Beurlaubung hinfällig geworden ist und deshalb die Beurlaubung mit sofortiger Wirkung rückgängig gemacht werden sollte. Ich hätte zurück gerufen werden müssen. Aber es fehlte an Fürsorgebewußtsein. Wir waren gestrandet. Und was können Forscher in so einer Situation tun? Sie richten ihren forschenden Blick überall innerhalb der Reichweite ihres Blicks hin. Genau das haben wir auch getan, nichts **atypisches**. Und dabei entdecken wir die „Universität".

Die Forscher an den Universitäten im allgemeinen entdecken so vieles um ihre Universitäten herum, daß sie in ihrem Eifer die „Universität" als

Forschungsgegenstand nicht entdeckt haben. Ich schließe mich selbst in diesen Tadel mit ein. Obwohl es mir nicht verborgen geblieben war, daß innerhalb der Universitätswände vieles sehr „menschlich" zugeht. Häufig menschlicher als in vielen anderen Einrichtungen, weil die Machtverhältnisse im engsten Raum zu ungleich sind und sich unter dem „Talar" vieler Hochschullehrer eine ganze Menge kriminelle Energie, nicht nur sexuelle, verbirgt. Nicht nur anläßlich der Betriebsausflüge, Karnevalstage, Weiberfastnacht oder Weihnachtsfeiern. Der herrschende Geist der gelehrten Gemeinde ist natürlich der Geist der Herrschenden in der Gesellschaft. Nur mit dem Unterschied, daß der Geist der Gelehrten findiger und das Klima giftiger sind.

Es ist mir nie in den Sinn gekommen, daß dieses universitäre Nest längst hätte öffentlich gelüftet werden müssen. Ich habe mit Kollegen viele Geschichten als Anekdoten abgefeiert. Auch heute weiß ich nicht, ob ich mich für diese Blindheit schämen muß. Denn es ist nicht die Stärke der blond-blauäugig-weiß-christlichen Kultur vor der eigenen Haustür zu kehren. Und ich bin in dieser Kultur zu Hause. Es ist nicht die Erwägung gewesen, man beschmutze das eigene Nest nicht, welche dieser Kultur auch voll entsprechen würde. Nein, die Praxis innerhalb der Universität als Forschungsgegenstand war mir einfach nicht in den Sinn gekommen.

Erst in einer Karrierenkrise entdecke ich, daß die Universität ein interessanter Gegenstand für sozialwissenschaftliche Forschung ist. Die Universität als ein Produktionsbetrieb und als das Vehikel der gesellschaftlichen Entwicklung. Wir entdecken auch, daß die Erforschung der Universität wenig Geld kostet, wenn man ein Mitglied der Universität ist. Aber reichliche Selbstausbeutung, versteht sich. Wir tun dies mit Eifer und nicht heimlich. Bemerkenswert ist, daß die beiden verursachenden Faktoren, Finanzmittel und Karriere, außerhalb unserer Beeinflussung standen. Ich halte deshalb den Umkehrschluß für gültig: Ohne Finanznot und ohne Karrierekrise – beides verursacht in der „ersten Welt"– würden wir die Universität als Forschungsgegenstand überhaupt nicht entdeckt haben.

Diese Entdeckung ruft in Indien die Unnithans und die Mathurs auf den Plan. Aus nachvollziehbaren Gründen. Aber auch die Königs und Scheuchs in Deutschland. Zunächst aus nicht nachvollziehbaren Gründen. Mit unterschiedlichsten Mitteln versuchen sie, die Untersuchung zu Fall zu bringen. Im eher „primitiven" Indien gelingt es ihnen nicht, eine Einheitsfront zu mobilisieren. Wir erinnern uns an die Aktivitäten der deutschen Auslandsvertretungen. Auch der Terror auf dem Campus der Universität bleibt erfolglos, weil es ihr nicht gelingt, uns vollständig zu isolieren. Viele Hochschullehrer besuchten uns in der Dunkelheit der Nacht. Wegen der begründeten Angst. Es gelingt ihr auch nicht, eine Mehrheit der Hochschullehrer gegen unsere „antinationale" Forschung zu mobilisieren.

Ganz im Gegenteil. Nur sieben Departments an der Universität Rajasthan boykottierten unsere Feldarbeit. Die Vereinigung der Hochschullehrer forderten in einer Unterschriftenaktion die Universitätsleitung auf, unserer Forschungsarbeiten zu unterstützen. Auch andere Einrichtungen waren nicht „modern" und „professionell" genug, gegen „die Universität als Forschungsgegenstand" zu mobilisieren: Presse, Parlamente, Behörden, Gerichte, staatliche Autoritäten. Wir verdanken den erfolgreichen Abschluß der Materialerhebung der „Rückständigkeit" Indiens, der fehlenden „Modernität" und „Professionalität".

Unnithans und Mathurs spielten in der zweiten Etappe eine Statistenrolle. Die „modernen" Deutschen mußten auf einem von „Traditionalität" verschränktem Gebiet operieren. Ein Auswärtsspiel. Außer einer Entlassung, der Vereitelung eines Einreisevisums verfügten sie über keinen wirksamen Waffen. Die nachträgliche Genehmigung von ein paar tausend Mark war nur eine trügerische Hoffnung, daß wir eventuell einsehen könnten, daß es wenig Sinn hätte, in die Bundesrepublik zurückzukehren. Aber das erhobene Forschungsmaterial erreicht Deutschland unbeschadet. Pech für die Gegenseite war es, daß meine Frau die deutsche Staatsangehörigkeit beibehalten hatte und ich von der blond-blauäugig-weiß-christlichen Kultur nachhaltig geklont worden war. Trotz alledem glaubte ich an die lauthals verkündeten Werte und Normen. Wie haben die Verlogenheit als Prinzip nicht gesehen. Wir waren blind.

In Indien waren wir unbekannt. Wir kannten uns in Indien nicht gut aus. Trotzdem gelang es uns, durch Arbeit und durch Entschlossenheit alle Widerstände zu überwinden und mit dem umfangreichen Forschungsmaterial die „Schlangengrube Jaipur" zu verlassen. Mit weißer Weste, bezeugt und bescheinigt von zwei indischen Gerichten und von staatlichen Würdenträgern. Der Ausdruck „Schlangengrube Jaipur" ist von Dieter Fröhlich kreiert. Wir haben dies in der Prozeßphase erfahren. Er schrieb am 29. März 1967 an König, der sich in Italien zu Ferien aufhielt: *„Lieber Herr Prof. König! Einen ‚schnellen' Brief in Sachen Aich: (die Maschinenschrift ist dementsprechend):*

Die Schlangengrube Jaipur hat sich wieder durch zwei Schreiben Aichs (einen an mich) geregt. Ehrlich gesagt durchschaue ich die Lage nicht mehr und glaube auch, sie ist von hier aus ohne Anhören beider Seiten nicht zu klären. Entgegen Ihren Vorstellungen möchte ich Aich allein nicht die ganze Verantwortung für die verfahrene Situation in die Schuhe schieben. Zu dieser Einstellung komme ich durch meine Erfahrungen mit afghanischen und indischen Behörden (letztere Erfahrungen als Tourist). Ich weiß, daß diese Behörden Meister unklarer Verhältnisse sind. Zu Aichs Brief: Sein Hauptproblem ist augenblicklich die Zugehörigkeit zum Institut und die Durchführung seiner Untersuchungen. Ich weiß, daß sich diese Angelegenheit über die Person von Aich ausgeweitet hat und nun die Reputation des Instituts und damit die Ihre auf dem Spiel steht. Vielleicht ließe sich ein Kompromiß herbeiführen dergestalt, daß Sie auf Aichs Vorschlag eingehen und den geheimen Bericht (Einen geheimen Bericht erbitten? Von wem?) erbitten, gleichzeitig Aichs Beschäfti-

gung an der Universität Jaipur gegenüber der Univerwaltung Jaipur in der Schwebe halten und diese bitten, Aich wenigstens bei der Durchführung der Projekte keine Hindernisse in den Weg zu legen. Vielleicht können Sie auch darauf hinweisen, daß bei evtl. Veröffentlichungen die Mitarbeit bzw. die Vorarbeiten von Mitgliedern der Uni Jaipur nach entsprechender Prüfung durch Sie im Herbst dieses Jahres, wenn Sie in Jaipur sind, gewürdigt werden.

Frage an Sie: Soll ich Aich die zweiten 1000,- DM überweisen? Falls ja, schreiben Sie bitte Aich, daß ich dringend Belege über seine Ausgaben brauche, und zwar für die schon überwiesenen 1000,- DM sowie evtl. für die 2. Rate. Ansonsten möchte ich weder in Ihrer noch in Aichs Haut stecken. ..."

Dieses Schreiben ist trotz alledem insofern tröstlich, daß meine Wertschätzung der blond-blauäugig-weiß-christlichen Kultur nicht meine persönliche Verblendung gewesen ist. Auch Dieter Fröhlich ist blind, was die Machenschaften der Ordinarien in dem Universitätsbetrieb angeht. Wie erinnerlich, erreicht uns am 11. April 1967 das Telegramm aus Köln, das unsere Augen hätten öffnen müssen, das tat es aber nicht: *„Please limit yourself strictly to research projects and avoid any troubles stop in particular drop immediately and definitely case study with which I strongly disagree stop detailed letter follows on monday - regards König".*

Auch das schamlose Schreiben vom 10. April rüttelt uns nicht auf: *„ich wundere mich, daß ich seit Ihrem Brief vom 22. 3. 1967 nichts mehr von Ihnen gehört habe, obwohl Professor Scheuch seit diesem Datum in Indien und insbesondere auch in Jaipur war, was Ihnen zweifellos nicht verborgen geblieben ist. Ich habe mittlerweile eine Reihe von Akten erhalten die ein Licht über Ihre Tätigkeit in Jaipur werfen, insbesondere auch Fotokopien Ihrer eigenen Briefe an verschiedene Persönlichkeiten. (...)*

Allgemein möchte ich vorausbemerken, daß Sie als indischer Bürger selbstverständlich jedes Recht zur Kritik in Ihrem Lande haben, sofern Sie nur als indischer Bürger auftreten. Sie sind aber nicht nur indischer Bürger, sondern gleichzeitig deutscher Beamter auf Widerruf und Assistent unseres Institutes. Das ändert die Lage. Denn diese Situation macht Ihnen zur unbedingten Pflicht die Befolgung aller Regeln des Landes, insbesondere seiner Gesetze, die Beobachtung äußersten Taktes in der Kritik und vor allem auch ein allgemeines Benehmen, das der Kritik möglichst wenig Ansatz gibt"

Erst im Verlauf der dritten Etappe begreifen wir die hysterische Reaktion Königs. Er weiß, daß die Beschreibung der Verhältnisse in der Universität Rajasthan ein Tabu brechen wird, dessen Folgen nicht zu übersehen sind. Er weiß, nicht zuletzt durch seine Dienstreisen nach Kabul, daß die Verhältnisse in den Universitäten der „dritten Welt" nur Spiegelbilder der Verhältnissen in den Universitäten der „ersten Welt" sind. Und wer weiß es nicht, daß die Konturen des Originals schärfer sind als die des Spiegelbildes. Und Köln ist überall in der „ersten Welt".

Also trifft König Vorkehrungen. Es darf mir nicht gelingen, Verhältnisse in der Universität Rajasthan zu beschreiben. Erst bei der zweiten Instanz des Verwaltungsgerichtsverfahren entdecke ich sein Schreiben vom 17.

April 1967: „*Hochverehrter Herr Generalkonsul, aus verschiedenen Quellen, insbesondere von meinem Kollegen, Herrn Professor Scheuch, erfahre ich, daß der Assistent an unserem Institut, Herr Dr. Prodosh A i c h, der als Lehrbeauftragter an der Universität Rajasthan in Jaipur lehrte, einige unnötige Verwicklungen mit den Kollegen und den indischen Behörden geschaffen hat. Ich beeile mich Ihnen mitzuteilen, daß ich diese Dinge, über die ich mittlerweile einigermaßen informiert bin, äußerst mißbillige. Ich verstehe überhaupt nicht, wieso Herr Dr. Aich in diese extrem aggressive Haltung hineingekommen ist, die ihn offensichtlich jetzt überall gleichmäßig unmöglich macht. Falls Sie oder einer Ihrer Mitarbeiter die Möglichkeit haben, ihn zu dämpfen, wäre ich Ihnen außerordentlich dankbar.*

Ich habe jetzt Herrn Aich geschrieben, sich äußerster Zurückhaltung zu befleißigen. Ich habe ihm gesagt, daß er als indischer Bürger selbstverständlich das Recht hat, alles in Indien zu kritisieren, was ihm kritisierenswert erscheint. Ich habe ihm aber gleichzeitig gesagt, daß er nicht nur indischer Bürger, sondern gleichzeitig Assistent an unserem Institut und damit deutscher Beamter auf Widerruf ist. Letzteres verpflichtet ihn zu einer Einstellung, die dem Gastland gegenüber die äußerste Zurückhaltung zur Pflicht macht. Selbst wenn er in manchen Dingen im Namen des Instituts aufgetreten ist, so heißt das unter gar keinen Umständen, daß ich sein Verhalten billige, im Gegenteil, ich habe ihm sehr klar gemacht, nachdem nun mein Kollege, Herr Professor Scheuch, mir endlich alle Akten hat schicken können, daß ich nicht nur seine Haltung mißbillige, sondern damit auch seine Mission (!) in Indien als völlig gescheitert ansehe. Leider habe ich die letzten Wochen keine Nachrichten mehr von ihm erhalten, so daß ich Ihnen auch nicht mehr sagen kann. Ich wollte Sie nur darüber sehr eindeutig informieren, daß ich mich in keiner Weise hinter Herrn Aich stelle. Wollen Sie das bitte auch Ihren Kollegen mitteilen, die eventuell in dieser Angelegenheit bemüht werden könnten. Mit meinem wiederholten Bedauern für diese höchst unangenehme Angelegenheit bin ich mit meinem verbindlichsten Dank für Ihre freundliche Hilfe und den besten Empfehlungen stets Ihr Prof. Dr. René König"

Und hier ist das Antwortschreiben vom 8, Mai, unterschrieben von dem uns bekannten Klaus J. Citron. Es enthält viele falsche Angaben: „*Sehr verehrter Herr Professor Dr. König, ich erlaube mir, Ihnen auf Ihren liebenswürdigen Brief vom 17. 4. an das deutsche Generalkonsulat in Bombay, den dieses zuständigkeitshalber der Botschaft übersandt hat, zu beantworten. Ich bedaure sehr, daß ich während meiner Tätigkeit als Konsul in San Francisco nicht die Gelegenheit hatte, Sie persönlich kennenzulernen. Herr Professor Löwenthal und Herr Professor Bendix haben häufig begeistert von Ihnen gesprochen.*

Auch die Botschaft ist sehr betrübt, daß die Mission (!) von Herrn Dr. Aich in Jaipur so unglücklich verlaufen ist. Herr Dr. Aich hatte sich zu Beginn seiner Tätigkeit in Jaipur auch in der Botschaft vorgestellt, und ich hatte Gelegenheit, dabei mit ihm ein sehr erfreuliches Gespräch zu führen. Allerdings deutete er damals bereits seine Abneigung gegen die hierarchische Struktur der indischen Universitäten an. Inzwischen haben sowohl er als auch sein von ihm bekämpfter Kollege Dr. Unnithan hier in der Botschaft vorgesprochen (Interessant!), um zu versuchen, diese für eine Intervention zu gewinnen. Aufgrund der Auskünfte von Professor Scheuch und meiner Gespräche mit Wissenschaftlern (Mit welchen?) der Universität Jaipur muß ich die Angelegenheit genau so beurteilen, wie Sie es in Ihrem Brief getan haben. Herr Dr. Aich hat sich durch überspitzte Forderungen (Welche?) an seine Kollegen und an den Vice-Chancellor der Universität selber ausmanövriert. Er und seine Frau haben die Botschaft gebeten, sie finanziell zu unterstützen (Wann soll ich um finanzielle Unterstützung gebeten haben?), *weil die Universität in Jaipur ihm seit Februar kein Gehalt mehr gezahlt hat. Die Botschaft ist leider gehalten, erst dann ein Darlehen in Erwägung zu ziehen, wenn der Antragsteller alle anderen Möglichkeiten vorher erschöpft hat. Herr Dr. Aich ist daher darauf hingewiesen worden* (Wann soll dies geschehen sein?), *daß er erst bei seiner Dienststelle bei der Universität Köln, falls notwendig, einen Vorschuß beantragen müßte.*

Ihnen, sehr verehrter Herr Professor, möchte ich noch einmal sehr danken, daß Sie Herrn Dr. Aich gebeten haben, sich stärker zurückzuhalten. Insbesondere wäre es gut, wenn er in Zukunft nicht mehr auf Kopfbögen Ihres Forschungsinstitutes seine militanten Briefe schreibt. Mit verbindlichen Empfehlungen bin ich Ihr sehr ergebener Dr. K.J. Citron, Kulturreferent"

Citron stellt den Verlauf so dar, wie er ihn mittlerweile in seinem vorurteilsvollen Kopf zurechtgelegt hat. Was macht es schon aus, wenn einige falsche Angaben dabei sind. Er hätte zumindest das Schreiben seines vorgesetzten Botschafters an meine Frau nachlesen können. Am 13. April hatte der deutsche Botschafter D. Freiherr von Mirbach meiner Frau geschrieben: *„Die Botschaft könnte Ihnen, nach Abstimmung mit dem Generalkonsulat Bombay, als deutsche Staatsangehörige bei einer persönlichen Vorsprache im Rahmen des Konsulargesetzes ein Darlehen gewähren, um Ihre augenblickliche Notlage zu lindern. Auch eine darlehensweise Gewährung der Rückreisekosten für Sie wäre uns aufgrund des o. a. Gesetzes möglich."*

Mit welcher List die Prozeßakten seitens der Universität Köln bestückt werden, zeigt das folgende Schreiben, datiert vom 22. Mai: *„Sehr verehrter Herr Professor Dr. König, vielen Dank für Ihren liebenswürdigen langen Brief vom 17. Mai. Unterdessen scheint Herr Dr. Aich laut einem uns übersandten Gerichtsbeschluß, der allerdings nicht beglaubigt ist, obsiegt zu haben. Er ist nachträglich wieder in seine Readerstelle eingewiesen worden. Ich weiß allerdings noch nicht, ob die Universität nicht Berufung einlegt. Ich habe dementsprechend seinen Antrag an die Vermittlungsstelle weitergeleitet. Ich schreibe heute, um meiner Freude Ausdruck zu geben, daß Sie im Herbst ds. Js. auch nach Neu-Delhi kommen. Besteht die Möglichkeit, daß Sie bei dieser Gelegenheit auch einige Vorträge hier halten, die eventuell in Zusammenarbeit mit dem hiesigen Kulturinstitut Max Müller Bhavan arrangiert werden könnten? Vielleicht ließe sich sogar ein kleines Seminar in Zusammenarbeit mit der Universität vorbereiten. Ich möchte dies jedoch ganz Ihren Erwägungen überlassen. Mit verbindlichen Empfehlungen bin ich Ihr sehr ergebener Klaus J. Citron"*

Oder doch keine List? Eine Demonstration der herrschenden Machtverhältnisse? Die hohen Richter beim Oberverwaltungsgericht Münster beanstanden nicht, daß der erwähnte liebenswürdig lange Brief von König vom 17. Mai nicht vorgelegt wird. Unserem ausdrücklichen Antrag zum Trotz. Uns fällt auf, daß sich die indischen Richter nicht von der Universitätsseite so willig haben einbinden lassen oder so willig Partei für die Universitätsseite ergriffen haben. Liegt es an meiner fremden Nationalität? Die Prozeßakten sind lückenhaft. Dennoch bringen sie neues Licht in die ganze Angelegenheit.

Keine einzige Stelle hat mir Einsicht in die ihr über mich vorliegenden Unterlagen gewährt. Wir haben uns nicht optimal verteidigen können. Außerdem wären die Konturen dieser Sozialgeschichte und der Geschichten wesentlich schärfer geworden, wenn uns alle Unterlagen zur Verfügung gestanden hätten. Alle Akteure der Gegenseite haben sich viel heuchlerischer und skrupelloser verhalten, als es die mir verfügbaren Schriftstücke dokumentieren.

*****

Aber zurück zu der Chronologie. Ende Oktober 1968 sind wir durch den Vergleich zwischen dem „primitiven, rückständigen und traditionellen" Indien und dem „zivilisierten, fortschrittlichen und modernen" Deutschland sensibilisiert. Auch für die Beurteilung der Ereignisse. Die dritte Etappe hat Goliath gewonnen. So scheint es. Am 31. Oktober teilt uns unser Kölner Rechtsanwalt mit, daß *„am 18. November 1968, 9 Uhr, Zimmer 119, vor dem Verwaltungsgericht"* mündlich verhandelt werden wird.

In der ersten Woche des November kommt die Kopie eines Schreibens per Post, die uns wieder einmal die kleinen Unwägbarkeiten des Lebens vor Augen führt. Wir schöpfen neuen Mut für unseren Widerstand. Der Kultusministers des Landes Nordrhein-Westfalen, in seiner Eigenschaft als Vorsitzender des Kuratoriums der landeseigenen Heinrich-Hertz-Stiftung, hat am 2. November1968 an Herrn Professor Dr. Dr. Hans Welzel, Direktor des Rechtsphilosophischen Seminars der Universität Bonn, geschrieben.

Wir hatten ob unserer ansonsten enttäuschenden Erlebnisse fast vergessen, daß Hans Welzel einen soziologischen Forschungsantrag an die Heinrich-Hertz-Stiftung als Strafrechtler gestellt hatte. Mit einem Bauch voller Wut. Wir hatten unsere Erfahrung verdrängt, daß auf dem ruhmreichen Weg zur Modernität es der blond-blauäugig-weiß-christliche Kultur nicht gelungen ist, „traditionelle" Personen wie Sigrid und Hans Welzel zu verhindern. Personen, denen traditionelle Werte wie Anstand, Mitgefühl, Sinn für Gerechtigkeit, Wahrhaftigkeit wichtig sind. Sie sind dünn gesät, aber es gibt sie noch.

Hans Welzel ahnte schon, daß im Land Nordrhein-Westfalen kein bestallter Soziologe das Rückgrat haben würde, mich zu habilitieren. Wir hatten vergessen, daß wir Hans Welzel eine Kopie des ersten Schreibens des cleveren Ralf Dahrendorf dem Antragsentwurf beifügten: *„Wenn Sie eine wissenschaftliche Arbeit zur Habilitation vorlegen wollen, dann ist mir das auch dann selbstverständlich willkommen, wenn Ihr Zerwürfnis mit Herrn König*

Gründe haben sollte, die gegen Sie sprechen.", als einen Strohhalm. Denn wie soll die Heinrich-Hertz-Stiftung für mich ein Habilitationsstipendium bewilligen, wenn es in dieser Republik keine Möglichkeit gibt, meine Habilitationsschrift einer Universität vorzulegen? Hier ist das Schreiben der Heinrich-Hertz-Stiftung an Hans Welzel: *„Betr.: Stipendium für Herrn Dr. Prodosh A i c h, Indien, Bezug: Ihr Antrag von 4. Juli 1968, Anlg.: - 5 -. Sehr geehrter Herr Professor! Ich freue mich, Ihnen mitteilen zu können, daß das Kuratorium der Heinrich-Hertz-Stiftung für Herrn Dr. Aich ein Stipendium in Höhe von monatlich 1500,- DM ab 1. November 1968, zunächst für die Dauer eines Jahres bewilligt hat; es kann auf begründeten Antrag hin um 1 Jahr verlängert werden.*

Das Stipendium ist zweckbestimmt und soll Herrn Dr. Aich die von ihm geplante Habilitationsschrift ermöglichen, die eine Untersuchung des von ihm gesammelten Materials über das indische Erziehungssystem an den Universitäten auf soziologischer Basis zum Gegenstand hat. Bei dieser Bewilligung wird vorausgesetzt, daß Herr Dr. Aich sich während der Laufzeit des Stipendiums ausschließlich diesem Vorhaben widmet.

Das Kuratorium der Stiftung hat keine Bedenken dagegen erhoben, daß Herr Dr. Aich sich um eine Habilitation bei der Universität Konstanz bemüht. Wie Prof. Dr. Dahrendorf hierzu mitteilt, steht der Einreichung der Habilitationsschrift dort nichts entgegen.

Was den von Herrn Dr. Aich mit der Universität zu Köln geführten Rechtsstreit betrifft, so sieht das Kuratorium diesen als eine Privatsache von Herrn Dr. Aich an. Es verbindet allerdings mit der Bewilligung des Stipendiums die Erwartung, daß Herr Dr. Aich seine Auseinandersetzung mit der Universität Köln und seinen früheren Hochschullehrern nicht an die Öffentlichkeit durch die Einschaltung von Presse, Rundfunk usw. heranträgt.

Ich weise darauf hin, daß mit der Annahme des Stipendiums die Verpflichtung besteht, den Verwendungsnachweis in dreifacher Ausfertigung lt. beiliegendem Vordruck unter Beifügung der Belege (Bescheinigung, daß der Betrag zweckentsprechend verwendet worden ist) dem Herrn Kanzler der Universität Bonn vorzulegen. Einen Bericht von Herrn Dr. Aich über die Durchführung seiner Arbeit und deren Ergebnis bitte ich in doppelter Ausfertigung beizufügen.

Im übrigen gelten für die Hergabe der Mittel die ‚Allgemeinen Bewilligungsbedingungen für die Gewährung von Zuwendungen des Landes nach § 64 a Abs. 1 RHO' sinngemäß. Ein Exemplar ist zu Ihrer Information beigefügt. Ich bitte, mir die Anerkennung der Bewilligungsbedingungen schriftlich zu bestätigen.

Es muß vorbehalten bleiben, die Beihilfe ganz oder teilweise zurückzufordern, wenn sie nicht zweckentsprechend verwendet worden ist oder die Voraussetzungen, die für die Bewilligung maßgebend waren, sich ändern.

Der Herr Kanzler der Universität Bonn, der eine Abschrift dieses Schreibens erhält, wird die Auszahlung des Stipendiums bei Bedarf veranlassen.

Das Kuratorium der Heinrich-Hertz-Stiftung verbindet mit der Bewilligung des Stipendiums den Wunsch, daß Herr Dr. Aich seine Arbeit zu einem guten Abschluß bringt.

Eine Abschrift für Herrn Dr. Aich ist beigefügt. (Anschrift: Bonn, Weberstr. 96). Mit vorzüglicher Hochachtung im Auftrage: gez. Litt"

Wir lesen dieses Schreiben mit Genugtuung und mit Empörung. Die verloren geglaubte dritte Etappe erscheint nun als eine weitere gewonnene Etappe. Ein Teil des Materials kann ausgewertet werden. Genugtuung auch deshalb, daß wir in unserer Überzeugung bestätigt werden, die selben Grundprinzipien in allen Lebensbereichen ernsthaft zu praktizieren. Auch im Bridge-Klub haben wir offensichtlich einen Eindruck hinterlassen, daß es Sigrid Welzel nicht recht war, daß es uns schlecht ging. Genugtuung auch dafür, daß wir in keiner Phase unseren Widerstand haben mit dem Spruch einstellen wollten, es hätte sowieso keinen Sinn.

Wir hätten der Lebenserfahrung von Hans-Jürgen Daheim unmittelbar nach seiner Berufung als ordentlicher Professor, folgen können: *„Wenn Sie erlauben, möchte ich Ihnen ein Rat geben: Bitte arrangieren Sie sich mit König, wenn Sie weiterhin eine akademische Laufbahn in Deutschland oder anderswo anstreben."* Oder auf das von Hans-Götz Oxenius und von meinem Kölner Rechtsanwalt übermittelte Angebot Königs und Scheuchs eingehen und in den USA meine wissenschaftliche Laufbahn fortsetzen. Oder bei einem befreundeten Soziologen des Kölner Sozialpsychologen Hans Anger unterkommen. Gut, daß wir solche Scheren nicht im Kopf haben.

Empörend ist nicht nur die Diktion und der Inhalt des Schreibens. Beim ersten Lesen haben wir auch das Empörende überlesen. Dem Rechtsphilosophen Hans Welzel wird aufgetragen, dafür zu sorgen, daß ich *„eine Untersuchung des ... gesammelten Materials über das indische Erziehungssystem an den Universitäten auf soziologischer Basis"* durchführe und *„während der Laufzeit des Stipendiums ausschließlich diesem Vorhaben"* widme. Der Rechtsstreit mit der Universität soll zwar meine Privatsache sein, aber das Kuratorium unter dem Vorsitz des Kultusministers *„verbindet allerdings mit der Bewilligung des Stipendiums die Erwartung, daß Herr Dr. Aich seine Auseinandersetzung mit der Universität Köln und seinen früheren Hochschullehrern nicht an die Öffentlichkeit durch die Einschaltung von Presse, Rundfunk usw. heranträgt. ... Es muß vorbehalten bleiben, die Beihilfe ganz oder teilweise zurückzufordern, wenn sie nicht zweckentsprechend verwendet worden ist oder die Voraussetzungen, die für die Bewilligung maßgebend waren, sich ändern."*

Was meint der Kultusminister mit meinen *„früheren Hochschullehrern"*? Ich trage schon schwer genug daran, daß René König mein Hochschullehrer gewesen ist. Will sich das Kuratorium der Heinrich-Hertz-Stiftung unter dem Vorsitz des Kultusministers des Landes Nordrhein-Westfalen etwa mit einem Zubrot von monatlich 1500,- DM endlich Ruhe erkaufen? Die „Bananenrepublik" Indien hatte seinerzeit bei der Bewilligung des Zuschusses für die Feldarbeit keine Bedingungen gestellt und mich rehabilitiert. Und wir haben uns so über unsere Erlebnisse in Indien aufgeregt. Wir nehmen uns eine Auszeit zum Nachdenken.

*****

Am 7. November zeigt sich Dr. Konrad Redeker, der Staranwalt im Verwaltungsrecht, als Vertreter der Universität beim Gericht an und behält sich vor, ergänzende schriftsätzliche Ausführungen zu dem Termin zu machen. Ja, dieser Konrad Redeker ist für mich kein Unbekannter. Damals als der Kurator der Deutschen Stiftung für Entwicklungsländer, F. G. Seib, wegen meiner öffentlichen Kritik an der deutschen Entwicklungspolitik in der Aula der Universität Hamburg so sauer war, daß er König aufforderte, mich nicht zu promovieren und König mich aufforderte, wegen dieser Schandtat dieses Kurators die Stiftung zu verklagen, sollte der Kurator von dem selben Konrad Redeker vertreten werden. Redeker hatte dem Kurator nicht geraten, die Sache mit einer Entschuldigung aus der Welt zu schaffen. Redeker wollte den Prozeß gegen den wenig verschämten Ausländer gewinnen. Außerdem bringen Prozesse mehr Geld in die Kasse. Nur, als F. G. Seib gegangen wurde, suchte sein Nachfolger Dr. Gert Brand, wie schon berichtet, eine außergerichtliche Regelung, die dann auch gefunden wurde. Jetzt hat Konrad Redeker mich wieder. Es scheint sein Einfluß gewesen zu sein, daß die Leitung der Universität Köln trotz der starken Empfehlung des Verwaltungsgerichts für die Suche nach einer Vergleichslösung nicht auch nur den kleinsten Finger bewegt hat.

Vom „Ministerbüro" des Auswärtigen Amtes wird am 7. November eine Botschaft des persönlichen Referenten des Bundesaußenministers Willy Brandt zu Papier gebracht, die allen bisherigen Schriftstücken noch die Schau stiehlt: *„Sehr geehrter Herr Dr. Aich! Wie ich zu meinem Bedauern jetzt feststellen konnte, haben Sie auf Ihr Schreiben vom 19. Juli 1968, das seinerzeit während meiner Abwesenheit eintraf, bisher nur einen Zwischenbescheid erhalten. Ich nehme jedoch an, daß Ihnen auf Ihr an den Herrn Bundesminister des Auswärtigen als Vorsitzenden der SPD gerichtetes Schreiben mittlerweile eine Antwort des Parteivorstands der SPD zugegangen ist.*

Nach nochmaliger Durchsicht der hiesigen Unterlagen habe ich feststellen müssen, daß sich seit meinem Schreiben vom 29. März 1968 keine wesentlichen neuen Gesichtspunkte in der Beurteilung Ihrer Angelegenheit ergeben haben. Ich kann deshalb nur noch einmal wiederholen, was ich damals bereits ausgeführt hatte, nämlich daß Mitarbeiter der Deutschen Botschaft New Delhi oder des Generalkonsulats in Bombay auf die Entscheidungen der Vermittlungsstelle für deutsche Wissenschaftler im Ausland in Ihrem Falle keinen ungünstigen Einfluß ausgeübt haben. Die Vermittlungsstelle hat sich vielmehr auf Veranlassung des Auswärtigen Amts bemüht, Ihnen eine denkbar großzügige Förderung zuteil werden zu lassen. Mit vorzüglicher Hochachtung Soenksen."

Wir reagieren hierauf nicht schnell. Wir nehmen uns Zeit. Schon seit 1963 setzen wir uns intensiv dafür ein, ein von allen Seiten als notwendig anerkanntes Forschungsvorhaben über die „Entwicklungspolitik" finanziert zu bekommen. Nicht Steuergelder für irgendwelche „Steckenpferde"! Wir stellen zum ersten Mal die Frage, für wen machen wir das, für wen sollen wir es machen? Lohnt sich das? Wie lange halten wir Auseinandersetzungen dieser Art noch aus? Nach reichlicher Überlegung kommen wir zu der Einsicht, daß Fragen dieser Art eigentlich falsch sind. Wir haben keine Wahl. Es wird sich schon herausstellen, wie lange wir es uns leisten können, für Überzeugungen zu kämpfen und unsere Widerstandskraft immer wieder zu mobilisieren.

Mein Kölner Anwalt teilt mir am 13. November mit, daß das Verwaltungsgericht am Tag zuvor in einer internen Sitzung beschlossen hat: *„Es soll Beweis erhoben werden, welche Gründe für die Entlassung des Klägers aus dem Beamtenverhältnis auf Widerruf als wissenschaftlicher Assistent am Forschungsinstitut für Soziologie der Universität Köln entscheidend war, durch Vernehmung des Direktors des Forschungsinstituts Prof. Dr. René König, 5 Köln-Sülz, Zülpicher Straße 182, als Zeugen. Die Vernehmung soll vor der Kammer erfolgen."*

Dieser Beschluß ist eine schallende Ohrfeige für Scheuch, der sich gegenüber dem indischen Journalisten am 29. September 1967 mit folgender Behauptung erdreistet hatte: *„Die Beendigung des Vertrages von Dr. Aich mit der Universität zu Köln wäre auch normaler Weise erfolgt. Dr. Aich hatte einen zwei-Jahres-Vertrag als Assistent, der einmal ohne besondere Gründe verlängert werden kann und mit besonderer Begründung ein zweites Mal."* Aber Soziologen wie Scheuch sind auch in ihren wissenschaftlichen Arbeiten immer nur auf Schnellschüße, immer auf schnelles Punktemachen aus.

Auch dieser Beschluß geht durch die Presse. John van Nes Ziegler, mein einstiger prominenter Kölner Rechtsanwalt und immer noch der Präsident des Landtages, besitzt nicht den Anstand, sich bei mir für sein bemerkenswertes Schreiben vom 29. Januar 1968 zu melden, von einer Entschuldigung ganz zu schweigen. Er hatte geschrieben: *„Wie Sie sicher wissen, werden Assistentenverträge an der Universität immer nur für eine bestimmte Frist abgeschlossen. Ich habe gehört, daß Ihr Vertrag bei Professor König nach Ablauf der Vertragsfrist nicht wieder erneuert wurde. Es handelt sich also nicht, wie Sie schreiben, um eine Entlassung von der Universität Köln. Im übrigen besteht von meiner Seite aus keinerlei Möglichkeit, auf Herrn Professor Dr. König dahingehend Einfluß zu nehmen, daß er den Arbeitsvertrag mit Ihnen erneuert. Irgendeine Möglichkeit, in dieser Hinsicht über das Kultusministerium wirksam zu werden, besteht ebenfalls nicht, da Assistentenverträge stets zwischen dem Assistenten und dem Institutsdirektor abgeschlossen werden. Angesichts dieser Sachlage glaube ich nicht, daß eine Besprechung zwischen Ihnen und mir sinnvoll ist."*

Außer einer gewissen Genugtuung kann ich im Gegensatz zu meinem Kölner Anwalt diesem Gerichtsbeschluß nichts Positives abgewinnen. Dem Gericht fällt für die Beweiserhebung nichts anderes ein als die Vernehmung des eigentlichen Täters als Zeugen. Sind die Richter dieses Gerichtes Analphabeten? Zählen die schriftlichen Beweismaterialien überhaupt nicht?. Ich kann mir bereits das devote Verhalten der Richter gegenüber einem deutschen Ordinarius bildhaft vorstellen und ebenfalls, wie der deutsche Ordinarius fast jovial Lügengeschichten auftischt. In dem selben Schreiben teilt mir mein Rechtsanwalt auch mit, daß der Verhandlungstermin, der 18. November nicht eingehalten werden kann, weil *„Herr Prof. König z. Z. in den USA ist.“* Das Semester hat doch gerade begonnen! Dieser Beschluß signalisiert auch, daß es zu keinem vom Gericht propagierten Vergleich kommen wird. Wie gesagt, die deutschen Richter sind eben „moderner“ und „professioneller“ als die indischen Richter in Jaipur.

*****

Nach gründlichem Nachdenken entscheiden wir uns dafür, den Kultusminister um einige Klärungen zu bitten, bevor ich meine Entscheidung über das Stipendium fällen kann. Daß das beklagte Land, ein Habilitationsstipendium durch die landeseigene Heinrich-Herzt-Stiftung bewilligt hat, macht uns schon stutzig. Auch deshalb, weil ein gänzlich anderer Vorgang ebenfalls darauf hinweist, daß die Beschreibung der Verhältnisse innerhalb der Universität auch eines „Dritte-Welt-Landes“ schlechthin ein Tabu ist, nicht nur in Deutschland, in der „ersten Welt“ überhaupt.

Ich habe schon erzählt, daß Edward A. Shils, einer der Soziologiepäpste, Wanderer zwischen den Universitäten in Cambridge (GB) und Chicago (USA), seinerzeit bei mir über den Verlag Kiepenheuer und Witsch anfragen ließ, ob ich bereit wäre, einen Aufsatz für die Zeitschrift „Minerva“ zum gleichen Thema wie in „Farbige unter Weißen“ zu schreiben. Seit der Zeit habe ich regelmäßig mit Edward A. Shils korrespondiert, weil er sich sehr für die geplante Untersuchung über den Rückanpassungsprozeß interessierte. Er war vor allem erfreut, daß diese Untersuchung in Indien geplant war, weil er mit Indien besonders verbunden war. Der Kontakt war aber in der Hetze von 1966 kurzweilig unterbrochen. Als wir aus Indien zurückkommen, finden wir ein Schreiben vom 30. September 1966 von Edward A. Shils vor. Darin fragt er mich, ob er auch meinen Namen unter ein Protesttelegramm setzen darf, das an den Präsidenten und an den Innenminister der Republik Argentinien abgesandt werden soll, weil die Regierung unter dem General Onganía sich in die Autonomie der dortigen Universitäten stark eingemischt hatte. Erst am 8. Dezember 1967 kann ich mich für mein Schweigen entschuldigen, berichte ihm über alle unsere Erfahrungen in Indien, natürlich auch über das Material meiner drei Untersuchungen und hebe hervor, daß ich in den letzten Wochen den Kopf voll habe mit der Bewertung universitärer „Autonomie“. Ich frage ihn an, ob er einige unkonventionelle Gedanken dazu in „Minerva“ veröffentlichen will.

Schon am 10. Januar 1968 hat Edward A. Shils geantwortet. Kurz, klar und freundlich: *„Dear Dr. Aich, vielen Dank für Ihr Schreiben vom 8.Dezember. Ich bin erfreut, von Ihrer Forschung in Indien zu hören und würde natürlich mit dem größtem Interesse alles sehen, was Sie darüber schreiben. Bitte senden Sie mir Ihren Artikel über die Universitätsautonomie in Indien so bald wie möglich und ich werde ihn für eine Veröffentlichung gern prüfen. Alles, was Sie über Indien schreiben, würde mich außerordentlich interessieren. Mit allen guten Wünschen Yours sincerely Edwad A. Shils.“*

Ich kann den Artikel „University Autonomie - for what purpose" erst am 2. August an „Minerva" abschicken. Die Redaktion bestätigt den Eingang auch postwendend. Aber dann: Schweigen. Am 21. Januar 1969 melde ich mich dann selbst: „darf ich Bezug nehmen auf Ihr Schreiben vom 10. Januar 1968 und auf mein Schreiben und Manuskript vom 2. August. Am 5. August hatte mir Miss Beresford kurz mitgeteilt, daß Sie zur Zeit in den USA seien und das Manuskript zu Ihnen weitergeleitet worden sei. Danach habe ich nichts mehr über das Manuskript gehört, auch nicht auf meine Anfrage an Miss Beresford vom 25. September.

Das Manuskript beschäftigte sich mit dem Sinn und der Nützlichkeit der Autonomie an den indischen Universitäten. Sie wissen wahrscheinlich von Berichten aus Indien, daß nicht nur die Universität Rajasthan, wo ich für ein akademisches Jahr war und Gelegenheit hatte, Einsichten in kuriose Praktiken zu gewinnen, sondern auch die anderen Universitäten des Staates Rajasthan häufig kritisiert werden, da die Zustände dort tatsächlich alles andere als akademisch sind. Zum Teil habe ich selbst dazu beigetragen, diesen Prozeß auszulösen. Die Universität Köln hat leider dem inzwischen gegangen wordenen Vice Chancellor der Universität Rajasthan mehr vertraut als einem langjährigen Mitarbeiter. Das ist auch der Grund, warum eine Klage gegen die Universität Köln läuft und die Auswertung meiner sehr aktuellen Forschungsarbeiten so lange verzögert wurde. Es wird Sie wahrscheinlich interessieren zu hören, daß aufgrund meiner Auseinandersetzung mit der Universität Rajasthan und der Universität Köln in Deutschland sich auch kein Soziologieprofessor bereit gefunden hat, mir die Möglichkeit der Auswertung meiner Forschungsarbeiten zu geben. Schließlich erhielt ich die Unterstützung eines Rechtsgelehrten und dadurch ein Habilitationsstipendium des Landes, zu dem die Universität Köln gehört. Endlich kann ich jetzt mit mehr als einem Jahr Verspätung die Auswertung beginnen.

Falls Sie das Manuskript über die Universitätsautonomie in Indien nicht erhalten haben sollten, so lassen Sie es mich bitte wissen, damit ich Ihnen postwendend meinen Durchschlag schicke. Ich weiß, daß die Ausführungen von Ihnen abgelehnt werden, dennoch halte ich meine Thesen für diskutabel, und das sollte ja auch der Sinn des Aufsatzes sein. Ich hoffe, daß Sie mir bald eine Nachricht zukommenlassen werden und weiterhin Interesse an meinen Forschungsarbeiten über das indische Erziehungssystem haben werden, an denen ich im Augenblick arbeite."

Edward A. Shils langes Schweigen hat mich bereits das vermuten lassen, was er dann mit einem Schreiben am 30. Januar 1969 bestätigt: *„Dear Dr. Aich, ich entschuldige mich für die Verspätung, Ihre Schreiben zu beantworten. Ich habe Ihren Artikel über die Universitätsautonomie in Indien sorgfältig gelesen und zwei Gutachter, die Indien mindestens so gut wie ich kennen und auf die ich großes Vertrauen setze, um ihre Meinung gebeten.*

Alle drei von uns haben einstimmig und unabhängig voneinander entschieden, Ihren Artikel in der vorliegenden Form nicht zu veröffentlichen. Nach meinem Gefühl ist der erste Teil viel zu allgemein und wohlbekannt (far too general and well known), der spätere Ihre eigenen Erfahrungen behandelnde

Teil stellt eine zu schmale Basis für allgemeine Schlußfolgerungen. Im großen und ganzen teile ich Ihre Interpretationen, aber auf der Ebene der Verallgemeinerung, wie Sie sie vornehmen, werden sie zu Allgemeinplätzen (commonplace). Notwendig wären mehr Präzisierung und reichere Dokumentierung.

Ich hatte Sie so verstanden, daß Sie anläßlich Ihres Indienaufenthaltes eine Fortsetzung des Ansatzes ,Farbige unter Weißen' erforschen würden, und ich erwartete eigentlich einen Beitrag darüber. Wenn Sie das gemacht und geschrieben haben, würde mich freuen es zu sehen.

With many thanks and good wishes Yours sincerely Edward A. Shils"

Eine klassische, beschwerdefreie, diplomatische Ablehnung eines Themas mit vielen unbestimmten Begriffen wie *zu allgemein, wohlbekannt, zu schmal, mehr Präzisierung, reichere Dokumentierung* usw. Damit ich aber auf jeden Fall verstehe, wird im letzten Absatz noch durch die Blume mitgeteilt, daß ich eigentlich die Auswahl meines Themas verfehlt habe. Das Schreiben ist eigentlich Edward A. Shils unwürdig. Weil ich für meine Forschung in Indien Themen ausgewählt hatte, die in der „ersten Welt" unerwünscht sind, mahnt uns die Bewilligung des Habilitationsstipendiums zur erhöhten Aufmerksamkeit. Also schreibe ich am 20. November dem Kultusminister des Landes Nordrhein-Westfalen: „ich möchte mich sehr dafür bedanken, daß das Kuratorium der Heinrich-Hertz-Stiftung mir ein Habilitationsstipendium bewilligt hat. Ich versichere Ihnen, daß ich dieses Stipendium voll und ganz für die Anfertigung meiner Habilitationsarbeit verwenden werde.

Der vierte Absatz Ihres Schreibens ist mir etwas unklar, und ich darf mir daher erlauben, um eine Klärung zu bitten. Meine Frage ist, bedeutet die vom Kuratorium in Verbindung mit der Vergabe des Stipendiums ausgesprochene Erwartung eine gut formulierte Bedingung oder aber eine unverbindliche Erwartung? Eine Klärung ist für mich deshalb von großer Wichtigkeit, weil ich einmal Herrn Prof. Welzel, der als Jurist die Freundlichkeit hatte, sich um ein Stipendium für einen Soziologen zu bemühen, auf keinen Fall durch irgendwelche Mißverständnisse in Verlegenheit bringen möchte, zum anderen möchte ich aber mir die Mittel meiner Auseinandersetzung mit der Universität Köln und mit den Hochschulprofessoren, die mir großes Unrecht angetan haben, nicht durch die Annahme eines Stipendiums beschneiden lassen.

Bitte gestatten Sie mir, meinen Standpunkt hinsichtlich dieser Auseinandersetzung zu artikulieren, da sonst der obige Absatz meines Schreibens zu Mißverständnissen führen könnte. Die Herren Professoren König und Scheuch haben mir großes Unrecht getan. Ich war 13 Monate ohne Einkommen und war als Ausländer auch nicht im Besitz einer Arbeitserlaubnis, die es mir gestattet hätte, ohne weiteres den Unterhalt für meine Familie zu verdienen. Ich verfüge über keinerlei soziale Sicherheit. Ich bin zumindest um 13 Monate in meiner beruflichen Karriere zurückgeworfen worden. Die Herren Professoren König und Scheuch haben nichts unterlassen, um meinen Ruf zu ruinieren. Das Kultusministerium hat sich aus formaljuristisehen Gründen nicht dazu entschließen können, eine disziplinarische Untersuchung einzuleiten, die die Gerechtigkeit hätte wiederherstellen können. In dem laufenden Verwaltungsgerichtsprozeß hat die

Universität Köln nunmehr den teuersten Anwalt verpflichtet. Es wird also eine lange Auseinandersetzung werden. Ein rechtskräftiges Urteil wird in etwa 5 Jahren zu erwarten sein. Da die Institution Universität die beiden Herren Professoren deckt und öffentliche Mittel dafür bereitstehen, erwarte ich von dem Kuratorium der Heinrich-Hertz-Stiftung, mir der Gerechtigkeit willen keine Beschränkungen aufzuerlegen. Herr Prof. König wird in 5 Jahren emeritiert und Herr Prof. Scheuch wohl kaum noch in der Bundesrepublik sein. Die Einzelheiten meines Falles müßten die beiden Herren Professoren ohne Zweifel in der Öffentlichkeit bloßstellen, auch ohne meine Aussage, da sie durch dokumentarische Belege zu beweisen sind. Ich meine, daß ein solcher Schritt nicht nur legitim, sondern in einer demokratischen Rechtsordnung auch notwendig ist. Deshalb möchte ich den Absatz Ihres Schreibens so interpretieren, daß das Kuratorium diese Erwartung deshalb ausgesprochen hat, weil es glaubte, daß eine öffentliche Auseinandersetzung sich auf meine Arbeit störend auswirken müßte. Ich kann Ihnen aber versichern, daß dies nicht der Fall sein wird. Es wird eher umgekehrt sein. Wenn ich das Gefühl haben müßte, daß es sich hier um eine indirekte Repression handele, würde ich nicht mehr die Konzentration und die Ausgeglichenheit haben, eine ordentliche Habilitationsarbeit in der vorgesehen Zeit zu liefern.

Darf ich Sie deshalb bitten, mir eine klärende Antwort zukommen zu lassen. Sollten Sie jedoch meinen Ansichten beipflichten, so würde sich eine Antwort erübrigen. Allerdings wäre ich dann für eine kurze Bestätigung den Eingangs meines Schreibens außerordentlich dankbar."

*****

Am 25. November teilt das Gericht meinem Anwalt mit: *„In der Verwaltungssache Dr. Prodosh Aich ./. Land NRW teilte Herr Prof. König auf Anfrage mit, daß er erst in den ersten Februartagen 1969 aus den USA zurückkehre. Es wird erst dann geklärt werden können, wann ein Termin zur mündlichen Verhandlung und Vernehmung des Zeugen anberaumt werden kann."* Schon merkwürdig! Am 12. November beschließt das Gericht, König als Zeuge zu vernehmen. Am 13. November teilt mir mein Rechtsanwalt mit, daß *„Herr Prof. König z. Z. in den USA ist"* und deshalb der Termin vom 18. November verlegt wird. Woher soll das mein Rechtsanwalt schon einen Tag nach dem Gerichtsbeschluß wissen? Denn erst nach dem Beschluß des Gerichts konnte König als Zeuge geladen werden und erst nach der Ladung kann die Rückmeldung durch die Universität Köln kommen, daß König sich nicht in Deutschland aufhält.

Erst nach dieser Mitteilung kann das Gericht König in den USA anfragen, wann er wohl als Zeuge zur Verfügung stehen wird. Aus den USA müßte die Mitteilung von König das Gericht erreichen. Das ganze nimmt nur 12 Tage in Anspruch! Schon äußerst bemerkenswert! Noch bemerkenswerter ist die Tatsache, daß der Schriftsatz von Konrad Redeker erst am 29. November fertig verfaßt wird, also nach dem Beschluß des Gerichts vom 12. November, daß König als Zeuge vernommen werden soll.

Nachzutragen ist auch, daß Redeker stets die staatliche Seite gegen den Bürger vertreten hat und daß das Verwaltungsrecht dieser Republik nicht neu geschaffen worden ist. Es hat auch die Weimarer Republik und das Dritte Reich auf dem Buckel. Was daraus folgt? Wie soll ich das wissen? Ich möchte alle diese Merkwürdigkeiten nicht weiter interpretieren wollen, weil jeder sich selbst seinen Reim daraus machen kann. Ich lenke nur erhöhte Aufmerksamkeit auf den Schriftsatz eines Verwaltungsrechtlers namens Konrad Redeker, ein Schriftsatz, der alles über den moralischen Standort und über die Qualität des Umgangs mit Fakten und Wahrheiten auch in dieser Republik, vom Staat ./. Bürger aussagt. In diesem Schriftsatz werden Kommentare zitiert, die auch im Dritten Reich die damals gültige Gesetze auslegten und die Verwaltungspraxis bewerteten. Nachfolgend ist der von mir unkommentierte Schriftsatz des prominenten und durch und durch „professionellen" Advokaten:

PROF. HANS DAHS – DR. KONRAD REDEKER – DR. KURT SCHON
Fachanwalt für Verwaltungsrecht
DR. HANS DAHS – DR. DIETER SELLNER
RECHTSANWÄLTE

In der Verwaltungsrechtssache Dr. A i c h ./. Land NW – 3 K 2230/67 – wird in materiell-rechtlicher Hinsicht folgendes vorgetragen:

Die Klage ist jedenfalls unbegründet, da der Widerruf vom 3. 7. 1967, durch den der Kläger aus dem Beamtenverhältnis entlassen worden ist, seine Grundlage in § 135 Abs. 1 LBG NW findet. Unter Anwendung dieser Vorschrift sind für die Rechtmäßigkeit des Widerrufs im einzelnen die nachstehenden Gründe maßgebend:

1. *Aus der Formulierung des § 35 Abs. 1 LBG NW, daß der Beamte auf Widerruf „jederzeit" durch Widerruf entlassen werden kann, ergibt sich, daß die Entlassung nicht nur grundsätzlich zu jedem Zeitpunkt unter Beachtung der Entlassungsfristen (§ 35 Abs. 1 Satz 2 in Verbindung mit § 34 Abs. 3, 4 und 5 LBG NW), sondern auch ohne Angabe eines Entlassungsgrundes zulässig ist (vgl. Plog-Wiedow, Kommentar zum Bundesbeamtengesetz, § 32 Rdn. 4). Der Kläger konnte also entlassen werden, ohne daß es bestimmter Gründe zur Rechtfertigung des Widerrufs bedurft hätte. Insofern ist die Rechtslage bei einem Beamten auf Widerruf grundlegend anders als bei einem Beamten auf Probe, dessen außerordentliche Entlassung nur bei Vorliegen eines der in § 34 Abs. 1 LBG NW aufgezählten Gründe zulässig ist.*

2. *Allerdings kann – wie auch von dem beklagten Land nicht verkannt wird – auch ein Beamter auf Widerruf nicht willkürlich entlassen werden. Es ist vielmehr in das pflichtgemäße Ermessen der Verwaltung gestellt, ob und aus welchem Grund sie das Beamtenverhältnis durch Widerruf beendet. Die Grenze des pflichtgemäßen Ermessens wird jedoch nur dann überschritten, wenn der Widerruf aus unsachlichen Erwägungen ausgesprochen wird oder kein sachlicher Grund für ihn vorliegt. Dementsprechend sind die*

Verwaltungsgerichte nur berechtigt, einen Widerruf daraufhin zu überprüfen, ob die Verwaltung im Einzelfall innerhalb der Grenzen des ihr eingeräumten pflichtgemäßen Ermessens gehandelt hat (vgl. OVG Lüneburg, Urteil vom 26. 9. 1959 OVGE 3, 138; Plog-Wiedow, aaO, § 32 Rdn. 5 und 18).

Im vorliegenden Fall beruht die Entlassung des Klägers keineswegs auf unsachlichen Erwägungen oder Willkür, sondern durchaus auf sachlichen Gründen und ist somit ermessensfehlerfrei. Hierfür ist das verschiedentliche, den Dienstpflichten widersprechende Verhalten des Klägers maßgebend, wobei zu berücksichtigen ist, daß naturgemäß Umstände, die in der Person des Beamten liegen, vor allem sein Verhalten, in erster Linie geeignet sind, einen sachlichen Grund für eine Entlassung zu bilden (vgl. Plog-Wiedow, aaO, § 32 Rdn. 6). Insofern wird der Widerruf auch nicht durch § 5 Abs. 1 der Assistentenordnung NW vom (GVBl1 NW S. 68) gehindert.

Die Einzelheiten des dienstpflichtwidrigen Verhaltens des Klägers ergeben sich aus den Verwaltungsvorgängen, die der Kammer vorliegen. In folgenden werden daher lediglich die wesentlichen Gründe für die Entlassung in gedrängter Form vorgetragen. Für den diesseitigen Vortrag wird allgemein

B e w e i s :

1) durch die der Kammer vorliegenden Verwaltungsvorgänge des Rektors der Universität zu Köln; sowie ergänzend

2) durch das Zeugnis des Direktors des Forschungsinstitutes für Soziologie der Universität Köln, Professor Dr. René König, dessen Vernehmung die Kammer bereits durch den Beschluß vom 12.11. angeordnet hat, angetreten.

a) Bereits im Dezember 1965 machte Professor Dr. König den Kläger darauf aufmerksam, daß dessen Leistungen den berechtigten Erwartungen in keiner Weise entsprachen. Dem Kläger oblag zu dieser Zeit lediglich die Abhaltung einer Übung und – worin der eigentliche Zweck seiner Anstellung lag – die Abfassung seiner Habilitationsarbeit. Nachdem Professor König im Dezember 1965 von dem Kläger erfahren hatte, daß die Habilitationsschrift noch in keiner Weise gefördert war, wies Professor König ihn darauf hin, daß er unter diesen Umständen eine Verlängerung des Anstellungsverhältnisses der Verwaltung gegenüber nicht befürworten könne. Da Professor König jedoch den Eindruck hatte, daß der Kläger diesen Hinweis nicht ernst genommen hatte, richtete er persönlich an den Kläger unter dem Datum von 25. 1. 1965 ein Schreiben, in dem er den Inhalt der Besprechung vom Dezember 1985 nochmals zusammenfaßte und dem Kläger mitteilte.

B e w e i s :

Schreiben von Prof. König an den Kläger vom 25. 1. 1966, dessen Durchschlag in Fotokopie als <u>Anlage 1</u> beigefügt ist, da der Unterzeichnete nicht zu übersehen vermag, ob sich dieses persönliche Schreiben bei den vorgelegten Verwaltungsvorgängen befindet.

b) In der Zeit vom 1. 7. 1966 bis zum 30. 9. 1967 war der Kläger zur Durchführung eines Forschungsauftrags in Indien seitens des beklagten Landes beurlaubt. Der Aufenthalt an der indischen Universität von Rajasthan war *dem Kläger durch den dortigen Professor Unnithan ermöglicht worden, bei dem sich wiederum Professor König für den Kläger verwandt hatte. An der Universität von Rajasthan hatte der Kläger neben dem erwähnten Forschungsauftrag Gastvorlesungen zu halten.*

Nachdem es schon Ende 1966 zu Spannungen zwischen dem Kläger und Professor Unnithan gekommen war, brach Anfang 1967 ein offener Konflikt aus, in dessen Verlauf der Kläger gegen Professor Unnithan und später auch gegen andere Professoren der Universität Rajasthan schwerste Vorwürfe, insbesondere den der Korruption, öffentlich erhob. Bei diesen öffentlichen Beschuldigungen verletzte der Kläger seine akademischen Verhaltenspflichten auf grobe Weise. In einem wegen dieses Konflikts vor einem indischen Gericht geführten Rechtsstreit zwischen dem Kläger und der Universität Rajasthan kam es schließlich zu einem Vergleich, in dem der Kläger im wesentlichen den Bedingungen zustimmte, die ihm die Universität Rajasthan gestellt hatte. Mag dieser Konflikt an der indischen Universität auch von hier aus schwer zu beurteilen sein, so bezieht sich der Vorwurf, der dem Kläger im vorliegenden Zusammenhang insoweit zu machen ist, weniger auf den Konflikt als solchen als vielmehr auf die Art und Weise, in der er das Forschungsinstitut für Soziologie der Universität Köln und Professor König in den Konflikt hineinzog.

Einmal vernachlässigte er über den zahlreichen, mit einem umfangreichen Schriftverkehr und großem publizistischen Aufwand geführten Streitigkeiten den festen Forschungsauftrag von seiten des Kölner Instituts, zu dessen Ausführung er nach Indien gefahren war. Anfang 1967 teilte er sogar selbst Professor König mit, daß er dabei sei, eine Einzelfallstudie über die Universität von Rajasthan anzufertigen mit der Absicht, die angebliche Korruption an dieser Universität, insbesondere die von Professor Unnithan, zu zeigen. Da dies zwangsläufig zu einer weiteren Vernachlässigung des Forschungsauftrages geführt hätte, teilte Professor König dem Kläger sofort mit, daß er sich auf die Durchführung seines Forschungsauftrages beschränken und andere Arbeiten unterlassen müsse.

Zum anderen erweckte der Kläger planmäßig den falschen Eindruck, das Kölner Institut und Professor König stünden bei seinen Auseinandersetzungen mit indischen Professoren und Behörden hinter ihm. Abgesehen davon, daß der Kläger bereits im Allgemeinen durch sein Verhalten auch das Ansehen seiner deutschen Förderer, insbesondere von Professor König, schädigte, setzte er diese so auch völlig falschen Verdächtigungen aus. Insofern wiegt es besonders schwer, daß der Kläger wiederholt für Schreiben, mit denen er seine Streitigkeiten führte, in mißbräuchlicher Weise Briefpapier des Forschungsinstituts für Soziologie der Universität Köln benutzte, auf dem auch der Name von Professor Dr. König stand.

B e w e i s :

Schreiben den Klägers an Prof. M. V. Mathur, Vice-Chancellar, vom 27. 12. 66 und vom 26. 1. 67, die in Fotokopie als Anlagen 2 und 3 vorsorglich für den Fall beigefügt sind, daß sie sich nicht bei den vorgelegten Verwaltungsvorgängen befinden sollten.

Auch in anderen Streitfällen – so bei einer Streitigkeit mit der Technischen Hochschule New-Delhi, welcher Fall deshalb der Deutschen Botschaft zur Kenntnis gebracht wurde – berief sich der Kläger auf Professor König, obwohl dieser es selbstverständlich stets entschieden von sich gewiesen hatte, in die Auseinandersetzungen des Klägers in Indien verwickelt zu werden.

Eines weiteren schweren Vertrauensbruchs gegenüber Professor König machte sich der Kläger schuldig, indem er Anfang des Jahres 1967 an ihn übersandte Kopie eines Schreibens von Professor König an den Präsidenten der Universität von Rajasthan auf dem Campus der Universität verteilte. In diesem Schreiben bat Professor König um Hilfe für den Kläger, damit der Konflikt friedlich beigelegt werden könne. Der Kläger suchte jedoch durch seine Aktion den Eindruck zu erwecken, als unterstützte Professor König ihn bei seinen Streitigkeiten. Da Professor König nie einen Zweifel an seiner neutralen, so lange wie möglich vermittelnden Haltung gelassen hatte, mußte dem Kläger auch die Illoyalität seines Verhaltens bewußt sein.

Ein ungebührliches Verhalten ohne begründeten Anlaß legte der Kläger im Zusammenhang mit den Vorfällen in Rajasthan auch gegenüber dem Direktor des Instituts für vergleichende Sozialforschung an der Universität Köln, Professor Dr. Scheuch, an den Tag. Diesen hatte Professor König gebeten, ihm bei der Gelegenheit eines seit langem geplanten und von den Vorfällen um den Kläger völlig unabhängigen Besuchs und Vorträge an der Universität von Rajasthan im März 1967 Unterlagen zu besorgen, damit er – Professor König – beurteilen könne, was dort tatsächlich vorgefallen sei. Professor Scheuch entledigte sich dieses Auftrages. Später beschuldigte der Kläger Professor Scheuch, dieser sei nach Rajasthan gekommen, um gegen Ihn – den Kläger – zu spionieren und Material gegen ihn zu sammeln. Obwohl Professor Scheuch in einer Antwort an den Kläger den Sachverhalt sofort richtig stellte, verharrte der Kläger in weiteren Schreiben an Professor Scheuch und öffentlichen Verlautbarungen bei seinen haltlosen Vorwürfen gegenüber Professor Scheuch und drohte ihm mit einem Prozeß.

Wenn auch bei der Prüfung der Rechtmäßigkeit des Widerrufs letztlich die tatsächlichen und rechtlichen Verhältnisse zur Zeit des Ergehens des Verwaltungsaktes entscheidend sind, so rundet es doch das Bild vom Verhalten des Klägers ab, daß er in einem offenen Brief an den Gouverneur der Provinz Rajasthan von 15. 8. 67 den völlig aus der Luft gegriffenen Vorwurf erhob, die Universität Rajasthan habe die Professoren Scheuch und König mit der Vortragsreise bestochen, gegen den Kläger vorzugehen und diesen schließlich zu entlassen.

c) *Jedenfalls wenn man das Verhalten des Klägers bei den erwähnten Vorfällen im Zusammenhang würdigt, muß man zu dem Ergebnis kommen, daß durchaus sachliche Gründe für seine Entlassung bestanden. Da der Kläger durch sein Verhalten die Beziehungen zu den Professoren König und Scheuch irreparabel gestört und das Ansehen des Forschungsinstitu-*

tes für Soziologie der Universität Köln erheblich belastet hatte, erschien im Zeitpunkt das Widerrufs eine weitere fruchtbare Zusammenarbeit mit ihm nicht mehr möglich. Somit beruht seine Entlassung auf unangreifbaren sachlichen Erwägungen und keineswegs auf Willkür.

3) *Die Rechtmäßigkeit des Widerrufs wird im vorliegenden Fall auch nicht durch den Gesichtspunkt berührt, daß ein Widerruf auch beim Vorliegen eines sachlichen Grundes im Einzelfall der Fürsorge- und Treuepflicht des Dienstherrn widersprechen kann. So wird in der Regel bei einer einmaligen Verfehlung des Widerrufsbeamten die Entlassung noch nicht gerechtfertigt sein (vgl. OVG Lüneburg, Urteil vom 26. 9. 1950, OVGE 3, 138, 143; Plog-Wiedow, aaO, § 32 Rdn. 7). Der Widerspruch ist jedoch auf jeden Fall zulässig, wenn das Verhalten des Beamten schon mehrfach zu Beanstandungen geführt hatte. (vgl. Württ.-Bad. VGH, Urteil vom 27. 11. 1952, VerwRspr 5, Nr. 69; Plog-Wiedow, aaO).*

Letzteres ist hier der Fall. Denn der Kläger hat, wie im einzelnen dargelegt, monate- und jahrelang seine dienstlichen Verhaltenspflichten in wesentlicher Hinsicht wiederholt und fortwährend verletzt, obwohl er im Laufe dieser Zeit durch Professor König mehrfach eindringlich auf die Pflichtwidrigkeit seines Verhaltens und die möglichen dienstrechtlichen Konsequenzen bei weiteren Verstößen hingewiesen wurde.

Ergänzender Sachvortrag bleibt vorbehalten. Gez. Dr. Redeker

*****

Nach dem Schreiben des Auswärtigen Amtes vom 7. November wissen wir, daß wir weder von dem Parteivorsitzenden Willy Brandt noch von dem Außenminister Willy Brandt etwas zu erwarten hatten. Aber das unsittliche Schreiben sollte nicht unbeantwortet bleiben. Außerdem wollen wir auch den moralischen Standort eines Außenministers Willy Brandt etwas präziser ausloten. Ich bitte den persönlichen Schatten Willy Brandts im Auswärtigen Amt, mir zumindest jene Schriftstücke zur Verfügung zu stellen, die im Verwaltungsgerichtsverfahren in Köln erwähnt sind. Hier ist mein Schreiben vom 17. Dezember an Klaus Soenksen, persönlicher Referent des Bundesaußenministers Willy Brandt: „Ich bestätige Ihr Schreiben vom 7. November. Darf ich darauf hinweisen, daß Sie auch in diesem Schreiben nur die Tatsache hervorheben, daß ich von der Vermittlungsstelle für deutsche Wissenschaftler im Ausland auf Veranlassung des Auswärtigen Amtes eine großzügige Förderung erhalten habe. Das habe ich aber niemals bestritten. Aber bedenken Sie bitte, daß ich von der Vermittlungsstelle am 16. 2. 67 die Mitteilung erhielt, daß das Auswärtige Amt meiner Förderung zugestimmt habe. Am 22. 3. 67 wurde mir mitgeteilt, daß ich diese Förderungsbeihilfe nicht erhalten könne, weil man der Vermittlungsstelle inzwischen mitgeteilt habe, daß ich von der Universität Rajasthan entlassen worden sei. Auf meine Anfrage hin teilte mir die Vermittlungsstelle am 4. 4. 67 mit, daß das deutsche Konsulat in Bombay der Vermittlungsstelle diese Mitteilung gemacht habe, die zur Folge hatte, daß ich die Ausgleichszulage nicht erhielt. Ich mußte am 11. 4. 67 neue Anträge stellen und erst nachdem der Prozeß zu meinen Gunsten entschieden war, informierte die

Deutsche Botschaft in Neu-Delhi die Vermittlungsstelle, und erst dann wurde im Juli 67 die Beihilfe rückwirkend ausgezahlt. All dies wäre nicht geschehen, wenn das Generalkonsulat in Bombay nicht einer ,vertraulichen Mitteilung' ohne Nachprüfung geglaubt hätte.

Bitte bedenken Sie noch, daß ohne die gegenseitige Vereinbarung zwischen Indien und der Bundesrepublik, daß Angehörige dieser beiden Länder sich ohne Einreisevisum 90 Tage in den betreffenden Staaten als Touristen aufhalten können, ich überhaupt nicht in die Bundesrepublik hätte einreisen können, um hier mein Recht zu verteidigen. Wie Sie wissen, hatte die Deutsche Botschaft in Delhi meinen Antrag auf ein Einreisevisum am 6. 10. 67 mit der folgenden Begründung abgelehnt: *,Ihrem Antrag auf Zusicherung der Einreiseerlaubnis zur Arbeitsaufnahme bei der Universität Köln hat die Stadt Bonn, der das Ersuchen der Botschaft vom 7. 7. 67 aufgrund der Tatsache, daß Sie noch für Bonn, Weberstraße 96, gemeldet sind, übergeben worden war, nicht entsprochen.'* Wie Sie auch wissen, teilte mir am 15. 2. 68 das Auswärtige Amt auf meine Anfrage hin mit: *,Das Ausländeramt in Bonn hat die Erteilung der Aufenthaltserlaubnis niemals abgelehnt.'*

Jetzt erhalte ich einen Schriftsatz der Anwälte der Universität Köln in meinem Verwaltungsverfahren gegen daß Land Nordrhein-Westfalen, vertreten durch die Universität Köln, in dem es wie folgt heißt: *,Auch in anderen Streitfällen – so bei einer Streitigkeit mit der Technischen Hochschule Neu Delhi, welcher Fall deshalb der Deutschen Botschaft zur Kenntnis gebracht wurde – berief sich der Kläger auf Professor König, obwohl dieser es selbstverständlich stets entschieden von sich gewiesen hatte, in die Auseinandersetzungen des Klägers in Indien verwickelt zu werden.'* Da diese Behauptung nicht stimmt und in diesem Schriftsatz die Deutsche Botschaft in Neu Delhi erwähnt wird, sehe ich mich veranlaßt, Sie zu bitten, falls die Verweigerung des Einreisevisums durch die Deutsche Botschaft auf einem Mißverständnis beruht hat, wie Sie schrieben, mir als Beweismaterial für die Kammer des Verwaltungsgerichts den Schriftverkehr der Deutschen Botschaft in Neu-Delhi mit Dritten über mich zur Verfügung zu stellen.

Ich hoffe, daß Sie im Interesse des Rechts und der Gerechtigkeit diese bei der Deutschen Botschaft in Neu-Delhi vorliegenden schriftlichen Unterlagen entweder mir oder meinem Anwalt, Herrn Dr. Heribert Johlen II, 5 Köln, Blumenthalstraße 20, verfügbar machen werden. Für eine baldige Erledigung dieser Angelegenheit wäre Ich Ihnen außerordentlich dankbar."

Wir wissen nicht, was die Heinrich-Hertz-Stiftung an Ralf Dahrendorf geschrieben und welche Antwort sie von ihm zurück erhalten hat. Daß es zu einer Korrespondenz gekommen war, erfahren wir aus dem Schreiben der Stiftung vom 2. November an Hans Welzel: *„Das Kuratorium der Stiftung hat keine Bedenken dagegen erhoben, daß Herr Dr. Aich sich um eine Habilitation bei der Universität Konstanz bemüht. Wie Prof. Dr. Dahrendorf hierzu mitteilt, steht der Einreichung der Habilitationsschrift dort nichts entgegen."* Wir registrieren den Unterschied im Text zu jener eleganten wie prompten Reaktion vom 11.12.1967: *„Wenn Sie eine wissenschaftliche Arbeit zur Habilitation vorlegen wollen, dann ist mir das auch dann selbstverständlich* *willkommen, wenn Ihr Zerwürfnis mit Herrn König Gründe haben sollte, die gegen Sie sprechen."* Nun, zwischen diesen beiden Schreiben liegt ein ganzes Jahr. Dahrendorfs moralische wie politische Überzeugung hat sich in diesem Zeitraum offensichtlich verändert, wenn er je andere gehabt hätte. Aber es kommt noch viel dicker. Noch bevor der Kultusminister des Landes Nordrhein-Westfalen sich zu meinen Fragen geäußert hat, also noch bevor ich das bewilligte Habilitationsstipendium akzeptiert habe, kommt ein Schreiben von Dahrendorf an mich, das er am 20. Dezember als einen Weihnachtsgruß ganz besonderer Art zur Post tragen läßt: *„Mit einigem Entsetzen höre ich, daß Sie bei mir als Habilitand angenommen seien. Ich muß daher Ihnen gegenüber noch einmal betonen, daß ich zu einer solchen Entscheidung in einer Universität, die sich von der Ordinarien-Universität abgekehrt hat, selbständig nicht in der Lage bin. Hier entscheidet nur der Habilitationsausschuß über Zulassungen. Insoweit sind auch Vorbesprechungen mit einzelnen für die zukünftigen Entscheidungen im Grunde genommen irrelevant. Ich bleibe bei meinen früheren Äußerungen, daß Sie nach den hiesigen rechtlichen Regelungen Ihre Habilitationsschrift einreichen und sich darauf verlassen können, daß diese objektiv beurteilt wird."*

Trotz des Anwiderns, beantworte ich dieses Schreiben von Dahrendorf postwendend am 23. Dezember, auch quasi als die Erwiderung seines Weihnachtsgrußes: „Soeben erreicht mich Ihr Schreiben vom 20. Dezember. Mich wundert schon seit einiger Zeit nichts mehr. Ich habe inzwischen erfahren, wie es einem jungen Wissenschaftler in der Bundesrepublik ergehen kann, wenn er gleich gegen zwei Ordinarien aussichtsreiche gerichtliche Auseinandersetzungen führt. Nur weiß ich nicht, was ich mit dem ersten Satz Ihres Schreibens anfangen soll. Was danach folgt, das haben Sie mir bereits vor einem Jahr geschrieben, und von meiner Seite besteht keine Veranlassung, eine andere Interpretation öffentlich zu bekunden. Daran wurde ich selbst dann nicht denken, wenn es schlecht um meine Auseinandersetzung stünde.

Falls Sie nochmals Anlaß haben sollten, durch öffentliche Bekundungen, die mit meiner Person zusammenhängen, entsetzt zu sein, dann fragen Sie vielleicht nach dem Informanten. Ich bin sicher, daß Sie dann den richtigen Adressaten finden werden.

Ich darf Sie bitten zu bedenken, daß eine falsche Aussage wie die, ich sei von Ihnen als Habilitant angenommen, mir nur Nachteile bringen könnte. Ich nehme an, Sie trauen mir zumindest diese durchschnittliche Intelligenz zu."

Als ich diesen Brief an Dahrendorf geschrieben habe, ahne ich nicht, was für ein Typ von Mensch er neben seinem PR-Geschick noch ist. Im Verlauf des Verwaltungsgerichtverfahrens reicht der Staranwalt Redeker ein Schreiben von Dahrendorf ein, um mich zu diskreditieren. Es trägt ebenfalls das Datum vom 20. Dezember 1968: *„Universität Konstanz, Fachbereich Soziologie, Professor Dr. Ralf Dahrendorf, Ph. D, Konstanz, den 20.12.1968. Herrn Wolfgang Slim Freund, Forschungsinstitut für Soziologie der Universität Köln, 5 Köln-Sülz, Zülpicherstrasse 182. Sehr geehrter Herr Freund, entschuldigen Sie die späte Beantwortung Ihres Briefes. Bei mir kann sich* *niemand habilitieren, da hier das Habilitationsverfahren völlig objektivert ist und über einen Habilitationsausschuss der Universität geht, der selbst die Prüfer noch frei bestimmen kann. Ich bin daher auch nicht in der Lage, Zusagen zu machen. Richtig ist nur, daß ich Herrn Dr. Aich eben dies mitgeteilt habe, was ich Ihnen jetzt mitteile. Ich hoffe sehr, daß er diese rein formelle und rechtliche Mitteilung nicht mißbraucht. Mit freundlichen Grüßen bin ich Ihr Prof. Dr. Ralf Dahrendorf, Ph.D."*

Noch bevor ich das Habilitationsstipendium der Heinrich-Hertz-Stiftung angenommen habe – der Kultusminister von Nordrhein-Wesrfalen hat bislang meine Fragen zur Klärung vom 20. November beantwortet –, hat König offensichtlich davon Wind bekommen, daß ein Habilitationsstipendium der Landesstiftung bewilligt worden ist und in dem Bewilligungsschreiben eine Äußerung von Dahrendorf erwähnt worden ist. Wir erinnern uns: *„Das Kuratorium der Stiftung hat keine Bedenken dagegen erhoben, daß Herr Dr. Aich sich um eine Habilitation bei der Universität Konstanz bemüht. Wie Prof. Dr. Dahrendorf hierzu mitteilt, steht der Einreichung der Habilitationsschrift dort nichts entgegen."*

Was diesen Wind zu König geweht hat, entzieht sich unserer Kenntnis. Aber wir können uns sehr gut vorstellen, wie dieser Wind König offensichtlich an die Decke bringt, weil Dahrendorf ja damit die Solidargemeinschaft der deutschen Soziologen verlassen hat. König will Dahrendorf unter Druck setzen und bestraft ihn noch dadurch, daß er nicht selbst, sondern durch seinen neuen Assistenten anfragen läßt, was eigentlich mit ihm (Dahrendorf) los ist. Artig alle Schuld von sich weisend antwortet Dahrendorf Herrn Freund. Dabei bedient er sich nicht nur der Unwahrheit, sondern auch der hohen Kunst der Verleumdung. Würdelos! Und wir haben uns über die Unnithans aufgeregt! Meine Integration in die blond-blauäugig-weiß-christliche Kultur hatte mich total blind gemacht. Nachzutragen bleibt nur, daß ich jenes Schreiben von Herrn Wolfgang Slim Freund an Dahrendorf nie habe zu Gesicht bekommen. Wie auch? Dahrendorf erwähnt nicht einmal das Datum.

Die Antwort des Kultusministers erhalte ich im neuen Jahr. Sie trägt das Datum vom 31. Dezember 1968: *„Sehr geehrter Herr Dr. Aich! Auf Ihre Anfrage vom 20. 11. 1968 möchte ich zur Vermeidung von Mißverständnissen mitteilen, daß das Ihnen vom Kuratorium der Heinrich-Hertz-Stiftung bewilligte Stipendium aus <u>Landesmitteln</u> bestritten wird.*

Das Kuratorium der Stiftung hat es deshalb verständlicherweise als wünschenswert angesehen, daß der von Ihnen mit einer Landesuniversität geführte Rechtsstreit nicht zusätzlich einen Gegenstand polemischer Diskussionen in der Öffentlichkeit bildet, sondern daß er, falls Sie seine Fortsetzung für erforderlich halten, allein in der Form der bereits eingeleiteten gerichtlichen Auseinandersetzung weitergeführt wird. Es ist nicht zu erkennen, daß dieser Prozeß, der allein zu einer Klärung der Frage nach der Recht- oder Unrechtmäßigkeit Ihrer Entlassung aus dem Landesdienst führen kann, durch eine öffentliche Erörterung der Streitpunkte eine Förderung erfährt.

Das Kuratorium der Stiftung hat auch deshalb die Erwartung ausgedrückt, daß öffentliche Polemiken künftig unterbleiben, weil es sich nur unter großzügigster Auslegung der Förderungsrichtlinien zur Bewilligung des Stipendiums entschlossen hat und hierbei von vornherein von einer Prüfung der Frage absah, ob die Vorfälle, die zu Ihrem Ausscheiden aus dem Dienst der Universität zu Köln geführt haben, evtl. gegen eine Gewährung des Stipendiums hätten sprechen können.

Unter diesen Umständen möchte ich Ihnen nahe legen, sich ernsthaft zu überlegen, ob Sie dem mit der Bewilligung des Stipendiums verbundenen Wunsch des Kuratoriums zu folgen vermögen. Sofern Sie sich hierzu außerstande sehen, würde die Angelegenheit demnächst erneut vom Kuratorium erörtert werden müssen. Mit besten Empfehlungen Ihr Holthoff"

Auch in dieser abgeschwächten Form ist der Inhalt des Schreibens schwer verdaulich. Wir überdenken es lange und beraten mit Freunden. Uns wird klar, daß wir diese Kröte werden schlucken müssen, wenn wir zumindest einen Teil des Materials auswerten wollen. Und auf gar keinen Fall will ich Hans und Sigrid Welzel in Verlegenheit bringen. Wir nehmen uns vor, in einem Schreiben den „Knebel" noch weiter abzuschwächen und eine gute Arbeit zu schreiben.

Am 19. Januar erinnere ich den persönlicher Referenten des Bundesaußenminister: „ich darf Bezug nehmen auf mein Schreiben vom 17. Dezember und Sie höflichst um eine Antwort bitten. Da die öffentliche Verhandlung vor dem Verwaltungsgericht im Februar wieder aufgenommen werden wird, wäre ich Ihnen für eine Mitteilung dankbar, ob die Unterlagen der Deutschen Botschaft in Neu Delhi dem Verwaltungsgericht durch das Auswärtige Amt zur Verfügung gestellt werden."

Am 20. Januar 1969 schlucke ich schließlich die Kröte, die Fritz Holthoff, der SPD-Kultusminister einer von Heinz Kühn geführten sozialdemokratischen Regierung, gepackt hat und schreibe ihm: „Sehr geehrter Herr Minister, ich danke Ihnen für Ihr Schreiben vom 31. Dezember 1968. Auch ich bin der Meinung, daß durch eine ‚polemische Diskussion in der Öffentlichkeit' die Klärung der Frage nach der Rechtmäßigkeit meiner Entlassung keine Förderung erfahren wird. Ich kann Ihnen deshalb versichern, daß eine polemische öffentliche Diskussion von mir nicht veranlaßt werden wird. Verständlicherweise möchte ich aber auch nicht dafür haftbar gemacht werden, wenn andere eine solche Diskussion auslösen sollten. Dies ist wahrscheinlich geworden, da die Anwälte der Landesuniversität Köln in ihrem Schriftsatz, über den vor dem Verwaltungsgericht öffentlich verhandelt werden wird, damit bereits begonnen haben. Mit vorzüglicher Hochachtung"

Von der Moral der deutschen Gerichtsbarkeit

Mein Schreiben vom 20. Januar 1969 an Fritz Holthoff, den SPD-Kultusminister, markiert den Schluß der dritten Etappe. Der bereits verloren geglaubte Etappe ist doch noch mehr zu unseren Gunsten ausgegangen. Dank unserer nicht zahlreichen Freunde, dem Bridge-Klub, Menschen wie den Welzels, Journalisten wie Höfer, Parteifunktionäre wie Dingel und vielen anderen, die hinter den Kulissen uns nicht ungewogen gewesen sind. Die kleinen Unwägbarkeiten des Lebens eben. Die unkalkulierbaren Größen. Ohne sie wäre jeder Widerstand nur ein Kamikazeflug.

Die Zeilen des sozialdemokratischen Kultusminister Fritz Holthoff im Kabinett eines Heinz Kühn – *„Unter diesen Umständen möchte ich Ihnen nahe legen, sich ernsthaft zu überlegen, ob Sie dem mit der Bewilligung des Stipendiums verbundenen Wunsch des Kuratoriums zu folgen vermögen. Sofern Sie sich hierzu außerstande sehen, würde die Angelegenheit demnächst erneut vom Kuratorium erörtert werden müssen.“* haben uns geschmerzt. Doch mußte ich die Kröte schlucken.

Die Landesregierung kauft sich frei mit der Genehmigung dieses Stipendiums. Sie entledigt sich einer eigenen Stellungnahme zu der ganzen Angelegenheit. Sie entlastet auch alle anderen Einrichtungen, die in dieser Geschichte eine unrühmliche Rolle gespielt haben. Wir registrieren die Moral, aber entschließen uns, nicht weiter zu grübeln. Wir schauen nach vorne und wollen das Beste für die nächste Runde einbringen. Später werden wir auch begreifen, daß es dumm gewesen wäre, das Stipendium aus prinzipiellen Gründen abgelehnt zu haben. Wir hätten keine zweite Chance bekommen, je auch nur einen kleinen Teil des mühsam gesammelten Forschungsmaterials auszuwerten. Noch wichtiger ist, daß wir die spannende vierte Etappe der schmutzigen Schlacht verpaßt hätten. Schmutziger als wir erahnen konnten.

Ich durchbreche die Chronologie kurz und erwähne, daß die Heinrich-Hertz-Stiftung die Auswertung der „Studierenden Befragung“ bis zum Abschluß der Schrift: „Die Indische Universität. Eine soziologische Erhebung über die Produktion von Kadern eines entkolonisierten Landes“ mit äußerster Fairneß begleitet hat. Ich erwähne dies nicht, weil sie die einzige deutsche Stiftung gewesen ist, die sich mir gegenüber korrekt und fair verhalten hat. Auch weil neben dem Stipendium eine Menge Sachmittel zu bewilligen waren, was den ansonsten eher an naturwissenschaftlicher Forschung orientierten Mitarbeitern viel Feingefühl abverlangt hat. Ich bin den Mitarbeitern dieser Stiftung zu Dank verpflichtet.

Wir sammeln unsere Kräfte. Die Auswertung des Forschungsmaterials bestimmt von nun an unseren Tagesablauf. Die Hektik nimmt ab. Wir reduzieren unsere Aktivität, Material über die Moral der sogenannten vierten Gewalt, über Ministerien und deren 100%igen Töchtern, über Universitäten, über Wissenschaftler und Politiker einer Nicht-Bananenrepublik zu sammeln. Der Bonner Bridge-Klub und der Kölner Republikanische Club sind unsere Abwechslungen bei der Heimforschungsarbeit. Das Verfahren beim Verwaltungsgericht nimmt seinen Gang. Deutsche Verwaltungsgerichte, wie Gerichte im allgemeinen in dieser Republik, arbeiten langsam. Aber bei uns fällt Material über die Moral der deutschen Gerichtsbarkeit an.

Die Arbeit wird nicht weniger. Das Aufbereiten des Materials, die notwendigen Strichellisten für offene Fragen, die Konstruktion der Skalen, die Bildung von Klassifikationen und Kategorien, die Schlüsselliste, das Kodieren der einzelnen Fragebogen laufen nach dem selben Muster in unserer kleinen Wohnung ab wie seinerzeit in Bonn, Weberstraße 96. Die Arbeit wird allerdings durch das Hausverbot der ehrwürdigen Universität zu Köln erschwert.

Die Universität Bonn hat keine soziologische Abteilung. Empirische Sozialforschung ist ihrem an sich leistungsfähigen Rechenzentrum fremd. Sie besitzt kein Programm für die Auswertung der Fragebogen. Einen Markt für die „Software" gibt es noch nicht. Ich erläutere immer wieder den freundlichen Mathematikern die Strategie der Auswertung von Fragebogen, damit sie für mich ein Programm schreiben können. Das Kölner Rechenzentrum hat eine Planstelle mit einem Sozialwissenschaftler besetzt und Programme für sozialwissenschaftliche Forschung entwickelt. Nach einigen Monaten der Diskussion halten die Mathematiker in Bonn es für günstiger, daß sie stellvertretend, aber ohne mich zu benennen, entlang des Auswertungsprogramms des Kölner Rechenzentrums unser Material ausrechnen lassen. Den Zeitverlust ob dieses umständlichen Weges halten sie für vernünftiger als das Risiko, daß es ihnen doch nicht gelingt, ein fehlerfreies Programm zu entwickeln.

Das Verzichtenmüssen auf die Bibliothek der Universität Köln tut uns weniger weh, weil wir alle einschlägigen Veröffentlichungen über das indische Erziehungssystem trotz unserer knappen Finanzen hatten in Indien kaufen können. Unser Bücherbestand ist aktueller als in den Bibliotheken in Deutschland. Ein glücklicher Umstand. Das Lesen dieser Bücher beansprucht viel Zeit, weil das Lesen nur in Häppchen möglich ist, immer zwischen der eher stumpfsinnigen Kodierungsarbeit, also Aufbereitung der Fragebogen für den Rechner. Das häppchenweise Lesen hat auch Vorteile. Wir haben mehr Zeit zum Nachdenken. Und wir lesen mehrgleisig.

Der persönliche Referent des Bundesaußenministers Willy Brandt, hat auf mein Erinnerungsschreiben vom 19. Januar nicht reagiert. Also: „ich darf Bezug nehmen auf mein Schreiben vom 17. Dezember und Sie höflichst um eine Antwort bitten. Da die öffentliche Verhandlung vor dem Verwaltungsgericht im Februar wieder aufgenommen werden wird, wäre ich Ihnen für eine Mitteilung dankbar, ob die Unterlagen der Deutschen Botschaft in Neu-Delhi dem Verwaltungsgericht durch das Auswärtige Amt zur Verfügung gestellt werden."

Auf meine telefonische Anfrage bescheidet er mir, daß ich als direkt Betroffener keinen gesetzlichen Anspruch auf die Herausgabe der mich betreffenden Korrespondenz hätte. Deshalb wird das Auswärtige Amt keine schriftlichen Unterlagen herausrücken, um mir in der Auseinandersetzung beim Verwaltungsgericht zu helfen. Warum, so frage ich mich, teilt mir der persönliche Referent des Bundesaußenministers Willy Brandt genau dies nicht schriftlich mit? Keine Spuren hinterlassen? Vielleicht habe ich doch einen gesetzlichen Anspruch darauf? Oder nur als Ausländer nicht? Ich weiß es nicht. Oder glaubt das Auswärtige Amt, geleitet vom Moralisten Willy Brandt, daß die Herausgabe dieser schriftlichen Unterlagen der Wahrheitsfindung eher **un**dienlich sein würde? Wie soll ich es wissen?

Im Republikanischen Club erfahre ich im März, daß König schon seit einiger Zeit wieder in Köln ist. Ich informiere am 13. März meinen Rechtsanwalt und bitte ihn beim Verwaltungsgericht den Antrag zur Beweisaufnahme zu stellen. Er soll gleichzeitig das Heranziehen der Akten bei der Deutschen Botschaft und bei dem Auswärtigen Amt der Bundesrepublik beantragen. Dieser Bitte kommt er am 19. März nach: *„3 K 2230/67: In der Verwaltungsstreitsache Dr. Aich ./. Land NRW bitten wir, nachdem Herr Prof. Dr. König wieder nach Köln zurückgekehrt ist, um baldige Anberaumung eines Verhandlungstermines. Wir möchten bei dieser Gelegenheit anregen, daß vom Verwaltungsgericht die Akten der Deutschen Botschaft in New Delhi betreffend den Kläger zur Aufklärung des Sachverhaltes angefordert werden."*

Mein Rechtsanwalt teilt mir am 2. April mit: *„In Ihrer Sache gegen das Land NRW erhalten wir vom Gericht die Mitteilung, daß Termin auf Freitag, den 2. Mai 1969, 9.00 Uhr, im Sitzungssaal des Verwaltungsgerichts Köln, Blumenthalstraße 33, Saal II, Zimmer Nr. 119, anberaumt worden ist.*

Das Gericht hält Ihr persönliches Erscheinen für ratsam. Ferner teilt das Gericht mit, daß dem Zeugen, Herrn Professor König, aufgegeben worden ist, noch vor dem Termin den das Dienstverhältnis des Herrn Dr. Aich betreffenden Schriftwechsel aus den Jahren 1965 und 1966 dem Gericht vorzulegen."

Bislang habe ich über die deutschen Gerichtsbarkeit wenig gewußt. Eigentlich ein Witz! Als promovierter Sozialwissenschaftler weiß ich so gut wie nichts über die sogenannte Rechtspflege, obwohl doch in dieser Republik sich nichts, aber wirklich nichts ohne eine Gesetzes- oder Verordnungsregelung bewegt. Der Begriff „Rechtspflege" ist mir bisher nicht fremd gewesen. Aber ich hatte noch nie über diesen Begriff nachgedacht. Im Zusammenhang mit diesem Verwaltungsgerichtsverfahren frage ich mich zum ersten Mal, wieso von den angeblich auch sprachlich so scharfsinnigen Juristen nicht der an sich genauere Begriff „Gesetzespflege" bzw. „Pflege der gesetzlichen Ordnung" verwendet worden ist. Oder sind sie doch so scharfsinnig gewesen, sich einen weniger genauen Begriff auszuwählen, damit die Grenzen zwischen „Gesetz" und „Recht" verwischt werden? Ich habe keine Antwort.

Ein „Versagenskomplex" wegen der Blauäugigkeit bleibt mir erspart, als ich feststelle, daß sich die nicht juristisch ausgebildeten „Republikaner" im Club in Köln diese Fragen auch noch nicht gestellt haben und keine schlüssige Antwort auf die eben offen gehaltene Fragen wissen. Eigentlich beschämend für uns alle, für die Republikaner im besonderen, weil ja in dieser Republik doch alle Staatsgewalt vom Volk ausgeht. Als ich feststelle, daß mein Rechtsanwalt für nichts anderes als für sein Honorar waltet, nur für jene Belange aktiv wird, die von mir ausdrücklich verlangt werden, keinerlei Initiative in seinem studierten Bereich der Verwaltungsgerichtsbarkeit entwickelt wie ich es tue, beginne ich die Juristen zu befragen. Nicht nur im Republikanischen Club. Ich erfahre Erstaunliches.

Die Juristen nehmen für sich in Anspruch, einer differenzierten Sprache mächtig zu sein. Aber die Gespräche mit den Volljuristen verwirren mich. Für sie gibt es keine klare Trennung zwischen Gesetz und Recht. Was hat beispielsweise das Strafgesetzbuch mit Recht zu tun? Oder die Gesetze, die Streitigkeiten der Bürger untereinander regeln sollen? Oder die Gesetze, die Verwaltungshandeln regeln sollen? Dennoch reden die Volljuristen von „Strafrecht, Zivilrecht und Verwaltungsrecht"! In den Paukanstalten der Gesetzeskunde, auch juristische Fakultäten der Rechtswissenschaft genannt, ebenso wie im Republikanischen Club.

Die Volljuristen sind in dieser Republik eine besondere Gruppe von Menschen. Die heimlichen Herrscher. Zwar soll alle Staatsgewalt vom Volk ausgehen, ausgeübt durch seine „Vertreter" (repräsentative Demokratie also, weil sie angeblich gar nicht anders funktionieren kann), die *vom Volke in Wahlen und Abstimmungen und durch besondere Organe der Gesetzgebung, der vollziehenden Gewalt und der Rechtssprechung"* bestimmt werden. Grundlagen staatlicher Ordnung. Artikel 20 GG. Die Versammlung dieser „Volksvertreter" bildet das Organ der Gesetzgebung, das Parlament. Wie sollen aber die Volksvertreter in der gesetzgebenden Versammlung Gesetze formen, wenn sie die haarspaltende und unvermittelte Sprache der Juristen nicht beherrschen?

Also heuern sie dafür Volljuristen an. Nur die wissen, wie über die wirksame Formulierung von Gesetzen Benachteiligungen für die Mehrheit des Volkes abgewendet werden können. Als Dienstleister, versteht sich. Interessenwidersprüche, Konflikte kennen sie bei Ausübung ihrer Dienstleistung für das Volk selbstverständlich nicht. Sie regeln alles, was regelbar ist. Das Volk muß daran glauben. Also sitzen Juristen in Schlüsselpositionen. Bei Verbänden genau so wie in öffentlichen Verwaltungen. Auf der Gemeindeebene genauso wie auf der Bundesebene. Die heimlichen Herrscher also, auch wenn manchmal der Eindruck entstehen kann, es gäbe doch noch so etwas wie politische „Volkstribune".

Die einzelnen Gerichte haben auch ihre spezifischen Aufgabenbeschreibungen. Die Rechtsanwälte – wieso **Rechts**anwälte? – sollen Organe der „Rechtspflege" sein. Auch in einem Strafverfahren? Soll der strafverteidigende Anwalt nicht das Beste für den Angeklagten herausholen, unabhängig vom wahren Sachverhalt? Muß nicht der Anwalt des Staates die Anklage unter Beweis stellen? Meist sind es doch nur Indizien und

Gegenindizien. Sollen nicht die Richter die Wahrheit herausfinden? Können sie es denn? Wo ist die Grenze zwischen ihren eigenen Vorurteilen, voreiligen Urteilen, Machtmißbrauch und der Wahrheit?

Im Zivilverfahren sind die Richter angehalten, auf der Grundlage des Vorbringens der streitenden Parteien ein ausgewogenes Urteil zu fällen, was „ausgewogen" auch immer sein mag. Es kommt nicht auf die Wahrheitsfindung an. Vor allem im Zivilverfahren hat keiner Anspruch auf Gerechtigkeit, sondern lediglich auf ein Urteil. Und das bekommt man immer. Aber: Im Namen des Volkes, bitte!

Beim Verwaltungsgericht soll es anders sein. Von der Grundidee her muß gegenüber dem Bürger ein Verwaltungshandeln immer entlang der Verwaltungsgesetze korrekt sein. Verwaltungshandeln ist auch meist dokumentierbar. Das Gericht ist verpflichtet, **alle** Beweisstücke über das Verwaltungshandeln heranzuziehen. Denn als Teil der „dritten Säule" der staatlichen Ordnung gemäß Artikel 20 GG soll das Verwaltungsgericht darüber wachen, daß die „zweite Säule", die vollziehende Gewalt, *„an Gesetz und Recht gebunden"* bleibt. All das lerne ich durch meine Befragungen der Juristen.

Würde die 3. Kammer des Verwaltungsgerichts in Köln *„an Gesetz und Recht gebunden"* handeln, müßte sie von sich aus all jene schriftlichen Unterlagen von den verschiedenen Stellen der vollziehenden Gewalt anfordern. Mein Rechtsanwalt müßte von sich aus darauf achten, daß das Gericht alle relevanten schriftlichen Unterlagen heranzieht, damit er auch mit gutem Gewissen sein Honorar verdient. Aber ich mache die Erfahrung, daß sich ohne meine Initiative nichts bewegt. Wozu brauche ich überhaupt einen Anwalt?

Am 10. April sehe ich mich wieder veranlaßt, meinem Anwalt zu schreiben: „ich danke Ihnen für Ihr Schreiben vom 2. April. Darf ich anregen, die Kammer zu bitten, von Herrn Prof. König nicht nur die Vorlage des meine Person betreffenden Schriftwechsels aus den Jahren 1965 und 66 zu verlangen, sondern auch alle übrige meine Person betreffende Korrespondenz, insbesondere die 1967 mit indischen Stellen geführte."

Am 14. April schreibt dann mein Rechtsanwalt an das Verwaltungsgericht: *„3 K 2230/67: In der Verwaltungsstreitsache Dr. Aich ./. Land NRW beantragen wir, dem Zeugen Prof. König nicht nur die Vorlage des die Person des Klägers betreffenden Schriftwechsels aus dem Jahre 1965 und 1966 aufzugeben, sondern auch die übrige den Kläger betreffende Korrespondenz, insbesondere die im Jahre 1967 mit indischen Behörden geführte Korrespondenz."* Und mir am 29. April: *„Die Gegenseite hat in Ihrem Verfahren die in einem Hefter hier beigefügten Unterlagen dem Verwaltungsgericht Köln vorgelegt. Soweit Sie dazu noch eine Stellungnahme abgeben können, wäre ich dankbar, wenn ich diese Stellungnahme bis morgen abend in Händen haben könnte, damit ich mich im Laufe des 1. Mai auf unsere Verhandlung vorbereiten kann. Soweit in den englischen Schreiben etwas wesentliches steht, bitte ich um*

Ich bin sauer auf meinen Anwalt, daß er sich nicht einmal die Mühe gemacht hat, die vorgelegten Schriftstücke zu sichten und danach zu einzelnen Punkten meine Stellungnahme zu erfragen. Ich bin doch nicht in einer „Bananenrepublik" wie Indien! Aber momentan bin ich nicht in der Lage, eine neue Front gegen meinen Rechtsanwalt zu eröffnen. Ich kommentiere jedes einzelne Schriftstück, damit diesem meinem Anwalt die ganze Geschichte, wie sie mir widerfahren ist, endlich auch in schriftlicher Form geläufig wird. Für diese meine Arbeit kassiert er das vorgeschriebene Honorar ohne dafür Leistungen zu bringen. Natürlich gibt es ein Gesetz auch für die Regelung des Honorars. Im Namen des Volkes, versteht sich.

Am 2. Mai von 9.15 Uhr bis 13.00 Uhr, findet die mündliche Verhandlung statt. Es ist grotesk. Die Beweiserhebung beschränkt sich ausschließlich auf die Aussage des eigentlichen Übeltäters. Und er sagt weitlich Unwahres aus, was jeder nachvollziehen kann. Die Richter stellen keine kritischen Fragen. Nein. Der Übeltäter in dieser Konstruktion ist jemand, der als Zeuge zur „Wahrheitsfindung" beiträgt. Zudem ist dieser Übeltäter auch noch ein deutscher Professor. Als solcher ist er für die Richter dieser Kammer eines deutschen Gerichts auch noch eine Respektsperson. Daß die Richter nicht noch aufgestanden sind, als sie Fragen an ihn richteten, ist alles. Die Richter in Jaipur konnten offenbar lesen. Sie hatten die Übeltäter, die Professoren Mathur oder Unnithan, nicht als Zeuge geladen. Die indischen Richter sind eben noch „unterentwickelt", nicht so professionell.

Die Medien sind im Gerichtssaal vertreten. Es ist das allererste Verfahren in dieser Republik, in dem ein wissenschaftlicher Assistent an einer deutschen Universität gegen eine Entlassung klagt, obwohl willkürliche Entlassungen in diesem Bereich häufig sind. Die Medien berichten auch nicht wenig üppig. In keinem Bericht wird der Tatbestand auch nur erwähnt, daß im Verwaltungsgerichtsverfahren ein Übeltäter zur Respektsperson erhoben wird, daß seine Zeugenaussagen die schriftlichen Beweisstücke außer Kraft setzen. Den Richtern dieser Kammer scheinen „Widersprüche" eine fremde Kategorie zu sein. Wie sehr, werden wir später im Gerichtsprotokoll nachlesen. Schauen wir zunächst in den Spiegel der Printmedien hinein. Eine Auswahl selbstverständlich, aber keine tendenziöse. Ich kommentiere nicht die einzelnen Berichte. Ich beschränke mich nur auf jene Informationen, die hilfreich sein könnten, die folgenden Berichte einordnen zu können. Meine Verwunderung darüber will ich nicht unterschlagen, daß alle diese Journalisten in der selben mündlichen Verhandlung beim Verwaltungsgericht in Köln zugegen waren.

Die „Kölnische Rundschau" gilt in Köln als konservativ. Sie berichtet bereits am Samstag, dem 3. Mai 1969:

Soziologen-Streit in die letzte Runde

Der Streit zwischen dem Kölner Soziologen Professor Dr. René König und seinem früheren indischen Assistenten Dr. Prodosh Aich steht in der letzten Runde. Am Freitag wurden vor der 3. Kammer des Kölner Verwaltungsgerichts beide Parteien gehört. Am 7. Mai ist Urteilsverkündung. Die Vorgeschichte: In den Jahren 1966 und 1967 hatte Dr. Aich auf Empfehlung Professor Königs eine Gastprofessur an der indischen Universität in Jaipur übernommen. An dieser Hochschule entdeckte der junge Inder, heute 35 Jahre alt, seiner Meinung nach starke Korruption. Er berichtete darüber. Es gab böse Briefe. Dr. Aich wurde schließlich im September 1967 von der Universität Köln entlassen. Dagegen klagte der junge Soziologe. Der Prozeß dauert nun schon über ein Jahr. Zur Zeit bezieht Dr. Aich ein Stipendium von monatlich 1500 Mark, ausgerechnet vom Land Nordrhein-Westfalen, das der Inder vor dem Verwaltungsgericht verklagt hat.

Der „Kölner Stadt-Anzeiger" gilt als progressiv. Wir erinnern uns, daß der Chefredakteur Joachim Besser mit René König befreundet ist und deshalb seine Zeitung aus dieser Geschichte eher heraushalten wollte. Aber was ist, wenn zu vermuten ist, daß die Konkurrenz darüber berichtet? Also lesen wir im „Kölner Stadt-Anzeiger" vom 4. Mai 1969:

Darf die Uni Assistenten feuern?

Prof. König als Zeuge vor Gericht

Von unserem Redakteur Gerhard F a u t h

Die III. Kammer des Kölner Verwaltungsgerichts hörte gestern den Kölner Universitätsprofessor René König als Zeugen in der Klagesache seines ehemaligen Assistenten, des Inder Dr. Prodosh Aich (35), gegen die Universität Köln. Das Urteil soll am 7. Mai verkündet werden. Aich war mit Wirkung vom 30. 9. 1967 von der Universität Köln ohne Angabe von Gründen aus seinem Dienstverhältnis eines Beamten auf Widerruf entlassen worden.

Seit 1955 lebt Dr. Prodosh Aich in der Bundesrepublik. Er hat in Hannover, Bonn und Köln studiert und eine Frau seines Gastlandes geheiratet. Runde zwölf Jahre hatte er seine Eltern nicht mehr gesehen, als er sich im Juni 1966 nach Indien einschiffte.

Die Universität des Landes Radjasthan in der Landeshauptstadt Jaipur hatte ihm für einige Monate einen mit 600,- DM dotierten Lehrauftrag bewilligt, die Universität Köln hatte ihn von seiner Tätigkeit als René Königs Assistent auf ein Jahr beurlaubt und die Fortzahlung seiner Bezüge von monatlich 1100,- DM verfügt. Einen Gehaltsvorschuß von 2000,- DM hatte der NRW-Kultusminister bewilligt.

Alles schien sich gut anzulassen. Der damals 32 Jahre alte Assistent des kölnischen „Forschungsinstituts für Soziologie", von dem ein Buch mit dem Titel „Farbige unter Weißen" schon 1962 bei Kiepenheuer & Witsch erschienen war, glaubte sich vor allem der Verwirklichung eines wissenschaftlichen Ziels näher denn je.

Soziologische Feldarbeit war an mehreren indischen Universitäten zu leisten, sollte das Material für die Habilitationsschrift „Entwurzelte Intellektuelle oder kommende Elite" zusammenkommen. Aich hatte bereits Untersuchungen über Lebensweise, Anpassungsschwierigkeiten, Studienerfolge indischer Studenten in europäischen Ländern angestellt. Nun war die „Rückanpassung" seiner akademischen Landsleute nach Rückkehr in die indische Heimat zu untersuchen.

Warum daraus bis heute nichts Sichtbares wurde und weshalb Prodosh Aichs Universitätskarriere mit einer Kündigung endete, darüber haben die Kontrahenten schon einmal vor Gericht verhandelt. Beim gestrigen Termin behauptete der Vertreter der Universität, Rechtsanwalt Redeker, die Kündigung eines im Widerrufverhältnis stehenden Beamten sei rein in das Ermessen des Dienstherrn gestellt. Das sei zwar hart, jedoch die rechtliche Lage.

Das Gericht verlas Teile eines Briefes, den der ehemalige Assistent am 15. August 1967 dem Gouverneur von Kalkutta gerichtet hat. Aich, damals schon in Jaipur aus seinem Lehrauftrag entlassen und von Köln in seiner Beamtenposition gekündigt, deckt darin auf, was ihm als Hintergrund der konzertierten Entlassungsaktion erschien. Er nimmt kein Blatt vor den Mund: *„Das ist das Werk von zwei deutschen Professoren der Soziologie"*, schreibt Aich, *„Dr. Erwin K. Scheuch und Direktor René König. Dr. Scheuch wurde schon im März 1967 dafür belohnt. Und Dr. König soll die Universität Radjasthan im kommenden Herbst besuchen. ... Meine Entlassung ist der Preis für die beiden Einladungen. ... Ein subtile Art von Bestechung liegt vor. ... Die Karriere eines indischen Wissenschaftlers wird ruiniert, weil er sich Einblick in die korrupten Verhältnisse an der* (indischen) *Universität verschafft hat."*

Auf diesen vielleicht springenden Punkt kam das Gericht gestern in Professor Königs Zeugenaussage nur noch am Rande zu sprechen. Aus einem umfangreichen Briefwechsel des Direktors des Soziologischen Instituts mit der indischen Universität, der deutschen Botschaft in Bombay und mit seinem damaligen Assistenten geht jedenfalls hervor, daß Professor König vom Unwillen seiner indischen Kollegen informiert war, daß er die Erhebungen Aichs über das „korrupte" Erziehungssystem nicht billigte und ihm die Assistentur entzog.

König, der seinem Assistenten bei vielen Gelegenheiten das beste Zeugnis ausgestellt hatte, wollte keine Trübung des guten Verhältnisses zwischen den Universitäten Köln und Radjasthan hinnehmen. Es gab einen weiteren Grund, das Prodosh-Aich-Projekt zu stornieren: Der Deutsche Forschungsdienst hatte die Mittel für die Feldarbeit in Indien, insgesamt 36300,- DM, nicht bewilligt.

So war für Aich aus dem Thema der „Rückanpassung" die Untersuchung über das indische Erziehungssystem geworden. Hatte König Kenntnis von dieser Änderung? Er verneint. Doch merkwürdig genug: Für seine peinlichen Aufhellungen will Aich das Lob hoher indischer Stellen, wenn auch keineswegs der betroffenen Universität, geerntet haben.

Aich war bereits arbeitslos, als er das Schiff zurück nach Deutschland bestieg. Nicht nur die in Köln gewiß recht entfernt wirkende „Korruption in Radjasthan" hatte sein Los entschieden. Das Gericht nimmt zur Kenntnis, daß René König auch mit der Arbeitsgeschwindigkeit seines Assistenten seit langem nicht zufrieden gewesen war. Dennoch bewies er ihm immer wieder Wohlwollen. Sorgte er nicht zuletzt noch für das Wiedersehen mit den Eltern? Doch Aich hält dagegen: die Fahrt nach Indien habe er aus eigener Tasche bezahlt. Am Forschungsauftrag habe der „Elternbesuch" also nicht gehangen.

Aichs Rechtsanwalt Wolfgang Lenz machte die Universität auf die Fürsorgepflicht des Dienstherrn aufmerksam. Die Assistentenordnung stelle den wissenschaftlichen Assistenten sogar unter erhöhten Schutz. Der Ton in Aichs Brief an den Gouverneur, den er gewiß nicht billige, sei aus der Lage zu verstehen: Der Kläger habe sich plötzlich vor der Beendigung einer wissenschaftlichen Laufbahn gesehen, für die er ein halbes Leben gearbeitet habe.

Wenige Tage später verkündet das Verwaltungsgericht sein Urteil im Namen des Volkes zunächst mündlich und ohne Begründung. Hier ist das Echo in den Medien, das repräsentativ für das ganze Echo ist. Die „Kölnische Rundschau" schreibt am 8. Mai 1969:

Assistenten ohne Schutz?

Klage des Inders Dr. Aich abgewiesen

VON PETER ESPE

Wissenschaftliche Assistenten an Universitäten haben ein unsicheres Dasein. „Wenn ihre Nase dem Professor nicht mehr paßt", so lautet eine schnodderige Faustregel, „dann fliegen sie." Und häufig werden Assistenten entlassen, oft ohne nähere Begründung. Zum ersten Mal hat ein solch Geschaßter jetzt vor Gericht aufbegehrt und dabei verloren.

Der 35jährige Inder Dr. Prodosh Aich, bis vor zwei Jahren Assistent des Kölner Soziologieprofessors Dr. René König, erfuhr am gestrigen Mittwochmorgen nach einjährigem Prozeß vor der 3. Kammer des Verwaltungsgerichts Köln das lapidare Urteil: *„Die Klage wird abgewiesen. Die Gerichtskosten gehen zu Lasten des Klägers."* Eine Urteilsbegründung soll Dr. Aich in den nächsten Tagen erhalten.

■ Ohne Eid

Deshalb bleibt vorerst unbekannt, warum die Klage gegen das Land Nordrhein-Westfalen abgewiesen worden ist. Bisher hatte sich während des Prozesses (Aktenzeichen: 3 K 2230/67) der Eindruck ergeben, es gehe dem Gericht ausschließlich um die Frage, ob Assistenten so ohne weiteres ohne nähere Begründungen entlassen werden dürfen. Die Gründe selbst, die zu Dr. Aichs Entlassung führten, schienen keine Rolle zu spielen.

Das wenigstens glaubte auch Aichs Anwalt Wolfgang Lenz. Der war deshalb nicht näher auf die Anschuldigungen gegen den Inder eingegangen, mit denen Professor Dr. König am 2. Mai die Entlassung Aichs vor Gericht begründet hatte. Lenz verzichtete auch darauf, den Zeugen König vereidigen zu lassen, obwohl dessen Aussagen nach Ansicht von Prodosh Aich „in manchen Punkten nicht den Tatsachen" entsprachen.

Tatsächlich war die 3. Kammer unter Verwaltungsgerichtsdirektor Dr. Siegfried von Gerdtell nur zaghaft auf die Vorfälle, die zu der Entlassung des indischen Assistenten führten, eingegangen. Um die verzwickte Vorgeschichte

zu klären, wäre eigentlich ein Lokaltermin an der Universität des indischen
Staates Rajasthan in der Stadt Jaipur notwendig gewesen.

■ Auf Widerruf

Dort war Prodosh Aich vom Sommer 1966 bis zum Sommer 1967 Gastprofessor für Soziologie. Von der Kölner Universität war er deshalb eigens
beurlaubt worden. Gleichzeitig blieb der junge Inder Beamter auf Widerruf des
Landes Nordrhein-Westfalen. Er hatte nämlich auch den Auftrag, eine
Forschungsarbeit darüber zu verfassen, wie sehr indische Akademiker, die
jahrelang in der Fremde studieren, nach Rückkehr in die Heimat unter Anpassungsschwierigkeiten leiden.

In Jaipur entdeckte der junge Soziologe, wie er später erzählte, einen
„Abgrund von Korruption und Vetternwirtschaft". Und: „Durfte ich darüber den
Mund halten?" Aich hielt ihn nicht. So bekam er prompt Schwierigkeiten. Vor
allem der Dekan der Soziologie in Jaipur, Professor T. K. N. Unnithan, der
Mann, der Aich bei einem Besuch in Deutschland nach Indien geholt und ihm
Unterstützung bei dessen Forschungen zugesagt hatte, stellte sich gegen den
jungen Kollegen.

Professor König in Köln erfuhr von den Auseinandersetzungen an der
Jaipur-Universität. Und zwar hatte er vom dortigen Vizekanzler einen Brief
erhalten, in dem es von Anschuldigungen gegen Dr. Aich nur so wimmelte.
König wartete gar nicht erst eine Stellungnahme seines Assistenten ab, sondern
beantragte sofort dessen Kündigung. Das geht eindeutig aus einem Brief
hervor, den Professor König kurz danach, am 2. März 1967, an Aich nach Jaipur
geschrieben hat.

Zur selben Zeit erhielt Prodosh Aich auch das Kündigungsschreiben der
Universität Jaipur. Dagegen ging er sofort vor Gericht vor und behielt recht. Er
bekam weiterhin die Bezüge als Gastprofessor und durfte seine Forschungen
fortsetzen.

Das war allerdings kaum noch möglich, da Gelder, die von der Deutschen
Forschungsgemeinschaft in Bad Godesberg für Aichs Arbeiten in Indien in
Aussicht gestellt worden waren, nicht kamen. Ein runder Abschluß der Indien
Untersuchungen, die ein Teil von Aichs Habilitationsschrift für eine spätere
Professorenkarriere in Köln sein sollten, war ohne die Mittel (von insgesamt 36
992,- DM) nicht denkbar.

■ Für Professur

Vor Gericht in Köln mußte sich der Inder nun vom Zeugen Professor König
sagen lassen, ein Grund für die Entlassung sei gewesen, daß er, Aich, nach vier
Assistenten-Jahren noch keinen Strich an der Habilitationsschrift getan habe.
Nach Aichs Aussagen gab es jedoch schon eine Teilveröffentlichung. Zudem
sollten ja die mißglückten Indien-Forschungen zur Bewerbung um eine
Professur beitragen. Außerdem werden Habilitationsschriften in der Regel nicht
schon nach vier Jahren abgeliefert.

Mit der verlorenen Klage in Köln braucht Dr. Aich nun gar nicht erst zu
versuchen, an einer anderen Universität habilitieren zu wollen. Er wird vermutlich überall abgewiesen. Deshalb will er bei der nächsthöheren Instanz
weiterklagen.

Auch der „Kölner Stadt-Anzeiger berichtet am 08.05.1969. Die Überschrift ist bemerkenswert.

Das Gericht gibt Professor recht
Urteil in Streitsache Aich/Universität
Von unserem Redakteur Gerhard Fauth

Die 3. Kammer des Verwaltungsgerichts Köln fällte gestern das Urteil in der Streitsache des ehemaligen Assistenten des Kölner Instituts für Sozialforschung, Dr. Prodosh Aich, gegen die Universität Köln (wir berichteten darüber). Die Klage wurde kostenpflichtig abgewiesen. Eine Urteilsbegründung will das Gericht in etwa 10 Tagen vorlegen.

In Ergänzung unseres Berichts über die Zeugenvernehmung in dieser Sache vom vergangenen Freitag (vgl. KSTA v. 3./4. Mai) schreibt der ehemalige Vorgesetzte Dr. Aichs, Prof. Dr. René König:

„Der entscheidende Punkt, warum ich den Vertrag von Herrn Aich nicht verlängert habe, wird von Ihnen nicht erwähnt. Dabei ist das betreffende Schreiben, das ganz am Anfang der Streitereien geschrieben wurde, in extenso verlesen, übersetzt und protokolliert worden. Im Protokoll steht, daß dieses Schreiben eine wirkliche Erpressung an den Leiter der Soziologischen Abteilung an der Universität Rajasthan darstellt. Das war, wie mehrfach von mir betont und auch im Protokoll aufgenommen wurde, der entscheidende Grund. Alles übrige waren nur zusätzliche Gründe.

„Meine mindeste Pflicht"

Desgleichen möchte ich bemerken, daß ich keineswegs mißbilligt habe, daß Dr. Aich die Korruption an der Universität Rajasthan plakatierte. Ich habe vielmehr wörtlich geschrieben, daß ihm als indischer Bürger selbstverständlich jede Freiheit der Kritik zusteht, daß er aber in diesem Augenblick darauf Rücksicht nehmen müsse, daß er außerdem deutscher Beamter auf Widerruf und Assistent an meinem Institut sei. Er müsse auch alles vermeiden, was die Beziehungen zwischen der Bundesrepublik und Indien stören könne. Das war gewissermaßen, meine mindeste Pflicht."

Die Kündigung

Bei dem von Professor König zitierten „betreffenden Schreiben" handelt es sich um einen Brief Aichs an den indischen Professor Unnithan. Aich stellte diesem ein Ultimatum, binnen 48 Stunden gewisse abträgliche Äußerungen zurückzunehmen, andernfalls Aich die „unzureichenden" wissenschaftlichen Qualifikationen Unnithans bei internationalen Behörden bekanntmachen werde. Es ist richtig, daß Professor König dieses Ultimatum in seiner Vernehmung vorgelesen und als Erpressung bezeichnet hat.

In dem vom Gericht vorgelesenen Schreiben Königs an die Personalabteilung vom 14. 6. 1967, worin dieser die Kündigung des Beamtenverhältnisses Aichs beantragte, wird allerdings nur von „schweren Spannungen" und „unübersichtlichen Streitereien" Aichs mit dem indischen Professor gesprochen, die den weiteren Fortgang der empirischen Forschung unmöglich machten. Als erster Grund wird Unzufriedenheit mit den Leistungen des Assistenten angegeben.

Wie soll das Gericht dem Professor recht geben, wenn der nicht angeklagt ist. Aber möglicherweise hat der Reporter unterbewußt im Sinn, daß der Professor eigentlich der Angeklagte gewesen ist. Was aber nicht geht. Und der Reporter fragt leider nicht, wieso der Täter sich im Verwaltungsgerichtsbarkeit auf wundersame Weise zum Zeugen verwandelt, der dann als Beweislieferant respektiert wird. Auch die überregionale „Süddeutsche Zeitung" berichtet am 9. Mai, ohne diese Verwandlung anzumerken. Dieser Redakteur, Friedrich Kassebeer, war 1962 Reporter beim „Spiegel" und hatte über „Farbige unter Weißen" geschrieben. Ihm ist etwas noch in Erinnerung geblieben. Auch damals war von einer subtilen Art von Bestechung die Rede gewesen. Aber nicht vom Autor, sondern vom Herausgeber König in seinem Vorwort. Im Buch war nur ein entsprechender empirischer Befund ausführlich beschrieben.

Assistent prozessiert mit Professor
Wegen Korruption in Indien eine Klage in Köln
Von unserem Redaktionsmitglied F. Kassebeer

Köln, 8. Mai

Einst war der indische Student Prodosh Aich die große Hoffnung im Institut des berühmten Kölner Soziologen René König. Mit seiner Doktorarbeit, unter dem Titel „Farbige unter Weißen" als Buch veröffentlicht, deckte der Mann aus Kalkutta 1962 einen Kardinalfehler deutscher Bildungspolitik gegenüber Studenten aus Entwicklungsländern auf: Tausende junger Farbiger, von denen nur die wenigsten rückkehrwillig seien, würden in die ohnehin überfüllte deutschen Hochschulen geholt, statt dessen sollte der Ausbau von Hochschulen in Asien und Afrika kräftig gefördert werden.

Aich konstatierte nach der vom Bonner Auswärtigen Amt mit 20000 Mark subventionierte Untersuchung, daß bei der Stipendienvergabe in Entwicklungsländern „Beziehungen eine nicht unwesentliche Rolle spielten". Sein Doktorvater René König, der die Arbeit „faszinierend interessant" fand, nannte nach eigenen Beobachtungen im Vorderen Orient die aufdringliche Bevorzugung von Kindern der Ministerialbürokratie eine „subtile Form von Bestechung".

Inzwischen sind René König und sein indischer Musterschüler so über Kreuz geraten, daß sie sich vor dem Verwaltungsgericht Köln befehdeten. Der Kölner Professor hatte seinen Doktor Aich zum Assistenten und damit zum nordrhein-westfälischen Beamten auf Widerruf erhoben und ihn schließlich nach Indien geschickt, wo Aich die Rückanpassung seiner Landsleute nach dem Studium im Ausland erforschen sollte. Daraus sollte auch Aichs Habilitationsschrift gedeihen.

Der Inder aber stieß an der Universität Jaipur im Staate Rajasthan nach Schilderungen seines Anwalts Wolfgang Lenz „auf eine Günstlings- und Vetternwirtschaft schlimmsten Ausmaßes". Ihrer wissenschaftlichen Durchleuchtung wandte er seine Aufmerksamkeit zu, geriet darüber mit Professor Königs indischen Gelehrtenfreunden in Streit und bekam endlich auf Antrag seines Kölner Lehrers von der Universität die Entlassung. Das war 1967. Aich legte Widerspruch ein und verklagte die Uni: Er wollte Beamter bleiben. „Dies ist das erstemal, daß ein Assistent in Deutschland auf Wiedereinstellung klagt", sagt er.

Zwei Fragen standen im Mittelpunkt des Rechtsstreits: Hat Aich seine Habilitationsarbeit zu sehr verzögert? Und: Mußte er sich in Indien als deutscher Beamter mehr zurückhalten? Schließlich die Rechtsfrage. War es Ermessensmißbrauch, daß die Universität Köln wegen der Unzufriedenheit Königs mit Aich und der Streitereien in Indien das Beamtenverhältnis widerrief?

König hatte Aich über seinen indischen Kollegen Dr. Unnithan eine Gastprofessur an der Universität Jaipur besorgt. Aber 36000 Mark, die König für die Arbeit von der Deutschen Forschungsgemeinschaft haben wollte, gab es nicht. Aich hatte nur 2000 Mark aus einem Kölner Fonds zur Verfügung. Das war nach seiner Meinung zu wenig für notwendige ausgedehnte „Feldarbeit". Er änderte das Forschungsthema und untersuchte die soziale, politische und berufliche Einstellung indischer Studenten. Er begann eine Fallstudie über den nach seiner Meinung herrschenden „korrupten Status" der Universität Jaipur. Dadurch bekam er Streit mit dem Dr. Unnithan, von dem er, auch für seine Frau, schließlich sogar körperliche Gewaltanwendung befürchtete.

König wies Aich von Köln aus an, keine Studien über Korruption und dergleichen zu beginnen, sondern sich auf die vereinbarte wissenschaftliche Arbeit zu beschränken. „Als indischer Bürger hatte er das Recht auf Kritik, aber er mußte bedenken, daß er in Deutschland Beamter auf Widerruf war", sagte König vor Gericht. Rechtsanwalt Lenz reklamierte dagegen für Aich das Recht, „als Dozent in seinem Land die Vetternwirtschaft zu bekämpfen".

Nach der Entlassung hatte Aich in einem offenen Brief Professor König und dessen Kollegen Erwin K. Scheuch bezichtigt, auf sehr subtile Weise von der Universität Jaipur durch Einladungen bestochen worden zu sein. Dafür sei seine, Aichs, Karriere vernichtet worden, „weil er Einsicht in den korrupten Status der Universität Rajasthan gehabt hat". König wies das entrüstet zurück. Scheuch hat wegen dieser Vorwürfe strafrechtlichen Zwist mit Aich.

Rechtsanwalt Redeker reduzierte als Vertreter der Universität Köln das ganze Debakel auf die Frage, ob das Beamtenverhältnis Aichs widerrufen werden konnte, nachdem das Vertrauensverhältnis zwischen König als Direktor und Aich als Assistent zerstört worden sei. Das sei zu bejahen. Der Status des Widerrufsbeamten sei nun mal schlecht. Aichs Klage müsse abgewiesen werden.

Entsprechend entschied das Verwaltungsgericht am Mittwoch. Die Begründung liegt noch nicht vor. Aich kündigte Berufung an. Er hat ein Habilitationsstipendium der Heinrich-Hertz-Stiftung des Landes Nordrhein-Westfalen und hofft, mit einer Ausbeute von 1430 Fragebogen aus Indien seine wissenschaftliche Karriere doch fortsetzen zu können.

Friedrich Kassebeer ist scharfsinniger als die Verwaltungsrichter der dritten Kammer in Köln. Ihm allein war der Widerspruch aufgefallen, daß der ominöse Brief vom 25. Januar 1966, den der „Zeuge" König in seiner Aussage als Belastungsmaterial für meine spätere Entlassung hervorkehrte, im Widerspruch zu der Tatsache stand, daß ohne die Durchführung der

Untersuchung über die Rückkehrer in Indien, ich meine Habilitationsschrift nicht hätte schreiben können. Wir kommen noch auf dieses Schreiben zurück. Ein letzter Bericht aus einer überregionalen Zeitung. Auch wenn er von demselben Journalisten geschrieben ist, der für den „Kölner Stadt-Anzeiger" berichtet hat.

Deutsches Allgemeines Sonntagsblatt Nr. 19 – 11.Mai 1969

Wie war es in Jaipur?
Zum Fall Prodosh Aich

Die Klage eines Habilitationskandidaten gegen seine Universität beschäftigt gegenwärtig die 3. Kammer des Verwaltungsgerichts Köln. Der in Kalkutta geborene *Dr. Prodosh Aich,* 35 (Verfasser des 1962 erschienenen Buches „Farbige unter Weißen") weigert sich, seine vor zwei Jahren erfolgte Entlassung aus der Stellung eines wissenschaftlichen Assistenten (Beamter auf Widerruf) der rheinischen Universität zu Köln anzuerkennen. Die Universität, vertreten durch Rechtsanwalt Dr. Redeker, hält dagegen, die Kündigung eines auf Widerruf eingestellten Beamten sei ausschließlich in das Ermessen des Dienstherrn gestellt. Der Fall dürfte in der deutschen Rechts- und Universitätsgeschichte einmalig sein: Klagen von Assistenten über ihren beruflichen Status finden sich zwar häufig, haben aber wohl noch nie die Ebene der Justiz erreicht.

Nach den vom Gericht eingesehenen Unterlagen zeigte sich Aichs akademischer Vorgesetzter, der Direktor des Kölner „Forschungsinstituts für Soziologie", Professor Dr. René König, seit Januar 1966 unzufrieden mit den Leistungen des ehemaligen Assistenten. Die Verlängerung des im Sommer 1963 begründeten Dienstverhältnisses, so schrieb er ihm, werde nicht mehr zu verantworten sein, falls Aich das Manuskript einer von ihm erwarteten wissenschaftlichen Arbeit nicht bis zum 20. April, „dem Tag meiner Rückkehr aus Afrika", vorlegen werde. „Ich bitte Sie", mahnte König eindringlich, „diesen Termin sehr ernst zu nehmen."

Nach außen läßt der Ordinarius seine Enttäuschung über das Arbeitstempo seines Assistenten freilich nicht erkennen. Viele Zeugnisse in Form von Eingaben Königs an den Kanzler der Universität, an den Kultusminister in Düsseldorf und an wissenschaftsfördernde Institute der Bundesrepublik aus den Jahren 1963 bis 1966 belegen die Achtung des älteren Kollegen und Vorgesetzten für die „durch zahlreiche und vielbeachtete Publikationen" nachgewiesenen Fähigkeiten des jungen Inders. Im April 1966 kommt König sogar um die Beurlaubung seines Assistenten auf ein Jahr „unter Fortzahlung der Bezüge" bei den vorgesetzten Behörden ein. Ein Forschungsprojekt, „nicht nur von Bedeutung für das Institut, sondern auch wichtig für die Habilitation Dr. Aichs", mache dessen Anwesenheit in Indien erforderlich. Die Universität von Rajasthan in Jaipur habe ihre Unterstützung der Forschungen zugesagt.

Prodosh Aich kehrte im Sommer 1967 zwar nicht mit der erwarteten Fülle, aber immerhin mit einer erklecklichen Ausbeute empirischen Materials aus Jaipur nach Köln zurück. Was ihm an Daten und Fakten zur Habilitationsarbeit über die „Rückanpassung indischer, in Europa ausgebildeter Studenten und Dozenten, bei ihrer Rückkehr nach Indien" entgangen war, glaubte er wettzumachen durch eine überwältigende Datensammlung über das, was Aich die „Korruption" im indischen Erziehungssystem nennt. Der „König" von Jaipur, René Königs indischer Kollege als Soziologiedirektor und Ordinarius der Universität Rajasthan, Professor Unnithan, spielt dabei keine geringe Rolle.

Nach Aichs Darstellung vor Gericht hat Unnithan Aichs Forschungsarbeit systematisch behindert, anstatt sie, wie vereinbart, zu fördern. Es entstanden ernste Streitigkeiten, verbunden mit handfesten Drohungen – diese, wie es scheint, von beiden Seiten. Schließlich veröffentlichte Aich einen an ihn gerichteten beschwichtigenden Brief seines Institutsdirektors René König: in einem Flugblatt, das er auf dem Campus verteilte.

Seinem Widersacher Unnithan stellte er per Brief ein Ultimatum. Er werde, wenn dieser die Feindseligkeiten nicht einstelle, über Unnithans „mangelhafte wissenschaftliche Qualifikationen" bei internationalen Behörden, wie der UNESCO, Bericht erstatten. König nannte diesen Brief vor Gericht eine Erpressung.

Zwar soll das indische Erziehungsministerium die Enthüllungen über die Zustände in Jaipur begrüßt, ein indisches Gericht die Alma mater Rajasthaniensis zur Erfüllung ihrer Pflichten aus dem wegen des Krachs vorzeitig gekündigten Gastdozentenvertrag verurteilt haben. Aber der von Unnithan alarmierte René König und sein Kölner Kollege, Professor Erwin K. Scheuch, beide damals durch Unnithans Vermittlung zur bevorstehenden Zehnjahresfeier der Universität nach Jaipur eingeladen, zeigten sich einer Trübung der guten Beziehungen zwischen Köln und Jaipur abhold. Aichs Beamtenverhältnis wurde ohne Angabe von Gründen zum September 1967 gekündigt, seine Assistentenstelle in Abwesenheit des Inhabers neu vergeben.

Noch ehe Aich ein Schiff zur Rückkehr nach Europa bestieg, war er arbeitslos und durfte seine Universitätskarriere als gescheitert betrachten. Ein verzweiflungsvoller Brief, am 15. August 1967 an den Gouverneur von Kalkutta gerichtet, tastet die Hintergründe der für ihn undurchsichtigen Entlassung ab: „Das ist das Werk von zwei deutschen Professoren der Soziologie", schreibt der Inder und gekündigte deutsche Beamte nicht eben vorsichtig. „Die Karriere eines indischen Wissenschaftlers wird ruiniert, weil er sich Einblick in die korrupten Verhältnisse an der (indischen) Universität verschafft hat."

Professor König erklärte vor Gericht, dieser Brief habe für ihn jede weitere Verhandlung mit Prodosh Aich unmöglich gemacht, und Rechtsanwalt Redeker sekundierte, die Universität Köln könne es nicht hinnehmen, daß sich ein deutscher Beamter im Ausland so aufführe, selbst dann nicht, wenn es sein Heimatland sei.

Dieser Auffassung hielt Aichs Rechtsanwalt Wolfgang Lenz die besondere Fürsorgepflicht des Dienstherrn im Falle wissenschaftlicher Assistenten entgegen, wie sie sich aus der Assistentenordnung ergebe. Auch sei die Bemängelung der Leistung eines Habilitanden erst nach sechs Jahren zulässig, wenn der Kandidat bis dahin weder habilitiert noch mit der Habilitationsarbeit beschäftigt sei. Professor Königs Rüge müsse vor allem entgegengehalten werden, daß der Direktor den Assistenten mit einem Forschungsauftrag auf Reisen geschickt habe, der nach seiner eigenen Berechnung Ausgaben in Höhe von 36300 D-Mark erforderlich machte. Königs dementsprechender Antrag sei von der Deutschen Forschungsgemeinschaft abgelehnt worden. Aich habe, mit Ausnahme von 2000 DM, keine Forschungsmittel erhalten und daher die angestellten Untersuchungen aus eigener Tasche finanziert.

Den Richtern, die noch in dieser Woche ihr Urteil sprechen wollen, machen es beide Parteien nicht leicht.   Gerhard Fauth

Das Gerichtsprotokoll bekomme ich von meinem Rechtsanwalt noch vor der Urteilsverkündigung übermittelt. Darin kann das folgende nachgelesen werden: *„Der Zeuge wurde aufgerufen.*

Er wurde, wie in der Anlage in Kurzschrift niedergeschrieben und aus der anliegenden Übertragung in Maschinenschrift ersichtlich ist, zur Sache vernommen.

Seine Angaben zur Person und seine Aussage wurden ihm aus dem Stenogramm vorgelesen und von ihm genehmigt,.

Anträge zur Beeidung des Zeugen wurden nicht gestellt. Es wurde beschlossen: Der Zeuge bleibt unbeeidigt. Der Zeuge wurde um 12.00 Uhr entlassen; er verzichtete auf Erstattung von Zeugengebühren und Auslagen.

Den Beteiligten wurde Gelegenheit zur Erörterung der Streitsache in tatsächlicher und rechtlicher Hinsicht gegeben. Der Vertreter des Klägers überreichte Durchschlag eines Schreibens des Klägers an Professor König. Die Parteien stellten Anträge wie in der Sitzung vom 5. 6. 1968 (Bl. 28 der Prozeßakte).

Der Vorsitzende schloß die mündliche Verhandlung. Beschlossen und verkündet: Termin zur Verkündung einer Entscheidung wird anberaumt auf Mittwoch, den 7. Mai 1969, Saal II, 9.00 Uhr. *Von Gerdtell Schlößer"*

Die protokollierte Zeugenaussage von König ist in der Anlage dieses Sitzungsprotokolls. Zuvor möchte ich auf das Schreiben vom 25.Januar 1966 von König zurückkommen. Leider begreife ich das Diabolische dieses Schreibens erst bei der Zeugenvernahme. Als ich damals von König diesen Brief erklärt haben wollte, sagte er mir lapidar, es sei nur ein Schuß vor den Bug gewesen, damit junge Leute vor Erfolg nicht übermütig werden. Und ich gab mich damit zufrieden. Unverzeihlicher Fehler wie es sich jetzt herausstellt. Richter, Rechtsanwälte, Journalisten verhalten sich wie Analphabeten. Sie lesen nicht, was König am 22. März 1963 an das Kultusministerium schrieb (Folgende Hervorhebungen sind von mir!): *„**Wir** planen ferner eine **3.** Studie, welche eine der Hauptthesen bestätigen soll, wonach die Heimkehrer in ihren Heimatländern große Anpassungsschwierigkeiten durchzumachen haben. Bevor die erwähnte Untersuchung anläuft, stehen Herrn Dr. Aich noch einige Monate zur Verfügung, während derer er Ihnen sehr gern zur Verfügung steht."* Auch andere Fakten und Schriftstücke nehmen sie nicht zu Kenntnis.

Am 7. Oktober 1963 werde ich *„zum wissenschaftlichen Assistenten an der Universität zu Köln ernannt."* Scheuch kann sich in Harvard nicht halten und kommt nach Köln als der *„Herr Kollege"* von König zurück. Mitte Juli 1965 taucht Unnithan in Köln auf und schlägt eine Zusammenarbeit zwischen den beiden Universitäten vor. Am 2. September 1965 beantragt König die Verlängerung meines Vertrags: *„Zur Begründung mache ich folgende Angaben. Herr Dr. Aich hat in meinem Auftrag bereits Semester-Lehrveranstaltungen im Seminar übernommen und* **mit größtem Erfolg** *durchgeführt. Außerdem betreut er im Forschungsinstitut* **alle** *Angelegenheiten, die mit der Entwicklungsproblematik zu tun haben und ist in diesem Zusammenhang mit der Abfassung einer größeren Arbeit beschäftigt. Ich bemerke noch, daß Herr Dr. Aich ein Habilitationskandidat ist, und sich während der Zeit seiner Mitarbeit im Institut durch* **zahlreiche und viel beachtete** *Publikationen ausgezeichnet hat, so daß die Verlängerung seines Dienstverhältnisses voll und ganz gerechtfertigt ist."*

Dann aus heiteren Himmel schrieb König am 25. Januar 1966: *„Nachdem nun aber die Verlängerung Ihres Dienstvertrages mit dem Soziologischen Institut akut geworden ist* (wie bitte?), *möchte ich noch einmal mit aller Deutlichkeit auf die besprochenen* (mit wem besprochenen?) *Fragen zurück-kommen. Ich hatte von Ihnen erwartet, daß Sie im Laufe der letzten zwei Jahre Ihre Arbeit* (welche Arbeit?) *fertiggestellt hätten. ... Darum legte ich Ihnen neulich* (wann denn?) *nahe, daß Sie nun möglichst umgehend irgendeine Arbeit fertigstellen, die mir zeigt, daß Sie in den letzten Jahren überhaupt etwas getan haben* (und was schrieb er am 2. September 1965?)."

Wieso habe ich diese Fragen an König nicht schriftlich gestellt? Wieso habe ich statt dessen binnen acht Wochen den Bericht über meine zweite Untersuchung über die politische Einstellung für die Veröffentlichung vorgelegt und damit einen Hauptbestandteil meiner geplanten Habilitationsschrift entwertet? Gekränkter Stolz? Wie konnte ich dieses durch nichts begründete Schreiben als eine Marotte von König abtun und dann verdrängen? Wie benebelt war mein Bewußtsein als Sozialwissenschaftler, daß ich keine Analyse über meine wirkliche Situation anstellte?

Was war zwischenzeitlich geschehen? Das Ministerium für wirtschaftliche Zusammenarbeit hatte immer noch nicht über den Forschungsantrag für meine 3. Untersuchung entschieden. Meine Medienpräsenz hielt an, die von König nicht. Ich schrieb viel in den Zeitschriften und auch für den Rundfunk. Die anderen Soziologen in Köln nicht. Scheuch hielt sich nicht in Harvard und kam als Co-Direktor des Seminars für Soziologie zurück. Noch hat Scheuch kein Buch veröffentlicht. Sein erstes Buch wird 1972 herauskommen. Hat etwa dieser neue „Herr Kollege" König unmißverständlich verstehen lassen, daß er sich meiner Habilitation widersetzen wird? Oder hat er die Kunde aus den USA mitgebracht, daß mein Forschungsschwerpunkt dort bereits passé ist und auch in Europa passé sein wird. Oder etwa beides? Also Vorsorge treffen, Herr Kollege, um Aich los zu werden! Tatsache ist, daß eine Untersuchung über die Rückkehrer, wie ich sie geplant hatte, bis heute nirgendwo durchgeführt worden ist. Dies ist auch deshalb verwunderlich, weil so ein Soziologiepapst und Indienexperte wie Edward A.

Shils eine solche Untersuchung in den 60iger Jahren für notwendig erachtet hatte.

Die Richter bei der 3. Kammer des Verwaltungsgerichts in Köln verletzen ihre Aufklärungspflicht und fragen König bei der Vernehmung nicht einmal, was zwischen dem 2. September 1965 und dem 25. Januar 1966 tatsächlich vorgefallen war. Es kümmert sie auch nicht, daß König bereits am 10. März 1966, also noch Wochen vor dem von ihm gesetzten Termin der Ablieferung des Artikels, dem Kanzler der Universität schrieb: *„ich möchte Sie hiermit bitten, Herrn Dr. Aich vom 1. 7. 1966 bis zum 30. 6. 1967 unter Fortzahlung seiner Bezüge zu beurlauben. Er wird während dieser Zeit ein Forschungsprojekt in Indien durchführen. Dieses Forschungsprojekt ist nicht nur **von Bedeutung für unser Institut**, es ist auch wichtig **für die Habilitationsschrift** von Herrn Dr. Aich. Außerdem wird Herr Dr. Aich während seines Aufenthaltes in Indien Gelegenheit haben, 9 Monate Gastvorlesungen zu halten. ... Ich möchte noch bemerken, daß ich im Interesse meines Instituts großen Wert auf die Realisierung dieses Projekts lege. Es ist auch von öffentlichem Interesse, daß ein von uns ausgebildeter Angehöriger der Dritten Welt die Gelegenheit erhält, an einer indischen Universität zu lehren. Diese seltene Chance sollte unbedingt genutzt werden.“*

König mußte nicht erklären, wieso er am 10. März 1966 im Antrag auf Sachbeihilfe in Höhe von 57263,- DM an die Bundesministerium für wirtschaftliche Zusammenarbeit schrieb: *„Die **endgültige Antwort** darauf, ob die Ausbildung im Ausland trotz der niedrigen Erfolgsquote nicht doch sinnvoller ist, kann nur durch eine Untersuchung gefunden werden, die nach der Rückkehr der Studenten ihre Rolle im sozialen Wandel durchleuchtet. Dies ist das Ziel der Untersuchung, die **mein** Institut nach Abschluß von zwei umfangreichen Untersuchungen im Gastland nun in Indien gewissermaßen als **letztes Glied** des Komplexes durchführen will. Mit der Erhebung der Daten in Indien werde ich meinen Assistenten, Dr. Prodosh Aich, beauftragen, der schon die erwähnten zwei Untersuchungen meines Instituts geleitet hat. Er wird die Ergebnisse der Forschung in Indien in seiner Habilitationsschrift verwenden.“*

Laut Protokoll hat König drei Stunden als Zeuge ausgesagt. Hier ist das gerichtliche verwertete komplette Protokoll, das gelegentlich nur mit Ausrufungs- und Fragezeichen kommentiert wird: *„Aussage des Zeugen Professor Dr. König – Übertragung aus dem Stenogramm – Angabe zur Person:*

Ich heiße Dr. René König, bin 62 Jahre alt, von Beruf Professor an der Universität Köln, wohnhaft in Widdersdorf bei Köln, mit dem Kläger nicht verwandt und nicht verschwägert.

Zur Sache:

Vor der ersten Verlängerung (?) des Dienstvertrages mit dem Kläger habe ich mir bereits Sorgen gemacht wegen der von ihm zu fertigenden Habilitationsarbeit (?). Ich hatte mir daher vorgenommen, bei Gelegenheit mit ihm darüber zu sprechen. Gleichwohl aber habe ich eine Verlängerung seines Dienstvertrages für zwei Jahre beantragt. Etwa in Dezember 1965 habe ich dann mit dem Kläger über seine Arbeit gesprochen (?); er sagte mir, daß sie noch wenig gefördert sei (?), weil er private (häusliche) Schwierigkeiten (?) gehabt habe. Ich habe ihm bei dieser Gelegenheit (?) gesagt, dann solle er wenigstens eine andere Arbeit (!) aus dem Themenkreis, an dem er arbeitete, publikationsreif (!) machen. Da ich bei dieser Unterredung den Eindruck (?) hatte, daß der Kläger diese Dinge nicht ernst genug genommen hatte, habe ich in meinem Schreiben vom 25. 1. 1966 nochmals dieses Gespräch in Erinnerung gebracht und ihn ernstlich ermahnen wollen. Der Kläger hat mir dann die von ihm verlangte kleinere Arbeit von etwa 30 Druckseiten termingerecht eingereicht. Sie war weder schlecht noch gut. Ich habe sie dann bald darauf in der Kölner Zeitschrift für Soziologie und Sozialpsychlogie veröffentlicht. Diese Arbeit war also unabhängig von der eigentlichen Habilitationsschrift, die der Kläger fertigen wollte.

Etwa in März 1966 (!) war nach meiner Erinnerung ein indischer Kollege, Professor Dr. Unnithan von der Universität Rajasthan, bei mir, den ich bei dieser Gelegenheit gebeten habe, für den Kläger eine Gastprofessur an seiner Universität vorzusehen (!). Ich habe Professor Unnithan gesagt, daß der Kläger gerne mal wieder (!) nach Indien möchte, um seine Familie wiederzusehen (?) und gleichzeitig einen Forschungsauftrag für das Institut durchzuführen (?). Dieser Forschungsauftrag stand in Zusammenhang (!) mit der Habilitationsschrift des Klägers. Professor Unnithan hatte damals gegen diesen Forschungsauftrag keine Einwendungen (!) erhoben. Es handelte sich um die Rückanpassung indischer Akademiker, die im Ausland studiert haben.

Zunächst nahm der Kläger seinen Lehrbetrieb an der Universität in Rajasthan auf, ohne daß irgendwelche Schwierigkeiten entstanden. Gegen Ende des Jahres 1966 ergab sich dann, daß er Schwierigkeiten mit der Universität bekam, insbesondere mit dem zuständigen Professor Unnithan.

Nachtragen möchte ich noch, daß dieser (?) Forschungsauftrag, den das Institut dem Kläger gegeben hatte, ohne die Mithilfe und das Einverständnis (?) der Universität, insbesondere des Leiters der Soziologischen Abteilung, Professor Unnithan, nicht durchführbar war (?).

Ich bin der Ansicht, daß der Kläger insbesondere seinen Brief an Professor Unnithan vom 23. 12. 1966 auf keinen Fall in dieser Form hätte schreiben sollen. Ich halte den Inhalt für eine reine Erpressung. Der Inhalt ist etwa (!) folgender:

‚Ich beziehe mich auf meinen Brief vom 14. 12. 1966. Da ich Ihre Antwort am 21. 12. nicht erhielt, nehme ich an, daß Sie die zweite Alternative gewählt haben.

Mit den Verleumdungen, die Sie gegen Frau Dr. Aich und mich begonnen haben, aufzuhören, aufzuhören mit dem unfairen Verhalten in der Abteilung und zu erreichen, daß Sie in ordentlicher Weise die akademischen Beiträge zu Ihren Projekten anerkennen, wenn sie veröffentlicht werden, Sie zwingen mich folgende Schritte zu tun:

Die Kopie dieses Briefes wird zur Information dem Vizekanzler zugeleitet werden mit einem persönlichen und vertraulichen an ihn und eine Kopie an Ihren Freund und Kollegen Dr. Singh.

Ich werde diese Sache öffentlich machen. Außerdem werde ich veröffentlichen: den Zustand in Ihrer Abteilung, Ihre Art der Mitarbeit an akademischen Projekten und die Tatsachen über Ihre akademischen Leistungen in Holland. Ich werde anfangen, in der Abteilung zu veröffentlichen, dann in dem Campus, dem Indian International Center und die Tatsachen werden die Unesco erreichen. Ich werde die Kopie meiner Unterlagen an alle Stiftungen für Akademikeraustausch schicken.

Ich werde noch zwei Tage warten (Abreise von Dr. Singh), bevor ich die Sache außer Kontrolle lasse.‘

Ich habe diesen Brief von Professor Unnithan erst viel später bekommen, und zwar im April 1967. Vorher aber hatte mich der Kläger um Unterstützung beim dortigen Kanzler wegen seiner Schwierigkeiten mit Professor Unnithan gebeten. Ich habe dem Kläger daraufhin meinen Brief vom 30. 1. 1967 geschickt. Am gleichen Tage habe ich an Professor Mathur geschrieben: ich bat ihn, den Kläger in derselbenweise zu unterstützen, wie ich Professor Unnithan seinerzeit aus Anlaß seiner Teilnahme an dem Weltkongress für Soziologie in Evian/Frankreich 1966 unterstützt habe (?).

Ich überreiche einen Originaldruck, der seinerzeit auf dem Campus der Universität Rajasthan verteilt worden ist und auf dem mein Brief an Professor Mathur abgedruckt ist. Dazu muß ich noch bemerken, daß ich meinem Schreiben vom 30. 1. 1967 eine Kopie meines Schreibens an Professor Mathur beigelegt hatte. In meinem Brief vom 10. 4. 1967 habe ich den Kläger ausdrücklich im Hinblick auf seinen Status als Widerrufsbeamter des Landes Nordrhein-Westfalen darauf aufmerksam gemacht, daß er sich aller Maßnahmen und Handlungen enthalten solle, die Rückwirkungen haben könnten auf sein Beamtenverhältnis zum Lande bzw. seine Stellung als Assistent am hiesigen Institut. Als indischer Staatsangehöriger könne er natürlich alles tun, was er wolle, aber als Mitglied des Instituts und Widerrufsbeamter des Landes Nordrhein-Westfalen habe er alles zu unterlassen, was die Beziehungen (!) zwischen den beiden Universitäten trüben könne. Der Forschungsauftrag des Klägers, den er in Indien durchführen sollte (?), ist von mir in keiner Weise gestoppt und geändert worden. Ich habe dem Kläger aber ausdrücklich in meinem Schreiben vom 10. 4. 1967 angewiesen, andere Arbeiten (?) einzustellen. Dem war ein Telegramm vom 7. 4. 1967 vorausgegangen, in dem ich dem Kläger angewiesen hatte, diese Einzelfallstudie über die Korruption an der Universität Rajasthan fallen zu lassen (!).

Ich habe von der Entlassung (?) des Klägers an der Universität Rajasthan, die am 16. 2. 1967 erfolgt sein soll, wie mir vorgehalten wird, erst etwa im April erfahren (?), d. h. vor oder nach meinem Brief vom 10. 4. 1967. Seit dem 10. 4. 1967 (!) hatte ich wegen der Vorkommnisse nicht mehr die Absicht, den Vertrag des Klägers noch zu verlängern. Ich habe weiter moniert, daß der Kläger Schreiben unter dem Briefkopf des Instituts und mit meinen Namen im Briefkopf zu privaten Zwecken (?) benutzt hat.

Ich habe etwa im September 1967 den Abdruck eines Schreibens des Klägers an den Gouverneure des Staates Rajasthan vom 15. 8. 1967 erhalten, den ich hiermit überreiche. Es heißt darin u. a. dem Sinne nach (!):

‚Ich teile Ihnen mit, daß ich zum 30. 9. 1967 von der Universität Köln entlassen worden bin. Dies ist erreicht worden durch zwei deutsche Professoren der Soziologie, Herrn Dr. E. K. Scheuch und Dr. René König, in sehr enger Zusammenarbeit mit der Universität Rajasthan. Dr. Scheuch hat seine Belohnung schon im März 1967 erhalten und Dr. König wird die Universität Rajasthan in diesem Herbst besuchen. Ich nehme an, daß meine Vermutung richtig ist, daß während der Feier des 20-Jahres-Tages diese beiden deutschen Professoren Festvorträge halten sollen. Meine Entlassung ist der Preis für die Einladung.

Meine Entlassung ist keineswegs wichtig. Aber ich möchte hervorheben, daß dieser Umstand einen Fall von sehr subtiler Bestechung darstellt, die diesen beiden deutschen Professoren durch die Universität Rajasthan angeboten worden ist, um die Karriere eines indischen Gelehrten an einer ausländischen Universität zu vernichten, weil er Einsicht über den korrupten Status an der Universität gehabt hat.‘

Ich bemerke dazu, daß ich für diese (!) vorgesehene Reise ein Stipendium der deutschen Forschungsgemeinschaft erhalten hatte. Die Reise ist aber aus anderem, dienstlichen Gründen nicht zustandegekommen. Wohl aber ist Professor Scheuch dort gewesen (?).

Ohne die geschilderten Vorkommnisse und ohne sein langsames (?) Arbeiten an seiner Habilitationsschrift könnte der Kläger nach meiner Vorstellung heute Dozent in Köln sein. Ich hätte seinen Dienstvertrag aber im Jahre 1967 nur noch für ein Jahr (?) verlängern können. Ich habe mich trotz allem noch im Juni 1967 für die Verlängerung der Beurlaubung des Klägers eingesetzt (?), weil ich vermeiden wollte, daß er mir den Vorwurf machen könnte, ich hätte den Abschluß seiner Forschungsarbeiten sabotiert.

Von dem Forschungsauftrag, den ich dem Kläger für Indien gegeben (?) hatte, der in Zusammenhang mit seinem Habilitationsthema stand, habe ich bis heute kein Ergebnis, genauer, überhaupt nichts zu Gesicht bekommen (!). Ich habe den Kläger auch nicht auf die Arbeit hin angesprochen (!). Mir ist auch nicht bekannt, daß etwas von ihm über diesen Auftrag veröffentlicht worden ist.

Auf Vorhalt des Vertreters des Klägers:

Es ist richtig, daß ich mich mit dem Schreiben vom 2. 9. 1965 noch sehr lobend über den Kläger geäußert habe. Der Grund dafür waren mehrere Veröffentlichungen in der Vergangenheit, einige Übungen und seine Teilnahme an einer Arbeitstagung der Unesco. Jedoch in der Zeit zwischen dem 2. 9. 1965 und dem Gespräch mit dem Kläger im Dezember 1965 ergaben sich dann die erwähnten Besorgnisse über seine geringe Aktivität zu seinem Habilitationsthema.

Auf weiteren Vorhalt des Vertreters des Klägers:

Es ist richtig, daß ich am 10. 3. 1966 bei der Deutschen Forschungsgemeinschaft die Gewährung von Mitteln in Höhe von 36992, - DM für den Kläger beantragt habe und auch, daß am 24. 11. 1966 das Institut dem Kläger nach Indien geschrieben hat, daß die Deutsche Forschungsgemeinschaft den Zuschuß für ihn abgelehnt habe. Andere Versuche (!), dem Kläger Forschungsmittel zur Verfügung zu stellen, waren gescheitert. Ich konnte nicht mehr für ihn tun, als ihm aus einem mir zugänglichen Fonds von 10000,- DM einen Betrag von 2000,- DM zuzuwenden, was dann auch geschehen (?) ist. Auch ohne (?) diese 2000,- DM hätte der Kläger seinen Forschungsauftrag als sogenannte Pilotstudie in Indien durchführen können. Eine Pilotstudie ist also Erkundungs- oder Vorstudie. Dazu braucht man keine großen Mittel. Es ist richtig, daß ohne die 36992,- DM ein regulärer Forschungsauftrag nicht durchführbar gewesen wäre. Mir hätte aber eine Pilotstudie durchaus genügt (?). Auf eine solche Studie hin, hätte man dann einen Antrag auf Bewilligung von Forschungsmitteln mit Erfolg stützen können. Die Pilotstudie hätte, wenn sie gut gemacht worden wäre, sogar zu seiner Habilitationsschrift (?) ausreichen können.

Auf weiteren Vorhalt des Vertreters des Klägers:

Meine Meinung, daß der Kläger bei unserem Institut nicht mehr länger tragbar sei, beruht insbesondere auf seinem Schreiben vom 23. 12. 1966 an Professor Unnithan und seinem Brief an den Gouverneur vom 15. 8. 1967.

Meinem Brief vom 17. 4. 1967 an das Generalkonsulat in Bombay kann ich im Augenblick nicht vorlegen, aber beschaffen. Soweit ich mich erinnere, hatte ich mich darin lediglich erkundigt, was an der Universität Rajasthan mit dem Kläger los sei. Dann kam die Antwort der Botschaft vom 8. 5. 1967.

Auf Vorhalt des Klägers:

Mir ist nicht bekannt, wer die Reisekosten für die Fahrt des Klägers nach Indien bezahlt hat.

Für die Richtigkeit der Übertragung aus dem Stenogramm: SCHLÖSSLER als Urkundenbeamtin der Geschäftsstelle"

Ein interessantes Dokument! Baron Münchhausen läßt grüßen. Es lohnt sich nicht, den fehlerhaften Sachstandsbericht im Urteil vom 7. Mai zu lesen. Aber die Begründung schon. Sie stützt sich nur auf dieses Dokument. Aufklärungspflichten? Die Richter der 3. Kammer des Kölner Verwaltungsgerichts haben keine anderen Dokumente herangezogen. Hier ist sie:

„Die Kammer hat Beweis erhoben durch Vernehmung des Direktors des Forschungsinstitut für Soziologie der Universität Köln, Prof. Dr. René König. Wegen des Ergebnisses der Beweisaufnahme wird auf die Niederschrift vom 2. 5. 1969 Bezug genommen. Im übrigen wird wegen der weiteren Einzelheiten des Sach- und Streitstandes auf den Inhalt der Prozeßakten und der Verwaltungsakten (Heft 1 und 2) verwiesen.

Entscheidungsgründe:

Die Klage ist zulässig. Es kann hier dahingestellt bleiben, ob der Kläger in seinen Schreiben – zuletzt am 2. 9. 1969 (!) seine Anschrift seinem Dienstvorgesetzten im Sinne von § 2 Abs. 1 des Landeszustellungsgesetzes – LZG – vom 23. 7. 1957 (GV NW S. 213), ergänzt durch Gesetz vom 22. 5. 1962 (GV NW S. 263), ‚angezeigt‘ hat, selbst unter Berücksichtigung der Tatsache, daß er in dem letzten Schreiben vom 2. 9. 1967 (!) gebeten hatte, ihm erst im November die Rechtsmittelbelehrung mitzuteilen.

Dann jedenfalls fehlt der erforderliche Nachweis, ob und wann in Kalkutta versucht worden ist, den Widerspruchsbescheid vom 7. 9. 1967 zuzustellen. Ob in Bombay dieser Versuch am 14. 10. 1967 vergeblich gemacht worden ist, darauf kommt es nicht an, da eine Adresse in Bombay dem Rektor der Universität vom Kläger nicht angegeben worden war. Ist aber jedenfalls der Zeitpunkt des Versuchs der Zustellung in Kalkutta nicht nachzuweisen – wie sich aus dem o. a. Schreiben des Generalkonsulats in Bombay ergibt – dann leidet die Zustellung nach § 9 Abs. 2 des Verwaltungszustellungsgesetzes vom 3. 7. 1952 (BGBL. I S. 379) – VwZG –, dessen Vorschriften (§§ 2 bis 15 und 17) nach § 1 LZG entsprechend gelten, an einem unheilbaren Mangel, so daß die Klagefrist nach § 74 VwGO erst zu laufen begonnen hat, als der Widerspruchsbescheid am 15. 12. 1967 einem der Prozeßbevollmächtigten des Klägers ausgehändigt worden ist. Die bereits am 27. 12. 1967 bei Gericht eingegangene Klage ist daher rechtzeitig.

Die Klage ist aber nicht begründet, da die angefochtenen Bescheide zu Recht ergangen sind.

In § 35 Abs.1 des Landesbeamtengesetzes – LBG – in der Fassung vom 1. 8. 1966 (GV NW S. 427) ist bestimmt: ‚Der Beamte auf Widerruf kann jederzeit durch Widerruf entlassen werden. § 34 Abs. 3, 4 und 5 gilt entsprechend.‘

Ob das Beamtenverhältnis eines wissenschaftlichen Assistenten, das nach § 5 Abs.1 der Assistentenordnung von 14. 2. 1966 (GV NW S. 68) nicht vor Ablauf von zwei Jahren widerrufen werden soll, gleichwohl ‚jederzeit‘ widerrufen werden kann – falls nicht ein Fall des § 34 Abs.1 Nr. 1 vorliegt –, kann unerhört bleiben, da der Kläger erst zum Ablauf von zwei Jahren am 30. 9. 1967 entlassen worden ist.

Nach § 34 Abs. 3 LBG ist bei der Entlassung eine Frist von sechs Wochen zum Schluß eines Kalendervierteljahres einzuhalten, wenn die Beschäftigungszeit mindestens ein Jahr betragen hat. Diese Voraussetzung ist erfüllt. Denn ausweislich des Zustellungszeugnisses des Generalkonsulats Kalkutta vom 21. 8. 1967 – erfolgte die Zustellung des Entlassungsbescheides am 14. 8. 1967. Es kommt also nicht mehr darauf an, ob der Kläger bereits nachweislich (siehe Schreiben vom 5. 8. 1967) am 5. 8. 1967 den Bescheid erhalten hat, so daß nach § 9 Abs.1 VwZG dieser als in diesem Zeitpunkt zugestellt gelten würde.

Die angefochtenen Bescheide sind auch nicht etwa deshalb rechtswidrig – wie der Kläger meint –, weil sie statt einer Begründung nur den Hinweis auf das Gesetz bzw. eine ‚formelhafte‘ Begründung enthalten haben. Die überwiegende Meinung in der Literatur und das Bundesverfassungsgericht – vgl. BVerfG E 6, 32 (44) – halten zwar Verwaltungsakte, die keine Begründung anführen, für rechtswidrig. Jedoch hat es das Bundesverfassungsgericht genügen lassen, daß die Behörde im verwaltungsgerichtlichen Verfahren ihre Gründe bekanntgibt und der Betroffene zu ihnen Stellung nehmen kann. Dies ist grundsätzlich auch für Ermessungsentscheidungen – wie im vorliegenden Falle – anerkannt (BVerwGE S. 46 u. 234).

Im übrigen sind dem Kläger aber auch die Gründe für seine Entlassung im einzelnen bekannt gewesen, wie sich aus dem zwischen ihm und Prof. König geführten Schriftwechsel eindeutig ergibt, so daß eine Begründung hätte unterbleiben oder eine sehr kurze Begründung hätte genügen können (vgl. BVerwGE 22, 215/218).

Es bedarf hier keiner Ausführungen darüber, daß auch der Beamte auf Widerruf nur aus sachlichen Gründen durch Widerruf entlassen werden kann, da das herrschende Meinung ist.

Nicht zu folgen vermag die Kammer aber die Ansicht des Klägers, daß durch seine Anstellung mit dem Ziele der Habilitation sein Beamtenverhältnis auf Widerruf einen anderen Charakter erhalten habe mit der Folge einer eingeschränkten Widerrufsmöglichkeit, etwa wie § 35 Abs. 2 LBG sie normiert. Für diese Auffassung läßt sich aus der Assistentenordnung nichts herleiten. Im Gegenteil ergibt sich aus § 5 Abs. 3 derselben, daß der Verordnungsgeber auch solche Assistenten, die sich habilitieren wollen, nicht günstiger behandeln wollte. Denn deren Beamtenverhältnis ist nach sechs Jahren zu widerrufen, **,wenn der wissenschaftliche Assistent weder habilitiert noch mit der Habilitationsschrift beschäftigt ist und nicht zu erwarten ist, daß diese innerhalb angemessener Zeit der Fakultät vorgelegt wird.'** *Daraus muß nach Ansicht der Kammer gefolgert werden, daß das Beamtenverhältnis auch dann widerrufen werden kann, wenn sich schon früher herausstellt, daß der beamtete Assistent aus in seiner Person liegenden Gründen seine Habilitationsschrift nicht so gefördert hat, wie es erforderlich und zu erwarten gewesen wäre. Es gelten aber auch für ihn die für die anderen Widerspruchsbeamten von der Literatur und Rechtsprechung anerkannten Widerspruchsgründe, wie ungenügende Arbeitsleistung, Dienstpflichtverletzungen (vgl. Schütz-Ullandt, Beamtenrecht des Bundes und der Länder,1968, Anm. RdNr. 3 zu § 35); diese sind hier gegeben.*

Bereits mit seinem Schreiben vom 25. 1. 1966 hatte der Zeuge (!) Prof. König den Kläger nachdrücklich auf seine ungenügende Arbeitsleistung und deren mögliche Folgen hingewiesen.

Darin heißt es nämlich: ,Ich hatte von Ihnen erwartet, daß Sie im Laufe der letzten zwei Jahre Ihre Arbeit fertiggestellt hätten (Eine Habilitationsarbeit in zwei Jahren? In welchem Land leben diese Richter?). Darum hatte ich Sie ja auch außer von der Abhaltung von Übungen von der Arbeit im Institut (Welche andere Arbeiten?) völlig freigestellt. Nun teilen Sie mir mit, daß nichts geschehen ist. Ich finde das sehr enttäuschend und auch durch schwierige persönliche (Welche?) Verhältnisse nicht erklärlich. Ich kann auch die Weiterführung dieser Situation gegenüber der Universitätsverwaltung nicht mehr verantworten. Darum legte ich Ihnen neulich nahe, nun möglichst umgehend irgendeine Arbeit (?) fertigzustellen, die mir zeigt, daß Sie in den letzten Jahren (!) überhaupt irgend etwas getan haben. Ich gab Ihnen dafür zwei Monate Frist. Ich möchte in diesem Brief unterstreichen, daß ich diese Frist beim Wort zu nehmen bitte, d. h. mit anderen Worten, ich erwarte von Ihnen ein Manuskript spätestens bei meiner Rückkehr aus Afrika am 20. April dieses Jahres. Das ist aber der letzte Termin. Ich möchte Ihnen jetzt schon sagen, daß ich Ihr Arbeitsverhältnis werde eingehend überprüfen müssen, wenn Sie mich nochmals enttäuschen wie in der Vergangenheit. Ich bitte Sie, diesen Brief sehr ernst zu nehmen.'

Dazu hat der Zeuge bei seiner Vernehmung noch erläuternd ausgeführt: ,Vor der ersten Verlängerung des Dienstvertrages (Wie lange hat König für seine Habilitation benötigt? Und andere Habilitanten im Institut? Oder in der Fakultät? Oder in der Kölner Universität? Die Richter wollen nicht zu Kenntnis nemmen, daß König selbst acht Jahre gebraucht hat, Scheuch fünf Jahre, Daheim neun Jahre, Sack sieben Jahre nach ihrer Promotion habilitieren konnten. Wie lange braucht man in der Jurisprudenz?) *mit dem Kläger habe ich mir bereits Sorgen gemacht wegen der von Ihm zu fertigenden Habilitationsarbeit. Ich hatte mir daher vorgenommen, bei Gelegenheit mit ihm darüber zu sprechen. Gleichwohl aber habe ich eine Verlängerung seines Dienstvertrages für zwei Jahre beantragt* (Gleichwohl?). *Etwa in Dezember 1965 habe ich dann mit dem Kläger über seine Arbeit gesprochen; er sagte mir, daß sie noch wenig gefördert sei, weil er private (häusliche) Schwierigkeiten gehabt habe. Ich habe ihm bei dieser Gelegenheit gesagt, dann solle er wenigstens eine andere Arbeit aus dem Themenkreis* (aus welchem Themenkreis?), *an dem er arbeitete, publikationsreif machen. Da ich bei dieser Unterredung den Eindruck hatte* (wie denn?), *daß der Kläger diese Dinge nicht ernst genug genommen hatte, habe ich in meinem Schreiben vom 25. 1. 1966 nochmals dieses Gespräch in Erinnerung gebracht und ihn ernstlich ermahnen wollen. Der Kläger hat mir dann die von ihm verlangte kleinere Arbeit von etwa 30 Druckseiten termingerecht eingereicht. Sie war weder schlecht noch gut. Ich habe sie dann bald darauf in der Kölner Zeitschrift für Soziologie und Sozialpsychologie veröffentlicht. Diese Arbeit war also unabhängig von der eigentlichen Habilitationsschrift, die der Kläger fertigen sollte.'*

Danach konnte der Kläger nicht mehr im Zweifel darüber gewesen sein, daß er mit einer Verlängerung seines Dienstverhältnisses nicht mehr würde rechnen können, wenn er seine Habilitationsschrift nunmehr nicht intensiv förderte, welche Aufgabe damit auch für ihn erkennbar zur wesentlichen Dienstpflicht gemacht worden war. Voraussetzung für diese Förderung seiner Arbeit war aber die Durchführung seines Forschungsauftrages (Dem Gericht liegt die gesamte Korrespondenz vor!), *den er im Auftrage des Instituts in Indien zu erfüllen hatte. Stand der Auftrag doch nicht nur im Zusammenhang mit der Habilitations-schrift, sondern sollte dieser unstreitig als Grundlage dienen. Zu diesem Zweck war dem Kläger auch der Urlaub unter Fortzahlung der Dienstbezüge gewährt worden. Diesen Forschungsauftrag* (Der nie anlief, weil die Sachmittel nicht bewilligt wurden. Aber die Richter nehmen diesen Tatbestand nicht zur Kenntnis!) *hat er aber nicht zu Ende geführt, wie es seine Aufgabe war, son-dern sich nach eigenem Entschluß anderen Aufgaben zugewandt, mögen sie auch in einem weiteren Zusammenhang mit seiner Arbeit gestanden haben.*

Die Behauptung des Klägers, daß er keinen festen Forschungsauftrag mehr gehabt habe, nachdem die dafür erforderlichen Mittel nicht bereitgestellt worden waren, ist allein schon durch die Tatsache widerlegt, daß im Schriftwechsel des Klägers mit Prof. König davon keine Rede war (Bemerkenswert! Was steht in dem Schreiben vom 19. 11. 1966 in Abschnitt 4?). *Wie sonst hätte der Kläger unwidersprochen die Anweisung von Prof. König im Schreiben vom 10. 4. 1967 hinnehmen* (Was habe ich hingenommen?) *können, sich zunächst strengstens an die Durchführung seiner Forschungsprojekte zu halten und alle anderen Dinge zu vermeiden, die nicht unmittelbar damit zusammenhingen; zumal ihm der Zeuge mit diesem Schreiben gleichzeitig mitteilte, daß er keine Möglichkeit mehr sehe, des Klägers Vertrag nochmals zu verlängern, nachdem er dem*

Kläger vier Jahre Zeit gegeben habe für die Abfassung der Habilitationsschrift und ihn während dieser Zeit völlig freigesetzt habe von irgendwelcher Tätigkeit im Institut.

Im übrigen hat der Kläger durch seine weitere Behauptung, daß er den Auftrag wegen Fehlens der erforderlichen Mittel nicht habe durchführen können, die Richtigkeit der Aussage des Zeugen Prof. König bestätigt, daß der Forschungsauftrag des Klägers, den er in Indien durchführen sollte, in keiner Weise gestoppt oder geändert worden sei (Erstaunlich!). *Unstreitig hat der Zeuge den Kläger aber auch noch 2000,* DM *für diese Forschung* (Nicht mehr 1000,- DM? Und was hat König durch seinen Assistenten Fröhlich mir am 2. Dezember 1966 mitteilen lassen? Auch nachzulesen in 4. Abschnitt.) *zur Verfügung gestellt und noch erklärt:*

‚Auch ohne diese 2000,- DM hätte der Kläger seinen Forschungsauftrag als sogenannte Pilotstudie in Indien durchführen können (Wie? Per Telepathie?). *Eine Pilotstudie ist eine Erkundungs- oder Vorstudie. Dazu braucht man keine großen Mittel. Es ist richtig, daß ohne die 36992,- DM ein regulärer Forschungsauftrag nicht durchführbar gewesen wäre. Mir hätte aber eine Pilotstudie durchaus genügt* (Ist eine Habilitation so beliebig?). *Auf eine solche Studie hin hätte man dann einen neuen Antrag auf Bewilligung von Forschungsmitteln mit Erfolg* (Wann?) *stützen können. Die Pilotstudie hätte, wenn sie gut gemacht worden wäre, sogar zu seiner Habilitationsschrift ausreichen können.*

‚Von dem Forschungsauftrag, den ich dem Kläger für Indien gegeben hatte, der im Zusammenhang mit seinem Habilitationsthema stand, habe ich bis heute kein Ergebnis, – genauer, überhaupt nichts – zu Gesicht bekommen (Und das Hausverbot?). *Ich habe den Kläger auch nicht auf die Arbeit hin angesprochen* (Ach ja?). *Mir ist auch nicht bekannt, daß etwas von ihm über diesen Auftrag veröffentlicht worden ist.‘*

Damit ist nach Ansicht der Kammer als erwiesen anzusehen, daß der Kläger die ihm obliegenden Aufgaben nicht erledigt hat, obwohl er dazu in der Lage war. Das stellte aber eine Verletzung seiner Dienstpflichten dar, die allein schon den Widerruf des Beamtenverhältnisses rechtfertigte. Welche Gründe den Kläger dazu bewogen haben, seine Dienstpflicht, die ihm wiederholt unter Hinweis auf die Folgen in Erinnerung gerufen worden war, zu vernachlässigen, ist in diesem Zusammenhang ohne rechtliche Bedeutung.

Weiter kommt aber noch hinzu, daß das Verhalten des Klägers bei seinen Auseinandersetzungen mit der Universität Rajasthan, insbesondere mit Prof. Unnithan, nicht dem entsprach, wozu er als Beamter verpflichtet war (Wozu war ich als Beamter verpflichtet?). *In seinem Schreiben in englischer Sprache vom 23. 12. 1966 an Prof. Unnithan hat der Kläger nach der Übersetzung des Zeugen Prof. König ausgeführt:*

‚Ich beziehe mich auf meinen Brief vom 14. 12. 1966. Da ich Ihre Antwort am 21. 12. nicht erhielt, nehme ich an, daß Sie die zweite Alternative gewählt haben.

Mit den Verleumdungen, die Sie gegen Frau Dr. Aich und mich begonnen haben, aufzuhören, aufzuhören mit den unfairen Verhalten in der Abteilung und zu erreichen, daß Sie in ordentlicher Weise die akademischen Beiträge zu Ihren Projekten anerkennen, wenn sie veröffentlicht werden. Sie zwingen mich, folgende Schritte zu tun:

Die Kopie dieses Briefes wird zur Information dem Vizekanzler zugeleitet werden mit einem persönlichen und vertraulichen Brief an ihn und eine Kopie an Ihren Freund und Kollegen Dr. Singh.

Ich werde diese Sache öffentlich machen. Außerdem werde ich den Zustand in Ihrer Abteilung, Ihre Art der Mitarbeit an akademischen Projekten und die Tatsachen über ihre akademischen Leistungen in Holland veröffentlichen. Ich werde anfangen, in der Abteilung zu veröffentlichen, dann auf dem Campus, dem India International Centre, und die Tatsachen werden die Unesco erreichen. Ich werde die Kopie meiner Unterlagen an alle akademischen Stiftungen schicken.

Ich werde noch zwei Tage warten (Abreise von Dr. Singh), bevor ich die Sache außer Kontrolle lasse.'

Abschrift dieses Schreibens, dessen Inhalt der Zeuge für reine Erpressung hielt, ist diesem erst im April 1967 von dritter Seite zugegangen. Dadurch, daß der Kläger seinen Schreiben an den Zeugen Prof. Dr. König vom 17. 1. 1967, in dem er die Unterstützung seines Dienstvorgesetzten bei seiner Auseinandersetzung mit Prof. Unnithan erbat und auch erhielt, eine Abschrift des obigen Schreibens vom 23. 12. 1966 jedoch nicht beifügte, verletzte er seine Wahrheitspflicht (Wahrheitspflicht? Warum haben diese Richter mein Schreiben vom 17. Januar an König nicht gelesen?) *Denn er war als Beamter gehalten, seinen Dienstvorgesetzten wahrheitsgemäß über die Vorfälle zu Unterrichten. Wäre dies geschehen, hätte Prof. König dem Kläger seine Unterstützung wegen seines Verhaltens versagen oder in anderer Weise eingreifen müssen, so daß nicht der Eindruck entstehen konnte, das Verhalten des Klägers finde seine Billigung. Daß das Schreiben des Klägers in Form und Inhalt weit über den Rahmen dessen hinausgeht, was einem Beamten zur Wahrung seiner Interessen noch zugebilligt werden kann, bedarf keiner näheren Darlegung. Zutreffend hat daher die Beklagte* (die Beklagte oder König?) *dieses Verhalten als eine weitere Verletzung der Dienstpflicht des Klägers angesehen, nämlich sich als Beamter so zu verhalten, daß weder das Ansehen der Beamtenschaft allgemein, noch die des Dienstherrn geschädigt wird. Das ist aber durch dieses Schreiben geschehen, ebenso auch durch die Verwendung von Kopfbögen des Instituts zu privaten Zwecken. Das bestreitet der Kläger zwar, doch wird diese Tatsache bewiesen allein schon durch die beiden in Abschrift vorliegenden Schreiben von 27 .12. 1966 und 9. 1. 1967 des Klägers an den „Vice-Chancellor" der Universität von Rajasthan* (Es ging ausschließlich um die Durchführung der Forschungsprojekte!), *die auf solchen Kopfbögen des Instituts geschrieben worden sind. In diesen Schreiben geht es allein um die Schwierigkeiten zwischen Prof. Unnithan und „Mrs. Dr. Aich and myself" wie sich aus dem Inhalt ergibt* (Von wem haben die Richter übersetzen lassen?).

Die Ehefrau des Klägers hatte im übrigen auch mit dem Institut nichts zu tun (Nachweislich falsch!).

Nun hat der Kläger unter dem 15. 8. 1967 noch „An open letter to the Governor of Rajasthan" (einen offenen Brief an den Gouverneur von R.) geschrieben, von dem der Zeuge – wie er bekundet hat – erst im September 1967 einen Abdruck erhielt, den er dem Gericht überreichte. Es hieß darin – in der Übersetzung des Zeugen – u. a. dem Sinne nach:

‚Ich teile Ihnen mit, daß ich zum 30. 9. 1967 von der Universität Köln entlassen worden bin. Dies ist erreicht worden durch zwei deutsche Professoren der Soziologie, Herrn Dr. E. K. Scheuch und Dr. René König in sehr enger Zusammenarbeit mit der Universität Rajasthan. Dr. Scheuch hat seine Belohnung schon in März 1967 erhalten und Dr. König wird die Universität Rajasthan in diesem Herbst besuchen. Ich nehme an, daß meine Vermutung richtig ist, daß während der Feier des 20. Jahrestages diese beiden deutschen Professoren Festvorträge halten sollen. Meine Entlassung ist der Preis für die Einladung.

Meine Entlassung ist keineswegs wichtig. Aber ich möchte hervorheben, daß dieser Umstand einen Fall sehr subtiler Bestechung darstellt, die diesen beiden deutschen Professoren durch die Universität Rajasthan angeboten worden ist, um die Karriere eines indischen Gelehrten an einer ausländischen Universität zu vernichten, weil er Einsicht über den korrupten Status der Universität gehabt hat.'

Der in diesem Schreiben an den Gouverneur (Ministerpräsidenten eines ausländischen Staates) erhobene Vorwurf einer strafbaren Handlung gegenüber zwei Hochschullehrern des Landes, in dessen Dienst als Widerspruchsbeamter der Kläger zu diesem Zeitpunkt noch stand, stellt nach Ansicht der Kammer ein Verhalten dar, das bei einem Beamten auf Lebenszeit eine im förmlichen Disziplinarverfahren zu verhängende Disziplinarstrafe (§ 14 Abs. 1 der Disziplinarordnung des Landes Nordrhein-Westfalen) zur Folge gehabt hätte (Ist dies der Klagegegenstand?), *vgl. § 34 Abs. 1 Nr. 1 LBG. Denn dieser Vorwurf war – wie schon der Beklagte* (welcher Beklagte?) *zutreffend festgestellt hat – „völlig aus der Luft gegriffen"* (Keiner der beiden Professoren hat leugnen können, daß sie zum Jubiläum ein- und ausgeladen wurden!) *wie sich schon eindeutig aus dem eigenen Vorbringen des Klägers ergibt* (Wie denn das?). *Das hätte weiter zur Folge gehabt, daß der Kläger, wäre sein Beamtenverhältnis zu diesem Zeitpunkt nicht bereits am 30. 9. 1967 widerrufen gewesen* (Mit vorauseilender Vorsehung bereits im April!), *nunmehr nach § 35 Abs. 1 in Verbindung § 34 Abs. 4 LBG ohne Einhaltung einer Frist hätte entlassen werden können.*

Demnach war – wie geschehen – zu erkennen.

*****

Die Kölner Staatsanwaltschaft hat mir nicht weniger zugesetzt. Schon am 15. Mai 1968 flatterte folgender Einstellungsbescheid einer strafrechtlichen Ermittlung bei mir ein. Nicht die Einstellung, sondern die Begründung des Leitenden Oberstaatsanwalts für die Einstellung ist bemerkenswert. Eigentlich selbstredend:

„Auf Ihre Strafanzeige vom 25. 1. 1968 gegen Prof. Dr. Scheuch in Köln wegen Beleidigung und Verleumdung.

Ich habe das Verfahren eingestellt.

Der Beschuldigte bestreitet (Und?), sich durch die von Ihnen erwähnten Stellen seines Schreibens vom 29. 9. 1967 strafbar gemacht zu haben.

Im einzelnen läßt er sich wie folgt zu den einzelnen Punkten Ihrer Strafanzeige ein:

Zu Punkt 1 Ihrer Anzeige:

Der Beschuldigte hat – wie er erklärt – folgenden Passus in seinem Schreiben gewählt (in deutscher Übersetzung): *,Bis zu meiner Reise nach Jaipur wußte ich lediglich, daß es einen Assistenten Prodosh Aich gab, von dem Dr. König erwartete, daß er irgendwann in Indien Karriere machen oder – falls das nicht gelingen sollte – irgend eine mittlere Laufbahn in Deutschland einschlagen würde.'*

Hierzu gibt er folgende Erläuterung ab: *,Ich habe also zum Ausdruck gebracht, daß Herr Prof. König erwartete, Herr Aich würde in Indien Karriere machen und für den Fall, daß es ihm nicht gelingen sollte, dort eine Professur zu erreichen, die Chance für den Mittelbau an deutschen Universitäten zu haben. Der Vorwurf des Herrn Aich gegen mich, daß ich mit dieser Redewendung seine Reputation untergraben hätte bzw. hätte untergraben wollen, ist völlig unverständlich. Außerdem ist die Behauptung, daß es eine mittlere Laufbahn an deutschen Hochschulen nicht gäbe, falsch.'*

Zu Punkt 1 Ihrer Strafanzeige ist somit festzustellen, daß weder eine Beleidigung noch eine Verleumdung in diesen Ausführungen zu sehen ist.

Zu Punkt 2 Ihrer Anzeige:

Der Beschuldigte bestreitet, mit dieser Stelle seines Briefes Sie beleidigt oder verleumdet zu haben. Er habe lediglich Ihre Arbeitsmöglichkeiten beurteilt. Er läßt sich wie folgt ein: *,Ich habe Herrn Prof. König vielmehr die Empfehlung gegeben, Herrn Aich um Rückkehr nach Deutschland und Fortführung seiner Tätigkeit dort zu bitten. Mir schien, daß die in Jaipur laufenden Klagen die Tätigkeit von Herrn Aich in Indien unzumutbar behinderten. Dabei war es meiner Ansicht nach unerheblich, wer daran die Schuld trug. Meine Empfehlung an Herrn Prof. König beruhte auf der Sorge, daß Herr Aich sich in endlose Streitigkeiten verwickelte, die seiner weiteren wissenschaftlichen Arbeit abträglich seien. Wie aus der Übersetzung der in Rede stehenden Stelle meines Briefes hervor geht, gab ich kein Urteil über den Fall ab, sondern lediglich über die Arbeitsmöglichkeiten von Herrn Aich. In dem Brief heißt es wörtlich: „Ich teilte Herrn Prof. König mit, daß ich es nicht für erforderlich hielt, ein Urteil über die Sachverhalte der Kontroverse zu fällen. Ich gab anschließend lediglich meiner Meinung Ausdruck, daß offensichtlich die Anwesenheit von Herrn Dr. Aich in Jaipur ihre Nützlichkeit verloren hatte."*

Die Behauptung des Herrn Aich, daß ich ihn verleumdet hätte, ist demnach unrichtig.'

Auch in diesen Ausführungen ist weder eine Beleidigung noch eine Verleumdung ersichtlich, sondern nur eine strafrechtlich nicht faßbare Beurteilung Ihrer Situation, die im übrigen auch in der Formulierung keine Beleidigungsabsicht erkennen läßt, sondern nur die Abgabe eines Urteils.

Zu Punkt 3 Ihrer Anzeige:

Der Beschuldigte bestreitet auch in diesem Punkt Ihre Sachdarstellung. Er habe nicht den Vorwurf erhoben, Sie hätten ein Plagiat begangen, sondern berichtet, daß ihm von Beamten der Universität Jaipur Dokumente vorgelegt worden seien, aufgrund derer diese Beamten den Vorwurf des Plagiats als bewiesen angesehen hätten. Er habe vorgeschlagen, *die ganze unangenehme Angelegenheit als Privatsache zu behandeln, die nicht zum Gegenstand offizieller Nachforschungen gemacht werden sollte.'*

Auch in diesen Ausführungen des Beschuldigten ist nichts Straffälliges zu erkennen, sondern nur die Wiedergabe ihm mitgeteilter Auffassungen anderer; in der Wiedergabe dessen ist eine Beleidigungsabsicht in der Formulierung ebenfalls nicht erkennbar.

Zu Punkt 4 Ihrer Strafanzeige:

Diese Briefstelle lautet: *,Ich regte vielmehr an, wir sollten Dr. Aichs Verhalten auf die freundlichst mögliche Art interpretieren, nämlich als Folge eines starken Kulturschocks bei seiner Rückkehr nach Indien.'*

Hierzu erklärt der Beschuldigte wie folgt: *,Der Begriff (nicht Schlagwort) Kulturschock bezeichnet schockartige Reaktionen auf eine fremde Umgebung. Herr Aich hatte Indien vor seiner eigentlichen wissenschaftlichen Ausbildung verlassen. Dia Verhältnisse an den indischen Universitäten sind so verschieden von denen in Deutschland, daß sie tatsächlich zu einer schockartigen Reaktion führen könnten. Der mir vorgelegte Briefwechsel, den Herr Aich mit verschiedenen indischen Persönlichkeiten führte, konnte in dieser Richtung gedeutet werden. Tatsächlich ist mit dem Wort Kulturschock kein Vorwurf verbunden, sondern nur der Versuch einer Erklärung für auffälliges Verhalten. Es war also keineswegs mein Wille, seine Reputation zu untergraben, sondern im Gegenteil ihm zu helfen.'*

Auch in dieser Formulierung und ihrer Erklärung ist nichts Beleidigendes zu erblicken.

Zu Punkt 5 Ihrer Anzeige:

Nicht der Beschuldigte hat – wie er sich einläßt – behauptet, Sie hätten ein halbes Dutzend schwerer Dienstpflichtverletzungen begangen. Er habe vielmehr in seinem Brief zum Ausdruck gebracht, daß in den ihm ausgehändigten Unterlagen der Universität Jaipur dieser Vorwurf enthalten gewesen sei. Auch hier handelt es sich um eine Wiedergabe anderer, nicht eigener Auslassungen, die schon deshalb nicht strafbar ist, weil sie keine Beleidigungsabsicht erkennen läßt.

Zu Punkt 6 Ihrer Anzeige:

Hierzu erklärt der Beschuldigte wie folgt: *,Das ist nicht richtig. Ich habe vielmehr in meinem Brief angegeben, daß Herr Prof. König Herrn Aich mit großer Freundlichkeit behandelt hat, obwohl Herr Aich weiterhin Herrn Königs offizielles Universitätsbriefpapier auf unangemessene Weise benutzte. Letztere Information beruhte auf der mir von der Universität Jaipur übergebenen Dokumentensammlung.'*

Auch hier gilt in rechtlicher Beziehung das zu Punkt 5 Gesagte; eine strafbare Handlung ist in dieser Äußerung nicht gegeben.

Zu Punkt 7 Ihrer Anzeige:

Hierzu äußert sich der Beschuldigte wie folgt: ‚Ich erhielt zwei Briefe von Herrn Aich, die zu beantworten ich keinen Grund sah. Kopien dieser Briefe waren an Herrn Prof. König gegangen. Den Inhalt der Briefe hielt ich für frech, dennoch habe ich sie nicht beantwortet, da ich für mein Empfinden mich nicht berechtigt fühlte, dem Assistenten meines Kollegen eine Rüge zu erteilen.

Die Behauptung von Herrn Aich, er sei von niemandem über meine Anwesenheit in Jaipur unterrichtet worden, ist falsch. Mein Kollege, Prof. König, bestätigte mir und hat es mir auch vor meiner Abreise nach Indien bestätigt, daß er Herrn Aich brieflich informiert habe.

Außerdem waren meine Vorträge (Vorträge?) in Jaipur durch das Department for Sociology an mehreren Stellen in der Universität plakatiert. Auch der Leiter der Abteilung für Soziologie bestätigte mir damals, daß Herr Aich von meinem Kommen informiert sei. Unrichtig ist auch die Behauptung, ich hätte Material gegen Herrn Aich gesammelt. Vielmehr wurde mir eine Materialsammlung von den Beamten der Universität zur Weitergabe nach Köln anvertraut. Der Vizekanzler (= Rektor) der Universität Jaipur ersuchte mich in persönlichem Gespräch, zu dem er mich aufforderte, um entsprechende Berichterstattung an die Universität zu Köln. Ich wurde also von Beamten als Beamter angesprochen. Eine Materialsammlung scheidet nach Darstellung der Vorgeschichte meines Besuches (siehe 1. Abschnitt der Übersetzung meines Briefes an Herrn Mishra) ohnehin aus. Die entsprechende Behauptung des Herrn Aich ist also falsch.‘

Die Äußerung über den Inhalt Ihrer Briefe stellt ein Werturteil dar, das strafrechtlich gesehen keine Beleidigung darstellt; denn eine Beleidigungsabsicht ist in der Bewertung Ihrer Briefe nicht erkennbar. Die übrigen in Ziffer 7 Ihrer Anzeige erwähnten Umstände sind strafrechtlich unerheblich.

Zu Punkt 8 Ihrer Anzeige:

Ein strafbarer Sachverhalt ist in der Bemerkung des Beschuldigten nicht ersichtlich. Anhaltspunkte dafür, daß diese Bemerkung ‚böswillig‘ sei, sind nicht ersichtlich. Im übrigen erklärt der Beschuldigte, Ihre Aufnahme von Verbindungen zum Westdeutschen Rundfunk hätte er von Mitarbeitern des WDR erfahren.

Zu Punkt 9 Ihrer Anzeige:

Der Beschuldigte begründet seine von Ihnen beanstandete Ausführungen wie folgt: ‚Herr Aich hat in einem offenen Brief an den Gouverneur von Rajasthan den Vorwurf gegen Prof. König und mich erhoben, wir hätten die Entlassung von Herrn Aich von der Universität Jaipur im Austausch für Einladungen für die Universität Jaipur betrieben. Diese Beschuldigung muß ich mit Entschiedenheit zurückweisen und behaupte noch heute, daß dies eine Lüge ist, wenn Herr Aich diese Behauptung weiterhin aufrecht erhalten sollte. Fest steht, daß die Einladung an Prof. König und mich nach Jaipur in keinem Zusammenhang mit den Schwierigkeiten steht, die Herr Aich mit der Universität in Jaipur hat.‘

Auch in dieser Äußerung liegt ein strafrechtlicher Gehalt nicht, weil sie eine Beurteilung Ihres Verhaltens darstellen, die in Wahrnehmung eigener berechtigter Interessen gemacht worden ist und deshalb straflos ist.

Zu Punkt 10 Ihrer Anzeige:

Hierzu sowie zu Ihren weiteren Ausführungen nimmt der Beschuldigte wie folgt Stellung: ‚*Meine Behauptung, Herr Aich vermute sehr häufig Rassenvorurteile, wo dies nicht gerechtfertigt sei, stützt sich auf Aussagen meines Kollegen Prof. König; er kennt selbstverständlich Herrn Aich viel besser als ich. Im übrigen wurde mir von Beamten der Universität Rajasthan mitgeteilt, Herr Aich führe seine dortigen Schwierigkeiten auf Kastenvorurteile gegenüber seiner Person zurück. Inwiefern meine Redewendung in dem besagten Brief eine Beleidigung enthalten sollte, ist mir unerfindlich.*

In dem letzten Absatz, Blatt 2, seines Strafantrages erhebt Dr. Aich den Vorwurf des Rufmordes. Das lag mir schon deshalb ohnehin fern, weil ich meinem Kollegen König die private Behandlung des Streitfalles Universität Rajasthan vs. Dr. Aich empfahl.

Es Ist übrigens keine „Tatsache", daß Herr Aich aus dem Beamtenverhältnis der Universität Köln entlassen worden ist; vielmehr wurde nach Ablauf des Dienstvertrages dieser nicht mehr verlängert.

Zusammenfassend darf ich noch einmal darauf hinweisen, daß ich von Herrn König um Nachfrage gebeten wurde, warum Herr Aich fristlos von der Universität Rajasthan entlassen wurde. Ferner wurden mir von Vertretern der Universität Rajasthan (Vizekanzler und Dekan) Dokumente übergeben und erläutert. Damit wurde ich als Vertreter der Universität zu Köln angesprochen. Diese Dokumente übermittelte ich pflichtgemäß an Herrn Kollegen König, der daraufhin Herrn Aich zur Rückkehr nach Deutschland aufforderte. Diese erste Aufforderung muß allein aufgrund der Dokumente und aufgrund eines Briefes von meiner Seite erfolgt sein, da ich erst drei Wochen später wieder in Köln eintraf.‘

Auch in dieser von Ihnen beanstandeten Äußerung des Beschuldigten ist ein strafrechtlich erheblicher Gehalt nicht gegeben; wiederum handelt es sich um eine Beurteilung, die zwar Beanstandungen erkennen läßt, aber nicht eine beleidigende Absicht, so daß sie straflos ist. Hiernach war das Verfahren in allen Punkten Ihrer Anzeige einzustellen, weil eine Straftat nicht gegeben ist. Im Übrigen weise ich Sie daraufhin, daß ein öffentliches Interesse an der Strafverfolgung nicht gegeben ist, da die dafür erforderlichen gesetzlichen Voraussetzungen in Ihrem Fall nicht vorliegen. Im übrigen wäre ein öffentliches Interesse unabhängig davon auch deshalb zu verneinen, weil wegen des gleichen Sachverhalts ein von Ihnen eingeleitetes Verwaltungsgerichtsverfahren gegen die Universität Köln anhängig ist, Sie also Ihre Rechte selbst geltend machen.

Das Verfahren war somit mangels öffentlichen Interesses an der Strafverfolgung und aus materiellen Gründen einzustellen.

Bei dieser Sachlage besteht kein Anlaß, – wie Sie unter dem 13. 5. 1968 schreiben – Ihnen einen Termin zum Vortrag Ihrer Angelegenheit zu geben, da aus rechtlichen Gründen das Verfahren einzustellen war und eine Rücksprache kein anderes Ergebnis hätte haben können.

Im Auftrage, Dr. Felsch, Erster Staatsanwalt."

Dieser Einstellungsbescheid redet selbst. Nur eine Ergänzung zu der Gesetzeslage nach den höchstrichterlichen Urteilen, die auch zur Zeit von Herrn Dr. Felsch gültig gewesen sind. Der Tatbestand der Verleumdung ist unabhängig von bewußter Absicht. Es ist auch unerheblich, ob einer die üble Nachrede selbst oder andere sie erfunden haben. Verbreitung von Behauptungen ist auch dann strafbar, wenn diese bereits von anderen verbreitet, in Medien veröffentlicht und von dem Geschädigten noch nicht strafgesetzlich verfolgt wurden. Der Staatsanwalt Dr. Felsch hat nicht ermittelt. Ihm hat die Stellungnahme des deutschen Professors gereicht. Er hat auch die Richtigkeit der Stellungnahme nicht geprüft. Eine Rechtsmittelbelehrung war auch nicht dabei. Wozu auch? Er hat schon gewußt, welchen Bestand sein Einstellungsbescheid besitzt.

Zeitgleich läuft ein anderes Strafermittlungsverfahren auch bei der selben Staatsanwaltschaft, gegen den Deutschen Akademischen Austauschdienst. Am 30. April 1969 schreibt mir „Der Leitende Oberstaatsanwalt" des Landgerichts, Az. 34 Js 307/68:

„Betrifft: Ihre Strafanzeige gegen Angehörige des Deutschen Akademischen Austauschdienstes in Bad Godesberg wegen Verleumdung

Ich habe das Verfahren eingestellt, weil sich eine strafbare Handlung nicht nachweisen läßt. Ihre Vermutung (?), daß sich der Deutsche Akademische Austauschdienst in Berichten nachteilig über Sie geäußert habe, haben Sie einem Schreiben des Professors Dr. SCHEUCH vom 29. 9. 1967 entnommen, in dem es hieß: ,Weitere Berichte über die Schwierigkeiten mit Dr. Aich gingen uns vom Deutschen Akademischen Austauschdienst zu.' Die Ermittlungen (welche?) haben ergeben, daß zu diesem Zeitpunkt ein Vorgang, der Sie betraf, bei dem Deutschen Akademischen Austauschdienst gar nicht existierte. Erst auf Ihren Brief an Prof. LEHNARTZ vom 25. 1. 1968 befaßte sich der Deutsche Akademische Austauschdienst erstmalig mit Ihnen. In dem seit dieser Zeit vorliegenden Aktenstück sind jedoch keine Berichte über Sie enthalten.

Unter diesen Umständen ist es nicht möglich, das vom Deutschen Akademischen Austauschdienst zu der Zeit, als Professor Dr. Scheuch den fraglichen Brief geschrieben hat, Angehörige des Deutschen Akademischen Austauschdienst sich negativ über Sie geäußert hatten.

Im Auftrage: Schumacher, Erster Staatsanwalt."

Der Deutsche Akademische Austauschdienst hat wegen dieser falschen Behauptung *„Professors Dr. SCHEUCH"* ihn nicht ermahnt, keine weiteren Lügengeschichten über den DAAD zu verbreiten. Auch Dr. Felsch hat es nicht weiter interessiert, ob Scheuch nicht in seiner Stellungnahme vieles gelogen hat. Wen soll das denn interessieren? Moral? Moral eines Justizapparates?

Trotz des Fehlens einer Rechtsmittelbelehrung in dem Bescheid von Dr. Felsch habe ich eine zulässige Beschwerde eingelegt und diese auch begründet. Im Gegensatz zu den sonstigen Beschwerden muß diese Beschwerde innerhalb einer gesetzlich festgelegten Frist eingelegt werden. Von der Wirksamkeit her unterscheidet sie sich aber kaum von einer Dienstaufsichtsbeschwerde. Bekanntlich ist eine Dienstaufsichtsbeschwerde, so lernt jeder angehende Jurist, – fristlos, formlos und folgenlos.

Ich bin nicht in der Lage lückenlos zu dokumentieren, was aus diesem Beschwerdeverfahren geworden ist. Aber die Ursache dafür ist nicht minder erhellend.

Nach der Zustellung des Urteils des Verwaltungsgerichts kann ich innerhalb eines Monats beim nächsthöheren Gericht, dem Oberverwaltungsgericht in Münster, eine Berufung einlegen. Es besteht dort „Anwaltszwang". Noch einen Kölner Anwalt will ich mir ersparen. Im Republikanischen Club in Köln sind Juristen. Unter anderen auch Dr. Helmut Drück. Er ist der Justiziar bei der Intendanz des WDR. Ich bespreche mit ihm das Urteil. Auch er findet es unbefriedigend. Er will darüber nachdenken, wer sinnvollerweise meine Berufung mit Ernst vertreten könnte. Noch weiß ich nicht, daß Heinrich Hannover, der Bremer Rechtsanwalt, sein Schwager ist. Heinrich Hannover hat unter den Republikanern einen guten Namen. Helmut Drück bespricht meinen Fall mit ihm. Heinrich Hannover will mich vertreten.

Ich habe Helmut Drück auch von meinem Strafantrag gegen Scheuch und von dem Beschwerdeverfahren erzählt. Er will die Akte lesen. Er bittet mich, die Akte in einem geschlossenen Umschlag an der Hauptpforte des WDR abzugeben. Ich gebe die Akte am nächsten späten Nachmittag ab. Am nächsten Tag benachrichtige ich Helmut Drück, daß die Akte beim Pförtner liegt. Die Akte erreicht ihn nicht. Sie ist verschwunden. Für immer. Den folgenden Bescheid habe ich 1997 in meiner bei der Universität Köln verbliebenen Personalakte wieder gefunden. Was das Schriftstück in meiner ansonsten gründlich bereinigten Personalakte zu suchen hatte, weiß ich nicht.

Die Kölner Universitätsverwaltung stellt Scheuch den Berufungsschriftsatz zu. Warum weiß ich auch nicht. Er verfaßt eine selbstredende Stellungnahme. Hier ist sie:

„Institut für vergleichende Sozialforschung
Direktor: Prof. Dr. E. K. Scheuch

An die Verwaltung der Universität zu Köln, z.Hd. v. Herrn Dr. Dahrmann. Betr. : Berufung des Dr. Aich in dem Verfahren vor dem Verwaltungsgericht gegen das Land Nordrhein-Westfalen, Bezug: Ihr Schreiben vom 24. April 1970. Sehr geehrter Herr Dr. Dahrmann! Durch einen Kuraufenthalt erhielt ich erst Ende Mai 1970 Kenntnis von Ihrem Schreiben vom 24. April. Ich bitte Sie, die verzögerte Beantwortung mit dieser Abwesenheit aus Köln zu entschuldigen. Das Ihrem Schreiben beigefügte Schreiben des Rechtsanwaltes Hannover erschwerte eine Beantwortung keinesfalls. Die Passagen in dieser Stellungnahme von Hannover, die sich auf mich bezogen, waren höchstens bemerkenswert durch den Versuch, stichhaltige Argumente durch Insinuation zu ersetzen. Meine Schlußfolgerung: APO-Journalisten sind da doch geschickter als APO-freundliche Anwälte.

Ich bitte Sie zunächst zu prüfen, ob nicht eine Strafanzeige gegen Dr. Aich angebracht wäre. Auf Seite 13 des Schriftsatzes von Herrn Hannover wird nämlich wiederholt, was Herr Dr. Aich in einem ‚offenen Brief' an den

Gouverneur von Rajasthan bereits behauptete – und zwar zumindest leichtfertig, wenn nicht böswillig: Sein Arbeitsvertrag mit der Universität zu Köln sei nicht verlängert worden, weil Prof. König und ich mit dem Versprechen einer Einladung durch die Universität Rajasthan ‚bestochen' worden seien. Beweis: Kopie des offenen Briefes an den Gouverneur des Bundesstaates Rajasthan. Wäre nicht zumindest die nachträgliche Eröffnung eines Disziplinarverfahrens mit dem Ziel der unehrenhaften Entlassung von Dr. Aich aus den Diensten des Landes Nordrhein-Westfalen angebracht?

Unrichtig ist die Behauptung des Rechtsanwaltes Hannover auf Seite 15 oben, der Rechtsstreit des Klägers Dr. Aich gegen die Universität von Rajasthan sei ‚positiv' für den Kläger ausgegangen. Richtig ist vielmehr, daß, der Kläger Dr. Aich einem Vergleich zustimmte, der lediglich dem freiwilligen Angebot der Universität Rajasthan an Dr. Aich vor seiner fristlosen Entlassung entsprach. Materiell wurde mit diesem von Dr. Aich akzeptierten Vergleich das Angebot der Universität Rajasthan übernommen.

Mit Interesse habe ich auf Seite 15 des Schriftsatzes von Herrn Hannover gelesen, daß die Universität Rajasthan ‚in der indischen Öffentlichkeit als Basis des amerikanischen Geheimdienstes kritisiert wird'. Das ist mir neu. Ich muß aber gestehen, daß ich bei einer solchen Überzeugung – sei sie nun faktisch richtig oder nicht – im Gegensatz zu Dr. Aich einen Vorgesetzten (in diesem Falle also Prof. König) sofort von dieser Situation informiert hätte. Ich wäre in diesem Falle auch nicht an der Universität Rajasthan verblieben. Mit Verwunderung, nehme ich davon Kenntnis, daß ein Freund und Protegé des ‚republikanischen Clubs' in Köln nichts dabei findet, an einer solchen Universität tätig zu sein; ich hätte das entgegen dem Verhalten von Dr. Aich nicht hingenommen. Warum wird uns eine solche wichtige Mitteilung erst jetzt gemacht? In seinen Schriftsätzen in Indien hat Dr. Aich auf eine solche Verbindung nicht hingewiesen. Übrigens: Ist meine Vermutung völlig abwegig, Herr Hannover erwähne dieses neue Argument, daß mit den Rechtsfragen nichts zu tun hat, um die Möglichkeit einer anschließenden publizistischen Verwertung durch APO-Freunde offen zu lassen? Jedenfalls: Ob Dr. Aich an einer „Spionage-Universität" blieb und weiter zu bleiben sich bemühte, ist sein Problem; ich habe keine Verbindungen zur Universität of Rajasthan.

Meines Wissens gibt es schon deshalb keine ‚Zusammenarbeit zwischen Professor König und der indischen Universität gegen den Kläger', weil Herrn Prof. König die Nachricht von der fristlosen Entlassung des Dr. Aich durch die Universität Rajasthan unvorbereitet traf.

Falsch sind die Ausführungen von Herrn Hannover auf Seite 15, unten, eine Klärung der gegen mich erhobenen Vorwürfe sei nicht erfolgt. Vielmehr entschied der leitende Oberstaatsanwalt beim Landgericht Köln (Aktenzeichen 34 Js 78/68) am 15. Mai 1968, das Klagebegehren sei auch aus materiellen Gründen einzustellen. (Ich füge eine Kopie des Einstellungsbescheides bei!).

Falsch ist die Behauptung des Rechtsanwaltes Hannover (S. 14, letzter Absatz), die Entlassung des Klägers durch die Universität zu Köln sei ‚... einzig und allein wegen der guten Beziehungen der Professoren König und Scheuch zur Universität Rajasthan erfolgt'. Herr Hannover muß aus den Akten wissen, daß er diese Aussage in Bezug auf zumindest meine Person lediglich auf eine Spekulation von Dr. Aich stützen kann. Sollte diese Formulierung von Herrn Hannover einen Vorwurf der Dienstpflichtverletzung meinerseits beinhalten, so bitte ich um die Eröffnung eines Strafverfahrens und gleichzeitig eines Ehrengerichtsverfahrens bei der zuständigen Anwaltskammer. Auch in Wahrnehmung der Interessen eines Mandanten darf ein Anwalt doch nicht verleumden?

Auf Seite 10 seines Briefes erwähnt Herr Hannover, die Unterstützung des Dr. Aich durch die Heinrich-Hertz-Stiftung bedeutet eine Anerkennung des wissenschaftlichen Wertes des durch Dr. Aich gesammelten Materials. Soweit mir bekannt, ist dieses Stipendium in erster Linie den SPD-Parteifreunden (z. B. Herrn Dingel von der ‚Baracke‘ in Godesberg) zu verdanken.

Auf Seite 16 führt Herr Hannover eine Reihe von unklaren Bemerkungen und Insinuationen über die Geschichte meines Besuchs in New Delhi und Jaipur auf. Diese Geschichte ist in meinem Brief vom 2. Juni 1970 an Prof. König unter Punkt 1 noch einmal dargestellt; ich füge eine Kopie bei. Der Klarheit halber: ich wurde von der UNESCO und dem ‚International Social Science Council‘ eingeladen, an einer Expertentagung teilzunehmen. Als Veranstaltungsort wurde von indischer Seite das meines Wissens von der Regierung Indiens betriebene Indian International Center gewählt. Ob dieses Center auch ‚Gelder vom amerikanischen Geheimdienst‘ erhielt, ist mir unbekannt und tut nichts zur Sache; das wäre allenfalls ein Vorwurf gegen die Entscheidung der UNESCO, das indische Angebot anzunehmen.

Ein Besuch in Jaipur wurde bereits 1966 vereinbart, bevor überhaupt Dr. Aich nach Indien gereist war. Dieser Besuch war Teil einer von der ‚Deutschen Forschungsgemeinschaft‘ finanzierten Rundreise bei indischen Institutionen. Ein Umweg meinerseits war damit nicht verbunden: Jaipur ist Station für Zwischenlandung des Linienfluges New Delhi – Bombay – und Bombay war eine Station auf meiner Reise nach Trivandrum (Kerala). Vielleicht sollte Herr Hannover einmal bei seinem Mandanten nachfragen, ob es einen kürzeren Weg nach Trivandrum gibt, als über Jaipur und Bombay. Mit Verwunderung habe ich gelesen, daß Herr Hannover eine Flugreise von 300 Kilometern als mögliche besondere Anstrengung ansieht. Eine solche Einschätzung dürfte selbst für die Reisegewohnheiten in der sehr viel kleineren Bundesrepublik wohl den Verkehrsbedingungen um 1890 entsprechen.

Die Behauptung, ich habe „aus eigener Initiative Material gegen den Kläger gesammelt“ ist nach der Aktenlage, die Herrn Hannover bekannt sein sollte, mit den nachweisbaren Tatsachen einfach nicht vereinbar. Die Geschichte meiner Reise ist eindeutig, und vor meiner Abreise aus der Bundesrepublik war Dr. Aich von der Universität Rajasthan bereits entlassen worden. Ich bitte Sie, für Einzelheiten meinen Brief an Prof. König zu beachten.

Die Tatsachen dieses ‚Falles‘ sind einfach. Gerade weil sie einfach sind, benötigt Dr. Aich für mein als Versuch der Schädigung seiner Interessen dargestelltes Verhalten ein Motiv meinerseits. Aus dieser Notwendigkeit für seine Argumentation wird dann der Versuch, eine Bestechung meinerseits durch Versprechen zukünftiger Einladungen durch die Universität von Rajasthan zu konstruieren. Die Leichtfertigkeit dieser Konstruktion sollte ausreichen, Dr. Aich als für eine akademische Stellung ungeeignet zu beurteilen. Eigentlich hätte sein Verhalten ein Disziplinarverfahren mit dem Ziel der unehrenhaften Entfernung aus dem öffentlichen Dienst erfordert.

Ich empfinde es immer noch als Verletzung der Fürsorgepflicht von Seiten des Kultusministeriums, daß entsprechenden Aufforderungen meinerseits nicht entsprochen wurde. Dies sollte jetzt nachträglich geschehen.

Wie erklärt Herr Hannover übrigens die Vorwürfe der TH New Delhi gegen Dr. Aich?

Mit freundlicher Empfehlung, Prof. Dr. Erwin K. Scheuch

PS: Ich bitte die Rückgabe der Kopie des Einstellungsbescheides und des Briefes an Herrn Mishra

<u>Anlagen</u>

Kopie des Einstellungsbescheides der Staatsanwaltschaft, Kopie eines Briefes an den Journalisten Mishra, Kopie der Einladung des ‚International Social Science Council‘, Kopie eines Briefes an Prof. König"

Ich habe diesen Brief mehr als einmal gelesen. Natürlich mit dem Bewußtsein von 2000. Nicht die Wortwahl, nicht der Stil, nicht die vielen Lügen haben mich erschüttert, sondern die Dreistigkeit, der Geist und die Kultur eines in dieser Gesellschaft anerkannten Soziologieprofessors. Ich frage mich, was in dem Zusammenhang mit einem Verwaltungsgerichtsverfahren die *„APO-Journalisten und APO-Anwälte"* zu tun haben? Sind nicht von hier aus Etikettierungen wie krumme Nasen, farbige Frauen, behinderte Kinder nur noch kleine Schritte? Hätte Scheuch damals die Macht gehabt, wäre es nicht nur bei meiner *„unehrenhaften Entlassung"* aus den Diensten des Landes Nordrhein-Westfalen", meiner Verbannung aus dem akademischen Bereich und Berufsverbot von RA Heinrich Hannover geblieben? Ich kann dieses Schreiben wenden, wie ich will. Ich bin einfach verwirrt, weil ich nicht weiß, ob Scheuch bei Verfassen des Schreibens unter Wahrnehmungsstörungen gelitten hat oder bewußt die Lügen als Waffe eingesetzt hat, ob ihm nicht der Vorgang der „Projektion" oder der Begriff „Autoritäre Persönlichkeit" wie sie Theodor Adorno und Max Horkheimer so eindrucksvoll auf der Grundlage empirischer Sozialforschung beschrieben haben, nicht gegenwärtig gewesen ist. Wird *„Herr Dr. Dahrmann"* wirklich so beschränkt gewesen sein, daß er sich durch Scheuch hat lenken lassen? Ich will auch keine erklärenden Antworten auf so viele Fragen versuchen. Ich bin schlichtweg angewidert.

Ich bin auch erschrocken ob des Niveaus des Tratsches: *„Auf Seite 10 seines Briefes erwähnt Herr Hannover, die Unterstützung des Dr. Aich durch die Heinrich-Hertz-Stiftung bedeutet eine Anerkennung des wissenschaftlichen Wertes des durch Dr. Aich gesammelten Materials. Soweit mir bekannt, ist dieses Stipendium in erster Linie den SPD-Parteifreunden (z. B. Herrn Dingel von der ‚Baracke‘ in Godesberg) zu verdanken."*

Abschließend will ich nur noch einen Hinweis auf die Qualität des Bluffs Scheuchs über die Reiseroute geben. Auch seinerzeit hat es einen bequemen Direktflug von Delhi nach Trivandrum gegeben. Jeder könnte die

Landkarte Indiens in die Hand nehmen. Aber Scheuch antizipiert, daß Dahrmann sich nicht die Mühe machen wird. Scheuchs tatsächlich genommene Route gleicht jener, wie wenn einer von Köln nach Rom via Paris, Lissabon und Madrid fliegt. Auch heute sind Hochschullehrer mit Bluffs nicht zimperlich.

Die Wege der Aufklärung sind häufig sonderbar. Was hatte dieses Schreiben in meiner Personalakte bei der Universität zu Köln zu suchen, nicht jedoch die erwähnten Anlagen?

Nachliefern möchte ich nur jene schriftlichen Belege, die einen Hauch dessen vermitteln, wie wirksam die Beschwerdemittel sind, die unter dem Etikett „Rechtsmittel" dem Bürger verkauft werden. Bekanntlich sind die Staatsanwälte wie auch der gesamte Apparat der „Rechtspflege" dem jeweiligen Landesjustizminister unterstellt. Nachdem ich mit meinen Beschwerden innerhalb des Apparates durch bin, wende ich mich an den zuständigen Justizminister. Der Durchschlag dieses Schreibens ist leider mit der „Scheuchakte" zwischen der Pforte des WDR und seinem Justiziar Dr. Helmut Drück verschwunden. Am 12. März läßt der Justizminister des Landes Nordrhein-Westfalen mir mitteilen: *„Betr.: Anzeigesache gegen Prof. Dr. Scheuch aus Köln wegen übler Nachrede (34 Js 78/68 der Staatsanwaltschaft in Köln), Bezug: Ihr Schreiben vom 6. 3. 1969. Sehr geehrter Herr Dr. Aich! Auf Ihr Schreiben vom 6. 3. 1969, mit dem Sie Gegenvorstellungen gegen meinen Bescheid vom 26. 2. 1969 erheben, habe ich die Angelegenheit erneut geprüft. Ich vermag die Gegenvorstellungen jedoch nicht für begründet zu erachten.*

Da Ihr Anliegen mehrfach und ausführlich schriftlich vorgetragen worden ist, kann eine mündliche Erörterung im Justizministerium nicht sachdienlich sein. Ich bitte daher, von einer Vorsprache abzusehen. Hochachtungsvoll, Im Auftrag (Laue)"

Am 3. April habe ich trotzdem Herrn Dr. Dr. Josef Neuberger, Justizminister des Landes Nordrhein-Westfalen, geschrieben: „ich bestätige hiermit den Erhalt Ihres Schreibens vom 12. März. Es ist richtig wenn Sie schreiben, daß ich mein Anliegen mehrfach und ausführlich vorgetragen habe. Leider ist aber bisher zu meinen Ausführungen noch von keiner Seite eindeutig Stellung bezogen worden. Deshalb möchte ich meine Bitte wiederholen, mir einen Termin für eine mündliche Aussprache zu gewähren, da ich meine, daß die durch die Handhabung meines Falles bei mir entstandene Rechtsunsicherheit nur durch eine solche Aussprache beseitigt werden kann.

Um ein Mißverständnis zu vermeiden, möchte ich nochmals klarstellen, daß es mir nicht darauf ankommt, eine mündliche Erörterung in Ihrem Ministerium zu erreichen. Mein Wunsch ist eine mündliche Besprechung mit Ihnen persönlich, da ich mir einfach nicht vorstellen kann, daß ein sozialdemokratischer Justizminister, der wegen seiner fortschrittlichen Einstellung allgemein bekannt ist, eine solche Rechtsdiskriminierung dulden kann, wie es in meinem Fall durch die Kölner Staatsanwaltschaft geschehen ist. Ich nehme an, daß die Tatsache, daß ich indischer Staatsangehöriger bin, für diese Diskriminierung keine Rolle gespielt hat."

Der sozialdemokratische Minister läßt mich nicht lange warten. Das Schreiben vom 16. April 1969 in seinem Auftrag wird noch kürzer: *„Sehr geehrter Herr Dr. Aich! Auf das oben bezeichnete Schreiben teile ich Ihnen mit, daß Herr Justizminister Dr. Dr. Neuberger sich nicht in der Lage sieht, Sie zu einer Besprechung zu empfangen. Hochachtungsvoll, Im Auftrag (Simon)"*

Ich lasse nicht nach. Am 23. April schreibe ich wieder an Dr. Dr. Josef Neuberger: „ich nehme mit Bedauern zur Kenntnis, daß Sie sich nicht in der Lage sehen, mich zu einer Besprechung zu empfangen. Da das von Ihnen gebilligte Verhalten der Kölner Staatsanwaltschaft mein Rechtsempfinden erheblich verletzt hat, darf ich mir erlauben, an Sie die Anfrage zu richten, ob Sie oder eine Ihnen untergeordnete Dienststelle mir den Unterschied zwischen den von mir angeführten beiden Fällen erklären kann. In dem Fall der Taxifahrer erhob die Staatsanwaltschaft unter Bejahung des öffentlichen Interesses Anklage, im Falle des Ordinarius verneinte die Staatsanwaltschaft das öffentliche Interesse, ohne in allen Punkten ermittelt zu haben, und obwohl dieser Fall in seinen Konsequenzen sehr viel gravierender war. Diese meine Frage ist bisher noch von keiner Seite beantwortet worden.

Außerdem wäre ich Ihnen außerordentlich dankbar, wenn Sie mir mitteilen ließen, welche Rechtsmittel mir noch zur Verfügung stehen, um gegen das von mir als diskriminierend empfundene und den Inhaber eines Amtes begünstigende Verhalten der Kölner Staatsanwaltschaft vorzugehen."

Am 30. April 1969 stellt der Leitende Oberstaatsanwalt der Stadt Köln, wie schon berichtet, auch das Strafverfahren gegen Angehörige des Deutschen Akademischen Austauschdienstes in Bad Godesberg wegen Verleumdung ein, obwohl Scheuch lügenhaft diese belastet hatte. Und der Justizminister des Landes Nordrhein-Westfalen bescheidet mir am 6. Mai: „Nach der Verfassung für das Land Nordrhein-Westfalen leitet jeder Minister seinen Geschäftsbereich selbständig unter eigener Verantwortung. Gegen meine Bescheide vom 26. 2. und 12. 3. 1969 (4121 E - III Bl. 4737) ist daher ein Rechtsbehelf nicht gegeben. Ferner teile ich Ihnen mit, daß Sie auf weitere Eingaben in dieser Sache, die neues Vorbringen nicht enthalten, mit einem Bescheid nicht mehr rechnen können. Hochachtungsvoll, Im Auftrag (Simon)"

Die „Indische Universität" in der Geschichte

Unser Vertrauen in die deutsche Gerichtsbarkeit ist erschüttert. Aber wir gehen in die Berufung gegen das Urteil des Kölner Verwaltungsgerichts. Es bleibt uns keine Wahl. Ohne die Berufung gewinnt dieses skandalöse Urteil des Verwaltungsgerichts Köln bindende Kraft, wird also, wie man so schon sagt, rechtskräftig. Was hat ein solches Gerichtsurteil mit Recht zu tun?

Wir malen uns aus, mit welcher Energie die Königs und die Scheuchs ihre Rufmordkampagne betreiben werden, wenn wir nicht in die Berufung gehen. Kostproben davon hatten wir ja genug. Also schlucken wir auch diese Kröte der Berufung bei einem deutschen Oberverwaltungsgericht. Ein schwacher Trost ist, daß ein Heinrich Hannover nie hinter meinem Rücken mit der Gegenseite kungeln wird.

Eine schwache Hoffnung hegen wir noch. Vielleicht hat die blond-blau-äugig-weiß-christliche Kultur auch bei der deutschen Richterschaft den kompletten Durchmarsch nicht geschafft, was Heuchelei, Opportunismus, Selbstgefälligkeit und Verlogenheit angeht. Wir denken an Journalisten wie Höfer, Parteifunktionäre wie Dingels, Professoren wie Welzel, Redakteure wie Morawe und an einige andere, die noch Menschen geblieben sind.

Wir müssen Zeit gewinnen. Das Oberverwaltungsgericht wird kein Urteil fällen können, bevor Teile des Forschungsmaterials ausgewertet und die Ergebnisse veröffentlicht sind. Die eigentliche Brisanz des Themas, die wir immer noch nicht entdeckt haben, wird die kläglichen Gerichtsurteile mehr als ausgleichen. Und die Berufung drängt die Gegenseite in die Defensive, wie dies bereits in dem Schreiben Scheuchs an Dr. Dahrmann zum Ausdruck gekommen ist. Heinrich Hannover hat am 7. Juli 1969 die Berufungsschrift beim Oberverwaltungsgericht Münster eingereicht.

Die stupide Arbeit der Aufbereitung des Forschungsmaterials für den Rechner ist fast fertig. Donnerstagabends bin ich im Republikanische Club. Erst die öffentliche Vorstandssitzung, dann die anschließende wöchentliche Diskussion über ein aktuelles Thema. Häufig eingeleitet von einer Gruppe, die an der Basis arbeitet bzw. das, was die einzelnen Gruppen unter Basisarbeit verstehen. Der Club entwickelt sich zu einem Kommunikations-zentrum. Die meisten Mitglieder haben die Mentalität eines „Einsteigers" in einen fahrenden Zug. Und die Einsteiger wären keine Einsteiger, wenn sie nicht aussteigen würden. Bekanntlich steigt man aus, wenn der Zug zum Stehen kommt. Meine Frau geht nicht mit. Sie will den Haushalt in Ordnung halten. Im nachhinein meine ich, daß dies ein Fehler war. Die Arbeiten im Haushalt laufen nicht weg.

In dieser Phase lesen wir zusammenhängender in den mitgeschleppten Büchern. Ich würde gern die einzelne Erkenntnisschritte, einzelne Verwun-derungen beim Lesen ausführlich beschreiben, wenn sie nicht die Dichte der Erzählung der Sozialgeschichte beeinträchtigen würden. Also breite ich hier chronologisch die Ergebnisse der Untersuchung aus. Nicht in meiner

Diktion von 1970, nicht in der Gliederung der Habilitationsschrift, nicht im üblichen soziologiechinesisch, auch nicht in einer verständlicheren Soziologiesprache. Möglichst ohne nebelerzeugende Begriffe. Im Klartext eben. Die vollständige „Habilitationsschrift" kann jedem Interessierten geliefert werden.

*****

Wir machen uns auf die Suche nach dem verborgenen „Sprengstoff" in unserem Forschungsmaterial, das wir auf und um den Campus gesammelt haben. Wie schon erwähnt, haben wir vor unserer Abreise ein Exemplar des gerade vorgelegten Mammutberichts der Education Commission 1964–1966 noch ergattern können. Der Bericht „Education and National Development" ist engzeilig, zweispaltig und im größtmöglichen Buchformat (fullscape page, also etwa DIN A4) gedruckt. Er hat stolze 691 Seiten. Er faßt das Wissen und das Bewußtsein über das indische Erziehungssystem 1966 zusammen. Ein umfassendes Erzeugnis.

Der Vorsitzende dieser Kommission, D. S. Kothari, Chairman, University Grants Commission, schreibt in einem Begleitbrief an den Bundesminister für Erziehung am 29. Juni 1966 unter anderem: *„Erziehung ist schon immer wichtig gewesen, aber vielleicht nie so wichtig in der Geschichte der Menschheit wie heute. In einer auf Wissenschaft fundierten Welt sind Erziehung und Forschung entscheidend für die Gesamtentwicklung eines Landes, für Wohlfahrt, Fortschritt und Sicherheit. Es ist charakteristisch für eine von der Wissenschaft durchdrängte Welt, daß in wichtigen Bereichen die zukünftige Form dennoch unprognostierbar bleibt. Dies unterstreicht die Notwendigkeit einer Erziehungspolitik umsomehr, daß sie sich der wandelnden Situationen durch eingebaute Flexibilität anpaßt. Sie unterbewertet die Bedeutung von Experiment und Innovation. Wenn ich dies so sagen darf, das wichtigste im Augenblick ist, aus der Rigidität des augenblicklichen Erziehungssystems herauszugelangen. In der beschleunigt sich wandelnden Welt von heute ist eines gewiß: Das gestrige Erziehungssystem wird den Bedarf von heute nicht decken, noch weniger den Bedarf von morgen."*

Die Kommission hatte 16 stimmberechtigte Mitglieder, einschließlich des Vorsitzenden und des schriftführenden Berichterstatters, Personen in Amt und Würden im In- und Ausland. Drei der inländischen Mitglieder sind uns in dieser Sozialgeschichte bereits begegnet: D. S. Kothari (Delhi), M. V. Mathur (Jaipur) und Triguna Sen, in seiner Eigenschaft als Bundesminister für Erziehung. Als Sen in die Kommission berufen wurde, war er Vice Chancellor der Jadavpur University, Calcutta. Im Oktober 1966 war er Vice Chancellor der Benares Hindu University. Wir hatten uns an ihn um Unterstützung unserer Untersuchungen gewandt. Im Juli 1967 ist er der Erziehungsminister zu der Zentralregierung in Delhi, aus dessen ungebundenem Fond auf Intervention des Staatspräsidenten Indiens hin die Feldarbeit unserer Forschung an den Universitäten Kalkutta und Jadavpur ermöglicht wurde. Was für eine Mobilität!

Die ausländischen Mitglieder der Kommission waren:

- Mr. H. L. Elwin, Director, Institute of Education, University of London,
- Professor Sadatoshi Ihara, School of Science and Engineering, Waseda University. Tokyo,
- Dr. V. S. Jha (indischer Herkunft), ehemaliger Director of the Commonwealth Education Liason Unit, London,
- Professor Roger Revelle, Director, Centre for Population Studies, Harvard School of Public Health, Harvard University, Cambridge, USA,
- Professor S. A. Shumovsky, Director, Methodological Division, Ministry of Higher and Special Secundary Education, RSFSR, and Professor of Physics, Moscow University, Moscow,
- M. Jean Thomas, Inspector-General of Education, France, und ehemaliger Assistent Director-General of UNESCO, Paris und
- Mr. J. F. McDougall, Assistent Director, Department of School and Higher Education, UNESCO, Paris, als nicht stimmberechtigter Schriftführer.

Aus dem Vorwort erfahren wir: Die Kommission ist 100 Tage durch alle Bundesstaaten und „Union Territories" (Gebiete unter der Verwaltung der Zentralregierung) gereist. Sie hat Universitäten, Colleges und Schulen besucht. Sie hat mit Lehrern, Erziehern, Verwaltern und Studenten diskutiert. Insgesamt hat die Kommission mit etwa 9000 berufenen Personen gesprochen. Darunter mit vielen international bekannten Wissenschaftlern. Auch mit dem uns bekannten Soziologiepapst Edward A. Shils.

Nach welchen Merkmalen wurden die Mitglieder der Kommission bestellt? Wie wählte die Kommission ihre unzähligen Gesprächspartner aus? Wer will es wissen? Wir erfahren auch nicht, in welcher Sprache alle diese Gespräche geführt wurden. Die Verhandlungssprache ist selbstverständlich Englisch gewesen. Dies ist so selbstverständlich, daß auch dies nicht im Bericht erwähnt wird. Aber ein Blick auf den Anhang bezeugt es. Warum ich das hervorhebe? Nun, durch die Zusammensetzung der Kommission allein waren alle jene Inder als Gesprächspartner der Kommission ausgeschlossen, die nicht der blond-blauäugig-weiß-christlichen Kultur zugehörten. Wir erinnern uns an Thomas Babington Macaulay, der zielbewußt diese Kultur über das Medium „Erziehungssystem" nach Indien brachte: *„Wir müssen im Augenblick alles tun, um eine Klasse zu formieren, die Vermittler werden könnte zwischen uns und den Millionen von Menschen, über die wir herrschen; eine Klasse von Personen, Inder in Blut und Farbe, aber englisch im Geschmack, in den Meinungen, in den Moralvorstellungen und im Intellekt."*

Ein Jahr später, 1936, schrieb Macaulay seinem Vater: *„Es ist mein Glaube, wenn unsere Pläne der Erziehung durchgezogen werden, wird es innerhalb 30 Jahren in den respektablen Klassen in diesem Land keinen einzigen Anbeter von Göttern geben. Und dies wird durchgesetzt, ohne die geringste Bemühung der Bekehrung, ohne die kleinste Intervention in*

Glaubensfragen, durch die natürliche Auswirkung von Wissensvermittlung und deren Reflektierung." So wurde gehandelt. Gehirnwäsche? Klonen?

Also diskutierte die Kommission nur mit Nachfahren Macaulays und mit Nachkommen von Macaulays Klasse. Doch stehen im Vorwort bemerkenswerte Sätze: *„Es gibt – selbstverständlich – eine Sache, über die wir weder Zweifel noch Zögern hegen: Nur Erziehung, basiert auf Wissenschaft und in Übereinstimmung mit indischer Kultur und Werten, kann die Grundlage und Instrumente liefern für Fortschritt, Sicherheit und Wohlfahrt der Nation. Indische Erziehung braucht eine drastische Rekonstruktion, beinahe eine Revolution. ... Eine Reorientierung des Erziehungssystems zu nationalen Zielen, eine strukturelle Reorganisation, Verbesserung der Lehrerschaft, Einschreibepolitik und Gleichstellung des Zugangs."*

Nach der Einschätzung der Kommission gab es bis dato kein Erziehungssystem und keine Erziehungspolitik, die der indischen Nation dienten. Wem dienten sie dann? Darüber später mehr. Zuvor möchte ich hervorheben, das dieser Mammutbericht als eine genaue Zustandsbeschreibung der Erziehungssituation allseitig akzeptiert wird. Wer sollte dem auch widersprechen? Alle relevanten Personen – Inländer wie Ausländer – haben den Bericht möglich gemacht. Sie alle wurden in Ausbildungseinrichtungen erzogen, die von der Kommission ausdrücklich **nicht** *„in Übereinstimmung mit indischer Kultur und Werten"* waren, und auch nicht *„die Grundlage und Instrumente liefern für Fortschritt, Sicherheit und Wohlfahrt der Nation".*

*****

Die Ausbildungseinrichtungen sind bereits beschrieben. Aber nicht deren Entwicklung in der Geschichte. Die Überlieferung dieser Geschichte ist nirgendwo älter als in Indien. Und kein anderes Land hat eine wechselvollere Geschichte der Universität. So lehrt uns die „moderne" Geschichte. Gewiß ist Geschichte als Wissenschaft problematisch. Überlieferungen sind vermengt mit subjektiver Wahrnehmung, sozialen Vorurteilen, Wunschdenken, Spekulationen, Ideologien und nicht zuletzt mit Fälschungen. Wir beziehen uns hier **nur** auf jenen Teil der Überlieferung, der nicht nur erzählt, sondern Spuren hinterlassen hat, wie uns die allseitig als gültig gehaltenen Standardliteratur der Geschichte in der blondblauäugig-weiß-christlichen Kultur heute noch erzählt.

Einrichtungen mit den charakteristischen Merkmalen einer Universität existieren in Indien seit mindestens 4000 Jahren. Universität als eine Institution für die Vermittlung von allgemeinen Wissen. Also nicht die praktischen Feretigkeiten für die Bewältigung des Alltags. Alle Gesellschaften bilden ihren Nachwuchs aus. Das notwendige Wissen dafür wird von Generation zu Generation überliefert. Die Ansammlung dieses praktischen Wissens führt zum allgemeinen, zum universelleren Wissen.

Die indische Universität von heute wird ohne einen Blick in die Geschichte der indschen Universität weder begreifbar noch bewertbar. Aus zwei Gründen. Es wird allseitig akzeptiert, daß die Wurzel der Gegenwart in der Vergangenheit liegt. Die Sammlung und Überlieferung von Wissen vollzieht sich in Schichten oder Phasen, bedingt durch besondere Ereignisse. Jede Phase besitzt ihre Besonderheit. Bei Fortentwicklung verschwinden die Besonderheiten früherer Phasen nicht völlig, weil das Neue sich in der Auseinandersetzung auf das Alte aufbaut. Dies ist der erste Grund für den Rückblick in die Geschichte.

Der zweite Grund ist noch wichtiger. Es wird auch allseitig akzeptiert, daß höhere Erziehung und Ausbildung, also das Vermitteltbekommen von über das tägliche Leben hinausgehendem Wissen, schon immer ein Privileg weniger gewesen ist und, daß sie von der Produktion von Lebensmitteln und von sonstigen Belastungen befreit werden müssen. Die bestimmenden Teile der Gesellschaft, die naturgemäß Minderheiten sind, fällen Entscheidungen darüber, welche Individuen oder Gruppen Zugang zur höheren Erziehung und Ausbildung erhalten sollen. Die Annahme ist berechtigt, daß die bestimmenden Teile, also die Herrschenden, keine Individuen oder Gruppen mit diesem Privileg ausstatten, wenn es ihren eigenen Interesse zuwiderläuft.

Der indische Philosoph Humayun Kabir, der auch als Bundesminister maßgeblich an der Politik des Landes beteiligt war, unter anderem auch für Wissenschaft und Kultur, schreibt in seinem Buch „Indian Philosophy of Education" (Bombay, 1961, S. 168): *„Vielleicht ist der Ausdruck Erziehungspolitik etwas hochtrabend. Außer in der vergleichsweise neueren Zeit besaß kaum ein Land eine genaue oder artikulierte Erziehungspolitik. Es gab Erziehungspraktiken, und auch diese waren abhängig von den Attitüden und dem Glauben der Individuen und Gruppen. Nichtsdestoweniger gab es einige generelle Bedürfnisse, die solche Praktiken zu erfüllen hatten. Keine Gesellschaft toleriert eine Art von Erziehung, die die eigene Stabilität unterminiert."*

Kabir erklärt nicht, woher bestimmte Erziehungspraktiken resultierten und wer diese *„Individuen und Gruppen"* sein sollten. Nur implizit stellt er fest, daß die bestimmenden Individuen oder Gruppen die gesellschaftlichen Bedürfnisse von ihren eigenen Bedürfnissen her definieren. Mit seinem Intellekt hätte er in seinem Nachsatz folgern müssen, daß die bestimmenden Teile der Gesellschaft keine Art von Erziehung dulden, die die Stabilität ihrer eigenen Stellung in der Gesellschaft unterhöhlt.

Höhere Erziehung und Ausbildung wird immer im Interesse der Herrschenden vermittelt. In der Geschichte gibt es doch Beispiele, daß einige dieser Absolventen trotzdem die Interessen der Herrschenden erschüttert haben. Dieser Tatbestand hat W. F. Wertheim, Universität Amsterdam, zu der weithin akzeptierten Theorie verleitet, daß die Elite der unterentwickelten Gebiete gerade wegen der von den Kolonisatoren erhaltenen höheren Ausbildung so erfolgreich gegen sie haben kämpfen können. Daraus soll folgen: die herrschenden Institutionen für höhere Erziehung werden zwar in der Absicht geschaffen, die Stellung der Herrschenden zu konsolidieren. Aber solche Institutionen tragen auch einen Keim zur Unterminierung der

Interessen der Herrschenden in sich. Diese Theorie hat dazu beigetragen, daß Struktur und Inhalt der kolonialen Erziehungseinrichtungen nicht in Frage gestellt worden sind oder werden in dem Glauben, gerade diese Institutionen allein hätten zur Beendigung der kolonialen Ära geführt. Ein globaler gesellschaftlicher Fortschritt. Die Plausibilität dieser Theorie verleitet leicht, das Bewußtsein mit dem Wissen gleich zu setzen. Die Frage, wie ein kritisches Bewußtsein entsteht, fällt unter dem Tisch. Damit auch die Widersprüche in den gesellschaftlichen Verhältnissen. Statt dessen wird ein positiv geladener fragwürdiger Begriff in den Mittelpunkt gerückt. Modernisierung. Modernisierung durch Wissensvermittlung.

Die Geschichte der indische Universität erschüttert die Grundlage dieser Theorie. Bis zur Eroberung durch die Muslime aus Mittelasien herrschte in Indien ein anderes Erziehungssystem, das sich von der „Vedischen Philosophie" ableitet. Eine Vertiefung der Vedischen Philosophie an dieser Stelle würde eine Ablenkung sein. Nennen wir sie einfachheitshalber die vorislamische Gesellschaftordnung, deren Stabilität ebenfalls von einem entwickelten Erziehungssystem auf allen Ebenen gestützt wurde.

Seit dem 13. Jahrhundert bestimmten die islamischen Eroberer die Geschicke Indiens. Diese neuen Herrscher gründeten neue Schulen, höhere Schulen und höchste Schulen (Universitäten). Diese stützten ihre Herrschaftsinteressen. Sie verzichteten auf die „Modernisierung" der alten Erziehungseinrichtungen. Die europäischen Eroberer Indiens ab dem 16. Jahrhundert errichteten wiederum neue Erziehungseinrichtungen mit neuen Strukturen und Inhalten. 1947 endet die koloniale Herrschaft. Eine neue Herrschaft beginnt nach der nationalen Unabhängigkeit, eben die nationale.

Wir erörtern hier, was geschehen ist mit den Erziehungeseinrichtungen, die von christlichen Missionaren und Kolonisatoren errichtet wurden, nach der nationalen Unabhängigkeit. Welche neuen Strukturen und neuen Inhalte für die neuen Erziehungsinstitutionen sind nach dem letzten Wechsel der Herrschaft in Indien gesucht und gefunden worden, um den gewandelten Bedürfnissen der Gesellschaft gerecht zu werden? Die „Education Commission" (1964–1966) sagt uns, daß bis 1966 nichts geschehen ist.

*****

Die Überlieferung der langen Geschichte Indiens ist noch lückenhaft. Die Entstehung der Universität ist nicht genau datierbar. Neuere Ausgrabungen bezeugen eine fortgeschrittene Zivilisation vor weit mehr als 4000 Jahren, besonders im „Industalgebiet". Diese Ära der Zivilisation zeigt, daß sie sich einer entwickelten Technologie bedient hat. Die Vermittlung derer setzt institutionelle Organisationen voraus. Neben der praktischen Ausbildung des handwerklichen Könnens muß es auch verschiedene Arten der theoretischen Ausbildung gegeben haben. Im Gegensatz zum praktischen Teil der höheren Erziehung gibt es genaue Beschreibungen darüber, wie universelles Wissen über den materiellen Bereich vermittelt wurde. Es ist die Institution des „Guru", des Lehrers oder des „Professors", der Schüler in seinen „Ashram" (Schulsitz, Campus) aufnimmt und umfassend erzieht. Das Hauptgewicht dieser Erziehung liegt in der Philosophie. Daneben wird auch Wissen über Praxisbereiche vermittelt. Noch vor der Entstehung des „Buddhismus" hat es Zentren gegeben, wie Taksashila oder Benares, an denen Gurus zusammenkamen. Strukturell entsprechen diese Zentren Universitäten, in denen Schüler und Gurus etwa wie auf einem heutigen Campus zusammenlebten. „Etwa" deshalb, weil sie ihre Lebensmittel selbst produziert haben. In der buddhistischen Zeit wurden die buddhistischen Klöster zu Zentren der Wissensvermittlung, wie z. B. die Universität von Nalanda. Über die Universitäten dieser Zeit liegen auch zahlreiche Berichte ausländischer Gelehrter, insbesondere der chinesischen vor. Allein an der Universität von Nalanda sollen einige tausend Mönche gelehrt haben.

Es ist müßig, hier darüber zu spekulieren, wie die Veden, Upanishaden und Puranen, die philosophischen Grundlegungen der indischen Kultur, entstanden sind. Es wird überliefert, daß die alten Universitäten von der geistigen Kraft dieser Werke beherrscht worden sind. In diesen Büchern werden die unterschiedlichen Bereiche des Lebens zugleich als ein einheitlicher Vorgang betrachtet. Daraus ist die Konzeption der „Samsara" entwickelt. Sie beruht auf der Annahme, daß das sich in den verschiedenen Bereichen und Phasen darstellende Leben ein kontinuierlicher Prozeß ist, wobei der Tod Übergang von einer Phase oder Stufe zur anderen ist. Die höchste Stufe des Lebens hat der „Brahmane" erreicht, der sich auf jener Schwelle befindet, von der aus der ewige Kreislauf des Lebens verlassen werden kann, um mit dem Schöpfer, dem „Brahman", dem Allmächtigen, eins zu werden. Die verschiedenen Stufen und Phasen des Lebens werden durch die Lehre des „Karma" erklärt, wonach alle Taten, die schlechten und die guten, Einfluß auf das künftige Leben haben. Das Leben („Samsara") in diesem Kreislauf wird als eine Barriere gesehen, die daran hindert, mit dem Absoluten sofort eins zu werden. Wesentlichstes Ziel der Erziehung ist deshalb die persönliche Befreiung aus dem ewigen Kreislauf.

Diese Befreiung kann nicht durch die Flucht aus dem Leben erreicht werden, sondern durch die Erfüllung von sozialen Pflichten in „Ashrama" (aufeinander folgende Phasen des Lebens), die in der Lehre vom „Karma" beschrieben ist. Es ist allgemein akzeptiert, daß die Persönlichkeit sich nur durch ein alle Elemente der menschlichen Natur integrierendes Training entwickeln könne. Dieses Training legt Wert auf richtige und ausreichende Nahrung („Anna") als Voraussetzung für die gesunde physische Existenz. Gesundheit ist wiederum die Voraussetzung für geistige Tätigkeit. Durch Körpertraining und Beherrschung des Atems („Asana" und „Pranayama") wird das Leben („Prana") kontrolliert, und damit die fünf Sinne und die Motorik. Das Training sieht Übungen sowohl für die Entwicklung der niedrigeren Ebene des Geistes – der Leitung der fünf Sinne („Manas") – als auch für die Entwicklung des Intellekts, des höheren Geistes („Buddhi") vor.

Mit Erreichung dieser Ziele ist die höhere Erziehung noch keineswegs abgeschlossen, denn höchstes Ziel dieser Erziehung ist das Erleben von Poesie und Freude („Ananda"), das durch eine harmonische und geglückte Kontrolle und Beherrschung aller Teile sowie durch die Kontemplation über das Wahre, über das Schöne und über das Gute erreicht werden kann.

„Ashrama" teilt das Leben des Individuums in vier Abschnitte. Im 1. Abschnitt werden durch enthaltsames Leben („Brahmacharyya") und durch Lernen die Voraussetzungen für den 2. Abschnitt geschaffen. Der 2. Abschnitt ist für das aktive Leben in der Gesellschaft („Grihasta"), d. h. für das Leben als Haushaltsvorstand, als produktives Mitglied der Gesellschaft mit Erfüllung aller damit zusammenhängenden Verpflichtungen, vorgesehen. Von diesem Leben Abschied zu nehmen und mit den Meditationen zu beginnen fordert der 3. Abschnitt („Vanaprastha"). In diesem 3. Abschnitt zieht sich der Einzelne langsam als aktives und produktives Gesellschaftsmitglied zurück, um sich auf den 4. und letzten Abschnitt vorzubereiten. Im letzten Abschnitt („Sannyasa") nimmt das Individuum Abschied von der Familie. Es zieht sich völlig zurück, um das persönliche Heil zu verwirklichen. Dieses System der Vierteilung eines Lebens macht, trotz des Ziels der Befreiung vom Kreislauf zwischen Geburt und Tod und der höchsten Zielsetzung, dem Einswerden mit dem Absoluten, eine vorzeitige Befreiung aus der diesseitigen Welt unmöglich. Die drei ersten Ashramas müssen gelebt sein, d. h. jeder hat zunächst durch die Aneignung von Wissen und technischen Fertigkeiten die Grundlage zu schaffen, um ein produktives Mitglied der Gesellschaft zu sein, bevor es ihm erlaubt ist, sich von der aktiven und produktiven Rolle zurückzuziehen. Das Erfüllen der ersten drei Ashramas gewährt ihm die soziale Sicherheit, um sich im ausklingenden 3. und schließlich im 4. Abschnitt ganz der Erreichung des individuellen Heils zu widmen. Ein großer Gelehrter der Logik und der Finanzwissenschaft, Chanakya (etwa zwischen 322 bis 298 v. Chr.), hat in einem frei übersetzten Vers die Einrichtung des Ashrama so beschrieben: Wenn im ersten das Wissen nicht angeeignet wird, Reichtum nicht in dem zweiten, gute Eigenschaften nicht in dem dritten, was wird der Mensch während des vierten Abschnitts seines Lebens tun?

Diese Vielseitigkeit als das Prinzip der Erziehung wird auch in den 4 wichtigsten Zielen des Lebens manifestiert. Es sind: Reichtum („Artha"), der Genuß der Sinne („Kama"), die Aneignung von moralischen Tugenden („Dharma") und die Befreiung von Leiden und Gebundensein („Moksha"). Die soziale Verpflichtung des Individuums wird in der Konzeption der drei Verpflichtungen des einzelnen gegenüber der Gesellschaft deutlich. Es sind die Verpflichtungen gegenüber Brahma, den Weisen und den Vorvätern. Gegenüber Brahma durch die Erfüllung aller Pflichten, gegenüber den Weisen durch die Aneignung und die Weitervermittlung ihres Wissens und gegenüber den Vorvätern durch die Sicherstellung des Fortbestandes der Familie. Es versteht sich von selbst, daß je besser das Individuum diese

Verpflichtungen erfüllt, desto günstiger die Voraussetzungen für die Erreichung des eigenes Heils werden. Auf diese Weise entsteht eine Leistungsmotivation im gesellschaftlichen Reproduktionsprozeß, die einen Leistungswettkampf jeder gegen jeden ausschließt.

Alle diese Teile der gesellschaftsbeherrschenden Lebensphilosophie deuten schon die hohe Anforderungen an. Die Gurus akzeptieren nicht jeden der sich bei ihnen bewerbenden Schüler. Auch die Angehörigen der privilegierten Schichten müssen die gestellten Anforderungen erfüllen, um aufgenommen zu werden. Es sind Berichte darüber überliefert, daß die Gurus den Bewerbern Tests unterzogen haben. So schickte ein Guru einen Schüler in den Wald, um ihn nach seinen Herden von 400 Stück sehen zu lassen mit der Auflage, nicht zurückzukommen, bevor sich die Herde nicht auf 1000 Stück vermehrt hätte. Ein anderer Schüler wurde in die Felder geschickt, um für die richtige Bewässerung zu sorgen. Da ein Damm gebrochen war, mußte er solange draußen bleiben, bis nicht nur die Reparatur gelungen war. Diese an die Schüler gestellten Forderungen haben nicht nur den Sinn, den Erwerbsbetrieb des Gurus in Funktion zu halten. Sie waren als Tests gedacht, um den ernsten Respekt gegenüber dem Guru („Sradha") und die Ausdauer des Schülers („Tapash") herauszufinden. Diese beiden Tugenden gelten als Vorbedingung für ein erfolgreiches Eindringen in alle Bereiche des Wissens, einschließlich in die des esoterischen und des absoluten. Von Guru Narada (seine Lebensdaten sind nicht überliefert) wird berichtet, daß er einen Schüler solange nicht akzeptierte, bis er zufriedenstellend geprüft hatte, daß der Schüler bereits 19 säkulare Fächer beherrschte. Erst dann ließ er ihn zur höchsten spirituellen Erziehung zu. Während ihrer Ausbildung müssen die Studierenden für ihren Lebensunterhalt durch produktive Arbeit selbst sorgen. Sie müssen den Haushalt des Gurus führen und über viele technische Fertigkeiten verfügen, bis sie endlich zum Studium des Wesentlichen, der Veden und Upanishaden, zugelassen wurden.

Die Upanishaden unterteilen das Wissen in zwei große Kategorien, in „Para Vidya" und „Apara Vidya", das reine Wissen und das angewandte Wissen. Beide Bereiche sind wiederum in mehrere Kategorien unterteilt. Zum angewandten Wissen gehören auch solche Bereiche wie Kriegstechnik („Dhanur Veda"), Medizin („Ayur Veda") und Sexuallwissenschaft („Kama Sutra"). Alle angewandten Wissenschaften gehören zur Kategorie Apara Vidya. Ihnen wird ein geringerer Wert beigemessen als dem in die Kategorie Para Vidya eingeordneten esoterischen Wissen.

Zwei weitere Beispiele sollen noch verdeutlichen, welche Anforderungen an die Aspiranten für höhere Erziehung gestellt wurden. Im „Mahabharata" wird beschrieben, in welchen Bereichen sich ein Prinz auskennen muß, um sich als König zu qualifizieren. Er muß nicht nur seinen Körper ertüchtigen, mit den Waffen umgehen lernen, er muß auch die wichtigsten Schriften kennen. Neben dem physischen und dem intellektuellen Training muß er auch die Lehre von der Politik und der Moral beherrschen sowie gute Manieren haben. Es gibt keinen Bereich des Lebens, den er völlig vernachlässigen könnte. Daß nicht jeder Prinz ohne weiteres König werden konnte, dafür gibt es Beispiele. Auch sind Beispiele überliefert, daß Brahmanen, die sich nur mit der Vermittlung des esoterischen Wissens beschäftigen, durch Erlernen der entsprechenden Funktion Krieger oder Herrscher wurden und Angehörige der Kriegerschicht, Kshatriyas, durch Erwerben des esoterischen Wissens zu Brahmanen. Das bekannteste Beispiel dafür ist Buddha, der als Kshatriya geboren wurde und mit Erfolg die Schriften der Brahmanen lehrte.

Ein letztes Beispiel: Als Sankaracharyya in einem philosophischen Disput nach allgemeiner Auffassung über Kumarilbhatta siegt, protestiert die Frau des Kumarilbhatta mit dem Argument, der Sieg des Sankaracharyya sei solange nicht vollkommen, bis er auch sie besiegt habe. Sie stellt ihm dann einige Fragen aus dem Bereich der Sexualwissenschaft, die der Junggeselle Sankaracharyya nicht beantworten kann. Er erbittet sich Zeit, diese Wissenschaft zu studieren. Erst als er auch diese Fragen beantworten kann, wird er als Sieger über Kumarilbhatta akzeptiert.

Die Frage drängt sich auf, wie das ungegenständliche und allgemeine Wissen an den alten indischen Universitäten vermittelt und die alten Schriften in ihrer Reinheit gelehrt werden konnten ohne Lehrmaterial für die zahlreichen Studierenden. Die Technik auf präparierten Blättern zu schreiben, ließ hohe Auflagen nicht zu. Also mußten die Gurus die Texte solange wiederholen, bis jeder Schüler die Texte auswendig gelernt hatte. Um das Auswendiglernen zu erleichtern, waren die Texte in Versform geschrieben, so daß sie sich durch den Rhythmus besser in das Gedächtnis einprägten. Hier begegnen wir einen wesentlichen Aspekt der Technik der unverfälschten Wissensvermittlung.

Die Sprache der Veden und der Upanishaden ist Sanskrit. Die Grammatik ist umfangreich. Es steht nicht fest, wann Sanskrit gesprochen wurde. Sanskrit heißt wörtlich übersetzt „kultiviert sein". Die Vermutung liegt nahe, daß Sanskrit die Sprache der Kultivierten, der Gelehrten war. Daraus kann abgeleitet werden, daß das Studium dieser Sprache und von Fächern mittels dieser Sprache ein Privileg der „Kultivierten" gewesen ist, also derer, die es sich leisten konnten. Sie gehörten entweder zur herrschenden Schicht oder wurden von den herrschenden Schichten ausgesucht, um die bestehende Sozialordnung zu verfestigen.

Die alte indische Gesellschaft hatte eine vierteilige soziale Gliederung („Varna"): Varnas sind eine Gliederung entsprechend der gesellschaftlichen Funktionen. Diese wurde nicht vererbt. Sie wurde erworben. Diese Funktionen waren:

1. Die Beschäftigung mit der Philosophie und den Wissenschaften (Brahmanen),

2. die Beschäftigung mit dem Regieren, der Verteidigung und der Kriegs-
    führung, Aufrechterhaltung von Gesetz und Ordnung (Kshatriyas),
3. Beschäftigung mit dem Handel und der Produktion (Vaishas) und
4. die Dienstleistungsberufe (Sudras).

Die alte indische Gesellschaft hatte demnach die Form einer stufenför-
migen Pyramide ohne Spitze. Beispiele nicht nur aus dieser Zeit belegen,
daß ein Auf- oder Abstieg innerhalb dieses Gliederungssystems durch das
Erlernen der spezifischen Funktionen möglich war. Die einzelnen Funktio-
nen trugen naturgemäß entsprechendes Ansehen, das nicht an materiellem
Besitz gemessen wurde. Mit der Zeit hatten die einzelne Funktionen eine
Bandbreite je nach der Spezialisierung und Arbeitsteilung. Die
Grenzbereiche einzelner Funktionen gestaltete sich fließend. Auch die
Tendenzen der Vererbung von sozialen Ansehen und des Besitzes.
Ursprünglich waren jene Philosophen und Wissenschaftler ohne Reichtum
und Besitz die Brahmanen. Aber in Laufe der Geschichte haben immer
mehr Brahmanen Berufe ergriffen, die mit dem Ansammeln von Besitz und
Macht verbunden sind. Und sie haben ihr Ansehen vererbt. Wie sehr diese
Gruppe ihre Privilegien bewahrt hat, beweist die Tatsache, daß die meisten
höheren Posten im heutigen Indien von Brahmanen besetzt sind.

Das Gliederungssystem ist im Laufe der Zeit immer unübersichtlicher
geworden. Der Grieche Megasthenes hatte im 4. Jahrhundert v. Chr. von
einer Siebener-Gliederung gesprochen. Die arabischen Wissenschaftler
(etwa zwischen 900 bis 1100 n. Chr.) haben zahlreiche Berufe beschrieben,
ohne auf die soziale Gliederung einzugehen. Die Portugiesen im 16. Jahrhundert waren durch die Vielfalt der Berufsbezeichnungen verwirrt. Sie
haben nach einem Sammelbegriff für die soziale Gliederung gesucht. Mit
„Varna" konnten sie nichts anfangen. Ihre Sprache hatte einen Begriff, der
ihnen aus der Verwirrung half: „Casta". Dieser Begriff ist während der Kolonisation durchgesetzt worden. Heute sprechen wir alle – Inder wie nicht
Inder - von „Kaste" und von einem „Kastensystem". Es gibt kein Wort in
Sanskrit für Kaste. Das gesprochen Sanskrit hat sich über Prakrit, Pali,
Bengali, Hinusthani, Tamil, Telegu usw. verwandelt. Auch sie hatten kein
Wort für „Kaste", bis sie begannen, Übersetzungen aus europäischen
Sprachen für die Beschreibung des indischen sozialen Gliederungssystems
herzustellen.

Das ursprüngliche Gliederungssystem enthielt eine unvergleichliche
Besonderheit: Personen mit dem höchsten Ansehen und dem größten
Einfluß, die Brahmanen, hatten keinen Reichtum und Besitz. Aber sie
bestimmten die Erziehungspolitik und damit die Normen und Werte der
Gesellschaft. Ganz gewiß hat es in der damaligen indischen Gesellschaft
sichtbar ausgeprägte Klassen mit unterschiedlichen Privilegien gegeben.
Daß es dennoch zu keinem „Klassenkampf" gekommen ist, läßt sich wahr-
scheinlich auf die Lehre vom „Karma" zurückführen. Und auch auf die
Orientierung an das Lebensziel, sich von den Fesseln des Kreislaufs

zwischen Geburt und Tod zu lösen, von dem Leiden und der Verbundenheit mit der Welt zu befreien, mit dem Allmächtigen in Harmonie und Einheit aufzugehen, ohne dabei die Verpflichtungen in der diesseitigen Welt zu vernachlässigen. Diese Zielsetzung leitete die Absolventen der Universitäten, sich das Wissen anzueignen, ohne dabei ein materielles Ziel zu verfolgen.

Der durch die Umstände bedingte Zwang, die Texte auswendig zu lernen, bedeutete ursprünglich keineswegs, das Gelernte lediglich wiederholen zu können, ohne den Sinn des Gelernten zu begreifen. Das Lernen sah drei Stufen vor:

1. dem Lehrer zuhören (Sravana),
2. Verarbeitung und kritische Reflexion über das Gelernte (Manana) und
3. rationales Denken und Meditation (Nididhyasana).

Es gibt Beispiele von Gesprächen und Streitgesprächen in Gelehrtenversammlung. Auch Beispiele von ernsten Fragen von Schülern an den Guru. Beispiele von Streitgesprächen oder Diskussionen zwischen Lehrer und Schüler fehlen völlig. Möglicherweise ließ das Zulassungsverfahren und das auf den Guru fixierte Studium ein Streitgespräch zwischen Lehrer und Schüler nicht zu.

*****

Die Überlieferungen über die islamische Zeit sind überladen mit Geschichten von Raub- und Feldzügen. Dies erschwert es, eine einigermaßen zutreffende Beschreibung der Sozialstruktur Indiens im 7., 8. und 9. Jahrhundert zu erhalten. Aber die Raub- und Feldzüge können in Beziehung gesetzt werden zu den Bedingungen, unter denen sie möglich wurden. Solche Ableitungen können teilweise spekulativ werden. Gewiß, aber eine andere Möglichkeit, Lücken in mangelhaft überlieferter Geschichte zu füllen, ist nicht da. Die Prämisse ist, daß nur solche Ableitungen gemacht werden, die nicht in Widerspruch zu den bruchstückhaften Überlieferungen geraten.

Es fehlen Beschreibungen über den Zustand der indischen Gesellschaft und der Institutionen für höhere Erziehung um etwa 800 v. Chr. Fest steht, daß bereits ab dem 8. Jahrhundert regelmäßige Raubzüge der islamischen Heerführer von Mittelasien aus nach Indien unternommen wurden. Die indischen Herrscher haben trotz ihrer überlieferten Wissenschaft der Kriegsführung diese Raubzüge nicht verhindert bzw. verhindern können. Der Vorteil der Überraschung greift insofern nicht, weil die Raubzüge regelmäßig stattgefunden haben. Daß die muslimischen Eindringlinge bessere Strategen und versiertere Krieger gewesen seien, greift deshalb nicht, weil dann Berichte über Niederlagen hätten vorliegen müssen. Berichte über Kämpfe liegen über den Zeitraum nach der Etablierung der islamischen Herrschaft in Indien vor.

Es ist nicht weniger verwunderlich, daß trotz der schwierigen Logistik immer wieder Raubzüge erfolgreich durchgeführt werden konnten. Die Eindringlinge konnten ihren Weg nur durch zwei oder drei Pässe nehmen. Davor hatten sie bereits einen beschwerlichen Weg zurückgelegt. Sie können auch nicht sehr zahlreich gewesen sein, bedenkt man die Schwierigkeit der Verpflegung und die Unwirtlichkeit der Strecke, die kaum Gelegenheit zur Beschaffung neuer Vorräte bot. Wahrscheinlich befand sich die indische Gesellschaft während dieser Zeit in einem desolaten Zustand, einem Zustand, der keine Bereitschaft aufkommen ließ, das eigene Wirtschaftsgebiet und die erwirtschafteten Güter vor Eindringlingen zu schützen.

Wie schon erwähnt, entwickelte sich die ursprünglich berufsorientierte viergliedrige Gesellschaftsordnung zu einem breitgefächerten Klassensystem. Die Erziehungsziele der alten Universitäten waren nicht geeignet, diese Entwicklung aufzuhalten. Warum das Leben riskieren, um Reichtümer zu verteidigen? Außerdem überliefert die alte Literatur keine kriegerische Auseinandersetzung um den Besitz von Reichtum. Die beiden epischen Werke, Ramayana und Mahabharata, überliefern nur die Beschreibung von Kriegen zur Erhaltung des Guten und zur Vernichtung des Bösen.

Denkbar ist es auch, daß mit dem Verfall alter Werte, die Verteilung von verteilbaren Güter immer ungleicher geworden war. Die Raubzüge richteten sich nicht gegen die „Habenichtse". Wenn ein „Wir-Gefühl" nicht da ist, gibt es auch keine „Fremden". Die Situation änderte sich im 11. Jahrhundert, als Eindringlinge mit einer genial einfachen Idee einfielen: sich die Logistik zu sparen, nicht mehr mit der Beute allein zufrieden zu sein, sondern das Land zu erobern und sich als die neuen Herren zu etablieren.

Bemerkenswert bleibt, daß trotz eines desolaten Zustandes der indischen Gesellschaft diese immer noch materiell in der Lage war, soviel zu produzieren, daß Fremden Raubzüge lohnend waren. Wäre das nicht der Fall gewesen, hätten die Raubzüge nicht stattgefunden. Eine Gesellschaft, die im Überfluß produziert, muß Einrichtungen haben, die das technische Know-how, das Wissen über Produktionsverfahren, weitergeben und durch die Entwicklung und Fortentwicklung der Wissenschaft die Voraussetzung für Innovationen im Bereich der wirtschaftlichen Reproduktion schaffen. Ferner kann angenommen werden, daß die Unterdrückung und Ausbeutung noch nicht als völlig unerträglich empfunden worden waren. Es gibt auch keinerlei Überlieferung darüber, daß die besitzende Klasse Rechtfertigungsideologien je hätte erfinden müssen.

Spätestens nach dem Entschluß der Eindringlinge, sich in dem eroberten Gebiet festzusetzen und von einzelnen Stützpunkten aus weitere Raubzüge zu unternehmen, hätte das innerhalb der besitzenden Klasse zu einer kollektiven Verteidigungsbereitschaft führen müssen. Auch die Führer der geistigen Welt sahen sich nicht veranlaßt, ihren traditionellen Einfluß auf die Einigung der „Kshatrias" (Kriegerstämme) gegen die Eindringlinge einzusetzen. Aus der Optik der geistigen Würdenträger mußten diese Eindringlinge als das Ebenbild des Bösen erschienen sein, da diese sich nicht damit begnügten, nur Besitz zu ergreifen, sondern auch dazu übergingen, den

Islam, mehr oder weniger gewaltsam, auszubreiten. Der Einfluß des traditionellen kriegerischen Kampfgeistes zur Überwindung des Bösen, wie es in den überlieferten Epen Ramayana und Mahabharata dokumentiert ist, wurde nicht wirksam.

Die schwierige Logistik über die große Distanz von Mittelasien bis zum Industal ist bereits erwähnt. Als aber die Eindringlinge den Entschluß faßten, statt das reiche Indien auszurauben, es zu erobern und dort zu bleiben, mußte der Feldzug sorgfältig, umsichtig und weit vorausschauend geplant und durchgeführt werden. In ein Gebiet einzufallen, ist eine Sache; sich in einem Gebiet zu etablieren, d. h. das Gebiet unter Kontrolle zu bringen und zu halten, eine andere. Einmal mußte sichergestellt werden, daß alle nahen Angehörigen in diesem Feldzug mitgebracht werden konnten, zweitens mußte sichergestellt werden, daß die nachkommenden Generationen auch in der neuen Umgebung in der eigenen Tradition und Kultur sozialisiert werden konnten, drittens war zu gewährleisten, daß auch religiöse Riten in der neuen Umgebung verrichtet werden konnten, viertens mußte vorausschauend schon die Ausübung der Kontrolle über das besetzte Gebiet geplant werden.

Im Gegensatz zur strategischen Planung eines solchen Feldzuges verlangte die Lösung des vierten Problems eine politische Perspektive. Die gesamte Einheit war ohnehin wesentlich größer als bei Raubzügen üblich. Hinzu kommt noch, daß im Vergleich zur Rekrutierung für Raubzüge, bei denen im Falle des Überlebens die Sicherheit der Rückkehr in die Heimat besteht, die Rekrutierung für eine permanente Ansiedlung in einem von der Heimat weit entfernten Gebiet wesentlich schwieriger war. So waren die Heerführer von vornherein gezwungen, sich Gedanken darüber zu machen, wie die zahlenmäßige Unterlegenheit in einer feindlichen Umwelt auszugleichen wäre.

Die politische Lösung, die sie fanden, war genial. Und sie ist im Laufe der Geschichte, unabhängig von gegenseitiger Kommunikation, an vielen Orten und von vielen angewandt worden. Das Instrument war die Konvertierung der Bevölkerung des besetzten Gebietes. Diese Konvertierung mußte geplant werden, da sie eine größere Zahl von Priestern notwendig machte und diese aus dem Ursprungsgebiet mitgebracht werden mußten. Es müßte auch sichergestellt werden, daß nach der Konvertierung dieser Teil nicht nur nicht mehr kontrolliert zu werden brauchte, sondern auch für die Kontrolle der übrigen Bevölkerungsteile eingesetzt werden konnte. Voraussetzung dafür war, daß die Konvertierung nicht nur durch Gewalt geschah, sondern dafür Individuen und Gruppen identifiziert wurden, deren gesellschaftliche Situation sie für eine erfolgreiche Konvertierung prädestinierte. So geschah es auch.

Daraus kann abgeleitet werden, daß nicht alle Teile der Bevölkerung in die damalige indische Gesellschaft in befriedigender Weise integriert waren. Ferner kann abgeleitet werden, daß die Unterdrückung und Ausbeutung doch ein Ausmaß erreicht haben mußte, das nicht für eine Revolte ausreichte, wohl aber für die Unterdrückten Anlaß genug war, ihre Lage auf dem Wege der Konvertierung zu verbessern, d. h. sich von neuen Herrschern beherrschen zu lassen, um der Macht der alten zu entkommen. Ohne diese gesellschaftliche Voraussetzung ist nicht zu erklären, daß es den Eindringlingen tatsächlich sehr schnell gelang, wesentliche Teile der unteren Schichten und auch vereinzelt Angehörige der Oberschichten ohne Anwendung von Gewalt zu konvertieren und so ihre Herrschaft zu konsolidieren. Zwei weitere Faktoren begünstigten die Konvertierung ohne Gewalt. Die Konvertierten wurden wirtschaftlich besser gestellt. Und zweitens, durch das Wesen des Islams, daß alle Muslime vor Gott gleichgestellt sind. Darüber hinaus waren die neuen Herren zugleich gezwungen, Voraussetzungen für eine die eigene Herrschaft erhaltende Ausbildung dieser kollaborienden Klasse zu schaffen. Noch ein Hinweis auf einen desolaten Zustand der damaligen indischen Gesellschaft ist auch, daß während der gesamten Periode der islamischen Herrschaft keine nennenswerten philosophischen und wissenschaftlichen Ideen alter Tradition hervorgebracht wurden. Es ist wahrscheinlich, daß die alte indische Universität zu dieser Zeit nicht mehr funktionsfähig war.

*****

Die Herrschaft unter dem Einfluß des Islam etablierte sich fortschreitend und breitete sich bereits vor der Moguldynastie in ganz Nord-, Nordwestindien sowie in Teilen Südindiens aus. Da sich die Interessen der neuen Herrscher fundamental von denen der alten unterschieden, waren sie gezwungen, schnell Einrichtungen der Erziehung und Ausbildung nicht nur für die eigenen Angehörigen und deren Nachkommen, sondern auch für die Konvertierten und deren Nachkommen zu errichten. Die alten Einrichtungen der Erziehung und Ausbildung, auch ob ihres schlechten Zustandes, waren es den neuen Herrscher nicht einmal wert, zerschlagen zu werden. Die alten Universitäten stellten keine Gefahr dar. Die Brahmanen beschränkten sich – mit Ausnahme einiger weniger Gelehrter, die es erstaunlicherweise vereinzelt in der Form des Gurus noch heute gibt – auf das Auswendiglernen der Texte und deren Weitergabe an die nachfolgende Generation. Kritische Reflexion, ja, sogar das Verständnis dieser Texte, wurde vernachlässigt. Dieser Aspekt ist insofern wichtig, als daß nicht nur der Mangel an technischen Möglichkeiten, die das Auswendiglernen hätten ersparen können, sondern auch die politische Gegebenheit, nämlich die der Fremdherrschaft und der fremden Sprache, das Auswendiglernen zu einem so wichtigen Faktor werden ließen.

Die neuen Herrscher legten es nicht darauf an, alle bzw. möglichst viele zu konvertieren, wie es z. B. in Europa bei der Verbreitung des Christentums der Fall war, sondern sich auf eine Konvertierung in dem Maß zu beschränkten, wie dies zur Konsolidierung der Herrschaft als notwendig erachtet wurde. Die Eroberung Indiens durch diese Muslime war nicht inspiriert durch die Ideologie der Verbreitung des Islams. Die Eroberung wurde nachträglich mit missionarischen Argumenten gerechtfertigt. Die Konvertierung wurde einzig und allein als ein Instrument zur Konsolidierung der Herrschaft im eroberten Gebiet betrachtet.

Daraus folgte, daß die Nichtkonvertierten einerseits in ihrem geistigen und kulturellen Bereich, soweit sie diesen begriffen und die Werte und Normen internalisiert hatten, belassen wurden, andererseits waren sie, um ihre materielle Grundlage zu sichern, gezwungen, Werte und Normen der fremden Herren soweit zu kennen und zu respektieren, daß sie auch unter diesen ein Auskommen finden konnten. Dies bedeutete nicht nur das Erlernen und die teilweise Anpassung an neue Werte, sondern auch das Erlernen der Sprache der Eroberer, Persisch, und auch der Sprache des Koran, Arabisch. So hatte der nichtkonvertierte Teil der indischen Gesellschaft außerhalb seines noch parallel existierenden Kulturbereiches mit zwei fremden Sprache auszukommen und innerhalb seines Kulturbereiches, insbesondere innerhalb der Familie, mit der eigenen Sprache. Da eine Sprache stets bestimmte kulturelle Inhalte trägt und die Benutzung der Sprache auch gleichzeitig kulturelle Werte vermittelt, wurde bei der Errichtung dieser Fremdherrschaft schon der Grundstein für eine Entwicklung vieler Inder zu einer in sich widerspruchsvollen Persönlichkeit gelegt.

Dies trifft auch auf die heutige Mehrheit der indischen Bevölkerung zu und auch für die Minderheit, die durch die Konvertierung im System der Fremdherrschaft einen sozialen Aufstieg erfuhr. Der Mechanismus war für diese Gruppe der gleiche. Die Konvertierten verpflichteten sich, sich mit der religiösen Schrift auseinanderzusetzen, und das in klassischem Arabisch. Arabisch war nicht nur für die Konvertierten eine fremde Sprache, sondern aller Wahrscheinlichkeit nach auch für die religiösen Lehrer selbst. Die Beschäftigung mit dem Koran beschränkte sich zwangsläufig auf das Auswendiglernen der Texte. Der Lehrer erklärte den Inhalt des Textes, soweit er den Sinn selbst begriffen hatte, in einer fremden Sprache. Das Erlernen der persischen Sprache war, für die Konvertierten eine schwierige Aufgabe, weil die in der Regel aus den unteren Schichten rekrutierten Konvertierten im Lernen wenig geübt waren.

Die Behauptung, daß die Aufgabe für den konvertierten Teil der Bevölkerung nicht leichter war als für den nicht konvertierten, wird gestützt durch die Tatsache, daß sich trotz der fast 700jährigen Herrschaft von Angehörigen des Islam nicht einmal im Zentrum ihrer Herrschaft, in Nordindien, insbesondere in Delhi, Persisch als Sprache der Herrscher durchsetzte. Es entstand vielmehr eine neue Sprache, indem die lokale Sprache arabische und persische Wörter in sich aufnahm. Bemerkenswert ist, daß alle Verträge und gerichtlichen Entscheidungen in persisch abgefaßt wurden, diese Sprache aber nicht gesprochen wurde. Die gesprochene Sprache und auch die der Literatur wurde Urdu, dessen Hauptbestandteil Sanskrit ist und das einige nicht so wesentliche Teile aus der persischen und arabischen Sprache enthält.

Durch das Fehlen einer Rechtfertigungsideologie für die Konvertierung und durch den fast ausschließlich instrumentalen Gesichtspunkt der Konvertierung entstand unabhängig von der Funktion der Konvertierten in dem System zwischen den fremden Herrschern und deren Kollaborateuren eine unüberbrückbare Kluft. Die fremden Herrscher waren von ihrer eigenen Überlegenheit überzeugt und sich bewußt, daß die Konvertierung ein notwendiges Übel zur Erhaltung der eigenen Macht gewesen war. Sie betrachteten die Einheimischen trotz ihrer Konvertierung keineswegs als ihresgleichen. Dies ließen sie die Konvertierten dadurch spüren, daß sie informelle soziale Kontakte mit ihnen vermieden und auch Heiraten mit ihnen faktisch ausgeschlossen waren. Die Konvertierten mußte dies um so härter treffen, als im Laufe der Verfestigung der Machtbasis die herrschenden Gruppen eher Heiraten mit Nichtkonvertierten zustimmten, wenn dies aus politischen Überlegungen notwendig erschien, als einer Heirat mit einer konvertierten Person, und dies trotz der religiösen Gleichstellung aller im Islam.

Der konvertierte Teil der Bevölkerung sorgte für die Konsolidierung der Machtbasis. Es entwickelte sich zu keiner Zeit zwischen ihm und den neuen Herren eine nennenswerte soziale und kulturelle Beziehung. Sie wurde als niedrigere Klasse betrachtet, obwohl sie aufgrund ihrer Dienste für die neue Herrscher ihre wirtschaftliche und auch ihre Machtsituation wesentlich verbessern konnten. So entstand für diese Gruppe eine merkwürdige Konstellation. Von der Mehrheit der Bevölkerung wurde sie verachtet, weil sie sich hatte konvertieren lassen, weil ihre Angehörigen aus niedrigen sozialen Stand kamen und vielleicht auch, weil man sie wegen ihrer wirtschaftlichen Besserstellung beneidete. Und die neuen Herren schlossen sich dieser Verachtung an, weil auch sie all diese Gründe kannten. Durch diese Isolierung wurde die Eingliederung in die Kultur der Herrschenden unterbrochen. Praktisch befanden sich die Konvertierten nur mit einem Bein in der fremden Kultur, mit dem anderen Bein blieben sie in ihrem ursprünglichen soziokulturellen Bereich, von dem sie fortan aber als Überläufer abgelehnt wurden.

Daß zum Islam konvertierte Inder bis zum heutigen Tag in ihrem alten Kulturbereich zu Hause sind, beweist die Tatsache, daß sie trotz der neuen religiösen Gleichheit im Islam durch die Jahrhunderte hindurch das alte soziale Gliederungssystem (Kastensystem) beibehalten haben. Die alte soziale Hierarchie besteht unverändert fort. In der Regel auch die alte endogamische Struktur der Heirat, das Heiraten innerhalb des eigenen sozialen Standes auch nach der Konvertierung.

Der kulturelle Einfluß islamischer Herrschaft auf die indische Gesellschaft hatte nicht die Wirkung, wie sie eine jahrhundertelange Fremdherrschaft hätte haben können. Die Fortentwicklung der einheimischen Kultur wurde unter islamischer Herrschaft gebremst, aber die Durchsetzung der fremden Kultur zeigte keine Breitenwirkung. Praktisch existierten beide Kulturen parallel nebeneinander, und beide waren aufgrund der eben beschriebenen Mechanismen nicht dynamisch. Eine gegenseitige Beeinflussung durch Auseinandersetzung fand nicht statt.

Die neuen Herrscher gründeten ihre eigenen Erziehungsinstitutionen mit der Errichtung ihrer Moscheen. Die religiösen Lehrer übernahmen die Erziehung. In den neuen Institutionen „Maktabs" und „Madrassas" wurde Grund- und höheres Wissen in technischen Fächern vermittelt. Das Hauptgewicht lag auf der Ausbildung von Beamten für die Verwaltung, von Offizieren für das Heer, von Architekten usw. Diese Schulen und höheren Schulen standen eigentlich allen offen. Nordindien ist heute noch geprägt von dem eindeutig großartigen Bauwerken der Moslemkultur. Die neuen Herrscher neigten dazu, ihre Größe in entsprechend großen Bauten zu manifestieren, so daß die bis dahin übliche Vermittlung des handwerklichen Wissens von einer Generation zur anderen nicht mehr ausreichte. Sie errichteten in der Nähe der Paläste Werkstätten, in denen auch systematische Ausbildung stattfand. Auch diese Einrichtungen standen eigentlich allen offen. Aber die überwiegende Mehrheit der Schüler waren Muslime. Bis heute ist der handwerkliche Bereich überwiegend in der Hand von Muslimen geblieben.

Das vorrangige Interesse für Technologie hatte zur Folge, daß während der Moslemzeit keine nennenswerten geisteswissenschaftlichen Entwicklungen stattfanden. So blieb die überlieferte indische Philosophie der Erziehung ohne fremden Einfluß. Anders verhielt sich das im Bereich der Kunst. Alle islamischen Herrscher legten Wert auf Literatur, Musik und Tanz und obwohl diese Künste und ihr Genuß vom Koran untersagt werden, wirkten am Hofe der Moslemherrscher hervorragende Künstler. Auf diesen Gebieten scheint ein kultureller Austausch stattgefunden zu haben, denn in der Wissenschaft der Komposition – Raga und Ragini – wurden die Moslems wahre Meister, obwohl diese Musikwissenschaft ihren Ursprung in der vedischen Kultur hat.

Die neuen Herrscher zeigten wahrnehmbares Interesse an den alten Wissenschaften der Astronomie und Astrologie, um über die Zukunft Bescheid zu wissen. Dieser Bereich der Wissenschaft ist auch während der Moguldynastie in großer Breite praktiziert worden. Maharaja Jai Singh hielt sich von allen Auseinandersetzungen gegen die Mogulherrscher fern und baute in seiner Hauptstadt Jaipur astronomische und astrologische Meßinstrumente aus Marmor, zur genauen Bestimmung der Positionen der Sternbilder, die heute noch internationale Anerkennung und Bewunderung finden. Die Schatten dieser Gebilde geben den Grad der Bewegung der Sternbilder an und sind an Präzision heute benutzten Instrumenten ebenbürtig.

Auf dem Höhepunkt der Moguldynastie gab es zum ersten Mal einen Ansatz eines Austausches zwischen den beiden unterschiedlichen Kulturen, nämlich in der Zeit von Akbar dem Großen. Ihm wird zwar nachgesagt, er sei Analphabet gewesen, dennoch war er es, der eine Konzeption des Synkretismus entwickelte und sich bemühte, die beiden Geisteswelten zusammenzuführen und ihnen dadurch zu einer neuen Entwicklung zu verhelfen. In seiner Zeit wurde auch die Diskriminierung der Majorität weitgehend abgebaut und ihre Angehörigen wurden mit höheren Militär- und Verwaltungsaufgaben betraut. Akbars berühmtester Feldherr war ein Nichtmuslime, Raja Man Singh, der seine Kriege gegen rebellierende indischen Fürsten ausnahmslos siegreich führte.

Auch vor Akbar hatte die alte Aristrokrtie nach anfänglichem Zögern den neuen Herrschern geholfen, ihre Herrschaft zu stabilisieren. Es kam zu einem *modus vivendi* in dem Sinne, daß die neuen Herrscher ihre Macht praktisch auf der Grundlage der traditionellen Sozialstruktur errichteten und dadurch an Stabilität gewannen. Wie in der alten Zeit, so waren auch während dieser Periode die Geistlichen bzw. die Priester die für die höhere Erziehung Zuständigen, was die Autorität der Lehrer doppelt sicherte, nämlich durch die Autorität des Wissens und durch die Funktionen im religiösen Bereich. Während der islamischen Epoche erfuhr die alte Tradi- tion des Lehrer-Schüler-Verhältnisses so eine Verstärkung. Dadurch, daß der Unterricht in persisch erteilt wurde – nur die heiligen Texte des Koran wurden in klassischem Arabisch gelesen –, verstärkte die alte indische Tradition des Auswendiglernens.

Während dieser Epoche ging nur ein wesentlicher Aspekt der vedischen Tradition der höheren Erziehung verloren, nämlich die Zweitrangigkeit des Materiellen im Vergleich zum Immateriellen. Besitz und Reichtum bedeute- ten Macht und Einfluß im neuen Herrschaftssystem. Höhere Erziehung war ein Privileg sehr weniger, und die soziale Gliederung veränderte sich nur insofern, als daß die Pyramide nun eine Spitze erhielt.

*****

Die Berührung der indischen Geisteswelt mit Europa hat spätestens mit Alexander dem Großen begonnen. Seine Kraft reicht nicht zur Besetzung Indiens. Danach kommt Megasthenes als Gesandter zum damaligen von Chandra Gupta aus der Dynastie der Maurya (324–302 v. Chr.) regierten Indien. Zur gleichen Zeit haben auch Handelskontakte zwischen Rom und Indien bestanden. Diese Berührungen bringen in den Erziehungsidealen Indiens keine nachweisbaren Veränderungen. Aber ab dem 16. Jahrhundert jedoch begeistern sich indische Gelehrte für die abendländische Kultur. Was war geschehen?

Die Etablierung der christlichen Kirche, Christentum als Staatsreligion und die Ausbreitung des Christentums nach Eroberungen verändern die europäische Geisteswelt grundlegend. Die Eroberungen hatten das Ziel, sich den Reichtum des eroberten Landes anzueignen; Christianisierung war

434

das Manipulationsmittel, das kämpfende Fußvolk durch die Ideologie der Verbreitung des wahren Glaubens zum Kämpfen bereit zu machen und es später davon abzuhalten, einen gerechten Teil der Beute zu fordern. Die europäische Geschichte ist reich an Geschichten über Eroberungen und Plünderungen bei und nach der Ausbreitung des Christentums. Um die Mentalität und die Rechtfertigungsideologie der Europäer zu verstehen, die seit dem 16. Jahrhundert sporadisch und seit dem 18. Jahrhundert dominierend nicht nur die Geschichte Indiens entscheidend beeinflussen, ist ein Blick in die Wirtschaftsgeschichte Europas nützlich.

Erst setzen sich Edelmetalle als Zahlungsmittel durch. Der Preis von Silber sinkt 900 v. Chr. schnell, als die Silbergewinnung durch Eisenwerkzeug rationalisiert wird, wie Friedrich Heichelheim 1938 in seinem in Leiden veröffentlichten Buch, „Wirtschaftsgeschichte des Altertums" aufgezeigt hat (S. 202–204). Die Feldzüge von Alexander dem Großen haben Raub- und Eroberungsmotive wie die anderer Feldherren auch. Er beraubt Persien und brachte eine große Menge an Gold und Silber nach Europa, was wiederum zu einem Preisverfall der Edelmetalle führt (S. 421).

Im 2. Jahrhundert nach Chr. steigt der Preis für Edelmetalle. Der Preis für Arbeitssklaven auch, aber ihre Arbeitsleistung dagegen sinkt. Zahlreiche Minen müssen schließen. Hinzu kommt noch der Abfluß der geplünderten Edelmetalle durch Handel in den Orient, vorzugsweise nach Indien (S. 684–686). Der Höhepunkt dieses Prozesses fällt etwa in die Zeit zwischen dem 8. und 11. Jahrhundert. Der 1. Kreuzzug beginnt 1096. Die Kreuzzüge werden im allgemeinen als Versuch der Befreiung der heiligen Stätten aus der Gewalt der Ungläubigen gerechtfertigt. Daß die Kreuzzüge kaum anders denn als Raubzüge zu bewerten sind, dafür gibt es eine Fülle von Belegen. Der Zusammenhang zwischen Eroberungen und Wirtschaftsverhältnissen arbeitet Ernest Mandel 1968 in seinem Buch „Marxistische Wirtschaftstheorie" (S.110) trefflich aus: *Das Aufkommen einer autochthonen Klasse von Händlern im Schoße einer Naturalwirtschaft setzt eine ursprüngliche Akkumulation von Geld-Kapital voraus. Dies hat zwei Hauptquellen: den Raub und die Plünderung einerseits; die Aneignung eines Teils des landschaftlichen Mehrproduktes oder selbst des notwendigen Produkts der Bauern andererseits.*

Durch Streifzüge auf ausländischem Gebiet, auch durch Raub und Piraterie, raffen die Handels-Seefahrer ihr kleines Anfangskapital zusammen. Seit jeher hat sich der Seehandel mit der Piraterie verbunden. Professor Takekoshi zufolge wurde der erste Zustrom von Geld-Kapital nach Japan (15. und 16. Jahrhundert) von den Piraten, die Ihr Unwesen an der chinesischen und der koreanischen Küste trieben, zuwege gebracht.

Die Akkumulation des Geld-Kapitals der italienischen Kaufleute, die das europäische Wirtschaftsleben vom 11. bis zum 15. Jahrhundert beherrschten, rührt unmittelbar von den Kreuzzügen her, die nichts anders als ein gewaltiger Raubzug waren. Wir wissen z. B. wie die Genueser den Kreuzfahrern im Jahre 1101 halfen, den palästinensischen Hafen Cäsarea zu erobern und auszuplün-

dern. Sie erhielten reiche Beute für ihre Offiziere und belohnten die Schiffsinhaber mit 15 % des eroberten Gutes. Was von dieser Beute übrig blieb, verteilten sie unter den 8000 Seeleuten und Soldaten; jeder erhielt 48 Solidi und ein Pfund Pfeffer. Jeder von ihnen wurde so zu einem kleinen Kapitalisten.

Der mittelalterliche Chronist Geoffroi de Villehardouin überliefert uns die Antwort, die die venezianischen Dogen auf das Hilfegesuch der abendländischen Edelleute für den 4. Kreuzzug (1202) gegeben haben: ‚Wir werden Huissiers (Schiffe zum Pferdetransport) stellen, um 4500 Pferde und 9000 Knappen zu transportieren, sowie die Schiffe für die Überfahrt von 4500 Rittern und 20000 Fußknechten.

Wir verpflichten uns, für all diese Pferde und Leute während neun Monaten die Nahrung zu liefern. Das wird das Minimum dessen sein, was wir zu tun gedenken; und ihr zahlt uns 4 Mark je Pferd und 2 Mark je Mann. Die von Euch zu zahlende Summe beläuft sich somit auf 85000 Mark. Wir werden darüber hinaus noch folgendes leisten: wir werden 50 Galeeren aus Liebe zu Gott beisteuern, wenn darin übereingestimmt wird, daß – solange dieser Vertrag besteht – wir die Hälfte (und ihr die andere) aller zu Wasser und zu Lande gemachten Eroberungen erhalten werden.‘

Später, im 15. und 16. Jahrhundert, entspringt die ursprüngliche Akkumulation des Geld-Kapitals der portugiesischen, spanischen, holländischen und englischen Kaufleute genau der gleichen Quelle.“

Diese Erfahrung und das Wissen über den Reichtum Indiens bringt die Kaufleute auf die Idee, nach einem Seeweg nach Indien zu suchen. Der Landweg war durch die Osmanen gesperrt. Die Kaufleute kommen dabei auf eine Idee, die nicht von geringerer Bedeutung gewesen ist als die, die gefangenen Feinde nicht mehr zu töten, sondern als Sklaven nutzbringend einzusetzen. Statt der früheren Raubzüge richten sie nun auch „Handelsstützpunkte“ ein. Erst Küstengebiete erobern, ausrauben, von dort aus den Handel zum eigenen Vorteil monopolisieren, durch Raubzüge ins Landesinnere zum langfristigen Gewinn kommen und schließlich das ganze Land in Besitz nehmen.

Nach der Entdeckung des Seeweges nach Indien durch Vasco da Gama 1497/98 führen bis Ende des 18. Jahrhunderts mehrere europäische Nationen einen Zweifrontenkrieg um das Handelsmonopol. Die als erste an der indischen Küste etablierten Portugiesen müssen ihr Handelsmonopol gegen die Franzosen und Engländer verteidigen, gleichzeitig müssen alle drei gegen die Moguldynastie und andere indische Fürsten kämpfen. Ende des 18. Jahrhunderts bleibt England Sieger und errichtet die zweite Fremdherrschaft über Indien. Über die enge Zusammenarbeit des Handels mit dem herrschenden Adel hat der Brite W. R. Scott 1912 berichtet.

Um 1550 herrscht in England ein großer Mangel an Kapital, der durch die erfolgreichen Piratenunternehmen gegen die spanische Flotte behoben wird. An diesen als Aktiengesellschaften organisierten Piratenunternehmen war die Königin Elisabeth beteiligt. Über die Haltung der Kirche zu diesen Eroberungen berichten Hauser und Renaudot 1946 (S. 645) in der Schilderung der zweiten Reise Vasco da Gamas (1502–1503): *„Es war eine Art Kreuzzug der Pfefferhändler, der Nelken- und Zimthändler. Er zeichnete sich durch schreckliche Grausamkeit aus; gegen die verabscheuten Muselmanen, die der Lusitanier überraschenderweise am Ende der Welt antraf, nachdem er sie aus Algarbien getrieben und auf berberischem Boden bekämpft hatte, war anscheinend jedes Mittel erlaubt. Brandstiftung und Massaker, die Zerstörung der Städte, das Verbrennen von Schiffen samt ihren Besatzungen, das Abschlachten von Gefangenen, deren Hände, Nasen und Ohren zum Spott an die barbarischen Könige geschickt wurden, das waren die Heldentaten des Ritters Christi; nur einen auf die gleiche Weise verstümmelten Brahmanen ließ er am Leben, weil er dazu bestimmt war, den Herrschern des Ortes die Zeichen des schrecklichen Sieges zu überbringen."*

Trotz dieser Wirtschaftsgeschichte wird in der Fachliteratur im allgemeinen die Meinung vertreten, die katholischen kolonialen Eindringlinge hätten sich ausschließlich von der Idee leiten lassen, den Heiden das Christentum zu bringen, wie auch von Humayun Kabir in seinem bereits erwähnten Buch auf Seite 193: *„Die Portugiesen versuchten, in Indien ein Imperium aufzubauen, und, weil sie große Bekehrer waren, die Menschen in ihren Territorien zu christianisieren. Gerade ihre Aggressivität ließ sie dabei scheitern, und als die portugisische Macht in Europa geschwächt wurde, verloren sie auch ihre dominierende Position in Asien. Der Einfluß ihrer Politik der Bekehrung zum Christentum und ihre Einführung der westlichen Erziehung hat jedoch Zeichen hinterlassen, die heute noch an der Westküste Indiens zu finden sind."*

In seinem Buch „Asian Drama" (Penguin Press 1968, S.1632–1637) hebt auch der schwedische Sozialwissenschaftler und Ökonom Gunner Myrdal das besondere Anliegen der katholischen Kolonialländer Spanien und Portugal hervor, mit der Missionierung auch vordringlich die westliche Erziehung in den besetzten Gebieten einzuführen: *„Im Gegensatz zu protestantischen Mächten, den Niederländern und England, die später auf der Szene erschienen, hatten sie (Portugal und Spanien) von Anfang an eine geplante Erziehungspolitik. Der Intention nach, aber noch mehr in der Ausführung, war diese Politik kirchlich und geistlich (ekklesisch); der Staat und die zivilen Autoritäten erkennen die Vorrangigkeit der Kirche in diesem Feld an und ihre Pflicht, diese Arbeit zu fördern und zu unterstützen. Päpstliche Bullen definieren vom Beginn der kolonialen Ära des 16. Jahrhunderts an die geographische Sphäre des Einflusses, in denen diese beiden katholischen Mächte angewiesen wurden, ihre Aktivitäten zu verstärken und die Heiden zum christlichen Glauben zu bekehren. Wichtig ist, daß diese Pflicht interpretiert wurde als zur Erziehung der Menschen notwendig – eine Politik, die kaum notwendig erschienen wäre, wenn politische Macht oder kommerzielle und fiskalische Ausbeutung das Hauptziel gewesen wären."*

Noch 1968 behauptet Gunner Myrdal in seinem epischen Werk von über 3000 Seiten, daß die protestantischen Kolonisatoren nur an ihrem Geschäft interessiert gewesen wären. Er behauptet, daß protestantische Missionare oft ohne viel Hilfe der Kolonisatoren, ja, sogar oft gegen deren erklärten

Willen versucht haben, die Aufgabe der Verbreitung der Erziehung durchzusetzen. *„Tatsächlich konnten die Missionare, die den Drang fühlten und entsprechend handelten, bestenfalls auf ein wohlwollendes Abseitsstehen der politischen Autoritäten hoffen; oft wurden ihre Aktivitäten als etwas Anstößiges oder politisch Gefährliches angesehen, dem Einhalt geboten werden mußte."*

Ja, der schwedische Sozialist, der in den USA zu seinem wissenschaftlichen Ruhm gelangte, fände es gar interessant, darüber zu spekulieren, wie die Geschichte der indischen Erziehung verlaufen wäre, wenn Indien von einem katholischen Land kolonisiert worden wäre. Er spekuliert auch darüber, wie sich Indien entwickelt hätte, wenn den Engländern die Verbreitung der demokratischen Regierungsform und der allgemeinen Erziehung ebenso ein Anliegen gewesen wäre, wie den Amerikanern. Der Einfluß der blond-blauäugig-weiß-christlichen Kultur auf den Sozialisten Gunner Myrdal ist stärker als seine politische Überzeugung. Aber welche Dokumente hat er bloß gesichtet?

Viele Autoren zeigen sich beeindruckt von den vordergründigen Erscheinungen und unterlassen es, die hintergründigen Interessen zu sehen. Die Behauptung, daß die katholischen Mächte (im Falle Indien: Portugal) mehr daran interessiert gewesen seien, der heidnischen Bevölkerung das Licht des Christentums zu bringen als die Gebiete zu beherrschen oder auszubeuten, kann nicht aufrechterhalten werden, auch nicht bei einer oberflächlichen Überprüfung der geschichtlichen Tatsachen. Die bereits zitierten Brutalitäten waren keine Einzelfälle, keine Betriebsunfälle, sondern die Regel und standen sicherlich im Widerspruch zur reinen Lehre des Christentums. Eine tiefergehende Analyse der konkreten Situation offenbart die Naivität dieser Behauptung. Der Völkermord in „Amerika" wurde wohl nicht von Protestanten organisiert und durchgeführt.

Die Portugiesen im indischen Territorium sehen sich, genau wie die islamischen Eindringlinge vor ihnen, gezwungen, durch die Heranziehung einheimischer Kader das eroberte Gebiet zu konsolidieren. Diese Kader müssen in der portugiesischen Sprache im allgemeinen und in der Sprache der Kaufleute im besonderen unterwiesen werden. Deshalb sind Einrichtungen für ihre Unterrichtung unbedingte Voraussetzung für die Erhaltung der eroberten Gebiete.

Sie bringen zudem die Erfahrung mit, daß eroberte Gebiete am leichtesten unter Kontrolle zu halten waren, wenn die Bevölkerung zum Glauben des Christentums bekehrt wurde. Eine Erfahrung, die im Gegensatz zu den Christen die islamischen Eindringlinge nicht mitgebracht hatten, weshalb ihr Eifer, die Bevölkerung zum Islam zu bekehren, nicht in dem Maße vorhanden war und sie die Bekehrung rein instrumental handhabten. Die Portugiesen dagegen entwickeln einen Übereifer. Sie bekehren nicht nur das notwendige Kader zum Christentum, sondern möglichst viele Menschen, um so eine Rechtfertigungsideologie formulieren und überzeugend darstellen zu können.

Die späteren protestantischen Kolonisatoren haben schon die Erfahrung des frühen Kapitalismus. Im Laufe von zwei bis drei Jahrhunderten ist er in eine schon mehr pragmatische und rationale Phase eingetreten. Wenn den Engländern zu Anfang die Hilfe der Kirche sehr nützlich war, so sind sie doch zu gute Kaufleute, um sich nicht ausrechnen zu können, daß auf die Dauer die Kosten der Missionierung nur eine Belastung sein würden. Und die Einführung von Erziehungsinstitutionen zur Schaffung des notwendigen Kaders ist für ihre Interessen nur im beschränkten Maße erforderlich.

Dieser rationale Zug der englischen Kolonisatoren ist für den Unterschied im Verhalten der katholischen und protestantischen Kolonisatoren verantwortlich und er konnte nur in einer späteren Phase des Kolonialismus entstehen. Außerdem haben die Engländer auch aus der Erfahrung der Portugiesen gelernt, daß der Übereifer in der Missionierung nicht nur Geld kostet, sondern auch böses Blut erzeugt. Und kriegerische Auseinandersetzungen schmälern stets den Handelsprofit. Sie erweisen sich als die besseren Analytiker der konkreten Situation in Indien. Sie erkennen bald, daß ein großer Teil der nichtmuslimischen Elite in das islamische Herrschaftssystem nicht zufriedenstellend integriert ist, daß diese Elite nur in der Sprache und der Kultur der fremden Herrscher auf das Notwendigste angepaßt ist, daß sie nach Gelegenheiten sucht, ihre alten Privilegien wiederherzustellen.

In der späten Mogulzeit unter Aurangzeb (1658–1707) hatte es zahlreiche Kriege gegen die zentrale Macht gegeben. Die Engländer machen sich diese Situation nach der Maxime zunutze: sowenig Gewalt wie nur eben notwendig. Sie führen im Namen der East-India-Company eine Schlacht, die Schlacht von Palassey 1757, und bleiben siegreich. Nach dieser Schlacht ist die East-India-Company die dominierende Macht in Indien. Der desolate Zustand in der späten Mogulzeit und die Bereitwilligkeit der nichtmuslimischen Elite zur Zusammenarbeit mit den Engländern machte es möglich. Sie wollen an die sich vor allem in den Händen des islamischen Adels befindlichen Edelmetalle, Juwelen und anderen Reichtümer. Das gelingt ihnen auch. Deshalb gibt es nur sporadische Ansätze für die Errichtung von Schulen. Erst nach der gründlichen Plünderung der leicht zugänglichen Reichtümer, als das Land für billige Lieferungen in das Mutterland erschlossen werden sollte, erwächst ein größerer Bedarf an einheimischen Kräften. In dieser Phase werden Anstrengungen für deren Ausbildung gemacht, die mit der zunehmenden Bedeutung Indiens nicht nur als Rohstoffquelle, sondern auch als Absatzmarkt der entstehenden englischen Industrie wachsen.

Die erste Phase der britischen Kolonisation in Indien ist nicht durch Handel, sondern durch Raub charakterisiert. Die Größe der Beute ist aus zwei Gründen schwer zu schätzen. Die überlieferten Berichte stammen von Angestellten der East-India-Company und von späteren Kolonialbeamten, die an Ort und Stelle an der Ausbeutung beteiligt waren, oder von britischen Historikern, die diese Berichte als Quellenmaterial benutzt haben, und zweitens von der damaligen indischen Elite, die die Bedeutung dieses Raubes nicht richtig einzuschätzen wußte und daher keine genaue Aufzählung bringt. Später, als der Stellenwert dieser Periode deutlich wird, sind die Inder auf dieselben Quellen wie die britischen Historiker angewiesen. Deshalb gibt es keine verläßliche Angaben über den Ertrag der Beute. Percival Griftith, ein hoher Kolonialbeamter, schreibt noch 1952 (dieses Datum ist deshalb wichtig, weil bereits damals in Ansätzen die Diskussion über den Beitrag der unterentwickelten Länder für die industrielle Revolution in Europa angelaufen war), daß während der Periode 1750 bis 1800 England einen jährlichen Plünderungs- und Raubgewinn von 100 bis 150 Millionen Goldpfund aus Indien herausgeholt habe (S. 402 f.). Damit die Relation deutlich wird: 1770 beträgt das britische Volkseinkommen nur 125 Millionen Pfund, wie B. Hoselitz in „Capital Formation and Economic Growth", (herausgegeben 1955 vom „National Bureau Cimmittee for Economic Research", S. 325), feststellt.

Dennoch kommt es im letzten Viertel des 18. Jahrhunderts durch die Initiative einiger weniger Personen aus der Gruppe der Kolonisatoren, einiger althergebracht privilegierter Inder und einiger Missionare zu Investitionen für die Gründung von Schulen für die primäre und höhere Erziehung. So wird 1781 in Kalkutta das „Hindu-College" und das „Calcutta-Madrassa" gegründet. Im Hindu-College ist Sanskrit die Unterrichtssprache. Im Calcutta-Madrassa ist Arabisch die Unterrichtssprache. So werden diese beiden Gründungen praktisch zu Studienzentren für Sanskrit und Arabisch. Diese dienen den Kolonisatoren später als Beweis ihres humanitären Anliegens. Deshalb ist es nicht uninteressant, kurz zu analysieren, wie es dazu kam.

Bereits in der Phase des Raubkolonialismus finden die Handelsleute heraus, daß die Kenntnis der Kultur und der Mentalität der Menschen im eroberten Gebiet die Ausbeutung erleichtert. Die East-India-Company stellt deshalb „Orientalisten" in ihre Dienste. Die Orientalisten besitzen nicht das Klassen- und Profitbewußtsein der Handelsleute. Es entstehen immer wieder Widersprüche in der Einschätzung der Situation und den daraus zu ziehenden Konsequenzen. Um diesen Antagonismus in der fremden Umgebung nicht auf die Spitze zu treiben, sind beide Seiten zu Kompromissen gezwungen. Die Orientalisten als Angestellte der Kolonisatoren verdienten zu gut, um aus der gegensätzlichen Auffassung Konsequenzen zu ziehen, und umgekehrt sind die Kolonisatoren auf die Mitarbeit dieser Leute angewiesen.

Indische Gelehrte wie Raja Ram Mohan Roy, Fürst und Gelehrter in Sanskrit und Persisch, machen Karriere ohne die Moslemherrschaft anzuerkennen, nehmen Privatunterricht in der englischen Sprache und üben Druck auf die Kolonialverwaltung aus, um den Angehörigen ihrer Klasse Zugang zur westlichen Erziehung zu verschaffen. Ram Mohan Roy reist auch als erster Inder nach England und erzielt einen erheblichen persönlichen Prestigegewinn. Hinzu kommt der Druck seitens der Missionare. Verständlicherweise. Auch sie müssen ihre Existenzberechtigung in dem kolonialen Gebiet unter Beweis stellen. Außerdem sind Missionare nicht Sprößlinge der privilegierten Klassen Englands. Ihre Sichtweise ist eine andere als die der Kolonisatoren.

In der einschlägigen Literatur wird dieser Sachverhalt nicht analysiert. Auch Gunner Myrdal bleibt an der Oberfläche, wenn er sich beeindruckt zeigt, daß einige Missionare die gesprochene Sprache des eroberten Gebietes erlernten und neue Schulen in der Sprache des Landes verlangten. Auf Seite 1637 lesen wir: *„Ihr Interesse, die Masse zu erziehen, war bemerkenswert, berücksichtigt man, wie wenig die Kirche in ihren Heimatländern unternahm, um diese Aufgabe zu erfüllen."* Es ist erstaunlich, daß Myrdal auch nach dieser Feststellung nicht nach den Gründen fragt. Er scheint sich nicht für die Erkenntnis zu interessieren, daß die herrschenden Klassen mit der Kirche eng verbunden waren und in der Phase des frühen Kapitalismus noch nicht die Notwendigkeit zur Erziehung der Massen sahen, da die unqualifizierte manuelle Arbeit genug Profite erbrachte. Zu der Einsicht, daß eine Massenerziehung in effizientere Arbeit hätte umgesetzt und dadurch höhere Profite hätten erzielt werden können, fehlte das Wissen.

Auch der indische Gelehrte Humayun Kabir, der in der gleichen Kultur zu Hause ist, trifft Feststellungen wie Myrdal und unterläßt eine Analyse. Wir lesen auf Seite 193: *„Einige Versuche wurden im dritten Viertel des 18. Jahrhunderts unternommen, um Schulen nach dem Modell von Europa zu errichten. Es waren in vielen Fällen Versuche von Missionaren und aufgrund von privater Initiative. Wenn auch der Staat einige Maßnahmen ergriffen hat, um die englische Erziehung in den darauffolgenden Dekaden des Jahrhunderts einzuführen."*

Im Jahre 1835 wird die zweite Phase der Kolonisation eingeleitet. In den zwanziger Jahren des 19. Jahrhunderts hat es eine Diskussion zwischen den Orientalisten und Anglizisten darüber gegeben, welchen Akzent das einzuführende Erziehungssystem erhalten sollte. Vorausgegangen ist dieser Diskussion die Einsicht, daß irgendwelche Erziehungseinrichtungen geschaffen werden mußten. Es ist kein Zufall, daß diese Einsicht erst nach Beendigung der Raub- und Plünderungsphase kommt. Es ist auch kein Zufall, daß diese Einsicht sich einige Jahrzehnte nach Beginn der industriellen Revolution durchsetzt. Die Schützenhilfe der privilegierten Inder entscheidet den Streit zu Gunsten der Anglizisten. 1835 wird endgültig entschieden, daß die gesamten für die Erziehung vorgesehenen finanziellen Mittel für die Einführung eines Erziehungssystems nach englischem Muster verwandt werden sollten.

Nachgeliefert wird noch eine Begründung der anerkannten Indienkennerin Margaret Cormack – eine in Indien geborene und aufgewachsene amerikanische Erziehungswissenschaftlerin. Nach jahrhundertelanger Fremdherrschaft soll den Indern die Niederlage der islamischen Herrscher durch die britischen Eindringlinge wie eine Befreiung erschienen sein. Wörtlich schreibt sie 1961 in ihrem zweiten Indienbuch „she who rides a peacock" (S. 12): *„Zu Beginn war der neue westliche Gott willkommen, weil das hinduistische Indien sich auf dem niedrigsten Stand der Ebbe befand. Sanskrit wurde als veraltet verschrien, degenerierter Hinduismus als Aberglaube betrachtet. Indien schien nicht in der Lage zu sein, aus dem desorganisierten Chaos herauszukommen und suchte nach neuen Winden, möglicherweise konnten die westlichen Winde Indien zu einer Säuberung verhelfen."* Die Eltern Margaret Cormacs wie auch ihre beiden Söhne sind in Indien geboren. Der früherer Chairman der „University Grants Commission", C. D. Deshmukh, hat das Vorwort zu ihrem zweiten Buch geschrieben. Was Margaret Cormack übersieht, ist die Tatsache, daß diese Einstellung nur für eine kleine Minderheit zutreffend war und ist und nicht für die Mehrheit der Bevölkerung. Sie übersieht auch, daß in dieser Phase zwischen den Kolonisatoren und den alten privilegierten Schichten Indiens Übereinstimmung über die Erziehungsziele bestand.

Wie schon berichtet, war Macaulay einer der Vorkämpfer für die Einführung des englischen Erziehungssystems in Indien. Indische Gelehrte waren damals und sind noch heute begeistert über Macaulays Beitrag zur Erziehung in Indien. Zum Beispiel Kabir (S. 193–194): *„Er formulierte eine definitive Erziehungspolitik, die das Ziel hatte, westliche Lebensart in Indien einzuführen. Macaulay war überzeugt, daß westliche politische Ideen, basierend auf konstitutioneller Regierungsform, Rechtsstaatlichkeit und individueller Freiheit, Werte waren, die in Indien nicht nur eingeführt werden sollten, sondern auch konnten. ... Er (Macaulay) hoffte, daß im Laufe der Zeit die sozialen, moralischen und politischen Ideen Europas in Indien reproduziert werden und in Indien eine Situation schaffen würden, um das britische Joch abzuschütteln."*

Diese und ähnliche Interpretationen Macaulayscher Pläne durch indische Eliten sind unverständlich, weil ihre Verwirklichung nur das Ziel verfolgte, die Inder unter britischer Herrschaft vollständig zu entwurzeln und sie die englischen Werte und Normen in Indien reproduzieren zu lassen. Es ist nachvollziehbar, daß Macaulay dieses Ziel verfolgte. Aber die Interpretation, Macaulay habe die Absicht verfolgt, der indischen Gesellschaft ein Bewußtsein zu vermitteln, das sie in die Lage versetzen würde, die koloniale Besetzung abzuschütteln, wirft ein bezeichnenden Licht auf die Bewußtseinslage dieser indischen Gelehrten und politischen Eliten.

Macaulay meinte durchaus nicht das, was seine indischen Bewunderer glauben machen wollen. Noch einmal Macaulay 1835 im O-Ton: *„Wir müssen im Augenblick alles tun, um eine Klasse zu formieren, die Vermittler werden könnte zwischen uns und den Millionen von Menschen, über die wir herrschen; eine Klasse von Personen, Inder in Blut und Farbe, aber englisch im Geschmack, in den Meinungen, in den Moralvorstellungen und in Intellekt."* Und 1836: *„Es ist mein Glaube, wenn unsere Pläne der Erziehung durchgezogen werden, wird es innerhalb 30 Jahren keinen einzigen Anbeter von Göttern in* *den respektablen Klassen in diesem Land geben. Und dies wird durchgesetzt, ohne die geringste Bemühung der Bekehrung, ohne die kleinste Intervention in Glaubensfragen, durch die natürliche Auswirkung von Wissensvermittlung und deren Reflektierung."*

Nach der Entscheidung, das englische Erziehungssystem für Indien genau zu kopieren, werden 1857 die ersten Universitäten in Kalkutta, Madras und Bombay errichtet. Auch der Stil ihrer Bauten für Colleges und Schulen ist englisch.

*****

Das „Formieren" der neuen Klasse durch die neuen Erziehungseinrichtungen ist nicht das einzige Ziel, das die Kolonisatoren verfolgen. In seinem Buch „Entdeckung Indiens" (S. 394) beschreibt der spätere 1. Ministerpräsident Jawaharlal Nehru 1945 unter Zitierung vieler Dokumente, wie die Dorfgemeinschaft, die während der Fremdherrschaften Träger der alter Tradition geblieben war, systematisch zerstört wurde. Die wirtschaftlich fast autarke Dorfgemeinschaft paßte nicht in die Konzeption des neuen Kapitalismus. Die Basis dieser Dorfgemeinschaft, das dörfliche Gewerbe, wurde zerstört und sein Einfluß auf den Boden durch ein neues Einkommen- und Bodensteuergesetz unterminiert. Das von den Engländern verfolgte Ziel war die Ruinierung des dörflichen Gewerbes der Gemeinschaft und die Schaffung von wenigen Großgrundbesitzern, die leichter zu kontrollieren waren als die große Zahl der Dorfgemeinschaften. Die Steuereintreiber von damals sind die Großgrundbesitzer von heute.

Ähnlich wie den Dorfgemeinschaften erging es der gesamten indischen Wirtschaft. Zahlreiche Untersuchungen belegen, daß die wirtschaftliche Entwicklung Indiens im 17. und 18. Jahrhundert fortgeschrittener war als die Englands. Ohne die koloniale Herrschaft wäre die wirtschaftliche Entwicklung anders verlaufen. Es ist zweifelhaft, ob ohne den Besitz Indiens die industrielle Revolution in England stattgefunden hätte. Die These Max Webers, daß der protestantische Kalvinismus der Motor für die industrielle Revolution in Europa gewesen sei, mag für Westeuropa gelten. Aber der Umkehrschluß, daß in außereuropäischen, vom Kalvinismus nicht beeinflußten Gebieten eine industrielle Revolution nicht hätte stattfinden können, ist unzulässig, weil die Entwicklung dieser Gebiete gewaltsam gestoppt wurde.

Im 17. und 18. Jahrhundert belegen die Engländer indische Textilien mit hohen Schutzzöllen, um die eigene Produktion zu schützen. Nach der Etablierung der Herrschaft Englands über Indien wird die Grundlage der Textilindustrie durch brutale Maßnahmen zerstört. Die Musselinmanufakturen werden dadurch ruiniert, daß den Webern der zum Weben unentbehrliche Daumen abgeschnitten wurde. In der Zeit von 1679 bis 1802 wurden englische Kriegsschiffe an den Küsten Indiens gebaut und die Pläne dafür von indischen Schiffsbauingenieuren angefertigt. Die wirtschaftsgeschichtliche Literatur ist voll von Beispielen dieser Art.

Die Vorräte an Bodenschätzen sind in Indien nicht voll erschlossen. Sicher ist, daß Indien an Bodenschätzen zumindest ebenso reich ist wie die USA. Rund 20 % der Eisenerzreserven der Welt liegen in Indien. Die Wirtschaftshistoriker sind sich darüber einig, daß die heute rückständigen Gebiete, insbesondere die asiatischen, im 18. Jahrhundert keineswegs im Vergleich zu Europa unterentwickelt waren. Erst 100 Jahre später gerieten diese Gebiete ins Hintertreffen. Helen B. Lam meint 1955 in dem von Kuznets, Moore und Spengler herausgegebenen Buch „Economic Growth" (S. 464) über Indien: *Im 18. Jahrhundert hatte Indien einen hohen Entwicklungsgrad der vorindustriellen Entwicklungsphase erreicht. Die Landwirtschaft war genügend entwickelt, um eine relativ große Zahl nichtlandwirtschaftlicher Arbeiter ernähren zu können; es gab hochqualifizierte Eisen-, Stahl- und Textilhandwerker, Schiffbauer und Metallhandwerker. Indien erzeugte nicht nur Fertiggüter für den eigenen Bedarf, sondern auch für den Export. Sein wirtschaftlicher Reichtum wurde seit Jahrhunderten von Bankkaufleuten und Fürsten kontrolliert, die den Überschuß der Produktion in Bezug auf den Konsum in Form gehorteter Gold- und Silberschätze abschöpften; dieser Reichtum war also genügend konzentriert, um eine potentielle Quelle für Investitionsgelder zu bilden. Die Vorräte Indiens an hochwertiger Kohle und an Eisen lagen recht nebeneinander. Warum hat diese Kombination ganz offensichtlich günstiger Umstände nicht zu einer bestimmten wirtschaftlichen Entwicklung geführt, die es vermocht hätte, in einem immer schnelleren Rhythmus einen wirklichen Fortschritt zu erzielen? Trotz der Komplexität und der Anomalie der Situation ist die Antwort einfach. Die kolonialen Verhältnisse haben die wirtschaftliche Entwicklung Indiens in bestimmter Hinsicht an untergeordnete Stelle gerückt und in anderer Hinsicht verhindert."*

Diese wenigen Beispiele verdeutlichen die Absichten der Planer eines indischen Erziehungssystems unter kolonialer Herrschaft. Die Auseinandersetzungen zwischen einzelnen englischen Gelehrten und den englischen Herrschern dürfen nicht darüber hinweg täuschen, daß die Herrschaft nicht von einzelnen Gelehrten getragen wurde, sondern von britischen Adeligen und Händlern. Und sie hatten Indien nicht erobert, um dem indischen Volk ein angemessenes Erziehungssystem zu bringen.

Die Institutionen für die primare, sekundare und tertiare Erziehung werden nach dem englischen Vorbild kopiert. Nicht aber der Lehrstoff. Dies ist auch verständlich. Die Absolventen dieser Erziehungsinstitutionen sollten nicht dasselbe Bewußtsein wie ihre englischen Herrscher entwickeln, sondern das Bewußtsein der willigen Helfer. Sie sollten nicht den englischen Verwaltungsleuten Konkurrenz machen. Erst später ergibt sich die Situation, daß die englische Verwaltungsleute allein nicht für die zu besetzenden Posten höherer Funktion ausreichen. Erst in dieser Zeit werden geeignete Kandidaten in die Metropole geschickt, um sich dort die Qualifikationen anzueignen, die für die Übernahme höherer Funktionen in der Kolonialverwaltung notwendig sind. Eine Institution für solche Qualifikationen hat es in Indien vorher nicht gegeben. Im Verlauf dieser Entwicklung gelingt es materiell privilegierten Schichten, ihre Söhne nach England zu schicken, um ihnen den Schlüssel zur Macht innerhalb der Kolonialverwaltung in die Hand zu geben. Es braucht nicht besonders erwähnt zu werden, daß die Engländer nicht jeden Begüterten fahren lassen, sondern durch die Zulassung und über die Kontrolle der Ausstellung von Reisepässen auch für diese Gruppe eine zielbewußte Selektion vornahmen.

Die Inhalte für die Ausbildung auf allen Ebenen wurden sorgfältig bestimmt. Die Primar- und Sekundarschulen waren so konzipiert, daß ihr Abschluß statt berufsbildend nur die Voraussetzung für den Besuch von Colleges und Universitäten schuf. Diejenigen, die nicht mit Erfolg eine College- bzw. Universitätsausbildung absolvieren konnten, bildeten die unterste Stufe der neuen Klasse Macaulays. Sie erhielten mühelos Anstellungen innerhalb der Verwaltung. Die Hierarchie innerhalb dieser Oberschicht war von dem erworbenen Grad abhängig. Nie wurde daran gedacht, möglichst vielen Menschen Zugang zu den Schulen und Universitäten zu verschaffen, sondern nur so wenigen, wie für die Zwecke der Kolonialherrschaft erforderlich war.

Viele wohlwollende Betrachter der kolonialen Geschichte Indiens bedauern, daß die Ziele und Ideale einiger englischer Gelehrter, wie die von Macaulay und Burke, nicht vollständig verwirklicht wurden. Diese Schönfärber übersehen den Widerspruch, daß, wäre dies geschehen, aus Indien ein Land mit englischer Kultur und Zivilisation geworden wäre. Dann hätte die Bevölkerung Indiens die koloniale Ausbeutung ebenso unmöglich gemacht und wie die „Nordamerikaner" die britische Herrschaft abgeschüttelt. Sie übersehen auch, daß koloniale Herrschaft eine Fremdherrschaft besonderer Art ist. Die islamischen Herrscher eroberten Indien und etablierten sich im Lande, um eine ständige Kontrolle über den Reichtum des Landes zu erlangen. So konnte ein *modus vivendi* gefunden werden, da sich die Gesellschaft, nach dem Herrschaftswechsel und einigen gesellschaftlichen Umschichtungen, als ganzes weiter entwickeln und die Produktion für den Bedarf des Landes und für den Export zugunsten des Landes neu organisiert werden konnte. Die koloniale Herrschaft war qualitativ etwas anderes. Sie veränderte die wirtschaftliche und soziale Struktur in einer Weise, wie sie allein dem „Mutterland" nutzte.

Dies geschah zielbewußt und systematisch. Die Kolonisatoren waren zahlenmäßig nicht stark. Sie bemühten sich von Anfang an, die eigene Macht auf die feste Grundlage der traditionellen Herrschaftsstruktur zu stützen. Auch sie fanden wie die islamischen Eroberer eine in sich zerstrittene Gesellschaft mit differenzierter hierarchischer Ordnung vor. Ein ideales Feld für die Strategie des „Teile und Herrsche". Durch eine Mischung aus Diplomatie, Bestechung, Drohung und Gewalt. D. A. Low geht 1970 im von Rudolf von Albertini herausgegebenen Buch über „Koloniale Geschichten" in einer Analyse der Frage nach, wie es möglich war, daß eine so geringe Zahl von Menschen Millionen anderer unter Kontrolle halten konnte. Er findet in seiner Analyse ein differenziertes Instrumentarium, mit dessen Hilfe sich die britischen Herrscher in Ostafrika etablieren konnten. Dieselbe Analyse trifft auch für Indien zu. In diesem Prozeß wurden nicht nur die während der Mogulperiode entmachteten Aristokraten erneut an die Macht gebracht, sondern auch, wenn immer möglich, Angehörige des gleichen Geschlechts gegeneinander ausgespielt und durch die Etablierung des einen die Macht der Etablierenden gestärkt.

„Die Vertreter der Ostindischen Kompanie," schreibt Edward Thomsen 1943 (S. 270–271), *„setzten jetzt die Fürsten ein, die sie dem Chaos entrissen hatten, in das sie versunken waren. Diese so aufgelesenen und eingesetzten ‚Fürsten' waren ebenso hilflos und verlassen wie irgendeine Macht seit der Erschaffung der Welt. Hätte die britische Regierung nicht interveniert, dann hätte die Zukunft der Rajputenstaaten nur den Untergang und den Marathenstaaten nur die Auflösung gebracht. Staaten wie Oudh und die Gebiete des Nizam führten nur eine Scheinexistenz; sie erhielten allein durch den Atem, den ihnen die Schutzmacht einblies, der Anschein von Leben."*

Nehru zitiert (S. 404) hierzu den Butler-Ausschuß, wo es noch präziser heißt: *„Es entspricht nicht den geschichtlichen Tatsachen, daß die indischen ‚States' unabhängig waren, als sie mit der britischen Macht in Berührung kamen. Einige wurden gerettet, andere von den Briten geschaffen."* 1947, als Indien nach der Teilung unabhängig wurde, erhielten auch die 601 fürstlichen Staaten des Britisch-Indiens ihre Unabhängigkeit.

Die Politik des „Teile und Herrsche" benachteiligte zu Beginn den islamischen Bevölkerungsteil bei der Rekrutierung des Kaders für die Kolonialverwaltung, um die Loyalität der anderen zu kaufen. Nehru bemerkt (S. 452): *„Die britische Regierung hatte sie bewußt viel stärker unterdrückt als die Hindus. Diese Unterdrückung hatte besonders jene Teile der Moslems beeinflußt, aus denen sich die neue Klasse, die Bourgeoisie, hätte entwickeln können."* In der späteren Phase jedoch, als die nichtmuslimische Bourgeoisie ihnen die Macht streitig machte und die Unabhängigkeitsbewegung organisierte, wurden die Muslime bevorzugt.

Zu diesem differenzierten Instrumentarium für die Sicherstellung der Ausbeutung gehören die von ihr geschaffenen Erziehungsinstitutionen. Das Ausbildungssystem sollte unter Rücksichtnahme auf die traditionelle Herrschaftsstruktur eine neue Klasse schaffen, die der breiten Masse der Bevölkerung entfremdet war. Nehru beschreibt das Resultat dieser Politik wie folgt (S. 417): *„Die englisch erzogenen Angehörigen der freien Berufe und des Staatsdienstes bildeten eine neue Klasse, die sich über ganz Indien verbreiten sollte, eine Klasse, die unter dem Einfluß des Denkens und der Lebensweise des Westens stand und von der Masse der Bevölkerung ziemlich isoliert war."*

Die Struktur der Universität wurde so angelegt, daß sie nur Postgraduierte aufnahm und gleichzeitig die Kontrolle über die angeschlossenen Colleges ausübte. Die Prüfungen wurden zentral abgelegt. Selbst die

Schulabschlußzeugnisse wurden von der Universität vergeben. Diese Struktur entsprach der vorher gemachten Analyse, wonach die Universitätsgründungen eine Folge des gewachsenen Bedarfs an ausgebildeten einheimischen Kräften für die Kolonialverwaltung waren. Die vom Education Committee 1958 aufgestellte Behauptung im „Report of the Second Education Commission" *„die Einrichtung von Universitäten in dem Jahre 1857 hatte weitreichende Konsequenzen insbesondere auf Inhalt, Breite und Tiefe der Sekundarausbildung. Die Universitäten bestimmten die Sekundarschulen in jeder Hinsicht"* greift völlig daneben. Nicht durch die Gründung der Universitäten wurden die Sekundarschulen in jeder Hinsicht kontrolliert und beherrscht, sondern die Universitätsgründungen entsprangen der Notwendigkeit, qualifiziertere Kräfte auszubilden, um den gestiegenen Bedarf der Kolonialverwaltung zu befriedigen.

Die Universitäten üben die Kontrolle über die unteren Erziehungsinstitutionen aus. Sie vergeben Prüfungsgrade an die Absolventen. Die Ausbildung von Postgraduates war mehr ein Ornament – das Schwergewicht der tertiären Ausbildung verblieb in den Colleges. In den Universitäten stand das Studium der englischen Literatur und der englischen Geschichte, nicht aber das Studium technischer Fächer im Vordergrund. Englische Sprache, englische Literatur und englische Geschichte ermöglichten den Zugang zum gesellschaftlichen Kreis der englischen Kolonialbeamten, den viele Inder der Oberschicht sich so sehr wünschten. Sie studierten an den Universitäten und waren stolz darauf, in der englischen Literatur mehr zu Hause zu sein als die meisten in Indien lebenden Engländer. Das war aber nur eine Ersatzbefriedigung, denn Zugang zu den höheren Funktionen in der Verwaltung hatten nur die in England Ausgebildeten. Dafür war ihnen aber der Zugang zu einem anderen Beruf offen, dem des Universitätslehrers, dessen Entlohnung allerdings in keinem Verhältnis zu der eines höheren Funktionärs in der Kolonialverwaltung stand.

Die Inhalte der Ausbildung waren auf die Loyalität und auf das Ausüben einer Funktion abgestellt, auf nicht mehr. Wichtig war nicht, sich universelles Wissen anzueignen und das erworbene Wissen intellektuell zu verarbeiten, wichtig war allein, einen Grad zu erwerben, ein Diplom in den Händen zu haben. Bei der Rekrutierung wurde nicht das erworbene Wissen oder dessen intellektuelle Verarbeitung geprüft, sondern das Diplom als solches reichte als Qualifikationsnachweis für eine Anstellung aus. Die Abhaltung zentraler Prüfungen führte sehr bald zu einer Schematisierung der Fragen und deren schriftlicher Beantwortung. Diese stellten die Prüflinge nicht vor eine intellektuelle Anforderung. Fleiß im Auswendiglernen und Niederschreiben reichten für gute Noten aus.

Während die alte Universität das Ziel hatte, ein umfassendes Wissen über das Leben und die Natur zu vermitteln, setzte sich in der neuen Universität die bereits unter dem islamischen Einfluß begonnene Tendenz fort, nur das Wissen zu vermitteln, das ihnen die Übernahme bestimmter

Funktionen in der Gesellschaft ermöglichte und ihnen dadurch zu materiellem Wohlstand verhalf.

Ein qualitativer Unterschied zwischen der Universität unter dem islamischen Einfluß und dieser neuen Universität bestand darin, daß diese Absolventen nicht nur lernten, ihren eigenen materiellen Standard zu verbessern, sondern als willige Helfer der Ausbeutung für fremde Interessenten zu dienen. Außerdem wurden sie im Gegensatz zu früher kulturell entfremdet.

In allen drei Phasen war die indische Universität entsprechend den Interessen der jeweiligen Herrschenden ausgerichtet. Das „Auswendiglernen" blieb erhalten. In der alten Universität wie auch unter dem islamischen Einfluß entsprang das Auswendiglernen der technischen Notwendigkeit. Es fehlte die Drucktechnik. In der neuen Universität führte das Prüfungssystem dazu, gedruckte Texte auswendig zu lernen.

Die Entwicklung von „dualer" Persönlichkeit folgt: im öffentlichen Bereich sich der fremden Kultur anpassen, im privaten Bereich in der eigenen Kultur zu Hause sein. Auch jetzt ist das Universitätsstudium ein Privileg jener, die schon althergebracht privilegiert sind. Diese Gruppe bleibt trotz der Aneignung westlichen Wissens und der Verhaltensformen der englischen Oberklasse noch traditionell indisch. Auch Nehru nennt diese Gruppe als die von dem neuen Herrschaftssystem gebildete Klasse, die nicht zum Christentum konvertierte. Nehru selbst – Sohn eines erfolgreichen Rechtsanwaltes, erzogen von europäischen Hauslehrern, mit 16 zur „Grammer School" in Harrow, dann nach Cambridge, danach Rechtsanwalt – gehört zu dieser Klasse. Nach seiner Rückkehr lernt er Hindi und die traditionellen Spielregeln zu beherrschen und zu praktizieren. Im formalen Wirkungsbereich bleibt er durch die Beherrschung der Spielregeln der englischen Zivilisation möglichst konfliktfrei. Da beide Wertsysteme wesentliche Unterschiede aufzeigen, mußte die westliche als auch die traditionelle Persönlichkeit fest genug strukturiert werden, um einen ständigen Konflikt auszuschließen.

Auch im neuen Erziehungssystem spielen die Missionare als Lehrer eine tragende Rolle. Die Funktion der Missionare als Lehrer wird später immer mehr vom indischen Kader übernommen. Die Struktur des uneingeschränkten Respekts, wie ihn in der alten Zeit der Schüler dem Guru entgegenbrachte und der in der islamischen Periode noch eine Verstärkung erfuhr, änderte sich nicht.

Möglicherweise hat Margaret Cormack doch einen Kern getroffen, wenn sie von dem westlichen „Gott" spricht, um zu erklären, warum auch dann, als die Lehrer nicht mehr zugleich auch Geistliche waren, die Haltung der Ehrerbietung gegenüber dem Lehrer erhalten bleibt. Eine Diskussion zwischen Lehrer und Studenten findet nicht statt. Die Autorität des Lehrers wird übertragen auf das, was der Lehrer vorliest. Auch dieser Aspekt trägt dazu bei, die Tendenz zum Auswendiglernen, um das Gehörte genau wörtlich wiedergeben zu können, zu verstärken.

*****

Nach dem Erreichen der nationalen Unabhängigkeit hätte erwartet werden müssen, daß die neue Herrschaft neue Erziehungsinstitutionen errichtet, strukturell wie inhaltlich, wie in den vorhergehenden Epochen nach einem radikalen Wechsel in der Herrschaft. Denn das Erziehungssystem der kolonialen Epoche hat die soziale und wirtschaftliche Infrastruktur mitgeprägt. Neben dem bereits kompliziert gewordenen sozialen Gliederungssystem (Kasten) hat sich auch ein Klassensystem entwickelt. Beide Systeme überlappen sich auch oft gegenseitig. Diese komplizierte Sozialstruktur entspricht dem Verteilungssystem der Macht, der wirtschaftlichen Güter und des sozialen Ansehens. Die Beibehaltung des kolonialen Erziehungssystems nach der Unabhängigkeit würde bedeuten, Kader mit kolonialer Mentalität zu produzieren. Gewiß ist die Erreichung der Unabhängigkeit ein auf ein historisches Datum fixierter formaler Vorgang. Es kann nicht möglich sein, die bestehenden Institutionen von heute auf morgen mit neuen Inhalten zu füllen und entsprechend zu strukturieren. Aber der Zeitpunkt der Unabhängigkeit ist auch das Resultat einer langen Auseinandersetzung.

Die Geschichtsschreiber haben sich darauf geeinigt: Das Gründungsjahr des Indischen Nationalkongresses 1885 soll der Beginn der nationalen Unabhängigkeitsbewegung sein. Seine Gründung geht auf Initiative der langfristig planenden Engländer zurück. Die Absicht ist, die führenden Kräfte innerhalb Macaulays neuer Klasse in die Kolonialverwaltung einzubinden und die kurzsichtigen „Konservativen" kurzzuhalten. Der bekannte englische Kolonialbeamte Allen Octavian Hume schreibt am 1. März 1883 an die Graduierten der Universität Kalkutta: *„(...) Wenn nur 50 gute und wahrhafte Männer als Gründer gefunden werden könnten, dann könnte die Sache gestartet werden, und die weitere Entwicklung wäre verhältnismäßig leicht. Falls Sie, die geeigneten Gründer, die am besten Ausgebildeten der Nation, nicht in der Lage sind, persönliche Bequemlichkeit und egoistische Zielsetzung aufzugeben, um einen resoluten Kampf für die Sicherstellung größerer Freiheit für Sie und Ihr Land zu beginnen, für eine mehr unvoreingenommene Verwaltung, für einen größeren Teil der Verwaltung eigener Angelegenheiten, dann haben wir, Ihre Freunde, Unrecht, und unsere Gegner haben recht, dann sind die edlen Bestrebungen Lord Rippons für Ihr Wohl fruchtlos und träumerisch, dann sind im Augenblick alle Hoffnungen auf Fortschritt am Ende, und Indien wünscht weder wirklich eine bessere Verwaltung, als es sie im Augenblick hat, noch verdient sie sie."*

Dieser Appell Humes führt im Jahre 1883 zur Gründung des „Indian National Council". Humes reist nach England, um die Bedeutung dieser neuen Gründung den „Whigs" (Liberalen) zu erläutern. Nach seiner Rückkehr wird aus diesem „National Council" 1885 der Indische Nationalkongreß. Im Dezember 1885 findet die erste „Session" statt. Sämtliche Teilnehmer sind im Frack erschienen. Weder seiner Zielsetzung, noch seiner Organisationsform nach ist der Indische Nationalkongreß als nationale

Unabhängigkeitsbewegung konzipiert. Um 1900 beginnt sich der Indische Nationalkongreß als Reaktion auf die von seinen Mitgliedern empfundene Willkür der Kolonialverwaltung in Richtung einer Unabhängigkeitsbewegung zu entwickeln.

Davor haben im 19. Jahrhundert soziokulturelle Bewegungen versucht, auf das gesamte Erziehungssystem Einfluß zu nehmen, ohne die politische Machtfrage zu stellen. Im Gegensatz zur Periode der islamischen Herrschaft. Wie schon erwähnt, fuhren sie eine Strategie der repressiven Toleranz gegenüber der kulturellen Tradition der Beherrschten. Selbst die Periode der Plünderung und des Raubs durch die East India Company führt zu keinem organisierten Widerstand gegen die Engländer. Erst die zielbewußte Einführung einer Erziehungspolitik nach einem Gesetz der britischen Regierung von 1813, um Kader zur Stabilisierung des neuen Herrschaftssystems auszubilden, bewegt etwas.

Raja Ram Mohun Roy gründet 1815 die „Brahmo Samaj", die erste soziokulturelle Bewegung. Der Beweggrund dieses bengalischen Fürsten ist seine Analyse, daß die indische Gesellschaft sich in allen Bereichen im Verfall befindet. Die Ursache dafür sieht Roy in der archaischen Tradition. Daraus folge Unwissenheit. Diese könnte nur durch die Einführung neuer Elemente aus der mehr dynamischen europäischen Kultur überwunden werden. Der „Brahmo Samaj" schwebt eine Art Universalkirche nach dem Motto vor: *„Es ist nicht eine Kirche von Christus oder Mohammed, es ist die Kirche Gottes. Es ist nicht die Kirche von Hindus oder Christen, es ist die Kirche der Menschheit. Es ist weder eine Kirche Bengalens noch Indiens, es ist die Kirche der Welt."* Mit Roys Bewegung beginnt die Epoche der „modernen" Erziehung in Indien. Nachfahren von Macaulays Klasse bewerten als Geschichtsschreiber Roy und diesen Beginn positiv. Dies ist auch der Beginn einer radikalen Entwurzelung der im „modernen" Sektor lebenden indischen Bevölkerung.

Wie die Aktivität Roys von den „Vorfahren Macaulays" eingeschätzt wurde, zeigt der folgende Brief von Sir Hyde East, höchster Richter am Supreme Court, an seinen Freund und Kollegen Mr. J. Harrington: *„Um Monatsbeginn Mai (1816) besuchte mich ein Brahmane aus Kalkutta (Roy), den ich kannte und der sehr wohl bekannt ist für seine Intelligenz und Aktivität unter den wichtigsten eingeborenen Persönlichkeiten und auch vertraut ist mit vielen unserer eigenen wichtigeren Landsleuten. Er informierte mich, daß viele von den führenden Hindus interessiert seien an einer Erziehungsinstitution für ihre Kinder in einer liberalen Weise, wie sie in Europa praktiziert werde. Er wünschte, daß ich dieses Vorhaben anläßlich einer von mir angeregten Zusammenkunft unterstützen möchte. Nach seinem Besuch unterrichtete ich den Generalgoverneur, was vorgefallen war, und dieser legte meine Nachricht dem Council vor. Alle Mitglieder des Councils akzeptierten die Linie, die ich vertreten hatte, und durch die Unterschrift seiner Lordschaft wurde das Treffen in meinem Haus am 14. Mai 1816 sanktioniert, an dem über 50 sehr ehrbare*

Hindus von Rang und Reichtum teilnahmen." Roy wird bis heute als Vater der modernen indischen Erziehung gefeiert.

Mit dem Tode Roys im Jahre 1838 verliert die „Brahmo Samaj" ihre dynamische Kraft. 1857 findet der als „Sepoy Mutiny" bekanntgewordene erste Aufstand gegen die Kolonialherrschaft statt. Diese niedergeschlagene Meuterei wirkt sich kaum auf den soziokulturellen Bereich aus, obwohl sie ein erster, auf nationaler Ebene organisierter Widerstand war.

Ein anderer Bengale, Keshab Chandra Sen, gründet die „Brahmo Samaj of India", nach Auseinandersetzung in der „Brahmo Samaj". Sen bejaht die Vorstellungen eines universalen Gottes und der universalen Kirche, tut aber die traditionellen Werte nicht als überlebt ab. Er will seine Idee in ganz Indien missionarisch verbreiten und wie christliche Kirchen Zentren des „Brahmo Samaj of India" an vielen Orten errichten. Diese Bewegung fordert ein Erziehungssystem für **alle** und nicht nur für wenige Privilegierte. Genau wie Roy stellt Sen nicht die Inhalte des Erziehungssystems der Kolonialverwaltung in Frage; er tritt nur für die Ausweitung und Verbesserung der Erziehung ein. Aber Sen setzt Akzente gegen die kritiklose Nachahmung der westlichen Kultur: *„Nicht intellektuelle Krämerei kann die einheimische Gesellschaft reformieren oder unsere Nation wahrhaft gut und groß machen. Die Literaturen und Wissenschaften des Westens werden ohne Zweifel den Geist außerordentlich erweitern, aber die können nicht unseren Charakter und unser Leben erheben ohne solide moralische Instruktionen. Wissen ohne Moral ist eine Gefahr und ein Fluch, und zweifellos ist es in Indien mehr so als sonstwo.*"

Er ist der Überzeugung, daß die indische Bevölkerung indisch bleiben und die positiven Aspekte der westlichen Kultur in ihr eigenes System integrieren müßte. Auch er glaubt, daß eine „Modernisierung" der Gesellschaft ohne Einführung der westlichen Wissenschaften nicht möglich sein würde; aber die Basis dafür die eigene kulturelle Tradition sein müßte. Er konkretisiert nicht, wie diese Synthese sein sollte. Statt dessen macht er detaillierte Vorschläge für die Verbesserung des bestehendes Systems und ermahnt, daß das Reformwerk die Bevölkerung nicht kulturell entfremden dürfe.

Als Reaktion auf die „Brahmo Samaj of India" entsteht unter Swami Dayananda eine Gegenbewegung, die „Arya Samaj", die die grundsätzliche Wiederherstellung der alten Tradition anstrebt. Swami Dayananda entstammt nicht der materiell privilegierten Klasse, sondern der der sozial privilegierten Brahmanen. Er hat seine höhere Erziehung in der trotz der jahrhundertelangen Fremdherrschaft erhalten gebliebenen traditionellen Institution absolviert, im Geist der Gurus der alten Zeit.

S. S. Dikshit schildert 1966 in seinem Buch „Nationalism and Indian Education" (S. 59), welche Situation Swami Dayananda vorfindet. Die Bewegung Arya Samaj entstand *„in einer Zeit, als die Kräfte des nationalen Verfalls, ausgelöst durch die englische Erziehung, im ganzen Land Amok liefen,* *als die englisch erzogene Jugend hypnotisiert von dem oberflächlichen Glanz der westlichen Kultur vollständig die Anker ihrer eigenen Kultur aufgab. Verwestlichung war die Mode des Tages geworden, was von den Anhängern verlangte, auf die Zivilisation ihres eigenen Landes herabzuschauen."* Verblüffend ähnlich hat dies auch ein englischer Aristokrat, Lord Rolandskay, 1925 in seinem Buch „The Heart of Aryavarta" geschildert (S. 45): *„Das alte Wissen war niedergedrückt, alte Sitten wurden beiseite geworfen und die alte Religion wurde als überlebter Aberglaube verschrien."*

Dayananda sucht zunächst eine Zusammenarbeit mit den Resten des „Brahmo Samaj", mit deren Nachfolgeorganisation „Brahmo Samaj of India" und mit der außerhalb Bengalens entstandenen Bewegung „Prathana Samaj". Sie kommt nicht zustande. Die Träger dieser drei Bewegungen gehören zu den im Kolonialsystem integrierten privilegierten Klassen im Gegensatz zu den Trägern der „Arya Samaj". Auch diese Bewegung wird keine politische Bewegung in dem Sinne, daß sie die nicht integrierten Teile organisierte, sich erst einmal die Macht verschafft hätte, um dann das Ziel der Wiederbelebung der vedischen Kultur durch eine radikale Reform der Erziehungsinstitutionen anzugehen.

Hätte die Bewegung Dayanandas ein pragmatisches Verhältnis zum politischen Kampf gehabt, so hätte sie sich in erster Linie mit den ökonomischen Interessen der Unterprivilegierten und Unterdrückten und nicht mit der Wiederherstellung der vedischen Kultur beschäftigen müssen. Aber ihr Hauptziel bleibt das totale Loslösen von dem von der Kolonialverwaltung eingeführten Erziehungssystem. Die Ausbildung innerhalb der Institutionen des Kolonialsystems bietet aber den Absolventen die Möglichkeit, sich die materiellen Voraussetzungen für das Überleben zu verschaffen. Darüber hinaus sind breite Teile der Gesellschaft dem Glanz des Materiellen verfallen.

Der zentrale Punkt in dem Konzept Dayanandas ist die gerechte Tat. Die Erziehung und Ausbildung sollten die Absolventen befähigen, das Gerechte, das Richtige, zu tun. Die Kriterien dafür, was gerecht und richtig ist, wird den Veden entnommen. Das detaillierte Curriculum orientiert sich strikt am alten Wissen und an den alten Wissenschaftszweigen. Die höchste Erziehungsstufe wird in 20 Jahren erreicht. Zwei wichtige Aspekte aus der alten Zeit stehen im Mittelpunkt: vollkommene Disziplin während der Ausbildungszeit und Sinn für Gerechtigkeit in der Gesamtgesellschaft. Wie schon erwähnt, sind auch in der alten Zeit die höhere Ausbildung und Erziehung Privilegien der dominierenden Teile der Gesellschaft gewesen, obwohl sie es nach der Philosophie der Erziehung nicht hätten sein dürfen. Dayananda will deshalb, daß Erziehung nicht mehr ein Vorrecht einer privilegierten Minderheit, sondern ein Recht jedes Menschen sein sollte, der die physischen und geistigen Voraussetzungen mitbringt.

In seinem Werk „Satyartha Prakash" erörtert Dayananda die Erziehungsinhalte und den Erziehungsplan: *„Wenn alle Klassen erzogen und* *ausgebildet werden, kann keiner Betrug oder ungerechte Heuchelei einführen."* Und: *„Alle sollen die gleiche Art von Sachen – Bekleidung, Nahrung, Bettzeug – haben, ob sie Prinzen oder aus armen Familien sind. Alle sollen ein einfaches Leben führen."* Wie dieses einfache Leben bei strenger Disziplin aussieht, zeigt eine Beschreibung der Institution „Brahmacharya". Die Studierenden müssen während der gesamten Dauer der Ausbildung mit dem Guru leben, um jede mögliche Ablenkung durch das weltliche Leben zu verhindern. Selbst der Kontakt zu den Familien wird als Ablenkung definiert, da im Familienleben Emotionen eine Rolle spielen, denen die Studierenden nicht ausgesetzt sein sollten. Sie beinhaltet auch eine absolute Körperbeherrschung, die durch Yogaübungen erreicht wird. Sie schreibt vollkommene Entsagung vor: Verzicht auf materiellen Besitz, Verzicht auf Genuß in jeder Form. Während der Ausbildungszeit müssen sie auf Fleisch, Gewürze, Düfte, Medikamente sowie auf die Gesellschaft von Mitgliedern des anderen Geschlechts verzichten. Sie müssen ihren Intellekt so zu kontrollieren lernen, daß sie keinerlei Emotionen wie etwa Angst, Gier, Eifersucht, Wut, Liebe, Feindschaft mehr empfinden.

Es ist ein Model gegen die „Verwestlichung". Das Berufen auf die Veden und Upanishaden allein konnte nicht reichen. Ein konsequentes Gegenmodell hätte die materialistische Orientierung der westlichen und auch der indischen Kultur während der islamischen Herrschaft mit Begründungen in Frage stellen und als Alternative das Gegenmodel propagieren müssen. Sein Gerechtigkeitsmodell läßt die unterschiedlichen Klassen wie auch die unterschiedliche Verteilung der Güter bestehen. Die Wiederherstellung der Gerechtigkeit sollte indirekt durch den Zugang aller Klassen und Kasten zur höheren Erziehung, also durch das Wissen der Veden und Upanishaden, geschehen.

Diese gegensätzlichen Auffassungen über die Erziehungsinhalte entfachen dennoch eine lang andauernde Diskussion. Das Verdienst Dayanandas ist es, daß die kritiklose Übernahme der westlichen Kultur verhindert wird. In der späteren Diskussionen geht es nur noch um Mischmodelle, um Synkretismus. Beispielsweise die Gurukula Bewegung. 1902 wird in Kangri, einem am Gangesufer gegenüber dem altbekannten Pilgerort Hardwar gelegenen Dorf, das erste Gurukula eingerichtet. Das Curriculum sieht das Studium der alten indischen als auch der westlichen Wissenschaften vor. Letztere konnten natürlich nur mittels der englischen Sprache gelehrt werden. Ansonsten in der Muttersprache und in Sanskrit.

Die nachfolgende Zeit bringt ein ständiges Hin und Her zwischen den beiden eben beschriebenen Polen. Die Bewegung Dayanandas erfährt dabei unerwartet Unterstützung von der von westlichen Vertretern geführten Theosophischen Gesellschaft. Annie Besant, Engländerin von Geburt und seit ihrem 46. Lebensjahr Inderin durch Wahl, eine dynamische Persönlichkeit, beeinflußt die Diskussion über das für Indien geeignete Erziehungswesen nachhaltig. Sie schreibt 1939 in „Ideals in Education", (Vol. 2, S. 76):

„Wir brauchen und sollten nicht nach dem Westen schauen für die treibende Kraft unseres Erziehungswesens, für hohe Ziele in unserer Erziehung, für Wahrheit in unserer Erziehung. Laßt uns aufhören zu glauben, daß die westliche Erziehung ideal für den Osten sei. Sie ist weit davon entfernt. Für einige Teile des Körpers können wir in Richtung des Westens gehen, aber niemals für die Seele. Nur durch eine Erziehung voller indischer Ideale, voll indischen Geistes, voll von indischer Kraft, voll von indischer Einheit, voll von indischen Zielen, voll von indischem Leben, kann Indien sich wiederfinden."

Diese Richtung bekommt Auftrieb durch einen scheinbar einfachen Menschen namens Ramkrishna. Er hat überhaupt keine Ausbildung. Er ist Analphabet. Doch kann er den Geist der Veden und Upanishaden in seiner Muttersprache Bengali illustrieren. Sehr bald bildet sich ein Kreis von westlich erzogenen Gelehrten um ihn, darunter auch Narendra Nath Dutta, der später, 1897, als Gründer der Ramkrishna Mission unter dem Namen Swami Vivekananda bekannt wird. Das Neue, das Vivekananda und Ramkrishna in die Diskussion einbringen, ist die Betonung der säkularen Erziehung und eine pragmatische Akzentuierung. Sie wollen keinen Synkretismus, sondern ein neues, der Zeit entsprechendes Erziehungswesen auf der Grundlage der alten Tradition.

Hier sind einige wenige Sätze aus seinen Reden und Werken, die in 8 Bänden seit 1945 auch auf englisch vorliegen: *„Erziehung ist die Manifestation der Perfektion, die bereits im Menschen vorhanden ist. ... Alles Wissen kommt aus dem Geist. Die unendliche Bibliothek ist die des eigenen Geistes. ... Einem Kind kann man nicht mehr lehren als man beim Großziehen einer Pflanze tut. ... Das Lehren muß modifiziert werden nach den Bedürfnissen der Schüler. Vergangenes Leben hat unsere Tendenzen geformt, und so muß man diese den nachfolgenden Generationen entsprechend deren Tendenzen weitergeben."* Der zentrale Punkt seiner Konzeption ist die Menschwerdung. Bei Dayananda war das die Erziehung zum gerechten Handeln gewesen. Vivekananda ist der Überzeugung, daß alles Wissen bereits inhärent in jedem Menschen vorhanden ist und nicht von außen kommt. Aufgabe der Erziehung müsse es sein, zur Entfaltung dieser Anlage beizutragen.

In der Konzeption von Dayananda war die Erziehung der Frauen nicht vorgesehen, wohl aber in der Konzeption der Ramkrishna-Mission: *„Die Frauen Indiens müssen in die Fußstapfen von Sita* (Frauengestalt aus dem Epos Ramayana) *treten, sich entwickeln und wachsen, Sita ist einmalig, sie ist genau der Typ der indischen Frau. Dem einen Leben von Sita sind alle Ideale einer perfekten Frau entnommen."* Zur Erziehung: *„Wir müssen die gesamte Erziehung in unserem Land, die theologische und die säkulare, in unseren Händen haben. Und diese muß in die nationale Linie passen durch nationale Methoden, soweit wie möglich."* Hier wird der pragmatische Zug in der Bewegung der Ramkrishna-Mission deutlich. Das soziale Anliegen dieser Bewegung kann durch einen einzigen Satz Vivekanandas verdeutlicht worden: *„Wenn sie Gott finden wollen, dienen sie den Menschen."*

Zur Kritik an dem damaligen Erziehungswesen hat er geschrieben: *„Das gegenwärtige System ist nichts anderes als eine perfekte Maschine, um Schreiberlinge zu produzieren. Ich würde meinen Sternen danken, wenn das alles wäre. Aber nein, sie sehen, wie die Menschen den Respekt und den Glauben verlieren. Sie behaupten, daß Gita* (integraler Bestandteil des die vedische Philosophie enthaltenden indischen Epos Mahabharata) *nur eine Interpretation war und die Veden nur rustikale Lieder. Unsere Pädagogen machen aus unseren Kindern Papageien und vernichten ihr Gehirn durch Krämerei zusammengesetzt aus vielen Fächern ..., und weiter lernen sie, daß alles, was wir an Religion und Sitten besitzen, schlecht und was der Westen hat, alles gut sei."* Er übernimmt die Struktur für die neue Institution von der Gurukula-Bewegung. Dort lernten und lebten die Schüler unter Abschirmung aller Einflüsse des täglichen Lebens mit dem Lehrer zusammen.

Alle diese Bewegungen bestehen noch heute. Aber aus all diesen Bewegungen sind keine Massenbewegung geworden. Die Kolonialverwaltung und die indische Aristokratie verfügten über die reale Macht, das eigene Programm in der Breite durchzusetzen. Die Ausbildung in ihren Instituten ebnete den Weg zum materiellen Wohlstand und nicht eine Ausbildung in den Institutionen der soziokulturellen Bewegungen.

*****

Natürlich hat es auch islamische soziokulturelle Bewegungen gegeben. Sie hatten es schwer. Die Niederlage der islamischen Herrscher und die von der Kolonialverwaltung praktizierte Bevorzugung des nichtmulimischen Bevölkerungsteils hatten die Muslime zunächst entmutigt. Außerdem hatte ihre aktive Teilnahme am Aufstand von 1857 ihr Verhältnis zu den neuen Herrschern außerordentlich belastet.

W. C. Smith schreibt 1946 in „Modern Islam in India" (S. 14) über die damalige Geisteshaltung der islamischen Teile der Bevölkerung und über die Einstellung Nawab Abdul Latifs: *„Er* (Abdul Latif) *war überzeugt, daß die britische Herrschaft zu mächtig war, um dagegen Widerstand leisten, und daß sie zu nützlich war, um sie ignorieren zu können. Die Moslems, die weiterkommen wollten, sollten sich mit dieser Herrschaft verbünden und die Gelegenheit des Teilhabens an den neu eröffneten Möglichkeiten für die einheimische Mittelklasse wahrnehmen."* Mit dem einen Unterschied, daß die erste Bewegung des islamischen Teils in einer literarischen Gesellschaft besteht, reproduziert sie genau den gleichen soziokulturellen wie die des nichtmuslimischen Teils. Die Rolle der „Brahmo Samaj" spielt die literarische Gesellschaft für den islamischen Teil, und etwa 16 Jahre später, 1889, wird sie vom Ahamdiya Movement des Mirja Gulam Ahmed abgelöst. Die dritte Bewegung, geleitet von Sir Syed Ahmed Khan, nach dem Gründungsort auch Aligarh Movement genannt, ist ein eindeutiges Gegenstück zum „Brahmo Samaj". Die Argumente gleichen denen Roys. Ignoranz und Rückständigkeit der traditionellen Moslems sollten mittels des englischen Erziehungssystems überwunden werden.

So ist es auch das Anliegen Sir Syed Ahmed Khans, ein Vertrauensverhältnis zur Kolonialverwaltung zu schaffen. Wie der Titel „Sir" schon zeigt, ist Syed Ahmed Khan so gut in der Kolonialverwaltung etabliert, daß er von der britischen Krone zum Ritter geschlagen worden war. Hier sind einige Zeilen aus einem Brief Khans an die Wissenschaftliche Gesellschaft in Aligarh, die in seiner Biographie von G. F. J. Graham 1911 (S.126) zitiert worden ist: *„Die Eingeborenen Indiens, hoch oder niedrig gestellt, große Kaufleute oder kleine Händler, Ausgebildete oder Analphabeten, verglichen mit den Engländern wirken sie in Bildung, Manieren, Rechtschaffenheit wie schmutzige Tiere gegenüber einem tüchtigen und schönen Mann."*

Aus dieser Bewegung ist die Erziehungsinstitution Anglo-Oriental-College (in Analogie zum Anglo-Vedic-College) entstanden, aus der später die Moslemuniversity of Aligarh wird. Angesichts der von der Kolonialverwaltung unterstützten Bewegung Khans formieren sich ärmere islamische Bevölkerungsteile (wie im Arya Samaj) 1912 zu einer nationalistisch orientierten soziokulturellen Bewegung. In ihr ist für Aristokraten kein Platz, und da inzwischen der Indische Nationalkongreß eine politische Bewegung mit diffuser Zielsetzung geworden war, wird diese Gruppe in den Indischen Nationalkongreß integriert. Die hervorragendste Persönlichkeit dieser Gruppe ist Mohammed Ali. Er errichtet 1920 in einigen Zelten eine Gegenuniversität zu der Moslemuniversität von Aligarh, die Jamia Millia Islamia (sinngemäß: die Universität der islamischen Gemeinde). Diese Universität existiert heute noch, wenn auch nicht am ursprünglichen Ort, sondern seit 1925 in Delhi.

Der in der Regel aus konvertierten Angehörigen der Unterschicht oder aber aus Mischehen oder Konkubinaten entstandene christliche Bevölkerungsteil entwickelt keine, ähnlichen Bewegungen. Er besitzt infolge der wesentlich kürzeren sozialen Distanz zur Kolonialverwaltung eine privilegiertere Stellung als die übrigen Unterschichten. Er bleibt bis zur Unabhängigkeit Indiens loyal gegenüber der Kolonialverwaltung.

Die privilegierten Teile arrangieren sich schnell mit der Kolonialherrschaft, um nicht mit dem von jeher unterdrückten Teil der Bevölkerung auf die gleiche Stufe gestellt zu werden. Sie stützen die Kolonialverwaltung, um ihre althergebrachten Privilegien zu retten. Die Kolonialverwaltung stützt sie, um ihre eigene Herrschaft zu konsolidieren. Die von dieser Klasse getragenen Bewegungen werden fälschlicherweise als national angesehen, nur weil überhaupt eine Auseinandersetzung mit der Fremdherrschaft stattfindet. Sie entwickelt sich jedoch nicht zur nationalen Unabhängigkeitsbewegung.

Zusammenfassend kann gesagt werden, daß die nichtpolitischen Bewegungen keine überzeugende Konzeption der Erziehung erdacht haben, die kurz oder langfristig der englischen Kolonialverwaltung hätte gefährlich werden können. Außerdem waren jene von der Kolonialverwaltung eingerichteten, ein loyales Kader produzierenden Erziehungsinstitutionen denen der soziokulturellen Bewegungen zahlenmäßig weit überlegen.

Der Gründungszusammenhang des „Indischen Nationalkongresses", der sich erst in Laufe der Zeit zu einer politischen Bewegung für die Unabhängigkeit entwickelt, ist bereits beschrieben. Die Mitglieder gehören zur neuen Klasse Macaulays. Sie haben kein Interesse an soziokulturellen Bewegungen. Sie entstammen meist althergebrachte Privilegien besitzenden Klassen. Sie partizipieren nur an Richtungsauseinandersetzungen innerhalb der Kolonialverwaltung. Diese Auseinandersetzungen spiegeln die Kontroversen zwischen den Tories (Konservatien) und den Whigs (Liberalen). Sie unterscheiden sich nur in einigen Nuancen; einig sind sich aber beide Lager über die Berechtigung, die kolonialen Gebiete zum Nutzen des Mutterlandes auszubeuten. Hinzu kommt noch das zu jeder Zeit in jeder Gesellschaft zu beobachtende Phänomen des Unvermögens der Mehrheit, mittel- oder langfristige Projektionen in die Zukunft zu machen, was zur ständigen Auseinandersetzung zwischen der nur kurzfristig projizierenden Mehrheit und der langfristig denkenden Minderheit führt.

Diese Auseinandersetzung im Lager der Kolonisatoren hat zwei interessante Aspekte. Die Ausrede, wonach Verbreitung von Zivilisation im Dschungel den Besitz von Kolonien rechtfertigte, hätte nicht verbreitet werden können ohne Diskussionen über die in den Kolonien einzuschlagende Politik. Die Angehörigen des englischen Land- und Geldadels allein sind nicht in der Lage, ihre Herrschaft in den Kolonien zu errichten und zu halten. Sie brauchen dazu die Mithilfe der Angehörigen der unterprivilegierteren und der intellektuellen Klassen. Diese werden eingekauft und eingebunden.

Das koloniale Herrschaftssystem basierte auf Gewalt und Manipulation. Die unter Kontrolle gehaltenen einheimischen Kräfte bildeten keine Gefahr. Die einzige Gefährdung konnte von seiten der intellektuellen Klasse kommen. Und sie war gebannt, solange man ihr erlaubte für Verbesserungen, niemals aber für Ächtung und Abschaffung zu „kämpfen". Nur für die „Humanisierung" des stets inhumanen Kolonialismus. Ihre Verbesserungsvorschläge, wenn sie den mittel- und langfristigen Interessen der englischen Regierung nicht widersprachen, wurden teilweise und zögernd angenommen. Und ein Frühwarnsystem waren diese Diskussionen auch.

Die neue Klasse Macaulays – Interpret zwischen Herrschern und Beherrschten zu sein, zwar einheimisch in Fleisch und Blut, aber englisch im Denken –, konnte in die Diskussion um Verbesserungen problemlos eingespannt werden. So ist es nicht weiter verwunderlich, daß der Indische Nationalkongreß im 19. Jahrhundert, also noch 15 Jahre nach seinem Entstehen, den soziokulturellen Bewegungen gegenüber gleichgültig blieb. Offiziell hat der Indische Nationalkongreß zum Erziehungssystem überhaupt keine Stellungnahme abgegeben.

Es wurde bereits kurz erwähnt, daß W. F. Wertheim in seinem Werk „Indonesien Society in Transition" 1959 (S. 46) die These in die Diskussion gebracht hat – und diese These wird für die Einschätzung der Entkolonisierung immer herangezogen –, daß erst nach der Entstehung einer einheimischen bürgerlichen Klasse, einer in den Denkkriterien der Kolonialherren geschulten Klasse, die Möglichkeit besteht, das koloniale Herrschaftssystem mit den eigenen Waffen zu schlagen: *„Dieselbe Ideologie, die in früheren Jahrhunderten die Bourgeoisie mit Waffen ausstattete, um den Adel zu besiegen, diente nun als Instrument gegen die kombinierten Kräfte der fremden Kolonialmacht und der einheimischen Aristokratie."* Wertheim unterstellt, daß der Kampf gegen den Kolonialismus von einer bürgerlichen Klasse getragen wurde. Der Vergleich mit der europäischen Bourgeoisie ist abwegig, da ihre Träger praktisch die Rolle der während des Kolonialismus entstandenen Aristokratie ausübten. Der traditionelle Adel war von der Aristokratie praktisch entmachtet, nur die Struktur seiner Herrschaft ist erhalten worden. Gewiß wurde ein Teil der alten Aristokratie durch Überlassung hoher Funktionen in die Kolonialverwaltung integriert, zum Teil machtlos gewordene Angehörige der althergebracht privilegierten Klasse aufgewertet und dadurch dem Adel gleichgesetzt. In der Unabhängigkeitsbewegung geht es nicht um die Befreiung des Landes von fremder Ausbeutung, sondern um einen zwischen den fremden und den einheimischen Kolonialverwalter – und solchen, die es werden sollten – geführten Kampf um Macht, in dem die Struktur der Ausbeutung nicht in Frage gestellt wird.

Die Einheimischen haben dabei eben ein Heimspiel. Teile der einheimischen Masse können leicht gegen die Fremden mobilisiert werden. Dies ist ausschlaggebend für den Erfolg der Unabhängigkeitsbewegung gewesen, und nicht, wie Wertheims These glauben machen will. Genau wie Napoleon zur Stabilisierung seiner Macht eine neue Gruppe Adliger schuf, bedienen sich die Kolonialverwaltungen solcher neu geschaffener Klassen. Die Kriterien der Auswahl sind der Situation angepaßt. Ein Kriterium ist, Angehöriger einer althergebrachten privilegierten Familie zu sein, ein anderes, sich freiwillig für das Kader des Kolonialregimes ausbilden zu lassen. Nur wenn diese beiden Kriterien Bourgeoisie definierten und berücksichtigten, daß im Gegensatz zur Bourgeoisie diese eine verschwindend kleine Minderheit ist, kann die These Wertheims überhaupt diskutabel sein.

Wie wenig die „Bourgeoisie" des Indischen Nationalkongresses eine nationale Befreiung im Sinn hat, zeigt der folgende Satz des einstigen Kongreßpräsidenten P. Sitarammaya, der 1946 ein mehrbändiges Werk über die Geschichte des „National Congress" geschrieben hat (S. 19): *„Er (der* Nationalkongreß) *macht keinen Unterschied zwischen Britisch-Indien und Indisch-Indien, zwischen den Provinzen, zwischen den Klassen und Massen, den Städten und Dörfern, zwischen Reichen und Armen, zwischen landwirtschaftlichen und industriellen Interessen, zwischen Kasten und kommunalen Sekten."* Deshalb unterläuft dem Nationalkongreß die Fehlleistung, die widersprüchlichen Interessen von Britisch-Indien und Indisch-Indien, von Arm und Reich, städtischer und ländlicher Bevölkerung nicht zu sehen. Der geniale Einfall der Kongreßführer besteht darin, zu Beginn des 20. Jahrhunderts die Mitgliedschaft im Indischen Nationalkongreß für jedermann erreichbar zu machen und dem Kongreß im Kampf um die Macht der neu entstandenen Aristokratie einen nationalen Anstrich zu geben.

S. S. Dikshit charakterisiert die Rolle des Kongresses 1966 (S. 139) wie folgt: *„Der Kongreß tat wenig praktische Arbeit im Erziehungsbereich bis zum Ende des 19. Jahrhunderts."* Die Schwierigkeit, im gegenwärtigen, demokratischen Indien die Rolle des Nationalkongresses vor der Unabhängigkeit zu kritisieren, insbesondere als Mitinhaber der etablierten Macht, läßt Dikshit schon im darauffolgenden Satz diese Untätigkeit des Kongresses beschönigen: *„Es war in Wirklichkeit eine Periode der Vorbereitung in der die Führer der Bewegung nur die Erziehungspolitik der Regierung beobachteten und einschätzten, anstatt aktiv etwas zu unternehmen."* Dikshit nimmt selbst dieser verharmlosenden Einschätzung allen Wert mit der anschließenden Feststellung: *„Auch waren sie* (die Führer des Kongresses) *zu sehr durch Agitation für bestimmte administrative Reformen in Anspruch genommen, um irgendwelche Erziehungsarbeit während dieser frühen Jahre des Kongresses in Angriff zu nehmen."*

Diese administrativen Reformen tangieren die persönlichen und die eigenen Klasseninteressen. Die von der Kolonialregierung verfolgte Erziehungspolitik stellt keine Gefahr für diese Interessen dar. Also kümmert sich der Indische Nationalkongreß nicht um die Erziehungspolitik. Die Haltung ändert sich, als Lord Curzon, britischer Gouverneur in Indien, das bestehende Erziehungssystem reduzieren will, weil die Expansion auf Kosten des Niveaus gehe. Curzon will auch die Kontrolle über das Erziehungswesen in die Hände britischer Beamter geben und die Unterrichtung nur in englischer Sprache zulassen. 1904 wird ein entsprechendes Universitätsgesetz erlassen. Alle von den soziokulturellen Bewegungen gegründeten Erziehungsinstitutionen sind davon betroffen.

Zur gleichen Zeit, 1905, will Curzon Bengalen teilen, weil Bengalen während der gesamten Kolonialzeit ein ständiger Unruheherd gewesen war. Die Teilung Bengalens betrifft einen großen Teil der Bevölkerung, da in dieser Provinz die Mobilität immer relativ hoch gewesen ist. Diese Politik Curzons führt zu einer spontanen Massenaufruhr. Der Indische Nationalkongreß, der sich bis dahin nur um die Verbesserung der Verwaltung gekümmert hatte, unterstützt die Bewegung. Im Gegensatz zu dem „Sepoy Aufstand" wird eine direkte Konfrontation vermieden. Man boykottiert den Verbrauch von fremden Gütern und die Nutzung fremder Einrichtungen. Hierbei spielen die Studenten die tragende Rolle. Sie gründen eine Gesellschaft, die „Dawn-Society". Je stärker die Repression der Kolonialverwaltung wird, desto stärker wird auch die „Swadeshi" (Einheimische)-Bewegung. Die studentischen Aktivisten werden von den Erziehungsinstitutionen ausgesperrt; gleichzeitig wird ihnen die Relegierung angedroht. Ohne Erfolg. Im Gegenteil. Sie gründen eigene Institutionen für die höhere Erziehung.

In dieser Situation, 1906, beschäftigt sich der Indische Nationalkongreß erstmalig mit Erziehungsfragen und verabschiedet in Kalkutta eine Resolution folgenden Inhalts: *„Nach Meinung dieses Kongresses ist die Zeit gekommen, für das Volk überall in diesem Land die Frage der nationalen Erziehung für Jungen und Mädchen aufzugreifen und ein System der Erziehung zu organisieren, für geistige, wissenschaftliche und technische Erziehung, das dem Bedarf des Landes entspricht, in nationaler Linie ist und unter nationaler Kontrolle steht."*

Der Kongreß ist gezwungen, um die neu gewonnene Einflußsphäre nicht gleich wieder zu verlieren, über diese Resolution hinaus Taten folgen zu lassen. Innerhalb des Kongresses entsteht dafür ein Organ: das „National Council of Education", das ein System der Erziehung unter Berücksichtigung nationaler Gesichtspunkte und unter nationaler Kontrolle entwerfen sollte. Dem Kongreß fallen keine nationalen Inhalten ein, er konzipiert nur alternative Einrichtungen mit derselben Struktur wie die der Kolonialregierung, nur soll die Kontrolle über die Institutionen durch Einheimische ausgeübt werden. Der Unterricht soll in der Muttersprache stattfinden. Der Kongreß bzw. das „National Council of Education" orientiert sich nicht an den Konzeptionen der Theosophischen Gesellschaft oder der Ramkrishna-Mission, die am ehesten ein Gegenmodell, auch strukturell, hätten abgeben können.

Der Kongreß versäumt es, die Ziele einer nationalen Erziehung klar zu formulieren. Die Bewegung bleibt auf Bengalen beschränkt. Die von Curzon eingeleitete Politik wird rückgängig gemacht. Die neugegründeten Einrichtungen gehen ab 1909 ein. Der alte Zustand wird wiederhergestellt. Ein prominenter Kongreßführer, Lala Lajput Rai, beschreibt 1916 in seinem Buch (S. 25–26) den Zustand des „National Council of Education" nach 1909: *„Der National Council of Education existierte noch, aber nur dem Namen nach. Sein Zustand war der eines Sterbenden. Die Führer und die tragenden Kräfte strangulierten ihn. Mr. T. Palit und Sir Radha Behari Ghosh, zwei seiner stärksten Pfeiler, gaben ihr den Todesstoß, als sie ihre glänzenden Begabungen anstatt dem von ihnen mitbegründeten National Council of Education der Universität Kalkutta zur Verfügung stellten. Die wenigen Gelehrten, die mit bezeichnender Bereitschaft Karrieren aufgegeben hatten, um in dem neu gegründeten National College zu unterrichten, sind zerstreut. Sie suchen Anstellungen in den von der Regierung unterstützten Institutionen. Die nationalistischen Schulen, die von dem Council begonnen worden waren, sind zum größten Teil durch die Umstände der Situation auseinandergefallen, und im Augenblick ist die Bewegung nichts als ein zerfallenes und aufgegebenes Zeichen für den Fortschritt der Erziehung im Lande."* Rai gibt als einer der wenigen zu, daß der Kongreß nach dem Abebben der Spontaneität die Träger dieser Bewegung im Stich gelassen hatte. So scheitert die erste politische Massenbewegung. Die meisten Kongreßführer führen das Scheitern auf die geschickte Politik der Engländer zurück, die die Steine des Anstoßes wieder aus dem Wege räumten. Es wäre die Aufgabe des Indische Nationalkongresses gewesen, dieser spontanen Bewegung eine längerfristige Perspektive zu bieten und weiterreichende Ziele anzuvisieren. Zu dieser Einsicht kommt es jedoch nicht.

Gunnar Myrdal sieht in den Ereignissen dieser Jahre nichts anderes als dies (S. 1654–55): *„Curzons Hauptabsicht – die Qualität der Erziehung zu heben, sogar auf Kosten einer schnelleren Expansion – war auch als Bedrohung der Hoffnung der Reformer gesehen worden, binnen kurzer Zeit den Massen Erziehung zu bringen. Die indischen Nationalisten waren in der Regel bereit, einen Abfall des Niveaus zu akzeptieren, wenn sie die Zahl der Menschen erheblich steigern konnten, die die elementare Ausbildung erhielten; wenn auch weniger ausdrücklich formuliert trifft diese Haltung auch gegenüber der sekundaren und höheren Erziehung zu. Wichtige Elemente in ihrem Programm waren vor allem, auch in der sekundaren und höheren Erziehung den Gebrauch der Muttersprache auszuweiten, die Erziehung national zu gestalten, indem die Erziehung die Liebe zum eigenen Land und nicht die Loyalität zum britischen Raj (Reich) weckte, sowie Hingabe für die Entwicklung Indiens anzuregen. Schließlich forderten die Nationalisten vollständige und schnelle ‚Indianisation‘ der ganzen Erziehungsstruktur und ihrer Verwaltung.“*

Eine zweite Welle des Aufbegehrens beginnt 1920. Die Kongreßführung hatte nach Beendigung des 1. Weltkrieges eine wohlwollendere Einstellung der britischen Regierung erwartet, denn der Kongreß hatte sie im Krieg unterstützt, indische Kräfte zur Verteidigung des Mutterlandes zu mobilisieren. Die allgemeine Enttäuschung über die unveränderte Haltung der britischen Regierung läßt auch die in den islamischen soziokulturellen Bewegungen gesammelten Bevölkerungsteile zum Indischen Nationalkongreß stoßen. Neuer Führer des Kongresses wird Mohandas Karamchand Gandhi. Nach seiner juristischen Ausbildung in England geht Gandhi 1893 nach Südafrika und eröffnet dort seine Anwaltspraxis, nachdem eine solche in Bombay nicht von Erfolg gekrönt gewesen ist. Dort erfährt Gandhi die Diskriminierung, der die Inder in Südafrika generell ausgesetzt waren. Diskriminierung seiner eigenen Person zum ersten Mal. Gandhi hat sich weder in Indien noch in England diskriminiert gefühlt. Er organisiert in Südafrika den „passiven Widerstand“. Nicht mit nachhaltigem Erfolg. Nach seiner Rückkehr nach Indien wandte er dieselbe Technik des „passiven Widerstandes“ in der Bewegung von 1919 an.

Diesmal mit Erfolg. Wieder sind es die Studenten. Genau wie in der Swadeshi-Bewegung von 1906 wird in der neuen Bewegung des passiven Widerstandes die kolonialen Erziehungsinstitutionen boykottiert und neue, nationale Institutionen gegründet. 1921, wieder in Kalkutta, wird ein „National College“ eingerichtet. Auch diesmal fällt den Führern des Indischen Nationalkongresses nichts Neues ein. Sie präsentieren ein Alternativkonzept, das sich wiederum auf die Forderung nach Einführung der „nationalen Linie" und der „nationalen Kontrolle" beschränkt, ohne diese Forderungen mit Inhalt zu füllen.

Bereits 1923 ist diese Bewegung des „National College" tot, nach Auffassung indischer Gelehrten wiederum aufgrund der raffinierten Politik der Engländer. England beteiligt verstärkt indische Kräfte in der Verwaltung, insbesondere aber in den Erziehungseinrichtungen. Diese werden auf Provinzebene indischen Ministern übertragen. Ihnen fällt damit genau die Rolle zu, die die englischen Intellektuellen innerhalb der Kolonialverwaltung innehaben. Sie tragen die Verantwortung für ein Erziehungssystem, das sie nicht konzipiert haben, dessen Zielsetzung sie nicht überblicken, mit der Erlaubnis, in konkreten Teilbereichen Änderungen zur Verbesserung der Effizienz vorzunehmen. Auf diese Weise werden die führenden Köpfe in das Erziehungssystem der Kolonialverwaltung voll integriert.

Folgerichtig kämpfen sie für die Ausweitung ihrer Macht, d. h. um Selbstverwaltung unter Anerkennung der britischen Krone, um provinzielle Autonomie, die schließlich 1935 auch zugestanden wird. In den der Autonomieerklärung vorausgegangenen Wahlen erhält der Indische Nationalkongreß in sieben der elf Provinzen die Mehrheit, in den restlichen vier siegt die Moslemliga, ein inzwischen neu entstandener Zusammenschluß konservativer Moslems. Die Kolonialmacht hat mit Erfolg das Prinzip „Teile und Herrsche" durchgesetzt. Die prominenten islamischen Kongreßmitglieder wechseln zur Moslemliga hinüber. Damit ist das Fundament für eine Teilung Britisch-Indiens gelegt.

Durch die Einführung der Selbstverwaltung in Indien nach 1935 werden die nichtmuslimische Neuaristokratie des Nationalkongresses und die islamische der Moslemliga noch weiter in das System der Kolonialverwaltung integriert. Überdies bleibt diese nur bis 1940 in Kraft, da bei Eintritt in den 2. Weltkrieg die Engländer die Verwaltung Britisch-Indiens wieder in die eigenen Hände nehmen. Diese problemlose Aufhebung der Selbstverwaltung dokumentiert, wie gering die tatsächliche Bedeutung der Selbstverwaltung gewesen ist.

1942 beginnt die dritte Welle einer Massenbewegung. Die führenden Kräfte des Nationalkongresses werden in Gefängnisse eingeliefert. Nach Beendigung des 2. Weltkrieges verabschiedet das britische Parlament ein Gesetz, wonach Indien nach Teilung des Landes die politische Unabhängigkeit erhalten soll. Im Bereich der Erziehung geschieht nichts, sieht man von dem von Gandhi 1937 entwickelten Plan für die Grundausbildung ab. Seine Idee ist der alten Tradition entnommen. 1939 werden vereinzelt solche Schulversuche gestartet, geraten aber nach der Unabhängigkeit in Vergessenheit. Auch die „National Planning Kommission", 1938 unter Vorsitz von Nehru gegründet, bringt keine neue Idee im Bereich des Erziehungswesens. Woher auch?

Es wird im allgemeinen als ein großes Verdienst Gandhis angesehen, sich für die Unberührbaren, die Kastenlosen, besonders eingesetzt zu haben. Von Gandhi werden sie „Kinder Gottes" genannt; sie erhalten durch ihn einen Platz in der indischen Gesellschaftsordnung als „scheduled caste". Ganz sicher ist es Gandhis Verdienst, in der Verfassung des unabhängigen Indien besondere Privilegien für sie durchgesetzt zu haben. Eine tiefere Analyse zeigt aber, daß sich der Status der Unberührbaren durch die Wiedereingliederung und durch die Vergabe von Sonderrechten praktisch nur noch weiter verfestigt hat.

Das „Kastensystem" in Indien ist ein so kompliziertes und so umstrittenes Phänomen, daß die westlichen und östlichen Gelehrten, die dieses System zu analysieren versuchen, zu sehr unterschiedlichen Deutungen gekommen sind. Eine davon erscheint mir – trotz ihres spekulativen Charakters – in Zusammenhang mit Gandhis Bemühen um die Unberührbaren erwähnenswert. Der bereits erwähnte und um 1966 viel diskutierte Essayist Nirad C. Chaudhuri, ein stark „arierphiler" Inder, hat in seinem Buch „The Continent of Circe" zur Entstehung des Kastensystems geschrieben (S. 58 f.): *„...Ich möchte einige Worte über die Methode sagen, durch die die Hindus die Barbaren (womit alle nicht aus Persien oder Griechenland stammenden nach Indien eingewanderten Völkerstämme gemeint sind) absorbiert haben. Es geschah durch eine Ausweitung des Kastensystems und durch eine Absorption in das System ... . Das Kastensystem in Indien hat nicht nur eine Art von Anarchie organisiert, sondern mehrere Arten. Die Hindugesellschaft versuchte nicht, die immense Weite in den rassischen, sozialen, kulturellen und ökonomischen Unterschieden zu unterdrücken, welche die Geschichte in unendlicher Folge schuf. Ganz im Gegenteil, sie akzeptierte sie, gab jedem seinen Platz und seine Nische und brachte einen lebendigen Zusammenhalt der menschlichen Gruppen aller Sorten zustande, was eine Föderation der Teile war, ohne jemals zu versuchen, eine Sache zu werden. Lassen Sie mich eines sehr emphatisch und ein für allemal sagen: Nirgends und zu keiner Zeit besaß das Kastensystem eine Norm oder eine Endgültigkeit. Es blieb elastisch, und seine Ausweitung war in mehr als nur einer Richtung zu beobachten. Um ein Beispiel zu geben: Die Assimilation der fremden Barbaren durch das Kastensystem hatte sein Gegenstück in der partiellen Anhebung der Dunkelhäutigen an den Status der Hindus. Solchen Eingeborenen, die irgendwelche Fähigkeiten oder den Wunsch nach einer höheren Art von Leben zeigten, wurde dies innerhalb der Hindugesellschaft nicht verwehrt. Aber es gab keine feststehende Regel für die Ausweitung des Kastensystems auf Nichthindus.* (Chaudhuri vertritt die These, daß der Hinduismus von den hellhäutigen Einwanderern in der Vorgeschichte mitgebracht oder geschaffen wurde und die dunkelhäutigen Eingeborenen nach und nach in den Hinduismus integriert wurden.) *Manchmal wurde der Fremde oder der Eingeborene in eine höhere Kaste aufgrund seines Berufes oder seiner weltlichen Macht aufgenommen – fremde Priester wurden natürlich Brahmanen und fremde Prinzen Kshatriya – und* *manchmal eine ganze Gemeinschaft von Fremden zu einer separaten Kaste. Die Anwendung des Kastensystems war gänzlich empirisch."*

Die Analyse des heutigen Kastensystems, wonach aus den ursprünglich vier „Varnas" unzählige wurden, gibt Chaudhuri teilweise Recht. Das bedeutet, daß es einem politischen Routinier wie Gandhi gefährlich erscheinen mußte, daß aus der indischen Gesellschaft große Teile herausfielen. Dadurch hätte die nationale Bewegung, die ja eine Bewegung der privilegierten, vorwiegend in den Städten wohnenden Klasse war, den nationalen Charakter leicht verlieren können. So wandte Gandhi das pragmatische Verfahren der Ausweitung der Kasten an und integrierte diese in die Gesellschaft. Dieser Aspekt wäre irrelevant, wenn dies nicht im Erziehungssystem, insbesondere an den Universitäten, eine erstaunliche Neuerung gebracht hätte.

Die Universität der Gegenwart reserviert gesetzlich Plätze für die Angehörigen dieser Gruppe. Die Institutionen für höhere Bildung und Ausbildung verfügen aber nur über beschränkte Kapazitäten, was die Einführung des Numerus clausus erforderlich macht. Durch die Reservierung von Plätzen konkurriert diese Gruppe bei der Zulassung nur untereinander. Diese Öffnung für die Unterprivilegierten läßt aber die Ursache der Unterprivilegierung unverändert. Diese Konstruktion führt in einer Klasse systematisch zu unterschiedlichen Niveaus. Weil aber die Ursache der Unterprivilegierung bestehen bleibt, können die freigehaltenen Plätze meist nicht von ihnen in Anspruch genommen werden. Die Planer des Erziehungssystems sind zufrieden, denn sie haben damit alles getan, was zum Ausgleich hätte getan werden können. Grundsätzlichere Gedanken über die Beseitigung der Ungleichheit sind vom Nationalkongreß nicht gemacht worden.

Zusammengefaßt kann festgestellt werden, daß innerhalb der politischen Unabhängigkeitsbewegung über die Inhalte der Erziehungsziele nicht nachgedacht worden ist. Im Gegensatz zur Etablierung der islamischen Fremdherrschaft oder der Kolonialherrschaft. Sie errichteten jeweils ein neues Erziehungssystem mit neuen Struktur und mit neue Inhalten.

*****

Die Ursache für dieses Versäumnis mag darin gelegen haben, daß die führenden Köpfe der nationalen Unabhängigkeitsbewegung planmäßig in das von dem Kolonialregime errichtete Herrschaftssystem integriert worden sind. Nach der Einführung der Selbstverwaltung 1937 werden sie praktisch zu Teilhabern des Kolonialregimes. Im Einklang mit der internationalen öffentlichen Meinung haben sie dennoch ohne Wenn und Aber wiederholt bekundet, daß mit der Unabhängigkeit ein neuer Abschnitt in der Geschichte Indiens beginnen wird.

Es bleibt unverständlich, warum der Indische Nationalkongreß diesen neuen Abschnitt in der Geschichte Indiens nicht einleitet durch den Hinauswurf der Kolonisatoren aus dem Land und warum er sich durch ein im Britischen Parlament verabschiedetes Gesetz die Verwaltungsmacht übertragen läßt. Dem Indischen Nationalkongreß war gelungen, die Masse für die Unabhängigkeit zu mobilisieren. Mehr noch. Er nimmt die Teilung des Landes hin. Zum ersten Mal in der Geschichte Indiens. Und all dies geschieht, als sich die Briten 1947 an einem Tiefpunkt ihrer Macht befinden. Wir erinnern uns. 1905 versucht Lord Curzon an einem Höhepunkt der Macht, Bengalen zu teilen. Eine bewegte Masse macht die Teilung rückgängig. Die „Indische Union" bleibt nach der Unabhängigkeit noch Mitglied im britischen Commonwealth. Es gibt heute noch jede Menge Klärungsbedarf.

Die Kongreßführung übernimmt aus den Händen der Kolonisatoren den gesamten Verwaltungs- und Militärapparat, die von der Kolonialverwaltung geschaffene Wirtschaftsstruktur und das von Macaulay 1835 konzipierte Erziehungssystem. Für diese „friedvolle" Ablösung des Kolonialregimes erntet die Kongreßführung viel Lob von Wissenschaftlern, Publizisten und Politikern der blond-blauäugig-weiß-christlichen Industriestaaten.

Es ist nicht glaubhaft, daß die in der englischen Literatur und Geschichte bewanderten Führer des Indischen Nationalkongresses nicht erkannt haben sollen, daß die formale Übertragung der nationalen Unabhängigkeit an der Wirtschaftsstruktur nichts änderte. Es ist auch nicht glaubhaft, daß sie nicht begriffen haben sollten, daß die Übertragung der formalen Unabhängigkeit zu diesem Zeitpunkt nichts anderes war als eine Sparmaßnahme, um dem durch den Krieg angeschlagenen Mutterland die Verwaltungskosten der Kolonien zu ersparen. Es kann dieser neuen Klasse Macaulays nicht unterstellt werden, daß sie bei ihrer Belesenheit in der ökonomischen und politischen Literatur Liberale wie John A. Hobson und Sozialisten wie Karl Kautsky nicht gekannt und nichts von der „Unterkonsumptionstheorie" gehört. Diese haben die Hypothese begründet, daß der Imperialismus keine historische Notwendigkeit ist, sondern die Volkswirtschaften durch die Kosten der Verwaltung des Imperiums eher einen Verlust erleiden.

Wenn der Führung des Indischen Nationalkongresses all dies nicht unterstellt werden kann, ist die Schlußfolgerung unausweichlich. Sie ließ sich die Macht übertragen, weil sie glaubte, nur so könnte sie die Macht ihrer eigenen Klasse, die der althergebracht Privilegierten, in einem unabhängigen Indien unter Beibehaltung der bereits festgelegten Wirtschaftsstruktur und der außenwirtschaftlichen Beziehungen noch weiter verfestigen. Welche andere Möglichkeit der Deutung läßt die Tatsache zu, daß eine bereits mobilisierte Masse nicht in eine Befreiungsbewegung eingebracht wurde, die von einem Unrechtssystem gewaltsam aufgebauten Beziehungen aufkündigte und die nationalen Interessen neu definierte? Und wie ist die Moral der Intellektuellen der blond-blauäugig-weiß-christlichen Kultur zu beurteilen?

Das Einsparen von Verwaltungskosten der Imperialmächte setzen das Gelingen zweier Maßnahmen voraus. Die Struktur der wirtschaftlichen Abhängigkeit des neu unabhängig gewordenen Indiens muß weiterbestehen bleiben. Die Führung des Indischen Nationalkongresses muß der mobilisierten Masse glaubhaft vermitteln, daß von nun an spürbare materielle Verbesserungen zu erwarten sein werden. Dieser erwartungsvollen Masse müßte nachhaltig der Eindruck vermittelt werden, daß die neue Regierung in allen Bereichen wesentlich mehr tun würde als die frühere Kolonialregierung. Gelänge dies nicht, bestünde die Gefahr, daß die Masse die Befreiung doch noch nachholen würde, was die Interessen Englands und die der indischen privilegierten Klasse durchkreuzt hätte. Diese gleichgelagerten Interessen lassen einen Handel perfekt werden, dessen denkwürdigen Abschluß am Unabhängigkeitstag Jahr für Jahr feierlich bedacht wird.

Die Verminderung der Verwaltungskosten in den Kolonien, die gleichzeitige Sicherstellung der „internationalen Arbeitsteilung", die Erhaltung der Außenhandelsstruktur und die Integration der „entkolonialisierten Länder" in das Weltwährungssystem brachte und bringt den „Industrieländern" einen beträchtlichen wirtschaftlichen Aufschwung. Die Einsicht in diese Zusammenhänge wird dadurch etwas erschwert, daß nicht nur ehemalige Kolonialmächte an dem wirtschaftlichen Aufschwung teilhaben, sondern auch solche Länder, die nicht mehr oder gar keinen Kolonialbesitz gehabt haben.

Die Erklärung dafür ist, daß von der Festlegung der internationalen Handelsstruktur alle „Industrieländer" profitierten. Die nicht Kolonien besitzenden Industrieländer, die also auch keine Verwaltungskosten zur Pflege der Struktur aus der kolonialen Zeit zu investieren brauchten, konnten auf Kosten der Kolonien besitzenden Länder diese ersparte Summe in die eigene industrielle Entwicklung investieren und somit einen zusätzlichen Vorteil wahrnehmen. Dies erklärt auch, warum der wirtschaftliche Aufschwung in den Kolonien besitzenden Ländern England und Frankreich gegenüber den anderen europäischen Ländern mit einem „time lag", also einer zeitlichen Verzögerung erfolgte.

Interessant ist auch der Tatbestand, daß Spanien und Portugal, die einen Teil ihres Kolonialreichs an die Konkurrenten anderer europäischer Länder verloren, die Mittel fehlten, um den Sprung in die industrielle Revolution zu vollziehen, so daß es für Spanien und Portugal länger profitabel war, die restlichen Kolonien zu halten, als sie zu denselben Bedingungen wie England, die Niederlande, Frankreich und Belgien aufzugeben.

Ein beachtlicher Tatbestand ist auch, daß die sogenannte Entwicklungshilfe auch in politischen und militärischen Bereich mit dem erklärten Ziel der Stabilität eingesetzt wurde und wird. Die Erhaltung dieser Stabilität garantiert sowohl die Privilegien der „Industrieländer" als auch die Macht und die Privilegien ihrer jeweiligen einheimischen „Counterparts". Die Dosierung der „Entwicklungshilfe" im sozioökonomischen Bereich ist flankierend. Immer dort wird Entwicklungshilfe verstärkt eingesetzt, wo das von dem Kolonialsystem geprägte soziale Gefüge durch die Unzufriedenheit der Massen auseinanderzufallen droht.

So ist es nicht verwunderlich, daß in keinem „entkolonialisierten" Land die von den Kolonisatoren etablierte Sozialstruktur, die Zielsetzungen der

Kolonialverwaltung und der Erziehungsinstitutionen grundlegend verändert worden sind. Sind etwa die kolonialen Ausbeutungsinteressen und die neuen nationale Interessen gleich? Im Erziehungsbereich folgt eine bloße Expansion. Die neu etablierte indische Regierung steht, wie auch andere „in die Unabhängigkeit entlassene" Regierungen, unter dem Zwang zu expandieren. Der Zwang ergibt sich aus der Erkenntnis, daß Expansion das Mittel ist, die Masse davon zu überzeugen, daß sich die nationale Regierung doch von der kolonialen Regierung unterscheidet. Je deutlicher dieser – scheinbare – Unterschied der Masse vermittelt werden kann, desto größer ist die Stabilität, die die neue Regierung erlangt. Auch die Verwässerung der Qualität wird dabei in Kauf genommen.

Der scheinbare Zwang zur Expansion muß nicht erst abgeleitet werden, er ist auch durch Erklärungen der Regierungsmitglieder und der höheren Funktionäre des Erziehungswesens hinreichend belegt werden. Einige Beispiele dazu: K. G. Saiyidain, einer der führenden Bildungsexperten der indischen Regierung und unter anderem auch Mitglied der Education Commission in der Zeit von 1964 bis 1966, Direktor des Asian Institute of Educational Planning and Administration, klagt 1965 in seinem Buch „Universities and the Life of the Mind" (S. 163): *„Der Punkt der Kritik ist, daß es uns wegen unserer beschränkten finanziellen Mittel nicht gelungen ist, sicherzustellen, daß die Expansion nicht die Qualität unangemessen verwässern würde, und auch nicht gelungen ist, adäquate Möglichkeiten für Ausbilder, Einrichtung und Gebäude zu schaffen, um ein vernünftiges Niveau im Lehren und Lernen zu erhalten; daß ja nicht aus der Schau von Respekt vor dem demokratischen Druck* (out of a show of deference to democratic pressure) *die Butter so dünn gestrichen wird, daß das Brot fast trocken bleibt."*

J. P. Naik, ein anderer prominenter und anerkannter Autor in Erziehungsfragen und Mitglied verschiedener Kommissionen – auch der von 1964 bis 1966 tätigen Education Commission – schreibt ebenfalls 1965 in seinem Buch, „Educational Planning in India (S. 13): *„Was in den letzten 16 Jahren geschehen ist, ist nur eine Expansion des früheren Systems mit einigen wenigen marginalen Veränderungen in Inhalt und Technik."* Auf Seite 37 f. schreibt er: *„ ... Die Expansion und die Verbesserung der Verwaltung der Erziehungsinstitutionen sind im allgemeinen vernachlässigt worden, mit der Folge, daß die Erziehungsabteilungen von heute wesentlich weniger eingerichtet sind, um mit dem immensen Wiederaufbau der Erziehungsinstitutionen fertigzuwerden."* Und: *„Die früheren ‚Polizei'-Traditionen der Verwaltung (d. h. während der britischen Herrschaft) dominieren heute noch die indische Szene, wenn auch unter anderen Gegebenheiten. ..."*

In dem monumentalen Bericht der Education Commission, 1964 bis 1966, wird auf Seite 97 gefordert, *„die ungeplante und unkontrollierbare Expansion der allgemeinen sekundar und höheren Erziehung einzuschränken."* Nicht aus Einsicht und durch eine alternative Konzeption, sondern aus Angst, wie der Nachsatz zeigt: *„... wenn massive akademische Arbeitslosigkeit verhindert werden soll."*

Die führenden Mitglieder des Kongresses und Funktionäre der Regierung haben nie die Unabhängigkeit als einen **Neubeginn** angesehen, sondern als **Fortführung** der kolonialen Universitäten. K. L. Shrimaili, Mitglied der 1953 von der Regierung eingesetzten „Secondary Education Commission", 1954 Vorsitzender des „Rural Higher Education Committee", „Parlamentary Secretary to the Minister of Education", „Deputy Minister für Education" 1955 bis 1957, „Miinister of State im Ministry of Education und Science" 1957–1958, Minister of Education, Government of India, 1958–1963 und danach Vice Chancellor, hält als Erziehungsminister Indiens 1961 den Festvortrag anläßlich des 25-Jährigen Jubiläums der Gründung des Central Advisory Board of Education, schreibt 1965 in seinem Buch, „Education in Changing India" (S. 213): *Ein zentrales Advisory Board of Education wurde erstmals 1921 errichtet, wurde aber nach zwei Jahren wegen der finanziellen Schwierigkeiten wieder aufgegeben, was die Apathie und Gleichgültigkeit der damaligen Regierung gegenüber Erziehungsfragen illustriert. Das gegenwärtige Board ist 1935 ins Leben gerufen worden. ... In seiner Existenz während eines viertel Jahrhunderts hat das Board ausgezeichnete Vorsitzende wie Shri Girja Shankar Bajpai, Shri Jagdish Prasad, Sir Maurice Gwyer* (ein Engländer)*, Shri C. Rajagopalachari* (das erste Staatsoberhaupt nach der Unabhängigkeit)*, Shri S. G. Kher und Maulana Abul Kalam Azad* (der spätere Minister für Erziehung) *gehabt. ... Drei Mitglieder des ursprünglichen Boards – unser verehrter Vizepräsident Dr. Radhakrishnan* (der spätere Staatspräsident Indiens)*, Rajkumari Amrit Kaur und Dr. Paranjpaye – unterstützen uns heute noch in Erziehungsfragen."

Bemerkenswert ist einmal dieses Gefühl der Kontinuität sowie die Nennung von Personen, die maßgeblich die Entwicklung im Erziehungswesen und auch die Politik in der postkolonialen Ära bestimmt haben. Die Kontinuität zeigt sich aber auch in der Einschätzung der Aktivitäten des Boards. Shrimaili fährt fort: *„Die Aktivitäten des Boards können in drei grobe Perioden eingeteilt werden. Die erste hatte ihren Höhepunkt 1944 nach der Übernahme des Nachkriegsplans für Entwicklung in Erziehungsfragen, bekannt als Serjant-Report* (Serjant war ein englischer Kolonialbeamter)*. Dies war der erste Markstein in der Planung des Erziehungswesens auf nationaler Ebene. Die zweite Periode, von 1945 bis 1950 war eine Ära des Überganges sowohl in der politischen als auch in der Bildungssphäre. ... Die dritte Phase begann 1951 ... „* Dies war der Anfang des Festvortrages, der die kontinuirliche Arbeit des Boards von **1921 bis 1961** (und man könnte hinzufügen: bis heute) würdigt.

D. D. Karve, anerkannter Erziehungswissenschaftler und Politiker, schreibt zum Thema „Die Universität und die Öffentlichkeit in Indien" 1962: *„Die ersten drei Universitäten in Indien, die von Bombay, Madras und Kalkutta, waren 1858 gegründet worden* (richtiger ist 1857) *und man kann sagen, daß höhere Erziehung im modernen Sinne eine Geschichte von etwa l00 Jahren hat. ... Einer der drastischsten Vorschläge zur Reform kam von Sir Michael Sadler, Vorsitzender der Calcutta Commission, die 1917 über die künftige Entwicklung*

*der Universitätsausbildung in Indien im allgemeinen und über die Universität
Kalkutta im besonderen berichtete."*

Und die Education Commission, 1964 bis 1966, hält in ihrem Bericht
fest: *„... daß das gegenwärtige System der Erziehung, entworfen, um die Ziele
einer imperialen Administration im Rahmen einer feudalen und traditionellen
Gesellschaft zu erfüllen, geändert werden müsse, um die Bedürfnisse einer
modernen Gesellschaft zu erfüllen."*

Dieser Text belegt, daß die indischen Regierung erst zwischen 1964 und
1966 offiziell zur Kenntnis nimmt, daß das gegenwärtige System auf die
Ziele einer imperialen Administration ausgerichtet ist. Wie ist diese Feststellung zu bewerten? Sind nicht die Mitglieder dieser Kommission und die
Experten, soweit sie inländische Experten sind, Träger dieses Systems bis
dato gewesen und haben in diesem System ihre Privilegien etabliert?
Außerdem hatte es an programmatischen Formulierungen der gleichen
Güteklasse nicht gefehlt, wie das Erziehungssystem reformiert und revolu-
tioniert werden müßte.

Swami Madhavananda von der Ramkrishna Mission legte 1949 der
ersten – unter Vorsitz des späteren indischen Staatspräsidenten
Radhakrishnan tagenden – University Education Commission ein Memorandum vor, in dem er forderte: *„Die gesamten Erziehungsprogramme dieses
Landes müssen so geplant werden, daß es der Bevölkerung ermöglicht wird,
einerseits Loyalität zu ihren geistigen Idealen zu bewahren und gleichzeitig alles
Notwendige zu meistern, um sie für die weltlichen Bedürfnisse genauso gründlich praktisch auszubilden wie in anderen Nationen auch. Das Ziel, insbesondere der Universitätsausbildung, müßte sein, die indische Jugend für die zwei-
fache Aufgabe auszurüsten, nämlich für die Sicherstellung des materiellen Fort-
schritts in diesem Land sowie für die effektive Demonstration der erhabenen
Werte ihrer großen Überlieferungen vor der Welt, um einen bleibenden
weltweiten Frieden und Harmonie sicherzustellen."*

Das Fehlen von geschichtlichen Analysen ist unübersehbar. Swami
Madhavananda hätte eigentlich wissen müssen, daß die vedische Kultur
jene vier „Ashramas" praktizierte, um im vierten Ashrama den ewigen
Kreislauf von Geburt und Tod durch Erleuchtung zu unterbrechen. Die vedische Gesellschaft hatte eine ideale Kombination von materiellem Wohlstand
und gleichzeitiger Distanz zu allem Materiellen erreicht. Die präzise Formulierung des Lebensziels war deshalb ein ideales Maß für den Leistungsan-
sporn, weil es den Leistungskampf jeder gegen jeden verhinderte. Mit stei-
gendem Wohlstand vergrößerte sich nicht die Chance, im vierten Ashrama
die Erlösung zu erreichen; aber ein gewisser Wohlstand war doch die
Voraussetzung dafür, das vierte Ashrama durchlaufen zu können.

In den islamischen wie europäischen Traditionen wird ein bedingungslo-
ser Leistungswettkampf um materielle Güter eingeprägt, da dieser die Basis
für Macht und Herrschaft bildet, und nicht das Wissen. So wurden nur
solche Wissensbereiche vorgezogen, die besseren Chancen in Konkur-

renzkampf versprachen. Da dieser Wettkampf eine Spirale ohne Ende ist, lassen sich die wesentlichen Elemente der beiden Kulturen miteinander nicht kombinieren.

Auch Humayun Kabir stellt eine Veränderung in der Lebensanschauung der indischen Gesellschaft fest, vollzieht aber keine Analyse von der alten Zeit bis zur Gegenwart, sondern beschränkt sich auf die letzten 200 Jahre. Er schreibt in seinem bereits erwähnten Buch (S. 212): *„... Die indische Gesellschaft hatte seit Jahrhunderten stagniert. Die indische Landwirtschaft war bis vor kurzem vollständig und sogar bis heute weitgehend primitiv. Die Entwicklung der Industrie und des Handels in den letzten 200 Jahren – sowohl dem Umfang nach als auch der Intensität – war kaum bemerkbar, besonders nicht im Vergleich zu den riesigen Schritten der westlichen entwickelteren Länder während derselben Periode. Tatsächlich war in Indien eher ein Rückschritt als ein Fortschritt in vielen wichtigen Bereichen eingetreten. Das Resultat war eine große Verarmung des Lebens und einige der Güter und Dienstleistungen, welche in fortgeschrittenen Gesellschaften selbstverständlich üblich waren, wurden großen Teilen der Bevölkerung verweigert. ... Der Verlockung des Materialismus zu widerstehen hat sich auf jeden Fall für ein Volk als schwierig erwiesen, das für Jahrhunderte auf die Notwendigkeiten des Lebens verzichten mußte. Der hungernde Mann sucht im allgemeinen seinen ganzen vergangenen Hunger unmittelbar zu kompensieren, ohne zu realisieren, daß Exzeß unerwünscht ist für den Mann und in jeder Zeit. ... Die Übertreibung in der kaufmännischen Motivation im Gegenwartsindien ist deshalb nicht erstaunlich, wenn es auch bedauerlich sein mag."*

Die Anhänger des Synkretismus übersehen, daß die Verhaltensweisen bei der Erfüllung des unmittelbar notwendigen und des Nachholbedarfs eingeübt werden und Einübung neuer Verhaltensweisen das Auslöschen der alten bedeutet. Die Einübung der kaufmännischen Verhaltensweise läßt keinen Raum mehr frei für die Einübung der Verhaltensweise einer Lebensanschauung, die die kaufmännische ausschließt.

Die indischen Erziehungspolitiker haben stets verbale Forderungen aufgestellt, und sie hätten die Macht gehabt, diese Forderungen in die Praxis umzusetzen, was sie aber unterließen. Bereits 1948 hatte Nehru bei der Eröffnung einer bildungspolitischen Konferenz gesagt: *„Immer, wenn in der Vergangenheit Konferenzen einberufen wurden, um einen Plan für die Erziehung in Indien zu formen, war die Tendenz in der Regel die, das existierende System mit geringen Modifikationen beizubehalten. Dies darf jetzt nicht geschehen. Große Veränderungen haben in diesem Lande stattgefunden und das Erziehungssystem muß mit ihnen Schritt halten. Die gesamte Basis der Erziehung muß revolutioniert werden."*

Es erfolgte 1948 die Einberufung der ersten University Education Commission, die 1954 den Bericht vorlegte. 1954 erschien auch der Bericht der Secundary Education Commission. 1959 berief das Central Advisory Board of Education ein spezielles Komitee für die religiöse und moralische Unterweisung ein. 1964 wurde die Education Commission konstituiert. Die

1950 verabschiedete Verfassung Indiens sieht die Pflichterziehung für Kinder bis zum 14. Lebensjahr innerhalb von 10 Jahren (also bis 1960) vor. 1959 kamen die asiatischen Mitgliedsstaaten der Unesco in Karatschi überein, bis 1960 eine **sieben**jährige, freie und allgemeine Pflichterziehung zu verwirklichen. 1959, also 1 Jahr vor dem Auslaufen des Verfassungsauftrages, konnte Indien nicht berichten, daß dies bereits erreicht ist. Nicht einmal die quantitative Ausweitung der Ausbildung, wenn auch auf Kosten der Qualität, konnte bestätigt werden. Die Grundschulen waren am meisten vernachlässigt worden.

Was tatsächlich erreicht wurde, zeigen die folgenden beiden, dem Bericht der letzten Education Commission, 1964–1966, entnommenen Ausführungen auf den Seiten 5 und 19: *„… Es ist offensichtlich, daß im gegenwärtigen System der Erziehung, entworfen, um die Bedürfnisse einer imperialen Administration innerhalb der durch eine feudale und traditionelle Gesellschaft bestimmten Gegebenheiten zu erfüllen, radikale Veränderungen notwendig sein werden, wenn das Ziel erreicht werden soll, eine modernisierte, demokratische und sozialistische Gesellschaft zu entwickeln – Veränderungen in den Zielsetzungen, in den Inhalten, in den Methoden des Unterrichts, in den Programmen, in der Größe und in der Zusammensetzung der Studentenschaft, in der Wahl und in der beruflichen Vorbereitung der Lehrer und in der Organisation. Was tatsächlich notwendig ist, ist eine Revolution in der Erziehung, die die sehr erwünschte soziale, ökonomische und kulturelle Revolution in Gang setzen wird."*

Allein diese Feststellung ist der Beweis, daß trotz der Forderung Nehrus zwischen 1948 und 1964 nicht einmal eine tendenzielle Veränderung in der angestrebten Richtung stattgefunden hat. Das zweite angekündigte Zitat lautet: *„Die University Education Commission (1948) berücksichtigte sowohl die Philosophien als auch die praktischen Aspekte und machte bestimmte wertvolle Vorschläge für eine Reform. Abgesehen von in einer kleinen Zahl von Institutionen wurden diese jedoch nicht verwirklicht. 1959 bestellte das Central Advisory Board of Education eine Spezialkommission für religiöse und moralische Unterweisung. Der Bericht dieses Committees ist vor 5 Jahren der Öffentlichkeit vorgelegt worden, aber das Echo der Erziehungsinstitutionen war weder aktiv noch enthusiastisch. Deshalb ist es notwendig und dringend geworden, aktive Maßnahmen zu ergreifen, um eine Wertorientierung in der Erziehung zu geben."*

Gunner Myrdal stellt in seinem bereits erwähnten Opus auf Seite 1659 fest: *„Obwohl Nehru und viele andere nationale Führer insistiert haben, das gesamte System der Erziehung zu revolutionieren, ist das System im ganzen gesehen so belassen worden, wie es bei der Beendigung der kolonialen Ära war."*

Die indische Regierung hat bis heute trotz unzähliger gegenteiliger Beteuerungen weder das gesamte System revolutioniert, noch eine soziale oder kulturelle Revolution in Gang gesetzt; statt dessen wurde das vom Kolonialregime geprägte System ausgebaut, erweitert und verfestigt. An sporadischer Kritik an der Erweiterung auf Kosten des akademischen

Niveaus hat es nicht gefehlt. Die gelegentliche, unter großer Publizität erfolgte Einberufung von Kommissionen sowie die regelmäßige Wiederholung des ursprünglichen Anspruchs, das gesamte Erziehungssystem revolutionieren zu wollen, haben den Eindruck vermittelt: Die Regierung weiß, was zu machen ist. Sie macht das Machbare. Das Erreichte ist noch nicht das Ideale, aber das einzig Realisierbare.

Dieser Eindruck verführt dazu, die Bekundungen der Regierungsträger nicht zu ihrer tatsächlichen Interessenlage in Beziehung zu setzen und die vorgebrachten Schwierigkeiten ohne weitere Überprüfung zu akzeptieren. Er prägt auch die Einstellung, der Obrigkeit immer zu vertrauen und mit dem Erreichten immer zufrieden zu sein. Der Bericht der Education Commission, 1964–1966, gibt aber eine einhellig positive Einschätzung ab. Schließlich haben sich sehr viele internationale Experten auf Einladung der indischen Regierung am Zustandekommen dieses Berichts beteiligt, der so formuliert worden ist, daß jeder nur zustimmen kann. Dieser Bericht ist so formuliert, daß er nicht nur Relevanz für Indien haben könnte, sondern für jedes andere Land, wollte man in dem gesamten Bericht anstelle von Indien den Namen eines beliebigen Landes einsetzen.

Eine Analyse der Geschichte der Erziehungskommission und ihrer Berichte ist lehrreich. Immer wenn Anlaß zu der Besorgnis bestand, daß von breiten Teilen der Bevölkerung durchschaut werden könnte, daß die Regierung nichts unternahm, um ihr Versprechen einer **revolutionären** Veränderung einzulösen, erfolgte die Einberufung einer Kommission. 1948 war das notwendig, weil dies nach der Unabhängigkeit erwartet wurde. Die abgegebenen Empfehlungen wurden nicht in die Tat umgesetzt. Seit 1955 hatten die Studenten begonnen, ihre noch nicht genau artikulierte, aber doch deutlich wahrnehmbare Unzufriedenheit kundzutun. Deshalb wurde 1959 eine Kommission notwendig. Der Bericht dieser Kommission konnte die Gemüter nicht beruhigen, die Streikwellen und der studentische Protest ließen fast die Hälfte der Unterrichtszeit ausfallen, der Protest wurde immer gewalttätiger. Die Einberufung der letzten Education Commission war fällig. Diese Kommission wurde international besetzt. Diese Internationalität sollte der nationalen Regierung zusätzliche Autorität verleihen. Nicht einmal wurde gefragt, ob die internationalen Experten überhaupt in der Lage wären, bei der Bestimmung von Inhalten einer Revolutionierung des Erziehungssystems, das eine soziale, ökonomische und kulturelle Revolution in Indien und für Indien in Gang setzen sollte, behilflich zu sein. Dieser Blick zurück in die Geschichte hat uns, gelinde gesagt, in Erstauen versetzt. Wir, und vor allem ich, waren Ignoranten. Andere offensichtlich nicht.

Worauf die uneingeschränkte Despotie deutscher Professoren ruht

Das heutige Universitätssystem in der „Dritten Welt" ist eine Fortsetzung dessen, was für die Konsolidierung und Erhaltung der fremden, kolonialen Interessen etabliert worden war. Ausnahmslos. Der Zweck dieser Einrichtung der Universitäten in den Kolonien war die Eingliederung des – mehr oder weniger willigen – Teils der unterdrückten und ausgebeuteten Menschen in die Werteordnung der blond-blauäugig-weiß-christlichen Kultur. Eine Schöpfung von Macaulays neuer Klasse mittels perfekter Gehirnwäsche. Eigentlich kultureller Völkermord.

Thomas Babington Macaulay hat die glasklare Beschreibung dieses Instruments der Nachwelt schriftlich hinterlassen. Die Macaulays anderer Länder haben nur stets danach gehandelt. Die kleinen Unterschiede bei der Konsolidierung ihres kolonialen Besitzes hier und dort, bedingt durch kulturelle Besonderheiten der Nationen innerhalb der blond-blauäugig-weiß-christlichen Kultur, mögen Spielwiesen für ablenkende Gedankenakrobatik mit Akribie auch für Sozialdemokraten wie den Schweden Gunner Myrdal geboten haben. An der Sache ändern solche Gedankenspielchen nichts. Ich kann mir nicht im Ernst vorstellen, daß Intellektuellen wie Myrdal, Shils, Wertheim, und auch jenen von weit geringerem Kaliber als sie, der schlichte Tatbestand je verborgen geblieben war und ist, daß die herrschenden Universitäten stets die Universitäten der Herrschenden sind und sein müssen.

Es war schon immer so. Es wird auch so bleiben. Von Betriebsunfällen abgesehen. In den Kolonien haben diese Universitäten koloniale Mentalität produziert. Heute produzieren sie die imperiale Mentalität für die Erhaltung der weltweit etablierten Dominanz der blond-blauäugig-weiß-christlichen Kultur. Aber damals, zum Advent der siebziger Dekade unseres Jahrhunderts, war ich trotz aller Erlebnisse immer noch ein Nachfahre von Macaulays neuer Klasse. Trotz unserer nicht alltäglichen Erlebnisse blieb die Wirkung der „Gehirnwäsche" intakt. Es gibt gute Gründe dafür.

Beim Verfassen der Habilitationsschrift habe ich ein gutes Gefühl. Es hat sich gelohnt, so trösten wir uns gegenseitig, uns bis zum äußersten selbst auszubeuten. Bücher statt Lebensmittel kaufen. Denn unsere Forschungsfragen ermöglichen uns tiefere Einsichten in die Verhältnisse der Universitäten als sie durch die einschlägige Literatur vermittelt werden, hüben wie drüben. Und nun haben wir die seltene Möglichkeit, diese nicht nur der wissenschaftlichen Öffentlichkeit vorzulegen. Danach wird sicherlich alles in Ordnung kommen. So glauben wir. Denn letztendlich zähle in dieser blond-blauäugig-weiß-christlichen Kultur doch die Leistung.

Im Republikanischen Club in Köln sind nicht nur politisch beredsame Personen da, sondern auch solide intellektuelle Handwerker wie Redakteure und Verlagslektoren. Viele interessieren sich für meine Arbeit, diskutieren mit uns das Thema, und einzelne Republikaner begleiten die entstehenden Abschnitte kritisch. Albert Graff vom Verlag Kiepenheuer & Witsch,

Bodo Morawe, Hauptabteilung Politik des WDR, Rudi Rau, freischaffender APO-Theoretiker unter einigen anderen, wollen das ganze Buch begleiten. Ein wichtiges Thema, meinen sie. Es kommen noch andere Hinweise, daß unsere Forschungsfragen aktuell sind. Und wieder schöpfen wir Hoffnungen.

Routinemäßig hatte ich mich am 14. Juni 1968 auch an den Hermann-Luchterhand-Verlag gewandt: „vor meiner Abreise 1966 nach Indien hatte ich Gelegenheit, Artikel in den von Ihrem Verlag herausgegebenen Zeitschriften zu veröffentlichen. Ich bin kürzlich mit einer Fülle von Forschungsmaterial von Indien in die Bundesrepublik zurückgekehrt und würde mich über die Möglichkeit freuen, über das eine oder das andere Thema in Ihren Zeitschriften zu schreiben. Besonders eingehend habe ich in Indien das Erziehungssystem, die Frage der Studentenunruhen sowie die Wirtschafts- und Entwicklungspolitik untersucht."

Schon am 19. Juni kommt ein Echo aus dem Herman-Luchterhand-Verlag. Ein Dr. jur. Frank Benseler, den ich nicht kannte, ist Redakteur der Reihe, „Soziologische Texte". Herausgeber: Prof. Dr. phil. Heinz Maus und Prof. Dr. rer. pol. Friedrich Fürstenberg. Informationen, die dem Briefbogen zu entnehmen sind: *„Sie kennen die bei uns erscheinende Reihe ‚Soziologische Essays'? Für diese Reihe wäre ein Bändchen über Erziehungssysteme und Studentenunruhen in Indien unter gesellschaftswissenschaftlichen Aspekten interessant. Können wir uns darüber näher unterhalten? Umfang zwischen 80 und 160 Seiten."*

Wir sind ermutigt. Unser Thema ist gefragt. Nicht nur bei den Republikanern. Schon am 20. Juni reagiere ich: „vielen Dank für Ihr Schreiben vom 19. Juni. Ihren Vorschlag finde ich interessant, und ich bin gern bereit, mich mit Ihnen darüber zu unterhalten. Bitte machen Sie einen Terminvorschlag."

Frank Benseler ist bis zum 19. August verreist. Er will danach zu einem Besuch nach Köln kommen. Ende August oder im September. Statt dessen schreibt er am 4. September: *„ich bin wieder in Lande und melde mich entsprechend meinem Brief vom 28. 6. 1968. Da ich vermute, daß Sie auch auf der diesjährigen Frankfurter Buchmesse sein werden, schlage ich vor, daß wir uns an einem der Tage zwischen dem 19. und 23. September in den vom Luchterhand-Verlag für diese Zeit gemieteten Räumen der Galerie Fischer-Steinhardt, Frankfurt, Hamannstr. 29, treffen, um dann auch mit den anderen im Verlag Zuständigen unseren Plan zu erörtern."*

Im Augenblick ist mir der Rummel der Buchmesse zu viel. Außerdem haben wir ja noch keine Möglichkeit, das Material auszuwerten. Die Humboldt-Stiftung hatte unsere Hoffnungen auf ein Habilitationsstipendium verschüttet. So schreibe ich am 10. September an Frank Benseler: „ich danke Ihnen für Ihr Schreiben vom 4. September, das ich erst heute wegen meiner Abwesenheit von Köln beantworten kann. An sich hatte ich nicht vor und beruflich besteht dazu auch keine Veranlassung, zur Buchmesse nach Frankfurt zu kommen. Falle Sie es aber für angebracht halten, werde ich nach Frankfurt kommen. Nur würde ich dann gern einen festen Termin mit

Ihnen vereinbaren. Für eine diesbezügliche Mitteilung wäre ich Ihnen sehr dankbar." Mein Schreiben bleibt unbeantwortet. Der Kontakt zum Luchterhand-Verlag schläft ein. Aber die Ermutigung bleibt.

Ein weiterer Grund ist die Erfahrung, wie Hans Welzel das Habilitationsstipendium von der Heinrich-Hertz-Stiftung durchboxte. Nicht nur das. Die Stiftung bewilligt auch die notwendigen Sachmittel. Ohne sie hätten die aufbereiteten Materialien nicht beim Rechenzentrum bearbeitet werden können.

Der Bremer Rechtsanwalt Heinrich Hannover ist auch ein Grund. Er ist so viel anders als mein Kölner Anwalt, daß ich mir einrede, das Urteil des Kölner Verwaltungsgerichts wäre günstiger ausgefallen, wenn ich Heinrich Hannover auch in Köln als Rechtsanwalt gehabt hätte.

Und ich habe mit Urs Jaeggi, dem Schweizer Soziologen in Bochum, über die ganze Situation – das wendige Schreiben von Ralf Dahrendorf und seine enge Verbindung zu König, die Habilitationsordnung an der neu gegründeten Universität Konstanz, der vorherrschende Opportunismus in der deutschen Universitätslandschaft, das Stipendium der landeseigenen Stiftung – beraten. Er will ergründen, ob und unter welchen Voraussetzungen eine Habilitation an der Universität Bochum möglich wäre. Außerdem will sich Urs Jaeggi – wenn notwendig – zu den Behauptungen Königs vor dem Verwaltungsgericht in Köln zur Vorlage beim Oberverwaltungsgericht gutachterlich äußern. Aber, wie gesagt, Gründe wie diese könnten als etwaige Entschuldigung für unsere, vor allem aber für meine, grenzenlose Naivität bemüht werden.

*****

Das Kölner Verwaltungsgericht beschert mir eine weitere Facette der Moral der deutschen Gerichtsbarkeit. Wie schon erzählt, hatte mein Kölner Rechtsanwalt bei der Einreichung der Klage einen Streitwert von 5000,- DM beantragt. Das Gericht hatte aber nach seinem pflichtgemäßen Ermessen diesen um 40 %, also auf 3000,- DM herabgesetzt. In der ersten mündlichen Verhandlung hatte das Gericht der Universität einen Vergleich nahegelegt. Wir glaubten, dieses Gericht würde dem indischen nicht nachstehen. Dann kam das Urteil, das allein auf der „Märchenstunde" mit dem deutschen Ordinarius René König basierte. Seinem Urteil setzt das Gericht noch eine Krone drauf. Es beschließt, den Streitwert um 500 %, also auf 15000,- DM zu erhöhen. Ich habe verloren, also muß ich alle Kosten des Verfahrens tragen. Heinrich Hannover empfindet diese Festsetzung als eine unzulässige Härte. Er rät mir, dagegen Beschwerde einzulegen. Er will meine Schriftsätze ohne Gebühren überprüfen. Eine anwaltliche Vertretung in diesem Beschwerdeverfahren ist nicht vorgeschrieben. Ich sollte mich nicht in unnötige Ausgaben stürzen. Am 11. Juli schreibt er mir noch: *„In den Anlagen erhalten Sie die Fotokopien derjenigen Schriftstücke, die Sie von einem dafür geeigneten Dolmetscher ins Deutsche übertragen lassen wollen. Wenn möglich, möge der Dolmetscher gleich die erforderliche Anzahl von Durch-*

schriften seiner Übersetzung anfertigen. Wir brauchen 1 Exemplar für das Gericht, 2 Exemplare für die Gegenseite und 1 Exemplar für meine Akten, insgesamt also 4 Exemplare von jedem Schriftstück. Ich bitte Sie, die Sache möglichst zu beschleunigen, damit wir den gestern diktierten Schriftsatz fertig-stellen und an das Gericht absenden können.

Was die Kostenrechnung Ihres bisherigen Prozeßbevollmächtigten anbe-langt, so dürften die für das Widerspruchsverfahren berechneten Gebühren zu beanstanden sein. Nach BRAGO erhält der Anwalt in diesem Verfahren 5/10– 10/10 der vollen Gebühr. Der sogenannte Mittelwert beträgt also 7,5/10, während Ihr Prozeßbevollmächtigter den Höchstsatz von 10/10 einsetzt. Das erscheint mir nach Sachlage nicht gerechtfertigt.

Ferner scheint es mir zweifelhaft, ob überhaupt eine Besprechungsgebühr entstanden ist. Voraussetzung hierfür ist nach § 118 Abs. 1 Nr. 2 BRAGO, daß eine Besprechung im Einverständnis mit dem Auftraggeber mit dem Gegner oder mit einem Dritten geführt worden ist. Es kann hier nur die Besprechung mit Herrn Professor König in Betracht kommen, die aber, wie Sie mir sagten, nicht in Ihrem Auftrage erfolgt ist. Ich meine daher, daß sich die Kosten für das Widerspruchsverfahren auf 7,5/10 Geschäftsgebühr gem. § 118 Abs. 1 Nr. 1 BRAGO nach einem Wert von 15000,- DM = 277,50 zuzüglich Auslagenpau-schale und Mehrwertsteuer reduzieren. Die Kostenrechnung Ihres bisherigen Prozeßbevollmächtigten füge ich ebenfalls in der Anlage für Sie bei, da Sie diese wahrscheinlich benötigen."

Meine Beschwerde gegen die Erhöhung des Streitwertes landet in Münster beim Oberverwaltungsgericht. Es bittet die Rechtsanwälte Konrad Redeker, Dr. Heribert Johlen II und Heinrich Hannover um ihre Stellung-nahme, also just jene, die durch diese Erhöhung um 500 %, entsprechend mehr Gebühren kassieren würden. Bemerkenswerte Prozeßordnung! Heinrich Hannover teilt dem Gericht fairerweise mit, daß er mich in dem Beschwerdeverfahren nicht vertritt, was das Gericht ja schon aus meinem Schriftsatz gewußt hat. Die Stellungnahme meines früheren Anwaltes vom 23. Juli ist nicht nur bemerkenswert. Sie ist auch nach der gültigen Gesetzeslage bedenklich: *„In der Verwaltungsstreitsache Dr. Aich ./. Land Nordrhein-Westfalen zeigen wir hiermit an, daß wir den Kläger nicht mehr vertreten. Zu der Beschwerde des Klägers vom 26. 6. 1969 gegen die Streitwertfestsetzung nehmen wir wie folgt Stellung: Beim Klagen, welche das Bestehen oder Nicht-bestehen eines Beamtenverhältnisses zum Gegenstand haben, ist der Wert des Streitgegenstandes der Jahresbetrag der Bezüge. Gegenüber dieser objektiven Bemessensgrundlage kommt es auf die persönlichen Verhältnisse des jeweili-gen Klägers nicht an."*

Konrad Redeker hat bereits am 22. Juli seine selbstredende Stellung-nahme abgegeben: *„In der Verwaltungsstreitsache Dr. Aich ./. Rektor der Universität in Köln, – VI B 400/69 – (Streitwertsache) widersprechen wir hier-durch dem Antrag des Klägers auf Herabsetzung des Streitwertes. Es wird beantragt,*

1.   die Beschwerde des Klägers gegen den Streitwertbeschluß des Verwaltungsgerichts Köln vom 2. 5. 1969 zurückzuweisen;
2.   die Kosten des Beschwerdeverfahrens dem Kläger aufzuerlegen.

Eine Herabsetzung des Streitwertes unter den von dem Verwaltungsgericht angenommenen Wert von 15000,- DM würde der wirtschaftlichen Bedeutung des vorstehenden Rechtsstreites nicht gerecht werden. Es geht in dem Rechtsstreit um den Widerruf des Beamtenverhältnisses des Klägers. Offenbar ist das Verwaltungsgericht davon ausgegangen, daß der Streitwert eines derartigen Verfahrens etwa in der Höhe der Jahresbezüge des Klägers im Rahmen des Beamtenverhältnisses anzusetzen ist. Dieses Verfahren ist nicht zu beanstanden. Es entspricht auch der Rechtsprechung der Verwaltungsgerichte in beamtenrechtlichen Streitigkeiten dieser Fallgestaltung. Die Streitwertbeschwerde des Klägers ist daher unbegründet."

Das Gericht hat mir diese beiden Stellungnahmen zugeschickt. Ich darf mich dazu äußern. Ich tue dies am 2. August: „Die vermögensrechtlichen Auswirkungen des Rechtsstreites waren bereits bei der von der Kammer erfolgten Festsetzung des Streitwertes auf 3000,- DM bekannt. Mein früherer Anwalt hatte sogar erwartet, daß die Kammer den Streitwert auf 5000,- festsetzen würde. Die Kammer befand es damals für richtig, als Höhe des Streitwertes 3000,- zu bestimmen.

Nach der Urteilsverkündung ist in der schriftlichen Begründung des Urteils der Streitwert nachträglich unter Heranziehung des § 14 GKG mit Rücksicht auf die vermögensrechtlichen Auswirkungen aufgrund einer Ermessensentscheidung der Kammer auf 15000,- DM heraufgesetzt worden.

Vielleicht war der Kammer nicht bekannt, daß ich als indischer Staatsangehöriger meine Aufenthaltserlaubnis für die Bundesrepublik mit dem ausdrücklichen Verbot einer Arbeitsaufnahme erhalten habe. Allerdings war der Kammer bekannt, daß ich seit Oktober 1967 kein Gehalt mehr bezogen habe. Allgemein bekannt sein dürfte, daß die Höhe des Gehalts eines wissenschaftlichen Assistenten eine Vermögensbildung nicht zuläßt.

Ich kann den Äußerungen meiner früheren und der gegnerischen Anwälte insofern nicht folgen, als sie die Anwendung eines Gesetzestextes völlig unabhängig von den Realitäten der Gesellschaft fordern. Als Soziologe und als Mitglied einer menschlichen Gesellschaft meine ich, daß Gesetze die vornehmliche Aufgabe haben, die gesellschaftliche Ordnung intakt zu halten und die Würde des einzelnen Menschen zu wahren, Gesetze also keine von den gesellschaftlichen Realitäten unabhängige Größen darstellen.

Würde sich die Kammer der von meinen früheren und von den gegnerischen Anwälten vertretenen Auffassung zu eigen machen, dann müßte sie meine ganz speziellen persönlichen Verhältnisse, zu denen auch die Tatsache meiner indischen Staatsangehörigkeit und den sich daraus für den Aufenthalt in der Bundesrepublik ergebenden Konsequenzen gehören, außer acht lassen und lediglich einen Paragraphentext zur Anwendung bringen. Das wurde zur Folge haben, daß mir die wirtschaftlichen Voraussetzungen entzogen werden würden, mein Recht vor dem Oberverwaltungsgericht zu suchen. Weiter würde das bedeuten, daß die wirtschaftlich Stärkeren allein aufgrund ihrer größeren finanziellen Kraft, Recht behielten.

Außerdem deutet schon die Gewährung der Ermessensfreiheit bei der Festlegung des Streitwertes in nicht vermögensrechtlichen Auseinandersetzungen sowie die Festlegung der zulässigen Rechtsmittel gegen eine solche Ermessensentscheidung meines Erachtens darauf hin, daß sehr wohl persönliche Verhältnisse des Klägers und seine Vermögenssituation eine Rolle spielen sollen. Eine andere Intention des Gesetzgebers läßt sich nicht denken.

Ich möchte darum bitten zu berücksichtigen, daß es mir meine finanzielle Lage unmöglich gemacht hat, für die Abfassung dieser Beschwerde eine Rechtshilfe in Anspruch zu nehmen."

Der Beschluß des Oberverwaltungsgerichts Münster offenbart uns nicht nur eine weitere Facette der Moral der deutschen Gerichtsbarkeit, sondern auch, was wir von diesem im Berufungsverfahren zu erwarten haben. Aber ich habe keine Wahl. Ich muß mir teuer bezahlte „Zeit" kaufen, um Verleumdungskampagnen einzudämmen. Am 21. Oktober hat das Oberverwaltungsgericht wie folgt entschieden: *Der VI. S e n a t des Oberverwaltungsgerichts für das Land Nordrhein-Westfalen hat am 21. Oktober 1969 durch den Senatspräsidenten Barthel und die Oberverwaltungsgerichtsräte Dr. Schultz-Sponholz und Dr. Herlemann auf die Beschwerde des Klägers gegen den Streitwertbeschluß des Verwaltungsgerichts in Köln vom 7. Mai 1969 beschlossen:*

- *Die Beschwerde wird auf Kosten des Klägers zurückgewiesen.*
- *Der Wert des Beschwerdegegenstandes wird auf 1700,- bis 1800,- DM festgesetzt.*

Gründe:

Durch Urkunde vom 7. Oktober 1963 hatte der Rektor der Universität zu Köln den Kläger, der indischer Staatsangehöriger ist, unter Berufung in das Beamtenverhältnis auf Widerruf zum wissenschaftlichen Assistenten ernannt. Dienstbezüge erhielt der Kläger aus der Besoldungsgruppe H 1. Durch Bescheid vom 3. Juli 1967 entließ der Rektor den Kläger ‚durch Widerruf des Beamtenverhälnisses' aus seiner Stellung als wissenschaftlicher Assistent mit Ablauf des 30. September 1967. Der Widerspruch des Klägers blieb erfolglos. Mit der Klage hat der Kläger beantragt, den Bescheid vom 3. Juli 1967 und den Widerspruchsbescheid aufzuheben. Nach Eingang der Klageschrift hat der Vorsitzende der zuständigen Kammer des Verwaltungsgerichts Köln den Streitwert vorläufig mit 3000,- DM aufgenommen. Nach diesem Betrag ist vom Kläger ein Kostenvorschuß angefordert worden. Durch Urteil vom 7. Mai 1969 hat das Verwaltungsgericht in Köln die Klage abgewiesen und die Kosten des Verfahrens dem Kläger auferlegt. Durch Beschluß vom selben Tage hat es den Wert des Streitgegenstandes auf 15000,- DM festgesetzt.

Mit seiner Beschwerde gegen diesen Beschluß bringt , der Kläger vor:

Die vermögensrechtlichen Auswirkungen des Rechtsstreits seien bereits bei Eingang seiner Klage bekannt gewesen. Damals sei es jedoch für richtig befunden worden, den Streitwert auf 3000,- DM festzusetzen. Die Erhöhung des Streitwerts durch den angefochtenen Beschluß sei unangemessen. Die Erlaub-

nis zum Aufenthalt im Bundesgebiet sei ihm mit dem ausdrücklichen Verbot erteilt worden, eine Arbeit aufzunehmen. Seit Oktober 1967 habe er kein Gehalt mehr bezogen. Die Höhe des Gehaltes eines wissenschaftlichen Assistenten lasse eine Vermögensbildung nicht zu. Wenn der angefochtene Beschluß bestehen bleibe, würden ihm die wirtschaftlichen Voraussetzungen entzogen, um mit der Berufung sein Recht beim beschließenden Gericht zu suchen. Das würde weiter bedeuten, daß der finanziell Stärkere allein auf Grund seiner größeren wirtschaftlichen Kraft Recht behalte. Außerdem deutet schon die Gewährung der Ermessensfreiheit bei der Festsetzung des Streitwerts in nichtvermögensrechtlichen Auseinandersetzungen darauf hin, daß sehr wohl persönliche Verhältnisse des Klägers und seine Vermögenssituation eine Rolle spielen sollten.

Der Kläger beantragt nach dem Sinn seines Vorbringens, den angefochtenen Beschluß zu ändern und den Streitwert auf 3000,- DM festzusetzen.

Das beklagte Land beantragt, die Beschwerde zurückzuweisen. Es trägt vor:

Eine Herabsetzung des Streitwerts auf einen unter 15000,- DM liegenden Betrag würde der wirtschaftlichen Bedeutung des Rechtsstreits nicht gerecht werden.

Die Rechtsanwälte Wolfgang Lenz, Dr. Kurt Lenz und Dr. Heribert Johlen II in Köln, die für den Kläger im ersten Rechtzug als Prozeßbevollmächtigte tätig geworden sind, diesen jetzt aber nicht mehr vertreten, führen aus, auf die persönlichen Verhältnisse des jeweiligen Klägers komme es bei der Festsetzung des Streitwerts, die nach objektiven Gesichtspunkten zu erfolgen habe, nicht an.

Wegen der weiteren Einzelheiten des Sachverhalts wird auf den Inhalt der Gerichtsakten und der von dem beklagten Lande vorgelegten Personalakten über den Kläger Bezug genommen.

Die Beschwerde ist unbegründet. Nach § 189 Abs. 1 der Verwaltungsgerichtsordnung vom 21. Januar 1960, BGB1 I 17, (VwG0) § 104 MRVO 165 sind für die Festsetzung des Streitwerts im Verwaltungsstreitverfahren die Vorschriften des Gerichtskostengesetzes entsprechend anzuwenden. Streitigkeiten aus dem Beamtenverhältnis, bei denen es – wie hier – um den Bestand des ganzen Rechtsverhältnisses geht (sogenannte Rechtsstandsklagen), haben die Beamtensenate des Oberverwaltungsgerichts von jeher in entsprechender Anwendung des § 14 GKG als nichtvermögensrechtliche behandelt und unter Berücksichtigung der wirtschaftlichen Auswirkungen der angefochtenen Maßnahme nach den Jahresbezügen der in Betracht kommenden Besoldungsgruppe (brutto) bemessen. In dieser Weise ist der Senat z.B. in seinem Beschluß vom 11.Marz 1968 – VI B 48/68 – Verfahren, der den Streitwert eines Rechtsstreits um die Entlassung eines Widerrufsbeamten im Vorbereitungsdienst betrifft, und in seinem Beschluß vom 23. August 1968 – VI B 443/68 –, der den Streitwert eines Rechtsstreits um die Entlassung eines Beamten auf Probe behandelt. Es besteht kein Anlaß, bei der Entlassung eines wissenschaftlichen Assistenten, der sich im Beamtenverhältnis auf Widerruf befindet, anders zu verfahren. Auch die Vermögenslosigkeit des Klägers und der Umstand, daß er nicht die deutsche, sondern die indische Staatsangehörigkeit besitzt, sind kein Grund, von der erwähnten Praxis abzugehen (zu vgl. Beschluß des Oberverwaltungsgerichts

Münster vom 19. Dezember 1963 – VIII B 444/63 –, Neue Juristische Wochenschrift 1964 S. 1337).

Da das Bruttogehalt des Klägers seit Januar 1966 1500,- DM monatlich überstiegen hat, wie die dem Gericht vorliegenden Akten ausweisen, hat das Verwaltungsgericht somit den Streitwert jedenfalls nicht zu hoch festgesetzt.

Daß der Vorsitzende der zuständigen Kammer des Verwaltungsgerichts in Köln bei Eingang der Klage den Streitwert mit 3000,- DM angenommen hat, mag in dem Kläger zwar die Hoffnung erweckt haben, es werde bei diesem Streitwert bleiben; der Streitwert ist damals jedoch nur vorläufig angenommen worden. Eine spätere förmliche Festsetzung auf einen höheren Betrag wurde dadurch nicht ausgeschlossen.

Die Entscheidung über die Kosten folgt aus § 154 Abs. 2 VgGO."

Dieser Beschluß ist endgültig. Es gibt dagegen keine Rechtsmittel. Bei dieser Endgültigkeit können die Richter in ihre Begründung hinein schreiben, was sie wollen. Wen interessiert es noch, daß zur Rechtfertigung des Beschlusses selbst mein Beamtenstatus geändert wird, nämlich vom „Widerrufsbeamten" zum „Beamten zur Probe". Am 12. November schreibt mir Heinrich Hannover: *„Ein Rechtsmittel gegen den Beschluß des OVG vom 21. Oktober 1969 gibt es leider nicht. Das Verwaltungsgericht wird von diesem Beschluß erfahren, da dieser zu den bei dem Verwaltungsgericht befindlichen Akten genommen werden wird. Sie sollten sich nicht weiter ärgern, sondern darauf vertrauen, daß wir den Prozeß in letzter Instanz gewinnen und sich darauf freuen, daß dann die Gegenseite Ärger mit den hohen Kosten hat."*

*****

In den Republikanischen Club kommt Bewegung. Eine Arbeitsgemeinschaft „Kinder in Not" (AKN) in Köln bittet den Vorstand um Unterstützung, der entstandenen Empörung in den Obdachlosensiedlungen zu begegnen. Der katholischen Pater Lennertz hatte aufgerufen, für die Kinder in den Kölner Obdachlosensiedlungen Spielzeug zu spenden. Die Bewohner sind nicht nur wegen der Unkenntnis des katholischen Paters wütend, weil ihre Kinder ganz andere Probleme haben als „kein Spielzeug" zu besitzen. In dem öffentlichen Aufruf erblicken sie auch Verleumdung.

Wir, die Kölner Republikaner, wissen wenig über die Situation der Obdachlosen. Von der AKN in Köln noch weniger. Aber nun erfahren wir, daß die Ideen, Methoden und Aktivitäten der Förderergemeinschaft „Kinder in Not" die Sozialarbeit in den letzten zehn Jahren nachhaltig beeinflußt haben soll. Sie geht auf die Initiative einiger Personen zurück, die die menschenunwürdigen Zustände in den Obdachlosensiedlungen und das Versagen der Sozialverwaltung oder der Wohlfahrtsverbände nicht hinnehmen wollten. Am meisten betroffen davon waren die Kinder. Die Gründer dieser freien Initiative wollten es nicht hinnehmen, daß ein Teil der Mitglieder einer im Wohlstand lebenden Gesellschaft materiell und bildungsmäßig unterhalb des zumutbaren Minimums leben muß. Seit Mitte der sechziger Jahre – so erfahren wir – müssen sich Sozialverwaltung, Wohlfahrtsverbände, Sozialarbeiter und deren Ausbilder ständig mit dieser Initiative auseinandersetzen. Ihr Anspruch: „Hecht im Karpfenteich". Vorträge, Veröffentlichungen, Gutachten, auch internationale Tagungen und der „Hermine-Albers-Preis" für die Schrift „Kinder am Rande der Gesellschaft" (1968).

Im Vorstand entscheiden wir zusammen mit der AKN, zunächst die Kölner Obdachlosen zu einer Versammlung im Republikanischen Club einzuladen. Bewohner aus acht Siedlungen nehmen am 3. August an der Versammlung teil. Im Verlauf der Diskussion kommt es auf Vorschlag eines Bewohners zur Bildung einer Aktionsgemeinschaft. Sie soll eine große Versammlung aller Obdachlosen in Köln organisieren. Am 29. August versammeln sich etwa 200 Personen, darunter mehr als 100 „Obdachlose" aus 15 „Notunterkünften" für Obdachlose. Die „Obdachlosen" erzählen den Kölner Bürgern, wie es in den Siedlungen tatsächlich ausschaut. Zufällig (zufällig?) erscheint im „Kölner Stadt-Anzeiger" der lange Bericht über diese Versammlung neben einem Bildbericht, in dem der Oberbürgermeister Theo Burauen eine Sechs-Zentner-Torte zu Ehren der Kaufhof AG anschneidet.

Die Aktion „gutes Herz" von Pater Lennartz setzt eine ganz andere Aktion in Gang. Der Republikanische Club ist mittendrin. Ich auch. Und ich habe Gelegenheit vieles über gesellschaftliche Benachteiligung zu lernen. Die einsetzende Wohlstandswelle hinderte den Deutschen Städtetag bis 1957, den Widerspruch zwischen dem Reichtum weniger, dem erträglichen Auskommen der Mehrheit, und dem krassen Elend einer nicht mehr zu übersehenden Minderheit – den „Obdachlosen" – wahrzunehmen. Es gilt: Obdachlos = asozial. Dr. Ulrich Brisch, Sozialdezernent der Stadt Köln, der dieses Amt bis seinen Aufstieg zum Direktor des Caritas 1970 inne haben wird, veröffentlicht 1957 eine Denkschrift als Obdachlosenexperte. Er versteht unter Obdachlosen:

„1. Personen, die nach ihrer sozialen Struktur nur vorübergehend in der Betreuung der Obdachlosenfürsorge stehen ..., die im übrigen aber der sozialen Hebung würdig sind und die zur Vermeidung des Abgleitens in die Gruppe der Asozialen der öffentlichen Hilfe bedürfen (‚Förderungswürdige Obdachlose').

2. Asoziale Personen, die sich in die bürgerliche Gesellschaft nicht einzuordnen vermögen und deren soziale Hebung nicht oder nur unter verhältnismäßig hohen materiellen Aufwendungen möglich ist (‚Asoziale Obdachlose')."

Als erste Gemeinde veranlaßt die Stadt Köln 1959 eine soziologische Erhebung über das Obdachlosenproblem. Noch 1960 besitzt niemand einen genauen Überblick darüber, wie viele Menschen in der Bundesrepublik obdachlos sind, weil die Gemeinden keine Statistik darüber führen. Die Obdachlosen werden durch das Ordnungsamt in den Notunterkünften verwaltet. Der Deutsche Städtetag empfiehlt 1960 einige Grundsätze:

1. Die Gemeinden sollen Notunterkünfte errichten. Sie sollten schlicht sein, damit diese keinen Anreiz zum dauerhaften Verbleiben in Notunterkünften bieten.

2. *„Jede Stadt sollte Notunterkünfte verschiedener Qualität haben"*, weil es
    unterschiedlich förderungswürdige Obdachlose gäbe.
3. *„Notunterkünfte sollten nur für Asoziale zu Dauerunterkünften werden
    dürfen".*
4. Die Obdachlosenbehörde der *„Polizei (bzw. dem Amt für öffentliche
    Sicherheit und Ordnung)"* und nicht dem Sozialamt zu unterstellen.

Aber nach und nach müssen Obdachlosenbehörden dem Sozialamt
unterstellt werden, damit der Anspruch des Grundgesetzes (*„Ehe und
Familie stehen unter dem besonderen Schutz der staatlichen Ordnung"*) nicht
verloren geht. Notunterkünfte und Übergangshäuser werden errichtet. Holz-
und Steinbaracken, ehemalige Kasernen und ausgediente Fabrikgebäude,
Schlichtwohnungen (*„solide"* aber *„verhältnismäßig primitive"* Bauweise),
liegen meist irgendwo am Stadtrand, in der Nähe von Müllkippen, Schrott-
plätzen und Kiesgruben, am Bahndamm, abgeschnitten von der Umgebung
durch Schnellstraßen, Bahngleise, Waldstücke, Felder, oder – im Falle alter
Kasernen – ganz augenfällig durch Mauern. Das Elend eines ganz
bestimmten Teils der Bevölkerung soll nicht sichtbar hervortreten.

Die Häuser und Baracken sind kaum bewohnbar. Die Unterkünfte sind
unerträglich feucht. Verzogene Fensterrahmen und Schimmelpilz. Und
ungesund. Wer nicht schon krank ist, wird es hier. Eine in Kölner Notunterkünften durchgeführte Untersuchung ergibt – und Köln gilt in Fachkreisen
als fortschrittlich –, daß etwa 30 % aller Bewohner an Herz- und Kreislauf-
störungen, Asthma und Bronchitis, Tbc (6 %), Nieren-, Blasen-, Gallen- und
Magenleiden und anderen schweren Krankheiten leiden. Je schlechter der
Zustand der Unterkunft ist, desto häufiger treten schwere Krankheiten auf.

1960 leben 77 % der Kölner obdachlosen Familien mit drei und mehr
Personen in nur einem Raum, 46 % mit 5 bis 9 Personen in zwei Räumen.
Mindestens 10 000 Personen sollen 1960 in Köln obdachlos gewesen sein,
so die Schätzung des Deutschen Städtetags. Die Zahl kletterte bis 1965 auf
18 713, in Hamburg auf 15 635, in Düsseldorf auf 11 689 und in München
auf 8 134 Obdachlose.

Unser empirisches Material ist immer noch nicht vom Rechenzentrum
zurück. Der geschichtliche Hintergrund für den empirischen Teil ist bereits
beschrieben. Also nutze ich die Pause. Am 9. Dezember verfasse ich zwei
ausführliche Schriftsätze für Urs Jaeggi. Zunächst zum Gutachten: „in der
Anlage übersende ich Ihnen die Begründung meiner Prozeßbevollmächtigten für
die Berufung gegen das Urteil des Verwaltungsgerichts in Köln. In diesem
Schriftsatz wird fünfmal ein Sachverständigengutachten als Beweismittel
vorgeschlagen. Nach nochmaliger Lektüre dieses Schriftsatzes meine ich, daß
doch einige zusätzliche Informationen notwendig sind, damit Sie sich Klarheit
darüber verschaffen können, welche Punkte das Gutachten behandeln sollte.

Herr Prof. König hat vor Gericht die Behauptung aufgestellt, daß anstelle der
von ihm beantragten und nicht bewilligten Sachbeihilfe in Höhe von 57263,- DM
für das in Indien geplante Forschungsprojekt ebensogut ohne Mittel eine

‚Pilotstudie‘ von mir hätte durchgeführt werden können. Wenn diese Pilotstudie gut gewesen wäre, würde sie ohne weiteres für die Habilitation ausgereicht haben. Herr Prof. König hat weiter vor Gericht behauptet, daß er für eine solche Pilotstudie 2000,- DM zur Verfügung gestellt habe. Aus seiner mit mir geführten Korrespondenz ist aber eindeutig zu belegen, daß er mir 2000,- DM nicht für eine Pilotstudie in Aussicht gestellt hat, sondern als Beihilfe für die von mir in Indien entwickelten und von mir selbst finanzierten Untersuchungen über Studenten und Lehrer in Indien. Hier müßte das Gutachten etwas darüber aussagen, ob eine ‚Pilotstudie‘, wenn sie wirklich eine sein soll, was ja praktisch eine erste Untersuchung eines neuen Gebietes bedeutet, wesentlich weniger Sachkosten erfordert als spätere Untersuchungen. Weiter sollte das Gutachten die Frage behandeln, ob Impressionen, wie sie sich Herr Prof. König offensichtlich unter einer Pilotstudie vorstellt, tatsächlich für eine Habilitationsschrift ausreichen können.

Der 2. Teil den Gutachtens sollte die Frage prüfen, ob ein Aufsatz, wie in dem beigefügten Sonderdruck enthalten, in 8 Wochen hätte geschrieben werden können, wenn das Material, das durch Interviews in 709 Fragebögen an 8 Universitäten in 3 deutschsprachigen Ländern gewonnen worden war, nicht bereits aufbereitet, verschlüsselt und gerechnet gewesen wäre. Herr Prof. König hat vor Gericht die Behauptung aufgestellt, daß ich nicht gearbeitet hätte, bis er mir eine Frist von 8 Wochen gesetzt hätte. Daraufhin hätte ich einen Aufsatz von 30 Druckseiten schnell zusammengeschrieben, der ‚weder als gut noch als schlecht zu bezeichnen‘ gewesen wäre. Zu Ihrer Information darf ich erwähnen, daß für meine Habilitationsschrift eine weitere Untersuchung über den Rückanpassungsprozeß geplant war.

Mehrere Anträge für eine Sachbeihilfe waren gestellt, aber alle sind abgelehnt worden. Das Verlangen von Herrn Prof. König, mein als ein Teil der Habilitationsschrift gesammeltes Forschungsmaterial in Aufsatzform zu veröffentlichen, widersprach völlig der mit ihm früher getroffenen mündlichen Vereinbarung, wonach meine Habilitationsschrift die Untersuchung über die politische Einstellung und eine Untersuchung über den Rückanpassungsprozeß als Grundlage haben sollte.

Der dritte Teil des Gutachtens sollte feststellen, ob es die Verpflichtungen eines wissenschaftlichen Assistenten zulassen, selbst unter günstigen Umständen in 2½ Jahren eine Habilitationsschrift vorzulegen, wenn diese auf umfangreichen empirischen Forschungen basiert. Ich war vom 1. Okt. 1963 bis zum 30. Sept. 1967 wissenschaftlicher Assistent, davon vom 1. Juni 1966 bis zum 30. Sept.1967 beurlaubt, um in Indien das geplante Forschungsvorhaben über den Rückanpassungsprozeß durchzuführen und ein akademisches Jahr lang an einer indischen Universität als ‚Reader‘ in Soziologie zu unterrichten. Meine Verpflichtungen an der Universität Jaipur umfaßten 15 Wochenstunden.

Der vierte Teil des Gutachtens bedarf, meine ich, keiner weiteren Erläuterungen.

Zum letzten Teil darf ich erwähnen, daß auf meinen von Indien aus gemachten Vorschlag hin das Thema der Habilitationsschrift geändert wurde, was bedeutet, daß ich neues empirisches Material erst in Indien gesammelt habe. Bevor Herr Prof. König dieses Material auch nur gesehen hat, konnte er schon feststellen, daß für mich keine Aussicht mehr bestand, die Habilitation mit Erfolg abzuschließen. Das Entlassungsschreiben erhielt ich während meiner Beurlaubung in Indien. Dieser Teil des Gutachtens sollte vielleicht auch erörtern, ob ein solches Vorgehen überhaupt zulässig ist."

Und in dem zweiten Schreiben an Urs Jaeggi: „ich möchte mich nochmals sehr herzlich für Ihre Bereitschaft bedanken, die Möglichkeit der Einreichung meiner Habilitationsarbeit an der Universität Bochum zu prüfen. Nach meinen nach dem mit Ihnen geführten Gespräch gesammelten Informationen besteht keine besondere Verbindung zwischen Herrn Prof. König und Herrn Prof. Krauss. Die Partnerschaft mit der Universität Kabul schafft aber zwangsläufig immer noch formale Kontakte.

Zu Ihrer Information darf ich Ihnen kurz meine 3 Untersuchungen beschreiben (Es folgt die inhaltlich bereits bekannte Beschreibung. Und dann:)

Ich habe versucht, bei meinen Überlegungen sowohl Ausbildung als auch Modernisierung sehr eng und präzise zu definieren. Ausbildung als die Aneignung wissenschaftlicher Erkenntnisse oder deren Anwendungsmöglichkeiten, Modernisierung als die optimale Anwendung dieses Wissens im täglichen Leben durch die Mitglieder der Gesellschaft und die ständige Aufnahmebereitschaft für neue wissenschaftliche Erkenntnisse (moderne Attitüde) und das Ausrichten des eigenen Verhaltens nach dem angeeigneten Wissen (modernes Verhalten). Der Prozeß der Modernisierung würde dann bedeuten, daß auf der einen Seite das Optimale in Richtung des Maximums tendiert und auf der anderen Seite dieses Verhalten durch eine immer größer werdende Zahl von Mitgliedern der Gesellschaft übernommen wird.

Ich füge einen Lehrer- und einen Studentenfragebogen sowie die Schlüsselliste für die Studentenfragebogen bei. Im Augenblick bin ich damit beschäftigt die Studentenuntersuchung zu lochen und die Lehreruntersuchung zu verschlüsseln. Die Studentenuntersuchung kann Ende dieses Monats ausgezählt werden, so daß ich dann den Plan für die weiteren Rechenoperationen machen kann. Sollten noch weitere Informationen für das Gespräch mit Herrn Prof. Krauss oder zu Ihrer eigenen Orientierung notwendig sein, so bin ich jeder Zeit bereit, diese entweder schriftlich oder mündlich zu geben.

Es wäre wirklich gut, wenn Ihr Gespräch mit Herrn Prof. Krauss ein positives, zumindest aber ein wohlwollend neutrales Ergebnis haben würde. Vielleicht wäre auch zu prüfen, ob es zwangsläufig ist, daß Herr Prof. Krauss der Koreferent sein wird. Schließlich ist Herr Prof. Krauss ja nicht Soziologe."

Ich glaube immer noch, daß sich letztlich alles aufklären wird. Wie in Indien auch. Jetzt kommt es darauf an, eine gute Arbeit zu schreiben und das Habilitationsverfahren an irgendeiner Universität einzuleiten. Und außerdem – so glaubten nicht nur wir – wird es beim Berufungsgericht kein Urteil ausschließlich auf die Zeugenaussage von König geben. Vor allem dann nicht, wenn ein bestallter Soziologe sich gutachterlich zu der Qualität der Zeugenaussage von König geäußert hat, wie Urs Jaeggi mir zugesichert hat. Das Jahr geht zu Ende. Am 23. Dezember antwortet mir Urs Jaeggi kurz: *„haben Sie vielen Dank für die Zustellung der Unterlagen. Ich bin* *noch nicht dazu gekommen, sie durchzusehen, werde dies aber über den Weihnachtsurlaub tun. Ich habe auch Herrn Professor Krauss nicht erreichen können. Sobald ich etwas Neues weiß, werde ich mich wieder melden. Mit freundlichen Grüßen Ihr Urs Jaeggi"*

Mit der Auswertung des empirischen Materials stehen wir etwas auf dem Schlauch. Wäre die längst fällige Randauszählung – also welche Antworten wie oft zu den einzelnen Fragen gekommen sind – vom Rechenzentrum schon zurück, hätten wir die ruhige Zeit um die Jahreswende nutzen können für die Überlegungen, welche Korrelationen, also welche Antworten miteinander in Beziehung stehen, nach der Gültigkeit der Beziehungen und nach der Intensität der Beziehungen genau berechnet werden müßten. So wirkt sich das mir erteilte Hausverbot durch die Kölner Universität nachteilig aus. Und die Zeit läuft. Bei der Verlängerung meines Stipendiums um ein zweites Jahr hat die Heinrich-Hertz-Stiftung mir unmißverständlich mitgeteilt, daß auf gar keinen Fall eine weitere Verlängerung möglich sein wird.

Ich will Urs Jaeggi nicht bedrängen. Aber am 22. Januar 1970 habe ich dringende Veranlassung ihm zu schreiben: „vielleicht hatten Sie schon Gelegenheit, die Ihnen in zwei verschiedenen Umschlägen zugesandten Unterlagen durchzusehen. Die Angelegenheit mit dem Gutachten ist insofern sehr aktuell geworden als die Gegenseite für das Berufungsverfahren einen Schriftsatz verfaßt hat, in dem behauptet wird, daß eine Habilitationsarbeit auf empirischer Grundlage bei Beibehaltung der vollen Assistententätigkeit 18 bis 24 Monate in Anspruch nimmt. Außerdem wird behauptet, eine Pilotstudie sei für eine Habilitationsschrift ausreichend. Hatten Sie Gelegenheit, mit Herrn Prof. Krauss über meine Arbeit zu sprechen? Für meine Stellungnahme zur gegnerischen Begründung benötige ich auch die Ihnen zugesandte Begründung meines Anwaltes, um Wiederholungen zu vermeiden."

Bereits am 29. Januar antwortet Urs Jaeggi. Der Inhalt stimmt mich bedenklich. Mit Rücksichten auf König will er im Augenblick kein Gutachten machen. Wir fragen uns, ob Rücksichtnehmen, Taktieren je der Sache dienlich sein kann. Vor allem, wenn die Gegenseite eh ihre Strategie auf das Verzögern, auf das Aussitzen ausgelegt hat. Aber wir haben keine Wahl als diese „Eintritt-durch-die-Hintertür-Strategie" zu akzeptieren. Es ist in den deutschen Hochschulen einfach nicht üblich, im aufrechten Gang den vorderen Eingang zu benutzen. Hier ist der Text von Urs Jaeggi: *„Lieber Herr Aich, ich habe inzwischen Kontakte aufnehmen können. Da im Rahmen des Entwicklungsländer-Institutes vor allem Professor Meyer-Dohm sich mit dem indischen Erziehungswesen beschäftigt, hat er sich als der mögliche und auch notwendige Mann herausgestellt. Ohne eine Zustimmung des Entwicklungsländer-Institutes wäre bei der hier geltenden Verfassung (Beteiligungsrecht der betroffenen Abteilungen) eine Habilitation nicht möglich. Ich habe gestern mit Herrn Meyer-Dohm gesprochen. Er will sich die Unterlagen durchsehen und mir Bescheid geben. Er kennt Ihre Dissertation gut, die er auch für einen sehr wichtigen und guten Beitrag hält.*

Da vom Entwicklungsländer-Institut Kontakte zu Köln bestehen, hielt ich es für besser, jetzt nicht mit einem Gutachten gegen Herrn König aufzutreten. Die Punkte scheinen mir zudem so fragwürdig, daß eine Widerlegung leicht zu sein scheint. Eine objektive allgemeingültige Fristsetzung bei Habilitationsschriften ist bei der Unterschiedlichkeit der Themen wohl einfach nicht möglich. Das Gleiche gilt für die Pilot-Study, die ja in der Literatur höchst unterschiedlich definiert wird."

Unerwartet meldet sich der Luchterhand-Verlag. Am 3. Februar schreibt Frank Benseler: *„Lieber, sehr verehrter Herr Dr. Aich, ich habe den Briefwechsel mit Ihnen von 1968 wieder hervorgezogen. Er ist ganz einfach in den Ereignissen der Polizeibuchmesse steckengeblieben.*

Nun werden die ‚Soziologischen Essays' in diesem Jahr eingestellt; jedoch ersetzt durch eine billigere und massenwirksamere Reihe ‚Samlung Luchterhand' (Autoren: Lukács, Marcuse, Kofler, Farner); wie Sie sehen, nicht gerade König-Leute.

Damals verhandelten wir über ‚Erziehungssysteme und Studentenunruhen in Indien'. Das Thema bleibt auf dem Programm. Wir sollten uns sobald wie möglich treffen; vorher wäre es für mich gut, ein Exposé oder eine Skizze Ihres Plans zu bekommen, um im Verlag schon vorarbeiten zu können. Mit freundlichen Grüßen Ihr Benseler"

Das Schreiben ist erfreulich. Aber ich kann darauf nicht reagieren. Ich weiß nicht, wann ich die Randauszählungen vom Rechenzentrum bekomme. Am 18. Februar schreibt Frank Benseler wieder: *„Lieber, sehr verehrter Herr Dr. Aich, ich habe wegen Ihrer Habilitation an Prof. Abendroth geschrieben. Er antwortet, daß man warten müsse, bis die Fachbereiche eingerichtet seien. Das könne in Laufe dieses Jahres geschehen, wahrscheinlicher sei es für 1971. Dann wolle er durchaus erwägen, Sie in Marburg zu habilitieren. Vorher sei es nach Lage der Fakultäten usw. ganz aussichtslos. Mit freundlichen Grüßen Ihr Benseler"*

Die Randauszählungen der Fragebögen sind endlich da. Ich bin ausgelastet mit der Planung von Auswertungen im Rechenzentrum. Die „Obdachlosen-Arbeit" nimmt auch immer mehr Zeit in Anspruch. Nach der öffentlichen Versammlung im „Sionbräu" hat die Kleinarbeit begonnen. Ein gegenseitiger Lernprozeß. Es kommt zur Gründung der „Interessengemeinschaft Obdachlosigkeit" (IGO), die in diesem Bereich Geschichte machen wird. Fünf Stadtteilgruppen organisieren wöchentliche Versammlungen in den Siedlungen. Vierzehntägige Versammlungen im Republikanischen Club. Zwar sind es immer Abende. Aber die Zeit zur Abfassung der Habilitationsschrift läuft und läuft.

Die Einsicht durch die *„Bewohnerversammlungen läßt nicht lange auf sich warten: Es geht nicht darum, die menschen**un**würdigen Zustände erträglich, sondern unmöglich zu machen"*. Im Januar 1970 ist dies in der ersten Nummer der „Obdachlosen Zeitung" zu lesen. Die erste „Obdachlosen Zeitung" in der Bundesrepublik.

Sobald die berechneten Unterlagen vom Rechenzentrum zurückkommen, müßte ich mit der Abfassung der Arbeit beginnen. Davor muß die Abgrenzung der Arbeit geklärt sein. Deshalb wende ich mich an Urs Jaeggi am 6. März: „vielen Dank für Ihr Schreiben von 29. Januar. Ich möchte annehmen, daß Herr Prof. Meyer-Dohm in den nun begonnenen Semesterferien Zeit und Gelegenheit finden wird, sich meine Unterlagen anzusehen. Ich wäre Ihnen außerordentlich dankbar, wenn ich eine baldige Nachricht von Ihnen erhalten könnte, da eine Vorbesprechung über die Abgrenzung meiner Arbeit ratsam wäre, bevor ich mit der Abfassung beginne."

„Lieber Herr Aich," schreibt Urs Jaeggi am 11. März, „haben Sie vielen Dank für Ihren Brief. Ich habe von Herrn Professor Dr. Meyer-Dohm noch nichts gehört. Ich bin natürlich gerne bereit, mit Ihnen über die Abgrenzung der Arbeit zu sprechen, auch wenn ich im Moment noch nicht übersehen kann, ob ein Antrag auf Habilitation hier Erfolg haben wird. Terminlich kommt hinzu, daß ich von diesem Herbst an für zwei Semester eine Gast-Dozentur in New York angenommen habe."

Nun gerate ich ziemlich unter Druck. Die Klärung, ob ich die Arbeit an der Universität Bochum einreichen kann, verzögert sich. Ab 17. März bemühe ich mich zumindest mit Urs Jaeggi meine Situation zu erörtern: „vielen Dank für Ihr Schreiben vom 11. März. Eigentlich hat mein Problem zwei Aspekte. Einmal wäre zu klären, ob die Möglichkeit einer Habilitation an der Univ. Bochum besteht. Dafür wäre es notwendig, Herrn Prof. Meyer-Dohm zu konsultieren. Da ich Herrn Prof. Meyer-Dohm nicht kenne, Sie ihm aber bereits meine Unterlagen zugesandt haben, möchte ich Sie bitten, ihn vielleicht einmal deswegen telefonisch anzusprechen.

Der zweite Aspekt ist ebenso ernst. Er besteht darin, daß ich nach Oktober 1970, falls bis dahin die Habilitation nicht erledigt ist, kein Einkommen mehr habe. Durch die Lösung des 1. Aspekts würde der 2. Aspekt hinfällig. Sollte sich aber die Habilitation verzögern, dann würde der 2. Aspekt umso wichtiger.

Wenn Sie mir einen Terminvorschlag machen könnten, würde ich gern nach Bochum kommen, so daß sowohl die Abgrenzung der Arbeit als auch die anderen Probleme durchgesprochen werden könnten."

Schon am 6. April hat Urs Jaeggi geschrieben: „Lieber Herr Dr. Aich, mit Herrn Meyer-Dohm habe ich noch nicht sprechen können, weil er sich bis zu Semesterbeginn in Indien aufhält. Für ein Gespräch würde ich Ende April vorschlagen. Vielleicht setzen Sie sich am besten mit Frau Heitmann (Tel. 399 2981) in Verbindung, um einen auch Ihnen angenehmen Termin zu finden. Ich muß Ihnen dabei leider jetzt schon sagen, daß wir hier – mindestens in meinem Lehrstuhlbereich – auch im Herbst noch über keine zusätzliche Stelle verfügen."

Urs Jaeggi ist mit meiner Vorstellung über die Abgrenzung der Arbeit einverstanden. Den geschichtlichen Hintergrund für das empirische Material begrüßt er. Er kann mir aber keine Zusage über die Einleitung des Habilitationsverfahrens machen, bis er sich mit Meyer-Dohm verständigt hat. Denn Peter Meyer-Dohm ist der Indienexperte.

Am 1. Mai kommen Bochumer und Düsseldorfer Obdachlose nach Köln, um mit der IGO, mit den Arbeitern zu demonstrieren. Spruchbänder: *„Weißer Kreis macht arbeitslos", „Bald eine Million Obdachlose in der Bundesrepublik – heute ich, morgen Du", „für unsere Befreiung aus dem Elend".* Die IGO will nicht hinnehmen, daß bis zu zehnköpfige Familien zusammengepfercht in 26-m²-Räumen untergebracht werden und gleichzeitig Räume für neue Obdachlose, meist herausgeklagt wegen Mietrückständen durch krankheitsbedingte Entlassung, in der gleichen Siedlung freigehalten werden. Sie stellt der Stadtverwaltung ein Ultimatum, die freigehaltenen Räume den großen Familien zur Verfügung zu stellen, damit Menschen nicht weniger Wohnraum zur Verfügung haben als Polizeihunde.

Urs Jaeggi hat bislang Peter Meyer-Dohm für ein zweites Gespräch nicht erreichen können. Auch ein bemerkenswerter Hinweis über die Verhältnisse in den deutschen Universitäten. Beide arbeiten unter dem selben Dach. Aber wie es im Leben so ist, am 4. Mai ruft mich Peter Meyer-Dohm an. Anläßlich der Ruhrfestspiele veranstaltet die Gewerkschaft Erziehung und Wissenschaft eine „Woche der Wissenschaft". Ein Podiumsgespräch über die Entwicklungspolitik ist eingeplant. Peter Meyer-Dohm ist als Organisator bestellt. Manfred Skopnik von der GEW hat mich als Gesprächspartner vorgeschlagen und nun will Peter Meyer-Dohm mich einladen. Ich sage natürlich zu.

Peter Meyer-Dohm gibt mir anläßlich des Telefongespräches noch Gelegenheit, ihn über meine Habilitation anzusprechen. Auch bei der Veranstaltung ist er mir gewogen. Nur Erhard Eppler, damals Minister für wirtschaftliche Zusammenarbeit nicht. Nach der Veranstaltung verabschiedet er sich nicht einmal von mir, so sauer ist er auf mich. Nicht nur wegen meiner Kritik an der deutschen Entwicklungspolitik. Eppler, wegen seiner moralisierenden Auftritte von Herbert Wehner als „Piet-Cong" tituliert, findet als Nachfolger von Wischnewski meine Anfrage zu einem Interview für die „Parlamentary Times" vor. Er stimmt zu. Die Vereinbarung ist, daß ich nach der Übersetzung ins Englische ihm das ganze Interview zum Redigieren überlasse. Er läßt durch seinen Pressechef hinsichtlich der Richtigkeit der Übersetzung telefonisch Zweifel anmelden. Ich stelle ihm eine Kopie des Originalbandes zu. Eppler will das Interview trotzdem nicht freigeben. Ich biete ihm an, seine Antworten neu zu formulieren. Ich bestehe nur auf meine Fragen und Nachfragen. Ablehnung. Nach vielen hin und her kommt es zu einem gänzlich neuen Interview. Wieder ca. eine Stunde. Das gleiche Verfahren. Wieder wird das Interview nicht freigegeben. Ich bestehe auf eine der beiden Fassungen. Günther Diehl wird als Botschafter der Bundesrepublik in Delhi beim Herausgeber von „Parlamentary Times" vorstellig. Im Interesse beider Republiken wird ein Rumpfinterview, auf mehr als die Hälfte gekürzt, veröffentlicht. Ja, es ist so eine Sache mit der Moral oder mit „Piet-Congs". Ich habe keine weitere Interviews mit Politikern in dieser Republik angestrebt.

In der Siedlung „Am Ginsterberg" – eine der schlimmsten Siedlungen überhaupt – schreiten die Bewohner nach einer Bewohnerversammlung am Sonntag, dem 10. Mai, um 12 Uhr zur Selbsthilfe und besetzen eine der zwei leergehaltenen Unterkünfte, nachdem diverse Zusagen der Ratsvertreter und Behörden nicht eingehalten wurden. Die Strategie der IGO ist: Alle freistehenden Unterkünfte in den Obdachlosensiedlungen in Köln erst einmal dichtmachen, damit Neueinweisungen nicht mehr möglich werden. Alle sind sich des Risikos bewußt.

An der Bochumer Front tut sich doch etwas. Urs Jaeggi rät mir, mit Frau. Dr. Gabriele Wülker im Institut für Entwicklungsforschung und Entwicklungspolitik an der Universität Bochum Kontakt aufzunehmen. Gabriele Wülker war Staatssekretärin im Ministerium für wirtschaftliche Zusammenarbeit als Ludwig Erhard Bundeskanzler und Karl Viallon der Minister war. Ich kenne sie von öffentlichen Veranstaltungen. Über meine öffentlichen Äußerungen zur deutschen Entwicklungspolitik hatte sie wenig Freude empfunden. Am 26. Mai schreibe ich ihr dann doch: „Herr Prof. Jaeggi teilte mir mit, daß Sie freundlicherweise die Unterlagen über die von mir in Indien durchgeführten Forschungen von Herrn Prof. Meyer-Dohm mitgenommen haben, um sich darüber ein genaueres Bild machen zu können. Herr Prof. Jaeggi riet mir auch, Sie um einen Besprechungstermin, entweder in Bonn oder in Bochum, zu bitten, wobei es Herr Prof. Jaeggi nicht für erforderlich hält, dabei anwesend zu sein. Darf ich Sie deshalb bitten, mir einen Terminvorschlag zu machen. Ich nehme an, daß Ihnen Bonn mehr genehm sein wird, da Sie nicht so häufig in Bochum sind."

Schon am 4. Juni schreibt mir Gabriele Wülker handschriftlich auf einem Briefbogen des Instituts, das sieben Sektionen aufweist, aber nicht zu erkennen gibt, welcher Sektion sie angehört: *Sehr geehrter Herr Dr. Aich! Für Ihren Brief danke ich Ihnen verbindlich. Ihre Unterlagen habe ich von Herrn Professor Meyer-Dohm noch nicht erhalten, da er wegen Krankheit und Todesfall in seiner Familie nicht zu erreichen ist. Sobald ich jedoch die Unterlagen eingesehen haben werde, werde ich mich mit Ihnen wegen einer Terminvereinbarung in Verbindung setzen. Mit verbindlichen Grüßen Ihr G. Wülker"*

Sie hat unten ihre private Anschrift mit Telefonnummer zugefügt. Ich muß ehrlich eingestehen, daß die Diktion ihres Schreibens mich überrascht hat; sie scheint mir nicht ganz ungewogen zu sein. Am 17. Juni habe ich wieder Veranlassung mich an Urs Jaeggi zu wenden: „Ihrer Anregung folgend habe ich gleich nach Pfingsten an Frau Wülker geschrieben. Frau Wülker teilte mit, daß sie meine Forschungsunterlagen noch nicht kenne, da Herr Prof. Meyer-Dohm längere Zeit krank gewesen sei. Frau Wülker will mir aber einen Besprechungstermin nennen, sobald sie meine Unterlagen gesehen hat.

Ich füge als Anlage den Schriftsatz bei, den mein Anwalt Heinrich Hannover verfaßt hat. Sie müssen diesen Schriftsatz nicht unbedingt lesen. Falls Sie aber vor Ihrem Gespräch mit Herrn König genau informiert sein möchten, stelle ich Ihnen dieses Schriftstück zu Ihrer Information zur Verfügung mit der Bitte, es mir zurückzusenden. Vor etwa einer Woche erhielt ich die Mitteilung, daß das

Verwaltungsgericht in Münster die Gegenseite aufgefordert hat, alle meine Person betreffende Korrespondenz des Forschungsinstituts dem Verwaltungsgericht zur Verfügung zu stellen. Auch das wird keine angenehme Sache für Herrn König werden."

Am 17. Juni habe ich auch Veranlassung an Hans Welzel zu schreiben: „trotz des durch die Umstellung und Desorganisation im Kölner Rechenzentrum bedingten Zeitverlustes ist meine Arbeit soweit gediehen, daß ich mit Sicherheit voraussagen kann, daß sie im Oktober vorliegen wird. Das neue Problem wird sein, die Zeit während des Habilitationsverfahrens zu überbrücken. Wenn Sie mir gestatten, werde ich diesbezüglich mit Herrn Litt Kontakt aufnehmen.

Da Herr Prof. Dahrendorf wegen seiner politischen Aufgaben kaum noch seine Zusage wird realisieren können, habe ich inzwischen Gespräche mit Herrn Prof. Jeaggi und Herrn Prof. Mayer-Dohm von der Universität Bochum geführt. Die beiden Herren Professoren sind bereit, das Verfahren in Bochum einzuleiten. Davor muß ich noch ein Gespräch mit Frau Dr. Gabriele Wülker, Staatssekretärin a. D, führen, die an dem Institut für Entwicklungspolitik, das Herr Prof. Meyer-Dohm leitet, maßgeblich beteiligt ist. Dieses Institut hat mit den Soziologen in Bochum Kontakt. Aus diesem Grunde waren Gespräche mit Herrn Prof. Jaeggi, der Soziologe ist, als auch mit Herrn Prof. Meyer-Dohm notwendig. Die Verhandlungen in Bochum werden mit ziemlich großer Wahrscheinlichkeit erfolgreich sein. Das Verfahren an der Universität wird erfahrungsgemäß 8 bis 12 Monate dauern.

Es tut mir außerordentlich leid, daß ich Sie wieder mit einer Verwaltungsangelegenheit belästigen muß. Die Heinrich-Hertz-Stiftung hatte am 24. 9. 1969 von der beantragten Sachkostenbeihilfe in Höhe von 12879,50 DM, den Betrag von 10000.- DM bewilligt mit dem Hinweis *,die Restbewilligung bis zur Höhe von 2879,50 DM, kann ausgesprochen werden, sobald die Mitteilung eingeht, daß auch dieser Betrag zum Abschluß der Auswertung benötigt wird.'* Dieser Betrag wird mit Sicherheit benötigt werden, denn das Rechenzentrum hat zwischenzeitlich seine Gebühren von 75.- DM, pro Stunde auf 300.- DM, erhöht. Die Kosten werden also höher sein, als bei Antragstellung bekannt war. Den Rest werde ich selbst tragen, da die Möglichkeit besteht, die Gebühren auf Antrag zu stunden. Darf ich Sie bitten, den bei der Heinrich-Hertz-Stiftung noch zur Verfügung stehenden Betrag baldmöglichst abzurufen."

Am 30. Juni schreibt mir Urs Jaeggi – wie immer – kurz: *„haben Sie vielen Dank für Ihren Brief und den Schriftsatz Ihres Anwalts, den ich Ihnen in der Anlage wieder beifüge. Frau Dr. Wülker hat mich um Aushändigung Ihrer Unterlagen gebeten, die ich aber nicht mehr habe. Ich meine, ich hätte sie Ihnen bei Ihrem letzten Hiersein wieder mitgegeben. Würden Sie bitte mal nachsehen und mir dann die Unterlagen wieder zuschicken?"*

Postwendend, also schon 1. Juli, schicke ich Gabriele Wülker die Unterlagen unter Bezugnahme der Mitteilung von Urs Jaeggi zu und schreibe an Jaeggi: „ich danke Ihnen für Ihr Schreiben vom 30. Juni. Meine Unterlagen hatten Sie Herrn Prof. Meyer-Dohm weitergereicht, bei dem sie noch sein müssen, falls er sie nicht an Frau Dr. Wülker weitergeleitet hat. Auf jeden Fall nehme ich Bezug auf Ihr Schreiben und übersende Frau Dr. Wülker einen

Durchschlag des Exposés meiner Arbeit und die beiden Fragebögen. Sobald ich mit Frau Dr. Wülker gesprochen habe, werde ich Ihnen darüber berichten."

Der Ministerpräsident des Landes Nordrhein-Westfalen läßt Hans Welzel am 8. Juli durch die Heinrich-Herz-Stiftung wissen, daß die Sachkostenbeihilfe in Höhe von 2880,- DM bewilligt sind. Und: *„Ich mache darauf aufmerksam, daß angesichts der angespannten Haushaltslage mit weiteren Mitteln nicht zu rechnen ist. Ich bitte deshalb, Herrn Dr. Aich nahe zu legen, die Rechenarbeiten auf das unumgänglich notwendige Maß zu beschränken."*

Bevor ich mich über das Schreiben des Ministerpräsidenten des Landes aufregen kann, schlägt aus heiterem Himmel ein Blitz ein. Am 12. Juli hat Urs Jaeggi kurz dieses geschrieben: *„Lieber Herr Aich, Frau Wülker hat inzwischen Ihre Unterlagen bekommen und ist leider nicht bereit, Ihre Habilitation bei uns zu unterstützen. Ich sehe, so leid es mir tut, im Moment keine Möglichkeit eine Lösung für Sie zu finden. Ich bedaure das sehr und bin auch enttäuscht, weil ich tatsächlich gehofft hatte, daß es hier eine Möglichkeit gibt. Mit herzlichem Gruß Ihr Urs Jaeggi"*

Wer sind die Studierenden?

Wir sehen alle Felle wegschwimmen. Was ist zwischen dem 1. und 12. Juli 1968 vorgefallen? Wir nehmen uns Zeit und überlegen. Das Exposé enthält keine Thesen. Es ist nur eine Beschreibung der erfaßten Variablen. Und die beiden Fragebögen. Wieder vermuten wir, daß Brisanz offensichtlich in der Besonderheit der erhobenen Daten steckt. Die berechneten Materialien sind vom Rechenzentrum zurück. Die Brisanz liegt, so dämmert es uns langsam, in den Fragestellungen, in dem Erhebungsbogen und in der Stichprobe der Befragten.

Immerhin haben 1430 Studierende im letzten Halbjahr ihrer Ausbildung an vier Universitäten unsere Fragen beantwortet. Es ist praktisch eine Totalerhebung. Die Ausfälle sind nicht systematisch. Alle hatten die gleiche Möglichkeit, an der Befragung teilzunehmen. Wegen der großen Zahl von Befragten werden die Experten die Übertragbarkeit der Ergebnisse vom Konkreten zum Allgemeinen nicht in Abrede stellen können. Der Fragebogen erhebt in erster Linie nicht Daten über Einstellungen, Meinungen oder Wertvorstellungen der Befragten, sondern eher umfangreiche Sozialdaten, die skalierungstauglich sind. Hinzu kommt die Operationalisierung der wichtigen Konzepte der sogenannten Soziologie der unterentwickelten Gebiete. All dies paßt offensichtlich den Indienexperten nicht. Wieso nicht? Können unsere Ergebnisse die gängige, sich selbst reproduzierende Diskussion in Frage stellen? Und dies auf einer kritikfesten empirischen Grundlage?

Bei der Interessengemeinschaft Obdachlosigkeit geht es Schlag auf Schlag weiter. Zwei leerstehnde Unterkünfte im „Übergangshaus" Ringenstraße werden am 3. Juni besetzt. Am 16. Juli in der Mündelstraße. Besetzung heißt: Bewohnerversammlungen, Familien auswählen, Türen aufbrechen, Wände niederreißen, Besetzung verteidigen. Über die Risiken der begrenzten Regelverletzungen macht sich die IGO keine Illusionen. Wer tatsächlich die strafrechtlich verfolgbaren Taten begeht, bleibt auch innerhalb der einzelnen Siedlungen ein Geheimnis. Der „Kölner Wochenspiegel", ein Anzeigenblatt, warnt vor dem *Aufstand der Obdachlosen"* und setzt sich für mehr Wohnungen für Obdachlose ein, denn *„solche Quartiere sind Brutstätten rebellischer Ideen und Pläne".* Trotz vieler Drohungen seitens der Stadtverwaltung legalisiert sie die Besetzungen nachträglich. Noch. In der Öffentlichkeit versucht sie den Eindruck zu vermitteln, die IGO komme den Entscheidungen der Behörde zuvor.

Bevor ich mit der Abfassung meiner Habilitationsschrift beginne, will ich einiges noch genau geklärt wissen. Erst am 24. Juli bin ich in der Lage, auf die Hiobsbotschaft von Urs Jaeggi zu reagieren. Ich schreibe an Gabrielle Wülker: „Herr Prof. Jaeggi teilte mir mit, daß Sie nach Erhalt meiner Erhebungsunterlagen nicht mehr bereit seien, meine Habilitation an der Universität Bochum zu unterstützen. Da ich bereits mit Ihnen korrespondiert habe und Ihnen neben den beiden Fragebogen auch die Erläuterungen dazu enthaltende

Kopie meines Schreibens an Herrn Prof. Jaeggi zugeschickt hatte, möchte ich Sie zunächst darum bitten, mir die Kopie dieses Schreibens zurückzusenden.

Ich wäre Ihnen auch außerordentlich dankbar, wenn Sie mir mitteilen könnten, was Ihre grundsätzliche Bereitschaft so eindeutig verändern konnte, daß Sie die Unterstützung meiner Habilitation ablehnten, bevor Sie die Arbeit gelesen haben. Ich stelle diese Frage, weil ich die Möglichkeit ausschließen möchte, daß Ihre in einer für mich so wichtigen Sache getroffene Entscheidung auf einem Mißverständnis beruht, das in einer Besprechung geklärt werden könnte."

Und an Urs Jaeggi: „Sie können sich sicherlich vorstellen, wie bestürzt ich über Ihr Schreiben vom 12. Juli bin. Dies umso mehr, als die Verhandlungen so weit gediehen waren, daß Herr Prof. Meyer-Dohm einverstanden war, Prof. Bösch (Ernst Bösch ist uns in dieser Sozialgeschichte bereits begegnet) oder Prof. Rothermund (Leiter des Südasien-Instituts in Heidelberg und Indienexperte) als mögliche auswärtige Referenten hinzuzuziehen, mit Frau Dr. Wülker eine Besprechung durchgeführt werden sollte und Sie sich für das Wintersemester für einen Lehrauftrag einsetzen wollten, damit ich der Fakultät bereits vor Einleitung des Verfahrens bekannt würde. Daß Frau Dr. Wülker ohne eine Besprechung über die Arbeit, nur auf Grund der Instrumente der empirischen Erhebung, die Entscheidung fällt, meine Arbeit in Bochum nicht zu unterstützen, und diese Entscheidung mir endgültig die Tür zur Universität Bochum zuschlägt, ist mir völlig unverständlich.

Ich könnte mir vorstellen, daß Sie mit Rücksicht darauf, daß eine mögliche Ablehnung der Habilitation für mich viel schlimmer gewesen wäre als ein neuer Versuch der Unterbringung der Arbeit an einer anderen Universität, nicht erwogen haben, trotz der Ablehnung von Frau Dr. Wülker das Verfahren in Bochum einzuleiten. Nun könnte es ja sein, daß man an allen deutschen Universitäten ähnlich wie in Bochum denkt und ich die Arbeit nirgendwo unterbringen könnte. Falls sich diese Annahme als richtig erweisen sollte, würden Sie dann bereit sein, an der Universität Bochum die Probe darauf zu machen, ob die Entscheidung von Frau Dr. Wülker, meine Arbeit, die sie gar nicht kennt, nicht zu unterstützen, die Fakultät bindet.

Für eine baldige Mitteilung wäre ich Ihnen besonders dankbar, da im Oktober 1970 mein Stipendium abläuft."

Und auch an Peter Meyer-Dohm schreibe ich am selben Tag: „bei unserer Besprechung am 4. Mai hatten Sie mir zu verstehen gegeben, daß Ihr Gespräch mit Herrn Prof. Jaeggi über meine evtl. Habilitation an der Univ. Bochum für mich positiv verlaufen sei. Herr Prof. Jaeggi hatte mir geraten, Frau Dr. Wülker um einen Termin zu bitten, um mit Ihr eine eingehende Besprechung über meine Arbeit durchzuführen. Nachdem Frau Dr. Wülker meine Erhebungsunterlagen erhalten hatte, schrieb mir Herr Prof. Jaeggi am 12. Juli, daß Frau Dr. Wülker leider nicht bereit sei, meine Habilitation in Bochum zu unterstützen. Da Herr Prof. Jaeggi nicht mehr in Bochum ist und für zwei Semester in den USA lehren wird, möchte ich Sie bitten, da Sie ja auch an meiner Arbeit interessiert waren, und Sie auch meine früheren Arbeiten kennen, mir einen Besprechungstermin zu geben, bevor endgültig entschieden ist, ob ich die Arbeit im Oktober an der Univ. Bochum einreichen kann."

Der 24. Juli ist überhaupt mein Schreibtag. An Hans Welzel schreibe ich: „ich habe mit Herrn Litt telefonisch gesprochen. Herr Litt bat mich, ihm die Einzelheiten der in Bochum geführten Verhandlungen schriftlich mitzuteilen, da er versuchen wolle, die Angelegenheit im Hause zu klären und evtl. auch Verbindung zur Universität Bochum aufzunehmen. Diese Bemühungen beruhen auf der Initiative von Herrn Litt und haben keinen offiziellen Charakter. Danach erst möchte Herr Litt mir einen Termin für eine Besprechung geben. Einen Durchschlag meines Schreibens an Herrn Litt füge ich als Anlage bei.

Auf meine Frage an Herrn Litt nach der Möglichkeit, das Stipendium während des Habilitationsverfahrens zu verlängern, hat Herr Litt angeregt, daß Sie einen entsprechenden Antrag an die Heinrich-Hertz-Stiftung stellen. Da mein empirisches Material nicht vollständig in meiner Habilitationsarbeit, die das Thema „Die Indische Universität" hat, untergebracht werden kann, das Material aber soweit aufbereitet ist, daß umfangreiche Forschungsberichte auch darüber geschrieben worden können, sollte das Stipendium für diesen Zweck beantragt werden. Die Themen wären:
1.   Das indische Erziehungssystem und die Studentenunruhen;
2.   Porträt des indischen Hochschullehrers.
Diese Arbeiten könnte ich in einem Jahr fertigstellen."

Und hier ist das Schreiben an die Heinrrich-Hertz-Stiftung, von dem im Schreiben an Hans Welzel die Rede gewesen ist. Es trägt ebenfalls das Datum des 24. Juli: „Sehr geehrter Herr Litt, ich nehme Bezug auf das am 20. Juli mit Ihnen geführte Telefongespräch und möchte Ihnen nachfolgend über den Stand meiner Habilitationsangelegenheit berichten.

Obwohl Herr Prof. Dahrendorf der Stiftung gegenüber versichert hat, daß der Einleitung des Habilitationsverfahrens an der Universität Konstanz nichts im Wege stehe, hatte ich mit Herrn Prof. Jaeggi in Bochum Verbindung aufgenommen. Anlaß dafür war erstens die nicht zu übersehende Abschwächung der zunächst sehr positiv formulierten Zusage: *,wenn Sie eine wissenschaftliche Arbeit zur Habilitation vorlegen wollen, dann ist mir das auch dann selbstverständlich willkommen, wenn Ihr Zerwürfnis mit Herrn König Gründe haben sollte, die gegen Sie sprechen (ich bitte dies als eine rein theoretische Feststellung zu nehmen, die nur betonen soll, daß Habilitationschancen mit solchen Dingen gar nichts zu tun haben und zu tun haben dürfen). ...'* bis zu der vagen Zusicherung an die Stiftung durch Herrn Prof. Dahrendorf. Zweitens wußte ich aus der Einsicht der von der Gegenseite dem Oberverwaltungsgericht in Münster vorgelegten Akten, daß ein Slim Freund, ein mir persönlich nicht bekannter Assistent im Forschungsinstitut für Soziologie der Universität Köln, Dir. Prof. König, einen Brief an Herrn Prof. Dahrendorf geschrieben hat. Diesen Brief legt die Gegenseite nicht vor, wohl aber das Antwortschreiben von Herrn Prof. Dahrendorf an Herrn Freund, worin er diesem versichert, daß er keinesfalls mein Habilitationsvater sei, sondern mir lediglich geschrieben habe, daß die Einleitung des Verfahrens in Konstanz möglich sei. Ein weiterer Grund für die Kontaktaufnahme war der, daß mir nach einem so langen Aufenthalt in Nordrhein-Westfalen eine Arbeit an der Universität Bochum mehr zugesagt hätte.

Herr Prof. Jaeggi war an meiner Arbeit interessiert, ebenfalls Herr Prof. Meyer-Dohm, Dir. des Instituts für Entwicklungsforschung und Entwicklungspolitik, da meine soziologische Arbeit über das Thema „Die indische Universität" in engem Zusammenhang mit der Entwicklungspolitik steht. Herr Prof. Jaeggi erklärte sich bereit, zusammen mit Herrn Prof. Meyer-Dohm das Habilitationsverfahren einzuleiten. Herr Prof. Meyer-Dohm regte an, Frau Dr. Wülker, Dozentin des Instituts, hinzuzuziehen. Wie Herr Prof. Jaeggi mir mitteilte, war in einer Besprechung die Angelegenheit zwischen Herrn Prof. Jaeggi, Herrn Prof. Meyer-Dohm und Frau Dr. Wülker so weit gediehen, daß sie überlegt hatten, unter Umständen einen Außenstehenden zur Beurteilung der Arbeit heranzuziehen. Vorgesehen wurden die Herren Professoren Bösch, Saarbrücken, oder Rothermund, Heidelberg. Herr Prof. Meyer-Dohm regte ferner an, daß Herr Prof. Jaeggi mit Herrn Prof. König Kontakt aufnehmen sollte, damit von der Seite her keine Schwierigkeiten in der Fakultät entstehen könnten. Herr Prof. Jaeggi wollte auch versuchen, für das Wintersemester einen Lehrauftrag für mich zu erhalten, damit ich schon vor Einleitung des Verfahrens der Fakultät bekannt würde. Es wurde noch angeregt, daß ich mit Frau Dr. Wülker einen Termin ausmache, um auch mit ihr Einzelheiten meiner Arbeit zu besprechen. Ich habe Frau Dr. Wülker um einen Termin gebeten, der aber nicht zustandekam. Am 12. Juli teilte mir Herr Prof. Jaeggi mit, daß Frau Dr. Wülker nicht bereit sei, meine Arbeit zu unterstützen.

Nachdem die Verhandlungen so konkret geworden waren, bin ich über diese Mitteilung ziemlich bestürzt. Die Entscheidung, eine Arbeit nicht zu unterstützen, die man noch gar nicht kennt, kann meiner Meinung nach nur zwei Gründe haben. Entweder ist der Grund meine Person, d.h. das Image meiner Person, wie es durch die Auseinandersetzung – über die das Gericht noch zu entscheiden hat – mit den Herren Professoren König und Scheuch entstanden ist, oder aber das Thema meiner Arbeit müßte der Grund sein. Im ersten Fall würde die Entscheidung von Frau Dr. Wülker nicht nur ein Vorgriff auf das Gerichtsurteil sein, sondern auch eine unzulässige Vermischung von zwei verschiedenen Dingen, nämlich Wissenschaft und politische Auseinandersetzung, darstellen. Der zweite Fall wäre eine Vorzensur der thematischen Wahl der Forschung.

Mithin bleibt mir kein anderer Weg, als die Arbeit im Oktober in Konstanz einzureichen, obwohl Herr Prof. Dahrendorf es abgelehnt hatte, mit mir über die Themenabgrenzung zu sprechen.

Bitte gestatten Sie mir, eine Kopie dieses Schreibens an Herrn Prof. Welzel zu schicken."

Am 29. Juli muß ich den Rechtsphilosophen Hans Welzel wieder einmal behelligen: „ich danke Ihnen sehr für Ihre Bereitschaft, den Verlängerungsantrag an die Heinrich-Hertz-Stiftung zu stellen.

In der Anlage schicke ich Ihnen zwei Hefte der Zeitschrift Konkret. Das eine Heft enthält einen nach der Gerichtsverhandlung von dem Kölner Schriftsteller Günter Wallraff geschriebenen Bericht, das andere eine Richtigstellung von mir. Wenn Herr Litt meint, daß dieser Bericht die Chance einer Verlängerung des Stipendiums für weitere wissenschaftliche Arbeiten vermindert hat, so möchte ich doch zu bedenken geben, daß ich auf Berichte wie den von Herrn Wallraff keinen Einfluß habe. Darf ich noch erwähnen, daß der Bericht von Herrn Wallraff vom 14. Juli 1969 stammt, das Kuratorium das Stipendium danach schon einmal verlängert hat.

Sollten die Kuratoriumsmitglieder tatsächlich die Berichte in den Presseorganen mir anlasten wollen, so möchte ich Sie bitten, den Kuratoriumsmigliedern zu bedenken zu geben, daß ich in den letzten drei Jahren ständig unter ungeheurer Belastung reagieren muß, und auch einmal das Vorgefallene gegen die Berichte abzuwägen."

Am 29. Juli schreibt mir Peter Meyer-Dohm einen Brief, der nichts mehr von der früheren Gewogenheit spüren läßt: *„Sehr geehrter Herr Dr. Aich, haben Sie vielen Dank für Ihr Schreiben vom 24. d. M. Herr Prof. Jaeggi hatte mich seinerzeit angesprochen, ob ich zu der von Ihnen geplanten Habilitation Stellung nehmen könne. Dazu veranlaßte ihn die Tatsache, daß ich am Institut für Entwicklungsforschung und Entwicklungspolitik die Sektion Bildungsökonomik leite und über gewisse Erfahrungen aus der Feldforschungsarbeit in Indien verfüge. Ich habe mir dann die Unterlagen, die mir Herr Prof. Jaeggi überreichte, angesehen und ihm erklärt, daß ich als Ökonom zu Ihren soziologischen Arbeiten kein Urteil abgeben könne, doch schienen mir Ihre Fragebögen sorgfältig geplant und die Fragestellung Ihrer Untersuchung sehr interessant.*

Ich habe in einem längeren Gespräch Herrn Prof. Jaeggi damals klargemacht, daß ich mich als soziologischer Laie zu einem Urteil inkompetent fühle. Zuständig für eine Habilitation seien allein die Soziologen, zumal in der Person von Frau Prof. Wülker eine Soziologin verfügbar sei, die sich selbst intensiv mit Bildungsfragen in Indien auseinandergesetzt habe.

Sie sind also richtig darüber informiert, wenn ich aus der Sicht des von mir vertretenen Faches keine Einwände gegen das geplante Habilitationsverfahren erhoben habe; die Information ist jedoch dahingehend zu ergänzen, daß ich selbst deutlich meine Inkompetenz in dieser ganzen Angelegenheit erklärte. Meine Kenntnis Ihrer früheren Arbeiten bezieht sich in erster Linie auf Ihre Dissertation, durch die Sie ja in weiten Kreisen über die Soziologie hinaus bekannt geworden sind und die ich für aufschlußreich halte. Dieses Urteil stützt sich auf mein Interesse an solchen Fragestellungen, ein Fachgutachten ist es nicht.

Selbstverständlich könnte ich mich mit Ihnen über Ihre Habilitationspläne unterhalten. Ich meine jedoch, daß dieses eine Angelegenheit der Abteilung für Sozialwissenschaft ist, zu der ich nichts beizutragen habe. Mit vorzüglicher Hochachtung Ihr Peter Meyer-Dohm"

Ich hatte bis dato nicht gewußt, daß auch Gabriele Wülker eine „Indienexpertin" geworden ist. Wieso – so fragen wir uns – sind diese Indienexperten nicht neugierig auf die Veröffentlichung der Ergebnisse unseres gewiß nicht alltäglichen empirischen Forschungsmaterials? Auch Gabriele Wülker reagiert eilig wie Peter Meyer-Dohm, aber auch eindeutig distanziert. Am 30. Juli schreibt sie mir auf ihrem privaten Briefbogen: *„In Beantwortung Ihres Schreibens vom 24. 7., für das ich Ihnen bestens danke, muß ich leider ein Mißverständnis Ihrerseits ausräumen: Ich habe bisher in keiner Weise meine Bereitschaft, Ihre Habilitation an der Ruhr-Universität*

Bochum zu unterstützen, bekundet, sondern lediglich um die Unterlagen gebeten und mich grundsätzlich zu einer Rücksprache bereit erklärt.

Überdies hat Ihnen Herr Professor Dr. Jaeggi offensichtlich nicht mitgeteilt, daß der Herr Dekan unserer Fakultät jegliche Habilitation von Nicht-Angehörigen unserer Abteilung abgelehnt hat, weil eine erhebliche Anzahl von Abteilungsangehörigen unlängst den Antrag auf Eröffnung des Habilitationsverfahrens stellte bzw. in naher Zukunft stellen wird.

Ihre Fragebögen sowie die Kopie Ihres Schreibens an Herrn Professor Jaeggi habe ich diesem mit der Bitte um Weiterleitung an Sie zurückgegeben. Mit verbindlichen Grüßen Ihre G. Wülker"

Am 31. Juli schreibt mir auch Herr Ministerialrat Litt von der Heinrich-Hertz-Stiftung mit der ihm unüblichen Kälte eines Bürokraten: *„Betr.: Ihre Habilitation, Bezug: Ihr Schreiben vom 24. 7. 1970. Sehr geehrter Herr Dr. Aich! Zu der von Ihnen erwähnten Möglichkeit einer Habilitation an der Universität Konstanz möchte ich Ihnen folgendes mitteilen:*

An der Universität Konstanz ist es üblich, daß Habilitationsschriften bei der Senatskommission für Nachwuchsförderung eingereicht werden, daß also ein besonderer Habilitationsvater nicht nötig ist. Wenn eine Habilitationsschrift von außen eingereicht wird, wird Sie wie jede andere bewertet. Die Tatsache, daß ein Verfasser nicht der Universität angehört, wird in keiner Weise zu seinem Nachteil ausschlagen. Damit würde für Ihre Habilitationsschrift bei entsprechender Qualität keinesfalls zu befürchten sein, daß sie schlechtere Chancen hätte als eine bei der Universität Konstanz selbst entstandene Arbeit.

Ich möchte Ihnen dies bereits heute für den Fall mitteilen, daß Ihre Bemühungen, an anderer Stelle zu einem Habilitationsverfahren zu gelangen, fehlschlagen sollten.

Was Ihre Darstellung der Bochumer Schwierigkeiten betrifft, so bin ich bereit, hierzu Näheres zu erfragen. Andererseits kann ich Ihnen nicht die Zusage geben, daß ich von mir aus in die Angelegenheit einzugreifen vermag, da es sich hier um Vorgänge handelt, die sich im Bereich der akademischen Selbstverwaltung abspielen.

Ich werde versuchen, Ihnen demnächst noch genauer zu erwidern."

Urs Jaeggi schreibt mir aus den USA. Der Brief trägt kein Datum. Ich erhalte ihn Anfang August: *„Lieber Herr Aich, ich war ebenfalls erschrocken und enttäuscht, als Frau Wülker zwei Tage vor meiner Abreise diesen Bescheid gab, wobei sie offenbar auch schon mit anderen Fakultätsmitgliedern gesprochen hatte. Im Moment ist ein ziemliches Gerangel um Habilitationen. Die Ablehnung durch Frau Wülker scheint mir übrigens nicht auf der Berücksichtigung Ihres Materials zu beruhen; es sind politische Gründe. Aber die stoßen bei meinen ‚Kollegen' auf offene Ohren. Ich versuchte noch Meyer-Dohm zu erreichen; es wäre wichtig zu wissen, was er denkt (haben Sie etwas von ihm gehört?). Mit seiner Unterstützung gäbe es wohl noch eine kleine Chance. Grundsätzlich kann man Ihnen ohnehin nicht verwehren, um eine Habilitation nachzusuchen. Nach dem bisher Vorliegenden wäre ich gerne bereit, Sie zu unterstützen. Nur sind halt gegen die geschlossene Front der Konservativen die*

Aussichten gering, es sei denn eben, wir finden Verbündete. Mit freundlichen Grüßen Ihr Urs Jaeggi"

Die Offenheit von Urs Jaeggi – vor allem die Sätze in seinem Schreiben: *„Die Ablehnung durch Frau Wülker scheint mir übrigens nicht auf der Berücksichtigung Ihres Materials zu beruhen; es sind politische Gründe. Aber die stoßen bei meinen ‚Kollegen' auf offene Ohren. Ich versuchte noch Meyer-Dohm zu erreichen; es wäre wichtig zu wissen, was er denkt (haben Sie etwas von ihm gehört?). Mit seiner Unterstützung gäbe es wohl noch eine kleine Chance."* – veranlaßt mich am 11. August noch einmal an Peter Meyer-Dohm zu schreiben: „Sehr geehrter Herr Prof. Meyer-Dohm, ich danke Ihnen sehr für Ihr Schreiben vom 29. Juli. Es ist verständlich, daß Sie als Nicht-Soziologe eine soziologische Arbeit offiziell nicht begutachten wollen; was sicherlich nicht heißt, daß Sie nicht in der Lage wären, eine soziologische Arbeit zu beurteilen. Es kommt doch sehr darauf an, die Arbeit in der Fakultät mit Ihrem Sachverstand über die Wissenschaftlichkeit und auf Grund Ihrer Kenntnisse über die indischen Universitäten zu befürworten.

Wenn ich richtig informiert bin – ich bitte mich zu korrigieren, falls dies nicht der Fall sein sollte –, haben Sie Herrn Prof. Jaeggi im Verlauf eines längeren Gespräches gebeten sicherzustellen, daß von Köln keine Einwände kommen, und nach dem Gespräch mit Frau Prof. Wülker kam von ihr der Vorschlag, Prof. Bösch in Saarbrücken oder Prof. Rothermund in Heidelberg als Außenreferenten hinzuzuziehen. Meines Wissens waren die Besprechungen soweit gediehen, daß Herr Prof. Jaeggi sich für einen Lehrauftrag für mich an der Universität Bochum einsetzen wollte.

Sie können sicherlich verstehen, daß ich ziemlich bestürzt darüber bin, daß meine Habilitationspläne an der Universität Bochum einen schweren Rückschlag erlitten haben. Die Arbeit wird im kommenden Oktober vorliegen. Deshalb möchte ich doch Ihr freundliches Angebot in Anspruch nehmen, mit Ihnen ein Gespräch über die Möglichkeit der Habilitation an der Universität Bochum zu führen. Nicht, um Sie um ein soziologisches Fachgutachten, sondern um die überzeugende Unterstützung in der Fakultät zu bitten. Für einen baldigen Terminvorschlag wäre ich Ihnen außerordentlich dankbar."

Und am gleichen Tag schreibe ich auch an Gabriele Wülker: „ich danke Ihnen für Ihr Schreiben vom 30. 7. und für Ihr freundliches Bemühen, ein Mißverständnis meinerseits auszuräumen.

Ich darf feststellen, daß ich nicht behauptet habe, daß Sie Ihre Bereitschaft bekundet hätten, meine Habilitation an der Universität Bochum zu unterstützen, sondern, daß Ihre grundsätzliche Bereitschaft vorlag. Ohne diese grundsätzliche Bereitschaft hätte ja keine Veranlassung Ihrerseits bestanden, meine Unterlagen für die Habilitationsarbeit einsehen zu wollen und zu einer Besprechung mit mir bereit zu sein.

In der Tat hat mir Herr Prof. Jaeggi nicht mitgeteilt, daß der Dekan Ihrer Fakultät jegliche Habilitation von Nicht-Angehörigen abgelehnt hat. Wie mir scheint, haben auch Sie Herrn Prof. Jaeggi nicht darauf aufmerksam gemacht. Wenn von vornherein überhaupt keine Möglichkeit für die Habilitation für Nicht-Angehörige an Ihrer Universität bestanden hat, verstehe ich nicht, warum Sie bereit waren, Ihre kostbare Zeit in die Durchsicht meines Materials und in eine eventuelle Besprechung zu investieren.

Diese beiden Widersprüche veranlassen mich, mich nochmals mit der Frage an Sie zu wenden, ob nicht doch noch andere, rationalere Gründe für Ihre Ablehnung, meine Arbeit an der Universität Bochum zu unterstützen, vorliegen, die Sie mir noch nicht mitgeteilt haben. Wenn ich richtig informiert bin, waren ja auch Prof. Bösch in Saarbrücken und Prof. Rothermund in Heidelberg als die auswärtigen Experten für die Beurteilung meiner Arbeit im Gespräch. Selbstverständlich verlange ich nicht von Ihnen, daß Sie meine Arbeit begutachten, aber ich setze voraus, daß jeder Wissenschaftler seine Ablehnung oder Zustimmung gegenüber der Fakultät auf wissenschaftliche Kriterien basiert. Deshalb war ich so über die Mitteilung von Herrn Prof. Jaeggi bestürzt, daß Sie meine Arbeit, die Sie nicht kennen, an der Universität Bochum nicht unterstützen wollen.

Wenn Sie meinen, daß eine Besprechung die Sachlage klären könnte, so bin ich nach wie vor gern dazu bereit. Ich wäre Ihnen auch außerordentlich dankbar für Ihre schriftliche Äußerung."

Auch am 11. August, habe ich vorsorglich den Dekan der sozialwissenschaftlichen Fakultät an der Universität Konstanz, Herrn Prof. Dr. Ekkehardt Stein, geschrieben: „nach der Bestätigung von Herrn Prof. Dahrendorf an die Heinrich-Hertz-Stiftung in Düsseldorf, daß der Einleitung eines Habilitationsverfahren an der Universität Konstanz nichts im Wege stehe, erhielt ich von der Heinrich-Hertz-Stiftung ein Habilitationsstipendium für die soziologische Arbeit ‚Die indische Universität'. Die Grundlage dieser Arbeit ist eine historische Analyse sowie eine empirische Erhebung über ‚Aspirationen, Attitüden und Wertvorstellungen der indischen Studenten', im Rahmen derer 1430 sich im letzten Halbjahr ihrer Universitätsausbildung befindliche Studierende an vier Universitäten befragt wurden. Von dem Ergebnis der Universitätsausbildung werden Rückschlüsse auf die Universität selbst gezogen.

Die Arbeit wird im Oktober dieses Jahres vorliegen. Ich möchte Sie daher bitten, mir eine Habilitationsordnung zukommen zu lassen, damit ich mich über die Formalitäten des Antrages für ein Habilitatationsverfahren informieren kann. Falls über die Habilitationsordnung hinaus noch Hinweise notwendig sein sollten, so wäre ich Ihnen dafür ebenfalls außerordentlich dankbar."

*****

Nach diesen Klärungsbemühungen wende ich mich der Abfassung der Habilitiationsschrift zu. Sigrid Welzel vom Bridge-Klub und Hans Welzel bin ich es schuldig, die Arbeit termingemäß vorzulegen, welcher Universität auch immer. Die Obdachlosenarbeit nimmt immer mehr Abende in Anspruch. Trotzdem behindert sie die Abfassung meiner Hablitationschrift nicht. In gewisser Weise fördert sie sie sogar. Die Arbeit wächst zwar, aber nicht die Belastung. Zum ersten Mal erfahre ich, daß Arbeit auch erholsam sein kann. Je tiefer mein Einblick in das Leben in den Obdachlosensiedlungen ist, je mehr ich die Lebensgeschichten einzelner Familien kenne, um so gelassener beurteile ich unsere gewiß nicht rosige eigene Situation. Es gibt Schlimmeres im Leben.

Die Verlogenheit von Politiker, Sozialarbeiter und Wissenschaftler in diesem Bereich macht es mir leichter, die Verlogenheit in der wissenschaftlichen Literatur über das indische Erziehungssystem zu ertragen. Auch die menschliche Wärme in den Siedlungen trotz des „Schicksalsschlages" der Obdachlosigkeit beeindruckt nicht nur mich. Und ich werde nicht als ein Fremder behandelt. Soziale Vorurteile? Keine Spur. Wie oft habe ich in der akademischen Subkultur anhören müssen, ich solle doch lieber nach Hause gehen und die Verhältnisse in Indien kritisieren. Und in der IGO wird immer Klartext geredet. Auch ein heilsames Erlebnis.

Ein negativer Aspekt darf nicht unerwähnt bleiben. Mit der zunehmenden Intensität der Arbeit in der IGO wird auch die Last der Habilitationsarbeit auf meine Frau größer. Morgens, gleich nach dem Frühstück, diktiere ich entlang der erstellten Tabellen, danach gehe ich die bereits getippten Teile durch, bespreche sie mit meiner Frau. Ihr Tag besteht aus stenographieren, tippen, redigieren und wieder tippen. Und sie hat nicht die Abwechslung der IGO, de facto auch nicht die Zeit dafür.

Neben den Besetzungen kommt auf die Aktivisten in der IGO immer mehr Überzeugungsarbeit zu. Analysen und Diskussionen. Die Besetzungen bringen für einige wenige Familien etwas mehr Wohnraum. Nicht mehr. Das Ziel ist zunächst der Einweisungsstopp in allen Kölner Notunterkünften. Die nächste Schritten sollten sein: Auflösung sämtlicher Notunterkünfte, Besetzung leerstehender Wohnungen und Häuser in privatem und öffentlichem Besitz, Senkung der Mieten, Verstaatlichung des Wohnbesitzes sowie von Grund und Boden. Ein langer, langer Weg also.

Die Stadt reagiert mit „Reformplänen". Sie gibt bekannt: Duschen und Bäder in sieben Notunterkünften. Für 56000,- DM. Ein 10-Jahres-Plan für „wohngerechten" Umbau von 60 der 74 Übergangshäuser. Für 20 Millionen DM. Die IGO läßt sich nicht beirren. In der Juli-Nummer der Obdachlosen-Zeitung werden diese Maßnahmen bewertet:

- Die städtischen Pläne sind nur Flickschusterei. Mit ihrer Verwirklichung wird sich die Situation in den Siedlungen nur verfestigen.
- Das Problem der Obdachlosigkeit ist kein Problem der Stadt Köln und ihrer Beamten. Es ist in der bestehenden Gesellschaftsordnung begründet.
- Städtische Zugeständnisse sind als Versuche anzusehen, die aufgebrachten Obdachlosen zu beruhigen und so ihre Arbeit zu lähmen. Die IGO kann nichts erreichen, wenn sie ihren 'Solidarischen Kampf' nicht fortsetzt.

Zum ersten Mal in der kurzen Geschichte der IGO ist von einem „Kampf" die Rede, durch den die Betroffenen „ihr Schicksal selbst bestimmen können". Die Besetzungen, die „Go-ins" im Sozialamt, die Blockierungen der Straßen gehen weiter. Der Sozialdezernent Norbert Burger klagt in der Presse: *Unter diesen Umständen können wir nicht arbeiten*.

*****

Über die „Indische Universität" erzähle ich im Jahre 2000 nur über zusammengefaßte Ergebnisse. Die Zusammenhänge weisen zumeist die höchste Signifikanzebene auf, nämlich 0,001, also kann nur bei einem von tausend Fällen eine gezeigte Beziehung zweier Merkmale zufällig bedingt sein, bei allen anderen Fällen ist die Beziehung eindeutig.

Welche sozialen Merkmale haben die von uns befragten Studierenden? Wer sind sie? Universitätsausbildung war und ist immer ein Privileg weniger. Eine Universitätsausbildung ist der Schlüssel für den sozialen Aufstieg. Sie stellt und vermehrt die Privilegien sicher. Für die Abkömmlinge der privilegierten, besitzenden Klasse ist höhere Ausbildung eine Selbstverständlichkeit. Unabhängig vom gesellschaftlichen Bedarf.

Den Angehörigen der unterprivilegierten Gruppen bleibt der Zusammenhang zwischen Universitätsausbildung und sozialem Aufstieg nicht verborgen. Auch sie wollen nach oben. Einigen muß der Weg geöffnet werden. Sonst könnten die althergebrachten Privilegien auf den Prüfstand geraten. Die Öffnung der Universität für unterprivilegierte Gruppen hat also eine Ventilfunktion und auch eine Alibifunktion. Die Öffnung wird als Beweis dafür angeführt, daß die Universität für alle offen ist. Dieser Beweis gelingt, auch wenn der Anteil der Unterprivilegierten gering bleibt. Der geringe Anteil könnte erklärt werden. Bei ihnen fehle die Tradition des Lernens. Die Erklärung klingt plausibel. Stimmt sie auch? Wie entsteht Tradition?

Von Generation zu Generation vererbtes Benachteiligtsein der Mehrheit einer Gesellschaft ist kein Zufall. Sie ist die Folge des Verteilungsschlüssels. Wer bestimmt ihn? Womit hängt es zusammen, daß Reiche immer reicher werden und die Armen immer ärmer? Fehlt ihnen etwa eine Tradition des „Reichwerdens"? Und dann gibt es einige „Neureiche". Wie werden sie reich?

Die Öffnung der Universitäten für alle allein bewirkt wenig. Meist verdeckt sie den ungleichen Verteilungsschlüssel. Außerdem hat jede Gesellschaft nur einen beistimmten quantitativen Bedarf an qualifizierten Leuten. Wer bestimmt diesen Bedarf? Wer stellt die Mittel für die Lerneinrichtungen zur Verfügung? Wieviel qualifizierte Leute sollen von welchen Lerneinrichtungen produziert werden? Mit welchem „Wissen" ausgestattet? Die bereits Privilegierten verfügen über die Mittel, ihrer nachkommenden Generation die Vermittlung dieses Wissens sicherzustellen. Bei einem eventuellen zusätzlichen Bedarf kommen andere an die Reihe. Anders ausgedrückt: Die herrschenden Teile der Gesellschaft können durch ihren Einfluß auf andere Institutionen sicherstellen, daß über die Nachfrage hinaus den unterprivilegierten Gruppen verwehrt wird, die Qualifikation für die Zulassung zur Universität zu erwerben. Das Prüfungssystem reguliert, daß kein unkontrolliertes Überangebot entsteht.

Die kontrollierte Öffnung zeigt jedem einzelnen Benachteiligten den Weg nach oben. Ein kollektiver Aufstieg wird damit aber abgewehrt. Die „Intelligenteren" werden herausgelesen. Und diese stellen nicht die etablierte Verteilungsstruktur der Privilegien grundsätzlich in Frage. Die Entsolidarisierung ist die Folge. Ich übersehe nicht, daß Universität immer wenigen zugänglich sein wird. Aber die Kriterien des Zugangs könnten andere sein und sich nicht auf die „Lerntradition" beschränken, damit der Verteilungsschlüssel unangetastet bleibt.

*****

Als wir unsere Befragung durchführten, studierte in den Universitäten eine Generation, die zwanzig nach der Unabhängigkeit die Grundschule besucht hat. Der Anteil jener Gruppen müßte also zurückgegangen sein, die während der kolonialen Herrschaft im Bezug auf *Besitz und Einkommen* und im Bezug auf *soziales Ansehen* privilegiert gewesen sind. Wie ist es tatsächlich? Wer sind unsere befragten Studierenden?

Wir verteilen unsere Befragten auf die beiden sechsstufigen Klassenskalen der elterlichen und großelterlichen Familien. Bei den elterlichen Familien entfallen nur 11 Befragte auf die *Unterklasse* in bezug auf *Besitz und Einkommen* und 43 (ca. 3 %) in bezug auf *soziales Ansehen*. Den Eltern unserer Befragten ist es also gelungen, ihre in der kolonialen Zeit erworbenen Privilegien nach der Unabhängigkeit auf ihre Kinder zu vererben.

Auch die elterlichen Familien hatten die Privilegien geerbt. Bei den großelterlichen Familien entfallen nur 24 Befragte (unter 2 %) auf die Unterklasse in bezug auf *soziales Ansehen*. In bezug auf *Besitz und Einkommen* ist der Trend abgeschwächt.

Wie dem Fragebogen zu entnehmen ist, hatten wir den Befragten eine analoge Kastenskala vorgelegt. Vorangegangen waren die Fragen nach der Religions- und der Kastenzugehörigkeit. Auf die *untere Unterkaste* entfielen nur 10 Befragte und auf die *obere Unterkaste* 27. Der Reservierung der Studienplätze per Gesetz zum Trotz. Jeweils 68 % der *oberen Oberklasse* in beiden Bezügen gehören gleichzeitig auch nach Einordnung der Befragten zur *oberen Oberkaste* auf der Kastenskala.

Die sechsstufige Kastenskala haben wir aus praktischen Gründen auf drei Stufen reduziert: *Ober-, Mittel- und Unterkaste*. In der *Oberkaste* befinden sich **nur** Brahmanen, in der *Mittelkaste* **alle** eindeutig nicht als *Unterkaste* Geltenden, wobei *Unterkaste* nicht kastenlos bedeutet. Ein höherer Anteil entfällt in der *Oberen Oberklasse* bei der *elterlichen Klassenzugehörigkeit* aus der Kategorie *Untere Kaste* als aus der Kategorie *Obere Kaste* der korrigierten Kastenskala. Dies weist darauf hin, daß sich die alte Struktur des sozialen Ansehens verändert hat. Die Orientierung in materialistischer Richtung hat die früheren Merkmale der **Kasten**zugehörigkeit durch andere ersetzt. Unter der islamischen Herrschaft wurden die Brahmanen von ihrem ersten Platz verdrängt. Die nachfolgenden Gruppierungen waren williger, sich dem neuen Wertsystem der fremden Herrscher durch Zusammenarbeit anzupassen und dadurch ihre Position zu erhöhen. Daß in einer Zeit des Umbruchs dies der Mehrheit der Brahmanen nicht gelingen konnte, ist verständlich. Es erforderte eine völlige Umstellung und Neuorientierung, mehr als für andere Kasten, die sich schon traditionell in weltlichen Bereichen betätigt hatten.

In bezug auf *Besitz und Einkommen* ist es den Brahmanen gelungen, eine mittlere Klassenzugehörigkeit zu erreichen. Traditionell waren sie nicht an Besitz orientiert. Viele nichtbrahmanische Befragte haben die eigene Kaste auf der Kastenskala in die Kategorie *Obere Oberkaste* eingeordnet. Hier bestätigt sich ein Befund, den Dagfinn Sivertsen in seiner Studie eines indischen Dorfes, „When Caste Barriers Fall" (New York 1963) als den Einfluß von außen auf die traditionelle Struktur der Kastenhierarchie beschreibt. Die veränderte ökonomische Situation stellt die traditionelle Machtsstruktur in Frage, um durch neue Beziehungen auch die Hierarchie neu zu ordnen. Die traditionell den Brahmanen untergeordneten Kasten erreichen im neuen System größeren wirtschaftlichen Erfolg und damit eine neue Basis des Einflusses, der dann auch im neuen sozialen Ansehen zum Ausdruck kommt. Dies führt zu einer veränderten Bewußtseinslage, die nicht mehr bereit ist, die traditionelle Unterordnung der eigenen Kaste unter die der Brahmanen hinzunehmen. Es kommt zu einer Selbsteinschätzung, die von der traditionellen Art abweicht.

Die Befragten ordnen ihre eigene Kaste auf der Kastenskala ein. Darin spiegelt sich ihr eigenes verändertes Bewußtsein wider. Dies heißt nicht, daß das Kastensystem als solches in der jetzigen indischen Gesellschaft überflüssig wird. Es verfestigt sich nur mit dem veränderten Anspruch einer neuen hierarchischen Ordnung. Die Position auf der Kastenskala wird vom materiellen Wohlstand und vom realen sozialen Einfluß in der Gesellschaft abhängig gemacht.

Die Struktur des Vererbens der kolonialen Privilegierung wird deutlich, wenn die einzelnen Privilegien, wie Ausbildung des Großvaters und Vaters, deren Berufe sowie deren Einkommen, gesondert betrachtet werden. Eine Kontinuität von der großelterlichen Generation bis zur heutigen ist unübersehbar. Etwa die Hälfte der Großväter väterlicherseits haben entweder eine College- oder eine Universitätsausbildung absolviert und etwa 2/3 besitzen zumindest ein Schulabschlußzeugnis. Mit anderen Worten, die Hälfte der heute Studierenden kommt aus Familien, in denen bereits die dritte Generation die neu errichteten tertiären Erziehungsinstitutionen besucht.

Die enge Beziehung zwischen Teilnahme an kolonialen Erziehungsinstitutionen und Berufsbereich und Einkommen läßt zu, eine Skala der Teilnahme an den von der Kolonialverwaltung neu geschaffenen „modernen" Sektoren zu konstruieren. Diese und alle anderen Skalen haben wir dann nach dem „Median", also durch Teilung einer Verteilung in zwei gleichgewichtige Teile, auf dieser Skala mit *mehr modern* oder mit *weniger modern* unterschieden.

Auch der Großvater mütterlicherseits vererbt nach demselben Muster. Durch das in Beziehung setzen von Schulbildung, Beruf und Einkommen der beiden Großväter erkennen wir, daß Verheiratung innerhalb der gleichen privilegierten Gruppen stattfand. Werden die drei in die Skalen für die Modernität der beiden Großväter und des Vaters eingegangenen Faktoren zusammengenommen und diese Skalen miteinander korreliert, so wird das Ausmaß der Vererbung der Privilegien sichtbar. Das Privileg des Universitätsstudiums der Befragten erklärt sich dadurch, daß die Eltern dieses Privileg ihrerseits von beiden großväterlichen Familien ererbten.

Beruf und Schulbildung des Vaters korrelieren ebenso wie beim Großvater väterlicherseits, nur ist hier der Trend in Richtung höhere Ausbildung wesentlich stärker ausgeprägt. Beim Großvater väterlicherseits hatte etwa die Hälfte zumindest ein Schulabschlußzeugnis, beim Vater besitzen etwa 2/3 einen akademischen Grad. Der Einfluß von Ausbildung auf die Höhe des Einkommens und damit auf die materielle Privilegierung in der Gesellschaft ist verständlicherweise riesig.

Eine Ausbildung im Erziehungssystem der Kolonisatoren war anziehend. Die in den Genuß dieses Privilegs gekommene Klasse verhielt sich in ihrer Mehrheit loyal gegenüber der Kolonialmacht. So sehr, daß auch auf den jeweiligen Höhepunkten der nationalen Bewegungen die Anwesenheit von nur einigen tausend Engländern ausreichten, gestützt auf die einheimischen Verwaltungskräfte, auf die einheimische Polizei und auf die einheimischen Soldaten. Diese Loyalität der einheimischen Bediensteten wurde nicht einfach gekauft, sondern die Inhalte der Ausbildung waren so angelegt, daß den Absolventen aufgrund der Verinnerlichung fremdbestimmter Werte und Ziele ihr Verhalten selbstverständlich erschien. Es war keine erzwungene, sondern anerzogene Loyalität. Macaulays Klasse eben!

Das Kolonialregime privilegierte nur solche Personengruppen, die im Vergleich zu anderen eine größere Garantie für die Stabilität des Kolonialsystem versprachen. Diese mußten weniger an der Beendigung des kolonialen Regimes interessiert sein. Daß sie auch nach der Unabhängigkeit größere Privilegien hatten, weist darauf hin, daß die Unabhängigkeit keine Auswirkungen auf die etablierte Privilegienstruktur der Kolonialzeit gehabt hat. Die Tatsache, daß Macaulays Erziehungessystem weder im Inhalt noch in der Struktur geändert wurde, läßt die formale Unabhängigkeit Indiens in fragwürdigem Licht erscheinen. Die unabhängige Regierung erscheint in diesem Licht als nichts weiter als ein preiswerter Ersatz für die koloniale Verwaltung.

In der kolonialen Epoche verlieh ein Studium im Ausland das höchste akademische Ansehen. Auch die erweiterte Familie partizipierte partiell an diesem gestiegenen Ansehen. Außerdem war das Auslandsstudium Ansporn für andere, sich ebenfalls das Ziel eines Auslandstudiums zu setzen. Dieser privilegierte Kreis war exklusiv. Nur wenige andere hatten Kontakte zu ihm. Rund 58 % der Befragten hatten persönlichen Kontakt zu Personen, die zum Studium im Ausland sind oder waren, 27 % kennen 4 und mehr Personen.

Schulbildung und die Berufstätigkeit gelten als emanzipatorische Indizien. Danach emanzipieren sich die Frauen in Indien sicherlich in einer auch im internationalen Vergleich beachtlichen Geschwindigkeit. Ich habe

Zweifel, ob Schulbildung oder Berufstätigkeit so ohne weiteres als emanzipatorische Indizien akzeptiert werden können. Dieser Zweifel wird später in einem anderen Zusammenhang begründet. Tatsache ist, daß bei 91 % der Fälle, in denen der Befragte allein die tertiäre Ausbildung erhält, keine der Schwestern eine solche erhält. Dagegen erhalten in 83 % der Fälle alle Schwestern eine tertiäre Ausbildung, in denen auch alle Brüder eine solche erhalten. Emanzipation ist eine Begleiterscheinung von Wohlstand? Die Korrelation der Schulbildung der Schwestern mit den Kriterien der Modernität zeichneten die Konturen dieses Musters. Deshalb soll in diesem Abschnitt nur kurz über einige besondere Unterschiede berichtet werden, die das Muster des sozialen Hintergrundes nach der Trennung der Befragten aufgrund des Geschlechts genauer zeichnen.

96 % der Studentinnen kommen aus Familien, in denen der Vater zumindest ein Schulabschlußzeugnis hat, aber nur 74 % der männlichen Befragten. Von den Väter der 549 Studentinnen haben nur 20 entweder keine, eine nur traditionelle oder nur Unterstufenausbildung. Mit anderen Worten: Die Töchter von rund 95 % der heutigen indischen Familien haben keine Chance eine tertiäre Institution zu besuchen. Etwas unklar ist die Verteilung der weiblichen und männlichen Studenten in der Kategorie *Universitätsbildung des Vaters*. Die Basiszahl ist 254. In diese Kategorie fallen 57 % weibliche und 43 % männliche Befragte. Die übliche Deutung würde heißen, daß Väter mit Universitätsausbildung vorzugsweise ihre Töchter studieren lassen.

Der Befund beruht nicht auf Zufall. Die übliche Deutung wäre aber abwegig. Ich kann nur eine im Rahmen dieser Untersuchung nicht weiter überprüfbare Vermutung äußern. Es könnte sein, daß Eltern mit Universitätsausbildung weniger Kinder bekommen. Je kleiner die Kinderzahl ist, desto wahrscheinlicher ist, daß nur Töchter oder nur Söhne geboren werden. Ginge dieser Trend zum Einzelkind, wäre es möglich, daß es mehr Einzeltöchter als Einzelsöhne gibt. Diese Vermutung zu äußern ist um so vertretbarer, weil derselbe Trend auch bei Universitäts-, College- und Mittelstufenausbildung der Mutter festzustellen ist. Es gibt einen weiterern Hinweis für diese Vermutung.

Bekanntlich wird in Indien heute noch früh geheiratet. Das Heiratsalter der Frauen in Indien, wie auch in anderen Ländern, liegt niedriger als das der Männer. Unsere Befragten sind etwa gleichaltrig. Von ihnen sind 10 % verheiratet. Es hätte erwartet werden müssen, daß der Anteil der verheirateten Studentinnen höher ist. Das ist nicht der Fall. Es scheint also, daß mit Erweiterung der tertiären Ausbildung, auch mit den gegenwärtigen Inhalten, das Alter der Verheiratung höher wird und damit auch die Wahrscheinlichkeit einer hohen Kinderzahl abnimmt.

Die indischen Universitäten sind, wie überall, meist in den größeren Städten gelegen. Das Übergewicht an Stadtbewohnern unter den Studierenden ist nicht zu übersehen. In absoluten Zahlen wohnen 204 Familien der Befragten, also rund 15 %, in Dörfern, dagegen 868, also 60 %, in Großstädten. 305 Studenten, rund 22 %, sind in einem Dorf geboren, aber 516, mehr als 1/3, in der Großstadt. In einer Stadt wohnen ist auch ein Merkmal des Privilegs. Die indische Universität von heute ist vorzugsweise für diejenigen offen, deren beide Großväter eine höhere Schulbildung erhielten, ein höheres Einkommen bezogen und einen Beruf im modernen Sektor ausübten, deren Eltern höhere Schulbildung erhalten haben, deren Vater ein hohes Einkommen bezieht, im modernen Sektor tätig ist und die elterliche Familie darüber hinaus in einer Großstadt wohnt.

Keines der aufgezählten Kriterien ist ein Verdienst des Studierenden selbst. Es ist diese Vorprogrammierung, die seine Chance erhöht, zur Universität zu kommen und auf der oberen Stufe der Klassenskala zu bleiben. Daß Urbanität als ein Kriterium in die Privilegienstruktur eingeht, scheint selbstverständlich. Denn der Einfluß der Kolonialverwaltung war in den Städten am spürbarsten wirksam. An seiner Art und Weise hat sich nichts geändert; in genau dieser Form bestand er in der großväterlichen und in der väterlichen Generation und besteht er in der heutigen Generation weiter fort. Es sind ausschließlich ererbte Merkmale.

*****

Die althergebrachten Privilegien werden meist durch das Gerede auch von internationalen Experten verharmlost: erst das wirtschaftliche Wachstum, dann die Reform der Verteilungsschlüssel erreichen. Ohne jenen verschwindend kleinen Teil der Bevölkerung, ohne die neue Klasse Macaulays, sei eine schnelle wirtschaftliche Entwicklung nicht möglich. Nur sie habe eine Lerntradition und garantiere eine hohe akademische Leistung. Verschüttet werden dabei zwei schlichte Tatbestände: Diese neue Klasse Macaulays ist mit kolonialer Mentalität ausgestattet und ein Produkt von Macaulays Erziehungssystem. Sie kann nicht das Interesse der indischen Mehrheit im Blick haben.

Wenn die ererbten Merkmale die akademische Leistung fördern würde, ließe sich über die Brauchbarkeit der neuen Klasse Macaulays diskutieren. Wenn nicht, entpuppt sich dieses Gerede als eine Rechtfertigungsideologie für die Erhaltung der kolonialen Privilegienstruktur. Es besteht keine Beziehung zwischen der akademischen Leistung einerseits und den einzelnen Kriterien wie *Beruf, Schulbildung des Großvaters, Beruf, Schulbildung* und *Einkommen des Vaters, Schulbildung der Mutter, großväterliche Klassenzugehörigkeit* und *elterliche Klassenzugehörigkeit* in bezug auf *soziales Ansehen* sowie in bezug auf *Besitz und Einkommen, Kastenskalen, Urbanität* und den *Modernitätsskalen* anderseits. Dies ist um so erstaunlicher, da Nachhilfeunterricht in Indien an der Tagesordnung ist, den nur die Privilegierten ihren Kindern ermöglichen können.

Dieser Befund widerspricht der gängigen Annahme, daß die günstigen Umstände, in denen die Befragten groß geworden sind, Einfluß auf spätere Lernbereitschaft und Einfluß auf die tatsächlich erbrachte Leistung ausüben. Erst dieser Befund hat uns zu den Fragen geführt: Warum sollen sich die Kinder der Privilegierten möglichst viel Wissen aneignen wollen, wenn es auch ohne geht? Wenn die privilegierte Stellung selbst von vornherein das Verbleiben in der Position garantiert? Wenn diese Garantie von Kindheit an bekannt ist? Auch, daß eine Karriere nicht vom Wissen, sondern vom Besitz der Zeugnisse abhängt?

In ihrer Untersuchung „Wastage in College Education", London 1963, stellen A. R. Kamat und A. G. Deshmukh fest, daß in den Colleges der Universität Poona die weiblichen Studierenden bessere akademische Leistungen erbringen als die männlichen. Über dieses Ergebnis berichtet Myrdal in „Asian Drama" (S. 1775) wie folgt: *„Die bessere Leistung der Mädchen ist zumindest teilweise dadurch zu erklären, daß sie häufiger aus der Oberschicht stammen. Studenten aus höheren Kasten und mit wohlhabendem Hintergrund zeigen bessere Leistungen im College – verständlicherweise, da solche Studenten den Vorteil haben, aus gebildeter häuslicher Atmosphäre zu kommen und häufiger private Grund- und Sekundarschulen mit höheren Standard besuchen zu können".*

Wir können auch die zweite Behauptung von Myrdal nicht bestätigen. Die weiblichen Studierenden erbringen keinesfalls höhere akademische Leistungen. Von den weiblichen Studierenden entfallen auf der akademischen Leistungsskala 71 % unterhalb des Medians, aber nur 48 % der männlich Studierenden. Bei 1425 Fällen ein Chi-quadratwert von 76, p< 0,001 und ein Korrelationskoeffizient von + 0.23 lassen an unserem Ergebnis keinen Zweifel zu.

Die *akademische Leistung* korreliert aber mit der *Fakultät des Studienfaches*. Die Studienfächer sind in der Reihenfolge der geringeren Anforderungen bei der Zulassung wie folgt: Jura, Geisteswissenschaften, Sozialwissenschaften, Naturwissenschaften, Medizin, Ingenieurwesen. In der umgekehrten Reihenfolge gibt es auch Zulassungsbeschränkungen. Wenn dennoch die höher privilegierte Gruppe die für die Wahrnehmung der Berufschancen erforderliche höhere akademische Leistung nicht erbringt, können dafür zwei Gründe vorhanden sein: entweder sind sie nicht in der Lage, diese Leistung zu erbringen oder sie haben die Gewißheit, auch ohne das Studium der entsprechenden Fächer, was eigene Leistung erfordert, doch in Karrieren zu gelangen, die ihnen die Klassenprivilegien erhalten.

In diesem Zusammenhang werden wir an den von dem Kolonialregime geprägten Trend zum Dienstleistungsbereich erinnert. Für die Übernahme von Funktionen in der Verwaltung oder im kaufmännischen Bereich genügt es, eine allgemeine Ausbildung nachzuweisen. Dies erklärt, warum für den privilegierteren Teil der Studenten ein Zwang zu höheren Leistungen nicht besteht. Die althergebrachten und sich mit der Zeit verfestigenden Privilegien stellten bei Nutzung der bestehenden Beziehungen sicher, auch bei geringerer Leistung in lukrative Karrieren zu gelangen.

Dem Eintritt in den Staatsdienst, in den Militärdienst und auch in den Dienst von Industrieunternehmen werden gesonderte Prüfungen und danach persönlichem Interview vorgeschrieben. Oberflächlich betrachtet scheint dieses Verfahren genügend Sicherheit dafür zu bieten, daß die weniger Qualifizierten nicht in die Auswahl kommen. Dies hätte auch der Fall sein können, wenn sich Angebot und Nachfrage die Waage halten würden. Die Kommissionsmitglieder, selbst wenn sie untereinander nicht bekannt sein sollten, was praktisch nicht vorkommt, sind Teile dieser etablierten Privilegien und daher ohne weiteres von den privilegierten Klassen beeinflußbar. Die Kommissionsmitglieder arbeiten nach dem Prinzip des Gebens und des Nehmens, denn jeder, der dem etablierten Privilegiensystem angehört, hat genügend weniger qualifizierten Anhang, der in lukrativen Stellungen untergebracht werden muß.

Dies ist nicht der Platz dafür, den Nachweis zu führen, in welchem Umfang dies geschieht. Dieser Nachweis könnte in der Arbeit „Anatomie einer indischen Universität" geführt werden. Hier soll nur erwähnt werden, welche groteske Umkehrung ein an sich brauchbares Auswahlverfahren inzwischen erfahren hat. Die Kommission kann z. B. auf den Lehrstuhl für Sanskrit einen Professor berufen, wie beispielsweise an der Universität Rajasthan geschehen, der nie Sanskrit, wohl aber Geschichte oder gar Jura studiert hat.

Die Nachfrage nach Empfehlungsschreiben ist groß, aber die von Hochschullehrern haben den geringsten Wert. Im Kurs am höchsten stehen solche von höheren Beamten, Abgeordneten oder Ministern. Mit dem richtigen Empfehlungsschreiben in der Tasche und irgendeinem Universitätsabschlußzeugnis kann man im heutigen Indien jede gewünschte Karriere beginnen. Gewiß ist dies auch anderswo genau so. Also fällt Indien nicht aus den Rahmen. Aber es ist in Indien so.

Nur das Studium des Ingenieurwesens kann noch ohne Beziehungen eine Stelle ermöglichen. Die Arbeit eines Ingenieurs kann nicht einfach angelernt werden, und deshalb werden nur solche Kandidaten ausgewählt, die ein Ingenieurstudium nachweisen können. Je weniger Beziehungen eine Familie hat, um so mehr motiviert sie ihre Kinder, gute schulische Leistungen zu erbringen, damit der Zugang zum Studium des Ingenieurwesens offenbleibt. Selbstverständlich spielen auch bei der Zulassung Beziehungen eine Rolle. Für die Zulassung zu technologischen Fächern wird die höchste akademische Leistung verlangt; was aber nicht heißt, daß nicht auch Kandidaten mit geringerer Leistung zugelassen werden.

Angehörige bestimmter Einkommensgruppen und Angehörige bestimmter Berufe sind vergleichsweise überrepräsentiert in der Zulassung zu den Fächern mit den höchsten Qualifikationsforderungen, obwohl Einkommenshöhe und Berufsbereiche mit der akademischen Leistung nicht in Beziehung stehen. Daraus folgt, daß sich die Angehörigen bestimmter Berufe und mit bestimmter Einkommenshöhe ihren Kindern diese Überepräsentation auf eine andere Weise beschaffen, die nur in Beziehungen bestehen kann.

Wenn keine Beziehungen bestehen, können diese am leichtesten durch die Tätigkeit im Dienstleistungsbereich geknüpft werden. Väter von 63 % der Ingenieurstudenten und 50 % der Medizinstudenten sind im Bereich *Dienstleistungen* tätig. 35 % der Medizinstudenten haben Väter in der Kategorie *freier Beruf*, überwiegend Ärzte, Rechtsanwälte und in sehr kleiner Zahl freie Unternehmer. Die Ärzte, die bereits eine eigene Praxis haben, motivieren ihre Kinder, ebenfalls Arzt zu werden. Reicht die akademische Leistung für die Zulassung nicht aus, wird die Zulassung dennoch aufgrund der Beziehungen erreicht. 46 % der Medizinstudenten befinden sich auf der Skala der akademischen Leistung unterhalb des Medians.

Der traditionelle Weg zur Knüpfung von Beziehungen ist die Inanspruchnahme der Kastenordnung. Die *Oberkaste* hat darüber hinaus das traditionelle Privileg, Gefälligkeiten von Angehörigen niedriger Kasten verlangen zu können, wenn auch mit abnehmender Tendenz. Von der Basis der Kategorien der korrigierten Kastenskala: *Oberkaste, Mittelkaste, Unterkaste* her gesehen, sind zum Ingenieurstudium zugelassen: 25 % der *Oberkaste*, 22 % der *Mittelkaste* und nur 17 % der *Unterkaste*.

Das Wachstum der indischen Wirtschaft nach der Unabhängigkeit stellt nicht sicher, daß eine Abschlußprüfung in einem technologischen Fach mit der höchsten Note zu einer Anstellung führt. Da in der Regel von den freien Unternehmen, insbesondere im technologischen Bereich, höhere Gehälter bezahlt werden als die Lehrer, auch die Universitätslehrer, erhalten, versuchen die Studierenden mit den hervorragendsten akademischen Leistungen dort eine Anstellung zu finden. Das Studium der Medizin verschafft die zweitbeste Möglichkeit. Das Studium der Naturwissenschaften wird in der Regel gewählt, wenn die beiden anderen Fächer ausscheiden. Die indische Gesellschaft kann also für den sozialen Bereich im besten Fall auf die vergleichsweise 4. Garnitur zurückgreifen.

Eine bürokratische Karriere beginnt, wie auch die eines Universitätslehrers, mit derselben Gehaltsstufe. Ein Universitätsstudium mit der Mindestabschlußnote 2 ist dafür erforderlich. Der Universitätslehrer wird seine Karriere im Normalfall mit etwa dem Doppelten seines Anfangsgehaltes beenden. Derjenige aber, der die notwendigen Beziehungen für den Eintritt in eine bürokratische Karriere besitzt, sei es in der höheren Beamtenlaufbahn, sei es im Militärdienst, kann sicher sein, daß er seine Laufbahn mit etwa dem Siebenfachen seines Anfangsgehaltes beenden wird, ohne für seinen Aufstieg den Nachweis zusätzlicher Qualifikationen erbringen zu müssen. Es ist verständlich, warum nur ein kleiner Teil derjenigen, die mit guten Leistungen die Universität absolvieren, sich zu einer Universitätslaufbahn entschließt.

Die gegenwärtige Form der Universitäten, das Curriculum und die Privilegienstruktur wurden von dem Kolonialregime geschaffen. Innerhalb dieser privilegierten Klassen beeinflussen die ererbten Kriterien positiv den Zugang zur Universität. Das Besitz- oder das Bildungsprivileg der elterlichen Familie motiviert die nachkommende Generation nicht zur größeren akademischen Leistung, sondern nur zu der akademischen Leistung, die das Mindesterfordernis für den Beginn einer auf Beziehungen basierenden Karriere ist.

Dieses Ergebnis ist nicht umwerfend neu. Hier und da wurden bereits Vermutung in dieser Richtung ausgesprochen, aber nie auf wissenschaftlichem Material basierend. Auch in dem „Report of the Education Commission" (S. 10) sind folgende Sätze zu lesen: *In einer Situation von der Art wie wir sie in Indien haben, ist es die Verantwortung des Erziehungssystems, die verschiedenen Klassen und Gruppen zusammenzubringen und so die Entstehung einer egalitären und integrierten Gesellschaft zu fördern. Aber im Augenblick, statt dieses zu tun, tendiert die Erziehung in Richtung der sozialen Segregation und erhält und erweitert die Klassenunterschiede. ... Einige der Privatschulen sind im großem und ganzem gesehen sicherlich besser. Aber da viele von ihnen hohe Schulgebühren erheben, sind sie nur zugänglich für die Mittel- und die höhere Klasse, ... höchstens für 10 % der Bevölkerung. ... Was noch schlimmer ist, diese Segregation steigt und erweitert die Kluft zwischen den Klassen und Massen."*

Die privaten Institutionen sollen die Schuld für diese Entwicklung tragen. Die staatlichen Institutionen seien nach der Verfassung für alle Teile der Bevölkerung gleichermaßen zugänglich. Aber die Verfassung verschafft noch keinen Zugang. Dazu bedürfte es einer radikalen Veränderung der Verteilungsstruktur von Zugangschancen. Die Education Commission hat die Gefahr eines weiteren Auseinanderfallens der Klassen nur in der niedrigen Qualität der staatlichen Erziehungsinstitutionen gesehen. Leider kann dies durch unsere Untersuchung nicht bestätigt werden, denn private Universitäten existieren in Indien nicht.

Es ist einfach nicht nachvollziehbar, wie die Education Commission zu solchen Feststellungen kommen kann. Der großen Zahl von in- und ausländischen Experten zum Trotz. Hat sie nicht gewußt, daß die Hälfte der Studierenden aus Familien stammt, in denen bereits die dritte Generation eine moderne Ausbildung erhält und ¾ aus Familien, in denen die zweite Generation eine moderne Ausbildung erhält?

Die Vermutung, daß dieses „Nichtwissen" System hat, drängt sich auf, wenn Margaret Cormack in „She who rides a Peacock", Bombay 1961, geschrieben hat: *„Erziehung ist in zunehmenden Maß für alle erreichbar. Grunderziehung ist in vielen Gebieten gebührenfrei und wird es bald überall sein. Sekundare und höhere Erziehung expandiert schnell durch Vergabe von Stipendien an viele und durch die Garantie der Zulassung für Harijans* (Gandhi bezeichnete so die Kastenlosen. Ihre Zahl wird auf 80 bis 100 Mill. geschätzt.). *Es wird geschätzt, daß 60 % der jetzt in den Colleges und Universitäten Studierenden ‚neue Studenten'* (also jene in der ersten Generation einer modernen Ausbildung) *sind. Dieser Ansatz ist hauptsächlich quantitativ, mit Hauptbetonung auf einer größeren Zahl durch mehr Schulen. Wir werden diesen Ansatz in seinen Resultaten in späteren Kapiteln kritisieren, aber niemand war fähig, sich dem Verlangen der Massen nach Ausbildung zu versagen. Unglücklicherweise verstehen viele Ausbildung nicht als ,Lernen', weil sie einen sozialen Hintergrund haben, der ohne Bücher, ohne intellektuelle Gespräche und ohne Suche nach neuen Ideen ist. Statt dessen suchen sie nach Status, der durch den Erwerb von Zertifikaten oder Graden erlangt wird."*

Wie schon erwähnt, besitzt Margaret Cormack in Indien Autorität. Sie ist in Indien geboren und kennt die indischen Verhältnisse. Ihr Buch ist eingeleitet von dem früheren Finanzminister, früheren Vorsitzender der „University Grants Commission" sowie früherer Vorsitzender des „Indian International Center" – jene Institution, die 1967 als vom CIA finanziert enttarnt wurde. Margaret Cormacks Untersuchung gilt in Indien als die maßgebliche über indische Studenten. Sie selbst war Verwalterin der „Asian Foundation" in Delhi, jener Stiftung, die Forschungen aus den Mitteln des PL–480–Programmes finanziert („humanitäre" Hilfe der USA an Indien), die die amerikanische Regierung in Indien angesammelt hat. Nicht uninteressant ist in diesem Zusammenhang, daß sich zur Zeit 40 % der indischen Währung unter amerikanischer Kontrolle befinden.

Es ist unwichtig, daß Margaret Cormack das Märchen von 60 % „neuen Studenten" verbreitet. Gravierender ist der Versuch, die indische Erziehungsmisere den „neuen Studenten" in die Schuhe zu schieben. Sie sollen kein richtiges Verhältnis zum Lernen haben, eben weil sie aus einem nicht lernfördernden sozialen Hintergrund kommen. Deshalb werden sie Zeugnisjäger und tragen so dazu bei, daß das Niveau der Universitäten sinkt. Ein wirklich starkes Stück! Wenn sie die einzige gewesen wäre, die eine solche Erklärung zu geben versucht hätte, wäre dies relativ unwichtig gewesen. Auch D. D. Karve, früher Principal Fargusson College, Poona, zur Zeit der Veröffentlichung Executiv Officer of the „American Institute of Indian Studies at Deccan College", schreibt in dem Buch „Education, Scientific Policy & Developing Societies" zu dem Thema „The Universities and the Public in India" (S.160): *„In früheren Zeiten wurden die Studenten für die höhere Erziehung völlig aus den oberen Kasten rekrutiert, die eine Tradition des Lernens hatten. Zu Hause hatten sie Bücher, Zeitungen und führten Diskussionen über politische, soziale und religiöse Fragen. In den letzten Dekaden hat auf allen Ebenen der Ausbildung eine schnelle Expansion stattgefunden und eine große Zahl von Studenten kommt aus niedrigen Kasten einschließlich der* scheduled caste *(die heute offizielle Bezeichnung für Kastenlose nach ihrer Integration in das Kastensystem), die nun Schulen und Colleges besuchen. Ihr häuslicher Hintergrund ist so, daß sie keine Tradition des Lernens haben. Sie sind häufig die einzige Person in ihrer Familie, die Alphabet ist, und dies erweist sich als ein Nachteil für sie in ihrer Konkurrenz mit ihren Landsleuten aus höheren Kasten."*

Genau 10 von 1430 der Befragten gehören zu der Kategorie, von denen hier die Rede ist, nämlich diejenigen, die auf der Modernitätsskala ihrer Familie die niedrigste Punktzahl erreicht haben. Behauptungen dieser Art lassen ein System der Manipulation erkennen. Der wohl innerhalb der westlichen Gelehrten über die meisten Kenntnisse des indischen Erziehungswesens verfügende Edward A. Shils hat der Education Commission (1964–1966) ein Memorandum „On the Improvement of Indian Higher Education" (auch veröffentlicht in „Education, Scientific Policy & Developing Societies", Bombay 1967) vorgelegt. Den Abschnitt „Einige augenblickliche Schwierigkeiten" beginnt Shils mit der Beschreibung einzelner relevanter Fakten. Im 4. Satz (S. 476) heißt es: *„Sie (die Studenten) kommen zunehmend aus Familien mit wenig Erziehung, und ihr Studium erhält wenig intellektuelle Unterstützung von ihrem Hintergrund; ihr Vokabular ist beschränkt, ihre Fähigkeit der ständigen Zuwendung zu ihrem Studium ist ungeübt. Sie haben wenig Erfahrung im selbständigen Studieren, sie lernen durch nichtdenkendes Auswendiglernen und ihre Neugier ist nicht ermutigt worden."*

Shils liefert nicht nur eine einleuchtend klingende Erklärung für die gegenwärtige Misere, sondern behauptet auch implizit, daß das Phänomen des Nichtgelernthabens zu Lernen etwas sei, das in Indien nur bei denjenigen, die als erste ihrer Familien eine Ausbildung erhalten, zu beobachten ist. Wieso übersieht ein Shils, daß die Praxis des Auswendiglernens eng mit den Modalitäten des Prüfungssystems in den indischen Institutionen für höhere Erziehung zusammenhängt, daß dieses Prüfungssystem und die Erziehungsinstitutionen selbst auf die englische Kolonialherrschaft zurückgehen. Oder übersieht er es doch nicht? Verdeckt er es nur, damit diese Erziehungseinrichtungen noch lange erhalten bleiben sollen?

Nach der verstärkten Zuwendung zum Materiellen und zur kaufmännischen Denkweise während der beiden Fremdherrschaften haben die Studierenden eine nüchterne und rationale Verhaltensweise erlernt. Sie wählen den kürzesten Weg, um das Zeugnis zu erhalten; denn in der indischen Gesellschaft der letzten 100 Jahre zählt nicht mehr Wissen, sondern nur der Besitz des Zertifikats, der durch genaue Reproduktion des Gelernten zu erreichen ist.

Dieses an sich rationale Verhalten der indischen Studenten, erlernt durch den gesellschaftlichen Zwang, führt langsam aber sicher zu einer Katastrophe. Sie versetzt die Verantwortlichen in große Unruhe und führt zur Erklärungsnot. Die Erklärungsversuche, die immer wiederkehrenden Rufe nach Reform und Revolutionierung und ihr anschließendes Nichtstun bis auf die bloße Expansion des Bestehenden drängen den Verdacht auf, daß hinter diesen Bemühungen Interessen stehen; besonders, weil bei der Suche nach Ursachen der Inhalt und die Struktur von Macaulays Erziehungsinstitutionen stets ausgeblendet werden. Und dies durch eine Zusammenarbeit zwischen den indischen Verantwortlichen und den ausländischen Experten.

Neue Interessen haben sich auf internationaler Ebene etabliert. Die indische Regierung kann es sich aufgrund des Divisenmangels nicht leisten, Universitätslehrer und Wissenschaftler regelmäßig ins Ausland reisen zu lassen, um Anregungen für ihre eigene Universität zu sammeln. Andererseits bringt jeder Aufenthalt in einem Industrieland *a priori* dem Reisenden zusätzliches Ansehen, nicht nur bei den Kollegen. Auch eine Hinterlassenschaft aus der Kolonialzeit.

Professoren der industriellen Länder können ihren indischen Kollegen durch eine Einladung zu Gastvorlesungen relativ leicht zu einer Auslandsreise verhelfen. Auch die Regierungen der Industrieländer sind an solchen Einladungen interessiert, in der Erwartung, daß sich der unmittelbare Eindruck der Gastfreundschaft und der direkte Kontakt mit der geistigen Elite politisch auszahlen wird, wofür sie zur Finanzierung der Reisen bereit sind.

So ist ein System der Zusammenarbeit zwischen den Universitätsprofessoren auf internationalen Ebene entstanden, daß sich in der Hauptsache auf das Aussprechen von gegenseitigen Einladungen und die Finanzierung durch die Industrieländer beschränkt. Der wirkliche Schaden ist größer als die Kosten des Wissenschaftler-Tourismus. Die indischen Universitätsverwaltungen und Wissenschaftler benutzen die „Autorität" der ausländischen Gelehrten, um das indische Universitätssystem publizistisch und propagandistisch aufzuwerten. Jeder ausländische Wissenschaftler wird als großer Gelehrter gehandelt. Und diese versäumen nicht, öffentlich zu bekunden, wie groß die indische Leistung nach der Unabhängigkeit trotz der vielen Schwierigkeiten und widrigen Umstände gewesen sei. Ein Nachdenken darüber, was ist und was hätte sein können, wenn für die Verwirklichung der Ziele der indischen Verfassung nicht die kolonialen Einrichtungen herangezogen worden wären, findet nicht statt.

Der zweite Effekt ist für die Weiterentwicklung der indischen Universität noch verheerender. Er verhindert, daß sich jüngere Universitätslehrer und Wissenschaftler angesichts des rapiden Verfalls des Unterrichtsniveaus Gedanken darüber machen, wie dieser aufgehalten und in die umgekehrte Richtung geleitet werden könnte. Sie geraten zwangsläufig mit den Verantwortlichen in Konflikt. Danach bleiben ihnen nur noch zwei Möglichkeiten: Die Analyse wieder zu vergessen oder sich selbst ruinieren zu lassen. Durch die Vereinheitlichung des Rekrutierungssystems der Universitätslehrer auf nationaler Ebene ist auch ein Interessensystem der indischen Universitätslehrer etabliert worden. Dieses System ist die Garantie, unbequeme Kollegen loszuwerden. Es scheint auch üblich zu werden, daß Rektoren indischer Universitäten ausländische Kollegen dahingehend Informieren, die Bewerbung dieses oder jenes indischen Universitätslehrers nicht au akzeptieren, weil er sich aufgrund seiner Persönlichkeit nicht zum Universitätslehrer eigne.

*****

Es fällt auf, daß die Studentinnen weniger Taschengeld zur Verfügung haben als ihre männlichen Kollegen, obwohl sie einen wesentlich privilegierteren sozialen Klassenhintergrund aufweisen; sicherlich ein Indiz für die Bevorzugung der Söhne gegenüber den Töchtern und für die unterschiedliche Struktur ihrer Freizeitgestaltung.

Auch die Wohnverhältnisse der Studenten und Studentinnen unterscheiden sich auf sehr signifikante Weise. Während 72 % der Studentinnen im Elternhaus wohnen, tun das nur 44 % der Studenten. 37 % der Studenten wohnen im Studentenheim und 9 % privat. Von den Studentinnen sind nur 18 % in Studentenheimen untergebracht und 1 % wohnt privat. Die absolute Zahl der Befragten, die in Studentenheimen wohnen, ist dennoch bemerkenswert. Von 1425 Befragten wohnen 421 in Studentenheimen, davon 317 Studenten und 104 Studentinnen.

Das Durchschnittsalter der Befragten beträgt 21,3 Jahre. Sechs Studenten sind unter 18 Jahre, acht 18 Jahre alt, 24 Jahre oder älter sind 181 Befragte. Während die Mehrheit (36 %) der Studierenden in Jadavpur 20 Jahre alt sind, ist die Mehrheit in Kalkutta mit 28 %, in Delhi mit 32 % und in Jaipur mit 21,4 % 21 Jahre alt. In Jadavpur sind nur 24 % 22 Jahre oder älter; in Kalkutta sind 38 %, in Delhi 50 % und in Jaipur 53 % 22 Jahre oder älter.

Die Befragten kommen aus Familien mit einer durchschnittlichen Kinderzahl von 4,7, was ungefähr dem statistisches Gesamtdurchschnitt entspricht. 60 der Befragten sind Einzelkinder; 144 Familien der Befragten haben 8 oder mehr Kinder. Berücksichtigt man, daß die Studenten in der Hauptsache Angehörige der privilegierten Gruppe sind, die mehr Möglichkeit als andere hat, mit der Problematik der indischen Bevölkerungsexplosion vertraut zu sein, so hätte erwartet werden können, daß diese Gruppe für eine notwendige Familienplanung bereiter ist. Wäre dies der Fall, so würde diese Gruppe in der Familiengröße nicht dem Landesdurchschnitt entsprechen, sondern darunter liegen.

Rund 90 % der Befragten gehören der „hinduistischen" Religion an, es sind 1261 Befragte. Nur 25, weniger als 2 % der Befragten, gehören der islamischen Religion an, überkonfessionell sind nur 12 Befragte. Nach der Volkszählung von 1961 machen die Angehörigen der hinduistischen Religion 85 % der Gesamtbevölkerung aus. An diesem Verhältnis hat sich sicherlich in den letzten Jahren nichts geändert. Obwohl 11 % der indischen Bevölkerung Moslems sind, gehören nur 2 % der Befragten dieser Religion an. In dem Sample sind die Jains mit 5 % überrepräsentiert, verursacht durch die Universität Rajasthan in Jaipur. Rajasthan und Gujerat sind die beiden Staaten der Indischen Union, in denen Jains in größerer Zahl als in anderen leben. Der Anteil der Jains an der Gesamtbevölkerung beträgt nur 0,5 %. Die Kategorie „andere", worunter auch die im Landesdurchschnitt mit 2 % repräsentierten Sikhs eingeordnet wurden, macht im Sample 2,5 %

aus. Die Buddhisten sind im Landesdurchschnitt mit 0,74 % vertreten, im Sample mit 0,15 %.

Die im Sample festzustellende Überrepräsentation der Jains ist durch die Auswahl der Universitäten bedingt, nicht aber die Unterrepräsentation der Christen, die im Landesdurchschnitt mit 2,4 % und im Sample nur mit 1,5 % vertreten sind, auch nicht die Unterrepräsentation der Buddhisten und der Moslems. Die wahrscheinlichste Erklärung für die Unterrepräsentation dürfte die Realität der Minoritäten im säkularen indischen Staat liefern. Die religiösen Minoritäten werden aber nicht von den majorisierenden „Hindus" dominiert, sondern von den Hindus des modernen Sektors, die der schon früher zitierte Nirad C. Chaudhuri (The Continent of Circe, Bombay 1966, S. 338) die *dominierende Minorität* nennt. Er schreibt: *„Sie wird konstituiert durch die Hindus der anglisierten oberen Mittelklasse und ist somit ein Ableger oder eine besondere Sorte der Hinduart. Diese Klasse ist eine psychologische und kulturelle Zucht, aber sie ist nicht durch Kreuzung von den an der Aufbesserung von Pferden-, Hunden- und Rinderrassen äußerst interessierten und erfolgreichen Briten veredelt worden. Die anglisierte Hinduzucht Indiens ist eine Selbstkreuzung, wie sie bei nebeneinanderliegenden Beeten zwischen weißen und roten Erbsen vorkommt. Ihre Zahl ist klein und in Relation zur übrigen Bevölkerung fast zu vernachlässigen. Ich zweifle, ob sie überhaupt 1/14 der vernachlässigten Minorität, der Moslems, ausmacht; sie kann gut und gern eine Halbe Million zählen. Aber es gibt kein Faktum, durch das in Zweifel gezogen worden könnte, daß dies nicht die dominierende Minorität ist. Ihre Angehörigen stehen in der Vorderfront eines jeden Feldes menschlicher Aktivität – politischer, wirtschaftlicher, kultureller –, sofern überhaupt von so etwas wie Aktivität im gegenwärtigen Indien gesprochen werden kann."*

Eine harte Kritik, die in ihrer Formulierung überspitzt klingen mag, die Realität aber nicht entstellt, vielmehr den Kern sehr genau trifft. Was Nirad C. Chaudhuri hier nicht erwähnt, ist die Tatsache, daß auch er zu dieser dominierenden Minderheit gehört, daß diese Minderheit eine besondere britische Zucht ist und daß sich diese dominierende Minderheit nicht allein, wenn auch überwiegend, aus dem „hinduistischen" Religionsbereich rekrutiert. Die Unterrepräsentation der islamischen Bevölkerung ist in der Tat ein Ausdruck ihrer Diskriminierung, genau wie der Diskriminierung, aufgrund derer die überwältigende Mehrheit der indischen Bevölkerung in der Studentenschaft unterrepräsentiert ist. Zur Verschleierung dieser Realität hat diese dominierende Minderheit immer einige wenige „Parade-Moslems" und „Parade-Unberührbare" in ihre Reihen aufgenommen. So wurde z. B. die indische Verfassung von einem Unberührbaren formuliert, konnte ein Moslem Staatspräsident werden und gehörten drei der bisherigen Erziehungsminister der islamischen Religion an.

Nach der indischen Verfassung soll die Religionszugehörigkeit ohne Bedeutung, unterschiedliche Behandlung aufgrund der Religionszugehörigkeit nicht erlaubt sein, aber in allen offiziellen Dokumenten ist von den

Minderheiten die Rede. Diese Tatsache nimmt Chaudhuri zum Anlaß, die Einstellung der dominierenden Minderheit zu den religiösen Minoritäten zu charakterisieren (S. 281): *„Im heutigen Indien werden alle Nicht-Hindus als Minorität bezeichnet und dies allein schon ist eine Indikation ihres politischen Status. Der bezeichnendste Aspekt an diesem Brauch ist, daß er eingeführt und fortgesetzt wurde genau von denen, die schwören, daß es in diesem Land nur eine einzige Nation gibt. Dieselben Männer allerdings akzeptierten die Teilung Indiens, deren einzige Berechtigung im Prinzip die Tatsache war, daß die Hindus und die Moslems zwei Nationen konstituierten."*

Die Moslems in Indien, von denen ein großer Teil nach der Teilung Britisch-Indiens nach Pakistan emigrierte, haben auch im demokratischen Indien das Bewußtsein einer Minorität entwickelt, deren Führer bei jeder passenden und nicht passenden Gelegenheit glauben, beteuern zu müssen, ebenso gute Inder wie die Hindus zu sein. Für diese Einstellung der Moslems gegenüber den Hindus und umgekehrt dürfte ein weiterer Grund der sein, wie der historische Hintergrund gezeigt hat, daß die Moslems aus den unteren Kasten der Hindus rekrutiert wurden. Deshalb sind die Antworten auf die Fragen 29 a und 29 b nicht weiter verwunderlich.

Die Frage 29a lautete: *„Welcher Religion gehören Sie an?"* Frage 29b lautete: *„Zu welcher Kaste gehören Sie?"* Beide Fragen wurden offen gestellt und die Antworten in drei Kategorien klassifiziert, nämlich in *Nennung einer Kaste, Verneinung der Kastenexistenz, keine Angabe.* Die Hälfte der in Sample vertretenen Moslems hat eine Kaste genannt, ¼ der Christen hat eine Kaste genannt, ebenfalls rund 1/3 der Überkonfessionellen. Bemerkenswert ist auch, daß 9 % der Hindus, immerhin 118 Studierende, die Existenz von Kasten verneint haben.

Die Tatsache, daß akademische Leistung und Modernität der Familie vs. Religionszugehörigkeit keine Beziehung aufweisen, untermauert die These von Chaudhuri, daß die „dominierende Minorität" keine spezielle Zucht der Hinduart ist, der es völlig gleichgültig war, welcher Religion der einzelne der von ihnen geschaffenen Minderheit angehörte. Wichtig war ihnen nur, daß durch die Schaffung dieser Minorität die koloniale Herrschaft eine Stabilisierung erfuhr.

Dieser Minorität ist bei der Zeremonie der Unabhängigkeit die Macht übertragen worden, und sie übt diese Macht mit der selben Zielsetzung, mit denselben Inhalten und ganz im Sinne ihrer Vorgänger aus. Chaudhuri drückt das so aus (S. 238): *„ ... Insofern ist auf diese Klasse Verlaß, die Modernisierung Indiens zu vollenden, die in Wirklichkeit nur Verwestlichung bedeutet. ... Die Politiker in zwei großen westlichen Ländern, in den USA und in Großbritannien, erhoffen von diesen Männern, und noch mehr von den Frauen dieser Klasse, Erfolg ihrer Politik. Dieser kleine Orden wird von ihnen für die wachsende Hoffnung, die der Westen in Indien setzt, als so fruchtbar in seiner Anlage betrachtet, wie ein Spalier Apfelbäume."*

Das ist, was die Universität in Indien produziert

Die vorgelegten Ergebnisse werden keinem schmecken. Sie sind aber aus einfachsten Sozialdaten gewonnen. Sie stehen ausnahmslos im Widerspruch zur veröffentlichten Literatur, nicht aber unseren unmittelbar vor Ort gewonnenen Einsichten. Wie sind die gelehrten Autoren zu ihren Ergebnissen gelangt? Was war, was ist mit ihnen los? Haben etwa unsere Widersacher in Indien und anderswo schon die Ergebnisse unserer Erhebungen erahnt, erwartet? Deshalb die vehemente Bekämpfung unserer Forschungsthemen, unserer Forschung? Und wenn sie solche Ergebnisse erahnt, erwartet haben, wie konnten sie das?

Immer mehr erkennen wir die Brisanz unseres Materials. Die ersten Entwürfe über die von der indischen Universität vermittelten Erwartungen („Aspirationen"), Werte, Einstellungen, produzierte psychische Mobilität und produzierte Verhaltensdispositionen der Elite des zukünftigen Indien liegen schon vor. Wir sind beruhigt darüber, daß die Habilitationsschrift termingemäß fertig sein wird. An positive Resonanzen auf das Manuskript aus dem Republikanischen Club in Köln fehlt es nicht. Von der Universität Bochum liegen noch keine Antworten vor.

Am 11. August 1970 nehme ich den Faden zum Luchterhand-Verlag wieder auf: „Lieber Herr Benseler, wie Sie sich sicher vorstellen können, habe ich ein sehr schlechtes Gewissen, daß ich Ihnen auf Ihre Schreiben vom 3. und 18. Februar 1970 nicht geantwortet habe. Der Grund dafür war, daß ich mit Ihnen in der darauf folgenden Zeit keine Besprechung hätte durchführen können, da ich überhaupt keine Zeit für etwas anderes als die Abfassung meiner Habilitationsarbeit ‚Die Indische Universität' hatte. Jetzt kann ich absehen, daß diese Arbeit bis Oktober zum Einreichen fertiggestellt sein wird. Umfang etwa 500 Maschinenseiten. Die Arbeit basiert auf einer historischen Analyse sowie auf einer empirischen Erhebung. Es wird Sie sicherlich nicht überraschen zu hören, daß ich bis heute noch nicht weiß, an welcher Universität die Arbeit eingereicht werden kann.

Nach dieser Arbeit bin ich frei für die Abfassung der Arbeit ‚Das Universitätssystem und die Studentenunruhen in Indien'. Inhalt dieser Arbeit wird eine Strukturanalyse der indischen Universität, die Formen der Studentenunruhen, die aus der unterschiedlichen Einschätzung der Studentenunruhen durch Universität und Studenten entstehenden Wechselwirkungen, die Träger des Studentenstreiks und schließlich deren politische Perspektiven sein.

Darüber hinaus habe ich noch empirisches Material über die indischen Universitätslehrer sowie lückenlose Sitzungsprotokolle der Spitzengremien einer Universität von 1960 bis Juni 1967. Dieses Material eignet sich für die Sezierung einer indischen Universität, die nach der Unabhängigkeit gegründet wurde.

Nun zu dem konkreten Anlaß meines Schreibens. Ich bin auf halbem Wege nach Neuwied am Montag, dem 31. August, und nochmals am Donnerstag, dem 10. September, in Linz. Ab etwa 14.00 Uhr könnte ich in Neuwied sein. Falls einer der beiden Termine Ihnen zusagt, möchte ich gern zu Ihnen kommen, um endlich die Besprechung zu führen, die wir seit zwei Jahren planen und die die Umstände immer verhinderten. Wenn Sie interessiert sind, könnte ich auch die ersten Kapitel meiner Habilitationsarbeit mitbringen. Für eine baldige Nachricht wäre ich Ihnen sehr dankbar." Frank Benseler ruft mich postwendend an. Ich soll am 31. August nach Neuwied kommen. Ich soll jedenfalls auch das Manuskript zur Habilitation – auch in Entwürfen – mitbringen. Eine erfreuliche Erfahrung. Ich bin guten Mutes, daß ich bis dahin einen Entwurf der gesamten Arbeit fertig haben werde.

Am 13. August schreibe ich an die Heinrich-Hertz-Stiftung: „Sehr geehrter Herr Litt, ich nehme Bezug auf das mit Ihnen gestern geführte Telefongespräch und teile Ihnen Folgendes zur weiteren Begründung sowie Präzisierung des Zeitplanes des von Herrn Prof. Welzel an die Heinrich-Hertz-Stiftung gestellten Verlängerungsantrages mit:

Wie Ihnen bereits aus dem ersten Antrag bekannt ist, habe ich sehr umfassendes Material über das System der höheren Erziehung in Indien gesammelt. Das gesamte Material ist aufbereitet. An sich hätte, um diesen System und insbesondere die Universität, deren gründliche Beleuchtung sowohl Rückschlüsse auf die untergeordneten Erziehungsinstitutionen als auch auf die gesamte Gesellschaft schlechthin zuläßt, das gesamte Material zusammen veröffentlicht worden müssen. Die Konsequenz wäre nicht nur eine Arbeit von mehr als 1000 Seiten gewesen, sondern auch die Inanspruchnahme einer Verlängerung des Stipendiums. Ganz davon abgesehen, daß die Veröffentlichung einer solch umfangreichen Arbeit problematisch geworden wäre.

Deshalb habe ich für die Habilitationsarbeit, die einen Umfang von etwa 500 Seiten haben wird, nur den Hauptteil meines Materials benutzt und zwar die Untersuchung über die ‚Aspirationen, Attitüden und Wertvorstellungen der indischen Studenten‘, im deren Rahmen 1430 sich im letzten Halbjahr ihrer Universitätsausbildung befindliche Studierende an vier Universitäten befragt worden waren. Der Grundgedanke ist, von der Qualität der ausgebildeten Studierenden Rückschlüsse auf die Qualität der indischen Universität zu ziehen. Diesem Teil wird ein theoretischer sowie ein geschichtsanalytischer Abschnitt vorangestellt, um die Rolle der indischen Universität in der Gesamtgesellschaft genauer einschätzen zu können. Die Habilitationsarbeit berücksichtigt aus den erwähnten Gründen nicht den Bereich ‚Studentenunruhe‘ – etwa 1/3 der empirischen Erhebung ausmachend – sowie die separate Untersuchung über die indischen Hochschullehrer. Diese beiden Bereiche sind aber für die Vervollständigung des Bildes der indischen Universität außerordentlich wichtig; weshalb es höchst bedauerlich wäre, wenn die Arbeiten über diese beiden Bereiche nicht geschrieben werden könnten.

Die Arbeit ‚Das indische Erziehungssystem und die Studentenunruhen‘ könnte bis etwa Ende April 1971 fertiggestellt sein, die Arbeit ‚Porträt des indischen Hochschullehrers‘ bis Ende Oktober 1971. Die Habilitationsarbeit wird, wie bei Bewilligung des Stipendiums vorgesehen, vor dem 31. Oktober 1970 entweder bei der Universität Bochum oder bei der Universität Konstanz, falls bis dahin keine bessere Möglichkeit gefunden werden kann, zur Einleitung des

Habilitationsverfahrens eingereicht werden. Da das Habilitationsverfahren üblicherweise von einigen Monaten bis zu einem Jahr in Anspruch nehmen kann, könnte ich, würde die Heinrich-Hertz-Stiftung die Verlängerung bewilligen, diese Zeit für die beiden geplanten Arbeiten verwenden."

Das Gespräch in Neuwied am 31. August verläuft in angenehmer Atmosphäre. Frank Benseler hat auch zwei weitere Kollegen zu diesem Gespräch gebeten. Sie blättern das Manuskript durch. Das Thema finden Sie interessant und wichtig. Sie bitten mich, ihnen das Manuskript für einige Tage zu überlassen. Sie könnten sich vorstellen, wenn ihre Prüfung positiv ausfällt, die Habilitationsschrift eventuell bereits für das Frühjahr ins Programm nehmen. Eine rundum erfreuliche Erfahrung.

Ich habe wenig Hoffnung, daß das Habilitationsverfahren in Bochum eingeleitet werden kann. Dennoch schreibe ich am 3. September an den Dekan der sozialwissenschaftlichen Fakultät der Ruhr-Universität Bochum, Herrn Prof. Dr. Weber-Schäffer: „Sehr geehrter Herr Dekan, ich beabsichtige, eine soziologische Habilitationsarbeit über das Thema ‚Die Indische Universität‘ bei der Ruhr-Universität Bochum einzureichen. Die Auswertung der empirischen Untersuchung wurde durch ein Habilitationsstipendium der Heinrich-Hertz-Stiftung des Landes Nordrhein-Westfalen ermöglicht. Darf ich Sie bitten, mir die Habilitationsordnung sowie eventuelle für nicht Ihrer Universität Angehörende wichtige Hinweise zusenden zu lassen."

Die Antwort des Dekans vom 9. September offenbart mir, daß meine Geschichte in der Fakultät bereits auch schriftlich rund gegangen ist: *„Sehr geehrter Herr Dr. Aich ! Unter Bezugnahme auf ein vorangegangenes Schreiben von Frau Kollegin Wülker darf ich Ihnen mitteilen, daß bedauerlicherweise im Moment eine genehmigte Fassung der Habilitationsordnung unserer Abteilung nicht vorliegt, so daß derzeit keine Habilitationsverfahren eröffnet werden können. Mit dem im Moment vorliegenden Entwurf einer Habilitationsordnung wäre Ihnen kaum gedient, da sich nicht absehen läßt, welche Änderungen die Habilitationsordnung im Genehmigungsverfahren erhalten wird. Mit den besten Empfehlungen"*

Frank Benseler hat das Manuskript mit dem folgendem Begleitbrief per Einschreiben schon am 11. September in Neuwied zur Post gebracht: *„Lieber Herr Aich, ich habe den Verleger informiert, bei den Herausgebern, Prof. Maus und Prof. Fürstenberg, um ihr Placet gebeten und selber nun Ihr Buch, soweit es vorliegt, gelesen. Danach wollen wir versuchen, es im Herbst 1971 in den SOZIOLOGISCHEN TEXTEN herauszubringen. Ihr Exemplar geht gleichzeitig eingeschrieben zurück. Eine Fotokopie habe ich hier behalten. Einzelkritik folgt etwas später. Herzliche Grüße, Dank für Ihren Besuch, Ihr Frank Benseler"*

Im Republikanischen Club zeige ich Albert Graff, Lektor im Verlag Kiepenheuer und Witsch, den Brief von Frank Benseler. Er meint, dieser Brief ist so gut wie ein Vertrag und gratuliert mir. Ich bedanke mich am 17 September bei dem Verlag: „Lieber Herr Benseler, ich danke Ihnen für Ihr Schreiben vom 11.9. und für die prompte Rücksendung des Manuskripts. Ich freue mich, daß es nun nur noch von der Zustimmung der Herausgeber abhängt, und ich glaube, daß von der Seite wohl keine Ablehnung zu erwarten sein wird. Da ich Anfang Oktober beginne, die endgültig redigierte Fassung schreiben zu lassen, möchte Ich Sie bitten, wenn Sie es irgendwie einrichten können, mir Ihre Einzelkritik noch in diesem Monat zu schicken. Ist die Möglichkeit, die Sie bei meinem Besuch andeuteten, das Buch bereits im Frühjahr 1971 herauszubringen, endgültig gestorben? Herzliche Grüße Ihr"

*****

Wieder zurück zur Auswertung des Forschungsmaterials. Wie schon erwähnt, zeigt die indische Universität – auch nach 23jähriger Unabhängigkeit – keine Veränderung in ihrer Struktur, im Curriculum, in den Kriterien der Rekrutierung und in der Funktion der Ausbildung seit 1857. Die Situation der neuen Herrscher ist aber **nicht** mit der identisch, in der sich die kolonialen Herrscher befanden. Die Kolonialverwaltung übte ihre Herrschaft Kraft ihrer Macht aus, nach der Maxime „Teile und Herrsche".

Der privilegierte Hintergrund der Studierenden und die ihnen in den Erziehungsinstitutionen vermittelten Werte und Inhalte müßten zu ähnlichen Lebenserwartungen führen, wie während der kolonialen Herrschaft. Welchen Beruf wollen die Befragten nach Beendigung des Studiums ergreifen? Eine Liste mit 24 Berufen wird vorgegeben. Neben *Arzt, Ingenieur, Mitarbeiter,* auch solche, die an sich nicht nebeneinander in eine Liste gehören, wie: *Wissenschaftler* und *Universitätslehrer, staatlicher Sozialarbeiter* und *Sozialarbeiter, Ingenieur* und *Exekutive in einem Unternehmen, Abgeordneter im Bundesparlament, Politiker* und *Minister.* Diese scheinbare Unsystematik soll herausfinden, ob die Befragten kurz vor Beendigung des Studiums spezifische Berufsvorstellungen besitzen (Frage 16). In dieser Liste fehlt eine Berufsbezeichnung aus dem landwirtschaftlichen Bereich. Nicht ohne Absicht wird für *andere Angabe* viel Platz gelassen. Er wird nicht genutzt. Keiner der Befragten strebt also einen Beruf im landwirtschaftlichen Bereich an. Tatsächlich wird häufig mehr als ein Beruf angegeben. Die häufige Nennung von mehr als einen Beruf bedeutet, daß eine ziemliche Unsicherheit hinsichtlich der konkreten Berufsmöglichkeit besteht.

Für die weitere Betrachtung haben wir die in der Liste aufgeführten globalen Berufsbezeichnungen zu Berufsgruppen zusammengefaßt, um die berufliche Wünsche klarer zu erfassen. Geordnet nach der Häufigkeit der Nennung entfallen auf: *Schul- und Collegelehrer* 20%, *Künstler, Schriftsteller, Journalisten* 12 %, *Arzt und Ingenieur* jeweils 11 %, *Universitätslehrer* 10 %, *Staatsdienst* 9 %, *Sozialarbeiter* 8 %, *Wissenschaftler* 6 %, *Politiker* 5 %, *Handel und Unternehmen* 4 %, *Angestellter* 3 % und *Rechtsanwalt* 1 %. Auf den ersten Blick signalisiert die Verteilung eine veränderte Struktur, denn 36 % nennen einen Beruf im Erziehungsbereich, dagegen nur 20 % im Bereich der Verwaltung. Dieser erste Eindruck trügt.

Beispielsweise wollen 12 %, das sind 276 Befragte, *Künstler, Schriftsteller oder Journalist* werden. 40 % von ihnen haben entweder Medizin, Naturwissenschaften, Ingenieurwesen oder Jura studiert, also nicht gerade die

Fächer, die auf eine künstlerische Tätigkeit vorbereiten. Es ist auch ein Hinweis dafür, daß ihre Lehrenden kein spezifisches Interesse für das Fach zu wecken gewußt haben.

5 % der Gesamtnennungen zeigen berufliche Aspirationen im Bereich der Politik. Die vier für diesen Bereich in der Liste angegebenen Berufe sind: Minister, Mitglied des Landesparlaments, Mitglied des Bundesparlaments und Parteipolitiker. Von 116 Befragten wollen 34 Minister, 33 Mitglied des Bundesparlaments, 19 Mitglied des Landesparlaments und 30 eine Funktion in einer Partei übernehmen. Von diesen 5 % haben mehr als 52 % technologische Fächer studiert.

Die Medizinstudenten wollen natürlich den Beruf einen Arztes ausüben. Aber die Befragten haben nicht beachtet, daß ein Arzt auch Angestellter, Beamter, Wissenschaftler oder Universitätslehrer sein kann. 63 % der Medizinstudenten machen keine differenziertere Berufsnennung. Dies trifft ebenso für *Ingenieur* zu, von denen 58 % keine weitere Differenzierung vornehmen. In der Sparte *Wissenschaftler* ist ein Übergewicht der Naturwissenschaftler festzustellen. Von denjenigen, die diesen Beruf genannt haben, entfallen auf die naturwissenschaftliche Fakultät 60 %. Von der Basis der Studierenden der Naturwissenschaften aus gesehen sind es 20 %. Naturwissenschaften laufen in Indien unter der Bezeichnung „Science" und die Studierenden von „Science" geben „Scientist" als Berufswunsch an, wenn sie einen spezifischen Beruf nicht nennen können, analog zu den Medizinern und Ingenieuren.

10 % der Befragten geben als Berufswunsch Universitätslehrer und 20 % Schul- oder Collegelehrer an. Daß diejenigen, die Schul- oder Collegelehrer werden wollen, ihren Beruf von dem eines Wissenschaftlers trennen, ist verständlich. Daß aber 217 der Befragten Universitätslehrer werden wollen und nur 135 Wissenschaftler, zeigt die Vorstellung der Universitätsabsolventen von der Tätigkeit eines Universitätslehrers. Es ist in der indischen Universität nicht selbstverständlich, daß ein Universitätslehrer, um das Fachwissen mit entsprechender Didaktik und Klarheit vermitteln zu können, auch Forschung betreiben muß. Das Fehlen der Kategorie Geisteswissenschaftler in der Sparte Wissenschaftler macht das Bewußtsein der indischen Geisteswissenschaftler über ihr Fach deutlich. Den Studenten dieser Fakultät ist während ihrer Ausbildung nicht vermittelt worden, daß es notwendig ist, im Bereich auch der Geisteswissenschaften Forschungen durchzuführen, um die Grundlage für eine gesellschaftliche Zielsetzung zu finden.

Die männlichen Befragten wählen die Berufe in der nachstehenden Rangfolge: Ingenieur, Handel und Unternehmen, Angestellter, Politiker, erst an 5. Stelle Wissenschaftler, an 8. Stelle Universitätslehrer und an letzter Stelle Schul- und Collegelehrer. Die Präferenz der weiblichen Befragten ist: Schul- und Collegelehrerin, Sozialarbeiterin, Künstlerin, Rechtsanwältin, Universitätslehrerin, 6. Stelle Ärztin, an letzter Stelle, was erwartet werden konnte, Ingenieurin. 1/3 der weiblichen Befragten will Schul- oder Collegelehrerin werden, fast die Hälfte entweder Lehrerin oder Wissenschaftlerin. Es ist aber bekannt, daß indische Frauen nach der Verheiratung selten im Beruf bleiben. Außerdem weisen weibliche Studierende geringere akademische Leistungen auf. Sie tendieren auch zu den Berufen, die insgesamt für solche mit niedriger akademischer Leistung offen sind. Ihre männliche Kollegen tun das gleiche. Hohes Realitätsbewußtsein also.

Berufe, in denen geringere akademische Leistungen gefordert werden, sind in der Rangfolge: Rechtsanwalt, gefolgt von Schul- und Collegelehrer, Sozialarbeiter, Staatsdienst, Angestellter, Künstler und erst an 7. Stelle Universitätslehrer. Von allen denjenigen, die Universitätslehrer werden wollen, haben 58 % geringere akademische Qualifikationen. Die Berufe, die höhere Qualifikation fordern, sind in der Rangfolge: Ingenieur, Wissenschaftler, an dritter Stelle Arzt.

Der Zusammenhang Berufswünsche vs. akademische Leistung läßt das Ausmaß der Misere der indischen Universität, des indischen Erziehungssystems und der indischen Gesellschaft erkennen. Sie muß die Zeugnisbesten an das Ingenieurwesen abgeben, sofern Studienplätze vorhanden sind, dann an die Medizin. Die Wissenschaftler sind dazwischen geraten, weil ein Teil der Ingenieurstudenten Wissenschaftler als Berufswunsch nennt, ebenso ein Teil der Mediziner. Erst die dritte Garnitur studiert Naturwissenschaften. Von ihnen wollen 24 % Collegelehrer und 20 % Schullehrer werden. Zählt man noch die 15 % dazu, die Universitätslehrer werden wollen, dann sind es etwa 60 % der dritten Wahl, die einen Lehrberuf anstreben. 78 % von ihnen befinden sich in der untere Hälfte und nur 22 % in der oberen Hälfte der Leistungsskala.

Die vierte Garnitur schließlich studiert Sozialwissenschaften. Sie sollen später verantwortlich für die Veränderungen in der Struktur der gesellschaftlichen Organisation sein, damit Ingenieure, Mediziner und Naturwissenschaftler die notwendigen Voraussetzungen für gesellschaftliche Verbesserungen schaffen können.

Zwei Änderungen scheinen in diesem Bereich stattzufinden. Zu Beginn der neuzeitlichen Universität drängten die Bestqualifizierten zum staatlichen Verwaltungsdienst, an zweiter Stelle in Funktionen im Handel und in Unternehmen; in der späteren Phase auch in die freien Berufe, vorzugsweise zum Beruf des Arztes. Nach der heutigen Berufsaspiration nimmt Wissenschaftler die 2. Stelle der Präferenz ein und Arzt die dritte Stelle. Der Staatsdienst ist in der Präferenz zurückgefallen. Die Angehörigen der Mittelklasse, die noch nicht über die notwendigen Beziehungen verfügen, sehen die Chance des Aufstiegs in der akademischen Leistung und setzen sich nicht dem Risiko aus, in unsichere Berufsbereiche vorzudringen, wie es der Staatsdienst für sie ist, wo eine Auswahlkommission die Kandidaten rekrutiert.

In den Fragen 42 und 43 wird eine Liste mit 10 Berufen vorgelegt, und gebeten, jeweils eine Rangordnung in bezug auf das soziale Ansehen und die Machtstellung der einzelnen Berufe zu erstellen. Die meisten Befragten erstellen beide Rangordnungen, aber nicht immer von 1 bis 10. Kein Beruf wurde weniger als 1215 mal von 1430 Befragten eingeordnet.

Diese Rangordnung besagt nichts über die tatsächliche Stellung dieser Berufe in der Gesellschaft. Sie enthält nicht mehr, aber auch nicht weniger, als eine Beurteilung derjenigen, die sich im letzten Halbjahr ihrer Ausbildung befinden, also mehr als 16 Jahre in den einzelnen Stufen der Erziehungsinstitutionen verbracht haben. Diese Einschätzung hat ihren eigenen Berufswunsch mit beeinflußt.

Die höchsten Machtbefugnisse werden dem hohen Beamten zugeschrieben, ihm folgt der Arzt, was zunächst ungewöhnlich erscheint, an 3. Stelle steht der Politiker, an 4. Stelle der Universitätslehrer und an 10. Stelle der Collegelehrer. Da das Verhältnis Arzt/Patienten auch auf Vertrauen basiert, ist der mächtige Patient nicht ungeneigt, dem Arzt Gegendienste zu erweisen. Diese Kontakte mit dem Mächtigen verleihen dem Beruf des Arztes in einem solchen Fall mittelbar Macht, die zwar mit dem ärztlichen Beruf als solchen nicht verbunden ist, aber auf dem Arzt/Patienten-Verhältnis beruht. Dies dürfte in jeder Gesellschaft so sein, in der bei den diesen Beruf Ausübenden das fachliche Können einen großen Qualitätsunterschied aufweist und wo die Gesellschaft sehr stark hierarchisch geordnet ist. Im Falle einer Krankheit benötigt auch der Mächtigste ärztliche Versorgung. Ist diese Versorgung von unterschiedlicher Qualität, werden die Mächtigsten Wert auf eine Behandlung durch denjenigen legen, der nachweislich die höchste Erfolgsquote aufzuweisen hat.

Obwohl der Ingenieurberuf mehr materiellen Wohlstand einbringt und nicht selten die Gelegenheit bietet, Angehörige im selben Betrieb unterzubringen, so ist in dem Beruf die Möglichkeit der Machtansammlung doch wesentlich geringer als beim Beruf des Arztes. Folgerichtig wird deshalb der Beruf des Ingenieurs an 5. Stellte gesetzt. Die eigentliche Überraschung ist die Beurteilung der Berufe in der Kategorie „Künstler, Schriftsteller, Dichter“. Zwar nennen 31 % der Befragten diese Berufe an letzter Stelle, aber von 10 % werden sie an erster Stelle genannt.

Wenn dies in bezug auf soziales Ansehen geschehen wäre, würde das verständlich sein. Die Künstler, Schriftsteller, Dichter haben, ebenso wie die Ärzte einen leichteren Zugang zu Personen, die Macht besitzen und daher eine größere Möglichkeit des Einflusses, die proportional zur Qualität wächst. Wäre die vorherige Überlegung richtig, müßte ein großer Andrang zu den Berufen hoher Beamter, Arzt und Politiker zu beobachten sein. Der größte Andrang mit hohen akademischen Leistungen besteht aber zum Beruf eines Ingenieurs, der in der Rangordnung der Macht an 5. Stelle steht. Nun, die Karriere eines Beamten zu beginnen, heißt noch nicht, die höchste Position zu erreichen. Dies trifft in noch stärkeren Maße für den

Beruf des Politikers zu. Die Zahl der mit Machtbefugnissen ausgestatteten Positionen ist in jeder Gesellschaft beschränkt. Alle, die nur ihre akademische Leistung auf die Waagschale werfen können, haben die Wahl, risikoreich gegen althergebracht privilegierte Kandidaten zu konkurrieren, oder für den sichereren Weg, auf dem allerdings auch nicht so viele Privilegien gesammelt werden können. Das erklärt, warum das Streben zum Beruf des Ingenieurs so stark bei denjenigen anzutreffen ist, die eine höhere akademische Leistung aufweisen.

Außerdem fällt die Entscheidung für den Beruf im indischen Erziehungssystem bereits zwischen dem 15. und 17. Lebensjahr, nämlich bei der Matrikulation bzw. beim Higher Secondary (entspricht etwa der Mittleren Reife). Dann fällt im College die Entscheidung zwischen *Science, Arts* oder *Commerce*. Wer nicht *Science* wählt, verpaßt die Chance, Naturwissenschaften, Medizin oder Ingenieurwesen zu studieren. Der Andrang zu *Science* ist außerordentlich groß. Die Folge davon ist die Beschränkung der Zulassung und die höhere Leistungsforderung.

In bezug auf soziales Ansehen steigt der Beruf Arzt vom zweiten Platz im bezug auf Macht auf den ersten. Der hohe Beamte fällt vom 1. Platz in bezug auf Macht auf den 4. Platz auf Ansehen zurück, Politiker fällt vom 3. Platz in bezug auf Macht auf den 8. Platz. Künstler, Schriftsteller, Dichter als eine Kategorie steigt erwartungsgemäß vom 8. auf den 5. Platz.

Beide Bezüge zusammengenommen ergeben die Rangfolge: Arzt, hoher Beamter, Universitätslehrer, Ingenieur, Politiker, an 8. Stelle der Collegelehrer und an letzter Stelle der Rechtsanwalt. Die Stellung des Journalisten hat uns überrascht: in bezug auf Macht an 6. Stelle, in bezug auf soziales Ansehen an 7. Stelle, insgesamt an 7. Stelle, also höher als Collegelehrer, Exekutive im Unternehmen und Rechtsanwalt. Alle drei Berufsbereiche verlangen nicht nur eine hohe kontinuierliche Leistung, sondern auch Abschlußzeugnisse. Der Journalist benötigt dagegen häufig kein Abschlußzeugnis. „Nur" Schreiben muß er können.

Nur 65 Befragte sehen keine Möglichkeit für eine Fortsetzung ihrer Studien. Alle anderen haben die Möglichkeit sich weiterzubilden, wenn sie es wünschen. Und dies setzt voraus, daß sie bereits so privilegiert sind, daß sie sich nicht nur die reinen Studienkosten, sondern auch den Verdienstausfall leisten können. Auch hier zeigt sich, daß die bei inländischen und ausländischen Gelehrten verbreitete Behauptung, der Hauptteil der an den indischen Universitäten Studierenden seien „neue Studenten" sich empirisch nicht halten läßt. Mehr als die Hälfte schätzen ihre Chance für ein Auslandsstudium auf mehr als 25 % ein.

Die Antworten auf die Frage: „Wenn alle beruflichen Aspirationen erfüllt sind, zu welcher der folgenden Klasse werden Sie dann gehören?" zeigen einen klaren Aufstiegtrend. Aber in bezug auf soziales Ansehen werden 2 der Befragten zur unteren Unterklasse, 9 zur oberen Unterklasse, 50 zur unteren Mittelklasse gehören. Der Rest, also rund 95 %, werden sich im

Bereich zwischen oberer Mittelklasse und oberer Oberklasse befinden. Daß immerhin 61 Befragte trotz der Erfüllung aller beruflichen Aspirationen in bezug auf das soziale Ansehen nicht in die obere Mittelklasse aufsteigen können, zeigt die Schnittstelle zwischen Klassen- und Kastenstruktur, die einem solchen Aufstieg entgegensteht.

In bezug auf Besitz und Einkommen sieht die Sache wesentlich anders aus. 139 ordnen sich in die untere Unterklasse, 66 in die obere Unterklasse und 162 in die untere Mittelklasse ein. Nichtsdestoweniger wird der Aufstiegstrend zur Oberklasse durch das Universitätsstudium im Verhältnis zur Klassenzugehörigkeit der elterlichen Familie in bezug auf beide Kriterien deutlich.

Während in der elterlichen Generation die Familien von 60 Befragten der oberen Oberklasse in bezug auf Besitz und Einkommen angehören, werden nach Erfüllung der Aspirationen 357 der Befragten dieser Klasse angehören. 20 Familien der Befragten gehörten der unteren Unterklasse in bezug auf Besitz und Einkommen an, nach Erfüllung der Aspirationen werden aber 139 Befragte sich in der unteren Unterklasse befinden. Dies deutet auf eine Polarisierung der akademischen Klassen in bezug auf Besitz und Einkommen hin.

Jedes Erziehungssystem vermittelt mit Wissen einhergehende Werte und Normen. Diese können sehr unterschiedlich sein. Diese müssen unterschiedlich sein. Je nach den Interessen der Herrschenden. Die Herrschenden richten die Erziehungseinrichtungen ein, damit ihre Herrschaft durch befähigte Leute wirksam gestützt wird. Dies ist eine Binsenwahrheit.

Unsere Befragten sind kurz davor, von der höchsten Erziehungseinrichtung entlassen zu werden. Zwanzig Jahre nach der nationalen „Unabhängigkeit", also nach Beendigung der kolonialen Fremdherrschaft. Einrichtungen auf allen Ebenen haben sie geprägt, haben sie gebildet. Der Weg nach oben ist frei. Nun werden sie die Zukunft der indischen Gesellschaft gestalten. Wie sind sie mental ausgestattet? Was unterscheidet sie von ihren Eltern und Großeltern, die ja ihr Glück unter der kolonialen Fremdherrschaft gemacht haben? Welche Mentalität haben unsere Befragten entwickelt?

*****

Seit langem wird in Indien der Ehepartner von den Eltern ausgesucht, von der erweiterten Familie begutachtet und bewilligt. Innerhalb der eigenen Kaste. Das neue Klassensystem schränkte die Auswahlmöglichkeit ein. Die Kriterien der Auswahl sind: *Kastenzugehörigkeit, innerhalb der Kaste die Klassenzugehörigkeit, Aussehen.* Danach kommt das Kriterium der *Ausbildung* bzw. der *Leistung. Liebe* als Kriterium tritt nicht in Erscheinung.

Wie schon erwähnt, wurde während der islamischen Fremdherrschaft nichts getan, um die Inder kulturell zu beeinflussen, die Erziehungseinrichtungen wurden nicht angetastet. Die Kolonisatoren taten es. Und heftig. Wir erinnern uns an die Worte Macaulays: *„Wir müssen im Augenblick alles tun, um eine Klasse zu formieren, die Vermittler werden könnte zwischen uns und* *den Millionen von Menschen, über die wir herrschen; eine Klasse von Personen, Inder in Blut und Farbe, aber englisch im Geschmack, in den Meinungen, in den Moralvorstellungen und im Intellekt.“*

Aus pragmatischen Erwägungen stützt sich die koloniale Herrschaft auf die vom Kastenwesen beeinflußte traditionelle Herrschaftsstruktur, privilegierte weiter die althergebracht privilegierten Klassen und läßt die soziale Gliederungsordnung unangetastet. Es hat aus unterschiedlichen Gründen unterschiedliche Kritiken von unterschiedlichen Kolonisatoren gegeben. Es steht aber fest, daß das „Kastensystem“ die Reproduktion des europäischen Klassensystems in Indien verhindert hat. Nicht alle Angehörigen einer Kaste können in das Kolonialsystem gleichmäßig integriert werden. So werden die Privilegierteren zunehmend vor die Alternative gestellt, bei der Verheiratung ihrer Kinder entweder auf die traditionelle Sitte zu verzichten, was Isolierung vom Kastenverband bedeutet hätte, oder aber einen pragmatischen Kompromiß zwischen Verwestlichung im formalen Bereich unter Beibehaltung der Sitte in familiären Bereich zu finden. Dies ist die Ausgangslage.

Wir haben den Befragten eine Liste mit 6 Merkmalen vorgelegt. Es sind 3 vorgegebene, aber traditionell bei der Partnerwahl wichtige Kriterien: *Kaste, Klasse* und *physischer Reiz* und drei eigenleistungsbezogene Kriterien: *Ausbildung, Liebe* und *persönliche Leistung.* Alphabetisch geordnet und gesplittet. Mit der Bitte, eine vollständige Rangfolge nach der Bedeutung herzustellen. Hätten wir uns nur mit dieser einen Frage zufrieden gegeben, würden wir berichten: Die Lage hat sich in dem Bereich radikal verändert. 50 % der Befragten stellten Liebe an 1. Stelle, Ausbildung an 2. Stelle, persönliche Leistung an 3. Stelle, physischen Reiz an 4. Stelle, Kaste an 5. Stelle und Klasse an 6. Stelle. Die drei eigenleistungsbezogenen Merkmale sind in den Vordergrund getreten, wenn die Befragten selbst ihren Partner wählen würden.

Die geringere Bedeutung von Kaste und Klasse wie sie in dieser Rangordnung zum Ausdruck kommt, könnte Anlaß zu der Vermutung sein, daß sich in dieser Generation im Bereich der Partnerwahl etwas verändert hat, wenn ein selbständiges Handeln möglich wäre. Ähnlich äußern sich Angehörige des modernen Sektors über die Rolle von Kaste und Klasse in der indischen Gesellschaft auch. Die Kaste oder die Kastenordnung ist in Indien laut Verfassung nicht existent. Von Beginn des kolonialen Zeitalters bis zum heutigen Tage ist stets der Eindruck vermittelt worden, daß für die Misere der indischen Gesellschaft, und nicht nur der heutigen, das Kastensystem die Schuld trage. Ebenso oft und einleuchtend ist gesagt worden, solange das Kastensystem nicht endgültig beseitigt worden sei, könne keine wirtschaftliche Entwicklung stattfinden.

Dies ist das Ergebnis intellektueller Analysen der „modernen“ Gelehrten. Es steht endgültig fest. Kein „moderner“ Inder glaubt es sich leisten zu können, noch über die Kastenfrage zu diskutieren. Auch wenn nach wie vor keine Familien- oder sonstigen Zeremonien ohne die Einhaltung der spezifischen Regeln der einzelnen Kasten stattfinden. Und die Kritiker des Kastensystems beteiligen sich an solche Zeremonien. Dieser Widerspruch wird als ein pragmatischer Weg verharmlost, den älteren Generationen Schmerz zu ersparen. Mit ihrem Ableben wird das Kastensystem eh verschwinden. Auch unsere Befragten werden sich wahrscheinlich mit derselben Ausrede folgsam nach den Zeremonien ihrer Kaste verheiraten lassen.

Die Rangordnung des Merkmals *Liebe* überrascht. Seltenst führt in Indien gegenseitige Zuneigung zur Ehe. Die Ehe führt die Partner zu Zuneigung und Liebe. Sicher ist der Einfluß der westlichen Literatur und Filme bei den Angehörigen des „modernen" Sektors groß. Daß das Kopieren westlicher Verhaltensweisen mit tradierten Werten und Normen in Einklang zu bringen ist, bezweifelt Nirad C. Chaudhuri. Deshalb unterstellt er der „dominierenden Minderheit" nur „Verwestlichung".

Physischer Reiz ist erklärungsbedürftig. In der indischen Gesellschaft ist Schönheit zunächst eine Frage der hellen Hautfarbe. Augenscheinlich sind Angehörige oberer Kasten häufiger hellhäutiger als Angehörige der unteren Kasten. Die „Kastenlosen" sind in der Regel dunkelhäutig. Nun sind aber die Angehörigen der Oberklasse zumeist auch Angehörige der Oberkaste, somit bedeutet ein höherer Platz des physischen Reizes auch Zugehörigkeit zur Oberkaste bzw. zur Oberklasse. Da auch innerhalb der größeren Kasteneinteilung nuancierte Hierarchien bestehen, ist es häufig so, daß die dunklere Haut der Tochter ihre Chance verringert, in derselben Stufe der Hierarchie verheiratet werden zu können, wenn nicht die dunklere Hautfarbe durch eine großzügige Mitgift kompensiert wird. Anders ausgedrückt, die helle Hautfarbe der Tochter kann nicht nur die Höhe der Mitgift senken, sondern ihr die Chance eröffnen, in der nuancierten Hierarchie der Kaste eine Stufe aufzusteigen. Der Grad ihrer Ausbildung spielt hierfür ebenfalls eine Rolle.

Zu bedenken ist auch, daß mögliche Ehekandidaten meistens durch Verwandte und Bekannte vermittelt werden. Welche Auswahlkriterien sie zu Grunde legen, haben wir nicht untersucht. Wenn aber dieser traditionelle Weg versagt, suchen die Eltern in nationalen Tageszeitungen unter der Rubrik „Matrimonial" oder inserieren selbst. In den Anzeigen wird neben der Kaste, Ausbildung, Alter in der Regel noch erwähnt, daß helle Hautfarbe (fair complexion) erwünscht ist.

Die männlichen Studierenden legen größeren Wert auf physischen Reiz als die weiblichen Studierenden. Dagegen legen die weiblichen Studierenden mehr Wert auf persönliche Leistungen, wohl durch die unterschiedliche Rollendefinition im Bereich Beruf verursacht. Die männlichen Studenten legen weniger Wert auf die Ausbildung. Unsere weiblichen Befragten stehen kurz vor der postgraduierten Prüfung und legen daher auf die Ausbildung größeren Wert, während männliche Postgraduierte, wie auch sonstwo, der Ausbildung ihres Partners nicht so großen Wert beimessen.

Zu jedem der Merkmale wird eine spezifische Frage gestellt, die mit der Aussage eingeleitet wird „Angenommen, Sie hätten eine freie Wahl, welche der folgenden Möglichkeiten würden Sie bei der Wahl Ihres Partners vorziehen?" Es werden jeweils 4 Kategorien vorgegeben und genügend Platz für andere Angaben gelassen. Die Anordnung wird graphisch auf eine Weise gelöst, die die Befragten zu Bemerkungen anregen müßte. Der freie Raum wird auch häufig genutzt.

Zu dem Merkmal Kaste sind die vorgegebenen Kriterien: „Der Partner soll: zu derselben Kaste, zu einer höheren Kaste, zu einer niedrigeren Kaste, zu einer anderen Religion gehören." Obwohl 77 % der Befragten die Kaste in der Skala auf den 5. und 6. Platz gesetzt hatten, würden sich 65 % der Befragten bei einer freien Wahl für einen Partner aus derselben Kaste entscheiden, 4 % für einen Partner aus einer höheren Kaste, 2 % für einen Partner aus einer niedrigeren Kaste und 7 % für einen Partner mit anderer Religion. 20 % halten das Merkmal Kaste bei der Partnerwahl für nicht signifikant.

Dieses Ergebnis erweckt den Eindruck, als wäre die Bedeutung der Kaste im heutigen Indien geringer geworden. Aber auch bei der künftigen Elite Indiens spielt bei der Wahl des Ehepartners die Kaste eine wichtige Rolle. Auch diejenigen, die die Kaste nicht für ein signifikantes Merkmal bei der Partnerwahl halten, werden wahrscheinlich ihren Eltern nicht widersprechen, wenn diese den künftigen Partner nach dem Kastenmerkmal auswählen.

Dieses Ergebnis ist ein deutlicher Hinweis darauf, daß das Kundtun einer Einstellung und deren Praktizierung zwei grundverschiedene Dinge sind. Die Einstellung, bzw. das Verhaltenspotential ist die Voraussetzung, garantiert aber die Praktizierung nicht automatisch. Die Korrelationen des spezifischen Verhaltenspotentials in bezug auf Kaste mit der Kastenskala zeigt, daß, je höher die Kaste, um so häufiger wird der Zugehörigkeit zur gleichen Kaste der Vorzug gegeben. Der Einfluß der Kaste ist zumindest in bezug auf das Verhaltenspotential der Befragten bei der Partnerwahl kaum geringer geworden. Der traditionelle Einfluß der Kaste bei der Strukturierung des Verhaltenspotentials ist trotz aller verbalen Kritik nach wie vor wirksam.

Zu diesem Ergebnis steht die Aussage von Margaret Cormack in ihrem Buch „She who rides a Peacock" (Bombay 1961, S. 21) in Widerspruch, wenn sie in Zusammenhang mit dem Heiratssystem schreibt: *„Die Bedingungen, seien sie westlich oder modern, bewegen sich in Richtung sozialer Interaktionen und in Richtung Verständnis für individuelle Freiheit und Recht – einschließlich des Rechts, Entscheidungen über sich selbst zu fällen. .... Im Augenblick ist ein akzeptabler Kompromiß im Heiratssystem ‚die arrangierte Heirat mit Zustimmung der beiden Betroffenen'. Aber manche junge Menschen beginnen zu verstehen, daß diese ‚Zustimmung' nur ein Symbol für Unabhängigkeit ist."*

In ihrer Erhebung stellt Margaret Cormack (S. 86 f.) fest, daß 78 % der Befragten die arrangierte Heirat mit Zustimmung wünschen, nur 32 % meinen, daß ihre Heirat nach eigener Wahl stattfinden sollte. Da Margaret Cormack gleichzeitig feststellt, daß bei 92 % der Eltern der Befragten die Heirat arrangiert ist und nur 8 % eine eigene Wahl getroffen haben, zieht sie daraus den Schluß, daß der Trend in der von ihr vorausgesagten Richtung verläuft. Sie übersieht nur, daß diese oberflächliche Veränderung nichts an der Struktur verändert hat. Wenn die jetzige junge Generation die Normen dieser Struktur so verinnerlicht hat, daß, auch wenn die Ehen nicht von den Eltern arrangiert werden, die jetzt Studierenden nach denselben Kriterien ihren Ehepartner wählen, dann heißt das nichts anderes, als daß einsichtige Eltern ohne weiteres den Schein einer unabhängigen Entscheidung durch das Gewährenlassen wahren können. Scheinbare Liberalisierung kann nur von dem als Veränderung interpretiert werden, der die Strukturanalyse nicht gemacht hat.

Es ist schon erwähnt, daß das „Kastensystem" ursprünglich ein Vierklassensystem war, allerdings eines der besonderern Art. Die Zuordnung erfolgte nicht bei der Geburt, sondern in der zweiten Phase des Lebens, der aktiven Phase, und war abhängig von der Funktion in der Gesellschaft, die einer ausübte. Dies ist die Philosophie des vedischen Gliederungssystems. Heute kann nicht mehr nachgezeichnet werden, wie daraus über Abweichungen und Ausnahmeregelungen die gesellschaftlichen Positionen vererbbar gemacht wurden.

Die sich mit dem Kastensystem beschäftigenden Gelehrten vertreten sehr unterschiedliche Auffassungen. Einer davon liegt die Frage zugrunde, ob das Kastenssystem nicht vielmehr ein System des Varna (wörtlich übersetzt: Farbe) sei. Das Varnasystem soll von den eingewanderten „Ariern" mitgebracht worden sein, die nur eine Teilung in drei Klassen aufgrund des Varna kannten. In den vedischen Schriften sollen vereinzelte Hinweise darüber zu finden sein, daß ursprünglich drei Varnas existierten. Die einheimische Bevölkerung, also die Urbevölkerung Indiens, die wesentlich dunkelhäutiger als die Einwanderer gewesen sein soll, wurde zum vierten Varna. Von den Vertretern der Theorie des Kastensystems wurden die zum vierten Varna Gehörenden dann als Sudras eingeordnet.

Ob nun das Varnasystem oder das Kastensystem das in Indien seit Jahrtausenden vorhandene Phänomen zutreffender erklärt, soll hier nicht weiter diskutiert werden. Für unsere Diskussion ist wichtig, daß Übereinstimmung unter Gelehrten unserer Zeit darüber besteht, daß die alte indische Gesellschaft nach einem bestimmten System in Klassen eingeteilt war. Also bildete sie auch eine Hierarchie. Und Hierarchie bedeutet unterschiedliche Verteilung von Rechten und Pflichten.

Übereinstimmung besteht auch darüber, daß es im Verlauf der Geschichte nicht bei der ursprünglichen Einteilung geblieben ist, daß sich die einzelnen Klassen auch in sich hierarchisch strukturierten, wodurch ein äußerst kompliziertes Gebilde von vielen Klassen innerhalb der Hauptklassen entstand. Es wird heute allgemein – aus dem Portugiesischen entnommen – als das „Kastensystem" bezeichnet. Die Klassen in den Hauptklassen werden die „Subkasten" genannt.

Wenn das Geborenwerden in eine Kaste ein wesentliches Merkmal des Kastensystems sein soll, so steht dem die übereinstimmende Meinung der Wissenschaftler entgegen, daß das Kastensystem ursprünglich nur eine aus wenigen Stufen bestehende Hierarchie besaß. Die vielen Subkasten innerhalb der Hauptkasten sind dann von anderen Faktoren als der Geburt verursacht. Dafür spricht auch, daß innerhalb der Subkasten von heute das zweite wesentliche Merkmal des Kastensystems praktiziert wird, nämlich die Endogamie, die Verheiratung nur innerhalb der Subkaste. Im heutigen weit gefächerten, komplizierten Gliederungssystem bestimmt nur das Geborenwerden in eine Kaste über die Kastenzugehörigkeit.

Dieser Widerspruch löst sich auf, wenn man erkennt, daß das Klassensystem in Indien in seiner langen Geschichte immer von einem Wechselspiel von Flexibilität und Konsolidierung begleitet wurde. Politische und ökonomische Kräfte führten zu Differenzierungen innerhalb der Klassen und waren danach bestrebt, die Differenzierungen zu konsolidieren. Und sie bekamen einen Namen dafür. Die im Kastensystem praktizierte Endogamie verleitet die Betrachter, die einzelnen Kasten und Subkasten als geschlossene Einheiten zu sehen. Wir müssen uns vorstellen, daß der Vorgang in einer Zeit stattfindet, als die Siedlungen meist nur an den geographisch günstigen Orten angelegt waren und es wenig Wanderungen gab. Praktisch existierten mehrere Gesellschaften nebeneinander. Diese einzelnen Gesellschaften besaßen aber ein gemeinsames Klassensystem, und die herrschenden Teile waren naturgemäß an seiner Konsolidierung interessiert. Diese parallel existierenden „Gesellschaften" waren durch die vedische Philosophie miteinander verbunden, die das Land durch eine so lange Geschichte hindurch zu einer Einheit formte.

Auch die Einführung der Endogamie konsolidierte es und erhielt es stabil. Zunehmende horizontale Mobilität verwässerte aber die endogame Praxis. Die Namen der Subkasten waren von Region zu Region unterschiedlich, auch wenn sie einen gleichen Ursprung hatten. Heute ist es eine Wissenschaft für sich, wollte man feststellen, welcher ostindischen Subkaste eine westindische entspricht. Es gibt dafür Spezialisten.

Ein zweiter Aspekt ist wichtig. Nicht nur politische und ökonomische Kräfte waren Ursache für die Abstufungen innerhalb der Kasten. Es fanden auch Rückstufungen wegen Pflichtverletzungen statt. Die beiden Fremdherrschaften brachten anders begründete Klassensysteme mit, was das ohnehin schon sehr komplizierte Kastensystem noch weiter komplizierte. Scheinbar existieren Klassen- und „Kastensystem" parallel.

Wenn in empirischen Untersuchungen in beiden Bezügen gefragt wird, erhält man natürlich in beiden Bezügen eine Antwort, nur ist fraglich, ob daraus gefolgert worden darf, daß die beiden Systeme parallel funktionieren. Der persönliche Bereich ist nach der Kastennorm orientiert. Das Kastensystem hat sich im Laufe seiner Geschichte immer den gegebenen politischen und ökonomischen Situationen anzupassen gewußt und so auch die Elemente der neueren Klassensysteme in das alte Kastensystem integriert. Deshalb wäre es problematisch, in Indien von zwei parallel existierenden Gliederungssystemen auszugehen. Es ist ein Gliederungssystem, das sich durch die Anwendung unterschiedlicher Begriffssysteme in den verschiedenen Lebensbereichen sehr verwirrend darstellt.

M. N. Srinivas hat sozusagen ein sozioanthropologisches Standardwerk, „Caste in Modern India" (Bombay 1962) geschrieben. Darin typologisiert er die scheinbar unterschiedlichen Prozesse der Anpassung der beiden Klassensysteme. Er stellt einerseits eine Anpassung der unteren Kasten im personellen Bereich an die Verhaltensweisen der oberen Kasten fest, andererseits eine Anpassung der oberen Kasten im materiellen Bereich an die Verhaltensweisen der westlich orientierten „dominierenden Minderheit". Den ersten Prozeß nennt er „Sanskritisation", den zweiten Prozeß „Westernisation". Er übersieht dabei, daß beide Prozesse durch die Theorie der Bezugsgruppe hinreichend erklärt und verständlich sind und daß seine analytische Unterscheidung nur diskutabel ist, wenn als Voraussetzung akzeptiert wird, daß in Indien das Kasten- und das Klassensystem zwei parallel existierende Systeme sind.

Häufig kann beobachtet werden, daß in einem Dorf jemand aufgrund seines Reichtums in politischen und wirtschaftlichen Fragen der Bestimmende ist, aber einer niedrigen Kaste angehört. Im personellen Bereich ordnet er sich den höchsten Kasten unter. Er steigt aber innerhalb der „Ähnlichen". Dieser Vorgang spielt sich in ganz Indien nicht nach unterschiedlichem Muster, sondern nach gleichem Muster ab, trotz regionaler, sprachlicher und ethnischer Unterschiede. Außerdem verläuft der soziale Aufstieg nicht individuell sondern kollektiv. Nicht politische Macht und Besitz verleihen dem zeitgenössischen Inder das Gefühl des Aufstiegs, sondern Macht und Besitz kombiniert mit der Durchsetzung des Anspruchs, die eigene Kaste im Vergleich zu anderen Kasten als höher bewertet zu sehen. Umgekehrt kann eine Oberkaste sich in diesem integrierten Klassensystem nicht gesichert fühlen, bis sie zu Macht und Reichtum gelangt ist. Dieses integrierte Klassensystem ist deshalb nicht mit dem westlichen vergleichbar, da das westliche, besonders unter dem Einfluß des Kapitalismus, die Mitglieder der Gesellschaft auf einen individuellen Aufstiegs- und Konkurrenzkampf vorbereitet. In Indien dagegen, auch in den Gebieten mit vergleichbarer Industrialisierung, hat sich der kollektive Klassenkampf erhalten.

Der kollektive „Klassenkampf" in Indien wird meist von Soziologen und Ethnologen durch die Trennung zwischen Klassen- und Kastensystem übersehen. Von jenen Befragten, die sich in der korrigierten Kastenskala in der unteren Kaste befinden, ordnen sich 89 % auf der Kastenskala in die obere Oberkaste ein, von der Mittelkaste dagegen nur 28 % und von den Brahmanen, der traditionell zur oberen Oberkaste gehörenden Gruppe, nur 12 %. Die Brahmanen, wenn sie kastenbewußt sind und ihre Position in der Gesamthierarchie nicht fraglich ist, machen innerhalb der eigenen Kaste hierarchische Unterschiede. Je niedriger die Position gemessen an dem alten Kastensystem und nicht an dem neuen integrierten System, um so stärker ist die Tendenz, sich demonstrativ in die oberen Oberkasten einordnen zu wollen.

Die Kritik an dem Kastensystem, es sei zu rigide und behindere die soziale Mobilität, wird nicht während der ersten Fremdherrschaft formuliert, sondern erst während der zweiten; sie ist ganz und gar eine Schöpfung der Europäer, also ein Produkt der blond-blauäugig-weiß-christlichen Kultur. Diese Einschätzung, das Kastensystem sei eine der Hauptursachen der Misere der indischen Gesellschaft und ohne deren Beseitigung wäre die wirtschaftliche Rückständigkeit nicht zu überwinden, wird ohne jedes Nachdenken von dem anglophilen Teil der indischen Gesellschaft, von der „dominierende Minderheit" übernommen.

Folgerichtig hat die indische Verfassung eine Diskriminierung auf der Basis von Kaste unter Strafandrohung gestellt. Die „modernen" Inder werden nicht müde zu beteuern, daß der Einfluß des Kastensystems ständig abnehme und in ihren eigenen Familien die Frage der Kastenzugehörigkeit nur noch eine minimale Rolle spiele. Aber das empirischen Material erzählt eine andere Geschichte.

Auch sonst ist die Behauptung, das Kastensystem sei einer der am meisten für die Rückständigkeit Indiens verantwortlichen Faktoren, nicht haltbar. Die indische Gesellschaft war trotz des „Kastensystems" so reich, daß sie für Fremde Anreiz für Raubzüge gewesen ist. Nicht nur das. Die entwickelten Produktivkräfte veranlaßten die Fremden sogar, in Indien dauerhaft als Eroberer zu bleiben. Außerdem ist die Wirkungsweise noch nicht präzise beschrieben worden, wie das Kastensystem für die Entwicklung von Produktivität hinderlich ist. Und wenn das Kastensystem für den ökonomischen Fortschritt hinderlich ist, wie können dann Angehörige von unteren Kasten nicht nur Besitz und Reichtum akkumulieren, ihn nicht nur für sich selbst beanspruchen, sondern auch ihrer Kaste auf der Basis dieser Errungenschaften eine höhere Stellung in der Gesellschaft verschaffen?

Das gesamte soziale Leben und das integrierte Klassensystem sind so miteinander verzahnt, daß das „Kastensystem" nicht mit Erfolg zu bekämpfen ist. Auf diese Weise kann auf lange Zeit ein scheinbarer Kampf gegen das Kastensystem bei gleichzeitiger Beibehaltung der Sozialstruktur geführt werden. Der Scheinkampf, den die „Modernen" gegen das Kastensystem führen, um den mit ihrer Situation Unzufriedenen zu erklären, warum eine Veränderung so schwierig ist, die regelmäßige Einberufung von Erziehungskommissionen dann, wenn zuviel Unzufriedenheit darüber laut wird, das Versprechen von revolutionären Veränderungen und die Nichtdurchführung der Empfehlungen, ist ein und dasselbe von den indischen Politikern und Erziehungspolitikern praktizierte System, die bestehende Sozialstruktur zu erhalten.

In Frage 29a wird nach der Religionszugehörigkeit gefragt, in Frage 29b nach dem Namen ihrer Kaste. 200 Befragte, also knapp 15 %, verneinen die Existenz von Kasten, 1182 Befragte nennen den Namen ihrer Kaste, der Rest macht keine Angaben. In den beiden Klassifikationen *Kastenname* und *Verneinung der Kastenexistenz* weisen männliche und weibliche Studierende ebensowenig einen signifikanten Unterschied auf wie in der Korrelation mit der Modernitätsskala der Familie. Dies ist ein Hinweis darauf, wie allgemein diese Einstellung bei den Zugehörigen zum modernen Sektor geprägt ist.

In einem anderen Bezug ausgedruckt: 98 % der Befragten, die die Kastenexistenz verneinen, ordnen sich auf der Kastenskala den drei oberen Kasten zu. Dies ist deshalb so bezeichnend, weil die Aufforderung an die Befragten, ihre Kaste auf der Kastenskala einzuordnen, gleich nach der Frage 29b in Frage 30 erfolgte. Diese widersprüchliche Angabe ist also nicht durch eine Fangfrage verursacht worden.

Alle Korrelationen belegen, daß das „Kastensystem" in allen gesellschaftlichen Bereichen existent ist. Meist wird dies aber von den Befragten verneint. Ein Ausdruck gespaltenen Bewußtseins, das systematisch produziert wird. Einen Zusammenhang möchte ich hier hervorheben. Je weniger Abweichung von der Kastennorm, um so stärker die kollektive Orientierung. Die geringsten Abweichungen von der Kastennorm weisen die Befragten in Kalkutta auf, wo in die Klassifikation *überhaupt nicht* 65 % der Befragten entfallen, in Jadavpur (in der Nähe von Kalkutta, beide Westbengalen) 56 %, in Jaipur 54 % und in Delhi 48 %. Hinsichtlich des Anteils der Befragten, deren Familien sehr wesentliche Abweichungen aufweisen, ist die Rangordnung entsprechend. Delhi 10 %, Jaipur 9 %, Jadavpur 7 % und Kalkutta 5 %.

Nach diesem Ergebnis müßte angenommen werden, daß die Studierenden von Delhi und Jaipur „moderner" seien als die Studierenden von Kalkutta und Jadavpur, würde die Stärke der kollektiven Orientierung der Befragten sowie ihre Herkunft aus Familien, die wenig oder mehr von der Kastennorm abweichen, als Kriterium genommen. Diese Annahme wird fragwürdig bei gleichzeitiger Berücksichtigung, daß in dem studentischen Protest und der studentischen Bewegung die Studierenden von Kalkutta und Jadavpur eine ungleich stärkere Rolle spielen als die von Delhi und Jaipur, wo erst 1966 die Studentenunruhen begonnen haben.

Da auch in dem Staat Bengalen wesentlich mehr politische Agitation und Protest in progressiver Richtung besteht, stellt dieses Ergebnis den Begriff „Modernität" im herkömmlichen Sinne in Frage, der als wesentliches Element die Entwicklung von der kollektiven Orientierung hin zur individualistischen enthält. Parsons bezeichnet dies als die Dichotomie modern vs. traditionell. Wenn für politische Bewegungen psychische Mobilität vorausgesetzt und Protest als Unzufriedenheit mit dem Bestehenden gesehen wird, so kommt man nicht umhin, daß diese in den beiden Universitätsorten Kalkutta und Jadavpur in der Vergangenheit stärker ausgedrückt wurden und auch gegenwärtig stärker vorhanden sind.

Nirad C. Chaudhuri liefert eine scharfsinnigere Analyse (in: The Continent of Circe, Bombay 1965, S. 61 f.) des Kastensystems als die meisten Wissenschaftler: *„Die soziale Immobilität, für die das Kastensystem zum Sündenbock gemacht wurde, war in Wirklichkeit das Produkt der Stagnation, die die Pax Britannica im sozialem Leben der Hindus schuf, und die Unterdrückung von Talent, die dem Kastensystem angelastet wird, war fast ausschließlich durch die britische Herrschaft verursacht. So sagte der englische Militärhistoriker Kaye in Zusammenhang mit dem Soldatenberuf: 'Es war eine unvermeidbare Tendenz unserer wachsenden Macht in Indien, den einheimischen Funktionär von seinem Platz zu vertreiben oder ihn aus seinem Sattel zu heben, so daß der weiße Mann sich darin festsetzen konnte.' Dies geschah in den meisten Bereichen, und vor allem im öffentlichen Leben. Und das Kastensystem war bereit, alle Schuld dafür auf sich zu nehmen. Falls das System überhaupt etwas unterdrückte, dann nur den nicht von Fähigkeit begleiteten Ehrgeiz. Das aus dieser Art von Ehrgeiz resultierende Unheil im heutigen Indien beobachtend, möchte ich sagen, daß wir mit einem etwas besser funktionierendem Kastensystem unwürdige Abenteurer auf ihren Platz zurückverweisen könnten. Ich möchte das Kastensystem als Ganzes als eine soziale Organisation bezeichnen, die zur Ordnung, Stabilität und Regulation von Konkurrenz beiträgt. Diese Anmerkung möchte ich mit einem Rat an die ausländischen Reformer der Hindugesellschaft und ihrer Imitatoren unter den Hindus schließen: Lassen sie Ihre Zunge und Ihren Federhalter weg vom Kastensystem. Wenn ich befürchteten müßte, daß das Kastensystem in Indien durch dieses Gerede Gefahr liefe, zerstört zu werden, würde ich hinzufügen: Pulverisieren Sie bitte nicht eine Gesellschaft zu formlosem Staub, die über keine andere Kraft der Kohäsion verfügt. Aber da gar keine Gefahr für das Kastensystem besteht, sage ich nur: Machen Sie sich nicht selbst zum Narren."*

*****

In den Fragen 27a und 27b wird erkundet, welche Faktoren für die Erfüllung der Lebensziele wichtig bzw. unwichtig sind. Eine Liste der Faktoren wird vorgegeben. Vier davon sind askriptive (vorgegebene) Faktoren: *finanzielle Unterstützung der Eltern, finanzielle Unterstützung von Verwandten, Position der Kaste* in der Kastenhierarchie, *soziale und andere Unterstützung der Kaste und der Gemeinde* (caste and community). Zwei davon können als fatalistische Faktoren bezeichnet werden: *Karma dieses und des früheren Lebens* (nicht im philosophischen, sondern im Alltagssinn) und *Gnade Gottes.* Zwei weitere Faktoren sind Leistungsfaktoren: *Begabung und Intelligenz, Initiative und Fleiß.*

Nur 40 % der Befragten nennen *Begabung und Intelligenz* als den wichtigsten Faktor, 25 % *Initiative und Fleiß,* 14 % *Unterstützung der Eltern,* 12 %

534

Gnade Gottes, 4 % *Unterstützung von Kaste und Gemeinde*, 3 % *Karma* und jeweils 1 % *Unterstützung von Verwandten* und *Position der Kaste*.

Trotz der höchstmöglichen Ausbildungsdauer betrachten 12 % die Gnade Gottes als den wichtigsten Faktor für den Erfolg und insgesamt 15 % bezeichnen die beiden fatalistischen Faktoren als für den Erfolg am wichtigsten. Gefragt nach dem unwichtigsten Faktor wird von 32 % die Position der Kaste genannt, von 25 % Karma, von 13 % Unterstützung durch Verwandte, von 12 % Unterstützung von Kaste und Gemeinde, von 11 % Gnade Gottes, von 4 % Unterstützung der Eltern und von jeweils 2 % Begabung und Intelligenz, Initiative und Fleiß. Die beiden Verteilungen sind nicht beeinflußt worden von den Merkmalen *Korrigierte Kastenskala, Geschlecht, Urbanität, Modernitätsskalen der beiden Großväter, des Vaters und der Mutter*, wohl aber mit *den Modernitätsskalen der Familie, der Modernität des Befragten* (eine Skala nach den operationalisierten Verhaltensvariablen Talcott Parsons'), *Fakultät, akademische Leistung und Kastenskala*.

Die Kastenskala hat die Bewertung dieser Faktoren mit der höchsten Signifikanz beeinflußt. Deshalb muß der letzte Platz der *Position der Kaste*, also als unwichtigster von 8 vorgegebenen Faktoren, relativiert werden. 36 % der Befragten, die nach eigenen Angaben der *unteren Unterkaste* angehören, bezeichnen die Unterstützung durch die Eltern als den wichtigsten Faktor, dagegen 13 % der *oberen Oberkaste*, 14 % der *unteren Oberkaste*, 17 % der *oberen Mittelkaste*, 10 % der *unteren Mittelkaste* und 3 % der *oberen Unterkaste*. Die Position der Kaste spielt eine wesentliche Rolle, und die relative Kastenposition scheint eine komplizierte Struktur zu haben, die aus unseren wenigen Korrelationen nicht entschlüsselt werden kann.

Begabung und Intelligenz wird als wichtigster Faktor von den Medizinern mit 45 % am häufigsten genannt, gefolgt von den Ingenieuren und Naturwissenschaftlern mit jeweils 44 %, Geisteswissenschaftlern mit 37 %, Juristen mit 34 % und Sozialwissenschaftlern mit 32 %.

Initiative und Fleiß wird als wichtigster Faktor von den Juristen mit 44 % genannt, gefolgt von den Sozialwissenschaftlern mit 33 %, den Ingenieuren mit 29 %, den Naturwissenschaftlern mit 23 %, den Geisteswissenschaftlern mit 22 % und den Medizinern mit 21 %.

Unterstützung der Eltern als wichtigster Faktor wird von den Medizinern mit 17 % am häufigsten genannt, gefolgt von den Sozialwissenschaftlern mit 15 %, Geisteswissenschaftlern mit 14 %, Naturwissenschaftlern mit 13 %, Ingenieuren mit 12 % und Juristen mit 8 %. Es ist folgerichtig, daß die Mediziner die Unterstützung der Eltern hoch bewerten und Begabung und Intelligenz am häufigsten nennen. Wie früher schon festgestellt wurde, gehören die Familien der Medizinstudenten am häufigsten zur privilegierten Gruppe.

Gnade Gottes wird am häufigsten von den Geisteswissenschaftlern mit 17 % genannt, insgesamt aber nur von 12 %, gefolgt von 13 % der Sozialwissenschaftler, jeweils 11 % der Mediziner und Naturwissenschaftler, 7 %

der Ingenieure und 6 % der Juristen. 27a und 27b sollen die Befragten auch zu Fragenreihe 28a bis 28h behutsam einstimmen. Die Auswertung dieser Antworten korrigiert die Rangordnung der acht Merkmale unwesentlich. Statt Begabung und Intelligenz (2. Position) stehen Initiative und Fleiß an 1. Stelle, Begabung und Intelligenz an 2. Stelle. Die Kategorien Unterstützung der Eltern, Gnade Gottes, Unterstützung von Kaste und Gemeinde, belegen die Plätze 3 bis 5, Unterstützung von Verwandten den Platz 6, Karma Platz 7 und die Position der Kaste Platz 8. Das differenzierte Abfragen führt uns zu der Erkenntnis, daß mit der Zuordnung auf den letzten Platz ihr ein Einfluß abgesprochen wird. Nicht weniger als 67 % der Befragten halten die Position der Kaste für wirksam. Wir erinnern uns, daß die überragende Mehrheit, nämlich fast 95 % nach eigenen Angaben entweder zu den beiden oberen Kasten oder zur oberen Mittelkaste gehören. Bei den 33 %, die die Kastenposition für nicht signifikant halten, sind *andere Konfessionen* und ein Teil der *Überkonfessinellen* vertreten.

22 % der Naturwissenschaftler halten den Faktor *Unterstützung durch Kaste und Gemeinde* für nicht signifikant, dagegen 24 % der Ingenieure, 25 % der Mediziner, 28 % der Geisteswissenschaftler, 31 % der Sozialwissenschaftler und 44 % der Juristen. 29 % der Naturwissenschaftler, 30 % der Sozialwissenschaftler, 31 % der Ingenieure, 34 % der Mediziner, 37 % der Geisteswissenschaftler und 56 % der Juristen halten die *Position der Kaste* für nicht signifikant. 0 % der Juristen, 3 % der Geisteswissenschaftler, jeweils 7 % der Naturwissenschaftler und Ingenieure, jeweils 9 % der Mediziner und Sozialwissenschaftler halten für den Erfolg Begabung und Intelligenz für nicht signifikant.

Jeweils 26 % der Natur- und Geisteswissenschaftler, 32 % der Sozialwissenschaftler, 34 % der Mediziner, 35 % der Ingenieure und 41 % der Juristen halten Karma für nicht signifikant. Der geringe Anteil der Naturwissenschaftler im Vergleich zu den Medizinern und zu den Ingenieuren ist unerwartet. Dies ist möglicherweise dadurch zu erklären, daß die Naturwissenschaftler, wie wir gesehen haben, im Vergleich zu den Medizinern und Ingenieuren aus weniger privilegierten Familien kommen und weniger Privilegierte geneigt sind, ihre Situation durch das Karma zu rationalisieren. Dieser Trend ist bei dem Faktor *Gnade Gottes* ebenfalls zu beobachten.

Die Einschätzung der Leistungsfaktoren korreliert nicht mit der Einschätzung der vorgegebenen Faktoren, wohl aber mit der Einschätzung der fatalistischen Faktoren. Mit zunehmender Leistung müßte eigentlich der Einfluß der fatalistischen Faktoren abnehmen. Dem ist aber nicht so. Hier ist ein Beispiel von der Universität Rajasthan. Ein Physikprofessor erzielt in seinen Forschungen Erfolge, und zwar aufgrund seiner eigenen Leistung. Diese Kausalität akzeptiert er nicht. Er ist ein religiöser Mensch. Er bringt regelmäßig seinem „Gott" Opfer. Je mehr Erfolge er in seiner Forschung erzielt, um so mehr Opfer bringt er seinem „Gott". Dieses Beispiel ist kein Einzelfall. Bei Ausbruch von Epidemien lassen sich die Angehörigen des modernen Sektors nicht nur gegen die Krankheit impfen, sie bringen auch ihrem „Gott" oder ihrer „Göttin" Opfer, um einen günstigen Einfluß zu erreichen. Sie finden sich ohne weiteres in zwei Denksystemen zurecht. Dies ist ein Teil der „dualen Persönlichkeit".

Die *psychische Mobilität* korreliert nur mit dem Faktor *Unterstützung der Eltern*. Da nach Daniel Lerner höhere psychische Mobilität als tendenziell moderne Verhaltensdisposition definiert wird, hätte hier eine Beziehung in der Richtung bestehen müssen; je höher die Einschätzung der vorgegebenen und fatalistischen Faktoren, um so niedriger die psychische Mobilität. Wir kommen hierauf noch ausführlich zurück.

Alle Überprüfungen deuten darauf hin, daß die Einschätzung der askriptiven, der fatalistischen und der Leistungsfaktoren der gesamtgesellschaftlich tradierten Struktur entnommen werden und nicht der „modernen" Universitätskultur. Anders ausgedrückt, die Lebensziele, das Wertesystem, Denkweisen werden wie in der kolonialen Zeit geerbt und nicht nach der Unabhängigkeit an den Universitäten erworben.

In der kolonialen Zeit war ein Aufstieg im sozialen und im materiellen Bereich am sichersten durch ein Studium in England zu erreichen. Tatsächlich machten alle Absolventen Karriere, was Beweis und Demonstration für die einheimischen Studierenden war, ebenfalls die Aspiration für ein Studium in England zu entwickeln. Dieser Wunsch ist rational und berechtigt während der kolonialen Herrschaft. Für die Karriere ist koloniale Mentalität gefragt. Diese wurde am wirksamsten in England geprägt. Aber auch noch nach der „nationalen Unabhängigkeit"?

Es hat zwar nicht an Kritik am Wert des Auslandsstudiums gefehlt, aber sie zielt nicht auf die Inhalte dieser Ausbildung ab, sondern auf die Absolventen selber. Bereits 1952 sagte der damalige indische Ministerpräsident Nehru im „India Express" vom 10. Oktober: *„Ich habe oft genug festgestellt, daß Inder, die eine abgeschlossene Auslandsausbildung hinter sich haben, sehr kompetente und fähige Leute sind. Sie können viel, aber wenn sie etwas tun wollen, dann fordern sie immer komplizierte Maschinen. Sie scheinen mir ein wenig hilflos ohne ihre lieben Maschinen zu sein. ... Es bestehen hier in Indien nicht die gleichen Voraussetzungen. Daher ist man enttäuscht und schreit nach etwas, was nun einmal nicht da ist. Das ist wahrhaftig eine schlechte Sache."*

Politiker und Erziehungspolitiker haben häufig bei und nach der Unabhängigkeit Veränderungen im Erziehungsbereich angekündigt. Im Bericht der Education Commission wird die dringend notwendige kulturelle Revolution versprochen. Es scheint, daß auch die Gefahr der kulturellen Entfremdung durch ein Auslandsstudium erkannt ist. Trotzdem glauben 74 % der Studierenden, ihre beruflichen Aspirationen wesentlich leichter realisieren zu können, wenn sie die Chance hätten, an einer europäischen Universität zu studieren. Eine Vergleichszahl dazu: Nur 28 % der Befragten haben entweder keine Aspiration für ein Auslandsstudium oder sehen dafür keine Möglichkeit. Dieses Ergebnis allein zeigt, daß sich in der indischen Gesellschaft nach mehr als 20-jähriger nationaler Herrschaft hinsichtlich der Erwartung von größeren Aufstiegschancen durch Ausbildung in England nichts geändert hat.

Bemerkenswert ist, daß die Befragten, die ihre beruflichen Ziele ebensogut ohne Auslandsstudium erreichen zu können glauben, dieselben sind, die entweder keine Aspiration oder keine Möglichkeit zum Auslandsstudium haben. Wenn dies so wäre, wäre die Situation relativ harmlos. Dann hätte argumentiert werden können, daß diese Gruppe auf die Frage 24 mit Nein nur deshalb geantwortet habe, weil sie keine Möglichkeit zum Auslandsstudium sieht. Die Situation ist schlimmer. Auch diejenigen, die mit großer Wahrscheinlichkeit das Ziel des Auslandsstudiums zu erreichen glauben, sind selbst der Meinung, daß sie auch ohne ein Auslandsstudium ihre beruflichen Aspirationen erfüllen könnten. Dennoch wollen sie im Ausland studieren, da sie von der gesellschaftlichen Realität gelernt haben, daß sich berufliche Aspirationen mit einem Auslandsstudium reibungsloser erreichen lassen. Diese Einstellung ist charakteristisch für die indische Gesellschaft der Gegenwart.

Es besteht aber eine zwiespältige Haltung zum Auslandsstudium, wie die Antworten auf die Frage 38: „Wenn Sie einen von zwei Kandidaten zu wählen hätten, von denen einer einen ausländischen Grad und der andere einen gleichwertigen indischen Grad besitzt, welchen Kandidaten würden Sie geneigt sein zu wählen?" zeigt. 43 % wären geneigt, den Kandidaten mit dem indischen Grad zu wählen und 29 % den Kandidaten mit dem ausländischen Grad.

Obwohl 74 % der Befragten selber ein Auslandsstudium anstreben, würden sie bei der Rekrutierung den eigenen Angaben zufolge einen Kandidaten mit indischem Grad vorziehen, und zwar emotionell. Diese Haltung bringen die weiblichen und die männlichen Studierenden ohne Unterschied zum Ausdruck. Die Einstellung zu den Rückkehrern variiert von Universitätsort zu Universitätsort. In Jadavpur ist die negative Einschätzung am höchsten, in Rajasthan am geringsten. Berücksichtigt man hierzu, daß die akademischen Leistungen in Jadavpur am höchsten waren, die Stadt Jaipur, in der die Universität Rajasthan gelegen ist, wesentlich rückständiger als die übrigen Universitätsorte ist und daher auch im Vergleich zu den anderen Universitätsorten eine größere Distanz zum modernen Sektor aufweist, wird dies verständlich.

Die widersprüchliche Einstellung ist kennzeichnend für die „Modernen" in Indien. Sie tritt nicht isoliert auf, sondern flächendeckend. Wo auch die widersprüchliche Einstellung geprägt worden ist – die Eltern und die Universitätslehrer gehören derselben Generation und Klasse an –, es ist der Erziehungspolitik nicht gelungen, die Einstellung der Befragten nach anderen Kriterien als den in der kolonialen Epoche üblichen Kriterien zu orientieren. Da in den Universitäten, wie der Bericht der Education Commission feststellt, keine grundlegende Veränderung der Inhalte noch der Struktur durchgeführt worden ist, produziert die Universität von heute dieselben Einstellungen wie vor der Unabhängigkeit auch.

*****

Das erklärte Ziel der nachkolonialen indischen Universität ist, den personellen Bedarf für die „Modernisierung" des Landes zu liefern. Modernisierung ist definiert als die Aneignung des in den Industrieländern vorhandenen Wissens und dessen Anwendung, um ein beschleunigtes wirtschaftliches Wachstum zu erreichen. Ob diese Zielsetzung tatsächlich Modernisierung ist, ob Modernität nur diesen einen Inhalt haben kann, ob eine solche Begriffsbestimmung brauchbar und zulässig ist, lassen wir im Augenblick außen vor.

Modernisierung in diesem Sinne ist ein Geschehen. Der Ausgangspunkt ist ein gesellschaftlicher Zustand, in dem nicht genug produziert und der als nicht modern definiert wird. Nun soll die Produktion und die Produktivität angekurbelt werden nach dem gleichen Muster wie früher in den heutigen Industrieländern. Also eine Industrialisierung. Diese ist gleichbedeutend mit Modernisierung. Das Gegenteil von Modernität ist Traditionalität. Träger dieses Geschehens sind natürlich Menschen. Also müssen die Verhaltensweisen der Mitglieder der traditionellen Gesellschaft verändert werden. So rücken zwangsläufig die Verhaltensdispositionen, d. h. die Einstellungen, in den Mittelpunkt.

Einer der Soziologiepäpste, Daniel Lerner, prägt in seiner Untersuchung „The Passing of Traditional Society" (Glenco, Illinois 1958, S. 44)) den Begriff Empathie, bzw. die psychische Mobilität. Er leitet ihn aus einer geschichtlichen Analyse des Abendlandes ab, in der er feststellt, daß ähnliche Dilemmata, wie sie sich in Europa vom „Zeitalter der Entdeckungen" bis zur industriellen Revolution abspielten, heute in der Dritten Welt vorzufinden sind. *„Die dahinter liegenden Spannungen sind überall die gleichen. Dorf vs. Stadt, Boden vs. Geld, Analphabetismus vs. Aufklärung, Resignation vs. Ambition, Pietät vs. Antrieb, aber der Prozeß erreicht Menschen mit unterschiedlichem Hintergrund und löst unterschiedliche Dilemmata von persönlicher Wahl aus."* Diese Spannung setze voraus, daß im Verlauf des sozialen Wandels, ausgelöst durch von innen oder von außen kommende Impulse, es stets eine Wahl für die Lösung desselben Problems zwischen zumindest zwei Möglichkeiten gibt. In der 3. Welt wären für das Entstehen von Wahlmöglichkeiten die von Außen kommenden Impulse verantwortlich, verursacht durch die Eroberungen und die Kolonialisierung der Gebiete. Was früher als Europäisierung, Amerikanisierung oder Westernisierung bezeichnet wurde, wird bei Lerner zur Modernisierung, da die früheren Bezeichnungen nicht mehr ausreichten und „notwendigerweise parochial" (kleinstädtisch) wären. Die wirksamen Kräfte hier seien nicht regional gebunden, sondern universell, daher die Bezeichnung Modernisierung, auch wenn der Inhalt gleich bleibt.

Lerner sieht natürlich regionale Abweichungen im Verlauf, aber der Prozeß bleibe an sich universell (S. 46): *„Dieser auf Beobachtung basierende Standpunkt impliziert keinen Ethnozentrismus. Wir werden zeigen, daß das westliche Modell der Modernisierung bestimmte Komponenten und Sequenzen enthält, deren Relevanz global ist. Überall z. B. hat zunehmende Urbanisation zu steigender Bildung tendiert; steigende Bildung hat zu einem größeren Ausgesetztsein der Medien geführt. Das diesen Medien mehr Ausgesetztsein fällt mit breiterer ökonomischer Partizipation (pro-Kopf-Einkommen) und politischer Partizipation (Stimmabgabe) zusammen. Das im Westen entwickelte Modell ist ein historisches Faktum. Daß dasselbe fundamentale Modell praktisch in allen sich modernisierenden Gesellschaften auf allen Kontinenten der Welt wieder auftaucht, unabhängig von Unterschieden in Rasse, Farbe, Religion, wird in diesem Kapitel gezeigt werden. Der Punkt ist, daß der säkulare Prozeß des sozialen Wandels, der die Modernisation der westlichen Welt gebracht hat, für die heutigen Probleme des Wandels im Mittleren Osten mehr als historische Relevanz hat."*

Die wesentlichen Merkmale für den Prozeß der Modernisierung sind bei Lerner: 1. die mobile Persönlichkeit, 2. die mobilitätsverstärkenden Massenmedien und 3. das System der Modernität. Lerner geht von der historischen Erfahrung des Westens aus, daß vor einigen Generationen sich der einfache Mensch in der Situation sah, sich innerhalb seiner Umwelt relativ frei bewegen zu können. Die physische horizontale Mobilität führte zur Entstehung von der neuen Situation angepaßten Institutionen und dadurch zu Veränderungen in der Gesellschaft. So entstand mit der Zeit auch ein System der Werte, in dem sozialer Wandel für normal gehalten wurde. Aus der Entwicklung in Europa in dieser Phase zieht Lerner den Schluß (S. 48): *„Durch die Sicherstellung der Möglichkeit für jedermann, Gewinne zu machen, nahm der moderne Westen die entscheidende Wendung zur sozialen Mobilität."*

Soziale Mobilität führe, so Lerner, zwangsläufig zur persönlichen Mobilität, daraus folge psychische Mobilität und damit nehme auch rationales Verhalten zu. Lerner schreibt dazu (S. 48/49): *„Menschen beginnen die soziale Zukunft als manipulierbar und nicht feststehend, ihre persönliche Zukunft in bezug auf Erreichbares und nicht als Vererbtes zu sehen. Rationalität ist zweckbewußt: Denk- und Handlungsweise sind Instrumente der Intention (und nicht durch Glauben vorgeschrieben); Erfolg oder Mißerfolg der Menschen werden am Erreichten gemessen (und nicht danach, wen sie verehren). Das heißt, während der traditionelle Mensch tendenziell Neuerungen ablehnend gegenübersteht und sagt: ‚Es war nie so‘, wird der zeitgenössische westliche Mensch wahrscheinlich fragen: ‚Funktioniert das?‘ und die Neuerungen ohne Verzögerung auszuprobieren versuchen."*

Der Unterschied zwischen diesen beiden Denkweisen ist für Lerner groß. Die erste Haltung ist ohne Empathie, die zweite ist eine mit Empathie. Lerner operationalisiert diesen Begriff, in dem er Empathie als die Fähigkeit eines Menschen begreift, sich in die Lage eines anderen versetzen zu können. Seine Haupthypothese ist: Hohe psychische Mobilität ist der vorherrschende persönliche Stil nur in den modernen Gesellschaften, deren Mitglieder eindeutig industriell, urban, gebildet und teilnehmend sind.

Die psychische Mobilität führe dann zu einer Erweiterung der Möglichkeiten von Kommunikation, was die Mobilität verstärke. Lerner entwickelte sein System der Modernität aufgrund einer Analyse der Gegenwartsgesellschaft, in der er verschiedene im wesentlichen auf Unesco-Statistiken beruhende Korrelationen „entdeckt" (S. 58), wie z. B. die mit Bildung hoch korrelierende Zirkulation von Tageszeitungen, Zahl der Radiogeräte, Zahl der Plätze in Kinos.

Aus dieser Analyse leitet Lerner den Prozeß der Modernisierung ab, dessen 1. Phase Urbanisierung, die 2. Phase Bildung, die 3. Phase Partizipation an den Massenmedien und dessen spätere Phase politische Partizipation umfaßt. Lerner leitet daraus eine Grundtypologie (S. 71) von traditionell zu modern ab, zwischen die er eine „transitionale" vorübergehende Station einschiebt. Nach dieser Typologie hat der traditionelle Mensch keine Empathie bzw. psychische Mobilität, partizipiert nicht an Massenmedien, ist nicht urbanisiert und auch nicht gebildet.

Der transitionale Mensch wird in die drei Kategorien a, b und c eingeteilt, was etwas über ihren Weg in Richtung Modernität aussagt. Die zur Kategorie c Gehörenden entwickeln Empathie, partizipieren aber nicht an den Massenmedien und sind weder urbanisiert noch gebildet. Die zur Kategorie b Gehörenden besitzen Empathie, partizipieren an den Massenmedien, sind aber noch nicht urban und gebildet. Die zur Kategorie a Gehörenden besitzen Empathie, partizipieren an den Massenmedien, sind urban, aber noch nicht gebildet. Der moderne Mensch besitzt Empathie, partizipiert an den Massenmedien, ist urbanisiert und gebildet.

Lerners Grundmodell haben wir aus zwei Erkenntnisinteressen der indischen Situation angepaßt. Produziert die indische Universität bei ihren Studierenden eine hohe psychische Mobilität, die nach Lerner die Voraussetzung für Modernisierung ist, und ist das Modell, das Lerner im Mittleren Osten benutzt hat, auch für Indien stimmig?

Lerner selbst mißt die psychische Mobilität mittels neun projektiver Fragen. Er versucht herauszufinden, inwieweit die Befragten in verschiedenen Bereichen in der Lage sind, von ihrer persönlichen Situation zu abstrahieren und sich in eine fremde zu versetzen. Wir können diese Fragen nicht übernehmen. Unsere Befragten sind künftige Elite. Wir haben in fünf Bereichen fünf Fragen gestellt und skalierbare Antwortmöglichkeiten vorgegeben. Alle Fragen werden mit der Aussage eingeleitet: „Angenommen, Sie hätten eine freie Wahl, welche der folgenden Möglichkeiten würden Sie wählen?" Worauf die vier vorgegebenen Klassifikationen folgten (Frage 17a–17e). Alle fünf Fragen sind sowohl projektiver Natur als auch zur Sammlung konkreter Informationen geeignet, die Rückschlüsse auf die Einstellung der Befragten zulassen. Wegen dieser doppelten Absicht wurden die Formulierungen nicht auf der Grundlage der Voruntersuchung versucht auszubalancieren, um eine gleichmäßige Streuung auf die vorgegebenen vier Kategorien zu erreichen, wie es in einer zweiten Reihe von projektiven Fragen, über die gleich berichtet wird, geschehen ist.

Die Fragen der Reihe von 17a–17e weisen miteinander eine signifikante Korrelation auf. Der Trend ist auch in den anderen Fragen eindeutig. Die konstruierte Skala aus diesen fünf Fragen ist für die Messung der psychischen Mobilität eine gute Meßlatte. Eigentlich müßten die drei Modernitätsskalen wie auch die Skala der Urbanität mit allen fünf Fragen korrelieren. Dies ist nicht der Fall. Bedenklich ist auch, daß je höher die akademische Leistung, um so geringer ist die Neigung, in der Großstadt zu wohnen. Aus diesen Bedenken sind zwei Folgerungen möglich: Entweder versagt die Universität völlig in der Vermittlung der Werte und der Normen, die entsprechend dem Modell Lerners in Richtung Modernität führen, oder aber der Faktor Bildung in Lerners Modell ist differenzierungsbedürftig. Die letztere Möglichkeit ist die wahrscheinlichere. Nicht Bildung schlechthin, sondern auf die Ziele und Inhalte der Bildung kommt es an. Nicht die Quantität, d. h. die Bildungsdauer, ist entscheidend, sondern die Qualität.

Die psychische Mobilität korreliert nicht mit der Religionszugehörigkeit, auch nicht mit der Kastenskala und der korrigierten Kastenskala. Obwohl wir in allen bisherigen Variablen statistisch signifikante Unterschiede in bezug auf die Universitätsorte festgestellt haben, weist psychische Mobilität keinen Unterschied auf. Noch überraschender ist die Tatsache, daß auch die Korrelation psychische Mobilität vs. Alter nicht signifikant ist. Entsprechend der Hypothese Lerners müßte mit dem zunehmenden Alter auch die psychische Mobilität zunehmen, da die Befragten mit höherem Alter länger urbanen Einflüssen ausgesetzt sind.

Die psychische Mobilität korreliert signifikant mit Fakultätzugehörigkeit. Die Juristen, Geisteswissenschaftler und Naturwissenschaftler weisen höhere psychische Mobilität auf als die Sozialwissenschaftler, die Mediziner und die Ingenieure. Auch dies ist ein Ergebnis, das der Theorie Lerners widerspricht, da vorausgesetzt werden kann, daß die Beschäftigung mit solchen wissenschaftlichen Fächern, wie sie das Ingenieurwesen, die Medizin und die Sozialwissenschaften darstellen, größere Rationalität in der Betrachtung erfordern und das rationale Angehen die psychische Mobilität fördern müßte. Lerner hat die Haltung des traditionellen Menschen beschrieben: *„es war nie so"* und die Haltung des westlichen modernen zeitgenössischen Menschen: *„funktioniert das?"*. So müßte man bei den angewandten Wissenschaftlern wie auch bei den Sozialwissenschaftlern, mehr die Haltung *„funktioniert das?"* und *„probieren wir es aus"* erwarten, als von den den nach Präzedenzfällen urteilenden Juristen. Das Ergebnis ist genau umgekehrt.

Es hätte erwartet werden können, daß jene mit stärkerer psychischen Mobilität die Leistungsfaktoren für den Erfolg bzw. Mißerfolg genannt hätten. Fehlanzeige. Es hätte auch erwartet werden können, daß die in den

Studentenwohnheimen lebenden Studierenden eine höhere psychische Mobilität aufweisen als diejenigen, die während des Studiums im Elternhaus wohnen. Ebenfalls Fehlanzeige.

Es hätte nicht zwingend erwartet werden können, daß psychische Mobilität von der Höhe des monatlich zur Verfügung stehenden Taschengeldes abhängig ist. Je zufriedener die Befragten mit ihrer finanziellen Situation sind, um so häufiger weisen sie größere psychische Mobilität auf. Wenn psychische Mobilität mit dem Besitz von Geld zunimmt, wird die Bewertung der psychischen Mobilität als ein Merkmal von Modernität problematisch. Unabhängig von der Frage, ob psychische Mobilität Akkumulation von Geld erst ermöglicht oder Akkumulation von Geld die psychische Mobilität steigert. Lerners „Modernität" reduziert sich auf Streben nach individualisiertem Wohlstand. Dieser löst notwendigerweise einen Konkurrenzkampf jeder gegen jeden aus. Entsolidarisierung ist die Folge. Lerners psychische Mobilität als Charakteristikum der modernen Persönlichkeit hieße: modern bei individuellem Geldstreben, unmodern bei solidarischem Verhalten.

Die Korrelationen der psychischen Mobilität mit anderen skalierten Variablen wie Urbanität, akademische Leistung, Erwartung der Erfüllung der Aspirationen, Kontakte zu Personen, die entweder zur Zeit der Befragung im Ausland studieren oder bereits zurückgekehrt sind, Einstellung zu den Rückkehrern, Skala der askriptiven, fatalistischen und Leistungsfaktoren und die Skala der Frustration weisen keine Signifikanz auf. Alle Ergebnisse problematisieren die Qualität und Effizienz der indischen Universität, aber auch das Modell Lerners.

Indien strebt nach höheren Wachstumsraten im wirtschaftlichen Bereich. Die indischen Erziehungsinstitutionen schaffen aber nicht die personellen Voraussetzungen, um nach Lerners Typologie die moderne Persönlichkeit zu produzieren. Versagt hier die indische Universität oder das Modernisierungsmodel Lerners oder gar beides? Ich denke, unabhängig von unseren empirischen Befunden gibt es Gründe, über Lerners Modell gründlich nachzudenken.

Wie konnte ich bei der Operationalisierung von Lerners Modell übersehen, daß die abgeleiteten Kriterien der Modernität – zu vielen Fragen Meinungen zu haben, psychische Mobilität zu besitzen, an den gesellschaftlichen Kommunikationen teilzunehmen, urbanisiert und gebildet zu sein – eigentlich keine unterschiedlichen Kriterien sind. Die Mitglieder jeder Gesellschaft haben in jeder Phase eine bestimmte Bandbreite an Meinungen, besitzen psychische Mobilität, nehmen an gesellschaftlicher Kommunikation teil, sind urbanisiert und besitzen Bildung. Der graduelle Unterschied macht nicht die fundamentale Andersartigkeit aus.

Es gibt in jeder Gesellschaft in jeder historischen Phase Abweichungen vom Mainstream, von der herrschenden Weltanschauung. Ohne sie gäbe es überhaupt keine Veränderungen. Lerners Modell ist auch quantitätslastig. Wir lesen (S:71): *„Eine Person wird Partizipant durch das Lernen von*

‚Meinungen zu haben' und zu je zahlreicheren und unterschiedlicheren Dingen er Meinungen hat, um so mehr Partizipant ist er.“ Je mehr Meinungen jemand hat, je mehr Empathie jemand besitzt, je häufiger jemand Kommunikationsmedien konsumiert, je urbaner und gebildeter jemand ist, um so moderner muß dieser Mensch sein. Vor lauter Quantität bleibt die Qualität, vor lauter Breite bleibt die Tiefe dieser Faktoren in dem Modell Lerners auf der Strecke. Außerdem nimmt mit zunehmender Kommunikation die Wahrscheinlichkeit zu, daß wir dahin gebracht werden, zu vielen Fragen Meinungen zu haben – aber eben durch die Medien vermittelte Meinungen und keine eigenen.

*****

Verhaltensdispositionen sind Produkte der sozialen Lernprozesse. Das Lernen findet nicht nur in den Lernanstalten statt. Man lernt in jeder Situation und bei jeder Begegnung. So läßt eine Erfassung der Verhaltensdispositionen Rückschlüsse auf das Erziehungssystem als ganzes und mithin auf die Gesamtgesellschaft zu.

Der Zugang zu Verhaltensdisposition ist nur mittelbar. Meinungen können wir erfragen. Aber führen Meinungen auch zum Handeln? Wir Sozialwissenschaftler haben aber keine andere Möglichkeit, zu möglichen Dispositionen zu kommen als über erfragte Meinungen. Der Weg über Beobachtungen ist unüberwindbar lang.

„Liberale Weiße“ sind gegen die „Rassendiskriminierung“ aus der Überzeugung heraus, daß sich die Hautfarbe nicht auf das Verhalten auswirkt. Trotzdem gibt es auch bei ihnen Probleme, wenn die Tochter ihren dunkelhäutigen Freund das erste Mal nach Hause bringt. Es besteht eine tiefe Kluft zwischen Verhaltensdispositionen und tatsächlichem Verhalten. Ein anderes Beispiel. Gandhi bemühte sich die „Kastenlosen“ als „Kinder Gottes“ in das Kastensystem zu integrieren. Er und seine Mitstreiter sahen im Kastensystem ein Grundübel und propagierten die Aufhebung der Diskriminierung aufgrund der Kastenzugehörigkeit durch Abschaffung des Kastensystems. Kein einziger Fall ist bekanntgeworden, in dem Mitglieder der in der Regel aus höheren Kasten stammenden Kongreßführung Kastenlose durch Heirat in die eigene Familie integriert hätten.

Deshalb ist für die Erfassung von Verhaltensdispositionen ein aus einer Reihe von konkreten Fragen zusammengestelltes Instrument nicht so brauchbar. Ein Ausweg ist, von der konkreten Situation abstrahierende Fragen zu stellen. Diese müßten aus theoretischen Modellen abgeleitet werden. Dabei dürfen nicht Probleme angesprochen werden, die durch aktuell stattfindende Diskussionen so geladen sind, daß die geäußerten Meinungen keine gesicherten Rückschlüsse erlauben. Andererseits können nicht Probleme angesprochen werden, über die die Befragten nicht genügend nachgedacht haben.

Talcott Parsons, auch ein Soziologiepapst wie Daniel Lerner, hat ebenfalls ein Modell für die Messung des Modernisierungsprozesses erfunden. Er konstatiert, die gesamte Bandbreite des menschlichen Verhaltens ließe sich in fünf Grunddilemmata zusammenfassen. Das eine Extrem ist die Verhaltensorientierung nach Leistungs-, universalistischen und spezifischen Kriterien, die Haltung ist selbstorientiert und affektiv-neutral. Das andere Extrem ist die Verhaltensorientierung nach vorgegebenen (askriptiven), diffusen und partikularistischen Kriterien, diese Haltung ist kollektivistisch ausgerichtet und affektiv-emotionell. Das erste Extrem soll vorherrschend in industrialisierten Gesellschaften sein, das zweite Extrem in nicht industrialisierten und schriftlosen Kulturen.

Es soll die theoretische Möglichkeit bestehen, durch Permutation und Kombination aus diesen fünf Variablen 32 verschiedene Kulturmuster auszudenken. Eine genaue Betrachtung der von Parsons zusammengestellten Variablen zeigt bereits, daß in der Realität 32 Kombinationsmuster kaum zu finden sein werden. Parsons selbst bringt nur vier Muster als illustrative Beispiele („The Social System, London, S. 57 f.) und gibt sie als die Haupttypen der sozialen Strukturen an. Bemerkenswert ist, daß als Muster einer universalistischen und leistungsorientierten Sozialstruktur von Parsons nur die amerikanische Gesellschaft genannt wird. Der zweite Haupttyp ist die universalistisch und askriptiv orientierte Sozialstruktur, wofür Deutschland und die UdSSR als Beispiele angeführt werden. Diese Gesellschaften seien zwar industriell fortschrittlich, tendierten jedoch zur autoritären Regierungsform, was in Amerika nicht der Fall sein soll. Der dritte Haupttyp ist eine Struktur mit partikularistischer und Leistungsorientierung, wofür Parsons als Beispiel das chinesische Reich anführt, und für den letzten Haupttyp mit partikularistischer und askriptiver Orientierung werden die lateinamerikanischen Staaten genannt.

Die 15 Fragen unter 45 (a–o) sollen die fünf Variablen erfassen. Je drei Fragen für eine Variable. Das Verfahren ist bereits beschrieben. Die einzelnen Variablen sollen trotz der Erfassung unterschiedlicher konkreter Erfahrungsbereiche in der Bekundung der Meinungen eine Konsistenz zeigen, was die Skalierung der askriptiven, kollektivistischen, partikularistischen, affektiven und diffusen Orientierung rechtfertigt. Das Meßinstrument wäre noch präziser geworden, wenn es möglich gewesen wäre, statt nur drei Fragen, fünf oder mehr Fragen zu den einzelnen Variablen zu stellen, was aus Zeitgründen nicht möglich war. Bei der Suche nach ausgeglichenen Formulierungen ist uns empirisch klar geworden, daß die 32 Möglichkeiten der Kombination dieser Variablen doch nur theoretisch-mathematische sind. Aber 32 klingt halt anspruchsvoller als nur fünf. Auch Päpste sind eitel.

Lerners und Parsons Modelle befassen sich mit der „Modernisierung“. Beide Meßlatten müßten beim Vergleich eine hohe Signifikanz und Intensität aufweisen. Und wir hätten die Möglichkeit, die indische Entwicklung auf der Grundlage von zwei unterschiedlichen Meßlatten zu beurteilen.

Die *psychische Mobilität* und die drei die *askriptive Orientierung* (45a– 45c) prüfenden Fragen zeigen keine signifikante Beziehung auf, aber bleiben im

Trend; zwei der „*kollektivistischen Orientierung* (45d–45f) zeigen eine signifikante Beziehung auf und die dritte bleibt im Trend. Die Aussage, man sollte immer im Interesse der eigenen Großfamilie, auch auf Kosten der eigenen beruflichen Karriere, handeln, korreliert mit den beiden Skalen Modernität der Familie und psychische Mobilität. Je privilegierter ein Befragter aufgrund seines Familienhintergrundes und je höher seine psychische Mobilität ist, desto stärker ist die Ausprägung seiner Selbstorientierung.

Keine der drei die *patikularistische Orientierung* (45g–45i) prüfenden Fragen weisen mit der Modernität der Familie eine signifikante Beziehung auf, wohl aber mit der psychischen Mobilität. Die Richtung der Beziehung ist umgekehrt. Die Zustimmung zu den Aussagen fällt mit höherer psychischer Mobilität zusammen. Diese Abweichung ist ein Hinweis, daß partikularistische Orientierung möglicherweise sowohl mit mehr als auch mit weniger psychischer Mobilität zu vereinbaren ist. Wenn dies so wäre, würde sich das Modell Lerners als ungenauer im Vergleich zu dem Modell Parsons' erweisen. Vor allem auch deshalb, weil Parsons Verhaltensvariablen eine Kombination und Permutation zwischen den Variablenpaaren und damit auch endlich viele graduelle Abstufungen zulassen.

Die drei die *affektive Orientierung* prüfenden Fragen (45j–45l) korrelieren mit der *Modernität der Familie*, weisen nur in einem Fall den bisher festgestellten Trend auf, nämlich bei der Aussage 45 l, die lautet: Auch die schönsten Statuen der kolonialen Herrscher sollten nach der Unabhängigkeit entfernt werden. Dieser Befund ist ein Indiz für die Bewußtseinslage der „dominierenden Minderheit" gegenüber den Statuen der kolonialen Herrscher auf den öffentlichen Plätzen indischer Städte, selbst wenn sie künstlerisch wertvoll sein sollten, worüber zumindest angesichts ihrer großen Zahl Zweifel angemeldet werden darf. Dies kann dem internationalen Image einer toleranten und friedfertigen indischen Regierung förderlich sein, die *affektiv-neutral* und im Sinne Parsons' nach *universellen* Kriterien der Kunst urteilt. Die Mobilisierung einer breiten Bevölkerung für nationale Zielsetzungen kann nicht durch das ständige vis-à-vis mit den übergroßen Standbildern der kolonialen Herrscher gefördert werden. Problematisch ist auch, daß die Gruppe oberhalb des Medians der Modernitätsskala der Familie in den beiden anderen die *affektive Orientierung* testenden Fragen den gegenteiligen Trend zum Ausdruck bringt, d. h. je höher die Modernität, desto stärker die Zustimmung. Ablehnung dieser beiden Aussagen würde die Gruppe treffen, die althergebrachte Privilegien besitzt.

In der Korrelation mit der *psychischen Mobilität* weist die Aussage 45l eine signifikante Beziehung auf. Aber im Gegensatz zu den Korrelationen mit der *Modernität der Familie* gibt es hier nur eine Abweichung vom allgemeinen Trend, nämlich bei der Aussage 45j: die Gruppe mit höherer *psychischer Mobilität* stimmt in stärkerem Maße der Aussage zu, daß gewisse kulturelle Werte niemals aufgegeben werden sollten, nur um wirtschaftliches Wachstum zu erreichen.

Die Korrelationen mit den drei die *diffuse Orientierung* testenden Fragen (45m–45o) bestätigen sowohl in Beziehung zur *Modernität der Familie* als auch in Beziehung zur *psychischen Mobilität* den allgemeinen und erwarteten Trend, nur mit dem Unterschied, daß die Modernität der Familie nur bei der Aussage 45o eine statistisch signifikante Korrelation aufweist, die *psychische Mobilität* dagegen sowohl mit 45n als auch mit 45o.

Auch die Verhaltensvariablen sind nach demselben Verfahren skaliert worden. Alle fünf Variablen stehen, wenn auch mit unterschiedlicher Intensität, miteinander in Beziehung. Sie sind komplementär. So konnte eine Gesamtskala der modernen Orientierung im Sinne Parsons' konstruiert werden.

Die *akademische Leistungsskala* korreliert nicht mit der *kollektivistischen Orientierung* und nicht mit der *affektiven Orientierung*. Sie weisen eher einen minimal entgegengesetzten Trend auf, d. h. höhere akademische Leistung und stärkere affektive und kollektivistische Orientierung treten zusammen auf.

Einstellung zu den Rückkehrern korreliert mit einem unerwarteten Trend mit den Skalen der Verhaltensorientierung. Höhere akademische Leistung und weniger starke traditionalistische Orientierung tauchen zusammen auf. Entsprechend hätte erwartet werden können: je geringer die traditionalistische Orientierung desto positiver die Einstellung zu den Rückkehrern – um so mehr, weil eine überwältigende Mehrheit der Befragten selbst zum Auslandstudium drängt und weil sie vor allem die Qualität des Auslandsstudiums höher schätzt. Der Trend ist aber umgekehrt, nämlich: Je traditionalistischer die Orientierung, desto positiver ist die Einstellung zu den Rückkehrern. Diese Haltung enthält keinen Widerspruch mehr, wenn die Konkurrenzsituation in der gesellschaftlichen Realität berücksichtigt wird.

Überraschend ist, daß die Einschätzung der Leistungsfaktoren zu keiner der Verhaltensvariablen eine signifikante Beziehung und damit auch nicht zu der Gesamtskala der Modernität der Befragten aufweist. Es müßte angenommen werden, daß niedrigere Einschätzung der Leistungsfaktoren mit stärkerer traditionalistischer Orientierung zusammengeht. Die Fragen 27a und 27b enthielten als Leistungsfaktoren *Intelligenz und Talent*, *Initiative und Fleiß*. Das Ergebnis zeigt aber, daß sowohl eine traditionalistische als auch eine moderne Orientierung nach den Verhaltensvariablen zur gleichen Einschätzung der eben genannten Faktoren führen kann.

Die Frustrationsskala wurde gemäß der subjektiven Einschätzung der Befragten über ihre eigene Situation auf dem Kontinuum Belohnung vs. Versagung konstruiert. Die Korrelationen dieser mit den Skalen der Verhaltensorientierung zeigt höhere Frustration zusammen mit starker traditionalistischer Orientierung; dies kommt auch in der Korrelation zwischen Frustration und Modernität der Befragten zum Ausdruck. Also tritt starke traditionalistische Orientierung mit weniger Privilegiertsein zusammen auf. Die psychische Mobilität in Korrelationen mit den Skalen der Verhaltensorientierung weist den erwarteten Trend auf, wie auch die askriptive und partikularistische Orientierung, wenn auch diese beiden Korrelationen statistisch nicht signifikant sind.

Die Verhaltensorientierung und damit auch die Modernität der Befragten ist regional unterschiedlich. Die Korrelationen der Skalen der Verhaltensvariablen mit den Universitätsorten weisen in allen Fällen die höchste Signifikanz auf. Den höchsten Anteil an mehr modernen Befragten hat Delhi mit 37 %, gefolgt von Jadavpur (27 %), Jaipur/Rajasthan (20 %) und Kalkutta an letzter Stelle mit 16 %.

Daß Kalkutta an letzter und Jadavpur mit großem Abstand hinter Delhi sind – wir haben mehrfach auf das Veränderungspotential Westbengalens hingewiesen –, könnte bedeuten, daß weniger traditionalistische Orientierung gleichzeitig Stabilitätsorientierung bedeutet. Dies wäre für eine Gesellschaft im Umbruch an sich ein Widerspruch, es sei denn, daß die weniger stark ausgeprägte traditionalistische Orientierung in Richtung der Konservierung des sozialen Zustandes geht.

Die askriptive Orientierung ist am stärksten bei den Befragten von Jaipur mit 32 %, gefolgt von 24 % in Delhi und jeweils 22 % in Kalkutta und Jadavpur. Daraus kann gefolgert werden, daß die Befragten von Jadavpur und Kalkutta stärker leistungsorientiert sind. Dagegen ist die kollektivistische Orientierung in Kalkutta mit 31 % am höchsten, gefolgt von Jadavpur mit 30 %, Jaipur mit 24 % und Delhi mit 16 %. Das bedeutet, daß in den beiden westbengalischen Universitäten, in denen die Studentenunruhe die stärkste von ganz Indien ist und wo auch in der Gesellschaft ständig politische Bewegung herrscht, eine ausgeprägtere Leistungs- und kollektivistische Orientierung vorhanden ist als in den beiden nördlichen Universitäten. Politische Bewegung benötigt Solidarität, die Selbstorientierung weitgehend ausschließt. Eine politische Bewegung unterscheidet sich von lobbyistischer Beeinflussung und Agitation dadurch, daß sie sich nicht an askriptiven Merkmalen orientiert, sondern an Leistungsmerkmalen der Kollektivität.

Da die die Kollektivität konstituierenden Merkmale gleichzeitig partikularistischer Natur sind, müßten in Kalkutta und Jadavpur im Vergleich zu den beiden anderen Universitäten auch eine stärkere Einschätzung der partikularistischen Orientierung vorhanden sein. Dies ist nicht der Fall. Die stärkste affektive Orientierung weisen ebenfalls die Befragten aus Kalkutta auf, gefolgt von den Befragten in Jadavpur, Jaipur und in Delhi. Die stärkste diffuse Orientierung ist dagegen bei den Befragten von Jaipur festzustellen, gefolgt von Kalkutta, Jadavpur und Delhi.

Die Studierenden von Kalkutta und Jadavpur beteiligen sich stärker in studentischen und sozialen Bewegungen. Sie haben ein stärkeres kollektivistisch-, affektiv- und leistungsorientiertes Verhaltenspotential. Die Schlußfolgerung liegt nahe, daß diese Kombination der Verhaltensorientierung eher zu sozialen Veränderungen drängt als die Kombination, die bei den

Studenten in Delhi festzustellen ist: stärkere askriptive und schwächere kollektivislische, partikularistische, affektive und diffuse Orientierung. Im Vergleich zu allen indischen Universitäten ist die Universität (und die Stadt) Delhi die relativ ruhigste und stabilste in Indien.

Auch die Fakultäten zeigen die stärkste signifikante Korrelationen mit allen fünf Bereichen der Verhaltensvariablen auf. Die stärkste askriptive Orientierung haben die Geisteswissenschaftler mit 57 %, gefolgt von den Medizinern mit 55 %, den Naturwissenschaftlern mit 51 %, den Sozialwissenschaftlern mit 42 %, den Ingenieuren mit 41 % und den Juristen mit 36 %.

Die stärkste kollektivistische Orientierung dagegen weisen die Naturwissenschaftler mit 59 % auf, gefolgt von den Medizinern (54 %), den Ingenieuren (51 %), den Geisteswissenschaftlern (45 %), den Juristen (34 %) und den Sozialwissenschaftlern mit 33 %.

Die stärkste partikularistische Orientierung weisen die Naturwissenschaftler mit 53 % auf, gefolgt von den Medizinern (52 %), den Geisteswissenschaftlern (46 %), den Ingenieuren (42 %), den Sozialwissenschaftlern (33 %) und den Juristen (26 %).

Die stärkste affektive Orientierung weisen die Mediziner mit 74 % auf, gefolgt von den Naturwissenschaftlern (69 %), den Ingenieuren (67 %), den Juristen und den Geisteswissenschaftlern (jeweils 63 %) und den Sozialwissenschaftlern (53 %).

Stärkste diffuse Orientierung weisen ebenfalls die Mediziner mit 67 % auf, gefolgt von den Naturwissenschaftlern (62 %), den Geisteswissenschaftlern (51 %), den Ingenieuren (49 %), den Sozialwissenschaftlern (42 %) und den Juristen (31 %).

Also zeigen demnach die Studierenden der naturwissenschaftlichen Fächer, allen voran die Mediziner, eine stärkere traditionelle Orientierung als die Studierenden der drei nicht naturwissenschaftlichen Fächer. In der Gesamtskala der Modernität der Befragten wird dies deutlich sichtbar.

Dieses Ergebnis problematisiert den Modernitätsbegriff Parsons' ebenfalls. Die naturwissenschaftliche Methode, deren Anwendung Disziplin und Präzision, emotionelle Distanz und universelle Orientierung erfordert, prägt offensichtlich eine geringere Modernität als bei Sozialwissenschaftlern und Juristen. Dieses Ergebnis ist ein Hinweis darauf, daß die Modernität bei Personen oder Gruppen oder bei einer ganzen Gesellschaft in verschiedenen konkreten Situationen in unterschiedlicher Intensität gegeben ist. Es ist wahrscheinlich, daß innerhalb einer Gesellschaft die gesamtgesellschaftliche Modernität (rein quantitativ) in verschiedenen konkreten Situationen ebenso unterschiedlich zur Geltung kommt.

Mit zunehmendem Alter nimmt die askriptive Orientierung zu, was nichts anderes als logische und rationale Anpassung an die Realität der indischen Gesellschaft bedeutet. Entsprechend diesem Trend sind die Befragten mit höherem Alter auch entsprechend den Verhaltensvariablen weniger modern. Dieses Ergebnis würde eher auf die gesellschaftliche Realität reflektieren als auf die Universität. Auf die Universität jedoch mittelbar insofern, als sie sich den gesellschaftlichen Zuständen anpaßt, und es ihr nicht gelingt, eine richtungsändernde Orientierung zu vermitteln.

Die Korrelationen der Verhaltensvariablen mit der Kastenskala zeigen unterschiedliche Richtungen. Bei Angehörigen der oberen Kasten ist eine stärkere askriptive Orientierung zu beobachten, jedoch in den Bereichen der übrigen Verhaltensvariablen, ebenso in der Beziehung zur Gesamtskala der Modernität, eine schwächere Orientierung. Viele Befragten, die traditionell nicht Angehörige der Oberkasten sind, haben sich in die Oberkasten eingeordnet, weil sie den wirtschaftlichen und politischen Aufstieg ihrer Familien bei der Einordnung in die Kastenskala mit berücksichtigten. Auch dieses Ergebnis zeigt ein Zusammengehen von Modernität nach den Verhaltensvariablen mit Besitz von etablierten Privilegien.

Die Korrelationen der Verhaltensvariablen mit der korrigierten Kastenskala zeigen den entgegengesetzten Trend. Nur bei der partikularistischen Orientierung zeigt die Oberkaste eine schwächere, in allen anderen Bereichen eine stärkere Verhaltensorientierung.

Diese Eindeutigkeit und diese Konsequenz in der Richtung der Beziehung zwischen Privilegienskalen und Verhaltensorientierung ist die weitere Veranlassung, die konstituierenden Elemente der Privilegienskala einzeln mit den Verhaltensvariablen in Beziehung zu setzen. Auffallend ist, daß nicht die Berufe der beiden Großväter und auch nicht der Beruf des Vaters am häufigsten eine signifikante Korrelation mit den Verhaltensvariablen aufweist, auch nicht die Schulbildung der beiden Großväter und des Vaters. Nur das Einkommen des Vaters weist mit allen Verhaltensvariablen eine signifikante Beziehung mit relativ starken Intensitäten auf. Je höher das Einkommen, desto geringer ist die traditionalistische Orientierung. Diesen Trend bestätigen auch die nicht signifikanten Korrelationen ohne Ausnahmen.

Mit zunehmendem Einkommen des Vaters wächst die Modernität der Befragten. Die Frage drängt sich auf, ob „modernes" Verhaltenspotential nach Parsons die Ursache für die Akkumulation von Kapital ist oder Kapitalbesitz die Grundlage für „modernes" Verhaltenspotential bildet.

Parsons und Lerner sind sozialisiert in einer Gesellschaft mit kurzem Gedächtnis, die auf Völkermord aufgebaut, ethnozentrisch orientiert ist, sich berufen fühlt, als Apostel der Modernisierung aufzutreten, aber eigentlich doch die Weltherrschaft anstrebt. Als Soziologe wollen sie die Fähigkeit erworben haben, gesellschaftliche Zusammenhänge zu beschreiben, aber nicht gelernt haben, in die eigene Geschichte zu blicken. Ableger der blond-blauäugig-weiß-christlichen Kultur eben. Wie der Marxismus auch.

David Riesman zitiert in seinem Vorwort zu Lerners Buch Bertrand Russel (S. 10): *„... Eine Philosophie, entwickelt in einem politisch und ökonomisch fortgeschrittenen Land, die an ihrem Geburtsplatz wenig mehr als eine*

Klärung und Systematisierung der vorhandenen Meinungen ist, kann anderswo eine Quelle für revolutionären Eifer und schließlich einer tatsächlichen Revolution werden. Überwiegend durch die Theoretiker sind die Maxime, die die Politik der fortgeschrittenen Länder regulieren, den weniger fortgeschrittenen Ländern bekanntgeworden. In den fortgeschrittenen Ländern inspiriert die Praxis die Theorie, in den anderen inspiriert die Theorie die Praxis."

Riesman fährt fort: *„Im Sinne Russels ist eine bewegte Widerspiegelung vom Leben in Amerika mit allen ihren dokumentarischen Details eine radikale ‚Theorie', wenn sie vor der Szenerie von Kairo, Ankara oder Teheran erscheint. Dennoch, dank der amerikanischen Empathie und Großzügigkeit, ebenso dank unserer Naivität, bemühen wir uns, diese Theorie zu fördern und stehen in der ganzen Welt als Apostel der Modernität da."*

Dieses Sendungsbewußtsein der Nachfahren von Indianermördern macht nicht bei den Soziologen halt. Sie beschreiben den Ist-Zustand ihrer Gesellschaft, zerlegen sie in einzelne Elemente und bemühen sich, daraus eine Theorie zu basteln. Bei einem Vergleich mit anderen Gesellschaften stellen sie selbstverständlich fest, daß sich die eigene Gesellschaft von anderen Gesellschaften unterscheidet. Da die eigene Gesellschaft naturgemäß die beste ist, definieren sie die eigene als modern. Andere sind das Gegenteil davon, nämlich traditionell. Sie sind weiter davon überzeugt, daß sich alle „traditionellen" Gesellschaften zu „modernen" Gesellschaften zu entwickeln haben werden. Macaulay läßt grüßen. Die neue Klasse Macaulays findet sich in Riesmans Beschreibung (S. 13): *„Sie sind Kosmopoliten, urban, gebildet, im allgemeinen wohlhabend und selten fromm – und die traditionellen auf der anderen Seite sind genau das Gegenteil."*

Die große Gehirnwäsche, der Versuch der totalen Manipulation, die verniedlichend „Kulturimperialismus" genannt wird, ist so weit fortgeschritten und schon so lange her, daß nicht einmal akademisch darüber nachgedacht wird und **werden darf**, ob das fortwährende kulturelle Klonen moralisch vertretbar war und ist.

Wird die Prämisse einmal akzeptiert, daß nur Industriegesellschaften mit der Orientierung auf Privatbesitz auch moderne Gesellschaften sind, so ist sowohl das Modell Lerners als auch die analytische Ableitung Parsons' für den Begriff Traditionalität vs. Modernität schlüssig. Wenn eine Strategie der Modernisierung irgendeiner Gesellschaft bzw. eine Strategie des sozialen Wandels in Richtung Modernität auf der Grundlage dieser in der Soziologie etablierten Modelle entwickelt wird, so landet man zwangsläufig in einer am Kapital orientierten gesellschaftlichen Ordnung mit Industrialisierung.

*****

Der Bericht der Education Commission von 1964–66 postuliert als Ziel die „Modernisierung" der Gesellschaft. Im Bericht wird ohne wenn und aber festgehalten, daß bislang der Dienstleistungsbetrieb Universität in Indien heute noch nach kolonialer Art und Weise Kader produziert. Mit kolonialer Mentalität. Diese Kontinuität ist nicht im Interesse der gegenwärtigen indischen Gesellschaft. Nach der nationalen Unabhängigkeit hätten längst Struktur und Inhalt neu bestimmt werden müssen.

Die Education Commission stellt zwei Hauptziele auf (S. 4): *„1. Die Entwicklung von physikalischen Ressourcen durch Modernisierung der Landwirtschaft und durch schnelle Industrialisierung. Dies setzt die Übernahme einer auf Wissenschaft basierenden Technologie, starke Kapitalakkumulation und Investierung sowie Schaffung der notwendigen Infrastruktur im Bereich des Transportes, des Kredits, des Marktes und anderer Institutionen voraus; und 2. die Entwicklung eines menschlichen Potentials (human resources) durch ein richtig organisiertes Programm der Erziehung."*

Wenn sich das Programm der nationalen Regierung nur darauf beschränkt, die Landwirtschaft zu verbessern, die Industrialisierung voranzutreiben und die Infrastruktur auszubauen, worin unterscheidet sich dann der neu zu erteilende Auftrag an die Erziehungsinstitutionen von dem einstmals von den Kolonialherren erteilten? Die Kolonialherren sahen nichts anderes vor.

Die Education Commission stellt fest (S. 5): *„... es ist offensichtlich, daß das gegenwärtige System der Erziehung, entworfen, um die Ziele einer imperialen Administration im Rahmen einer feudalen und traditionellen Gesellschaft zu erfüllen, radikaler Veränderungen bedarf, um die Bedürfnisse einer modernen demokratischen und sozialistischen Gesellschaft zu erfüllen: Veränderungen in den Zielsetzungen, im Inhalt, in der Didaktik, in den Programmen, im Umfang und in der Zusammensetzung der Studenten, in der Auswahl und in der beruflichen Ausbildung der Lehrer sowie in der Organisation. Was wirklich notwendig ist, ist eine Revolution in der Erziehung, die ihrerseits die sehr ersehnte soziale, ökonomische und die kulturelle Revolution in Gang setzen wird."*

Wenn eine soziale, ökonomische und kulturelle Revolution als Ziel postuliert wird, müßte es konkretisiert werden. Eine Konkretisierung würde eine Untersuchung des kolonialen Erziehungssystems und seiner Folgen für die indische Gesellschaft voraussetzen. Die Education Commission erfüllt diese Voraussetzung nicht. Statt dessen erfolgt eine Aufzählung antagonistischer Forderungen, die westlichen Demokratien nachempfunden sind, z. B. Betonung sowohl der nationalen als auch der individuellen Interessen, Betonung sowohl der nationalen Verpflichtungen als auch der individuellen Freiheit, Betonung sowohl gleicher Chancen für alle ohne Konzeption einer Struktur, die dies ermöglicht. Dank den ausländischen „Gelehrten"?

Der Bericht der Education Commission sagt lapidar (S. 6): *„Nach unserer Meinung ist deshalb keine Reform wichtiger und dringlicher als die Transformation der Erziehung, um zu versuchen, sie in Beziehung zum Leben, zu den Bedürfnissen und den Aspirationen des Volkes zu setzen, Erziehung dadurch zu einem mächtigen Instrument der sozialen, ökonomischen und kulturellen Transformation zu machen, die notwendig für die Realisierung unserer nationalen Ziele sind."*

Diese nationalen Ziele sind aber nur „westlich international" und den Zielen der ehemaligen Kolonialherren verwandt. Der Bericht fährt fort: *„Dies kann getan werden, wenn Erziehung*

* *zur Produktivität in Beziehung gestellt wird;*
* *die soziale und nationale Integration stärkt, die Demokratie als Regierungsform konsolidiert und dem Land hilft, sie als eine Lebensart (way of life) anzunehmen;*
* *den Prozeß der Modernisierung beschleunigt; und*
* *sich bemüht, den Charakter durch Pflege der sozialen, moralischen und geistigen Werte zu bilden.*

Alle diese Aspekte stehen in Beziehung miteinander, und in dem komplexen Prozeß des sozialen Wandels können wir nicht einmal ein Ziel erreichen, wenn wir nicht alle zu erreichen versuchen."

Die britische Regierung hat für ihr eigenes Land nie ein anderes Ziel formuliert, nicht während der kolonialen Epoche und auch heute nicht. Wenn sich aber die Ziele so gleichen, worin soll die „Revolutionierung" des Systems dann bestehen?

In dem Abschnitt über Erziehung und Modernisierung sagt der Bericht (S. 17–18): *„Wir haben bereits ausgeführt, daß das bezeichnendste Merkmal einer modernen Gesellschaft im Vergleich zu einer traditionellen die Übernahme einer auf Wissenschaft basierenden Technologie ist und es ist diese, die solchen Gesellschaften geholfen hat, die Produktion so außergewöhnlich zu erhöhen. Es darf jedoch darauf hingewiesen werden, daß auf Wissenschaft basierende Technologie für das soziale und kulturelle Leben andere wichtige Implikationen hat und fundamentale soziale und kulturelle Veränderungen bewirkt, die im allgemeinen als ‚Modernisierung' beschrieben werden."*

Die Education Commission hat also keine anderen Ziele formuliert, als sie aus den Vorbildern der westlichen Gesellschaftssysteme bekannt sind, insbesondere aus den anglosächsischen Länder. So ist es auch nicht verwunderlich, daß der in den USA zum Ruhm gekommene schwedische Soziologe Gunnar Myrdal („Asian Drama", Penguin Press 1968, S. 1659) den Bericht der Education Commission als eine *„umfassende Planung der Ziele den nationalen Systeme und die darauf folgenden Empfehlungen als notwendig für die Erreichung dieser Ziele"* würdigt. Daniel Lerner und Talcot Parsons lassen grüßen. Die verbal geforderte Revolution würde da zur Expansion verkümmern. Die Modernisierung wird sich in der Dichotomie traditionell – modern erschöpfen. Evolution ist gemeint, auch wenn wiederholt Revolution geschrien wird. Nach dem Motto: Was noch nie war, kann auch in Zukunft nicht sein.

Daß Geschichte machbar ist, und zwar nicht aufgrund von gewonnenen Erfahrungen, sondern entsprechend dem Vorstellungsvermögen, paßt nicht in die Modelle Lerners und Parsons'. Wie sollte eine Personengruppe oder eine Gesellschaft bezeichnet werden, die psychische Mobilität besitzt, an modernen Massenkommunikationsmitteln partizipiert, urbanisiert und gebildet ist, aber nicht bereit ist, Konsumzwang zu akzeptieren, ihre (nach Lerners Kriterien) Modernität vielmehr für die Schaffung einer Gesellschafts- und Wirtschaftsstruktur einsetzt, die nicht am Profit, sondern an der Bedürfnisbefriedigung, nicht an individueller, sondern an kollektiver Prosperität, nicht am Zwang zum Konsum, sondern am selektiven Konsum orientiert ist? Wie wird Parsons eine Personengruppe oder Gesellschaft benennen, die spezifisch, affektiv-neutral, individualistisch, universell und leistungsorientiert ist, trotzdem aber Leistungszwang, Leistungswettkampf und expansiven Konsum ablehnt?

Die bisherigen Modernisierungstheorien setzen implizit voraus: Volkswirtschaft rationalisieren, Technologie einsetzen, Wachstumsrate steigern. Dies erfordere eine bestimmte Struktur der Gesellschaft und eine bestimmte Orientierung der Menschen. Um dieses Ziel zu erreichen, kann eine Gesellschaft nur den einen Weg zur „Modernisierung" einschlagen. Dieses einspurige Denken widerspricht zwar den im technischen Bereich gesammelten Erfahrungen, aber wen kümmert das! Für die Erreichung eines bestimmten Zieles können mehrere Techniken angewendet werden. Diese können unterschiedlich teuer sein. Aber das Ziel wird erreicht. Außerdem ist die Berechnung durchaus nicht frei von Ideologie, weil nicht alle Kostenverursachenden Kriterien in Berechnungen eingehen. Industriebetriebe können in ihre Rentabilitätsrechnung beispielsweise den Umweltschutz mit hinein nehmen, aber auch – wenn es gestattet wird – nicht. Nur sind die Kosten für die Allgemeinheit höher, wenn die Verschmutzungen erst später beseitigt werden müssen.

Eine andere Betrachtung macht ebenfalls die ideologische Gehirnwäsche deutlich. Forschung kostet Geld. Geld ist knapp. Also müssen die Gegenstände der Forschung ausgewählt werden. Durch diese Auswahl wird – der fortwährend beteuerten Freiheit der Wissenschaft und der Wissenschaftler zum Trotz – die Richtung der Forschung von den herrschenden Teile der Gesellschaft bestimmt.

Selbst eine etymologische Untersuchung des Begriffs „modern" verdeutlicht die ideologische Schlagseite und legt offen, in wessen Interesse diese Fortschrittsideologie formuliert worden ist. Laut Duden ist modern ein Fremdwort französisch-lateinischen Ursprungs und bedeutet soviel wie zeitgemäß, neuzeitlich, neu, modisch. Der Begriff moderne Kunst hat eine bestimmte historische Fixierung. Er bezieht sich auf die Kunst aus der Zeit der Jahrhundertwende. Modernität ist laut Duden Neuheit.

Auch das Duden-Lexikon liefert kein Unterscheidungskriterium zwischen Neuem und Modernem. Dort heißt es: *„Die heute vor allem gültige Bedeutung von modern: neuartig, auf der Höhe der Zeit, modisch, dem Zeitgeschmack entsprechend zeigen deutlich den Einfluß des Wortes Mode."* Modisch sein ist aber nicht modern sein. Das englische Wort für Mode ist fashion. Modisch sein heißt fashionable, nicht „modern".

In der Encyclopaedia Britannica findet man den Hinweis, daß es im Jahre 1850 in Italien eine neo-scholastische, römischkatholische, modernistische Bewegung gab, entstanden durch die Entwicklung der Wissenschaft und die daraus resultierende Auseinandersetzung der Kirche mit den neuen Erkenntnissen. Das Ziel dieser Bewegung war es, den Katholizismus dem modernen Denken anzunähern.

Der Brockhaus übersetzt modern aus dem lateinischen modus als die Art und Weise. Der Brockhaus aus dem Jahre 1870 schreibt, daß modern sein nicht heißt, sich auf Neuheiten zu stürzen, daß ein solches Verhalten vielmehr als Modetorheit zu bezeichnen ist.

Modetorheit oder das Gelernthaben, sich immer auf das Neue zu stürzen, ist nichts Zufälliges, sondern auch dieses Verhalten wird gesellschaftlich programmiert, denn von der Modetorheit und dem „Sich-auf-alles-Neue-Stürzen" profitieren einige. Diese nehmen Einfluß auf die Erziehungsinstitutionen, damit durch sie die Einstellung geprägt wird, daß es für ein „Immer-auf-der-Höhe-der-Zeit-sein" nicht genüge, von dem Neuen zu wissen, sondern man das Neue auch besitzen müsse. Daraus folgt, daß vom Jahre 1850 bis zu unserer Zeit der Ausdruck modern, abgeleitet aus dem lateinischen modus, eine begriffliche Veränderung erfahren hat, nicht mehr eine Auseinandersetzung zwischen Wissenschaft und Dogma bedeutet, sondern das Neue, das Letzte, und mit zunehmender Industrialisierung ein weiterer Bias hinzugekommen ist, den man als „Produktivitätsbias" bezeichnen könnte.

Die Education Commission will die Gesellschaft modernisieren, will die Wissenschaft und Technik entwickeln, um Wachstum zu schaffen. Aber welche wissenschaftlichen Inhalte und welche Techniken? Auch die Anwendung der Wissenschaft in der Technik mit dem Ziel, Erleichterung für die in den Betrieben arbeitenden Menschen zu erreichen? Auch bei einem Stillstand des Wachstums?

Seit der Organisation von Wissenschaft durch das Kapital kommen die Impulse für Veränderungen durch die Anwendung der Wissenschaft in der Technik der Produktion. Anwendung neuer Produktionstechniken bedeutet höhere Produktion, mehr Gewinn, höhere Löhne, weniger Arbeitsplätze, breiteres Angebot an Konsumgütern, Veränderungen des Konsumverhaltens durch Werbung, Veränderungen des materiellen Lebens, Veränderungen des Verhaltens, Veränderungen der Normen und Werte, d. h. gesellschaftliche Veränderungen schlechthin. Die Steigerung der „Produktivität" im Betrieb und das Reagieren bzw. das Sich-Anpassen anderer Bereiche heißt „Modernisierung".

Die dem Kapital innewohnende Tendenz, sich ständig vermehren zu wollen, hat zur Folge, daß alle neu produzierten Güter als modern angepriesen werden, nachdem durch systematische Beeinflussung Modernität zu einem positiven sozialen Wert an sich gemacht worden ist. Durch diese Manipulation ist die ursprüngliche Aussage über die „Art und Weise" (modus), wie irgend ein Ziel wissenschaftlich anzugehen ist, so verändert worden, daß aus ihr die Methode zur Mehrproduktion und zum Mehrkonsum geworden ist, wobei Methode und Ziel nicht mehr voneinander zu unterscheiden sind.

Im täglichen Sprachgebrauch wird in sozialwissenschaftlichen Arbeiten heute das modern genannt, was zur höheren Produktion führt und was das wirtschaftliche Wachstum fördert. Deshalb wird auch „Amerika" als das modernste Land bezeichnet. Modern sind die technischen Neuheiten, organisatorischen Veränderungen, neuen Methoden der Ausbildung, neuen Verhaltensorientierungen, neuen Normen und Werte, wenn sie diesem Ziel des wirtschaftlichen Wachstums dienen. Das Gegenteil von modern ist traditionell, unabhängig davon, ob diese Traditionalität alle sonstigen Eigenschaften der Modernität bis auf eine, der individuellen Profitgier, aufweist.

Wie die Soziologen zur Bestimmung des Begriffs Modernisierung gekommen sind, ist am klarsten von Lerner (S. 45) ausgesprochen worden: *„Modernisierung ist daher das vereinende Prinzip dieser Studie in den unterschiedlichen Ländern des Mittleren Ostens. Der Ausdruck ist uns durch die jüngste Geschichte auferlegt worden. Früher sprach man von Europäisierung, um die gemeinsamen Elemente des französischen Einflusses in Syrien-Libanon und des britischen Einflusses in Ägypten und Jordanien zu bezeichnen. Später, nach einem Jahrhundert von Erziehungs- und Missionsarbeit, wurde Amerikanisierung eine spezifische Kraft und die gemeinsamen Stimuli einer atlantischen Zivilisation wurde Westernisierung genannt. Seit dem 2. Weltkrieg wird die kontinuierliche Suche nach neuen Wegen von der Zurückweisung der westlichen Ägide begleitet. Sowjetische und andere Modernisierungsmodelle, wie sie Indien und die Türkei darstellen, sind in diesem Gebiet sichtbar geworden. Irgendeine Bezeichnung, die heute diesen Prozeß lokalisiert, wird gezwungenermaßen parochial sein. Die Menschen des Mittleren Ostens wünschen mehr denn je die moderne Verpackung, aber sie weisen die Aufschrift ‚made in USA' zurück (oder aus demselben Grund ‚made in UdSSR'). Wir sprechen heutzutage von Modernisierung."*

Wenn die Planer der indischen Erziehung mit ihrer unkritischen Übernahme dieses Begriffs nicht nur die Technologie, sondern auch ihre Organisationsstruktur übernehmen wollen, dann stehen dazu sowohl ihre Forderungen nach grundlegender Veränderung der Struktur, nach sozialer und kultureller Revolution in Widerspruch. Es ließe sich ausrechnen, wann Indien dann europäisiert, amerikanisiert oder, um mit Lerner zu sprechen, modernisiert sein würde.

Wir erinnern uns. Auch das Modell Roys wollte durch die Gründung des Brahmo Samaj Indien im gleichen Sinne modernisieren. Seit der soziokulturellen Bewegung von Swami Dayananda (Arya Samaj) ist es aber nicht mehr möglich, als Ziel die Forderung nach Übernahme des „westlichen" Gesellschaftsmodell zu formulieren. Nachdem Modernisierung und Modernität international positiv geladen worden sind, kann von den

Erziehungspolitikern Indiens die Modernisierung ohne weiteres gefordert werden. Die erfolgreiche Durchführung wird genau das erreichen, was schon die Zielvorstellung Roys war.

Diese Überlegungen sollen nicht die Macaulays, deren Nachfahren oder die neue Klasse Macaulays und deren Enkel diskreditieren. Sie sollen nur darauf aufmerksam machen, daß Macaulays andere Interessen im Sinn haben als die der breiten Bevölkerung Indiens. Was die Interessen Indiens sind, müßte noch präzise und eindeutig formuliert werden.

Die Frage lautet: Welche gesellschaftlichen Voraussetzungen müssen geschaffen werden, damit die Entscheidungen über eine grundlegende Veränderung von jenen gefällt werden können, die nicht als „junior partner" der Kolonisatoren Privilegien erworben haben? Was eine grundlegende Veränderung tatsächlich ist, lehrt die alte Philosophie Indiens: Vishnu ist der Erhalter, Shiva ist der Zerstörer und Brahma ist der Schöpfer. Diese Personifizierung in drei Gestalten ist ein Bild, um analytisch die unterschiedlichen Phasen eines einzigen Prozesses darzustellen. Schöpfung setzt Zerstörung dessen voraus, was sich erhalten hat. Shiva zerstört in einem Freudentanz, wobei in seinem Antlitz bereits die Züge von Brahma, dem Schöpfer, sichtbar werden.

Im Zeichen „Chinatowns"

Als das freimütige Schreiben von Urs Jaeggi ohne Datum aus den USA mich erreicht, habe ich, wie schon berichtet, an Peter Meyer-Dohm und an Gabriele Wülker geschrieben. Am Anfang August 1970. Danach habe ich am 13. August der Heinrich-Herz-Stiftung einen Zeitplan für die Auswertung des restlichen Forschungsmaterialiens vorgelegt. Die Stiftung tut sich verständlicherweise schwer mit dem Verlängerungsantrag. Herr Litt ruft mich an und bittet mich, von der entstehenden Habilitationsschrift einige Leseproben zu schicken. Ich schicke Sie am 11. September.

Frank Benseler vom Luchterhand-Verlag und seine Lektoratskollegen haben als erste das vollständige Manuskript gelesen. Mit positiver Reaktion, wie auch schon berichtet. Sie wollen alles tun, damit die Arbeit baldmöglichst veröffentlicht wird, unabhängig vom Ausgang des Habilitationsverfahrens, an welcher Universität auch immer. Also, haben wir rundum ein gutes Gefühl. Und aus gutem Grund.

Viele Ergebnisse sind auch für uns überraschend und viele Fakten sind uns einfach nicht bekannt gewesen. Unsere Befunde stellen die anerkannte Fachliteratur auf den Prüfstand. Meine Frau hat die gesamte Habilitationsschrift mehrmals gelesen. Zwangsläufig. Ich durfte diktieren. Danach hat sie sie noch mehr als einmal bis zur endgültigen Fassung lesen müssen. Und meine Frau ist eine gewissenhafte Kritikerin.

Das Manuskript ist, wie schon erwähnt, auch von einigen Mitgliedern des Republikanischen Club in Köln kritisch gelesen worden. In einzelnen Abschnitten während des Entstehens und dann die endgültige Fassung im Ganzen. Die Schrift enthalte viele noch nicht bekannte Informationen, ihre empirische Grundlage sei solide und die zusammenhängenden Gedanken und die vielfältigen Bezüge seien überzeugend vorgetragen, haben alle gemeint.

Auch Genugtuung stellt sich ein. Ein Teil des Forschungsmaterials liegt nun ausgewertet vor. Trotz aller organisierten Widrigkeiten. Seine Veröffentlichung ist bei einem bekannten Verlag gesichert. Also nehme ich unbeschwerter die Klärung meiner wissenschaftlichen Zukunft wieder auf. Im wesentlichen bleiben ja noch, so glauben wir, nur zwei Fragen zu klären: Welches ist die geeignetere Universität für das Habilitationsverfahren und was mache ich, während das Habilitationsverfahren läuft?

Zunächst schreibe ich am 17. September an den Verlag: „Lieber Herr Benseler, ich danke Ihnen für Ihr Schreiben vom 11. 9. und für die prompte Rücksendung des Manuskripts. Ich freue mich, daß es nun nur noch von der Zustimmung der Herausgeber abhängt, und ich glaube, daß von der Seite wohl keine Ablehnung zu erwarten sein wird. Da ich Anfang Oktober beginne, die endgültig redigierte Fassung schreiben zu lassen, möchte ich Sie bitten, wenn Sie es irgendwie einrichten können, mir Ihre Einzelkritik noch in diesem Monat zu schicken. Ist die Möglichkeit, die Sie bei meinem Besuch andeuteten, das

Buch bereits im Frühjahr 1971 herauszubringen, endgültig gestorben? Herzliche Grüße Ihr"

Am gleichen Tag informiere ich Urs Jaeggi nach New York über die Entwicklung in Bochum und frage ihn an: „Nach der Habilitationsordnung der Universität Konstanz ist es möglich, daß der Bewerber einen der Berichterstatter benennt. Falls Sie dem zustimmen, würde ich bei Einreichung meiner Arbeit dort Sie als einen der Berichterstatter benennen. Deshalb wäre ich Ihnen außerordentlich dankbar, wenn Sie mir eine diesbezügliche Mitteilung bald machen könnten. Wenn von Ihrer Seite etwas Neues mitzuteilen ist, würde mich das auch interessieren."

Die Sekretärin von Peter Meyer-Dohm hatte mir den Eingang meines Schreibens bestätigt, weil er bereits im Urlaub gewesen ist. Am gleichen Tag schreibe ich auch an ihn: „ich darf Bezug nehmen auf mein Schreiben vom 11. August, das Sie leider nicht mehr vor Ihrem Urlaub erreicht hat, Ich wäre Ihnen außerordentlich dankbar, wenn Sie auf den Inhalt meines Schreibens eingehen könnten, sobald Sie wieder in Bochum anwesend sind."

Und an den Dekan der Sozialwissenschaftlichen Fakultät der Ruhr-Universität Bochum, Prof. Dr. Peter Weber-Schäfer: „ich danke Ihnen für Ihr Schreiben von 9. September. Sie nehmen darin Bezug auf eine Mitteilung von Frau Prof. Wülker. Könnten Sie mir bitte sagen, in welchem Zusammenhang dieser Bezug steht, da ich ihn selbst nicht herstellen kann. Frau Prof. Wülker hat mir die Habilitationsordnung betreffend keine Mitteilung gemacht.

Darf ich aus Ihrem Schreiben den Schluß ziehen, daß ich bis Ende Oktober meine Habilitationsarbeit nicht an der Ruhr-Universität einreichen kann, da Ihre Abteilung keine genehmigte Fassung einer Habilitationsordnung vorliegen hat?

Weil die Zeit sehr drängt, wäre ich Ihnen für eine baldige Mitteilung zu diesen beiden Punkten außerordentlich dankbar."

Der 17. September ist überhaupt ein Schreibtag geworden. Im Republikanischen Club treffe ich einen ehemaligen Studienkollegen der Ethnologie. Wir unterhalten uns über vieles, auch über meine Bemühungen mit der Universität Bochum. Sein Bruder ist dort als wissenschaftlicher Assistent in der Assistenten-Konferenz aktiv engagiert. Er erzählt seinem Bruder meine Geschichte. Sein Bruder bittet mich mit Herrn Dr. E. A. von Renesse im Institut für Entwicklungsforschung und Entwicklungspolitik an der Universität Bochum Kontakt aufzunehmen. Also habe ich auch an von Renesse geschrieben: „vielleicht haben Sie von Herrn Kamphausen bereits darüber gehört, auf welche Weise bereits vor der Einreichung gegen meine Habilitationsarbeit entschieden worden ist. Im Augenblick bin ich in der letzten Phase der Abfassung, aber Mitte Oktober werde ich mehr Zeit haben. Falls Sie gewillt sind, in der Sache etwas zu unternehmen – nicht für die Einreichung der Arbeit an der Ruhr-Universität, sondern prinzipiell – könnte ein Termin ausgemacht werden, so daß Sie die Akten genau studieren können. Eine Kopie dieses Schreibens schicke ich an Herrn Kamphausen."

Herr Ministerialrat Litt teilt mir am 22. September mit: *„Sehr geehrter Herr Dr. Aich! Hiermit gebe ich Ihnen den Auszug aus Ihrem Manuskript dankend* *zurück. Das Kuratorium der Heinrich-Hertz-Stiftung wird über die von Ihnen mitgeteilten Einzelheiten unterrichtet werden. Mit vorzüglicher Hochachtung"*

Urs Jaeggi schreibt auch am 22. September auf dem Briefbogen von „New School for Social Research, New York", handschriftlich: *„Lieber Herr Aich, haben Sie vielen Dank für Ihren Brief. Die Situation hat sich seit meinem Brief insofern verändert, als die Studenten die weder vom Parlament noch von Kultusministerium akzeptierte Habilitationsordnung angegriffen haben. Auf Grund dieser Umstände sind inzwischen – auf Grund eines Rektoratsbriefes – die anhängigen Habilitationen gestoppt und – bis zu Genehmigung – können keine weitere Habilitationen erfolgen.*

Was die anderen Punkte betrifft: ich habe Ihnen geschrieben, daß Frau Wülker Ihre Sache nicht weiter verfolgen will und daß der Dekan gesagt haben soll, daß jetzt zunächst die vielen hausinternen Habilitationen erfolgen sollen. Ich schrieb Ihnen aber auch, daß auf Grund der damals gültigen Habilitationsordnung jeder Außenstehende um die Eröffnung des Verfahrens nachsuchen kann, falls er die Voraussetzungen erfüllt. Nur sind eben – so lassen es die bisherigen Anmerkungen vermuten - in Ihrem Fall die Aussichten gering. Als Berichterstatter können Sie mich natürlich vorschlagen. Mit freundlichem Gruß Ihr Urs Jaeggi"

Nach diesem Schreiben von Urs Jaeggi schminke ich mir die Universität Bochum ab. Es stehen zwar immer noch die Antworten von Peter Meyer-Dohm und von Gabriele Wülker aus. Aber Hoffnungen hegen wir nach diesem Schreiben von Urs Jaeggi nicht mehr. Peter Meyer-Dohm schreibt mir dann am 25. September ein Schreiben, das ich nicht weiter kommentieren möchte: *„Sehr geehrter Herr Dr. Aich, entschuldigen Sie bitte, wenn Ihr Schreiben vom 11.8. wegen meines Urlaubs solange unbeantwortet geblieben ist. Sie bitten mich um ‚überzeugende Unterstützung in der Fakultät', wobei Sie wahrscheinlich vermuten, daß ich der Abteilung für Sozialwissenschaft angehöre. Das ist aber nicht der Fall; mein Kontakt mit Herrn Kollegen Jaeggi hat sich bisher auf 1 oder 2 Gespräche in Ihrer Angelegenheit beschränkt. Ich weiß wirklich nicht, wie Sie sich meine Unterstützung vorstellen, wenn es Ihnen nicht gelingt, Fachleute zu gewinnen, die sich für Sie einsetzen.*

Inzwischen habe ich erfahren, daß der Dekan der Abteilung für Sozialwissenschaft auf eine Anfrage von Herrn Prof. Jaeggi strikt jegliche Habilitation von Nicht-Angehörigen der Abteilung auf längere Zeit abgelehnt hat, nachdem 5 Angehörige der Abteilung für Sozialwissenschaft entweder im Sommersemester habilitiert wurden bzw. die Eröffnung des Verfahrens gerade beantragen oder demnächst beantragen werden. In der Tat sieht sich die Abteilung für Sozialwissenschaft einem großen Angebot von Habilitationsschriften aus dem Kreis der eigenen Mitglieder gegenüber, so daß dieser Beschluß verständlich ist. Ich bin gern bereit, mit Ihnen noch einmal über Ihre Pläne zu sprechen. Es scheint aber, daß angesichts des oben erwähnten Beschlusses wenig Hoffnung besteht, daß Sie Ihre Habilitation in Bochum durchfuhren können. Leider bin ich von Herrn Kollegen Jaeggi völlig uninformiert gelassen, was er mit Ihnen im einzelnen besprochen hat. Auch bin ich nicht über den Inhalt des Gespräches informiert, das er mit Prof. König führen wollte. Bitte, verstehen Sie mich richtig, wenn ich nochmals betone, daß mich die ganze Angelegenheit auch nur sehr am Rande, wenn überhaupt berührt. Wichtig scheint mir zur endgültigen Klärung der ganzen Lage ein Gespräch mit dem Dekan der Abteilung für Sozialwissenschaft, Herrn Prof. Weber-Schäfer, zu sein. Mit freundlichen Grüßen Ihr Peter Meyer-Dohm"

Gabriele Wülker hat mein Schreiben vom 11. August nicht beantwortet. Was sollte Sie auch darauf antworten? Sie hätte doch die Widersprüche, in die sie sich selbst verwickelt hatte, nicht auflösen können. Und wer wird schon über diese Widersprüche je Bescheid wissen? Es bleibt mir nichts anders übrig als die Arbeit, Ralf Dahrendorf zum Trotz, an der Universität Konstanz einzureichen. Ich benenne Urs Jaeggi als Berichterstatter. Am 2. November teile ich der Heinrich-Hertz-Stiftung mit: „Sehr geehrter Herr Litt, ich habe die Arbeit am 30. Oktober bei der Universität Konstanz eingereicht. In der Anlage finden Sie eine Kopie. Ich möchte Sie bitten, mir diese Kopie baldmöglichst zurückzuschicken, denn ich möchte bereits vor der Veröffentlichung durch den Luchterhand-Verlag die Übersetzung ins Englische sicherstellen und die Arbeit einem englischen Verlag zusenden."

*****

Die Obdachlosenarbeit läuft weiter. Dem öffentlichen Klagen des Sozialdezernenten Norbert Burger zum Trotz – *„Unter diesen Umständen können wir nicht arbeiten"* – verdeutlichen die Obdachlosen nicht nur der Kölner Öffentlichkeit, daß sie noch unter ganz anderen Umständen seit Jahren **leben** müssen. Ihre Forderungen, die die Beseitigung grober Mißstände in ihren Häusern betreffen, setzen sie immer mehr durch. Im Oktober fordern sie im bundesweit bekannten „Politischen Nachtgebet", einer monatlichen Veranstaltung kritischer Kölner Katholiken, die beiden Kirchen heraus: *„Hierzulande ist die Kirche immer noch keine Kirche der Armen, kein Anwalt der sozialen Gerechtigkeit, der gesellschaftlichen Strukturveränderung. ... Die christlichen Sozialverbände halten die Menschen durch reine Betreuungsarbeit in Abhängigkeit, anstatt in solidarischen Aktionen mit ihnen Veränderungen herbeizuführen".*

Noch im selben Monat verhindert die IGO die Zwangseinweisung einer Frau mit fünf Kindern in ein Übergangshaus. Sie läßt die Begründung für die Einweisung, die Frau sei eine Trinkerin, nicht gelten und versperrt die Zufahrtswege für die Möbelwagen. Der Einzug, der *„notfalls mit Gewalt"* verhindert werden sollte, findet nicht statt. Die Frau erhält eine Normalwohnung.

Im November sperren die Bewohner der Ringenstraße drei Stunden lang die Straße für den Durchgangsverkehr und erklären sie zum Spielplatz. Kinder tragen Plakate mit der Aufschrift: *"Wir wollen einen Spielplatz!"*, *„Sind wir der letzte Dreck?"* und – an die Verwaltung gerichtet – *„Besser planen, meine Herren".* Die Bewohner haben seit Monaten auf die versprochene Einrichtung eines Spielplatzes gewartet. Die Polizei wird gerufen. Sie kommt, fragt nach dem Grund der Blockade und meint, die Kinder sollten

„auf dem Mond spielen". Dann zieht sie wieder ab. Kurze Zeit darauf beginnt der Ausbau des Spielplatzes.

Das politische Konzept der IGO und deren immer härter werdende Auseinandersetzungen mit der Stadt behagt einer kleinen Gruppe von IGO-Aktivisten aus den Notunterkünften nicht. Sie trennt sich von der IGO, gründet ihre eigene Organisation, die „Interessengemeinschaft Obdachlosigkeit e. V." (IGO e. V.), nennt die außenstehenden Mitstreiter der IGO *„Weltverbesserer, die mit uns ihre Revolution machen wollen"* und fordert: *„Jetzt Sozialarbeit statt Politik."* Die Stadt stellt ihnen ein Büro mit Schreibtisch und Telefon zur Verfügung und nennt die IGO e. V. jetzt *„Leute, mit denen man reden kann"*.

Der „Kölner Stadt-Anzeiger" vermerkt: *„Und wirklich ist der neue Verein schon jetzt beglückt von seinen neuen Freunden bei der Stadt. Die winken auch gleich mit ein paar unbedeutenden Zugeständnissen ... was die Stadt bietet, das ist greifbar, wenn es auch das wirkliche Problem der Obdachlosigkeit nicht löst. Es bedeckt es nur mit dem Mantel der Pseudohilfe. Früher schwieg die Stadt zu den Klagen vom Rande der Gesellschaft. Nun hört sie zu und tut so, als sei sie ganz betroffen vom Jammer der Obdachlosen. Und schenkt ihnen ein Büro, wo der Jammer selbst verwaltet werden darf. Wenn man die erste Rührung über die neuentwickelte Freundschaft der Stadt zu diesem Teil der Kölner Obdachlosen überwunden hat, kann man das Mißtrauen nicht länger unterdrücken. Hier soll ja wohl Leuten, die das Maul aufrissen, der Schneid abgekauft werden."* Die Stadt schenkt dem Verein als Morgengabe 20 Wohnungen, die der Vorsitzende der IGO e. V. an Obdachlose verteilen darf. Dankbar bekennt er der Presse: *„Das Hilfsprogramm der Stadt scheint uns durchaus in Ordnung, denn wir können nicht verlangen, daß die Verwaltung Wunder produziert."*

Die IGO e. V. kann nicht verhindern, daß die IGO weiterhin leerstehende Unterkünfte besetzt. In der Homarstraße findet im November die nächste Besetzung statt. Die Stadt legt eine härtere Gangart ein. Sie reagiert je nach Opportunität mit Wohnungsangeboten, Einschüchterungen, Drohungen und an Verleumdung grenzenden Behauptungen (Zuckerbrot und Peitsche). Der Leiter der Stelle zur Beseitigung von Wohnungsnotständen, Görres, appelliert an die Bewohner: *„Sind Sie doch nicht verrückt und lassen sich nicht von den Langhaarigen da draußen den Kopf verdrehen."* Der Sozialdezernent Norbert Burger hält sich noch zurück. Er sammelt – wie sich später zeigen wird – *„Aussprüche"* von IGO-Mitarbeitern, um für den Tag der wirklichen Auseinandersetzung gerüstet zu sein.

Mit der Verwirrung in den Ämtern wächst der Zusammenhalt innerhalb der IGO. Es gibt keine Bewohnerversammlung, an der nicht Bewohner aus mindestens drei Siedlungen teilnehmen. Sie tauschen ihre Erfahrungen aus, machen sich gegenseitig Mut. Eigentlich ein atypisches Verhalten für die Bewohner der städtischen Notunterkünfte! Zu den Letzten der Gesellschaft gestempelt, lernen die Obdachlosen normalerweise systematisch, einerseits die Schuld bei sich selbst zu suchen, andererseits Ausschau zu halten nach den „wirklich Asozialen", von denen man sich noch absetzen kann. Familienfürsorge und städtische Verwaltungsbeamte, Sachwalter der Interessen der gesellschaftlichen Mehrheit, sind Lehrmeister der Obdachlosen. Schon immer verfuhren die Herrschenden nach dem alten Prinzip „Teile und Herrsche". So haben sie die Obdachlosen in viele ohnmächtige Einzelpersonen ohne solidarisches Bewußtsein zersplittern können. Dieses Prinzip greift bei den IGO-Aktivisten nicht mehr.

Im Laufe eines Jahres lernen viele Obdachlose, daß ihre Verwalter und Betreuer dank ihrer eigenen Uneinigkeit leichtes Spiel hatten. Sie begreifen, daß es nicht an dem guten oder bösen Willen irgendeines Verwaltungsbeamten liegt, daß es Obdachlosigkeit gibt, sondern daß diese Gesellschaft systematisch als warnendes Beispiel für die Mehrheit der Arbeitnehmer ihren **„Ausschuß"** schafft, den sie durch Isolierung und Verachtung straft, verwaltet und betreut.

Den übrigen IGO-Mitarbeitern wird immer mehr bewußt, welche lange Wegstrecke vor ihnen liegt: sich zusammenschließen – die Obdachlosenunterkünfte dicht machen – den Einweisungsstopp erzwingen – leerstehende Wohnungen und Häuser besetzen – sich mit anderen Minderheiten verbünden und so gegen eine Gesellschaft kämpfen, die Minderheiten unterdrückt und mit mehr oder weniger unmenschlichen Mitteln kaputt macht – gegen jegliche Unterdrückung und Ausbeutung kämpfen, damit eine andere, bessere Gesellschaftsordnung entstehen kann.

Es gibt viele Ansätze, die diese Veränderung anstreben, z. B. die der Schüler, Lehrlinge, Fürsorgezöglinge, Kriegsdienstverweigerer, Obdachlosen und in den Kinderläden. Sie erfassen zunächst die gesellschaftlichen Zusammenhänge der Probleme ihres Teilbereichs. Das Erkennen der gesamtgesellschaftlichen Zusammenhänge ist jedoch Voraussetzung für den Generalangriff auf die bestehende Gesellschaftsordnung. Die Arbeit der IGO wie auch die der anderen praxistreibenden Gruppen ist in diesem Kampf nur dann politisch sinnvoll, wenn sie darauf zielt, den begrenzten Blickwinkel zu erweitern und in Zusammenarbeit zu einer immer umfassenderen Analyse der gesellschaftlichen Zusammenhänge zu gelangen. Deshalb kommt der Zusammenarbeit aller in Teilbereichen tätigen politischen Gruppen besondere Bedeutung zu. Die IGO wird bei ihren Aktionen häufig unterstützt von politischen Schülergruppen, der Arbeitsgemeinschaft der Kölner Kinderläden, der Fürsorgezöglinge-Organisationen und unterstützt ihrerseits andere Gruppen.

*****

Die Heinrich-Hertz-Stiftung verlängert das Stipendium um weitere 10 Monate. Wir stürzen uns mit neuem Elan auf die stupide Arbeit des Kodierens der Lehrerfragebogen. Und die Königs und Scheuchs holen zu den letzten Schlägen aus. Wir ahnen nichts. Wir sind immer noch so blauäugig geblieben.

Frank Benseler vom Luchterhand-Verlag überrascht uns mit seinem Schreiben vom 3. Dezember: *„Lieber Herr Aich, jetzt kommt ein Nackenschlag: Prof. Maus schreibt am 22. 11. 70 die beiliegende Beurteilung zu Ihrem Manuskript. Gleichzeitig hat der Verleger, ohne daß er dieses Gutachten kennt, starke Bedenken angemeldet, ob dieses Manuskript wirtschaftlich ohne Zuschuß zu vertreten sein würde. Jetzt sollten Sie möglichst schnell anrufen oder mir schreiben, damit wir gemeinsam einen Schlachtplan entwickeln. Halten Sie es, wie Maus, für sinnvoll, ein Stück in den ‚Typoskripten‘ vorzuveröffentlichen? Das könnte tatsächlich noch im Frühjahr geschehen und vielleicht nützt es für Ihre Habilitation. Im übrigen bin ich der Meinung, daß, wenn erst das Verfahren in Konstanz gelaufen ist, die Sache wieder anders aussieht. Glauben Sie, daß bei der Maus-Stellungnahme Herr König seine Hand im Spiel haben könnte? Herzliche Grüße Ihres Benseler"*

Wir wissen nicht, was wir mit diesem Schreiben von Frank Benseler anfangen sollen. Heinz Maus ist **einer** der Herausgeber der „Soziologischen Texte"! Was hat der andere Herausgeber, Prof. Dr. rer. pol. Friedrich Fürstenberg, zu dem Manuskript gesagt? Und wie steht er selbst, Frank Benseler, zu der Einschätzung von Heinz Maus und zu seiner eigenen? Und was sagen seine Lektorenkollegen hierzu? Interessiert Frank Benseler all dies nicht mehr? Will er nicht einmal darüber nachdenken, ob der *„Nackenschlag"* von Heinz Maus nicht auch gegen ihn ausgeteilt worden ist? Und hat das Bedenken des Verlegers mit dieser Beurteilung von Heinz Maus zu tun? Was soll sich an der Beurteilung von Heinz Maus denn ändern, wenn das Verfahren in Konstanz positiv gelaufen ist? Der Gipfel der Scheinheiligkeit ist wohl seine Frage: *„Glauben Sie, daß bei der Maus-Stellungnahme Herr König seine Hand im Spiel haben könnte?"* Auch wenn Frank Benseler Dr. jur. ist, als jahrelanger Redakteur einer renommierten soziologischen Textreihe eines der führenden Verlage weiß er doch, daß Heinz Maus mit René König das bislang einzige „Handbuch der empirischen Sozialforschung" 1962 herausgegeben hat. Am Rande sei bemerkt, daß beide Herausgeber dieses Handbuches der „empirischen Sozialforschung" bis dahin keinen eigenen Untersuchungsbericht auf der Grundlage der „empirischen Sozialforschung" veröffentlicht haben.

Die Beurteilung meiner Habilitationsschrift durch Heinz Maus besitzt die gleiche Qualität wie das Schreiben Königs, das das Datum von 10. April 1967 trägt. Hier ist sie: *„Lieber Benseler, das Aich-Manuskript schicke ich Ihnen wieder zurück. Es ist für die ST n i c h t geeignet!*

Wie Sie halte ich es zwar für nützlich, etwas mehr über die Universität in Indien zu wissen und wie Sie halte ich Herrn Aich für einen engagierten Mann, den es zu unterstützen gilt. Aber Sympathie allein tuts nicht.

Auf den ersten Seiten glaubte ich noch, es genüge eine allerdings sehr massive stilistische Bearbeitung. Es werden hier m. E. Einstellungen korrigiert, und das ist gut. Fragt sich, ob die Guru-Schulen wirklich schon als Universitäten betrachtet werden dürfen (Muß ein deutscher Soziologieprofessor Standardbücher der Geschichte seiner blond-blauäugig-weiß-christlichen

Kultur kennen? Darin werden Zentren wie Taksashila oder Benares, oder Nalanda, an denen Hunderte Mönche lehrten, als Universität bezeichnet.).

Folgt der Bericht über die Mogul-Periode des Islam. Hier häufen sich plötzlich die Behauptungen, die einerseits ohne genauere Kenntnis der indischen Geschichte (Heinz Maus Spezial!) mir einigermaßen fragwürdig erscheinen, andererseits leicht verifiziert hätten werden können (Welche denn?) im Vergleich zu anderen, gleichfalls vom Islam eroberten Kulturen. Ich fürchte, Aichs Definition von der Universität, daß sie nämlich Wissen zu vermitteln habe, was so global gewiß richtig ist, führt ihn in die Irre. Dieses Wissen (Und woher weiß er das?) ist ja durchweg nicht Wissenschaft im modernen Sinn. Immerhin blüht unter Islam die Mathematik und die Astronomie auf (Woher hat er diese abwegige Geschichtskenntnis?). Außerdem ist man an brauchbaren Verwaltungskräften u. dgl. interessiert, und auch hierzu dienen zu dieser Zeit die Universitäten (oder was ihnen gleichgestellt wird von Aich), aber das gilt auch für die europ. Universitäten (Na und?), erst recht den Landesuniversitäten. Der Nicht-Inder bekommt außerdem keinen rechten (?) Einblick in die ökonomisch-politischen Vorgänge in der ind. Gesellschaft (Ist dieser Anspruch erhoben?) jener Zeit. (Kann übrigens so ohne weiteres von Indien oder ind. Gesellschaft damals schon gesprochen werden?) Dann kommt bei Aich ein Kapitel, das zwar Kolonialismus und Missionierung zurecht eng miteinander verbindet, aber der verständliche Antikolonialismuseffekt erklärt nicht, wie es dann mit dem höheren Bildungswesen in Indien bestellt gewesen ist. Daß dann die Engländer Colleges und Universitäten einrichten und dafür sorgen, daß hier einerseits Verwaltungsfachleute ausgebildet werden, die sie selbst dringend in der Kolonialverwaltung brauchen, und daß anderseits diese Universitäten dazu dienen, die ind. Oberschicht englandfreundlich, ja – hörig zu machen – wen kann das schon wundernehmen? Das ließe sich auf zwei, drei Seiten sagen (Myrdal, Shils und Wertheim haben hunderte von Seiten hierüber geschrieben und sagen dies nicht!). Und daß dann, nach Erlangung der Selbständigkeit, Form und Inhalt der Universität, zumal auch sie von den Engländern ebenso wie deren Sprache übernommen werden, bislang mehrminder unverändert beibehalten wurden, daß die Universität nicht zu einer sozialistischen Veränderung Indiens beigetragen haben – wen kann das wundern? Sind doch – in der Kongreßpartei – bisher überwiegend die gleichen Kräfte am Werk, denen es auch unter den Engländern schon ganz gut ging. – Kurz, was bis hier ausgeführt wurde, hätte auf knapp 10 Seiten gesagt werden können, ohne viel neues zu bringen (Wirklich unüberbietbar!). Nun folgt allerdings die empirische Untersuchung. Und es wäre zu überlegen, ob wenigstens dieser 3. Teil von uns publiziert werden sollte.

Es ist kennzeichnend für die Redlichkeit von Aich, daß er zunächst von den Schwierigkeiten berichtet, denen er dabei chez soi begegnet ist. Aber in anderen Entwicklungsländern gibt es, zumindest für den Autochthonen, die gleichen Schwierigkeiten! Es ist also durchaus kein ‚typisch' indisches Malheur. Möglich außerdem, daß sie auch mit der politischen Einstellung (Interessant!) Aichs in Verbindung stehen, die gewiß nicht unbekannt blieb.

Es folgt dann eine Diskussion der methodologischen Schwierigkeiten. Auch hierin erweist sich die Redlichkeit des Autors, weil sie meist verschwiegen werden, aber es sind sozusagen Binsenweisheiten (Wie verschweigt man die Binsenwahrheiten?). Ob das Ergebnis wirklich ,die Techniken der Sozialforschung in Frage stellt', ist eine Behauptung, die nur deshalb berechtigt erscheint, wenn außer acht gelassen wird, daß diese Techniken tatsächlich geeicht sind auf USA und amerikanisiertes Europa, daher nicht so ohne weiteress transportiert werden können, wie das freilich durchwegs geschieht, und daß sie überdies, hübsch positivistisch, bisher stets die Oberfläche ankratzen (Heinz Maus hat von meinem methodologischen Abschnitt offensichtlich nur die Überschrift gelesen!). Dennoch kommt einiges dank dieser Techniken zutage, auch bei Aich. Ich weiß aber nicht, ob diese 120 Seiten sich lohnen für die ST??? Vielleicht für die Reihe von ,Luchterhand Typoskript' (wie Masing und Opp), wobei ich auch hier Kürzung empfehle.

Auch wenn, wie Sie schrieben, die Finanzierung gesichert ist, sollte uns das nicht wankend machen. Aich wird in dem Fall auch einen andern Verlag finden (Jaipur und die Humboldt-Stiftung lassen grüßen!). Wir aber, wenn an den Abdruck des ganzen Manuskripts gedacht worden ist, würden uns blamieren! Nochmals, Aich hat meine ganze Sympathie, dennoch komme ich, nach Einsicht ins Manuskript, zu einer negativen Entscheidung. Beste Grüße! Heinz Maus"

Ich habe Frank Benseler beim Verlag in Neuwied angeläutet. Er ist nicht da. Seine Lektoratskollegen sind sauer auf ihn, weil Frank Benseler sich der *„unqualifizierbaren Beurteilung von Heinz Maus"* beugen will. Dafür gäbe es Gründe, meinen sie. Frank Benseler will Soziologieprofessor werden.

Später ruft Frank Benseler mich zurück. Er ist kleinlaut. Gibt sich hilflos. Als ich ablehne, nur einen Teil des empirischen Teils in seinem Verlag zu veröffentlichen, schlägt er mir einen Empfehlungsbrief für einen anderen Verlag vor. Nein, er will nicht mit dem zuständigen Lektorat selbst sprechen. Er kündigt mir sein Schreiben für die nächsten Tage an. Am 18. Dezember schreibt er den folgenden Brief, quasi als alles abschließenden Weihnachtsgruß: *„Lieber Herr Aich, wie besprochen, sende ich hiermit eilends das Manuskript zurück. Schicken Sie es an Gerd-Klaus Kaltenbrunner, 8 München 8, Kreiller Str. 10, der das Soziologische Lektorat des Verlags Rombach, Freiburg, betreut, mit dem Hinweis, daß ich den Band wegen des Materials für so wichtig halte, daß er veröffentlicht werden sollte, aus Programmgründen bei der Reihe SOZIOLOGISCHE TEXTE aber gehindert bin. Freundliche Grüße Ihres Frank Benseler"*

1972 wird Frank Benseler in der neugegründeten Universität Paderborn als Soziologieprofessor berufen. Paderborn ist in Nordrhein-Westfalen. Wie Köln auch. Ob er eine Habilitationsarbeit geschrieben hat, kann ich nicht feststellen. Ist es wichtig?. Reicht es nicht, wenn ein promovierter Jurist lange Jahre Cheflektor der „Soziologischen Texte" eines deutschen Verlages gewesen ist? Hat er nicht hinreichendes Realitätsbewußtsein und gesellschaftspolitische Umsicht in seinen zwei Schreiben an mich, vom 3.

und 18. Dezember unter Beweis gestellt? Sein erstes Buch wird er 1980 veröffentlichen. Als Herausgeber.

*****

Das Jahr 1971 beginnt doch mit einer erfreulichen Überraschung. Unsere Obdachlosenarbeit in Köln wird bundesweit geachtet. Die Situation der obdachlosen Familie, das Problem der Obdachlosigkeit und deren gesellschaftliche Zusammenhänge rücken immer mehr in den Mittelpunkt der politischen Diskussion. Die Förderergemeinschaft „Kinder in Not", deren Stützpunkt in Köln, wie schon erwähnt, die Arbeitsgemeinschaft „Kinder in Not" (AKN) ist, schiebt die Diskussion an.

Ihr Geschäftsführer Wolfgang Kelm fragt bei der IGO an, ob sie über die zehnjährige Arbeit der Förderergemeinschaft eine analytische Geschichte schreiben kann und will. Die IGO will. Sie wählt Otker Bujard, evangelischer Pfarrer a.D., hauptamtlicher Mitarbeiter der AKN, und mich als Autoren aus, weil wir vom Beginn an die Basisarbeit in den Notunterkünften von Köln gestaltet haben. Der IGO ist das Angebot der Förderergemeinschaft ein Ansporn und eine seltene wie reizvolle Herausforderung, daß sie neben der laufenden Arbeit die Entwürfe dieser analytischen Geschichte auch an der Basis diskutieren können und auch sollten.

Sie soll bereits im Herbst als Buch herauskommen. Die Anregung zu diesem Buch gehe von der Landeszentrale für politische Bildung in Düsseldorf aus, erzählt uns der Geschäftsführer des evangelischen „Jugenddienst-Verlages" in der Heimatstadt und Wirkungsstätte von „Bruder" Johannes Rau in Wuppertal, Hermann Schulz, beim Vertragsabschluß. Der Verlag hätte lediglich einen Betreuungs- und Abwicklungsauftrag. Vereinbarte Auflagenhöhe: 9000. Preis: 10,- DM. Die Landeszentrale werde 5000 Exemplare vorab abnehmen. Der Autorenvorschuß wird von dieser Abnahmegarantie berechnet; 1/3 beim Vertragsunterzeichnung, 1/3 nach der Ablieferung des Manuskriptes in ca. vier Monaten und 1/3 bei der Drucklegung. Verwundert nehmen die anwesenden IGO-Mitarbeiter diese Details zur Kenntnis. Am nächsten Tag schon fahren Otker Bujard und ich nach Römlinghofen, zum Sitz der Förderergemeinschaft, sichten einen Berg von Akten, Mappen voller Zeitungsberichte, Belegexemplare ihrer Veröffentlichungen und schaffen sie nach Köln.

*****

Wie Heinz Maus und Frank Benseler den Luchterhand-Verlag aus dem Vertrag mit mir herauslotsen, macht im Republikanischen Club und im WDR die Runde. Im Funkhaus Köln treffe ich zufällig Jürgen Rühle. Er ist nicht nur bekannt durch seine Fernsehreihe „Ost-West". Früh hatte er als zelebrierter Kulturfunktionär der „SBZ" („Sowjetische Besatzungszone", eigentlich DDR) den Rücken gekehrt. Er will meine „Indienarbeit" lesen. Ob ich ein Exemplar für ihn hätte. Ich bringe ihm mein Exemplar. Anfang Februar schickt er mir das Exemplar per Post zurück. Darin sind auch paar Seiten Durchschläge von seinen gleichlautenden Schreiben an Erhard

Eppler, Bundesminister für wirtschaftliche Zusammenarbeit (Herbert Wehners Piet Cong), an Prof. Dr. Peter von Oertzen, Kultusminister des Landes Niedersachsen und an Herrn Prof. Dr. Ludwig von Friedeburg, Kultusminister des Landes Hessen: *„es ist nicht unbedingt meine Aufgabe als Ost-West-Redakteur des Deutschen Fernsehens, mich um Entwicklungsprobleme zu kümmern, aber der Ost-West-Konflikt greift immer mehr in einen Nord-Süd-Konflikt über. Meine Redaktion geht auch in ihren Sendungen den Realitäten nach. Bitte verzeihen Sie, wenn ich Sie mit einer Angelegenheit behellige, die leider auf der bürokratischen Ebene verfahren scheint.*

Herr Prodosh Aich ist ein Akademiker aus Indien, der einige wichtige und viel beachtete Publikationen in namhaften deutschen Verlagen und Zeitschritten veröffentlicht hat. Bekannt geworden ist er vor allem durch sein Buch ‚Farbige unter Weißen‘, in dem er die Lage der Studenten aus den Entwicklungsländern in der Bundesrepublik kritisch und konstruktiv untersuchte.

Ich möchte nicht auf die Mißlichkeiten eingehen, denen Herr Aich, ein wissenschaftlich gründlicher und nobler Mann, in unserem Land ausgesetzt war. Ich möchte diese Mißlichkeiten auch nicht auf Rassismus schieben, denn wir alle kennen die Schwierigkeiten von begabten Persönlichkeiten in unserer Gesellschaft. Mir liegt eigentlich nur daran, daß wir etwas tun.

Herr Aich hat eine Habilitationsschrift über die indische Universität fertiggestellt. Von der Objektivität und Gründlichkeit dieser Arbeit habe ich mich persönlich überzeugen können. Unabhängig davon, wie unsere Professoren mit ihren festgelegten Lehrmeinungen entscheiden werden, schiene mir eine Verbreitung der Schrift wichtig. Der angesehene Luchterhand-Verlag wäre bereit, dieses Buch zu publizieren, doch müßten eben weil es sich um ein Grundsatzwerk und nicht um einen Massenschlager handelt, einige Abnahmegarantien gegeben werden.

Vielleicht, Herr Minister, läßt es sich machen, daß Ihr Ministerium im Rahmen Ihrer Möglichkeiten dazu beitragen könnte. Ich habe den Cheflektor des Luchterhand-Verlages, Herrn Dr. Benseler, gebeten, sich an Ihr Haus zu wenden.

Da ich Journalist und Politiker bin, gestatten Sie mir noch einen Zusatz: Ich fände es gut, wenn wir Arbeiten fördern, die uns rechtzeitig über die Entwicklung in der Dritten Welt aufklären und Debakel verhindern helfen."

Natürlich unterhalten die Länder Niedersachsen und Hessen ihre Landeszentrale für politische Bildung. Auch sie kaufen den Verlagen Bücher ab. Diese verteilen sie kostenlos an sogenannte Meinungsvervielfältiger. Auch Jürgen Rühle wird von den diversen „Zentralen" bedient. Er schickt Kopien seines Schreibens an Frank Benseler, an einen seiner journalistischen Kollegen, Eberhard Kuhrau (bekannt in Kirchenkreisen als Dritte-Welt-Experte), an seinen SPD-Genossen Röhrig, der jetzt im Ministerium für wirtschaftliche Zusammenarbeit in Bonn sitzt und an – den uns schon bekannten – Hans-Eberhard Dingels. An Röhrig hat er einen kurzen Begleitbrief geschrieben: *„ich beziehe mich auf ein Gespräch mit einem guten Bekannten, Hans-Eberhard Dingels. Mir geht es um die honorige Lösung von*

*Problemen, die einen von mir als Person und durch seine Arbeit hochgeschätz-
ten indischen Akademiker, Herrn Prodosh Aich, betreffen. Herr Dingels kennt
Herrn Aich ebenfalls persönlich und kann darüber Auskunft geben.*

*Um mich nicht zu wiederholen, lege ich den Brief bei, den ich Herrn Minister
Eppler geschrieben habe. Vielleicht können Sie etwas tun, um die Sache zu
unterstützen. Vielleicht können Sie zusammen mit Hans-Eberhard Dingels noch
etwas tun: Nämlich überlegen, welche weiteren Institutionen (z.B. Friedrich-
Ebert-Stiftung, Bundeszentrale für politische Bildung) ebenfalls zu Abnahmegarantien zu bewegen wären."*

Warum Jürgen Rühle das naheliegendste unterlassen hat, nämlich auch
an Heinz Kühn, dem Ministerpräsidenten des Landes Nordrhein-Westfalen
und Vorsitzenden des Verwaltungsrates des WDR, zu schreiben, weiß ich
nicht. Ich habe ihn nicht gefragt. Er kennt auch Fritz Holthoff als SPD-
Mitglied. Jürgen Rühle weiß auch, welche Möglichkeiten die Bundes- und
Landeszentralen für politische Bildung haben. Oder hat er doch mit den
Stellen im Land Nordrhein-Westfalen als erstes telefoniert und auf Granit
gebissen?

*****

Arbeitsteilig und systematisch arbeiten Otker Bujard und ich das Material
über die Förderergemeinschaft „Kinder in Not" durch. Der Berg von Material
besteht eher aus vielfältigen Vervielfältigungen der gleichen Idee, die sich
nicht weiter entwickelt hat. Wir können den Entwurf in wenigen Monaten
schaffen. Wir sind beruhigt, daß die Basisarbeit nicht unter dieser neuen
Aufgabe leiden muß.

Uns fällt auf, daß die Aktivitäten in den ersten Jahren nach der Gründung karger belegt sind als etwa ab 1963, dem Jahr des Ausscheidens des
eigentlichen Gründers aus dem Vorstand. Die Förderergemeinschaft wird
im Jahre 1960 gegründet, um eine freie Initiative nachhaltig abzusichern,
die Johannes Wasmuth als junger Dekorateur im August 1954 in Neuß im
Gang gesetzt hatte. Einige Kinder, die ihm regelmäßig beim Dekorieren
zuschauen, erzählen ihm, so Johannes Wasmuth zu uns, daß sie in
Siedlungen in unvorstellbarer Enge und Armut leben. Ihre Leistungen seien
in der Schule schlecht, weil sie keinen Platz für ihre Schularbeit hätten.
Johannes Wasmuth beginnt, für diese Kinder Nachhilfeunterricht zu organisieren. Bis Februar 1955 wächst die Zahl der Kinder bis auf 100 an. Er fühlt
sich überfordert und sucht Hilfe im „Künstlercafé" in Neuß, dessen regelmäßiger Besucher er ist. Dort gewinnt er junge Leute zwischen 16 und 23
Jahren. Sie erfahren dabei, daß die Kinder zu ihnen nur deshalb Vertrauen
hätten, weil sie keine Fürsorger oder Sozialhelfer waren. Die Schulzeug-
nisse der Kinder werden besser.

Der Kreis um Johannes Wasmuth wächst zwischen 1954 und 1959 auf
etwa 1000 Kinder und 200 bis 300 junge Leute an, so Johannes Wasmuth.
Über diese Zeit gibt es keine schriftlichen Belege. 1959 will er als Zentrum
für die Arbeit mit den Kindern eine Baracke auf einem Gelände der

Bundesbahn in Düsseldorf bauen. Die Sozialämter und Spitzenverbände geben ihm kein Geld. Die rettende Idee kommt von einigen Künstlern im „Künstlercafé". Sie überlassen Johannes Wasmuth Bilder und Plastiken zum Verkauf, berichtet er. Etwa 200 Kunstobjekte. Die Verkaufsausstellung bringt etwa 10000,- DM, obwohl diese Hilfsaktion „Kinder in Not" kurz vor Weihnachten stattfindet. Er sucht also andere Wege. Er spricht über das Problem dieser Kinder überall, auch im Rotary-Club in Düsseldorf. Dem Rotary-Club sind die „Kinder in Not" ganze 300,- DM wert. Aber es gelingt ihm bei diesem Anlaß, die Presse zu gewinnen, auch die ausländische. Unter ihnen ist der bekannte englische Journalist Terence Pritie. Er schreibt am 28. Dezember 1959 den folgenden Artikel in der englischen Zeitung „The Guardien". Zum Glück, wie wir erst später erleben werden, übergibt uns Johannes Wasmuth sein Belegexemplar im Original. Ich übersetze den Artikel: *„Die Stadt Düsseldorf beherbergt die zentralen Verwaltungen von einem Dutzend der größten und reichsten Unternehmen Westdeutschlands, sie besitzt die luxuriöseste Einkaufsstraße des Landes, die Königsallee. Zur Zeit mag Düsseldorf auch die reichste Stadt Westdeutschlands sein. Und in dieser Stadt gibt es auch Deutschlands erschreckendstes Elendsquartier.*

Dieser Slum hat keinen Namen. Er liegt in der Nähe des Werkes Autounion, in dem DKW-Wagen von den Fertigungsbändern fließen – deren Gewinn in die Tasche von Herrn Friedrich Flick fließt – wahrscheinlich heute der reichste Mann nach Herrn Alfred Krupp. In diesem Slum – über dessen Existenz Herr Flick sicherlich nichts weiß – hausen etwa 800 Menschen. Die Bedingungen, unter denen diese Menschen leben müssen, sind ungleich schlechter als die in den von mir besuchten Lagern, in denen Wohnungslose, Staatenlose und uner-wünschte Flüchtlinge hausen müssen. Düsseldorfs schlechtester Slum (die Stadt hat mindestens noch zwei weitere) ist ein unvorstellbares Gehege von nicht mehr bewohnbaren Baracken, Gehäusen ausgeschlachteter Lastwagen und Autobusse, die zu einer Behausung zurechtgemacht wurden und Notbe-helfsunterkünften aus Wellblech, Asbest und Pappplatten gezimmert. Die ganze Siedlung umfaßt mehr als einen Morgen. Jeder Raum zwischen den Unterkünf-ten ist gefüllt mit Abfall, dessen Bestandteile sind Schlacke, leere stinkende Dosen, Kartoffelschalen und Kohlreste. Wäscheleinen hängen über diesen Abfallhaufen.

Für den Raum, der als ‚Wohnung' für ausreichend gehalten wird, müssen die Bewohner monatlich eine Miete von 5,- DM an die Stadtverwaltung zahlen. Die Lebensbedingungen, auf denen das Mietverhältnis basiert, sehen so aus: In einem ‚Zimmer', das 1,5 m mal 3,3 m groß war, fand ich drei Frauen. Eine elektrische Birne hing von einer 2,1 m hohen Decke. Der Raum war feucht, ohne Fenster und sehr kalt. Seine Bewohner leben hier bereits drei Jahre. Eine von ihnen ist ein Mädchen von 19 Jahren, von der Taille abwärts gelähmt. Regenwasser sickert durch die Papp-Platten und tropft auf ihr Bett.

Eine andere ‚Wohnung' bewohnen fünf Personen, drei von ihnen sind Kinder (im ganzen leben in diesem Slum 275 Kinder). Dieser Raum hatte einen Ofen.

Die Beweise eines verzweifelten Versuchs an Weihnachten zu erinnern, sind ein Kalender, zwei Blumen in einem Behälter, ein einzelner Tannenzweig.

Viele der Bewohner, die in dieser Welt von Ofenrohren, deckenverhangenen Fenstern und Gärten aus Töpfen, Pfannen und verfaulten Essensresten leben, sind sehr arm und zu alt oder zu krank, um zu arbeiten. Andere haben zu viele Kinder – und deren Gesuche für eine von der Stadt subventionierte Wohnung werden automatisch abgelehnt. Einige von ihnen mögen auch kriminell sein. Aber auch dieses Leben in diesem Abfallhaufen ohne fließendes Wasser, praktisch ohne sanitäre Anlagen und verdammt wenig Hoffnung, muß als eine zu strenge Strafe betrachtet werden. Aus menschlicher Misere können großherzige Versuche entstehen. Eine Gruppe von jungen Deutschen in dieser Stadt hat sich zusammengetan, gegen diese hoffnungslose Situation anzukämpfen – ebenso gegen die Slums in Duisburg, Mönchengladbach und einigen anderen reichen Ruhrstädten.

Der Gründer dieser Gruppe, Johannes Wasmuth, ist heute 21 Jahre alt. Er arbeitet bereits seit 1955 ohne finanzielle und organisatorische Unterstützung irgendeiner Seite, um den Armen und Bedürftigen zu helfen und insbesondere, um den Kindern ein bißchen Zufriedenheit, Mut und Selbstachtung einzuflößen. Ohne Räumlichkeiten, ohne wohlklingenden Titel ist es erstaunlich, was diese Gruppe erreicht hat.

‚Wir haben bisher zwei Kindergärten ins Leben gerufen‘, sagte mir Wasmuth. ‚Wir haben das Geld dafür zusammengebettelt und das für jeden Kindergarten etwa 40000,- DM. Natürlich haben wir von der Landesregierung Unterstützung bekommen, als sie sich überzeugt hatte, daß wir reelle und hoffnungsvolle Pläne hatten. Aber wir haben auch von einer ganzen Menge anderer Leute Hilfe bekommen, von Künstlern, farbigen Studenten, von einfachen armen Leuten.‘ Vor einigen Tagen hatte er 70,- DM in dem Armenstadtteil von Mönchengladbach für Obdachlose in Afrika gesammelt ‚weil wir auch an andere denken müssen.‘

Seine Eindringlichkeit, andere seiner Generation zu interessieren, basiert auf dem Glauben, daß seine Generation das meiste für noch jüngere tun kann, die keinen fairen Beginn ihres Lebens haben. ‚Ich habe nicht an den üblichen Orten nach Helfern gesucht‘, sagte Wasmuth. ‚Ich suchte nach ihnen zwischen den Lauten und Schwierigen, die der Polizei und ihren Eltern Ärger machten. Es ist mir nie mißlungen, Leute zu finden, deren Mithilfe ich brauchte.‘ Sein unmittelbarer Arbeitsbereich sind die 50 000 Obdachlosen des Regierungsbezirks Düsseldorf. Die Zahl wächst (1950 hatte Essen z. B. 3 900 Obdachlose, heute sind es 12 000). Das Ergebnis seiner bisherigen Arbeit sind zwei Kindergärten (in Neuß und in Düsseldorf). Ein weiterer wird jetzt gebaut, und ein Kindererholungslager in der Nähe seiner westfälischen Heimatstadt Warburg ist geplant und finanziell gesichert. Das ist eine erstaunliche Leistung für eine Organisation ohne Namen.

Kurz vor Weihnachten veranlaßte Herrn Wasmuth und seine Freunde die verzweifelte Not an Geld, sich an die Düsseldorfer Künstler zu wenden – viele von ihnen kämpfen für ihre Existenz in einer Welt, die gute Bilder wesentlich niedriger bewertet als spekulative Aktien. Keiner von ihnen verweigerte ein Bild. Die Auktion brachte 10000,- DM für arme Kinder ein.

Wasmuth wandte sich an die reichen Leute Düsseldorfs und sprach vor deren Rotary Club. Auch sie waren durch den weihnachtlichen Geist bewegt. Der Club, der unzählige Milliarden DM repräsentiert, trug 300,- DM bei. Appelle über Rundfunk und Fernsehen haben noch keinen Pfennig eingebracht. Die Geschichte vom guten Samariter hat sich also doch in Düsseldorf wiederholt."

Die kleinen Unstimmigkeiten in den Details in dem Bericht von Terence Pritie und anderen zahlreichen Zeitungsberichten, auch im von uns durchgeführten Tonbandinterview mit Wasmuth 1970, sind nicht wichtig. Wichtig ist, daß dies wieder eine „Geschichte vom guten Samariter" geblieben war. Der Samariter Johannes Wasmuth wird – als einziger dieses Kreises – über die Landesgrenze hinaus bekannt. Selbst der Papst empfängt ihn. Er berichtet über sein Anliegen und über seine Aktionen auch in der Schweiz. Dort begegnet er dem Maler Kokoschka, der ihn danach mit vielen anderen Künstlern von Rang und Namen in Kontakt bringt. Im April 1960 findet die zweite, diesmal viel größere Ausstellung mit Auktion im Rahmen üblicher Wohltätigkeitsveranstaltungen statt. Der Ministerpräsident des Landes Nordrhein-Westfalen, Franz Meyers, übernimmt die Schirmherrschaft. Prominente Künstler, Minister und andere Politiker geben ihren Segen. Albert Schweitzer gibt seinen Namen für den Kindergarten in Düsseldorf-Holweg.

Auch diese Aktion ist – insbesondere für die notleidenden Kinder – kein großer finanzieller Erfolg. Sie bringt lediglich 23000,- DM – macht allerdings Johannes Wasmuth und seine Aktion „Kinder in Not" weiter bekannt. Es wird auch über Baupläne berichtet, ein Projekt von 320 000,- DM, und über die Unterstützung des Landschaftsverbandes in Höhe von 240 000,- DM. Gelder und Projekte verlangen nach einer bürgerlichen Organisation. So entsteht die Förderergemeinschaft – „Kinder in Not" e. V. Neben Johannes Wasmuth sitzen hohe Verwaltungsbeamte der Landesregierung im Vorstand. Honorigere Persönlichkeiten, nämlich Bundes- und Landesminister gehören dem Beirat an.

Johannes Wasmuth hat Pläne. Die Förderergemeinschaft beengt ihn. Es gibt Streit über die Kunstwerke. Der Samariter scheidet 1963 aus. Wo sind die über 300 gestifteten Bilder und Objekte – auch von Chagall, Ernst, Kokoschka, Léger, Marcks, Mataré, Miro und Picasso – geblieben? Wen interessiert das? Aus den uns übergebenen Unterlagen bleibt alles unerzählt, außer von einem Gesamterlös von 33000,- DM und dem Aufstieg des gelernten Dekorateurs zum Besitzer der Kunstgalerie »pro« in Bonn und im Bahnhof Rolandseck.

In der Presse wird die Förderergemeinschaft „Kinder in Not" abgefeiert mit einer bemerkenswerten Nachricht. Mitten im Etatjahr, also zu einem Zeitpunkt, zu dem normalerweise sämtliche Gelder verplant sind, gewährt der Landschaftsverband der Förderergemeinschaft einen außerplanmäßigen finanziellen Zuschuß in Höhe von 240 000,- DM um Kindergärten zu bauen. So werden einige Kindergärten mehr gebaut. Aber unter traditioneller Trägerschaft, versteht sich. Diese Tatsache macht unsere analytische Geschichte um eine Facette reicher. Sie zeigt den Freiraum für eine freie Initiative in der freiheitlichen demokratischen Grundordnung der Bundesrepublik Deutschland auf.

Johannes Wasmuth residiert, als Fürst tituliert, im Bahnhof Rolandseck. Der Bahnhof ist in ein Museum umgewandelt. Wasmuth selbst bewohnt den Dachboden, auf der von der Treppe abgewandtesten Fläche. Auf dem Weg zu seinem Olymp muß man sich bis zur Begegnung mit dem „Fürst" einige Male den Dachbalken beugen, bemerkt er verschmitzt lächelnd, aber auch mit viel Charme. Die mit Schaumgummi gepolsterten Balken sind niedrig. Er ist schon eine barocke Figur. Als Zeremonienmeister Bonns macht er durch spektakuläre Kulturveranstaltungen im Bahnhof Rolandseck von sich reden. Stolz berichtet er, daß auch der Ministerpräsident von Rheinland-Pfalz, Helmut Kohl, ihn protegiert. Ob Helmut Kohl noch größer herauskommen wird? Haben wir eine Meinung dazu? Fragen kann der Johannes Wasmuth stellen!

*****

Am 27. Januar werden in der Burgenlandstraße in fünf Übergangshäusern mit 800 Obdachlosen die leerstehenden Unterkünfte besetzt. Die Umzüge werden sofort durchgeführt. Die Hausbewohner und 35 IGO-Mitarbeiter, darunter Bewohner aus sechs anderen Übergangshäusern, schleppen Möbel, legen Leitungen, schließen Geräte an und putzen die geräumten Unterkünfte. Am nächsten Abend ist in der Spielstube Bewohnerversammlung. Ca. zehn städtische Hausmeister, einer mit einem Schäferhund, und 9 Mitglieder der „IGO e. V." kommen auch. Eine Strategiediskussion folgt. Sie bewegt sich um die gegensätzlichen Vorgehensweisen: **ausschließlich** mit der Stadt verhandeln oder **auch** bereit sein zu kämpfen. In der abschließenden Abstimmung entscheiden sich sämtliche anwesenden Obdachlose mit Ausnahme der „IGO- e. V."-Mitglieder zu kämpfen, die besetzten Unterkünfte zu halten und weitere Besetzungen durchzuführen.

Am folgenden Tag wird **eine** Familie unter Androhung strafrechtlicher Verfolgung aufgefordert, in ihre alte Unterkunft zurückzukehren. Die Drohung hat Erfolg. Die Familie zieht verängstigt zurück. Am 1. Februar versucht die Stadt, eine aus ihrer Mietwohnung herausgeklagte Familie in die nun freigewordene Unterkunft einzuweisen. Die IGO hat noch rechtzeitig einen Hinweis erhalten. Früher als die Möbelwagen sind etwa 20 IGO-Mitarbeiter zur Stelle. Sie wollen den Einzug verhindern. Die Möbelwagen fahren vor, mit ihnen der Mann, der mit seiner sechsköpfigen Familie zwangseingewiesen ist. Der Gerichtsvollzieher läßt auf sich warten, dafür stellen sich immer mehr städtische Hausmeister ein, zusammen mit ihnen Mitglieder der „IGO e. V.". Der zwangseingewiesene ehemalige Gastwirt, den eine Räumungsklage zum Obdachlosen gemacht hat, besieht sein neues Heim. Nachdem er „seine" 2½ Räume gesehen hat, ist er entschlossen, nicht einzuziehen. Er äußert sich besorgt darüber, daß seine Frau und seine Kinder hier krank werden könnten, seine neuen Möbel verrotten würden und sie vielleicht nicht so bald wieder aus der Siedlung herauskämen. Die IGO-Mtarbeiter sagen ihm ihre Unterstützung zu, wenn er bei seiner Weigerung, einzuziehen, bliebe. Inzwischen sind 54 Polizisten eingetroffen. Zwei städtische Beamte von der Stelle zur Beseitigung von Wohnungsnotständen auch. Als sie von der Weigerung des Mannes hören, nehmen sie – begleitet von Polizisten und Hausmeistern – den Verstörten mit zu „seiner" Unterkunft. Davor haben sie dafür gesorgt, daß kein IGO-Mitarbeiter das Haus betreten darf. Nach etwa einer halben Stunde willigt der Verstörte ein, die Unterkunft zu beziehen. Die IGO-Gruppe, die den Möbelpackern den Eingang zu blockieren versucht, wird von den Polizeibeamten an Kleidern und Haaren von den Eingangsstufen gezerrt. Nach vollzogener Räumarbeit bilden die Polizisten eine Gasse für die Möbelträger, die nun ihre Arbeit verrichten.

Einige Tage später startet der Sozialdezernent Norbert Burger bei einer Pressekonferenz eine gezielte Propaganda gegen die IGO. Die IGO sei eine *„kleine radikale Minderheit"*, die die Obdachlosen *„lediglich als Vehikel"* benutze, *„um politisch etwas durchzusetzen"*. Er verliest aus seinem in den letzten Monaten zusammengestellten Zitatenschatz, was angeblich Aussprüche von IGO-Mitarbeitern gewesen sollen sein, deren Inhalt aber lediglich die Forderung nach Einweisungsstopp und notwendiger Enteignung von Wohnbesitz sowie von Grund und Boden als nächsten Schritt begründen. Norbert Burger stellt natürlich nicht heraus, daß die IGO mit ihren Forderungen lediglich den Anspruch des Grundgesetzes zu verwirklichen sucht. Vielmehr zieht er den nicht nachvollziehbaren Schluß, die IGO wolle den Zustand der Obdachlosigkeit verewigen, um den Ansatz zu revolutionären Entwicklungen zu behalten. Die Stadt plane jedoch – so Norbert Burger – ein großangelegtes Reformprogramm. Dieses wolle die Stadt nicht durch die IGO - in der *„die Mehrheit arbeitslose Sozialarbeiter"* seien – gefährden lassen. Damit lenkt er von der grundgesetzwidrigen Obdachlosigkeit ab und verwechselt Ursache und Wirkung. Die Presse folgt ihm. Wäre die IGO entstanden, wenn es die Obdachlosigkeit nicht gegeben hätte? Die „vierte Gewalt" hat diese Frage nicht gestellt.

*****

Völlig überraschend flattert uns die Mitteilung der Universität Konstanz herein, Urs Jaeggi habe sein Exemplar meiner Habilitationsschrift wegen einer fehlerhaften Adresse nicht erhalten. Ich ahne nichts Böses, folge der Bitte und schicke der Universität Konstanz ein viertes Exemplar zu. Am gleichen Tag, am 16. Februar 1971 schreibe ich an Urs Jaeggi in die USA: „ich hatte am 29, Oktober 1970 meine Arbeit bei der Universität Konstanz eingereicht und Sie als einen der drei Gutachter vorgeschlagen.

In der vorigen Woche erhielt ich von der Universität Konstanz die Nachricht, daß Sie ein Exemplar meiner Arbeit noch nicht erhalten hätten, da man sich im

Dekanat bei der Adressierung geirrt habe. Ich habe deshalb ein viertes Exemplar nach Konstanz geschickt, das Ihnen per Luftpost zugesandt werden soll.

Bei einem Gespräch in Bochum hatten Sie mir freundlicherweise Ihre Hilfe bei der Unterbringung von Manuskripten angeboten. Ich möchte darauf gern zurückkommen und Sie bitten, mir bei der Veröffentlichung meiner Arbeit in deutscher Sprache sowie bei der Übersetzung ins Englische durch einen amerikanischen Verlag behilflich zu sein, da ich meine, daß die Arbeit für Indien wichtiger ist als für deutschsprachige Leser. Sie haben sicherlich die Möglichkeit, von New York aus leichter herauszufinden, welche Verlage in Frage kommen, und welcher Verlag bereit ist, die Arbeit zu einem baldmöglichsten Termin herauszubringen. Ich möchte annehmen, daß Indien an weltpolitischer Aktualität im Sommer d. J. wesentlich zunehmen wird, ganz gleich wie die allgemeinen Wahlen im März ausgehen."

*****

Die Auseinandersetzungen in den Kölner Notunterkünften verrohen zunehmend. Den hetzerischen Worten des Sozialdezernenten Norbert Burgers folgt ein Flugblatt Karl Schulz' (Vorsitzender „IGO e. V."), in dem er alle Obdachlosen warnt vor den *„Umtrieben radikaler Studenten"*, die *„versuchen, Betroffene in den Unterkünften unsicher zu machen. Laßt euch nicht irre machen und Lügen aufbinden. Diese Gruppe versucht euch nur für ihre politischen Zwecke zu mißbrauchen! ... Wir wollen keine Gewalt, wir lassen uns nicht politisieren, nur in Verhandlungen können wir etwas erreichen, das hat uns die Vergangenheit gelehrt!"*

Die veröffentlichte Meinung hält an der Überzeugung fest, die Obdachlosen seien für ihre gesellschaftliche Misere selbst verantwortlich. Sie stellt nicht die Frage, ob die den Obdachlosen zugeschriebenen negativen Eigenschaften Ursachen oder Folgen der Obdachlosigkeit sind. Auch die Sozialwissenschaftler nehmen die Erkenntnis von Emile Durkheim (1857–1917), daß in der gegebenen Ordnung Erscheinungen wie die Obdachlosigkeit eine gesellschaftliche Funktion für ihre Erhaltung hat, nicht zur Kenntnis. Auch sie sprechen stets von **Obdachlosen**, obwohl sie eigentlich doch **wohnungslose kinderreiche Arbeiterfamilien** sind.

Zu einer im März angesetzten Bewohnerversammlung in der Burgenlandstraße erscheinen etwa 30 Hausmeister in Leder- und Lodenmänteln und wollen die IGO-Mitarbeiter rausschmeißen. Die Worte ihres obersten Dienstherrn in guter Erinnerung und die zahlenmäßige Übermacht auf ihrer Seite bespucken sie eine IGO-Mitarbeiterin, werfen mit einer Holzkiste nach andersdenkende Obdachlosen und beschimpfen die *„kleine radikale Minderheit"* als *„arbeitsscheu"*, *„langhaarig"* und *„Drecksweiber"*. Die IGO hält dennoch die geplante Versammlung ab.

In der nächsten Zeit werden IGO-Mitarbeiter durch anonyme Anrufe beschimpft und bedroht. Als die Kölner „Gesellschaft für christlich-jüdische Zusammenarbeit" ihre „Woche der Brüderlichkeit" (Hauptredner: Willy Brandt) mit einer Podiumsdiskussion über Obdachlosigkeit einleitet, sind die Streitparteien da. Auf der einen Seite die Stadt, ihre Hausmeister und die

„IGO e. V.", auf der anderen die IGO, unterstützt von befreundeten politischen Gruppen. Die Stadt stellt ihr 100-Millionen-DM- Reformprogramm vor. In 10 Jahren sollen 60 Übergangshäuser für 100 Städtische Obdachlosenwohnungen *„familiengerecht umgebaut"* werden. Die IGO hält entgegen, durch den Bau von besonderen städtischen Häusern für obdachlose Familien werde die Obdachlosigkeit in alle Ewigkeit geplant. Norbert Burger nennt dies eine böswillige Unterstellung. Er sorge dafür, daß die Obdachlosigkeit so gering wie möglich gehalten werde. Die konservative „Kölnische Rundschau" zieht Bilanz: *„Auf der Bühne saß Sozialdezernent Burger als Mann des Amtes, der von sich sagte, daß er nur innerhalb des bestehenden Systems etwas tun könne, und unten im vollgedrängten Saal die Obdachlosen und Studenten, die eine Änderung gerade dieses Systems als die einzige Möglichkeit anerkannten, die Obdachlosigkeit zu beseitigen."*

Am 1. April wundert sich der „Kölner Wochenspiegel" – und er wollte keinen Aprilscherz machen – daß alle drei Ratsparteien sich bemerkenswert schnell einig waren, dem 100-Millionen-Ding für die Obdachlosen zuzustimmen, findet aber schließlich doch eine Erklärung, nämlich *„daß der Rat das Obdachlosenprogramm in Abwehr des Radikalismus entworfen hat, von dem Köln gerade in letzter Zeit ein Lied singen konnte"*. Der Wochenspiegel lobt die Einmütigkeit der Parteien, die ein gutes Beispiel für die Zukunft sei, denn *„vor so einer guten Sache sollte der Parteienstreit schweigen"*.

*****

Das Manuskript über die Geschichte der Förderergemeinschaft liegt wie verabredet im April dem Verlag vor. Viele haben es begleitet, darunter auch andere Theologen im Republikanischen Club. Schon Mitte Mai will der Verlagsleiter Hermann Schulz uns in Köln besuchen, will das Manuskript mit uns besprechen. Eigentlich eine selbstverständliche Angelegenheit. Eigentlich. Aber was dann alles auf uns Autoren zukommen wird, ahnen wir noch nicht. Wie sollten wir auch?

Der Verlagsleiter Hermann Schulz kommt nicht allein. Er bringt auch den Geschäftsführer der Förderergemeinschaft, Wolfgang Kelm, mit. Unser Manuskript, eine analytische Geschichte, enthält – aus der Natur der Sache heraus – auch Kritik an der Förderergemeinschaft. Diese schmeckt ihr nicht, sagt uns Wolfgang Kelm ohne Umschweife. Sie enthält auch Kritik an dem gesamten Umfeld, das in Wechselbeziehung die einstige freie Initiative von Johannes Wasmuth zum geordneten eingetragenen Verein hat umwandeln lassen. Diese Kritik gefällt dem evangelischen „Jugenddienst Verlag" in der Heimatstadt Johannes Raus nicht.

Es finden darüber hinaus noch weitere Diskussionen statt. Sie drehen sich wiederholt um das Unbehagen der anderen Seite über unsere schlichten Fragen, ob wir Fakten übersehen hätten, welche unserer Deutung der Fakten verändert haben würde und was an unseren Deutungen falsch sein sollte. Wir sind offen für Hinweise auf Fakten, aber leisten argumentativen Widerstand gegen ihren Versuch, uns ihre Deutungen der Fakten aufdrücken zu wollen. Mitte Juni nimmt der Verlag dann eine Auszeit zum Überdenken und macht uns das freundliche Angebot, alle uns überlassenen Dokumente über die Förderergemeinschaft zu unserer Entlastung mitzunehmen, da Hermann Schulz sowieso nach Römlinghofen, dem Sitz der Förderergemeinschaft, fahren muß. Wir messen dieser übergroßen Freundlichkeit keine besondere Bedeutung zu und packen alles in den Kofferraum von Hermann Schulz. Uns bleiben nur die Unterlagen, die Johannes Wasmuth uns überlassen hat.

Am 7. Juni teilt uns der Verlagsleiter Hermann Schulz schließlich mit, daß unser Manuskript nicht veröffentlicht werden wird. Zu seiner Entlastung schickt er uns unser Manuskript zurück. Wir überlegen gründlich. Otker Bujard und ich reagieren schließlich am 22. Juni, zugegebenermaßen gereizt: „wir bestätigen hiermit Ihr Schreiben vom 7. 6. Die Abwicklung risikofreier Geschäfte hat Ihren Verlag offensichtlich vergessen lassen, daß ein mündlich geschlossener Vertrag ebenso gültig ist wie ein schriftlicher.

In unserem ersten Gespräch sind wir davon ausgegangen, daß die Höhe der Auflage 9000 Stück betragen wird. Sie teilten uns mit, daß die Landeszentrale für politische Bildung von NRW bereit sei, 5000 Exemplare abzunehmen und daß über das Autorenhonorar für diese Exemplare (10 % vom Verkaufspreis des Buches) schon früher verfügt werden könne. Hätte sich nicht daraus die Aussicht ergeben, insgesamt ein Honorar von 9000,- DM zu erhalten, so hätten zwei akademisch ausgebildete Menschen wohl kaum vier Monate in diese mühevolle Arbeit investiert.

Unsere Namen waren weder der Landeszentrale, der Förderergemeinschaft ‚Kinder in Not‘ noch Ihnen unbekannt. Nachdem Sie sich von der Qualifikation der Autoren überzeugt hatten, wurde der Vertrag abgeschlossen. Die Vereinbarung war, daß wir unser Wissen, die Aussagen der einzelnen Persönlichkeiten der Förderergemeinschaft und die durch Dokumente belegten Aktivitäten der Förderergemeinschaft in eine analytische Geschichte der Förderergemeinschaft einbringen würden. Dies machte unsere Verpflichtung aus. Sie bestand durchaus nicht darin, eine Werbeschrift oder eine Gefälligkeitsarbeit für die Förderergemeinschaft zu erstellen.

Ihre Verpflichtung war, 1/3 des sich aus der vorverkauften Stückzahl ergebenden Betrages von 5000,- DM bereits bei Auftragserteilung zu zahlen. In dem Gespräch in Römlinghofen war von einer pauschalen Spesenhonorierung in Höhe von 1000,- DM die Rede. In dem mit Ihnen in Wuppertal geführten Gespräch wurde vereinbart, daß für die Spesen pauschal zunächst einmal 500,- DM gezahlt werden sollten. Das zweite Drittel der 5000,- DM sollte ausgezahlt werden, sobald Ihnen das Manuskript vorliegt, das letzte Drittel bei der Veröffentlichung.

Die Erstattung der Schreibkosten haben Sie uns sowohl mündlich bei der Besprechung in Köln als auch nochmals Herrn Aich telefonisch zugesagt. Bisher sind weder das zweite Drittel, noch die Spesen, noch die Schreibkosten gezahlt worden. Wir fordern Sie hiermit auf, binnen 14 Tagen dies nachzuholen.

Nun dazu, daß Sie aufgrund der Intervention der Förderergemeinschaft die Arbeit nicht publizieren wollen, obwohl Sie bei der Besprechung in Köln in Anwesenheit von Zeugen gesagt haben, daß Sie aus Ihrer eigenen Perspektive gesehen die Arbeit veröffentlichen würden. Ihr anfängliches Bedenken gegen ein Kapitel konnte ausgeräumt werden, nachdem Sie zugaben, nicht über das theologische und geschichtliche Wissen zu verfügen, um die inhaltliche Richtigkeit beurteilen zu können. Deshalb kann Ihre spätere Formulierung, daß Sie als Verleger das Manuskript nicht akzeptieren könnten, nur bedeuten, daß die Intervention der Förderergemeinschaft, der Sie freiwillig ein Zensurrecht ohne Vereinbarung mit den Autoren eingeräumt haben, Ihre Sinnesänderung bewirkt hat.

Es ist zu keinem Zeitpunkt vereinbart worden, daß die wissenschaftliche Analyse der Aktivitäten der Förderergemeinschaft ihren Funktionären gefallen müsse und wir nur bei Gefallen unser vertraglich vereinbartes Honorar erhalten würden.

Ihr geschäftliches Verhalten erscheint uns noch in einem anderen Punkt bedenklich. Sie zögern nicht, die aus Steuergeldern finanzierte Landeszentrale für politische Bildung in einen politischen Skandal zu verwickeln. Es kann sicherlich nicht im Sinne dieser Institution sein, daß zwei politisch orientierte Wissenschaftler aufgefordert werden, Dokumente zu analysieren, daß diese Analyse aber in jedem Falle so auszufallen hat, daß sie auch den Funktionären der Förderergemeinschaft gefällt.

Falls Sie Ihre vertraglichen Verpflichtungen nicht im vollen Umfang erfüllen, werden Sie alle politischen und rechtlichen Konsequenzen zu vertreten haben.

Da es unsere Absicht ist, eine neutrale öffentliche Stelle, wie sie die Landeszentrale für politische Bildung ist, zu informieren, bevor wir unsere weiteren Schritte einleiten, übersenden wir der Landeszentrale eine Kopie dieses Schreibens."

Auch das Begleitschreiben an den Leiter der Landeszentrale für politische Bildung des Landes Nordrhein-Westfalen, Leitender Ministerialrat Dr. phil. Hermann-Josef Nachtwey, vom gleichen Tag ist nicht diplomatisch: „da wir uns nicht vorstellen können, daß der Jugenddienst-Verlag im vorliegenden Fall im Sinne der Landeszentrale für politische Bildung handelt, übersenden wir Ihnen zu Ihrer Information das beiliegende Schreiben.

Wir möchten hiermit feststellen, daß wir den mit dem Jugenddienst-Verlag geschlossenen Vertrag erfüllt haben und daß die Gegenseite diesen Vertrag ebenfalls zu erfüllen hat. Wir werden gegen den Jugenddienst-Verlag mit allen Mitteln vorgehen.

Zuvor möchten wir jedoch von Ihnen wissen, ob Sie die in dem beiliegenden Schreiben gemachte Interpretation der Einstellung Ihrer Institution bejahen. Wir können das Verhalten des Verlagsleiters beim besten Willen nicht anders auslegen als einen plumpen Versuch einer Zensur, ausgelöst durch die Intervention der Förderergemeinschaft ‚Kinder in Not'. Es sieht ja so aus, als ob die Landeszentrale öffentliche Gelder nur für eine Werbeschrift der Förderergemeinschaft ausgeben würde. Weiter sieht es so aus, als ob diese öffentlichen Mittel dem Verlag zu diesem Zweck und zur Abwicklung risikofreier Geschäfte überlassen wurden.

Inzwischen stehen wir mit anderen Verlagen wegen des Drucks des Manuskriptes in Verhandlungen. Für diese Verhandlungen wäre es für uns wichtig zu wissen, ob die Landeszentrale die vereinbarte Abnahmegarantie auch im Falle eines Drucks durch einen anderen Verlag bestätigt.

Für eine baldige Mitteilung darüber, wie die Landeszentrale für politische Bildung diesen Fall beurteilt, wären wir Ihnen außerordentlich dankbar."

Hermann Schulz reagiert bereits am 24. Juni mit der Mitteilung, daß die Schreibkosten und die Spesen überwiesen sind und daß ohne die von ihm verlangten Änderungen unser Manuskript nicht veröffentlicht werden kann. Wir erwidern dieses Schreiben am 26. Juni und erklären uns bereit, über das Manuskript zu verhandeln, aber nicht bevor alle Bestandteile des Vertrages bis zur Ablieferung des Manuskriptes erfüllt sind. Darüber hinaus schreiben wir auch: „Nun zu den Fakten: In Ihrem Schreiben vom 18. 5. 71 schreiben Sie: ‚*Wir überweisen auf das Konto von Herrn Aich 400,- DM. Die in Düsseldorf beantragten 500,- DM kommen von dort direkt, sobald die offizielle Genehmigung da ist. Ich höre, daß man dort den Antrag positiv beurteilt. Bei Vorlage des Manuskript in Düsseldorf bezahlt die Bildungsstelle die zweite Rate des Honorars. Solange müssen Sie sich bitte gedulden. Ich denke, daß in 10 Tagen das Manuskript dort ist.‘*

Wir meinen, daß diese Ihre eigenen Sätze zeigen müßten, daß Ihre Behauptung unhaltbar ist, die Landeszentrale sei nicht der Initiator und Auftraggeber dieser Arbeit.

Für uns ist die Landeszentrale für politische Bildung der Auftraggeber. Ihr Verlag wurde von dieser Stelle aus formalen Gründen beauftragt, die Arbeit zu betreuen. Sie hatten uns gebeten, mit der Landeszentrale nicht direkt zu verhandeln. Wenn Sie jetzt das Manuskript ablehnen, so ist das Ihr Problem. Wir haben unseren Vertrag erfüllt.

Es scheint Ihrer Erinnerung entfallen zu sein, daß Sie uns das entsprechende Schreiben der Landeszentrale an Sie, das diesen ausdrücklichen Betreuungsauftrag enthielt, vor Zeugen vorgelesen haben. Auch für die formale Abnahmegarantie der Landeszentrale für politische Bildung gibt es Belege sowie Zeugen, vor denen Sie dies bestätigt haben.

Sie haben Herrn Bujard telefonisch mitgeteilt, daß die Landeszentrale eventuell nur 3000 Exemplare abnehmen wird und in diesem Fall das Buch leider nicht 10,- DM, sondern mehr kosten müsse, damit von dem Erlös aus der Festabnahme der Landeszentrale die 5000,- DM an die Autoren ausgezahlt werden können. Dies macht Ihre im dritten Absatz gemachte Behauptung hinfällig.

Da erwiesenermaßen die Landeszentrale für politische Bildung der Auftraggeber ist, scheint uns ein Satz Ihres Schreibens außerordentlich bemerkenswert: ‚*Daß ich das Buch nicht ohne Zustimmung der Förderergemeinschaft drucken würde, war Ihnen immer bekannt.‘* Abgesehen davon, daß wir den Inhalt des Nachsatzes mit aller Entschiedenheit zurückweisen, läßt sich der erste Teil Ihres Satzes nur so interpretieren – als ob die Landeszentrale, eine neutrale Stelle, finanziert durch Steuergelder – tatsächlich bereit sei, eine analytische Arbeit nur unter der Bedingung in Auftrag zu geben, daß das Ergebnis der Analyse den Funktionären der Institution zu gefallen hat, deren Arbeit analysiert wird."

*****

Die Universität Konstanz, wie wir erst in der ersten Juliwoche realisieren, war auf das von mir beantragte Habilitationsverfahren gut vorbereitet. Ralf Dahrendorf, der so viele bemerkenswerte Sprüche schriftlich von sich gegeben hatte, tritt aktenkundig nicht mehr in Erscheinung. Aber kann ihm als derzeitig prominentestes Mitglied der sozialwissenschaftlichen Fakultät gleichgültig gewesen sein, was in meiner Angelegenheit alles geschieht?

Urs Jaeggi hatte ich als den Gutachter meiner Wahl vorgeschlagen. Er ist kein „Indienexperte", er arbeitet nicht über die „Dritte Welt" und er ist kein „Experte" der empirischen Sozialforschung. Ich hatte keine Auswahl. Ich war froh, überhaupt jemanden vorschlagen zu können, der keine Vorurteile gegen mich hegte und in keiner Weise von König oder Scheuch abhängig war.

Alle Vorkommnisse im Zusammenhang mit dieser Arbeit waren der sozialwissenschaftlichen Fakultät bekannt. Nichts hätte ihr näher gelegen, als zwei wirklich gestandene auswärtige Sozialwissenschaftler als Gutachter zu bestellen, die empirisch nicht nur über die „Dritte Welt" gearbeitet haben, sondern auch über Südost Asien. Aber die Fakultätskollegen von Ralf Dahrendorf kennen – offensichtlich – solche Sozialwissenschaftler im deutschsprachigen Raum nicht. Sie haben scheinbar auch ihren Kollegen Ralf Dahrendorf nicht gekannt. Sonst hätten sie die anderen beiden Gutachter etwas taktvoller ausgesucht. Aber möglicherweise haben sie nur machtbewußt entschieden. Denn wer wird sich schon nach einer abgelehnten Habilitation eines unerwünschten Ausländer noch nach der Auswahl von internen Gutachter erkundigen? von dieser skrupellosen Taktlosigkeit je etwas wissen? „Strategie 3" läßt grüßen.

Tatsächlich bestellen sie einen auswärtigen Gutachter, der auch ein „Trockenschwimmer" in Sachen empirischer Sozialforschung ist, aber dem die „Dritte Welt" nicht ganz fremd ist. Er ist ein ehemaliger Königschüler, zur Zeit Ordinarius in Zürich, Peter Heintz, ein gestandener Sozialwissenschaftler. Wir erinnern uns. Er hatte mir sein Interesse so beschrieben: *„Das Zürcher Forschungsinstitut verfügt ausschließlich über Mittel zur Durchführung eines vom Institut selbst entwickelten Forschungsprogrammes über die Mobilität von Gesellschaften im internationalen System. Aus diesem Grunde sehe ich keine Möglichkeit, Ihrem Projekt finanziell beizustehen. Das heißt natürlich nicht, daß Ihr Projekt mich auf Grund des behandelten Themas nicht interessiert. Meine eigenen Forschungen konzentrieren sich ja nach wie vor auf dem Gebiete der Entwicklungssoziologie im weitesten Sinne."* Er kennt nur Lateinamerika aus eigener Anschauung.

Aber die eigentliche Meisterleistung der Fakultätskollegen von Ralf Dahrendorf ist die Bestellung des gerade habilitierten Konstanzer Soziologen Detlef Kantowski. Er hat 1963 an der Universität Kiel promoviert. Die Pflichtexemplare seiner Promotionsarbeit „Analyse der Zielsetzung und Zielverwirklichung einer Landjugendgruppe in Schleswig-Holstein im Zusammenhang einer allgemeinen Theorie des Sozialisations-, Enkulturations- und Personalisationsprozesses in einer repräsentativen Leistungsgesellschaft" hat er in der Maschinenschrift auf Selbstkosten vervielfältigt der Fakultät abliefern müssen, um seinen Doktortitel führen zu dürfen.

1965 gewährt ihm der DAAD, die 100%ige Tochter des Auswärtigen Amtes, ein Stipendium für einen Studienaufenthalt in Indien. Sein Indienbild ist geprägt – wie sollte es auch anders sein? – von der einschlägigen Literatur, deren merkwürdigen Erkenntnisse in meiner Habilitationsschrift kritisiert worden sind. Detlef Kantowski hält sich in Benares auf. Es besucht von dort häufig die Deutsche Botschaft in Neu-Delhi wie die Familie Jansens aus Jaipur. Informelle Mitarbeiter der Bundesregierung. Er ist zu gleicher Zeit in Indien gewesen wie wir auch.

Benares ist eine vorkoloniale, alte Universitätsstadt im Osten Indiens. Von dort aus macht er teilnehmende Beobachtung in einem indischen Dorf. Schwerpunkt der Beobachtung: „Community-Development-Programme" der indischen Regierung. Nach dem Ablaufen des DAAD-Stipendiums erhält er ein Anschlußstipendium der indischen Regierung. 1967 kommt er zurück nach Deutschland.

Empirische Sozialforschung kennt er mehr als Trockenübung. 1968 reicht er seine Habilitationsschrift „Dorfentwicklung und Dorfdemokratie – Formen und Wirkungen von Community Development und Panchayati Raj" in Konstanz ein, eine Schrift, die von den deutschen Einrichtungen wie auch von der indischen Regierung gut gelitten gewesen ist. Nach erfolgter Habilitation hält er am 21. April 1969 seine „öffentliche Antrittsvorlesung", die dann in der „Kölner Zeitschrift für Soziologie und Sozialpsychologie" veröffentlicht wird. Herausgeber: René König. Titel des Beitrags: „Indien – Am Vorabend der Revolution?" Er ist bemüht, sich in Deutschland als „Indiensoziologe" zu etablieren.

Die sozialwissenschaftliche Fakultät der Universität Konstanz bringt es fertig, einen seit Jahren hungrigen, jungen Möchtegern-„Indiensoziologen" als Gutachter für meine Habilitationsschrift zu bestellen. Auch in Konstanz hatte es sich umgesprochen, daß das Aichsche Forschungsvorhaben in Deutschland nichts zu suchen hätte, daß es nur so weit gedeihen konnte, weil einem deutschen Rechtsphilosophen ob der Machenschaften seiner mächtigen Landsleute der Kragen geplatzt war. Detlef Kantowski ist noch unbekannt. Ich bin sein direkter Konkurrent. In diesem Betätigungsfeld hebt die Konkurrenz gewiß nicht das Geschäft. All dies hätte die Fakultät bedenken müssen. Oder? „Mobbing" ist den deutschen Wissenschaftsbetrieben nicht fremd. Es wird immer nach Gelegenheiten gesucht, einen bekannten

Konkurrenten aus dem Feld zu schlagen. Wenn dabei noch der Segen „der Mandarinen" sicher ist, warum soll man nicht die Gelegenheit nehmen, sich so auch um die „Deutsche Universität" verdient zu machen?

Die Bühne für die Inszenierung eines klassischen Abschmetterns einer unerwünschten Forschungsarbeit ist gerichtet. Die vierte Etappe sollte auch endgültig die letzte sein. Aber wie es im Leben so ist, kommt es zu einer Panne. Der einstige Königschüler Peter Heintz in Zürich hat die Erwartungen dieser Fakultät nicht erfüllt. Er empfiehlt die Annahme der Schrift. Urs Jaeggi, der sein Exemplar für die Begutachtung noch bekommen soll, würde wohl auch die Annahme empfehlen. Also was tun? Die Fakutätskollegen von Ralf Dahrendorf beschließen einen weiteren, einen vierten Gutachter zu bestellen. Wir erinnern uns, die Fakultät bat mich um ein viertes Exemplar, das ich ihr auch arglos übersandte.

Kurt Lüscher wird der 4. Gutachter, ein Schweizer, aber kein auswärtiger Wissenschaftler. Er ist gerade in Konstanz als Hochschullehrer berufen worden. Er hatte noch keine Gelegenheit unter Beweis zu stellen, ob er auch ein gestandener Wissenschaftler ist. Er ist ebenso jung wie Detlef Kantowski und nach Einschätzung der Fakultät offensichtlich qualifiziert, die Schrift „Die Indische Universität. Eine Soziologische Erhebung über die Produktion von Kadern eines entkolonisierten Landes" zu begutachten. Denn er hat seine Habilitation in Bern über „berufliche Sozialisation" erworben, die Schrift ist als sein erstes Buch im Ferdinand-Enke-Verlag 1968 erschienen. Titel: „Der Prozeß der beruflichen Sozialisation", 166 S., Literaturverzeichnis S 157-166. Sein zweites Buch wird er 1973 mit Verena Ritter und Peter Gross über „Vorschulbildung - Vorschulpolitik, ein Beitrag zur Dokumentation und zur Diskussion der gegenwärtigen Situation in der deutschsprachigen Schweiz" veröffentlichen. Immerhin soll Kurt Lüscher noch am 6. April in der Fakultät angeregt haben, einen 5. Gutachter, eventuell einen Historiker, zu bestellen. Detlef Kantowski ist sofort zur Stelle. Nach seinen *„näheren Erläuterungen"* kommt die Fakultät *„einstimmig zu dem Ergebnis, daß von der Bestellung eines weiteren Gutachters abgesehen werden kann."*

Nach Peter Heintz hat auch Urs Jaeggi die Annahme der Schrift als schriftliche Habilitationsleistung empfohlen. Die beide Konstanzer Jungsoziologen empfehlen die Ablehnung. Es steht nun zwei zu zwei. Also entscheidet die erweiterte Fakultät per Abstimmung. Wie auch sonst? Mein Antrag auf „Lehrbefähigung" wird zurückgewiesen. Diese Entscheidung wird mir in Juli 1971 mitgeteilt. Im Protokoll der Fakultätssitzung vom 23. Juni wird festgehalten: *„Zu TO Punkt 2: Habilitationsverfahren Dr. Prodosh Aich, Köln, Soziologie. Beschlußfassung über die schriftliche Habilitationsleistung. Die Fakultät wird von dem Ergebnis der vier vorliegenden Gutachten der Habilitationsschrift unterrichtet. Sie diskutieren den Antrag auf Ablehnung der schriftlichen Habilitationsleistung. Die Abstimmung ergibt mit 16 Ja-Stimmen und einer Enthaltung die Ablehnung."*

Am 10. Juli schreibe ich an Hans Welzel: „es fällt mir nicht leicht, Ihnen mitteilen zu müssen, daß meine Habilitationsarbeit von der Universität Konstanz abgelehnt worden ist. Damit Sie sich ein genaueres Bild machen können, lege ich Ihnen das Schreiben des Dekans der sozialwissenschaftlichen Fakultät der Universität Konstanz, einen Entwurf meiner Stellungnahme sowie ein Schreiben von Herrn Prof. Jaeggi bei.

Nach der Habilitationsordnung besteht die Möglichkeit, gegen die Entscheidung der erweiterten Fakultät Einspruch zu erheben. In meinen Entwurf habe ich einen Punkt absichtlich nicht aufgenommen, nämlich die Tatsache, daß erst 2 Monate nach Einreichung der Arbeit ein 4. Gutachter bestellt wurde. Daß das 4. Gutachten negativ war, liegt auf der Hand.

Nach dieser Ablehnung bin ich genau wieder dort, wo ich vor drei Jahren war. Ich habe in dieser Arbeit mein Bestes gegeben. Dies wäre nicht einmal möglich gewesen, wenn Sie sich nicht – obwohl Sie kein Soziologe sind – für das Stipendium eingesetzt hätten. Ich bin Ihnen zu großem Dank verpflichtet. Es tut mir außerordentlich leid, daß alle Mühe doch vergeblich war."

Am gleichen Tag informiere ich auch die Heinrich-Herz-Stiftung: „Sehr geehrter Herr Litt, wie aus der Anlage ersichtlich, ist meine Habilitationsarbeit von der Universität Konstanz abgelehnt worden. Zwei Monate nach Einreichung der Arbeit hatte es die Fakultät für notwendig gehalten, einen vierten Gutachter zu ernennen. Zwei Gutachter haben sich positiv, zwei negativ ausgesprochen. Das Schreiben des Dekans vermittelt den Eindruck, daß auch die positiven Gutachten kritische Bedenken enthielten. Herr Prof. Jaeggi teilte mir mit, daß er, auch ohne das Gremium zu kennen, mit einem positiven Ausgang gerechnet hätte.

Ich habe einige Punkte zusammengestellt, wie ebenfalls aus der Anlage ersichtlich, die Grundlage für einen Einspruch gegen die Entscheidung der erweiterten Fakultät in Konstanz sein könnten, eine solche Einspruchsmöglich-keit ist nach der Habilitationsordnung gegeben. Der Dekan der sozialwissen-schaftlichen Fakultät hat abgelehnt, mir die Gutachten zur Verfügung zu stellen. Unter diesen Umständen bin ich mir nicht darüber in klaren, was in dieser Situa-tion getan worden sollte.

Ich wäre Ihnen dankbar, wenn Sie mir mitteilen würden, wie aus Ihrer Perspektive die ganze Angelegenheit aussieht."

Auf meine telefonische Anfrage belehrt mich der Dekan, daß ich nach der Habilitationsordnung der Universität Konstanz, die ich ja durch die Einreichung meiner Arbeit bereits anerkannt hätte, keinen Anspruch auf die Einsicht in die Gutachten habe. Also kann ich mich nur auf die Gründe beziehen, die mir in dem Schreiben des Dekans übermittelt worden sind. Die Annahme ist plausibel, daß diese Gründe die schwerwiegendsten gewesen sein müßten. Hier sind die Punkte, die ich für Hans Welzel und für die Heinrich-Hertz-Stiftung zusammengeschrieben habe:

„Zur Begründung des Einspruchs:
1. Üblicherweise werden drei Gutachter ernannt. Im vorliegenden Fall wurde nachträglich ein vierter Gutachter herangezogen.

2. Zwei Gutachter sprachen sich positiv, zwei negativ aus, die Heranziehung eines 5. Gutachters wäre das Gegebene gewesen.
3. Die kritischen Beanstandungen sind so formaler Natur, daß sie für die Ablehnung jeder Arbeit verwendbar sind. Darüber hinaus enthält die Begründung der Ablehnung Behauptungen über die Arbeit, die auf diese Arbeit gar nicht zutreffen.

Es wird in der Begründung für die Ablehnung von einem theoretischen Teil, von einem System von Thesen, Hypothesen und Propositionen gesprochen. Diese kommen in der Arbeit gar nicht vor. Die vorliegende Arbeit befaßt sich mit einem wichtigen Aspekt der indischen Universität, nämlich mit der Qualität der von ihr produzierten Kadern. Die empirische Erhebung erfaßt die Qualität dieser produzierten Kader in ihren Einstellungen, Aspirationen und Wertvorstellungen und zieht daraus Schlüsse auf den Produktionsbetrieb selbst, auf die indische Universität. Diese Ergebnisse werden in die Entwicklungsgeschichte der indischen Universität eingeordnet. Durch den aufgezeigten geschichtlichen Hintergrund ermöglichen die Ergebnisse der empirischen Erhebung Rückschlüsse, die die gegenwärtige politische und soziale Situation in Indien begreiflich machen.

Diese kurze Darstellung der Anlage der Arbeit macht ersichtlich, daß nur folgende Punkte Grund der Beanstandung hätten sein könnte:
1. eine solche empirische Arbeit ist als schriftliche Habilitationsleistung grundsätzlich nicht ausreichend;
2. die Durchführung der Erhebung ist wissenschaftlich nicht gesichert;
3. die Arbeit läßt nach der Eingrenzung des Themas wichtige Aspekte der indischen Universität außer Acht (die in der Begründung der Ablehnung aufgezählt sein müßten);
4. die unwissenschaftliche Art des Vorgehens entstellt das Bild der indischen Universität;
5. die Arbeit ist nicht soziologisch.

Im Ablehnungsbescheid werden zwei weitere konkrete Einwände als Begründung geliefert:
1. „... daß der empirische Teil im Methodologischen schwerwiegende Mängel aufweist'. Dazu wird nur angeführt, daß die Darstellung der Tabellen bivariat und nicht multivariat sei. Es ist nicht nur grotesk, es ist auch fahrlässig, wenn von Mängeln gesprochen wird, aber nur einen Mangel zu benennen, und diesen nicht einmal zu konkretisieren, inwiefern bivariate Tabellen die Beschreibung der indischen Universität inhaltlich unscharf gemacht haben. Es ist schließlich nicht der Sinn der Wissenschaft, komplizierte Techniken ihrer selbst willen anzuwenden. Komplizierte Techniken sollten nur dann angewendet werden, wenn durch sie der Gegenstand der Untersuchung begreiflicher wird. In der vorliegenden Arbeit wäre die multivariate Darstellung nicht ergiebiger gewesen.
2. Der Einwand, daß in der Arbeit eine eigenständige kritische Auseinandersetzung mit der Literatur fehle, ist unzutreffend. Es wird übersehen,

- daß die einschlägige Literatur über die indische Universität berücksichtigt wurde und eine kritische Auseinandersetzung mit dieser Literatur stattfindet;
- daß die Art der Anlage der empirischer Erhebung bereits die kritische Auseinandersetzung mit dem allgemein akzeptierten Wissen über die indische Universität einleitet, die in jedem Kapitel der Arbeit weitergeführt wird.

Wenn wissenschaftliche Untersuchungen im Gesellschaftsbereich den Sinn haben, das Wissen über soziale Institutionen zu erweitern, dann mußte die Relevanz der vorliegenden Arbeit durch solche Gutachter festgestellt werden, die die untersuchte Institution, nämlich die indische Universität, selbst kennen.

Nachdem das Ergebnis der vier Gutachten 2:2 war, wäre es sicher angebrachter gewesen, solche Sachkenner wie Gunnar Myrdal und Edward A. Shils (beide sind der deutschen Sprache mächtig) als Gutachter heranzuziehen, die in der vorliegenden Arbeit auch zitiert und deren Aussagen auch kritisch gewürdigt werden."

*****

Unser Schreiben vom 26. Juni an den Jugenddienst-Verlag ist noch unbeantwortet. Die Landeszentrale für politische Bildung ist von uns stets auf dem Laufenden gehalten. Auch sie hat noch nicht reagiert. Und dann kommt die Botschaft aus Konstanz. Unsere Nerven liegen blank. Welchen Wert hat dieser deutsche Wissenschaftsbetrieb, fragen wir uns. Wieso haben wir uns über die universitären Verhältnisse in Indien so aufgeregt? Und was die Qualität der wissenschaftlichen Ergebnisse und der Methodologie angeht sind die Inder ja insofern verläßlicher, weil sie in der falschen Wiedergabe gesellschaftlicher Wirklichkeit noch ungehobelte Lehrlinge sind. Sie haben noch lange nicht den Grad der „Professionalisierung" erreicht, ihren wahren Charakter zu verschleiern, wie er in den „modernen Industriegesellschaften" üblich zu sein scheint. Persönlichkeiten wie Gerhard Weisser, der massiven Widerstand der Fakultät zum Trotz die Habilitation von Hans Albert in Köln rettete, sind fast ausgestorben. Die anderen aber vermehren sich.

Wir können unsere Hoffnung nur noch auf die Veröffentlichung der Arbeit setzen. Wir geraten wieder in Hetze. Keine Zeit, etwas grundlegend zu Ende zu denken. Am 15. Juli bequemt sich endlich der Leitende Ministerialrat Dr. phil. Hermann-Josef Nachtwey von der Landeszentrale für politische Bildung uns mitzuteilen, was etwa so heißt: „mein Name ist Hase, ich weiß von nichts". Wir bemühen uns, unsere Empörung unter Kontrolle zu halten. Ich überlasse diesmal Otker Bujard die Last des Entwurfs, damit er diplomatischer ausfällt. Erst am 21. Juli wenden wir uns mit dem folgenden Schreiben an Hermann-Josef Nachtwey: „Ihr Schreiben vom 15. 7. 1971 haben wir erhalten. Durch Ihre Mitteilungen hat sich unsere Vermutung bestätigt, daß Sie das von uns verfaßte Manuskript nicht kennen. Umso mehr überrascht uns, daß die Landeszentrale als politisch neutrale Institution, die Initiator den Buches über die Förderergemeinschaft ‚Kinder in Not' ist, dem fertiggestellten, von ihr nicht begutachteten Manuskript gegenüber eine ablehnende Haltung einnimmt.

Bei dem Gespräch am 7. 10. 1970 in der Landeszentrale in Düsseldorf kam von Ihrer Seite die Anregung, von einem Journalisten ein Buch über die Förderergemeinschaft schreiben zu lassen. Diese Initiative scheint dem Wirkungsauftrag der Landeszentralen entsprochen zu haben.

Als das Manuskript fertiggestellt war und wir als Autoren unseren Auftrag erfüllt hatten, stützten Sie sich bei Ihrer Ablehnung auf die Beurteilung des Verlags. Der Verlag hinwiederum, der im großen und ganzen zur Drucklegung bereit war, zog seine Bereitschaft zurück, nachdem sich die Förderergemeinschaft, die beschriebene Organisation also, gegen die Veröffentlichung der Arbeit ausgesprochen hatte.

Wie Sie wissen werden, widerspricht ein solches Verfahren nicht nur journalistischen Gepflogenheiten.

Es besteht für uns also Veranlassung, Sie um Aufklärung darüber zu bitten, durch welche Kriterien der Wirkungsauftrag der Landeszentralen bestimmt ist. Darüber hinaus ist es für uns wichtig zu erfahren, ob und in welcher Weise die Ablehnung einer von Ihnen veranlaßten und dennoch von Ihnen nicht geprüften Arbeit mit dem Wirkungsauftrag der Landeszentralen in Einklang zu bringen ist. Hierzu muß von Ihnen eine inhaltliche Stellungnahme erfolgen.

Weiter bleibt in Ihrem Schreiben unklar, inwiefern die Landeszentrale die Abnahmegarantie nicht auf einen anderen Verlag übertragen kann. Wenn die von Ihnen gemachte Feststellung definitiv ist, so erhebt sich die Frage, ob zwischen der Landeszentrale und dem Jugenddienst-Verlag in Wuppertal ein besonderes Geschäftsverhältnis besteht. Vorausgesetzt, daß ein solches Verhältnis besteht: Ist es darauf zurückzuführen, daß die inhaltliche Auseinandersetzung mit einer Auftragsarbeit gegenüber geschäftlichen Beziehungen eine untergeordnete – oder gar keine – Rolle spielt? Wie wäre eine derartige Beziehung in den Wirkungsauftrag einer aus Steuergeldern finanzierten Institution einzuordnen?

Für eine baldige Mitteilung, in der die Landeszentrale diese von ihr offen gelassenen Fragen klären möge, wären wir Ihnen dankbar.“

*****

Eine andere Einrichtung des Landes Nordrhein-Westfalen, die Heinrich-Hertz-Stiftung, reagiert im Gegensatz zu der Landeszentrale für politische Bildung schnell auf meine Mitteilung, unter welchen bemerkenswerten Umständen meine von ihr unterstütze Habilitationsschrift in Konstanz abgelehnt worden ist. Natürlich im Namen des Ministers für Wissenschaft und Forschung und schon am 14. Juli: *„Sehr geehrter Herr Dr. Aich! Als (inzwischen neu bestellter) Geschäftsführer der Heinrich-Hertz-Stiftung bedanke ich mich herzlich für Ihr an Herrn Ltd. Min.-Rat Litt gerichtetes Schreiben vom 10. Juli 1971. Wie dem Habilitationsverfahren Fortgang gegeben werden kann, muß sich meiner Kenntnis entziehen. Hierin einzugreifen ist mir auf Grund der Autonomie unserer deutschen Universitäten verwehrt.*

Das Ihnen durch Beschluß des Kuratoriums der Heinrich-Hertz-Stiftung im November 1970 verlängerte Stipendium dürfte am 31. August 1971 auslaufen.

Schon damals (im hiesigen Schreiben vom 13. Nov. 1970) hatte zum Ausdruck gebracht werden müssen, daß es sich um eine ‚letztmalige‘ Verlängerung handele. Daß von einer Verlängerung ‚zum Abschluß des Habilitationsverfahrens‘ die Rede gewesen war, braucht die damalige Bewilligung meines Erachtens nicht zu beeinflussen. Ziel der Unterstützung seitens der Heinrich-Hertz-Stiftung war die Förderung der wissenschaftlichen Arbeit als solcher, ohne daß der formale Zweck (der Habilitation) hierfür entscheidend gewesen war. Mit vorzüglich Hochachtung Im Auftrage: Dr. Lingens"

Ein wahrhaft tröstliches Schreiben. Die Stiftung ist nicht einmal neugierig, die Arbeit zu lesen, geschweige denn zu veröffentlichen. Natürlich weiß sie von „Druckkostenzuschuß" oder von „Abnahmegarantie" von Exemplaren. Für die Auswertung hat sie immerhin mehr als 60000,- DM Steuergelder ausgegeben. 60000,- DM sind nicht alles. Das Land Nordrhein-Westfalen hat mich für fünfzehn Monate in Indien unter Fortzahlung meiner Bezüge in Höhe von 1100,-DM beurlaubt. Und für den selben Zeitraum hatte, wie bekannt, die Vermittlungsstelle für Deutsche Wissenschaftler etwa zur gleichen Höhe eine Beihilfe bezahlt. Und nun will keine dieser Stellen die Arbeit lesen. Warum eigentlich nicht?

Ich hatte schon zu Beginn des Jahres das Manuskript einigen Verlagen angeboten, nach dem der Luchterhand-Verlag vom Vertrag abgesprungen war. Drei englischen und zwei deutschen Verlagen. Über die spontane Aktion von Jürgen Rühle vom WDR habe ich bereits berichtet. Erhard Eppler und Ludwig von Friedeburg antworten nicht. Peter von Oertzen will eine Kopie der Arbeit Oskar Negt zu lesen geben. Wieder übergebe ich Jürgen Rühle mein persönliches Exemplar. Nach Wochen erhält er das Exemplar kommentarlos aus Hannover zurück. Als er mir das Exemplar zurück gibt, verrät sein Gesicht, was er von dieser politischen Kultur nunmehr hält. Die englischen Verlage weisen darauf hin, daß sie für die Erstveröffenlichung über keine Mittel zur Übersetzung verfügen. Der Suhrkamp-Verlag hat mir schon am 27. April geschrieben: *„Sehr geehrter Herr Aich, Ihre Habilitationsschrift über ‚Die indische Universität‘ können wir leider nicht in unser Programm aufnehmen. Wir werden im April 1972 in der ‚edition suhrkamp‘ einen Band mit Studien über Indien publizieren, der sich in wesentlichen Teilen mit Ihrer Arbeit überschneidet."*

Später werde ich Gelegenheit haben, den edition-suhrkamp *„Band mit Studien über Indien* (zu lesen), *der sich in wesentlichen Teilen mit* (meiner) *Arbeit überschneidet."* Es ist der Band Nr. 543. Titel: Indien - Gesellschaftsstruktur und Politik. Autor: Detlef Kantowski. Wie schon gesagt, zumindest in diesem Bereich hebt die Konkurrenz das Geschäft nicht. „Konkurrenz muß man weghauen"! Wer weiß es nicht? Und glücklich ist jener, der dabei noch „den Mandarinen" dienen darf.

Es ist Detlef Kantowskis erste ordentliche Buchveröffentlichung. Neben dem Vorwort und Einleitung sind zu lesen: *„Die hier vorgelegten zehn Arbeiten sind zwischen 1965 und 1970 entstanden und gehen vor allem auf Beob-*

achtungen der Jahre 1964 bis 1967 zurück." Die indische Universität kommt darin nicht vor. Die Geschichte des Erziehungssystems, Geschichte überhaupt, kommt darin nicht vor. Ein einziges Mal erwähnt Detlef Kantowski in diesem Band seine Habilitationsschrift in dem Zusammenhang: *„Suche nach Selbstverwirklichung"* (S.130): *„Eine derartige Lebens- und Daseinsauffassung entspricht in hohem Maße dem Wertesystem des Hinduismus und einem Persönlichkeitstyp, wie er zumal in den Familien der meist zur Oberschicht gehörenden rituell privilegierten Kasten der ‚Zweitgeborenen' sich entwickelt."* An dieser Stelle kommt die Anmerkung: *„Siehe zum folgenden ausführlich das Kapitel: Hinduismus und Sozialisation - Ein Versuch zur Sozialpsychologie der Zweitgeborenen in meiner Arbeit: Dorfentwicklung und Dorfdemokratie in Indien. Gütersloh 1970."* Alles Ergebnisse seiner *„Beobachtungen der Jahre 1964 bis 1967"* versteht sich.

Ich bekomme Post vom Rechtsphilosophischen Seminar der Universität Bonn, Dir. Professor Dr. Dr. Hans Welzel. Am 5. August schreibt seine Sekretärin: *„Sehr geehrter Herr Dr. Aich! Am 31. August 1971 muß der Verwendungsnachweis (Sachkostenbeihilfe für die Anfertigung Ihrer Habilitationsschrift) der Heinrich-Hertz-Stiftung in Düsseldorf vorgelegt werden, bzw. dem Herrn Kanzler der Universität Bonn. Dazu benötige ich einen Bericht: Eingehende Darstellung der Durchführung der Arbeiten oder Aufgaben, ihres Erfolgs und ihrer Auswirkungen, Angaben über die Verwendung der Zuwendung im Rahmen der Gesamtausgaben sowie über die Höhe der aufgegliederten Gesamteinnahmen und -ausgaben, wie es so schön im Muster für den Verwendungsnachweis heißt.*

Die Unterlagen für die Sachkostenbeihilfe von 12880,- DM habe ich hier, so daß ich sie von hier aus belegen kann. Die Daten der Auszahlung Ihres monatlichen Gehaltes von 1500,- DM werde ich mir bei der Universitätskasse holen, so daß es wohl keine Schwierigkeiten geben wird. Ich wäre Ihnen darum dankbar, wenn Sie mir den Bericht zusenden würden, den ich dann in die Formulare schreiben werde. Den von mir vervollständigten Verwendungsnachweis werde ich Ihnen dann zur Unterschrift wieder zurückschicken. Mit freundlichem Gruß Käthe Mahlow"

Wir hatten nie eine Gelegenheit, je den rechtsschaffenen Hans Welzel persönlich kennenzulernen. Mit Sigrid Welzel haben wir bis Ende 1971 regelmäßig Bridge gespielt. Über diese Geschichte und Geschichten haben wir uns nicht weiter unterhalten. Es gab auch wenig darüber zu reden. Ohne Sigrid und Hans Welzel wäre ich nicht in der Lage gewesen, diese Sozialgeschichte zu schreiben. Und vieles würden wir nicht erkannt haben. Es ist jammerschade, daß Persönlichkeiten wie sie immer weniger werden. Am 16. August übersende ich Käthe Mahlow den erwünschten Bericht:

„Tätigkeitsbericht für die Heinrich-Hertz-Stiftung

Für die Arbeit über die indische Universität wurde mir für den Zeitraum von November 1968 bis Oktober 1969 ein Habilitationsstipendium gewährt. Es bestand von Anfang an Klarheit darüber, daß die Aufbereitung und Auswertung einer so umfangreichen empirischen Untersuchung nicht innerhalb eines Jahren zu bewältigen sein würde, daß das Stipendium deshalb um zumindest ein weiteres Jahr verlängert werden müsse. Wie erwartet, war im ersten Jahr kaum die Aufbereitung des Materials zu schaffen. Das Stipendium wurde um ein weiteres Jahr, also bis Oktober 1970, verlängert. Es bedurfte einer fast unmenschlichen Anstrengung innerhalb dieser Zeit die Habilitationsschrift: Die indische Universität - Eine soziologische Erhebung über die Produktion von Kadern eines entkolonisierten Landes, Umfang 590 Seiten, termingerecht fertigzustellen. Herr Prof. Dr. Urs Jaeggi schreibt in seinem Gutachten: *‚Ich kenne kaum eine vergleichbare Arbeit, wo ein Einzelner mit soviel Aufwand (in der statistischen Arbeit sowohl als auch in der Interpretation) eine Untersuchung dieser Art durchgeführt hat‘.*

Es konnte erwartet werden, daß das Habilitationsverfahren in Konstanz einige Zeit in Anspruch nehmen würde, weshalb die Stiftung das Stipendium um weitere 10 Monate verlängerte. Während dieser Zeit habe ich wissenschaftlich weiterarbeiten können. Das Material für zwei weitere empirische Untersuchungen wurde soweit aufbereitet, daß ich mit der Abfassung der endgültigen Berichte beginnen kann. Ursprünglich hatte ich 10 Monate als ausreichend für die Abfassung eines Berichts angesehen. Ich habe aber einsehen müssen, daß solche Hochleistungen nicht über Jahre hinaus zu erbringen sind.

Wie ich der Stiftung bereits am 10. 7. 1971 mitgeteilt habe, ist das Habilitationsverfahren unter bemerkenswerten Umständen zu meinen Ungunsten verlaufen. Auf die Gefahr eines solchen Ausgangs an der Universität Konstanz hatte ich die Stiftung bereits am 24. 7. 1970 aufmerksam gemacht. Herr Ministerialrat Litt beruhigte mich am 31. 7. 1970 mit dem Argument, daß ich diese Gefahr möglicherweise überschätze. Zwar habe ich gegen die Ablehnung entsprechend dem § 8 der Habilitationsordnung der Universität Konstanz formellen Einspruch erhoben, war aber nicht in der Lage, den Einspruch grundlegend zu begründen, da es die Fakultät abgelehnt hat, mir die Gutachten – nach den nachträglich eingeholten vierten Gutachten standen zwei positive Gutachten zwei negativen gegenüber – zur Verfügung zu stellen.

Wie mir zwei Verlage mitteilten, hängt die Veröffentlichung der Arbeit davon ab, ob ein Zuschuß – wie er bei Annahme der Habilitationsschrift von der Deutschen Forschungsgemeinschaft automatisch gewährt wird –, von einer öffentlichen Einrichtung zu erhalten sein wird. Ohne Bezuschußung müßte das Einzelexemplar so teuer sein, daß die Herausgabe für die Verlage uninteressant würde.“

Nein, die Heinrich-Hertz-Stiftung oder irgend ein Würdenträger des Landes Nordrhein-Westfalen haben sich nie in dieser Angelegenheit gemeldet. Nachdem die Habilitationsschrift abgelehnt worden war, hat sich der unermüdliche Jürgen Rühle wieder an die drei illusteren Herren um einen Verlagszuschuß gewandt. Nur Ludwig von Friedeburg reagiert, dieses Mal am 13. Juli: *„Sehr geehrter Herr Rühle, Ihr Schreiben vom 5.7. betr. Dr. Prodosh Aich ist nicht in Vergessenheit geraten. Ich fand bisher jedoch keine Zeit zur Beantwortung und kann auch in diesem Moment – wenige Stunden vor Aufbruch in den Urlaub – nicht näher darauf eingehen, weshalb ich Sie noch um Geduld bis zu meiner Rückkehr bitten möchte. Mit freundlichen Grüßen“*

"Strategie 5". Wie beharrlich wird Jürgen Rühle in dieser Angelegenheit noch sein? Außerdem haben diese Minister natürlich nicht die Möglichkeiten eines Leitenden Ministerialrates, Dr. phil. Hermann-Josef Nachtwey, der einem Verlag für die Veröffentlichung einer Gefälligkeitsschrift über einen eingetragen Verein locker 50000,- DM zukommen lassen kann.

*****

Der evangelische Jugenddienst-Verlag aus Wuppertal beantwortet unser Schreiben nicht. Auch die Landeszentrale für politische Bildung des sozialdemokratisch geführten Landes Nordrhein-Westfalen reagiert nicht mehr. Dafür reagiert aber ein Schriftsetzer in einer nordrhein-westfälischen Druckerei als er „Die Geschichte der Förderergemeinschaft ‚Kinder in Not'" setzt. Zufällig kennt er Otker Bujard. Von ihm hatte er gewußt, daß Otker Bujard zusammen mit einem Sozialwissenschaftler just diese Geschichte geschrieben hat. Nun hat er festgestellt, daß der Name Otker Bujard als Autor gar nicht vorkommt. Dieser Setzer will Otker Bujard eine Kopie des Manuskripts zukommen lassen. Er tut es auch unverzüglich. Mit der Kopie kommt auch ein Blatt mit der Ankündigung, daß zur Frankfurter Buchmesse leider nur der Umschlag vorgestellt werden kann. Der angeführte Autor ist uns unbekannt.

Wir sind verblüfft. Es ist unser Manuskript. Nur um einiges kürzer. Bereinigt von Kritiken. Der neue Autor hat nicht einmal unsere Ausdrucksweise umgeschrieben. Uns kommen blitzartig die seinerzeitige übergroße Freundlichkeit vom Verlagsleiter Hermann Schulz etwa Mitte Juni in den Sinn. Oder hatte der Neue nicht einmal den Auftrag, das Manuskript in seiner Diktion umzuschreiben? Sollte er das Manuskript nur von unerwünschten Kritiken bereinigen? Wahrscheinlich. Wo ist auch ein Risiko? Wer kann noch etwas anstellen, nachdem das Buch auf dem Markt ist?

Wir konsultieren einen Rechtsanwalt. Zunächst mahnt er den Verlag am 9. August ab. Der Leiter des evangelischen Verlages, Hermann Schulz, antwortet am 12. August unserem Anwalt Paul Jochum: *„Sehr geehrter Herr Jochum! Auf Ihren Brief vom 9. 8. 71 kann ich Ihnen folgendes mitteilen: Die Arbeit der Herren Bujard und Aich aus Köln wurde zur Herstellung des Berichtes über die Förderergemeinschaft ‚Kinder in Not' nicht herangezogen. Überschneidungen könnte es höchstens bei der Wiedergabe einzelner Dokumente geben. Das liegt aber in der Natur der Sache. Eine Verletzung des Copyright liegt auf keinen Fall vor. Mit freundlichem Gruß Hermann Schulz, Jugenddienst-Verlag."*

Moralisch kann sich dieser evangelische Verlag durchaus mit den Universitäten messen. Mit der Förderergemeinschaft und der Landeszentrale für politische Bildung im Rücken läßt sich gefahrloser Lügen. Uns bleibt nichts anderes übrig, als seitenlange Synopsen zu machen, damit unser Anwalt eine einstweilige Verfügung gegen das Plagiat erwirken kann. Zu unserer größten Überraschung lassen sich die Richter trotz identischer Texte in den beiden Manuskripten nicht überzeugen, daß hier ein Plagiat vorliegt. Verzweifelt fragen wir uns, aus welcher Welt diese Richter eigentlich sind. Wir müssen glaubhaft machen, so die Richter, daß der Verlag vor der Rückgabe unseres Manuskript dieses kopiert hat, dem neuen Autor diese Kopie zur Verfügung gestellt hat und der neue Autor von unserem Manuskript abgeschrieben hat. Die Tatsache, daß wir zu zweit ca. vier Monate brauchten, daß gesamte Material durchzuarbeiten und der neue Autor nicht einmal zwei Monate Zeit zur Verfügung hatte, läßt diese Richter kalt. Sie lassen sich von der Honorigkeit eines bekannten evangelischen Verlags, einer der Wohltätigkeit verschriebenen „Förderergemeinschaft" und einer so bedeutenden staatlichen Einrichtung wie der Landeszentrale für politische Bildung überzeugen: *„Überschneidungen könnte es höchstens bei der Wiedergabe einzelner Dokumente geben. Das liegt aber in der Natur der Sache. Eine Verletzung des Copyright liegt auf keinen Fall vor."*

Bevor wir gänzlich ausflippen, kommen uns Johannes Wasmuth und Terence Pritie zur Hilfe. Völlig unerwartet. Nicht wirklich, aber virtuell. Wir erinnern uns, daß Johannes Wasmuth anläßlich des Interviews uns mit Zeitungsausschnitten und anderen Unterlagen über die Geschichte der freien Initiative „Kinder in Not" versorgt hatte und daß diese Unterlagen nicht zurück in den Besitz der Förderergemeinschaft gelangt waren. Der neue Autor hätte den Artikel von Terence Pritie ohne unser Manuskript nicht kennen können. Die Gesichter des neuen Autors und des biederen Verlagsleiters werden blaß. Ich hatte den langen Artikel von Terence Pritie aus dem Englischen übersetzt. Schließlich ließen sich die Richter von der Tatsache überzeugen, daß selbst wenn der neue Autor diesen Artikel wie wir ausrecherchiert hätte, seine Übersetzung niemals den identischen Wortlaut wie meine haben würde. Also wird die Veröffentlichung gerichtlich untersagt. Was wäre mit unserem Manuskript geworden, wenn Terence Pritie uns virtuell nicht zu Hilfe gekommen wäre und der abschreibende Autor von seinem rührseligen Artikel nicht genauso beeindruckt gewesen wäre wie wir?

Nach diesem gerichtlichen Beschluß meldet Johannes Wasmuth seinen Besuch bei uns an. Er kommt mit einem Rechtsanwalt und verlangt von uns, daß wir einige Teile seiner Geschichte aus dem Manuskript herausnehmen. Haben wir etwas falsch wiedergegeben, fragen wir. Nein, sagt sein Anwalt, aber die Wiedergabe selbst ist ehrenrührig. Wir können unsere Neugier kaum unter Kontrolle halten. Woher weiß Wasmuth so genau was im Manuskript steht? Das Buch ist doch noch gar nicht veröffentlicht! Er gibt uns keine Antwort. Er möge, sagen wir ihm, erst nach der Veröffentlichung gerichtlich feststellen lassen, ob seine Ehre verletzt worden sei. Dabei ist es geblieben.

Der Jugenddienst-Verlag streicht nicht die Segel. Während der Frankfurter Buchmesse plakatiert er das wichtige Buch über „Kinder in Not", dessen Veröffentlichung von zwei linken Autoren aus niederen Gründen gerichtlich verhindert worden sei. Deshalb sei der Verlag gezwungen, die

Plakate von der Buchmesse zu entfernen. Moral eines evangelischen Verlages!

Der Kölner Verlag Kiepenheuer & Witsch bringt unser Buch sechs Monate später heraus. Titel: „Soziale Arbeit. Beispiel Obdachlose – Eine kritische Analyse", 200 S. Ladenpreis 14,- DM. Auflagenhöhe 5000. Verlagsmitteilung auf der Rückseite des Umschlags: *„Die Autoren untersuchen eine freie Initiative zur Lösung des Obdachlosenproblems im Bereich der Sozialarbeit. Diese Analyse zeigt auf, welchen Raum die demokratische Ordnung der Bundesrepublik Deutschland freien Initiativen läßt".* Wir haben es versäumt, uns bei dem Leiter der Landeszentrale für politische Bildung zu erkundigen, was wohl aus jenen 50000,- DM für die Abnahme von 5000 Exemplare im Haushaltsjahr 1971 geworden ist. Die Landeszentrale hat unser Buch nicht gekauft.

Ein kleiner Sprung auf der Zeitachse sei gestattet. 1977 wird das Jahr des politischen Gefangenen sein. „amnesty international" lädt mich am 3. August 1978 *„zur Teilnahme an einer Podiumsdiskussion auf der Frankfurter Buchmesse am Samstag 21. 10. 78 in einem größeren Saal auf dem Messegelände in Frankfurt"* ein. Thema: *„Gibt es eine Verantwortung der Industriestaaten für Menschenrechtsverletzungen in der Dritten Welt?"* Teilnehmer sind: Uwe Holtz (SPD), Helga Schuchardt (F.D.P.), Dr. Jürgen Todenhöfer (CDU), – alles Mitglieder des Bundestages –, K. F. Schade, Evangelischer Pressedienst, Pater Al Imfeld, Zürich. Begründung der Veranstaltung: *„amnesty international führt auch in diesem Jahr eine Woche des politischen Gefangenen durch, zu der die Frankfurter Veranstaltung einen abschließenden Höhepunkt darstellen soll."* Ich nehme die Einladung unter dem Vorbehalt an, daß ich nicht als Alibi-Inder eingeplant worden bin. Wenige Tage später kommt ein unerwarteter Anruf. Der Anrufer ist zum Moderator dieser Podiumsdiskussion bestellt. Er entschuldigt sich für das „Plagiat" von 1971, zu dem er vom Verlagsleiter des evangelischen Verlags verleitet worden sei. Der honorige Hintergrund der Auftraggeber, seine damalige wirtschaftliche Misere und die Zusicherung, daß die unnachgiebigen Autoren des Manuskriptes schon das übliche Honorar erhalten hätten, hatte ihn arglos gemacht. Wenn ich ihm nicht zusicherte, die Geschichte in der Veranstaltung auf gar keinen Fall zu erwähnen, müßte er das Angebot zur Moderation der Veranstaltung zur Menschenrechtsfrage natürlich ablehnen. Er spricht pausenlos. Bei der ersten Gelegenheit sage ich ihm, ich weiß nicht mehr, wovon er spreche. Dies ist der Grund, warum dieser „Autor" in dieser Sozialgeschichte namentlich unerwähnt bleibt.

*****

Unmittelbar nach der Entscheidung der sozialwissenschaftlichen Fakultät der Universität Konstanz habe ich begonnen, regelmäßig die Stellenanzeigen der deutschen Universitäten und der Pädagogischen Hochschulen in der Wochenzeitung „Die Zeit" zu studieren und mich zu bewerben. Es fällt mir nicht leicht, mich auch Pädagogischen Hochschulen anzudienen. Denn

Hochschulen sind keine Universitäten. Und diese haben so gut wie keine Möglichkeiten der Forschung. Dafür aber Verpflichtung von um so mehr Wochenstunden für die Lehre. Ein schwacher Trost ist die angelaufene Diskussion über Gesamthochschulen und die Aussicht, daß die Pädagogischen Hochschulen alsbald in die Universitäten integriert werden sollten.

Für mich, für uns, ist dies keine Zeit für Statusdenken. Ich muß zunächst eine wirtschaftliche Absicherung schaffen, um den Verwaltungsgerichtsprozeß noch durchzuhalten. In den Hochschulen gibt es eine vierstufige Karriereleiter. Ich bewerbe mich für alle Stufen. Es sollte nur keine zeitlich befristete Stelle sein. Eine andere Möglichkeit sehe ich nicht mehr. Ich hatte sträflich versäumt, zielbewußt eine publizistische Laufbahn anzusteuern statt des Kampfes um die „wissenschaftlichen Werte". Oder um die Wissenschaftsfreiheit, wie es so schön in dieser Republik heißt. Nicht daß die Verhältnisse im publizistischen und journalistischen Bereich weniger verlogen, weniger amoralisch wären, nein, nur dieser Bereich ist im Gegensatz zu den Hochschulen noch nicht so flächendeckend durchorganisiert wie „Chinatowns". Bekanntlich gelten im Binnenverhältnis in „Chinatowns" andere Gesetze als die allgemein gültigen. Weltweit. Bestimmt von „Mandarinen" oder „Paten".

Das Netzwerk in den Hochschulen wird durch ein dichtes Verteilungsnetz von verschiedenen „Gunsten" reguliert: Prüfungen, Gutachten, Stellenbesetzung, Forschungsmittel, Veröffentlichung von Aufsätzen und Verlagsveröffentlichung. Vor allem aber Gutachten, Gutachten und Gutachten. Ohne Gutachten läuft nichts. Und wie wird man Gutachter? Wie wird man Kardinal?

Eigentlich hätte ich nach der Entscheidung der Alexander von Homboldt-Stiftung wissen müssen, daß die vierte Etappe – mehr als nur ein „Heimspiel" für „Sozialwissenschaftler" wie König, Scheuch und Dahrendorf – nicht zu gewinnen sein wird. Diese wird ausgetragen auf dem Gelände der „Chinatowns". Und die Einreichung einer Habilitationsarbeit ist, als würde man sich freiwillig den Gesetzen der „Chinatowns" unterordnen. Hier gilt nicht die Verfassung, die Gesetze der Republik. Hier gelten andere Gesetze. Alles bleibt unter Verschluß. Und die ehrenwerten Professoren beugen vor, daß keine potentiellen „Nestbeschmutzer" sich einschmuggeln können. Wir erinnern uns an die Geschichte des Hans Albert.

Eigentlich hätte ich das Stipendium der Heinrich-Hertz-Stiftung für den Beginn einer publizistischen Karriere nutzen müssen. Von Beginn des Stipendiums an hätte ich systematisch den Abschied vom Wissenschaftsbetrieb vorbereiten müssen. Aber ich hatte Skrupel. Und ich war in der Pflicht gegenüber Sigrid und Hans Welzel, die Auswertung eines Teils unseres Forschungsmaterials als eine Habilitationsschrift – wo auch immer – einzureichen. Die logische Konsequenz einer solchen Vorentscheidung wäre gewesen, die Arbeit in gänzlich anderer Diktion für ein breites Publikum zu schreiben. Meine Habilitationsschrift enthält immer noch genug problematische soziologische Begriffe, Tabellen und Prozentzahlen, ungeeignet für höhere Auflagen, zu wenig Klartext, zuviel diplomatische „Wissenschaftlichkeit". Nun ist es zu spät. Nun muß ich den Kampf beginnen, in deutschen Hochschulen im Fach Soziologie unterzukommen, mittlerweile für mich ein schweres „Auswärtsspiel", ein Spiel in den „Chinatowns" eben. Ich sehe keine andere Möglichkeit.

Die Veröffentlichung der abgelehnten Habilitationsschrift könnte in diesem Kampf Pluspunkte bringen. Deshalb habe ich schon am 2. Juli auch an den Vorsitzenden der humanistischen Union, Dr. Gerhard Szczesny, folgenden Brief geschrieben: „Werner Koch vom WDR hat mir geraten, Ihnen das beiliegende Manuskript mit der Bitte um Prüfung zu übersenden, ob Sie mir bei der Veröffentlichung behilflich sein könnten.

Ich möchte Sie nicht mit der ganzen Vorgeschichte dieser Arbeit behelligen. Aber ich möchte Ihnen doch die Bedeutung der baldigen Veröffentlichung für meine künftige wissenschaftliche Arbeitsmöglichkeit kurz beleuchten. Seit 1966 befinde ich mich in einer politischen und juristischen Auseinandersetzung mit den Professoren König und Scheuch, die seither nichts unterlassen haben, mir die wirtschaftliche Basis für eine wissenschaftliche Weiterarbeit zu nehmen. Die Arbeit ‚Die indische Universität' konnte ich nur schreiben, weil ein Bonner Rechtsphilosoph nach Kenntnis der Fakten ein Habilitationsstipendium für mich durchsetzte. Kein deutscher Soziologieprofessor war bereit, einen entsprechenden Antrag zu stellen.

Erwartungsgemäß hat nun die Universität Konstanz durch Fakultätsabstimmung die Arbeit als schriftliche Habilitationsleistung abgelehnt. Üblicherweise ernennt die Fakultät drei Gutachter. In meinem Fall hat sie nach Eingang des ersten Gutachtens einen vierten Gutachter ernannt. Das Resultat war, daß zwei positive und zwei negative Gutachten vorlagen. Die Fakultät hat nicht von der Möglichkeit Gebrauch gemacht, einen fünften Gutachter zu bestimmen, sondern negativ entschieden. Falls es mir nicht gelingt, die Arbeit bald zu veröffentlichen, könnte diese Entscheidung bereits meine wissenschaftliche Karriere beendet haben.

Ich bin natürlich jederzeit bereit, Sie über alle Einzelheiten der Auseinandersetzung zu informieren, wenn Sie es möchten. Da ich weiß, daß Sie über die Situation der deutschen Soziologie gut informiert sind und auch König und Scheuch gut kennen, rechne ich mit Ihrer Hilfe in dieser Angelegenheit."

Am 3. September bekomme ich von der Europäischen Verlagsanstalt folgende Nachricht: *„Lieber Herr Aich, wir haben lange darüber diskutiert, ob wir trotz Überfüllung unseres Programms Ihre Habilitationsschrift noch in unser Programm aufnehmen können. Es tut mir außerordentlich leid, Ihnen mitteilen zu müssen, daß beschränkte Produktionsmittel eine Publikation nicht zulassen. Ihr Manuskript senden wir Ihnen mit gesonderter Post eingeschrieben zurück. Mit freundlichen Grüßen, Ihr Lothar Pinkal"*

*****

Zwischenzeitlich habe ich Paul Jochum, den Rechtsanwalt, der die einstweilige Verfügung gegen den Jugenddienst Verlag erwirkt hatte, gebeten, meine Interessen gegen die Universität Konstanz wahrzunehmen. So bekommen wir noch weitere Kostproben des unsagbaren Schamgefühls der Würdenträger in einer neugegründeten autonomen **Reform**universität in einem Land mit freiheitlicher demokratischer Grundordnung. Für die Habilitationskommission der Universität Konstanz schreibt am 25. August Rolf-Richard Grauhan: *„Betr.: Habilitationsverfahren Dr. Prodosh Aich. Sehr geehrter Herr Rechtsanwalt, der Dekan der sozialwissenschaftlicher Fakultät hat der Habilitationskommission Ihr Schreiben vom 8. 7. 1971 zugeleitet. Die Kommission hatte in ihrer Sitzung vom 28. 7. 1971 beschlossen, die Entscheidung über den Widerspruch zunächst bis zum Eingang der von Ihnen angekündigten Widerspruchsbegründung zurückzustellen.*

In Vertretung des Kommissionsvorsitzenden, Herrn Prof. Stempel, der sich während der Semesterferien zu einer Vortragsreise in Südamerika aufhält, darf ich Ihnen auf Ihre Bitte um Aushändigung der Gutachten folgendes mitteilen:

Gem. § 8 S. 2 der Habil.-O ist der Habil.-Kommission verwehrt, im Widerspruchsverfahren eine inhaltliche Überprüfung der Gutachten und der Sachentscheidung der Fakultät vorzunehmen. Daraus folgt, daß die Widerspruchsbegründung auch nicht auf eine Kritik der Gutachten gestützt werden kann. Die Habil.-Kommission hat das Verfahren auf die Einhaltung der Habil.-O und auf etwaige Ermessensfehler hin zu überprüfen, während die inhaltliche Würdigung der Gutachten dem Beurteilungsspielraum der Fakultät überlassen bleibt.

Angesichts dieser Verfahrenslage greifen nach der praktizierten Auffassung (praktizierte Auffassung?) der Habil.-Kommission zwei Bedenken gegen eine vollständige Aushändigung der Gutachten durch: Zum einen muß die Verantwortung für die Ablehnungsentscheidung von der Fakultät als ganzer getragen werden, nicht von den einzelnen Gutachtern, auf deren Votum sich die Fakultät stützen kann, für deren Würdigung sie jedoch die alleinige Verantwortung trägt. Zum anderen sind die Gutachten für den Gebrauch der Fakultät erstattet, können deshalb als solche von der Fakultät Dritten nicht ausgehändigt werden: Nur so kann sich die Universität halbwegs gegen gefärbte Gutachten schützen (Logik der „Chinatowns"!).

Dem berechtigten Informationsinterese Ihres Mandanten – etwa im Hinblick auf eine Überarbeitung der Schrift – wird jedoch dadurch Rechnung getragen, daß ihm die tragenden Partien der Gutachten im Auszug mitgeteilt werden. Die Habil.-Kommission hat daher veranlaßt, daß von der Sozialwissenschaftlichen Fakultät diese Auszüge angefertigt und Ihnen als dem bevollmächitgten Rechtsvertreter übersandt werden. Mit freundlichen Grüßen Grauhan"

Paul Jochum rät mir, dieses Einspruchsverfahren durchzuziehen, damit anschließend beim Verwaltungsgericht geklagt werden kann. Ich bin unschlüssig. Ich durchlebe ja schon ein Verwaltungsgerichtsverfahren in der zweiten Instanz. Ermutigt kann ich nicht sein. Ich sehe auch keine Perspektive, wie ein Verwaltungsgericht soziologische Gutachten sinnvoll würdigen könnte. Doch nur über weitere Gutachten über die Gutachten? Soziologische, versteht sich. Also ersparen wir uns diesen Ärger angesichts des geheimen Zusammenhalts der Soziologen. Wir trösten uns mit der Volksweisheit: Wer sich freiwillig in die Falle von „Chinatowns" begibt, der muß auch deren Spielregeln durchleiden.

*****

Wo ich mich auch bewerbe – ein kurzes Schreiben, mein Lebenslauf und meine Veröffentlichungsliste –, komme ich in die engere Wahl, d. h. ich werde zur „Anhörung", also einer Prüfung durch eine von der Fakultät bzw. Fachbereich gewählten Kommission, geladen. Für alle Karrierestufen. Geschieht dies, weil ich, durch den „Internationalen Frühschoppen" und durch meine ungebrochene Medienpräsenz, wie ein bunter Hund bekannt bin? Ich weiß es nicht. Aber ich schöpfe doch Hoffnung. Anscheinend unterscheidet sich das Profil meiner Qualifikation nicht von meinen Konkurrenten. Eine trügerische Hoffnung. Heute weiß ich es.

Das Verfahren ist einheitlich geregelt. Die Berufungskommission erstellt nach der Anhörung der Kandidaten eine dreier Vorschlagsrangliste für den Fachbereich, die dann über den Senat den zuständigen Landesminister erreicht. Die akademischen Instanzen sollen prüfen können, ob die Kommission **fachlich** beschwerdefrei gearbeitet hat und der Minister soll prüfen können, ob das Verfahren **gesetzlich** unbedenklich durchgeführt worden ist. Der Minister darf keine Fachaufsicht ausüben. Denn: *„Kunst und Wissenschaft, Forschung und Lehre sind frei".* So steht es im Grundgesetz dieser Republik.

Auf meine Bewerbungen, unter anderen, auch bei der Pädagogischen Hochschule Westfalen-Lippe, Abteilung Bielefeld, erhalte ich die übliche Empfangsbestätigungen. So auch am 31. August 1971 vom Dekan des Fachbereichs II: *„Sehr geehrter Herr Aich! Ich bestätige den Eingang Ihrer Bewerbung für die Stelle eines Wissenschaftlichen Rates und Professors für das Fach Soziologie und Sozialpädagogik und danke Ihnen für das Interesse, das Sie an einer Mitarbeit an der Abteilung Bielefeld bekundet haben. Ihre Unterlagen habe ich dem zuständigen Berufungsausschuß mit der Bitte um weitere Bearbeitung zugeleitet. Die Berufungskommission kann jedoch erst zu Beginn des Wintersemesters 1971/72 zusammentreten. Sie werden dann von dem Vorsitzenden des Ausschusses nähere Einzelheiten erfahren. Für weitere Auskünfte stehe ich Ihnen gerne zur Verfügung. Mit freundlichen Empfehlungen Prof. Dr. Laubig"*

Für eine Stelle am Institut für Sozialforschung an der Johann-Wolfgang-Goethe-Universität in Frankfurt habe ich mich auch beworben. Statt der üblichen Eingangsbestätigung kommt ein Anruf. Horst Baier, Professor im Institut, ist am Apparat. Er fragt an, ob ich zu einer Besprechung nach Frankfurt kommen könnte. Ich frage nicht nach dem Grund. Übles kann es ja nicht sein. Wir vereinbaren einen Termin. Er bittet mich, auf jeden Fall eine Kopie der abgelehnten Habilitationsschrift mitzubringen.

Horst Baier habe ich nicht gekannt. Aber für ihn wäre ich kein Unbekannter, versichert er mir noch am Telefon. Gleich zu Beginn unserer Begegnung lobt er meine bisherigen empirischen Arbeiten. Er fände auch die Auseinandersetzungen mit der Kölner Universität mehr als unschön. Er wisse auch, was mit meinem Habilitationsverfahren in Konstanz geschehen ist. Er könne all dies nicht billigen. Deshalb habe er nicht gewollt, daß ich das Übliche eines Bewerbungsverfahrens für eine öffentlich ausgeschriebene Stelle in Frankfurt durchlaufe, wo doch die Stelle intern längst vergeben sei. Ich muß erst einmal kräftig schlucken. Indien holt mich wieder ein. Jaipur ist auch in Frankfurt. Beschwerdefreie „Vetternwirtschaft" in einer „modernen" Gesellschaft! Worüber habe ich mich in Jaipur, in Indien, so aufgeregt?

Horst Baier ist davon überzeugt, daß ich trotz alledem irgendwo bald eine Stelle finden werde. Ich frage nicht nach, woher er diese seine Hoffnung nimmt. Ich frage auch nicht nach, wie er sich mit diesem Scheinverfahren einer öffentlichen Ausschreibung abfinden kann, wenn er noch Skrupel besitzt. Ich frage überhaupt nicht nach. Zeichen von Ermüdung? Ich weiß es nicht.

Nein, das ist nicht alles, was in Frankfurt passiert ist. Er möchte „Die Indische Universität" doch selbst lesen, auch wenn er keinen Zweifel habe, daß auch diese empirische Arbeit auf dem hohen Niveau meiner früherer Arbeiten sein würde. Er möchte mit Helmut Schelski über die Veröffentlichung in seiner Veröffentlichungsreihe beim Bertelsmann-Universitätsverlag und mit Franz-Xaver Kaufmann über meine mögliche Habilitation an der Universität Bielefeld verhandeln. Beide Herren würde er gut kennen und sie würden mich und vor allem alles, was bisher mit mir gemacht worden ist, gut kennen. All dies wollte er nicht am Telefon besprechen. Auch hier frage ich nicht nach, wieso denn nicht.

Horst Baier ist der einzige Soziologe, der von sich aus eine Initiative ergriffen hat, weil er einiges, was mit mir geschehen ist, nicht in Ordnung gefunden hat. Später werde ich erfahren, daß er noch kein typischer Soziologe ist. Er hat nicht die **frühe** Sozialisation eines Soziologen. Und für die **späte** hat er noch keine Gelegenheit gehabt. Er hat Medizin studiert und 1959 hat er seinen Doktor der Medizin gemacht. Von 1961 bis 1969 hat er bei der „Sozialforschungsstelle Dortmund" gearbeitet. 1969 habilitiert er sich in Münster mit der Schrift „Von der Erkenntnistheorie zur Wirklichkeitswissenschaft. Eine Studie zur Begründung der Soziologie bei Max Weber", wird noch 1969 Ordentlicher Professor an der PH Münster, wechselt bereits 1970 zur Johann-Wolfgang-Goethe-Universität in Frankfurt. Wäre er nicht verantwortlich für das Verfahren für jene öffentlich ausgeschriebene, aber bereits vergebene Stelle im Institut für Sozialforschung gewesen und würde er sich nicht noch einen Rest von Anstand bewahrt haben, würde er auch keinen Auftritt in dieser Sozialgeschichte haben. Kleine Unwägbarkeiten des Lebens also!

Die Abteilung Oldenburg der Pädagogischen Hochschule Niedersachsens will eine ausgeschriebene Soziologiestelle noch zu Beginn des Wintersemesters 1971/72 besetzen. Auf der Karriereleiter ist diese die unterste

Stufe einer Planstelle. Die anhörende Kommission will mir unmittelbar nach meiner Anhörung keine Bedenkzeit lassen, will von mir eine verbindliche Entscheidung haben. Ich bitte um eine kurze Auszeit, um mit meiner Frau zu beraten. Sie hat in einer Gaststätte in der Nähe der Universität auf mich gewartet. Zu der Zeit hat auch eine halbe Kölnerin nicht gewußt, wo Oldenburg liegt. Schweren Herzens entscheiden wir noch am selben Nachmittag für Oldenburg. Wie gesagt, es ist eine Planstelle. Außerdem liegt ein Beschluß der Landesregierung vor, diese Abteilung der Pädagogischen Hochschule Niedersachsens zu einer Reformuniversität auszubauen. Und wir sind immer noch blauäugig genug wie Horst Baier zu glauben, daß ich bald eine besser ausgestattete Stelle irgendwo bekommen werde.

Am 10. Oktober teilt mir der Vorsitzende des Berufungsausschusses, Prof. Dr. Günther Steinkamp von der Pädagogischen Hochschule Westfalen-Lippe, Abteilung Bielefeld, mit: *„Sehr geehrter Herr Aich! Der Berufungsausschuß Soziologie hat in seiner Sitzung am 10. 11. 71 beschlossen, Sie in den engeren Kreis der Bewerber um die Stelle eines wissenschaftlichen Rates und Professors (H3) an der Pädagogischen Hochschule Westfalen-Lippe, Abt. Bielefeld, einzubeziehen. Da Sie sich auch an der Abt. Münster beworben haben, und das Auswahlverfahren dort bereits eingeleitet ist, will der Berufungsausschuß die Gelegenheit Ihrer Vorstellung in Münster benutzen, um sich einen näheren Eindruck zu verschaffen. Dadurch bleibt die Möglichkeit einer gesonderten Vorstellung an der Pädagogischen Hochschule Bielefeld unberührt. Für weitere Auskünfte stehe ich Ihnen gern zur Verfügung. Mit freundlicher Empfehlung"*

Zweifellos eine unverfängliche Mitteilung. Ich wundere mich nur etwas über die Kommunikationsstruktur zwischen den einzelnen Abteilungen der PH Westfalen- Lippe. Außerdem bin ich vollauf beschäftigt in Oldenburg mit meinen neuen Aufgaben. Aber ich werde aufgeschreckt, als ein weiteres Schreiben der Berufungskommission vom 24. November bei mir herein flattert: *„Sehr geehrter Herr Dr. Aich! Der Berufungsausschuß Soziologie hat in seiner Sitzung vom 23. November 1971 beschlossen, die Stelle eines wissenschaftlichen Rates und Professors an der Pädagogischen Hochschule Westfalen-Lippe, Abt. Bielefeld, neu auszuschreiben. Ihre Einbeziehung in den engeren Bewerberkreis wird bei dem neuen Auswahlverfahren selbstverständlich aufrecht erhalten. Sollten Sie inzwischen kein Interesse mehr an der Ratsstelle in Bielefeld haben, bitte ich Sie um eine kurze Benachrichtigung. Mit freundlichen Grüßen Ihr Steinkamp"*

Also doch Jaipur auch in Bielefeld? Dort wurden wiederholt die selben Stelle öffentlich in monatlichen oder auch in längeren Abständen ausgeschrieben, um den auswärtigen Bewerbern zu signalisieren, daß die Stelle bereits an einen „Insider" vergeben ist. Ich ignoriere dieses Schreiben. Wir sind noch immer blauäugig genug wie Horst Baier zu glauben, daß ich bald eine besser ausgestattete Stelle irgendwo bekommen werde. Warum also nicht in Bielefeld? Trotz alledem!

*****

Horst Baier nimmt sich die Zeit, „Die Indische Universität" durchzuarbeiten. Er ist von der Qualität der Arbeit nicht enttäuscht. Enttäuscht ist er aber, daß sein geschätzter Kollege und Mitherausgeber der „Zeitschrift für Soziologie", Franz-Xaver Kaufmann, es derzeit nicht für opportun hält, mich in Bielefeld habilitieren zu wollen. Bei Helmut Schelsky hat er einen halben Erfolg. Horst Baier erhält grünes Licht, die Veröffentlichung materiell vorzubereiten. All dies höre ich von Horst Baier am Telefon. Verstanden habe ich das Ganze auch heute noch nicht. Wie auch immer. Horst Baier bleibt aktiv. Am 24. November schreibt er mir: *„Lieber Herr Aich! Anliegend übermittle ich Ihnen die Kopie eines Schreibens der Deutschen Forschungsgemeinschaft betreffs meines Antrags auf Druckkostenzuschuß für Ihre Habilitationsschrift.*

Ich wäre Ihnen sehr dankbar, wenn Sie ein solches Antragsschreiben an die Deutsche Forschungsgemeinschaft und das Manuskript Ihrer Schrift mir übermitteln könnten. Ich selbst wende mich über Herrn Schelsky an den Bertelsmann-Universitätsverlag und versuche die verlangte Vorberechnung des Verlages zu erhalten. Ich werde nach Erhalt Ihrer und der Gütersloher Unterlagen alles zusammen nach Bad Godesberg schicken.

Wie stehen Sie zu den Äußerungen über das schwebende Habilitationsverfahren? Haben Sie an einer anderen Universität in der Zwischenzeit einen Antrag auf Habilitation gestellt? Falls nein, schlage ich vor, der Deutschen Forschungsgemeinschaft mitzuteilen, daß Sie nicht mehr beabsichtigen, sich zu habilitieren.

Ich hoffe sehr, daß wir in Ihrer Angelegenheit doch etwas schneller vorankommen, als es der Brief von der DFG erwarten läßt und grüße Sie sehr freundlich aus Frankfurt als Ihr Horst Baier.

PS Dem Brief lege ich noch zwei Merkblätter der DFG bei, die ich wieder zurückerbitte."

Aus der Anlage entnehme ich, daß sich Horst Baier bereits mit einer Befürwortung an die Deutsche Forschungsgemeinschaft um eine Druckkostenbeihilfe gewendet hat. Hier ist die Antwort der Deutschen Forschungsgemeinschaft vom 22. November: *„Sehr geehrter Herr Professor Baier! Vielen Dank für Ihre Befürwortung einer Druckbeihilfe für die Arbeit von Herrn Dr. Aich (mit Briefdatum vom 29. 9., eingegangen 15. 11.). Um diesen Antrag bearbeiten zu können, brauchen wir jedoch das Manuskript, ein Antragsschreiben vom Autor selbst und die Vorberechnung des Verlages. Die Prüfung im Normalverfahren wird voraussichtlich bis zur Entscheidung ein halbes Jahr dauern. Ich empfehle deshalb – und weil die Gutachter sich weigern, einem schwebenden Habilitationsverfahren vorzugreifen –, Herrn Dr. Aich zu raten, den Antrag bis zur erfolgten Habilitation zurückzustellen. Dann genügt für die Bewilligung die Befürwortung der Fakultät bzw. des Fachbereiches, falls das Buch den Umfang von 320 Druckseiten nicht überschreitet. Ist es umfangreicher, muß allerdings noch eine Prüfung auf Kürzungsmöglichkeit erfolgen.*

Zur weiteren Information über diese Bedingungen für die Vergabe von Druckbeihilfen füge ich in der Anlage das Merkblatt bei sowie eines für die Unterstützung an Ausländer, da ich nicht sicher bin, ob auch zu dessen Bedin-

Zweidrittel der Woche bin ich in Oldenburg. Viele Stunden Lehre, viele Prüfungen. Als Inhaber einer Planstelle bin ich auch Vorsitzender einer Prüfungskommission. Soziologie ist in Studium der Lehrämter eins der drei Wahlpflichtfächer, neben Politik und Psychologie. Mehr als achtzig Prozent der Studierenden wählen Soziologie. Im ganzen Fach sind vier Planstellen und fünf Zeitstellen. Jedes Semester fallen ca. 500 halbstündige Prüfungen an. Mit zwei Kollegen zusammen. Ich soll auch mit zwei neuen und einem anderen wissenschaftlichen Assistenten zusammen die Einführungsveranstaltung anbieten. Teilnehmer: ca. 130 Studierende. Als ein Experiment teilen wir das ganze organisatorisch wie inhaltlich in Plenum, 4 Seminare und in Kleingruppen von maximal acht Personen auf. Dadurch entstehen auch viele Stunden Lehre, mehr als die vorgeschriebenen Pflichtstunden. Deshalb kann ich im Augenblick meine Post nicht mehr prompt erledigen. Erst am 12. Dezember schreibe ich an die Forschungsgemeinschaft und an Horst Baier: „Sehr geehrte Damen und Herren, ich habe eine wissenschaftliche Arbeit über ‚Die Indische Universität – Eine soziologische Erhebung über die Produktion von Kadern eines entkolonisierten Landes' verfaßt. Ursprünglich war diese Arbeit als Habilitationsschrift gedacht. Ich beabsichtige jedoch nicht mehr, mich an einer deutschen Universität zu habilitieren.

Der Bertelsmann-Universitätsverlag ist bereit, meine Arbeit zu veröffentlichen, falls die Deutsche Forschungsgemeinschaft die für wissenschaftliche Bücher übliche Druckbeihilfe gewährt. Vom Verlag wurde mir mitgeteilt, daß ein Exemplar des Manuskriptes bereits Herrn von Reuter vorliegt.

Deshalb wende ich mich mit diesem Antrag an die Deutsche Forschungsgemeinschaft, eine Druckbeihilfe zur Veröffentlichung zu gewähren. Ich habe die Bedingungen Ihren Merkblattes gelesen und erkläre mich damit einverstanden.

Für eine baldige Bearbeitung dieses Antrages wäre ich Ihnen außerordentlich dankbar."

Und an Horst Baier am gleichen Tag: „der Verlagsleiter des Bertelsmann-Universitätsverlags hat mir mitteilen lassen, daß die Gutachten, die Kostenaufstellung und ein Exemplar meiner Arbeit vom Verlag bereits an die Deutsche Forschungsgemeinschaft z. Hd. v. Herrn von Reuter geschickt worden sind. Ich soll nun eine Verzichterklärung hinsichtlich einer Habilitation nachsenden.

Da wir es aber anders abgesprochen hatten, habe ich doch einen Antrag formuliert, der eine Verzichterklärung enthält. Mein Schreiben liegt als Anlage bei. Dies auch deshalb, weil Sie mit Herrn Dr. Scheffels korrespondiert haben und der Verlag von einem Herrn von Reuter spricht.

In der Anlage sende ich die beiden Merkblätter zurück.

Auch ich wünsche mir, daß die Beihilfe doch etwas schneller kommt als im Brief von Herrn Scheffels angedeutet. Aber er spricht ja auch von einem Normalverfahren, das wohl so aussieht, daß der Antragsteller ohne Unterstützung von Gutachtern seinen Antrag stellt. In meinem Fall liegen ja bereits zwei Gutachten vor.

Ich danke Ihnen recht herzlich für alle Ihre Bemühungen und verbleibe mit freundlichen Grüßen Ihr"

*****

Das Jahr 1971 ist in vielerlei Hinsicht lehrreich. Es hat uns aber nicht gelehrt, Widerstand lohne sich nicht. Wir haben viel darüber nachgedacht, wir denken viel darüber nach. Wir haben ja nicht Widerstand geleistet, weil wir unser Leben nach einer Utopie gestalten wollten. Nein, wir haben so leben wollen und bis heute so gelebt, wie dies den öffentlich beteuerten Moralvorstellungen der blond-blauäugig-weiß-christlichen Kultur entspricht. Nicht mehr, aber auch um nicht weniger.

Aber wir waren blind. Wir haben die flächendeckende, scheinheilige Moral in dieser Kultur, vielen hehren Ansprüchen zum Trotz, nicht erkannt. Sie beginnt mit dem „Wegschauen", setzt sich fort mit dem Hinaufschauen zu „Mandarinen und Paten" und endet mit der willigen Bereitschaft, ihnen zu folgen. Je höher die Ebene in der Hierarchie, um so stärker ist die Scheinheiligkeit, und alles was daraus folgt. Die indischen Universitäten müssen jede Sitzung protokollieren und alles veröffentlichen, auch die eingehenden Gutachten. Die deutschen Universitäten müssen nichts über ihre Entscheidungen veröffentlichen.

Wir sind nicht nur blind. Schlimmer noch. Wir sind auch taub gewesen, werden viele sagen. Denn an guten Ratschlägen hat es nicht gemangelt. Wir erinnern uns. Wohlmeinende Kollegen in Jaipur rieten uns, Jaipur bald möglichst noch lebend zu verlassen. Der deutsche Botschafter in seinem ersten Schreiben an meine Frau: *„Wenn ich mir erlauben darf, Ihnen und Ihrem Gatten einen Rat zu geben, dann möchte ich Ihnen zureden, den entstandenen und wohl schwerlich überbrückbaren Spannungen in Jaipur aus dem Wege zu gehen und Ihre wissenschaftliche Karriere in Deutschland fortzusetzen."* Auch König riet uns in seinem zweiten Brief dazu: *„Aber auch davon abgesehen scheint es mir inopportun, nach dem Vorgefallenen noch weiterarbeiten zu wollen, da Ihnen praktisch die Universität von jetzt ab verschlossen ist. Auch aus diesem Grunde würde ich entsprechend eine sofortige Rückkehr für gegeben halten."* Und im April 1967: *„Was Ihren Aufenthalt in Indien betrifft, so würde ich Ihnen empfehlen, schnellstmöglich nach Europa zurückzukehren, nachdem der Zweck Ihrer Beurlaubung vollständig dahingefallen ist. Ich muß Sie auch darauf hinweisen, daß es nicht angeht, wenn Sie Journalisten veranlassen, sich über die Universität von Rajasthan zu äußern. Ich habe Ihnen seinerzeit ausdrücklich untersagt, Ihre sogenannte Fallstudie über die Universität Rajasthan weiter fortzusetzen. Ich muß Ihnen auch hiermit in aller Form untersagen, irgendwelche weiteren Angriffe gegen diese Universität und ihr Personal, gleich welcher Art, zu richten, solange Sie noch Assistent unseres Instituts sind. Was Sie danach tun, ist mir völlig gleichgültig und Ihre eigene Angelegenheit."* Und König ein drittes Mal: *„Wenn ich Ihnen einen Rat geben könnte, so wäre es der, sofort zurückzukehren, nachdem die Beurlaubung von* *unserer Universität ihren Zweck verloren hat. Dieser Zweck lag ausschließlich in der Wahrnehmung des Lehrauftrages von seiten der Universität Rajasthan."*

Hans-Jürgen Daheim war wirklich besorgt, als er mir aus den USA folgende Zeilen schrieb: *„Wenn Sie erlauben, möchte ich Ihnen ein Rat geben: Bitte arrangieren Sie sich mit König, wenn Sie weiterhin eine akademische Laufbahn in Deutschland oder anderswo anstreben."*

Selbst der Kollege im Institut, Dieter Fröhlich, der lange Zeit die ganze Geschichte mit wohlwohlendem Optimismus begleitet hatte, schrieb mir: *„Ich bin auch der Meinung, daß Ihr Verhalten gegenüber Herrn Professor König nicht korrekt ist, besonders was die Frage der Beihilfe bei der Vermittlungsstelle für deutsche Wissenschaftler im Ausland betrifft. Trotz aller Differenzen zwischen Ihnen beiden hat Professor König die Frage Ihrer finanziellen Situation davon völlig abgelöst gesehen, was man ihm zweifellos sehr hoch anrechnen sollte. Ich darf Ihnen mitteilen, daß Sie die Beihilfe der Vermittlungsstelle n u r durch die Hilfe von Professor König erhalten haben, denn nach den bei der Vermittlungsstelle von anderen Seiten vorliegenden Informationen war man nicht bereit, Sie finanziell zu unterstützen. Wenn Sie im Besitz einer Mitteilung von der Vermittlungsstelle sind, die die Zahlung der Beihilfe von Juli 1966 bis Juli 1967 zusagt, dann haben Sie das nur Professor König zu verdanken."*

Auch Dr. Hans-Götz Oxenius, Mitglied im Republikanischen Club, jener Funkredakteur in der Kulturabteilung des WDR, oder mein Kölner Rechtsanwalt hatten es durchaus ernst gemeint, als sie mir das Angebot Königs und Scheuchs übermittelten, mit ihrer Unterstützung in den USA meine wissenschaftliche Laufbahn fortzusetzen. Oder die Bemühung des Kölner Sozialpsychologen Hans Anger, mich bei einem seiner Soziologen-Freunde unterzubringen.

Selbst das warnende Signal des sozialdemokratischen Kultusminister habe ich nicht beherzigt: *„Das Kuratorium der Stiftung hat auch deshalb die Erwartung ausgedrückt, daß öffentliche Polemiken künftig unterbleiben, weil es sich nur unter großzügigster Auslegung der Förderungsrichtlinien zur Bewilligung des Stipendiums entschlossen hat und hierbei von vornherein von einer Prüfung der Frage absah, ob die Vorfälle, die zu Ihrem Ausscheiden aus dem Dienst der Universität zu Köln geführt haben, evtl. gegen eine Gewährung des Stipendiums hätten sprechen können."*

Auf der anderen Seite kann ich nicht übersehen, daß ich bei der Befolgung auch nur eines dieser Ratschläge ein ganz anderer Sozialwissenschaftler geworden wäre. Außerdem würden wir so vieles einfach nicht wissen, vom Erzählen dieser Sozialgeschichte ganz zu schweigen. Schließlich bin ich dem Wissenschaftsbetrieb erhalten geblieben. Trotz alledem.

Bevor ich mich von dem Sprung in das kalte Wasser des Lehrbetriebs an der Pädagogischen Hochschule etwas erhole, muß ich schon die Lehrveranstaltungen für das Sommersemester ankündigen. Die Neugestaltung der Einführungsveranstaltung bleibt an mir hängen. Ich soll noch zwei weitere Veranstaltungen anbieten, was ich auch tue.

Erst danach lerne ich zwei fachfremde Kollegen kennen, den Germanisten Manfred Dierks und den Sozialpädagogen Hartwig Zander. Hartwig Zander hat von der Stadt Delmenhorst neun abgeschlossene Akten von Fürsorgezöglingen für Forschungszwecke zur Verfügung gestellt bekommen. Nach einer ersten Sichtung überlegen die beiden Kollegen eine gemeinsame Veranstaltung für die beiden Studiengänge anzubieten. Sie fragen mich, ob ich Interesse hätte, diese Akten zu sichten und mich dann als Soziologe eventuell an der gemeinsamen Veranstaltung zu beteiligen. Ich will. So kommt es zu einer weiteren Veranstaltung, die auch noch angekündigt wird. Ende des Jahres 1971 habe ich Gelegenheit, die Akten zu lesen. Eine spannende Lektüre.

Der Winter in Köln gehört bekanntlich dem Karneval. Mit einer Clique begegnen wir einer anderen Clique mit einigen gemeinsamen Bekannten. Wie es immer so ist, irgendwann kommt es zu einem Gespräch über meine neue Wirkungsstätte in Oldenburg. Ich erzähle auch über meine spannende Lektüre der Fürsorgeakten. Eine angehende Sozialarbeiterin hört aufmerksam zu. Sie macht gerade ihr Praktikum im Jugendamt in Bonn und bearbeitet den Fall eines jungen Mädchens, 16 Jahre alt. Diese Akte würde sich genau so lesen wie ich von meiner Aktenlektüre erzähle. Auch wenn es gesetzwidrig ist, hätte sie nichts dagegen, mir für Forschungszwecke die Akte zum Fotokopieren zu überlassen. So geschieht es auch.

*****

Am 14. März 1972 teilt mir der Berufungsausschuß der PH Westfalen Lippe, Abteilung Bielefeld, mit: *„Sehr geehrter Herr Aich! Der Berufungsausschuß Soziologie hat in seiner heutigen Sitzung beschlossen, Sie zu einer Vorstellung an der Abteilung Bielefeld am Montag, dem 17. 4. 1972, einzuladen.*

Als Veranstaltungen sind eine Vorlesung (45 Min.), eine Übung (45 Min.) und ein Kolloquium (etwa 45 Min.) vorgesehen. Ich möchte Sie bitten, die Themen Ihrer Vorlesung und Übung mir möglichst bald mitzuteilen.

Zeitplan: 11.00–12.00 Uhr Vorlesung; 12.00–13.00 Uhr Übung; 17.00–18.00 Uhr Kolloquium. Mit freundlichen Grüßen Ihr Steinkamp

PS. Erbitte nochmalige Zusendung Ihrer Veröffentlichungen"

Ich schreibe umgehend: „Sehr geehrter Herr Steinkamp, ich danke Ihnen für Ihr Schreiben vom 14. 3. 72. Meine Themen Vorschläge für die Vorlesung und Übung sind: ,Der politische Stellenwert des Lehrerberufs' und ,Über die Organisation des Seminarbetriebs'.

Mit getrennter Post erhalten Sie meine Veröffentlichungen. Ich möchte Sie nur bitten, die Veröffentlichungen baldmöglichst zurück zu senden. Der Zeitplan ist in Ordnung."

Am 29. März bringe ich mich bei der Deutschen Forschungsgemeinschaft in Erinnerung: „Sehr geehrter Herr Dr. Scheffels, ich nehme Bezug auf meinen Antrag auf Druckkostenbeihilfe zur Veröffentlichung meiner Arbeit über ,Die Indische Universität'. Ich wäre Ihnen für eine baldige Mitteilung darüber dankbar, ob ich mit einer Beihilfe von der Deutschen Forschungsgemeinschaft rechnen kann. Wenn die Arbeit im Herbst erscheinen soll, wäre es sehr gut, wenn die Entscheidung sehr bald fallen würde."

Am 2. April bittet mich die Seminarangestellte Tadea Kothe im Auftrage der Verwaltung einige Angaben zu meiner Person zu machen und ein Formular auszufüllen. Es läuft alles so, als ob in Bielefeld alles schon gelaufen wäre. Ich folge dieser Bitte umgehend.

Schon am 11. April teilt mir die Deutsche Forschungsgemeinschaft mit: *„Auf Ihre Anfrage nach dem, Stand der Bearbeitung Ihres Antrages kann ich Ihnen leider nur eine vorläufige Antwort geben. Die Unterlagen befinden sich zur Zeit zur abschließenden Stellungnahme bei einem Gutachter. Wenn wir sie von dort erhalten und sie positiv lauten, müssen wir sie noch dem Verlagsausschuß und dem Herrn Präsidenten zur Entscheidung vorlegen. Das kann etwa 2 bis 3 Monate dauern. Ob mit einer Beihilfe zu rechnen sein wird, kann ich nicht sagen, da mir die Gutachten nicht bekannt sind. Ich muß Sie daher weiter um Geduld bitten. Wenn sich Schwierigkeiten ergeben sollten, werde ich Sie unverzüglich benachrichtigen."*

*****

Wie schon erwähnt, Oldenburg sollte eine Reformuniversität bekommen. Der Gründungsausschuß hat bereits 1972 seine Arbeit voll aufgenommen. Er diskutiert neben der einphasigen Lehrerausbildung auch die Reform der Studienbereiche, Fächerstruktur und Veranstaltungsformen. Orientiert an den zu lösenden Problemen in der Gesellschaft diskutiert er folgerichtig, ob nicht die überlieferte Arbeitsteilung ausgedrückt in Fächern und deren Bündelung in Fachbereiche schon überholt sei. Müßten nicht vielmehr fächerübergreifende Problembereiche als Untereinheiten der größeren Arbeitsbereiche die „Fächer" und die „Fachbereiche" ersetzen?

Natürlich ist das ganze Kollegium der alten PH in die Diskussionen eingebunden. Insofern freue ich mich auf das zweite Arbeitssemester in Oldenburg, insbesondere auf die gemeinsame Veranstaltung mit einem Sozialpädagogen und einem Germanisten. Während der Gründungsausschuß debattiert, können wir Interdisziplinarität schon erproben. Über die Veranstaltungsform haben wir keine Vorplanung gemacht. Also müssen wir sie von der ersten Sitzung an, im wahrsten Sinne des Wortes „praxisbezogen" entwickeln. Als Schlagwort diskutiert der Gründungsausschuß auch über das Projektstudium. Wir werden die Möglichkeit haben, es praktisch zu üben. Dummerweise finden keine gemeinsamen Gespräche während der veranstaltungsfreien Zeit statt. Ich bin auch selten in Oldenburg.

Die herbe Enttäuschung zu Beginn des Semesters ist, daß die beiden Kollegen keine Möglichkeit sehen, die Akten der Sozialämter in den Mittelpunkt der gemeinsamen Veranstaltung zu stellen. Sie hätten auch nur oberflächlich die Akten durchgeblättert. Kurz, es kommt zu keiner gemeinsamen Veranstaltung. Also keine Interdisziplinarität. Sie überlassen mir die Akten für eine Veranstaltung. Für ein Methodenseminar. Inhaltsanalyse. In der ersten Sitzung erkläre ich den Studierenden, warum ich der alleinige Veranstalter bin. Ich zähle dann die Optionen auf: das Seminar ausfallen zu lassen; ein reines Methodenseminar für empirische Sozialforschung zu machen; zu untersuchen, was die echten Unterlagen der Jugendfürsorge uns für Erkenntnisse bringen. Wie gesagt, die Studierenden sind keine werdenden Sozialwissenschaftler. Sie sind werdende Lehrer. Es kommt nicht zum Beschluß, das Seminar ausfallen zu lassen. Ich schlage vor, die Entscheidung auf die nächste Sitzung zu vertagen. Sie akzeptieren den Vorschlag.

Die Akten sind umfangreich. Ich habe Sie mit großer Spannung gelesen. Mir kommen sie vor wie Fundgruben für Erkenntnisse. Ich bin nur nicht sicher, ob sie auch eine adäquate Grundlage für eine Lehrveranstaltung bieten. Mit welchem Lernziel? Ich vertage das Nachdenken darüber. Nächste Woche sind zu meiner Überraschung doch noch fünf Studierende da. Ich kann also die Veranstaltung nicht mit gutem Gewissen absetzen. Ich halte mich auch mit meiner Unschlüssigkeit zurück. Ich biete ihnen das Abenteuer an, gemeinsam herauszufinden, was die Akten wert sind.

*****

Am 17. April absolviere ich also ein Ganztagsprogramm in Bielefeld. Nein, eigentlich eine Ganztagsprüfung. Auch wenn einige echte Studierende an den Veranstaltungen teilnehmen. In der sogenannten Übung gelingt es mir, sie für eine Diskussion zu gewinnen. Angenehm war dennoch die gesamte Prozedur nicht. Der Vorsitzende der Berufungskommission, Prof. Dr. G. Steinkamp, der auch Leiter des Fachgebiets Soziologie ist, will mich unmittelbar nach der Entscheidung benachrichtigen. Die Sitzung sollte in vierzehn Tagen sein. Statt irgendeiner Mitteilung aus dem Fachbereich kommt Post aus der Verwaltung, um die Reisekosten ordentlich abzurechnen. Schließlich ruft mich Günter Steinkamp am 10. Mai an und schreibt mir auch: *„Sehr geehrter Herr Aich, wie ich Ihnen schon telefonisch mitteilte, hat der Berufungsausschuß Sie auf den ersten Platz der Liste für die Besetzung der H3-Professur gesetzt. Die Entscheidung über diesen Vorschlag obliegt dem Fachbereichsrat, der sich wahrscheinlich in der kommenden Woche damit befassen wird. Ich werde Sie dann sofort informieren. Mit freundlichen Grüßen bin ich Ihr Steinkamp"* Am 17. Mai teilt er mir weiter mit: *„Die Fachbereichsratssitzung, in der über den Vorschlag des Berufungsausschußes ein Beschluß gefaßt werden sollte, findet leider erst in 14 Tagen statt (30. 5. 72). Über die Entscheidung des Fachbereichsrates werde ich Sie informieren."* Das tut er auch am Telefon. Der Fachbereichsrat hat sich für mich entschieden.

Der Dekan des Fachbereich II der PH Westfalen-Lippe, Abteilung Bielefeld, schreibt mir dann am 10. Juli: *„Betr.: Ihre Bewerbung um die Stelle eines Wissenschaftlichen Rates und Professors im Fach Soziologie an der Abteilung Bielefeld. Sehr geehrter Herr Dr. Aich! Nachdem Sie Herr Kollege Steinkamp schon fernmündlich informiert hat, möchte ich Ihnen heute noch einmal mitteilen, daß der Fachbereichsrat des Fachbereichs II unserer Abteilung am 30. Mai 1972 beschlossen hat, Sie durch Rektor und Senat der Hochschule* *dem Minister für Wissenschaft und Forschung des Landes NRW für die oben genannte Stelle vorzuschlagen.*

Ich darf Ihnen zu dieser Qualifikation meine herzlichen Glückwünsche aussprechen.

Gleichzeitig möchte ich Sie bitten, mir folgende Unterlagen zuzusenden:
1. Einen bis auf den Stand des Jahres 1972 ergänzten Lebenslauf
2. Ergänzungen zum Literaturverzeichnis
3. Abschriften Ihrer Zeugnisse und Einstellungsurkunden
4. drei ausgefüllte Personalbogen (vgl. Beilage)
5. Strafregisterauszug

Da wir daran interessiert sind, den Ernennungsvorschlag so schnell wie möglich weiterzureichen, bitte ich um Ihr Verständnis dafür, daß alle Unterlagen <u>Ende Juli</u> bei uns vorliegen sollten.

Ich danke Ihnen für Ihre Mühe und bin mit guten Wünschen für Ihre Arbeit Ihre Elisabeth Harder-Gersdorff"

Dieses Schreiben von Elisabeth Harder-Gersdorf mit detaillierten Anforderungen an Unterlagen vermittelt nicht nur bei mir den Eindruck, daß der Rest des Verfahrens nur Routine sei. Natürlich haben wir uns darüber gefreut. Am 26. Juli habe ich alle angeforderten Unterlagen zusammen und übersende ihr diese. Ich bitte Sie auch mir mitzuteilen, „wann der Vorschlag für meine Ernennung vom Senat durch den Rektor an den Minister für Wissenschaft und Forschung des Landes NRW gegangen ist."

Am 9. August weist mich das Dekanat darauf hin, daß die Tatsache, daß ich kein Strafregister habe, vom Einwohnermeldeamt in Form eines Führungszeugnisses bestätigt werden muß. Am 11. August schreibt mir Elisabeth Harder-Gersdorff wieder: *„Sehr geehrter Herr Dr. Aich! Für Ihr Schreiben vom 26. 7. 1972 danke ich Ihnen heute, um Ihnen folgendes mitzuteilen.*

Der Antrag auf Ihre Ernennung zum Wissenschaftlichen Rat und Professor ist heute dem Rektorat zugeleitet worden. Die nächste Senatssitzung ist am 28. August.

Wahrscheinlich wird, wie Ihnen Herr Steinkamp vielleicht schon mündlich mitgeteilt hat, das Ministerium den Richtlinien entsprechend eine Habilitation verlangen. Ich bitte Sie um Verständnis, daß in diesem Fall ein Habilitationsverfahren eingeleitet werden muß. Die Voraussetzungen hierzu sind ja unabhängig von Ihrer in Konstanz eingereichten Arbeit gegeben.

Von der Weiterleitung Ihres Ernennungsvorschlags an das Ministerium will ich Sie gern unterrichten. Mit freundlichen Grüßen Ihre Elisabeth Harder-Gersdorff"

*****

Das Rumpfseminar in Oldenburg entwickelt sich spannend trotz der fehlenden Interdisziplinarität. Dies liegt an den besonderen Lebensläufen jener fünf Studierenden, die auf keinen Fall das Seminar ausfallen lassen wollen. Unter ihnen sind drei ehemalige Sozialarbeiter und ein Erziehungsbeistand. Zunächst haben sie die Fürsorgeakten durchzulesen. Dann haben sie ihre Eindrücke zunächst spontan und später das Ergebnis ihres Nachdenkens in der gemeinsamen Sitzung zur Diskussion zu stellen. Wegen der Intensität der Arbeit ist das Seminar zähflüssig angelaufen. Die kleine Zahl der Studierenden entfacht aber zunehmend eine dichte Diskussion. Das „methodologische Seminar" entwickelt sich in Ansätzen zu einem Projekt des „Forschenden Lernens". Wir beginnen zu erkennen, das die zehn Akten eine wahre Fundgrube für Erkenntnisse sind. Am Ende des Semesters beschließen wir das Seminar im nächsten Semester fortzusetzen.

Der Ferdinand-Enke-Verlag aus Stuttgart gibt am 11. August folgendes Schreiben zur Post: *„Sehr geehrter Herr Aich! Vor einigen Wochen hat uns Herr Prof. Baier Ihr Manuskript ‚Die Indische Universität' geschickt mit der Bemerkung, Sie hätten dasselbe bereits dem Bertelsmann-Universitätsverlag zur Veröffentlichung angeboten. Dieser Verlag hat Sie aber offenbar sehr lange ohne Antwort gelassen, so daß Sie die Geduld verloren haben und es mit einem anderen Verlag versuchen wollten.*

Das Thema ist so speziell, daß es zu wenig Käufer finden würde, um eine normale Buchausgabe zu rechtfertigen. Wir haben kurze Zeit daran gedacht, Ihre Arbeit in einem anderen Verfahren herzustellen und in geringer Stückzahl aufzulegen. Dazu benötigt man aber eine mit einer IBM-Schreibmaschine geschriebene Vorlage. Da ich Ihnen nicht zumuten kann, das ganze Manuskript nochmals abschreiben zu lassen, schicke ich es Ihnen anbei wieder zurück. Mit freundlichen Grüßen Dietrich Enke"

Nun, ich habe es nicht gewußt, daß Horst Baier das Manuskript an den Ferdinand-Enke-Verlag geschickt hatte. Wir hatten ab und an telefoniert. Ich habe natürlich wegen der Verzögerung einer Entscheidung durch die Deutschen Forschungsgemeinschaft meine Besorgnis zum Ausdruck gebracht. Und ich hatte auch wenig Zeit und Möglichkeit aus der „Falle" zwischen dem Herausgeber Helmut Schelsky, dem Bertelsmann-Universitätsverlag und der Deutschen Forschungsgemeinschaft einen Fluchtweg nach vorn zu finden. Ich wundere mich nur darüber, daß Horst Baier in seinem Schreiben an den Ferdinand-Enke-Verlag nicht den Antrag an die Deutsche Forschungsgemeinschaft erwähnt hatte. Nach reichlicher Überlegung ziehe ich es doch vor, eine Entscheidung der Deutschen Forschungsgemeinschaft abzuwarten. Der Traum, daß der Bertelsmann-Universitätsverlag die Arbeit wie verabredet im Herbst 1972 in der Schriftenreihe von Helmut Schelsky herausbringt, ist ausgeträumt. Ich beginne, mich darüber zu wundern, warum der Herausgeber Schelsky sich so auffällig aus dieser Geschichte heraushält und Horst Baier alles überlassen hat. Ich registriere auch, daß der Eifer Horst Baiers nachläßt.

*****

Heute weiß ich, daß meine Naivität damals grenzenlos gewesen ist. Grenzenlos ist auch meine Unkenntnis über das Zeichen „Chinatowns" gewesen. Ich erkenne auch nicht die „Falle" in dem Schreiben Elisabeth Harder-Gersdorffs, aus der ich nicht mehr herauskommen werde. Natürlich hat mir Herr Steinkamp weder mündlich noch schriftlich mitgeteilt, daß: *„Wahrscheinlich wird das Ministerium den Richtlinien entsprechend eine Habilitation verlangen. Ich bitte Sie um Verständnis, daß in diesem Fall ein Habilitationsverfahren eingeleitet werden muß."* Ich bin nicht klug genug gewesen zu denken, vielleicht wird das Ministerium eine Habilitation nicht verlangen. Denn nach dem Gesetz soll die Voraussetzung für die Stelle *„Habilitation oder eine adäquate Leistung"* sein. So war sie auch öffentlich ausgeschrieben. Und wenn ich die adäquate Leistung nicht besitzen würde, würde ja weder die Berufungskommission noch der Fachbereich mich auf den ersten Listenplatz setzen. Alle diese Überlegungen bleiben mir fern. Ich fühle mich auch durch den Satz geschmeichelt: *„Die Voraussetzungen hierzu sind ja unabhängig von Ihrer in Konstanz eingereichten Arbeit gegeben".*

Und so begebe ich mich am 16. August freiwillig in die Fänge „Chinatowns", anstatt den Antrag des Fachbereichs außerhalb der Universität entscheiden zu lassen: „Sehr geehrte Frau Harder-Gersdorff, ich danke Ihnen für Ihr Schreiben vom 11. 8. 72. Vielleicht wäre es gut, bereits in der nächsten Senatssitzung prophylaktisch eine Gutachterkommission für das Habilitationsverfahren zu benennen und den Herren und Damen der Kommission meine Arbeiten zuzusenden. Auf diese Weise könnten sicherlich einige Wochen an Zeit eingespart werden. Für eine kurze Mitteilung nach der Senatssitzung wäre ich Ihnen deshalb außerordentlich dankbar, weil ich glaube, das Verfahren im Ministerium etwas beschleunigen zu können. Mit freundlichen Grüßen Ihr"

Es ist müßig heute darüber zu spekulieren, ob Elisabeth Harder-Gerdorff als Dekan bereits den Gegenwind gespürt hatte oder ob sie auch ein naiver Tölpel wie ich gewesen ist. Sie schreibt mir am 22. August fast postwendend: *„Sehr geehrter Herr Aich! Auf Ihr Schreiben vom 16. 8. 1972 bitte ich Sie, Ihr Gesuch um Zulassung zum Habilitationsverfahren wegen der ausstehenden Senatssitzung postwendend an mich zu schicken. Nach § 4 der Habilitationsordnung unserer Hochschule ist das Gesuch an den Rektor zu richten und diesem über den Dekan zuzuleiten. Über die Zulassung und über die einzurichtende Kommission befindet der Senat. Das Gesuch um Zulassung zum Habilitationsverfahren muß die Angabe des gewünschten Lehrgebietes (Soziologie) enthalten. Mit freundlichen Grüßen bin ich Ihre Elisabeth Harder-Gersdorff"*

Auf jeden Fall macht sie mich **nicht** darauf aufmerksam, daß für den Fachbereich oder für mich eigentlich keine Veranlassung bestehen, vorauseilend ein Habilitationsverfahren, das ja nur kumulativ sein kann, einzuleiten. Am 30. August sorge ich selbst dafür, daß die Falle zuschnappt: "Sehr geehrte Frau Harder-Gersdorff, ich danke Ihnen für Ihr Schreiben vom 22. 8., das ich erst heute nach einer kurzen Reise vorfand. Deshalb konnte ich nicht, wie Sie vorgeschlagen hatten, postwendend mein Gesuch um Zulassung zum Habilitationsverfahren übersenden. Ich hoffe, dadurch das Verfahren nicht zu sehr verzögert zu haben. In der Anlage finden Sie mein Gesuch um Zulassung zum Habilitationsverfahren. Mit freundlichen Grüßen Ihr"

Am 8. September gibt Elisabeth Harder-Gersdorff folgende Zeilen zur Post: *„Sehr geehrter Herr Aich! Heute bestätige ich Ihren Brief vom 30. 8. 1972* und den Eingang Ihrer Veröffentlichungen mit bestem Dank. Ihr Habilitationsgesuch werde ich mit gleicher Post dem Rektorat einreichen, so daß es in der nächsten Senatssitzung am 25. 9. 1972 behandelt werden kann.

Der Senat hatte am 28. 8. 1972 zunächst beschlossen, den Antrag des Fachbereichs auf Ihre Ernennung an uns zurückzugeben, um zusätzliche Gutachten über Ihre Publikationen erstellen zu lassen.

In einer Besprechung mit dem Rektorat am 6. 9. 1972 wurde jedoch vereinbart, hierauf zu verzichten, da im Rahmen des Habilitationsverfahrens ohnehin Gutachten erstellt werden. Eine Weiterleitung des Antrags an das Ministerium kann erst nach vollzogener Habilitation und Abstimmung des Senats erfolgen.

Es tut mir leid, daß ich Ihnen darüber hinaus nichts Definitives mitteilen kann und daß ich Sie angesichts der für die Besetzung von H3 - Stellen charakteristischen Verzögerungen um Verständnis und Geduld bitten muß. Mit freundlichen Grüßen bin ich Ihre Elisabeth Harder-Gersdorff"

Also verhält sich Bielefeld mit den Gutachten auch wie Konstanz: *„Der Senat hatte am 28. 8. 1972 zunächst beschlossen, den Antrag des Fachbereichs auf Ihre Ernennung an uns zurückzugeben, um zusätzliche Gutachten über Ihre Publikationen erstellen zu lassen."* Es ist heute ein schwacher Trost für mich, daß auch ohne meinen eigenen Antrag auf Habilitation die inneruniversitären Hürden nicht hätten überwunden werden können. Das Zeichen der „Chinatowns" eben.

Der Rektor der PH Westfallen-Lippe residiert in Münster. Meine Bewerbung an der Abteilung Münster läuft noch. Der Rektor Prof. Dr. Jasper ist mir kein Unbekannter. Er schreibt mir bereits am 12. September: *„Sehr geehrter Herr Dr. Aich! Ich bestätige dankend den Eingang Ihres Habilitationsgesuches vom 30. 8. 1972. Zur Vervollständigung der Unterlagen muß ich Sie bitten, mir noch gemäß § 5 Ziffer 5 der Habilitationsordnung, die ich in der Anlage beifüge, sämtliche gedruckten wissenschaftlichen Arbeiten zuzusenden. Ferner wäre ich dankbar für eine genaue Angabe der Schriften, die gemäß § 2 zum Gegenstand des Habilitationsverfahrens als schriftliche Habilitationsleistung gemacht werden sollen. Ich darf dabei darauf hinweisen, daß es außer Frage steht, daß Ihre in Konstanz vorgelegte Habilitationsschrift nicht erneut Gegenstand des Habilitationsverfahrens bei uns werden kann."*

Warum es in einem kumulativen Habilitationsverfahren außer Frage stehen soll, *„daß Ihre in Konstanz vorgelegte Habilitationsschrift nicht erneut Gegenstand des Habilitationsverfahrens bei uns werden kann"* leuchtet mir nicht ein. Aber ich mache daraus kein Problem. Später wird sich herausstellen, daß dies ein Fehler war. Richtiger ist wahrscheinlich, daß ich im nachhinein dies als einen Fehler bezeichnen werde. Aber alles in der zeitlichen Reihenfolge. Zunächst habe ich am 16. September geschrieben: „Herrn Prof. Dr. Jasper, Rektor, PH Westfalen-Lippe, 44 Münster. Sehr geehrter Herr Jasper, ich nehme Bezug auf Ihr Schreiben vom 12. 9. 72. Zusammen mit meinem Antrag habe ich dem Rektorat über den Herrn Dekan des Fachbereichs II der Abteilung Bielefeld die mir verfügbaren Veröffentlichungen zugesandt. Ich möchte vorschlagen, die auf dem beigefügten Schriftenverzeichnis bezeichneten Veröffentlichungen zum Gegenstand der schriftlichen Habilitationsleistung zu machen.

PS: In „Soziale Arbeit" habe ich die folgenden Kapitel geschrieben: Einleitung, Die Gründung der Förderergemeinschaft, Die Rolle der Sozialarbeit, Die Phase der unmittelbaren Hilfe, Neuansatz in Bonn, Die Rolle der Sozialarbeiter und Ende einer freien Initiative"

*****

Im Oktober fängt das Semester in Oldenburg an. Ich pendele immer noch zwischen Köln und Oldenburg. Davon abgesehen, habe ich mich an die vielen Prüfungen und Veranstaltungen gewöhnt. Und noch eins lerne ich. Forschungsmöglichkeiten sind nicht abhängig von Drittmitteln, und Forschungsgegenstände liegen im gesellschaftlichen Umfeld in Hülle und Fülle vor. Während sich die Gründer der Universität in Oldenburg auch über „Forschendes Lernen" die Köpfe heiß reden, entwickelt sich meine Sonderveranstaltung zu einem Projekt des Forschenden Lernens.

Aus einem methodologischen Seminar mit dem Ziel, die Technik der Inhaltsanalyse während der Analyse der Jugendamtsakten selbst zu erlernen, werden schon andere zusammenhängende Erkenntnisinteressen formuliert. Die kleine Zahl der Studierenden ermöglicht eine intensive Diskussion. Zu Beginn des Semesters wird entschieden, die Sitzungen nicht mehr von vornherein zeitlich zu beschränken. Gegen Ende des Semesters wird entschieden, bis zu einer abschließenden Bewertung unserer Arbeit ohne Unterbrechung durch die Semesterferien einmal wöchentlich zu tagen. Eine Unterbrechung würde erhebliche Anlaufschwierigkeiten mit sich bringen und viel Zeit verloren gehen. Als unmittelbare Erkenntnis wollen wir die Technik der Inhaltsanalyse – qualitativer und quantitativer Art – ebenso erarbeiten wie auch eine kritische Aufarbeitung der üblichen empirischen Sozialforschung.

*****

Der Rektor der PH Westfalen-Lippe meldet sich wider Erwarten bereits am 6. November, und ich erkenne nicht den rechten Sinn: *„Sehr geehrter Herr Dr. Aich! Die Tatsache, daß Ihr beantragtes Habilitationsverfahren noch nicht voll in Gang gekommen ist, gibt mir Veranlassung, Ihnen einen Zwischenbericht zu geben. Der Senat der Pädagogischen Hochschule Westfalen-Lippe hatte am 25. 9. 1972 die Eröffnung des Habilitationsverfahrens beschlossen und drei Mitglieder der Habilitationskommission gewählt. Leider hat ein gewähltes Mitglied seine Mitarbeit wegen Arbeitsüberlastung absagen müssen. Darum hat der Senat in seiner Sitzung vom 30. 10. 1972 einen Ersatzmann gewählt, dessen Antwort noch nicht vorliegt. Ich hoffe jedoch auf eine positive Zusage.*

Um das Verfahren nunmehr zu beschleunigen, wäre ich Ihnen dankbar, wenn Sie noch weitere Exemplare der Veröffentlichungen, die Gegenstand des Habilitationsverfahrens gemäß Ihrem Schreiben vom 16. 9. 1972 sein sollen, mir zusenden könnten. Wir könnten dadurch sicherstellen, daß die Gutachter schneller arbeiten können. Außerdem benötigen wir doppelte Exemplare für die

Auslage der Schriften in den Abteilungen, die in unserem Verfahren zwingend vorgeschrieben sind.

Ich bestätige nochmal ausdrücklich, daß Sie folgende Schriften als Gegenstand des Habilitationsverfahrens angesehen haben wollen:

1. *Farbige unter Weißen. Kiepenheuer & Witsch, Köln 1962, S. 315*
2. *Asian and African students in West German Universities. MINERVA: A REVIEW OF SCIENCE, LEARNING AND POLICY, Vol. I, Autumn 1963, No 4, S. 439*
3. *Soziale Situation der Welt. VEREINTE NATIONEN, 12.1964, Nr. 6, S. 216*
4. *Die Grundprobleme des Kaschmir-Konflikts. VEREINTE NATIONEN, 13.1965, Nr. 5, S. 157*
5. *Soziale Determinanten der politischen Einstellung der afrikanischen und asiatischen Studenten in deutschsprachigen Ländern. KÖLNER ZEITSCHRIFT FÜR SOZIOLOGIE UND SOZIALPSYCHOLOGIE, 18.1966, H. 3, S. 482*
6. *Die revolutionären Studenten Indiens. AREOPAG, 4.1969, Nr. 1, S. 35*
7. *Der Pearson-Bericht - Bibel oder Diskussionsstoff? VEREINTE NATIONEN, 18.1970, Nr. 8, S. 480*
8. *Soziale Arbeit. Eine analytische Geschichte der Förderergemeinschaft ‚Kinder in Not‘ e.V., Kiepenheuer & Witsch 1972, 180 S., in Zusammenarbeit mit Otker Bujard*

Von diesen Schriften haben wir die Nummern 1, 2, 5 und 6 je einmal vorhanden, die anderen Nummern fehlen völlig. Es wäre darum dringend erforderlich, daß Sie diese Nummern noch nachreichen und nach Möglichkeit dafür Sorge tragen, daß wir von allen Exemplaren je drei vorliegen haben. Mit freundlichen Grüßen Prof. Dr. Jasper"

Weiß eigentlich der Rektor Prof. Dr. Jasper nicht, daß Zeitschriften so viele Belegexemplare nicht liefern, wie er angeblich für die Beschleunigung des Habilitationsverfahrens braucht? Ich habe auch nicht nachvollziehen können, wieso vor einer Senatssitzung nicht vorgeklärt werden kann, ob ein eventuell zu wählender Gutachter auch tatsächlich bereit ist, das Gutachten zu machen. Und was soll ich mit solchen Information anfangen? Die Namen der Gutachter hätten mich mehr interessiert. Ich beantworte das Schreiben bereits am 20. November: „Sehr geehrter Herr Jasper, ich nehme Bezug auf Ihr Schreiben vom 6. 11. 72. Mit meinem Antrag für die Einleitung des Habilitationsverfahren hatte ich Ihnen 17 Veröffentlichungen – je ein Exemplar – zugesandt. Wie es auch sei – ich vervollständige jetzt die Liste mit zusätzlichen Exemplaren mit Ausnahme von Nr. 3, 4, 6, und 7. Die Nummern 3, 4 und 6 haben Sie 2 X erhalten, Nr. 7 einmal. Die fehlenden Exemplare sind leider nicht bei mir vorhanden, und deshalb möchte ich Sie bitten zu veranlassen, daß im Rektorat von den Aufsätzen Fotokopien hergestellt werden. Ich wäre Ihnen außerordentlich dankbar, wenn das Problem auf diese Weise gelöst werden könnte und darf Sie noch bitten, die nicht benötigten Exemplare meiner Veröffentlichungen alsbald zurückzusenden. Mit freundlichen Grüßen Ihr"

Mit dem Schreiben vom 28. November kommt die Mitteilung, daß die Bühne für ein kumulatives Habilitationsverfahren endlich gerichtet ist: *„Sehr*

*geehrter Herr Aich! Haben Sie besten Dank für Ihr Schreiben vom 20. 11. 1972
und die Übersendung der weiteren Publikationen. Wir haben nunmehr von den
Nummern 3, 4, 6 und 7 der Liste, die ich in meinem Schreiben vom 6. 11. 1972
aufgeführt hatte, noch je eine bzw. zwei Kopien erstellt, so daß insgesamt je
drei Exemplare der ganzen Liste vorhanden sind. Außerdem liegen uns noch
die in der Anlage aufgeführten Veröffentlichungen vor, die aber nicht
ausdrücklich Gegenstand des Habilitationsverfahren sein sollten.*

*Mit Ihrem Antrag auf Eröffnung des Habilitationsverfahren sind bei uns nur
11 und nicht 17 Veröffentlichungen eingegangen. Eine entsprechende Liste lag
Ihrem Antrag vom 30. 8. 1972, der uns über die Dekanin des Fachbereichs II
der Abteilung Bielefeld vorgelegt wurde, bei. Ich wollte das nur feststellen, um
späteren Mißverständnissen vorzubeugen.*

*Im übrigen kann ich Ihnen mitteilen, daß inzwischen die Kommission kom-
plett ist. Herr Kollege Baier hat seine Zusage gegeben. Die überzähligen Veröffentlichungen werde ich Ihnen nach Abschluß des Habilitationsverfahrens
zurücksenden. Gemäß § 5 Abs. 1 Ziff. 5 der Habilitationsordnung müssen sämtliche Veröffentlichungen – auch diejenigen, die nicht ausdrücklich Gegenstand
des Verfahrens sind – vorgelegt werden. Ich möchte den Gutachtern zumindest
die Möglichkeit geben, auch in diese Veröffentlichungen, soweit sie jetzt bei uns
liegen, Einblick zu nehmen.*

*Veröffentlichungen, die nicht ausdrücklich Gegenstand des Habilitations-
verfahrens sind:*

- *Kritisches zur Konzeption der deutschen Entwicklungshilfe.
  GEWERKSCHAFTLICHE MONATSHEFTE, 11.1966, Nr. 12, S. 722*
- *Die Zukunft der deutschen Entwicklungspolitik. FRANKFURTER HEFTE,
  16.1961, Nr. 6, S. 375*
- *Die parteipolitische Situation in Indien. GEWERKSCHAFTLICHE
  MONATSHEFTE, 12.1961, Nr. 12, S. 710*
- *The problems of coloured students in Germany. INFORMATION:
  INTERNATIONAL SOCIAL SCIENCE COUNCIL, New Series - Vol. I, 1962,
  No 4, S. 37*
- *Wettkampf der Systeme. SONNENBERG, BRIEFE ZUR
  VÖLKERVERSTÄNDIGUNG, o.J., 1964, Nr. 30, S. 57*
- *Entwicklung in China und Indien - ein Vergleich. GEWERKSCHAFTLICHE
  MONATSHEFTE, 21.1970, Nr. 8, S. 480*
- *Die Indische Universität – eine soziologische Erhebung über die Produktion
  von Kadern eines entkolonisierten Landes. Habilitationsschrift, 590 S.
  Mit freundlichen Grüßen"*

*****

Die Deutsche Forschungsgemeinschaft hat immer noch nicht entschieden. Am 11. April hatte sie mich um *„etwa 2 bis 3 Monate"* Geduld gebeten.
Auch der Verlag hat sich nicht gerührt. Das Jahr geht zu Ende. Erfreulich in
dieser Zeit ist nur die Arbeit über die Fürsorgeakten gewesen. Ausgangspunkt für alle Beteiligten sind, wie schon erwähnt, das konkrete Material aus
zehn Akten. Die Organisation der Arbeit mußte sicherstellen, daß sich der

Informationsstand über das Material bei den Beteiligten angleicht, ohne den wenig rationellen Weg zu gehen, daß jeder Beteiligte in einer vorangestellten Lesephase das konkrete Material individuell zu lesen hat. Dies wird in mehreren Etappen bereits vor dem Jahresende geleistet.

Alle Etappen werden begleitet von theoretischen Diskussionen. Die Angleichung des Informationsniveaus ist begleitet von der Erkenntnis, daß wir über die Arbeitsweise der beteiligten Institutionen die Institutionen selbst analysieren. Diese Institutionen sind: Kriminalpolizei bzw. Weibliche Kriminalpolizei, Jugendamt, Schule, psychiatrische Klinik, Gericht und Gesetzgeber. Wir beginnen die Rolle und die Funktion dieser Institutionen in dem gesamtgesellschaftlichen Zusammenhang, exemplifiziert durch die Fürsorgeerziehung, zu erkennen. Dies stellt auch die Einheit von Theorie und Praxis her. Während der Arbeit werden uns immer mehr die Lerngegenstände in ihren Bedingungs- und Wirkzusammenhängen klarer. Klarer wird uns auch, daß ein befriedigender Abschluß dieses Projekts nebst der veranstaltungsfreien Zeit auch das Sommersemester beanspruchen würde. Quantifiziert kann die Intensität der erforderlichen Arbeit mit mehreren „normalen" Seminaren verglichen werden.

*****

Das neue Jahr beginnt mit einem Rückschlag. Horst Baier ruft mich an und macht mir wütende Vorwürfe. Wie konnte ich es zulassen, daß meine abgelehnte Habilitationsschrift aus dem kumulativen Habilitationsverfahren in Bielefeld herausgenommen wird? Er läßt meinen Einwand nicht gelten, daß durch das Nichtzustimmen eine neue zeitraubende Front eröffnet werden würde. Empört kündigt er mir an, daß er unter dieser Voraussetzung kein positives Gutachten wird machen können. Vergessen sind seine Beweggründe, mich aus Frankfurt anzurufen und mich zu bitten, nach Frankfurt zu kommen. Das Gedächtnis ist bei Horst Baier kürzer als 1½ Jahre geworden. Was tun? Ich bitte ihn, zu bedenken, daß er mit dieser Haltung eigentlich alle meine bisherigen Veröffentlichungen entwertet. Außerdem könnte er hierüber mit der PH Westfalen-Lippe verhandeln. Mehr Möglichkeiten als diese beiden diskreten Hinweise sehe ich nicht. Am 17. Januar 1973 schickt mir die Deutsche Forschungsgemeinschaft den Bescheid: *„Betrifft: Druckbeihilfe für das Werk ‚Die Indische Universität'. Sehr geehrter Herr Dr. Aich! Die Deutsche Forschungsgemeinschaft ist bereit, auf Antrag vom Prof. Baier vom 29. 9. 1971 zur Veröffentlichung des Werkes im Verlag Bertelsmann, Düsseldorf, eine Beihilfe in Höhe von 4150,- DM (i. W. vierthausendeinhundertfünfzig Deutsche Mark) zur Verfügung zu stellen.*

Diese Bewilligung geht von der Voraussetzung aus, daß das Werk im Umfang von 19 Bogen und einer Auflage von 500 Stück zu einem Ladenpreis von 35,- DM erscheint und daß die Herstellungskosten dem Voranschlag entsprechen. Die Forschungsgemeinschaft behält sich für den Fall, daß sich diese Voraussetzungen ändern, eine entsprechende Minderung ihrer Leistun-

*gen vor. Bei Änderung der Herstellungskosten wird eine Anpassung des Laden-
preises erwartet.*

*Mit der Annahme der Druckbeihilfe verpflichtet sich der Verlag, die in der
Anlage 1 aufgeführten Bedingungen einzuhalten und der Forschungsgemeinschaft sofort nach Erscheinen sechs Freistücke zu übersenden. Auf eine Rück-
zahlung der Beihilfe wird verzichtet. Wir bitten Sie und den Verlag, die beigefügte Anlage 2 zu unterzeichnen und innerhalb von vier Wochen nach Eingang
dieses Schreibens zurückzusenden.*

*Das zur Bearbeitung Ihres Antrages eingesandte Manuskript geht Ihnen mit
gleicher Post als Paket zu. Der Verlag hat eine Abschrift dieses Briefes erhalten.
In vorzüglicher Hochachtung, Im Auftrag, Dr. Petersen"*

Armer, armer Verlag Bertelsmann! Es geht also um die stattliche
Summe von 4150,- DM. Ich will es gar nicht glauben. Oder geht es doch um
was anderes? Um das Hinausschieben? Für diese Entscheidung sind was-
weiß-ich-wie-viele Gutachter bemüht worden. In 16 Monaten! Ich bin
untröstlich. Ich raste aus, als der Verlag mir am Telefon noch mitteilt, daß
die Höhe des Zuschusses von der Deutschen Forschungsgemeinschaft
unzureichend sein soll. Also wende ich mich am 10. Februar doch an Horst
Baier: „Sehr geehrter Herr Baier, ich habe lange gezögert, Ihnen in dieser
Angelegenheit zu schreiben. Je mehr ich darüber nachdenke, um so mehr sehe
ich meinen Fehler ein. Unmittelbar nachdem ich mit Ihnen gesprochen hatte,
habe ich mit dem Bertelsmann-Universitätsverlag über den Umfang der Kürzung
meiner Arbeit gesprochen. Der Verlag teilte mir mit, daß der Zuschuß ungenü-
gend sei und er sich daher erneut an die Deutsche Forschungsgmeinschaft
gewandt habe. Ich solle mit der Kürzung nicht beginnen, bevor nicht sichergestellt sei, ob die Arbeit tatsächlich veröffentlicht werden könne.

Mir ist nicht ganz verständlich, warum die Forschungsgemeinschaft einen
Teil des beantragten Geldes bewilligt und damit praktisch die Veröffentlichung
verhindert. Ich sehe keinen anderen Ausweg als den, Herrn Schelsky und Sie
zu bitten, sich doch nochmals an die Forschungsgemeinschaft mit dem Hinweis
zu wenden, die Veröffentlichung durch einen üblichen und entsprechenden
Druckkostenbeitrag zu ermöglichen. Die Bewilligung eines Teilbetrages deutet
ja daraufhin, daß die eingeholten Gutachten positiv waren.

Ich weiß nicht, ob Sie mit dem Rektor der PH Westfalen-Lippe eine Einigung
in Ihrem Sinne erzielen konnten. Sie wissen sicherlich, daß je länger die
Geschichte verzögert wird, um so mehr Gerüchte in Umlauf sind. Wenn Sie das
Gutachten nicht machen, wird sich das Verfahren noch mehr in die Länge
ziehen. Es wird behauptet, daß Herr Ebel meine Arbeiten negativ beurteilen wird
und Sie sähen sich, obwohl Sie die Veröffentlichung der Indienuntersuchung
unterstützt hatten, nicht in der Lage, ein positives Gutachten zu machen, so daß
nur ein positives Gutachten, das von Herrn Feldhoff, vorliegen würde.

Wenn es Ihnen irgendwie möglich ist, möchte ich Sie bitten, den Auftrag
nicht zurückzugeben und in Ihrem Gutachten aufgrund Ihrer Kenntnis der
Indienarbeit auch auf diese einzugehen. Rechtlich kann Ihnen nicht verwehrt
werden, andere Arbeiten in Ihr Gutachten einzubeziehen, auch wenn diese nicht
ausdrücklich Gegenstand den Verfahrens sind.

Ich bitte Sie auch deshalb, weil ich die Befürchtung habe, daß die Sache in Bielefeld nicht ganz normal gelaufen ist. Es könnte durchaus Kräfte geben, die auch dieses Habilitationsverfahren zu Fall bringen möchten. Welche verheerenden Folgen eine solche Entwicklung haben würde, können Sie sich sicherlich vorstellen. Noch hätten Sie die Sache in der Hand, wenn Sie den eben vorgeschlagenen Weg akzeptieren könnten.

Ich hoffe, Sie nehmen es mir nicht übel, daß Sie sich wieder mit meinen Angelegenheiten befassen müssen."

Was ist bloß zwischen dem 28. November 1972 (Mitteilung des Rektors der PH Westfalen-Lippe: *„Im übrigen kann ich Ihnen mitteilen, daß inzwischen die Kommission komplett ist. Herr Kollege Baier hat seine Zusage gegeben."* und dessen vorwurfsvoller Anruf im Januar 1973, quasi als Neujahrsglückwunsch: *„Wie konnten Sie die Indienarbeit aus dem Habilitationsverfahren herausnehmen?"* tatsächlich geschehen? Sind Horst Baier seine moralischen Skrupel schon zu teuer geworden? Bereitet Horst Baier etwa einen Rückzug mit trügerischem guten Gewissen vor? Holt ihn der Druck zur Anpassung in die Gemeinde der deutschen Soziologen ein?

*****

Am Ende des anstrengenden Semester diskutieren wir, ob es nicht notwendig ist, das Ergebnis dieses Projekts des Forschenden Lernens in einem Bericht zusammenzufassen oder gar an eine Veröffentlichung zu denken. Schließlich sind wir ja alle davon überzeugt, daß wir unsere gewonnen Erkenntnisse aus diesem Projekt nicht der bekannten Fachliteratur hätten entnehmen können. Ich biete an, die Akte aus Bonn so auszuwerten, daß diese wie eine Biographie zu lesen ist, wie eine besondere Biographie, nämlich wie die Sozialbürokratie diese in ihrer Akte dokumentiert hat, eine „Sozialbiographie" also. Ich darf auch Verlage ansprechen.

Beim Schreiben fällt mir auf, daß die Akte wesentlich spannender ist, als ich bisher erkannt hatte. Nachdem die Biographie – alle persönliche Bezüge werden verschlüsselt – geschrieben ist, gebe ich sie natürlich vielen in Köln zu lesen. Einheitlicher Kommentar: Spannende Lektüre. Alle haben sie ohne Unterbrechung gelesen. Die endgültige Fassung schicke ich an drei Verlage: Fischer Taschenbuch Verlag, Kiepenheuer & Witsch und an rororo aktuell. In wenigen Tagen meldet sich Freimut Duwe, Herausgeber von rororo aktuell, am Telefon. Wenn alle zehn Biographien von gleicher Qualität sind, will er sie im Herbst herausbringen. Die anderen beiden Verlage wollen das Buch ebenfalls machen. Wir entscheiden uns für den Rowohlt Verlag, auch deshalb, weil Freimut Duwe unmittelbar nach dem Telefongespräch mich in Köln aufsucht und die Akten sichtet. Er bietet uns einen sofortigen Verlagsvertrag an. Erste Auflage 20000. Ohne einen Zuschuß von der Deutschen Forschungsgemeinschaft.

*****

Horst Baier reagiert nicht auf mein Schreiben vom 10. Februar. Nein, falsch! Er reagiert mit Nichtbeantwortung. Am 8. März ruft ein Herr Müller vom Bertelsmann-Universitätsverlag an und legt mir nahe, mich doch noch einmal an Horst Baier als Antragsteller an die Deutschen Forschungsgemeinschaft zu wenden. Ich rufe Horst Baier an. Danach schreibe ich am 9. März zunächst an den Bertelsmann-Verlag: „Sehr geehrter Herr Müller, nach dem gestrigen Telefongespräch mit Ihnen habe ich Herrn Prof. Baier angerufen. Er hat mir geraten, noch einmal mit Ihnen Kontakt aufzunehmen, bevor eine endgültige Entscheidung über die Verlegung der Arbeit gefällt wird. Herr Baier ist der Überzeugung, daß die Arbeit nicht nur sehr gut in die Reihe paßt, sondern auch das Risiko nicht groß ist, bei der Verlegung ein Verlustgeschäft zu machen. Vor allem ist er der Meinung, daß ein so großer Verlag wie der Bertelsmann-Universitätsverlag ein so kleinen Risiko im Interesse der Sache eigentlich eingehen müßte. Vielleicht wäre es gut, wenn Sie einmal mit Herrn Baier telefonieren würden. Seine Telefonnummer ist: 0611/ 7982543.

Obwohl nach den Bewilligungsbestimmungen der Deutschen Forschungsgemeinschaft die Arbeit einen Umfang von 19 Bogen haben soll, möchte ich doch die Möglichkeit von Ihnen erfragen, ob eine weitere Kürzung von 50 bis 60 Seiten die Veröffentlichung in Ihrem Verlag mittels der gewährten Beihilfe ermöglicht. Vielleicht könnte man das eine oder andere Kapitel herausnehmen. Eine Kopie dieses Schreibens schicke ich an Herrn Prof. Schelsky zu seiner Information."

Am gleichen Tag schreibe ich auch an Horst Baier, weil ich an Beharrlichkeit noch nicht alles eingebüßt habe und ich auch noch einen Anlaß habe: „Sehr geehrter Herr Baier, nach dem Telefongespräch mit Ihnen habe ich die Bewilligungsbedingungen der Deutschen Forschungsgemeinschaft noch mal durchgelesen. Danach wird die Beihilfe gekürzt, wenn die Veröffentlichung nicht den Umfang von 19 Bogen, d. h. 304 Seiten, umfaßt. Eine weitere Kürzung würde also nichts einbringen. Die einzige verbleibende Möglichkeit wäre also, über Herrn Schelsky den Verlag einsichtig zu machen, daß das Kriterium für die Verlegung nicht der von vornherein abgesicherte Gewinn sein kann. Ich glaube, wenn Herr Schelsky und Sie sich dafür einsetzen, könnte die Arbeit doch noch erscheinen."

*****

Am 3. April fällt mir ein, daß ich nach Mitteilung über die wohl gerichtete Bühne nichts weiter von dem Habilitationsverfahren gehört habe. Also bringe ich mich in Erinnerung. Außerdem habe ich einen aktuellen Anlaß: „Sehr geehrter Herr Jasper, seit Ihrem Schreiben vom 28. 11. 72 habe ich keine weitere Mitteilung mehr von Ihnen erhalten. Ich nehme an, daß Sie je ein Exemplar meiner Veröffentlichungen, die Gegenstand des Habilitationsverfahrens sind, sowie der übrigen, die nicht ausdrücklich zum Gegenstand des Verfahrens gemacht worden sind, zumindest zeitweilig entbehren können. Ich benötige sie für eine Bewerbung. Ich wäre Ihnen deshalb außerordentlich dankbar, wenn Sie baldmöglichst veranlassen könnten, mir die erwähnten Exemplare per Eileinschreiben zurückzusenden. Mit freundlichen Grüßen"

Postwendend, schon am 4. April gibt der korrekte Rektor alles mit dem folgenden Begleitschreiben zur Eilpost: *„Betr.: Ihr Habilitationsverfahren,*

Horst Baier hat sich doch als Gutachter zurückgezogen. Ein deutliches Signal dafür, daß er schon wahrgenommen hat, daß seine Rolle als Ombudsmann für meine Angelegenheiten ihm keine Vorteile bringt. Er reagiert wieder mit Nichtreagieren auf mein Schreiben vom 9. März. Ich bin fast an Rishi Kumar Mishra erinnert, der mir durch das fortwährende Nichteinhalten von Terminen mitteilen wollte, daß er mit der ganzen Angelegenheit nichts zu tun haben wollte. Obwohl Beharrlichkeit gefragt ist, warte ich dennoch ab, bis ein konkreter Anlaß gegeben ist, mich an Horst Baier zu wenden. Dazu kommt es erst im Mai. Als Mitherausgeber der „Zeitschrift für Soziologie" – die einzige Konkurrenz zur Kölner Zeitschrift – hat er die Idee gehabt, ich könnte ja ein abgeschlossenes Kapitel vor dem Buchdruck vorab quasi als eine Vorankündigung veröffentlichen. Wir einigen uns auf das Kapitel: „Wer sind die befragten Studenten?" Ich verfasse ein gekürzte Version. Der Redakteur der Zeitschrift hat Änderungsvorschläge gemacht, die mir nicht vernünftig erscheinen. Also wende ich mich an Horst Baier am 18 Mai: „Sehr geehrter Herr Baier, ich habe von Herrn Lipp die Mitteilung erhalten, daß die Zeitschrift für Soziologie den Abdruck beschlossen hat, jedoch mit der Auflage, noch 10 bis 15 Seiten zu kürzen.

Daran anschließend macht Herr Lipp eine Reihe von Vorschlägen die meiner Ansicht nach nicht alle realisiert werden können. Im Rahmen des Möglichen werde ich natürlich darauf eingehen. Ist es so besprochen worden, daß der Aufsatz als Teil einer größeren Untersuchung angekündigt wird und deshalb der Methodenteil nur auf das Notwendigste reduziert ist? Herr Lipp erwartet nämlich, daß der Methodenteil in einem Maße beschrieben werden soll, daß der Leser dieses Aufsatzes die Gültigkeit selbst überprüfen kann. Ich meinte, daß diese Anregung nur dann realisiert werden kann, wenn man auf inhaltliche Informationen verzichtet.

Ich habe leider immer noch nichts vom Bertelsmann-Verlag gehört. Ich glaube, wenn Herr Schelsky und Sie nicht ständig Druck ausüben, kann das Buch im Herbst kaum noch erscheinen. Ich bedanke mich sehr für Ihre Bemühungen und verbleibe mit freundlichen Grüßen Ihr"

Horst Baier beeilt sich mit seinem Antwortschreiben. Die Botschaft ist: ich habe alles mir mögliche getan. Adieu. Mir fallen die immer unterschiedlichen Anreden auf. Die Diktionen natürlich auch. Horst Baier hat es eilig. Rette sich wer kann. Mit dem Angebot, mir aus moralischer Verpflichtung bei der Veröffentlichung meiner abgelehnten Arbeit und einer Vorveröffentlichung in der „Zeitschrift für Soziologie" helfen zu wollen, hat er sich einfach übernommen. Er konnte als Medizinsoziologe nicht die Brisanz des Inhaltes der Untersuchung „Die Indische Universität" überblicken. Aber bald begreift er durch die Haltung seiner Kollegen, welches heiße Eisen er angefaßt hat. Er will sich zumindest mit einigem Anstand aus dieser Geschichte verabschieden. Er will, daß zumindest der Aufsatz in der „Zeitschrift für Soziologie" erscheint. So schreibt er mir am 25. Mai sein Abschiedsschreiben aus dieser Sozialgeschichte: *„Sehr geehrter Herr Dr. Aich! Besten Dank für Ihr Schreiben vom 18. Mai. Ich empfehle Ihnen sehr, einige Kürzungen Ihres Aufsatzes vorzunehmen. Er würde dadurch an Lesbarkeit durchaus gewinnen. Freilich sollten Sie darauf achten, daß Sie erstens Ihre Daten berichten und zweitens sie sinnvoll interpretieren können.*

Bezüglich Ihres Buches habe ich vom Bertelsmann-Verlag auch nichts gehört. Haben Sie ihn, wie wir das letzte Mal telefonisch besprochen hatten, direkt angeschrieben?

Jedenfalls wünsche ich Ihnen in diesem Punkt eine schnelle Entscheidung und hoffe sehr, daß wir schnellstens Ihren Aufsatz abdrucken können. Mit vielen Grüßen aus Frankfurt bin ich Ihr Horst Baier"

*****

Das Buch über die Jugendfürsorge hält beschäftigt. Ich muß alles andere liegen lassen. Termin der Veröffentlichung: November 1973. Aus den zehn bürokratisch geführten Akten werden zehn Geschichten. Zehn betroffenmachende Geschichten. Geschichten darüber, wie im Namen der Fürsorge Jugendliche kriminalisiert werden. Durch Staat und Gesellschaft, vertreten durch die Kriminalpolizei, Jugendamt, Schule, Jugendgericht, Psychiatrie. Alle zehn Jugendliche sind arm. Die Fürsorgebehörde wird durch die „Weibliche Kriminalpolizei" aufmerksam. Diese reagiert auf Beschwerden aus der Nachbarschaft oder wegen der Verletzung schulischen Ordnung. So werden Kinder im Alter zwischen 7 bis 14 Jahren „auffällig" wegen Nichteinhaltung von zwei Normen: Aneignung fremden Eigentums durch Jungen und Mädchen und die Nichteinhaltung der herrschenden Sexualmoral durch Mädchen. In beiden Fällen wird gleich „Verwahrlosung" konstatiert. Es soll eine äußere, eine innere, eine fortgeschrittene und eine Verwahrlosung geben, die zur schädlichen Neigung überzugehen droht. Klare Definitionen dafür gibt es nicht.

Mit zunehmendem Alter merken sie, daß sie alles weniger haben als andere Kinder ihrer Umgebung. Sie sehen die Auslagen in den Läden und haben nicht die Möglichkeit, diese Dinge zu erstehen. Unterbewußt machen sie ihre Eltern dafür verantwortlich. Sie „stehlen" ihren Eltern die schon knappen finanziellen Mittel. In dieser Phase erfährt das Jugendamt nichts. Selbst wenn es dies erfährt – viele Kinder wohnen in städtischen Notunterkünften, so daß die Familie durch Sozialarbeiter vom Sozialamt betreut wird – unternimmt das Jugendamt nichts, denn die Kinder greifen noch nicht nach dem Eigentum anderer. Die Bediensteten der Sozial- und Jugendämter begreifen nicht, daß „Stehlen" nicht eine angeborene Eigenschaft ist, sondern wie jedes andere Verhalten systematisch erlernt wird, programmiert durch die gesamte soziale Umgebung.

Bald versiegt die Quelle bei den Eltern. Der demonstrative Konsum bei anderen Kindern der Umgebung in Form von Spielzeug, Süßigkeiten und anderen Waren zeigt steigende Tendenz. In dieser widersprüchlichen Situation wäre es eigentlich krankhaft, leicht sich anzueignende Gegenstände nicht zu nehmen. Sie nehmen sie. Die Weibliche Kriminalpolizei wird alarmiert. Sie erstellt nicht nur ein Protokoll, sondern spricht auch Empfehlungen aus. Kompetenzüberschreitend, versteht sich. Diese Empfehlungen werden in der Regel befolgt.

Beim „Stehlen" innerhalb der Familie bleibt das Jugendamt untätig. Nur bei der Verletzung fremdem Eigentums wird sie tätig. Ein Hinweis dafür, daß sie keine Erziehungsfunktion, sondern eine Ordnungsfunktion hat. Dieser Hinweis wird dadurch bestätigt, daß die Empfehlungen der Weiblichen Kriminalpolizei und die vom Jugendamt getroffenen Maßnahmen identisch sind. Es wäre zeit- und auch kostensparender, wenn diese Institutionen zusammengelegt würden. Warum wird der teurere Weg gewählt?

Zu Beginn nehmen sie nicht mehr, als sie kurzfristig brauchen. Sie nehmen z. B. einen Kugelschreiber, eine Tafel Schokolade oder aber auch ein nicht abgeschlossenes Fahrrad oder Moped, fahren damit herum und stellen es wieder ab. Was für den „Normalverbraucher" das Auto ist, das gehegt, gepflegt und geliebt wird, ist für die Kinder dieser Normalverbraucher das Fahrrad oder das Moped. Diese Gegenstände werden zum vorzeigbaren Beweis dafür, daß man irgendwer ist. Außerdem ist es angenehmer zu fahren als auf hartgepflasterten Straßen zu gehen. Alle Aneignungen fremden Eigentums sind zu Beginn nicht mehr als „Mundraub". Verhalten sich Kinder wohlhabender Eltern so, stellt die Weibliche Kriminalpolizei die „Ordentlichkeit" der familiären Verhältnisse fest, und das Jugendamt betreut diese Kinder nicht. So entstehen keine Akten über sie. Auch im Wiederholungsfall ist es wahrscheinlich, daß dieser nicht auffällt. Außerdem haben die Eltern die Möglichkeit, solche Vorkommnisse glatt zu bügeln. Ladenbesitzer und Kaufhäuser nehmen Rücksicht auf die soziale Position der Eltern. Die Dunkelziffer bei dieser Art von Eigentumsdelikten ist groß.

Wenn ein Erwachsener ein abgeschlossenes Auto aufbricht, damit einige Tage herumfährt und es dort wieder abstellt, wo es gestanden hatte, ist das grober Unfug. Nimmt ein Kind aus einer städtischen Notunterkunft ein nicht abgeschlossenes Fahrrad, fährt damit herum und stellt es wieder ab, ist das Fahrraddiebstahl. Eine Akte wird angelegt. Im Wiederholungsfall wird sie herangezogen. Diese Akten bestimmen dann die jeweiligen

Karrieren dieser Kinder, die über den Weg der amtlichen Feststellung der Verwahrlosung, der schädlichen Neigung häufig in die Kriminalität führt.

Die Aneignung fremdem Eigentums „ahndet" das Jugendamt mit „Erziehungsmaßnahmen". So bestrafen sie sie und meinen, sie zu erziehen. Die benachteiligten Heranwachsenden lernen zwischen zwei Übeln zu unterscheiden: verzichten oder bestraft werden. Entscheidet sich einer für Bestraftwerden und lernt er nicht während seiner Fürsorgekarriere, den Akzent auf das andere Übel zu legen, verläßt er über „schädliche Neigung" die Zuständigkeit des Jugendamtes. Die Zuständigkeit der Jugendstrafjustiz beginnt.

Bei heranwachsenden Mädchen ist die Abweichung von der herrschenden Sexualmoral die häufigste Ursache für die „Auffälligkeit". Das beginnende Alter ist deshalb etwas höher. Es liegt in der Pubertät. Das von den Eltern vorenthaltene Wissen und die Tabuisierung der Sexualität führt bei Kindern in ungünstiger Wohnsituation zu einer gesteigerten Neugier gegenüber der Sexualität. Sie sehen und beobachten wesentlich mehr Sexualität als Kinder bessergestellter Eltern, erfahren aber weniger über die Zusammenhänge. Sie erfahren sie nur über die Praxis. Das Versäumnis der Schule kommt hinzu. Diese Kinder sprechen über sexuelle Dinge. Das wirkt ansteckend und ist eine Gefahr für die Kinder wohlhabender Eltern. Daraus wird eine Gefahr für die Schule.

Häufig werden sie von der Weiblichen Kriminalpolizei in Gewahrsam genommen, weil sie über die erlaubte Zeit hinaus in der Stadt oder in Parkanlagen bummeln. Sie werden verhört. Über die Techniken dieser Verhöre wird wenig bekannt. Man kann nur aus den Inhalten der Protokolle schließen. Die Details der sexuellen Erfahrungen, die aus den Kindern herausgepreßt werden, deuten eher auf ein krankhaftes Verhältnis zur Sexualität der Verhörenden hin. Sie handeln aus der Einbildung heraus, den Kindern zu helfen. Sie können nicht sehen, daß die Kinder ein unbefangeneres Verhältnis zur Sexualität haben. Was den Jugendlichen fehlt, ist das Wissen über die Geburtenkontrolle.

Die Hauptschulen tragen ihren Teil dazu bei. Die Lehrer kennen aus eigener Anschauung nicht, was es für die Kinder bedeutet, wenn ihre Eltern bei den Schularbeiten nicht helfen können, wenn kein Platz für ungestörte Schularbeiten vorhanden ist, wie leicht es zu „Lernschwierigkeiten" kommen kann und was es bedeutet, täglich in der Schule zu spüren zu bekommen, daß sie weniger taugen. Sie lernen, von der Schule fortzubleiben. Mit der Zeit auch unentschuldigt. Die Schule ermahnt die Kinder, die Eltern, sie verhängt Ordnungsstrafen. Die Schule wird für diese Kinder immer unerträglicher. Zu Hause können sie nicht bleiben. Also laufen sie weg. Das ist bummeln. Ein Schulschwänzer, der bummelt, wird beim Jugendamt gemeldet und damit aktenmäßig erfaßt.

Wer einmal aktenmäßig erfaßt ist – dies allein ist Bestrafung genug –, fühlt sich verfolgt von den Eltern, von den Nachbarn, von den anderen

Kindern. Aktenmäßige Erfassung gleicht einer öffentlichen Angelegenheit. Damit wird der Grundstein zur Karriere eines „Fürsorgezöglings" gelegt. Die Betreuungsmöglichkeiten der Fürsorgebehörde sind beschränkt. Sie hat keine Möglichkeit, verursachende Bedingungen zu ändern. Sie hat die beschränkte Möglichkeit des Zuredens, das Verhalten zu ändern, durch mangelhaft ausgebildete Sozialarbeiter. Der Mißerfolg ist vorprogrammiert. Es wird abgewartet, bis entsprechend den Gesetzen bei Wiederholung der Normverletzung die Möglichkeit gegeben ist, über die Erziehungsberatung zur Heimerziehung zu gelangen. Der Erfolg ist gering. Weder im Kinderheim noch im offenen, halboffenen oder geschlossenen Heim gelingt es den Erziehern, das Verhalten zu ändern. Dies wird immer wieder in ihren Berichten deutlich. Die Heranwachsenden lernen mehr negative Eigenschaften in den Heimen als sie vorher hatten. Sind die Mittel der Heimerziehung erschöpft, werden „schädliche Neigungen" festgestellt.

Die nächste Stufe ist das Jugendgefängnis. Auch vom Jugendgefängnis wird der Anspruch der Erziehung aufrechterhalten. Mit Ausnahme des Kinderheims wird die Unterbringung im Heim von allen Beteiligten als Bestrafung angesehen. Erstaunlich ist, daß der bestrafende Charakter der Heimerziehung von Sozialarbeitern, Jugendamtsleitern und Richtern offen zugegeben wird. Auch wenn sie die Bestrafung als eine Erziehungsmaßnahme konstatieren. Die Heimerziehung kommt nicht plötzlich. Sie wird angedroht. Zeigt die Drohung nicht die erhoffte Wirkung, wird Heimerziehung angeordnet.

Einen wesentlichen Teil der „Fürsorgeerziehung" macht die Verwaltung aus. Die Art und die Qualität der Verwaltung wird in den Akten deutlich. Die Akten sind umfangreich. Was in die Akten eingetragen wird, wird weder den Betroffenen selbst noch ihren Eltern mitgeteilt. Die Stellungnahmen der Heranwachsenden fehlen in den Akten. Sie werden beurteilt. Verschiedene Institutionen beteiligen sich daran. Sie kommen zu derselben Einschätzung. Durch diese Übereinstimmung in der Einschätzung bestätigen sich die Institutionen gegenseitig, daß ihre Beurteilung richtig ist. Die Bediensteten der Institutionen übersehen dabei den eingebauten Mechanismus, der zwangsläufig zu übereinstimmenden Einschätzungen führen muß. Die Institutionen sind von ihrer Zusammensetzung her so angelegt, daß sie die Arbeit anderer nicht in Frage stellen, sondern bedingungslos unterstützen. Die Verteilung der Kompetenz ist die Verteilung der Verantwortung für den Mißerfolg. Wird eine der Institutionen angegriffen, rechtfertigt sich diese durch die gleichlautende Einschätzung der anderen beteiligten Institutionen.

In diesem Rechtfertigungsvorgang haben die jugendpsychiatrischen Kliniken die höchste Autorität. Sie erhalten diese Autorität durch ihren wissenschaftlichen Anspruch. Wenn alle anderen beteiligten Institutionen ratlos darüber sind, warum ihre „Erziehungsmaßnahmen" nicht zu den beabsichtigten Erfolgen führen, stellen sie die Frage nach der Ursache. Eine Suche nach der Ursache geht **nicht** in die Richtung der materiellen

Lage der Betroffenen, sondern in die Richtung der kranken Psyche des Einzelnen. Die Qualität der Gutachten der jugendpsychiatrischen Kliniken ist schwierig zu beurteilen. Wir hatten Verständnisschwierigkeiten, sprachlich wie inhaltlich. Wie Richter und Bedienstete der Fürsorge die Gutachten verstehen, bleibt uns ein Rätsel. Vielleicht brauchen sie auch diese nicht zu verstehen. Denn: Die Gutachten der Kliniken enthalten präzisierte Erziehungsvorschläge. Sie werden in der Regel nicht eingehalten. Die dafür notwendigen Einrichtungen sind nicht vorhanden. Deshalb können wir über die Qualität dieser Vorschläge keine Aussagen machen. Vielleicht ist dies der zweite Grund der unumstrittenen Autorität dieser Gutachten gegenüber den anderen beteiligten Institutionen wie Gesetzgeber, Gericht, Schule und Jugendamt.

Diese Gutachten sollen Entscheidungshilfe bei der Urteilsfindung der Vormundschafts- und Jugendrichter sein. In Urteilsbegründungen finden wir wörtliche Übernahmen aus den Gutachten. Liegt solch ein Gutachten vor, so sind die Richter und Jugendämter genügend abgesichert. In Erziehungsfragen ist das Gutachten der Schule maßgebend, in Fürsorgeerziehungsfragen sind die Vorschläge der Jugendgerichtshelfer und des Jugendamtes maßgebend. Die Richter brauchen den Sachverstand dieser drei Institutionen, um ihren eigenen mangelnden Sachverstand auszugleichen. Auffällig ist, daß die Kliniken bereits vor der Untersuchung die gesamte Akte vom Jugendamt zugeschickt erhalten, damit die Untersuchenden genauestens informiert sind, wen sie untersuchen. Den Kliniken ist die Funktion der Gutachten auch bekannt. Die Kliniken stellen inhaltlich nichts anderes fest, als in der Akte bereits bekannt ist. Die Urteile früherer Institutionen werden mit wissenschaftlicher Akribie begründet, hier und da kommt es zu einer Verschärfung des Urteils, seltener zu einer Milderung. Eine Korrektur des Urteils findet nicht statt. Das ist erstaunlich, denn die Bediensteten der Jugendämter oder der Weiblichen Kriminalpolizei haben nicht die wissenschaftliche Ausbildung der Ärzte in den psychiatrischen Kliniken.

Die Gutachten der Schule kommen durch denselben Mechanismus zustande. Es gibt nur einen Unterschied. Im Gegensatz zu den Gutachten der psychiatrischen Klinik haben Schulgutachten mehrere Funktionen; je nach der Funktion fällt das Gutachten aus. Die Schule macht kein Gutachten, das nicht im Sinne des Jugendamtes brauchbar wäre. Auch die Schule erhält die Akte im voraus als Amtshilfe. Obwohl der Klassenlehrer den Jugendlichen unmittelbarer kennt als die Bediensteten der Jugendämter, benötigt er diese Art von Amtshilfe. Auch hier ist die Übereinstimmung in der Beurteilung verblüffend. Dabei sind die Lehrer pädagogisch gebildet, die Bediensteten der Jugendämter nicht.

Noch verblüffender ist die Übereinstimmung in der Beurteilung und in den vorgeschlagenen Erziehungsmaßnahmen von Weiblicher Kriminalpolizei und von Sozialarbeitern. So ist es unmöglich zu übersehen, daß die Beurteilung der Weiblichen Kriminalpolizei insgesamt weder von Erziehungsberatung, Sozialarbeiter, Schule und psychiatrischer Klinik korrigiert wird. Der Richter faßt die Beurteilung nur in seiner juristischen Sprache zusammen. Lesen die Richter die Akten mit der gleichen Intensität, wie wir es getan haben?

Ein Richter spricht Urteil im Namen des Volkes. Wenn sie schon nicht über den nötigen Sachverstand verfügen und auf Gutachten angewiesen sind, so ist doch zumindest zu erwarten, daß sie sämtliche Schriftstücke kritisch unter die Lupe nehmen und nicht im guten Glauben handeln, daß die beteiligten Institutionen fehlerfrei arbeiten. Bei einer gründlichen Überprüfung der Aktenführung wird jedem einzelnen Richter nicht nur diese Übereinstimmung in der Beurteilung und in der Einschätzung auffallen, sondern auch die Veränderungen, ja, die Verfälschungen, innerhalb der Akten.

Einem aufmerksamen Richter kann nicht entgehen, daß ein und dasselbe Geschehen bei der erneuten Schilderung in späteren Berichten negativer und damit verfälscht dargestellt wird. Er kann auch nicht übersehen, daß die Heimberichte immer ein bestimmtes Schema haben. Es ist eine merkwürdige Praxis, daß den Heimberichten an das Jugendamt die Vorgeschichte bis zur Heimeinweisung, die dem betreuenden Jugendamt hinreichend bekannt ist, zusammenfassend vorangestellt wird. Durch diese Zusammenfassung verdichtet sich der negative Eindruck über den Betroffenen vor der Heimeinweisung. Allein dieses Schema sichert der Heimerziehung einen Erfolg, wenn der Betreffende zu seinen beanstandeten Verhaltensweisen keine weiteren hinzugelernt hat und keine Verhaltensweise ändert. In der Regel werden dem Betreffenden während des Heimaufenthaltes eine ganze Reihe negativer Eigenschaften zugeschrieben, von denen vor der Heimeinweisung noch nicht die Rede war. Es wird von erfolgreichen Phasen berichtet, die aber häufig im nächsten Absatz schon widerrufen werden. Die Widersprüche in den Heimberichten müßten auch für Laien offenkundig sein. Eine Kontrolle über die Richtigkeit der Beurteilung in den Heimberichten findet nicht statt.

Die Erziehungsheime werden in der Regel von Verbänden getragen. Die Unterhaltung eines Heims kostet Geld. Sie können nicht leer stehen. Sie bleiben nicht leer. Sie sind auch nie überlaufen. Schon bemerkenswert!

Erstaunlich ist, daß die Richter in ihrem eigentlichen Bereich Versäumnisse des Jugendamtes nicht beanstanden. In Strafverfahren gegen strafunmündige Jugendliche bestehen sie nicht darauf, daß das Jugendamt als Vormund dem Betroffenen einen Verteidiger zur Seite stellt. Sie alle sind geständig. Wenn sie geständig sind, braucht nicht zu interessieren, wie sie geständig gemacht wurden. Die Eltern werden nicht über die gesetzlichen Möglichkeiten informiert. Die Jugendlichen kennen ihre Rechte nicht. Wenn sie nicht geständig wären oder nicht dazu gebracht würden, würden sie in den meisten Fällen – zum Teil wegen mangelnder Beweise, wenn es überhaupt zu einem Verfahren kommt – freigesprochen werden.

Allein die Tatsache, daß das von der Jugendgerichtshilfe vorgeschlagene Strafmaß härter ausfällt, bringt das Jugendamt in die Nähe der Polizei. Seine Methoden der Recherche, seine Berichte, insbesondere aber die Sprache, unterscheiden sich nicht von den Berichten der Polizei. Sie ermitteln, sie gelangen zu Geständnissen und sie machen Vorschläge für Strafen. Bei der Lektüre der Akten drängt sich der Eindruck auf, daß die Bediensteten des Jugendamtes täglich bedauern, nicht gleichzeitig polizeiliche und richterliche Macht zu haben. Sie könnten schneller und härter eingreifen und ihren Erziehungsauftrag wesentlich effektiver erfüllen.

Die Einstellung der Institutionen spiegelt sich in ihrer täglichen Praxis. Diese Praxis ist in den Akten dokumentiert. Sie steht im Widerspruch zu den Ansprüchen des Jugendwohlfahrtsgesetzes. Auch zum Grundgesetz dieser Republik. Eine öffentliche Kontrolle dieser Praxis findet nicht statt. Wie auch? Wenn zum Beispiel der Sozialminister Nordrhein-Westfalens in einem Erlaß aus dem Jahre 1973 verordnet, Wissenschaftlern keinen Zugang zu den Unterlagen der Jugendämter für Forschungszwecke zu gewähren, so nimmt er sich selbst damit die Möglichkeit einer objektiven Information. Er begründet seine Ablehnung mit dem höherrangigen Wert des Persönlichkeitsschutzes. Er übersieht, daß die von Sozialbehörden Betreuten keinen privaten Bereich mehr haben, der durch einen solchen Erlaß zu schützen wäre. Dies machen die Analysen unserer Akten hinreichend deutlich. Was durch einen solchen Erlaß geschützt wird, ist die Unzulänglichkeit der beauftragten Behörden und der gesamten Konzeption.

*****

Meine Hochschule in Oldenburg ist im Begriff, eine Reformuniversität zu werden. Ich habe mich an dem inhaltlichen Diskussionsprozeß beteiligt: „einphasige Lehrerausbildung", „ein Fachlehrer für alle Schulformen", „integrierte Diplom und Lehrerausbildung", „Fachbereich vs. Arbeitsbereich", „fächerübergreifendes Projektstudium". Ich habe in den Berufungskommissionen mitgearbeitet. Und ich habe mich für zwei Stellen beworben: „Sozialpolitik und Sozialplanung" und „Theorie der Sozialpädagogik".

Beide Stellen befinden sich in der höchsten Karrierestufe. Nach den Anhörungen bin ich für beide Stellen in die engere Wahl genommen worden. Wieder sind Gutachten gefordert. Die abgelehnte Habilitationsschrift ist hier für das Gutachten nicht ausgeschlossen. Weil Horst Baier ja diese Arbeit für wissenschaftlich am wertvollsten hält und meine Geschichte kennt, nenne ich ihn als Gutachter. Die Berufungskommission bittet ihn, ein Gutachten über meine bisherigen Veröffentlichungen zu machen. Er hatte sich zwar aus meiner Sozialgeschichte schon verabschieden wollen, aber hier liegt ja eine neue Situation vor. So schreibe ich ihm am 18. September 1973: „Sehr geehrter Herr Baier, die Universität Oldenburg bittet mich, Ihnen meine Veröffentlichungen und mein Konzept zur Anhörung selbst zuzuschicken, damit kein Zeitverlust entsteht. Deshalb übersende ich Ihnen einige meiner Veröffentlichungen (7). Ebenfalls füge ich ein Bewerbungsschreiben und das

Konzept der Anhörung bei. Da ich unter Sozialpolitik und Sozialplanung einen weitergehenderen Aufgabenbereich verstehe, habe ich auch bei der Anhörung für die Stelle Theorie der Sozialpädagogik sehr verwandte Thesen vertreten. Das Konzept, das ich Ihnen schicke, ist das weitergehendere. In dem Bewerbungsschreiben ist mein wissenschaftlicher Werdegang aus meiner Sicht kurz zusammengefaßt. Die Indienarbeit habe ich nicht beigefügt, da Sie sie ja kennen. Die Veröffentlichung über Fürsorgeerziehung kommt leider erst im November bei rororo aktuell heraus. Ich kann Ihnen das Manuskript leider nicht mitschicken, da ich das einzige Exemplar zum Lesen der Korrekturen brauche, die jetzt gekommen sind. Ich füge eine Kopie des Vorwortes bei, damit Sie informiert sind, wie die Arbeit angelegt ist. Die Stellendenominationen sind schon oder werden Ihnen von der Universität zugeschickt.

Zu meinen Chancen hier darf ich erwähnen, daß sie sehr gering sind, obwohl mich die Kommission für die Stelle Theorie der Sozialpädagogik auf Platz 2 und für die Stelle Sozialpolitik und Sozialplanung auf Platz 1 gesetzt hat. Es wird auch einiges von Ihrem Gutachten abhängen.

Einen Lebenslauf und eine Veröffentlichungsliste gebe ich der Anlage ebenfalls bei. Ich wäre Ihnen dankbar, wenn Sie mir die Unterlagen nach Gebrauch wieder zurückschicken würden. Mit freundlichen Grüßen Ihr"

Am 24. September schreibt mir Horst Baier wirklich zum letzten Mal und unmißverständlich: *„Lieber Herr Dr. Aich! Eben lasse ich Ihr Eilpäckchen wieder zurückgehen. Gestern habe ich der Berufungskommission in Oldenburg geschrieben, daß ich nicht für eine Begutachtung hinsichtlich einer Professur für Sozialpädagogik kompetent bin.*

Es tut mir außerordentlich leid, Ihnen nicht mit einem Gutachten weiterhelfen zu können; ich habe den Eindruck, daß die Berufungskommission äußerst nachlässig hinsichtlich der Unterichtung der Gutachter arbeitet. Mit besten Grüßen bin ich Ihr Horst Baier"

Es ist bemerkenswert, wie schnell ein deutscher Professor seine Sachkompitenz verlieren kann. Er wollte ein Gutachten in dem kumulativen Habilitationverfahren an der PH Westfalen-Lippe machen. Es ging dabei um eine Stelle im Fach **Soziologie und Sozialpädagogik**. Er zog sich als Gutachter zurück, weil ich mich nicht gegen den Ausschluß der „Indischen Universität" gewehrt hatte. „Chinatown" hat ihn nun endgültig. 1975 wird er an die Universität Konstanz berufen. Ja, die Universität Konstanz! Nach diesem Schreiben habe ich meine Hoffnung, die „Indische Universität" zu veröffentlichen, praktisch begraben. Ich konnte nicht mehr glauben, daß der Rückzug des Bertelsmann-Universitätsverlages an ein paar hundert Mark gelegen haben könnte. Die Veröffentlichung ist nicht am Geld gescheitert. Wir haben schon gesehen, wie locker eine Landeszentrale für politische Bildung 50000,- DM für eine Jubelschrift für die Förderergemeinschaft „Kinder in Not" bewilligen kann. Das Thema „Inneneinsichten der Universität" ist tabu.

*****

Das Habilitationsverfahren an der PH Westfalen-Lippe ruht. Es ruht zu lange. Warum eigentlich? Die Fahrerei zwischen Köln und Oldenburg wird uns leid. Wir ziehen nach Oldenburg um. Wir haben die Zeit nach dem Korrekturlesen genutzt. Rowohlt bringt das Buch über die Jugendfürsorge wie verabredet im November 1973 heraus. „Da weitere Verwahrlosung droht ...„ Fürsorgeerziehung und Verwaltung, Zehn Sozialbiographien aus Behördenakten, rororo aktuell 1707. 319 Seiten. Ladenpreis. 6,80 DM.

Die Namen der Jugendlichen – sie sind wie alle übrigen Namen von Personen und Städten unwichtig – haben wir verändert. Diese Biographien sind beispielhaft für alle anderen Jugendlichen, die von Fürsorgeinstitutionen verwaltet werden – unabhängig von regionalen Unterschieden. Unverändert bleiben dagegen die Namen der Heime und der psychiatrischen Kliniken.

Das Buch verkauft sich gut, bekommt eine gute Presse und bringt eine Menge von Strafanträge gegen mich, erstattet von Gemeinden und Städten wegen angeblichen Verwahrungsbruchs, Vertrauensbruchs, Anstiftung zum Vertrauensbruch und wegen Beleidigung. Wir haben im Vorwort des Buches behauptet: „Es ist nicht von Bedeutung, aus welchen Jugendämtern wir die Akten auf welchem Wege erhalten haben. Wichtig ist die Feststellung, daß die Akten nicht nach irgendwelchen Merkmalen ausgewählt wurden. Auch die Auswahl der Jugendämter ist zufällig. Sie stehen für alle anderen Jugendämter, bis der Gegenbeweis erbracht wird." Die Strafanträge liefern uns den Beweis. Viele Gemeinden erkennen in unserer Dokumentation Fälle, die sie verwaltet hatten. Das Geheimnis der zehn Akten habe ich in dieser Sozialgeschichte bereits gelüftet: neun Akten der Stadt Delmenhorst und eine Akte der Stadt Bonn.

Ich zeige die Strafanträge meinem Dienstvorgesetzten an und bitte um Rechtsschutz und Beratung. Fehlanzeige. Aber doch eine deutliche Anzeige über die Moral. Statt Rechtsschutz und Beratung leitet der Minister ein Disziplinarverfahren gegen mich ein, weil ja *„Kunst und Wissenschaft, Lehre und Forschung"* frei sind. Es lebe die Freiheit der Forschung. Die Hochschule nimmt es willig hin.

Der Verlag gewährt mir Rechtsschutz. Das Risiko ist klein, weil ohne unser eigenes Geständnis gegen uns nichts bewiesen werden **kann**. Wir haben das Zeugnisverweigerungsrecht als Publizisten. Wie gesagt, wir hatten alle persönlichen Bezüge ebenso verschlüsselt wie die Namen der Gemeinde auch. Dies war die Klemme der Gemeinden. Um uns überführen zu wollen, hätten sie bei der Beweisführung selbst die geschützten personenbezogenen Daten öffentlich machen müssen. Also stellen die Staatsanwaltschaften die Verfahren nach Monaten ein. Danach muß auch der Minister leider das Disziplinarverfahren einstellen. In wenigen Monaten wird das Buch die zweite Auflage erreichen und dann noch weitere fünf. Allerdings steigt der Preis von 6,80 auf 7,80 DM.

*****

Wie schon erwähnt, hatte Freimut Duve, mich schon in Köln vor dem Vertragsabschluß besucht. Später auch in Oldenburg. Ich habe ihn auch im

Verlag besucht und bin mit ihm zusammen zum Rechtsanwalt Dr. Heinrich Senfft gefahren. Heinrich Senfft vertritt nicht nur den Rowohlt-Verlag. Viele Verlagshäuser in Hamburg. Freimut Duve ist aktiv in der Hamburger SPD. Er ist mir gewogen, nicht nur weil das Buch sich so gut verkauft. Nachdem der Bertelsmann-Universitätsverlag auch den Termin Herbst 1973 verstreichen läßt und mich nicht informiert hat, wie seine weitere Planung ist, wende ich mich am 23. Oktober an Freimut Duve: „Lieber Herr Duve, ich wende mich an Sie mit einer dringenden Bitte. Sie hatten in Köln zwar gesagt, daß ein Bedarf nach Veröffentlichungen über das indische Erziehungssystem nicht gegeben sei. Dennoch schicke ich Ihnen die Arbeit mit der Hoffnung, daß Sie Zeit finden, sie zu lesen. Ich habe festgestellt, daß eine Reihe von Promtionsarbeiten über das indische Erziehungssystem in Arbeit sind. Wenn das Buch über die Fürsorgezöglinge einen annehmbaren Anklang findet, besteht die Wahrscheinlichkeit, daß der Absatz einer Veröffentlichung über Indien mit steigen wird.

Aus dem Manuskript werde ich das 4. und 5. Kapitel herausnehmen, sprachliche Veränderungen vornehmen und das Ganze um 100 Seiten kürzen. Mit dem Kapitel 2 wird die Arbeit eingeleitet und der Haupttitel wird auch nicht ‚Die Indische Universität' bleiben. Nach diesen Änderungen wird das Manuskript einen Umfang von etwa 390 Seiten haben. Den Inhalt der Arbeit halte ich nach wie vor für aktuell, insbesondere weil neben den Teilen über das indische Erziehungssystem im Asian Drama von Myrdal nichts weiteres auf dem Markt vorhanden ist. Ich halte meine Analyse für realistischer und wesentlich präziser als die von Myrdal.

Aber abgesehen von der inhaltlichen Bedeutung hat die Arbeit auch eine politische Perspektive, die nicht unmittelbar aus ihr abzuleiten ist. Die politische Bedeutung liegt in dem Entstehungszusammenhang der Feldarbeit und die daraus entstandenen Folgen. Ich schildere dies in aller Kürze, nicht um bei Ihnen karitative Empfindungen zu wecken, sondern um die politische Notwendigkeit zu unterstreichen. Die Durchführung dieser Arbeit hat mir nicht nur die Entlassung von der indischen Universität eingebracht, sondern auch die verleumderischen Vorwürfe, im Auftrage der Geheimdienste antinationale Forschungen zu betreiben. Da in einem Gerichtsprozeß in Indien die Entlassung rückgängig gemacht werden konnte, wandte sich die indische Universität an die Kölner Universität. Ich wurde auch von der Kölner Universität entlassen. König und Scheuch versuchten in Zusammenarbeit mit der Deutschen Botschaft in Delhi meine Rückreise zu verhindern. Nur das Abkommen zwischen den beiden Regierungen, wonach Angehörige der beiden Länder ohne Visum für 90 Tage einreisen können, vereitelte diesen Plan.

Nach meiner Rückkehr mit dem Material habe ich vergeblich versucht, einen Soziologen zu finden, der bereit gewesen wäre, für mich ein Forschungsstipendium zu beantragen, damit ich das Material auswerten konnte. Einem Strafrechtler und Rechtsphilosophen habe ich es zu verdanken, daß er bei der Heinrich-Hertz-Stiftung ein Habilltationsstipendium für mich durchkämpfte. Die Universität Konstanz war die einzige Universität, an der ich ohne die Unterstützung eines Ordinarius die Arbeit einreichen konnte. König hat an der Universität

Konstanz interveniert. Sie ernannte vier Gutachter. Zwei Gutachter, Peter Heintz und Urs Jaeggi, machten positive Gutachten, zwei Hausordinarien, Kantowsky und Lüscher, machten negative. Per Abstimmung wurde die Arbeit abgelehnt.

Bereits vor Einreichung der Arbeit hatte Frank Benseler die Möglichkeit, die Arbeit zu lesen. Er wollte sie in der Reihe ‚Soziologische Texte' veröffentlichen und hatte mir bereits eine Zusage gemacht. Herr Maus intervenierte und Frank Benseler machte einen Rückzieher. Mit Gutachten von Urs Jaeggi und Helmut Schelsky beantragte Horst Baier bei der Forschungsgemeinschaft eine Druckkostenbeihilfe für die Veröffentlichung. Der Bertelsmann-Verlag wollte die Arbeit in der Reihe von Schelsky veröffentlichen. Die Forschungsgemeinschaft bewilligte eine Druckkostenbeihilfe in einer nicht üblichen, niedrigen Höhe. Der Verlag verhandelt seit über einem Jahr ohne Erfolg mit der Forschungsgemeinschaft um die Erhöhung der Druckkostenbeihilfe.

Dies ist die Geschichte der Arbeit, deren Veröffentlichung unterdrückt werden soll. Ich meine, allein diese Geschichte ist ein Hinweis dafür, daß die Ergebnisse dieser Arbeit nicht unbedeutend sein können. Ich könnte mir vorstellen, daß die Arbeit in Ihrem Verlag veröffentlicht werden könnte, wenn Sie sich dafür einsetzen. Mit herzlichen Grüßen von uns ihr"

„Da weitere Verwahrlosung droht ..." verkauft sich nach wie vor gut. Freimut Duve hat ein offenes Ohr für Ergebnisse meiner Arbeit. Ich bin sicher, daß er „Die Indische Universität" ernsthaft lesen und prüfen wird, ob die Arbeit in seinem Verlag erscheinen kann. Neben dem Zuschuß der Deutschen Forschungsgemeinschaft eröffnet der Norddeutsche Rundfunk eine andere Perspektive auf. Am 23. Januar 1974 schreibt mir Eberhard Hollweg: *„Sehr geehrter Herr Aich, mein Kollege Dietrich Kronzucker hat mir mitgeteilt, daß Sie an unserer Sendung ‚Der Welthungergürtel' teilnehmen werden. Wir danken Ihnen für Ihre Zusage und möchten noch folgende Information geben:*

Die Sendung findet statt am 1. Februar 1974 um 20.15 Uhr. Der Sendeort ist Hamburg. Zugeschaltet sind alle Dritten Programme mit Ausnahme des Bayerischen Rundfunks und des Hessischen Rundfunks.

Die Sendung wird eingeleitet mit einem Filmbericht, der am Beispiel des Senegal die Hungerkatastrophe in der Sahel-Zone beschreibt. Anschließend soll in einer Studiodiskussion erörtert werden, wo in der Welt das Problem Hunger bekämpft werden muß, mit welchen Mitteln das zu geschehen hat und welche Aufgaben dabei den entwickelten Nationen zufallen.

An dieser Diskussion werden außer Ihnen teilnehmen: der Peruaner Roberto de la Cruz, der Äthiopier Solomon Bekele und der Brasilianer Arthur José Poerner. Deutsche Diskussionspartner sind der CDU-Bundestagsabgeordnete Dr. Jürgen Gerhard Todenhöfer und Staatssekretär Hans Matthöfer vom Bundesministerium für Wirtschaftliche Zusammenarbeit. Die Leitung der Sendung hat Dietrich Kronzucker. – Es wäre gut, wenn Sie am 1. Februar bereits gegen 19.00 Uhr zu einer Vorbesprechung beim NDR sein könnten. Unsere Anschrift: NDR-Fernsehen, 2 Hamburg 54, Gazellenkamp, Hochhaus, Büro Kronzucker. Der NDR trägt selbstverständlich die Kosten für Reise und Aufent-

Nach einer solchen Veranstaltung zwischen der Abschminke und dem Abschied bleibt Zeit für entspannte Gespräche. Jürgen Todenhöfer und Solomon Bekele kenne ich von gemeinsamen Veranstaltungen. Hans Matthöfer hält mir vor, ich hätte von meiner früheren Radikalität viel eingebüßt. Er hätte mich kaum wiedererkannt. Liegt es am Alter, will er von mir wissen. Wie es in solch einem „small-talk" so ist, erwidere ich, ich sei durch den geballten Sachverstand beider deutschen Parlamentarier eingeschüchtert gewesen. Vor allen aber durch ihn, weil er ein Ministerium vertritt, dem es auf Sachlichkeit nicht ankommt. Er weiß, daß solche Spitzen nicht aus heiterem Himmel fallen. Ohne Feuer kein Rauch. Er will genaueres wissen. Ich erzähle ihm in aller Kürze über „Die Indische Universität". Das Ministerium kauft so viele Bücher ein. Es muß möglich sein, auch ein kritisches Buch zu fördern, meint er. Er gibt mir seine Karte. Ich soll zwei Exemplare „Der Indischen Universität" an ihn persönlich schicken. Jürgen Todenhöfer ermutigt mich. Trotz der politischen Gegnerschaft schätze er Hans Matthöfer, weil er immer zu seinem Wort steht.

Am 4. Februar teile ich Hans Matthöher mit, daß Freimut Duve ihm zwei Fotokopien meiner Indienarbeit schicken wird. Freimut Duve informiere ich: „Lieber Herr Duve, es gibt eine gute Möglichkeit, die Indienarbeit doch noch in der rororo-aktuell-Reihe zu bringen. Herr Matthöfer möchte zwei Fotokopien der Arbeit haben, wofür er die Kosten übernehmen wird. Wenn den Fotokopien an Herrn Matthöfer ein Begleitschreiben über das Ergebnis unseres Gespräches und das voraussichtliche Vorwort von Ihnen schicken, wird er höchstwahrscheinlich die Möglichkeit haben, 2 bis 3000 Exemplare zum Ladenpreis aufzukaufen. Auch Herrn Matthöfer ist aufgefallen, daß nach Ronald Segals Buch nichts kritisches mehr erschienen ist.

Als ich Herrn Matthöfer von der bisher erfolgreich unterdrückten Arbeit erzählte, kam er selbst darauf, daß ich die Arbeit an Sie schicken sollte. Er war positiv gestimmt, als ich berichtete, daß ich mit Ihnen lange darüber beraten hätte.

Die Liste der Zeitschriften über Sozialarbeit und Sozialpädagogik werde ich Ihnen bald zuschicken. Denken Sie auch an einen eventuellen Report über die Folgewirkungen der Arbeit in Stern, Spiegel oder Zeit-Magazin. Es wäre gut, wenn Sie mich kurz benachrichtigten, sobald Sie die Fotokopien abgeschickt haben, damit ich mit Herrn Matthöfer in Kontakt bleibe. Mit herzlichen Grüßen Ihr"

Der Bertelsmann-Universitätsverlag hat sich bislang nur ausgeschwiegen. Ich versuche ebenfalls am 4. Februar die Situation zu klären: „Sehr geehrter Herr Wendt, es ist eigentlich erstaunlich, daß Sie seit der Buchmesse 1972 ernsthaft interessiert waren, meine Arbeit ‚Die Indische Universität' in der Schelsky-Reihe zu bringen und dennoch bis heute keine Mitteilung darüber vorliegt, ob Sie sie trotz grundsätzlichem Interesse nicht bringen. Diese Art von Verschleppung halte ich für eine für keine Seite befriedigende Lösung. Für eine baldige Mitteilung wäre ich Ihnen außerordentlich dankbar. Mit freundlichen Grüßen"

Es entspricht nicht der Kultur des großen und reichen Hauses Bertelsmann, auf Briefe wie diese zu reagieren. Wozu auch? Am 4. Februar habe ich auch an die Deutsche Forschungsgemeinschaft geschrieben: „Sehr geehrter Herr Scheffels, ich nehme Bezug auf Ihr Schreiben vom 11. 4. 1972 g.s./be. Es ist eine bemerkenswerte Tatsache, daß die Deutsche Forschungsgemeinschaft für eine empirische wissenschaftliche Arbeit einen unter dem normalen Satz liegenden Zuschuß gewährt und damit faktisch die Veröffentlichung verhindert, ohne die Unterstützung der Veröffentlichung abzulehnen. Ich möchte Sie um eine endgültige Mitteilung darüber bitten, ob die Gutachter bereits ihr Gutachten abgegeben haben. Und weiter, ob die Deutsche Forschungsgemeinschaft entweder den normalen Druckkostenbeihilfesatz zur Verfügung stellt oder eine Beihilfe ablehnt. Für eine baldige Mitteilung wäre ich Ihnen außerordentlich dankbar."

Die Mitteilung kommt umgehend. Sie ist auch umwerfend. Auch eine mir bislang unbekannte Facette der Moral eines großen Verlagshauses: *Stelle falsche Behauptungen auf, um von einer früheren Zusage zurückzutreten.* Ich beeile mich mit meiner Entschuldigung am 19. Februar bei der Deutschen Forschungsgemeinschaft: „Sehr geehrter Herr Dr. Scheffels, ich danke Ihnen für Ihr Schreiben vom 14. 2. 1974. Der Bertelsmann-Universitätsverlag hat mich offensichtlich falsch informiert. Ich bitte deshalb um Entschuldigung für die Unterstellung, die an 17. 1. 73 bewilligte Druckkostenbeihilfe liege unter dem normalen Satz. Ich schicke eine Kopie Ihres Schreibens und die beigefügten Formulare an den Rowohlt-Taschenbuch-Verlag wegen eines entsprechenden Antrages auf Druckbeihilfe. Für eine baldige Erledigung bzw. Bewilligung der Beihilfe an den Rowohlt-Verlag wäre ich Ihnen außerordentlich dankbar. Mit freundlichen Grüßen Ihr"

Die Deutsche Forschungsgemeinschaft ist wieder prompt. Am 27. Februar weist sie mich darauf hin: *„Sehr geehrter Herr Dr. Aich! Im Hinblick auf Ihre Mitteilung, daß der Rowohlt-Taschenbueh-Verlag eine neue Vorberechnung für Ihr Buch über die indische Universität schicken wird, möchte ich vorsorglich darauf aufmerksam machen, daß die Deutsche Forschungsgemeinschaft nur Werke unterstützen kann, deren Auflage 1000 Exemplare nicht überschreitet. Ich fürchte, daß Rowohlt die Taschenbücher in höherer Stückzahl auflegt und daher eine Förderung nicht möglich ist. Auch gewährt Rowohlt sicher höhere Rabatte als 30 %, was ebenfalls unseren Bestimmungen widerspricht. Anträge auf Publikationen des Rowohlt-Verlages haben wir aus diesem Grunde noch nie erhalten. Wir werden eine Vorberechnung gern prüfen, aber ich nehme an, daß eine Beihilfe in diesem Fall außerhalb unserer Möglichkeiten liegt. Mit freundlichen Grüßen"*

Am 23. Mai habe ich mich an Freimut Duve wenden müssen, weil auch mir die Verwahrlosung droht: „Lieber Herr Duve, da ich von Ihnen nichts mehr gehört habe, nehme ich an, daß Sie aus der Umgebung von Peter von Oertzen nichts genaues über meine Berufungsgeschichte herausgefunden haben. Da bis zum 9. Juni kaum noch etwas zu machen sein wird, ist also diese Geschichte für die Prozeßführung irrelevant geworden.

Wenn eine CDU-Regierung in Niedersachen kommt, wofür alle Wahrscheinlichkeit spricht, dann kann die Berufungsliste nur mittels öffentlichen Drucks durchgesetzt werden. Voraussetzung dafür ist aber auch eine beschleunigte Prozeßführung. Ich wäre Ihnen dankbar, wenn Sie mit Herrn Senfft über diesen Aspekt sprechen würden.

Bevor die 2. Auflage in Druck geht, müßten einige Korrekturen gemacht werden. Deshalb bitte ich Sie um eine rechtzeitige Benachrichtigung. Können Sie den Zeitpunkt in etwa übersehen, wann die 2. Auflage in Druck geht? Ich habe am 15. 6. in der Katholischen Akademie in Hamburg einen Vortrag zu halten. Ich würde gern die Gelegenheit nutzen wollen, mit Ihnen am 14. 6. nachmittags im Verlag oder anderswo einiges zu besprechen, was eine Veröffentlichung angeht, die evtl. in Ihrer Reihe sein könnte. Beigefügt ist eine Liste von Rowohlt-Büchern, die ich gern mit Autorenrabatt beziehen möchte.

Herr Mechelhoff vom Spiegel recherchiert in der Geschichte. Er hat mir zugesagt, vor der Veröffentlichung mit Herrn Senfft Rücksprache zu nehmen. Für eine baldige Nachricht, ob Ihnen der Termin paßt, wäre ich denkbar. Sonst müßten wir nach einem Ausweichtermin ausschauen. Vielleicht könnten Sie, wie Sie vor hatten, bald einmal nach Oldenburg kommen. Bitte schicken Sie ein Exemplar des Buches an die folgende Adresse: Erich Haye, 2802 Ottersberg 2, Am Mühlenberg 10. Mit herzlichen Grüßen"

Wir treffen uns im Verlagshaus zu einem langen Gespräch. In vielen Punkten in der Beurteilung der politischen Situation in der Bundesrepublik stimmen wir überein. Er will nicht als links eingestuft werden, aber wohl als linker Sozialdemokrat mit Ambitionen auf politische Karriere. Noch ist seine Karriere geradlinig verlaufen. Was aber der Preis gewesen ist, erfahre ich nicht. Er will von mir ein sehr kurzes Exposé über „Die Indische Universität" haben und die Arbeit auf 300 Seite gekürzt sehen. Im großen und ganzen sind wir einig. Am 24. Juli bin ich so weit und schicke das Exposé mit diesem Begleitschreiben: „Lieber Herr Duve, während des Semesters war ich nicht in der Lage, Ihnen das am 14. Juni im Funkhaus detailliert besprochene Exposé zuzusenden. Diese Verspätung war von Vorteil insofern als ich gerade von einer internationalen Konferenz über das Ausbildungsproblem der Verwaltungseliten in Afrika, die in Marokko stattfand, komme. Die Arbeit in dieser Konferenz, die zahlreichen Gespräche mit den für die Ausbildung des Topmanagement zuständigen Ministerialbeamten und eine Analyse der beteiligten nicht afrikanischen Institutionen an dieser Konferenz läßt mich das Forschungsmaterial aus Indien in einer wesentlich sinnvolleren Perspektive sehen. Wenn ich mir überlege, daß meine Arbeit ‚Farbige unter Weißen' von 1962 dem heutigen Erkenntnisstand der Diskussion auf dem afrikanischen Kontinent – unter maßgeblicher Beteiligung der westeuropäischen und nordamerikanischen Länder – voraus war, dann wird deutlich, wie dieser Einfluß die Unterentwicklung systematisch produziert. In der Einleitung der geplanten Arbeit möchte ich auch auf die Einflußmöglichkeiten für die Erhaltung der kolonialen Mentalität durch nationale wie internationale Institutionen eingehen. Ich wäre Ihnen außerordentlich dankbar, wenn Sie mir bald mitteilen könnten, bis wann Sie das Manuskript brauchen und wann wir den Vertrag machen können. Mit herzlichen Grüßen, auch von meiner Frau, Ihr"

Exposé

Die meistdiskutierte Frage in den Länder der Dritten Welt mit kapitalistischer Produktionsweise ist die nach dem Transfer der Technologie im weitesten Sinne des Wortes. Transfer der Technologie, so glauben sie, ist der Schlüssel, der den Weg zur ‚Entwicklung' aufschließt. Die Führungskräfte dieser Länder reflektieren nicht, was der konkrete Inhalt jener Entwicklung ist, wie Unterentwicklung produziert worden ist und weiter produziert wird und was Entwicklung bedeuten kann. Sie reduzieren die Entwicklung ihrer Länder auf die Erhöhung von Produktionsziffern.

Bei dieser Reduktion werden sie von den ökonomischen und politischen Kräften der Industrieländer unterstützt. Wirtschaftliches Wachstum wird in der Regel durch Kapitalinvestitionen und Übernahme komplizierter Technologie angestrebt. Wirtschaftliches Wachstum wird gelegentlich erreicht. Dies hat jedoch das soziale Problem in keinem Land entschärft. Übernahme der Technologie bedeutet auch die Übernahme des ideologischen Bedingungs- und Entstehungszusammenhanges jener Länder, in denen diese entwickelt wurden.

Die Führungskräfte dieser Länder der Dritten Welt sind aufgrund ihrer Verhaltens- und ihrer Denkweise nicht in der Lage, Technologietransfer als Lösungsmöglichkeit in Frage zu stellen und Alternativen zu entwickeln. Sie sind auch nicht fähig, ‚innerhalb dieses Systems von Übernehmen' eine bewußte Wahl zu treffen.

Die Kluft zwischen den Industrieländern und den Ländern der Dritten Welt wächst beschleunigt. Produktion und Ausfuhr der Dritten nehmen zu, die Zahlungsbilanzen jedoch verschlechtern sich. Die Erhöhung der Produktivität verhindert nicht die Verschlechterung der Lebensbedingungen für die Mehrheit. Dennoch konzentrieren die Führungskräfte ihre intellektuellen Fähigkeiten nur auf die Verbesserungen der von der Kolonialverwaltung formulierten Konzeption der gesellschaftlichen Entwicklung.

Sie haben nicht die Fähigkeit entwickelt, diese Konzeption auch einmal theoretisch und grundsätzlich in Frage zu stellen. Die Sackgasse der gesellschaftlichen Entwicklung einerseits und die totale Unfähigkeit der Führungskräfte andererseits – trotz ihrer unbestreitbaren intellektuellen Fähigkeiten – sind die wesentlichen Merkmale dieser Länder. Die Frage drängt sich auf, wie die Mentalität dieser Führungskräfte entstanden und geprägt sein muß, daß sie den offenkundigen Widerspruch nicht zu sehen vermögen. Diese Struktur der Mentalität, produziert während der kolonialen Zeit, wirkt zwangsläufig auch in der postkolonialen Zeit und reproduziert in diesen Gebieten die kolonialen Realitäten auch ohne die direkte Präsenz der kolonialen Macht.

Wie dieser Prozeß abgelaufen ist und sich weiter entwickelt, soll beispielhaft durch eine Untersuchung über die Produktion der Führungskräfte in Indien dargestellt werden. Dieser Untersuchung liegt umfangreiches empirisches Material zugrunde, das in einen historischen und ökonomischen Zusammenhang eingefügt wird. Das Manuskript kann bis Ende d. J. vorliegen. Umfang ca. 300 Seiten.

Ich kann nicht eindeutig beurteilen, ob Hans Matthöfer von dem Druck des politischen Tabus zum Realitätsbewußtsein wider das Gewissen eingeholt wird oder sein Angebot beim NDR in Hamburg nie so ernst gemeint gewesen war, wie Jürgen Todenhöfer es verstanden hatte. Ich kann mir einfach nicht vorstellen, daß der Vertraute von Bundeskanzer Helmut Schmidt, der bald danach Hans Matthöfer zum Finanzminister macht, weniger Machermöglichkeit gehabt haben soll als der Leitende Ministerialrat Dr. phil. Hermann-Josef Nachtwey im Land Nordrhein-Westfalen. Sein Nachfolger als parlamentarischer Staatssekretär beim Bundesminister für wirtschaftliche Zusammenarbeit, Alwin Brück, läßt mich am 5. September wissen: *„Sehr geehrter Herr Dr. Aich! Herr Matthöfer hatte Ihre Bitte um Unterstützung bei der Veröffentlichung Ihrer Habilitationsschrift an mich weitergeleitet. Nach gründlicher Prüfung ist das zuständige Referat im Bundesministerium für wirtschaftliche Zusammenarbeit zu dem Ergebnis gekommen, daß wir unsere Haushaltsmittel zu diesem Zweck nicht einsetzen können. Die Öffentlichkeitsarbeit des Ministeriums muß sich an ein breites Publikum richten. Ihre Arbeit behandelt dagegen ein sehr spezielles Problem und spricht daher nach unserer Einschätzung nur einen kleinen Kreis von besonders Interessierten an. Daher ist es leider nicht möglich, Ihrer Bitte nachzukommen. Mit freundlichen Grüßen Ihr Alwin Brück"*

Mit dem Aufkauf einer größeren Zahl von Exemplaren durch das Ministerium ist es also vorbei. Aber ist der Rowohlt-Verlag wirklich auf einen Zuschuß von fünf- bis zehntausend Deutsche Mark angewiesen? Machen die Verlage nur risikofreie Geschäfte? Verkaufen nicht die Verleger öffentlich ihre angeblich besondere Verpflichtung zur Erhaltung der Freiheit von Kunst und Wissenschaft?

*****

Wie schon gesagt, habe ich in den Berufungskommissionen der Universität in Oldenburg mitgearbeitet. In vielen Kommissionssitzungen ist mir ein Berliner Sozialpädagoge aufgefallen: C. Wolfgang Müller. Er hat eine Frage immer an alle Bewerber, auch an mich gestellt: *„Wie bist Du politisiert worden?"* Fast alle Bewerber sind sogenannte Linke. Nach einiger Zeit habe ich ihn gefragt, warum er immer diese Frage stellt. Seine Antwort: Er sei besorgt darüber, wie ein bürgerlicher Wissenschaftler über Nacht sein linkes Gewissen entdeckt und diese Entdeckung in Anhörungen als eine Offenbarung einfließen läßt. Ob sie nicht anfällig für „Offenbarungen" schlechthin seien?

Auch Wolfgang Müller habe ich in meinen Angelegenheiten bemühen müssen. Bei der Suche nach Gutachtern für meine Bewerbungen, unter anderem auch – an seiner eigenen Hochschule – in Berlin, Bielefeld und Oldenburg. Es läuft ja nichts ohne Gutachter. Was die Folge davon ist? Gibt es Alternativen dazu?

Wolfgang Müller sehe ich oft. Als meine Karriereperspektive nicht schlecht ausgesehen hat, habe ich am 22. Juni 1973 folgendes geschrieben: „Lieber Wolfgang, wir hatten vereinbart, daß Du Deine Ankunftszeit am Freitag in Bremen an meine Kölner Anschrift mitteilst. Die Umstände haben ergeben, daß weder ich noch meine Frau während der ganzen nächsten Woche in Köln sein werden. Bitte teile mir die Ankunftszeit doch an meine Oldenburger Adresse mit, wo Du auch wohnen wirst: 29 Oldenburg, Hotel Schützenhof, Hauptstr. 38.

Da Du Klaus Mollenhauer ohnehin bitten wolltest, für meine Berliner Bewerbung ein Gutachten zu machen, wäre es nicht möglich, daß Du vor meiner Anhörung in Oldenburg klärst, ob Klaus Mollenhauer nicht für beide Bewerbungen ein Gutachten machen würde. Ich bin aufgefordert worden, nach der Anhörung die Gutachter zu nennen.

Unser Gespräch nach der Anhörung in Berlin müßten wir fortsetzen, nachdem die anderen beiden Kandidaten in Berlin angehört worden sind. Ich habe mir das ganze Gespräch nochmals durch den Kopf gehen lassen, und ich bin mir jetzt nicht mehr schlüssig, ob ich vorweg entscheiden kann, welche Stelle ich annehmen würde, falls ich für beide in Frage käme. Bitte schicke mir bald das Konzeptpapier, das Ihr entwickelt habt. Mit herzlichen Grüßen Dein"

Am 26. Juni schreibt er mir: *„Lieber Prodosh: Ich werde am Freitag 20.40 Uhr mit der BEA in Bremen ankommen. Solltest Du verhinderte sein, mich abzuholen, so komme ich mit eigener Kraft ins Hotel. Gruß: Wolfgang"*

Nach der Abreise Wolfgang Müllers aus Oldenburg will die Kommission für die Stelle „Sozialpolitik und Sozialpädagogik" in Oldenburg über die Aufstellung der Liste endgültig abstimmen. Dies ist eines der beliebten Mittel aus der Trickkiste, Listen zu beschließen. Die Nachricht sickert durch. Hektische Aktivitäten. Die ganze Situation ist auf zwei Kandidaten zugespitzt. Rudolf Bauer, der in Bremen bereits eine Professorenstelle hat und von der „Linken Liste" unterstützt wird und mir. Weil ich mit Wolfgang Müller angeblich so gut kann, fällt mir die zweifelhafte Verpflichtung zu, an Wolfgang Müller am 5. Juli zu schreiben: „Lieber Wolfgang, ohne Dein Telegramm wäre es nicht möglich gewesen, die Abstimmung zu verhindern. Jetzt steht fest, daß die Entscheidung in Deiner Anwesenheit fällt. Da Du unter den Hochschullehrern der einzige Sozialpädagoge bist, hat Dein Votum entscheidendes Gewicht.

Dieter Brühl sagte mir, daß Du die Anhörung von Rudolf Bauer vom Band abhören willst. Wenn dies aus Zeitgründen nicht möglich ist, habe ich Bernhard Wilhelmer gebeten, davon eine kurze Zusammenfassung auf 1 bis 2 Seiten zu machen. Er scheint der einzige in der Kommission gewesen zu sein, der sich mit Rudolf Bauers Veröffentlichungen intensiv beschäftigt hat. Seiner Einschätzung nach hat Rudolf Bauer nur allgemeine Gesellschaftstheorie, aber nicht Theorie der Sozialarbeit gemacht. Der Praxisbezug war künstlich hergestellt. Aber bei einer Abstimmung wird es sehr wahrscheinlich 8:5 für ihn ausgehen.

Nach meiner Einschätzung haben wir zwei Druckmittel: das erste wäre, im informellen Gespräch mitzuteilen, daß ich meine Bewerbung vor der entscheidenden Beratung noch zurückziehe. In dem Falle würde die Liste platzen. Der Nachteil dieses Mittels ist, daß die Entscheidung für Bauer nur für einige Monate verschoben wird, falls die anderen auf dieses Druckmittel nicht reagieren. Daß zweite Druckmittel scheint mir effektiv und auch politisch wirkungsvoller zu sein. Man müßte in der Beratung Bauers Anhörung anhand der Stellenbeschreibung inhaltlich so auseinandernehmen, daß nicht seine Qualifikation in Frage gestellt wird, sondern nur eine Eignung für die Sozialpädagogik. Gleichzeitig müßte man auf die Stelle Sozialplanung hinweisen und seine Qualifikation für diese Stelle hervorheben. Daran anschließend müßte man die Anregung machen, mit der anderen Kommission diesbezüglich Kontakt aufzunehmen, bevor die Liste verabschiedet wird. Diese inhaltliche Auseinandersetzung könntest in der Kommission nur Du führen, und dann hättest Du ein Druckmittel mit dem Sondervotum, da, wie gesagt, Du das einzige kompentente Mitglied für Sozialpädagogik bist. Das ist die Lage.

Wenn ich richtig informiert bin, hattest Du den Termin Montag, den 9. 7., schon für die Anhörung für die restlichen Stellen vorgemerkt, und als Ausweichtermin hattest Du von Frankfurt aus den Mittwoch und Donnerstag angegeben. Es wäre gut, wenn Du alle drei Termine in Oldenburg wahrnehmen könntest. Die Gegenseite hat Dein Gewicht in der Kommission nach Deinem Telegramm realisiert und ist dabei, Stimmung gegen Dich zu machen, weil Du bisher nicht regelmäßig an den Kommissionssitzungen teilnehmen konntest. Da nun das Ende der Arbeit abzusehen ist und es sich wirklich um drei Tage handelt und alle drei Termine so gelegt sind, daß sie Dir noch passen, könntest Du allein durch die Wahrnehmung dieser Termine Dein Gewicht voll zur Geltung bringen. Wie Du gemerkt hast, kommen wir ohne Deinen ganzen Einsatz in Oldenburg nicht weiter.

Wenn Du mir mitteilst, wann Du am Montag kommst, könnte ich Dich in Bremen abholen, und wenn Du ein Hotelzimmer brauchst, könnte ich es ja vorher bestellen. Ich rufe Dich Freitagabend an. Mit herzlichen Grüßen Dein"

Dieter Brühl ist wissenschaftlicher Assistent im Fach Soziologie und Berhard Wilhelmer ist Planer beim Gründungsausschuß. Der unerwartete Rückzug von Horst Baier als Gutachter, wie an anderer Stelle bereits berichtet, hat mich wieder in die unangenehme Lage gebracht, am 21. September an Wolfgang Müller schreiben zu müssen: „Lieber Wolfgang, Horst Baier in Frankfurt hat dem Gründungsausschuß mitgeteilt, daß er Abstand von seiner ursprünglichen Zusage für die Erstellung des Gutachtens nehmen muß, weil er im Fachgebiet Sozialpädagogik nicht kompetent ist. Du weißt, daß ich keinen so gut kenne, daß er schnell ein Gutachten für mich macht.

Bernhard Wilhelmer schreibt, daß in Eurer Kommission ein Kandidat ein Gutachten von Wolfgang Schulenberg vorlegt. Wäre es nicht möglich, daß Du ebenfalls ein Gutachten für mich machst? Dies ist um so wichtiger, da Baier ja auch das Gutachten für die Kommission Xb ablehnen wird, und dort gilt Dein Gutachten auf jeden Fall, weil Du ja in der Kommission Mitglied bist. Falls Du für Kommission XI eine andere Lösung finden könntest, wäre das optisch besser. Nur ich kann keinen auftreiben. Wir melden uns, wenn wir am Mittwoch in Berlin sind. Mit freundlichen Grüßen Dein"

In Oldenburg hat all das Bemühen nicht gefruchtet. Ich habe Wolfgang Müller dann am 12. Oktober über alle jene Angelegenheiten informiert, die ihn interessiert haben: „Lieber Wolfgang, vergeblich habe ich versucht, Dich von Samstag an telefonisch zu erreichen. Ich hätte besser gleich geschrieben. Beim Gründungsausschuß haben wir die Liste von der Kommission Xb durchsetzen können. Wenn das Ministerium die Berufung ablehnt, wird dies ein eindeutiger Fall eines Berufsverbotes sein.

Auf unsere Veranlassung hin hat Johanno Strasser sich in Oldenburg für die Stelle Didaktik der Sozialkunde beworben. Da Du möglicherweise einen engeren Kontakt zu Strasser hast, möchten wir von Dir erfahren, inwieweit Strasser mit uns kooperationsbereit sein wird. Welche Konsequenzen zieht er aus seinen jüngsten Erfahrungen?

Du hattest die Adresse von Manfred Grabe und wolltest mit ihm Kontakt aufnehmen. In Oldenburg wird er wahrscheinlich auch für die H3 - Stelle, Theorie der politischen Bildung, nicht genommen. Er ist, wie Du weißt, noch nicht promoviert. Aber dies wird ja kein Hinderungsgrund an Eurer Hochschule sein.

Auf der Suche nach einem Gutachter hatte ich mit Jürgen Feldhoff telefoniert. Er wollte für mich kein Gutachten machen, da er in meinem Habilitationsverfahren ein nicht enthusiastisches Gutachten macht, wie er sich ausdrückte. Das würde für das Habilitationsverfahren bedeuten, daß Dein Gutachten das von Ebel neutralisieren müßte. Er ist nur bereit, Dir das Gutachten von Ebel informell zur Verfügung zu stellen, wenn Du Dich telefonisch an ihn wendest. Mir ist die Einstellung von Feldhoff unverständlich. Sag uns bitte zeitig Bescheid, wenn Du wieder nach Oldenburg kommst. Mit freundlichen Grüßen Dein“

Jürgen Feldhoff ist, wie schon berichtet, Vorsitzender der Habilitationskommission in meinem Verfahren in Bielefeld. Monate später, am 27. August 1974 werde ich wieder Veranlassung haben, an Wolfgang Müller zu schreiben: „Lieber Wolfgang, endlich weiß ich nun, was aus den beiden Berufungslisten, auf denen ich in Oldenburg stehe, geworden ist. Beide Listen sind zurückgeschickt worden, weil jeweils der Drittplazierte nicht zur Verfügung steht und meine Berufung eine Hausberufung sein würde. Rudolf Bauer wird überhaupt nicht erwähnt. Ich dachte, das würde Dich interessieren. Mit herzlichen Grüßen auch von meiner Frau“

Auch nach dieser Entscheidung des Niedersächsischen Ministers hat es Hausberufungen an der Universität Oldenburg gegeben. Aber kommt es wirklich darauf an? Am selben Tag habe ich auch beim Rektor der PH Westfalen-Lippe angefragt, was aus dem Habilitationsverfahren wohl geworden ist. Am 20. September schreibt mir der – inzwischen neue – Rektor Prof. Dr. Jeismann: *„Sehr geehrter Herr Aich! Auf Ihr Schreiben vom 27. 8. 1974 teile ich Ihnen mit, daß sich der Ablauf Ihres Habilitationsverfahrens wesentlich verzögerte, weil mehrere angeschriebene Gutachter, zum Teil nach einer ersten Zusage, ihre Beteiligung am Verfahren ablehnten. Nunmehr liegt der Kommissionsbericht vor. Er wird den zuständigen Gremien nach den Verfahrensvorschriften zur Stellungnahme noch im September zugeleitet. Mit freundlichen Grüßen Jeismann“*

Ich bin immer noch blauäugig und begreife den eigentlichen Inhalt des kurzen Schreibens nicht. Es heißt, wenn man sich in die Fänge der „Chinatowns" begibt, muß man sich auch ihrer Logik beugen. Aber ich habe sie immer noch nicht begriffen. Deshalb mache ich mir die Mühe, am 22. Oktober Überlegungen anzustellen, den so gewollten, langsamen Prozeß zu beschleunigen: „Sehr geehrter Herr Jeismann, ich danke Ihnen für Ihr Schreiben vom 20. 9. 1974. Durch Mitteilungen des Rektorats habe ich auch erfahren, daß einige vom Senat vorgeschlagene Gutachter sich nicht in der Lage gesehen haben, die notwendigen Gutachten zu erstellen. Sie werden sicherlich mir darin zustimmen, daß dies nicht mir zur Last gelegt werden kann.

Ihrer Mitteilung, daß der Kommissionsbericht den zuständigen Gremien zur Stellungnahme noch im September zugeleitet werden soll, und aus dem § 6 der Habilitationsordnung entnehme ich, daß es nicht zu einem einstimmigen Urteil gekommen ist. Dies würde eine weitere Verzögerung bedeuten.

Ich möchte Sie bitten zu prüfen, ob nicht parallel zu diesem Verfahren auch der Ernennungsvorschlag für die Stelle eines Wissenschaftlichen Rates und Professors im Fache Soziologie dem Minister für Wissenschaft und Forschung zur Entscheidung vorgelegt werden sollte. Als Begründung dieser Bitte möchte ich darauf hinweisen, daß der Dekan des Fachbereichs II am 10. 7. 1972 von mir alle Unterlagen angefordert hat, um dem Minister den Vorschlag zuzuleiten. Der Dekan teilte mir mit, nachdem alle Unterlagen dort waren, daß möglicherweise ein Habilitationsverfahren eingeleitet werden müßte. Auf dringende Bitte des Dekan vom 22. 8. 1972 habe ich dann am 30. 8. 1872 das Habilitationsverfahren beantragt. Am 8. 9. 1972 teilte mir der Dekan mit, daß der Senat am 28. 8. 1972 zunächst beschlossen habe, den Antrag des Fachbereiches auf meine Ernennung an den Fachbereich zurückzugeben, um Gutachten über meine Publikationen erstellen zu lassen. Am 6. 9. 1972 wurde jedoch in einer Besprechung zwischen dem Rektorat und dem Fachbereich vereinbart, auf Gutachten zu verzichten, da im Rahmen des Habilitationsverfahrens ohnehin Gutachten erstellt würden. Nun liegen ja die Gutachten vor und damit könnte eine Weiterleitung des Antrages an das Ministerium erfolgen.

Ein Habilitationsverfahren, das sich über zwei Jahre erstreckt, liefert insofern keine begründete Beurteilung, als ein Kandidat in zwei Jahren weitere Nachweise der Qualifikation erbringt und diese ebenfalls zum Gegenstand des Habilitationsverfahren gemacht werden müßten. Das würde weitere Verzögerungen mit sich bringen. Ein vernünftiger Ausweg aus diesem Prozeß der Verzögerung könnte sein, daß zusammen mit den bereits erstellten Gutachten und mit dem Hinweis auf die weiteren Publikationen der Ernennungsvorschlag dem Ministerium unverzüglich weitergeleitet wird. Im übrigen wissen Sie genau wie ich, gibt es in Nordrhein-Westfalen, auch an der PH Westfalen-Lippe, zahlreiche Berufungen auf H3-Stellen ohne Habilitation.

Ich wäre Ihnen außerordentlich dankbar, wenn Sie mir kurz mitteilen würden, wie nun der Stand des Verfahrens ist und ob die Pädagogische Hochschule Westfalen-Lippe meiner Bitte entsprechen kann. Mit freundlichen Grüßen"

Ich muß nicht lange warten, bis der Rektor mich unmißverständlich über die Spielregel aufklärt. Die Hochschule hat viele Möglichkeiten, dafür zu sorgen, daß eine Entscheidung, die nach den allgemeinen Regeln außerhalb der Hochschule fallen sollte, gar nicht gefällt werden kann, weil die Entscheidungsunterlagen nie die Hochschule verlassen. Jaipur holt uns wieder ein. So vieles kann auf dem Weg durch den „proper channel" hängen bleiben. So auch hier. Also wird die idotensichere Aufklärung am 6. November zur Post gegeben: *„Sehr geehrter Herr Aich! Ich danke Ihnen für Ihr Schreiben vom 22. 10. und teile Ihnen auf Ihre Anfrage mit, daß parallel zum Habilitationsverfahren ein Ernennungsvorschlag für die Stelle eines Wissenschaftlichen Rates und Professors von der Hochschule nicht dem Ministerium vorgelegt werden kann. Der Senat hat in seiner Sitzung vom 28. 8. 1972 einen entsprechenden Vorschlag des Fachbereiches II diesem zurückgegeben mit der Empfehlung, ausführliche Gutachten über Publikationen anfertigen zu lassen. Diese Empfehlung wird durch das Habilitationsverfahren erfüllt. Während des laufenden Verfahrens kann also ein solcher Antrag nicht weitergegeben werden. Bei laufenden Habilitationsverfahren ist seitens der Hochschule noch nie ein Ernennungsvorschlag an den Minister weitergegeben worden. Es ist richtig, daß in letzter Zeit Berufungen auf H3-Stellen auch ohne Habilitation der Bewerber vorgenommen worden sind; Voraussetzung war aber immer die gutachtliche Bestätigung der Adäquanz der schriftlichen Leistungen zu einer Habilitationsleistung.*

Zum Stand des Verfahrens teile ich Ihnen mit, daß innerhalb der Gutachterkommission noch eine Abstimmung nötig geworden ist über den Kreis der zu begutachtenden Schriften. Ich habe diese Abstimmung bis zum 7. 11. erbeten. Sobald der endgültige Vorschlag der Kommission vorliegt, werde ich Sie gemäß § 6 der Habilitationsordnung informieren und gemäß § 7 die wissenschaftlichen Arbeiten mit den Gutachten in den Abteilungen auslegen. Mit freundlichen Grüßen Prof. Dr. Jaismann"

Schon wenige Tage später, am 26. November, teilt mir Professor Dr. Jeismann folgende frohe Kunde mit: *„Betr.: Ihr Habilitationsverfahren, Bezug: Mein Schreiben vom 6. November 1974 – Az.w.o. –. Sehr geehrter Herr Aich! Im Nachgang zu meinem o.a. Schreiben teile ich Ihnen mit, daß die Gutachterkommission mehrheitlich die Annahme Ihrer Arbeiten als Schriftliche Habilitationsleistung vorgeschlagen hat. Gemäß § 7 der Habilitationsordnung werden nunmehr die von Ihnen vorgelegten wissenschaftlichen Arbeiten mit den Gutachten in den zuständigen Fachbereichen der Abteilung Bielefeld und Münster zur Einsicht ausgelegt. Mit freundlichen Grüßen Professor Dr. Jeismann"*

*****

Natürlich habe ich die Veröffentlichung der „Indischen Universität" nicht aufgegeben. Am 4. November nehme ich den Faden bei Freimut Duve wieder auf: „Lieber Herr Duve, ich habe über unser Gespräch nochmal nachgedacht. Bevor ich dazu komme möchte ich Sie um folgende drei Dinge bitten: 1. Zusendung der beiden Bände von Meueler über Entwicklungspolitik, die ich bei Ihnen liegengelassen habe; 2. den Vertrieb veranlassen, Belegexemplare an die

Autoren und den Herausgeber zu senden, 3. Absenden des Tabaks, bevor er trocken ist.

Nach meinem Eindruck haben Sie zwei Bedenken, das von mir vorgeschlagene Buch zu machen. 1. Es könnte mehr ein Diskussionsbeitrag ohne zukünftige Perspektive sein und 2. der Form und dem Inhalt nach nur Zugang bei Spezialisten finden. Ich meine, diese beiden Bedenken sind von Ihrem Standpunkt her wichtig. Ich meine aber auch, daß, nachdem diese klar artikuliert sind, sie auch ausgeräumt werden können.

Es ist ganz klar, wenn von den konkreten Realitäten des Technologietransfers ausgegangen wird, wenn die Bewußtseinslage der an dieser Transaktion beteiligten Elite bzw. Funktionäre untersucht wird, über die Bewußtseinslage bzw. über die Mentalität dieser Gruppe charakteristische Aussagen gemacht werden, in einer exemplarischen historischen Analyse in Zusammenhang mit den historischen und materiellen Bedingungen der Entstehungsprozeß dieser Bewußtseinslage verdeutlicht wird, müßte die Arbeit zwangsläufig unvollständig bleiben, wenn daraus keine künftigen Perspektiven aufgezeigt würden. Wie diese Perspektive aussehen wird, kann ich Ihnen noch nicht präzise sagen, da ich das Material mit diesem Ansatz noch nicht aufgearbeitet habe. Ich meine, man müßte neben den Tendenzen der Entwicklung auch einige Notwendigkeiten formulieren, die sich nicht unbedingt aus den Tendenzen ableiten lassen.

Hinsichtlich des zweiten Punktes darf ich auf meine Veröffentlichungen der letzten Jahre hinweisen. Ich möchte nicht für mich in Anspruch nehmen, daß ich für jedermann verständlich schreibe. Aber ich nehme für mich in Anspruch, daß ich die Verständlichkeit komplizierter gesellschaftlicher Vorgänge nicht durch eine komplizierte Sprache erschwere. Von den Rundfunkanstalten habe ich den Eindruck, daß das Thema Entwicklungspolitik mit einigen wenigen veränderten Perspektiven in naher Zukunft einen sehr breiten Raum einnehmen wird.

Das würde bedeuten, daß dies thematisch ein breiteres Publikum interessiert machen wird. Wenn die Arbeit einen interessanten Titel bekommt, so ist wahrscheinlich, daß sie keinen schlechten Absatz finden wird. Neben der Sozialpädagogik bin ich ja auch auf diesem Gebiet kein Unbekannter. Wir können zwar einen solchen Titel wie Grenzen des Wachstums nicht benutzen, aber einen Titel wie Grenzen das Technologietransfers würde nichts entgegenstehen. In einem Untertitel kam man den Inhalt klar umschreiben.

Ich möchte annehmen, daß diese Ausführungen mein Exposé weiter präzisieren und dieses Schreiben, zusammen mit dem Exposé, die Grundlage für einen Vertrag mit Ihrem Verlag sein könnte. Ich nehme an, daß in Ihrem Verlag meine früheren Veröffentlichungen auf dem Gebiet der Dritten Welt ebenfalls bekannt sind.

Ich habe das Papier zu der geplanten Zeitschrift gelesen. Ich bin mir nicht darüber im Klaren, ob die notwendige Technologie bzw. Industriekritik in den Industrieländern aus der Perspektive der Länder der Dritten Welt mit kapitalistischen Produktionsverhältnissen überhaupt aktuell ist. Die Elite dieser Länder kann eine andere Perspektive als Industrialisierung gar nicht sehen, denn nur auf diese Weise können den Produktionsmittelbesitzern kurz- und mittelfristige Profite gesichert werden. Entwicklung einer anderen Technologie, wie es Ivan

Illich so vorschwebt, kann unmöglich von diesen Ländern geleistet werden. Die Änderung der Produktionsverhältnisse über eine Industriekritik halte ich für nicht weniger illusionär als die Veränderung der Produktionsverhältnisse durch Aufklärung oder Kassandrarufe.

In der Anlage finden Sie die versprochenen Fotokopien beider Rundfunkmanuskripte. Für eine baldige Antwort wäre ich Ihnen außerordentlich dankbar. Mit herzlichen Grüßen Ihr"

Mein Warten nimmt schließlich ein Ende. Am 12. Dezember läßt Freimut Duve das folgende Schreiben zur Post bringen: *„Lieber Prodosh Aich, zu Weihnachten mein Tabak, die beiden Bände von Meueler und das Buch von Barbara Böttger über Indien. Bevor wir uns endgültig zu Ihrem Band entscheiden, sollten Sie mir wirklich die Chance geben, die Kaufreaktion auf diesen Indien-Band abzuwarten; denn trotz des steigenden Interesses an der Dritten Welt bei den Multiplikatoren tun sich unsere Bände zu diesem Themenbereich schwer. Mit guten Wünschen zu Weihnachten und für das Neue Jahr Ihr – nach Diktat verreist – (Freimut Duve), f. d. R. (Neinass/Sekretärin)*

PS: Da aus dem Vertrag nicht hervorgeht, daß Sie und Ihre Mitautoren auch von Nachauflagen Belegexemplare erhalten sollen, hat unsere Vertragaabteilung nichts unternommen, um Ihnen Belege zukommen zu lassen. Anbei schicken wir Ihnen aus unserem Redaktionsetat 10 Exemplare und bitten Sie, diese auch an die anderen Autoren weiterzugeben. I. A. Neinass"

Auch dieses Jahr 1974 endet unverrichteter Dinge. Anfang des Jahres 1975 habe ich Gelegenheit, mit weiteren Gesetzen der „Chinatowns" vertraut zu werden. Ich muß mich wieder am 3. Februar an Wolfgang Müller wenden: „Lieber Wolfgang, am Wochenende habe ich nochmals mit Arno Klöne und Jürgen Feldhoff telefoniert, d. h. sie haben mich angerufen. Beide meinten, wenn ich das Verfahren nicht zurückziehe, würden sie sich im Senat auf jeden Fall hart auseinandersetzen, wenn Du von Deinem Recht aus § 9 der Habilitationsordnung Gebrauch machen würdest: Jedes Mitglied der Kommission kann verlangen, vor der Beschließung des Senats angehört zu werden.

Feldhoff meint, er könne Dich darum nicht bitten, weil er nämlich der Vorsitzende der Kommission gewesen sei. Und zum zweiten mutet er Dir diese fast aussichtslose Auseinandersetzung nicht zu. Andererseits sagte er mir, daß in dem Einspruch Dein Gutachten angegriffen wird, und wenn Du vor dem Senat gegen die Einsprüche Stellung nehmen würdest, würde er sich und auch Klöne an der Auseinandersetzung beteiligen.

Ich möchte Dich bitten zu überlegen, ob Du nicht doch von Deinem Recht Gebrauch machst. Die Gegenseite argumentiert zwar formal, handelt aber aus politischen Gründen. Dies wird besonders darin deutlich, daß sie sich scheut, meine Promotion anzugreifen, weil die ja bei König gemacht worden ist, aber alle nachfolgenden Veröffentlichungen angreift. Nach der Habilitationsordnung kann auch eine gute Promotionsarbeit für die schriftliche Habilitationsleistung ausreichen. In Königs Institut ist auch meine größte positivistische Arbeit, die in der Kölner Zeitschrift abgedruckt wurde, entstanden. Normalerweise dürften nach dieser Argumentation diese beiden Arbeiten eigentlich ausreichen. Auch für die spätere Auseinandersetzung wäre wahrscheinlich Deine aktive Teilnahme an der Senatssitzung notwendig und gut.

In einem Punkt verstehe ich auch Feldhoff und Klöne nicht. Dein Gutachten lag Ende 1973 vor. Wieso haben sie des Verfahren so lange verzögert, bis, wie sie mir am letzten Wochenende sagten, sich das Stimmenverhältnis im Senat nach den letzten Wahlen Ende 1974 zu ihren Ungunsten verändert hat. Das Verfahren, wie Du wahrscheinlich weißt, wurde August 1972 eingeleitet, zuvor hatte am 30. 5. 72 der Fachbereichsrat eine Einerliste für mich beschlossen und am 10. 7. 1972 alle Unterlagen für die Einstellung angefordert.

Es tut mir leid, daß zu Deiner vielen Arbeit noch zusätzliche Arbeit kommt. Aber in der gegenwärtigen Situation bleibt wohl keinem von uns diese Mehrarbeit erspart. Mit besten Grüßen an Christiane und Dich Dein"

Schon am 5. Februar läßt mich Wolfgang Müller wissen: *„Lieber Prodosh: Ich glaube, ich werde so verfahren, wie Du vorgeschlagen hast. Jürgen F. ist der gleichen Meinung. Herzliche Grüße an Deine Frau und Dich von Wolfgang Müller."*

Am 21. Februar erinnert mich die Deutsche Forschungsgemeinschaft am meine längst fällig gewordene Bringschuld: *„leider haben wir auf unser Schreiben vom 27. 2. 1974 keine Antwort erhalten. Wenn Sie uns bis zum 15. 3. 1975 nichts Gegenteiliges mitteilen, nehmen wir an, daß unsere Vermutung, daß das Werk in einer höheren Auflage als 1000 Stück erscheint, zutrifft und daß der Rowohlt-Verlag nicht auf eine Druckbeihilfe der Forschungsgemeinschaft angewiesen ist. Wir werden dann die am 17. 1. 1973 zugesagte Beihilfe zurückziehen und den Betrag von 4150,- DM für andere Vorhaben verwenden."*

Postwendend bitte ich am 22. Februar die Forschungsgemeinschaft: „ich danke Ihnen für Ihr Schreiben vom 21. 2. 75, Ai 6/1. Leider sind die Verhandlungen noch nicht abgeschlossen. Deshalb möchte ich Sie bitten, den als Druckkostenbeitrag zugesagten Betrag bis zur endgültigen Entscheidung aufrechtzuerhalten."

Am gleichen Tag wende ich mich auch an Freimut Duve: „Lieber Herr Duve, vielen Dank für den Tabak und für die Bücher. Ist Ihr Technologiemagazin schon heraus? Es würde mich ebenfalls sehr interessieren.

Ich würde gern die auf der beiliegenden Liste aufgeführten Bücher mit Autorenrabatt beziehen. Könnten Sie dies bitte veranlassen?

Obwohl Sie die Verkaufsziffern des Buches von Barbara Böttger abwarten wollten, habe ich mich doch weiter mit dem von mir vorgeschlagenen Thema der Grenzen des Technologietransfers in die Dritte Welt beschäftigt. Ich möchte dieses Buch wirklich machen und Sie aus diesem Grunde bitten, doch bald zu prüfen, ob es in Ihrer Reihe gemacht werden kann. Wie ist das Buch von Barbara Böttger verkauft worden? Wie verkauft sich das Technologiemagazin, falls es schon erschienen ist? Geht der Band 'Da weitere Verwahrlosung droht ...' noch gut? Mit freundlichen Grüßen Ihr"

Freimut Duve antwortet für seine Verhältnisse diesmal sehr schnell, schon am 3. März: *„Lieber Prodosh Aich, Ihr Band geht in der Tat nach wie vor gut. Ich würde es doch für gut finden, wenn Sie zunächst einmal eine Zusammenstellung Ihrer Thesen in Form einen Aufsatzes für das Magazin machen* *könnten auf der Grundlage Ihrer Forschungsergebnisse. Wie gefällt Ihnen das Technologie-Magazin? Mit freundlichem Gruß Ihr Freimut Duve"*

Dieser hastige Brief kündigt uns nichts Gutes an. Deshalb beantworte ich das Schreiben bald, nämlich schon am 11. März und doch ausführlich: „Lieber Herr Duve, selbstverständlich werde ich Ihr Angebot annehmen, einen Aufsatz für das Technologie-Magazin zu schreiben. Ich kann aber Ihr Angebot kaum annehmen, diesen Aufsatz auf der Grundlage meiner Forschungsergebnisse zu schreiben. Ich verstehe sehr gut, daß Sie ständig beansprucht sind und daher sicherlich bei Ihrem Schreiben vom 3. 3. einiges nicht berücksichtigen konnten. Sie schreiben, daß ich ‚zunächst einmal' einen Aufsatz für das Magazin schreiben soll. Heißt das tatsächlich, daß nach diesem Aufsatz das Buch, das ich vorgeschlagen habe, gemacht wird? Am 12. 12. 74 schrieben Sie, Sie wollten abwarten, wie der Indienband von Barbara Böttger geht. Geht dieser Band gut oder schlecht? Ihr Schreiben vom 12. 12. ist nur so zu interpretieren, geht dieser Band nicht schlechter als durchschnittlich, würde meinem Buch nichts im Wege stehen.

Gehe ich noch weiter zurück, so hatten Sie mir mündlich zugesichert, daß ich meine Arbeit auf 300 Seiten kürzen sollte. Das war praktisch schon ein mündlicher Vertrag. Sie werden verstehen, daß diese Arbeit einiges für mich bedeutet. Sie hat mir immerhin schon zwei Entlassungen und eine ganze Reihe von Schwierigkeiten eingebracht. Allein dies sollte kein zu vernachlässigender Hinweis auf die Relevanz des Inhalts sein. Ich habe für Ihren Verlag ein Buch gemacht, das offensichtlich nicht schlecht geht. Das könnte ich mir auch von dem nächsten vorstellen, das ein Grundverhältnis der parlamentarischen Demokratie behandelt, das Verhältnis von Selbstverwaltung und Verwaltung. Ganz konkret das Verhältnis von Stadtrat und Stadtverwaltung, dokumentiert anhand von städtebaulichen Entscheidungsprozessen. Da ich kein Anfänger bin und von Marktbedingungen nicht unmittelbar beeinflußt werde, kann ich nur sehr schwer verstehen, daß ein Verlag aus evtl. Absatzsorgen, insbesondere Ihre Reihe, ein politisch notwendiges Buch nicht macht.

Wir verhandeln über das Buch seit Ende 1973. Sie wissen, daß ein Druckkostenzuschuß von der Deutschen Forschungsgemeinschaft vorliegt, was ja bedeutet, daß bei einer kleinen Auflage und hohem Preis das verlegerische Risiko sehr beschränkt, wenn nicht ausgeschlossen, ist. Wir haben miteinander immer so gesprochen, daß ich annehmen konnte, wenn nicht mußte, daß Sie geneigt sind, das Buch zu machen. Auch aus Ihrem Schreiben vom 3. 3. 75 lese ich diese Tendenz heraus. Deshalb frage ich Sie sehr präzise, ob Sie sich in der Lage sehen, dieses Buch in Ihrer Reihe zu machen. Wem Sie diese Frage verneinen, frage ich Sie weiter, ob Sie sich in der Lage sehen, das Buch in Ihrem Verlag bei einer Auflage unter 1000 Stück zu drucken – das ist die Auflage für die Inanspruchnahme der Druckkostenbeihilfe, wie mir die Deutsche Forschungsgemeinschaft am 21. 2. 75 nochmals mitgeteilt hat. Ich warte Ihre baldmöglichste Antwort ab, bevor ich mich an andere Verlage wende. Vielleicht werde ich auch bei anderen Verlagen das Indienbuch und die Dokumentation über Rat und Verwaltung gemeinsam anbieten und auf dieser Basis verhandeln müssen.

Im übrigen habe ich das Buch von Barbara Böttger gelesen. Dieses Buch wird sich mit dem Buch, was ich machen will, in keinem Themenbereich überschneiden. Auch werde ich nicht in diesem Stil und auf dieser allgemeinen Ebene der Analyse bleiben. Bis zu Ihrem endgültigen Nein gehe ich nach wie vor davon aus, daß wir dieses Buch und auch das nächste zusammen machen können. Mit herzlichen Grüßen Ihr"

Einen Monat später, am 13. April, bringe ich mich bei Freimut Duve kurz in Erinnerung: „Lieber Herr Duve, ich habe noch keine Antwort auf mein Schreiben vom 11. 3. 75 erhalten. Ich wäre Ihnen außerordentlich dankbar, wenn Sie dies baldmöglichst nachholen könnten. Mich würden auch die Verkaufsziffern des Bandes 1707 interessieren. Mit herzlichen Grüßen von uns Ihr"

Das Semester ist in vollem Gang. Ich bitte meine Frau, doch gelegentlich Freimut Duve anzumahnen. Sie tut dies am 6. Mai: *„Lieber Herr Duve, Prodosh ist während des Semesters zeitlich sehr beansprucht. Deshalb hat er mich gebeten, Sie an die Beantwortung seines Schreibens vom 11. 3. 75 zu erinnern. Ich tue es hiermit, wenn auch sehr ungern. Freundliche Grüße"*

Meine Vorahnungen erweisen sich als richtig. Die politische Realität holt auch Freimut Duve ein. Auch er will kein Tabuthema anrühren. Schließlich will er noch die Treppe rauf. Auch am 27. Mai scheut er sich, mir klaren Wein einzuschenken. Das Zeichen der „Chinatowns" ist flächendeckend, auch wenn einige es spät bemerken. Hier ist das Schreiben von Freimut Duve: *„Lieber Prodosh Aich, daß ich so bald nach meiner Rückkehr aus Amerika nicht auf die zwei so dringlich und ernst gemeinten Mahnungen geantwortet habe, lag vor allem daran, daß wir, was die aktuell-Reihe betrifft, im März und April aus den verschiedensten Gründen doch eine sehr bedenkliche Situation in bezug auf die Auswertung unserer Vorjahresergebnisse und damit die Vorbereitung einer langfristigen Planung hatten. Die Landschaft des politischen Taschenbuchs hat sich im vergangenen Jahr wohl doch stark verändert – eine meiner vorbeugenden Reaktionen war das Technologie-Magazin, in dem eine ganze Reihe von Problemen behandelt werden müssen, zu denen man vor Jahren noch einen Band hätte machen können.*

Ich bin inzwischen in meiner doch seit eh und je geäußerten Überzeugung bestärkt worden, daß wir einen ganzen Band, fußend auf Ihrer empirischen Indien-Arbeit, einfach nicht im hochauflagigen Taschenbuch-Programm publizieren können. Die Widerstände, die ich selbst bei leichteren Themen aus dem Hause dabei erlebe, sind natürlich auf die Absatzerfahrungen in den letzten Jahren zurückzuführen. Ich bin nach wie vor an einem Beitrag zu diesem Thema für unser Technologie-Magazin interessiert und würde mich freuen, ihn unterzubringen, sobald ich das Manuskript in Händen habe.

Die nächste Nummer mit Schwerpunkt 'Dritte Welt, Landwirtschaft' geht Mitte August in Satz (Nr.3).

Die Sozialbiographien gehen nach wie vor gut – insgesamt haben wir bis heute etwa 20000 Exemplare verkauft. Mit herzlichen Grüßen Ihr Freimut Duve"

Interessant ist, wie leichtfüßig Freimut Duve sich aus seinen Zusagen wegschleicht. Er macht keine Angaben über die Verkaufsziffern des Buches von Barbara Böttger. Was schrieb er noch am 12. Dezember? *„Lieber Prodosh Aich, zu Weihnachten mein Tabak, die beiden Bände von Meueler und das Buch von Barbara Böttger über Indien. Bevor wir uns endgültig zu Ihrem Band entscheiden, sollten Sie mir wirklich die Chance geben, die Kaufreaktion auf diesen Indien-Band abzuwarten; denn trotz des steigenden Interesses an der Dritten Welt bei den Multiplikatoren tun sich unsere Bände zu diesem Themenbereich schwer. Mit guten Wünschen zu Weihnachten und für das Neue Jahr Ihr".* Noch bemerkenswerter ist, daß Freimut Duve zu dem risikofreien Unternehmen, die Arbeit in seinem Verlag in einer Auflagenhöhe von 1000 Exemplaren zu veröffentlichen, überhaupt nicht eingeht.

Danach hänge ich mich ans Telefon und läute SOS beim Kiepenheuer & Witsch an, wende mich also an den Verlag, der mich zweimal gewinnbringend verlegt hat. Der Lektorin Erika Stegmann biete ich dieses risikolose Geschäft an. Sie rät mir, unverzüglich alle Unterlagen zu schicken, was ich auch tue.

Ich weiß nichts darüber, wie das Habilitationsverfahren in der PH Westfalen-Lippe seinen Lauf genommen hat, bis der Rektor am 23. Mai die Mitteilung zur Post gibt: *„Betr.: Ihr Habilitationsgesuch: Sehr geehrter Herr Aich! Leider muß ich Ihnen mitteilen, daß der Senat der Pädagogischen Hochschule Westfalen-Lippe in seiner Sitzung vom 12. 5. 1975 beschlossen hat, Sie nicht zu Vortrag und Kolloquium zuzulassen. Gemäß § 9 Abs. 2 der Habilitationsordnung der Pädagogischen Hochschule Westfalen-Lippe ist diese Entscheidung endgültig. Das Habilitationsverfahren ist damit negativ abgeschlossen. Ich bedauere, Ihnen keine andere Mitteilung machen zu können und verbleibe mit freundlichen Grüßen Professor Dr. Jeismann"*

Ich werde offensichtlich müde. Ich habe nicht einmal gesetzlich prüfen lassen, ob eine solche Habilitationsordnung in einer demokratischen Republik gültig sein kann, durch die verhindert wird, eine Entscheidung eines Hochschulgremiums in einen rechtsfreien Raum zu stellen. Armer Wolfgang Müller! Heute bin ich nicht mehr sicher, wer wen ausgetrickst hat. Es würde mich nicht wundern, wenn herauskommen würde, daß Jürgen Feldhoff und Arno Klönne mich angerufen hatten, weil die Studentenschaft ihnen Vorhaltungen wegen der unnötigen Verzögerung des Verfahrens gemacht hatte. Um zu verschleiern, daß ich auch ihnen willkommen war, sollte noch ein Theaterdonner mit Wolfgang Müller inszeniert werden. Wer weiß? Was ich sicher weiß, ist, daß eine offensichtlich für den Studiengang notwendige Stelle aus dubiosen politischen Gründen für Jahre nicht besetzt wird. Arme Studierende!

Ich denke, damals, im Mai 1975, war ich, wenn nicht kampfesmüde, so doch zumindest sehr beschäftigt mit dem „Projektstudium" an der Universität in Oldenburg, die die Carl von Ossietzky Universität sein wollte, aber nicht durfte. Am 23. Juni ist die Geduld der Deutschen Forschungsgemeinschaft erschöpft. Sie schreibt mir: *„Betr.: Druckbeihilfe für Ihre Arbeit ‚Die Indische Universität'. Sehr geehrter Herr Dr.Aich! Im Februar dieses Jahres informierten Sie uns darüber, daß Ihre Verhandlungen über die Veröffentlichung Ihrer Arbeit im Rowohlt-Verlag noch nicht abgeschlossen seien. Bewilligt wurde die Druckbeihilfe bereits im Januar 1973. Seit Anfang 1974 warten wir auf eine Mitteilung, welcher Verlag die Herausgabe übernimmt, und auf dessen Vorberechnung, damit wir prüfen können, ob und zu welchen Bedingungen wir die Beihilfe gewähren können. Wenn wir bis zum 31. Juli 1975 keine Unterlagen erhalten, die eine Neufestsetzung der Beihilfe erlauben, werden wir zu unserem Bedauern gezwungen sein, die Beihilfe endgültig zurückzuziehen.“*

Ich läute bei Kiepenheuer & Witsch an und erfahre von Erika Stegmann, daß nunmehr Frau Dr. R. Matthaei für meine Angelegenheit zuständig sein soll. Also wende ich mich am 26. Juni an Frau Dr. R. Matthaei mit dem folgenden Schreiben: „ich nehme an, daß Frau Stegmann Sie in groben Zügen informiert hat. Ich lege einige Briefe bei, aus denen Sie ersehen können, wie es dieser Arbeit ergangen ist. Der Verlag Kiepenheuer & Witsch zeigte damals kein großes Interesse an der Veröffentlichung, weshalb ich ihm sie bisher auch nicht offiziell angeboten habe.

Der Bertelsmann-Universitätsverlag hat nach einer mündlichen Zusage aus mir nicht bekannten Gründen die Arbeit doch nicht gebracht, obwohl die Deutsche Forschungsgemeinschaft eine Beihilfe für die Veröffentlichung zugesagt hatte. Danach habe ich mit Rowohlt aktuell verhandelt. Warum Rowohlt die Arbeit nicht bringt, mögen Sie bitte der Anlage entnehmen. Heute habe ich ein Schreiben der Deutschen Forschungsgemeinschaft erhalten, die mir den 31. 7. 1975 als den letzten Termin setzt, das unter großen Schwierigkeiten gesammelte Forschungsmaterial doch noch der Öffentlichkeit vorzulegen. Es ist also der letzte Versuch, die Arbeit zu veröffentlichen, die mir nicht nur zwei Entlassungen (von der indischen Universität Jaipur und von der Kölner Universität) eingebracht hat, sondern die auch von den Beteiligten mit Erfolg zu unterdrücken versucht wird. Eine Zusage des Luchterhand-Verlages (Soziologische Texte) ist auf Intervention von König von dem Herausgeber Maus abgelehnt worden, obwohl ich eine schriftliche Zusage von Frank Benseler hatte.

Nachdem also alle Möglichkeiten gescheitert sind, wende ich mich in großer Not an einen Verlag, bei dem ich immerhin zwei Bücher veröffentlicht habe. Da der Verlag Kiepenheuer & Witsch Bücher über Kolonialismus und Imperialismus herausgegeben hat, kann ich mir vorstellen, daß bei entsprechender Überarbeitung – nach Auflage der Deutschen Forschungsgemeinschaft ist die Arbeit auf 19 Bogen zu kürzen – sie eine Ergänzung Ihrer Reihe ‚Studienbibliothek' sein kann, da der Gegenstand das Problem des Kulturimperialismus auf empirischer Grundlage behandelt.

Da ich die Arbeit als Anlage schicke, möchte ich zum Inhalt nur soviel sagen, daß sie zwei Argumentationsstränge hat, erstens einen historischen und zweitens eine empirische Erhebung über die materielle Situation und über die Bewußtseinslage der indischen Universitätsabsolventen, die sich im letzten Halbjahr ihrer Ausbildung befinden.

Falls Sie Interesse an der Arbeit haben und der Deutschen Forschungsgemeinschaft eine Kalkulation für den Erhalt der Beihilfe einreichen, werde ich die Arbeit auf etwa 380 Seiten kürzen, was praktisch unter Beibehaltung der Struktur eine völlige Neuformulierung sein wird. Insofern bitte ich Sie, nicht auf die Formulierungen, die zum Teil aus taktischen Erwägungen gewählt wurden, zu achten. Ein Abschnitt dieser Arbeit, ‚Wer hat Zugang zur indischen Universität?‘ habe ich in der Zeitschrift für Soziologie veröffentlicht. Auch deshalb wird die Kürzung kein materieller Verlust sein, sondern eher die Dichte der Arbeit erhöhen. Mit der Hoffnung, daß sich die Arbeit noch retten läßt, verbleibe ich in Erwartung Ihrer Mitteilung mit freundlichen Grüßen"

Weil der Verlag Kiepenheuer & Witsch bis Ende Juli nichts hat von sich hören lassen, frage ich am 30. Juli die Deutsche Forschungsgemeinschaft an, ob sie eine Möglichkeit sieht, „die Ablauffrist für die bewilligte Beihilfe letztmalig um einen Monat zu verlängern."

Alle meine Bemühungen, Frau Dr. R. Matthaei im Verlag Kiepenheuer & Witsch zu erreichen, scheitern. Ihre Sekretärin schirmt sie ab. Der Verlag will mich zurückrufen, heißt es jedes Mal. Er ruft mich nicht zurück. Wieder holt mich Jaipur ein. Nur Frau Dr. R. Matthaei ist nicht der indische Journalist Rishi Kumar Mishra. Eher zufällig erreiche ich Erika Stegmann. Sie vermittelt mir den Eindruck, daß sie nicht wisse, wie der Verlag mit mir umgeht. Wie auch? Der Verlag ist so groß, daß er mit einem kleinen Einfamilienhaus auskommt. Wie ein Familienbetrieb. Wie auch immer, sie will sich um die Sache kümmern. Ich erzähle ihr auch, daß Ende August die absolute „deadline" bei der Forschungsgemeinschaft sein wird. Am 5. September erhalte ich ein Brief vom Verlag Kiepenheuer & Witsch, den ich wirklich nicht kommentieren kann: *„Lieber Herr Aich, es ist alles so schief gelaufen, wie es nur laufen konnte. Als Sie mich damals, kurz vor meinem Urlaub, anriefen und mir das Manuskript avisierten, bat ich Frau Dr. Matthaei, sich der Sache anzunehmen. Nach meiner Rückkehr Ende Juli war mir die Sache völlig aus den Augen geraten und ich fand auch keinerlei Hinweis in meinen Unterlagen vor, daß das Manuskript inzwischen hier im Hause eingetroffen war. Um die Sache kurz zu machen: das Manuskript ist liegengeblieben, und ich bin jetzt durch einen Zufall darauf gestoßen. Gestern sprach ich direkt mit Herrn Dr. Neven über die mögliche Aufnahme in die Reihe Studien-Bibliothek. Wir sind aber während dieses Gesprächs zu einer negativen Entscheidung gekommen.*

Wie Sie vielleicht verfolgt haben, haben wir seit diesem Herbst unser wissenschaftliches Programm um eine Taschenbuchreihe ausgeweitet. Dazu kommt, daß die Neue Wissenschaftliche Bibliothek überquillt von Titeln, die untergebracht werden wollen, so daß notgedrungen die Reihe Studien-Bibiliothek, die wir je nach Bedarf ausweiten oder kürzen, in diesem Fall für Reduzierung herhalten muß. Und selbst da haben wir noch reichlich Titel auf Vorrat. Ich bitte Sie also, Verständnis für unsere Ablehnung zu haben.

Zum Schluß möchte ich Sie noch einmal um Entschuldigung bitten dafür, wie die Sache hier abgelaufen ist. Kommunikation ist manchmal etwas

Schwieriges und wenn es im eigenen Haus ist. Mit freundlichen Grüßen, bitte auch an Ihre Frau, bin ich Ihre Erika Stegmann

Anlagen: Briefe Rowohlt-Taschenbuch-Verlag; Deutsche Forschungsgemeinschaft, Dr. Scheffels; Deutsche Forschungsgemeinschaft, Der Präsident

PS: Das Manuskript senden wir mit getrennter Post zurück."

Das Schreiben der Forschungsgemeinschaft vom 15. September 1975 ist dann nur noch eine Formsache: *„Druckbeihilfe für Ihre Arbeit ‚Die Indische Universität'. Sehr geehrter Herr Dr. Aich! Nachdem wir aufgrund Ihrer Bitte um Fristverlängerung bis Anfang September auf eine Nachricht gewartet haben, welcher Verlag die Veröffentlichung Ihrer Arbeit übernimmt (um die Übertragung der am 17. 1. 1973 bewilligten Beihilfe zu prüfen), bis heute aber weder eine Meldung erfolgte noch eine Verpflichtungserklärung eintraf, muß ich mit Bezug auf meine Ankündigung vom 23. 6. 1975 den verlorenen Zuschuß von 4150,- DM zurückziehen. Die finanzielle Situation der Deutschen Forschungsgemeinschaft erlaubt es leider nicht, ungenutzt gebliebene Mittel noch länger zur Verfügung zu halten. Mit freundlichen Grüßen Scheffels"*

In jenen Jahren war der Frust bei uns groß. Ich fühlte mich ausgegrenzt. Als Person. Ausgegrenzt von der Kultur, die meine eigene geworden war. Aus der blond-blauäugig-weiß-christlichen Kultur. Später habe ich erkannt; nicht ich wurde ausgegrenzt, sondern das Thema und die Ergebnisse meiner Forschung: „Die Indische Universität" und all das, was mit ihr zusammenhängt. Universität sollte nicht ein Gegenstand systematischer Untersuchungen werden. Sie ist es auch bislang nicht geworden. Nicht in Deutschland, nicht in Indien, nirgendwo.

Nicht in **einem** Land der Dritten Welt ist das – heute noch florierende – koloniale Erziehungssystem in Frage gestellt worden. Macaulays Enkel lassen grüßen. Es ist bemerkenswert, daß die größte Fabrik der „Gehirnwäsche", der kulturellen Klonung, ja, auch des „kulturellen Völkermordes" in den „Kolonien", immer noch eine „black box" geblieben ist.

Im ersten Jahr in Oldenburg, also 1972, als die Hochschule nur Lehrer ausbildete, hatte ich eine Totalerhebung nach der selben Konzeption wie die Befragung der Studierenden in vier indischen Universitäten geplant. Natürlich ohne Drittmittel. Sie waren auch nicht notwendig, weil wir so etwas wie ein Druckzentrum, ein entstehendes Rechenzentrum, Zugang zu Veranstaltungen des noch überschaubaren Kollegenkreises hatten. Und die eigene und studentische Arbeitskraft. Die projektiven Fragen im neuen Fragebogen wurden den sozialen und kulturellen Verhältnissen dieser Republik angepaßt. Als die Befragung angelaufen war, wurde die Untersuchung gestoppt. Zunächst von dem „Leitwolf" der damaligen Soziologen, Wolfgang Schulenberg, gefolgt von anderen Soziologen und anderen Würdenträgern. Die Untersuchung sei wissenschaftlich nicht fundiert genug gewesen. Der Ruf der Pädagogischen Hochschule Niedersachsen wäre gefährdet. In den „Chinatowns" gelten seltsame Argumente.

Auch damals hatte ich nicht begriffen, daß die Feindseligkeiten sich nicht in erster Linie gegen mich als Person richtete, sondern gegen das Thema. Eine Untersuchung über die Universität selbst ist eine verwerfliche „Nestbeschmutzung". Ich hatte gegen diese Verhinderung nicht gekämpft. Die Verhältnisse hatten mich eingeholt. Das Projektstudium, Forschendes Lernen, Gründungsausschuß, Berufungskommissionen usw. usw.

Erst später habe ich begriffen, wie leicht und wie oft ich wirtschaftlich und wissenschaftlich hätte liquidiert werden können, hätten die mächtigen Widersacher dies wirklich gewollt. Ich habe auch „Soziale Arbeit", „Da weitere Verwahrlosung droht ...", „Wie demokratisch ist Kommunalpolitik?", „Möglichkeiten und Grenzen des Projektstudiums oder: Zum Verhältnis von Wissenschaft und Gesellschaft" machen dürfen. Nicht aber „Die Indische Universität" und „Rathaus-Plünderer". Aber alles der Reihe nach.

Das Oberverwaltungsgericht für das Land Nordrhein-Westfalen hat mir keine Möglichkeit geboten, meine Meinung über die Moral deutscher

Richter und von der Fragwürdigkeit deutscher Gerichtsbarkeit bzw. der „Rechtspflege" zu revidieren. Nachdem bekannt geworden ist, daß ich eine Stelle in Oldenburg habe, beeilt sich der VI. Senat des OVG per Beschluß einen Vergleich vorzuschlagen. Er wäre sicherlich eine Arbeitssparmaßnahme für die ehrenwerten Richter geworden. Nicht mehr. Dieser Vorschlag erreicht Heinrich Hannover am 8. Dezember 1971. Und dann auch mich. Eine schöne Weihnachtsbescherung: *„Der Senat schlägt den Parteien vor, den Rechtsstreit durch einen Vergleich folgenden Inhalts zu beenden:*

1) *Das beklagte Land hebt den Bescheid des Rektors der Universität zu Köln (Also geht es doch der Autonomie zum Trotz?) vom 3. Juli 1967 und dessen Widerspruchsbescheid vom 7. September auf.*

2) *Das zwischen den Parteien bestehende Beamtenverhältnis ist mit Ablauf des Monats Oktober 1971 im gegenseitigen Einvernehmen beendet.*

3) *Das beklagte Land zahlt dem Kläger für die Monate Oktober 1967 bis Oktober 1968 sowie für die Monate September und Oktober 1971 die Dienstbezüge.*

4) *Der Kläger verzichtet auf etwaige Ansprüche auf Dienstbezüge für die Zeit vom 1. November 1968 bis zum 31.August 1971.*

5) *Die Kosten des gesamten Rechtsstreits werden gegeneinander aufgehoben.*

G r ü n d e :

a) *Der Kläger steht seit dem 1. November 1971 in einem Angestelltenverhältnis zum Land Niedersachsen. Er wird an der Pädagogischen Hochschule in Oldenburg beschäftigt. Er hat Aussicht, daß das Land Niedersachsen ihn unter Berufung in das Beamtenverhältnis zum Akademischen Rat ernennt.*

b) *Der Kläger hat inzwischen eine Habilitationsschrift angefertigt und der Universität Konstanz vorgelegt. Über deren Annahme ist noch nicht endgültig (!) entschieden.*

c) *Der Kläger hat für die Monate November 1968 bis August 1971 ein Stipendium von einer Stiftung erhalten, die dem beklagtem Land nahesteht. Die dem Kläger aus diesem Stipendium monatlich zugeflossenen Geldmittel entsprechen in ihrer Höhe etwa dem eines wissenschaftlichen Assistenten.*

d) *Der Ausgang des Rechtsstreits ist aus verschiedenen Gründen ungewiß.*

aa) *In der Entlassungsverfügung ist ein Widerrufsgrund nicht angegeben. Ob die Begründung des Widerspruchsbescheids ausreicht, ist zweifelhaft. Im Hinblick auf das insoweit einander widersprechende Vorbringen der Parteien ist ferner zweifelhaft, welche Erwägungen tatsächlich für die Entlassung maßgebend gewesen sind.*

bb) *Zweifelhaft ist weiterhin, ob nicht das Verfahren gemäß § 115 Abs. 1 der Disziplinarordnung des Landes Nordrhein-Westfalen 1962 hätte durchgeführt werden müssen, bevor der Widerruf ausgesprochen werden durfte (vgl. BVerwGE 8, 139).*

e) *Zu welchem Zeitpunkt der Rechtsstreit beendet sein wird, ist noch nicht abzusehen. Es ist offen, ob im Berufungsrechtszug noch Aufklärungen oder*

Beweisaufnahmen erforderlich sind und ob gegen ein etwaiges Urteil des Senats Rechtsmittel eingelegt werden.

f) Wie hoch die Prozeßkosten steigen werden, ist ebenso ungewiß wie die Frage, wieviel Arbeits- und Zeitaufwand die weitere Bearbeitung des Rechtsstreits für beide Parteien noch mit sich bringen wird.

g) Seit den Vorfällen, die zum Widerruf des Beamtenverhältnisses geführt haben, ist eine Reihe von Jahren vergangen.

h) Es ist zweifelhaft – insbesondere, wenn das Land Niedersachsen den Kläger in ein Beamtenverhältnis beruft –, ob der Kläger jemals wieder an einer Universität des beklagten Landes tätig werden wird.

All diese Erwägungen sollten nach Auffassung des Senats beiden Parteien Anlaß sein, durch gegenseitiges Nachgeben den Rechtsstreit zu beenden.

Gez. Barthel gez.   Dr. Schultz-Sponholz   gez. Dr. Herlemann"

Die beiden „ehrenamtlichen Richter" haben selbstverständlich nicht mit zu unterschreiben. Was tun sie eigentlich? Was? Angesichts der Qualität des Vergleichsvorschlages würde Erich Kästner wahrscheinlich gefragt haben: *Und wo bleibt das Gerechte?* Heinrich Hannover wollte wissen, was ich von dem Vorschlag halte. Am 12. Dezember schickte ich ihm meine Stellungnahme: „Sehr geehrter Herr Hannover, grundsätzlich bin Ich mit einem Vergleich einverstanden. Dem vom 6. Senat des OVG vorgeschlagenen Vergleich kann ich jedoch nicht zustimmen.

Ausgangspunkt für einen für mich akzeptablen Vergleichsvorschlag mußte die Formel sein: keine materiellen und immateriellen Schäden nach dem Vergleich. Bei der Begründung geht das OVG von Voraussetzungen aus, die nicht zutreffen:

1. Die Stelle einen Akademischen Rates an einer PH ist nicht vergleichbar mit der einen Hochschullehrers, die ich ohne die Entlassung längst inne hätte.

2. Die Habilitationsschrift ist abgelehnt. Hierfür hat die mittelbare und unmittelbare Beeinflussung durch die Kölner Professoren eine große Rolle gespielt.

3. Das Stipendium der Heinrich-Hertz-Stiftung, das als Beihilfe deklariert wurde, ist nicht vergleichbar mit dem Gehalt eines wissenschaftlichen Assistenten. Die 1500,- DM mußten auch für die gesundheitliche und soziale Fürsorge verwendet werden, schlossen Krankheitskostenbeihilfe und Weihnachtszuwendungen nicht ein und waren niedriger als das Gehalt einen wiss. Assistenten.

4. Der Zwang, diese Beihilfe für die Fertigstellung meiner wissenschaftlichen Arbeit akzeptieren zu müssen, hat zur Folge gehabt, daß ich unter sehr schwierigen Bedingungen arbeiten mußte, nämlich ohne die Benutzungsmöglichkeit eines wissenschaftlichen Institutes und einer Universitätsbibliothek.

Das OVG berücksichtigt nicht, daß ich infolge meiner Arbeitslosigkeit Kredite aufnehmen mußte, daß die Beihilfe nicht reichte, so daß ich jährlich im Durchschnitt eine Zinsbelastung von 3500,- DM habe. Belege sind jederzeit verfügbar.

Das OVG berücksichtigt auch nicht, daß die Entlassung, selbst wenn in dem Vergleich durch eine Ehrenerklärung der Versuch unternommen werden kann, den Rufmord rückgängig zu machen, mich in meiner beruflichen Karriere mindestens um 3 Jahre zurückgeworfen hat.

Mindestforderung für einen Vergleich meinerseits müßte sein:

1. Das beklagte Land hebt den Bescheid des Rektors von Juli 1967 und dessen Widerspruchsbescheid von Sept. 1967 auf.
2. Das zwischen den Parteien bestehende Beamtenverhältnis wird mit Datum meiner Ernennung zum Beamten im Lande Niedersachsen im gegenseitigem Einvernehmen beendet.
3. Das beklagte Land zahlt dem Kläger Dienstbezüge bis zur Beendigung des Beamtenverhältnisses im gegenseitigem Einvernehmen.
4. Das beklagte Land übernimmt die Kosten des Rechtsstreites.
5. Das beklagte Land ermöglicht mir an einer der Universitäten des Landes ein faires Habilitationsverfahren.
6. Das beklagte Land ersetzt den materiellen Teil der Schäden.

Ich wäre überfordert, wenn mein Nachgeben mehr als Rechtsverzicht und Verzicht auf den Ersatz der immateriellen Schäden bedeutet. Das negative Image und die nervlichen und gesundheitlichen Schäden, die eine Auseinandersetzung zwischen so ungleichen Parteien wie dem Land und einer Einzelperson mit sich bringt, sind wohl nie wieder zu reparieren. Deshalb meine ich, daß mir ein materieller Schaden nicht auch noch zugemutet werden könne."

Eine Reaktion des ehrenwerten VI. Senats des OVG zu meinen Vorstellungen kann ich nicht nachliefern, weil die Gegenseite am 2. Februar 1972 einen Vergleich abgelehnt hat. Es beginnt danach ein bemerkenswertes Hickhack, weil die PH Niedersachsen vor meiner Ernennung zum Beamten zur Anstellung alle Akten über mich sichten will. Diese liegen beim OVG. Ohne die Zustimmung der Gegenseite können die Akten nicht nach Hannover wandern. Es wird August darüber.

Auch sonst macht das OVG es uns nicht leicht. Am 10. November schreibt mir Heinrich Hannover: *„Sehr geehrter Herr Aich! Vom OVG erhielt ich den abschriftlich anliegenden Beschluß. Wenn wir jetzt am 9. Januar nur Professor König als Zeugen vernehmen, bedeutet das praktisch, daß wir entweder noch zu einem vierten Termin nach Münster fahren müssen, um die weiter notwendigen Beweise zu erheben, oder aber, daß das Gericht die Parteien am 9. Januar erneut weichmachen will, einem Vergleichsvorschlag zuzustimmen. Ich bin über diese Verfahrensweise des Gerichts einigermaßen verärgert, aber an dem Beschluß ist wohl leider nichts zu ändern. Wir werden uns dann also am 9. Januar in Münster wiedersehen. Ich werde den um 9.00 Uhr eintreffenden Zug benutzen und habe dem Gericht mitgeteilt, daß ich deshalb erst einige Minuten nach 9.00 Uhr bei Gericht sein kann."*

Auch das Jahr 1972 hat uns nicht viel Erfreuliches beschert. Es bot durchaus schon Möglichkeiten, mich wirtschaftlich und wissenschaftlich zu liquidieren, wenn es notwendig gewesen wäre. Aber es war noch nicht notwendig. Ich war immer noch keine Unperson geworden. Ich durfte „Soziale Arbeit. Beispiel Obdachlose" machen. Während ich an den Besetzungen in den Kölner Notunterkünften maßgeblich beteiligt war, sammelte ein fleißiger

Beamter im Sozialamt der Stadt Köln aus eigener Initiative, Material über mich zu sammeln. Das Ausländerrecht war damals nicht liberaler.

Es war nicht notwendig, mich zu liquidieren. Nein, die konzertierten Aktionen sollten nur sicherstellen, daß ich endlich von meinem Forschungsmaterial aus Indien lassen sollte. Mehr noch. Ich sollte von meinem wissenschaftlichen Schwerpunkt „Soziologie der unterentwickelten Gebiete" vertrieben werden. Das geschieht auch. Und gründlich!

Und es sollte nicht die einzige Vertreibung bleiben. Wir haben häufig darüber nachgedacht, warum ich wirtschaftlich wie wissenschaftlich nicht liquidiert worden bin. Das Ergebnis ist für mich nicht schmeichelhaft. Ich bin für diese Gesellschaft, für diese Kultur, auch ein nützlicher Idiot. Eine Marionette auf einer sorgfältig eingerichteten und gepflegten Spielwiese. Ich kann immer vorgezeigt werden, als Beweis für die an sich nicht vorhandene Liberalität. Und ich kann nichts an diesem verlogenen Spiel ändern. Ich bin gefangen. Ich bin hier als Alibi mehr wert, als ich als Liquidierter wäre. Im Klartext heißt das wohl, ich gebe jenen Affen ab, den ich abgeben soll.

Die mündliche Verhandlung beim OVG am 9. Januar 1973 in Münster ist eine Horrorshow. Als Heinrich Hannover mit leichter Verspätung im Gerichtssaal seinen Platz einnehmen will, muß er erst einmal die offensichtlich demonstrierte Vertrautheit zwischen dem Senatsvorsitzenden Barthel und dem Staranwalt Konrad Redeker verdauen. Sie sind dabei, die Tagung des letzten Wochenendes nachzukauen. Sie haben nicht den Anstand, Heinrich Hannover zu begrüßen. Heinrich Hannover geht von seinem Pult zurück zu meiner Frau, um nach Luft zu schnappen. Verlegen entschuldigt er sich bei meiner Frau, daß er nicht mit solch vertrauten Beziehungen zu den Richtern aufwarten kann. Er war nie Mitglied in einer Studentenverbindung.

Die anschließende Verhandlung und die Zeugenvernahme von René König, dem Übeltäter, ist um einige Grade peinlicher als beim Verwaltungsgericht in Köln. Das Urteil vom 23. Januar auch. Eine Berufung gegen das Urteil wird nicht zugelassen. Ich bitte Heinrich Hannover Beschwerde dagegen einzulegen. Er schickt mir am 22. Mai seinen Entwurf mit einem Begleitschreiben: *„In dem Verwaltungsrechtsstreit ... lege ich gegen die Nichtzulassung der Revision im Urteil des Ververwaltungsgerichts für das Land Nordrhein-Westfalen vom 23. Januar 1973, mir zugestellt am 2. Mai 1973, das Rechtsmittel der Beschwerde ein und beantrage, die Revision gegen das bezeichnete Urteil zuzulassen.*

Begründung:

Es handelt sich um eine Rechtssache von grundsätzlicher Bedeutung. Auch beruht das Urteil auf einen Verfahrensmangel. Im einzelnen ist folgendes auszuführen:

1. Verfahrensmangel

Das Gericht hat seine aus § 86 VwGO ergebende Aufklärungspflicht verletzt. Der Prozeßbevollmächtigte des Klägers hatte in der Sitzung vom 24. Oktober 1972 ausweislich des Sitzungsprotokolls folgenden Beweisantrag gestellt:

Professor Dr. König sowie auch Professor Dr. Scheuch und die Ehefrau des Klägers auch darüber zu vernehmen, daß die vom Prozeßbevollmächtigten des Beklagten so genannte allgemeine ‚Konfliktsituation' nicht auf einem Verhalten des Klägers, sondern auf einer permanenten Fürsorgepflichtverletzung des Professors König beruhte.

Dieser Beweisantrag wurde in der Sitzung vom 9. Januar 1973 ausweislich des Sitzungsprotokolls als Hilfsbeweisantrag wiederholt. Das Gericht hat ihn in den Urteilsgründen wie folgt beschieden (S. 17):

‚Den Beweisanträgen, die der Kläger in der letzten mündlichen Verhandlung hilfsweise gestellt hat, braucht nicht nachgegangen zu werden. (...)

Der Beweisantrag schließlich, der mit der „allgemeinen Konfliktsituation" in Zusammenhang steht, ist zum Teil – nämlich soweit es sich um die Vernehmung den Zeugen Professor König handelt – durch die Vernehmung dieses Zeugen in der mündlichen Verhandlung am 9. Januar 1973 erledigt. Im übrigen soll nach dem Wortlaut dieses Antrages zwar Beweis darüber erhoben worden, daß die „allgemeine Konfliktsituation" (überhaupt) nicht auf einem Verhalten des Klägers, sondern (nur) auf einer permanenten Fürsorgepflichtverletzung des Zeugen Professor König beruht. Trotz dieses Wortlauts versteht der Senat den Antrag jedoch dahin, die Beweispersonen sollten darüber vernommen werden, daß die „allgemeine Konfliktsituation" überwiegend nicht auf einem Verhalten des Klägers, sondern auf einer permanenten Fürsorgepflichtverletzung des Zeugen Professor König beruht. Wenn man den Antrag nach seinem Wortlaut versteht, widerspricht er nämlich dem, was sich aus den oben zu II A erwähnten, vom Kläger stammenden Unterlagen, nämlich dem dort erwähnten Fragebogen und dem Brief vom 22. April 1967, ergibt. Daß der Kläger angesichts dieser Unterlagen ernsthaft behaupten will, die „allgemeine Konfliktsituation" beruhe ausschließlich auf einem Verhalten des Zeugen Professor König, hält der Senat für ausgeschlossen.

Der so verstandene Beweisantrag ist für die Entscheidung unerheblich. Wie die Ausführungen zu II zeigen, ist die Zurückweisung der Berufung nämlich auch dann gerechtfertigt, wenn die Spannungen, die zwischen dem Kläger und dem Zeugen Professor König bestanden haben, jedenfalls zu einem nicht unerheblichen Teil auch auf einem Verhalten des Klägers beruhen.'

Mit dieser Begründung durfte der Beweisantrag nicht abgelehnt werden. Die Ablehnung verstößt sowohl gegen die Aufklärungspflicht nach § 86 VwGO als auch gegen den Anspruch den Klägers auf rechtliches Gehör vor Gericht (Art. 103 Abs. 1 GG).

Ein Beweisantrag kann zwar abgelehnt werden, wenn die Beweistatsache unerheblich ist, das Gericht also die Tatsache als wahr unterstellen kann (Eyermann-Fröhler VwGO, 4. Auflage, Anmerkung 19 zu § 86). Die Unerheblichkeit der Beweistatsache kann aber nicht in der Weise herbeigeführt werden, daß das Gericht den Beweisantrag dahin uminterpretiert, daß der Kläger etwas Unerhebliches habe behaupten und unter Beweis stellen wollen. ‚Nur eine der Beweisbehauptung kongruente Wahrunterstellung macht die Beweiserhebung überflüssig' formuliert Alsberg-Nüsse (‚Der Beweisantrag im Strafprozeß', 4. Auflage, S. 158), ein Grundsatz, der nicht nur für die Bescheidung von

Beweisanträgen nach § 244 StPO, sondern auch für die Bescheidung von Beweisanträgen in Verwaltungsprozeß gilt. Der Bundesgerichtshof befolgt zur Frage der Ablehnung vom Beweisanträgen etwa dieselben Grundsätze wie sie § 244 StPO enthält (BGH 53, 259; Baumbach-Lauterbach ZPO, 31. Auflage, Anmerkung 3 A zu § 286). Danach durfte das Gericht nicht unterstellen, daß der Kläger entgegen dem ausdrücklichen Wortlaut seines Beweisantrages lediglich behaupten wollte, daß die allgemeine Konfliktsituation ‚überwiegend' nicht auf einem Verhalten des Klägers, sondern auf einer permanenten Fürsorgepflichtverletzung des Zeugen Professor König beruhte. Nur durch diese Uminterpretation des Beweisantrages wurde es dem Gericht möglich, ihn als unerheblich zu behandeln. Der Kläger wollte durchaus das behaupten, was der Wortlaut seines Beweisantrages besagt, nämlich daß die ‚allgemeine Konfliktsituation' nicht auf einem Verhalten des Klägers, sondern auf einer permanenten Fürsorgepflichtverletzung des Professors König beruhte.

Das Gericht durfte auch nicht im Wege der vorweggenommenen Beweiswürdigung diese Behauptung als widerlegt behandeln, ohne die angebotenen Beweise erhoben zu haben. Das Gericht greift, ohne durch entsprechenden Beweisbeschluß in eine Beweiserhebung über die vom Kläger behauptete Tatsache eingetreten zu sein, aus den in anderen Zusammenhang erörterten Schriftstücken einige heraus, um an diesen darzutun, daß die Spannungen nicht allein von Professor König, sondern auch von dem Kläger verursacht worden seien. Das ist eine Umgehung des Beweiserhebungsanspruchs des Klägers, der im Falle einer ausdrücklichen Beweiserhebung über das Thema seines Beweisantrages zu allen vom Gericht angeführten Beispielen hätte Ausführungen und Gegenbeweise anbieten können.

Das Gericht begnügt sich mit dem Nachweis, daß Spannungen zwischen dem Kläger und Professor König bestanden haben, ohne sich jedoch dazu zu äußern, wie es zu diesen Spannungen gekommen ist. So verschweigt das Urteil insbesondere, daß die Ursache der Spannungen darin zu suchen ist, daß die Beziehungen der Professoren König und Scheuch zur Universität Rajasthan durch die kritische Haltung den Klägers zu dieser Universität beeinträchtigt wurden. Wenn diese Behauptung des Klägers aber richtig war, konnte das Gericht nicht über sie hinweggehen, ohne sich mit der weiteren Behauptung des Klägers auseinanderzusetzen, daß die Spannungen ausschließlich aus einer permanenten Fürsorgepflichtverletzung des Professors König resultierten, der seine eigenen Interessen bezüglich der Universität Rajasthan höher stellte als ein loyales Verhältnis zu seinem dort unverschuldet in eine sehr schwierige Situation geratenen Assistenten. Das Gericht verzichtet auch darauf, überhaupt inhaltlich darauf einzugehen, was der Kläger unter permanenter Fürsorgepflichtverletzung verstanden hat, obwohl das im Verlaufe des Prozesses dem Gericht wiederholt und nachdrücklich vorgetragen worden ist. Wenn es richtig ist, daß Professor König sich gegenüber dem Kläger nicht nur in der bezeichneten Weise illoyal verhalten, sondern daß er es auch versäumt hat, die ihm möglichen und zumutbaren Anstrengungen zu unternehmen, seinen Assistenten überhaupt die geplante Arbeit in Indien zu ermöglichen, dann können doch nicht einige herausgegriffene Beispiele dafür, daß der Kläger bei seiner Korrespon-

denz mit Professor König eine ‚spitze Feder' geführt habe, zum Beweis dafür genügen, daß die Beweisbehauptung des Klägers, so wie sie wörtlich formuliert worden ist, bereits widerlegt sei. Die vom Ververwaltungsgericht praktizierte Rechtsprechung hätte zur Folge, daß der vorgesetzte Lehrstuhlinhaber jederzeit gegenüber seinem Assistenten, der Beamter auf Widerruf ist, Konflikte erzeugen kann und jede andere Reaktion als völlige Unterwerfung zu Lasten des Assistenten ausgelegt wird. Wenn man nicht von einem rechtlosen Zustand eines Widerrufsbeamten im Hochschuldienst ausgehen will, konnte das Gericht sich nicht ohne Rechtsverstoß eine Beweiserhebung darüber ersparen, wie es denn zu den Konflikten gekommen ist und welcher Art die Fürsorgepflichtverletzungen des Professors König waren, um sodann – und nicht schon vorweg – sich ein Urteil darüber zu bilden, ob die verbalen Äußerungen des Klägers dessen Pflichtverstößen seinen Dienstvorgesetzten angemessen oder ob sie ihm als Pflichtverstoß vorzuwerfen waren.

Das Oberverwaltungsgericht begründet seine Auffassung, daß die Spannungen zwischen Professor König und dem Kläger zumindest teilweise auf dem Verhalten des Klägers beruhten, u. a. mit dem Titelblatt eines vom Kläger benutzten Fragebogens, auf dem auch der Name seiner Frau erschienen war. Das Gericht meint, dadurch habe der Kläger zu Unrecht den Eindruck hervorgerufen, auch seine Ehefrau sei für das Forschungsinstitut für Soziologie tätig gewesen. Dies habe zu den Spannungen mit Professor König beigetragen. Bei Durchführung der vom Kläger beantragten Beweisaufnahme hätte sich zu diesem Punkt folgendes ergeben:

Das Forschungsinstitut hatte den Kläger nicht nur legitimiert, das von ihm vorgeschlagene Forschungsprojekt im Namen des Forschungsinstituts durchzuführen, sondern dem Kläger waren auch Briefbogen und Umschläge zugeschickt worden, damit er die im Zusammenhang mit dem Forschungsprojekt anfallende Korrespondenz im Namen des Instituts führen konnte. Das Gericht übersieht, daß auf demselben Titelblatt eindeutig die Verantwortlichkeit des Klägers hervorgehoben wird. Es wird weiter nicht berücksichtigt, daß die Ehefrau des Klägers insofern in einer rechtlichen Beziehung zum Forschungsinstitut gestanden hatte, als sie Mitarbeiterin an den beiden Projekten des Klägers gewesen ist, die er vor seinem Indienaufenthalt im Forschungsinstitut für Soziologie durchführte, während er dort Forschungsbeauftragter war und vom Direktor des Forschungsinstituts auch Honorare an die Ehefrau des Klägers überwiesen worden sind. Die Belege über diese Honorarzahlungen an die Ehefrau des Klägers hätten von der Buchhaltung der Universität Köln angefordert werden können, wenn der Kläger bei Durchführung der beantragten Beweisaufnahme erkannt hätte, daß es auf diesen Punkt ankommt. Auch Herrn Professor König kann nicht verborgen geblieben sein, daß für eine solche umfangreiche Arbeit, wie sie dem Kläger übertragen war, Mitarbeiter erforderlich sind. Die Klassenzimmerinterviews wurden zum Teil von der Ehefrau des Klägers durchgeführt, und dazu brauchte sie eine Legitimation vom Forschungsinstitut. Die Feststellungen des Gerichts sind hier, wie auch an anderen Stellen des Urteils, auch insofern unvollständig, als zwar jeweils die Äußerungen des Professors König zitiert werden, nicht aber die klarstellenden Entgegnungen des Klägers.

Auch das wäre nicht möglich gewesen, wenn das Gericht die Beweisaufnahme wie beantragt durchgeführt und damit dem Kläger die Möglichkeit geboten hätte, zum Beweisthema konkret weiter vorzutragen und notfalls weitere Beweise anzubieten.

Das Gericht interpretiert auch schriftliche Erklärungen des Klägers in einem für ihn ungünstigen Sinne, ohne dem Kläger die prozessuale Möglichkeit geboten zu haben, sich zur Interpretation dieser Erklärungen zu äußern. So wird z. B. auf Seite 14 des Urteils folgender Satz des Klägers zitiert: ‚Sie mögen durchaus recht damit haben, daß meine Art zu schreiben mir keine Freunde gewinnt‘. Damit wollte der Kläger keineswegs einräumen, wie das Oberverwaltungsgericht annimmt, daß seine Art zu schreiben unhöflich war, sondern das seine Art zu schreiben in der Sache kompromißlos war. Und wenn eine Sache die Interessen der Beteiligten berührt, dann gibt es keine Möglichkeit, zwei an sich widersprüchliche Tendenzen zu vereinigen, nämlich die Sache mit aller Entschiedenheit zu vertreten und bei den Interessengegnern auch noch Freunde zu gewinnen.

2. Grundsätzliche Bedeutung der Rechtssache

Es handelt sich auch um eine Rechtssache von grundsätzlicher Bedeutung. Der Fall bietet Anlaß zur Klärung der grundsätzlichen Rechtsfrage, ob ein sachlicher Grund zum Widerruf eines Beamtenverhältnisses der hier in Frage stehenden Art auch dann angenommen werden kann, wenn zwischen dem Beamten und seinem Dienstvorgesetzten ein Spannungsverhältnis entstanden ist, das entweder (so die hier bekämpfte Auffassung des Oberverwaltungsgerichts) überwiegend oder (so die Behauptung des Klägers) ausschließlich auf eine permanente Fürsorgepflichtverletzung des Dienstherrn zurückgeht.“

Und hier ist das Begleitschreiben von Heinrich Hannover: *„Sehr geehrter Herr Aich! Vielen Dank für Ihren Brief vom 11. 5. 1973. Wie Sie wissen, hat das OVG die Revision gegen sein Urteil nicht zugelassen, obwohl es sich meines Erachtens um eine Rechtssache von grundsätzlicher Bedeutung handelt. Aber wir sind nunmehr darauf angewiesen, daß die Revision auf unsere Beschwerde noch zugelassen wird. Darüber kann das OVG selbst entscheiden. Wenn es der Beschwerde nicht stattgibt, muß es die Sache dem Bundesverwaltungsgericht zur Entscheidung vorlegen. Die Nichtzulassungsbeschwerde kann nach dem Gesetz nur darauf gestützt werden, daß die Entscheidung des Gerichts auf einem Verfahrensmangel beruht oder daß es sich um eine Rechtssache von grundsätzlicher Bedeutung handelt oder daß das Urteil von einer Entscheidung des Bundesverwaltungsgerichts abweicht. Das letztere ist nicht der Fall. Ich habe mich aber bemüht, die rechtsgrundsätzliche Bedeutung der Sache zu umreißen und einen Verfahrensmangel – Verletzung der Aufklärungspflicht – darzulegen. Hingegen kommt es nicht darauf an, ob die Feststellungen des OVG sachlich richtig sind, da wir es in der nächsten Instanz nur noch mit einer Überprüfung von Rechtsfragen zu tun haben. Die Frist für die Einlegung der Nichtzulassungsbeschwerde läuft am 4. Juni 1973 ab. Ich halte den Schriftsatz hier noch ein paar Tage zurück, um Ihnen Gelegenheit zu geben, etwaige Änderungs- oder Ergänzungsvorschläge zu machen. Dabei müssen Sie aber daran denken, daß es nur um die Begründung eines Verfahrensmangels, hier also*

Als Nichtjurist habe ich keine andere Wahl, als mit dem Entwurf einverstanden zu sein. Ich darf meine Beschwerde nicht selbst führen. Wo kämen wir auch hin, wenn sich in einer Gesellschaft mit einer volksherrschaftlichen – so heißt Demokratie wohl auf deutsch – mit einer volksherrschaftlichen Grundordnung die ehrenwerten unabhängigen Richter mit einem aus dem Volk in der Sprache des Alltags auseinandersetzen müßten? Ohne den Schutz des Paragraphendschungels! Ohne den Schutz des unwirklichen Begriffswirrwarrs! Also schreibe ich meinem Anwalt am 29. Mai: „ich bin mit Ihrer Frage, ob Ihr Schriftsatz so abgeschickt werden kann oder nicht, eigentlich überfragt. Es ist sehr gut herausgekommen, daß ein Verfahrensmangel insofern zu konstatieren ist, da zumindest mir nicht klar war, daß sich die Begründung des Urteils auf die Frage reduzieren wird, ob ich als Kläger auch zur ‚allgemeinen Konfliktsituation' etwas beigetragen habe oder nicht. 1. ist umstritten, ob ich tatsächlich zur Entstehung oder Eskalierung dieser Situation beigetragen habe und 2. wer die Verantwortung für den Beginn trägt. Wie das Oberlandesgericht, ohne auf die Einzelheiten der Vorkommnisse in Indien einzugehen, Ursache und Wirkung auseinanderhalten kann, ist mir schleierhaft. Wenn Sie der Überzeugung sind, daß dieser inhaltliche Punkt in Ihrem Schriftsatz auch juristisch hinreichend zum Ausdruck gekommen ist, dann habe ich auch nichts hinzuzufügen.

Die grundsätzliche Bedeutung dieses Falles ist sehr knapp formuliert und überhaupt nicht pathetisch. Ob den Verfassungsrichtern bei der Lektüre auch der demokratische Anspruch des Bonner Grundgesetzes gegenwärtig sein wird, können Sie wiederum besser beurteilen. Ich hoffe, Sie interpretieren dieses Schreiben nicht so, daß ich die Entscheidung wieder Ihnen zuschiebe. Ich kann die Angelegenheit wirklich, die ja in erster Linie eine juristische ist, nicht beurteilen. Ich werde dementsprechend Ihre Entscheidung akzeptieren. Mit freundlichen Grüßen Ihre in Abwesenheit meines Mannes: Gisela Aich"

*****

Universität Oldenburg ist fast schon gegründet. Im Sommer 1973 begegne ich auf einer Fete Bernhard Wilhelmer. Er war Studentenführer in Berlin. In Oldenburg arbeitet er, wie erwähnt, als einer der Planer beim Gründungsausschuß. Er war auch Mitglied in den beiden Berufungskommissionen, die mich in die engere Wahl genommen hatten. Im Fachbereich Pädagogik für die Stelle „Theorie der Sozialarbeit". Im Fachbereich Gesellschaftswissenschaften für die Stelle „Sozialpolitik und Sozialpädagogik". Er kommt noch in früher Phase der Fete auf mich zu. Er hätte meinen Buchbeitrag „Politische Perspektiven für die soziale Arbeit im Kapitalismus" gelesen. Dieser Beitrag ist das Schlußkapitel im Fischer-Taschenbuch „Sozialarbeit unter kapitalistischen Produktionsbedingungen", im Mai 1973 herausgegeben von Walter Hollstein und Marianne Meinhold in der Reihe

„Texte zur politischen Theorie und Praxis". Er beglückwünscht mich für meinen Beitrag. Auch für die klare und verständliche Sprache. Er hätte endlich begriffen, worum es in der Sozialarbeit wirklich gehe.

Ich bin verlegen und verwirrt. Noch bevor ich tief Luft holen kann, fragt er mich ernsthaft besorgt, ob ich wirklich glaubte, daß man so etwas veröffentlichen darf, bevor man Beamter auf Lebenszeit im Hochschuldienst geworden ist. Ich weiß keine Antwort. Ich bin entsetzt über die Wirkung des „Radikalen-Erlasses" aus dem Jahre 1972 von Willy Brandt. Innerhalb eines Jahres hat dieser Erlaß offensichtlich bei den Intellektuellen eine Schere im Kopf eingepflanzt. Dem Artikel 5 GG zum Trotz.

Ich habe keine Hinweise darüber, ob auch der niedersächsische Landesminister für Wissenschaft und Kunst, der Historiker Jost Grolle, über ähnliches nachgedacht hat. Wie schon erwähnt, hatte er nach der Veröffentlichung von „Da weitere Verwahrlosung droht ..." in November 1973 ein Disziplinarverfahren gegen mich eingeleitet, statt seiner Fürsorge- und Beratungspflicht nachzukommen. Er gewährte mir keinen Rechtsschutz gegen die Strafanzeigen von Städten und Gemeinden.

Wie auch schon erwähnt, hatte der Minister beide Berufungslisten – für „Theorie der Sozialarbeit" stand ich auf dem Platz 2 und für „Sozialpolitik und Sozialpädagogik" auf dem Platz 1 – der Universität zurückgegeben. Ohne Begründung. Beide Stellen sollten neu ausgeschrieben werden. Der Fachbereich Pädagogik macht es. Im Fachbereich Gesellschaftswissenschaften sind die Kräfteverhältnisse anders. Er muß gegen den Minister wegen Willkür beim Verwaltungsgericht klagen und verlangt meine Berufung. Das Gericht läßt mich als Nebenkläger zu. Heinrich Hannover übernimmt meine Vertretung und räumt gute Aussicht auf Erfolg ein.

Während das Verfahren läuft, verschwindet diese Stelle vom Haushaltsplan des Landes. Im Einvernehmen mit der Universität (und wer ist die Universität?). Das Land hätte kein Geld für diese Stelle. Damit wird die Klage „gegenstandslos", so heißt es in der Juristerei. Das Gericht hätte natürlich in einem Urteil festschreiben können, daß der Minister willkürlich gehandelt hatte. Das Gericht hätte aber nicht ein Urteil erzwingen können, daß ich berufen würde. Wo sollte das Geld herkommen? Einem nackten Land kann nicht in die Tasche gegriffen werden. In der vornehm verschleiernden Ausdrucksweise heißt es: Der „Haushaltsgesetzgeber" bleibt außerhalb der Reichweite der Gerichtsurteile. So verliert die Klage ihren Sinn. Das Land hat noch Geld, alle angefallene Kosten zu übernehmen. Auch meine Anwaltskosten.

Im nächsten Haushaltsjahr ist der selbe Haushaltsgesetzgeber baß erstaunt, daß eine Wundertüte doch noch das Geld für die selbe Stelle beschert hatte. Also wird die Stelle im Haushalt wieder ausgewiesen und öffentlich ausgeschrieben. Mit der identischen Arbeitsplatzbeschreibung, wie es der Gründungsausschuß geplant hatte. Und doch soll sie nicht die Wiedereinsetzung der alten Stelle gewesen sein. Jaipur hatte uns wieder einmal eingeholt. Die „Kollegen" im Fachbereich bitten mich, mich auf diese neue alte Stelle nicht zu bewerben. Im Interesse der Studierenden. Denn die Gefahr drohte, daß der Minister das Spielchen wiederholen würde.

Wahrscheinlich bin ich selbst daran schuld. Warum mußte ich auch „Da weitere Verwahrlosung droht ...„ machen, bevor ich, wie Berhard Wilhelmer mich gefragt hatte, auf einer Lebenszeitstelle saß? Nicht genug damit, ich erzählte auch noch öffentlich, was ich in unmittelbarer Zukunft als Forschung in diesem Bereich geplant hatte. Als **erstes** wollte ich eine Liste jener Erstauffälligkeit zusammenstellen, die der Anlaß für eine Karriere als Fürsorgezögling sind. Durch die Auswertung einer stattlichen Zahl der bereits abgeschlossenen Fürsorgefälle aus dieser Region. Dann sollten die Studierenden unserer Universität über deren „Sünden" als Heranwachsende und deren Behandlung durch die gesellschaftlichen Einrichtungen befragt werden. Sollte sich herausstellen, daß viele der Studierenden sich gleicher „Delikte" „schuldig" gemacht hatten wie die Fürsorgezöglinge, aber das Glück hatten, nicht von der Fürsorge betreut zu werden, würde die Überlegung naheliegen, daß auch jene „Fürsorgezöglinge" eine normale Entwicklung durchgemacht haben würden, wenn auch sie das Glück gehabt hätten, nicht von den „Jugendfürsorge" erzogen zu werden.

Als **zweites** wollte ich untersuchen, wieviel im öffentlichen Haushalt und an der Verletzung von der „Würde des Menschen" gespart werden könnte, wenn die „Sozialbürokratie" abgeschafft würde und die Verteilung von „Sozialhilfe" dem Finanzamt nach der Formel übertragen würde: die Differenz zwischen dem tatsächlichen unterhalb der Existenz liegenden Einkommen und dem Existenzminimum nach dem Bundessozialhilfegesetz auszugleichen. Eben ohne die Demütigung und Stigmatisierung durch unqualifizierte Prüfer bei der Feststellung der Bedürftigkeit. Das Märchen von „Resozialisierung" kann eh vergessen werden. Übrigens ist es mir ein Rätsel, wie ein Gesetz, das das Grundrecht auf ein Existenzminimum festschreiben will, um jene in der Verfassung dieser Republik verankerten Würde des Menschen zu verwirklichen, statt Bundes**existenzminimumrecht** Bundes**sozialhilfe**gesetz genannt werden konnte. Oder doch kein Rätsel?

Untersuchungen dieser Art waren nicht gefragt. Untersuchungen dieser Art sind überhaupt nicht durchgeführt worden. Untersuchungen dieser Art können eigentlich nicht nützlich sein. Wären sie nützlich, würden sie auch schon durchgeführt worden sein. Dies gilt auch für Untersuchungen über die Universität. So habe ich auch nicht die Berufung auf eine Stelle für Sozialpolitik und Sozialpädagogik verdient. Oder?

Das Disziplinarverfahren gegen mich ist später eingestellt worden. Der Minister hätte mich damals auch entlassen können. Klar, ich hätte mich dagegen gewehrt. Die Stellung eines Beamten zur Anstellung ist gesetzlich gesicherter als jene eines Beamten auf Widerruf. Aber wer weiß schon, wie ein Verwaltungsgericht in dieser demokratischen Republik über einen ausländischen Wiederholungstäter geurteilt hätte?

Genug der Spekulationen. Tatsache ist, daß ich trotz alledem auf Lebenszeit verbeamtet werden mußte, nachdem auch die Probezeit keinen Anlaß geboten hatte, mich vom Beamtendienst zu entfernen. Der Radikalen-Erlaß griff in meinem Fall nicht. Aber meine Lebenszeitstelle hat mit der „Sozialarbeit" oder mit der „Sozialpädagogik" nichts zu tun. Die zweite Vertreibung von meinem zweiten wissenschaftlichen Schwerpunkt ist damit vollzogen. Die Bielefelder Habilitationsgeschichte ist ja bereits erzählt. Ich bin wieder einmal vor meiner – durch die Überschreitung der Tabugrenze eines Themenbereiches – drohenden Verwahrlosung gerettet worden. Also lag Bernhard Wilhelmer mit seiner Frage doch nicht so falsch. Es lebe die deutsche Freiheit der Forschung und Lehre.

*****

Auch 1973 ist für mich kein erbauliches Jahr gewesen. Am 13. September beschließt das Bundesverwaltungsgericht – Aktenzeichen: BVerwG II B 38.73 –:

„In der Verwaltungsstreitsache ... hat der II. Senat des Bundesverwaltungsgerichts am 13. September 1973 durch die Vorsitzende Richterin am Bundesverwaltungsgericht S c h m i t t und die Richter am Bundesverwaltungsgericht Dr. de C h a p e a u r o u g e und W e b e r - L o r t s c h beschlossen:

Die Beschwerde des Klägers gegen die Nichtzulassung der Revision in dem Urteil des Oberverwaltungsgerichts für das Land Nordrhein-Westfalen vom 23. Januar 1973 wird zurückgewiesen. Der Kläger trägt die Kosten des Beschwerdeverfahrens. Der Wert des Streitgegenstandes wird für das Beschwerdeverfahren auf 15000,- DM festgesetzt.

G r ü n d e :

Die gegen die Nichtzulassung der Revision gerichtete Beschwerde kann keinen Erfolg haben.

1. Ein Verfahrensmangel, auf dem das Berufungsurteil beruhen kann ... ist nicht ersichtlich. Die Beschwerde hat zwar geltend gemacht, das Berufungsgericht habe gegen die Aufklärungspflicht (§ 86, Abs. 1 VwGO) und gegen den Grundsatz der Gewährung des rechtlichen Gehörs (Art. 103 Abs. 1 des Grundgesetzes - GG -) verstoßen. Zur Begründung hat sie vorgetragen: ...

Dieses Beschwerdevorbringen ist jedoch nicht geeignet, einen Aufklärungsmangel aufzuzeigen und ferner darzutun, daß das Berufungsurteil auf diesem Mangel beruhen kann. In der nach Meinung der Beschwerde unrichtigen und unzulässigen Interpretation des Hilfsbeweisantrages könnte ein Aufklärungsmangel nur dann erblickt werden, wenn sich dem Berufungsgericht aufdrängen mußte, diesem Antrag des Klägers so, wie er nach seinem Wortlaut zu verstehen ist, stattzugeben. Das ist indessen nicht der Fall, schon deswegen nicht, weil der Antrag unsubstantiiert (wie wird dies beurteilt?) ist. Der Antrag stellt nämlich nicht, wie geboten, bestimmte Tatsachen – d. h. einzelne für die ‚allgemeine Konfliktsituation' ursächliche

Verhaltensweisen des Professors Dr. König, die sich als eine ‚permanente Fürsorgepflichtverletzung' gegenüber dem Kläger beurteilen ließen – in das Wissen der Zeugen, sondern lediglich ein s u m m a r i s c h als ‚permanente Fürsorgepflichtverletzung' charakterisiertes Verhalten. Ein solcher unsubstantiierter Beweisantrag, der nicht der Mitwirkungspflicht der Prozeßbeteiligten an der Aufklärung des entscheidungserheblichen Sachverhalts genügt, hat dem Berufungsgericht die beantragte Beweisaufnahme nicht nahelegen können – übrigens auch nicht in der vom Berufungsgericht vorgenommenen Interpretation. Eine andere Beurteilung der Aufklärungsrüge wäre allerdings möglicherweise geboten, wenn die einzelnen, summarisch im Hilfsbeweisantrag als ‚permanente Fürsorgepflichtverletzung' gekennzeichneten Verhaltensweisen des Professors Dr. König dem Berufungsgericht anderweitig substantiiert mitgeteilt worden oder aus anderen Gründen bekannt gewesen wären. Daß dies der Fall gewesen ist, hat die Beschwerde jedoch nicht in einer den Anforderungen des § 132 Abs. 3 Satz 3 VwGO genügenden (wie genügend ist genügend?) *Weise – schlüssig –* (was ist schlüssig?) *dargetan. Ihr Vorbringen, was der Kläger unter ‚permanenter Fürsorgepflichtverletzung' verstanden habe, das sei ‚im Laufe des Prozesses dem Gericht wiederholt und ausdrücklich vorgetragen worden', ist unzureichend* (was ist unzureichend?), *weil es angesichts der – der Entlastung des Beschwerdegerichts dienenden – Regelung des § 132 Abs. 3 Satz 3 VwGO nicht Sache des Beschwerdegerichts sein kann, die in den beiden Vorinstanzen gebildeten Prozeßakten darauf zu durchforschen, ob die soeben zitierte Angabe der Beschwerde zutrifft und – gegebenenfalls – welche einzelnen Tatsachen danach in das Wissen der genannten Zeugen gestellt waren. Mangels näherer Kennzeichnung dessen, was das Berufungsgericht als ‚permanente Fürsorgepflichtverletzung' ermitteln sollte, muß die Aufklärungsrüge auch daran scheitern, daß der Beschwerdeschrift entgegen § 132 Abs. 3 Satz 3 VwGO nicht schlüssig zu entnehmen ist, daß das Berufungsurteil auf diesem Mangel beruhen kann.*

Abgesehen hiervon hält die von der Beschwerde bemängelte Begründung des Berufungsurteils der rechtlichen Prüfung stand. Den oben wörtlich wiedergegebenen Darlegungen des Berufungsgerichts ist nämlich sinngemäß zu entnehmen, daß das Berufungsgericht dem in Rede stehenden Hilfsbeweisantrag in seiner wörtlichen Fassung a u c h deswegen nicht stattgegeben hat, weil es auf Grund von Beweismitteln, die es für zuverlässiger als den angebotenen Zeugenbeweis gehalten und diesem deshalb vorgezogen hat, nämlich auf Grund der Verwertung von Urkunden, die nicht zu erschütternde Auffassung gewonnen hatte, daß die zum Widerruf des Beamtenverhältnisses des Klägers führenden Spannungen zwischen diesem und Professor Dr. König zu einem nicht unerheblichen Teil auf dem Verhalten des Klägers beruhten. Darin – nämlich in der Annahme des völligen Unwerts des beantragten Zeugenbeweises – liegt im vorliegenden Fall keine unzulässige Vorwegnahme der Beweiswürdigung. Abgesehen davon, daß Urkunden schon allgemein anderen Beweismitteln wegen der besonderen Zuverlässigkeit vorzuziehen sind, ist jedenfalls im vorliegenden kon-

kreten Fall die eine der vom Berufungsgericht gewürdigten Urkunden – das Schreiben des Klägers an Professor Dr. König vom 22. April 1967 – geeignet, die durch Zeugenbeweis nicht widerlegbare Gewißheit darüber zu vermitteln, daß der Kläger selbst zu der ‚allgemeinen Konfliktsituation‘ nicht unerheblich beigetragen hat. In diesem – in seiner Echtheit nicht angezweifelten – Schreiben räumte der Kläger selbst ein, daß er sich in Indien nicht als deutscher Beamter ‚betrachte‘, daß es ihm nicht gelungen sei, ‚einen Kompromiß zwischen akademischen Normen und diplomatischen Regeln zu finden‘ und daß man deshalb sein ‚Verhalten vielleicht als taktlos‘ bezeichnen könne. Zumindest d i e s e m vom Kläger schriftlich eingestandenen, nach seinen eigenen Worten ‚vielleicht als taktlos‘ zu bezeichnenden und bei Professor Dr. König auf Kritik (vgl. dessen Schreiben an den Kläger vom 10. April 1967) gestoßenen Verhalten kann nicht mit der unter Beweis gestellten Behauptung begegnet werden, die ‚allgemeine Konfliktsituation‘ beruhe gleichwohl ‚ausschließlich‘ auf einer ‚permanenten Fürsorgepflichtverletzung‘ seitens des Professors Dr. König; denn dessen Kritik war eine F o l g e, nicht also die Ursache des vom Kläger selbst eingeräumten, zur Kritik Anlaß gebenden Verhaltens. Hier ergibt sich somit der völlige Unwert des vom Kläger beantragten Zeugenbeweises a u s n a h m s w e i s e daraus, daß unter Berücksichtigung der bereits durchgeführten Beweisaufnahme (Verwertung von Urkunden) jede Möglichkeit ausgeschlossen war, daß der Zeugenbeweis die bereits gewonnene gegenteilige Überzeugung des Berufungsgerichts erschüttern könnte.(...)

II. *Dem Beschwerdevorbringen ist ferner nicht zu entnehmen, daß der vorliegenden Rechtssache grundsätzliche Bedeutung im Sinne des § 132 Abs. 2 Nr. 1 VwGO zukommt.*

Die von der Beschwerde als grundsätzlich bezeichnete Frage, ‚ob ein sachlicher Grund zum Widerruf eines Beamtenverhältnisses der hier in Frage stehenden Art auch dann angenommen werden kann, wenn zwischen dem Beamten und seinem Dienstvorgesetzten ein Spannungsverhältnis entstanden ist, das entweder (so die hier bekämpfte Auffassung des Oberverwaltungsgerichts) überwiegend oder (so die Beweisbehauptung des Klägers) ausschließlich auf eine permanente Fürsorgepflichtverletzung des Dienstherrn zurückgeht‘, würde sich in dieser allgemeinen und weitgehenden Fassung dem Revisionsgericht nicht stellen können. Da die oben unter I. erörterten Verfahrensrügen nicht durchgreifen, wäre das Revisionsgericht gemäß §137 Abs. 2 VwGO an die vom Berufungsgericht getroffene tatsächliche Feststellung gebunden, daß zwischen dem Kläger und Professor Dr. König Spannungen bestanden, die mindestens teilweise auf dem Verhalten des Klägers beruhen. Hiernach würde sich dem Revisionsgericht nur die materiellrechtliche Frage stellen, ob das für einen Wissenschaftlichen Assistenten an einer wissenschaftlichen Hochschule des Landes Nordrhein-Westfalen begründete Beamtenverhältnis durch Widerruf beendet werden darf, wenn zwischen dem Wissenschaftlichen Assistenten und dem ihm vorgesetzten Hochschullehrer Spannungen entstanden sind, die mindestens teilweise auf dem Verhalten des Wissenschaftlichen

Ich muß meine Empörung über die Ausführungen des Bundesverwaltungsgerichts unter Kontrolle halten. Mir bläst nicht nur der überlieferte Obrigkeitsgeist ins Gesicht. Diese Richter wissen, daß sie das letzte Wort haben. Und sie machen reichlich davon Gebrauch. In dieser Entscheidung des BVG wird der Beschwerdeführer weitlich gerügt, weil er nicht einmal weiß, wie eine Beschwerde ordentlich vorzubringen ist. Dabei wissen diese Richter doch, daß es „den Beschwerdeführer" gar nicht gegeben hat, gar nicht geben kann. Der Anwaltszwang verhindert dies. Verfaßt wird die Beschwerde mithin von einem Rechtsanwalt, also von einem aus der gleichen Zunft dieser Paragraphenreiter. Die Rügen gehen also an die Adresse meines Anwalts. Teile und herrsche heißt wohl das alte Machtausübungsprinzip. Oder haben diese in der Öffentlichkeit nicht so bekannten Richter einige Rechnungen offen gegenüber Heinrich Hannover, den in der Öffentlichkeit weithin bekannten „politischen Anwalt"? Was sollte ich damit zu tun haben? Was hatten diese Richter für ein Gerechtigkeitsempfinden? Wie dient man sich bis zum BVG als Richter hoch? Ja, wie wird man Kardinal? Auch für diese Richter ist der Übeltäter König ein ehrenwerter Zeuge, ein Engel, der nur der Wahrheitsfindung gedient hatte.

Wieso darf ein Bürger in einer demokratischen Republik die Beschwerde nicht selbst führen? Im Klartext? Ohne Paragraphenreiterei? Ich verzichte auf weitere Fragen und Kommentare und begnüge mich mit der Wiedergabe des Begleitschreibens meines Anwaltes, mit dem er mir am 19. Oktober mir den Beschluß des BVG zustellt: *„Sehr geehrter Herr Aich! Das Bundesverwaltungsgericht hat bedauerlicherweise mit dem in Fotokopie anliegenden Beschluß unsere Nichtzulassungsbeschwerde verworfen.*

Mit der Begründung hat man es sich recht einfach gemacht. Man hat behauptet, daß die Beweisbehauptung unseres Antrages nicht genügend substantiiert gewesen sei. Mit dieser beliebig anzuwendenden Formel pflegt man unerwünschte Beweisangebote bei Bedarf kaputtzumachen. Die Substantiierung ergab sich im einzelnen aus unseren protokollierten Beweisanträgen, so daß es keineswegs, wie das Bundesverwaltungsgericht behauptet, einer Durchsicht der ganzen Akte bedurft hätte, um die Tatsachenbehauptungen im einzelnen zu ermitteln. Auch an anderen Stellen läßt die Begründung erkennen, daß das Bundesverwaltungsgericht sich nicht für Sie engagieren wollte. Die engen Grenzen, in denen man in der Revisionsinstanz das Urteil noch angreifen konnte, erleichterten natürlich dem Bundesverwaltungsgericht eine formale Ablehnung. Der Prozeß war im Grunde schon in der letzten Tatsacheninstanz, also beim Oberverwaltungsgericht, verloren, wo, wenn ich mich nicht täusche, im Laufe des Verfahrens ein Stimmungsumschwung jedenfalls beim Berichterstatter stattgefunden hat. Sie werden sich erinnern, daß wir im ersten Termin beim Oberverwaltungsgericht aus dem Sachbericht des Berichterstatters den

Eindruck gewannen, daß unsere Sache bei ihm in guten Händen war, während wir beim späteren Termin dieses Gefühl nicht mehr hatten. Mag sein, daß er in der Zwischenzeit erkannt hatte, daß die Mehrheitsverhältnisse im Senat gegen ihn standen, mag sein, daß inzwischen andere Eindrücke, nicht zuletzt wahrscheinlich die Aussage des Professor König, eine Rolle gespielt haben. Schon die Beschränkung auf den Zeugen König ließ allerdings erkennen, daß das Gericht an einer umfassenden Aufklärung des Sachverhalts nicht mehr interessiert war. Unsere Beweisanträge waren ja, wie Sie wissen, viel weitergehend.

Ein weiteres Rechtsmittel ist nun nicht mehr gegeben. Insbesondere kommt auch eine Anrufung des Bundesverfassungsgerichts nicht in Betracht, da eine Grundrechtsverletzung nicht ersichtlich ist.

Ich kann für Sie persönlich nur hoffen, daß Sie trotz dieses verlorenen Prozesses beruflich erfolgreich sein werden und würde mich freuen, gelegentlich wieder von Ihnen zu hören.

Leider muß ich diesen Prozeß nun noch mit Ihnen abrechnen und erlaube mir, eine Rechnung beizufügen. Mit freundlichen Grüßen Hannover"

Noch zwei kurze Berichte. Über zwei deutsche Universitäten dieser Tage. Die Universität Konstanz hat mir schriftlich mitgeteilt, daß sie alle Unterlagen über mein Habilitationsverfahren, in dem nachträglich ein vierter Gutachter bestellt worden war, weil zwei positive Gutachten vorlagen, bereits dem Reißwolf überlassen habe. Spuren verwischen? Oder was? Und die Universität Köln hat mir Einsicht in drei dicke Leitzordner, die ich von weitem sehen konnte, verweigert. Sie sind zu Prozeßakten erklärt worden. Sie enthalten viele Schriftstücke aus meiner dort verbliebenen Personalakte. Ich durfte nur die dünne, bereinigte Personalakte einsehen. Archivgesetz zum Trotz! Sollte ich wieder zum Verwaltungsgericht?

*****

Nach der Vertreibung aus meinem zweiten wissenschaftlichen Schwerpunkt konzentriere ich meine Arbeitskraft, wie schon erwähnt, auf Projektstudium, Interdisziplinarität, Forschendes Lernen, Wissenschaftstheorie und Methodologie. 1976 darf ich „Wie demokratisch ist Kommunalpolitik" machen. Auch ein rororo-aktuell-Band, Nr. 4124, Mai 1977, 214 Seiten. Ladenpreis 5,80 DM. Sozialgeschichten aus vertraulichen Kommunalakten. Gemeindeverwaltung zwischen Bürgerinteressen und Mauschelei. Wie in „Da weitere Verwahrlosung droht ..." haben wir die Geschichten in verschiedenen Gemeinden angesiedelt, obwohl wir uns vertrauliche Dokumente nur aus einer Gemeinde beschafft hatten. Wieder Strafanzeigen verschiedener Gemeinden. Alles wie gehabt. Beweis für das Beispielhafte der erzählten Sozialgeschichten über Tricksereien, über Machtmißbrauch, über Mauschelei, über Gewinner und Verlierer durch Verwaltungsentscheidungen.

Herbert Schmalstieg, der Oberbürgermeister der Stadt Hannover, will den Namen Hannover, im Buch als Synonym gewählt und als solches kenntlich gemacht, unbedingt gestrichen haben. Eine lange Korrespondenz entwickelt sich. Er konnte nicht den Nachweis führen, daß jene von uns erzählte Geschichte aus Hannover nicht hätte in Hannover passieren können. Also bleibt seine Intervention ohne Konsequenz. Wie üblich feiert die Presse das Buch über flächendeckende Mauscheleien in den Kommunalverwaltungen ab. Aber die Gemeindeoberen steckten alles weg. Denn kein Bestimmter ist angesprochen. Es müssen immer nur die anderen gewesen sein. Wir konnten vor fast 25 Jahren nichts preisgeben. Auch heute rät mein Rechtsanwalt hier die Gemeinde nicht zu nennen. Es bleibt also alles beim Alten. Nicht nur in den Gemeinden schlechthin.

Von unserem Anspruch her hatten wir Sozialgeschichten der Verwaltung erzählt. Eine Geschichte spielte sich in unserer Universität ab. Die Verwaltung der Universität bedient sich der gleichen Machenschaften. Freimut Duve wollte aber diese Geschichte nicht in dem Buch „Wie demokratisch ist Kommunalpolitik" drin haben. Wir mußten sie herausnehmen. Das war ein Fehler.

Ich habilitiere 1977 in Oldenburg. Kumulativ, versteht sich. Ich denke viel über sozialwissenschaftliche Methodologie nach. Ich setzte audiovisuelle Medien für sozialwissenschaftliche Forschung ein. Forschungsberichte sind halt dann notwendigerweise Dokumentarfilme. Zwischen 1977 und 1985 sind acht solcher Berichte entstanden. Sie flimmern durch das öffentlich-rechtliche Fernsehen. Sie erreichten Millionen. Mit welcher Wirkung? Wie soll ich es wissen?

Ich hatte genug Veranlassung, über das Dogma der sozialwissenschaftlichen Forschung nachzudenken, daß es **nur** auf die Beschreibung von „Strukturen" ankomme und nicht auf die Benennung von „Roß und Reiter". Wir strampeln uns ab, etwas Verborgengehaltenes aufzudecken. Und „Roß und Reiter" stecken die Geschichten einfach weg. Nichts verändert sich. Wozu dann Forschung? Selbstbefriedigung? Komplizenschaft? Frühwarnsysteme für Machtapparate?

Also nehmen wir uns in unserem interdisziplinär besetzten Projekt vor, die Veränderungen des unmittelbaren Umfelds unserer Universität durch ihre Gründung zu beschreiben. Die Bauentscheidungen der Stadt Oldenburg. Bauentscheidungen einer vollen Legislaturperiode. Die wichtigsten. Wer gewinnt? Wer verliert? Wie? Von der ersten Erwähnung eines Planes bis zu seiner endgültigen Entscheidung. Also keine Affären, keine Sonderfälle. Wir beschreiben den Planungsalltag. Wir tragen alle Informationen zusammen. Auch öffentlich nicht zugängliche. Detaillierte Beschreibung mit „Roß und Reiter". Das Ergebnis ist „Rathaus-Plünderer".

Es ist wieder die Überschreitung jener Grenze, die eine ehrenwerte Gesellschaft mit freiheitlicher demokratischer Grundordnung nicht mehr toleriert. Kein Universitätsgremium hat uns davor gewarnt. Die Projektveranstaltungen von vier Jahren waren ausnahmslos durch die Gremien der Universität genehmigt und im Veranstaltungsverzeichnis angekündigt. Die Veranstaltungen waren offen für alle. Am Vorabend der Auslieferung des

Berichts finden die Stadtoberen einen willigen Richter und schlagen mit einstweiligen Verfügungen zu. Ohne Abmahnungen. Sechzehn an der Zahl. Streitwert insgesamt 750 000,- DM. Ordnungsgeldandrohung von 7,5 Millionen DM. Oder siebeneinhalb Jahre Knast. Die Ehre der Stadtoberen ist halt teuer.

Das Manuskript hatte ich vor der Veröffentlichung juristisch von einem zugelassenen Rechtsanwalt prüfen lassen. Aber am Hof Dr. Jürgen Helles, der auch noch der Präsident des Landgerichts gewesen ist, wird von uns verlangt, hieb- und stichfest nachzuweisen, in welcher Amtstube oder in welchen Edelbetrieben, um welche Tageszeit, unter welcher Beteiligung das Geschehene verabredet und vorentschieden worden war. Wie tut man das? Wie besorgt man sich Einladungen zu diesen verschwiegenen Treffs? Uns Sozialwissenschaftlern wird das nicht gestattet, was sonst den Richtern im Strafprozeß immer gestattet wird: Urteil nach Indizien. 10000 gedruckte Exemplare werden vernichtet.

Die Medien feiern das Ereignis ab. Die Universität verweigert Beratung und Rechtsschutz, auch den studentischen Teilnehmern des Projekts. Dramatische unglaubliche Geschichten folgen. Noch unerzählte Sozialgeschichten. Öffentliche Ausgrenzung aus der Universität. Natürlich Disziplinarverfahren und Strafverfahren gegen mich. Und „Prozeßfolgekosten"! 150 000,- DM! Heinrich Senfft, der bekannte Hamburger Presserechtler rät mir, nie wider auf kommunalpolitischem Gebiet wissenschaftlich zu arbeiten. Selbst wenn ich Geschichten aus Coburg oder aus Magdeburg erzählen würde, warnt mich Heinrich Senfft, werden die Stadtoberen in Oldenburg darin Oldenburg erkennen wollen. Danach wie gehabt: williger Richter, Prozessfolgekosten, Androhung von Ordnungsgeldverfahren. Ich hätte eine indische Prinzessin heiraten sollen, hat Heinrich Senfft gemeint. Nur dann hätte ich eine Chance, aus der Umklammerung der Oldenburger Justiz herauszukommen, bis hin zum Bundesgerichtshof. Wir schreiben das Jahr 1987. Heinrich Senfft hatte sich geirrt. Auch eine indische Prinzesin hätte nicht geholfen. Heinrich Senftt hatte nicht bedacht, daß jedes Oberlandesgericht durch „Teilung" einer Zivilklage – in solche mit Streitwerten unterhalb der „Beschwergrenze" – mühelos verhindern kann, daß der Bundesgerichshof als Berufungsinstanz in seine „Teil-Urteile" schaut. Fakt ist, ich bin so aus der Umklammerung durch die Oldenburger Gerichte nie herausgekommen.

Heute ist die Rede von einer flächendeckenden Korruption in dieser Republik. Auch Staatsanwälte bestätigen dies öffentlich. Eigentlich eine unerhörte Verleumdung. Sie wissen nicht, wovon Sie sprechen. Flächendeckend kann die Korruption in dieser Republik nicht sein. Denn bis heute ist kein einziger Fall von Korruption in Oldenburg öffentlich bekannt geworden. Die Stadt Oldenburg ist eine selige Insel in dieser Republik.

Und ich frage mich immer wieder, in welcher Republik diese Journalisten, Publizisten, Staatsanwälte und andere Tugendwächter 1987 und auch davor wohl gelebt haben. Ich habe keine Antwort. Wie auch immer. Ich bin von meinem dritten wissenschaftlichen Schwerpunkt vertrieben worden. Aber es soll die Freiheit der Forschung und Lehre in dieser Republik tatsächlich noch geben. Oder?

Und was aus den übrigen in Indien erhobenen und gesammelten Forschungsmaterialien geworden ist? Wer will es wissen?